吴省欽集

上

[清]吴省欽 撰

孫大鵬 閆凱蕾 張青周 點校

李天綱 主編

浦東歷代要籍選刊編纂委員會 編

復旦大學出版社

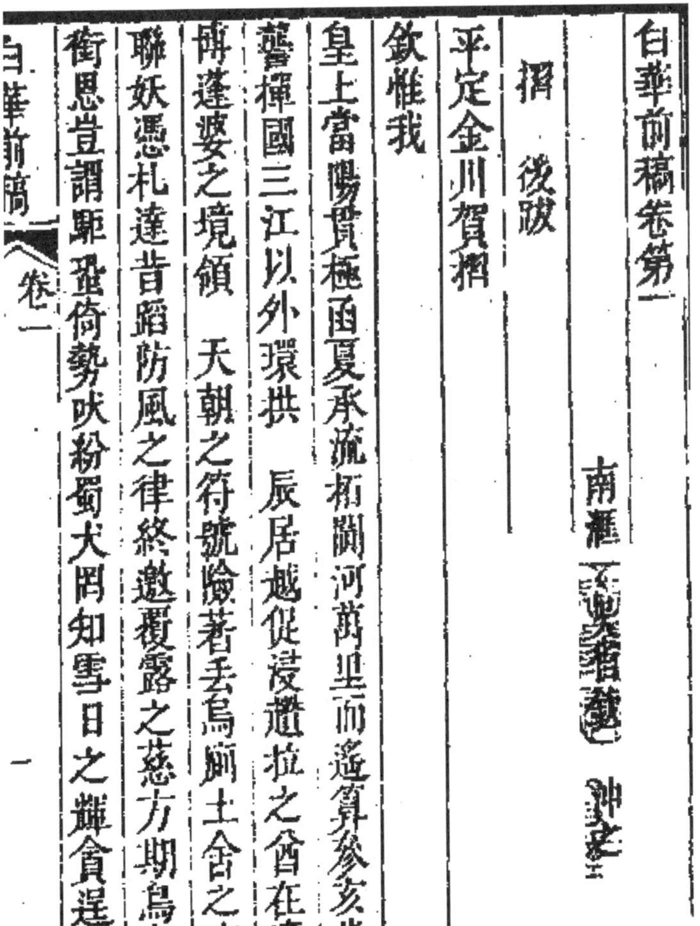

白華前稿卷第一

南滙　吳省蘭　沖之

摺　後跋

平定金川賀摺

欽惟我

皇上當陽貫極函夏承流祐闢河萬里而遙算昇參亥步

聲揮國三江以外環拱　辰居越促浸遺拉之酋在滴

博蓬婆之境領　天朝之符號險著丟鳥厮土舍之班

聯妖憑札達昔蹈防風之律終邀覆露之慈方期鳥雀

銜恩豈謂駏蛩倚勢吠狳蜀犬罔知雪日之難貪暹巴

白華前稿　卷一　一

清乾隆刻本《白華前稿》書影

白華後稿卷之一

南滙吳省欽沖之甫　男 敬樞星宰 敬沐起元 校字

奏摺

丙午監臨京闈奏摺　乾隆五十一年

臣遵

旨監臨丙午科京闈試事查生員中實年八十以上而

入學時業已少填年歲者二名貼出二名近年入學者

六名均不計外其自雍正元年至乾隆十年入學者侯

錤蘇彩飛王泓絜元鉦四名又國子監咨送山東恩貢

劉子旭一名現俱三場完卷伏念我

清嘉慶十五年刻本《白華後稿》書影

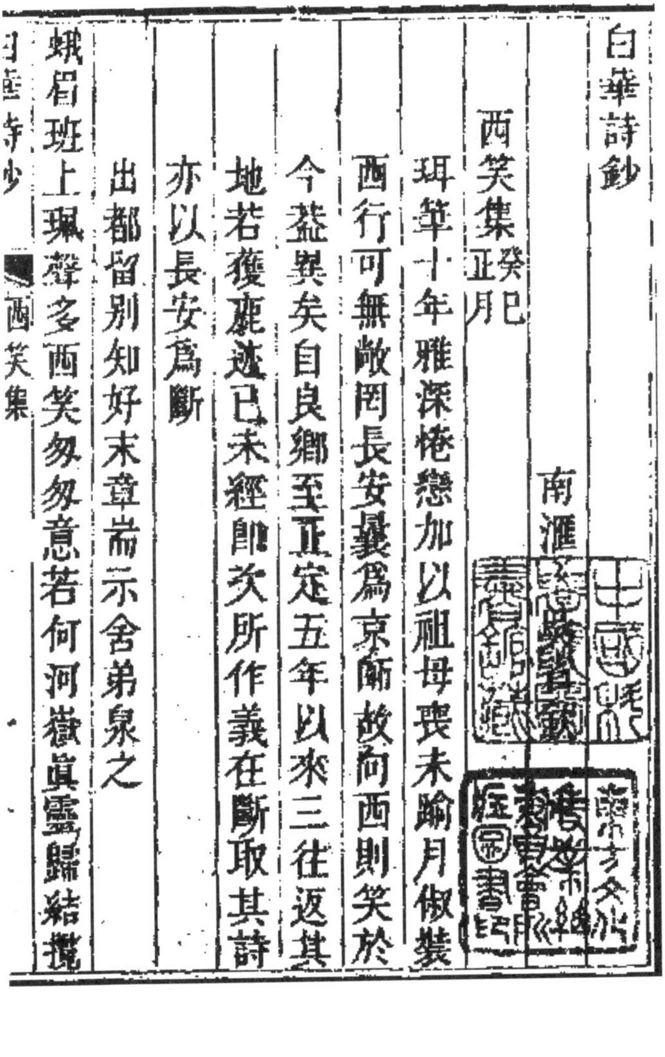

白華詩鈔

南滙

西笑集癸巳正月

珥筆十年雅深惓戀加以祖母喪未踰月倣裝西行可無敝罔長安襆囊爲京師故向西則笑於今蓋巽矣自良鄉至正定五年以來三往返其地若獲鹿遠已未經郎次所作義在斷取其詩亦以長安爲斷

出都留別知好末章祟示舍弟泉之

蛾眉班上珮聲多西笑匆匆意若何河嶽眞靈歸結攬

白華詩鈔　西笑集

清乾隆刻本《白華詩鈔》書影

浦東歷代要籍選刊　編纂委員會

總序

葛劍雄

改革開放以來，浦東以新區的設立和其日新月異的發展面貌聞名於世，而此前還只是一個附屬於上海的地名。但這並不等於浦東的歷史是從二十世紀九十年代纔開始的，更不意味着此前的浦東没有自己的文化積累。

由於今上海市一帶至遲在西元十世紀已將河流稱之爲「浦」，如使上海得名的那條河即爲上海浦，一條河的東面就能被稱之爲「浦東」。因而「浦東」可以不止一個，但只有其中依託於比較大的、重要的「浦」而得名的「浦東」，方能成爲一個專用地名，並且能長期使用和流傳。這個「浦」自然非黄浦莫屬。

廣義的浦東是指黄浦江以東的地域，自然得名于黄浦江形成之後，但在兩千多年前的秦漢時期已經開始成陸，此後不斷擴大。黄浦這一名稱始見於南宋紹興二十八年（一一五八），是指吳淞江南岸的一條曾被稱爲東江的支流。此後河面漸寬，到明初已被稱爲大黄浦。永樂年間經夏元吉疏浚，黄浦水道折向西北，在今吳淞口流入長江。正德十六年（一五二一），經疏浚後的吳淞江下游河道流入黃浦，此後，原在黃浦以東的吳淞江故道逐漸堙没，吳淞江成爲黃浦的支流，而黃浦成了上海地區最大河流。

南宋以降，相當於此後黃浦以東地屬兩浙路華亭縣。元至元二十九年（一二九二）析華亭縣置上海縣，此地大部改屬上海縣，南部仍屬華亭縣，北部一小塊自南宋嘉定十五年（一二二七）起屬嘉定縣。在明代黃浦下游河道形成後，黃浦以東地的隸屬關係並無變化。清雍正三年（一七二五）寶山縣設立，黃浦東原屬嘉定縣的北端改屬寶山。雍正四年，黃浦以東地的大部分設置了奉賢縣和南匯縣。嘉慶十五年（一八一〇），以上海縣東部濱海和南匯北部置川沙撫民廳（簡稱川沙廳），民國元年（一九一二）建川沙縣。但上海縣的轄境始終有一塊在黃浦之東，寶山縣也有一小塊轄境處於高橋以西至黃浦以東，故狹義的浦東往往專指這兩處。

一八四三年上海開埠後，租界與華界逐漸連成一片，形成大都市。一九二七年上海設特別市，至一九三〇年改上海市，其轄境均包括黃浦江以東部分，一般所稱浦東即此。一九五八年至一九六一年一度設縣，即以浦東爲名。川沙、南匯二縣雖屬江蘇，但與上海市區關係密切，故仍被視爲浦東，或稱浦東川沙、浦東南匯。一九五八年二縣由江蘇劃歸上海市後更是如此。

改革開放後，浦東新區於一九九二年成立，轄有南市、黃浦、楊浦三區黃浦江以東地、上海縣三林鄉，川沙縣撤銷後全部併入。至二〇〇九年五月，南匯區也撤銷併入浦東新區，則浦東已臻名實相符。

故浦東雖仍有上海市域最年輕的土地，且每年續有增加，但其歷史文化仍可追溯一千多年。特別是上海建鎮、設縣以後，浦東地屬江南富裕地區，經濟發達，文教昌隆，自宋至清產生進士一百多名以及衆多舉人、貢生和秀才，留下大量著作和詩文。上海開埠和設市後，浦東作爲都市近鄰，頗得風氣之先，出現了具有全國影響的人物和著作。

據專家調查，浦東地區一九三七年前的人物傳世著作共有一千三百八十九種，其中收入四庫全書者十二種，列入四庫全書存目者十餘種，在小説、詩文、經學和醫學中均不乏一流作品。但其中部分已成孤本秘笈，本地久無收藏。大多問世後迄未再版，有失傳之虞。由於長期未進行搜集匯總，專業研究人員也難窺全貌，公衆不易查閱瞭解，外界更鮮爲人知。

浦東新區政府珍惜本地歷史文化，重視文化建設，滿足公衆精神需求，支持政協委員提案，決定由新區政協文史資料委員會和地方志辦公室聯合編纂浦東歷代要籍選刊。計劃以至少三年時間，選取整理宋代至民國初年浦東人著作一百種，近千萬字，分數十册出版。此舉不僅使浦東鄉邦文獻得以永續傳承，也使新老浦東人得以瞭解本地歷史和傳統文化，並使世人更全面認識浦東新區，理解浦東實施改革開放的內因和前景。

長期以來，流傳着西方人的到來使上海從一個小漁村變成了大都會的錯誤説法，完全掩蓋了此前上海由一聚落而成大鎮、由鎮而縣、由縣而設置國家江海關的歷史。這固然是外人蓄意誤導的結果，也是本地人對自己的歷史和文化瞭解不夠、傳播更少所致。浦東自改革開放以來，外界也往往只見其高新技術產品密集於昔日農舍田疇，巨型建築崛起於荒野灘塗，而忽視了此前已存在的千年歷史和鬱鬱人文。況新浦東人不少來自外地和海外，又多科研、理工、財經、企管、行政專業人士，使他們全面深入瞭解浦東的歷史文化，更具現實和長遠的意義。

我自浦西移居浦東十餘年，目睹發展巨變，享受優美環境，今又躬逢浦東歷代要籍選刊編纂出版之盛事，曷其幸哉！是爲序。

二〇一四年六月於浦東康橋寓所

主編序

地名：浦東之淵源

李天綱

「浦東」，現在作爲一個「開發區」的概念，留在世人的印象中。一九九〇年代，「浦東」是國内外媒體上出現頻率最高的詞之一。一九九三年一月成立上海市政府直屬地方銀行，以「浦東發展銀行」命名，可見當代「浦東」之於上海的重要性。一九九二年十月，上海市政府執行國家「浦東開發」戰略，以川沙縣全境爲主體，將上海縣位於浦東的三林鄉，當年曾劃歸楊浦、黄浦、南市等市區管理的「浦東」部分合併，設立「浦東新區」。二〇〇九年，上海市政府又決定將地處黄浦江以東的南匯區（縣）全境劃入，成爲一個轄境一千四百二十九點六七平方公里的副省級行政單位，高於上海的一般區縣。「浦東」，作爲一個獨立的行政區劃概念，以强勢的面貌，出現於當代，爲世界矚目。

「浦東」一詞出現得晚，但絶不是没有來歷。浦東和古老的上海、松江和江南一起發展，已經有了上千年的歷史。固然，浦東新區全境都在三千年前形成的古岡身帶以東，所有陸地都是由長江、錢塘江攜帶的泥沙，與東海海潮的沖頂推湧，在唐代以後才形成的。上海博物館的考古隊，没有在浦東地區找到明以前的豪華墓葬。但是，這裏的土地、人物和歷史，與上海縣、松江府和江蘇省相聯繫，是江南地區吳越文明的繁衍與延伸。經過唐、宋時期的墾殖、開發和耕耘，浦東地區的經濟、社會和文化在明、清兩代登峯造極。川沙、周浦、横沔、新場這樣的鄉鎮日臻發達，絶非舊時的一句「斥鹵之地」所能輕視。

浦東新區由原屬上海市位於黄浦江東部的數縣，包括了川沙、南匯和上海縣部分鄉鎮重組而成。從行政統屬來看，浦東新區原屬各縣設立較晚。清代雍正四年（一七二六），從上海縣析出長人鄉，設立南匯縣；嘉慶十五年（一八一〇），由上海縣析出高昌鄉，南匯縣析出長人鄉，加上八、九兩團，合併設立川沙撫民廳，簡稱川沙廳。開埠以後，租界及鄰近地區合併發展，迅速成爲「大上海」，上海、寶山、川沙等縣份受「洋場」影響，捲入到現代都市圈。南匯縣則因爲離市區較遠，和川沙仍皆隸屬於江蘇省松江府。一九一一年，中華民國建立後，廢除州、府、廳建制，南匯縣歸江蘇省管轄，川沙廳改稱川沙縣，亦直屬江蘇省。一九二八年，國民政府在上海設立特别市，浦東地區原屬寶山、川沙縣的鄉鎮高橋、高行、陸行、洋涇、塘橋、楊思等劃入市區。

一九三七年以後，日僞建立上海市大道政府、上海特別市政府，將川沙、南匯從江蘇省劃出，隸於「大上海市」。一九四五年抗戰勝利以後，國民政府恢復一九一一年建置，川沙、南匯仍然隸於江蘇省。一九五〇年，中華人民共和國公佈省、市建置，以上海、寶山兩縣舊境設立上海直轄市。浦東地區的川沙、南匯兩縣，歸由江蘇省松江專員行政公署管轄。一九五八年十月，中華人民共和國國務院將浦東的川沙、南匯兩縣，及江蘇省所轄松江、青浦、奉賢、金山、崇明等五縣一起，併入上海市直轄市。此前，一九五八年一月，江蘇省嘉定縣已先期劃歸上海市管理。

「浦東新區」之前，已經有過用「浦東」命名的行政區劃，此即一九五八年到一九六一年設置的「浦東縣」。一九五八年，爲「大躍進」發展的需要，上海市政府在原川沙縣西北臨近黄浦江地區，設立「浦東縣」，躍躍欲試地要跨江發展，開發浦東。「浦東縣」政府設在浦東南路，轄高橋、洋涇、楊思三個鎮，共十一個公社，六個街道。一九六一年一月，因工業化遭遇重大挫折，上海市政府在「三年自然災害」中撤銷了「浦東縣」，把東部農業型「東郊」區域的洋涇、楊思、高橋等鄉鎮，劃歸到川沙縣管理。沿黄浦江的「東昌」狹長工業地帶，則由對岸的老市區楊浦區、黄浦區、南市區接手管轄。「浦東縣」在上海歷史上雖然只存在了三年，卻顯示了上海人的一貫志向。即使在一九五〇年代的極端困難條件下，仍然懷揣著「開發浦東」的百年夢想，只要有機會，就想幹一下。

現代的「大上海」，原來是從上海、寶山兩縣的土地上生長起來的。明代以前，上海、寶山仍以吳淞江(後稱「蘇州河」)劃界。吳淞江以北的「淞北」，屬寶山縣；吳淞江以南的「淞南」，屬上海縣。吳淞江是松江府之源，「松江」，原名就是「淞江」，「府因以名」。按明正德松江府志的説法，「吳淞江，後以水災，去水從松，亦曰松陵江」。水克火，木生火，「淞江」去「水」，從「木」爲「松江」，上海果然「火」了。清代以前，上海士人寫的方志、筆記、小説，以及他們的堂號室名，都用「吳淞」、「淞南」作爲郡望。一六〇七年，徐光啟和利瑪竇合譯幾何原本，在北京刊刻，便是署名「泰西利瑪竇口譯，吳淞徐光啟筆受」，自稱「吳淞」人。另外，清嘉慶年間上海南匯人楊光輔編淞南樂府，光緒年間南匯人黄式權編淞南夢影録，昆山寓滬文人王韜(一八二八—一八九七)作淞隱漫録、淞濱瑣話，採用「淞南」、「吳淞」之名説上海，可見明、清文人學士，都用吳淞江作爲上海的標誌。吳淞江是上海的母親河，而「黄浦江是母親河」，只是一九八〇年代以後冒出的無知説法。

明、清時期的黄浦是一條大河，卻不是首要的幹流。方志裏的「水道圖」，都把「吳淞江」置於「黄浦」之前。「黄浦」，一説「黄歇浦」的簡稱，僅是一「浦」，並不稱「江」。在上海方言中，「浦」大於河，小於江，如周浦、桃浦、月浦、上海浦、下海浦……黄浦流經太湖流域，水流較清，經閔行、烏泥涇、龍華等鎮，匯入吳淞江。吳淞江受到長江泥沙的影響，水流較濁，淤泥沉澱，元代以後逐漸堰塞。於是，原來較爲窄小的黃浦不斷受流，成爲松江府「南境巨川」。明代永樂元年（一四〇三），上海人葉宗行建議開鑿范家浜，引黃浦水入吳淞江，共赴長江。從此，江浦合流，黃浦佔用了吳淞江下游河道。黃浦江的受水量和徑流量，大約在明代已經超過吳淞江了。但是在人們的觀念中，黃浦江仍然没有吳淞江重要，經濟、交通和人文價值還不及後者。康熙上海縣志的「水道圖」，仍然把吳淞江和黃浦畫得一樣寬大。從地名遺跡來看，地處吳淞江下游的「江灣」，並非黃浦之灣，而是吳淞江之灣。同理，今天黃浦江的入口，並不稱爲「黃浦口」，依然是「吳淞口」。

黃浦江以東地區在唐代成陸，大規模的土地開發則是在宋代開始，於明代興盛。宋、元兩代，浦東地區産業以鹽田爲主，是屬華亭縣的「下砂鹽場」。從南匯的杭州灣，到川沙的長江口，「大團」到「九團」一字排開，團中間還有各「竈」的開設。聯繫各「竈」，設立爲「場」，爲當年的曬鹽場，「大團」、「六竈」、「新場」的地名沿用至今。隨著海水不斷退卻，海岸不斷東移，鹽業衰落，明代以後浦東地區便繼之以大規模的圍海造田，農業墾殖。早期的浦東開發，在泥濘中築堤、圍墾、挖河、開渠、種植，異常艱辛。爲了鼓勵浦東開發，元代至元年間的松江知府張之翰向中央申請減税，他描寫浦東人的苦惱，詩曰：「黃浦春風正怒號，扁舟一葉渡驚濤；諸君來問民間苦，何用潮頭幾丈高。」算是一位瞭解民間疾苦，懂得讓利培本的地方官。

隨著浦東的早期開發，以及浦東人的財富積累，「浦東」以獨特的形象登上了歷史舞臺。「黄浦江」的概念在清末變得重要起來，上海人的地理觀念由此也經歷了從「淞南—淞北」到「浦東—浦西」的轉變。至晚在明中葉，「浦東」一詞已經在上海人的日常生活中使用。萬曆上海縣志載：「由閘江而下，若鹽鐵塘、沈家莊，若周浦，若三林塘，若楊淄樓，此爲浦東之水也。」「閘江」，即後之「閘港」，在南匯境内；「鹽鐵塘」、「沈家莊」，今天已不傳，地域在南匯、川沙交界處；「周浦」、「三林塘」在川沙境内；「楊淄樓」在今「楊家渡」附近。「浦東」，顧名思義是東海之内、黄浦以東的廣大地區，是泛稱，非確指。明清時，因爲黄浦到楊樹浦、周家嘴匯入吳淞江，故「浦東」只指南匯、川沙地區，還没有包括當時在吳淞江對岸、屬寶山縣的高橋地區。歷史上的「浦東」一詞，只是方位，並非地名。同治上海縣志卷首「上海縣南境水道圖」中解釋：「是圖南起黄浦中界蒲匯塘，而浦東、西之支水在南境者並屬焉。」這裏的「浦東」，仍然僅僅是指示方位。通觀清代文獻，「浦東」一詞並没有作爲地名，在自然地理、行政地理的敍述中使用。

時至清末，「黄浦」的重要性終於超過「吳淞江」，同治上海縣志説：「（松江）一郡之要害在上海，上海之要害在黄浦，黄浦之要害在吳淞所。」黄浦取得了地理上的重要性，主要是它成爲中外貿易的要道，近代上海是從黄浦江上崛起的。一八四三年，上海開埠以後，華界的南市（十六鋪）和英租界（外灘）、法租界（洋涇浜）、美租界（虹口）連爲一體，在幾十年間迅速崛起，

這一段河道,只屬於黄浦,不屬於吴淞江。更致命的是,一八四八年上海道臺麟桂和英國領事阿禮國修訂上海租地章程的時候,英語中把「吴淞江」翻譯成了「蘇州河」(Soo Choo River),作爲英租界的北界。「蘇州河」以外灘爲終點,從此以後,吴淞江下游包括提籃橋、楊樹浦、軍工路、吴淞鎮的岸線,在現代上海人的心目中就專屬「黄浦」,「黄浦」由此升格爲「黄浦江」。囊括上海、寶山、川沙三縣的「大上海」,也正式地分爲「浦東」和「浦西」。「後殖民理論」的批評者,可以指責英國殖民者用「蘇州河」取代「吴淞江」,還捏造出一條「黄浦江」。但是,我們的解釋原理是既尊重歷史,也承認現實。從自然地理來看,原來用東西向的吴淞江,把上海分爲「淞南」、「淞北」,是一個局促的概念,確實不及用南北向的黄浦江分爲「浦西」、「浦東」更爲大氣與合理。地理上的重新區分,順應了上海的空間發展,以及上海人的觀念演化,更反映了上海的「近代化」。

認同:浦東之人文

浦東的地理,順著吴淞江、黄浦江東擴;浦東的人文,自然也是上海、寶山地區生活方式的延續與傳承。「開發浦東」是長江三角洲移民運動的結果。明清時期的上海,已經是一個移民導入地區，北方人、南方人來此營生的比比皆是。但是，當時的「浦東開發」，基本上是上海人民的自主行爲，具有主體性。四百多年前，歷史上最爲傑出的上海人徐光啟，就是浦東開發的先驅。徐光啟是上海城裏人，中國天主教會領袖，編農政全書，號召國人農墾。話説有一位姓張的北京人，是帝都裏最早的天主教徒，他「由利瑪竇手領洗，後來徐光啟領他到上海，在徐宅服務。不久，即在黄浦江邊墾種新漲出之地，因而居留焉」。京城的張姓移民，在徐光啟的幫助下站住腳跟，歸化爲上海人。徐光啟後裔徐宗澤在中國天主教傳教史概論中説，這塊灘地，就是現在浦東的「張家樓」。

元代黄巖人陶宗儀，因家鄉動亂，移民上海，「避兵三吳間，有田一廛，家於淞南，作勞之暇，每以筆墨自隨」，遂作南村輟耕録。松江府華亭（上海）一帶果然是逃避戰亂、修生養息、耕讀傳家的好地方。上海的一個神奇之處，就在於這一片魚米之鄉，還總有灘地從江邊、海邊生長出來，而且平坦肥沃，風調雨順，易於開墾。願意吃苦的本地人、外地人，都很容易在浦東獲得更多的土地，過上好日子。子孫繁衍，數代之後就成爲佔據了整村、整鎮的大家族。「朱、張、顧、陸」，史稱江東大族，浦東的衆姓分佈也是如此。南匯縣周浦鎮朱氏，以萬曆年間朱永泰一族的事跡最堪稱道。徐光啟没有及第之前，永泰曾請他來浦東教授自家私塾。徐光啟位居相位之後，召他兒子入京辦事，永泰居然婉拒。直到順治十六年，永泰的孫子朱錦在南京一舉考取南榜「會元」，選爲庶吉士。朱錦秉承家風，「決意仕途，優游林下」（閲世編），淡泊利禄，不久就致仕回浦東，讀書自怡，專心著述。浦東士人，因爲生活優裕，方能富而好禮。

浦東張氏，舉新場鎮張元始家族爲例。張元始爲崇禎元年進士，曾爲户部侍郎。滿洲入侵的關頭，他回到松江、蘇州地區爲支用短缺的崇禎皇帝籌集軍餉，調運大批錢糧，北上抗清。東林黨争，他「彈劾不避權貴」（閲世編），「性方嚴，不妄交游，留心經濟」（光緒南匯縣志）。浦東籍的士人，多有耿直性格。浦東顧氏，舉合慶鎮顧彰爲例。江南顧氏，傳説是西漢封王顧余侯之後，川沙顧氏則是明代弘治十八年狀元顧鼎臣家族傳人。顧鼎臣（一四七三—一五四〇），昆山人，位居禮部尚書，任武英殿大學士，明中葉以後家族繁衍，散佈在昆山、嘉定、寶山、川沙一帶。太平天國戰亂之後，江南經濟恢復，川沙人顧彰在村裏開設一家店鋪，額爲「顧合慶」。生意成功，周圍店家不斷開設，數年之内，幡招林立，成了市鎮，人稱「合慶鎮」。顧彰「開發浦東」有功，兩江總督端方請朝廷賞了顧彰的長子懿淵一個五品頭銜，顧彰的孫子占魁也被録取爲縣庠生。浦東陸氏，我們更可以舉出富有傳奇的陸深家族爲例。陸深（一四七七—一五四四），松江府上海縣人，高祖陸餘慶以上世居馬橋鎮，元季喪亂，曾祖德衡遷居到黄浦岸邊的洋涇鎮。這樣一户普通的陸姓人家，累三世之耕讀，到陸深時已經成爲浦東的文教之家。弘治十四年（一五〇一），陸家院内的一棵從不開花的牡丹，忽然開出百朵鮮花，當年陸深在南京鄉試中便一舉奪得「解元」。後來大名鼎鼎的昆山「狀元」顧鼎臣和陸深同榜，這次卻被他壓在下面。陸深點了翰林，做過國子監祭酒，也給嘉靖皇帝做過經筵講官，但接下來的官運卻遠遠不及顧鼎臣，只在山西、浙江、四川外放了幾次布政使。陸深去世後，嘉靖皇帝懷念上課時的快樂時光，也只給他加贈了一個「禮部侍郎」的副部級頭銜。不過，陸深給上海留下了一個大名頭：陸家宅邸、園林和墳塋地塊，在黃浦江和吳淞江的交界處，尖尖的一喙，清代以後，人稱「陸家嘴」。

浦東地區的南匯、川沙，原屬上海縣，這裏和江南的其他地區一樣，物産豐富，人物鼎盛，文教繁榮，産生了許許多多的世家大族。「朱、張、顧、陸」的繁衍，是浦東本地著名大姓的例子。事實上，外來移民只要肯融入上海，即使孤身一人，也能在浦東成家立業，樹立自己的家族。無錫華氏家族，元代末年有一位華嶽（字太行），因戰亂離散，來到上海，在浦東横沔鎮蘇家入贅。按本地習俗，人稱爲「招女婿」，近似於「打工仔」。然而，華嶽一表人才，並不見外，奮身於鄉里，他「風姿英爽，遇事周詳，一鄉倚以爲重」（轉引自吳仁安明清時期上海地區著姓望族）。這位「引進人才」在蘇家積極工作，耕地開店，帶領全村發家致富，族人居然允許他自立門户，用華氏名義傳宗接代。乾隆初年，華氏子孫「增建市房，廛舍相望」（南匯縣志·疆域·邑鎮），這就是浦東名鎮「横沔鎮」的起源。管窺蠡測，我們在浦東横沔鎮華氏家族的復興故事中，看到了明、清時期上海社會接納外來移民的良性模式。寄居浦東，入籍上海，認同江南，融入本土社會，這是外來者成功的關鍵。「海納百川」，是上海本地人的博大胸襟；「融入本土」，則更應該是外來移民的必要自覺。浦東人講：「吃哪里嗒飯，做哪里嗒事體，講哪里嗒閒話。」熱愛鄉土，服務當地民衆福祉，維護地方文化認同，如天經地義一般重要。

南匯、川沙原來都屬於上海縣，清代雍正、嘉慶年間剛剛分别設邑，爲什麼會在清末就有一個和上海「浦西」相對應的「浦東人」的認同發生？這是值得思考的問題。「浦東人」，就是明、清時期的「上海人」，他們在近代歷史上形成了一個子認同（sub-identity）。二十世紀開始，「浦東人」和黄浦江對岸的「大上海」既有聯繫，又有分别，大致可以用文化理論中的「子認同」來描述。十九、二十世紀中，浦東的地方語言，和上海市區方言差距拉大；浦東的農耕生活，和市區的大工業、大商業有些不同。儘管朱其昂、張文虎、賈步緯、楊斯盛、陶桂松、李平書、黄炎培、葉惠鈞、穆藕初、杜月笙等一大批川沙、南匯籍人士活躍於上海，但是「浦東」是他們口中念念的家鄉，「上海」是他們心中一個異樣的「洋場」，因爲「大上海」的文化認同更加寬泛。

清末民初時期，占人口約百分之十的上海本地人，接納了約百分之九十的外地人、外國人，這裏熔鑄出一種新型的文化。「華洋雜居，五方雜處」，現代上海人的認同要素中，不但包括了蘇州、寧波、蘇北、廣東、福建、南京、杭州、安徽、山東人帶來的文化因數，還有很多英國、法國、美國、德國、日本的文化因數。「阿拉上海人」，是一個較大範圍的城市文化認同（identity）；

「我佤浦東人」則是一個區域性的自我身份(status)。熟悉上海歷史的人都知道,兩者之間確有一些微妙的差異。但是,這種不同,互相補充,互爲激蕩,屬於同一個文化整體。這種差異性,正説明上海文化的内部,自身也充滿了各種「多樣性」(diversity),並非一個專制體。文化,是拿來欣賞的,不是用作統治的。上海的「新文化」,有過一種文化上的均勢,曾經對「五方」、「華洋」的不同文化加以欣賞。在這個過程中,浦東地區保存的本土傳統生活方式,是「大上海」的母體文化,支撑了一種新文明。無論浦東文化是如何迅速地變異和動盪,變得不像過去那樣傳統,但它卻真的曾以「壁立千仞,海納百川」的胸襟,接納過世界各地來的移民。它是上海近代文化(俗所謂「海派文化」)的淵源,我們應該加倍地尊重和珍視纔是。

傳承:浦東之著述

直到明、清,以及中華民國的初期,江南士人的身份意識仍然是按照鄉、鎮、縣、府、省的單位,一級一級,自然而然,由下往上地漸次建立起來的。日常生活中,江南士人都主動或被動以自己的地望作爲身份,如「徐上海」、「錢常熟」、「顧崑山」地交際應酬,不會只用一個「中國人」的表面身份來隱藏自己。只有當公車顛沛,到了「帝都魏闕」,或厠身擠進了「午門大閱」,沾上些許皇帝的虛驕，纔會偶爾感到自己是個「中國人」。儒家推崇由近及遠，由裏而外，漸次推廣的傳統人際關係，有相當的合理性。在此過程中，不同地域的人羣學會了尊重各自的方言、禮節、習俗、飲食和價值觀念，在一個「多樣性」的社會下生存。今天，「多元文化觀」在「國家主義」盛行的二十世紀，以及「全球化」横掃的二十一世紀，面臨著巨大的困窘。如何在當今社會發掘傳統，面對危機，重建認同，是一件很重要的事情。

二十世紀中，在現代化「大上海」的崛起中，上海地區的學者和出版家，一直努力將江南學術的優秀傳統，匯入「國際大都市」的文化建設，出版地方性的文獻叢書便是一種做法。一九三六年，負責編寫上海通志的上海通社整理刊刻了上海掌故叢書第一集十四種，後因「抗戰」、「内戰」發生，没有延續。一九八七年，華東師範大學出版社編輯影印了上海文獻叢書，共五種。一九八九年，上海古籍出版社標點排印了上海灘與上海人叢書，共二十三種。縣區一級的文獻叢書，有松江文獻系列叢書（上海社會科學院出版社，二〇〇〇年），共十二種；嘉定歷史文獻叢書（中華書局，二〇〇六年），線裝，二輯。在基層文化遺産保護前景堪憂的大局勢下，地方傳統文獻的整理出版工作倒是在各地區有識之士的堅持下，努力從事。上海浦東新區地方志辦公室的同仁們，亟願爲浦東文化留下一份遺産，編輯一套浦東歷代要籍選刊。復旦大學出版社憑藉獨有的學術組織能力和編輯實力，積極參與這一出版使命。這樣的工作，對開掘浦東的傳統内涵，維護當地的生活方式，發展自己的文化認同，都具有重要意義，無疑應該各盡其力，加以支持。

編纂浦東歷代要籍選刊，首要問題是如何釐定作者的本籍，將上海地區的「浦東人」作者挑選出來。清代中葉之前，現在浦東新區範圍内的土地和人民並不自立，當時並没有「浦東人」。但是，明、清時期江南地區的鄉鎮社會異常發達，大部分讀書人的籍貫，往往可以追究到鎮一級。爲此，我們在確定明、清時期的浦東籍作者時，都以鎮屬爲依據。那些或出生，或原居，或移居，或寓居在現在浦東地區鄉鎮的作者，儘管著述都以「上海縣」、「華亭縣」、「嘉定縣」標署，但隨著清代初年「南匯縣」、「川沙縣」，以及後來「浦東縣」、「浦東新區」的設立，理應歸入「浦東」籍。

例如：高橋籍舉人孫元化（一五八一—一六三二）追隨徐光啟，有著作幾何體用、幾何演算法、泰西算要等傳世。當時的高橋鎮在黄浦東岸，屬嘉定縣，孫元化的籍貫當然是嘉定。清代雍正二年（一七二四），嘉定縣析出寶山縣，孫元化曾被視爲寶山人。一九二八年，高橋鎮劃入上海特别市的浦東部分，從此孫元化可以被認定爲「浦東人」。陸深的浦東籍貫身份，也可以如此確定。明史本傳稱：「陸深，字子淵，上海人。」按葉夢珠閲世編·門祚記載，陸深科舉成功後曾移居上海城裏，居東門，稱「東門陸氏」。然而，陸深的祖居地及其墳塋，均在浦東陸家嘴，理當被視爲「浦東人」。相對於原本就出生在浦東地區的陸深、孫元化而言，黄體仁自陳「黄氏世爲上海人」（曾大父汝洪公曾大母任氏行實，收入黄體仁集），進士及第爲官後，即在城裏南門内擴建宅邸，黄家裏巷命名爲黄家弄（黄家路）。另外，黄體仁的父母去世後，也安葬在西門外周涇（西藏南路）的黄家祖塋（參見先考中山府君先妣瞿孺人繼妣沈孺人行實），是地地道道的上海人。黄體仁之所以被認定爲浦東人，是因爲他在九歲的時候，爲躲避倭寇劫掠，曾隨祖母和母親在浦東避難，並佔用金山衛學的學額，考取秀才，進而中舉、及第。科場得意以後，他才回到上海城裏，終老於斯。明代之浦東，屬於上海縣，他甚至不能算是「流寓」川沙。然而，從黄體仁的曲折經歷，以及後來的行政劃分來看，他在川沙居住很久，確實也可以被劃爲「浦東人」。

選擇什麼樣的作者，將哪一些的著述列入出版，這是編纂浦東歷代要籍選刊的第二個難點。唐宋以前，浦東地區尚未開發，撰人和著述很少，可以不論。到了明、清時期，浦東地區開發有年，文教大族紛紛湧現，人才輩出，著述繁盛，堪稱「海濱鄒魯」，絶非中原學人所謂「斥鹵之地」可以藐視。按復旦大學古籍整理研究所近年來數篇博士論文的收集和研究，明、清時期上海浦東地區的著者人數，不亞於松江府、蘇州府其他各縣。據初步研究統計，清代中前期有著作存世的松江府作者人數共五百二十五人，其中華亭縣（府城）一百四十七人，上海縣一百二十三人，婁縣六十五人，青浦縣六十人，金山縣五十一人，南匯縣三十一人，奉賢縣二十二人，川沙縣二人，未詳二人。這其中，南匯、川沙屬於今天浦東新區，都是剛剛從上海縣劃分出來。以南匯縣本籍作者三十一人爲例，加上列在上海縣的不少浦東籍作者，這個新建邑城境内的文風一點不比其他縣份遜色。此項統計，可參見杜怡順復旦大學博士論文上海清代中前期著述研究。

明代天啟、崇禎年間，以松江地區爲中心，有「復社」、「幾社」的建立。那幾年，江南士人的文章風流和人物氣節，盡在蘇、松、太一帶。經歷了清代順治、康熙年間的高壓窒息，到乾隆、嘉慶年間，上海地區的文風又有恢復。順應蘇州、松江地區的「樸學」發展，「家家許鄭，人人賈馬」，這裏做考據學問的人也越來越多。因此，浦東學者也和其他江南學者一樣，在經、史、子、集的研究上下過功夫。易、書、詩、禮、樂、春秋的「經學」，二十四史之「史學」，天文、地理、曆算、農、醫、兵、雜、小説，詩文詞曲，釋、道教，「三教九流」的學問都有人做。在這樣豐富的人物著述中，挑選和編輯浦東歷代要籍選刊，是綽綽有餘，裕付自如。

浦東地區設縣（南匯、川沙）之後的二百年間，各類學者層出不窮。以清末學者爲例，周浦鎮人張文虎（一八〇八—一八八五）以諸生出身，專研經學，學力深厚，卓然成家。道光年間，他幫助金山縣藏書家錢熙祚校刻守山閣叢書，一舉成名。一八七一年，張文虎受邀進入曾國藩幕府，破格録用，負責「同光中興」中的文教事業。他刊刻船山遺書，管理江南官書局，最後還擔任南菁書院山長。張文虎學貫四部，天文、算學、經學、音韻學，樣樣精通。按當代南匯縣志的統計，他著有舒藝室雜著、鼠壤餘蔬、周初朔望考、懷舊雜記、索笑詞、舒藝室隨筆、古今樂律考、春秋朔閏考、駁義餘編、湖樓校書記和詩存、詩續存、尺牘偶存等著作，實在是清末「西學」普及之前少見的「經世」型學者。

一八四三年，上海開埠以後，浦東地區的學者得風氣之先，來上海學習「西學」，成爲中國最早的一批精通西方學術的學者。李杕（一八四〇—一九一一），名浩然，字問漁，幼年在川沙鎮從鎮人莊松樓經師學習儒家經學。一八五一年，李杕來上海，入徐家匯依納爵公學，學習法文、文學和科學。一八六二年加入耶穌會，一八七二年按立爲神父，一九〇六年繼馬相伯之後，擔任震旦學院哲學教授和教務長。李杕創辦和主編益聞報、格致彙報、聖心報等現代刊物，傳播西方科學、哲學和神學，著有理窟、古文拾級、新經譯義、宗徒大事録等，還編輯有徐文定公集、墨井集等。這樣一位貫通中西的複合型學者，在清末只有他的同班同學馬相伯等寥寥數人堪與之比。如果説明、清時期的浦東士人還是在追步江南，與蘇、松、太、杭、嘉、湖學風「和其光，同其塵」的話，那開埠以後的浦東學者在「西學」方面確是脱穎而出，顯山露水。

「且頑老人」李平書（一八五一—一九二七）是高橋鎮人，父親爲寶山縣諸生，太平天國佔領江蘇時以難民身份逃到上海。十七八歲時，纔獲得本邑學生資格，進入龍門書院學習。這位浦東學子聰明好學，進步神速，不久就擔任字林報、滬報主筆，在城廂内外宣導「改良」，開設自來水廠。一八八五年，經清廷考試，破格録用他爲知縣，在廣東、臺灣、湖北等地爲張之洞辦理洋務，樣樣「事體」做得出色，且一心維護清朝利益。李鴻章遇見他後，酸溜溜地説「君從上海來，不像上海人」，算是對他的肯定與表揚。李平書確是少見的洋務人才，他奉行「中體西用」，一手創建了上海城廂工程局、警察局、救火會、醫院、陳列所等。最後，他還從張之洞手中要到了「地方自治權」，擔任上海自治公所的總董（市長）。李平書在一九一一年辛亥革命高潮中轉而支持革命黨，可見「且頑老人」是一位深明大義的上海人——浦東人。在仍然提倡士宦合一、知行合一的清末，李平書也有重要著述，他的新加坡風土記、且頑老人七十自述、上海自治志都是上海社會變革的佐證。

浦東地區的文人士大夫，經歷了明清易代，又看到了清朝覆滅，還親手創建了中華民國，所謂「歷代」，愈來愈精彩，浦東人參與的歷史也愈來愈重要。孫元化、陳于階（康橋鎮百曲村人）等浦東人，爲抗禦清朝獻出生命；李平書、黃炎培、穆湘玥一代浦東人，參與締造了中華民國；黃自、傅雷這樣的浦東人，爲中國的現代藝術做出了獨特貢獻；還有像張聞天、宋慶齡這樣的浦東人，厠身於中國的共産主義運動。這些浦東人都有著述存世，品類繁多，卷帙浩瀚，選擇起來頗費斟酌。我們以爲，刊印浦東歷代要籍選刊應該本著「厚古薄今」的原則，對那些本來數量不多，且又較少流傳的古籍，包括在上海圖書館、復旦大學圖書館收藏的刻本、稿本和抄本，盡可能地借此機會搶救和印製出來，以饗讀者。至於在民國期間，直到現在經常用平裝書、精裝書形式大量出版的近現代浦東人的著作，則選擇性收入。

出版一部完善的地方文獻叢書，還會遇到很多諸如資金、體例、版式、字體、設計等人力、物力方面的問題。好在有浦東新區政協文史委員會和地方志辦公室的鼎力支持，復旦大學出版社的精心組織，加上全國和復旦大學歷年畢業的學者，以及相關專業的博士後、博士生的積極參與，《浦東歷代要籍選刊》一定能圓滿完成。受浦東新區政協文史委員會和地方志辦公室，以及復旦大學出版社的邀請，由我擔任本叢書主編，感到榮幸的同時，也覺得有不少責任。因教學、研究事務繁鉅，不能從事更多工作，但一定會承擔相應的策劃、遴選、審讀、校看和復核任務，做出一部能夠流傳、方便使用的文獻集刊，傳承浦東精神，接續上海文化。

二〇一四年八月十五日

暑假，於上海徐匯陽光新景寓所

浦東歷代要籍選刊　編纂凡例

一、地域範圍。選刊所稱之浦東，其地域範圍為今黄浦江以東浦東新區和閔行區浦江鎮所屬區域。

二、人物界定。祖籍浦東並居住在浦東的人物，祖籍浦東但寓居於外地（包括今上海其他地區）的人物，長期寓居於浦東的外地籍（包括今上海其他地區）人物，其撰寫的著作均在選刊範圍之内。清初浦東地區行政設置前，人物籍貫以浦東地區鄉鎮為準。

三、年代時限。所選著作的形成時間範圍，為南宋至國民政府時期（一一二七—一九四九）。

四、選錄標準。南宋至清嘉慶時期（一一二七—一八二〇）浦東人物所撰寫的著作原則上均予刊錄；清道光至民國末年（一八二一—一九四九）浦東人物所撰寫的著作擇要選刊。本籍人士所撰經、史、子、集四部著作，或日記、年譜、回憶錄等近代著述，不分軒輊，擇其影響重大者刊印。

五、編纂方式。依據古籍整理的通行規則，刊印文獻均用新式標點，直排繁體。選擇較早的底本，參照各本，並撰寫整理說明，編輯附錄。除附書影外，凡有人物像和手跡者亦附錄。尊重原著標題、卷次及文字，以存原始。

六、版本來源。所選各底本，力求原始。底本多據上海圖書館、復旦大學圖書館藏本，絕大多數著作為首次整理和刊佈。

吴省欽集整理説明

吴省欽（一七二九—一八〇三）字充之〔一〕，號白華，世居南匯鶴沙，生於浦東下沙東倉吴家老宅〔二〕，後因贅於郡城查氏，遂家焉〔三〕。乾隆二十二年高宗南巡，召試省欽，欽賜舉人，授内閣中書。二十八年進士，改庶吉士，授編修。大考一等，擢侍讀，遷侍讀學士、光禄寺正卿、順天府尹，擢禮部右侍郎，調補工部，歷吏部右侍郎，轉左晉都察院左都御史，嘉慶四年罷歸，八年卒，年七十五。

省欽起家詞賦，遷陟清華，七典鄉闈，四督學政，爲同考官者三，爲副總裁者一，詞臣榮遇，罕有其比。弟省蘭曾充咸安宫教習，和珅時係官學生，雖非在家延請教讀者可比，然二吴後來

〔一〕省欽友人王昶撰蒲褐山房詩話、湖海詩傳及光緒南匯縣志、嘉慶松江府志、光緒婁縣續志等均記省欽字充之，而鄭堂讀書記、白華入蜀詩鈔蜀刻本及同治增修施南府志卷之二十九南匯吴公視學碑作「字沖之」，當兩存。

〔二〕白華後稿卷十五張封公七十壽序自云：「予家下沙鎮。」又見省欽子敬樞于嘉慶十五年所作年譜。

〔三〕光緒婁縣續志卷十六，年譜。

極力攀附這位權相，甚至反稱和珅爲老師，以圖固位。乾隆五十六年，時任陝西道監察御史的上海同鄉曹錫寶，將彈劾和珅家奴劉全恃勢營私衣服、車馬、居室皆踰制，剛剛得寵而升任侍郎的省欽先聞其事，緊急向和珅告密，「令全毁其室衣服，車馬有踰制皆匿無跡」，錫寶因此被革職留任，不久死去〔二〕。故而二吴皆被朝野視爲和珅之私人〔三〕，高宗于嘉慶元年禪位仁宗，舉辦千叟宴，省欽「以未及七十得與杖朝之列，榮莫大焉」（年譜）。據清代史夢蘭止園筆談卷三記：

和相伏辜之後，凡内外官僚爲其私人者，皆加遣責有差。上諭吏部議處左都御史吴省欽一摺：「昨因吴省欽條奏摺内語多不經，以伊平日學問而論，不致如此迂談。蓋伊自揣係和珅私人，且在學政任内聲名甚屬平常，恐被列款彈劾，故爾避重就輕，先爲荒謬之奏，藉得罷官回籍，以遂田園之樂。其居心取巧大率不出於此，但此係誅心之論。吴省欽劣蹟既未敗露，朕亦不爲已甚，姑免深究。即論其陳奏荒謬，已難長臺之任，著照部議革職回籍。欽此。」聖諭煌煌，眞如秦鏡當空，物無遁形矣。吴視學畿輔時，士子多以賄進，有無名氏拆其名作一聯云：「少目何曾識文字？欠金不必問功名。」屬對巧合，遂令遺臭至今，人言可畏有如是夫！

〔二〕清史稿列傳一百九曹錫寶本傳。又參乾隆年間曹錫寶參奏和坤家人劉全檔案，載歷史檔案二〇一六年第二期。
〔三〕王先謙東華續録嘉慶朝七。

省欽在這一「語多不經」的奏折中爲示忠心以自保，先請將監禁賊首王三槐即行正法，又進而保舉候補知府李基曉諳兵法，有手車火雷列卦圖，并推薦舉人王曇能作掌心雷〔一〕，而被這年正月初三太上皇駕崩後終於執掌君權的嘉慶帝嚴斥「惑於邪言」，與邪教無異，著交部嚴加議處，又以吴氏兄弟平日尚知謹飭自愛，與聲名狼藉爲輿論所不齒者迥不相似，大概也知道省欽早年在京師做官時購地置松江義塚葬同鄉旅櫬無歸者之善舉〔二〕，最終將他趕回家了事〔三〕。而剛剛返回翰林院參與編纂高宗純皇帝實録的經學家洪亮吉，因平生頭一次系統閲讀宫廷政府檔案，深受震動，通過曾經的東家、新入軍機的成親王上書皇帝，指責他寬宥和珅脅從，乃變更

〔一〕 據清震鈞天咫偶聞卷三云：世行蟫史一書不著姓名，以荒唐之辭肆詆誹之説。詳其命意，似指三省教匪之役，當世將相任意毁刺，且有上及乘輿處。考其用筆極類煙霞萬古樓集。此殆王曇手筆，王爲吴省欽弟子，吴曾舉其能用掌心雷破賊，奉仁宗嚴斥。蓋吴、王皆和黨也，然則此書洩怨之作，胡足存乎？其書末之少目翁，已明指省欽矣，爲曇無疑。

〔二〕 此事後來被嘉慶松江府志、光緒南滙縣志、光緒婁縣續志所樂道。

〔三〕 省欽被譴回籍一事，王先謙東華續録有詳細記載，可參考。又清陳康祺郎潛紀聞卷四亦云：秀水王曇仲瞿，負才任俠，不喜繩檢。客游京師，名滿公卿間。值川楚教匪不靖，其座主吴總憲省欽薦曇知兵，能作掌心雷，睿皇帝斥其誕妄，吴遂罷廢，而曇亦連蹇終其身。或曰省欽本和黨，窺新政肅然，和珅且敗，自託於騃不解事，冀以微咎去官也。謹按嘉慶東華録仁宗諭旨亦謂吴省欽恐被人彈劾，故避重就輕。

「祖宗成例」、破壞「國家之成法」〔一〕，言辭犀利，被惱羞成怒的仁宗嚴厲處罰，險些丟掉性命〔二〕，可見當時朝中官員對二吳兄弟的觀感。省欽初無子嗣，以弟省蘭子敬樞爲後。他于嘉慶四年正月罷職，七月抵達故鄉松江，次年八月由妾李氏生子敬沐，此年省欽七十二歲。八年六月卒，遺命請好友王昶作墓志銘。

省欽精通音韻訓詁之學，任職四川多年，頗留心地理學。生于名聞後世的西晉才子兄弟陸機、陸雲之鄉，擅長詞賦，年輕在京做官常常與人唱和，比如其畢生好友王昶就深爲稱揚，并舉薦于人〔三〕。二十七歲時以詩賦受高宗賞識，因此「起家」，故而終身有知遇之感激，通顯後做了

〔一〕清史稿列傳一百四十三洪亮吉本傳謂亮吉將告歸，上書軍機王大臣言事云：夫二吳之爲和珅私人，與之交通貨賄，人人所知，故曹錫寶之糾和珅家人劉全也，以同鄉素好，先以摺稿示二吳，二吳即袖其稾走權門，藉爲進身之地。今二吳可雪，不幾與褒贈曹錫寶之明旨相戾乎？夫吳省欽之傾險，秉文衡、尹京兆，無不聲名狼藉，則革職不足蔽辜矣。吳省蘭先爲和珅教習師，後反稱和珅爲老師，大考則第一矣，視學典試不絕矣，非和珅之力而誰力乎？則降官亦不足蔽辜矣，是退而尚未退也，何以言用人行政未盡改也。蓋其人雖已致法，而十餘年來其更變祖宗成例，汲引一己私人猶未嘗平心討論。內閣六部各衙門何爲國家之成法，何爲和珅所更張，誰爲國家自用之人，誰爲和珅所引進，以及隨同受賄舞弊之人，皇上縱極仁慈縱欲寬脅從，又因人數甚廣，不能一切屏除。然竊以爲實有眞知灼見者，自不究其從前亦當籍其姓名於升遷調補之時微示以善惡勸懲之法。

〔二〕對於此事的詳細考察，可參考朱維錚先生洪亮吉案，載音調未定的傳統，遼寧教育出版社一九九五年版，頁一五九—一七二。

〔三〕王昶春融堂集卷三十與夢文子座主薦士書：若褚廷璋、凌應曾、吳省欽、蘇去疾，皆出羣之才，執事試時，可視其文而得之也。

大量頌聖詩文及御製和詩。後來王昶爲省欽蓋棺定論云：「白華著撰，精心果力，不屑蹈襲前人。少日與趙損之、張少華同學漁洋、竹垞，既而别開蹊徑，句必堅凝，意歸清竣。」又云：「或以東野、長江爲比，未盡然也。散體文，于唐似孫樵、劉蜕，于宋似穆修、柳開，亦復戛然自异。」〔二〕

省欽于乾隆三十七年奉旨任四川學政，在蜀凡五十八個月，他將沿途及任職期間所做諸詩按時間順序分爲西笑集、雲棧集、劍外集、學舍集、里區集、願門集，「嘗授梓於蜀」，又統名爲白華入蜀詩鈔，民國南滙縣續志藝文志著録爲白華詞鈔，「詞」乃「詩」之誤字，中國科學院圖書館藏有此乾隆蜀刻本，續修四庫全書别集類據以影印時，題爲白華詩鈔。省欽又因白華入蜀詩鈔十三卷「分集過多」，于乾隆四十八年科試武昌校刻白華前稿時，「自願門别爲一集外，餘當槩以學舍統之」〔三〕，即白華前稿之卷四十一至五十三。省欽卒後，其門人王步雲與省欽弟省蘭、子敬樞共同編訂乃師遺作，嘉慶十五年秋冬之際于松江府城錢涇橋北宅院中之石經堂刊刻白華後稿四十卷。嘉慶元年太學新刻石經告成，省欽被賜石經拓本一份，回籍後顔收藏石經拓本之處爲石經堂，並請錢塘梁同書題額。白華後稿由步雲作序，每一卷首題「南滙吴省欽沖之纂，男敬

〔二〕清王昶蒲褐山房詩話，湖海詩傳卷二十九同。

〔三〕白華前稿卷四十一小序。

樞星宰、敬沐起元校字」，每一卷後題有「婿上海喬洤玉繩覆校」，并收王昶所作墓志銘及步雲協助敬樞寫定的省欽年譜，而省蘭亦于該年春先卒。白華前稿六十卷及白華後稿四十卷，八千卷樓書目卷十七集部、嘉慶松江府志、光緒南匯縣志、光緒婁縣續志、清史稿一百三十藝文志等均予著録，續修四庫全書即據中國科學院圖書館所藏白華前稿乾隆刻本及復旦大學圖書館所藏白華後稿嘉慶刻本影印。

省欽乾隆中葉視學四川初曾作蜀字匡謬，而嘉慶末周中孚撰鄭堂讀書記時，已稱「今未之見」〔二〕。又在成都作官韻考異一卷〔三〕，自序署寫作時間爲乾隆四十一年丙申八月，序中提及音韻述微一書，然據敬樞所作年譜，乾隆四十三年省欽在京，并參與編纂音韻述微及一統志，故省欽寫成官韻考異後當有斷續修訂。省蘭于省欽卒後編輯藝海珠塵，收録刊刻了官韻考異，道光三十年金山錢氏漱石軒據吴氏聽彝堂嘉慶藝海珠塵刻本予以重印。此外，清丁仁八千卷樓書目卷六史部著録有省欽撰刊之乾隆南匯縣志十五卷，卷十九集部著録有韋謙恒、吴省欽編刊同館試律詩鈔二十四卷。

〔二〕鄭堂讀書記卷十四經部八，藝海珠塵本官韻考異一卷提要。

〔三〕清平步青霞外攟屑卷一儒林小傳云：至吴省欽白華前後集外，僅有官韻考異一卷，且附和珅致通顯，安可厠之儒林？

今次整理吴省欽集，收録白華前稿六十卷及白華後稿四十卷，皆以續修四庫全書之影印本爲底本，白華前稿之卷四十一至五十三部分，校以白華入蜀詩鈔。而官韻考異及乾隆南滙縣志，格于體例，未之收録。唯時間倉促，整理者水平有限，舛誤在所難免，敬希讀者匡正爲盼。陳恒舒博士通讀全稿，校正良多，謹致謝忱。

二〇一五年端午前一日

吴省欽集總目

白華前稿

白華前稿自序

序者，所以序作者之意也。有作者之意，斯有作者之文。以文載道衷諸經，以文載事裁諸史。苟其事無與於道，即其文亦可不作。作者之意，必與道不遠，而以法準之。舉古人之規矩繩墨，循循焉不敢少放，操之既久，養之漸熟，繼且文成法立，而不自知，所謂自此入，非自此出也。然其所謂作者，不出兩端：一曰學，一曰才。才浮於學，則爲策士之縱横，而記載或同小説；學囿於才，則爲學究之訓詁，而徵引或似類家。特縱横之病較甚於訓詁，彼不根於道，抑且并其糟魄而失之。矯其病者，又不求之道，而第求之短長離合之間。孔子曰：「辭達而已矣。」達者，達其理，非達其意也。吾之意達，而吾之理未達，則質既不立，文亦不光。以韓昌黎之文與道，而朱子祇許爲文人，則餘子之所爲文者何文，而所爲道者何道？予束髮後，一汩於科舉，再汩於聲律妃儷之學，操觚率爾，散佚實多。戊子冬，使黔返覲，仰承天語，諭以凡爲文必先從見解始。謹以是審古人之文，而不敢以苟作。使蜀五年，始置副墨。前冬入楚，間有論撰，搜羅芟訂，凡得文二十三卷，詩三十六卷，詩餘一卷，名曰白華前稿。前稿云者，猶唐人前集、中集、小集例也。不曰「集」而曰「稿」，猶宋人類藁、初藁例也。不從「藁」從「稿」，取其近也。先文後詩，猶劉夢得編柳集例也。冠以經進御試之文，猶唐人應制應試作，或入外集，或别附卷例也。五經破句，洪景盧嘗論列之。近賢於句讀易混處，自注「句」字，或注「絶」字，亦非古法。因酌毗陵唐氏採點文粹中策論，歸安茅氏圈點八家文之例，每句點斷，取其便也。不點斷詩與詩餘者，易爲句也。撰擬册文、碑文、祭文，皆不存，臣下不敢私也。代人之作多矣，存爲粤西朝士壽陳公序一篇，以其非一人之請。餘則既應人請，不當復爲己有也。詩各編年，應試作聯句，竝以時次，粗識蹤跡。論而録之，仿史記自序、前漢書敍傳之意，記其緣起。質鈍業荒，去道甚遠，惟是幸際聖明，職志文字，敝帚既享，癡符用詅。異時若續稿成，容浼人序之。

乾隆四十八年癸卯正月二十八日，南滙吴省欽書於武昌使院。

白華前稿目録

白華前稿卷第十四……（二四二）

壽序一……（二四二）

白華前稿卷第十五……（二五四）

壽序二……（二五四）

白華前稿卷第二十八……（四五六）

白華前稿卷第三十……（五〇〇）

白華前稿卷第三十一……（五一九）

白華前稿卷第三十三

白華前稿卷第三十四

白華前稿卷第三十五

白華前稿卷第三十七……（六三五）

白華前稿卷第四十……（七〇八）

白華前稿卷第四十一

白華前稿卷第四十二……（七四八）

白華前稿卷第四十七……（八四七）

白華前稿卷第四十玖……（八八八）

白華前稿卷第五十一 ……（九二四）

白華前稿卷第五十三……（九六六）

白華前稿卷第五十四……（九八八）

白華前稿卷第五十五……（一〇〇六）

白華前稿卷第五十六……（一〇二八）

白華前稿卷第五十七……（一〇四五）

白華前稿卷第五十八……（一〇六三）

白華前稿卷第五十玖……（一〇八四）

右存文二百十首，詩二千三百八首，聯句二十八首，附作十二首，詩餘二十三首。

白華前稿卷第一

摺　後跋

平定金川賀摺

欽惟我皇上當陽貫極，函夏承流，拓闐河萬里，而遥筭參亥，步讋撣國，三江以外，環拱辰居。越促浸攢拉之酋，在滴博蓬婆之境。領天朝之符號，險著丢烏；廁土舍之班聯，妖憑札達。昔蹈防風之律，終邀覆露之慈。方期鳥雀銜恩，豈謂駏蛩倚勢。吠紛蜀犬，罔知雪日之輝；貪逞巴蛇，屢觸風霆之怒。法文昌而命將，遂合兩甄；開武庫以詰戎，還資四姓。雲梯遠突，那容搶到維橋；冰柱全摧，焉用叱回黎阪。戮專車而骨朽，細辨鄭瞞；拘反梏之首囚，同降側貳。經樓累轉，劫紅錟以成灰；款表連番，給白旗而授籍。於是右肱左啓，竝效攻心；後勁前茅，長驅刮耳。八門簇陣，占虎氣之高騰；一鼓升陴，笑狐羣之悉掩。當日銅頭鐵額，妄爲跳井之蛙；此時袒肉牽羊，盡作投羅之鳥。快罪人之生得，藁街待正王章；緬吉語之遄飛，柏寢敬逢春薦。普天告凱，豈徒賓布蒙休；大地臚歡，矧在軒輶奉職。臣濫膺視學，親睹銷兵。思藻含芬，淑問考獻囚之典；采蘩協序，還歸卜獲醜之期。祇附車郵，肅陳賀悃。

賜御製全韻詩御製擬白居易新樂府謝摺

伏惟我皇上精一執中，懋昭聖治，德新業富，振古未有。誠以敬天法祖勤民之隱，存之則爲性道，發之則爲文章。心，聖人之心；言，聖人之言。昭耀天文，舉如日月。伏誦右二種御製全韻詩、擬新樂府，理大物博，涵藴今古，抉淵閎之經旨，寓衮鉞之史評，爲萬世子孫臣庶訓行率。俾推本天命，陳闡祖德，視雅頌所述，后稷、公劉、太王、王季、文王、武王之業，實遠邁之。以臣愚下而天有至教，腕鈔口沫早，油然肅然生孝敬之心。兹者備員學政，獲瞻賞本，寸私頂戴，謹擬繕摹校刻，俾所屬士子舉得朝夕諷誦，以端心術，以溯道源，以探億萬世久安長治之本。

除侍講學士謝摺

臣江左寒門，雲間下士。迓翠華之再莅，選直薇垣；會墨榜之旋登，籍通芸館。三廳彙試，姓名幸冠鼇坡；五品超遷，講誦親依鳳宁。大比掄才之會，六與司衡；諸曹課績之期，兩膺考最。洎西川之奉使，教士多疎；輩東院以量移，掌坊遞轉。優游館局，別分排纂之司；歘歷階銜，竝少文章之報。兹復仰蒙寵命，洊陟華資。憶昨校藝瓊墀，文卷復標第一。際此宣名鈴署，史材素乏兼三。實夢寐所靡寧，荷生成而逾分。臣惟有勉循學問，毋貽落殖之羞；祗奉編摩，倍矢涓埃之効。

賜御製古稀説墨刻謝摺

欽惟我皇上量函位育，登皞皞而皆春；詣協生安，勉孜孜於惟日。徵博厚高，明而悠久，欲至萬年。用「剛健中正而粹精心從七十古來稀」，此偶賡杜甫之詩，斯際盛焉。遍采華封之祝，賴一人之胥，慶天下大同，等百世而莫違，生民未有。顧乃聖懷邃若，天語炳如，以從臣之陳義未高，而君子之作所無逸。雖揄揚忠孝，竝希燕譽爲光；迺啓沃神明，有取鶴鳴納誨。攄文載道，藴敬天法祖之源；因頌求規，示致治保邦之要。蓋聰明睿知縱之聖，無思而無不通；斯禄位名壽中自天，有德則有是福。臣夙依講幄，難名淵岳之崇深；近奉使軺，濫被禁廷之錫賚。願書萬本，揭日强莊敬之模；載肄九如，際天保升恒之會。

賜御製知過論墨刻謝摺

欽惟我皇上智藴珠輝，粹凝璧體。埽三代而還之秕政，早詣精純；紹百世以上之薪傳，詎留悔吝。乃以不勞不費，子來順天地之情；因之曰止曰時，工作揆風雷之義。縱效同補助，恒仰食於公旬；而貫取因仍，實爲庥於侯度。前此勸隨鼛鼓，信非無事而爲；今兹訓著盤盂，喜若有人以告。證淵源於泗水，學易彌勤；仰臺囿於岐山，歌詩偕樂。臣自天被寵，就日抒誠。覺過儉而過恭，恭能壽世；欲知德而知政，政在養民。

恭進乾隆三十五年起居注摺

伏以撰合清寧，化成悠久。奉三播治，瑶階陳六泰之符；撫五凝禔，珠斗運四和之柄。敘雒疇之福紀，襲慶維重；肆鎬頌之豐年，告綏有萬。臣等忝司記注，祗效編摩。令著庚先，順龍飛之歲序；統占寅肇，炳虹渚之星輝。幸廛侍從之班，竊珥鋪楊之筆。伏見我皇上懋修躋敬，盛理，敷文。興仁届必世之餘，箭宣暖律；洽慶自初正之始，砌被祥蓂。蒼殿祈年，練上辛而秉鬯；紺壇耤畝，涓吉亥以推犁。契穹昊之精禋，致方祇之特贄。六宗薦幣，秩隆歲舉之文；九廟司彝，禮備月遊之恪。房序圖球之供，大訓丕承；橋陵冠劍之藏，前光敬展。加以歡心久合，愛景方升，調玉饌於萐廚，映綵衣於蓂砌。獻三千齡之珍果，黼黻同春；篆十六字之鴻章，璆函啓旦。銀華吐火，清娱環長樂之宫；錦纜拖烟，順豫掖大安之馭。粤自津連，析木積水，涵精壤，錯長蘆，曝鹽因利。鱗塍下上，勤禹力以疏河；鯉淀西東，報神庥而侐廟。俶奉香之令典，旂滿靈風；殷緝蝦之明心，閣融慧日。籌添勃海，銀宫金闕之山；臺近熙春，紅杏緑蒲之節。既羹魚而飯稻，猶納賈而陳詩。衎讌開筵，廣常員於博士；長流貰獄，贏稍食於烝徒。但經駐輦之鄉，減田租而差粟帛；幸與迎鑾之隊，增牢廩而廁簪裾。夏諺施仁，介五百里曰甸；周官藏富，制三十年則通。溯惟二紀以前，三征槩免；凡在九州之内，六府孔修。遂乃籥奏昇平，絃鳴解阜。念延洪保大，帝心之孚佑無私；彼多寡盈虚，物力之平施有數。溥堯封而賜復，寧差沃澤焦原；按舜牧而論蠲，那問窎鄉遠佃。十八省司藩之會，輪酌更番；百萬家詔版之迎，繩思前武。至若隔年集雁，尚廑周咨；在渚流鴻，時縈清問。放京寮之廩米，竝準先期；發内府之籯金，毋滋短耗。夷疆束草，量供剉秣之需；運舶栖糧，俾免腐紅之患。設爲糜之廠，民不飢寒；通汎糴之船，人皆率育。逮宿占龍角而禱致嗟吁，迺令下雞竿而芒消貫索。蝗飛在隴，嚴秉畀於宰官；蛾化斯倉，覈司存於廒吏。瑶閶詄蕩，共切觀光；蘂榜聯翩，特宏錫類。龍鍾握管，才恐盡乎江花；鵠起揚鞭，恩許攀夫郄桂。即多士德心之廣，寵被天施；知作人壽考之徵，欣承國慶。三元啓運，編六甲以重週；五日迎端，遲三庚而一閏。值綵囊之貯露，萬國攸同；當金鏡之成書，四方咸賀。而乃以恭益壽，敬申讓善之誠；維孝可光，祇待迓釐之祝。東岱是注生之職，庸獻歲而奉金輿；南陔有稱老之嫌，勿呼嵩而徠玟陛。長諧鷗伴，息九志於巖阿；各靖鵷行，鎮百城於州境。静花宫之梵唄，佛解臚驩；卻菊部之笙簧，民歌偕樂。斯時也，緩稱觥之義，秋可八千；紆表貉之程，月逾三五。攻車甫草，幾逢鄯善來庭；校獵長楊，詎獨伊尼食野。訝皮冠之畢肖，晨哨呦呦；覺犄角之無煩，林牽麌麌。作先一鼓，麾井鉞以高搴；用合三驅，颺叅旗而迴指。況復疆嚴閩海，素習樓船；地迴滇池，曾移帆布。十年教訓，休慙蒼兕之名；萬里遄行，俾効赤螭之覲。若策勳計等，固歆至而懸牌；苟致命招殤，亦卹孤而著籍。望堠則聿新亭鄣，戊巳連屯；給糧則悉較緡錢，癸庚罷諾。覈戎車之濫應，乘準三人；戒郵政之紛稽，程兼廿舍。蓋治臻富庶，預防武備之恬熙；而績亮平章，務飭官常之廉法。或巖疆寄重，難寬賕吏之誅；或莅部交深，必杜黨朋之漸。督校官之考課，製錦維艱；慎榷使之乘除，宣綸愈密。末秩或關請簡，毋確指以瀆朝綱；清班亦可量移，勿沿習而拘選格。閔羣工之鐫級，酌擬輪財；甄出宰之望郎，用均使器。詞曹幾輩，同膠昔幹之弓；舉主連行，各展予懷之軸。效糾繩於鷹服，藝事程能；肅拜蹈於龍墀，台階優禮。試問漕臣降秩，豈關米暈秋潮；即看閣老歸田，且待船乘春水。若乃主恩臣報，寵建專祠；父食子先，儀隆特祔。明良協贊，眷一德之無多；友愛潛孚，冀大年之與共。手足股肱之誼，驚凋謝於崇朝；襚衾奠醊之頒，備哀榮於異數。此則親賢展分，存殁均恩，內以勸爲善之宗封，而下以厲奉公之臣節者也。至迺郊原相地，界判紅椿；林苑興繇，户同白版。苟禁常扞網，而鈐束何存；縱籍隸歸旗，而戍流罔貸。悠謬一成之牘，鄰讞須真；紛綸兩造之辭，廷評自確。罪先出柙，按遼水之逋囚；典尚平衡，飭闐城之戲殺。鳴鴞探鷇，大母自絶於孫；惡木連苞，諸孥必鋤其類。東粤捕逋誅之孽，齒刃膺鋒；南黔無逆命之苗，焚巢擣窟。或聞聲援難，切同患於旁觀；或息影瞻氛，安孑居於下里。推道齊之至意，莫贊高深；徵仁壽之同風，庶躋淳古。又況温恭表德，行廬非再搆之區；沖儉爲懷，御幄有重紉之跡。眷名藩之耋老，朝端爲給黄袍；軫賢裔之驅馳，謁次勿隨彩仗。禁廷儤直，欣寵禄之同頒；恩榜聯標，荷微名之特奏。史乘失誣之語，訂誤三韓；經筵抉奥之篇，揚華六籍。文懸北斗，摛毫自幾暇之辰；頌上南山，介景際中天之會。蓋得位得禄，得名得壽，天其申命用庥；而斯立斯行，斯來斯和，帝唯從欲以治。猶且以福集鳴謙之義，見吉徵保泰之心。勤問旦於銅蠡，屏書無逸；懋調時於玉燭，琯叶昭華。萬年卜天祐之隆，四表紀民雍之烈。臣等職居信史，寵近恩暉。體備中和，皇時春而帝時夏；世爲法則，左記動而右記言。按掌故以奏聞，俟命下而交貯。

恭進乾隆四十二年起居注後跋

欽惟我皇上仁孝誠敬，邁古喆后，錫類錫極，宏亮基業。八埏九垓以内，靡弗奎躔。翔泳顯爍景命，而聖懷惇密，行健不息，是用至德要道。通神明，光四海，與日月麗升恒，天地配燾載焉。臣祇直彤扉，仰鏡謨訓，珥筆登記，忝有恒職。茲者恭纂乾隆四十二年起居注册，成凡二十四卷，尊藏金鐀，爲奕禩型。竊聞天心至仁，仁之效曰壽，仁之本曰孝，皇上懋膺統緒，昭事翼翼。初辛祈穀，吉亥雩雨。揚柴元穹，薦琮黄墠。祫禘備乎清廟，謁拜展乎山陵。享帝享親，對越在上，以篤寵靈，以固萬世延洪之祚。若夫祇奉慈寧，以天下尊養貺壽祺者八十六載，介蕃釐者四十二年。五世一堂，中外禔福。用合萬懽，敢言一懼。月正二十有三日，慈馭上賓，至尊擗搶慘怛，必誠必信，朝步於養心殿無逸齋，設苫即次。王大臣籲懇再四，始還宫苑。猶復曲體慈仁，普氾嘉澤，免天下租税二千八百餘萬。俾暆溢羣生，永申哀慕。升祔既洽，推恩布詔。自上下神示，暨含生負性之屬，芔然霑被文孫。承祀往者，封之舊寮；戴星來者，賚之鄉甿。髫髮扞重，禁者貰之。凡文武亶吏，毋以彌文奔謁，稍懈陳力。越聖母奉安泰東陵，上躬酌禮經，先詣泰陵祗告，咸秩無文，恩明誼美。宗藩卿尹之鳩工百職，庶司之扈道，下及戒塗甲士，予敘賚有差。戴準儀章，凡郊壇諸大祀，撤法駕，御禮輿，懸雅樂，而以盛服將事。竝詔代祀雩壇之宗臣等，先期舉薙，於盡倫盡制之中，致如質如臨之意。是故敬天法祖，盛德也；慎終追遠，本行也；敦和逮福，至仁也；數典備物，大烈也。茂矣孅矣，蔑以加矣。然且敘官方，勅國憲，光典籍，慎選舉，廣施舍。督撫有董察屬員之職，兩司道府中有材堪擢用而未列剡章者飭之，精已銷亡而姑爲徇隱者詰之。侵帑藏而不行，按劾罰必加；筦禺筴而謂拙，催科授必左。考績届年，閣臣邀從優之敘；陳情援例，旗員酌内用之條。曰課官常，故權宜遣委之習必覈也；曰勗官廉，故朘削典貸之罪必懲也。審語音以釐仕籍，速覲對以卹運員。開幕僚課最之階，杜部臣沾名之漸。提臣器小者易之，鎮臣俸深者甄之。逃兵失察，則量加録用，而文武不致偏畸；窮徼久羈，則曲賜矜全，而存没均沾恩賚。八旗有守制回京者，許歲終引覲；一命有擒奸戢暴者，許按級論功。皆皇上所以敘官方也。庇屬吏而至罔上行私，則自干重僇，而同科者以次而差；編字義而觸聖名廟諱，則立正常刑，而故縱者宜彰厥譴。戕父體而蔑天倫，詎容縱罪；尋父衅而骫國法，豈果復讎。宗室擾莊屯者謫之，兇械拒徒手者辟之。罰讞案之稽時，重官刑之減等。其斫樹開路，而未害地脈者，復援古義爲斷焉。皆皇上所以勑國法也。幾餘典學，日有緝熙著作之廬，封呈乙覽，多派總裁以資集事，量分議處以勵校書，然猶廑勘課之疎也。命諸皇子、内廷諸臣，董之簽之記之，抽閲以核之。近嫌不必避諱，古帝不得稱名。嚴書侵書寇之例於小朝，徵記事記言之實於勝國。惟國家發祥受命，流長源遠，白山黑水，登著曩牒，於以正三韓雞林之義，稽珠申肅慎之文。旁蒐博引，曠若擊蒙。得旨勒成一書，以示統系，以昭信實。皆皇上所以光典籍也。大比届期，命程文所用虚字，酌用官限，罷五經分閲之例，以絶弊萌。執事者減迴避之條，失第者選鈔謄之雋。觀光乘傳，邊州之上計不難；韻語失調，遠省之停科暫緩。至簡任各省學臣，訓誨周詳，厲以公慎。皆皇上所以慎選舉也。孟春始和，免甘省貸租八十餘萬。去年江蘇安東等七州縣、安徽泗亳等七州縣，適遇偏災，加賑一月。他若湖北江陵、監利之垸田偶澇，陝西咸寧等二十九廳州縣之雨澤稍愆，或緩徵丁銀，或借給糧種。臺灣僻在島溢，而官莊租息，仰荷酌減。漕船遭風漂没者，凡支貸修造銀款暨應償米石席竹，均展以朞年。三年之限，湛恩汪濊，有隱必周。皆皇上所以廣施舍也。懋哉懋哉！貫道源，宣誼譽，斡洪運，召元符。百工之績允釐，庶徵之休畢備。往者緬酋不譓，上干天討，比以悃辜敏關，籲守臣通市貢。上命重臣馳視機宜，達誠效悃，無有後艱。郭羅克土司以罪戾淹斃内地，即令其子襲封。朝鮮有逆黨潛逃，諭大吏時加察訪。而於粵東勒詐夷商之宄民，嚴予譴戍。斯柔遠之政宣焉。皇四子喪儀用親王故事，而親臣世臣歷著勞勣者，咸賻卹裦贈有加禮，斯逮終之典茂焉。關市徵税，通三載爲鉤稽，贏縮相權，侵耗胥絶，惠商民也。清口之外，别治陶莊，引河千里，一息安瀾，永慶淮浦無倒灌之虞，慎河防也。金川索烏、甲索、勒烏圍山川神之助順者，秩祀酬之；西嶽崋山祠，金帑葺之，迓神休也。時乃宣降德音，以來秋東詣陪京，展謁三陵，仰締造之艱辛，攬山河之險要。淵源霜露之思遠，子孫臣庶之澤流。而凡獮狩、享宴、慶節、受賀諸儀，概卻弗御。信乎我皇上錫類不匱之心，爲高朗昭融介景受釐之本。經緯萬端，蟠際上下。臣等班依豹尾，獲遂瞻就，謹紀一歲中詔諭、政令、典章、法度，繫日臚舉。庶天下萬世知聖天子本明察之道心，致協雍之治理，相與颺頌鼓舞，測高深於萬一云爾。

白華前稿卷第一

賦一

皇太后八旬萬壽賦

臣惟告功容德曰頌，正樂曰雅，其體皆可賦，故班固以賦者古詩之流，亦雅頌之亞也。歲重光亶閼律中黃鍾之月，恭遇聖母崇慶慈宣康惠敦和裕壽純禧恭懿安祺皇太后八十萬壽，福應戢舂，鱗萃徠賀。皇上覲元堂，攷靈臺，繹昊綍，提貞鼇，含龢宣詔，輷輷旼旼，與斯世躋壽宇。凡言語侍從之臣，抒悃述豫，舉有所作，以泝邕善氣。以臣顓固，倖得奏賦通籍。又御試賦叅第高等，竊徵之景命所祐，稽之方册所紀，循蜚以還，歷茲曠睹，深思歙河眯源，沿侈掌故。又固言作賦之旨，通風諭，盡忠孝，雍容揄揚，炳同三代。謹以賦敷陳其事，極禔福之畢臻，而衷諸順德之感召，拜手稽首獻焉。其辭曰：

康衢古民，索帶披裘，游嬉茹真，趄香山碩耆之盧而請曰：蒙聞羔兕之晉嘏也，禮嚮執於姬豳矣。皇時六旬，㥯而弗居。曰我慈豫，實誒實儲。墜十定位，卦八受圖，因而重之。懿慶演疇，盍數典而誦厥初乎！蒙且鑒古今之上儀，錫家國之永類，䝿我以泰符，躋我以壽世。陰陽絪緼，歲幹歲支，上中三元，候以軒倫之十二箭，蟺以容成之十九章，五緯汁次，啓甚天人。子半在月，籥告悉新。逮祚三紀，川增日煇，邕邕熙熙，用綏我壽康，其制麄得而述焉。若迺析津宅曜，夾城拱衛，隆宗以西，嚮離樹闕。金支煜爚以猊蹲，華桐葳蕤以鳳集。步櫚冠椵，瑺璧納月。中則贅衣灑庭，祇奉頤攝；外則郎將護闈，時竚朝對。於是西華豁谺，九市闐坒，千軌沓摩。牟首芘閫而射嵐，麗譙枕郛而瞰波。鼇牟茁棱，柳樫泄芽，貨隧旗亭，環映四阿。佖以柏塗，陪以香林，震旦肆啓，玉毫在龕。應真八百，有園布金。妙鬘吉祥見其相，圜梵懽喜流其音。人天帝釋，海會繹繹，曾壇伉如，彫綵繢飾。上覆簀而山移，下量勺而波積。鸛鵲川鷞，蕢藻逵植。木英未春而榮，果珍方冬而熟。狀瑋於嵇編，名夠於吴録。於是廣場輥，文竿矗，抗綵旍，昫春目。突鋒扛鼎，尋橦丸劍之屬，程戲趁趧，以觜距爲鈹鏃；龍吹罷儛，洪厓女娥之仙，揚袿襳襹，以譈磬爲歌絃。箏篴遏雲，鉦鼓震山，宵炬星迥，浮燗吐烟，載霞載陰，漫衍儵焉。丙御不得嚹，俞騎不得前。於是都人效驩，寮尹展寀，秋秋將將，馳傳萬里。大禄岑陬，犬使鹿使，望若延鷺，踊若躍蠡。鸞應節珊，珂摇韻鏘。罡攙乎莽罠之坰，㺸猑乎詄蕩之閶。其揮汗也則雪候雨霈，其嘑祝也則晴日靁轟。他他焉，欯欯焉，鼇抃而羔跪者，相與占織女之明，婺宿之光，迓鴻禧兹未央也。於是靈史涓吉，節隃履長，斯夔斯愉，啓鑾上京。昈七校，班六虬，鳴翠葭，控華軥。蒼威翕習而執馭，黄神撝護而結斿。以玨暢春，易鼂曣嘔，象愛日之升以暾也；以掖金根，安輿翔軒，協厚地之安以敦也。於三十里，莘莘烝烝，卬禮合讚，有聞無聲。翼輦涂施幔城，轉儀駕端慈寧，蓋新之又鼎新之。昭融徽顯，案綺甲而駢翠籙者難具録已。於是敞雲廷，拓海屋，仙壺永，香宸肅，彬文質之軌，盎仁壽之域。精璆瑩脂，寶册瑑治。其文則精一合數，其鐫則苕華告期。躬拜稽首，授几襲綈。紬體仁之掌故，邁奉嘗之所司。然此語夫尊而未極夫養之至也。厥有千佛之經，百福之屏，寫官屑金，御翰鏤青，恒河所披，閬河所升，珠彩敓月，秦罽越繒，孰與海客獻而報章，鍼神徠而繡文。勺藥百和，堯廚扇薰，良醖六清，帝臺送醺，羌物備而儀及，舉數紀而名命。古所云孝治天下，合萬國之歡心以事親者，惟我大聖人已。宣至和者，縣毛虡，佾堂序，舍干鍼，肆文舞，麾帗旄，植翿羽。上鼇譔籥章，維時其雅奏之，樂且有儀也。親率麟趾麟定，山龍卷然，斑衣颺舉。然後侍玉膳於壽安，戢瑶樞於純嘏。於此之時，嘉氣氾濩，福徵緐懋，揭南斗爲上尊，齊西池爲重酎。戩五世之百禄，邁九如之萬壽。昴精降河，穀老杖朝，鮐背兒齒，式燕以敖，相與賀吾遭曰：盛哉乎斯世！嫣姒不足多，而簡嫄不足褒也。然且弛逋賦，起廢僚，級羣尹，榜士曹，禮嶽瀆，墍陵廟，茀戒道，圯治橋，通工惠農，民物用饒。擊壤擊轅，中謡初謡，學者博秇考信。有若斯之天地昭，神明通，歊景爍，升延洪，以篤祜我聖母，以垂曜我聖清者歟！

言未既，碩耆灑然振容，喟然槩於中曰：有是哉！若子所稱，文繁情靡。然知其一，不知其二也。夫聾蟲不聞震霆之音，爲其瑱於聰也；蚊睫不見泰丘之密，爲其障於盲也。買珠者持櫝，叩槃者遺燭，謂直不知量也。抑子亶挍功於三古，絜德於六籍，則億萬萬壽可知矣。昔者乾綱坤維，厚載光化，母天下儀，長信長樂，大母奉之。然而乘彤車矣，不聞慶都履綏；錫元圭矣，不聞脩已翼祺。非德齊而福未齊，書缺有間焉。抑顥靈厚有待於方來，而元會運世之庥爲我貽也。明統中葉，我朝龍興，頌長發之奏，雅下武之賡。是以晉神嫒之朱果，知玉筐之所以宜男；馴文后之彩翬，知翟衣之所以兆禎。代遞演於金策，史交誦於丹陵。況復筦百年之禮樂，桀六宮之政教，俶必世之上仁，格自天之要道。運疇開而弗先，光疇遠而弗耀。蓋佑啓於椒塗璽澤之間，而赫濯於檢玉鐀金之告者，如此其劭也！宜如此其疇也。且夫萌庶之子，一再命之臣，奉不必鼎茵，遶不必礽孫，年不必大旬，猶且啜粟而懽，含飴而睠，數齒而听，彼蓋有漿瀡之齋粟，與琄佩之睦媚，榮見於受旌，樂生於爲善。如今之百齡舉案，五代合爨者，可睹焉。矧鍾粹毓源，若我聖母之引大祺，飫洪願者矣。是故鐘在宮而聲聞，璞抱質而潤流。子第知璚琯璇圖，黼闈載娛，而不知化理之基於關雎；子第知玉葉金枝，蘭殿載嬰，而不知惠問之繇於螽斯。子第知服貢物貢，紫闥頓供，而不知繭館桑田之慇乎祈誦；子第知遊河遊嶽，黄馭驂服，而不知陳詩納賈之恁乎諏度。至如伽葉彌羅，真如貝多，祇爲民而請籲，而徒福田利益之云何哉！且夫天之所助者順也，人之所助者信也，嗟元部之凋边，隸羅叉之羇管。嚮效睬而典屬，茲敂塞而行覲，質孫答忽賁其衣，頭鵞詐馬渥其宴。斯時也，宗乘之廟成，歸誠之碑建，泝七旬之儛階，格花門之剺面，閱十稔之侑觴，徠泰濛之迪賓。惟聖母厚載无疆，惟聖人勑幾貴斷，禁申頗牧不克襄，而宮中堯舜偕與峻也。且子亦聞夫天帝之孫乎？封嬗七二，有亭有云，有神所家，絳衣玉真，東以注生；木道用神，山以主壽。貞象顯仁，敬體安悆，升香告虔，有取爾已。且夫厚坤取義，爲母爲地，萬物致養，德乃天配。能養萬物，養亦畢至。茀禄爾常，載援神契。聖天子讓善則偉，稱老則避，猶此志焉。吾子瑕不陳既醉之景介，推箕範之福備，迺心奓體忲，禔禔焉以是相嘐哈也。咫聞聖言，大德受命，履今踐昔，考靈介慶。然且闡偕樂之旨，繹不匱之令，甄呰窳之習，葆蛊泊之性，藏珠抵璧，觀道泰上，茻然風草，𪗪然心鏡。抑工商之衺業，劭耕絍之盛務。吏斵彫而抱慤，士黜華而惇素。二氣化其伏㒀，萬物登其時序，美矣茂矣，孝用就矣！假若吾子所祝，陋豐鎬之上期，庳河雒之中候，是將植建木，蒔華平，擾騶牙，招歸昌，玉雞俾其吐綬，鉤鈐俾其耀明。署德教而啓符瑞，非聖人之緝敬也；迪懿訓而思齊媚，斯天道之福謙也。某雖耋齡，嘗學於舊史氏，飽仁勸德，又詔工肖吾形焉。奥引典義，竊思所以祛黿㰝而奏六詻也。古民於時，靡徙敞罔，憬若矇發，良久乃稱曰：鄙人檮昧，吾乃今知天子之孝，與母后之德所以宏也。載忻載晬，重爲系曰：

皇理孝兮敕瑞圖，融愛日兮光三朝。瑟組陛兮尊酌衢，壽無量兮高厚俱。坤含章兮享貞元，晞鴻號兮離曜懸。範演福兮皇德宣，奉母后兮年萬千。

聖駕巡幸天津賦

臣聞古天子歲見畿内吏民，又修隄防，達溝瀆，與夫布德行惠諸大政，紀載春令，厥施至隆，炳燿無極。我皇上懃恁民旅，在遏猶邇。惟天津近處左輔，自南四巡，川郵弗逮。比歲以來，鸞舉永政，迺涓丁亥二月吉展鑾郊宮，履視淀河堤牐，咸有培浚，既清既平，十賚繹如，返自林苑。臣伏頌周之頌巡狩者，有時邁詩，體皆主賦。左思謂升高能賦者，頌其所見，是賦與頌其實不異。用是窮竭蕞芮，敷陳原委，以紀上儀，以對敭皇帝之德於萬一。其辭曰：

上御宇之三十二載，自圻卜征，于瀛于津，二旬禮成。榷惟六府惟穀爲本，九疇惟水爲初。坊庸順乎大蜡，銍秸賦乎密都。大抵西北之利，視東南上腴；循郊之典，首河嶽而道周。於爍聖清，表儀宅方。朔易平在，扶風馮翊。左右割宰，厥甿止畿，厥僚服窠，林林芸芸。尾十斗七，爲析木津，兖冀俛偵，霄漢仰貫。改社國之三衛，俾列郡乎大蕃。苞絡濱棣，咽嗌河間，都鄙衍斥，東奄滄壖。轉輸之迅，遠達陪京；偵邏之廣，外列少城。帶三岔之瀏濶，抗四闉之崢嶸。交墜墆鬻，羅肆楙遷。商居賈行，葩華駢田。服有連箭之絓，饌有出網之鱻。釜海之奇，弗益弗牢。習坎次五，溟漲遞澆。水親土而滲漉，雪受曝而結糾。坨租場租，禺筴致饒。漕渠既程，關梁既挖。鐵鹿碾渦，膏豨鬭輻。蒙士返淳古，黎獻沐休息。搁染化源，首善孔炙。翹斯跂斯，莊誦祖德。韙作游乎堯巡，傒乘戴乎禹績。且旋鯢之淤澱，孰與駕鼇之高堰？諸河之灌川，孰與中璽之安瀾？朝發夕至，孰與豪徼牟首？頓宿岧遰，京身幾臂，孰與江介湫湄，揚粵牽綴？迺聖人幸南土而兹未及者，非懷遠而泄邇也。毋亦川陸異郵，抑定河海之已效，貴昚采焉。昔者文命敽河，鬲津最南，徒駭最北，逆上隅海，夾右碣石，季宣以謂被漸，王横以謂横溢。然而渤海書乎河渠，章武志乎溝洫。島倭讋其阻，萊幭賁其職。浘潤稽天，依約點墨，憺乎無極。若迺晉望惡池，出於泰戲，經行唐林，洎越濊口。故道濫僭，竊爲鱷濤，醮爲虢涔，何下游之三舍，襲灌壇而迄今？有岡有臺，有祠𦼮槮，東西之邨，牛鳴角犄，新河舊河，相背兩已。羌雙滙而中𥨍，遽一折而仄氿。迅若馬駛，健若龍鬻。歸漕丁沽，若涂守軌。淀以言淺，派尾溶瀿。環納清河，七十有二。掘鯉堙矣，侈太沖之詞賦焉；塘濼迻矣，緬承矩之施設焉。魚凫族滋，蒲茨種穊。白洋迤東，名弗殫記。柴禾下委，茅灣中愒。既歷苑口，滮池澶漫。蒼耳蓮華，四殳闌干。俺如牛臺百龍，大蘭小蘭。介長隄之表，與二淀邈其不關。夫隄非一端也。鼓車記里，七同有餘。宛虹修蛇，蜒蜒衙衙。首高陽，入任邱，逕青苑，鄚室家。昔在宋遼，鑿陂畫區。懷敏所增治，唐介所修除。閱世數嬗，培庳或渝。事在因而等搬，效已捷而不紆。長隄既窮，格隄斯徬。淀瀓河渾，勢迭衰旺。鶩沙反而輒沈，短埂闕而泰猛。漂漱則相戕，壅閉則不競。扞表護裏，漏巵得當。二竇是刷，直沽是嚮。溜以逆河，潮以奔淙。枝流涓如，斗門翕張。櫛比得五，纚連疊雙。以濟汲綆，以衛土萌。故曰：功不什不變器，利不佰不易制。人見爲擇茭積竹之費，而弗知蠙衣鼉竈之疢也；人見爲即橋蹈揭之悴，而弗知樹渠封溝之計也；人見爲道謀築舍之議，而弗知非常之原之俟大智也。鞠人謀人，訏謀載教。地官任地，僝工伐鼛。惟蟺淵螻濩中，穆乎其鼇成，殷乎其紹休。爰迺震潛鼉，建招摇，案華覆，弭文雕。波委靁動，鄰鄰儦儦。以承宣遊，時亾法導。未底津城也。馳道弦直，一塵乍清。渫雨曉潤，順時就新。雜英附條，庶草動萌。麳麰毳如，撥轂變聲。誼以占習祥，政以洽觀畊。發上蘭，憩中甸，盧者溝，紫者泉，際趙北，郎櫂船，飀含漪，澌淩堅，汎夾河，俵揚芬，水繂千唱，海民合讚。亭驛延鷺，跽迎莘莘。就日雲麗，海光人天。遵崇臺而元覽，遂升柴而蹕旋。斯時蠡躍蛾伏，扶杖相告。入者意以上度功澹菑，亹亹祇迪，義聲被陬澨，順氣浹輂轂。惟是移泰行以校壽，齅勃澥以應福。政觀美而不費，歲竚幸而不瀆。若稽古方，岳肆覲同。律度量衡，其佹無稱。越在姬制，入壃有慶，弗逮兆姓。我皇上展秩嵩岱，四駕南中，延洪汪濊，雨施雲行。酌醲化爲大酺，佈温言爲四姘。粤以承安輿而推湛恩也。至如三輔之圖不問於寢門，浹辰之期不異於晨昏，常常純純，明明旼旼，功已轃於距畝，典匪覬於省春。然而皇澤无量，先後錫蝦。爵計級，敘寮府。餉計月，犒堠伍。值計日，顧舟旅。引高年，粟絲褚。燕所司，觴豆俎。廣下庠，三四五。第簿眚，長流始。綏榷醝，仲冬止。見糧減三，宿逋全罷。經塗供張，加賚無已。民物阜已，名實揆已。然猶擘綱頓紀，曰睿運算。邕滏漳之末流，交瀛鄚之曲岸。彌格隄與長隄，揻兑軼而巽斷。勘故籍而弗遺，惻窮檷而詎緩。賀成厦於蠹甝，芘奕代而休宴。二倉所頻，通潞複跨。簇筐港以結邨，陡塌淀而立壩。緣舊工使池屬，綢怒濤使平瀉。所以鞏始基，禦漲夏。或倚青龍之灣，或錯青滄之界。雖方舟有未循，而漕川舉以苴罅；若萬乘所偶臨，而鳳河亦以引藉。是故任靡仔其弗勝，響靡叩其弗膺。總六符，敘三靈。涌丹醴瀆告榮，挺華露芝發莖。上惟是基命夙夜，師儉葆真。罷春淘之合圍，禁夜船之簇燈。繪沙壤之吉貝，整天田之冕紘。九圻萬井，汙邪三登。言眷淀亓，若河海效命。筈稠貺於艅艎，新雕棨而漆楹。此聖天子爲天牧人，光四海而通神明者也。且夫效軨引綍，以埝河泊，此聖祖所以勒方畧也；結旌導旂，以縈海斐，此憲皇所以紀豐碑也。降原觀泉，此豳都之所以徹田，省圉發倉，此春令之所以理陽。河漢星雲，此于邁之所以作人；震疊明昭，此肆夏之所以序候。皇上襲令軌，劭洪業，六鐘左右，備奏出入。上課暘雨，下度原隰，中問疾苦，民用時協。觀風展義，羣遊泰和。賡藻幾暇，摛文掞華。鼇括地之謬悠，忻育物之茂嘉。舉上揜乎初慮之奏，而又何有於橫汾之歌？懿夫後仁者天時，布宜者地利，先勞者君道，化神者民志，言就理焉。必世三十年而較紆清趩，言課功焉。甸服五百里而有藉明試。由是歲見吏民，巡覽原野，自上下下，春原秋補。先五載而班輯，首六服而除灑。肆允猶之嘉頌，嫽來游之羣雅。故故喁喁，謳者籲者，皇頷厥請，徐之來茲。自山川鬼神上下草木鳥獸，罔不受釐。馭雲罕，返霓旆。道南苑，蒐及期，簡軍實，觼羽鈹，旋京師。面紫闈，端枋魁，運八維，於萬斯。

聖駕載幸天津恭賦

臣聞大德受福，天人贊孚，思和求中，是茂殊祉。洪惟我皇上丕御大寶，清寧炳符。今三十有五年，伏遇萬壽浹甲，明年伏遇皇太后八十萬壽。天申保佑，邈古無二。崇慶誕洽，載紓民依。赦天下田賦二千八百萬有奇。舉春秋闈試，士甿扇慕，三輔傒望近光。越丁亥迨今，二淀軌順，神廟工蕆。方春令和，涓迪慈豫，庶幾蹕我噉請。惟上眷義歸善，上陵致告禮成，雍容轉趩，祇整法從，飛黃首塗，柔颸送艇，升香澤亓，醲萃昭晰。俾海隅蒼生，大慰瞻就，津門旋駕，川波不揚，書所稱「一人有慶，兆民賴之」也。臣濫玷翰林，以文章爲職志，茲際設巡行慶，景爍無既。竊忘撿陋，誤賦一篇，拜手稽首獻焉。賦曰：

古七十二氏之彌文，八維遏已，奉符欽祡，維不懈於詔巡。五百里甸服秸服，挍親故歲見，弗憚勤止。然而風不必大淳，慶不必具輳，典不必備循。邁邦之期，不歌文母翼祺；省耕之謡，不陳誼后迓釐。有如拓闓，澤裒閎貺。有孚至誠，元氣沆碭。案泰行爲福基，酌勃澥爲壽量。

圉吏率寮宷，穀老迪丁壯。緊鼈斯抃，緊鶴斯望。喁喁焉相與傣而稱曰：淀流既平，津流既清，既洽神惠，習祥則行。距强圉大淵獻，序籥載更，帝者有原有補，詎斯今而失徵。厥徵維何，中春日佳。卉木萌動，裀承帝車。羽騎息塵，遥聞歡呀。上以毖安輦，下以觀宿畬。潛以格靈祇，明以成民和。狹嫣圖之幸洛，軼垚玉之游河。皇上夔夔焉，佗佗焉，眷延洪之協景，述章顯之不緒。紹祭畢於姬模，揨月游於漢故。仰景陵兮遵言，野廬汎埽夫東路。洎乎還駐田盤，而僾乎若有餘慕。自東自西，晨展玉衣。複嚅列羨，丸松作圍。祠官誕舉初禮，慤焉再告孝禧。來冬玉衡，紀暢八千歲百之一。東朝播徽，兹秋中月，貞後起元萬之一。皇時繹思，飛甘吮膏，於爍斯劭。燕天之昌，章亮姒教。視旬年而免正供，必世而給轉漕。損上益下，宏效也；爲章作人，熾號也；光神睦民，要道也；度方順時，正告也。秩慈孝之大經，究尊養之至奧。匪玩華而懕觀，將宣揚而達燿。蒼威藹其佖涂，前大安而祇導。禮言蒇而義昭，時百源之宅隩。於廓哉淀之潴以淖也。派尾積輸，易浹滱沽。芥坳蹄涔，兹焉泥澗。天渭控清，夾鏡瀏如。瓜皮鴨頭，渾黄絶殊。或就淺以及踝，有葉舟之撈淤。冬竭則冰坼川陸，夏濫則水立溟墟。汩㴔湁潗，波響隱合。晴烟混空，莊舍出没。淵魚將子而影翻，渚鳥招羣而語答。菱蒲苽蔣，萌抽葉獵。詘者資生，贏者用給。以灌溝遂而稻秔潤浥，以達邑井而篙槳利涉。他瓌怪之物宜，多無與於民質。左家研都之賦，酈生清河之注。賡遊宴於蓼花，淼塘灤之洄互。九十有九歧其稱，七十有二淆其數。莽分併於長蘆，即掘柳而沿誤。蓋水以不流曰奴，如淵曰淀。書澱淘之同文，曰窪泊其奚辨。其格隄之鞏堅，斛土千錢，雉影言言；其長隄之纚聯，屬工三灘，虹文延延。皇上度廣惠之梁，移安福之艫，紅帽緩引，亭亭相烏。經藥王之叢祠，稽蘇簿之邑居。水木明瑟，宛焉江湖。彼四瀆之告翕，殷匄珥之肆予。敬共明神，茲無闕如。所以咨重臣，度陸地，兩戒攬，五材庀，結瑶搆珠，圖畫雲氣。遥而睇之，若海蜃青紅以迥市；迫而從之，若閬仙金銀以飾宫。懸左舫與右幣，耽龍居之正中。前則碑螭屈蟠，積健據雄，孰與夫銘襄隄，頌練塘。培黿不足以知震鱗，詞流不足以挍奎章。時上入祠奉香，既勑既匡，將容與於漢津也。春木欣欣，春禽關關，春澌溶溶，西沽碧灣。象丁則料地理，躔丑則景天文。碣石所夾，箕尾所分，厥有豫嵩代臺。南迄揚越之衆，涉江踰淮，思娱吉暉。炫犁軒之倜佹，喧跋河之轟豗。亭不見柱，牆不露材。十里五里，霽顏一開。上方養情田，擴性囿，敦斵雕，諾封奏，渠地渠天，審義巡狩。睹郊圻之申畫，可以檗三輔之左右焉；卜勃碣之都會，可以跡九河之新舊焉。其牐則贏縮節宣，紛接河堧；其臺，則祥氛升望，巍聳海偏。横沙限内，外控弁韓。千里濟羅，往還發遄。罷習流之禁旅，信地險之固然。惟陸海之殷阜，湧海光於人天。鬻盆於郊，荷鉏於野。熙熙春人，以方以社。萬懽備臚，裒對天下。緬通潞之滮滮，送鶬鳳而心寫。揭土功之未乂，儀祖德之克勤。狃六龍以六幸，建海斐之貞珉。啓鑾鏘之莅止，旦言邁而夕輳。猶必考之以風雅，臨之以王制。閱三載而一巡，際天庥之洊被。上陵以啓祥，行郊以展誼。耕市不止，輿徒不勚。其報禠也，非八神所得而隸；其緝嘏也，非三呼所得而議。方將授榮河之版，朝若水之庭，禔應戩昚，川至益增，山川鬼神天地時罔不寧。又奚有於胎萌喙跂之甸氓者哉！乃系頌曰：

旼旼泰朝，秩百禄兮。於皇緝熙，曼壽祝兮。天母應符，闡以璿兮。大德所得，甚在天兮。遂遵畿南，洞無厓兮。新廟是作，靈迟迡兮。五行先水，庶徵壽兮。鳥策篆素，藴難究兮。自今伊始，緜大萬兮。我皇受之，百王冠兮。

文廟工成聖駕親詣釋奠賦

臣惟古先聖先師之祀，代不相襲。其釋奠，禮亦綢而弗隆。自奉孔子祀學，而先師之典始懋。我皇上心源揆合，膺祚以來，既以五詣文廟，禋肇上儀。越三十有四年春，大成殿重修工蕆，御製碑記勒石，又頒置周笵彝器凡十，司存粲如。仲月上丁，展駕親詣將事。羹牆炳著，日煇日新，非彌文者所容儗已。臣忝與觀禮，念靈臺、泮宮二詩，本爲建學而作，肆列雅頌，而其義皆主賦。故不揆蕞陋，拜手稽首爲賦以奏焉。其詞曰：

遏矣哉宗儒之闡繹也，邁秩節兮習舞。蔚兮霞蒸藹兮風煦，侁侁祁祁。倅游胥鼓，營嚅廟兮新之又新之。皇曰朕時庸獻斝，景爍之化轃，精一之軌樹，歲屠維赤奮若，日在奎婁，釋奠由是舉焉。夫釋奠制綦古矣，尸象罷迎，於義示略。是同菜祭，設薦饌酌。趨告幣之秋將，屏司兵之歛燿。奉一獻以退儐，孰瞽宗而祖樂。師佐聖食，遞隨降升。四時徧舉，尚春吉丁。春以宅中和，丁以汁文明。月中日上，丕顯昧爽。此姒代章其用萬，而姬家光乎舍萌也。粤我宣尼，昊綷佑師。奕奕貌廟，平鄉夙治。迨初唐而改命，緣國學而闢基。有閎有檽，欑羅戟支。厥後祧旦，素臣作配，豈惟過魯而太牢用祠哉！凡以炫籥，翟免鼎彝。宗廟之美，禮家所議。庳且隘焉弗夐也，闇且蝕焉弗整也。匹明堂之少陽，洞豁問乎其大居正也。國家騰精震維，雷動響應。咀修道之菁華，斆有文之杓枋。倡首善於密都，卬懿型於列聖。既戢干戈，而上靡以肄四姓；既澤詩、書，而舊林以莅萬乘。百八十載於茲，祖烈尚矣，宗功競矣。巍封晉五，鴻名諱一。跽奠初亞，旨洒嘉栗。上梁二東，雲瑞見喬。爰止屠乎揆辰，是演仁術；皇御寓之三禩，儀展寅述。蒼然澮然，睠縹瓦之麗廟堂，孰與元吉在黃也。翼而覆之，若采烏銜曜以軒鶱；纍而比之，若金波瀉地以沕茫。故其迢嶢博敞之圖，窟窕瓌譎之模，二軌竝入，三塗肆恢。崇教之坊徑跱，成賢之街逖紆。市樓蓊薆庀其上，材碑崩嶭鎮其隅。惣惣焉，浩浩焉，柔萬邦而翕若，綿千齡而巋如。古之陝勩飭材，以因善[illegible]。柏梁火而建章起，崇華廢而九龍抗。直以虺竄鼯飛，礫頽棘梗。數靡虧而弗成，運靡衰而弗眭，物靡替而弗興，制靡陋而弗廣。弗敝何造，弗毀何新。增娥踵華，詔言公旬。曰十有七萬，又五萬緡。奉神啓遷，迺有魯斯王爾之儔。曼立邪睨，面陽負陰。平準通馗，周迥繚垣。砥如甬如，就塏去磧。高翥曾阿，衡布九筵。何秧振棼栱以枝梧兮，宛交綺與纚連也。抑構櫨槃梠以偨傂兮，儼革鳥與比鱗也。闢綺疏而白間錯落兮，卜端乾倪坤之利嚮南也。夾丹廡而頳壤歙艴兮，恍琁間碧樹之宇列真也。珠龕瓓瓏，粟主位中。厥十四族，賢喆類從。上植禁匾，蔚藍青紅。冠以奕赫之御璽，週以蜎蜎之迴龍。楹牓睿製，一西一東。凡廟門之涉嫌與闕有間者，罔不夷考政典，糾纏佞璁。曏所云墓置守衛，堂會百官，末由比隆也已。將勒銘者曳萬牛，遴琇英，礱角圭，穹覆亭。厥司夔夔戒沐，含意欲請。上蚤覃思究精，曰：吁咈哉！道德爲虛位，仁義爲定名，朕無得而稱焉。彼嵩岱不以槩媪靈，川瀆不以槩渤溟。扢宸藻四百有八十言，炳懸日星。庸親詣乎落成，則有野廬埽涂，掌舍設枑。青旗綏綏，倉龍孔阜。啓軫東華，北雍轉傣。令鼉不塵，蹌趨載道。稟乎淩兢，濯乎濩濩。蓋帝車未游乎坦墀，而海椶之席，候止輦而祗步。鏄鐘宣，間衆奏，帗翿立，干戚授，六變叶成，六清敬侑，厥有靁文山文。蒼姬所鑄，窅窊橢圜，侈弇異受。羌璘瑞而瑕駮，或騈𡒄而縟繡。捫怯留爪，呵若滴乳。校嚮之噉闕里者，數迺倍之，器惟舊焉。盼諸祕府，寘諸禮囿曩以充玩儲。兹以備貳篚，自堂歷階，羃濯告具。凡我執事觀禮罔後，先是誼聲誕馳，朝野慕思，執膰所與，若仍若來。上公爰率寀寮暨四氏子姓，質明陪祀，皇帝舍幣佈燎，穆乎禋寅。亶見聞而灼知，是以宥密緝熙，而昭文昭度之故，抑已微已。記曰：禮時爲大，宜次之，稱又次之。有殷瞽宗，周曰辟廱。斯響斯飮，實惟射宮。表槷裏椝，湯流環淙。辨其定位，則郊西國南之易方；考其立義，則積壅明和之聚訟。會言臣言沼璧者，申命禮官。考藝折衷，維所以與民更始。易知簡從，油然芔然，宙合偃風。人徵大昕之鼓，家伐於論之鐘。本端故不循其末，道合故不慮其分也。且釋奠之故通六，而立學訊醜，特居一焉。蓬婆息旆，葱山拓地。繩武朔漠，森羅斗宇。貞師吉於嘉繇，洽艮成於邇幾。觀者固心知其義矣。至如立學伊始，釁器用幣，所司攝行，天子徐至。聖豈必未有，運豈必必世。然猶踐登歌之序，揚皮弁之華，胥饔胥儛，蒸薰泰和，其治謂無以加焉。矧聖者先後節符，而恡於宮牆丕煥時，蠚懿典之巍峩者哉！惇道享德，云何不欽。厥明朞緒，講筵傳心。臣獲觀禮，榷抒頌音，頌曰：

思樂辟廱，惟帝澤宮，光所崇兮。東家衍商，流禔玉筐，牖生民兮。道傳著統，我皇述孔，誕天寵兮。歲巳加丑，作新貫舊，邁芹茆兮。以視林廟，車服儼眇，他有耀兮。舍奠帝臨，邁古曠今，德與參兮。

白華前稿卷第三

文　序

後序 以上經進作

恭慶皇上六旬萬壽文 謹序

臣海澨顓昧，涵泳聖涯，尋摘章句。歲丁丑，皇上再巡南甸，臣奏賦通籍。癸未成進士，選庶常。丙戌，散館，授職編修。戊子夏，御試翰詹諸臣，擢臣第一，躐侍讀，典黔陽秋試。末學膚受，濫襲寵榮。揆諸文章報國之義，衷甚恧如。天祐璿祚，綿擴壽寓。越歲辛卯十一月，皇太后衮晉八旬，今年庚寅八月，恭遇皇上六十聖節，篤慶延洪，景爍彌劭，斂福敷錫，普天揚庥。闢門酌典，特敞恩滂，泝自壬申、庚辰，迄兹而三。臣復仰承寵命，擷桂林之枝，備榛楛焉。天長届慶，候際扃闈。稽拜祝釐，遥遡獸儛時也。玉衡指西，日躔於角。臣謹案爾雅：壽星，角亢也。郭璞注：數起角亢，列宿之長，故曰壽星。春秋運斗樞曰：壽星，一曰南極老人。晉天文志曰：老人一星在弧南，常以秋分之夕見於丁，見則治平，主壽昌。臣惟日爲君象，以八月會壽星之次，而壽星之見，適符其時，爲皇帝億萬萬壽，協應蒼綷，斯有慶巳。臣又案：歲在庚曰上章，許慎謂義氣上升，萬物畢生；在寅曰攝提格，高誘謂萬物承陽而起。司馬遷律書謂庚爲陰更萬物，謂寅爲物始生螾然；班固志謂斂更於庚，引達於寅。説各不同，而主陰陽，汁龢氣，序通正，一也。是以萬物得由其道，則詩由庚，而建人統者必俶寅。今幹枝交會，遹洽周甲聖辰，訢𨚕作成，週環至萬億億年，宜建顯號，坐明堂，受圖籍，納職貢，裒對六幕，熒鏡尊親，奚俟它日。然而天子垙安安之德，履巍巍之功，讓善琁宮，謙尊逾光，陶虞子姬以來，敻乎末由聞焉。臣伏見漢司馬相如、班固、唐柳宗元之流，劏華掞藻，各著符命，頗効忠孝。顧其事夸而非實，辭麗而近諛，其主弗克承，難傳韙於後，誠未足仿上儀之萬一。臣忝侍從，遭際郅隆，宜有徵述。不揆檮昧，任質譔文一篇，略毋溢孅。謹拜手稽首以獻曰：

舄奕哉真符之闡繹也，古天靈鏗岳愷胡洮之世。迭辟繼道，斟元陳樞，以立易威，亭品其形，棣通其氣。洒挺挏萬彙，光際無臬。是以旋復之提，龍興鸞集；建太始之元，鈞環轂轉。君有五期，爲世億齡，蒼牙黃軒，瞠乎後已，何論姚姒？或者稱五帝任仁義，三王任知勇。濬喆之誕，必合靈契。故里社鳴，聖人出；黃河澂，聖人生。玉斗金篋，儲算賜齡，若壽區若水，成紀盦山，樞紐薦符，翼房顯曜，尚已。至夫玉英紫氣，七鳳五麟，神光異香之貺，蓂花芝葉之旉，亦往往稱引符瑞。洎金鏡綬帶，戚里進饋，結絲露囊，士庶贈遺，醇酎宴樂，張慶令節，嘏嘉祚於元命，延洪庥於昌期，斯椎輪乎？榷惟聖清之奠馨業也，乾苞鍾叡，坤紐闡禔，神動天隨，用騰華乎震維。叶千年而啟運，馭三統而居尊。列祖列宗，重光累洽，錫羡顯統，蘿圖席亨，三靈泰焉。繼序維皇，體真得極，暉昌五朝，神運四奧。卬暢乎背陽報，德常羊號通之維；俛爥乎空桐丹，穴太平大蒙之紀。丙明炳而辰振美，斯龍飛所由建元也。主鬯顒若，郊壝必親，繩繆鏤琥，肆秩無文，縮酌侑酳，升歆九廟，以致福受釐，而天下咸欽皇帝之誠。介祉琁闈，驩臚萬國，璪火絇采，昌歌調饌，脩序沖景，波籞巖館，服定省清温之行。頤性時泰，徽施璆檢，以莫不增，而天下咸景皇帝之孝。農祥分扈，即康功田功，四鬴雖登，庸調時繕，田賦稸積，蠲普六寓，至再而三，猶恐泄邇而遠忘也。蜚麟蜚鹿，占天目，告習祥，棄載時邁，河宗執璧，胄母順軌，牡楱午貫，康度地防，升敷教之臺，風人雨人，溥將十賚，灝灝乎寫佃闓谷。罔弗荷龍銜之照，而天下咸戴皇帝之仁。經緯陰陽，鉤擿河雒，融運睿藻，章倬天漢，壁府叟華，奎躔富製，洒釐定載籍，冶埴百代甄鑑謨典，以圖禮器，采鐘臨江，琢琯和闐。考律中聲，元音允諧，而天下皆述皇帝之文。參旗遠揚，義征不讋，蹴邛籠，摧滴博，躪天山，弇濛汜，盪雷翥以爲池，平阿耨以爲田。渥水徠駒，玉河輂琛，蟬封紆縩，翎侯拜牙，迎暾貫蝟。易於策蔓箠而馴羈辱，留屯則壤鑄泉通貨，計越經躔，殆數萬里而遠，而天下咸震皇帝之武。數者得一，足以統和天人，聲溢宇宙，招致貞符，而皇帝綜之。猶且續無逸，訪未央，殿最定銖錙，刑賞辨毫髮，日慎一日，匹諸重曜屢照而彌煇，二儀久運而益泰。傳曰：「王者必世興仁。」丹書曰：「恭則壽。」然則胥雅之肆天保，召虎之祝萬年，允宜今日。金雞酉仲，觜蠵旦中，旬有三日，南極朗於弧南，占曰壽昌。傃誕聖之辰，撓甲至是周焉。先是諸王公卿岳牧庶尹，僉爾而進曰：皇上欽若乾序，煦焘景屬，久道化成。茲者璇璣肇紀，貞復起元，萬寶穰穰，烝黎訢訢。羣臣願以次獻兕觵，攄曝忱，檀林菊部，唄儛熙景，增綿洪算，羣臣幸甚。上曰：於咈哉！朕夙夜祇祇愉愉懌懌，承皇太后歡，以天下尊養三十五年矣，克迓鴻貺，歲重光單閼，天地見於復，慈寧綏介八袠，朕將率中外王公价藩賨賨，舞綵晉觴，祇上徽牒與天下普仁壽而緝純嘏，毋以朕生辰勤歌頌，弛職業。於是賜酺元正百工聯席，玉霙綴華，陽旭冠珥，瑶甕在阤，嘉樂具縣，聖母之惠示焉。賦免九圍，俊登兩科，鳳紀增錫齡之帙，句圜空貫索之次，聖母之澤播焉。導掖、安輿，展謁神闕，九十九澱，東西最宏，肇秩殷禮，載徯慈航，循廣瀛，迆延於左輔，禜陽𣪊龢，聖母之禧凝焉。至若閭耆牉樂，澍傳曼齡，薊士大耋，喁喁觀光，旌閭增秩而歌鹿鳴者，左右史簪管弗勝録焉。夫妙合貞元，景運也；慈暉雍豫，神契也。諸福瓖貫，保佑命申，殊祥也；恒言不稱，歸美思齊，懿德也。昔華胥之啓春皇，安登之昌炎精，符寶之誕帝軒，星娥之毓小昊，慶都兆三河之觀，握登衍重華之祜，修已感珠薏而文命探苞，簡狄得瑶筐而武湯協祉。禖祥履武，徽音京室，是皆仁施垂裕，宣光毓聖，而彭鏗斟雉，止進祁幄，鮮魚鎬晏。弗述文母意，錫類不匱，雖上聖猶有歉與。彼蓂莆生廚，跌蹄遊椒，三足鶵樹，焯炫丹縢，以儗福紀，常物稽之。故云云亭亭，侈陳封巒鄗禾里黍，卮言詭譎，固聖世所撝屏。乃宣尼言仁者樂山而壽，巖巖魯詹，籙注長生，玉策金函，探迎鴻禧，又烏可已哉！聖日方中，愛景昭融，資元自東，壽於岱宗。

恭慶皇上七旬萬壽文 原紀一首謹序

臣謹按五絲曰縭，四縭曰紀，自紀積算，浩無既極。其在泰古攝提合洛諸紀，紀二十七萬六千年，子孳紀天，丑紐紀地，寅演紀人，一星紀十二年。洛疇敬陳以歲月日星辰，歷數爲五紀。史臣統言動而記之，亦謂之紀。紀之體，繫日繫月繫年，年日引日增日多而日長遠。今皇帝御紀之四十五載，蒔鼇翼旗，延洪羡衍，軼曩紀倍萬。每上章壯月，際聖旬壽，史牒大書，兹又加子舉朝爵土宲迴。至萬邦黎獻，革心面内，植髮齃鼻之長，黄衣冠之師，告瑞應曰：子者陽德所起，萬物渾敦，渾敦渾頓混淪昆侖也。庚之言剛也，物至秋堅剛。又年齒曰庚，申命令曰庚。天申命我皇上大年，年之旬必以庚。今紀壽旬七，若方剛然。若蔀會在子，則混元始資，於易卦爲復。復之先，自十一月溯五月，凡七閲月，陽道純健，故其復不計月而計日。兹歲紀如是，聖壽七旬，猶七日之復如是。是運世之本，與天道之動以順行，敦復反復，確然示人指睹已。古人臣受恩於君，無可報稱，類以壽考抒祝，如天子萬年、天子萬壽，顧不詳上壽之禮與其日。漢之上壽在元日，李唐後始慶生日。朝野協洽，聖節載煒。皇上頤葆沖邃，弗受方賀，然雍容揄揚，下竭忠孝，上美功德，斯義甚大。若周書以殷中宗、高宗享國之久，歸之畏天命、用法度、勞稼穡、小大無怨，誠究極之論也。孔子言知仁樂壽，正義以成功得志、少思寡欲明之，此物此志也。然於聖紀緜茂之由，猶未當百分十也。封禪典引貞符之文，雖稱於後，侈而廣之，百有一當哉！臣珥筆稍閒，循唐韓愈五原之目，譔原紀一篇。而汁諸音，原者察也，推其本也。故臚舉福應，而以道德之旨爲之既。其詞曰：

耆有優游泰平，杖鄉國之年。厥躬康彊，逢吉嗣昆。話親戚，召比鄰。撰履從後，祝餔導前。光爛屏障，填膺佩銀。甚者賸曜官授，弓璜司存。給扶入朝，耀首組綸。蘭橑桂枅，仰縣奎文。煜煜焉，軥軥焉，僉心稽目數，以謂飲鄉之碩賓，結會之老人。備洽慶辰，亡乎禮者之禮也。矧聖人踐九五之位，躋五九之紀，届七旬之算，送萬方之喜。參曜羲陽，合量乾始。盍與敞密都，居總章，班爻閆，稱兕觥，升臺萊之歌，無期無疆。語曰：岱崋不齊，質於垤培；渤澥不同，度於漂漚。壽爲福首，載錫在疇。生民芸芸，端倪未祛。九頭九龍，年億萬餘。然甚遼昧，若金天之遶虹渚，平陽之麗斗樞，若序書之斷唐虞。國家肇基大東，敦龐淳固。仙果爲之孕涵，靈鵲爲之遶護。流融聳結，稟粹太素。故不數千之衆，不淹刻而殲明四路也。函夏告宅，至和晏温。皇祖愳嬰武者之弗肆於勤，嶺越留斡河泝伊遜。五舍十舍，接哨木蘭。周陆御帳，就撫百蕃。綢茶配餅，箭布束端。牟呼蕭鳴之牲陀谷，柔毛腫背之畜填山。名雖寓於避暑，謀實切以貽安。灑壑松其旻若，日三朝者聖孫。講德祕館，游藝期門。於爍哉！諭教至早，神器甚重。不懋悚震動，皇旬歲之始，而磐石措區寓，肸蠁牖系統，三十六景之表所由，苕苕⿱穴可⿱穴可。紀祖恩，卜堂棟也。故曰位惟大寶，壽必大德。數以十成，日以七復，遐邇外内。仰皇上六旬聖節至今，若乾象運旋，而鑿度建極；若離象貞道，而光景曜昔。滴博蓬婆，狼子在山。异蛇雀之知報，效蛩駏之比奸。然而丢烏不足固，札達不足患。薙芟種類，申儆衆頑，視拔達伯克之傳檄，一擒一斃，而大軍愷還。向校七略，勗繕四部，經史子集，定方置廩。録一字而受裁，歸三閣其分布。討淵源於津逮，粲大文之神助。然且體創而全韻聯，製鉅而四集奔。視繕修繕，頒史廿經六，文醇、文穎，圖志綱目，映奎壁之霄躔，仍好學以爲福。淮海維揚，域辨江浙。鹽官有塘，潮吐土齧。兹者咨覽乎龕赭之亹，培壘乎薪石之堨。徐方南北，清口西東。陶莊釃渠，待昭衆聾。圖曲直之黏黄，循庳高之標紅。及春決沛，淫淫溶溶。視五壩之水誌，挑溜之木龍，一補斯偏，一賴斯永。又加以豫壤之再平，淮壖之五幸，且夫正供四方，成賦三等。寅歲賜蠲，後庚先丙。自一再而至三，俾限年爲分省。觀編審之不議行，思户口之不議增。艱難天造，赫我前寧。周宗祭畢，漢葉上陵。不數不疏而三駕興，不顯不承而百辟刑。觀祖制之典有必敕，思孝禧之類有必錫。崇實去華，繫道升降。迪牖蒙士，衆流挽洚。頖者芹，廱者鼓，解者省，會者部。莘莘蹌蹌，河漢黻黼。觀恩牓之及今而五，知壽考之作人而普。禮時爲大，次宜次稱。冠服攸昭，寬裒不競。圖器物而司存，解國語而詁訂。亦給涓除，靡其陰椓。罪雖滅於漏師，誅或延乎刑劇。殷鑒匪遠，陳泰阿戒倒握。觀訓討之胥木鐵牌，知習尚之當守臥碑。加以璧琮升柴，輦步酌宜，惟昚勞而後篤恭以循上儀也；穰金餓木，汎舟出穀，惟振貧而後保息以留上熟也；頒圭券鐵，釁子昭雪，大報功而亦以睦親對謨烈也；效節勝朝，直示勸褒，亟憫忠而亦以定義準名教也。封章驛駱，旰晚批諾，論事同而因材實各。大小法廉，讞疑邅趁，決幾獨而采聽克兼。聰明睿知足以臨，位祿名壽必以得。旼旼純純，祇祇翼翼，假而穆居清靜，誕引符命。視勤思爲屑瑣，目英斷爲急絙。細旃廣厦狃其安，嘉露甘泉陋其盛。人天放梵涌其壇，魚龍曼衍擁其鏡。錦錯城而霓懸，燈列市而珠映。南任北侏之夷，尋橦角觝之倡。戚畹獻鏡，寮埰繫囊，沐日浴月，百寶耀藏。案南山使掩豆，釀東海使置酎。美矣茂矣，古之隆曷，聞稱壽矣。曩土扈之徠王，悉蒙古予燾覆。會聖節之週甲，踵靡遠而弗究。緜緜黃教，彙宗受治。比於祆正，泰濛極西。維先聖發祥，其一敂闕覲耿焉；維後聖介景，其一奉表延頸焉。裼偏袒，糗青稞，涉戈壁，揚法螺。候吏接待，名王問訊。嘽嘽戢戢，蕃長時覲，羔跪肅承，鼋頭競進。受摩頂之片詞，等錫馬與襲衮。自遠自近，羌螘轉於塞垣，旋麕集乎行苑。孔子曰：「民可使由之，不可使知之。」聖人柔遠夷者，爲奉天無私，非爲其顛介鼇也；敕佛號者，爲因勢利導，非爲其神設教也。彼演揲轉經之宗旨，孰與無逸書屏之符揆？波旬刹那之避退，孰與元貞展運之際會？瓣香織罽之納貢，孰與夏璉商瑚？澤手彝重，摇笳卷角之操音，孰與鎛鐘特磬？順耳雅愔，而顧優而柔之，煦而噢之，誠揚聖祖收喀爾喀之烈以爲烈，納達賴來歸之心以爲心也。感神至誠，天道益謙。興慶興聖，掌故詎堪。於斯之時，下噞喁而迪慶，上沖泊而引恬。澹乎黜浮，淵乎保泰，屏芹曝之獻，施雨露之沛。級百僚，禰祖逮，秩百神，岳瀆對，肆薄眚，富大賚，師儒厲，工商惠，贊幽明，福中外。榘七十而自從，椿八千而莫大。人見者憂勤惕厲之可紓，而不見恭壽之銘丹書；人見者淵虚沖漠之已甚，而不見静壽之訓魯論。爰乃弧南藴精，爲章帝庭，藹斯湛湛，多稼告成，白鹿擾囿，鸞聲鶴聲。五老一詞，九老千社。海湧會於華嚴，山達呼於嵩野。惟民樂之大同，邀皇風以純嘏。曰德動天，曰天眷德。德斯安而若勉，天常健而不息。巍巍堯則，舜曰協華。我皇德媲，斂福用加，曰萬有千歲；正位凝命，字甿長世，曰博厚高明悠久也。

戊子貴州鄉試録序

乾隆三十三年，直省鄉試屆期，禮臣以雲貴考官請，臣省欽奉命同御史臣孟邵典貴州試。伏念臣江左單寒，學識膚闇，乾隆二十二年恭逢聖駕南巡，以諸生進獻詩賦，召試一等第四名，特賜舉人，授内閣中書。二十八年，朝考第一名進士，改庶吉士。三十一年，散館一等第二名，授職編修。旋充庶常館教習，本年四月御試翰詹一等第一名，超擢侍讀，恩准京察一等。十餘年來，疊以文字受知，珥筆編摩，媿尠報稱。兹復命司文枋，感悚滋深。謹與臣邵䮕䮕戒行，克期入闈。自監臨官以下，肅清内外，罔勿協恭。爰進學臣所録士二千一百有奇三試之。臣省欽、臣邵謹率同考官，告虔研校，中舉人副榜凡四十八人，其間拔貢副貢歲貢六人，廩生三十六人，增生附生各三人，謹擇其文之不悖義法者二十篇，上呈御覽。臣竊颺言簡首曰：

我皇上德博道光，萬邦學子，仰被天文，咸自祓磨振拔，以與乎久道之化。比來諸科，審音律之學，嚴磨勘之制。諄諄天語，凡爲文衷以清真雅正。士生其間，慮無不厚自奮起，冀以鳴國家之盛。凡與有衡文之責者，既奉以有準繩。而或者謂黔地褊僻，其人文難與他省較。顧瑞芝無種而榮，甘醴不源而涌。民稟五行之秀，非擇地而始降以才。矧朝廷教澤之所涵濡，與夫父兄師友之講肄，致之非一日，被之非一二人。范史稱牂柯郡人尹珍，從汝南許慎受經書圖緯，學成還鄉里教授。迨至明初，貴州就試湖廣，宣德間改就雲南，嘉靖十六年始置本省鄉試，而中額止二十五名。國朝設科，肇自順治十七年，厥後額遞增減，蓋自雍正元年以四川遵義府五州縣及湖廣五開、平溪、清浪各縣衛撥隸之，兼撥解額六名，人文日起，漸臻乎彬郁之觀。而士瘠心善之徵，復爲之斂攝其志氣，以幾乎同風一道之美。臣等扃闈齋事，祈嚮乎清真雅正之歸，以爲多士的合已薦未薦卷，反覆檢勘。竊以言者心之聲，文者道之華，彼倍乎道者無論矣。其言之不倍乎道，而不參之帖詩對策，以覘其涵泳藴積之深淺，則詭得詭失，而亦無以杜弋獲者之倖心。當夫決擇既竟，取其及格者而觀之，縱未獲與京畿江浙諸省争長，而體要具存，言悉有物，斯以信帝德光天之下，士之軒鼚鼓舞於不自知者，無大小遠近一也。易之賁卦，以剛柔相交爲文，其上九一爻，疏謂質素而不勞文飾，故曰「白賁无咎」。以黔士之佩質少華，宜有合乎白賁之義。而詩、書、禮、樂之教沐浴至深，則彖所稱「觀乎人文，以化成天下」者，莫大乎是。臣恭承嘉命，忻覩風氣之日開，而多士幸際休明，勉自丕振，於以蔚爲國華，導揚上治，是又臣區區將命之下悃云爾。

辛卯湖北鄉試録序

乾隆三十有六年辛卯夏六月，禮臣以湖北考官請，得旨命臣省欽偕編修臣黄良棟典厥事。駪征厲懷，如期抵境。鑒臨提調監試内監試各官，綱紀肅清，襄事有恪。乃進學臣所録士四千有奇，扃闈三試之。臣省欽、臣良棟謹率同考官齋心研校，得士四十有七人，貢成均者九人。既發榜録四書經義十有三篇，論一，詩一，策五，彙梓上呈御覽。臣以例颺言簡首曰：

制義代聖賢立言，而盛自明代。張居正主會試程墨，蕭良有會試元墨，石有恒鄉試元墨，於楚爲尤良。逮我國朝人文輩出，而熊伯龍、劉子壯之文，傳世百有餘年。我皇上釐正文體，指名嘉奬，以爲師儒風厲。言文於楚，譬以挹水於河，宜也。且文猶水也，楚之望，下逮沮漳，而江漢言廣永者，其源委異也。導漢自嶓冢，而漾，而滄浪，而潛，而沔，至大别始入江。江源不始於岷，自嘉州合沫水，敘州合馬湖水，瀘州合内江水，重慶涪州、萬縣合嘉陵水、黔江水、開江水，夫然後入峽。峽之下受洞庭，至鄂渚，漢水入焉。又二千餘里入海。荆州無海，而海故江漢所朝宗。假令飲焉而不知源，測焉而不知委，日見夫大波瀾、小波淪、直波徑，滂薄洶湧，洄折萬狀，相與望洋阻歎，而有識者蚩目笑之。制義雖小道，其源必於六經，放乎古大家名家，而後獨有以自見。臣三吴下士，困子衿者十餘年，猥以奏賦高第，蒙恩欽賜舉人，授内閣中書，洎成進士，朝考第臣第一，散館第臣一等第二，御試翰詹人員第臣一等第一，京察再第臣一等，廩臣書局，師臣芸館，廁臣講幄。自惟詞賦譾末，濫受主知，至發題決科，臣固試於鄉而屢擯矣。然且疊荷鴻慈，戊子充貴州正考官，己丑充會試同考官，庚寅充廣西正考官，今年春充會試同考官。兹復典試大省，四載之間，五膺任使。臣何人斯，拜此寵遇。計惟恪遵諭旨，以清真雅正爲歸，且由其言或可考其道，覘其人。即其人未可知，而區區之心不敢以不慎不公。稍負疚累，決擇既蒇，其文大率無倍理、無偭法、無支離鄙僿之辭，而又非以平憁浮滑者，憚磨勘而苟且塞責。蓋國家景運宏開，光華有焕。我皇上作人成化，不期然而無不然。此非楚風所得私，抑非生是鄉者之有先達是師而能致此也。臣幸遭遇之榮，慶文明之盛，而拜揚其大要云爾。

己亥恩科浙江鄉録後序

乾隆四十四年春，命舉萬壽恩科鄉會試。夏六月，臣省欽奉命充浙江鄉試副考官。謹與正考官侍郎臣王杰戴星抵杭，入闈襄事，遴其文邀達御覽。竊颺言於後曰：

文章之升降，氣運爲之，氣運則教化之所爲也。以一人之文而言，言以聲心，察其言而人可知矣。以一時一代之文而言，音以通治，審其音而治可知矣。我國家延洪淳固，覃福縣寓，開科行慶，屢見紀牒。皇上御極之元年，曁十七年、二十五年、三十五年，疊舉兹典。而三十五年前，竝以推慶慈恩，昭不匱也。子思子言舜之得壽本諸大孝，孔子言仁者壽，壽之本在孝與仁，仁之象在教化之浹洽。臣備員史館一紀有餘耳。其間三校會試，三主鄉試，而視蜀學者五年焉。黔之文不逮粵與蜀，粵與蜀之文不逮楚，臣固心數而識之。然綜甄既竟，其倍於道而支離詭僻以爲工者無有也。兩浙淵藪人文，既富既教，存神過化，加以巡方之屢至焉。我皇上以仁益壽，天下之士庶際皇上之仁壽而浹洽於仁，故推求本始，惟仁孝誠敬，治天下如指掌者之有以與於斯。如第以爲壽考之作人，即義有未盡也。臣學殖蕪陋，屢躓鄉闈，幸以奏賦得與會試。洎成進士、入翰林，試古辭賦，蒙恩兩置第一，一置第二。今春試四書文及詩，復置第一。臣之與試，忝同官未有之榮。臣之校試，深懼有司不公不明之辱。協恭將事，一月於兹，冀以録雅黜浮，存真別僞，其審量在毫釐累黍之微。而其鼓舞不知在棫樸、菁莪之大，斟泝仁風，遭逢何幸！惟願與多士交相祇勉，凡爲文與人，庶幾於道之百一而已。

白華前稿卷第四

賦 論 詔 議 以上御試作

精理亦道心賦

韙寸心之建極，統萬理以聚精。澄珠源其肆映，對金鏡而交瑩。輝輝太乙之宫，握神圖於不見。蕩蕩由庚之路，達帝載以無聲。逍遥鶴氅之姿，塵根不染；淡沱龍脣之響，雅藴同呈。故廓六季之淫哇，第覺蠖蜎畢凈；而振一門之才藻，還教蠟鳳先驚。惟王僧達之答顔延年也，眷跂崇情，破除俗軌，重文府之聲華，抉道心之宗旨。雖魯連逞點，曾未足以研精；而荀子引經，頗可因之析理。若絪緼而化以醇，若肯綮而審其止。若木金水火之應於星垣，若原隰山川之察諸地紀。詎假國工之琢，圭角全礱；非關園客之繅，緯經悉揣。鍊中和而爲質，惟精也，刮垢磨光；裁狂簡以成章，惟理也，揚葩散綺。窺奥義而畧測其由，敂元談而莫名所以。言剖道機，言尋道脈。上契胚渾，下遺糟魄。傳來薪火，同月窟以揚輝；奠就靈台，鎮天根而作宅。爲問源頭活水，知書夜之如斯；試參静裏工夫，密保臨而抑亦。樹黄庭之主宰，别具靈奇；探赤水之機緘，無勞紛賾。故舍瑕所以就瑜，而去膚所爲存液。既罄冥搜，兼資幽討。遊神乎太始之鄉，合志於太沖之道。以有物而混成，惟不脱而善抱。虎皮坐擁，訝疵纇之交泯；麈尾揮將，洵秕糠之必埽。下霏微之玉屑，已看浸潤光晶；吐綿邈於冰蠶，始信文明黼藻。至若周情穆穆，孔思悟悟，啓乾坤之槖籥，攬元會之蹄涔。彩焕珠囊，一畫洩苞符之象；燄騰玉燭，五行協調燮之心。道與心而自永，心入道而常欽。括十六字之淵源，帝廷執允；陋五千言之文義，元教鉤深。是惟我皇上心秉道樞，治開皇路。綜嵒山騶邑之藏，訂鹿洞鵞湖之誤。返浮虚之結習，崇有爲箴；斥任放之清言，觀無是悟。圖書既五位得中，雲日則萬邦起慕。臣也槃叩貽慙，管窺滋懼。每笑海濱黄鵠，僅遺燕將之書；爲迎江甸蒼龍，媿乏蜀才之賦。

八甎影賦

綴遺事於詞垣，記唐賢於芳札。披芸閣而香凝，振蘭臺而羽刷。奉北門之批答，鈴索輕摇；忝東掖之追陪，珮琚徐戛。玉堂端暇，指喬木以蔥蘢；瑮闥蕭閒，喜新鶯之圓滑。按數番之傺真，盡教臥擁青綾；典一代之絲綸，定見文呈黄帕。趨鶴禁者蟬聯，候鼇扉者鴉軋。彼賦質之疎慵，味在公之毖劼。芳時宛轉，漏荷露而遥聽；逝景悠揚，印花甎而諦察。竚三廳之判斷，竿影逾三；遲八座之趨陪，鑾聲候八。夫其國工治埴，巧匠司埏，狀較殊乎覆瓦，製獨貴夫成甎。細迸苔紋，錯落三臺之址；匀堆花朵，依稀五鳳之年。當鬬角而鉤心，金鋪配色；洎左平而右墄，玟砌藏烟。乃有官稱學士，院號集賢。子夜挑燈，未起封章之草；辰樞撤炬，或攜歸院之蓮。方逍遥以宴起，竟荏苒而高眠。堂啓巾央，漫説條冰一握；天臨尺五，渾忘禁鼓三傳。寸景晼晼，早挂闕門之表；分陰曖曖，交馳閣道之鞭。思入林而共把，訊御李其何緣。番細旃廣厦之間，銅鉦照耀；值長日小年之候，珠晷流連。臯有八焉，方依除而皓若；舍惟八也，儼界道而昭然。時未屆乎旬休，似厭鑾坡之直；職徒糜乎月奉，誰憑鳳諾之宣？由其禮絶遭逢，事稀朝請。居館職而多疎，點班資而是領。弄清輝於稃竹，已消野馬之塵；停美蔭於高榆，必記隙駒之影。奮爝龍之宛宛，粉纛春多；馳赤羽之沈沈，瑶階晝永。彼萬錢中選，固推著作之才；即一斗標銜，亦列清華之境。痕澄鴛甃，敢蒙汰礫之嘲；彩溢螭坳，愈切揮戈之警。何以城非不夜，幾將卜夜爲期；殿是明光，罔識依光可幸。是魚膏號懶，不無尸素於詞曹；豈鶩性多疲，因致蒼黄於祕省也。且求衣者盛代之隆規，待漏者侍臣之常務。雞籌唱曉，火城則一道先行；魚鑰沈宵，玉珮乃千行徐度。奚布席之來遲，作翰林之掌故。頒來黄票，須近藜輝。引去朱衣，詎沾槐露。卿其休矣，早移一綫之陰；子亦來乎，卻爽五甎之數。此際身依北闕，競傳日影之占；當時名冠南宮，枉奏日華之賦。我皇上宵品彙而甄陶，觀元會而推步。松棟下崇儒之詔，柯亭既雅近蓬池；芝軒勤諭古之思，劉井亦舊多珠樹。微臣慕昔賢之運甓，陰計寸而必爭；效薄植之傾葵，道方中而永固。仰華阯而徘徊，勉馳驅乎先路。

擬張華鷦鷯賦

凡涵生生之性，多欲斯擾，寡營迺恬。語曰：「鼹鼠飲河，不過滿腹；鷦鷯巢林，不過一枝。」余樂全埋照，眷是鳥之巧於自衛，憺於所止，爲賦之云爾。伊末禽之陋體，昭漆園之祕經。欣鳺遊其有託，矢幽通以自型。謂遷喬之非智，嗤遶帀之失靈。以跱以栖，葭亂蓊翳。簧舌謝調，繡膺遜繢。起不外枋榆，實不登俎鼐。不爭食於鵞鶩之場，不角雄於鳩雇之隊。脰不染而黃，脂不竊而肥。有雌曰鴳，具雀而微。于茅拔秀，葦苕是依。澤雉飲啄之逷，田雞形影之疑。鸚鵡以言見縶，孔翠以文被羈。將俛卬其共適，惟冲泊之允資。物各有巢，不惟斯鳥。蟹腹之巢蛣孔多，螽睫之巢螟至渺。苟利用而安身，詎力微而智小。故夫鼇冠山而抃，鯤垂雲而發。縱神輪尻馬之觀，析蟲臂鼠肝之窟。含渾淪而具足，藏芒末而有餘。儗容膝之堪寄，尠焚林之是虞。殆無求於斯世，庶長保夫故吾。用盅貴廉，匿采獲吉。眷先軌之誼嘉，脱時綱之蒙密。彼物類之抱知，寧吾徒而鮮質。夫其含和導淳，游息樂羣，仁也；奪窠雖利，埒荼斯勩，義也；黃裳表體，縠似爾子，禮也；稻粱弗嗜，網羅克避，智也；拚飛曷引，桃蟲肇允，信也。備茲五德，以遠百害。蟣蝨之軀，即小喻大。有巢氏之風，非不可與居。鑒羽蟲之守晦，毋以人而不如。

經義制事異同論

經者，聖人之心也。王通曰：「書、詩、春秋，三者同出於一。」陸龜蒙曰：「六籍之中，禮、詩、易爲經，書、春秋爲史。」史近於用，經近於體，然體用不能相離，經之義足以賅舉史事。以霍光之事業，而有不學無術之譏；以趙普之機權，而託爲半部論語之語。言制事者，舍經義而何以爲治哉！五經博士之名，漢儒林傳以爲立於武帝。然伏生、申公、韓嬰以詩爲博士，則在文帝時。轅固生爲博士，則在景帝時。宣帝集諸儒石渠閣，辨論經旨，作白虎觀通義，此經義之名所自始。授受一源，家守師説。至春秋決事比之類，引經折獄，尤多佐證。經義既昌，治亦近古。其後清談誤國，象教復起，所謂經術飾吏治者，不恒見焉。趙宋取士有九經、三禮、三傳諸科。海陵胡瑗被薦與修樂律，既而教授湖州，設經義、治事二齋，以矯辭賦進士之習。經義齋則疏通有器局者居之，治事齋則邊防水利之類，人治一事，然後兼治他事。諸生往往取高第、適世用，太學中仿其法行之。宋史既書其事，朱子亦編入小學中，張氏載至以湖州學發策試士。夫宋儒説經，每舍名物象數，而專求之於理，然形下之器，何非形上之道？而道之見於事者，尤宜斷之於經。瑗於經義曰疏通、曰器局，則窮經致用之意，原不欲以訓詁章句終老陋儒。其流雖異，其源實同。倘斷斷焉分茅設蕞，一齋若不可以通，則所爲學者非學，抑所爲教者非教矣。是故讀書者，明理之資；尊聞者，行知之本。古容有未嘗學問而遇事多合乎義者。此則稟受特殊，而間世要不數遘也。此瑗之所以爲善教也夫！

心爲太極論

太極昉於易繫辭，自道家上方太洞真元妙經著太極三五之説，唐明皇製序以行。而陳子昂感遇詩先有云「太極生天地，三五誰能徵」，説者謂三五之説，本魏伯陽參同契。即陳摶所刊無極圖，亦相傳以爲祖述伯陽。至周子作太極圖説，而其理昭然復明。第太極自在吾心，心之神明，綜括萬有，非如煉神還虚者比，斯邵子所謂心爲太極也。蓋合性與知覺，而有心之名，其體至虚至靈，湛然在中，而萬物皆備。舍心而言理，理即散而無歸；舍理而言心，心即蕩而失據。夫極者，屋脊之棟，又天有南北極，嵩山當天中極。凡中央皆曰心，而心在身之中，譬猶棟之於屋，辰之於星，範圍焉而不能外。試求吾心之所在，而太極在焉。故心者，形之君而神明之主也。或者謂心無體無方，太極無形無象，故言心易遯空虚。而道家者流，遂以無極、太極輾轉附會，不知天下無離心之理，亦無離理言心而可爲太極之理。是故即心即理者，聖神之太極也；因心見理者，大賢以下之太極也。學者於萬物一太極、物物一太極之旨，逕庭之而河漢之，將吾之心不可得見，而太極或幾乎息矣。書曰「建中於民」，又曰「皇建其有極」。建之爲言立也，中與極皆理之至焉者也。天地未分以前，則太極在天地而不在吾心；天地生人以後，則太極在吾心而可塞天地。人者天地之心，人心者天地之極。至於具衆理、應萬事，浩然無所不充，釐然無所不貫，而能事不已備哉！學者毋自隘其心可也。

擬聽鄭沖致仕詔

太傅沖執德醇備，秉行恬潔，在公夙夜，以光輔國家者六十餘載。三事洊登，饜聞坐論。縣車之齒遽及，故劍之思詎忘。書曰「人惟求舊」，詩曰「雖無老成」。人尚有典型，朕念此惻如也。越在往年，引身告返。維仔肩之永賴，戒祖帳之弗遄。請命再三，冀遂初服，朕雖涼德，其敢曰臣行意、君行志哉？尚以壽光公就第，禮賜几杖，用滋山水，以格天壽。孔子曰：「雖不吾以吾其與聞之。」三司大政事，仍就咨訪，太傅其明受朕詔！

擬泉法疏

臣聞周官禮，外府掌布之出入，其藏曰泉，其行曰布，取名於流行無不徧也。泉利於民，而利之所藪，未有不叢其害，此非泉之爲害，而法有未清故也。夫泉之權，馭於上而後能流於下。物有輕重，泉輒視之，舍是則下無以共，上亦無以御。觀古珠玉金貝，日中胥市，迨鑄銅之令興，而丱人所掌，獨擅利便。然而山澤之民藉作姦慝，規模肉好，紛如異制，毋乃民狃於法，而骫亂者不可止歟？道奚由善？昔賈誼諫私鑄錢，以謂事有召禍，法有起姦，以收銅勿令布爲先，則博禍除而七福致。夫民之好利，如水走下。爲上者慮，無不禁之，禁之而法有未立，則煩。苛束溼，民亦日陷於科罪而不知。故曰琴瑟不調，必改而更張之。則使民因利而遠罪者，泉尤亟也。農工商賈多矣，種粟以贍天下者農耳，餘皆制命於泉也。通都大邑之間，一日廢泉則困。而負耒之甿，未聞以乏食匱者，則泉以幣，不若幣以粟米布帛之爲善也。人安於泉之幣，幣以粟米布帛則不安，在上未有以令之也。夫驅天下之人而習於農，驅天下之農而習於私錢，其爲利害雖至愚亦且知之。鑄錢取銅鐵，歲役數十萬人，役舉本荒，厥耗無極。語曰：非常之原，黎民懼焉。今縱不能廢泉不以幣，而害擇其輕，惟是輕重出納，俾權不下移。泉府之司，圜法之立，四銖、五銖之遺，徵貴徵賤，不泯厥規。皇國康治，莫尚乎此。雖然，此亦一時補苴之計云爾。法令之用，古今異宜，積於上而不散則病民，壅於下而上缺於供又病國。以泉之爲利，而積而日趨於弊，臣甚惜之。不知所裁，言惟聖擇。

新疆屯田議

臣惟勒兵而守曰屯，而以兵留田，實自漢昭帝詔調故吏將屯田張掖郡始。至趙充國條上十有二便，而其制愈昭。魏、晉諸朝，所屯在許昌、襄陽、臨淮諸地。唐制諸屯隸司農寺者，五十頃以下、二十頃以上爲一屯。隸州鎮諸軍者，五十頃爲一屯。其屯官取勛官五品以上及武散官充之。然此皆境内之屯，非邊外之屯。規制雖存，聲靈未震。洪惟我皇上德威遠播，底定西陲，凡準、回二部，拓地二萬餘里，臣其人，籍其版，舉往古羈縻之州、都護之府視之，直如内地。而又抗扼形勢，築設城堡，以官兵駐防其間。軍多費廣，日食恐有不給計。惟令兩部夷人各爲墾種，而以緑旗兵更番往助。凡殊死以下罪人，畧仿趙充國留弛刑應募，及李絳出贓罪吏，給以糧種之制，統以辦事諸大臣，耔耘有其本，耕耰有其法，租賦有其科。如回部之闢展哈喇沙爾、托克遜，準部之伊犂、烏魯木齊、瑪納斯、搭拉斯諸處，沙磧之區，各通井脈，加以甘雨時應，三白貢珍。向所稱不毛之土，皆成華實之上腴。駐防之蕁食有資，而輸輓之民勞可息。覈每年奏報收成分數，以新疆之所入，供新疆之所食，而尚有奇。贏度支之臣，昭然可覩。收興屯之利，而其弊不待於祛，洵所謂法良而意美矣。臣謭末無似，竊聞屯田一石，可當轉輸二十石。顧漢之屯田止數郡，宋之屯田止數路，今立屯絕域，俾夷人自爲耕種，殆師古民屯之義。而設官經理，則又畧近乎官屯。明效昭垂，行之萬世而無弊。然其仰體睿裁，因時制宜，用以達情而宣德者，是又奉行諸臣之責也。臣謹議。

白華前稿卷第五

賦一

擲地金石聲賦

維四詩之緣始，值六義之代興。或述古以流别，爰登高而擅能。扛百斛之龍文，言言樹骨；張九機之鴛彩，字字藏棱。破孤吟於寒蟀，壓細響於朝蠅。蓋體物必期瀏亮，而程材要在彪翢。治世之音安以和，鳴盛者表淩雲之槩；詩人之賦麗以則，研韻者符擲地之徵。昔晉室之雅才，有太原之孫綽，稟揮麈之風流，哂登車之著作。印台嶺以宅仙靈，睹真形而紀厓畧。興摇五嶽，瀑布晴翻，藻掞重霄，霞標暮爍。羅胸磈礧，七宿盡界中央；觸手琳琅，千丈旋驚一落。將使文成五色，盈庭起觀止之歎；還疑調叶七均，環堵寫歌商之樂。是矜賦手，是契賦心。譬在冶而治器，異披沙以揀金。采以性靈之宇，鍊以典訓之林。釁以元精之貫串，摐以繁藻之淫淋。喻鯨掣於長瀛，怒鯨撞而晨吼。掩蟲雕乎薄技，旋蟲遶而夜鳴。伏而讀之，亂檐鐵丁東之響；擊而賞也，和窟鐘鏜鞳之音。庶幾撫兩欒而獨觀其鉅，列半堵而弗患夫瘖。至如道言吐以華瑶，圓義拱乎蒼璧。司意匠而倨句，滌辭源以浮石。磬發聲而立辨，辨體在箴釣之宗；玉皱質而含清，清裁奪京都之席。南音函，北音越，悦按部而擷其菁；西方頌，東方笙，儼就班而傾其液。錯道宫人誦去，書捶瑪瑙之籤；莫教衛尉攜來，筆碎珊瑚之格。斯又可因設業之常懸，想鴻篇之乍擲也。加以植理尚富，考辭務工，甫引商而刻羽，復咀徵而含宫。定殿最於錙銖，精逾累黍；斷去留於毫末，巧比裁筒。得於内者不可傳，渺琴心之三疊；論而録之有其著，完笙奏之三終。麾班左備眂瞭之掌，屈淵雲在矇瞍之公。將毋遠氾朱絃，帶遺音而共賞；竊恐高賡白雪，和法曲而誰同。足由承學紛綸，綴聞縝密，敲銅鉢而報章，綴珠林而整帙。金非或躍，鎔爲鐘鼎之文；石豈能言，鑱向琬琰之質。鈴懸箇箇，萬虡鳴雷；球戛玲玲，一夔協律。挹衆芬而振采，看成威鳳之儀；鑿至奥以鉤深，聽有游魚之出。夫豈發揚蹈厲所能該，而濫漫狄成所容匹者哉！然而文人自炫，才士相輕，謂魚桐之未中，類牛鐸之徒鳴。守瘠義之硜硜，或比持來布鼓；折羣言之嶽嶽，要如佩用玱珩。逗喁于之窾坎，考節族以瑽琤。悟抱策於齊郊，笙鏞嗣響；信發書於魯殿，絲竹傳聲。即使率爾操觚，子野聞而起蹟；矧乃鏗然舍瑟，伯牙對以怡情。儒有志託鉛黄，業存竹素，道詎進乎龍雕，名每思乎驥附。合抗墜而風從，課虚無而情悟。蛟捧鑪而雷擊橐，筆精之磅礴交流；春女怨而秋士悲，墨點之波濤欲赴。趲趲奮簡，居然驅石之鞭；軋軋抽毫，當有買金之鑄。是則標摹秀嶺，固遊林府以文章；幸兹提唱宗風，庶總笙簧於詞賦。

和闐玉特磬賦

懿皇靈之有赫，奠月竁以天戈。植羽干而效舞，撫琴軫而揚歌。松棟飈回，響叶鳴球之節；蒿宫日永，輝升撈玉之河。考六代之聲詩，祥符寶甕；備三朝之制作，慶溢鑾坡。其色則崇牙竝耀，其形則疊矩非訛。審諸鳩曠之儔，契德音於淡泊；頌以淵雲之輩，驗樂職於中和。彼和闐之爲國也，今登回部，昔號于闐，龍堆萬里，雁磧三邊。川非珠而媚彩，田有玉而生烟。采之以溜痕之減，候之以月魄之圓。宛馬馱來，合付細旃之裹；國工琢後，還徵設業之懸。當夫色截明肪，在序而珍同圭琰；矧乃聲含脆鐵，當殿而巧應箏弦。觀其絜白凝脂，璘斌點粟。犂瑄崚嶒，環文結束。鉤心鬭角，尚縈方折之紋；削邸裁璋，恰挂玲瓏之玉。較殊乎泗石，九奏斯陳；豈待乎蜀桐，一夔已足。陋南函北越之材，駕西頌東笙之屬。倘使刻爲雲物，縈來疑葱嶺之坳；如其倨以金支，揀處緬莎羅之曲。璆然琅韻，能生立辨之思。詘爾瑶音，遂企集成之躅。況律象之易調，惟石聲之滋忒。胥堂下而臚其堵肆，故置之曰編；居堂上而叶以簫聲，故尊之曰特。或勾或博量其宜，若琥若雷殊其飾。蒼壇沕漠，非嘒管之同陳；丹闕曈曨，與鳴鞭而竝飭。具始終之理，譬振領而提綱；答大小之鳴，必居淵而主默。當日青琳輦致，貢琛經校尉之屯；此時緑虡司存，秉籥逌瞽師之職。蓋呵嘘者八十四音，而震疊者三十六國。且夫自西之寶爲璆，立秋之樂惟磬。按兑方而得位，戛之見斂肅之宜；中夷則而流音，拊之入清泠之聽。於器數昭義正之心，於物象示武成之應。是惟聖天子文德覃敷，化光底定。河源遠探，進博望而問廣輪；嶰谷同諳，詔伶倫而考圜徑。將使東夷受吏，雲占寶呂之青；不徒西母來賓，彩發昭華之瑩。是以埽穴塵清，犁庭成賦。太常則僸佅畢陳，典屬則咪囉悉赴。問編鍾於江甸，十三枚固奮德以揚休；採特磬於天方，十二律乃依聲而合度。但使藏諸玉府，敦槃宏正統之模；何當掌在磬師，南雅蘊同心之故。欣馨奏之得傳，陋蹇音之寡附。聆大樂於彤墀，庶登韶而軼濩。

回人進緣蒲萄賦 有序

按象胥録：柳城有小蒲萄，甘甜無核。今回語奇石蜜食，謂緑蒲萄也。與《象胥録》所載頗合。禁苑所移，遂邀天藻。小臣援遂歌之義，謹載筆而賦之。

地靈效命，木道呈材。兹榮近日，曩植無雷。冠軒經之本草，祕漢殿之芳荄。辨嘉品於葱山，陰遮架遠；逗生機於黍谷，春載槎回。其産則不數涼州，一匳香滿；其色則翻同漢水，半翦波開。蓋惟非種鋤餘，奄窮荒而通其蔌酌；所以仙根蟠處，闡富媪而結以胚胎。惟緑蒲萄之衍於回部也，疆垂大夏，苑尠宜春，異凡蕤之坼甲，殊碩果之含仁。截豈園葱，條條卓犖；裁非嶰竹，節節璘彬。窩段笴於狼堆，土膏鬆而易達；孕翹莖於雁磧，井脈暗而逾神。翠帳低搴，引蔓付拖裳之子；藍箋薄研，承筐看壓帽之人。防化枳於踰淮，總拘方物；倣移橙於冒雨，遂闢坤珍。爾其紫塞遥通，彤墀競進。銅柯乍斷，緑罽爲輭革之包；石幹纔分，緑駬有輕蹄之趁。榮叨上苑，遷地仍良；數演中宮，作甘在信。迸虬鬢而結糾，嫩涼則冉冉扶棚；捎鸞翼以迴翔，薄靄則霏霏作陣。非草而緑能隨意，同惹方袍；非蕉而緑可爲天，恰承圓鬢。然此特摹其枝葉之奇，而未及夫色香味之俱俊者也。若夫星影懸毬，螺痕綴粟。浄彩勻浮，華文對屬。槎梅豆而纍纍，破蓮房而續續。綻垂垂之馬乳，湘簾捲以交光；閃的的之龍睛，縹瓦籠而鬬縟。璚英摘去，石髓凝花；瑙椀盛來，沐紋涣緑。錯道枝枝側挂，尋幺鳳而窠移；莫教粒粒倫銜，踏隴鸚而鈴觸。撒樓前之十斛，非關衛尉之珠；撈架底之雙璆，別詫于闐之玉。況乃梢停弱蒂，囊潤圓膚。餐秀色於香蛾，映玻璃而不隔；盥明流於繡鴨，走瓔珞以如無。帝漿滴其乍涌，神液滃其若濡。填露彩之盈腔，全融渣滓；吮雲英而灌頂，絶類醍醐。黄絹封題，影襯青鱗之笏；金閨敕宴，光連緑蟻之壺。即教風戾成乾，依然火棗冰梨之格；何況泉清試釀，不羨蘭生桑落之沽。故登西域之書，城原號柳；而續南方之狀，海必言蒲。彼夫官曾置橘，母亦偷桃。安榴價重，扶茘名高。隨汗血而偕來，非無苜蓿；張錦機而有耀，卻數蒲萄。初無芳薏之含，幸發陳根於鳳禁；似遺浮筠之染，誰摹祕色於兔毫。笑他邨裏楊盧，紛連肌核；莫共園中黄陸，輕相皮毛。是由聖武遐宣，皇慈永布。以珍奇不蓄之心，見覆載無私之度。既茂對之胥同，遂栽培之夙裕。大宛一萬餘石，幾番裂葉之風；華林百八十株，争湛仙莖之露。一痕含凍，思懷核以何因；四照生春，詫脱綳而無數。是則共昭華而底貢，終殊温室之不言；較厓蜜而非輸，試補上林而作賦。

廣寒宮聽紫雲曲賦

象帝之先，纖阿是掌。孕體圓靈，宅基方廣。綴大地之真形，播鈞天之祕響。魚鱗簇其結搆，樓臺亘八萬四千户而遥；鳳吹激以悠揚，笙歌駕三萬六千場而上。玲瓏穿破，羌欲去而盤桓；縹緲飛來，悄無言以遼朗。此步虚既宛宛騰身，而記曲遂非非入想也。溯唐宗之瑣事，徵幻術於黄冠。恍逍遥以控鶴，儼汗漫而驂鸞。非乘海客之槎，犯銀河而有象；孰舐星妃之鼎，破玉宇以無端。架若木爲斗栱，截支機爲并幹。列六符爲階戺，交七宿爲闌干。蟠異彩於金精，邈矣虚能生白；譜新聲於水調，果然高不勝寒。夫其天門詄蕩，月窟瓏瑽。臺皆延露，殿必含風。搜清境於希夷，碧瓦交而起眩；種聞根於超忽，素商引而導聰。笑嬴女之吹簫，遠求鳳馭；陋馮夷之擊鼓，下隔龍宫。勾中鉤，倨中矩，伐柯應其節族；高如抗，下如墜，擣藥和以丁東。蓋曲有紫雲迴者，方徐奏於此中焉。時則洞真啓館，姮娥在庭。曳六銖之纖婉，闐萬籟之松惺。吭將圓而故咽，韻欲瀉而仍停。繼參差而洊密，終蕃變以渺冥。傳閟典於檀槽，雜絃切切；按道心於象板，段玉泠泠。沁冰柱以同工，坐冰壺而發興；囀珠喉而協律，照珠岸以通靈。覺帝所不嫌妍唱，而人間竟許私聽。非管非絲，可宫可徵。準八伯而求音，謝六幺以覩指。帶酒旗之纚纚，頗疑畫壁匪遥；映河鼓之繩繩，始信揚枹伊邇。宕餘音於遠樹，白榆颯以飄林；沈古調於幽墟，金蓋翻而出水。疇開笑口，電女爭驍；若賜纏頭，天孫散綺。錯道湘靈一去，峯移楚岸之青；如占柱史重來，氣滿秦關之紫。上清了不爲意，下界恍有所聞。影每邀月，歌先遏雲。音乍審於望舒之耳，響不驚夫明眎之羣。問妙舞於霓裳，七聲紛其不定；掐新腔於笛孔，三疊細而難分。洋洋七寶欄邊，砑琉璃以轉脃；隱隱九層梯上，霏荇藻以生紋。蔭叢桂之連蜷，丹脣綻的；漱方諸之滴瀝，皓齒流芬。彼夫齊右謳傳，郢中和屬。周王興黄竹之謡，漢帝著哀蟬之録。魯虞則永振風徽，歙豔則攸殊土俗。俱鬬巧以抽簧，僅爲歡而秉燭。簫紅雲之朵朵，月中卻數斯遊；穿紫府之重重，天上孰聞此曲。配靈辰於緱嶺，還教蹋臂輕翻；學異事於幔亭，合令連廂竝續。以兹閬苑熹微，蓬山複互。瓊題印夫觚棱，絳闕聆夫韶濩。兔華璀璨，人行不夜之城；魚鑰琅璫，客指恒春之樹。攬羽衣於天咫，菊部先諳；涉虹彩於雲衢，梨園枉付。

技無煩於法善，譬諸以臥而遊；顧有待於周郎，用是不歌而賦。

記里鼓賦

能警衆者莫如鼓，利致遠者莫如車。象各成其所尚，巧必妙於所儲。遵王制於師行吉行，鉤鈐獨祕；包乾度於長至短至，橐籥非虛。詣一步之鑾則已促，擊十里之鐲則已疎。何推行之皆準，乃變動而不居。如聞韓氏之司，作氣遥承夫軍令；不藉候人之戒，揚靈直訖於皇輿。考大章之所造，與奚仲而既攻。乍設車以飭步，復置鼓以昭聾。算合九章，特起開方之例；儀分五路，還昭記里之功。始班班而隱隱，繼坎坎而逢逢。信疾徐之在手，儼操縱於當躬。葆羽招摇，駕自西京之始；鐃歌導從，法垂東晉之中。蓋惟號紀軒轅，訪道而周知里數；所以制同霹靂，設機而密運神工。觀夫貳轂横施，雨箱複載。高下依層，周旋附磑。撑銅史而屹如，曳羽仙其宛在。夔皮震處，廿圍之木纇勻排；鼉革蒙來，四面之銀釘相對。當車停而響閟，難期鏜鞈之音。迨軸動而機隨，可識軒訇之槩。探郵籤之一一，詎止撾三；立邊堠之雙雙，寧煩鼓再。爰乃走飛軨於蘭唐，整游環於蕙圃。將掩冉以吹蓬，倏轟豗而破柱。纔移表樹，恍存設虡之司；未换闕符，早辨揚枹之譜。門豈必其如雷，點奚庸其似雨。趁兼程於逸驥，傾耳先諳；憎緩駕於疲牛，回頭細數。且刷短亭之路，還疑紞紞傳更；春行方井之郊，錯認鼕鼕賽鼓。則有巾黄奉御，大丙陪征。花攢雲重，塵絶風輕。有物爲憑，如玉尺正溝塗之界；象人而用，如金繩定候衛之程。瞻延鷺以迴翔，空中結響；指畫烏而停佇，意外傳聲。待密還疎，應馱鈴而止止。不先與後，中牛鐸而行行。所爲象拱北於宸垣，高凝太乙；不獨問指南於遠徼，永著由庚。可知祕軸斜連，靈樞迴抱。輪輾轉而幾迴，鼓鏗鎗其一考。星毬激宕，括河圖五位之精；棊罣分明，得洛範九宮之道。方乃智而圓乃神，愚者用而聖者造。譬樹臬而準高崧，譬垂針而測遠島。故車者居也，更占河鼓於天文；而鼓者郭也，必驗山車於地寶。彼紫蓋金華之麗，紺幰縹軝之儀。鈿輦雕輦備其物，綏旌結旌審其宜。孰若配八音於師曠，聚一器於工倕。摩兩戒之廣輪，卻笑畫疆之斧；考一隅之圍徑，翻同指地之錐。候風信於竿頭，況有神烏可相；控地形於鞭外，不徒老馬先知。此置鼓者所以測山谿之利，而聞鼓者非必興將帥之思也。我皇上洪化若驅，周行如砥。告符瑞於上清下寧，訖聲教於東濛西汜。以蕢桴通太古之源，以斗柄運中央之指。浮槎命使，已過葱山蒲海之間；益地頒圖，不遺象管龍編之裏。拱神京之百二，勢豈封泥；弼成服者五千，功踰乖檦。是則進容成而侍輦，固宜銅柱標疆；詔隸首而隨鑣，焉用松牌紀里。

首夏猶清和賦

伊木德之將徂，見火維之乍剖。數斯極乎陽純，位實符乎陰耦。準當雩於辰象，龍本名心；辨中候於離方，鶉仍居首。維任養之攸司，抑清和之是取。清常得一，當仲吕而非差；和迺函三，届辰嬴而永久。汰乎渣滓之源，妙以氤氲之紐。此迓陶陶之夏至，朗潤依然；而送緩緩之春歸，煩蒸未有也。溯夫青帝乘權，蒼靈整駕。花期百五，濯彩露而澄鮮；蘭信重三，拂惠風而藴藉。窨連番之積澤，班扇休尋；銷隔陣之輕寒，吴綿忍卸。麰麳倏已逢秋，棗杏於焉擅夏。其音中徵，不隨濁管而移；其臭先焦，合在淳熬之亞。訊恢台之用事，觸執寧辭；值伊欝之履端，招涼豈暇。然而理必宗其所始，義必衍其所留。節豈清明，驗清時而尚準；地如和會，偕和氣以常流。人行似水之庭，姿偏颯爽；客過向陽之館，興轉夷猶。細葛含颸，勝逐湔裙之約；高榆改燧，難忘插柳之游。趁暖漲之初融，十分淡沱；訝泠風之驟灑，一樣優柔。旭馭長紆，在非盾非衰之侣；風輪輕漾，殆不夷不惠之儔。蓋其土圭共轉，緹籥頻更。催四孟之光陰，纔臨九夏；賸五和之烟景，恰際雙清。珠汗收來，愛瀟瀟之雨點；粟膚散後，聞隱隱之雷聲。既分龍而豁霧，復浴佛而裝晴。紫楝濛濛，認作華桐之吐；黄雅角角，聽如布穀之鳴。銜婪尾之餘杯，紅稀砌藥；啓遨頭之上座，朱瀉盤櫻。況乃濃遮翳樹，香逗圓荷。翻漠漠之秧波，斜飛遠鷺；透温温之麥氣，剛化新蛾。結夕陰而不散，開霽色而仍多。沁簾底之疎紋，湘痕欲漾；護鑪間之宿爇，雲縷還拖。或測影而知北至，或占候而告南訛。疑涼燠之無端，推演難憑於箕禹；覩昭融之有象，疇咨乃備於羲和。凡以太清者天體之本然，太和者乾元所自具。凜秋則佳日平分，陽月則小春複互。矧蠢假之相參，似寒暄之悉寓。牕櫳早浄，非關波篁之陳。殿角微薰，不待風絃之度。瑩冰壺之四照，交敞丹鋪；調玉燭之雙輝，載乘朱輅。以故瓜生菜秀，胥登月令之篇；豈徒睢翼鶊鳴，始入歸田之賦。

玉雞賦

驗協氣於九寰，準休徵於百行。物雖細而可孚，道從隆而斯盛。不呼而至，徧含翕召之真；將韞而藏，卻應飛鳴之性。蓋王者之生不偶，自天發元鳥之祥；而聖人之德無加，出世衍彩雞之慶。彼絳績之連栖，儼瑶姿之肆映。珍難佐膳，欣逢玉饌之朝；職謝司晨，好伺玉笄之聖。原夫玉雞之爲物也，與化源而鼓盪，審泰運而行藏。固銜珠而玓瓅，亦吐綬而焜煌。闢本無心，雅抱温如之質；贊寧去手，長承瑟彼之光。畜之而同於琬琰，供之而等於珪璋。偕神爵而迎徽，恰到殿門之上；比文鳳而肖德，爰來阿閣之旁。此行合神明，好與圖傳。後代而志稱符瑞，不徒史美高皇也。懿其涵濡有兆，磅礴無垠。孕以太和之燠煦，伏以元始之温純。卵以九天之包裹，母以一氣之陶鈞。以大造爲胚胎，詎假將雛之力；以真機爲羽翼，不參斷尾之因。縱負籠而奚嫌，品亞玉彝之重；倘推牕而有待，價兼金距之珍。既凝釐而不匱，遂錫貺而咸臻。徒觀夫璀璨流輝，璘瑞飾貌。匿在璞之疵瑕，戒守雌之騰趠。抱珊珊之骨相，轉疑皓鶴來歸；

照朗朗之毛衣，肯爲青蟲取鬬。文成虹彩，還干昴宿之精；技奏牛刀，薄試昆吾之効。寧刻木其堪方，豈當犀而輒撓。乘時利見，知萬物之皆靈；隨化同游，表一人之克孝。爾其奮跡揚庥，尋蹤紀瑞。雄冠不動，山川特見其精神；弱肋難支，廊廟偏呈其瓌異。經銅鋪之一一，絶勝登天；立玫戺之重重，何煩雊地。桑陰太淺，有寶籞之從棲；稻粒先殘，擬瓊田之取飼。外具體而昴藏，内含章而沖粹。發摩挲之澤，超三物而呈奇；聞腷膊之音，侣四靈而貢媚。且夫鳥見幾而最神，雞備德而素定。更籌曉唱，已辭失旦之嘲；點漏宵移，早得知時之證。共珠胎而禦火，何處聲傳；非螯勢而招潮，幾回響應。矧達孝之彌綸，自昌期之揣稱。斗躔耿耿，指織女以交輝；雪乳溶溶，酌醴泉而欲凝。所以化神光於嬴代，僅聞雄王雌霸之徵；而溯孺慕於虞廷，較擅鳥耕象耘之勝也。彼庶士之型家，與匹夫之厲俗。或狡兔而知馴，或野麋而止觸。鳩當户而依林，鵲繞場而啄粟。在風聲之克布，癉彰必異其門閭；迺血氣之交孚，感應直登乎圖籙。駕犬哺之芳規，邁烏傷之遠躅。象油然之順德，惟巽爲雞；樹卓爾之天經，惟乾爲玉。我皇上治超華赫，教洽鞻鞮。效在興仁，遍羣黎之日用；孝能生福，識造化之端倪。萱砌春濃，雲裏見九苞之振；椒闈晝永，日中占三足之棲。既洪庥其畢獻，遂曼壽以同躋。集下國之球，盡拱北辰以北；介大年之爵，早看西母之西。是則道備尊親，永食萬方之玉；抑且政隆養老，竝餘五母之雞。

披沙揀金賦

考金行之是稟，在沙界而攸宜。必離之而著美，乃汰之而出奇。彩共星屯，雅識不貪之氣；遇非瓦合，弗嫌所鑄之私。蓋鍾於獨而混於同，見深藏之不露；而有所棄以成所取，信俯拾之靡遺。將錚錚其共覩，寧碌碌其交嗤。砂礫方淘，肯蹈目迷之戒；泥塗既拔，遂歸掌握之資。比玉石之須攻，匿瑜瑕見；喻錦章之待抉，抱質文披。想其精符蒼緯，體孕黃芽。利未收乎出礦，慨每寄乎沈沙。偕蘇塊而爲羣，裁成坳自；雜風塵而寡色，拂拭誰加。粒粒如麩，白擁江邨之路；離離似粟，黃浮野戍之家。等豐劍之遥尋，無邊煥彩；擬浦珠之薄採，是處韜華。麗水沿洄，驗光芒之有準；恒河浩渺，知算數之靡涯。惟顯晦之無心，寧求剔抉；逮疾徐之在手，爰肆搜爬。徒觀夫義取旁蒐，道期幽撰。初糅雜其失倫，繼呈能而設限。趁羅紋之漫撚，幾陣摩挲；信鳥爪之匀彈，數回削剗。堆來簇簇，直窮磅礴之精；撮去羅羅，欲闢鴻濛之産。詎籯問之所積，霏微則僅許吹脣；疑鍋底之先銷，炯碎而頻教射眼。金非易點，訝沙篆之平開；沙本堪量，辨金支之細綰。此見精神於五夜，盡許勤披；而重聲價於三都，先資妙揀者也。由是聚同圭龠，貴等球琛。湔拔有加，幾伐毛而洗髓；指揮若定，殆合芥而投鍼。他時辱在泥中，未獲揮鋤之願；此日登諸席上，奚煩躍冶之箴。擇善斯從，悟甚美必緣甚惡；取精自足，見或升不礙或沈。累竝錙銖，莫作如泥之委；賤非鑌鐵，應侔式玉之欽。推地四之所生，何嘗愛寳；待品三之有貢，豈盡捐金。蓋粹美之中儲，或濁流之外互。惟剖抉之既專，斯菁英其畢吐。貴多貴少，心源得澄敘之功；能發能收，擘畫見經營之素。方一痕之風旋，印去猶飛；忽百道之光流，屑成無數。況朗照之不疲，在達聰之夙裕。權衡定而輕重難誣，冰鑑明而妍媸罔護。小臣仰鑄顔之術，詎辭汰礫之嘲；凜贋魯之欺，終遜擲金之賦。

白華前稿卷第六

賦二

于闐玉甕賦

維坤珍之貺瑞，應泰運而呈符。燿九華於瑶闕，炳三采於璇樞。玉琯凝禔，響協從風之律；玉環表慶，貢連益地之圖。溯新疆之恢廓，驗至德之宏敷。愛寶斯鍾，孕方流而淼淼。握瑜是獻，來絶域而于于。驚雪暈之争飛，結緑懸黎竝貴；玩雲肪之細瑑，尊彝寶鼎爲徒。巧出雕鎪，藹綻扶桑之様；價增估市，卵生神鳥之模。此玉甕之所爲揚駿烈而闡遠謨也。原夫婼羌路杳，渠勒封連。山分拔達，地號和闐。沿緑波而瀰渺，漾紫氣而洄漩。石髓潛凝，撈向秋潭之凈；瓊英上燭，占從月魄之圓。膏匪殊於稷澤，種較異乎藍田。蝕雙鋸而痕輕，肯作纏頭之供；挽千蹄而任重，欣隨譯舌之傳。邁禹載之琳璆，六城荷寵；倣堯遊之刻飾，兩序增妍。爰乃詔國工而析剖，付宗匠而磨鐫。因瓌姿之鉅麗，赴圜勢之折旋。中寥窌而善受，外磊砢而無偏。非鮑井之所提，量比玉壺更廣；詎孔堂之所發，彩同玉鑑長懸。觀其藻采紛敷，鴻文委屬。方𩃬𩃎以上浮，亦蚴蟉以下浴。烟雲變幻，疑縈蒲海之灣；鱗甲騫騰，憶挂葱山之曲。辨雷靁於結體，太乙閒闚；妙斧鑿于通神，六丁怒斸。珍逾特磬，貞賸理于浮筠；重溢雙盤，露光芒于點粟。配元時之酒海，計斛偏贏；滴軒代之雲漿，迴杓未足。此則圭璋等重。用昭北闕之珍；非徒璜琥殊名，漫詑西崑之玉也。彼夫瑞誌金船，祥書銀甕。陳琬琰以同升，採琅玕而作貢。孰與夫賦材瑰瑋，毓三十六國之靈奇；巧製玲瓏，閱數十百旬之磨礲。弇重脣而豁若，不露文章；捫巨腹而皤其，自成空洞。故逗虹文於松牖，詎誇往代之譁囂；而位龍輔于桐軒，足起清時之吟諷。天子親芝檢於墀彤，灑奎章於毫素。共球入頌，欣寶器之來歸；尊卣凝輝，緬棱威之遠布。啓栢梁之嘉宴，還聞訓繼盤盂；聯石鼎之清吟，直使聲諧韶頀。紀唐甗而奚慙，詠淮琛而曷慕。將見山符河珏，竝追姚姒之年；豈惟文木華鐙，共侈鄒枚之賦已哉。

鷦螟巢蚊睫賦

緊衆彙之憑生，妙併包乎纖鉅。既亭毒而分儔，亦含涵而逐侶。窮形盡相，幾挂睫以難尋；利用安身，宛架巢而爰處。混鷦鷯之號，而弗藉枝柯；蒙螟螣之名，而不傷苗黍。見壺中之世界，俯仰寬閒；藏芥裏之須彌，居遊僻阻。此博徵者，遺爾雅之篇；而志怪者，述齊諧之語也。溯夫蚋可稱蚊，鶂原屬鳥。匪氣孕而胎生，竟蜂屯而螘遶。身纔似粟，負山勢以崢嶸；𦝫已如錐，殷雷聲而繚繞。就濕則半傍江湖，附炎則共連昬曉。論其體幹，誇豹腳以爲雄；狀彼幺麿，喻蠅頭於至小。指填眶之點墨，色相疑無；審界眼之秋毫，音塵悵杳。然而析理必窮夫芒忽，寓言貴極夫雕鐫。按之則滿阬滿谷，察之則潛地潛天。雖無照炬之光，或依光而適至；非有流波之景，倏附景而來前。咄爾鷦螟之種，視同巢穴之穿。穩與雙栖，不願自厓而返；繞成三帀，方將出谷而遷。倘遇開睟，似眩白毫之一二；如逢轉瞚，亦登銀海之三千。爾其結搆凌虛，周旋委化。動如無動，象有契乎鶉居；微乎其微，事無煩乎鴟嚇。較牛虻而更細，每戀𣟴牢；與蚯蚓而同廉，還成間架。智慙擇木，偏點頟以偕來；拙謝爭窠，詎掉頭而不下。如巢蛣而蟹腹胥安，如巢龜而蓮鬚互亞。即使艾繩薰處，不驚烈燄之燒殘；若教羽扇摇時，那怕罡風之吹卸。是故巢在睫而螟不知，睫有巢而蚊不愕。無目逃之怯，恍粉碎乎空虛；無眥裂之驚，儼神遊乎廣莫。維其喙矣，勿嫌他族之滋萌；庸有豸乎，竊比寄生之附著。雖自託於末微，若共鷃於寥廓。憐其毛羽，頗同掘閱之蜉；種其子孫，竝異敺叢之雀。入黍民之境，巢父之隱德堪師；遊蟁母之鄉，巢氏之淳風可作。彼蛣蜣之轉轉，與蟣蠓之蜚蜚。牆角蝸爭，駭干戈之肆擾；牀頭蟻鬭，訝金鼓之兼乘。蛩駏則因依罔間，雞蟲則得失無憑。孰若處穴間而自忘其陋，寄籬下而不受其憎。且住爲佳，差擬飲河之願；相視而笑，奚須營窟之能。故賦以小言，下土最憐夫蟣蝨，而偕之大道，長風有待於鯤鵬者也。可知物每狃邇而失遐，人勿舉纖而遺大。以乾坤爲六幕，天外皆低；以日月爲雙爐，毫端欲挫。奚藏身之孔固，遯而皆存；恐完卵之無多，當之即破。毋狂而礬，刮鎞俾兩瞙之開；欲闖其巢，倚枕信六軍之過。車輪嗤螳臂之迎，井甃嘆蛙聲之坐。是則雕龍炙轂，不無繆論之多誣；庶幾穴鼠犁庭，共見神威之遠播。

萬寶告成賦

若夫總章布令，夷則迎時。涼飆細轉，濃露勻垂。長畝連綿，恍逗虹文之彩；交塍錯繡，如含龍輔之姿。效上腴於魏闕，考中候於新菑。操成終成始之權，斂藏有準；得告潔告豐之本，普淖無虧。蓋農之職維三，每卜三登之兆；而物之數有萬，爰興萬寶之資。當夫燒畬既徧，裛淞方多。無勞玳瑁之裝，農書獻覽；不藉琅玕之調，秧把傳歌。羌隔烟而糾笠，或冒雨而攜蓑。雙犁於焉穩蹋，一墢亦以徐拖。曾非産玉之田，玉粒敲其瑟瑟；豈必採珠之岸，珠芒錯以羅羅。當民力之普存，願觀九熟；逮秋行之主肅，轉慶三和。則有枰枰接軫，井井分阡。將寒尚暖之朝，茅蒲乍卸；欲霽仍陰之候，碌碡交牽。少昊算貲而運輦，蓐收握策而開廛。韞之以星虚之次，沽之以日納之躔。搜百産之瑰奇，全疑炫貨；鬭五行之豔異，盡不論錢。欲徵四鬴之充，鳴絃處處；爲報萬箱之滿，擊壤年年。觀其珊柯種種，珍顆叢叢。高下則宜稌宜黍，先後則爲稑爲穜。衍作甘於土德，驗愛寶於元工。取諸悦者必貞，故言乎兑；得所歸者必大，故受以豐。揚白粲之千堆，碔砆色奪；握紅鮮之一掬，瑪瑙光空。安雪碓以高舂，定抵煉銀之訣；付霜鎌而奄刈，寧論餐玉之功。且土穀之菁華，在陰陽之和會。散之則貴比璣璿，聚之亦利同刀貝。雀爛爛以披綿，鱸瑳瑳而斫鱠。棗場則火齊繽紛，黿徑則金支晻靄。況九敘之惟歌，與三時之不害。香調粉箸，品居瓊屑之間；滑映花瓷，名在瑶華之最。所以見寶光之玓瓅，田可云私；而闔寶界之莊嚴，倉先號太。物何秋而不穫，秋何物而不贏。知稼穡之艱難，故尊之曰寶；荷乾坤之生長，故告之曰成。望邨邨之拾豆，見户户之炊秔。稇之而輝同照乘，特之而價視連城。禾以金穰，正協金行之氣；穀由玉蔭，還流玉府之精。不徒烏啄烏銜，胥覘率育；抑且貓迎虎祭，盡紀昇平。我皇上丹毖升壇，朱紘履畝。躋雅化於羲炎，播祥風於童叟。服疇食德，而人誦屢豐；取陳出新，而史書大有。如墉如櫛，知所寶之非他；斯鑿斯耕，喜厥成之永久。比屋而給禹糧，盈衢而茁堯韭。是擷崑岡之秀，未足喻其貞符；探元圃之英，不能方其殷阜也。所以世際雍熙，俗臻恬養。泝顥景於鴻濛，布真精於滉瀁。觀納稼其既同，比獻琛而及享。頒來漢詔，特隆鉤盾之司；繪取豳風，恍見授衣之象。應白藏之令，偏如沐日浴月而生；迎素律之期，皆將落實取材而往。由是葱山蒲海，竝聞華黍之賡；豈徒桑牖茅檐，始獲嘉禾之賞。

二月春風似翦刀賦

若夫明庶風回，豔陽春至。宣卯令以承權，正巽宮而得位。郵邊落絮，罥羊角以飛絲；野外鳴箏，送鳶肩而激吹。撿梅英於臘稿，寒消九九之重；迓蘭氣於芳塘，節近三三之二。蓋春者蠢也，披白苧而已扇微和；迺風者汜也，轉朱幡而獨含餘粹。有如翦刀之爲用也，股半矩而均平，背兩已而窊突。一聲綷縩，裂帛何來；百折玲瓏，唾絨乍歇。將披拂以徐穿，倏迴旋而徑越。匀開團蘚之痕，細剖兜羅之窟。真花片片，轉頭而便覺春回；碎錦重重，運腕而旋疑風發。訪龍淵於學繡，無恙鴛湖；志龍輔之女工，不惟蠶月。當夫律移仲吕，氣轉洪鈞。禁火著周官之令，治聾迎漢社之辰。一綫悠揚，隔簾送暖；幾分燠煦，入座生春。飄曲裏之梅花，不爲笛聲吹後；鬧筵前之杏蕊，非關鼓響催頻。當鶯谷而抽簧，錯訝江鸝之語；度花叢而綴綵，全模隋柳之真。誰家刀尺慵拈，影動千秋之索；何處鑪薰罷試，香縈七寶之輪。由是舉兹快翦，擬我光風。洩苞符於大造，資槖籥於元工。鍊質於穆清之表，鎔精於醲鬯之中。鍵之以一卷一舒之底蘊，剖之以一翕一闢之鴻濛。散膚粟於無聲，不信稜威之峭；拂竿烏而有象，恰逢冰信之融。如其低趁橫波，便作吳淞之幅；若使斜經嫩葉，都成唐國之桐。或縱或橫，乃條乃理。被之無痕，御之無紀。春如欲繡，因嘘動而漸露文章；風亦名罡，荷薰陶而全融渣滓。試裁縫於天上，曾無玉尺之量；見藻繢於人間，可有金針之指。揮來霍霍，承之以密雨之絲；游向恢恢，襯之以餘霞之綺。所爲即萬彙之昭蘇，而審一端之假似也。況生意之温暾，悉化機之涵演。惟春也故藹然和，惟風也故泠然善。游魚飲處，跳鱗而不啻浮刀；乳燕銜時，捎尾而依然學翦。瀛洲則緑草含滋，楚澤則青蘋細轉。夫豈特惹烟條而美滿，始誇描樣之工；過露葉而裵裒，如睹刺紋之選也哉。是以韶華晼晚，協景周遭。破黯澹之窮陰，利同運刃；解紛糾之牢緒，迅比操刀。透徹中邊，詎解彰施之妙；呵嘘大地，無煩坱軋之勞。故翦之勢有稟自金行者，所以著嚴凝於塊宇；而翦之用有孚於木德者，所以光潤色於神皋。夫其應五日以沖融，與八方爲布濩。何弱綄之初翻，竟勾芒之畢吐。汎華滋而爛漫，七襄之織女增慙；坼蔬甲而蘢葱，五組之針神起妒。是則輕纔似翦，好符花信之占；將毋快已如刀，恰補蘭臺之賦。

閏餘成歲賦

觀推策於皇初，驗積分於太始。任氣朔之相尋，見乾坤之不毀。賛牡妃之令，不愆夏正三寅；衍枝幹之常，直溯軒元半子。欲歲事之有成，必閏餘之是以。日隨天左，用垂察政之模。王在門中，別著授時之紀。布一章之象數，居然手筦神樞；與百姓之知能，奚啻目窮天咫。懿夫舉正明時，歸餘告閏。卵黄包裹，九層之氣體難求；蟻磨盤旋，一曜之光華欲振。日爲實也，疾徐懸一度之差；月曰闕焉，消息報兩潮之信。操窮變通久之術，算既縮而轉贏。約元會運世之端，法屢遷而必慎。循蔀首而周遭，躡天根而激迅。紫垣建極，宵中看斗柄之隨；赤道開躔，臺上待銅儀之進。則有五緯高陳，三辰遠揭。限年而計，剖中候於毫釐；排日而編，附末光於芒忽。惟乾行至健，轉環於三百六旬；故離照能貞，起秒於一十二月。其故遠而難知，其理信而不越。再閏則揆諸五載，適當羣岳之巡遊；一閏則考以三年，恰值明廷之賞罰。示真符於易象，奇扐同歸；頒故事於禮經，特牽竝謁。爾其黍籥頻移，葭灰互應。木金水火，位若視其所祧；蠢假緧終，義既觀其所剩。考其蹟，則陽舒陰斂，措而咸宜；探其源，則地闢天開，坐而斯定。如攜玉尺，裁南正北正之區；如握金繩，準上弦下弦之經。鴻濛皆中氣所充，根柢亦先天所孕。望雲氛於史氏，啓閉曾占；衍月令於田家，作訛蚤訂。由是歲序以之而新，歲德以之而備。黄楊縮處，渾忘厄閏之嫌；朱草生來，共抱知時之祕。奪炎暉於閒紫，儗不於倫；旺土德於中黄，從惟其類。餘分大小，非枝指之徒駢；歲有盈虛，詎懸瘤之可棄。聖者造而明者因，圜故神而方故智。屬成功而未退，幾同畫卦之重；當得主而有常，迺正宅官之四。故其或奇或耦，孰成孰虧。有三十六宮之匼帀，與七十二候之邐迤。數往知來，縱有屢更之次舍；裒多益寡，還操不動之綱維。初倒影於銀盤，莫測團欒之巧；纔騰精於玉燭，彌徵坱軋之奇。鷟鳳質之葳蕤，苞儀倍采；愛桐陰之婀娜，珪樣添枝。龍轡長紓，勝度小年之日；蚪壺不爽，用窺中朔之時。凡以歲乃填星之號，閏爲積氣之名。宣渾殊而竝行不悖，鉤繩配而相與有成。六位交乎，爲有時乘之御；一元代嬗，先求日至之迎。譬之八到開方，四正以四隅爲輔；六同協律，七音自五音而生。或列在是年之次，或循夫斯月之程。若逢虞喜談來，細闡圜穹之妙；卻遡大橈作後，勻司昏旦之平。我皇上律吕均調，圖書遠契。合純德於太清，浹仁聲於必世。一番燈信，送翠葆之初颺；兩度花朝，迓金輿而小憩。農書載進，幔城之烟景如新；蠶具重攜，沙市之風光未逝。展豔陽之百二，一倍留春；遲芳序於重三，十分得歲。是則邁中和而紀節，固造化之先通；躋仁壽而巡方，自神功之久逮。

直如朱絲繩賦

緊誼士之挺生，秉純剛之令德。固不劌而不隨，亦既匡而既勅。英英露骨，知圭角之難磨；磊磊生姿，信廉隅之必飭。雖韋弦取佩，尚須氣質之調和；而繩墨斯從，早絕性情之陂側。樹四維而作榦，詎蒙證父之愆；立一介以爲防，肯蹈乞鄰之忒。厲丰規者存如矢之遺，著風操者凜如鉤之慝。故誰譽誰毀，斯民可驗其還淳；而無黨無偏，之子共飲其司直也。彼朱絲繩之爲物也，等栖身於淡泊，異抱質於空虛。園客繅來，獨繭看其細引；幰人漚罷，五章愛其勻舒。當夫韌以使柔，輒笑兜羅之相似；一自矯而使直，非徒絙索之能如。彪其外弸其中，恰映琴徽之靜；弛則文張則武，還依瑟孔之疎。義若準乎開弦，最期捷徑；事不關乎切線，迴息紛挐。五十無端，祇在彈絲之候；一雙欲語，特詳操縵之初。則有力崇古道，意謝時趨。志不存乎回曲，品不尚夫阿諛。練之以方嚴之質，繫之以峻整之符。以禮義爲經綸，非止自知之白；以陽剛爲撟梁，寧愁易奪之朱。標介介之風期，肯移情而輒往；著巖巖之梗槩，得同調而仍孤。平而劑之懼其絞，勁而達之戒其紆。苟一物之未交，絶肖無弦之挂壁；倘萬緣之斯感，還同激箭之離弧。由是直聲遠震，直道常遺。正氣森森，笑摸棱之足鄙；芳蹤落落，將繞指以奚爲。儼數縷之遥牽，珠徽緊貼；類七條之乍引，玉軫牢持。識歌工之奏終始，悟昭氏之論成虧。其始也分擘維嚴，匪膠柱而疑其固；其繼也糾彈必力，匪絶絃而失其資。庸俗難諧，不避中郎之爨；遷流貴慎，毋悲墨子之絲。乃知謇諤之風，正人所必尚；婞婜之態，亮士所必懲。緬南狐而遠仰，稽曾史而遐稱。古處之疾有三，傳來若綫；日宣之德維九，引去如繩。動比揮桐，亘龍脣而不折；静同置几，依鳳味而常凝。撫三尺而悠然，頗肖昂藏之槩；奏九成而睪爾，能留弼亮之徵。此直諒堪資，不啻受裁於緪木；而直清有耀，更看函氣於壺冰也。彼夫毁方者忌其就圓，化緇者恐其改素。蔭曲木而弗從，扶纖麻而是附。論偏頗之悉泯，惟大小絃獨挺其能；觀哀曲之全消，知長短調各循其度。矧乃衣朱布化，不勞輔弼之疑丞；被袗流輝，早象中和之韶濩。歌風曰直而静，儒林無北鄙之聲；陳典曰直而温，黼座有南薰之賦。小臣慕服紞之節，雖比跡於委蛇；恥挾瑟之謀，敢疚心於掩護也哉。

白華前稿卷第七

碑記一

重修成都府學大成殿碑記

成都爲西南大都會，其府學袤廣二十畝，禮殿、石室、石經堂故址在焉。張獻忠之亂，惟嘉靖御書、程子四箴碑未燼。今殿廡門垣學舍，以康熙二年建，康熙四十九年修，甲子歲周，洊懼圮毁。乾隆甲午春，屆祀文廟，布政使常熟錢公鋆亟請於總督文公綬，支官錢一千緡，飭材庀工，九閲月而役蕆。明年春，上稽古禮殿畫像，垂問存否，督臣言成都府學宫故禮殿，今殿非舊，畫蓋蚤湮，謹録漢禮殿記、元費著禮殿聖賢圖考以聞。省欽忝視蜀學，深念事會非偶，竊爲文勒諸石曰：

古釋奠有合無尸，故立學不盡有廟。廟之堂曰廟堂，史記適魯登孔子廟堂是已。禮殿不著於史，宋祁、董逌謂文翁作，歐陽修、席益、吕陶謂高眹作。而初平五年殿柱記有「修舊築周公禮殿，及烈火飛炎，獨留文翁石室廟門之兩觀」之文。蓋翁立學於先，文參增吏寺二百餘間於其繼，眹特起而修之，其制低屋方柱，柱上狹下廣，初平記實刻其上。歐陽修以謂石柱者誤也。殿壁高下三分，畫三皇五帝及古君臣七十二子像，又後人多有續畫。周公於漢爲先聖，唐貞觀二年，始改配武王，故周、孔迭爲先聖，孔、顔遞爲先師。翁既立學，必立廟祀先聖，其得名殿者，若漢丞相所坐屋曰殿，而非必以王者之居居周公，禮殿則猶之鄭玄禮堂之義。因禮殿祀孔子，則見於紹興間席益石經堂圖籍記。又其時成都府學教授范仲殳言，學有殿棟宇最古，請御書在成殿榜額以賜。誠以漢郡國有學自成都始，郡國學有廟亦自成都始。華陽國志：「眹奪郡文學爲州學，郡更於夷里橋南道東起文學。」是止移郡文學椽所居，而舊學與廟未之改也。若范鎮不知禮殿之爲廟，而遽以爲學，其言殿下温故、時習二堂，東西相對，堂有左生右生碑，堂與石室，當在學不在廟。宋祁以石室在殿西廡，是或殿後之譌。鎮又言門屋取感麟、嘆鳳之義，畫鳳麟，是又改祀孔子後所爲，而非唐以前之舊。歷歲二千，見聞辭異，惟殿址度不甚遠。肸蠁式憑，墜廢具舉。時王師申討金川，凡特儲度支，錢公實總其任。詩曰：「既作泮宮，淮夷攸服。」記曰：「出征執有罪，反釋奠於學，以訊馘告，天人啓甚。」今古符合，洗兵既暇，籍費著所稱百七十二人，斟酌績象，以復舊觀，非千載一時之會，而旦暮跂望者耶！文翁名黨，高眹或疑作勝，當從眹，詳見予講堂碑記。

均州移建殷王子比干廟碑記

殷三仁皆貴戚。微、箕二封國，其後較著。比干死最酷，周使閎夭封墓，相傳今汲縣北十五里者是。予數過墓下，讀銅盤銘，魏孝文、唐太宗二碑，皆後人重刻。至孔子題墓字，視王伯厚所引金闕秣馬歌，造句似七言古詩者，其附會俱易見。惜比干世次先後於史無明文，馬融、王肅謂箕子、比干紂諸父，趙岐謂紂與微子、比干有兄弟之親。按書微子篇，太師稱微子曰王子，孟子及樂記竝云王子比干。當紂之時，太師疵、少師彊抱樂器以奔周。疵與彊見古今人表，微子篇所云父師、少師即其人也。今孔傳以太師三公爲箕子，少師孤卿爲比干。夫司馬遷受書於孔氏，凡殷、周本紀、宋世家之文，不應與孔傳不合。故比干於紂，非少師，非諸父，箕子亦非太師，微子爲箕子之兄子。殷人尚質，不應以父師呼其官。父師應之，亦不應稱微子爲王子。以王子爲疵之詞可也，以比干爲孤卿少師，未有据也。

均州西五里比干祠，宋楊恢知州日，以其裔居此而立，轉徙湫陋，無寸碣可拓。今州南四十里石板灘有林氏百餘户，竝不知自附爲比干後。往予疑唐林寶所撰元和姓纂，言比干既僇於紂，其子堅逃長林之山，遂以爲氏。長林晉縣，渡江後析漢臨沮縣，置今荆門當陽州縣地，殷時安得有此名？且鄭夾漈以周平王庶子林開，開生英，英生茂及慶，以字氏林，於例有合。若長林之林，不在二十七例之中。近賢杭氏世駿遂主其説，不以林爲比干後。然氏族之學，不可與明，古神聖賢人，人多樂引之以爲所自出，故王氏、干氏皆有謂出自王子比干者。其在恢時，林氏者既習聞竇之説，官爲祀之，以至於今，有舉而莫之廢矣。且如銅盤銘，薛尚功謂唐開元中得自偃師，係比干墓中物，而不知墓不在偃師。宋張邦基謂政和中得自鳳翔，而不知是銘先已刻大觀之汝帖。俗語不實，成爲丹青，又安見林氏之必以林開，而無復有二林耶？予以均之林，子姓既衍，比干故祀於均，因告觀察陳公大文、州牧張君南圖，度净樂觀牆東南靖恭廠故址，糜錢百餘緡，增築三椽，祇奉栗主，且正其名曰王子。若楊信民之姓源珠璣，建陽書棚之氏族大全，於林氏立主賓説，而稱比干爲殷太師，又無論已。

重建潼川府學尊經閣碑記

經者，聖道之所以顯，聖心之所以藴也。學官始立，家自爲師，自正義行而説漸備，自御纂諸經出而備且醇。今天下郡縣學皆有頒本，皆有閣曰尊經。尊之猶云藏爾，其博觀而卒業者，百不一二焉。閣之閉也久，司存者致懼殘佚，每篋衍他所，即蠹壞往往聽之。

予三莅潼川，見府學後有宋時修學碑，碑在閣前，閣下碑刻孔子象，其陰刻泮池記，其旁爲干禄碑摹本，及元人生日廟祀碣，蜀之金石文。此僅以存矣，而仆陷且泐，象之前不足於展拜，閣又不可升。予友仁和沈君清任守郡有年，去年春軍役告蕆，始返治，葺草堂書院，奉少陵木主，集諸生以時弦肄。發琴泉後佛洞，又得山下蜀王衍時石幢，知唐惠義寺阯在是，而寺墖有王鍇所寫佛經出自墖燼時者，嘗購數紙以慠予。蓋其好古嚮學，出於天性，故偕予低徊摩挲於閣之下，而思有以振之。

今七月既望，書來告曰：「閣成凡五間矣，閣前碑移之干禄碑之次矣，聖象碑移少後，妥以龕，若櫺星門，展拜綽如矣。閣之經故在，願仍其故名，而以文示之來者。」

嗚呼！聖人之存，存於道與其心，而非徒以其象也。學者敬慕聖人，敬慕其道與其心，而得不敬慕夫象也。吾觀浮屠氏之教，寫之有其葉，梵之有其音，藏之有其閣，笵金合上鑿石之有其象。以潼之蕞爾，唐時至爲十二浮圖，而擔笈繕經之徒，竭心力以應上命，謂福田利益之可以無窮。乃遷流澌滅，好古者僅拾一二殘葉於灰燼之餘。志地者不能据以爲實，湮蝕千百年，賴君而始顯，君之所以顯之，佛不復辨，「百身一莓苔」之語。至琴泉千佛洞，當少陵山遊時，已有「前惟以其蹟之古，而非以彼之道與彼之心矣。今潼之學固可無修，閣亦不以廢，守郡者以象與碑之故亟之，士與民無不亟之，高明伉爽之觀，不數旬而澤且百世，而縚繩什襲之所，凡風雨鳥鼠無患焉。此蓋爲政者所先，而劭農興學於偃兵歸馬後者，其效爲尤至也。王遵巖以唐人之文爲學而作者甚少，宋惟曾南豐宜黄、筠州二記詞義竝勝，自餘記學之文難以工。予未能闚聖之道與心，顧嘗謁是象，而願學者之躋是閣以求聖之經，尊之而體之於身，非區區博觀卒業之云爾也，抑君之心豈異是哉。

歸州修楚屈左徒廟碑記

太史公爲列傳，稱爵、稱官、稱名，合傳或稱姓，循吏、儒林以下稱行業，至楚左徒稱字。疑賢者不名，而大賢若孟子亦名之。然自史公不之名，而左徒之宅若墓若塔，後之人皆舉其字。塔在今忠州，墓在湘陰，其方七頃，累石爲屋基之宅，在歸州東八十里，田曰屈田，沱曰屈沱。唐天寶間詔立古忠臣義士祠宇，而長沙郡立楚三閭大夫屈原廟，受封清烈公，宋封忠潔侯，前明復其號曰楚三閭大夫屈平氏之神，有司以歲五月五日致祭。顧左徒死汨羅，而生於歸，歸之廟，元至正間湖廣提學黄清元記，謂元和十五年刺史王茂元始立，移建無徵，甚耿耿也。今年冬十月，權知州王君沛膏以予自施南試蕆，歸泊屈沱，偕拜廟下。廟三楹，其後祀女嬃，有石榑，傳是左徒墓。其中若石室，今閉。廟修於康熙庚戌知州王景陽，再修於雍正庚戌學政淩侍郎如焕。歲月滋久，君將以新之，而予改題曰楚屈左徒廟，竝爲記曰：

屈自瑕受屈爲卿，因以爲氏，實與楚同姓。里門曰間，哀郢曰「發郢而去閭」，屈之閭，介於昭、景，是爲三閭。王逸曰：三閭之職，掌王族昭、景、屈三姓。王應麟曰：漢興，徙楚昭、屈、景於長陵，以强幹弱枝，則三姓至漢初猶盛。韋昭曰：「三户，三大姓，昭、屈、景，乃其掌之者，爵止大夫。原序其譜屬，率其賢良以厲國士，猶未躋於世卿之數。迨爲左徒，親信斯甚。觀考烈王以左徒黄歇爲令尹，封春申君，是左徒乃上卿而非止大夫。顧其職不詳，索隱臆度之，謂今左右拾遺之類，殆不然矣。左徒被讒而疎而絀而放，漁父稱其故官，固無足論。論世者稱人之官，不係以最尊，即係以最後，左徒之不當稱三閭大夫，唐宋來惜未有議及之者。予故釐訂其文，以安宗臣之心。至論其心而或以愚，或以智，或以忠，或以純，不復論。

重修張桓侯祠墓碑記

保寧郡治東三十步有張桓侯廟，廟屋凡三重，最後一丘隆然，贁垣繚之，垣後即郡圃。今觀察敬齋福公崧增繕之，而禁其鉏采者也。今四川志於「閬中縣」削侯墓不載，而附見於「華陽縣」，幸舊志志侯墓在保寧郡治東。弘治中，典膳黎重築牆四十七丈，新其祠。而閬人每爲予言，獻賊犯城，夜見巨人坐城上，而濯足於江，遂駭遯。予惟蜀所在有侯廟，當侯臨發被戕，張達等必矯發侯命，順流而以其首奔吴，閬人以禮葬其尸，無可疑者。今侯墓在華陽者，不知所自始。而曾鞏爲侯閬州廟記，言州東有侯冢，至今千餘年，每歲旱，禱雨輒應。嘉祐中，數歲連熟，人以侯之賜，大其廟而新之。侯於此破張郃軍，其歿也，又能澤而賜之，故祀不廢，乃鞏既以謂侯之祀不得而廢矣。要惟是儗之坊庸道路，馬蠶貓虎之靈，蔽生於其智之不周，而過生於其所惑，蓋非神之爲理者信然，則已過矣。自古熊羆之士，不二心之臣，如侯與關侯，舉足以興起百世。自陳壽不以蜀爲漢，雖司馬温公亦云先主自稱中山靖王後，而不能舉其世系，宜與曹魏同爲閏統。然在當時，以諸葛武侯之審於去就，而以漢賊不兩立爲言。侯與先主生同里，關公好春秋大義，必共知先主之爲漢系，而傾心事之。今犖之文曰蜀車騎將軍、領司隸校尉、西鄉侯，是亦不以先主爲漢，而何有於侯？侯好禮士大夫，而不卹其下，以及於難，論者往往惜之。要其擇主之明，有合於春秋之義。以犖之賢，而不能論世知人，以援夫以勞定國之法。今之人知獻賊之乘，非侯不能捍，大患而不知，見於犖之文者，其禦菑又如此。予故徵犖之言以信於閭人，以補志地之缺，而又以其言之有所蔽也，爰敘其緣起而發之。

合江新建先孝女祠碑

往予以先孝女姓諱歧舛爲廣据，以正後漢書之誤。比過犍爲，謁孝女祠下，祠隔江有孝女厓，志地家及明楊慎、袁子讓詩，皆以孝女沈此，而合江遺之。孝女生安帝即位之年，時符縣雖改符節，仍隸犍爲。范氏傳列女，往往繫郡不繫縣，如犍爲盛道妻媛姜，常氏謂資中人，而范氏祇以同郡趙氏女繫之。至孝女，常氏固謂之江陽符人，酈氏注水經，亦繫之江水東「過符縣」之下。蓋晉時符節復改符，而符故前漢舊名，時爲語曰「符有先絡，僰道有張帛」，其可徵若此。當孝女父爲吏於符，以其長趙祉遣詣巴郡，溺死不歸，固從下而非從上。孝女痛泣百許日，乘船自沈，以出其父。假令父没即出，孝女亦不必沈，惟其渺冥漂忽，遲之又久，而計無復之，於是數訣家人，囊珠環繫之二弱弟之臂，從容畢命。求仁而得仁，以視封肉捍刃、激發於一時之所爲者，抑又遠焉。古忠臣、孝子、義夫、烈婦之行與其心，非有所爲而爲矣，而民彝攸好。揵之蹟附之，合江之蹟失之，潛德之不光，民行之不修，采風者能無責耶！而知瀘州事王君用儀權知縣事，劉君正撰曰：「縣故有孝女坊，明萬曆間縣令周夢可斷碑，以謂漢孝女元紹，顧相地立祠。」乞文以告來葉。

夫孝女與其父之姓若諱，予固已正之，其爲州之縣人，又信焉。乃范史言孝女有男女二人，酈氏言有子二人，俱五歲，而予獨以謂二弱弟者，則以孝女所見夢之弟曰賢。而干寶以孝女之二子曰貢、曰貰，其於賢顯若輩行。且五歲子豈皆命名若成人？至范氏言家人，則固指先氏之家爲言，而惜乎未覈也。又漢制，諸州及都尉有功曹史，主選署功勞，若諸縣有諸曹掾史，無功曹。符縣在萬户以下，有長無令，而范氏謂孝女父爲縣功曹，似不如常氏、酈氏以謂吏之得其實云。

重建唐漢陽郡王贈中書令張文貞祠碑記

出襄陽城南五里，有碑臨官道，曰唐漢陽王張柬之故園。循碑折而西，不半里，松栝夾蔭，梵音四答，有寺曰泰安，舊曰衍恩。明萬曆間，副使侯堯封於寺内爲祠奉王。我朝雍正庚戌，郡守尹會一重建，歲月滋久，垣礎不存。今年春，觀察陳公大文以寺故園址，即隙地搆三楹祀王，屬予記之。曰：

唐自牝朝攘器，二張包禍，五王不動聲色，反宗社而歸之唐。吕温頌之，以爲取日虞淵，洗光咸池，潛授五龍，夾之以飛者也。惜桓彦範不用薛季昶盡誅諸武之計，俄致三思盜權，不數月而王等罷貶，而流而没而被害。予嘗讀舊書禮儀志，中宗廟以侍中平陽郡王敬暉、侍中扶陽郡王桓彦範、中書令南陽郡王袁恕己配饗，竊疑暉死最慘，彦範、恕己亦爲周利用所殺。王與崔元暐在流所先卒，故不得與暉、彦範、恕己竝祔以報。然通鑑於神龍二年直書五王爲武三思所殺，是王與元暐雖不至慘死，而實則無異，猶暉、彦範、恕己之死，死於利用，實死於三思，同一書法。且彦範傳固云開元六年，與暉、元暐、柬之、恕己配饗中宗廟廷。開元禮：侍中譙國公桓彦範、侍中平陽郡公敬暉、中書令兼吏部尚書濮陽當係漢陽之誤。郡公張柬之、特進博陵郡公崔元暐、中書令南陽郡公袁恕己配饗中宗廟廷，少南西向，以北爲上。文獻通考：中宗廟配饗八人，五王竝，開元六年六月二十二日敕；狄仁傑、魏元忠、王同晈竝，天寶六載正月十二日敕。始以知五王配饗，志特失之挂漏。開元禮既漏仁傑、元忠、同晈，又於五郡王之由公進封，及景雲初所追復者至開元時反降而書公，是皆載筆者之過，而定計之功，崇報之典，於王尤不可没也。王墓在穀城涓口，惜明統志失載，所載襄陽之園，又無所据引。按曹王皐爲山南東道節度使，嘗宴集是園，欲市取之。馬彝曰：「漢陽遺業，當百世共保，奈何使其子孫鬻乎？」因止。又皮日休漢陽王故宅詩「園林一半爲他主」，似園即傍王宅。予故牽連證之，以彰王之功，以韙觀察之舉。後之來者，表樹風聲，揚示往烈，撫視斯文，有舉莫廢，是又予與觀察之同志也夫。

重修少陵草堂後祠碑記

成都少陵之草堂，今榜曰少陵書院。院之門楹三，次堂、次亭、次祠，祠與堂皆置象。堂之創以康熙壬子，祠則乾隆丙戌所建也。予自癸巳二月拜祠與象，祠既阸小，其華整鞏固，遠不逮前之堂，以爲物力之贏詘類然。有好古者更而新之，事半而功可倍。頃予返，覲有期，臬使無錫杜公玉林乞預爲修祠之文，以俟歲臘舉役焉。記曰：

少陵所居，後之人多稱曰草堂，而不若在成都所居者之顯，何也？蓋其流離困躓，在秦隴時，至負薪采梠以自存。逮乾元之己亥，年四十九矣，尋置草堂地於西枝邨，爲詩以紀，卒不遂。

是冬十二月赴蜀依裴冕，就草堂寺居之。明年春，草堂成。葛常之言，少陵有此草堂祗四載，而其間居梓閬者三年。陸放翁言，少陵於萬里橋浣花，皆有草堂。萬里橋之堂不可見，然草堂因人而成，力不能資之有二，當由誤誦「萬里橋西宅，百花潭北莊」之詩，而一而二之也。至蜀之草堂寺，自梁時已顯，故周顒慕之，於鍾山亦立草堂寺。李文饒言少陵居近草堂寺，因名草堂，思過半矣。雖然，公之思置草堂，先一年嘗求之於秦，而李太白詩名草堂集，白樂天草堂在廬山，少陵之姪佐草堂在東柯谷，少陵左氏莊詩曰「春星帶草堂」，草堂特唐時通名。少陵爲堂成都，而其地適在草堂寺傍，與在秦求地置草堂之意相合，遂名爲草堂，以紀其實，以志其喜。舊唐書亦言其種竹植樹，縱酒歡詠，無拘檢焉，視向之流離困躓作詩告哀時，固小異矣。然則少陵所居，惟此始可名草堂，非夔州之高齋一名而三地者比。自宋吕波公復作草堂於其址，命工繪象，雖廢興輾轉，而少陵有靈，顧而樂之。臬使以當陽孫子，樂爲更始，其行年會值五十，與少陵成草堂之歲不謀而合，又烏可缺然弗記也？抑予聞王蜀時，韋莊居草堂故址，故所著集曰浣花集，於禮可以祔祀。世之人知草堂，而或不知草堂寺之始。知少陵草堂寺旁之居始名草堂，而不知在秦時先欲爲草堂，故牽連書之，而少陵之詩與其人，不復論云。

白華前稿卷第八

碑記二

宋黎州通判攝州事何公享堂碑記

清溪縣於古爲黎州，其治北大相嶺，亦曰相公嶺，嶺高五十里，攢厓障天，灌木塞隧，愈上愈陡，劣僅容趾，蓋漢王尊叱馭處，所謂邛崍九折坂者也。將上坂，有小關山、大關山，予往返者再。嘗以黎之守先相嶺，相嶺之守先兩關山，以關系山，必有人設關於此，其後寖廢，而志地家不詳，祇以謂諸葛丞相過此，故名相嶺。嶺最高處，今有諸葛祠，至叱馭之忠，鮮有問焉者，關之所由來，安得而考？比讀宋史，德陽何公充通判黎州，攝州事，預計備禦，以宋能之之命，於邛崍創大小關倉，及砦屋百餘間，親督程役，關破，從容就死，與其難者，一門四十餘人。然後知公固於此置關，閱歲滋久，倉砦竝壞，而兩關山之名，因仍少舛也。唐清溪關在大渡河之南，大渡河不守，則黎、雅、邛、成都皆爲此蕃所擾。宋以大渡河爲極邊，黎州之守益重，元人由北而南，由夷而險，顧其時王立、劉整、梅應春、昝萬壽、田世顯之徒，先後以重慶、瀘、嘉定、成都降，甚且爲之效命。黎州彈丸耳，即死守，於事奚濟？而公百折不回，刑于妻子，古志士仁人之烈，莫或過焉！乃遺迹泯絶，惟一統志志公於寧遠府，而不思大渡以南本非趙宋所有。公之死事，在此不在彼。第使於黎求邛崍，於邛崍求大小關倉，而斷壑窮巖，炳如皦日，千百世後，當哀其志，而廟祀之。予使蜀五年，凡墜文軼事，間有舉證，恨未獲祠公，而記之碑。去年秋奉命使楚，會四川藩使宛平查公禮敘語於塗，索予文而力任其事，俾清溪之人知相嶺之爲邛坂，有王尊之事爲之徵。即尊之所爲忠，以公視之，奚啻山海之於流壤！而同死之夫人陳、子士麟、孫駒行、從子仲桂暨獲免之子士龍，胥設主祔於祠，有舉而莫之廢焉。爰綜録其事，爲迎神送神之歌曰：

崍之坂兮崆峣，靈颯然兮黎之風。世食禄兮寧汝降，膝不汝屈兮不可以背趙宗。咄好漢兮膏汶鋒，孺人稺子兮歸乃同。鼎卻肉兮兹封冢，鼎絶飲兮兹酌醴。紛芭舞兮吾民孫，子庶一家兮歆止。黎亦有田兮黎亦有里，靈告徂兮百洽禮。

重立石榴花塔碑記

出漢陽西門一里餘，爲演武場。場之東，民居鱗萃，有地方廣四五丈，碑塔屹然，予同年王君嵩高令此所植也。宋五行志：紹興間，漢陽軍有獄，誣孝婦殺姑，婦不能自明，屬行刑者插髻上榴花於石隙，曰：「生則可以驗吾冤。」行刑者如其言，後秀茂成陰，歲有花實。今府志以謂姑食婦所殺雞而死，姑女訴於官，伏婦罪，後人立塔花側以表之。歲久塔廢。明主事黄一道識諸石，今石亦不存。王君迹之民居之圃，出私錢爲償，而其蹟始得復見。

予嘗念天下之理，常者可以推，其變則不可方物。古之精誠感召，其大者揮戈退日，刺刀涌泉；其小者一草一木，臭味不差。若田氏之枯荆再榮，寇公之插竹成筍，較著耳目矣。而婦人女子，志行卓絶，與夫悲憤苑結之氣，即宋史所載，臨海王氏之血書漬石間，天陰雨輒墳起如始書時，永新譚氏婦血漬禮殿間八甎，作婦人嬰兒狀，磨以石不滅，鍛以熾炭益顯，史於婦固以孝稱，而不以竝列女，僅志之草木之祥，蓋既死猶不幸焉。然漢東海孝婦所爲孝亦失傳，其傳賴以于公一語，于公知其冤，天之枯旱鑒其冤，而當時斷是獄者，冤與是婦同。益以歎明慎用刑者之難，而理之不爽，其氣有以取之，所由不期敬，不期哀，而人無不哀敬之也。碑之立在丁酉八月，記作於辛丑二月。

欒山縣火神廟碑記

欒山故直隸嘉定州境，雍正十三年，州升爲府，領縣七，即州境置縣爲欒山。其城枕山帶江，舟楫所總萃，裨販雜錯，竹瓦板屋，層構若雲。衢巷偪，不能以丈。今年二月癸巳火，五月壬子復火，火百數十家，其火一二家或數家者，自二月至五月，又十餘告。權太守湯君大寧，卹禳不懈，擇高北門内，建火神祠三楹，祠成而患始寢。以予之按試而稔其役也，屬爲文記諸碑，曰：

火者，六府五行之一，其利害與水竝權，周遂人所掌。溝澮皆達川，而行火之政，僅職之司爟氏，非治水詳而畧於火也。古都邑廛肆之間，街陌既廣，且塈茨完繕，撲滅易以施，不至如川潦之易以患溺。春秋書火一，書災十一，鄭子産徙龜徙祏，儆府人庫人，司宫登城，列道衛之，而未詳其所以救之。至除於國北，祈於四鄘，説者以北方大陰，鄘積土陰氣所聚，又其時元冥回禄，備舉禳祀，故裨竈謂將復火，而卒不驗焉。語曰不得已。杭城火，予讀西河毛氏治火議，輒念杭之人與官於杭者，當率其法而用之，抑成都火儆數矣。凡水龍、火鉤、火搭諸器用，不具亦不能。予使署及火，命撤屋三數椽乃止。頃六月庚寅，暴雨江漲，嘉定城不没者一版。水汩汩自門竇入，居民避水，升睥睨，君笠屐邏扞，揭郡牓投之江，比曙而水退。爲言郡城形勢象炎上，不患水而患火。火神見左傳註，其祀載在令典其地近。城坎隅，合古除北祈鄘之禮，後之守斯土者，有舉莫廢。用以戢和恬養於無窮，則君爲民請命之意，書之具可風云。

枝江縣福山三星祠記

世之人歆於福、禄、壽三者，謂皆有星主之，繪之爲瑞圖，書之爲吉語。而禄、壽復統於福，矯世抗俗之士，起而非之，謂星之名多出於緯書，惟司禄爲文昌第六星，當孟冬獻穀數時，秩祀毋廢，若角亢之爲壽星，特以數所自起，居列宿之長。福星之名，其黷尤甚。然星之象見於天，精氣既聚，氣類斯感，亦遂各有所主，以佑民而垂象，故秋分所享之南極老人星，不必即爾雅之壽星。宋太平興國中，司天言太一十神，皆天之貴神，而首列五福。五福所臨，無兵疫。熙寧初，司天言當癸丑、甲寅爲災厄之害。然五福太一，移入中宫，可以消異爲祥。故十神中惟五福冠通天冠，餘皆冠道冠。元大德中，建五福太一神壇。至順中，每歲四祭五福太一星。第漢武之太一，以五帝配祀，則直以昊天上帝當之。唐之太一，特九宫九神之一。宋以太一加五福之名。是九宫皆得稱太一，而又增爲十神，較漢武之太一，尊卑固以絶殊。其稱五福太一，似禄與壽舉已統之，故精氣斯在，爲民祈請，抑亦亡於禮者之禮焉。

枝江覆船山枕城西門，可以登賦。秦君武域令此三年，更之曰福山，作亭曰福亭，作祠曰福星，亦曰三星。誠以覆讀如福，欲使邑之民消異爲祥，而更恐愚無知者之勞民傷財，募建寺觀，故祠之星之主，日用焉而不知。其牖民甚殷，而其典可數若是也。覆舟之名，或以形，或以事，夔萬有灘，江寧有山，丹徒有覆船山。若南溪之覆溪，改名福溪；常熟覆釜山，梁乾化中改福山；建昌府新城之覆船山，唐咸通中改福船，宋大中祥符中賜名福山。君願以福其民，而邀佑於星之神，故亟更其名，即其事多與古合，予故徵諸古，垂諸後，且以塞矯世抗俗者之望云。

重建錦江書院講堂碑記

古術序黨庠家塾之制，左右相向，俱在堂以外。後世太學之堂曰彝倫，或曰明倫，郡縣則皆立明倫堂。堂即學也。書院與郡縣學不同，始於唐，盛於宋，其堂曰講堂，則自漢文翁始。華陽國志翁立文學精舍講堂，作石室，盧照鄰有文翁講堂詩，是已。然亦稱學堂。漢書翁修起學官，顔師古以謂學之官舍，今曰學堂，顔有意記。翁作講堂，左右開温故、時習二堂，復作禮殿。蓋古以周公爲先聖，孔子爲先師，以禮殿祀周公、孔子，圖七十二子象。以精舍居文學、祭酒、典學、從事、司儀、主事，以二堂居左右生，復爲堂授受其業。自弟子言之曰學，自師言之曰講。

今成都錦江書院傳是石室舊址，稍東南十餘步，即文廟。廟故禮殿，其南直府學，宋祁稱石室置翁象，在禮殿右廡。竊疑石闕石柱在堂前，室在堂後，翁又不宜自置象。或祁所見，即高朕增立者，而非翁所立室。雖殿堂室相距不遠，而以今書院爲舊講堂，則尤信。乾隆癸巳，予視學來蜀，謁廟畢，即登書院之堂，巡試既旋。秋潦致圮，因檄月奉新之。權臬使顧公聞而佽之，藩使錢公亟請於權制府文公，縻官錢二百四十緡，俾郫縣教諭張煛飭材自灌口，集諸生正告曰：

蜀學盛自翁，翁好學，通春秋，遣張叔、司馬相如等詣京師，受業博士，還教鄉里。宋歐陽修所見翁弟子石柱題名，尚一百有八人，相如不以經術著，而凡將篇小學宗之。若張叔即張寬，世有張七車之目，作春秋章句十五萬言。聖之心在經，經之傳在受、在授。以孝景之不任儒，又郡國向未立學，翁振厲絶業，所治向風，固宜爲循吏首。特班固去翁遠，足跡未至蜀，如司馬遷之於吴公，未及詳其名，師古復不注。至張崇文歷代小志，始言翁名黨，字仲翁。翁之後惟朕最賢，「朕」或作「眹」，或作「勝」，紀述遼曠，名有顯晦異同，迹有興廢，惟其德長以不毁耳。我國家涵濡教澤，儒風丕振，省會大書院，多以仕而已者主之。届六年，大吏上其名，有異者予優敘。郡縣學之士，升選萃處，日計稟，月計試，摳衣隅坐，先經義而後時文，先行誼而後進取，以聽講副主講之心。雖蜀學再盛，不難矣。予惟書院尊講堂，而斯堂故翁之阯，爰證據今古，俾審所自來，知諸大吏用心若此也。堂以康熙四十三年建，雍正元年修，重建於乾隆三十九年九月。時金酋稽誅，儲胥星火落成之次，將獻囚釋奠焉。文公綬惺亭鑲白旗滿洲傅察氏，錢公鋆貢金常熟人，顧公光旭華陽金匱人，主講則前廣東肇羅道丹稜彭公端淑也。

按董逌以高眹作「朕」，本范鎮東齋記事。蘇軾詩「石室祠高朕」，亦一證。云傅察氏，文公自稱傅查氏，亦可補蕭山毛氏制科雜録。察即查也之音義。

潼川草堂書院碑記

少陵以肅宗乾元二年己亥十二月自隴入蜀，代宗大曆三年戊申正月去夔。自壬寅秋至甲辰春，則避徐知道之亂，僑寓梓州日也。梓之牛頭山，有前朝所建草堂，今不可考。而城東草堂寺，傳是少陵故居。乾隆乙亥歸安費雲軒元龍守是邦，割其半爲文峯書院。庭宇灑落，花木蓊如。往予兩至其地，蓋稍蕪廢矣。仁和沈澹園清任爲守之次年，金酋告俘，秉麾返治於艮隅，築室祠少陵，樹碑考其出處。復改題玆院曰草堂。繚粉垣，甃石徑，亞曲欄，絃肄之聲，與寺唄互答，士氣殆蒸蒸上焉。成都之草堂，陸游謂一在浣花，一在萬里橋，實即碧雞坊外，萬里橋南百花潭北之一區而已，非有二也。少陵之酬高常侍曰「古寺僧牢落，空房客寓居」，是初到成都，於草堂寺是寓。而李善文選注曰：「汝南周顒昔經在蜀，以蜀草堂寺，林壑可懷，乃於鍾山雷次宗學館，立寺名草堂。」斯唐藝文志所志陶弘景、蕭回理，皆有草堂，法師傳一卷者矣。成都草堂寺，自梁有之，少陵居與寺近，故其居亦曰草堂。凡見之於詩者，如草閣、西閣之屬，舉不得而昌稱。今草堂寺之西，少陵書院爲草堂故址，韋莊嘗繼少陵居之。至書院之名，開元初領以學士一人，典守祕籍。宋則以之名諸儒講學之所，即奉祠胥在是焉。少陵在潼而堂，堂而寺，寺而書院，視奉祠講學之義未遠。彼鍾山之學館，且與草堂寺竝傳。脱謂少陵無二草堂，玆之院當仍文峯之舊，毋亦篤於時，闇於古，而名跡不以之日晦耶？且文峯山在郡治南百里，距院甚遠，若以隔江之浮圖，矗然相直，謂象之有麗於文明，於義亦無所取。登斯堂者，尚其本忠愛之義，親風雅之旨，祓磨奮起以冀我學之大成。則少陵之所貺已多，而亦賢太守廣厲人材之志也夫。

什邡縣方亭書院新建聖像樓碑

什邡城東祠文昌，其殿後有至聖孔子象，銅二鐵一，不知其所自始。邑之人議爲樓殿前奉象，而懼其非典，役遽寢。乾隆乙未春，知縣事仁懷任君思正以方亭書院後有隙地可樓，飭工移向所購梁柱，而檐櫨瓦甃垣壁之屬，捐奉爲之倡。其旁列四廂居學者，而祀聖像樓中。從祀者爲二程子，程子生漢州，邑析漢境故也。嘗考舜、禹、湯、文皆祀學，學非即廟，故曰祀舜於虞庠，祀禹於夏學，祀湯於殷學，祀文王於東膠。又曰凡始立學者釋奠於先聖先師，又曰凡學春釋奠於先師，秋冬亦如之。釋者以先聖若周公、孔子，先師若禮有高堂生，樂有制氏，詩有毛公，書有伏生。且孔子先嘗爲先師，而釋奠之禮，大抵不於廟於學。廟以孝享，學以祭夫有道德而能教人之仁聖賢人。漢立孔子廟於太學闕里，明帝初，以周公、孔子竝祀郡學。魏文帝修魯郡學，廣爲室屋居學者，學與廟始合爲一。唐宋以來，郡州縣莫不有學，即莫不有廟。廟之祭古必有尸，而釋奠於學無尸。文翁圖古聖賢孔子及七十二賢象於周公禮殿，殿蓋即廟。宋祥符中，追謚孔子文宣王，桓圭一，冕九旒，服九章。崇寧中，冕用十二旒。其時廟中以象代尸，議者不以謂過。至明嘉靖九年，撤塑象，易木主，道德之表，末由仰測。惟其近乎有合無尸之義，故守之至今。今笵金之制，雖不見於古，而有舉莫廢。文昌乃司禄星，不可以竝祀。幸書院猶古鄉學，於以奉象其中，釋采奠幣，四時備舉，非如廟祀之必以二丁，故亦不必以木主。學者羹牆夢寐，由六經以求聖人之心，而毋狃於俗學，毋域於小成。邑雖小，即鄒魯儒亦可企矣。然則君之心，殆文翁圖象禮殿之心，其祀之不以廟而以書院，蓋猶之學也。竊學禮而記其事如右。

枝江縣丹陽書院碑文

選一郡邑之秀，肄誦於一區，設之師曰山長，月有課，日有廩，此古黨庠州序之遺。凡郡邑之大夫，舉而措之裕如也。然簿書期會之故，或不暇以爲，爲矣而力不繼，則不如其不爲，而又無與於三載之考陟。故有書院之郡縣，什不過三四焉。枝江東漢侯國，後爲縣，以江沱支分東入大江爲之名。曲沃秦君，武域作宰是邦，政通人和，建丹陽書院一區，齋曰種學，曰績文，曰學古訓，曰通世務，軒曰麗澤，堂曰明道，費不下千餘緡，皆以身倡率，而自爲文碑其堂。其大旨言道之明，不外父子兄弟朋友，而上之達於君臣，復屬予記其槩。曰：

史記成王封熊繹於楚蠻，胙以子男之田，姓芊氏，居丹陽。自是以還，以丹陽爲在秭歸東南者，章懷也。以爲秭歸城北對丹陽，南枕大江，楚始封所都者，酈善長也。以爲在南郡枝江縣者，徐廣也。以爲南郡枝江縣故城者，張守節也。以爲枝江侯國，本羅國，有丹陽聚，秦破屈丐取丹陽即此者，劉昭也。以爲楚都丹陽爲此秭歸，後徙枝江，亦曰丹陽，諸侯遷都，常仍舊名，故有兩丹陽者，杜佑也。而班固漢志言丹陽郡丹陽縣，楚熊繹所封，十八世文王徙郢，以揚州之丹陽爲荆州之丹陽，其誤特甚。蓋楚武前有兩丹陽，猶楚武後有三郢，皆以所都之處，仍襲舊名而然。特其自秭歸遷枝江，章懷已謂其不知在何時。至丹水有七，其見於漢志及水經者，出上雒縣冢領山，商州志秦嶺在州南八十里，有澗曰息邪澗，丹水所出。東南流歷倉野、菟和山，出武關，秦南關，在商州東百八十里。又東南，淅水注之，水出盧氏縣大蒿山。又逕三户城，逕丹水縣故城西南，又南逕内鄉縣故城東北，城在今南陽縣西南百里，本漢淅縣地。又東歷於中之北，皆商於地也。其合均水入漢處，謂之淅口，亦曰泃口。是水爲秦、楚間一大川，吕覽堯有丹水之戰，以服南蠻，殆指是水。水北曰陽，故楚始都名丹陽。劉昭以丹陽聚爲破屈匄處，豈竝屈原傳所云「破楚師於丹淅，虜屈匄，盡取楚漢中地」者而忘之耶？故因兹院之名丹陽，而抉其異同。若夫種學績文學古訓，通世務之方，集麗澤之益以明道，君之言固已深切矣，予又何言之有！

白華前稿卷第玖

碑記三

重建靈應寺碑記

成都府北門内少南而西一里餘，有寺曰靈應，殿三，堂二，廡三，廂六，計土木石之工萬，錢之緡七千五百有奇。而吾郡注選府經歷婁縣陸鯤所施七之，所募不啻一之。其旁爲吾郡會邸，鯤出己錢所爲也。寺在宋爲昭應祠，重建於明嘉靖四十三年。崇禎十年，左布政張法善重修，改應若音，燬自逆獻。乾隆三十一年，僧犁土得石佛長尺餘，治茀庵二楹。越五年，王師討兩金川，分南、西、中三路運饟，官運既役民爲之，别募商領官錢，運米至軍中，負戴烏合，篝磴重阻，風雪徹夏，一蹉跌無復生理，受雇者率共逃散，商運又各有指運之地，不達即不得私售。鯤應募先運四千石，蕩析過半。三十八年六月木果木之變，所運又盡失，忽夢神告以籲濟顛師可解，遂入寺禮禱。起工於三十九年之冬，蕆工於四十一年八月，自索諸木就擒以前，官私事無弗了也。

釋迦氏之教於中土，有南宗、北宗，於外蕃有黄教、紅教。黄教傳自前藏之宗喀巴，當太宗文皇帝崇德七年，達賴喇嘛、班禪額爾德尼知東土有聖人，萬里通款，數年始達，闡法弘遠。紅教傳自後藏之多爾濟，以方術名，彼道中已爲外道，至布魯思古，以達爾黨爲道場，以色丹巴爲初祖，以札達克、詛咒之術。奔布爾殺戮之術。爲梵行，其毒惱尤甚。促浸、舊名大金川。攢拉舊名小金川。之酋衆，舉聽命於喇嘛，華言番僧。視唐回鶻可汗與茹葷之摩尼共國者，殆有過焉。彼其紅衣紅帽，固已異於黄教之宗乘矣。而所爲且紅教所不爲，貪忿瞋殺，以速其敗亡，焚其旅而殲其族，轉經之樓，演揲之壁，喇嘛寺東西壁皆作不肖之像，謂之歡喜佛。凡爲我摽毁而駐兵守其中者，豈可勝道哉？今臨濟之宗遍中土，其上者參禪演偈，次者頂禮膜拜，最下託鉢於人，人不必盡奉之。鯤崎嶇戎馬，計窘勢迫，若啓之而若祐之，此以見討罪自天，天人順助，雖半通一命之末，昭應不遺。而波旬之道，達思拉紅教所持經名。之經，曾不足以自保也。予於内外典未之間，嘗一再過寺門，紺碧照耀，祈籲麏至。鯤固予鄉人，稔舉夫禆販之艱，靈佑之廣，國家懷柔震疊之盛，勒碑寺中，播示來許，是則予之不能已於言者夫。

四川學院題名碑記

古之時養與教合，自黨正、州長、鄉大夫、鄉師皆掌其所治，而服屬於大司徒。大司徒以土會之法，辨五土之物生，因其常而施十有二教。其時之學者，耕且養，以游六藝之中。學不必有專士，教不必有專官，風俗成而人材出，胥是道也。迨其後士與民異，而國家不得不設之官。漢京師置五經博士，郡國置文學掾。至宋崇寧初，每路設提舉學士一人。元各省設儒學提舉二人，明宣德間勅遣各省提學官以重其任。循及我朝，凡提督、學政之官，於直隸、江南、浙江曰學院，以翰林院侍讀、侍講等官充之，餘曰學道，竝繫以按察司副使、僉事之名，由六部郎及知府之有資望者推用。其後遇缺則請特簡。蜀之稱學院也，自雍正五年宋少卿始也。其有題名碑也，自康熙三十三年周僉事始也。予觀蜀之人之始，率來自四方，其野沃衍，其耕穫貪天之功，其執卷集試之徒，無百金之産者蓋寡。若是乎教之易以施，而風俗之易以成，人材之易以出矣。乃其所以爲學者，於古無以至焉，於今之人又無以勝焉。昔班氏儒林傳無一蜀人，而王褒、司馬相如、揚雄之文學，何武、莊遵、李業、譙元、王皓、王嘉、費貽、任永、馮信之志行，非他郡國所可抗美者，文翁之教爲之也。翁之官不專於教，而教之澤若此其遠，則夫其士足以養，其官專以教，而無澤以貽之，將何以副？聖天子作育之盛心，而佐人文化成之治於萬一也。予譾下，承乏且五年，深冀夫蜀學之進於古，而舉其職者之會有其人。爰記其姓名里貫竝到官之年，壽諸碑石，垂示無斁云爾。

順治年：江都陳卓，臨汾席教事。康熙年：新鄭張光祖，丹陽孫允恭，掖縣張含輝，蠡縣張萃，代州馮雲驤，桐城江皐，臨潼周燦，金壇王家棟，秀水曾王孫，嘉善陸棻登，南樂萬慄，武强劉謙，廬江宋衡，太倉王奕清，海康陳璸，齊河王俊，江都王誥，華亭廖賡謨，江都方覲。雍正年：溧陽任蘭枝，安邑宋在詩，天津周人驥，萊陽隋人鵬。乾隆年：崇仁陳象樞，華亭張仕遇，睢州蔣蔚，桐鄉朱荃，虞城葛峻起，鎮洋王宬，溧陽史貽謨，安州陳荃，鑲紅旂滿洲博卿額，湘潭羅典，閩縣孟超然，桐鄉馮應榴，南滙吴省欽。

四川學院轅門移碑碑記

四川提督學政官廨，故巡按御史治也。其轅門從廣畝三之一，列鹿角五十，鼓亭二，去思碑十二，碑一，侵地可二弓。自康熙間者四，乾隆間者八，石理既麄駮，或陷且仆，每試士，提調官學官架兩閣避風雨，俾諸吏呼名進，涌沓於碑間者千數百人，人若之而不敢請也。乃命工移徙他所，而爲文記之。曰：

碑之制所以麗牲，秦始刻石紀功德，漢吏民於其長官多率錢爲之，此固長官之賢與古風俗之厚，而好古之君子，樂得以考史事也。唐書言狄梁公所治，人輒爲立碑，然不著於歐陽氏、洪氏、趙氏之録。白樂天詩曰：「但見山中石，立作道旁碑。」又曰：「不願作官家道旁德政碑，不鐫實録鐫虚辭。」碑固莫濫於唐，而麴信陵、何易于之徒，反以樂天、孫可之詩與文而傳，初不係碑之有無矣。今觀康熙間碑，辭不必其果虚，而言之不文，不足以傳遠。八碑者大都祇具官閥，其字里或缺焉，此之弗傳，而碑所稱「教思」、「教澤」、「文鑑」等一二言，顧足傳耶？思之必以碑之，碑於轅碑於路等耳，豈思之者以路旁無有千數百人，而必示此集試之千數百人以謂傳耶？碑矣，必其賢矣，賢而不念此千數百人之涌沓於陷且仆之碑之旁，而以移徙爲憾耶？學政三年一易耳，易一官，立一碑，少亦什七八，更數十百年，此縱横不半畝之轅門，尚有餘地耶？以去思之碑，後之人顧移而去之，則立者之不得其地，而風俗之厚與其賢固在也。爰仿漢人書名必具字之例，且系其貫，以期傳後而有考焉。

湖北學院堂壁題名記

國家之設官，教與養而已。養之政，雖一渠堰，利且數十百世。吏之賢者優爲之，至提學之所以爲教，惟是評騭高下，去取乎應試者之文，而其他不暇以爲。即其所以爲評騭，亦不能徧及，三年受代而應試者之祈嚮固已異焉。凡向之高下去取之法，什不奉五，故學之政不易言。史兆斗之語汪氏琬曰：「子之文章必傳於後，顧前時李夢陽、何景明、李攀龍俱用學使者著稱，子當爲是官否？」夫三人者之著稱，固不以學使而以文章，即以吾所聞提學湖廣者言，如前明吾郡王氏圻、董氏其昌，其人皆不必以學使著。淺之者不求之於人師、經師，而第求之文章。并不求之文章，而求之學使之官，以是爲名，名亦僅矣。湖廣學道駐武昌，而湖南各府縣隸之。雍正四年，晉學道爲學院，置湖南學政，而湖北遂爲專使。於時廣東之分肇高，陝西之分甘肅，皆以江南之分安徽者例之。其後肇高、甘肅復併舊制，而湖南北分置至今。蓋由我世宗憲皇帝軫念湖南士子，越洞庭而鄉試於武昌，各置以闈因各提其學。至制義大家如熊氏伯龍、劉氏子壯，皆産湖北，宗風不遠，於文易有稟承。矧天子久道化成，譽髦無斁，所以勵士風，正文體，訓示學臣者，日星丕著矣。比因縣令改，教職之例，疑於重吏而輕學校。御製改教詩篇，示畺吏以勉求德化，庠序之教，孰敢不先？學政一官，循其名百不能既其實耳。院署題名碑，今少司空胡公所建，以僻在艮隅，無有過焉者。予既請於朝，改湖廣學政印文曰「湖北學政」，因詳舉里貫官閥，書之堂壁，使舉證不遺，備湖北之掌故云。雍正年：吴江吴家騏晉綺，金壇于振鶴泉海，鹽管式龍，上海凌如焕琢成，睢州蔣蔚永年。乾隆年：正黃旗滿洲開泰兆新，錢塘張映辰星指，錢塘吴嗣爵樹屏，長洲宋邦綏軼才，安邑葛德潤述齋，溧陽陳大崙紫山，昌平陳浩紫瀾，大興毛永燮理齋，撫寧温如玉尹亭，海鹽朱丕烈繡叔，汝陽胡紹南祇聞，大庾戴第元正宇，任邱邊繼祖佩文，仁和胡高望希吕，歙縣洪朴伯初，南滙吴省欽沖之。

湖北會城移建育嬰堂碑記

三代之禮，於養老特詳，而地官司徒以慈幼爲保息六之首。若孤子與耆老，皆得受饗。酒正共酒，稾人共食，遺人共門關之委積。第仲春存諸孤，以其少而無父；孟冬恤孤寡，以其爲死事之妻子。其他慈幼之政，先王未有聞者。殆以年豐食足，人無棄子。男女子初生之三月，擇日翦髪，咳而名之，司民氏辨異其男女，自生齒以上，具書於版，惟少而無父與其父死事者，始饗之恤之，是所謂孤子，固非即嬰兒之失養者。人胷前曰嬰，兒始生，抱胷前乳養之，故亦曰嬰。嬰而不嬰，譬之浮泡露槿，旦夕輒盡。民行之不敦，抑王政之或闕矣。

今天下府州縣多有育嬰堂，官收官養，歲計甚夥。武昌府爲湖北會城，雍正辛亥建堂於崇文三鋪，閲九年移之江夏縣之東。自門垣廳事庖湢外，有屋七間，栖乳婦二人，乳嬰之初抱至者，乳既，即乳之受雇之婦之家。每朔次日，婦抱嬰至堂聽驗，移甲代乙，詭弊滋起。計歲收三四百餘嬰，而告殤者太半。乾隆辛丑冬，制府舒公、撫軍鄭公，韙方伯梁公暨觀察張公之議，以謂嬰不離堂，爲嬰計，當先爲堂計。堂之入歲千七百餘金，皆向所置租息。張公既嘗資之金，梁公遂倡移建之費，羣力共將，不數月而得百餘鎰。度廢機局之爲武昌府同知官舍者，俾駐他所，新而擴之，比屋百餘間，間受一婦，或二婦，各給其食，以時啓閉，若坊、若栅、若堂、若東西廂司事之長，給事之夫，稽防覈驗，責自丞倅，其抱哺於家者差其食。名實既稱，少有所長，舉大學之言使衆，祭義之言治天下者，放而準之，有是心即有是政，有是政即有是效。理大物博，民不夭札，彼三代後慈幼之政，不過偶與粟帛之賜。是舉樂成有可爲他行省取法者，特養之有漸，而教之無術，視學者當用媿耳。鄭公既遷去，代之者爲姚公。公於梁公爲鄉人，而梁公亦内召將去，故美堂之所由成，而紀其大凡，以諗於舒公，其率錢者著之碑之陰。

新繁通湨橋碑記

新繁之水之大者，一曰清白江，即沱江，在繁爲繁江，在郫爲郫江。一曰錦水河，即湔水經流。酈氏謂郫江左對繁田，漢文翁穿湔湨以灌溉繁田一千七百頃者也。禹導江東別爲沱，沱別出爲湔水，其名著自漢志。今自灌郫下崇寧，名渡船河，經彭縣，合玉郫河，分一支爲錦水河。河自繁之西境，稍南而東，至新都又分爲二，以合於金堂峽。至清白江，相傳以趙清獻渡此得名。而錦水河，非即錦江，且首受沱與湔之流，名以河亦失實。冬、春病涉，盛漲時，屢有覆溺之告。自乾隆二年，花藥寺僧傳璽募建錦江橋，措木架板，計丈一十有五。五年毁於水，六年復修，廣其丈，又五十九年復毁。里人陳偉率錢雇舟爲義渡。二十三年，偉復倡修爲橋，其袤視傳璽所創殆倍之，毁於三十八年之五月。時軍興旁午，饋役不暇。比四十二年春金酋平，知縣事鄧川高君上桂揆度利病，輟金是倡，俾傳璽之徒慧涵者，募之邑與鄰邑之人，自十月至明年三月橋成，其亘三十有八丈，廣丈有三尺，覆瓦爲屋，橋下柱五十有九，皆巨木可合抱。率私錢四千二百七十餘緡，舉事動衆，人和政平。君以予稔其興廢之由，乞爲文紀其事，而改名曰通湨橋。蓋故繁城在縣東北，治改而地未之改，李冰穿二江成都之中。宋史謂即郫江流江，是別出之沱，至冰而利始溥，翁則收湔水之利於繁，事見華陽國志。酈氏徵之，而曰湔湨。湨者，汙也，穿湨以溉繁，猶作堋以沃蜀。乃酈氏言湔水，即吕忱一云半浣水也。湔有浣濯之義，故許氏云手澣衣，吕氏云半浣衣。酈氏所見吕氏字林，「衣」譌爲「水」，故悮會之，以爲即湔水之别名云爾。湔之名已淆，而澤故未沫，民縱病涉，當不敵其樂利百世之思。惟是利者已忘，病者在疢，爲政者相民之利病緩急，而次第布之，不可謂不賢。彼慧涵者，師其師之遺意，以利濟於人，在吾儒不無取也，而翁之德遠矣。

德安試院新植竹籬記

校試之患，在求才之道不足，而防姦之法有餘。露體而搜索，封彌以糊其口。棘有以圍簾，有以隔廳，有以鑠於法。既以密矣。而傳義、换卷、易號、卷子出外、謄録滅裂諸弊，宋末即已有之。第鄉會試之弊，責諸監臨提調官。彼主文之官，不過潔其身而止。學使按部巡試，三年中歲，科兩舉，其典較殺，其耳目較近，有弊習而不以防之，則才不才相混，而無所於求。乃其所以爲防，要必自棚舍始。

提督湖北學政駐武昌，而按棚有九歲，試始舉例自德安府。府城南行院一區，堂寢庖湢，靡弗完繕，惟東西席舍各後牆逼臨官道，邏偵一疎，出入皆釁。去年春，太守吾郡趙君栩請支府縣官俸，治以繚垣，需金二千餘，議故未決。會予歲試至，度兩𡑞地自南而北，編籬榩木，可斷人迹，期以科試集事。今太守廬陵蕭君良玉、權安陸令房山張君璿皆以謂便，出私錢五萬餘飭材庀工，墉如櫛如，觀瞻頓改。郡之人固以知防姦者若是其嚴，列郡之風聲，益以知求才者必不以苟。由是濯磨争奮於學問之路，而日戢其奇衺。一籬雖小，殆未可漫視焉。特竹之壽不數稘，鞠華之是采，羝羊之是觸，婦孺所利，析而爲薪，誠有以禁止之。有基無壞，三年載修，縱不若甄埴之材，一勞可冀永逸，而成之也不難，備之也有具。麃眼離離，姦影莫匿，後之來者事半功倍，必與有斯志矣。夫黄岡之竹樓，馬退山之茅亭，祗以不勞不費，取便游觀，而從而記之，況吾政在是，而闕焉無所聞於後也。勒諸石，以俟仍之者之引据云。

靈應寺惜字庫碑記

古文字之體至簡，而取用至繁，漆以爲墨，刀削以爲筆，小方大册以爲紙，汲冢、魯壁之所出，數千百年有存者。後世易以楮翰，利用於官私，成之易而棄之遂不甚惜。至鏤版印賣，得書者不藉於鈔，幸而插架，不幸而覆瓿而糊窗，試語以先王之道，古聖人之靈，而聞者若無所與焉。以予所見官府公廨，間間置焚字之庫若鑪。而老子、浮屠氏之宫，殘巾破衲，攜筐筥撿拾紙字，乞一溢之米。蓋毁棄文字之禍，與夫福田利益，人信而奉之，特所收者不能以博，而其計又不足以長久。苟計其長久，而託之於老子、浮屠氏之宫，儒者審有取爾矣。

成都重建之靈應寺，予往嘗記其碑，寺之旁甃甎爲庫，聚紙字其中焚之。其法於四城月雇二人，因地撿拾，每朔望納紙字一石，於月之三、六、九日，日買紙字一石，計月焚紙字十三石，盛灰於簍，沈簍於江。於寺僧責其成，於會首經其費，歲費錢二百八十八緡，而皆母其息於吾松陸鯤所捨之千二百緡。日引月長，齋鉢在是，凡疾苦失業之徒，得一斤紙字易十錢，亦何憚而不爲？而福田利益，毁棄文字之禍，來此寺者，且惕然有省於其中。吾知古聖人之靈，先王之道，由末見本，若啓若翊，彼覆瓿糊箔之無虞，抑其粗迹焉已。寺之址，志謂故昭應寺，以王褒祀碧雞金馬神得名。然碧雞坊爲南門之第四坊，則昭應坊亦當在南。予前記姑沿舊志，竝識之以俟審定。

鳳臺吕氏家廟碑記

今刑部郎中吕君元亮與予同舉進士，同館選。洎君改曹司，來蜀督北路軍饟，備兵川北道。他軍饟不繼，咎及君，復起君守龍安。金川平，君自以從軍久，未習外吏事，請復改曹司，返成都覈銷軍需事。會予歲校稍暇，乞記其家廟之碑。記曰：

吕氏世處汾州，明初諱發祥者，始遷澤州，即今鳳臺縣治。再傳至封朝議大夫成章，成章生山東僉事贈光禄寺卿黄鍾、候選州同知應鍾，應鍾生大英，大英生維純，維純生咨，是爲君父也。

古者諸侯有國，卿大夫有家，有家而其子孫或以官、若字、若封邑爲氏。故女子稱姓，男子稱氏。氏之大宗，必立自始有爵與始遷之正嫡子。其餘同高祖者，祇推四世嫡長一人，爲繼高祖之小宗。大宗無子，立兄弟子次及族子爲後，小宗則否。蓋古無後之小宗，皆從祖祔食。宗必有氏，氏必有家，家必有廟。先王尊祖敬宗，而立廟之禮，不下庶人，以其非家非宗故也。迨宗法廢壞，卿大夫不盡立廟，士庶少有貲者，反僭爲宗祠，或家祠，同堂合饗，不復審其非禮。第以蘇氏父子異居、兄弟相訟之説校之，彼亡乎禮之爲禮，亦使民忠厚而易治焉。宜中原西北之民俗，有東南所未逮也。吕之望，於宋東萊，於明新安。君之始遷祖於禮得立宗，光禄卿與君皆起家進士，又君祖、君父積學累行，爲明經、爲高才生、爲鄉大師，節縮脩脯，爲祠屋於舍東，謹於禮而不以云廟。君終鮮餘禄，方思歸教其鄉，以筆舌所贏，拓一二十楹，率族子之才者，讀書其中，以成其材，以竟兩世未竟之緒。蓋君之家至君再盛，廟亦待君而成。彼外吏得有家者，多不復計此。計之而力不足，則若以外吏之禄無可餘，而京朝官禄可餘，不知君之爲此，將取辦於筆舌之間，而不繫乎官。惟所爲宗廟爲先，居室爲後，即出處不可期，而有其志不患不遂其事也。故豫爲文識之，而俟異日之銘廟器焉。

白華前稿卷第十

記

勅謚忠義漢前將軍漢壽亭侯華陽墓記

鬼神之情狀，其精氣聚於廟，而墓直以形體，故古不墓祭。墓之以衣冠，始於司馬遷封禪之書。又漢時用叔孫通議，衣冠藏原廟者，月出一遊。若以是聚精氣，其不得已而號復以葬，或所在思慕，以日用佩御之物，多爲封樹。据今考古，垂信來葉，采風者蓋有責焉。

今華陽南門外萬里橋之左，傳有張桓侯墓，考楊慎四川總志無之。惟言前將軍關侯墓近惠陵，先主以衣冠招魂葬。而康熙丁亥楊甲仁碑言巡撫能仁贖於里户而復之，蓋亦幾湮蝕矣。按帝以建安十六年留鎮荆州，二十四年十二月遇害，鍾繇尚書宣示帖稱權十月表捷，係初據江陵虜士衆妻子時事。帝既遇害，權以首送曹操，以諸侯禮葬其屍，見三國志注所引吴歷。先主恩若兄弟，招魂號復，皆情事所有。至桓侯遇害，在章武元年六月，閬中祠與墓，曾鞏嘗記其碑，而地志失載曾記。若帝墓，則趙忭成都古今集記序曰：「荷聖寺有榜曰關公墓。」後得孟蜀僧仁顯華陽記，知廟在荷聖，墓在草場。蓋自世代變移，地名譌舛。如建安五年曹操表封漢壽亭侯，屬武陵郡荆州刺史所治。至葭萌之改漢壽，乃建安十九年先主取蜀後事。非帝所領封，足跡亦未一至蜀。要惟是志在春秋，冀復王業，不幸爲狢子所禍，歷世至今，威靈顯爍。官立廟則曰武廟，與文廟埒。憶戊子四月，省欽撰進加封册文，循故事云其追封爲忠義神武靈祐大帝，上親御丹毫，改其字作謹。此固大聖人齋莊中正之盛心，而非光日月塞天地之志氣，則亦無以致此。帝史謚壯繆，今勑謚曰忠義，廟祀遍天下，神亦如水在地中。茲墓之傳，雖不及當陽之墓之著，而自宋及今，時晦時顯。世之續靈蹟録文獻集者，夫有所徵信也。嗚呼！兩京四百年，豐沛南陽，從龍者里墓尠考。先主艱難末造，鼎足僅分，帝墓至今傍惠陵東稍南，而諸葛武侯、龐靖侯、趙順平侯、姜襄平侯諸墓，遠近布列，樵蘇禁采，不期敬而人敬之，非直漢澤之深且長，抑春秋之志也。而貌廟者，能無昭事哉！

安岳縣賈墓瘦詩亭記

當塗青山之北，有李白墓，南即賈島墓，鄭谷詩所云「幽魂應自慰，李白墓相連」者也。賈爲范陽人，李東陽弔之，有「百里桑乾繞帝京，葬來詩骨青山瘦」之句，是房山賈島峪亦有墓焉。乃其卒於普州，葬於城南安泉山，具載蘇絳所爲墓志。李洞則曰「旅葬新墳小」，釋弘秀則曰「死葬蜀山根」，賈墓之在安岳無疑也。墓域今尚無恙。錢塘徐君觀海以郡丞攝令是邦，封樹展謁，復結亭於其南，名之曰「瘦詩」，而乞文記其事。

按新書，賈初爲浮屠，名無本，韓愈教其爲文，遂去浮屠，舉進士不第，韓集有送無本師歸范陽詩，作於元和六年辛卯之冬。以會昌癸亥賈卒之年計之，賈時三十有五。而嘉話録言賈於馬上練句，不覺衝韓尹第三節。韓尹京兆在長慶癸卯，與賈相識且十餘年，安得有衝節被擁之事？若摭言言賈騎驢吟「落葉滿長安」之句，唐突京尹劉栖楚，被繫一夕始釋。第劉尹京兆在敬宗之時，島年且五十，其事恐與劉無與也。至遺史言無本居法乾寺，遇宣宗微行，於賈案取詩卷覽之，賈攘臂奪去，既而知之，亟謝罪，乃除長江簿。摭言又言賈遇武宗於定水精舍，尤肆侮慢，武宗訝之，授長江簿。夫宣宗嗣位在賈歿後三年，而武宗即位之初，賈已簿長江。惟文宗常患進士浮薄，落第授簿，容或有之。此新書以謂坐貶，蘇絳以謂罹謗也。夫賈之詩，特詩之一體；賈詩之瘦，特賈詩之一體。昌黎一稱其勇，再稱其狂，由怪變而造平淡，雖其行誼政事無可傳，而遺墟綜於地志，佚事錯見於他説，憔悴專一，不得志於時之士，可聞而自振焉。矧學道愛人，以經術飾吏治，其儒雅風流，爲後賢所企慕者，當何如也。吾是以樂徐君之所爲，而勉其所可至者，有以信今而傳後焉爾。

施南府學明倫堂記

古釋奠先聖先師必於學，學不必有廟。漢立孔子廟於太學，廟猶統於學也。後世有孔子廟乃有學，如府、衛、州、縣陰陽學、醫學，皆稱學，而實不立學。惟儒學有官有學生，其明倫堂即儒學官莅事之所。督學使者按部至，謁廟訖，次詣府學，坐堂上集諸生，講四書，然後扃院舉試事。故府學視州縣，學分均而典特鉅。施南故施州衛，乾隆元年改衛爲恩施縣，割夔州建始縣，改忠峝、高羅、木柵、東鄉、忠建、施南六土司爲宣恩縣，散毛、東流、臘壁、大旺、卯峝、漫水六土司爲來鳳縣，唐厓、龍潭、金峝三土司爲咸豐縣，忠路、忠孝、沙溪三土司爲利川縣，置施南府。其衛學改恩施縣學，而府未有學。三十六年置學，省宜昌府訓導爲施南府訓導，故他府曰儒學印，施南則曰儒學記。其制特方，與州縣學記之橢其形者不同。

予以四十六年九月視學至設棚伊始，睽睽喁喁，若以府學額止録文童八、武童四爲嗛者。爰舉明倫之義告之曰：倫之爲言類也，理也，父子、君臣、夫婦、長幼、朋友五者，倫之目也。後儒以中庸五達道爲五倫，毛氏奇齡力排其誤，是鴻詞人習氣，無與於聖賢理道之大也。舍五者安有所爲？人舍親義別序信五者，安有所爲學？以五者爲之紀，而詩書禮樂之迹與夫仁義道德之旨，馴而習之，使自得之，此朱子於王十朋守夔時，書其學堂之額曰「明倫」，爲賅乎學者之全能，而曾王諸學記，累千數百言，曾未足以與乎此也。予往時按夔，求朱子舊堂額而不得，乃江南諸學堂，多摹朱子手蹟懸之。施南雖邊庠，誠知所以明之，而毋炫於速成，毋憚於力學。其文行有異者不難升諸太學彝倫之堂，而府學之額，亦將有以廣之者，亦勉之而已。爰記之，而屬訓導李宗汾榜諸壁。

宜昌試院爾雅堂記

宜昌之東湖縣，故彝陵州，屬荆州府。雍正十三年即州境改縣，竝歸州及州之興山、巴東、長陽三縣。又改容美、五峯二土司爲鶴峯、長樂二州縣，舉屬宜昌府。乾隆二年知府李元英知縣，何廣廷於城東南建學院行署。堂寢棚舍，視他府特宏整。向之集試於荆之士不重跰而至府，稱便利焉。然而距省遠，視學者三年一至，至則竝歲科試。施南來附試者，猶宜之向附試於荆。自今年施南亦令行按，督學者程益遠而宜之政益簡。念鶴峯長樂設學且十年，自今年亦得設稟膳，增廣名額，士氣益昌。喁焉廣厲，爰進諸生堂下而告之曰：

峽口故用武地，其文物之著，自歐陽公所稱何參始。然城北之爾雅臺傳自郭璞，雖在寓公，跡斯尚也。璞父瑗守建平，即今歸巴東興山建始地，東湖志固已言之。而庾仲雍荆州記言璞嘗作臨沮縣，晉臨沮今南漳，詎此不二百里，江賦敘峽口形勢特詳，即遊仙詩「青谿千餘仞」者，亦在鄰境。兹臺之名，梁任昉述之，宋樂史、陸游竝著之。非若嘉州之爾雅臺，在今樂山縣者，僅見宋王象之輿地碑目及蘇轍詩，不足據也。爾雅固非必周公所作，而「爾」有「麗」訓，「雅」有「正」訓，爲小學之入門。予嘗疑内則「數與方名」之「名」，當指文字。蓋古云「一名」，即今云「一字」。孔子教弟子學文，猶今所云識字，與「博我以文」之「文」不同。自漢犍爲舍人之爾雅註不傳，而璞註最古。彼何洵直字文及，南豐集有勑何洵直太常博士制。其同時之胡洵直字德孺，廬陵人。請改陝州印，文從「硤」，以別陝西之陝州。當時譏其不識字焉，則小學之不通誤之爾。府之籍博士弟子者可千人，童試者不下千六七百人，誠返之於學，而無一名一義之不得其所歸，則大小雅之林，不難於此見之。遂引境有至喜亭，而朱慶基復爲歐陽公作至喜堂之例，名其堂曰「爾雅」，以別於臺而附於臺。其前之爲是堂者，具見於篇，凡以補志所缺遺云爾。

江漢書院院長題壁記

室有牆垣曰院，今官制部、寺、司、監之外，有翰林、都察、理藩諸院。宋釋氏之居亦曰院，院繫以書，自唐集賢殿書院、麗正殿書院始。書院即書庫，書院學士直學士即修書校書之官。宋、元以來，凡名儒講學之所，後人輒立書院，聚生徒其中，師以致仕官與夫山林高隱有道德之士，謂之山長，自身心意知之體，禮樂政刑之用，朝夕授受服習之。視提舉學校之官，徵發期會，尊而不親者，其集益蓋倍蓰焉。而書院之師弟子，亦或出廩餔所餘，繕刊遺籍，流播海宇，世謂之書院板。末藝如此，本行可知。鄉學如此，秉教可知。

江夏爲湖北省會，其書院之見於志者四，芹香、濂溪、東山今皆廢，惟江漢尚存。此外有所謂勺庭者，則以居童子科，其通省高才生，由監司以上賞拔者，始得升肄此院。院之長，督撫主而聘之，其地故近文昌門，明督學錢塘葛寅亮講學所設，順治間移忠孝門内。省欽徘徊堂舍，求院長題名不得，得康熙間黄安張氏希良、金壇王氏汝驤楹榜，知嘗長此。慨然念其人與文，而地志例不書，人事又日改變，弟子之終老於是者不復感其教，其達者或感爲某先生之教。而感之又不必舉之，使學者能舉其名而教益尊矣。使教者自顧其名而學，乃益親矣。近者祇奉詔旨，凡省會書院師六年以上著有成效者，准予引對優敘。誠以書院之師與學校相表裏，故若此其重也。康熙間自張氏、王氏外俱莫考，雍正間可考者祇一人，用是畧遠取近。自乾隆元年後長是院者之姓名，具書於左方，其監院官司諸生出入儀節，及餼餔之支領，頗類古提舉之職。附榜於楣，冀江漢之人文日起云爾。

郾縣青蓮池記

荷之莖曰茄，其葉蕸，其華菡萏，其實蓮蓮者房也。房相連也，北人以蓮爲荷，故荷可該蓮，然亦直謂之蓮，管子「五沃之土生蓮」是已。蓮有素、有丹、有黄、有碧、有青，法華經至謂隨喜讚善，口中常生青蓮香，其可貴如此。青蓮之即太白也，洪景盧曰：「太白贈玉泉仙人掌茶詩序，獨自稱青蓮居士。」而文人未嘗引用。然太白答湖州迦葉司馬亦有「青蓮居士謫仙人」之句，其里居所在，或以爲隴西，或以爲山東。曾子固以爲生蜀郡之清廉鄉，一説青蓮鄉，故號青蓮居士。青蓮之爲白有，而因爲李有也，固也。郿之城枕山帶水，民病辮汲，搰井六七口，距土皆數十丈，燎火無所救。當夏潦，水自後山下，奔騰激射，壞坊街廬竈無數。同年李敬堂集治郿之五年，即縣東北隙地益以民地四畝，償其租而遷爲深池，潦水受導，民害用蠲。中有泉，歲旱不竭，栽藕數百段，涉夏及秋，田田亭亭，衆口讚善，名其池曰青蓮，而未有記。夫蓮之青，吾不敢知，而名是池，隱以姓是池，千百年後，安知不譌以爲遷自太白者？惟其跡垂無窮，即其心亦垂無窮。以吾記其所由來，又安知隨喜讚善者之不以青蓮爲清廉也？池作於乾隆甲午，記以辛丑夏五作。

漱藝堂記

六藝有二：以才藝言，禮、樂、射、御、書、數是也，道之末也；以文藝言，易、書、詩、禮、樂、春秋是也，道之本也。道顯而爲文，文之精者，在易、書、詩、禮、樂、春秋，故曰「天之未喪斯文」，又曰「博學於文」，又曰「游於藝」。孔子弟子通六藝者七十二人。藝之爲言，如六穀之種之可以養人，而通之即以致治。劉歆總羣書爲七畧，一輯畧，二六藝畧，凡易十三家，書九家，詩六家，禮十三家，樂六家，春秋二十三家，論語十二家，孝經十一家，小學十家，而總曰六藝。班固据之以志藝文，其言有曰：「古之學者耕且養，三年而通一藝，三十而五經立。後世經傳乖離，博學者又不思多聞闕疑之義，故幼童而守一藝，白首而後能言，安其所習，毁所不見，終以自蔽。」然則東京之世，經與藝且猶互稱，其後經之名尊，而視藝愈下，不知戴記經解篇與學記之言離經，皆漢儒所綴聞。漢以前祇謂之藝，彼禮、樂、射、御、書、數之藝，掌之保氏，與孔子所言道德仁三者，成上成下，殆逕庭矣。

戴子友衡偕予二年，每談藝時，涣然若冰之泮於旭，而豁然竹之迎於刃。瀕歸休寧，請予記其堂曰「漱藝」。夫予之所談，鞶帨之求工，而金石之厲響，於先聖人之藝芒乎未有當也。然唐、宋大家文，必求之六經之旨，即辭賦小道，於技未尊，而魏晉文士猶知通經爲重。故孫興公以兩京、三都賦爲五經鼓吹，陸機之文爲中説所取。當機作文賦時，年止二十，亦以漱六藝之芳潤爲言。自六臣以保氏六藝註之，而乖離喪志，去道愈遠。吾不謂禮、樂、射、御、書、數之無與於道，而謂禮、樂、射、御、書、數之竝無與於文。誠求先聖人之藝，循而習之，優而游之，衆芳之與薰蒸，餘潤之與淫液，其於文當日工，而因文即且見道，吾以是歎選理之貴熟精，而藝之時義大也。

得樹軒記

應城於春秋爲蒲騷，齊置縣，今隸德安府，南北百里，東西九十里。其民淳，其俗愿，無駔儈掉磬之習。明陳士元心叔著書數十種，百數十卷，書不存，其目尚載史志。其子階日涉編十二卷，世尚有其書。往予與程進士大中遊，多其好讀書，詩若文有根柢，有家數，以予所見楚士大夫，未能或之先也。同年王君少林嵩高吏楚有年，兩治劇縣，小蹶復起，令此及三稔。即署後隙地，支俸錢八百緡，不足又益以私錢百餘緡。庀工飭材，芟茅茷，揭瓦礫，昈院宇，向陽結三楹曰得樹軒。軒左爲湢室，其右翼以廊，循廊折而北復西有屋三。其最西曰竹深荷淨舫，舫故無竹，而池可荷，池廣二仞，長倍半之，其艮隅有泉一竇，剔自澳蕆，涓涓暗輸，不汎不屚，一碧不可唾。舫南砌甓作龜脊，編籬作麂眼，籬西竟，有亭如笠，受三四輩紘酌。亭北即池極南，亭之南廢圃橢且垣，黃花散金，小桃六七株映其畛，澮治脩曠，倆佛野人邨聚。出亭循籬而東，可數弓，即軒前也，雜花四綴，罌粟苗沃然被畦，少林言去年夏盛開若雲錦。軒與牆峙，牆西南扉焉，母夫人版輿便出入。蓋予歎養志之難，世所徵版輿事，乃潘岳五十時閑居所爲。直以蹇於進取，不得已而優游養拙，託之孝乎惟孝，君子所不取。少林未四十而祿養，未五十而即祿養之地爲園，其養志豈岳可比？乃不著園而著軒，若自比於高明之居，覽者抑以知政通人和之效矣。辛丑三月二十日，予假館就宿，風發瓦竟夕，樹大者不二圍，故無摽者，記之以塞其請云。

白華前稿卷第十一

序一

六書音均表序

予友金壇段氏玉裁六書音均表既成，有問於予者曰：「是書何以作？讀之將何用也？」曰：「是書爲古音而作也。古今語言不同，古音不明，不獨三代秦漢有韵之文不能以讀，其無韵之文，假借、轉注、音義不能知，立乎今日而譯三代秦漢之音，是書爲之舌人也。」曰：「鄭氏庠、陳氏第、顧氏炎武、江氏永之書何如？」曰：「鄭氏諸人之書善矣，或分所當合，或合所當分，得是書而義始備也。」曰：「今官韵依劉淵之一百十七部，而顧氏、江氏及是書依陸氏法言二百六部之舊，何也？」曰：「必依二百六部之舊而後可。由今韻以推古韵也，如支、脂、之分爲三，尤與侯，元與魂、痕各分爲二，皆與三百篇合。而一百十七部者，去之遠也。」曰：「是書何以於顧氏十部、江氏十三部之後，確然定爲十七部也？」曰：「詩三百篇之韵，確有是十七部，而顧氏、江氏分析未備，其平入分配多未審。是書上溯三百篇，下沿廣韵，廣韵分爲數韵，而三百篇合爲一韵者，則爲一部。三百篇在此部，而廣韵遂入於他部，是爲古今音轉移不同。是書第一表及第四表，古本音之義也。」「然則一韵而廣韵分數韵者，何也？」曰：「音之變也。冬、鍾之侈而爲東，支、脂、之之侈而爲佳、皆、咍，耕、清之斂而爲青，真之斂而爲先。十七部皆有是也。」「第二表何以作也？」曰：「今韵於同一諧聲之偏旁，而互見諸部，古音則同此諧聲，即爲同部，故古音可審形而定也。」曰：「以古之本音，正後人合韵協音之説之非矣。而仍言合韵，何也？」曰：「古與今異部是爲古本音，如丘、謀、尤，古在之咍部，而今在尤幽部；曹、莜、茅、滔，古在尤幽部，而今在蕭宵肴豪部，是也。古與古異部而合用之，是爲古合韵，如母字古在之咍部，詩凡十七見。而『蝃蝀』協『雨』；興字古在蒸登部，詩凡五見，而『大明』協『林心』，是也。知其分而後知其合，知其合而後愈知其分。凡三百篇及三代秦漢之音，研求其所合，又因所合之多寡遠近，及異乎同入之處，而得其次第，此十七部先後所由定，而第三表及第四表古合韵之義也。」曰：「古四聲與今四聲不同，何也？」曰：「古今部分之轉移不同，若是其四聲之轉移不同猶是也。」「其言『表』何也？」曰：「暴諸外以示人也，是太史公十表之義也。」「其言『音均』何也？」曰：「古言均，今言韵也。韵、韻皆不見於説文，而韵字則見於薛尚功所載曾侯鐘銘是也。」「其冠以『六書』何也？」曰：「知此而古指事、象形、諧聲、會意之文，舉得其部分，得其音韵，知此而古假借、轉注舉可通，故曰六書音均表也。」「然則讀之而苦其難，何也？」曰：「於今韵則依廣韵部分，於字書則宗説文解字，於古音則窮三百篇，及羣經有韵之文，於言古音之書，則考顧氏音學五書、江氏古韵標準。以三百篇及周秦所用，正漢魏以後轉移之音，而歷代音韵沿革源流以見，而陸氏部分之故以見，而顧氏、江氏之未協者以見，彼吴氏棫、楊氏慎、毛氏奇齡之書無論矣。」問者曰：「有是哉！」遂書之以爲釋例。

三五徵實録序

上古天子稱皇，其次稱帝，次稱王，次者以世次言。若易伏羲爲上古，文王爲中古，孔子爲下古也。孔子序書斷自唐虞，蓋唐虞以前之書，具掌周外史，楚倚相能讀之，而無徵不信。後人三皇、五帝之稱亦不同。三皇，秦博士以謂天皇、地皇、泰皇，鄭玄、酈善長以謂伏羲、女媧、神農，宗均、譙周以謂燧人、伏羲、神農，孔安國、皇甫謐以謂伏羲、神農、黄帝，應劭以謂伏羲、神農、祝融。至五帝載月令者，乃天之五行之神，孔安國以少昊、顓頊、帝嚳、堯、舜爲五帝，皇甫謐因之，司馬遷本五帝德之訓，以黄帝易去少昊，其自序曰：「維昔黄帝法天則地，四聖遵序，各成法度，特少昊不宜去。」遷從安國問故，不宜有異同。若蔡邕所言庖犧、神農稱皇，堯、舜稱帝，是第舉其盛者爲言，而非以槩三五也。宋胡宏仁仲撰皇王大紀，改秦博士之泰皇爲人皇，以合天皇、地皇，而以伏羲、神農、黄帝、堯、舜爲五帝。世升世降，名實互歧。又緯書開闢至獲麟二百七十八萬歲之説，司馬彪采之歷志，垂信千古，虚誕不經，其爲羅泌路史、陳恕通鑑外紀之口實也久矣。東武王君縈緒博學好古，推金氏履祥通鑑前編之義，於六紀、十紀諸號削而不書，於三皇、五帝据孔氏序爲斷，而以胡氏天、地、人之名分系於三后之上。其紀三代則自夏禹丙子受終，至周赧王乙巳入秦獻地而止。其義謹而嚴，其事典而質，其言物而序。考藝折衷，是掩前録。録之言采也、取也、記也、籍也。摯虞三輔決録、張勃吴録、張詮南燕録之屬，皆史之偏者。以三皇五帝宜曰書，以三代宜曰史，惟唐宋後史官編起居所記曰實録。以今法録三皇五帝與三代之實，此之謂徵，此之謂書若史。

正史異同例序

漢儒之釋經曰故、曰微、曰通，自章句箋傳之名起，而釋春秋者多以例著，如鄭衆牒例，何休謚例，賈徽、劉陶、荀爽、劉實條例，杜預既爲釋例，又分左氏傳爲正例、變例，非例史之體。紀載祖尚書，編年祖春秋。體即例也。左氏傳以編年爲紀載，故史例尤近春秋。後世讀史之家若章懷太子、裴松之、顔師古之徒，網羅散佚，補正舊文，既以爲功臣；吴兢、蘇轍、吕祖謙之徒，又以按切今古、議論短長爲之諍子，之二者所持不同，而於例皆無所與。譬之於醫，例其方藥也，義其脈也,知脈之陰陽、湛浮、小大、虚實,而非有方藥以劑之,善治者且束手也。三史之學,殷侑謂亞於六經,然司馬八書,班氏已爲十志,范氏志乃缺焉。其間律歷、輿服、儀衛多以分,氏族、職官或以合。皇后一也,或紀,或世家,或傳,或與諸子同傳不同。釋老一也,或傳,或附方伎,或志不同。儒林一也,或文學,或分道學不同。悉數類舉,不能終物。惟其義各有在,而例不患無可準與無可通。前創者後因,彼沿者此革。假令拘牽故事,如陸游所譏史官筆削有定本,個個一樣,在修日曆者固然,而不可以例一代之史。史有通、有專、有偏、有野、有逸,其正史列學官者,唐以三,宋以十七,明以二十一。今合舊唐書、明史爲二十三。恂叔先生讀之而例之,辨以覈,簡以賅,雖其統不盡正,而史無不正,故名之曰正史異同例。任史職者,於是焉求之,庶幾方書具在,而昌陽豬苓之惟吾用焉已。往予讀潘昂霄金石例、王行墓銘舉例、黄宗羲金石要例,以謂志墓、表墓之作非例不成。史料且然,作史者其可鹵莽?是書也傳,不惟作史者於是取裁,且因以推春秋之例,而發經傳之旨。通也、微也、故也,即釋經可矣,而史寧異哉!

銅鼓書堂集古印譜序

恂叔先生有官私古銅印甚夥,擇其尤雅者若干,藏銅鼓之書堂,而譜之以廣其傳。銅鼓者,先生宦粤時所得,歸而名其堂者也。古金石之文,鐘鼎尚矣,人或利其用而見銷,惟印物小質輕，古官私大小不甚相懸，不足以誨盜，故流傳多得至今。而贋印又不如贋他器之值厚，故作僞者不恒有焉。夫以贋之者較少，傳之者較多，而未聞譜至數百餘之多者，此不好之故，而非盡力之不能得也。先生學博而思精，間語予斯譜所存，凡官爵族里確可定爲漢時物者，什不啻八九，餘亦不落輓近，要不敢槩名「漢印」，故竊取歐陽子之義，以「集古」名之。而予以念夫範銅之鼓，昉自伏波、諸葛，赫連而降，代有其製。世之宦遊滇粵間者，輩致珍祕，雖心知其不盡出於漢，而率以漢自夸。先生鄙而不爲，於圖左、史右之間，摩挲古澤，以發皇其耳目，而尚論古人。此書堂之所自名，即此譜可知矣。其文籀斯邈，其形橢圜方，其紐虎蛇龜螭，其數五百，質皆銅。先生能刻花乳石及竹木根，文甚奇古，見者詑謂銅也，脱煎銅仿之，去魯贋遠矣。

蜀字匡繆序

凡將、訓纂，蜀之言小學者，晉魏時已不復存。孟氏刻有石經，澌滅一也。予以癸巳三月歲校成都，嘗舉譌字别字之太且甚者，爲蜀字糾繆。頃再試時，稍見懲改。爰以旁郡雜出之字，隨手筆之而正之，名曰匡繆，取顔氏語也。顔氏意在小學，視西齋糾繆爲史學而言者，尤切近云爾。

白土字正序

凡此字誤用彼字者，後漢儒林傳謂之别字，今轉音謂之白字。傳所謂近鄙字，即今俗字，亦謂之土字，范氏桂海虞衡志謂之土俗書者也。顔氏干禄字書分爲三體，曰通、曰正、曰俗，顧俗或可沿，或不可沿，俗之沿愈歧愈甚，以意增省，以意顛倒，不識字而執筆爲文，文亦槩可知矣。往予視學四川，以諸生之承襲謡舛，作蜀字匡繆一編，行之五年，稍見遷艾。兹莅武昌，未暇試士，適見書院課卷，錯雜之字，了了可數，因檢向所編匡繆舉示之，輒相視笑以謂莫逆。并請於蜀所有而此無者删之，蜀所無而此有者增之，其别誤之字，附著於編，而名之曰白土字正。字之近鄙與别不盡此，乃於素習用者，不啻思過半焉。倘律而逮之，有説文解字在。

學古録序

治者道之迹也，唐虞以來，禮樂政刑之迹不同，其所以爲治一也。六經之道微矣，其迹惟周官禮較著。王莽之世，劉歆依仿時事，以僞經竄入其間。今漢制可考者，班氏十志而外，浚儀王氏抄撮傳注，凡得四卷。而鄭氏多以漢法説經，畸零詰屈，殆等於不賢者之識小焉。唐之六典、開元禮、宋之政和五禮、元典章、明集禮、會典諸書，迹具在也，而不盡衷於道。至唐杜氏、宋鄭氏、馬氏之通典、通志畧、通考，類能言其所當然，而不盡能言其所以然。學者知古今之變，博取而約之也精，而後由其迹以觀聖人之道之心，將所謂一以貫之，與夫百世可知者，胥在是矣。東安曾氏受一玩性命之旨者數十年，嘗撰次孔子、孟子下至宋、元、明諸儒，爲尊聞録八卷，以繼往學。又以舉政之暇，舉歷代禮樂政刑治亂得失之大，推本經義，間涉諸史，成學古録百數十篇。攬其綱要，而無叔孫緜蕝之棼；擷其菁華，而非舉子兔園之册。以是爲有本之學，亦以是爲有用之文。昔曾氏鞏之文，論者以經術最醇，故其言三代禮樂之制，如聚處一堂而與之進退。兹之無意爲文，而文且若是者，則以其學廣、其思精、其體大，雖治之迹古今不同，而無異道，即無異治。予之學抑已末矣，手是編而卒讀之，庶幾見末知本，如見古聖人禮樂政刑之迹之心，而不至面牆也夫。

靈豆録序

王樓邨先生以閎博絶麗之才，爲康熙中江左十五子之冠，禮部試、殿試皆第一。時年已六十，領書局數年去，名滿禁中，膏溉海内。顧當未第時，嘗即本草綱目蒐其精要，勒靈豆録一編，爲田中丞雯攜去，而家之人不復知。乾隆乙丑，先生之孫郡守箴輿得之中丞之裔，丹墨爛然，手澤未墜。今年秋，先生之曾孫郡丞嵩高，追録其副，增訂其百一，示予請序之以行。

予以本草經論撰於神農、岐伯、子儀之手，陶弘景益以註釋，凡三百六十五味，唐慎微增至千七百四十八味，李時珍於舊藥千五百十八味之外，增三百七十四味。陰陽水土之宜，六根、五華、九實之選，一君、二臣、三佐、五使之性，前民利用，無所不備，知醫者讀之而不以費人，不知醫者讀之而亦以博物。然自類書盛行，首尾衡決，學者便於撦取，往往不究其出處，信手引用，其於是書，不以小學類之，而以方書類之，束而不觀，一若即有急而無可就以求焉。蓋所失爲不少矣。百穀之種，稻、粱、菽各二十，蔬菜之實、之助穀者各二十，大豆菽，小豆荅大者圓、小者長角謂之莢，葉謂之藿，莖謂之萁，可蒸、可屑、可澡。而靈光之品，獻自日林，覔啖一丸，數日不復飢渴。以先生之詩筆之有以饋貧，於書固無所不讀，乃劄楮所記，融淬斂華。惟其輾轉匿護，閱數十年之久，始得廣其傳，而先生之學之勤，業之精，與郡守郡丞之賢，皆不可以及，讀是書者其以當記事之珠可哉！

隆昌縣志序

志者史之一體，古小史掌邦國之志，今一國史、一統志是也。外史掌四方之志，今直省通志及府州縣志是也。稽之實録，信之紅本，其理博而詞不繁，故史臣之志難而易；廣之見聞，考之紀載，其體繁而物不博，故府、州、縣之志易而難。若近代割置之縣，其地理人物史家固不詳，又不可信心鑿空，以爲一家之言，蓋難之難者也。

瀘州及富順、榮昌之間，有縣曰隆昌，顧氏祖禹謂故隆橋驛地，因以爲名，乃奏置在隆慶元年，意殆如宋真宗縣祥符、高宗府紹興故事者。今縣令朱君雲駿下車九年，酌康氏海武功志義例，撰志六篇。予惟府州縣之志，不第與國史一統志異，即省志亦不與同。康氏於其祖若父之事，累牘不休，至后稷、蘇武紀傳，僅存二三百言。姜嫄廟有金時寶意寺碑，其言雖不文，而志不略采，其所援据，多削其本書之名，而於元妃之履武、隋煬帝之葬雷塘，一無所舉正。自新城王文簡以謂文簡事覈，訓詞爾雅，而近之志府州縣者多仿爲之。以四方之志，而自擬於金匱所藏，其意既近於僭，且取便於詭稱高簡以自文。其不學之徒，後之考職方傳耆舊者，孰從而徵之，而孰從而信之？彼其於文物聲明之地，而所述止此，設執簡而作兹志，吾知其束手爾矣。君文簡而有法，所采輯頗富，信能擷康氏之長而舍所短者。苟得望縣郡而志之，信足備百二十國寶書之數也夫。

富順縣志序

四川自府若廳而外，直隸州九，州十一，縣百有十一，有志可攷者十不過三四，可稱者卒不過一二。古山川人物之美，多不能知之，知之多不能言之。雒水入江處爲漢江陽縣，於今爲瀘州，其上爲富順縣，縣故江陽西北境也。予友段君玉裁學廣而聞多，嘗病水經注譌脱難讀，於江水篇爲之補正，復以雒水即中水，据今證古，爲攷二篇。其權知是縣時，以宋史隱逸傳賣醬薛翁，即王氏應麟所稱賣香薛翁，立祠致祀。暇則手改舊志例類，網羅放佚，成書若干卷。或疑縣之士於蜀較儁，其民物較阜，故軍興雖急，而討蒐之局，繕刊之費，咸趨事以底於成。然真令不爲而權令爲之，非爲之難而知之難也。周官：司徒掌邦土地之圖，周知九州之域，廣輪之數；司險掌建九州之圖，周知山林川澤之阻；誦訓掌方志，以知地俗。所知之大小廣狹不同，而不可不知則同。毛氏詩傳言大夫之德凡九，其七曰山川能説，鄭氏以爲「説」有兩讀，或曰説，説者説其形勢也；或曰述，述者述其故事也。有兩讀故有兩義。君之所説與所述之義，俱可以爲大夫。而又以其所知作爲方志，使九直隸州、十一州、百十一縣之長吏，舉能如君之所能，將誦訓之官，方藉以舉其職焉。其毋謂所志者之小且狹也。予按部三至瀘，一至方山，知是山瀕外江，當以表江水，而酈氏以之表雒水之非。蘭祠在方山，不在縣境，志宜削去，因君之多所知，而聯舉一知如此。

試言孫業序

凡所事所學謂之業，舉子業謂之時文。自元延祐初，初場試經疑，令舉子排作八比，其文載元文矜式中，相因至今。不特舉場用之，即童子試及諸生歲科試，無不業此。其輕之曰時文，其重之曰書義、經義。視學之官考業甚勤，乃明人考卷僅載搜玉集。我朝則康熙間顔學使光斆浙江考卷行世較遠，豈所業者非耶？抑考之者之未盡當耶？湖北學署有孫業齋，孫業謂恭順其所治經業。然學記又言敬業、正業，正業謂先王正典，敬業謂藝業之長者敬而親之。夫易、書、詩、禮、樂、春秋與禮、樂、射、御、書、數，皆曰六藝，當入學考校時，其藝固即經業。又擊鼓徵召學士，發其筐篋，出其書，使恭順以治之，其有不率，夏楚以威之。是視學之有司，其考試不外經業。大學始教，古今一也。當十年前，使者典湖北鄉試，少習知其文，去年冬奉命視學，滋懼無以宣聖天子右文之德、作人之至意。甄校及暇，擇其業之志乎古而不違乎時者，間有删潤，板而行之，其慎毋雜施而不孫哉！

獨寐圖序

度𡅏隙十數弓，枕坡環沼，結亭廣函丈，長松蔭之，鉤簾謖然，横一榻，一尊宿撚鬢枯坐，青瞳雙湛，短童奉書策以進，是錢塘敬亭姚先生之真，而錢文端公題以獨寐圖者也。寐祇訓卧，以其不明故訓迷，以其目閉神藏故訓眯。衛考槃之詩曰言、曰歌、曰宿，宿近寐，言歌近寤，寤以覺言，寐以寢言。朱子以隱居自樂言之，足矯詩序。退而窮處，及鄭氏箋，形貌大人，寬然有虚乏之色之非。蓋關雎言寤寐，此言寐寤。柏舟言不寐，有兔言尚寐，陟屺言無寐，小弁言假寐，此言獨寐。寐則樂，不寐。尚寐與寐、假寐則憂。以在澗、在阿、在谷之弗諼、弗過、弗告，其自樂爲何如？而箋謂其不忘君之惡，不復入君之朝，不復告君以善道。且他詩之碩人傳皆謂大德之人，而箋又以寬薖軸爲碩人之飢狀，宜孔氏正義弗之取，而朱子申其説以正之也。

先生寢饋六籍，垂五十尚籍諸生，晚受晉封，洎焉儒素，遇者不知爲貴人。今湖北大中丞督儲江安時，先生就養使署，賦詩斷章，以獨寐老人自号。絜衾角枕，無姬媵之侍。洎歸道山，中丞刻印，一曰「獨寐家風」。自予交當世士夫，有鄒魯之文學，有唐魏之勤儉者，其俗莫美於杭。先生樂道而不願乎外，所欲設施，中丞舉見之行事，惟其冥冥不墮，故入寐而得其所安，此慎獨之所以求慊，而考槃詩人，曾未足以與於斯也。抑予聞「澗」韓詩作「干」，文選註：韓詩：考槃在干。池下而黄曰干，聘禮「皮馬相間」注：古文「間」作「干」。是「在干」即「在間」。間轉爲澗，而衛地無澗。兹之圖，類阿谷而不類澗，亦以證先生經義之閎，而其德孔大，世殆有未盡知者。如杭州省闈廣場延邃，舉子輒患雨立，中丞先世率私錢置席舍數百丈，有司遂爲故事。嗇於己而不嗇於人，皆家風之至足多者。竝著之以爲明志致遠者法。

贈應城張童子序

人之於事，不能無所爲而爲，在仁義、欲利辨之而已。爲身、爲名，欲利也；爲民、爲物、爲君父，仁義也。爲君父而不顧身，抑有道仁人之所難。而童孺爲之，是不當亟以名餌之也。孔子之言孝曰「病則致其憂」，韓子曰「母疾則止於烹粉藥石」，未聞毁傷肢體以爲養。而新史言唐陳藏器注本草拾遺，謂人肉治羸疾，自是民間多以父母疾，刲股肉以進，或給帛，或旌門閭。夫給帛、旌門閭，上之所以教也。聖人於父母之喪，坊之以毁不滅性，顧於其未喪而以滅性導之，此韓子所謂黷政。眉山蘇氏所謂怯者廬墓，勇者刲股，上以孝求，下以名應也。然使信人肉治羸之一言，而非役以人，則君子無責焉。然使民俗媮薄之會，信人肉治羸之一言，動於其天，卒共全其天，則君子將有異焉。

應城童子張桂，少孤而育於伯世璜，世璜病革，桂刲臂肉五寸許，爲飲起之，而桂日以殆。其母偵知之，調治亦起，事在庚子十一月。時鄖縣農陳文世婦劉，刲肝起其姑。予同年秀水李君集令鄖，置田十餘畝膳之。桂所居距鄖二千里，齒又穉，必不知其事。而應城令寶應王君嵩高亦予同年，則以桂炫於予，予謂此不可以教，而婦孺者之心，未嘗計身與名，要以見教化之美。昔西河毛氏謂令甲無旌刲肉者，乃毛所爲刲肉詩若文凡四五見。余所見刲肉事僅此。桂今年十有四矣，故祖父皆諸生。予以桂之行義，獨出於等夷，届童試時，無使蒙速成之誚，故贈之以言，不曰義童而曰童子，俾葆其所不學不慮者以勉之學與慮焉。蓋推韓子贈張童子之義云爾。

白華前稿卷第十二

序二

瀫湖詩序

乙酉冬，知白止予京寓，風牕雪榭，一燈道故，輒請予序尊甫瀫湖先生詩，詩不果至也。越一歲，知白請如初。予既未得讀先生詩，又未得見其人，雖然請以獲交於知白，與知白所語予者爲斷。憶予庚午夏就試崑山時，知白已爲高材生，以舉文訂縞紵。知先生自辛酉貢於廷，授國子監學録，即謝去，不與人事者有年。所居千墩，距吾邑且十舍，末由拜牀下。厥後予頗他出，知白亦賦近遊中，間間一聚首。頃放京兆試，侘傺失志，日夜念歸。既又念昌黎之稱歐陽詹，謂子不在側，而親心亦安。於是就東閣卒讀四門家書，往來間出相示。蓋先生年幾七十，而神明不衰，洞庭兩山銅坑鄧尉之間，扶杖攜幼，無歲不至。又會稽山陰及攝山三茅勝具，所經皆形歌咏。其他田園風景之作，陶、韋、范、陸，不名一家。上洄之蒓，下漋之稉，餘業粗足自給，遇儉歲且爲粥以食其里人。知白雖客京師，其兄弟皆侍子舍，其子以健，年未冠鵲起諸生間。崑山故重門譽，而千墩爲亭林所居，禮法斷斷，迄今勿替。每知白舉一二事，未嘗不嘆前輩遺風猶有存者也。孟子言頌其詩，知其人，趙氏註：「詩歌國近，故曰頌。」惟蘇松兩郡，既得附於近國之義，而茶山司寇序先生詩推重甚至，則予固知先生之人與詩者，而可無一言相質耶？知白幸賜而卒業焉。

趙清泉詩序

自春申浦東百數十里，墟聚相望，而清泉趙君距予居可百里。予未識清泉，而哲弟璞函稱詩最蚤，辱交好二十年。或三四年、一二年不見，見輒各出所爲詩。自來京師相處日暱，以謂極聚首之樂矣。璞函課詩如往時，而予有不能復暇唱渭城之嘆。顧嘗上下其議論，甚樂見近賢之詩。往歲聞清泉寄有詠史詩，亟從璞函索觀，而輾轉失去，不得見其人，並不得讀其詩，未嘗不悵怏累日也。頃璞函持清泉近詩見示，其地不出江南北數百里間，所與游祇晨夕素心二三子，較晴量雨，因物起興，其遇風對雨之什，爲璞函而作者，尤纏綿動人。夫以古之詩人，各長其國聲而爲風，作者無取乎縱横怪偉之觀，采者無取乎堆垛撏撦之智。清泉諸詩，洵有合乎古詩人之義。其詠史詩不知何如，而其人要可識已。當予與璞函荒江老屋，偃仰嘯歌，所境無非詩者。

自來脩門人事剌促，又僦屋賃馬之資，日計不足，璞函固不似予之廢詩，要不無應酬之作。如今日清泉之境，皆予與璞函當日之境，過此以往，予又焉知清泉之不爲予與璞函也。序清泉詩，其深有慨於予言也矣。

蔣立厓楚中吟序

同年立厓蔣君，以詩稱吴中。當丙戌春，立厓自秦至京師，出遊稿示予。其詩清壯兼夏聲，匆匆未及以序。是夏立厓試吏楚中，楚故財賦地，又善訟，聽斷小不當，往往走京師投匭，持長吏長短，故吏楚視他直省難。夫以甚劇之區，視不習之事，而怵之以思，逞之民，能復唱渭城者尠矣。六七年來，聞立厓治狀甚著，頃以襄校入闈，日相與談藝而不及詩。閲五日始出詩百數十篇所爲楚中吟者相示，意欲然甚下，若編不富而格稍降也。古之詩人抒性情，陳古昔，若左記室、阮步兵、顔光禄、沈吴興，多各以詠傳，至謝公吴會吟、白傅秦中吟，美刺雖異而所操皆土風，其體從樂府。惟鮑參軍之擬白頭吟、李翰林之擬梁甫吟，類皆古歌詩。立厓歷宰望縣，以其餘事道山川風俗之美，與夫賢士大夫作爲歌詩，壹唱三嘆。詩與樂相通，即吴會吟奚以異也？吟之高者鸞，壯者龍，苦者蟲，哀者猨，之數者性情既異，吟聲亦不侔。凡詩皆具性情，永之爲詠，申之爲吟。以立厓之性情，而又寓諸所治之山川風俗，與夫賢士大夫，即詠恐有不足矣。予見近代詩人，類以吟名稿，聊舉吟咏之義，俾知立厓之詠之合於吟。至其詩之工，西莊光禄已序之。予向者固已清壯目之，詩則猶是也，而謂降格哉。

顧牧原倚霞樓詩序

揚州自錢塘厲徵君爲寓公，一時詩人以矜練相尚。其吟苦，其格新，其材半取諸裨〔一〕編脞説。士之遊於揚，及與揚錯壤者，貌爲行卷，與吴詠若設綿蕝。往予嘗爲寶應王少林、丹徒鮑雅堂言之，二子顧盛推如皋牧原顧君善吴體。吴體温柔而少敦厚，人不無病之，然於詩教猶得半，予灑然固已異矣。頃以試事識牧原於楚闈，既竣事，牧原出詩三數卷，介同年蔣立厓屬予論定。立厓故吴人，與予俱嗜吴詠，竊欣然以謂同聲之應。乃其古詩謹守尺度，五七律縱横穳放，一往不羈，與吴中近習，肆於古體，而律體苦拘拘者，正相反。予乃詑少林、雅堂之不知言。而出宰山水縣，讀書松桂林者，立厓而外，又有一赤幟也，而牧原曰：「此卷即二子未嘗論定。自丙戌以憂歸里，頗悔少作，手杜詩一編，亦不敢妄有規仿。家有小樓，臨碧霞祠，竊假蘇詩『危樓倚斷霞』者名之，因以名我近詩。」然則牧原固由吴體以進，而非錯壤於揚之浙派也更審矣。譬之於

〔一〕 裨，當作稗。

霞,赤城也,天半也,若予其駿者矣,試質之二子何如也?

李憲吉青蓮館遺集序

歲丁丑壬午,天子巡幸吴越,士奏賦待試,僉以李君憲吉才當甲選。時試卷無彌封,奏名下,君皆在乙等,再被文綺之賜,人又無不爲君惜。先是,君尊人敬堂以辛未奏賦被乙,至癸未偕予舉進士,顧不與館選。而君高祖秋錦先生,試康熙己未詞科不利,則又以君所遇止此,爲故事耳矣。君殁後七年,敬堂爲令楚郧,瀕行,屬序君遺集,俾附秋錦山房集以行。嗚呼!以君之才,且窮而嗇於年若此,予則何足重君。然予以丁丑制舉,與君爲同年,念昌黎銘其同年生李元賓,元賓有文三卷,外集二卷,銘顧不載,元賓官太子祕書郎,而君僅舉明經,年亦二十九歲。嚮令君皓首槁項,以諸生終老,著書歲月,何渠不足以慰名父之心,乃遇矣。卒猶不遇,勸遊告歸,一病遽革,天之所以嗇君,可不謂酷焉,即何如竝此才而嗇之爲得也。然予觀比年來如長洲劉企三潰、吾邑葉方宣抱崧,所遇與君同,其筭或不逮遺文,都不可知。君所作附之家集,有井水處將誦之。他日志之藝文,傳之文苑,庶幾無所媿,而亦無憾也。君有周易象義、十六國世家系表、後唐書共若干卷,蓋非直文也。此直詩若詞焉耳。予不論其工,而論其行世若此,世有識者,其取而論定也。

雅州譙樓唱和詩序

乾隆三十七年，王師三路討兩金酋，雅州直南路之衝，而西路之昔嶺，一自郫灌臥龍關進，一自雅州蘆山會達圍而南，而西，是又爲中路。凡中南路軍行裝資，饟饋驛遞，皆取道雅州。州自雍正七年升爲府，城西南北皆瞰江，山勢重阻，登覽閎壯。無錫杜凝臺觀察，以督運移節其地，籌箸既暇，登高能賦，一時和者十餘家。明年五月，予按雅，試竣，觀察復以屬和，合前後唱和諸什，將鏤板焉。自昔雅、頌所陳，如在泮獻囚，淮夷來同，祗魯人侈頌之語，若治外之采薇及出車、采芑、六月、江漢、常武諸詩，美周宣者，信矣。太史公猶以「薄伐玁狁，至於太原，城彼朔方」爲襄王時詩。班固以「靡室靡家，玁狁之故」爲刺懿王，而「出車彭彭，城彼朔方」爲美宣王而作。今采薇之詩，毛氏列在正雅，良以征伐自天子出，義固有美無刺也。李太白聞安禄山反，作詩云「太白入月敵可摧」，後禄山死時，太白果入月。韓退之充淮西行軍司馬，當郾城秋晚聯句，蔡尚未平，而「雪下收新息，陽生過京索」，亦若入蔡歸朝之期預卜者。此詠歌之故，與吹律相似。而儲胥頓置之時，有投壺雅歌之勝，尤以見師行無犯，非止如采薇所稱。其幕僚勝友，若李正封之可與夜會聯句者，又不可計數。陸梁小醜之不足平，即是編可信也。予既和之，復樂得而序之，庶後之讀者有所考云。

響泉詩序

詩竟言音節矣，音之起由人心，比音而按之，乃有節。節易近而音不易傳。清濁、大小、哀樂、剛柔，音之屬也；遲速、高下、出入、周疏，節之屬也。清廟之瑟，壹倡三歎而有遺音。音甚微而難言，故漢魏六朝初盛唐諸家之詩，傳者節也，不傳者音也。比音以赴節，無不應節者矣。按節以審音，無不知音者矣。

予去春抵蜀時，響泉觀察示所作嘉州、渝州諸五言，於近賢則大復、昌穀爲近。既乃盡出所爲詩，詩約有三變，愈變愈遒，而出人多在逸處。自言少習唐音，於大曆後未一寓目，既乃泛涉宋元明諸家，以窮其正變，遇不快意處，輒歌李、杜詩三數篇，其音輒與心動。故節不必唐，而音不可不唐。予乃以歎音之感人深，而節尚無與也。夫詩之節隨乎音，音既足感人，人又必選音以妙於所感，故曰寬而静、柔而正者，宜歌頌；廣大而静、疏達而信者，宜歌大雅；恭儉而好禮者，宜歌小雅；正直而静、廉而謙者，宜歌風。以聲歌之所宜養吾心，心有動而宣爲音，庶與風、雅、頌之音相應，而節無弗中焉。吾不知響泉之比音以赴節，與按節以審音，而其道已微矣。逸氣之得於天，固無論也。昔孟東野、梅聖俞、黄魯直之詩，同時如退之、永叔、子瞻，每好之而效其體，論者以爲是由才大。然體後於氣，猶之節後於音。體似矣，不盡有其氣。節似矣，不盡有其音。響泉之好初盛唐之音，有意比之，繼且無意比之，宜其起於心而音之有以動吾如是也。且夫泉仄爲氿，尾爲瀵，正爲濫，縣爲沃，丁然璆然，訇訇然響者，音也，抑節也。或曰李汧公有琴名響泉，響泉以喻德，且喻詩，故其自號與其集咸取此。夫琴吾不知也，序此詩以爲知此音則幸矣。

北征集序

宛平查丈恂叔以庚寅春觀察松茂，時金酋干討，饟饋驛駱，駐桃關外且五年。今年六月返成都，旋率屯練出松州，抵郎駄，按果羅克蕃人掠青海牛馬事。果羅克，其種自吐蕃，其部下中上，其土司百户千户，其地直松州西北千里，州直成都北七百里。觀察觸暑按驗，閱四月復返成都，集近詩百餘篇，名之曰北征，而眎予序其緣始。

夫蕃謂之藩，職方氏九服，蠻服、夷服、鎮服、藩服，大行人總謂之蕃國。世一見若起軍旅，作田役，比追胥，皆掌之小司徒，而追胥則有竭作之令。當周盛時，政教修明，奸慝預禁，宜無有寇可逐，盜賊可伺捕矣。而萬民之卒伍，合之有其法，教之有其素，然祗用諸六鄉，而不槩諸九服，外之抑難之也。今威棱憺讋，萬里亭障之外，將以鄉遂治之。大兵又適討金川，其有不襲不難，移師以指，具聽既暇，辨其人民財用穀畜之數要，周知其利害，而舉見之於詩。蓋班叔皮自長安避難安定，爲北征賦。杜子美自鳳翔東北赴鄜州，其詩亦名北征。二子者不曰遭世顛覆，則曰遭時艱虞，都伊鬱不得志。觀察身受重寄垂三四年，既習見夫軍旅田役之政，又能以追胥之責，襄大司馬所未逮，乃其詩苞孕衆有，黽勉氣格，傳於後亦無疑。顧予往來成都，兩年未獲經觀察所經，以激發其志氣。論觀察詩，不啻攬職方氏之中外圖。彼大司徒之圖國中，無足以曠觀乎域外爾矣。

勉齋詩序

詩者學之一端，有所言在此，而所感在彼。如晨風之悟慈父，鹿鳴之感兄弟同食也。所言在此，反若不必在此，則鏡花水月，與夫羚羊挂角之喻也。古之詩人，原本性情，讀者各自爲感觸，其理在可解不可解之間。體製既興，門逕備異，由是入者譬之影書廓填，雖下真蹟一等，體悟日久，自成一家。舍是則非直不克成，抑不克入。孔子語弟子學詩，而後之人以詩非關學，吾未見其可矣。

虞山錢子勉齋稟抱穎異，甫七歲人即傳其題餅之句。其近遊詩二百餘篇，神采縜藻，與才調集較近。竹汀宫詹嘗序之以行。十餘年來侍尊甫檢亭先生，自楚而越而秦隴，出玉門，登葱嶺，測蒲類海。今又轉入蜀，舉古足迹罕歷之境，山川谿谷，禽獸草木，瑰瑋磅礴，隱起方寸，無不發之於詩。學日廣，詩亦日富日工。蓋詩之學莫如遊，遊各有職志，惟過庭隨宦，爲職志所不居。不才者以之養資，才者以之承學，視他遊尤美，視他人詩宜尤富且工，則以是爲勉齋幸爾矣。才調集以虞山二馮爲功臣，而虞山之言詩，有力排何、李，爲雲間諸子難者。今兩家之郵已通，不必以土風軒輊。勉齋初業累進，而言在此則必在此，信不爲弔詭所奪者。昔東坡言「作詩必此詩，定知非詩人」，晁以道和之，則云「詩傳畫外意，貴有畫中態」，以救坡公之語之偏。予見勉齋之詩之不偵乎學也，爰揭其旨以俟論定云。

蜀遊詩鈔序

丹陽陸君赤南入蜀九年，録所作詩前後八卷以行，又録蜀近人與近人入蜀詩數百篇、五十餘家，凡天地人物之無與蜀者，詩雖工弗録也。古者陳詩觀民風，故列國皆有風。太師教六詩，風、賦、比、興、雅、頌。蓋詩之起莫先於風謠，有風則賦比興之三體備，而雅頌由之。蜀逖處西土，其名始見泰誓，其風固輶軒所未采。宋安吉袁説友起巖輯漢以下至淳熙蜀人詩文，爲成都文類。明楊慎用修本之爲全蜀藝文志，意以徵蜀文獻，非蜀産亦弗録焉。然予讀韓魯詩，芣苢蔡人妻作，行露申人女作，邶柏舟衛宣夫人作，式微黎莊夫人及其傅母作，黍離一以尹伯奇弟伯封作，一以衛宣公子壽作。作是國之詩，固不必盡出是國之人。若木瓜美齊而在衛，猗嗟刺魯而在齊，泉水、載馳皆衛而在邶、鄘，是又各從其國之聲以爲聲，而采者歌者即以屬之是國。唐宋以來序録日多，如高仲武、殷璠、韋縠、陳起之徒，皆嘗舉一時之詩，選爲一集。君謙而不有，取少陵鈔詩之語，名之曰鈔，則篋中例也。曰遊，則江湖例也。繫以蜀，則陳詩觀風之義。繫蜀人，而及入蜀之人，則猶是蔡申之繫周南、衛黎之繫邶、封壽之繫王風之義也。抑予又疑古之采風者，及曹、鄶諸小國，而不及吾吴。且延州來季子之知樂，言子之文學，宜有詩而無詩，至晉宋而所稱江南音者乃顯。蜀之詩弘自漢，予采風來此，未能綜甄決擇，以備太師之教。而君遊跡所至，攬其人與詩，俾有以傳世行遠，即一時蜀之風賴以存，其可無一言相質也？異時君自蜀歸，庶録吾吴近時之詩，以冀采而歌者之比烈於古焉。

白華前稿卷第十三

序三

慰忠祠詩序

三代之將才，周宣王時爲盛，若尹吉甫方叔、召虎皇父、程伯休父，戡定外變，詩人稱之。而千畝之役，祈父亦列於雅。秦穆公誓師之辭，掌於史，達於四方，序於孔子之書。魯嬖童汪錡，可以死，可以無死，死無益於魯，孔子謂其執干戈衛社稷，至忼慨志節之士，奮不顧身，舍生取義，義之既炳，同仇者甘於所憤，討罪者壯於所直。是故常山死而後河朔應，司農死而後京闕收，露臺死而後宗藩縛。越在我朝，若范文貞之死閩，馬忠毅之死桂，皆矢死以激天下之義，以翦除憝惡，而開不世之功。此有功臣，必先有忠臣，忠之分不同，其於義則一也。促浸弗龔，致肆天討。歲癸巳六月十日，賊人闌我木果木大營，定邊將軍大學士温公歿於昔嶺，武臣死事者先後若干人，文臣則户部主事趙公文哲等先後二十有六人。禮臣據禮議卹，予祭葬，予廕，予祀昭忠祠。其在成都，憲臣闢草堂寺之西爲祠，而名之曰慰忠。是秋促浸復平，丙申二月儹拉平，朝命於將士死事處，如葉爾羌、郭舟山故事，收骨爲共塚，英魂毅魄，雖往不朽矣。夫兩酋不過一土舍，其戕虐同類，煽爲「搶至維州橋」之謡，亦非如叛臣在内之逆之甚。此二十六人者，惟守糧署視守土，其他若奏記，若度支，若後先奔走，皆非有必死之責。卒之碪胷喋血，義不反顧，稽古忠義傳所載，無竝時若此之多。而國家廣厲人材，臨難不苟，天人憤甚，不轉瞬而紅旗馳，曰組獻，祀在令典，傳在國史。以視紫光閣圖象功臣，何多媿焉。予稔聞二十六人之死，又屢拜祠下，憾未有所紀述，以附史官之後。而研齋太守人系一詩，揄揚忠孝，論而録之，有補於世道人心，非直爲二十六人廣其傳已也。今大功告成，文德四洽，江漢、常武之材，試揚休而再爲泚筆焉可乎？

陸藜軒詩序

曲阿陸子藜軒客游十餘年，相遇於成都，意抱軒舉，談讌既習，示予已刻、未刻詩五六百篇，大抵得之於游。其間游蜀八年，所作十七八。蜀故詩境，古詩人入蜀者必首言少陵。少陵詩莫富於夔，而居成都先後亦五年。崎嶇戎馬，讒間交作，悱惻抑鬱之致，不期然而無不然。以藜軒之游之若是其遠且久，容有不得已於中。而觀所爲詩，惟是紀山川風土，朋友酧對之勝，與夫先代興衰之迹，王師撻伐之威，始知承平士人，雖身不必早遇，而較之位爲拾遺、時值天寶者，其爲幸良多也。方予入雲棧時，人事刺促，好景不追，頃將泝嘉戎，涉潼水，凡藜軒所目遇而口吟者，舉悠然會之，或發洩其一二，以爲雲龍之上下，而未敢必矣。奇蜀境，抑奇藜軒之人與詩，故泚筆而識其槩如此。

堯莊詩序

錢塘張君仲謀負異才，既屢試不得志，汗漫幕府間，居京師數年，諸貴游多從之學。頃就養其子清澗官舍，復以雲棧奇勝，中年人腰腳可濟。抵成都三閱月矣，予既乞其分書，復假抄所校薛氏鐘鼎款識，竝得其堯莊詩若干卷讀之。堯莊故山陰地，君先世自此移錢塘，名之示不忘也。詩之體有四，而言者每曰風、雅。雅爲天子之事，不須言國。國則風化之界，其詩以當國爲别，故譜者特詳。後世封建不行，不可以國譜，而風之旨流於山林，雅之材流於臺閣。臺閣之集其名，或以紀元，或以官，或以所官之地。而不求聞達之士，如陸魯望之書名笠澤，魏仲先之集名草堂，誦者有以知之而論之。浙東西雖界一水，而風化未之有界。君游釣在錢塘，復我邦族之思，自可以遽已，乃以此名其詩，而其詩綜擇雅故，信非土風所得而囿者。古關雎、鵲巢諸詩，禮用以合樂。而寺人孟子、緜蠻、微臣之詩，竝列於雅。風與雅其道自兼。以君之才，令致身於臺閣之間，雖雅材可無多遜。惟是遇有所嗇，奔走輒千萬里，志氣激發，詠歌勤苦，即甚不得已，而無幾微誹亂之詞，其詩與其人固若是可識也。後之論者，因君之所以名集者而思之，其亦有當於忠孝之義也夫。

沈澹園詩集序

歲丁酉之十一月，予將返國門，澹園太守自潼川寓書請序其詩，三返而請益篤。憶壬午春識澹園於閶門，明年癸未先後皆至京，往返申晤，顧未嘗見所爲詩。洎備兵蕪湖，落職再至京，壬辰來蜀，爲郡丞，權順慶府事，旋守潼川。予以癸巳春過昭化天雄關，澹園題壁詩在焉。嗣予按試兩郡，少暇輒唱和。澹園家故杭，杭之州具湖山之美，自宋都南改，佳麗儗之六朝。顧其俗差近唐魏，務節嗇，少葛儻，數十年來如湖上詩社諸公，都有集傳世。邊幅整贍，而具體較微，守而不能變，變而不能成方，雖風會爲之，抑或囿於地也。澹園所遇不一，而灑脱世故，惟朋友骨肉之愛，歷久無所渝於中。當軍需孔迫時，棧雲徼雪，于役日久，迨涖郡守官，政不繁而民不擾，能以餘力興舉廢墜，拓亭闢寺，升高有賦。蓋古守郡之人之詩，自謝康樂始著，其後若退之之於潮，子厚之於柳，樂天之於忠、於杭、於蘇，永叔之於滁、於潁，類皆有所開濟，以餘事爲詩人。雖其體峻易不同，而誦其詩可以知其政。世之言詩者，不曰詩言志，即曰詩以道性情。志與性情主於中，天地山川谿谷草木鳥獸政治之失得感於外。澹園以中之所得，感於外之所至，而自公既暇，又有以牢籠萬物，陶冶性靈，黽勉氣格，不特湖上詩社諸公屐齒固未嘗到，即永嘉諸咏亦局促於丘壑間。而詩之變猶未盡矣。今夫水濁爲潘，苦爲鹵，鹹爲海，甘爲醴，及與之瀹中泠之泉，而味若無極者，淡故也。詩之淡可以見志與性情之真，而吐納者深，若水火之尚其齊，陰陽之尚其得，視陶匏之酌水，有不可同日而語者。澹園與予之交，非所稱成於淡者耶？序其詩，因竝及之。

黿山詩集序

己丑夏，伯川從予爲應舉之文，即舉亦未嘗倖矣。顧屢試不利，以其暇學才調集中詩，數千里馳寄予。清灑温麗，不害於作詩之旨，乃告以詩特應舉之一，而文固有舊業焉。今年春京邸再見，則鬑鬑然以貲注佐鹺政，萃嚮者學攻時文之力於詩，詩亦不復爲應舉之體。予抱腹疾淹月，人有言伯川知醫，且數起危殆。因屬其審劑而投之，忽忽若疑沮，閱旬日復診，良已。間總其前後所鈔黿山詩，請序以行。

黿山者，伯川所居南二十里磨黿山，志地家多不載。而巉壑蒼潤，爲太谷遊眺之最。伯川以山之名不出其鄉，而世之柄文者不知其文與其詩，若不能不亟標榜者。自予觀應舉之文，其高下得失，決之者驗否大抵參半。以今日之所試，明日又試之，而放與否不必盡合。伯川爲應舉之文，不亟亟爲應舉之詩，乃其文不見知矣，即其詩人豈必盡知之。雖然，君子不務乎人之知，而務乎己之可知。未可知而知，倖也；可知而不知，命也。今置身科第者流，不必人皆有集，而憔悴專壹、不得志於時之士，一聯之俊，一語之工，流傳或至萬口。伯川比雖中落，而少襲豐順，所裁就頗可觀。以彼衡此，業可以無嗛於時。第因其心之嗛者而用之，詩必日益富且工，而知不知姑無論焉。初伯川入都，或欲致之門下，輒謝曰：鄭玄雖大儒，邴原終不以師事，而顧嚴事予，予知其質之大可造，而方書證治之效之著者。予嚮未及知，今試以言醫者言詩發題。證候也，别裁脈訣也。徵材，藥物也。漢魏至唐宋大家名家，方劑也。語曰：學醫人費，學書紙費。伯川費紙而未嘗費人。以醫之有可知，知其詩之必無不知。伯川勉乎哉！

沖泉方伯集韓詩序

語曰：杜詩韓筆。劉夢得、李習之、皇甫持正之徒，皆稱誦韓公文而不及詩。宋景文言公公退之暇，輒相與談讌，論文賦詩；洪景盧於公古詩二百十、聯句十一、律詩一百六十之外，録竇氏聯珠集所載公分韻得尋字五言律，而於詩皆不置論。後之論者，以貞元、元和間，惟公一人能學杜，如太華、少華、太室、少室之竝尊。硬語盤空，妥帖排奡，即公之所以自道其所得而已。

錢塘沖泉方伯嗜公詩，終卷誦不遺一字。往嘗離合句義，凡得若干篇，語意渾成，若自己出。蓋吾師文莊公和聲鳴盛，在庭教誨。喆兄山舟侍講集杜句，先後百十餘首，而方伯騖精游心，如少華、少室之有以出頭地。即一家之言爲言，視他人集衆人之句而成之者，其難易與純雜爲何如也。景盧論景文所録公佛骨表、潮州謝表、鱷魚文，皆不甚潤色，而换進學解數字，如招諸生之招爲召，障百川之障爲停，爬羅爲杷羅，焚膏爲燒膏，疐後爲躓後，頗不如本意。平淮西碑千六百六十字，才節减輒不穩當，兹無有改换減節於其間。而公之斷句，不啻公之逸篇。世有柳州，當盥薔薇露讀之。然方伯自言所爲無謬巧，止辨一熟字，熟極巧生，人毋徒炫其巧，而不思所以熟之也哉！

秋海棠倡和詩集序

徐君芷堂秋海棠詩，往予爲之和，和者數十百家，五年而集成。又四年，芷堂返自金川軍幕，軍中和者十餘家，竝授予讀之而序之。曰：

詩有六而比興以通賦之窮。比之義視興深隱，楚辭以惡草比小人，以香草比君子。芷，説文作茝。楚辭芷、茝各五見，言之不足而長言之，以喻其潔芳，以寄其憔悴專一之況。芷堂以芷自信，困公車二十年，其賦是詩，宜有近夫憔悴專一、自道其幽思者之所爲矣。而緣情體物，不靡不怨，人曰比也，芷堂曰賦也。和者曰賦可比可興可也。予和詩距今九年，來蜀且四年，芷堂先予來二年。俯仰昔遊，相對若夢，令芷堂尚覊軍幕，或予先還京師，雖欲遍諸和詩而讀之而序之，其可得耶？是不止物之幸不幸已也。昔薛許昌自炫其海棠、荔支、折楊柳諸詩，其柳枝詞自註曰：劉、白二尚書繼爲蘇州刺史，賦楊柳枝詞，世多傳唱，但文字太僻，宫商不高。洪景盧以謂薛所作皆無過人，妄自尊大。今芷堂之詩過乎人，和之者不必無劉與白，人舉爲秋海棠幸之，抑秋海棠依海棠爲名，海棠無香，惟嘉州産有香。芷堂治彭山，距嘉州百里耳，試酹酒一倡焉可乎？

笙閣詩序

休寧戴滋德隱武丘之塘，織屨而食，擁鼻而詠。自其尊甫杏園乙榜授詩，妙齡不爲干禄之學，一遊京師，歸而繼室吴下。所居有笙閣，不知者乃以玉溪銀河吹笙詩疑之。乃其心則慕陶，通明之築三層樓，己處上，弟子居其中，賓客至其下，欣然聽吹笙爲樂也。笙之質剮以匏，枵然而空，差然而列管。管端有簧，簧十九曰巢，十三曰和，三十六曰竽。故笙詩掌教吹竽，而竽之音主於冬至。笙則太蔟之氣，應物生之時。其在磬師，西階用頌磬，東階用笙磬，而笙實爲衆音之長。滋德學詩以來，所作甚夥，往往棄去不復存，所存數百篇，大不踰宫，細不過羽。鏗鏘鼓舞，使人如研羣聲之清而得其和樂。以所存者信其所不存，以所見者信其所未見，殆不徒洪纖短長之合度已矣。吾聞鄉飲酒之禮，鼓瑟歌鹿鳴、四牡、皇皇者華。笙三人，和一人，入堂下，磬南北而立，樂南陔、白華、華黍，主人獻之西階，上一人拜於下，衆笙不拜。由是歌魚麗，笙由庚；歌南有嘉魚，笙崇丘；歌南山有臺，笙由儀。故曰鼓瑟吹笙，吹笙鼓簧，笙詩既亡，其義幸以序而存。自劉氏敞、商氏份讀「亡其詞」之「亡」爲「無」，謂六詩皆有聲無詞。無其詞而命之曰詩，吾不信也。夫以滋德之詩之足以存，而予祇守職役，未獲至閣下，一聽其所吹之笙，爲即笙之義畧陳之，其愼毋投老閣間，而不求夫肄三官始之義也。

稷堂試體詩序

唐賢詩最重二應體，謂應制、應試也。吾弟泉之助教爲駢體文，出入楊、王二宫賦，視近代薗次、迦陵、豈績、稺威諸公獨開一生面。其所擬應試詩，予篋中存者數十首，爲詮次以行。昔林去華有省題詩二百首，或曰：「去華工他文，奈何以五言六韻行世？」劉後邨曰：「雖以此行世，亦以見去華之頓挫久而後鍛鍊工。」錦城除歲，竹屋翛然，是説也，恤恤乎蓋如遇之。

白華前稿卷第十四

壽序一

柴谿先生八十壽序

吾邑僻而鹵，自雍正丙午析置至今，舉甲乙科者蓋尠。其承家科目，讀書植品，蔚然滿人倫望者，首數唐氏，而柴谿先生又衆峯之丈人峯也。唐氏自文恪公始顯，族姓甚繁，先生家故貧，所居纔四椽，不蔽風雨。既成進士，以鄒平令注選，念母夫人春秋高，乞改教授，得鳳陽。既又乞養歸，再補池州，又歸老十二年，而爲先生八十覽揆之辰。人無不誦先生之神明不衰，而子孫其逢吉也。當吾邑未析時，介上海東偏百餘年間，東偏之人以乙科舉者，約五十有羸，甲科半之。其士夫之賢者，他邑不能及，然多在析縣前，且利於他籍，而本籍則否。如先生太學題名碑稱華亭人，亦其左驗。迨省欽籍諸生，而烟户漸嚴，攻訐日起，試童子科者，不能四百人。三家之邨，絃誦日少，貧者去而爲農賈，富者又以讀書之未盡效。而先生家無不學之人，人有潔白之養，初服既遂，名其堂曰誦耘。終歲不及城府，有司以鄉飲禮請爲大賓，辭不赴。一門之中，自廩增附諸生，至舉貢進士，備有其選。羈丱之童，類能自振，門人弟子著録者累數百計。剖籃爲輿，采蘭爲膳，以視鄭公之鄉，河汾之里，或退焉不敢居。而計吾郡中，欲舉一似先生者而不得，誠以詩、書之澤，倍難於弋上第，蔭膴仕，況門才日盛，如所云取青紫如拾芥者，將不一而足也。昔陽城居太學，以歸養責諸生，史册盛稱之。先生以養母棄官，里之人疑其非計，今而知流澤之久遠，固有其本。若教士之法，施於二州者不如取諸在家者之易見。先生次君，爲省欽之姑之夫，妹又先生孫婦，於季爲同年。自惟家門之慶，萬不敢擬德門，而老成典型，親炙最熟，於誼不可不質言，謹持此爲侑醽焉。

爲粤西朝士壽臨桂陳公七十序

聖天子御極之三十年秋，九月十有五日，爲我太子太保、吏部尚書、協辦大學士臨桂陳公覽揆之辰。先兩月，上行秋塞外，以公忠貞篤老，賜御書「碩望延齡」字，及冠服寶玉藏佛有加，俾爲公壽。而鄉之人官京師者，相與忭舞倡歎，謂歐陽子所稱邦家之光，非閭里之榮者，庶於斯信之，而不推本其所由然，則猶是尋常嘏祝之辭，而於我公之所以申佑於天，與獲福於上者直無與焉爾矣。

公爲學官弟子員即有志於經濟，值祲歲所司以穀貸於鄉，公具券爲鄉人貸穀，即有負，願代價。明年領解鄉試，鄉人輒相約毋累公，升倫無負者。既成進士，入翰林，改吏部，復遷御史。時高安朱文端公枋政深器公，公出守揚州，命帶御史銜，一切皆許陳奏，蓋異數也。公自出守至開府歷十有三年，又二十有三年而長尚書，攝大學士事，凡河渠、錢幣、食貨、選舉、荒政、軍需諸大政，無不洞見利弊，因時因地，使民日用而不知。間乃非常致懼而明作有功，宵批書議，往往見諸施行。天子倚毗甚深，嘗授公以兩粤制府之節，如往時溧陽史公督兩江故事。蓋公篤志儒術，實有得於誠正治平之綱領，其纂輯儒先語録，及在官法戒録，坐言起行，爲己則公而祥，爲人則公而當。竊謂我朝理學名臣，其迴翔中外，卓然有聞者，自湯文正、趙恭毅、張清慤三公而外，甚難其人。然湯公遭逢雖盛，間招妨娼。恭毅、清慤二公不以侍從起家，又皆不廁揆席。公極數公之所隆，而尠數公之所憾，志同道同，明良一德，後之人書道學、儒林之傳，考宰相、方鎮之表，方將油然志滿羨所遭若此之盛，而謂某等不以先睹爲快也歟！夫偉人碩德之生，朝野上下，陰受其福而莫知。而天之所以福其身，與上之錫厥福者，亦申命而未已。昔成周盛時，政理滂洋，君臣相悦，天子既以燕示慈惠矣，而又播之雅歌，以保眉壽。故其詩一則曰「令德不爽，壽考不忘」，再則曰「令德壽豈」。夫君之於臣，富貴皆得而馭之，壽則不可知，而爲之徼福於天，而因而徵信於德。今天子寵渥我公，有湛於蕭斯之露，而天章下賁，曼壽是期，申錫無疆，接三賚十，吾知門生故吏，及荆、揚、雍、豫數州，公所向治之人，胥將聞風慕思。用介眉壽，在大雅崧高之詩曰:「維嶽降神,生甫及申。」舉其人而舉所生之地,斯義甚古。粤西爲公所克生,即我儕所有耀也,故書其學問政事之大端,見公之所以致此者,厥有原本,而邦家之光,於斯極盛云爾。

曹封公七十偕壽序

方歲丁丑,上載巡吴越,親試江南奏賦諸生。中選者凡七人,悉授内閣中書,而萊殷曹子才最高,齒最少,檀潸先生暨太夫人又具慶,六人者莫之逮也。歲支既周,偕壽七十。先是辛巳歲,曹子選庶吉士,是冬以國慶上封,而令甲居京職六年,得假數月歸覲。丁亥四月,省先生於家,踰年奉太夫人還朝。蓋仲子驗因孝廉,既侍先生於家,而板輿京邸,年家子歲,時啓問,輒與誦太夫人,恭儉慈惠,神明不衰,即家慶未艾也。

曹著籍嘉定,自武進士某公洊歷副將,家小裕。再傳至明經某公,産日落,乃自祁岡遷縣城,三傳而至先生。予嘗謁先生里門,秋序届殘,雜花滿院,隱隱聞琴誦聲。所居傍東郭門,纔蔽風雨,輒殷遥坐嘅,言此宅半已割他姓。而一經皓首,自年二十許時,爲諸生祭酒,廩餔所入,每節縮置祕書,遇善本即手自校勘,或親録一通,計不下數十百種。説經鏗鏗,門外之屨恒滿,受講畫者率脱穎以去。錢學士曉徵游先生門最久,昨學士請急歸,而太公視履故無恙,乃補官北來。人以嘉定兩翰林都起家制科,才地不相下,兩太公同里、同學、同被封,雖同不利於有司,而天之所以報之於其後者，極一時盛事。第傳之子，而復傳之其徒，則先生所獨也已。先生貌古性剛，遇人有小失，輒面規之，無後言。戚里事未決者，必賴一言爲重，其治門内，不言而見諸躬行。問考古人養老，而家而鄉而國，凡燕射食饗之節，秩然有文。遺人司門之屬，各致其職業，於國老庶老加隆，其耆艾篤行者，天子奉纁幣迎之，若漢申公、轅生竝徵詣公車，當臨雍時，修袒割饋酳之禮。以先生之學行，豈遽遜古人，乃不沾禄而養於禄，不居位而得其位，令妻偕老，子孫逢吉，而謂是人生易得之遇也歟？省欽等既以六月下旬遥祝先生之生，十一月下旬復親祝太夫人於京邸，欣慕而不能已於言。言不以文而以質，則猶正告於先生君子之義云爾。

中江孟封君壽序

歲著雍困敦如月，侍御孟君鷺洲奉命典黔試，上言臣父年七十有一，母李七十有二，祖母李九十有七。黔、蜀故接壤，撤棘後乞假半月歸省，詔曰可。都人士鵲喜燕賀，既以謂曠世之榮，或以開秩非獻壽之辰。且奉使與歸省，於古若未合。省欽與君偕使黔，又先後出大司寇秦文恭公之門，君之别駕兄又予弟同年。謹折衷諸禮而以言解其惑曰：

古者鄉有耆老，州有司歲舉爲賓，僎輔之，相贊之，荷瑟者工，授俎者弟子。其豆三四而五而六，其杖家鄉而國而朝，其齒五十至九十，其百歲則更有賜秩。就見之典，至奉壽又不以誕辰，而以令時，故曰「爲此春酒，以介眉壽」。而近世士大夫非生日不以壽其親，亦闇於禮而不達於古已。小雅鹿鳴三詩，鄉飲酒歌之，其樂南陔、白華、華黍。南陔固戒養之詩，而四牡「不遑將父」、「不遑將母」，乃君勞使臣而作。其實古昔盛時，仕不出其國，使不越二千里而近。惟夫上下之情通，公私之誼盡，故得養而若恐其不得養。迨其季而北山作焉，蓋王澤之升降，即一奉使可知，而先王於養老之頃，歌詩笙奏，亦惟以行邁之有光，潔白之有養。期之一鄉之子弟，子弟所以壽其父老者，必至此爲極隆也。且古之奉使，出與返皆釋奠於禰，則親在之使臣，以時啓處，禮特畧而不書，而非謂奉使者之不可以歸見父母也。太公承家清貴，既失志於場屋，乃從宦爲昭化校官。又太宜人春秋高，與其仲弟汝寧別駕竝乞歸養，平居無私財，至今未析箸。所講者睦婣任卹之行，所貽者詩書禮樂之澤。而宜人克相五十年，昭我彤史。自予與海内賢士大夫遊，其從宦而具慶。且祖父母存者甚尠，至出奉簡書，入就子舍，則雖萬鍾之養，莫或過焉。吾知君返命之時，至尊且有改容而褒歎者矣。予故推太公之致此者非無其本，而君之行爲合乎古也，故樂得而序之。

楊涵庵六十壽序

歲戊子，餘姚楊紹裘自長沙走京師，從予遊。既屢試京兆不遇，乃以辛卯十一月寧其親。

越明年夏五，尊甫涵庵别駕慶六十矣。古有爲壽之辭，無生日之禮。觀棃州徵君六十辭祝書，其體蓋仿念菴，而鬱摯危苦，不可以竟讀。則徵君嚮所遭之異也。然有云，人子之壽其父母，大約在六十以後，最蚤則五十。是有子爲壽，較異乎鄉黨戚友之可以辭。而鄉黨戚友以爲壽之詞，慰人子之意，抑亦亡乎禮之爲禮也。

姚於浙東稱劇縣，而俗較淳美，其山川娟凈，桑竹陰翳，畝直金一鎰。往予嘗過之，而未知有涵庵。洎來京師，姚之人曰：涵庵十一歲畢四子書，念無以奉甘旨，輒事廢舉術，嘗蹋雪出郭門，凍且僵，有行脚僧負入寺，灌薑汁甦之，賴天幸復其祖退翁故産。又曰：涵庵起家纖嗇，自奉至菲薄，所居室裁十餘楹。又曰：涵庵有退翁風，富而好德，戚友告緩急者，計其力所能不少吝。當乾隆十六七年、二十一年，歲大祲，輒以資倡里人，賑乏食者，所全活累千計。每歲冬設糜粥、衣被以待寒餓者，修宗祠，别建小宗祠。邑故有姚江書院，經紀十餘年。産日進，人翕然無間言。蓋以予歷徵所聞，知涵庵之必將有後，而涵庵自悼失學，家事少暇，即瀏覽通鑑綱目諸史，教二子甚嚴，皆有聲庠序。命紹裘由楚而豫而燕，佐湖南學幕肄門館以擴其見聞，而激發其志氣。此韓子所謂雖離父母，而父母之心恒樂也。抑王介甫有言，禄與位，庸夫鄙人之所待以爲榮，賢者道弸於中，而襮之以藝，無禄與位，以爲父母壽，而父母之心亦喜。由前之説，則紹裘可以無歸；由後之説，則紹裘可以歸。而凡所以擴其見聞，激發其志氣者，雖歸當猶之未歸。

以是壽涵庵足矣，其何容於予言也。然以予之熟聞涵庵，而不以一言慰涵庵，與夫紹裘兄弟之心，予又何以爲心？即酒人共酒，羅氏共鳩，外饔共割烹之節，今未及以行，而眉壽偕老，綵衣遶前，租入所贏，於物長有所濟。回思承家中落之際，幼學未幾，奔走衣食，吾知有怡顔以侑一觴者矣。況紹裘兄弟之必不以諸生老，固可於涵庵信之耶？其毋援鄉先生故事辭祝也。

查觀察六十壽序

漢制縣管蠻夷曰道，唐初分天下爲十道，後十五道，道不以名官也。今之道於古爲監司，其職鹽糧驛、河庫、河防、分巡、分守、兵備不同，其秩布政、按察使、參政、參議、副使、僉事不同。天子崇實黜浮，盡除去參政等名，而槩名曰道。惟鹽糧驛、河庫、河防有專職，或兼分巡事。至分巡、分守、兵備繫銜雖殊，察屬則一。其禄厚，其處優，董其成於院司，而令行於府州縣。朝士郡大夫之美遷，無過此者也。

四川分巡松茂兵備道恂叔查公，居今官六年，會大兵三路討兩金川酋，凡絶徼重岨，猨鳥斷迹，六月飛霰之地，粟有轉，檄有馳，軍裝有運，皆責諸各道，公之責不異矣。而伐石通道、撫籍降番、屯鍊畜牧諸大政，獨以公兼理。自商販、夫役、卒伍諸小官吏，無不頌公慈。節使、制府、副將軍無不倚公幹且敏。上褒勵數四，倚毗日益深。憶公始出徼時，兩寓書及詩於予。去年予抵成都，屢得書，及從軍樂府他著作，亦間示一二。木果木之變，散佚過半，存者尚四十卷。蓋公承世惇裕，所居隱書樓藏書甚富，又承學稽古之士，如吴郡丞廷華、厲徵士鴻、萬徵士光泰、汪徵士沆，皆嘗主其家，議論上下，倡和無虚日。其書畫篆刻，亦無無師之學。三試不得志於有司，以例主事户部。時金酋郎卡不靖，六部堂上官舉主事十人以吏蜀，令七日即行，將行而捷書至。命發廣西以府同知用，假守四，真守一，於慶遠建宋黄文節公祠，於太平建考棚、麗江書院，修神龍祠、雲山萬疊樓。又嘗修興安渠，作湘灕二水辨，甫乞養而太夫人棄世。丁亥秋，簡守寧遠。越二年，擢川北道，調松茂，罣議於壬辰之秋。不數月事白，仍令官。此三數年來，軍事旁午，或朝令而暮改，或此行而彼尼，公居不暖席，臥不弛帶，斧冰以爲糜，斬荆以爲炊，而指麾若定，坐嘯未忘，非所謂應變之速，從事之敏，而不失其常度者與？予觀大、小雅美尹吉甫、方叔皇父、程伯休父之武功尚矣。至其美召穆公，一則曰「以峙其粻」，一則曰「于疆于理，至于南海」。夫保士遄行，儲胥良易，即南海介淮北而言，非真有遼絶異黨之阻，而侈其事者，且以作廟器，勒策命，爲對揚之休。以公所爲之難，所寄之鉅，所處非召公之親臣世臣比。而靖共之誼，無恒安處，他日訊醜第功，親掞鴻藻，紀聖天子撻伐之靈，與夫師武臣力，肇敏錫祉之烈，即二雅不足多矣。公長君厚之大令，令蜀十一年，例且遷去，且新例當引避而芻糧屨扉，籌策互紓，遷與避俱俟後命。公不試吏於金川垂定之先，而監司於聲罪致討之會，且父子來此，以紓其靡室靡家之咏，此固有天焉，而非無意也。今年六月，公之同官以公六十覽揆之辰，嚮者厚暱予而能舉其槩也，屬序之，以稱一觥云爾。

胡比部七十壽序

荆門胡比部曉亭守官時，與余弟居對衡，羸童敝車，公退輒手一編，泊如宴如，無貴游徵逐之好，人不知其曾尹劇縣也。比君簡牧黔陬，越歲移疾，又越歲七月爲七十覽揆之辰，而淑配夏宜人亦以是慶設帨，歌偕老。會長君慎齋刺史落職居錦城，又奉檄將赴軍營，瀕行乞余言爲壽。

余讀兩漢循吏傳，未嘗不忻慕其人。然古親民之吏，秩重而任事，簿書期會之事，不要束於諸上官。其遷又甚美，而有聞者前後止十一人。今則府道察之，院司總之，有一不當，輒不得舉卓異舉矣。又或轉散官，惟得曹司爲最。聖天子綏馭嘉師，俾卓薦遷他官者，各以牧守敘用。君一麾晚秉，齒及縣車，所設施多未竟，惟試吏甘肅時，假縣五、假牧一，真令鞏昌之寧遠。寧遠故瘠土，户籍寥落，頻歲遇旱歉。直大軍討凖夷，凡裝資輪輓，累歲月不絶。君拊循噢咻，民不知病，鄰邑如安定、會寧、隆德，皆倚君集事。厲師儒，葺學校，化行俗美，先後十五載，曾未决殺一人。由前之論，能吏亦或優爲，其後則古循吏傳所書，有無多遜者。憶戊子歲，予主試過荆門，州之人以君舉二千金贍族事爲君賢；而夏宜人以太宜人春秋高，代君侍養里門，未赴官署，爲宜人賢。君於兄弟次五，其六人皆名諸生，次六弟與君同鄉舉。前少宗伯抑齋、仁和尹禹若與君皆同曾祖兄弟，家門鼎貴，用芘本根。刺史君牧劍有年，師行旁午，視君尹寧遠時不異，銜命賜環，事在俄頃。蓋嘗論北山詩人，勞於王事而不得養父母，故其詞不無誹怨。比者三道懸師，需材孔亟，士有從軍之樂，人懷叱馭之思，其果賢且勞，受賞皆在不次。即父母之望其子之有以自效者，尤切於望其致養，而刺史君之所以慰君，乃在是焉。君子觀君臣父子間，而嘆賢勞於盛世之不同於衰晚固如是也。宜人今在刺史君舊治，而君遠處里門，蒙之山可以登，惠之泉可以酌，優優熙熙，用錫難老。惟余能舉其槩而不爲徇且諛也。

徐仁齋八十壽序

往予遇賡丹少尹於京師，脩髯偉幹，言動不屑屑介意，固以心韙其人。頃按嘉州，少尹權令樂山，朝夕益與習，事有涉學校者，先期具舉。又以其間措軍儲，扞江漲，讞民訟，其才甚優爲。而其隱若卹然不自安，則曰吾父今年八十矣，吾兄以吾父春秋高，不謁選，吾試吏來蜀，值師命不敢請養，願辱一言爲壽，而隱德庶以有耀焉。

按徐之先自豫爲潁州衛千户，遂家潁州，數傳至州司馬大西公，本行敦睦，嘗以七十初度焚所負券於庭，鄉里有善人之目。翁爲司馬次子，自少輒自振厲，歷資舉明經，撫猶子至成人。於先世喪葬，一出己力，裏藥餌，設棺槥於路，歲歉則爲粥食餓者。其族黨貧不能自存者，至舉債贍之。屬天幸，凡廢舉秇植，所億無不中。所居距正陽關三里，關有廛，有莊稜輮桐帽，日往還督課以爲常，即鳩杖置不用。鄉之人競錐刀，起牙角者，翁一言輒自解去。予固自少尹得之，抑予鄉之典教於潁，如沈教授湖、陳教諭鏞、唐訓導式南皆嘗語予如是也。風義之衰久矣，貧者狃於忮求，有餘者狃於驕吝，若黠詭狡詐之習，尤不忍以言。江北諸州郡，其俗尚較淳，其磅礴鬱積之氣，受之天與地者較固。翁仍世清白，裁給衣食，非有連阡結駟之富，即擁資亦當以自進，而敦勉任卹，耄期不倦。少尹善體親志，銅章甫佩，而於物皆思有濟。以予茲之所見，證向之所聞，所謂身其康强，子孫逢吉，固可於理必之，即末俗舉賴以廣厲矣。至清潁風物之佳，皆翁所素有，而峨眉綏山一桃得仙之説不稱於儒者，不足爲翁頌。爰依據夫致壽之由，與其福之未有艾，而爲世舉説若此。

白華前稿卷第十五

壽序二

陳封公壽序

當辛卯十月，王師討金川酋。明年七月，同年生閩縣陳和軒燮以吏部郎中籌餉來蜀，旋觀察川東。又明年二月，省欽視學至成都。又三年二月，金川平，吕比部元亮自徼外北路軍營來，浦觀察霖自襄陽來，同覈軍需銷算事。四人者皆嘗以京僚居於宣武門坊之東、西、南，又舉進士同年，又同年之吏蜀者。十人相見皆甚懽，爰聚而稱曰：「自罪酋既得，至今五逾月，暘雨時序，百穀順成有徵，可樂一。」或曰：「士人伏處咿喔，幸太學碑有名，宦轍萬里，不以青雲紫陌間，平生兄弟歡，可樂二。」或曰：「和軒官京師九年，未嘗將其帑。官蜀五年，未得返治所。去年冬尊甫梧岡先生暨吴夫人就養抵署，而和軒留會城，籌餉如故。今蹔返重慶省色笑，蓋違侍十四年矣，樂未有如和軒者。」或曰：「先生世有陰德，顧三世皆獨子，先生讀書嗜古，篤行誼，吴夫人克相之，所生丈夫子六人，仕與學皆以優稱。諸孫且十人，長者已有聲庠序。今年七月爲吴夫人七十設帨之辰，先生則七十有二，是不可不以禮壽。」

省欽於禮未達，念會試之有同年猶鄉試也，鄉試猶古鄉舉也。古之鄉大夫獻賢者、能者於其君，以禮賓之，與之飲酒，又因其聚會之時，與之揖讓升降，使知尚齒尊賢而興敬讓之道。席器既設，酬獻具舉，於是工瑟歌鹿鳴、四牡、皇皇者華，而以南陔、白華、華黍笙奏。又間歌合樂，而賓禮以成。鄭氏曰：鹿鳴采其有旨酒以樂賓，四牡采其勤苦王事、念將父母，皇皇者華采其更是勞苦。自以爲不及。詩序曰：南陔，孝子相戒以養也；白華，孝子之潔白也；華黍，時和年豐宜黍稷也。至歌詩笙詩，先後具奏之義，言禮者不詳。竊意二者相表裏，於國樂賓，於家戒養，國則不遑啓處，家則各致潔白。迨至咨諏賢知，黍稷暢遂而其理泰然無憾焉。此先王之所以興賢而厲俗也。和軒處膏不潤，凡所以爲養，無一不出於潔白。方其靡盬而戒馳驅，靡及而勤咨度，若公與私之不以兩全。及兵甲既銷，民氣和樂，屢豐是兆。先生甫來此而遂應之，洵家國間之至樂已。某等幸嘗聞鹿鳴之歌，至人子潔白之養。省欽嘗自號「白華」，而所志終已不遂。兹奉使校蜀，事處其易，非如軍興旁午，繫民生國計者之難。故念肄三官始之義，而爲文以諗之。他日先生居鄉爲父師，有就謀賓介者，庶陳義而爲送爵云。

錢方伯壽序

海虞距吾郡僅數舍，其山澤秀而衍，俗尚華而愿，一舟楫之利，夜涉者不舂糧而至。予弱冠時，多從親串遊，兼旬留其地，人爲言檢亭錢公治江夏、蘄州、黄州，詰盜救荒，黜孫悟空淫祀，治行累最。繼乃觀察浙中，移節嘉峪關外，會亭障新闢，諸降王侍子覲返不絶。上以爲有撫馭才，擢視陜臬，入蜀綜西征軍餉，不一月而晉今職。凡置郵之稽速，兵器之利鈍，輸輓負戴役使之往返更代，下不病民，上不病國，即期令刺促之所在，他人不能旦夕安者，無不御之以整，感之以誠，歷六年不啻一日焉。予後公一年至蜀，見公修禮殿，葺講堂，甄刻書院人文，以守蘄時所録蘄陽書院文俾予論次。當公筮仕撫寧也，撫寧百餘年未有舉鄉試者，則自爲之師，不數年而舉者接踵。其去黄州，校官師弟子買舟送數百里始返。蓋學道愛人之政，小用小效，大用大效。古兵農禮樂之官，其治不一，其道與學無不一。太宰掌邦六典，即後世宰相之職。元置行中書省丞以總諸路之政，若省試主文官，皆聽其決擇聘致。明初改置布政使，舉其職者，惟是理財用人，非有盤根錯節之試。其學校之失得，又以爲非己所爲，無與於行政之急務。昔朱子讀地官司徒而歎成周時學校教養，德行道藝，選舉爵禄，宿衛征伐田役，衹爲一事。以公所值之勢，所布之治，類大司徒之所掌，而與尋常之司行省者，安危勞逸難易相去萬萬。經術吏治之純，惟其有之，是以似之，而徵之所見者之視得之所聞者之尤信也。歲强圉作噩元月，爲公七十覽揆之辰，或曰七十且又三四，或曰實六十有七。天子具知之，故神明若此不衰，倚用將日益重，而其年要無所增隱。其若有增隱者，恐人之伺其實而稱壽䚕也。此嗣君仁夫兄弟爲予言者也。壽之文可以無作，而銷兵劭農，士氣振奮，日昨歌鹿鳴之士，其受甄拔者甚多，則若此之壽之文，於予不可以無作。仁夫兄弟需次爲方面官，其善承公之學而布諸治哉。

福建巡撫德師六十壽序

師弟子之義，受業者謂之弟子，受業於弟子之門者謂之門人。漢魏而下，弟子亦謂之門生。唐重進士科，知舉者謂之座主，其自稱曰門生。桑國僑爲宰相，謁其座主裴司東尚書，裴以門生故不爲迎送，歐陽公載其事以謂有禮。范文正以晏元獻薦入館，終身稱弟子，是門生固有附弟子者。其在前明，霍文敏主會試時，爲文禁舉子私謝，語過峭激，君子未嘗韙之。即舉主不必以業相授受，要其誼與舉將不殊。使其業有授有受，慶餘於家，功第於國，中外景爍，榮施吾黨，則當世恒不一二人。故應舉者之慶得師，與知舉者之慶得士，義不同而情固相喻也。

座主福建巡撫、大中丞、前吏部侍郎德公，仍世華重，門望蔚起，自太公以足疾不入仕，庭訓嚴至，年十八同從兄總憲公入詞館，益自力於學。僑居蕭寺中，箴勉鏃厲，非夜分不就枕。既授館職，主省闈視學校，總内府，佐尚書，以黼黻河漢之手，爛爲國華，潤爲時雨。當歲癸未，省欽等集試禮部，幸出公門下，其間兼有出公所取士之門者，升樂賢之堂，展清燕之圖，舉賦詩紀其事。公又奉命教習庶吉士，談藝之次，示之以立身正己、匡時濟物之要，論證古今是非得失，懇懇如經師，無勌容。公去而代之者爲尹文端公，然則上之所以屬公，與公之所以爲受知地者，操之豈無本，而枋之豈無其漸哉？巡撫統攝百司，粤東任尤重，公面辭不獲，比至而治報最。去歲權督漕運，今歲三月，履今任，奏治如治粤時。會五月望後，爲公六十生辰，八月十又七日，夫人亦躋六十。門弟子相聚而稱，以謂公德器在朝廷，道型在闤闠，治功在嶺嶠，教澤在太學，在近畿，在山左右。微吾黨言，他人亦能言之。且依歸舉主，函丈習業，由門生而進於弟子，其誼親，其詞不容以贅。惟是天南節鉞，曠奉色笑，遠亦六七年，近亦二三年，如省欽至十有一年。旗鼓之山，賓雲之曲，遥跂之而遥聽之，爰執弟子門生之義，以諗於所親，俾知以座主而兼經師、人師若公者，吾黨蓋幸遇之，而不徒以躋膴仕、詠偕老爲相慶云爾。

約軒同年六十壽序

歲屠維大淵獻，天子行慶開科，滇南遠介萬里，禮臣例以首夏請簡考官。於是翰林院編修、前護貴州巡撫事、布政使約軒韋公奉命莅其事，僉曰：「先生博學工爲文，嘗校鄉會試，視學政，獨未爲考官，以人事君，必有報稱。」又曰：「先生以學士出視滇臬，移黔而開藩開府，兹行也，豈惟滇士幸，西南之吏民舉相幸。」又曰：「先生敭歷十餘年，鳳巢重埽，若侍班或集試，天子遥望見，輒呼其名，考官枋文耳，尚未足爲先生賀。」言已，先生灑然起曰：「某今年六十矣，憶十九爲博士弟子，越二年舉拔萃科，又十七年以奏賦授中書。當及第時，四十又四矣。不十年而承乏撫黔，奉職無狀，天子鑒其愚，歸玉堂載枋文字。在官言官，慎毋以願外罔我。」於是舉爵而稱曰：生日之禮盛於今，爲壽則古有之。且今鄉試，即古鄉大夫大比興賢能之禮也。古大射，歌鹿鳴，而鄉飲樂賓，以關雎、葛覃、卷耳、鵲巢、采蘩、采蘋六詩合樂，謂之鄉樂。至命耦反射位，司射請以樂節射，乃奏騶虞。始之以風化之原，終之以賢者衆多。思仁如騶虞之人以備官，雖其詩爲天子之射節，而鄉飲亦得奏之。義蓋與大雅之歌壽考作人，無以異也。聖天子至誠不息，躋斯世於博厚高明悠久之宇。滇雖邊裔，不可觀人文於成化哉！先生治黔時，嘗以旬餘日調兵二千人，遄發入蜀，銅仁苗白旺保擴劫倡衆亟馳檄懸購，數日而罪人俱得，諸苗安堵。課有司課民種樹，以預材用。貴陽之學宮、書院、武侯祠、陽明祠、八蜡廟，下至街彈井匽，靡不修舉。蓋先生敷政優裕，而教養所在，尤濟以實心。故視學山左，半歲間鬢髮盡白。然而容觀晬然，學養益邃，彈琴咏風有契於大易恒久咸速之理。泊如晏如，禄與壽方未有艾，而萬里興賢，在禮六十杖鄉之會，則又太和至治之適然。彼父老之率子弟而聽鹿鳴者，無靡及之諮，有重來之籲。

試以祠碧雞金馬者校之，其規模之小大、氣運之升降淳薄何如耶？即騶虞可奏矣。

陳封公壽序

古之時無無本之學，學優則仕，故其政亦無無本。漢黄瓊隨父在京師，習知臺閣故事，後爲名公卿。唐貞觀諸臣，往往出文中子之學。學與仕之效，及其身而試之，與裕其後而試之，光輝發越，榮鏡家國。譬之玉求於璞，金求於丱。自世儒論之，祇以謂子有善必稱其親，而不知磅礴鬱積、蓄而後發之理，天將以爲教誨式穀者勸也。特蓄之有厚薄，斯發之有大小，故曠世而一遇其人。國家百餘年來，賜及第第一進士，多由翰詹致通顯，契枚卜。惟今會稽梁大司農鎮洋、畢大中丞開坊後，皆奉使觀察，俾習吏治，開府機庭，良有發軔。而永齋觀察以翰撰持節荆南，視二公之知遇，更隆稟承更遠，而娱樂亦更備。今年秋某月，太公齒登七十，王太夫人亦六十有九，計來年設帨時，公實開八秩。於是荆南屬郡縣望風愉忭，謀所以介壽者，而乞予文。

予與觀察兄弟同館閣十餘年，前年冬來視楚學，深念觀察之學與其政，皆本之過庭之訓，志乎古而即以合乎今。自尹文端公節制兩江，兵刑、食貨、河渠數大政，靡害不除，靡利不舉。公襄事幕府，朝千劄而暮百函，有以觀其因革損益之故。當少時事外祖匠門先生，所與交皆當代名士，切劘經史，指歸道德，根深源遠，顧不得自試其用，偕引鹿車，以諸生坐老。迨乙酉次君奏賦受知，擢中翰，己丑觀察魁天下，歷枋文事，而公之學以顯。戊戌秋，觀察莅治行部，肅如翁如，勞農工，修堤防，舉荒政，通榷務，而公之學之政以顯。荆距吴三千里，扁舟就養，見而樂之，遄返家江，謂無以人衆致不節。舉案克莊，挑燈課幼，較向之教觀察與中翰者，無以異焉。是人見爲發之大，而公愈有以蓄之，且高堂偕壽，即梁公、畢公持節時所未得之遭。以福若彼，以德若此，此予爲觀察慶，尤不能不爲公慶者。謂熙朝之盛事也可，謂明倫之懿軌也可。

徐封公壽序

今安徽學使上虞徐君立綱，以京縣學博士弟子，雋乙酉京兆試，予於己丑春薦其闈卷，雋中書學正榜，亟勸令歸浙籍，後六年成進士，入翰林。又五年，擁傳視學，以其室奉寶山先生暨母韓夫人聯舫南下，時庚子仲冬月也。既獻歲先生偕韓夫人涉洮滆，渡錢塘，還下管鄉，與諸兄弟子姓釃酒埽拜，敘作別後數十年事，兩閲月始返官舍，姑熟之溪，翠螺之峯，且沿且登，娱用難老。學使書來鄂州，輒爲述健在甚悉。嗣又言今年八月，爲先生七十生辰，而韓夫人亦以次年冬壽如其秩，乞予文侑觴，竝以彭公芝庭尚書、邵君二雲編修前十年所作壽序見示。

夫以予之名位學問，去彭公與邵君既遠，而先生年德高邵，福禄日來，予又烏能爲繼聲者？

且徐於越號直諫家，山川純固之氣，維持於久遠，此邵君之言也。謹身節用，致愛敬於其親，推之而友於兄弟，又推之而信於朋友，得人之歡心以事其親，此彭公之言也。蓋先生少隨仲兄粤西任時，天河尉韓君一見奇之，爲置甥館。既乃人事多故，牽連奔走，殆鮮寧歲。遂攜家入都，盎無贏糧，桁無贏襲，而授經昌後，所延摯皆大師。洎學使官助教，校京兆試，天子特以知其人，詞館洊登，遂典楚試。而安徽爲江南分省，人文蕃盛，視學率用三品官，否亦須資格深者。學使以新進史官，重膺任簡，距舊鄉不二千里。養志之樂，既無以加，而仲叔四子，舉自奮於功名之路，諸孫就課塾者，多能受一經，蒸蒸然日未有艾。此非止山川純固之氣，與夫得人之歡心以事親者之所致矣。抑予聞古之師弟子，祇以傳道受業爲言，其以事舉將者事座主白唐時始。宋人於同知舉及詳定官竝稱門生，而鄉試考官、會試同考官在前明尤重。然此由被舉者而言。若予於學使，幾所謂知而不能舉者，乃殷勤相屬之誼，每什伯於被舉之徒。良以一日之知，比於生平之業。予淺陋雖不克當，而厚於師友，不必薄於君父。古之人每以此觀人，是異時所爲報稱，與夫平日之順親悦親、孝弟之義。庠序之教，舉之有其效，推之有其本，微先生與夫人之不言而見諸躬行者，不能是也。先生淵然晬然，望而知爲有道。予即人所不致講者，以論學使以槩先生之美之足以風世，於是乎書。

張封公壽序

歲元默攝提格元月，湖北鹺法觀察使張君以考績居最，述覲入都，省太公於定興里第，召對事蒇，歸次假半月爲壽。蓋明年陬月既望，爲公七十揆辰，哲孫刑部君謙吉官京師，雖距里不十舍，不得以假請，而觀察自豫移楚，數遣迎養，以水土不習不就。今順道假省，歡奉麋壽，事會告慶，若或牖之。自閭黨之親串，京國之貴游，封守之僚屬，傃風抃頌，以公望崇養粹，開八衺而神明不衰，康强逢吉。某等交觀察久，知其世德也稔，其爲邦家光也信。張氏望清河，其在定興，代通仕籍。自公少時，敦勉學行，無子弟之過，事堂上尤得其歡心，以慎持己，以誠遇物，以義揆之施舍取與之間，嘗仿陸賈故事四分其財，己自留一，其二以授觀察兄弟，而其一散之族戚之賢而乏者。觀察之孟參戎君舉進士，直宿衛，寄閫秦魯間，公既受三品封，而觀察守保寧、晉南、汝光道備兵安襄鄖道時，晉公封如制，又以制貤贈公之祖如觀察今任官。蓋顯親之心，如此其愉快；爲善之報，如此其著明。而觀察稱情達禮，訢合乎心之所同然，抑所遭爲已幸矣。古鄉飲酒有四：鄉大夫三年大比，獻賢能於王，禮以賓禮，其舉則以正月；黨正蜡饗屬民以正齒位，其舉則以十二月；戒賓介，設折俎，獻酢既交，工鼓瑟歌鹿鳴、四牡、皇皇者華。鹿鳴采其講道修政，四牡采其勤苦王事、念父母懷歸之忠孝，皇皇者華采其更是勞苦，自以爲不及，而咨謀於賢知。朱子釋之，則以鹿鳴道達主人之誠，四牡辭親而從王事，皇皇者華爲使而賦政於外。先王以三詩爲燕飲之樂歌，故大學始教，不外此君臣之義。惟夫三代盛時，恩明誼美，當駸騑載塗，特勞之以不遑啓處。雖其時未有獻壽之禮，而厚民俗，勵民行，意必有如豳之詩所稱「爲春酒介眉壽」者。第古之人，壽其君，壽其家長，多以十二月月正元日行之。觀察賦政於外，天子知其賢且能，而考陟有期，迺得以啓處來諗。其事固合乎四牡、皇皇者華之事，其會飲復介乎十二月正齒位正月舉賢能之時。是國家仁孝之治，仁壽之庥，一門獨有以當之。又況諸孫鵲起，觀察受簡畀日隆，而耄耋，而期頤，褒書洊逮，於公有預必者，而能無質言以侑一觴耶！

朱太守壽序

歲昭陽單閼孟陬月，門人權判德安府事朱序之續曾領湖北糧艘北上，將發服命服，拜請曰：「續曾無似，不能繼曾王父之業，以科名進，以副我父母望。惟于役抵通州，計孟冬始竣事。吾父以十二月二日躋六秩，吾母則明年十月望亦六秩。伯兄倅昭通，不獲侍膝下，幸續曾官事有間，將乞一月假，自京至正定官署，舞綵稱觴。惟賜文壽之，遂人子一日之養。」曰：「正定故雄郡，郡守名在御屏，十閱月中脱遷去，即乞假亦不獲，盍俟之秋間，而何汲汲於是爲？」曰：「續曾之爲此豫則立也，遷者官之常，不少遷者官之守。」爰即所聞於序之者，諗諸衆曰：

朱氏望沛國，自居江寧，代敦士行，越師晦先生以康熙己丑榜二甲第一人，有聲詞館。枚長先生爲名諸生，早歲不禄，無負郭之産。公習舉子業不利，乃習名法家言，試吏保定。前制府宫保方公奇其才，凡通州武滄運河千餘里，河身之疏濬，隄工之培葺，牐座之節宣，悉以委畀。若利漕輓，若利田廬，若燭照數計，故其間令獻縣丞務關，雖間有一蹶而當事巨公，争相援引。以天津丞簡守正定，三載於兹，吏憚民服，治聲隆隆畿輔間。滹沱漳滏歲效順軌，異時監司連帥，度不出燕齊諸境，序之雲帆旋轉，誠諮諏乎公之所以籌防與所以利導。凡輸運所由之地，投牒寧親，事會良便，斯固不必過計爾矣。古臣子之祝其君父，不於生日而於歲終歲始，故穫稻爲酒，躋堂稱觥豳之俗，舉在十月。漢王公上壽之歌，一則曰萬壽三元始，再則曰元旦萬壽初。序之之役竣而請假也，其候正屆滌場，乃其請予爲文，則在元旦元始之會，當公七齡孤露蕭條奉母時。豈知得有今日之境？惟是敦勵志行，垂訓清白，卹孤振貧之行。夫人黽勉同心，屏笄珈之華，安井臼之素，克昌厥後，理固然耳。抑予聞正定郡治有絳侯亭，亭有南極老人碑，隋志所云老人一星在弧南，見則化平，主壽昌，開元禮所云以千秋節祠老人星，及角亢七星者也。夫爾雅角亢壽星，釋者謂數起角亢，列宿之長。天官書：狼北有大星曰南極老人，老人見治安，不見兵起，顧不言主壽。壽星見封禪書，亦不言主何事。今以角亢壽星爲福壽之壽，而又以當之以南極老人，以南極老人碑爲絳侯所書，俱無足辨，特其誤沿自隋唐。治安有象，而守上者延長之福應之，吾儒樂得而述焉。觴綵之餘序之，亦摩挲而舉正之，可乎？

李太淑人壽序

歲昭陽大荒落如月，予祝學來蜀，時臬使黔西李公奉命駐徼外。既未暇以晤，則爲書相往來，而太夫人於去年開九秩，其帨辰亦以是月。顧實未就蜀，又軍事旁午，公不令人知，比知之則已維夏。予觀壽母之義，見於詩之頌魯僖公，非如近世爲壽之文，不根於古。而三數十年來，慈慶洽豫，無疆惟庥，貞壽之旌，所在多有。太夫人服命服三品，繇介大年，子孫逢吉，雖延洪淳固之氣固然，然致之必非無本矣。

李於黔故門望，而太公仕不達，積階至中憲大夫，終其身官不過七品。鹺庫出入，筦數十百萬金，又不願膏潤。太夫人顧以是交勗，則又以教公，自公試爲吏，擢守郡歷監司大江南北間，人無不爲公誦，亦無不誦太夫人賢。逮太公棄養而太夫人且逾七十，耑歸里門闋服，而促公赴補。得旨觀察來蜀，不一年而晉今職。黔、蜀壤相錯，黔西距蜀尤近，安問還往殆無間。比者金酋稽誅，公叱馭載出，董率郵輓，飛芻急遞，爲諸道仰成。一切世未覯聞之境，駭機飛石之所冒，層冰雪窖之所躧。午葛子裘，顧雲極日，雖古四牡所歌，何以尚焉！而太夫人諗示大義，養順舊鄉，晨羞夕膳，胥伯仲子是賴，臚歡遠慰，公私曲盡，其所處則非四牡詩人所及也。昔張齊賢母入禁中，帝以福壽有令子，手詔存問。蔡君謨知泉州有惠政，仁宗曰：「有子如此，其母之賢可知。」特賜冠帔寵之，母九十而康强如少婦。以公之勛譽，何遽不若兩人？而太夫人竚算期頤，洊逢大慶。吾知二母之榮，有不得專美於前者。且予嘗使黔矣，當戊子秋，得解首蕭生鳳翺卷，頗著神異。時王君日杏以銅仁，郡守爲監試官，輒謂必公子。榜發憫然，而公子實不與試。今則書賢能，儲館閣，惟予之神交名父子者久。西曹今在大將軍幕，語可覆驗，故并及之，以見太夫人之教與其所爲福。而他不具書，所書者可以饜同省諸公之聽，而塞其請如此。

曹太宜人壽序

今禮部員外郎、前知四川直隸瀘州事、同年曹君焜，從副將軍討金川，自克爾圖軍營寓書來告曰：「吾曠吾母養年餘月矣。吾母以己未三月繼室於吾府君，踰月而府君入都爲選人，遽殁於京邸。吾與吾兄齒尚穉，賴吾母養且教以有今日。吾母去冬六十時，吾已入幕府，未得歸爲壽。今嘉平月七日八秩届開，賊平幸又有日，惟一言序之，俾歸而侑爵焉。」

嘗論古無序壽之文，壽以生日始自唐。六十有一歲者謂之間七十，七十一、八十一以上如之。漢以元日上壽，豳詩不言壽之辰，而多在穫稻滌場以後，則爲十二月可知。古昔盛時，子無不上壽之親，親無不獲養之子。迨其季私養不遂，而北山之大夫，以「憂我父母」爲辭。若祈父言「有母之尸饔」，抑已甚焉。此説者以刺宣王戰千畝而作也。魯僖公從齊桓伐楚，國人美之而作閟宫，其詩曰：「戎狄是膺，荆舒是懲，則莫我敢承。」又曰：「保有鳧繹，遂荒徐宅。至于海邦，淮夷蠻貊。及彼淮夷，莫不率從，莫敢不諾。」始之以頌武功，繼乃侈言夫昌大壽考之福。合之「令妻壽母」，而燕喜於是極焉。夫魯僖非有奮伐罙入之舉，其荒徐至海，又非有實事，即女史亦不及成風之懿行，與其所爲壽，而詩人頌之，聖人録之。苟公之績更可紀，成風之行有可書，其誦美不知何若矣。我國家醲化翔洽，民生敦龎而淳固，女子至百歲予旌，自三十歲以下矢節至三十年亦予旌。太宜人恭儉慈惠，視前已出若己出，苦節二十有三年，而君服官，又八年而推恩予封典，又二年而君罣吏議，又一年而君從副將軍自効，積功改授京朝官。他日飲至策勳，不難復君曾大父少宰公之始，以起居八座，惟身處徼外，斧冰而澌，疊毳而廬家之人既忘其軍旅之苦，而矜其車甲之盛。而君以叱馭之辰，謀及舞綵，是固聖天子教孝之隆，無時不令獲養。即戎事之整暇，士氣之奮揚，其大愷有預必者。君歷治州縣，州與縣之人，舉將援魯詩人之義，因君而頌太宜人，而太宜人斷機封鮓，與夫開秩之宜準於唐，介壽之節合於豳，祇世之恒有，事之適然，而未足爲太宜人與君賢。賢君之勞，而獲養其親，而論世者斯爲盛也。敬陳義以復於君，而爲壽如此。

白華前稿卷第十六

考

離堆考

蜀之言離堆者三：一在南部，顔魯公所記斗入嘉陵江，上崢嶸而下洄洑，不與衆山聯屬者也。四川志既於南部載之，又誤載於蒼溪。廣輿記削南部而存蒼溪，尤誤。一在灌縣西南江中。一即嘉定烏尤山，山當岷江水、青衣水、沫水之衝。岷江水自青神縣流入，青衣水出蘆山縣徼外，經雅安洪雅夾江，在嘉定府西北十五里與沫水合。沫水亦謂之雅河、銅河、平羌江、大渡河，其源一自越巂，一自打箭鑪徼外。史記：秦李冰鑿離碓以避沫水之害。註「碓」古「堆」字。漢書作「離崔」。華陽國志：青衣有沫水，出蒙山下，伏行地中，會江南安，今嘉定府治。溷厓漂疾，破害舟船，冰發卒鑿平溷厓，通正水道。水經注：蒙山上合下開，沫水經其間，歷代爲患，冰發卒鑿溷厓通水路，開處即冰所開也。四川通志：沫水今名雅水，自雅州入洪雅，合龍溪、花溪、洞溪、瀘溪入夾江境，自隱蒙而西而東，灘洞石厓甚多，暴漲則巨浪排空，水涸則故道莫辨，舟覆者十四五。今沫水如此，在冰時更可知也。楊慎曰：蜀舊志以冰離堆在灌，觀元和郡縣志冰鑿離堆在雅州，沫水出西南徼外，下雅州過嘉定三江口，安得逆上數百里而害灌？然慎知離堆之不在灌，而不知其沿誤所始，且更誤以爲在雅州。後人知烏尤之爲離堆，而無所證據。王安石詩「一江春雪下離堆」，蘇軾詩「遠遡江水窮離堆」，是宋人已以離堆在灌。至宋史言李冰於離堆、都江口置大堰，疏北流爲三。元史言李冰鑿離堆，分江以灌川蜀，民用富饒。二史以冰鑿堆利舟、堋江利田爲一事，其誤遂甚。予按華陽國志：南安縣治青衣江會，有灘一曰雷垣，一曰鹽溉，李冰所平也。水經注：南安有灘名壘坻，亦曰監溉。御覽引益州記：青衣神號爲雷塠廟，即班志之離塠。寰宇記南安江會有名灘二，曰雷垣，曰鹽溉。集韻「塠」亦作「堆」。「塠」誤「垣」，猶之「鹽」誤「監」。至壘雷、離坻堆，又以音近而誤。其云在南安江會爲李冰所平，則無有異也。冰於灌穿三江，於沫水鑿離堆，於僰道積薪燒蜀王兵闌故厓，皆興利除害之大者。若御覽言漢源縣有李冰離堆，漢源，隋縣今爲清溪，秦時未嘗通，何以發卒鑿厓，爲此無益之事？至雅州亦無陡立水中數十丈之山，惟烏尤東會江，東南當沫水盡處，然後知此即冰離堆。故揚雄蜀都賦以離堆列於南戒，而班、馬所言避沫水之害者，質且覈也。酈氏於江會言疊坻，於沫水言溷厓，正字通以溷厓即離堆。然雅州至嘉定，江厓多有溷者，溷厓在上，離堆在下，雖一事而不可合爲一處。又四川志：長寧城北溪中有石似離堆之象，因名曰小離堆。是又假離堆爲名，而不列於三離堆之數者也。

七星橋考

成都縣西南共七橋，橋皆跨江，秦李冰所造。江曰流江，亦曰懸笮橋水。李膺笮橋贊：「複引一索，飛絙杙閣，其名曰笮。人懸半空，渡彼絶壑。」此皆泛言繩橋，非七橋中所謂笮橋也。冰作七橋應七星，其最著者曰萬里橋。蜀費禕使吴，武侯送至此謂曰「萬里之行，始於此矣」，固曰萬里橋。梁貞明六年，蜀王衍作原廟於萬里橋，以事其父是也。曰市橋。吴漢拔廣都，遣輕騎燒成都市橋，公孫述遣延岑僞於市橋挑戰，而奇兵潛襲漢後是也。寰宇記：市橋在益州西四里，漢舊州市在橋南，因以名。按今華陽治南二十五里雙流縣境有金花橋，即古市橋。而楊慎全蜀志以成都府城中金花橋爲古市橋，誤。曰笮橋。晉永和四年桓温討李勢，軍於成都十里陌，敗其衆於笮橋，遂入少城是也。華陽國志：江自郫縣至成都，其直西門者曰沖治橋，自沖治橋西北折曰長昇橋，直南曰江橋，圖經江橋，劉宋孝武改名安樂橋，今日南虹橋。又南曰萬里橋，西曰夷里橋，西下曰笮橋，西南曰市橋。而水經注則以沖治爲沖里，夷里爲夷橋。李膺益州記曰：「七橋者，一長星，今名萬里；二員星，今名安樂；三璣星，今名建昌；四夷星，今名笮；五尾星，今名禪尼；六沖星，今名永平；七曲星，今名昇仙。」顧祖禹曰：「筰橋本名夷里，以竹索爲之，因名筰橋。水經注萬里橋西上曰夷橋，亦曰筰橋是也。」又曰：「昇仙橋在府北七里，李冰所建，即司馬相如題柱，及後唐同光三年，蜀王衍迎降處。」又曰：「唐橋七橋之一，唐韋昭度討陳敬暄，與王建合軍，昭度營唐橋，建營東閶門外，今圮，或以即城東五里之觀音橋。」夫昇仙江水所不經，唐橋雖東近南，而光武之語吴漢曰「安軍宜在七星間」，漢從廣都乘勝而前，正當成都之南，連營在西南郊，與東北無與。常氏志：萬里橋西上曰夷里橋，下曰筰橋。酈氏註：西上曰夷橋，下曰筰橋。二者未嘗合而爲一。今城南稍東十五里有簇橋，疑由「笮」之轉音而誤。至李膺因七星之説，爲星名以實之，又以七橋外郫江之永平橋爲沖星橋，其亦與於支離穿鑿之甚矣。吾故以常氏之志爲斷。

諸葛武侯南征故道考

滎經南孟橋，傳是孟獲就擒處。清溪東南有武侯城、武侯戰場。寧遠廢瀘州蠻名沙城瞼亦云武侯擒獲處。而明副使富好禮謂大渡河即古瀘水，武侯五月渡此。此皆非也。漢文帝廢淮南王，徙之嚴道邛郵，邛崍之有郵舊矣。武帝使司馬相如開越嶲，韓説開益州，唐蒙開牂柯。華陽國志：建興三年春，武侯自安上縣，由水路入越嶲，五月渡瀘水征益州。續漢書郡國志：越嶲無安上縣，而常氏言縣去郡八百里，在潛溪、馬湖二縣之間，其地當在今黄螂馬邊及凉山夷界。當元狩元年，張騫因蜀犍爲發間使通滇國，建武十九年益州夷叛，遣將軍劉尚發廣漢、犍爲，蜀郡人及朱提夷討之，尚渡瀘水，入益州，大破棟蠶等羌。而唐蒙先於僰道開閣鑿石，其道廣四五尺，武侯順流而下，由僰道而至安上，入越巂，非自安上而入水也。今成都至建昌，即寧遠府。度清溪，之大相公嶺，邛崍九折阪即此。絶大渡河，非半月不達。而明洪武七年景川侯曹震來蜀開道，以峩眉至建昌古有驛道，平易可行，較舊路近二三百里，遂爲闢治。嘉靖中，富好禮令寧遠指揮丁鼇，自相公嶺緣玀狪之境而東，達峩眉，爲戍堡五，曰小菩薩、曰黑麻溝、曰一椀水、曰板房、曰金石，爲公館四，曰舒快、曰老木坪、曰玀狪、曰射箭坪，連絡三百餘里。箭坪則編峩眉民五十人，玀狪則土民五十人，每堡及舒快木坪，各徙越巂軍守之。隆慶中，越巂指揮程昱議開鎮西千户所，在越巂廳北百五十里。至玀狪舊路，直抵峩眉，所謂新驛者是也。孟獲之叛在益州，距越巂尚遠，而會理州西百五十里有瀘水，自建昌南流而入金沙江，四五月間，瘴氣尤甚，又水急多巉石，土人以牛皮船爲涉，杜佑謂武侯所渡在此。然則武侯之至越巂，循唐蒙故道，而其入益州，則循劉尚故道也。范成大言瀘州近城有渡瀘亭，或以敘州正對馬湖江、馬湖夷，武侯當自彼而渡。然成大不知渡瀘尚在漢越巂郡治以外，世之人又不知涼山夷境之昔爲漢縣，其取道也便，而誤以武侯由今雅州而南。即峩眉東路之廢，亦廢於明季搶攘之秋，修而復之不難也，故竝著之。

嘉定爾雅臺考

蘇子由初發嘉州詩：「移舟近山陰，峭壁上無路。云有古郭生，此地苦箋註。」山謂烏尤，郭生謂璞，註謂註爾雅。統志引以證嘉定爾雅臺，若可据矣。王象之輿地碑目曰：「璞移水記謂世主播遷，戎羯亂華，於是優游放意於嘉州城東百餘步烏尤山鑿書巖。」有「嘉州」二字，則非璞手筆。蓋嘉州名始後周，周以前止曰漢嘉，曰龍游，或後人追書，未可知耳。按庾仲雍荆州記璞嘗作臨沮縣，故游仙詩嗟青谿之美。而任昉、樂史、陸游皆以夷陵有璞爾雅臺。璞入蜀，不見於史，江賦涉漢嘉者，止「峩眉泉陽」一語，而不及離堆。離堆一名烏牛，又名烏龍，黄魯直始謂之烏尤，見輿地紀勝。是烏尤之名，更在嘉州之後。璞雖前知，其難以知山名之預改矣。然則何以名「爾雅」也？曰：陸德明經典序録爾雅有犍爲文學注三卷，王伯厚謂一作犍爲郡文學卒史臣舍人，漢武帝時待詔。夫犍爲郡置自武帝，其時文學有掾、有舍人，又司馬相如凡將、揚雄訓纂，小學方大顯，舍人起而承之，璞以爾雅名，後人知夷陵之有璞爾雅臺，而遂以漢嘉之臺亦係璞也。今京口江中石簰，傳是璞墓，好事者以璞著葬經，調之以「墓前無地拜兒孫」之句。而璞母兄實葬暨陽，何瀕江之託其蹟者之多也。若璞遺墨爲魚所吞，其頭盡黑，故臺下有黑頭魚，則曹能始固以謂里人怪説矣。

三峽考

山陗而夾水曰陝，今作峽，亦作陜、硤，秦、隴、黔、粤皆有之，在蜀江者險爲甚。范成大曰：「發泥碚郵六十里，至恭州自此入峽。」恭州今重慶府，合水、黔水在其下。坡公入峽詩有「合水黔波」之語，至潁濱和詩發端云「舟行瞿唐口」，則以瞿唐爲峽門。按三峽始見左思賦，注云巴東永安縣有高山相對，相去可二十丈，左右厓甚高，人謂之峽江，西陵峽、歸峽、巫峽是也。陸游曰：巫峽、西陵峽、歸峽，竝稱三峽。古歌云：「巴東三峽巫峽長。」永安今奉節縣，瞿唐在焉，爲三峽之始。自此至巫山皆巫峽，至歸州皆歸峽，至宜昌府皆西陵峽。峽山七百里，畧無斷處，與酈注里數正合。明統志既云西陵峽長三十里，在夷陵州西北二十五里，而又以瞿唐爲西陵，不知西陵者西塞也。以山阜曰陵，以邊圉曰塞，陵與塞當指夷陵言之。若瞿唐非陵塞起處，亦非盡處。古音「夔」與「歸」同，歸鄉即夔鄉，少陵之言夔子峽，乃今巫峽，非今歸峽也。入蜀記先巫，次西陵，次歸，與文選注先西陵、次歸、次巫，形勢舛倒，讀者目眩。而庾仲雍以明月、廣川、東突爲三峽，樂史以巫、明月、黄牛爲三峽，歐陽忞以明月、巫山、廣澤爲三峽，又有以明月、廣谿、仙山爲三峽者，以廣谿、巫、西陵爲三峽者，以瞿唐、灩澦、巫山爲三峽者，以萬流驛至巴東縣之門扇、東奔、破石三灘爲三峽者，有以東湖之西陵、明月、黄牛爲三峽者，皆不可据。七百里無處無峽，特巫峽最著，故郭璞賦及之。巫峽而上則爲巴峽，東坡斷自巴峽，潁濱斷自巫峽，各有所當，非一端而已。予觀峽之長莫如巫，險莫如歸，東至西陵而止。上峽者自西陵而歸而巫，下峽者自巫而歸而西陵。序論之，爲峽行者告。

西塞考

西南曰徼，東北曰塞，漢書注拘虚之説也。徼有遮遶之義，漢制鄉有游徼，掌循禁姦盜。而國之阨險皆曰塞，月令備邊境完要塞，吕覽、淮南子以太汾、澠、阨阮、方城、散阪、井陘、令疵、句注、居庸爲九塞，塞不必盡屬之東北也。楚自文王遷郢，夷陵在國西境，故曰西陵，亦曰西塞。陵以高言，塞以險言。酈道元曰：荆門虎牙，楚之西塞，西塞故有馹。太白有流夜郎至西塞馹詩。楚險在江，江險在峽，夷陵爲泝峽之始，其稱爲西塞無疑者。而大冶東九十里道士洑，其上道士磯，亦名西塞山。孟東野泊宣城詩「西塞沿江島，南陵問馹樓」，陶峴令摩訶奴入水，爲蛟所吞，皆其地也。劉氏漫録以西塞山在武昌，張志和隱此，作漁父辭，統志、湖廣志援而證之。不知志和與顔魯公游，魯公未嘗官武昌，而漁父辭第五首「釣魚灣畔霅谿西」，尤爲鑿鑿。倪氏經鉏志以下菰、菁山之間一帶遠山，皆繫西塞，其言亦涉摸棱。今湖州府城西十八里凡常、湖上，連峯娟秀，土人謂之西塞山。明初嚴尚書震直自號西塞翁，其爲張志和之西塞山，亦無疑也。

若大冶之西塞，不可云塞，不可云西，更不可云志和釣隱之地。夷陵州志亦引漁父辭以證西塞，而志和實不至其地。即魯公嘗貶陝州别駕，要未及到官，山川之名，彼此沿襲，賢達之跡，彼此附會。故歷考異同以爲言西塞者斷。

荆門蒙泉即惠泉考

今荆門州西象山，故蒙山也。有泉四，北曰順，南半里曰蒙，其源大如甕口，至冬則温，又南曰龍，又稍南曰惠，源甚微，較蒙甚寒。順泉距城遠，龍泉遷於乾隆甲戌，故游者止言蒙泉、惠泉，碑題甚夥。按李德裕有惠泉詩，葛立方據沈傳師「蒙泉聊息駕，可以洗君心」之句，謂本名蒙泉，而李乃直曰惠泉。又二蘇有惠泉詩，復有次韻答荆門張都官維見和惠泉詩，詩作於嘉祐四年，無一語及蒙泉者。自魯直擘窠作「蒙泉」字，紹興壬子鄱陽張垓復大書立碑，葺噴玉亭於其上，長林令汪振記云「蒙泉極湖陰之勝」，自李德裕以下，前題後詠，實在厓壁。則蒙泉固即惠泉，明統志峽山麓有泉二，北曰蒙，常寒；南曰惠，常温。宋知州彭乘爲三沼，延其流至竹坡河入漢，曹學佺名勝志從之。查氏蘇詩補注引曹志以正葛混而爲一之非。然象山惟順、蒙二泉爲大，順固不顯，蒙後改惠，至魯直始書舊名。垓字伯信，父曰吴囷，壬子八月，垓以憲官按部，時秋雨妨農，禱於蒙泉、玉泉即霽，汪記甚詳。特記謂張與郡守陸九淵夜坐亭上，陸乾道八年進士，不應於紹興二年知軍。今張碑右有陸題名，謂陸所立，字跡與張所題如一手。府志秩官表係陸于崇寧初，謬不待言。而係汪於紹興三年，豈記亦僞託耶？坡詩「初開不容椀，漸去已如帛」，以狀今之蒙泉最肖，不知何人以蒙泉之後名惠泉者，移爲今惠泉。蒙温惠寒，予所見若是，問之居人而無不若是。乃改題今惠泉曰新惠泉，而考其始，以待表諸石。

黄葛樹考

癸巳冬，予於敘州見所謂黄葛樹者，幹枝複互，怪詭百狀，賦詩有「我疑是南海榕，禿髗不蔽方畝宫」之句。嗣見亡友趙光禄文哲黄菓樹歌，蓋從軍滇緬時作，其狀怪詭畧同。其爲植較巨，因念「菓」，特「葛」之轉音，而自敘州而下，樹漸多漸大，蔭漸廣。水經注有黄葛峽，宋熊本敗瀘川柯陰夷於黄葛下。蘇子由自江陽見之，以謂嘉樹，獨怪子瞻、致能、務觀諸公無一語及之。而楊用修有安濟廟榕樹詩，明史：合江縣南有榕山，山多榕樹，俗名榕子山。三體詩註云：榕初生如葛藟，緣木後乃成樹。則以舉示閩與粵之人，皆曰榕有大葉、小葉二種，此蓋大者，乃考之以通兩家之郵。而予向使桂海時，憾未見一榕，且以嘆遇物能名者之爲難也。

白華前稿卷第十七

辨

清江爲禹荆之一沱辨

楚有雨夷水，其一以桓温父諱彝，改曰蠻水，亦謂之蠻河，源出房縣，至宜城西南六十里入漢，即莫敖亂次以濟者也。其一今曰清江，水經注夷水：「色清照十丈，分沙石，因名清江。」齊氏召南曰：清江源出四川石龍關東之山，東南曲流百餘里合大跳敦河，經官渡壩南，又東至忠孝司今利川縣境北，有水來會，至火鋪塘伏焉，即磁洞。北踰重山，復流出，折而東又數十里，至恩施縣北境，有龍馬河合東北水田壩，河西南來會，又有乾平溪自西南經沙子門嶺東北流來會，又南經三龍壩西，西受一小水，又東南經縣城東北東受一小水，又東南有冷水河，自西南經出水洞來會，折東北流數十里經三岔口塘南，又東北數十里有一河，西南自施南司之南山東北流經司北，又東北八十里來會，清江又東，有龍溪河自西北來，合建始縣之小河諸水來會，水勢大盛，東北稍北經桃符塘、金雞口、紅沙堡，俱建施境。黄家灣、天池口，俱建始境。又東南經長陽縣城南，又東稍北受北來傳靳溪塘水，折而南經灣市西，有十八堰溪西自楊柳池來會，又東南至宜都縣城西北，會西南來之漢洋河，東入大江，凡行六百餘里，受數縣諸小水無數。又曰：龍溪河所會建始縣之小河，源出縣北境灩灝南岸大山，東南流經水坪東南，曰蒲潭溪，折西南流，有桐木溪自西來會，又南有木瓜河，合二水自西北來會，南經縣東南有西溪自城西南來會，曰小河。又南折西流，又南與龍溪河會，龍溪河源出十三關大山者，南流折而東南八十里，其南源東北流來會。又東流七十里，會小河，又東折而南，經雙耳洞東，又南經南里渡西，又東南與清江會。胡氏渭曰：水經：夷水出巴郡魚服縣，江東南過很山縣南，又東過夷道縣北，東入於江。注云：夷水即南山清江，昔廩君浮此水，據扞關而王巴，是以法孝直有言，魚服扞關，臨江據水，實益州禍福之門。夷水又東逕建平沙渠縣，縣有巫城南岸水山道五百里，其水曆縣東自沙渠入很山縣。水流淺狹，裁得通船，又東逕很山縣故城南，又東北逕夷道縣北，又東逕宜都縣北，東入江。渭按：夷水首出魚服江，尾入宜都江，行五百餘里，是亦荆州之沱也。古自巴入楚，避三峽之險，皆由此路。史記張儀説楚王曰：秦西有巴蜀，大船積粟，起於汶山，浮江以下，至楚三千餘里，舫船載卒，一日行三百餘里，不至十日而距扞關。此言舟師由夷水入楚也，何以知之？楚世家肅王四年，蜀伐楚，取茲方，正義曰：古今地名云荆州松滋縣，古鳩茲地，即茲方。於是楚爲扞關以拒之。後漢書李熊說公孫述曰：東守巴郡，拒扞關之口。徐廣曰：巴郡魚服，有扞水扞關。章懷注曰：扞關故基，在今峽州巴山縣。寰宇記云：廢巴山縣，在長陽縣南七十里，即古扞關也。水經注江水自江關，在今奉節縣南瞿塘峽口。東逕弱關、扞關，弱關在建平秭歸界，蓋大江出三峽，逕弱關，江沱出很山，逕扞關，劃然兩道，儀言浮江以下距扞關，則不經巫峽明矣。夷水受江處不知何時就堙，後漢建武中，岑彭率舟師長驅入江關，吳漢留夷陵，裝露橈船泝江而上，其時夷水已不勝戰艦。自後荆梁有事，舟師未有不由峽江者。然酈云裁得過船，後魏時水道猶存，下逮唐初，建始之北，遂成斷港，故章懷云夷水出清江縣西都亭山，寰宇記云夷水自施州開蠻界流入長陽縣，明一統志云夷水源出舊施州開蠻界，經建始、巴東、長陽，至宜都入江。蓋不復知此水出西北奉節之大江，而以爲西南施州衛之山源矣。然漢志已疎畧，不言首受江，水經注原委詳明，而又有儀之言爲證。禹導江自梁入荆，必浮此水也。

省欽嘗讀而韙之，茲過建始境抵恩施，知清江伏流處尚多，重山連亘，非如峽江之可鑿。且巴東之峽，禹既鑿以導江，何復於人力萬難施之處，與數百里重山，争此尺寸之水？且漢志南郡夷道縣，應劭曰：夷水出巫東入江。是夷水自巫出，非自巫而受江。索隱曰：扞關楚西塞。以愚度之，當在今巫山巴東江岸，故法孝直言臨江據水。水經注亦言江水自江關，逕弱關、扞關。扞關所以扞敵，非止一處，故方氏以智謂趙扞關在陸，楚扞關在水。況酈氏言扞關，廪君浮夷水所置，是廩君之扞關，非即楚肅之扞關。儀又言扞關驚，則從境以東，盡城守矣。黔中巫郡，非王之有，是扞關在巫郡上游，尤爲明證。要知是水在夷道入江，故曰夷水，其發源處曰夷谿，以其有扞關，故亦曰扞水，其經流謂之鹽水，後周鹽水縣故城在今施南府東十里。亦謂之清江，亦謂之很山北溪。很山漢縣屬武陵，故城在今長陽縣西。明廖永忠伐明玉珍别將，由長陽、巴東境所云百里荒者，潛出夔門之上流，此固踵張儀之智而反行之。儀以謂舟師下扞關，非謂舟師可由夷水也。蘇代曰：蜀地之甲，乘船浮於汶，乘夏水而下江，五日而至郢，吴漢、岑彭以前，舟師無不出峽江者。胡氏括地最精，而以夷水爲荆州之一沱，不可不辨。苟欲求合漢志過郡二行五百四十里之文，則以奉節縣灩澦南岸白鹽山所出者，爲是水之源也可。

瀘州辨尹大師故里

伯奇之事，雜出於傳記百家之書。以爲伯封哀其兄作黍離者，韓嬰也；以爲被放而歌，首髮早白者，王充也；以爲見虐於父作小弁者，趙岐也；以爲尹吉甫信後妻殺孝子，其弟伯封求而不得者，曹植也；以爲自投江中，衣苔帶藻，忽夢見水仙，賜以美樂，揚聲怨歌，船人聞而學之，吉甫聞船人之歌，疑似伯奇，援琴作子安之操者，揚雄、酈道元也；以爲兒行中野，獨無母憐者，韓愈也；以爲清朝履霜，編荷而衣，采楟花而食者，郭茂倩也；以爲勇於從而順令者，張載也。瀘之穆清祠，祠尹吉甫而以伯奇配，創於宋慶元時。陳帥損之，州人太府少卿許沆記之，王象之輿地碑目采之。明成化時知州邢幹、我朝康熙丁亥權知州朱載震、乾隆丙子知州夏詔新先後重建而碑之，曰「周尹太師故里」，皆以揚雄蜀人其序琴清英云云，必有據也。

方周宣時，方叔、召虎、申伯、仲山甫、張仲、韓侯蹶父、皇父程伯、休父諸人，具見於雅。尹吉甫以雅材而伐玁狁，城朔方，與仲山甫之諫立魯公子戲，諫料民太原，尤多表見。六月之詩人既以謂憲萬邦矣，而其詩言彝則，言柔嘉，言穆如，如其暱，讒而至殺子，將何以憲邦而御諸友？且伯奇既放流至此，而此故其里居，則焉用沈之？而伯封又焉用求之？雄之書，惟太玄、法言存耳，訓纂久不傳，方言或疑後人依託，何獨於琴清英而信之？法言言正考甫常晞尹吉甫，未嘗於吉甫有貶詞。若苕之不可衣，藻之不可帶，楟花之不可食，雖至愚亦能辨焉。乃伯奇操此，吉甫又因伯奇之故而操此，是父子先後曰歸，雍愉操縵已矣，而尚何怨哉？三代卿大夫，仕不出其國，王朝者不出其畿，尹爲周室婚姻之舊，故曰「彼君子女，謂之尹吉」。吉甫之後爲尹氏太師，猶申伯之後爲申侯，蹶父之後爲蹶趣馬，太師皇父之後爲皇父卿士。舉不能濟美於周，豈聽讒殺子之事，吉甫有以導之，而伯封者又如伯适之於伯達，雖弟而仍以伯名，蓋亦害禮傷教之甚，而不可信矣。然則祠之非歟？曰：祠可也。祠吉甫而以伯奇祔，或祔及伯封，無不可也。伯奇放此容有之，而不必死。吉甫必里鎬，不里蜀。若其爲太師，傳記無之，而四川志、州志又言州東六十里有尹夫人馬氏墓，誠不意周宣時已有氏馬者也。視滎縣滎夷公墓，荒誕不滋甚耶。

漢光武江陽兒祠辨

漢光武微時，過江陽，有一子，望氣者言縣有貴兒氣。王莽求之，縣人撩殺之。後世祖爲子立祠於縣，謫其民不冠帶，及罰布數世，見於常氏、酈氏之書，而樂史謂祠在方山者也。光武九歲而喪南頓君，二十八而起兵，觀其勑吴漢夾營數語，洞如指掌，疑蜀若舊遊者。然即位後，雖嘗下詔自征公孫述，而僅次長安，少時勤稼穡，弱冠後之長安受尚書，性又素謹厚，其過江陽，狎外婦生子，計惟十七八九，可任稼穡時事。江陽非遊宦地，又未必有如陰麗華者之聞於時，間關跋涉，壯夫不爲，蕩子不爲，其誣一。光武起兵以壬午十月，明年九月莽誅，光武尚臣更始，莽即患光武，何不祇購光武，而購區區數千里外之弱子殺之？其誣二。狹邪私孳，行跡已祕，既貴後，人每諱之，光武果有是兒，人何由知？莽何由購？業購之殺之，事蓋無如何矣，何自爲之祠以揚其惡？其誣三。續漢郡國志江陽注引華陽國志曰：江雒會有方蘭祀，蓋方山蘭祠之誤，「蘭」與「闌」通，必祠外有巨闌者。光武即位三年，立親廟於雒陽，祀南頓君以上，而祀儀未設，十九年始爲南頓君立皇考廟，立鉅鹿都尉皇祖考廟，鬱林太守皇曾祖廟，節侯皇高祖考廟，所在郡縣得祠，蘭祠而爲是兒立也。其立之於考廟之先耶？則理太舛。謂立之於考廟既立之後，則泉鳩之痛，久可已矣。其誣四。司馬彪曰：臧文仲祀爰居，而孔子以爲不知，漢書郊祀志著秦以來迄王莽，典祀或有未修，而爰居之類衆焉。世祖中興，蠲除非常，修復舊祀，是光武即有是兒，江陽人既爲兒立祠，光武猶將毁之，何自爲祠也？其誣五。范增言沛公有天子氣，蘇伯阿言舂陵有佳氣，其後卒皆驗。兒果在襁褓被戕，其氣恐亦蕭瑟矣。其誣六。自莽居攝後，劉崇、翟義、劉快皆起義兵，而臨淮、瑯琊、荆州緑林平林所在兵起，江陽人縱不能如犍爲士大夫之拒公孫述爲光武所嘉，何遂承奉莽旨，取卯金氏之子，而殺之惟恐不早？其誣七。光武豁達大度，其嘉犍爲士大夫，褒卓茂，祇以激厲名誼，而反側子且令自安，江陽人即殺兒，不過一人或一家之咎，乃胥縣之人而朘其生，褫其服，雖秦、隋之興不爲此。其誣八。夫以若此之誣，而志地者無不信之。或由今順慶爲漢安漢縣，建安十八年，劉璋以犍爲枝江都尉，改立漢安縣，其地即前漢之江陽。而莽嘗封安漢公，後人疑莽食邑於此，欲甚莽之惡，而不覺其誣光武也，是又未敢信也。

雙流縣商瞿墓辨

華陽國志杜宇移治郫，或治瞿上，杜宇在蠶叢氏後，蠶叢治瞿上稱王，爲周襄王時事。方輿紀要瞿上城在雙流縣東十八里，相傳蠶叢氏所都，亦曰商瞿里，以孔子弟子商瞿所居也，今爲瞿上卿。省欽過雙流，嘗拜瞿祠下。考家語及史記仲尼弟子傳，商瞿魯人，漢書儒林傳魯商瞿子木受易孔子，以授魯橋庇子庸，以瞿所授學，及唐追封瞿蒙伯、宋追封須昌侯之義求之，則瞿爲魯人可知。即七十二子中亦未有自蜀來者，孔子亦未嘗至蜀，何由見瞿母，復見瞿生五子，爲世所稱道如此也？漢書古今人表商瞿在第三等，而儒林傳注，商瞿，姓也，蓋以爲複姓。周公禮殿圖有商瞿上，費著謂家語作商瞿。夫孔子弟子，家語七十六人，史記七十七人，多與禮殿圖互異。且弟子中顏氏八人，冉氏五人，秦氏四人，公西氏、漆彫氏各三人，商氏自瞿而外，有唐贈雎陽伯、宋贈鄒平侯澤。澤與瞿雖未必生同祖，居同魯，乃不可謂之複姓，不可謂之蜀人，猶世所傳僞商瞿易傳不可謂之瞿作一也。襄王二十九年，秦穆公爲西方諸侯伯，聲教未與蜀通，而瞿上之名，具見於博記，後之人又因禮殿圖有商瞿上之名，耳食而附會之。雖瞿之受易，大有功於聖人，而祠則可，誣爲蜀産則不可。至四川舊志不載瞿墓，新志謂墓在雙流南八里應天山下，是瞿之丈夫子，蓋自魯返葬也，其可信哉！

白起燒夷陵辨

史記六國表：楚頃襄二十年秦拔鄢西陵，二十一年秦拔郢燒夷陵，王亡走陳。秦昭王二十九年，白起拔郢，更東至竟陵。秦紀：昭襄王二十九年，白起攻楚，取郢爲南郡，三十年蜀守若伐取巫郡及江南爲黔中郡。白起傳：拔郢燒夷陵，遂東至竟陵。正義曰：夷陵，今峽州郭下縣，竟陵故城在郢州長壽縣南百五十里。楚世家：頃襄王二十年，秦將白起拔我西陵。正義曰：括地志云，西陵故城在黄州黄山西二里。二十一年，秦將白起遂拔我郢，燒先王墓夷陵。〔二〕索隱曰：夷陵，陵名，後爲縣屬南郡。正義曰：括地志峽州夷陵縣是也，在荆州西。應劭云：夷山在西北。自後通鑑、綱目皆以白起燒夷陵繫之周赧王三十九年。而困學紀聞言取蜀則楚在掌中，白起所以再戰而燒夷陵。夷陵州志言白起望城中燈火，止不復攻，故州俗七月皆燒燈。新城王文簡采之入詩，歸太僕言夷陵多火災，祠白起，乃息。以予論之，輟耕録、七修類稿所載白起輪迴報應事，儒者固不取。然起不應立祠，賜劒初秦人雖哀而祠之，唐宋太公廟亦以起配之，安得於千百年後，祀乃在陝？至漢志南郡夷陵、夷道二縣相距甚邇，夷道由夷水得名，夷陵由夷山得名。夷即巫黔諸夷。酈道元以漢武伐西南夷，由此取道，故曰夷道，殆出臆説。若夷陵爲楚西塞，吴曰西陵，秦所拔之西陵，則楚東境。起拔郢而東下竟陵，其間何又西上四百里，焚此彈丸之郭？非直形勢不便，即史記亦無是義也。曰：然則何以曰燒夷陵也？曰：郢爲楚都，楚先王陵墓在焉，起拔其都，燒其墓，夷其陵，遂由郢東下。國策秦白起拔楚西陵，或拔鄢

〔二〕通鑑及通鑑綱目皆繫白起燒夷陵事於周赧王三十七年。

郢、夷陵，燒先王之墓，文義最析，史記世家表小有同異。司馬貞、張守節見史有「夷陵」字，誤以爲即南郡之夷陵縣，而据以釋之，不知當日之巫與黔中尚爲楚守，後一年而張若伐取之，不得云取蜀而楚在掌中也，且於起初無與也。起固燒先王墓夷陵，而曷嘗攻南郡之夷陵而燒之也哉？或曰：燒先王墓夷陵，謂於夷陵燒先王墓耳。然楚武以前，墓在丹陽，今歸州是。楚武以後，墓在郢，今江陵是。夷陵無楚墓，故吾釋楚世家之文而正其誤。

甘后墓辨

夔州府治後有望華亭，亭北少西六七步，封土尺餘，傳是漢甘后墓。墓有元至正十一年教授陳嗣源甘梅夫人碑，重立於乾隆十三年。嗣源言曹操追先主及當陽之長坂，先主棄妻子走，趙雲得後主於夫人抱中，夫人絶，雲推牆掩之。先主定益州，命葬於此，後主追謚爲昭烈皇后。當先主爲州牧時，則曰甘梅夫人，奉節縣志畧同，謂建安十四年事。四川新、舊志亦言夫人墓在夔治鎮峽堂後。

按糜竺進妹爲夫人，在建安元年吕布襲下邳虜先主妻子之後。孫權進妹固好，在十四年十二月權表先主領荆州牧之前。納劉瑁故妻吴氏爲夫人，在十九年夏領益州牧之後。甘夫人係沛人，先主住小沛時納爲妾，其生後主，爲建安十一年先主依劉表時事。長坂之難，賴雲保護得免，卒葬南郡，章武二年追謚皇思夫人。後主立，丞相亮請謚爲昭烈皇后，與帝合葬。記言合葬非古，季武子言周公以來蓋祔。祔與合，言禮者不詳。漢皇后多別起陵墓，吕后陵在長陵西百餘步，薄太后别葬南陵。周顯德末，都省集議故事，言帝后同陵謂之合葬，同塋謂之祔葬。亮引「死則同穴」之文以請，是同陵而非止同塋矣。後主爲甘夫人出，安有以吴太后合葬，而獨遺其所生之母於永安之理？且夫人固已免難，其事又十三年而非十四年，其殁而葬南郡也，有亮爲據守，關公又屯江陵，設武擔即位之日，夫人尚存，其不立吴后可知矣。吴、蜀既和，所請必無不行，返葬之命，先主出之，後主成之，曾夔之州而有是哉？雖然，倡家之卞，賜死之甄，後之人誰與弔焉？而羣附會者，乃在蜈磯之靈、鎮峽之墓，亦春秋之志云耳。至甘梅乃甘縻之譌，自目不知書者爲之，而無足辨也。

鬱姑臺辨

宜賓治北二里師來山有鬱姑臺，明一統志宋楊仙遇仙子鬱姑於此。予於癸巳冬賦「鶴馭霓裳」之句，則据康熙初郡守山陰何源濬真武廟碑記。鬱姑蓋妓是也。乃府志仙釋云鬱姑遇楊仙於師來山，修煉飛昇，似姑之上昇爲楊仙所導，而非楊仙之遇姑而得仙。予惟贛州鬱孤山一名賀蘭山，賀蘭爲代北姓，廣韻注孤字複姓凡五，而不及鬱孤，魏官氏志亦無之，鬱姑更不可考。

惟方輿勝覽謂嘉定府有明月湖，郭璞讖曰：「鬱姑鬱姑，將州對落都，但看千載後，變成明月湖。」後隋鬱姑將軍開此，宋嘉定爲隋龍游也。元和郡縣圖志以開皇初伐陳，理舟艦於此，有龍見江水，故名。夫伐陳事在開皇二年，將軍飭工董役，爲湖以習戰艦，引軍至此，登眺固所宜有，後人見以姑爲姓者，止有越大夫姑浮，而不知鬱姑之當爲虜姓，又因楊仙所居，遂以仙子之名附之，又不幸而見疑爲妓。縱鬱姑之即鬱孤，或鬱孤之即賀蘭，未敢信爲必然，然亦思過半矣。書之以正予向者之失爾。

三青衣水辨

水經青衣水出青衣縣西，漢青衣縣爲今雅安蘆山縣地。志謂名山亦青衣地，誤。武帝罷沈黎郡，置兩都尉，一治旄牛，主外羌；一治青衣，主漢民。是水由今蘆山歷雅安西境，北入洪雅界，又東南入夾江，又東至樂山縣，西合於陽江，即大渡河下流也。青神者，蠶叢氏衣青衣，教民農桑，歿而爲神，西魏於今青神置青衣縣。太平御覽引益州記：青衣神，號爲雷塠廟。雷塠即離堆，今在樂山縣。以民之神蠶叢氏而言，則曰青衣神；以羌之國與其王附屬於青衣所治之境而言，則曰青衣羌、青衣王。漢安帝延光元年，青衣王子心慕漢制，上求内附，順帝陽嘉二年改郡名曰漢嘉。以此，凡所以名青衣者，非有異也。而明統志南溪縣南二十里有棘溪，源出下界石牌頭，下與九盤溪合，是爲青衣江。四川新、舊志南溪東十五里有青衣江，古青衣國與敘州相鄰，其人至蜀，見漢衣冠，遂求内附，江因以名。方輿紀要蜀以青衣名江者凡三，一在漢嘉，漢書公孫述據蜀，青衣人不賓是也。一在青神，以蠶叢氏而人神之也。一在南溪與青衣國鄰，其人慕義來此，因以名之，又北入於大江，亦謂之龍騰溪。夫南溪有龍騰山，在縣東里許，濱大江，竝無龍騰溪之名。其距蘆山可千里，彼濛沫諸水，於樂山三江口入岷江，直下南溪，即不可仍濛沫諸水之舊名，則是水之不可仍名青衣水也審矣，而謂有三青衣可耶？又蘇軾詩「想見青衣江畔路，白魚紫筍不論錢」，註謂在青神中巖下，一名平羌水，中巖距三江口且六七十里，非青衣水所經。四川新志宜賓南五里青衣江，有兩石夾江對立。二說者當竝芟之。

涪州貢荔支辨

子瞻荔支歎「天寶歲貢取之涪」，自注：涪州荔支，自子午谷入進。蔡君謨譜亦云貴妃嗜涪産，歲命驛致。方輿紀勝蜀中荔支，瀘敘爲上，涪州次之，合州又次之，涪則以妃子名，其實不如瀘敘，妃子園在州西十五里，當時以馬遞進，七日夜至京。此涪州貢荔支之説也。國史補貴妃生於蜀，好食荔支，南海所生，尤勝蜀者，故每歲飛馳以進。舊唐書貴妃生日，帝張樂長生殿進新曲，會南海進荔支，因名荔支香。樂史繫之天寶十四載六月一日事，十五載六月貴妃從上至馬嵬，縊於佛堂前梨樹下，纔絶而南方進荔支至，上使高力士祭之。蓋自漢武破南越建扶荔宫，自交阯移植荔支數百株，無一生者，後數歲偶一本稍活，終無花實，其後乃有歲貢，郵傳者斃於道路。和帝時，臨武長唐羌言狀罷之，唐廣州貢荔支，戎州貢荔支煎。少陵夔州解悶詩十二章，後四章感荔支而作，其曰：「先帝貴妃今寂寞，荔支還復入長安。炎方每續朱櫻獻，玉座應悲白露團。」言炎方仍獻荔支，而帝與貴妃今久寂寞也。乃箋者謂此爲蜀貢荔支而作。又謂天寶時南海、涪州竝進。近海寧查氏蘇詩補注亦謂南海與蜀中嘗竝進。不知南海之貢，祇襲舊典，帝以妃必欲生致之，置騎急送。蜀中如果竝進，亦當近取瀘戎之佳者，而不遠及於涪。且戎州固有煎貢，不責其生致京師。至貴妃乃河南府士曹參軍楊元璬長女，受勅爲壽王妃，既入宫禁，帝欲愚天下之耳目，詭爲元璬兄元琰少女，元琰卒於蜀，李肇信以爲貴妃生於蜀。而其實涪之荔支，妃固無由嗜之也。少陵詩又曰「憶昔南海使，奔騰進荔支」，不特不言涪産，並不言蜀産矣。

安陸稱郢中辨

安陸府於後周爲郢州，有白雪樓、陽春臺諸勝。沈存中以郢中不善歌，故和下里巴人辭者至數千人，而白雪陽春曲和者彌寡。夫郢故楚都，今爲江陵縣，郢中猶言國中、都中。齊相對湣王曰：郢中立王，是吾抱空質而行不義於天下。蓋指郢都而言。史記楚文王始都郢，孔穎達曰：世本及譜皆云武王都郢。又左傳沈尹戌曰「若敖蚡冒至於武文，土不過同，猶不城郢」，則楚之都郢竝不始於文王，特郢未有城。魯文十四年公子燮、子儀因城郢作亂，事未得訖。襄十四年，以子囊遺言始城郢。昭二十三年，以畏吴增修自固，杜預所云江陵縣北紀南城是也。紀南城亦曰紀郢，昭王避吴遷都曰鄀郢。鄀鄀皆在宜城。頃襄王東保陳城，今陳州府治。曰郢陳。至考烈遷壽春，今壽州。仍謂之郢。明統志以安陸爲鄀郢，湖廣志以爲郢中，復以爲郊郢。郊郢見桓十一年傳，鬭廉謂屈瑕次於郊郢，以禦四邑者也。四邑者，隨今隨州，絞今在鄖陽府，州在監利，蓼在固始，郊郢居中扼要，故次師以離其黨與而因之伐鄖。今德安府安陸縣。安陸府之爲郊郢，而非郢中明甚。郢，古音程，書序曰「維王季宅程」，史記正義引作「宅郢」。郢故城在咸陽東二十里，孟子文王卒於畢郢。詩正義「文王在程」，作「程」。皇甫謐云：文王徙宅於程。蚡冒爲楚武王兄，時漢東諸國，漸被蠶食，所居曰郢，或仿周郢名之。然距安陸三百里，且非其後王所都。沈氏辨郢中之不善歌，而不辨郢州之非郢中，宜其爲人所譏議。

白華前稿卷第十八

釋解説

釋乘

服牛乘馬，引重致遠，聖人之教也。「服」古作「犕」，左傳「王使伯服游孫伯如鄭」，史記作「伯犕」。戰國策「騎射之服」，史記作「犕」。「乘」古作「椉」，象人履而登車之形，王登上車之石曰乘石。乘車以兩馬，或四馬，故乘雁、乘壺、乘矢，皆取雙數、四數爲言，詩「乘乘馬」、「乘馬在廐」是也。論語「乘肥馬」，有馬者借人乘之，此不必兩馬、四馬者也。乘車固名乘馬，乘馬至周末兼名騎馬。禮「前有車騎」，注「古人不騎馬」，故經典不言騎，今言騎，是周末時禮。吴曾漫録曰：左傳「左師展將以公乘馬而歸」，正義謂古者馬以駕車不單騎，劉炫謂展欲與公單騎而歸，此騎馬之漸也。顧氏炎武曰：詩「來朝走馬」，走者單騎之稱。春秋時如楚子乘馹會師於臨品，祁奚乘馹而見范宣子，楚子以馹至於羅汭，子木以馹謁諸王，皆事急不暇駕車，或是單乘馹馬。又曰：趙公子成之徒，諫易服而不諫騎射，以騎射之法，必有先武靈而用之者。愚因思狄人習馬，太王事以犬馬，非止資之駕車。顧氏又疑顧野王之以趣馬説走馬，而走狗必不可以云趣狗。服虔曰：秦仲始有車馬禮樂之好，侍御之臣，戎車、四牡、田守之事，與諸夏同風。是仲之先無四牡，無戎車，不必無馬，不必有馬而不之騎也。乘車古謂之結駟，其騎馬則有連騎。騎之爲言跨也，升而跨之也。乘墉猶云騎牆，乘屋猶云騎危。滕文公言馳馬試劍，蘇秦言車千乘，騎萬匹，則戰國時盡人習騎。武靈言騎射之備，近可以便上黨之形，遠可以報中山之怨，特易服以便從事，故其下諫之。卷耳詩三言「我馬」而崔嵬，而岡而砠，恐非引車而陟。爾雅：「騉蹄趼，善陞甗。」舍人曰：蹄平正善登山隒也。「騉駼，枝蹄趼，善陞甗。」李巡曰：其跡平似趼，亦能登高歷危險也。甗音彦，甑一孔，甗形孤出處似之，非騎而何以登山隒，歷危險？且天用莫如龍，地用莫如馬。易乾、坤皆象馬，非騎而何以見其順與健？蓋經典雖不言騎，而乘之義足以該之。竹書相土作乘馬，世本相土作乘馬，荀子杜作乘馬。土、士、杜古文通用。玉篇黄帝臣相乘，蓋引用訛缺也。予乘四載之乘，亦即服牛乘馬之乘。引重系牛，致遠系馬，乘馬兼車與騎。謂相土之作乘止乘車，是叔均之牛耕非服牛也，前民利用者不若此。作釋乘。

釋江夏

江夏故漢郡。江，大江。夏，漢也。漢志：「武都東漢水一名沔，至江夏入江，謂之夏水。」杜預注春秋昭四年「楚沈尹射奔命於夏汭」傳：「夏汭，漢水曲入江，今夏口也。」漢水始出嶓冢爲漾，南流爲沔，襄陽以下爲夏。昭十三年傳「沿夏欲入鄢」，鄢即今宜城，順流曰沿，是宜城以上之漢亦曰夏。舉尾以該首曰夏，猶舉首以該尾曰沔也。夏口即沔口，以其經大別山，大別山又名魯山，故亦曰魯口，今曰漢口。又江夏、南郡二郡間，别有一夏水，首受江，東入沔，行五百里，其受江處爲夏首，楚辭「過夏首而西浮」是已。夏水爲荊之一沱，今江陵中夏口是。其入漢處曰堵口，今沔陽州長夏河是。其合漢又東入江處即爲夏口，今漢口是。孔穎達以爲漢水之尾，冬竭夏流，故名夏汭，此本酈氏之言堵口者，而誤以之言夏口也。堵口之水，容有冬竭；朝宗之處，必無竭理。蘇代言蜀地之甲浮於汶，乘夏水而下江；漢中之甲出於巴，乘夏水而下漢。夏水固即夏漲，而南郡之夏水無是義也。應劭曰：沔自江别至南郡華容爲夏水，過郡入江，故曰江夏。然夏水，沱也，汜也，入漢在故雲杜，不在故華容，不得謂沔自江别至華容也。今武、漢、德三郡多漢江夏郡地，江與漢皆在其境，故以名郡。至夏首即夏州，左傳宣十一年傳：「楚入陳，鄉取一人焉以歸，謂之夏州。」杜注：「州，鄉屬，示討夏氏所獲也。」荊州記曰：蘇秦説楚威王，東有夏州。今江陵夏口城有州名夏州。地理通釋曰：夏州，大江中州。此雖足以糾應氏之失，而於江夏之夏、江夏之夏口無與也。江夏者，江漢也。

釋武當 召玄武而奔屬見楚辭遠遊，此在曲禮之前竝記。

古司常之職，蛟龍爲旂，熊虎爲旗，鳥隼爲旟，龜蛇爲旐，其以之行軍，按度方位，左取變動，右取沈猛，前取迅捷，後取鎮捍，此蒼龍、白虎、朱雀、玄武之所由名，而天官家分繫之二十八宿者也。自漢已來蒼龍有闕，白虎有觀，朱雀有桁，玄武有縣、有湖、有門。玄之色象北方，武則龜蛇鱗甲之象。宋避聖祖諱，以「真」代「玄」。「真武」之稱，猶「玄冥」「玄枵」之爲「真冥」「真枵」云爾。道家謂其神故淨樂國太子，手按劍，足踏龜蛇，入武當修煉，得道上昇，山曰武當，以非真武不足當之也。

往予讀宋景濂玄武、石貞一道院二記，竊以景濂儒者，其所述神異固可爲徵信。既而思神之爲神，豈果有里居姓氏之迹？惟是民心至愚，當王斯貴，天書疊降之會，物或憑焉，而後之人因以成俗。若武當之山，一曰太和山，亦曰嵾上山，又曰仙室。晉咸和中歷陽謝光[一]舍羅邑宰

[一] 據水經注，「光」當作「允」。

隱此，故亦曰謝羅山。此酈道元語也。一名參山，一名太和山，陰長生於此得道，此李弘憲語也。自明統志引「非真武不足以當之」之語，而類家、志地家往往據之。抑知武當之縣，見於漢志，弘憲謂其因山爲名。當元魏、唐時，猶未有元武神之號，迨宋及明，廟祀幾遍，甚且不知真武之即玄武，又烏知是山之別有所當？當者，對也，直也，秦以三關備東諸侯，曰臨晉、曰函谷、曰武楚。懷王入武關，秦伏兵襲其後。左傳「將于少習以聽命」，杜註：「少習，商縣武關也。」武關在少習山下。京相璠曰：武關，楚通上雒阨道也。今由南陽襄鄖入長安者必道武關，關隸商州，距長安四百九十里。太和山高二千五百丈，周迴五百里，與武關相當，故本名武當山。山既高峻，關復要害，而後以之名縣。其或先以名縣，則如東晉之僑置當塗，後魏之置兩當，皆以所當之山水而名，於真武固無與也，志地者盍審此？

潛爲漢指荆州之潛解

書「沱潛」之「潛」，史記作「涔」，漢書作「灊」。爾雅水自江出爲沱，漢爲潛。沱謂他出，潛謂潛出。索隱以沱出蜀郡郫縣西，東入江，潛出漢中安陽縣，入漢，釋荆州之沱潛，非也。江一而已，「東別爲沱」之沱在梁，「江有沱」之沱在荆，夫人而知之。漢導自嶓冢，在今寧羌州，與漢志所云西漢水出隴西郡西縣嶓冢山今在秦州。者，迴不相及。始出曰漾，其經流下流皆曰沔，故曰

「逾于沔」，曰「沔彼流水，朝宗于海」。江漢及采芑之蠻荆，皆宣王時詩。然沔之名不如漢之名爲著，而何有於潛？宜蔡氏傳以荆之潛未有見也。梁之潛，則誤於水經注曰宕渠水即潛水，出南鄭縣南巴嶺，謂之北水，東南流逕宕渠縣謂之宕渠水，又東南入於漢。見漾水注。不知漢志謂宕渠水東南入灊，即「潛」字。非謂宕渠即灊。郭璞曰：從漢中沔陽南流至梓潼漢壽，入大穴中通岡山下，西南潛出，一名沔水，舊俗云即禹貢所謂「潛」也。自漢志謂之西漢水，唐以後謂之嘉陵江，蔡氏据水經注以宕渠水釋潛，而梁之潛亦混。夫梁之潛，當禹時無西漢水之名，亦無沔之名，漢一而已。故荆州之域，曰「江漢朝宗于海」，曰「其川江漢」，安得以潛爲沔水、爲西漢水，而以漢爲東漢水？至爾雅「漢爲潛」，蓋指荆言之。潛，伏也。伏流曰潒，亦作洑。今潛江縣，宋乾德三年置，寰宇記曰：唐大中間，置徵科巡院於白洑。文獻通考曰：升白伏爲潛江縣。明統志曰：潛江在潛江縣，漢水循源而下，過縣界入大江。安陸府志曰：潛水即漢水分流，始入曰蘆洑河，明統志曰：蘆洑河漢水分流處。又曰：魯洑江在監利縣治東南，即大馬河南通荆江，北入漢沔，魯肅屯兵於此，故名蘆洑河。當即魯洑江也。逕安陸縣東南流爲上新口、下新口，入沔陽界，又自排沙渡東流爲深江，入沔陽界，南流爲恩江，十里許，復與潛合。潛江縣志曰：漢水歷襄郢，經内方至縣北三十里蘆洑河東折，一支遶縣治左，是爲潛水。地理今釋曰：潛水在潛江縣東，由蘆洑腦分流遶城東南，一支通順河，入沔陽州境，今淤，一支南流至拖船埠入漢水。禹貢錐指曰：蘆洑河自鍾祥縣北，訖潛江縣東南，行可三百里。以此爲潛，庶幾近之。蓋禹時自伏流涌出，復入於漢，及乎後世通渠漢川雲夢之際，見河渠書。則開通上源以資舟楫之利，禹迹遂不可考。其他沔陽漢陽之境，凡漢水枝津，大抵皆通渠者之所爲。志家槩指爲潛水，不足信。又曰隋志松滋縣有涔水，乃大江分流。王晦叔以史記潛從涔，因之以當潛水，非是。然則今縣固潛之經流。以浮于江沱潛漢之文推之，江有沱，漢有潛，貢道所出，各由其便。特梁之潛大而遠，浮之而逾沔，荆之潛小而近，江南則浮江沱，而潛而漢。江北則浮潛，而漢而逾洛。漢謂之漢，亦謂之漾沔。西漢水，禹祇謂之潛。孔安國曰：沱潛發源梁州而入荆州。則漢初尚無西漢水之名，而亦謂其漢出爲潛也哉？然則東西二漢水之名，自漢後名之則可，而不可以説禹貢也。

巫山解

巫山，一在盧氏縣東北，今濟南肥鄉縣西北七十五里，齊靈公登巫山以望晉師是也。一在巫峽，爲秦巫縣地，楚曰巫郡。山之峯十有二，合沓百六十里，上有神女祠，相傳赤帝女瑶姬，行水而卒，葬於是山之陽，故宋玉賦謂之巫山之女。昔殷太戊祖乙時，巫咸、巫賢，世濟其美。書傳謂以巫爲氏，而馬、鄭二氏顧以謂殷之巫官，巫風歌舞，儆自伊訓。咸苟父子爲巫官，君奭必不屑與伊陟竝論，特殷人尚鬼，宛丘去殷都不遠，婆娑擊鼓，鄭譜謂其好巫覡，禱祈鬼神。殷巫之名，斯由以起。至南人尚巫尤甚，故曰「人而無恒，不可以作巫醫」。醫本從「毉」，其從「酉」者，酉即酒也。酒以降神，藥得酒而行，殆不止祝由之有其科。而周禮簭人「九簭」之「簭」，竝讀如巫，斯巫彭作毉、巫咸作筮之説，皆樂附於巫，紛如而不可以詰。屈子從彭咸之所居，猶之云以巫遯迹而已。巫之爲工，女則直曰巫，男巫亦曰覡，一事陽神，一事陰神。九歌中湘君湘夫人，皆女巫所致之神，餘七者則男巫所致。漢郊祀宗廟之祭，用僞飾女伎，不經已甚，抑且竝巫、覡之實而黷之。説文巫，祝也，女能事無形以舞，降神者也。楚俗尚女巫，則其所謂神，必神女。丹陽爲楚故都，椒糈之要，比户而是，惝怳娩嫿之態，尤人所樂稱。曰巫峽、曰巫郡、曰巫山，大都以巫起義。彼不學之徒，謂巫山之名，以山形若巫字然，較巴水曲折如巴字之説，更無据矣。宋玉高唐賦言楚先王夢見巫山之女，神女賦復言其夜襄王果夢與神女遇，浮誕之失，幾類聚麀，而又從而神之。宋范致能、陸務觀所載神女之靈，則江河諸水神，往往類是。若瑶姬治水之説，不將與黄牛神争血食耶？是故巫之始在殷，巫之紛在楚，有是巫有是神，而後有是山，有是郡縣。至山海經所載黑水南之巫山，與漢志安邑縣東之巫咸山，與此無與，吾不復援以爲斷。

彭亡説

武陽彭祖冢及祠，見於華陽國志、續漢郡國志、水經注之文。其山曰彭亡，山下有彭亡聚，岑彭擊公孫述營此，聞其名而惡之，是夜果爲刺客所殺。彭祖者，史記謂陸終第三子，論衡謂顓項師，論語「老彭」，注謂老聃、彭祖，疏謂老彭姓籛名鏗，與史記注謂姓彭名翦者，既以若兩人。而又以謂鏗在商爲守藏吏，在周爲柱下史，舉聃之生平而誣爲彭祖，更不可信。彭祖封大彭，郡國志所謂彭城國。彭城縣，古大彭邑也。若彭國見於秦誓，傳雖不詳所在，而謂在西北。今彭山之縣，在長安西南，非秦誓之彭固不待言。揚雄蜀都賦「彭門鴻屼」，左思賦「出彭門之闕」，劉淵林注都安縣兩山相對立，故曰彭門。而雄蜀記以李冰謂汶山天彭闕曰天彭門，亡者悉過其中，鬼神精靈數見。然則彭門之名，實始於冰。彭祖術又人所樂道，彼書之彭蠡，春秋之彭衙，及鄭高克駐師之彭，皆不能以彭祖相附會。迨有亡者必過彭門之説，遂以彭祖家此而亡，即道家所謂三彭，亦未必不因雄之言而互託也。子瞻有濠州彭祖廟詩，而不及其鄉所有之廟與冢，其識出子由上矣。或曰，彭亡者，彭望之謁，再謁曰平無，三謁曰彭模，晉書桓温傳。四謁曰平模，水經注。皆於彭祖無所與云。

巴縣豐年碑説

巴水自高而下，瀕水之田，無溝澮可蓄，殷竢冬雨，瀦之陂塘池堰，所謂冬水者也。水足則穰，水歉則饑，志言朝天門漢水底有石如碑，名雍熙，一名豐年，非水甚涸不見，見則大稔。我朝康熙二十三年、四十八年俱以二月見，乾隆五年二月復見，邑人龍潮州爲霖洗石刻録其文。其一紹興戊辰二月昭德晁公武題名，謂唐張孟所稱光武時題識，惜不可復見。其一明弘治癸亥正月重慶府知府華陰屈直德、同知吉水李暹、通判六合邵賓等題名，謂弘治改元，石亦嘗出見，其年大旱民饑，故守土者不可因是而弛備荒之政，居此者亦不可恃此而有侈靡之爲也。按方輿勝覽言涪陵縣江心有石刻雙魚，魚各三十六鱗，一銜萓草，劉忠顒詩作「蓂草」。一銜蓮花，旁有石秤石斗。王象之言開寶四年石魚見，上有廣德元年二月記，以爲水退魚見，是兆豐稔。四川志於涪志石魚，復於黔江志廣德元年碑引寰宇記開寶四年云云，蓋誤以刻之石魚者爲碑，而又誤爲兩地。然則碑與石魚之見，多以二月或正月，縱江水甚涸，而陂塘池堰之水自贏，兆在彼不在此也。會稽之射的湖水，白則米賤，元則米貴，度亦以臘與上春而言，而龍又言是歲幸大稔。向聞之父老言，碑雖見，不盡驗，益以知陂塘池堰之政，視淞與雪爲可憑，而碑之見與否無與焉。晁爲四川安撫制置使，卒於嘉定，而石魚有宋寶祐甲辰臘涪守長寧劉叔子君舉追和唐大中六年轉運使尚書主客郎中劉忠順詩，其序曰：石魚唐人所刻，與渝江晉義熙碑相似，見則歲稔。義熙碑當即今所稱雍熙碑，竝爲舉正。

邛州印文宜改鑄説

説文邑部：邛，工聲，地名，在濟陰縣。漢濟陰非縣，乃郡，其文當有脱誤。玉篇引蜀郡臨邛縣釋之，得其要矣。臨邛爲今邛州寧遠府治，爲漢邛都，張騫在大夏，見蜀布邛竹杖，劉逵謂邛竹中實而高節，戴凱之謂磥砢不凡。蓋其中實，而其節磥砢，以其爲邛都所産，故名邛竹，亦作笻竹，雷波屏山間謂之羅漢竹。至卬，匕部，從匕從卩，我也，又通仰，通昂。其作「昂」者，黄公紹以謂邛之譌也。以邛州爲邛都，乃顔師古之不考。今州印與州儒學鈐記，其文從卬，不從邛，視馬援之論成臯、闞駰之論滇陽，事適相類。而宋元豐中，何洵直請改鑄湖北陝州印文從硤，以别陝西之陝州。少府丞歐陽發曰：湖北之陝從夾，陝西之陝從夾，本不相亂，恐四方謂少府監官，皆不識字。朝議皆是發言，而卒改鑄。世之知其誤而蹈之者少，不知其誤而襲之者多。守土者請於上而正之，其毋謂不急已。

頌詩堂説

古詩三千，孔子删爲三百，若風、若雅、若頌，作者之大凡也。若誦、若弦、若頌，學者之大凡也。詩之入人甚深，人之於詩，詠嘆之，淫液之，鼓舞而不知，誦以諷詠，弦以琴瑟，頌以形容，一往各極其致，而又不可以偏廢。許氏慎訓「頌」爲「貌」，古「頌」通作「容」。自後人以「風雅頌」之「頌」，當頌詩之「頌」，甚且以歌誦之「誦」亂之。不知孔子言誦詩，孟子言爲詩、説詩，至其言頌詩，又與讀書竝舉。趙氏注：詩歌國近故曰頌。是誤以歌詩當頌詩，而頌詩之失其傳已久矣。孔子以端木氏、卜氏可與言詩，而餘無聞。孟子之徒，如高子、公都子、孟仲子，其言竝見於毛氏之傳。顧弦誦在音節，頌在容儀，學者忘言忘象，不知手之舞之、足之蹈之，以是爲尚友之極致。惜乎後之人以「頌」爲「誦」，而不能心知孟子之義也。古樂器多以頌名，左氏傳公琴即頌琴，儀禮西階之西頌磬，凡詩可入樂者皆可誦可弦可頌。惟夫頌之義既明，而後知孟子之於詩，好學深思，心知其意，尚友所契，頎然黝然，視孔子之彈琴而見文王，當無異爾。

周懷芳藹聯從予遊五年，與予論詩有合，其朱涇之居，有堂曰「頌詩」，肄業所及，風雨不已。爰告以學詩者之有頌，與誦弦不同，與讀書之讀不同。苟引伸其説而且誦且弦，求作者性情之故，由是聲音笑貌，若或遇之，庶幾尚友之詣，而不囿於一鄉一國之見焉，亦爲之而已矣。

白華前稿卷第十玖

書後　跋

書漢書文翁傳後

文翁爲兒時，有神異，及長，伐柴薪以爲陂塘。忽夜有野豬數百，以鼻戴土著柴中，比曉塘成，見太平御覽所引録異傳。又與人入山取木，謂其侶曰：「吾欲遠學，試投斧高木上，斧挂當往投之。」果上挂，因之長安受經，見所引廬江七賢傳。幽明録：文翁欲斷大樹，欲斷處去地一丈八尺，乃持斧祝曰：「吾若得二千石，著此處擲之中。」所祝一丈八尺處，後果爲郡。張寬字叔文，漢文時爲侍中，從祀甘泉，至渭橋有女浴於渭水，乳長七尺，上遣問之，女曰：「帝後第七車知我。」時寬在第七車，對曰：「女星也，祭祀者齋戒不嚴則見。」見所引益郡耆舊傳。揚州有二老翁争訟山地，連年不決，寬爲刺史，復來訟，寬窺二翁非人形，令卒持杖戟入，呵格之，翁化二蛇走，見搜神記。班氏不載於漢書，蓋聖人不語神怪之意。而華陽國志言文帝末以文翁爲蜀守，穿湔口，溉灌繁田千七百頃。

又秦宓言文翁遣司馬相如東受七經，王應麟以爲易、書、詩、三禮、春秋也。文帝使博士諸生刺六經，作王制，而五經博士至武帝即位之五年始置。翁穿江利民，置文學掾，作周公禮殿，當在文景之時。至遣張叔等至京師受經博士，則武帝五年後事，如莊遵、王褒當皆在與遣之列者。甘泉山有秦故宫，文帝祀甘泉，寬不應已官侍中。寬字叔文，而稱爲張叔。翁名黨，字仲翁，而稱爲文翁。此班志之缺失者。今舒城西南有文翁莊，宋史以梓潼文同爲翁裔，我不敢信。

書後漢書列女叔先雄傳後

搜神記：犍爲叔先泥和，其女名雄。華陽國志：先尼和女絡符人。又曰：淑媛則有元常、紀常、程玦、吴幾、先絡。水經江水「東南過僰道」注引益部耆舊傳張員妻黄帛求員尸自沉事，人爲説曰：符有光洛，僰道有張帛。江水「又東過符縣北」注：光尼和女絡自沉，與父俱出，郡縣爲立碑。太平御覽引耆舊傳：犍爲符泥和氏女名先雄。又溺部引耆舊傳：孝女叔光雄，父泃和。今范書「孝女叔先雄，父泥和」蓋與干令升皆以謂複姓也。困學紀聞曰：叔先雄，水經注作光終。何焯曰：女而名雄，無義理，蓋雒字傳寫之誤。以予論之，泥者尼之誤也。説文：「尼，從後近之也。」徐鍇曰：猶昵也。廣韻注「又和也」。古人名字相配，先尼字和叔，而范氏、干氏又丁倒之，近世所傳諸本水經注亦未有以絡爲終者。絡帛係古韻，絡訛洛、訛終、訛雒、訛雄，此如酈氏所引張員，當從異苑、華陽國志作張貞，而尼之訛泥、訛汭，不待辨也。廣韻注「叔先複姓」，亦沿誤矣。尼爲縣吏，其長蓋趙祉。湍水者，耆舊傳謂城湍，常氏謂城瑞灘，酈氏謂成濡灘。孝女之沈，以永建二年二月十五日，其持父屍出，則二十一日也。上其事者，郡太守蕭登高之也。絡其名，先其氏也，其父名尼，字和叔也。後漢符節縣於前漢曰符，於今爲合江，常氏以魏、趙、先、周爲江陽著姓。四川志：合江先氏巖，唐神童先注讀書處。宋史忠義傳有先坤朋，爲合州張珏内應，復瀘州，豈皆尼後耶？甚矣，志地者之不可不審也。符有先絡，僰道有張帛，絡以殉父沈，帛黄氏女，以殉夫張貞沈，沈十四日偕夫出。常璩志甚明，自酈道元以「先」爲「光」、以「貞」爲「員」，范蔚宗列女傳傳絡而不及帛，又誤以先絡爲叔先雄。予前過犍爲之清水溪，拜絡祠下，見木主及近人碑，又誤爲淑先雄，瀘州志又誤爲元紹。因徧考搜神記、太平御覽、困學紀聞，辨其同異。漢僰道爲今宜賓、南溪二縣地，敘州府志於「宜賓列女」言唐張真乘船覆没，妻黄帛求夫尸自沈於南溪鴛鴦圻，則云漢張真妻黄帛沈此。四川新志：唐張正船覆，尸不得，妻黄氏自沈於江，積四十日持正手出灘下。員、真、正形聲遞誤，甚至誤漢爲唐，方輿紀要亦同之。考異苑、華陽國志、太平御覽皆作貞，且十四日而非四十日。予惟貞之名誤，帛之心終不安，非如張帛黄帛之可以互稱也。帛祠在南溪縣治前，明嘉靖、崇禎間碑，亦皆作張真。歲久圮弗，因倡以私錢而新之。貞，僰道人，學士韓子方弟子，別見常氏志。

書續漢郡國志犍爲魚泣津注後

予既碑南溪黄烈婦之祠，段君玉裁寓書來告曰：烈婦沈魚符津，在縣西五十里，距敘州府治東北三十餘里，所謂福溪也。岷江經敘州府治北，金沙江右注之，又東十五里，南廣水右注之，又東十五里，福溪水左注之。其上游曰魚溪河、黄沙河，源出宜賓縣斗牛壩。郡國志南安有魚泣津，劉昭注引蜀都賦注曰：魚符津數百步在縣北三十里，縣臨大江岸濱，山嶺連亘，益州郡有道，廣四五尺，深或百丈，唐蒙所造。今文選本佚此注，而水經注畧同。蒙開道在今敘州，不在嘉定，昭於南安，引此誤也。引魚符津注魚泣津，亦誤也。故蜀都賦注「縣北三十里」當作「縣東三十里」。雖然，愚更有進焉。福溪舊曰覆溪，亦曰服溪，南廣水即符黑水，水經注符里應作「黑」。水入江處謂之南廣口，凡水濟渡處曰津，後人略符黑水之稱，而謂之符津，或徑稱魚符津，或又移其名於福溪緣江數十里間，甚易附會也。若南安之魚符津，即魚涪津，又作漁涪津，見吴漢傳及章懷注，謂在南安縣北。方輿紀要作魚梟津，漢并將岑彭之軍破公孫述將魏黨公孫永於此。晉永康元年，趙廞據益州，襲殺西夷校尉陳總於南安魚涪津亦此。彭被刺在彭亡聚，距武陽東南二十里，武陽故城又在今彭山縣東十里，是津南接南安，北爲取蜀要道，故漢決勝是津，而後圍武陽，拔廣都，述萬不能守。四川志夾江縣有魚涪津，乃係複誤。而永寧縣東三里之魚涪關，與南溪之魚符津，皆非郡國志所指蜀霾叢開。明魚鳧舊治，在今樂山青神新津間，津由魚鳧而名。魚涪、漁涪、魚符，音之譌，魚泣則字之譌也。昭於唐蒙所開之道，既不應移在南安，而僰道之蜀王兵欄，復譌爲玉兵蘭。今本或譌爲玉岳蘭，符節縣或譌爲荷節。彼符黑水之爲符里水，亦猶是也。字經三寫，學者其可鹵莽哉！

書宋史忠義張珏傳後

元世祖紀十四年二月甲戌，西川行院兵至重慶營浮屠關，即今佛圖關。宋都統趙安張珏降，十五年正月庚戌，師入重慶。十六年正月辛酉，宋合州安撫王立降，十七年二月以珏畀瀘州安撫使，梅國賓使復父讐，珏聞命自縊死。其曰復讐者，宋德祐元年六月國賓父應春守瀘州，殺其判官李丁孫、推官唐瑞奎以降元，次年六月，珏結州人劉霖等爲内應，破神臂門，誅應春故也。

予觀宋季叛將，如劉整、昝萬壽、田世顯、楊大淵、張大悦各以蜀地北降，或爲之獻計取宋。宋史以珏列忠義傳，言珏十八歲而從軍，其守釣魚城，算無遺策，人盡用命，致憲宗嬰疾而亡。憲宗紀：帝崩於釣魚山，或云爲飛矢所中。續通鑑：蒙古主蒙哥卒於合州城下。四川舊志：釣魚山記憲宗爲礟風所震，因疾，班師至金劍山温湯峽而終。其守重慶，帳下韓忠顯夜開門降，珏索酖不得，乃載妻子走涪州，斧舟欲其沈不得，欲躍入水不得，明日元兵追及執之，送京師，至安西，其友諷以死，乃解弓弦自經。元李德輝傳曰：重慶破，珏走涪州自經死，德輝薄合州城下，呼王立出降。文信國悼制置使兼知重慶府張珏詩序曰：珏，蜀之健將，與昝萬壽齊名，昝降，張獨不降。瀘州志載明御史羅廷唯劉霖傳曰：元兵取重慶路，珏軍潰，霖亦被執不屈，同珏死難舟中。夫忠顯開門降元，元必斷珏路，珏既出薰風門，與也速觧兒戰扶桑壩，兵潰，巷戰復不支，安能復夜歸而索酖、而入舟，明日而元始追？及意者珏固虓將，元執之而尚欲用之。信國授命於至元十九年之冬，詩序但言其不降，而不言其死，迨遲至二年之久，不死復不降，於是假國賓以復讐之號，以速其死，以著其與降無異。且重慶之破，在十五年二月，其降者趙安、張萬、張起巖，至珏則潰走見執。元紀以安與珏之降，係之十四年二月，一似珏既降而重慶尚爲宋守，亦失實也。萬氏斯同以爲國賓詣闕訴冤，正以珏之降與其父同，世祖亦輕珏不盡忠於宋。夫珏爲宋守土，力竭被俘，以視獻城導寇之徒，相去尚遠，珏苟死，元史豈得書其降？珏果降，世祖又豈速其死？惟是依違輾轉，坐延歲月，而又無文山、疊山始終不渝之志節，見信於人，以致二史矛盾，身喪而名卒裂焉。嗚呼，豈獨珏哉！

書邛州白鶴山魏文靖祠壁

魏文靖鶴山書院在蜀者有四，蒲江、邛州、眉州、瀘州。眉、瀘，公所治。邛、蒲江，公故居。公十八歲而登第，以親老乞外，未幾丁生父憂，築室白鶴山下，晚而督視京湖軍馬，理宗御書「鶴山書院」以賜。今邛、蒲皆有白鶴山，公書院當在邛。明正德戊寅，御史蘇師郤以州城内土主祠改祠公，後遷鶴山書院於祠右，而山之祠稍替焉。虞集記公曾孫起之言曰：吾先世臨邛之書院，灌莽莫治，其僑諸靖州者存亦無幾，曾大父實葬於吴，先廬在焉，願規爲講誦之舍。是史所稱鶴山書院者，固在邛不在蒲。而四川志言蒲江北潘家山有公墓，有神道碑。集雅與起遊。記必不誤，誤在志也。鄞人萬斯同以公理學名臣，弟從子竝執政，乃後魏而不復其宗，且引蔡西山之仲子虞知方，以蔡後虞，皆宋人亂常滅理之事。夫公自言偕同產兄高稼侍先表叔父高孝璹純父。大夫公，朝夕有所省發，是公雖後魏，未嘗不養且教於高也。

山距邛州西七里，爲公書院故址。雍正甲辰，知州張純別祠公於山曲，而摹公分書「雲吟山」三字，榜之楹間。有好事者以公兄稼弟定子合饗，從子斯得祔食焉，未爲不可已。雲吟山在夾江縣西三里，公書今尚存，純蓋摹邛州試院所榜，而其實來自夾江者。

書黄鶴樓壁

易林「鶴盜我珠，逃於東都，鵠怒追求，郭氏之墟」，亦以鶴、鵠爲二鳥

鵠、鶴皆水鳥，鵠高翔善步，故一名天鵝，鵝白而微暈黄，故黄曰鵝黄。鵠之黄，猶鵝之黄云爾。鶴由白而蒼而玄，顧本草言有黄者，陸璣詩疏遂云黄鶴。古人常言之，鵠即鶴音之轉，後人以鶴名頗著，謂鶴之外別有所謂鵠，故埤雅既釋鶴，又釋鵠。漢昭時黄鵠下太液池，而歌名黄

鶴。方以智云：鵠、鶴聲之轉，詩「從子于鵠」，音鶴，叶皓。淳于髡獻鵠於楚，舊注即鶴。後漢吴良傳贊「大儀鵠髮」，注即鶴髮。曹植表「實懷鵠立企佇之心」，鵠立即鶴立。法書要録鶴頭書，一作鵠頭書。嵇康賦「千里别鶴」，音鵠，與曲叶，又别鶴操，雄鵠雌鵠。庚桑楚篇伏鵠，古「鶴」字。今武昌黄鶴樓下曰黄鵠磯，此確證也。

嘗考鶴、鵠不特音轉，文亦易譌。如論衡「貴鵠賤雞」，養生論「龜鵠壽千百之數」，瑞應圖「王者知音樂之節，則玄鵠至」，以及張協言露鵠，何遜言夜鵠，李賀言瘦鵠，餘若别鵠、孤鵠、野鵠、獨鵠，鵠無非鶴者。江夏黄鵠山，一名黄鶴山，山臨江有磯，曰黄鵠磯，磯上黄鶴樓，元和郡縣志所云城西南角因磯爲樓，名黄鶴樓者也。

黄鵠遊江海，淹大沼，與鶴殊族，後之人若以鶴勝於鵠，而音與文又復相近，侈仙跡者，遂有黄鶴之名。任昉記：荀瓌憩黄鶴樓，望西南有駕鶴者降，賓主歡對，辭去，跨鶴騰空，渺然烟滅。唐圖經：費禕登仙，嘗駕黄鶴返憩於此，遂以名樓。其事雖不足辨，然蕭梁時已有黄鶴樓之名。荀瓌於樓上遇駕鶴之仙，非瓌即能仙去，作圖經者又以荀字叔禕，而移之費禕，費戕自降奴，豈遽兵解？今樓旁有費祠，樓上有吕巖攜笛跨鶴象，盧生倚枕卧其旁，以邯鄲吕翁當吕巖，以巖當駕鶴之仙，又其甚者。類家於江夏縣黄鶴山，謂宋戴顒隱憩於此，林澗甚美，是蓋以京口之黄鵠山，一名黄鶴山，其下有鶴林寺者，誤以爲即江夏之山，而漫無識别也。易、詩、春秋、左氏傳言鶴不言鵠，禮言鵠不言鶴，漢書「黄鵠下大液池，作黄鵠歌」，未嘗云黄鶴歌。有黄鵠，無有黄鶴，人所易知者。庚子山賦「落帆黄鶴之浦，藏舟鸚鵡之洲」，亦不察黄鶴之爲黄鵠耳。予以本草、埤雅分釋鶴、鵠，自非一物。兩黄鵠山皆轉爲黄鶴山，費禕、荀叔禕、吕巖、吕翁多涉附會。伏睹御題「江漢仙蹤」扁字，渾融函蓋，無所不包，論而列之，以諗世之登斯樓者。

書黄鵠磯觀音寺壁

鵠有二，小者瑀鵠，設以命射，其一即天鵝，與鴻竝齒。古人行文，鵠與鶴往往通用。江夏黄鵠磯，其上枕黄鶴樓，樓在城巔，對城外之觀音寺，舊爲南齊頭陀寺，王簡栖文其碑。簡栖之名，文選注作巾，説文通釋作屮，困學紀聞作屮。屮讀若徹，象艸木初生枝莖之形。黄公説字，巾閒居服，故名簡栖，似不當從屮。因思升菴於音於義從屮，於文從屮，屮即古左字。簡兮詩「左手執籥」，其名與字或取此。宣和譜陸簡之書頭陀寺碑，湖廣志亦失載，故既題其楹，復考鵠、鶴，巾、屮、屮之異同，而著之於壁。

書昌黎謝自然詩後

謝自然，南充孝廉謝寰女，貞元十年十二月十二日辰時昇天，時年十四，見集仙録、白帖、太平廣記。是詩斥數怪變，至以郭璞狐狸魍魎憑陵作慝之言爲喻，較華山女詩所云豪家少年來繞百帀，於敘其傾信中，寓慢侮之意者，尤警切矣。唐祖混元六典言女道士觀五百有五十，新書言女冠觀九百八十有八，如睿宗金仙、玉真二公主皆爲道士，玉真號上清玄都大洞三景師。代宗華陽公主以病丐爲道士，號瓊華真人。而德宗文安公主，亦丐爲道士。凡宮人入道者，時流多送之而爲之咏。女子胡愔黄庭内景圖一卷，至載藝文志。上有好者，下必有甚焉者矣。若吕炅棄妻謝母，著道士衣冠，則公所云力行險怪取貴仕者盡之，故不具論。

書東坡㴻陽早發詩後

漢武賦「秋風憯以淒淚」，註寒涼貌，一作淒㴻。司馬相如賦「倏眒倩㴻」，注皆疾貌。㴻音練，廣韻、集韻竝即甸切，集韻又力至切音利，即計切音麗。玉篇㴻疾流。顧景星説字曰：贛州㴻頭山，或云㴻當作𡾊，山形出貌。不知「𡾊」乃俗字，山高而水疾下流，故名㴻頭。坡公此詩爲嘉祐四年少作，編在荆門惠泉答張都官見和惠泉之後，漢水襄陽古樂府之前，子由有和作，編次略同，注家皆不詳所在。近查氏補注曰：虔州志龍南龍川之交，有水曰㴻，非先生經由地，存俟再考。夫虔州之㴻水，出自㴻頭山，山賊爲王伯安所平。今鍾祥麗陽驛居荆、襄孔道，重坡連亘，人烟牢落，山曰司山，水曰小司水。予初疑司爲麗音之轉，乃下流入漢處，縣志曰利河，土人曰浰口。口距驛祇六十里，以二公詩證之，始信麗陽之於宋爲浰陽，而志地者不之審也。至浰之有練音，俟再考。

書鄖陽院壁徐學謨詩後

杜君卿云：周時諸國，荆州則楚、夔、妘、黄、鄖、由、麇、羅、巴、穀、隨、權、邔十三國，楚滅鄖以封鬬辛。漢志竟陵今天門縣。注云：楚鄖公邑。明統志以辛封邑在江陵，固無依据，而又以邔通鄖，指德安之安陸以當之。今鄖縣爲隋鄖鄉縣，隸鄖陽府，其得名則由鄖關。正義曰：地理志宛西通武關，而無鄖關，鄖當爲洵。洵水上有關，在金州洵陽縣。王伯厚既以漢中郡長利縣有鄖關證之，即秦始皇東出鄖關，亦當指此。鄖陽志既采鄖關，復言春秋爲錫穴，地産錫。志爲明徐叔明創，吴明卿有送周象賢應徐開府聘修鄖志詩，見甔甀集，而院壁叔明詩「老去旌旄開錫穴」，亦誤讀錫字書。錫地名，楚錫穴，前漢功臣表有無錫侯多軍。按左傳文十一年，潘崇伐麇，至錫穴。杜氏註錫音陽。陸氏釋文錫音羊，元和郡縣志亦音羊。蓋防渚爲麇境，錫穴爲麇都，而宋、鄭間亦有錫邑，路史商末錫疇子斯其先爲御姓，鄭滅之以處宋元公之孫，是爲錫邑。錫或作鍚，猶之喪服記皮弁錫衰，雜記朝服十五升，去其半而緦，加錫。錫皆當作鍚，謂治布，滑易也。楚金三品，麇不必無錫，而地之名錫者又不獨在麇。杜氏鎮襄陽，於麇故接壤，其時猶從錫，不從錫，故音之曰陽，而陸氏因之。自六書之學既紛，地理家又不無失實，如麇古通麇，吳師居麇，或謂在巴陵縣，或謂楚滅记麇而遷之以來，然吳師不至巴陵，麇爲楚地，麇爲小國，其不相及又如此。予故因錫穴之不可從錫，而類舉其事，以待續郧志者之刊而正之。

書曝書亭集張仙祠碑後

宋井度漕蜀日，裒梓潼、灌口、射洪三神祠碑文板記，爲蜀三神祠録五卷，其書不傳。射洪不知何神，或云祀陳子昂。灌口祀李冰，梓潼祀張惡子，惡亦作亞。常璩謂梓潼張亞子廟，雨後得雷杼，每歲十枚，是立廟不始於姚萇，或萇新之且大之也。梓潼神固非文昌星，其以爲花蘂夫人所祀孟昶象者，誤蓋有自。唐時眉山張遠霄遇老人，以竹弓一，鐵彈一，質錢三百千，張無靳色，老人曰吾彈能辟疫，宜寶而用之，再見遂授以度世法。今邛州治南百步有張仙廟，又文廟階下大雨後有丸，非土非石，赤而多竅，求者累歲不得，或無意得之，土人謂宜男，謂之張仙彈，與高禖弓韣之義頗合。當花蘂入宫時，殆以習爲故事，張仙祈子之對，未盡詭也。亞子没而爲神，遠霄生而獲仙，二者亦不可不辨。

書程拳時雲夢考後

少讀洪氏隨筆以漢官制南郡、江夏郡皆有雲夢官，及考漢志，南郡編縣、江夏郡西陵縣有雲夢宫，猶宋玉賦所云雲夢之臺耳。沈氏筆談曰：舊尚書「雲夢土作乂」，唐太宗得古本作「雲土夢作乂」，詔改從之。今史記、水經注竝同，惟漢書作「雲夢土」。胡氏錐指引周禮、爾雅、戰國策、淮南子之合稱雲夢者，以謂雲可該夢，夢可該雲，雲夢在江北，不在江南，亦無夢高雲下之勢。拳時病胡氏不能確指其地，而據元和志，直以爲即今德安府雲夢縣。禹由衡陽九江沱潛至此，地勢近豫而漸高，故曰「土」作「乂」，似極了當。然自枝江而東爲松滋，東南爲公安、石首、華容，江南岸諸藪澤，皆古所謂江南之夢。至京山及鍾祥東南境，皆漢雲杜縣地。古者「土」與「杜」通，毛詩「自土沮漆」，齊詩作「自杜」。又「徹彼桑土」，韓詩作「桑杜」。鄭氏周禮校人注：「相土作乘馬。」荀子：「杜作乘馬。」焦氏以士穀、士會之「士」皆作「土」，讀爲杜。土姓杜伯之後，是雲杜即雲土。韋昭曰：雲土今爲縣，屬江夏，史記昭王自郢至雲夢，復走鄖，郢今江陵，鄖今德安府。雲夢之縣僅百里，患旱不患水，不可謂之藪澤。謂雲夢當合稱也可，謂雲土無所證據也不可。謂雲夢皆在江北也可，謂雲夢止爲今縣境也不可。

書所作尹太師瀘州故里辨後

吉甫未聞爲太師，師尹其後也，尹世居周都，故彼人士詩曰「彼君子女，謂之尹吉」，至「來歸自鎬」之鎬，箋以謂北方地名，正義以謂去京師千里，即玁狁、越焦穫而至涇陽所嘗侵及者，而非自鎬京而歸。王氏困學紀聞言幽王之尹氏，不能世吉甫之賢，景王之尹氏，又世太師之惡。又引録異傳曰：周時尹氏貴盛，五葉不別，會食數千人，自陳損之以吉甫爲瀘人作清風堂，而明統志又以爲房縣人，有廟有墓，於南皮、平遥縣，又皆有尹墓，其可信耶？

武后長安鐘拓本跋

保寧府治衙神祠，有銅鐘高二尺餘，其徑三分圍之一，上下如筩無侈弇，有文云：「維大周長安肆𠡦歲次甲辰拾𠥱癸丑朔貳日甲寅，合州慶林觀主蒲真應等奉爲𨲢神皇帝陛下敬造洪鐘一口，鐘重四百斤，普及法界蒼生，竝同斯福，朝議郎行合州司馬馬德表。」乾隆三十年，郡守歙縣江權自郡樓移此，按后第十三改元爲長安，甲辰則稱號之二十一年也。一與壹、二與貳、三與參，易、周禮、孟子經與注皆通用。睿宗先天二年，詔制勅表狀書奏牋牒年數，作一十、二十、三十、四十字，是四十二等字，固嘗偕肆拾貳矣。史稱后作曌、𠀑、埊、㘈、囝、〇、𠺞、𢘑、𡕀、𠡦、𠦚、𠙺十有二文，而無釋文。通鑑以謂改照、天、地、日、月、星、君、臣、載、初、年、正之文，金石文字記凡周碑「月」作𠥱，亦作匨；聖作𨲢，與此皆合。而七修類藁又有𧆞幼、生仁二字，又以𠙺作𠥱，以匨即生。惠氏論語古義曰：可謂大臣與，說文臣作恵。天后以西、埊、𡆠、𠥱、又作匨。〇、𠺞、恵、𡕀、𠡳、𠦚、𠙺、又作壬。曌、𤯔、𨲢、𥠢、𡔈、圀，代天、地、日、月、星、君、臣、載、初、年、正、照、證、聖、授、戴、國等字。以論語恵字考之，亦非盡出臆造。西本篆書，埊見管子、戰國策、鶡冠子等書，續玉篇圀古文國字。其以年爲𠦚，則郎氏、惠氏未之及也。六典：天下觀一千六百八十七所，每觀觀主一人，上座一人，監局一人。慶林觀不載於楊慎四川志，而置有觀主，則當時爲勅建可知。唐自下達上之制一曰表，鐘成後，疑馬德以表聞，非姓馬名德表也。朝議郎階正六品上，是鐘之成，即張柬之拜秋官侍郎之月，不十旬而二張誅，中宗反政矣。柬之嘗刺合州，鐘之由合州而至保寧，其年月蓋莫考云。

重刻靈飛經拓本跋

開元二十六年，玉真長公主檢校鍾紹京書瓊宮五帝法靈飛六甲法及上清祕符真蹟，予嘗見之座師秦文恭公所，即海寧陳氏勒石本也。唐睿宗十一女九金仙公主、十玉真公主，字持盈，皆以景雲二年三月築觀京師，僕射竇懷貞爲之護作，廣調夫匠，和市木石，魏知古諫不止，裴漼諫不報。而金仙之師方士史崇元，爲浮屠所嫉，賂狂人段謙入承天門，升太極殿，自稱天子，而主不聞是焉。當觀成入道後，明皇欲以降張果，果固不奉詔，主亦豈肯奉詔哉？是經出其手挍，與明皇信王鉷田同秀所爲靈寶符上清護國經寶券者何異？又六年爲天寶三載，主固請去公主號，罷邑司，又十五年而薨。其曰大洞三景弟子者，主自崇昌縣主，進號上清元都大洞三景師，對御之稱弟子，猶明皇華陽頌自稱上清弟子也。其曰長公主者，二主與明皇同母竇后，主自言高宗之孫，睿宗之女，弟於天下，不爲薄也。玉真初號隆昌，唐書避玄宗諱作崇昌，玄宗爲睿宗三子，主爲第十女，又同母，似不應稱爲弟耳。右刻爲玉烟堂所摹，視陳刻爲古矣。

潼川干禄碑跋

魯公書石遍天下，其存蜀者，僅武連「逍遥樓」三字。至南部縣離堆摩厓記已泯，劍州中興碑則紹興初攝州事吴盱摹刻，而費少南跋之，四川新、舊志不復舉其名矣。干禄碑見潼川州志，謂公自書在州學。予惟歐陽公以謂干禄書真本開成中石已訛缺，世所傳者乃楊漢公摹本，潼安得有此？亟訪之尊經閣下，碑石厚尺餘，穴兩旁如貫綍之制，其正面則表裏刻之，碑下斷一尺餘，宋人跋已不完。跋首言干禄碑在湖州刺史宅東廳，蜀士所見惟板刻，鮮得其真。府尹龍閣宇文公比刺湖州，得公所書，以下缺。州職官志宇文氏三人：昌齡，雙流進士；時中，成都進士；

峒，成都人，修治學校。四川科第志無時中名，惟費著氏族譜言宇文氏凡六院，其自廣都院者，閬中、粹中、虚中迭登第，時中賜進士第，後以直龍圖閣、知潼川，即是跋所云府尹龍閣者矣。虚中以建炎初使金，被留遇害，與時中爲兄弟行。碑之立，當在建炎、紹興之際，容訪足本再考之。

吾邱衍學古編跋

李陽冰令當塗，李白獻以詩曰「吾家有季父」，其結題曰「獻從叔當塗宰陽冰」。白晚歲始至當塗，計陽冰亦已非少壯，支分既近，家又俱在蜀，故欲相依以老。吾子行曰：陽冰名潮，杜子美之甥，以字行，取海賦陽冰不冶之義，别字少温，以潮爲陽冰甚謬。至述書賦注以陽冰爲趙郡人，宣和書譜亦作趙郡，此由陽冰望趙郡，如東坡之自稱趙郡蘇軾，軾非即趙郡人也。陽冰之冰，方以智讀若佞，蓋以冰、仌、凝三字形聲互近。若李潮之書，趙明誠言惟存惠義寺彌勒像碑及彭元曜墓誌，筆法殊不工。顧少陵稱潮工八分、小篆，而陽冰惟工篆，李、杜同時，李叔而係杜甥，齒次不合。子行又云陽冰作寸内篆殊佳，稍大即惡。今陽冰篆皆後人重刻，惟武昌縣江岸「怡亭」二字，大可六七寸，山谷詩所稱「怡亭看篆蛟龍纏」者，尚是舊蹟，不可云惡。惟所云秦雲陽獄吏程邈作正隸，即今楷書，蓋本梁庾肩吾隸書，即今時正書云云，尚不至以八分爲隸也。惠義寺在梓州，惠亦作慧，子美詩「巴東逢李潮」，則潮或亦蜀人爾。

白華前稿卷第二十

書　贊　辭　頌　策問　題名

與顧晴沙書

昨郵便奉到大集，墨板工擅益州，不知何時似今坊本，展此足爲彼生色也。一書兩序無害，惟序後遽附王跋，跋獨本也，足後也。今跋即古後序，古以序自，序繫本書之末，書序、詩序皆然，三史亦然。其以後序爲跋，盛自兩宋、盧陵、東坡、山谷、益公、簡齋、晦翁、鶴山諸君子，至有題跋專行。王君係門下士，言跋故謙詞，似當移置卷尾。附刻詩始於韓集，殆李漢編入，若杜集附嚴武、高適、韋适、元結詩，自劉辰翁編入。近海寧查氏慎行蘇詩補註，附轍、過詩，俱不繫其姓。三國志董和傳後有董允傳，裴松之曰：陳羣子泰、陸抗子遜，皆以子繫父，不載別姓，惟董允傳獨否，此史例則然。杜集有杜位，韓集有韓重華，即曝書亭集附弟朱彝鑒詩，尚從其例。尊伯叔兄弟不宜援史例之不繫姓也。行數區區，識者展卷即見。執事好古而學乎古，用敢以言相執，惟鑒擇焉。

與朱畫莊書

頃誦縣志六篇，以新造之邑，爲無米之炊，體例謹嚴，蒐采明備，過康氏之志武功遠矣。其皮毛枝節，無害於義例，而當改正者，如卷首結銜繫臣字，篇中則繫畫莊朱氏。古經進之書，如劉向校七略，薛瓚注漢書，裴松之注三國志，皆稱臣。近時檄郡王司農鴻緒表進明史藁，其板心稱橫雲山人集，遂停頒發。又新令府州縣志，先上禮部勘覆，然後布行。今志未經呈覆，則「臣」字似可節去，至本官須繫本階，如未奉勅授，書官不書階可也。石谿亭詩「騷壇」今改「詩情」，騷之傳者，祇屈、揚二篇，非如作詩者之多，可云壇也。歷城家明府，當改從朱。東坡有次韻子由送家退翁知懷安軍詩，退翁謂家定國。蘇天爵元文類載林霽山有家大參歸自北寄呈之作，大參謂家鉉翁則堂。定國、鉉翁皆家姓，非本家之家。嘉、隆後詩文，每以同姓之某爲家某，無所依據。拙序無可觀，行篋中亦無一卷書可資考證者，益以念作者之甚難也。

漢陽試院流萬堂贊 并序

德與功與言舉，足以不朽，而言之中，有德與功者存。徒以言，而以文，以時文，其道未爲尊，其爲澤亦易斬矣。詩賦者，唐宋之時文。經疑、經義者，元明以來之時文。以經義異同詔諸儒講議，自漢宣帝、章帝始也。以論語、孟子、大學、中庸爲四書，自宋朱子始也。以四書發題試士，創八比格，曰破題、接題、小講、大講、後講、考經、結尾，名曰書義，自元仁宗始也。明之文莫盛於江西五家，然以視隆、萬人異矣，以視正、嘉人又異矣，以視洪、永、成、弘人抑又異矣。以晦、盲、否、塞之象，激爲噍殺之音，取便於空疎不學，以驚世駭俗，而明亦於是乎亡。其所爲盛，乃其所爲壞焉者爾。

我朝龍興，漢陽熊氏伯龍文，其於道不知何如，而敦重弘達，見開國氣象，既上第榮世，其傳世亦久且遠。當時有竝稱之人，要無竝稱之實。嗣求其古文詩，詩間具一二杜理，古文則應酬牽率，大都出自門客之手，絕不類其時文。用是歎藝之至者不兩能，而科舉之業，有開必先，是直運會使然，熊氏際其盛而能鳴其盛也。漢陽諸生童，何集武昌附試，雍正二年，分設湖北湖南學政，漢陽遂議建棚。熊氏之孫旆，推故宅入官，廣置院舍，事在雍正七年，其產盡斥，而府新志不之載，院中亦無碑版可考。幸學官師弟子，尚能舉其功，數傳而後知之者當已僅矣。予惟前明楚產，如楊忠烈漣、熊襄愍廷弼、賀文忠逢聖，其人皆有以自立，當按部時遍訪其後人，冀示廣厲。而有與試、有不與試者，以熊氏之文，爲能立其言，而其孫復爲功於漢陽之諸生童，視唐宋人之舍宅爲佛寺者，誠遠過之。因求旆從子光、光子培仁，録之前列，竝取杜詩「不廢江河萬古流」之義，扁院之西堂曰「流萬」。然則世之志乎古以立言者，其傳世豈反出時體下哉！贊曰：

聖言孔彰，誕習科舉。尊爲四書，效作八股。揣摩朱訓，糟粕漢詁。流失既多，體裁孰取。斯人奮興，盛世揚詡。載黜箏琶，賁鏞簴虡。載屏纘綿，繡絺黻黼。淳穆斵雕，端嚴疊矩。中壽奄徂，高文久睹。維漢入江，自我行部。有塗有門，有寢有廡。有舍者席，有圜者堵。今開廣場，昔宅安宇。言捨入官，逝將芘女。人往地存，文今質古。伐碑著銘，志乘竢補。

白華堂玉章贊 并序

予籍諸生時，負米九江，居停者以予之需秋賦也，舉酉陽雜俎所載吴剛事，號之曰月樵，或以款刻月樵玉章遺居停者，居停者轉以遺予，予爲作長歌。厥後鄙其事，持易米二石度禩歲。而束晳補亡詩，洪景盧雖不謂然，然不失乎律己之道、事親之旨，因改號「白華」，隨所居編曰「白華詩屋」，屬武進黄景仁仲則鎔一銅印。己亥秋自浙使旋，假道省墓，喬鍾沂樸園遺予舊玉章曰「白華堂」者，圍四寸四分，高八分，脊起爲四阿，而下方廣，質理斑犖，近亦五六百年物也。語曰：非人磨墨，墨實磨人。昔之名是堂之人，既無得而徵，予之堂以四百緡購之郡西郭之錢涇，距下沙故居幾三舍。每念景盧所譏，士大夫發蹟隴畝，多以醫藥弗便、飲膳難得，自邨疃遷於邑，自邑遷於郡，翩然去之，或遠在數百千里之外。如歐陽公爲廬陵人，其父崇公葬里之瀧岡，而公中年乃欲居潁，見之思潁詩序，無一語及於松楸。今予購而堂之，不必終且居之，而玉章之文，巧合符節。若梵言補陀落迦山，唐言爲白華山，予固未暇以游，要亦非所願矣。是故堂統於屋，而詩屋則統於堂，堂與屋皆曰「白華」，則猶歐公在夷陵，因至喜亭之名，名至喜堂云爾。贊曰：

有塊者璞，其文窅窊。印之丹質，堂曰白華。先我而堂，自我而屋。且屋且堂，重茅純束。惟白守元，惟華養根。言復其始，廉恥是敦。

當陽汪貞女義田碑贊 并序

男女子生三月而命之名，男子子二十而冠，冠稱字。女子子二十許嫁，笄而字，雖未許嫁，年二十必笄，笄必以字。易女子貞不字，字，謂許嫁後稱字也，以字謂許嫁，誤也。嫁不以再嫁，故許亦不以他許。禮曰：既納幣，有吉日，女之父母死，壻使人弔，如壻之父母死，則女之家亦使人弔，言先行弔禮也。又曰：壻已葬壻之伯父，致命女氏曰，某之子有父母之喪，不得嗣爲兄弟，使某致命，女氏許諾而弗敢嫁，弗敢嫁，弗敢執吉以來嫁也。又曰：壻免喪女之父母請，壻弗取，而後嫁之，請者，請尋吉日也，壻喪畢而未以復請，故女氏反以爲請，壻之弗取，壻之未遽忘哀，嫁之者，嫁此壻也。疏以謂男氏許諾而不敢娶，女家不許壻而後別娶，夫以有故而不得娶，遂至聽其別娶，男既別娶，女必別嫁，先王無此黷禮之政也，此鄭氏之失也。女之德貞而已，在其國爲女，在塗爲婦，貴其成婦，不貴其成妻。

予叔母胡孺人之妹許嫁錢存厚，予妻查淑人之妹許嫁宋森，聞訃守志，爲聞見所不忍。有引周禮禁嫁殤，及曾子問不遷於祖、不祔於皇，姑壻不杖不菲不次，歸葬於女氏之黨之義以折之，不爲稍動，事舅姑無缺禮，殁而爲之葬。蓋不成妻而成婦者，且禮爲殤服，雖嫁殤有禁，而周之時固已嫁殤，以臣不殤君、子不殤父之禮爲言。女子之不可殤其壻，亦猶是矣。天下之害，生於不及情，不生於過情，故曰可以取，可以無取取傷廉；可以與，可以無與，與傷惠；可以死，可以無死，死傷勇。聖人緣情制禮，禮即天理之節文。歸氏以女子未嫁而爲夫死且不改適爲非禮，毛氏奇齡記李婃守志事曰：歸有光曰，未婚守志非禮也，古父母死即改嫁，不待壻死也，有光固未嘗爲此言，而婃許嫁後，嘗同姑臥起，正其成婦而不可絶者。當陽汪氏女蘭英許嫁傅立，立殤，汪年十五，歸傅樵汲養其姑，廿年而姑殁，今年四十餘矣，守志不貳，鄉黨共稱。予以蘭英之成婦而養其姑，近禮而足以爲教，又憫其不給於養，率錢三十緡竝郡縣官師弟子錢三百緡，屬縣令慈谿范鐸經紀其事，買田記之碑而銘之。其辭曰：

刲股近名，殉軀慕烈。未嫁守志，於義履潔。羹湯苟奉，襦帶宛結。律己特苛，風世較拙。爲江漢游，懼廉恥缺。悠悠長阪，皦皦同穴。喪過乎哀，貞凶其節。置彼薄山，成教是設。

白雲送老圖辭 并序

雲之爲物，汗漫而不可方，故夏鼎繇曰：逢逢白雲，一南一北，一西一東。山林嘉遯之士，往往託以自喻，而學仙者流，復有乘白雲遊帝鄉之歎。崔顥黄鶴樓詩，兩言白雲，猶此志也。雲之象既閒，其於迹又已幻，然易之言大人曰「雲從龍」，記之言賢人曰「天降時雨，山川出雲」，惟所從既隆，而澤由之以降，降之澤豐嗇不一，而物之遇之，胥有以濟乎其時，時以濟矣。雲之出者，當有所歸矣，然方其出而未歸，若不能無心於歸，此歐陽文忠在政府時，以「歸田」名其録，尤文簡在侍從時，以「遂初」名其堂，而雲岫中丞白雲送老圖亦以之作也。

圖有嶠有扈，有嶧有陘，有谿有瀆有澗，有松杉栝竹楓槲，有屋有橋，橋屋皆有人。蓋斷取杜子美秦中雜詩第十四章末語意爲之。或疑子美詩始欲卜東柯谷以居，繼欲卜仇池穴以居，願不獲遂，迨入蜀始有草堂，稍有寧宇。彼所遭之嗇，公視之奚啻霄壤。即淵明所云「無心出岫」者，亦未有乘時及物之會，而後之論淵明詩者喻之絳雲在霄，卷舒自如。人之由少而壯而老，猶雲之由舒而卷。公以出岫之雲自喻，而駐節之地，在白雲、黄鶴之交，由作圖之意以推凡所爲不獨老其老者。茅檐暴背，與白雲長汜濩於無窮，是則公之自怡悦而舉堪持贈者夫！辭曰：

茅蓋屋兮面水，雲英英兮露彼。山有桂兮淹留，垂九天兮蔚起。羌雲行兮遲遲，復雲停兮止止。眷徜徉兮予懷，曰自得兮素履。

俞孺人旌節頌 并序

漢陽俞孺人爲太學生臣鵬女，年十五適同邑張繼鉞，十九生子大海，未晬而繼鉞卒，乾隆四年月日也。三十四年，邑之人籲所司旌於朝，是冬孺人卒。卒後七年，以大海官武昌府學訓導贈孺人。又二年，大海舉鄉試，又四年被薦當去爲縣令，乞爲文傳孺人。夫孺人之節，縣府司院官言之，而繼鉞有四兄，多以科貢舉。孺人孑身籌紡，養且教其孤以有成，則夫致孝致哀於其舅，必敬必睦於其娣，其事舉可以信，而書或缺有間焉。唐應德曰：明初修一統志，兩人相誚，其一欲載科目，則曰此非進士録也，其一欲載户口田賦，則曰此非黄白册也。科目別有録矣，不載宜也，户口田賦，天下之大命，彼禹貢、職方，其亦黄白册也哉？閻百詩曰：萬季野曩謂予，撰一統志奚必及人物？人物自有史傳。予甚駭其説，及覽元和郡縣志、太平寰宇記，意果不重在此。一州内人物或無，或僅姓名貫址，即間舉生平，亦寥寥數語，不似明統志誇濫。省欽曩在志館，其體例所收人物甚嚴，惟受旌婦女，槩得登記。然如孺人之貞苦以昌其後者，卒不多見，故粗舉其略，俾書之門閥，俟志郡邑者録之，以繫典型，而補世教云。頌曰：

彰善樹聲，表宅表里。以此坊民，卓哉女士。漢女曷求，喬木曷休？其風信美，歌於有周。

及笄而嫁，奄喪所天。呱呱泣哺，書能書賢。夫稱贈公，里號節婦。中壽不延，恩言幬覆。舅牏載滌，鄰桑勿争。瞻言綽楔，無窮令名。

乾隆三十五年廣西鄉試策問 二首

問：易、書、詩、禮、樂、春秋，古曰六藝，亦曰六學，其曰經，孰昉與？四經、五經、七經、九經、十一經、十二經、十三經，異同安在？唐選舉分大、中、小三經，何與？易有三義，上、下經分卦，其數何以不齊？費氏學、荀氏九家學，有傳於後者與？左傳以「罪疑惟輕」爲夏書，説文以「五品不遜」爲唐書，其有説與？堯典三辰，何以異於益稷謨？舜典五禮，何以異於皋陶謨？詩三經三緯何若？逸詩篇目甚夥，孰有辭，孰無辭？儀禮歌召南，何以越草蟲而取采蘋？笙詩何以不當補？春秋四繫五例，以元訓仁，以夏時冠周月，果聖人之旨與？三傳紀載褒貶，其不同者何事？周禮、儀禮，其本書之名何在？司徒不言財，司馬不言兵，鄉射禮罰爵以豐，冠義有士無天子、諸侯大夫，能一一條説與？多士際昌明經學之朝，研肄當有素矣，其以所得著於篇。

問：自古載籍極博，諸史而外，足以備歷朝之掌故，括百氏之源流，大而制度典章，細而名物象數，綜甄畢具者，大要莫如三通，名爲「通」，何與？唐劉秩倣周官禮著政典三十五篇；杜佑廣其未備，成通典二百卷；宋鄭樵變其義例，成通志二十略；馬端臨廣杜氏之規模，正鄭氏之疏舛，旁掇論奏，間附心裁，成文獻通考三百四十八卷。斯三者增損因革，分門果何似與？通典所載，自皇古以迄開元，亦綦博矣，乃析賦於田制之外，雜貢於税法之中，選舉則孝秀與銓授同科，典訓則經文與傳注相洎，何與？鄭氏詆杜氏借書炫名，其自序通志至有云非漢唐諸儒所得聞，然職官、選舉諸略，多仍通典原文，至若略陳碑版，遽該金石，撮言象緯，欲括天文，可與天寶以後、淳熙以前，宜有纂述，而通志闕如，或别有説與？通考雖倣通典，而本經史之記載，稽儒先之緒言，夾注處尤極完善，乃王氏圻譏其詳於文而略於獻，然與，否與？我皇上右文稽古，嘉惠士林，特命詞臣校正三通，竝續成通考，近復勅通典、通志一體開館續修，甚盛典也，諸生涵泳聖涯，他日皆有珥筆編摩之任，其以素所研辨者，剖析言之毋隱。

乾隆三十六年湖北鄉試策問 二首

問：延洪既臻，引年示禮。禮：天子視學，遂適東序養老。鄭康成謂養老在視學明日，然與？仲春仲秋，入學有養矣，其有歲養，何與？燕禮、饗禮、食禮，其不同安在？周之兼用，見於詩、周官及祭義者何若？鄉飲何以立三賓？養老何以立三老？鄭氏既云三老象三辰，五更象五星，而又云各祇一人，何故？蔡邕以五更之更作叟，證之張湛注列子，田更作田叟，則鄭氏「老而更事」之説非與？漢初歲首遣人存問三老，即養老於鄉之義，明帝以李躬爲三老，桓榮爲五更，而國老、庶老之外，其子孫死政者於禮亦得有養，我國家仁壽緜庥，安懷洽慶，貴齒之禮，視古特隆，躋斯字者盍數典以對？

問：古者竹簡曰策，其尺寸長短，有見傳註者與？以謀訓策，始自許慎與？發策、射策、對策有異與？漢鼂錯對策首云「平陽侯窋等所舉賢良方正、太子家令臣錯」，何直書己名與？唐時有沿其體者與？虞世南倣應科目策，自設問對，引經史注之，謂之兔園册，豈科舉陋習如是與？抑非必世南所作與？制舉策有載於史者與？以策題曰策文，自何始與？唐及宋初，策題甚簡，仁宗後寖失之繁，有至數千言者，何以故也？元經疑經義，略如發策、對策，明以鄉會試第三場發策，故楊慎譏舉子抄節史事，綴爲策套，夫發策之患，在問所不足疑；對策之患，在對所未嘗問。頃者頒示令格，凡策題毋過三百字，對者毋泛引不根，誠崇本厲學之意也，多士其酌古言之。

乾隆四十四年浙江鄉試策問 二首

問：湯誥言性之始，説命言學之始，二者尚矣，言心始仲虺與？書古文人心、道心有他證與？論語三言心，兩言性，中庸言性不言心，而程子謂孔門心法，何與？大學言心及意，孟子言性及情，何與？性兼心言曰心性，兼命言曰性命，其曰性理何與？有義理之性，有氣質之性，曰恒性，曰率性、德性，曰知性、養性，與性相近之旨，可表裏與？荀卿、韓愈、李翱之言孰當與？道學之名始於宋，朱子謂周子一生之學在太極一圖，然其陰陽五行之位，與陳希夷無極圖，適相倒易，凡同異醇駁可切指與？金谿、姚江爲世滋訢，豈其學果禪學與？抑攻之者已甚與？大抵心性之説，援之則涉於宗門；學問之途，粗之則溺於訓詁。皇上聖明天縱，盛德日新，治理所昭，淵源精一，蓋君師之統，萃於一人矣。多士泳游聖涯，服習儒軌，有心契乎性道間者，願稽聽焉。

問：古有事於學者三，月令學正習舞釋菜，其名見諸周禮與？周以前，有舉者與？釋奠之禮，視釋菜、釋幣何若與？孰用尸用樂，孰否與？同謂之釋，何與？若山川廟社之祀，亦釋奠與？入學釋奠，自四時各舉而外，何時何事載舉與？春夏舉，自太師，秋冬舉，自何人與？始立學則釋奠先聖先師，豈先師不嫌數，先聖不嫌疏與？先聖果四代各尊，先師果四經竝立與？周公、孔子、顔子，遞爲先聖、先師，可歷考與？古釋奠在學不在廟，抑有説與？漢高祖以太牢祠孔子，後魏孝文帝親祠孔子，史何以不書釋奠與？書釋奠孔子，在何代與？夫襃崇之典，歷代各殊，如何而始爲定制與？我皇上道洽治隆，心源軌一，辟雍闕里，屢已光昭法駕矣。乃者熱河建學，文廟落成，所謂始立學而釋奠，聖人乃能行之也，盍詳見於篇。

蒙山智炬寺題名

癸巳八月乙未，省欽旋試寧遠，道出名山，名山令劉以正促易筍輿，抵智炬寺飯。陟雷動坪，至五頂揭甘露井覆石，覔副仙茶半甌，倚石闌，闌上菭髮扶寸，觀大仙副仙東西配諸茶樹。樹不及二尺，人未嘗見其滋長，四川志及明人碑竝云仙茶，西漢甘露禪師植。西漢佛教未入，禪師之稱昉自晉，即東漢猶稱道人也。五頂若貫珠，一石殿庳而緻，其面爲觀音堂，瓦屋鉢盂諸山，遠近鱗簇，平羌江如玦遶之。支策返寺，邑諸生李蘭枝能刻石，劉預礱以待，同遊者予邑人姚蘭泉、門人蘄州陳祐瀣。返馭入城僅五里，雨翻盆下，劉言揭井石則雨隨至，兹尚幸也。又言嘗發茶畔土磴，道忽震撼，懼而止。往歲天戒寺林竹盡花，小金酋始干討。劉令此十年，時禁旅垂過，芟糧星火，偕選勝游，非直地主賢，師行抑衽席矣。越三日，自邛州使院書而歸之。

古慧義寺今琴泉寺題名

少陵有陪章留後惠義寺詩，又山寺詩原注「與章留後同遊」，其云「野寺根石壁，諸龕遍崔嵬。前佛不復辨，百身一莓苔」，爲今千佛洞無疑矣。寺在山上，故陪四使君登寺詩曰「樓閣寄山巔」。太守沈清任莘田於山下得武成二年惠義寺石幢，知王蜀時尚仍唐寺名，不知何時始稱琴泉寺也。侯圭以梓之州，列浮圖一十二，而慧義在北。慧通惠也。寺故有塔，今僅存敗址，志地者當知之。

崇聖寺題名

唐進士宴櫻桃，觀舍利佛牙，皆在崇聖寺，寺名遞改，至明而曰崇仁，歷久頽廢。乾隆癸巳正月，予視學赴蜀，鎮洋畢公沅以方伯權大中丞事，要遊雁塔，西折遊此。董役伊始，無足觀也。今丁酉除夕前二日，返覲至秦，道出寺後，訝其非常偉麗，而公爲真大中丞者且三年矣。爲言監司秦隴時，見兹寺露處，臥佛尚係唐塑，石匣經係玄奘手取，莊嚴宛在。屬曹宫允仁虎於翊午偕予先往，而公繼至，禮讚竟日，復以碑文見屬。念當代詞館松、太人特多，公蔚居選首，於軍興時建非常之原。宫允持服未闋，爲公修同州府志，薄留幕府。以予之陋不爲人所鄙，同鄉同館聚覽今古，後之來者安知不繼勅宴而舉勝事也夫！

武昌西山題名

自黄岡陸行至華容六十里，渡社樹與渡樊口遠近等。乾隆辛丑四月十九日，李太守國麒、李大令敬敏，偕包都督定邦，出清源門送予，謂放舟至武昌縣郭入西山良便，李大令維墧亦走使具邀。飽帆竝下，涉歷沙岸，衆緑相委，望郭門不暇入。穿枯壙半里許，石徑始豁，一磴一折，坐九曲亭，亭高不十仞，而坐見樓堞，江色繚之，返景則袍袖盡碧，密樹無間。再上爲靈泉寺，寺門外翼以亭，瞰寒溪懔懔作冰雪氣。寺有三泉井，井旁石澗靈龜泳焉。澗石爲古根所穴，蔭可滿院，寺僧冰谷方事鳩葺，指後殿爲吴大帝避暑處。東憩棧閣，閣下有劍池，越閣外小徑滑汰，其東北即寒溪。西上里許，是山最高處，犖确不可措足，陰翳既盡，劍石在焉。予趺石良久，諸君始至，輒謂予有濟勝具，相與枕樊山，面南樓，隔江望巴湖若大圓鏡。縈青繚白，侑以壺酌，歡盡始返。書此以識游跡云。

象牙山題名

熊耳山以兩峯相竝得名，在盧氏縣。馬耳山亦以雙峯名，在諸城縣。眉州彭山縣東北象耳山，予未及以遊，而載在統志。今施南府治在象耳山麓，上有玄妙觀，岡脊所垂，櫨若鋸若，府志載明人詩，亦作象耳山，而居人猶間稱象牙。象不以耳稱，耳牙文相近，不止互郎爲牙郎之誤矣。因改題曰象牙，陳太守嘉謨爲省欽勒之石。

白華前稿卷第二十一

傳

明四川東鄉縣知縣趙公傳

公名德遴，松江人，天啓甲子舉人，知東鄉縣。我世祖章皇帝順治二年，張獻忠遣劉文秀分掠川東，六月賊至，公預練鄉勇，拒守閲月。七月十二日，縣役童三麻應賊，城破，公與其家八人者入井死，有邱榮和者亦被執，以間得脱。踰年獻忠誅，公子求尸處不得，榮和告以井所，乃刺血糝遺骨驗視，公所佩石與玉有三，乃即葬之，而以石玉酬榮和。榮和有女孫，歲貢生冉士選之母也，石玉今藏士選家。

論曰：昔明社將屋，盜賊蠭起，民不聊生，不知死所。張獻忠據武昌，鑄西王之寶，李自成自襄陽貽書脅讓，左良玉復將西上，獻忠乃決策入川，首陷夔萬，僭位成都，遣將分道屠僇，謂之草殺，殺人不可億數計。予行部時，往往求忠義士死處，而自重慶三忠祠外，多不可考。惟東鄉士人言城内有趙公祠，公所入井尚存，士選手狀以上。竊考彭侍御遵泗所爲蜀碧，言甲申賊至東鄉，恩貢生冉璘及其子宗孔被執不屈死，而不及公。公之死在乙酉，則東鄉之焚掠，必非甲申。我皇上彰癉衮鉞，嘉憫明季死事諸臣，予專謚者二十六人，通謚忠烈者一百十二人，忠節者一百九人，烈愍者五百七十六人，節愍者八百四十三人。館臣論次事實，爲勝朝殉節録，表忠發幽，曠越曩古。公之名惜未獲聞，江南選舉志并不及公姓氏。予幸爲郡人，而里籍亦未暇以考，謹據士選之狀書之，俾刻諸祠，俟異時考證焉。

順天府北路同知李君傳

君諱化楠，字廷節，石亭其號也，緜州羅江人，封文林郎文彩長子，乾隆七年成進士，十七年令餘姚。姚邑故瀕海，賦重民獷，多去而爲盜。君以次掩獲，搆屋二十餘間扃之，名曰枉生所，擇民技能者爲之師，假官錢資令爲業。業成，其師具狀保之出，終其身不復犯。值歲祲，君預籍輕重待賑，賑務爲兩浙冠。調秀水，復攝平湖，前令某在湖七年，積訟牘三千有奇，君計日定程。飲食皆坐堂上，早午晚決若干件，縱民觀聽，民爲之歌曰：「雲霧七年，三月見天。」而令甲州縣官本任，不以繁調繁，去之日，湖人傾城扳送，哭聲震野。浙撫今直隸總督楊公以治狀聞，會丁文林君憂，服除，特旨以同知發直隸補用，假牧滄州。州藪盜，各省案提者如蝟，君籍户口狀貌小字無不實，以是隨提隨得。曹家莊多回種，日殺牛聚會，夜則四散爲奸。君忽於夜半挾弓矢率健卒數十人，擒其魁，餘論如法，盜爲之空。假牧涿州，補天津府同知，以内艱去，服除仍赴直隸候補。假牧霸州、薊州，補宣化府同知，遷順天府北路同知，督密雲、懷來、平谷諸賑工，懷餅餌，以油傘自蔽，巡歷風日中，一瓦一石，毋有竊濫。又兼攝密雲縣事，白某冤，行在慮囚甚亟，君以獄詞未定，留不發，幾挂吏議。上行圍木蘭，君迎伏道旁，上笑謂扈駕諸臣曰：「是李化楠耶？可謂强項矣！」人謂上有嚮用意，即大府益以重君。京師奸人翦辮者，詞連數省，無佐證，君固請無動，已而他省之周納者，多得罪。密雲令任某以事被劾，君讞得實矣，有齮齕君者，力持之，君憤懣不得申。先是令浙時痰常錮心，至是又患怔忡，祀竈日以事過都門，購參餌自隨，越二日入會城，命從者瀹茶，忽解所佩刃自剸。茶至，從者驚相呼，君躍然起曰：「我安得血被手耶！」創未深，然亦竟不治，聞者皆詫嘆，有泣下者。君讀律成誦，凡案牘皆手自評斷。嘗言居官有六字訣：眼到、身到、心到。又曰：「一籤一票似甚微，當之者一家哭矣。」精九章法，儲穀有不能算者，一布指即知其數。其所治卒極衝，時巡秋獮，供頓立辦，無浮費，無浮派也。通籍廿年，禄養備至。其衛卹也，會葬者千人，於雲龍山立家祠，置田贍族。少時耕且養，據隴上挾書而哦，少惰，文林君投以礫，故君左頷有瘢。羅江入本朝成進士者，蓋自君始云。藏書數萬卷，皆自浙載歸，他生産不復問。所撰族譜八卷，治畧二卷，石亭詩八卷。

贊曰：君以壬申校浙闈，得沈君祖惠爲解首，士林多稱之。要其獲上治民，不媿古循吏矣。疾由心作，天若甚之。然君之没，未幾而忌君者旋以他事敗，獄亦卒如君所讞。天人之理，固若斯不爽也。抑可以無憾矣！

封中憲大夫顧公别傳

公諱建元，字振川，姓顧氏，自吴相醴陵侯雍著望江東，元通判潤之始居無錫，九傳至廣東提學副使鏞，是爲公曾祖。祖敦考選知縣，父候選州同愷。兄弟凡八人，就塾爲舉子業，皆以爲不若，既乃嘆曰：「讀書不爲善，縱得第何補於世？」於是仿高忠憲同善會，令一人集十人，人日輸一錢，或米一溢，瘞捐瘠，給寡婦之不朝食者，其厚者聽積十年得田二百畝。若施衣、施藥、施棺、放生、惜字諸會，垂五十年以爲常。脩學舍，脩七世祖洞陽公祠、尊賢祠，營道成梁。產不過千金，而爲善日不足。往予視學入蜀，公之子光旭權按察使，每示公家問，語嚴至，不及生產事，其最精者，曰除弊恐利去，在正己而已，正己則弊自絶；興利恐弊隨，在因民而已，因民則利自溥。當光旭去蜀，蜀之人如有所大戚，感泣扳送，千百里不絶。予不知光旭之感蜀人，何以如是深，即公之所以教光旭者，何如是而猶未慊也？公生時，母吕恭人夢道士乘五色雲入室，繼母病，禱石門之白鶴道院有應，後十八年復病，禱瀕湖之鎮溪菴，夢真武神持大圓鏡垂絲帕丈餘於地，復起。輯青年金鑑録若干卷，爲長洲彭尚書啓豐講大洞經。晚歲居錦樹園，倚池檻觀水輒盡日，出則續碧山會賦小詩，爲前後十老圖。以光旭歷御史、甘涼兵備道，累封如其官。預知臘庚申厭世，年六十九，及見光旭子永之舉京兆試。

論曰：無所爲而爲，善之大者也。然易言殃、慶，書言惠、逆，後之君子，藉以去不善而力於善。積之既久，將言與行與心，無非善者。善之長曰仁，仁之本曰孝弟，其推曁曰民物。始公亦涉道家感應之説，而設誠致行，油然粹然，即子瞻蘇氏所云其生有自來、其死有所爲，理或然也。曰「别傳」，别於史也。

潘建南傳

歲乙丑，予赴郡試童子科，時吾邑有以行義受太守旌者，則潘君建南國錦也。君祖母奚蚤寡，撫君父，及見君嶄然頭角時，命之私淑於王高士光承之門，故君每以孝弟力田爲己志。君外舅年七十而未有後，君資之暖老，或誦亭林顧氏之言曰：「焉有勸老人買妾而可爲君子者乎？」君反覆辨論爲買之，卒生二子。子孤，君紓其家難，俾至於成人。君弟有二子皆上殤，亦爲置妾，妾所生子又殤，乃立後而嫁其女。有族子陷爲盜，禍且不測，君請於廉使者，事得直。又以祖母奚苦節數十年，而揚顯未之遂也，請有司上聞，如制賜金立坊於墓所。方墓之未卜也，形家謂葬且不利，君泫然流涕曰：「吾祖殁五十年，吾祖母殁十有三年，今吾父見背又七年矣，及身而不葬，誰與葬者？且向者猶以力不舉，吾以卜之於天，脱不利，吾自當之。」比葬亦無他。他好義事尚多，不具載，載其聞於君嗣周緒者。

論曰：古人子之葬其親，墓大夫爲之辨冢域而已，不克葬者無有也。自葬書以化者邀福，而惑其説者，暴骨且至累世，亦與於不仁之甚矣。論者以君存亡繼絶之功，如僕沈華死，且爲之置後，而不知其卓然不惑於地師之言，爲尤不可及也。鄉飲酒而行也，非君其孰當之？抑予又以嘆循吏之難，而積善者之爲有後也。

李節婦傳

節婦程氏，墊江人。雍正七年，年十九，歸李嘉禾。不二年嘉禾没，誓將殉焉。其姑曰：「乳也男，嘉禾不死矣，且如我老何？」及乳，生枝榮。枝榮少孱疾，所受産不百金，婦哀過失明，以姑命攜枝榮育於程。踰年而嘉禾之兄殁，婦誓與姒陳偕撫其孤。又十餘年而嘉禾弟又殁，娣奪志於人，婦撫其二女至嫁。每寒食上塚，攜枝榮倀倀然泣曰：「天苟有後於李，雖餓死不恨。」夜坐績苧麻，課枝榮讀，至漏三四下以爲常。枝榮餼於庠，婦目明漸復。乾隆二十六年，恩詔舉節孝，學之師弟子將以婦應，則嘆曰：「爲人婦不幸而以節名，曷若爲子者成名以名其親？」乃止。方予按忠州遴試拔貢，初不知婦節，而枝榮年四十餘，視其人呐然，又卹然若有亡者，州之人以謂不得當也。比舉而交口頌曰：「是故節婦子，固宜。」枝榮請予爲之傳。予以程、李皆邑士族，矢節祇恒德，立傳非體，因舉陸魯望見忠孝志義之事，則銘之之言復之。乃銘幽不可以葬後作，會婦之兄子正坤，需次次京邸，請益力。嗚呼！世之被旌者多矣，其節不必如婦之苦，而禮官籍之，一統志遂據之載之。婦直以枝榮窶，不能請旌，而陳義甚高。枝榮固有深痛者，其亟請於予，以冀不死其親，固人子之義云爾。然則既其實而名湮没不彰者，又何可勝道哉！

程氏二節婦傳

李氏塾江人，生崇禎九年，年十八，歸拔貢生程瑞雲，二十八而寡，子鴻僅周兩晬。直萬縣餘賊煽掠，李以遺産令瑞雲族子大器經紀，而已負鴻入深山，累旬不火食。鴻舉鄉試，奉李復故居，與大器均其産。鴻卒年二十六耳，子文駱九歲，文驛七歲。鄰人牟其産，將併害之，李與鴻婦盧計匿文駱文驛於萬縣程謙之。謙之故鴻族，且同年，後十餘年，二子爲博士弟子，婦始得與母、祖母見。李卒時年八十九，盧年七十，婦姑相守五十年，顛沛荼毒。文驛孫今仁懷縣令正坤，輒爲予泣且言曰：「吾高祖母、曾祖母之節苦矣，非是，程安得有後？有後而懼不傳，敢請。」抑予聞瑞雲與義士十七人守西山中嘴寨，賊李鷂子、余大海圍之，三月餘不下。少保李國英攻毛蘆山賊，爲運饋出巫山，敘題知縣，未除而卒，非直李若盧賢也。年代稍遠，旌格限之，正坤苟以是推民隱而毋枉且濫焉，亦賢者之用心爾矣。

孫宜人傳

宜人興縣人，孫姓，故尚書協辦大學士文定公族女，年十八歸廣信守康基淵。基淵少孤，與兄故太學生基某、今開封守基田，奉母教，砥厲學行，歲入穀不十石。宜人偕姒王舂爨織紉，雖寒暑輒至夜分。王歿，宜人獨承之。凡妊男女子四，以免卒，年二十九，時乾隆丙子八月日也。歲甲申基淵筮仕爲嵩令，奉母之官，母泫然謂宜人子儀鈞曰：「微而母，吾不有今日。吾以乙亥秋中寒疾，而仲父教諭繁時，而父館千里外，而伯父具醫藥，而母祈籲抑搔，累月不交睫，少間進吾食，日夜十數餐，餐一二勺，懼吾胃弱，疾再作也。疾起而而弟倫鈞痘，痘已尋痢，而母奉吾而乳而弟，其不任免，固也。卒之日，惟叢殘絮布一笥，皆綴綻所餘。吾嫂哭之，吾姪之婦又哭之，言每急必告而母，而母脱釵釧質衣裘以爲常，而不知貧若是也。而九歲喪而母，而不知而母固也。」宜人歿十二年，儀鈞舉鄉試，又七年，倫鈞繼之，又六年遇慶典，於例當贈恭人，乃基淵已貤贈其上世，遂以儀鈞官中書所晉級贈宜人。

論曰：予讀歸氏有光狀其母周勞苦若不謀夕，兒女大者扳衣，小者乳抱，手紉綴不輟，中夜促有光暗誦孝經，無齟齬乃喜，未嘗不痛劬勞之恩，至斯爲罔極也。母富貴家易，母貧賤家難，抑婦又甚難也。今太守富貴矣，宜人偕其苦而不偕其樂，此儀鈞所爲乞傳也。儀鈞又言幼學時每歸，宜人必篝火課所誦書五十過，不熟即撻之。慈惠若彼，孝義若此，信乎無命而有其德矣。

嗚呼！獨宜人也乎哉！

歐陽貞婦傳

貞婦歐陽氏，安福湛水人，幼失怙，母兄授以列女傳、女訓諸書，輒解大義，爲選壻甚嚴。邑諸生王燕，貧而有文譽，歸焉，事王姑三年，事姑十年。子堂開四歲而孤，一女甫妊。堂開從弟學基又失父母，爲拮据兼撫之。後學基受室數年，爨始析。貞婦生二十年而歸，歸五年而寡，今六十有三矣。先是，貞婦之王姑劉，守志五十年，手植桂一本，及尺歧爲兩幹，幹末復合，人以謂後凋之祥，閲世再應之。即堂開之交予，志行不少苟，而謂不有是母哉！

論曰：女子之德曰貞，凡不再適與不得已而殉者曰烈，元史亦曰節。魏氏禧區節與烈與從容就義爲三，抑未審矣。唐堅貞節婦李及金節婦，皆夫死不再適者也，貞之名，祇以施之未嫁不再字之女，故近人文搆題無稱貞婦者。宋景濂爲湯慕貞、韓惟秀、周淑、黄守貞傳，則曰節婦，爲王妙清、王順榮、鄭妙静傳，則曰貞婦，二者實皆無以異。乃其言又云：婦以節名，非常也，變也，變而不失其正，善之善者也。然則處變而不失其正，固女德之所以貞，言貞而節在焉。故以崑山張氏女子之節之烈，而歸熙甫稱曰貞女。予因堂開之請傳其母而正其名，其不繫歐陽而繫王者，不敢据史例，例在景濂以徐定瑞爲趙節婦云爾。

白華前稿卷第二十二

墓碑　墓表

中大夫大理寺左少卿何公墓碑

乾隆三十六年，陝西文縣鄉賢大理寺左少卿何公之仲子渾，以辛巳進士除廣東從化令，將行，介富陽董中允來謁曰：「先大夫之歿也，有行狀，有墓志，有傳，雖然嘗乞傳於太僕陳先生兆嵛，業許我而未就也。今先生已矣，願以屬吾子。」予惟古之人不傳人，又國史三品以下例無傳，傳略而墓表詳，乃爲文以塞其請。

公諱宗韓，字桐藩，一字對溪，以廩膳生舉康熙戊子鄉試，雍正甲辰成進士，授禮部額外主事。明年，補儀制司主事。又明年，充山西副考官。又明年，遷祠祭司員外郎，除江南鳳廬道按察司僉事。入爲刑部福建司郎中，旋擢大理寺左少卿，予告歸。此公出處厓槩也。進士釋褐爲主事者，需在部習掌故，第隨人畫諾，無可否，三年後予真，其能者始判牘。時此制未定，值重修會典，自朝會、郊廟、壇壝至鄉、會歲科試諸條制，皆公釐請增定。册庫失金册一，鑄印局大使逮繫，同官引罪請劾，公抗言舍盜不問，即誅大使何益，請會資提督九門勒番役緝之。已而果獲盜，堂上官益器重公，有欲舉公牧令以應詔者。大宗伯蔚州李公持不可，曰：「是豈百里才耶？」少宗伯江都唐公又以公賢能最，召對稱旨，除分巡鳳廬道僉事，巡道治鳳陽，督關税。税口數十處，官吏都藪爲利，苛覈毛髮，公務持大體，處膏不潤，正羨悉貯之官。又以養廉額未定，首請歲支二千金，而絶所部供餽。朱家口海水決入安河，壞泗虹田舍，州牧言涸出地七千四百頃，河臣言新淤湖田九千三百頃，可起額佐河費。公將以去就争，而太恭人訃至，詔在任守制，假四月治喪，事竣莅官。力陳泗民之苦，有重糧，既報淤而又報涸者也；有賠糧，本未涸而報涸者也。夫一地二糧，與無地有糧，民弗堪也。淤則淤，涸則涸，所不爲民者有如水。於是按圖册，審而勢，於安河兩岸，每里封一大墩，以牌記，每户封一小墩，以旗記，得地一千二百七十頃，而向之詭報者，十七八皆烏有。故大學士尹文端公時撫江蘇，以勘桃宿淤地，邀公問狀，輒太息以爲賢。然公猶以瀕水地滰涸不常爲念，歸田後，恭遇今天子特免湖河淤地錢糧，見邸報，感泣如身受也。嘗奉檄查太平府及泗、滁、和三州逋賦，分民欠官侵吏蝕爲三等，以别償免。鳳陽饑，撥賑米未至，發倉粟便宜應之。河南大水，饑民就食江淮間者，日數百千人。公率屬爲粥以食，或留養，或資送，贖其已賣之小口甚夥。資送者日限程四十里，壅滯不得前，迺令倍行者予二日糧，官民便之，所全活無算。六安、潁、亳間故藪盜，公以淮水自豫入潁，至盱眙老子山入洪澤湖，迤邐千餘里，致疎防援，遂創議置哨船，增營汛，其要害移文武員弁駐之，裁道役及所屬蠹役千餘人，曰：「此盜媒也，驅歸農可矣。」於廬濬金斗河於宿，引城北小河與澮、濉二水通，又鑿桃溝燕子口，以洩蕭徐永城之水於英山。請折漕價以甦艱運，又言虹縣小河淤淺，水發輒成巨浸，疏小河以分洩於淮，疏舊溝以全洩於汴，則虹不受水，而靈璧兼受其利。議雖格不行，而公之心則已瘁矣。文縣自前明王侍御繼禮，以甲科起家，後三百餘年，至公而始賜進士，釋褐甫四載，即歷監司。顧性樸愿，少結納，又任事已鋭，不求合上官。其奉命入覲也，上官特以部民籲留，爲紆半載限。既官西曹，上垂問淮南治狀，公臚實以對。

上顧廷臣曰：「鳳廬號難治，何宗韓在官六年，實心整頓，而人反議其短長，何也？」尋以甘肅普蠲地丁條銀，率衆表謝。上曰：「陝甘遒竟無大僚，即何宗韓可用。」遂擢少廷尉，大司馬彭某以事置議，或欲甚其罪。公徐曰：「罪不至甚，甚則不平，入人罪以媚人，不可。」其長卒上之，上弗以爲是。而公屢沐異數，二年中從耕耤，扈駕上陵，侍經筵，又請罷六曹委署官，以重職守，皆得旨允行。人謂上將大用公，會足疾乞歸，歸而不復起。嗚呼！豈非命歟！

公十二歲試輒冠童子科，旋喪父，每作文長慟，獻繐帳前。守部日以太恭人春秋高，家貧將乞歸侍，而淮南之命下，遣長君歸爲迎養計，并盡室以行。憚暑，竢佳秋發板輿，而太恭人疾遽作。每語及，銜恤若初喪。足未嘗輕出城市，過其廬，淵然惟吟誦聲。人有不善，惟恐聞於公，爲相語曰：「不畏王公怒，但畏何公知。」王蓋時宰也。其學以忠恕爲主，著弟子録者先後數百人，必先以行誼相激厲。乞休後，置義田，廣族葬，焚貸券，倡修文廟及陰平橋。人或以是矜式公，而不知公學問之本與夫大節所存爲不可没也。公所著族譜若干卷，敦仁堂集若干卷。以康熙十七年月日生，乾隆九年月日卒，十二年月日葬文臺西北阡。先世常熟人，明洪武初孟文公始遷秦，八傳而至呈圖，是爲公曾祖。祖道亨，邑諸生。父帝錫，扶風縣教諭，其在太學時，與長洲韓文懿公友善也。母陶太恭人，配歐陽恭人，公卟偕後，代公侍太恭人以終，有孝稱，後公三年卒。子三，長溥，丙午舉人，終江西臨川縣知縣。次濬，庠生。次即渾。女二，適某某。孫五，汝楫、汝梁、汝杭、汝枋、汝櫂。曾孫四。予竊按公之遭逢與其行誼，庶可以不朽，惜生晚不見公。觀從化君之肫然卹然，既葬二十餘年，而不忘其親。嗚呼！其亦足以知公之教矣！

贈中憲大夫光禄寺少卿前户部河南司主事趙公墓碑

乾隆三十八年春，定邊將軍大學士温公福次昔嶺，討金川酋。六月己丑朔，美臥溝失守。戊戌，將軍以師退，距木果木北嶺不數里，殁於陳，户部河南司主事趙公死之。越九日，予聞自雅州試署，爲位以哭。又二旬，聞詔贈光禄寺少卿，入祀昭忠祠，予祭葬，馳驛歸里，蔭一子入監讀書，期滿予官。是冬，小金川復平。明年二月，孤秉淵自京返旆，而以書抵蜀，先請爲隧道之文。

嗚呼！公詩名在天下，節義在國史，有子世其業，死亦無可憾，而予言尤有信者。憶戊子冬，予使黔，歸次淇縣，時公坐漏言前運使盧見曾逮問事落職，從雲貴總督今將軍阿公桂討緬賊，入滇，驚相遇於道，倚枯柳相泣語，移時别。其明年今將軍拜副將軍，公從經略大學士傅公恒出萬仞關，歷猛養猛拱，攻老官屯，十一月緬酋降，而公病先入關，以薦得旨，候引見。又明年，從副將軍駐騰越防秋。又明年辛卯十月討小金川，公從温將軍自永昌疾馳二十晝夜，抵成都。明年十二月小金平，遂移討金川。會予視學入蜀，謂賊平可與公亟見，而秉淵亦從予而西，以次年閏禊日，返自木果木軍營，傳語予甚悉。時公已遷官，不三月而變作。凡從軍六年，至是而授命焉。嗚呼！難言矣！公長予五歲，丁卯秋以詩相質於舉場，始定交。自後王光禄鳴盛、吴舍人泰來、王考功昶、黄司諭文蓮、錢詹事大昕、曹中允仁虎在蘇州與公爲七子詩，傳至日本，其國相高棅爲七律，人贈一章，寄估舶以達，人豔稱之，而其後多自以少作爲悔。錢以辛未奏賦行在，授内閣中書，至丁丑而王與曹繼之，予亦與是選，始過公高行之居。癸未春兩家聯舫入京，僦屋同與居，後三年，予弟攜家亦至，居始析。公兩放會試，未得列館職，而書局總裁官歷舉公分修平定準噶爾回部方畧、御批歷代通鑑輯覽、大清一統志及未成之音韻述微、鑑古輯覽、熱河志諸書，均計日程課。自予入詞館，所纂書尚多，然不及公十五六。而公又以其間寅入酉出，儤直草詔令，賦詩談讌俱不廢，或賣文以佐禄入所不逮。去年春，四庫全書館局開，一時績學之士，多奏名入翰林，賜進士，其與公同獲罪者皆起，而公積軍功稍遷，遇變又不爲同行者之苟免。設公舉禮部，必不直軍機。不直軍機，人知公學之博。説之長，而不知才之足倚以決事，即一言不密，又非出有意。退而授徒著書，亦足以開益於人而傳於後。乃援薦援留，輾轉再四，至以身殉，爲可哀也。公自爲高才生，有忌而巇以隱事者，其人後公官中書以死，視之猶蒯首之一吷。即東華車馬，不失職之文人，所辛勤而僅有者，不朽果安在也？夫亦可無憾爾矣。

公諱文哲，字損之，號璞函，世爲上海人，學使者以孝友純密舉優行。壬午應南巡召試，賜舉人，授内閣中書，遷户部河南司主事，特贈中憲大夫光禄寺少卿。曾祖繼膺。祖璧，國子生，候選州同知。父紳，歲貢生，兩世以公故贈徵仕郎、内閣中書。祖母張氏，母張氏、吴氏，皆贈孺人。配張恭人，後公七年卒。側室萬孺人。子秉淵，廕内閣中書；秉沖，監生，入直懋勤殿，學泗醴源學海。女一。所著羣經識小録若干卷，文集若干卷，媕雅堂詩十二卷，藏海廬詩四卷，娵隅集十卷，詞四卷。其殁也，距生雍正三年九月二十九日，年四十有九，以年月日葬縣之某里。

誥贈中憲大夫兵部郎中前貴州平越府知府孟公墓表

太谷東三里楊家莊西北原，有貴州平越府知府孟公之墓。公以府同知監督海運倉，擢長蘆都轉鹽運使司運同，授朝議大夫，除知平越府。乞歸三十年，以子瀛官兵部車駕司郎中，加二級，封中憲大夫而卒。卒之日乾隆三十六年五月十九日也，距生時七十有八歲。倉監督，例以京寮薦充，公以府同知在選人。會引見，世宗皇帝奇公才，命爲倉監督，得通之海運倉。絶侵冒，謹支放，慎廒廒，是歲他監督多以米浥爛被譴，而公獨免。協辦大學士武進劉公時總督倉場，以明練勤慎，薦改留任，除開封府同知。方引見，即擢長蘆鹽運使司運同，公辭不勝任。上笑曰：「汝操守可自信，即才力患不及耶？」公益勵清白，凡商竈陋規，釐革殆盡。有鹽案結訟者，聞勘諭往往散去。在長蘆九年，總督豐縣李公每以公第一廉吏也。今皇帝四年，除守平越。平越訟繁而吏玩，訟繫至數十年。公置親催籤，籤下而吏抗不上者罪其長，於是吏盡畏法，不數月積案一空。革雞廠漁利陋例，建養濟院，置義學，苗民德之，其以耳疾歸也，扳送數十里不絶。後大學士臨桂陳公每爲節相張公言公賢，張公屢致書勸公起，公嘗以言事過伉忤張公，而陳公與公官天津久，故知公深，而公卒無出山之志矣。

公十歲而孤，又善病，少長就𧫴京師，有問歸，不忍以曠母養。弟某不逮見贈公，公撫愛備至，歷五十四年，又撫其子五人，今有至郡守者。然終以弟故，常卹卹若有所失，每燕語必引贈公爲言，贈公嘗倣范文正義田法贍族人，公踵成其事，所訂條制多可行。歸化等城裁兵遺屋數千百間，令居民買之，公首應其募，買大半。天津鹽關渡口浮橋今謂之孟公橋者，亦遺愛也。平生嗜讀易，倚琴學書，勒石十餘種。訓子必義方。憶己丑夏，公季子淦省其兄工部君來都，從予遊，兩落京兆試，始歸。今年春，公强淦復行，且屢誡工部君毋乞養，故公之歿也，惟兵部君視含飯。公諱周祚，字廉夫，一字素臣，山西太谷人。先世仲明公遷自陝西之固原州，曾祖某、祖某、父某，皆贈朝議大夫。祖妣某、前妣郭、妣王，皆贈恭人。娶胡氏，封恭人，有婦行，祔公墓，生兵部君者也。子四人，瀚太學生，先卒；次即瀛；次澔，工部郎中；次淦，貢生。瀚母李太孺人，澔母王太宜人，淦母胡太孺人。女二人，適温有直、員琠。孫四人。公於鄉邦多可稱，又葬令五品以上墓立碑，龜趺螭首，故於年月日葬公，因諸子之請而爲之表。

贈奉直大夫前江西廣昌縣知縣孟君墓表

君諱佺，姓孟氏，字瀛海。其先自鄒遷麻城，前朝諱正朝者，再遷蜀之中江。五傳至醇，以舉人選知鄒縣，下車日拜亞聖祠下，然後到官，多惠政，即君祖也。父念先歲貢生，母主孺人，君兄弟凡四，長俟，康熙補行辛酉科舉人；次雋，西昌縣訓導；次即君；次傅廩膳生。一門切劘，文行日卓。年十五補學官弟子員，試輒第一，康熙乙酉舉於鄉，試禮部不利，遂不復赴。及資筮仕，令江西之廣昌。廣昌俗故悍，訟牘積以千計，又前令賓幕多與胥吏通，夤緣上下，睨伺得間。乃手自剖決對狀，恒夜分不少休。雍正初，令攤丁歸地，軍與民均勿論，而邑中軍籍，多有詭寄請託者，君釐頓如法。又閩民寄莊者，以數年爲率，抗土民租不償，催督則又颺去，君申請大吏移咨閩省，各飭令詣廣，量其所負差次以償。前侍講饒霽南學曙童試時，君目爲國士，後一甲及第焉。君内行肫篤，未弱冠以一身任家政，既歌鹿鳴，涕淚時被面，謂明經君不逮見爲恨。其不再試禮部也，家故貧，不能俶裝，且懼違王孺人養。於城門搆數椽，灌蔬藝麻，取給甘旨，遂初抵家，纔圖書增數千卷而已。憶戊子秋，予偕君之孫侍御君邵主貴州試，貴東道廣昌魏君，齒已宿矣。向侍御誦君治邑，時讞詞，以謂神明宰。而侍御京邸在南城極東，予每過訪，僕御輒以爲瘁，詢之故廣昌會館，廣昌之在京者，貶直，以僦焉。嗚呼！即君可知已。君壽八十有五，某年月日生，某年月日卒，某年月日葬某地。配李宜人，壽不滿百者僅三歲。子二，長衍鄒，昭化縣訓導；次衍輿，安徽直隸廣德州州判。女三，李適、可立、士標其壻也。孫五，邸廣東欽州州判；邵庚辰進士、山東道監察御史，曩偕予使黔者也。

封奉政大夫田君墓表

石門北鄉仁字圩之原，有封巋然，故永順王邨司巡檢累封奉政大夫田君之生壙，而其配姚宜人先以窆者也。君諱朝泰，字鄰哉，一字菱齋，先世故汴人，姓方氏，建炎間祕書丞誠扈蹕南遷，墓在今石門南津鄉。十傳至明聰，贅於田，因襲田姓。又七傳至贈奉政大夫錫祚，生朝豫，太學生；朝需，邑庠生；朝恒，歲貢生。而君於次爲仲。幼多病，讀書了大義，去爲賈，又不習，乃走京師，給事館閣間，敘選得湖南湘鄉縣武障司巡檢，改駐婁底市，以憂去。踰十年，補安福之九谿，今裁。又八年，調永順之王邨，又十一年引疾歸。是爲乾隆三十二年，年六十有八矣。王邨故施溶土司境，山十田一，苗民錯居，君不紓不競，羣樂無事。去之日，扳留祖送者數十里不絶。其在婁底，購竹木，創官署，絲毫不以累民。不好治生產，居憂時饘粥或不繼，姚宜人績紝以佐。其與人不立厓岸，而教子孫日嚴，祭埽之役，至老弗間。間舉豆觴，與里中諸高年倆真率之會，燈下向紅箋作小字。今年春以姚宜人藁厝十八年，爰卜地襄事，虛其左以待。七月日病革，遺命臘月日必治葬，毋久殯於家。嘗論古之卜葬，七月五月三月不同，其時無不族葬，故窆穴不必豫計。惟衣衾棺槨，時制歲制，不以辦於猝，後世兆域各判，凡七十以上，當如趙岐、司空圖故事，預爲之藏。以君之知禮善俗，其爲政必有以審乎物之宜，而給乎人之欲，乃俛首下位，弗竟其所用，而又無有如宋金華之書萬安丞、歸震川之碑安亭揭主簿者。俾有聞於後，則表其墓烏容已耶？君以康熙三十七年月日生，壽八十有三。姚宜人太學生鳴虞女，有婦行。子男三，尹衡癸酉舉人、荆州府同知，庾成早卒，琦紳廩貢生、候選訓導。女二，適歲貢生金鑾、太學生沈星聚。孫四，孫女五，曾孫二。

太學生查府君墓表

外姑陳孺人，以乾隆二十九年正月日卒於内寢，將啓外舅轉庵府君之窆而祔焉。於是其女夫吴省欽爲文表諸墓曰：

府君諱澤祺，字介壽，以康熙三十六年六月日生，乾隆十五年七月日卒，十七年十月日葬金山縣列字圩。先世本休寧夏氏，至正初有貢士諱順者，於查爲甥，因後焉，子孫遂爲查氏。高祖應光，萬曆丁酉舉人，浮家吴越間，卜宅婁縣，今諸孤所居者也。曾祖維衡，國學生，贈雲南晉寧州知州。祖學謨，候選訓導，以伯兄學詩登順治丁酉賢書，陷於讐，毁家救之，得減戍。父廷倚，增廣生，有文行，自號曰檢齋，與俞檢討長城、戴修撰有祺、張吉士昺、兄貢士廷瑞等名相埒。母朱孺人，少讀書輒了大義，檢齋公嬰疾既不支，而外若無甚苦。君謹視湯藥不稍離，疾且革，指牀下罌謂曰：「是中有藏金，兒年少，未能支門户，其取是。」君泣且辭，召諸兄共守而後發金。以朱孺人合葬檢齋公於休寧。入嚴瀨，溯新安江，時諸溪驟漲，途間饑疫洊臻，君往反累月，得無恙。一蔬一果罔不薦，時祭罔不誠，爲家人言祖父事，輒涕泗交頤。叔兄疾，以君不相負，屬撫其孤。生平惡聞人過，嘗觴客，以唐賢「看竹到貧家」句政觴，或誦竹如菊，舉坐匿笑，比至君，君如或所誦，退而曰：「吾以分謗也，召釁不必多，蒙羞不必大。」人由是多君爲長者。朝貴某，與君世往來，以父執自居，君引後進禮而退。有請君婚者，聞其由胥吏入官，辭勿許。性敦樸，筍鞵革裘，既敝若新。嗜習書，一紙輒作千百字，反覆縱横，受墨無間。讀書有所得，闌録輒扶寸。慕公子荆之爲人，牓所居曰「南楚」。酒人三四輩以次相過從，君飲最多，而酒德亦以君爲最。暇則養花埽地，蕭然若退院僧。富人子厚於君，知君有邃室，邏者不能偵，請餌爲博場，公謝不能容，乃止。蚤歲遘難，既乃益自刻厲，故自號轉庵，作轉庵説。配潘孺人、何孺人，再繼陳孺人，有壼行，爲君生子三，實穎、實苞俱太學生，次實秀。女三，歸予者長也；次許嫁宋森，森夭，守志不奪；次適太學生吴淦。孫六。

誥封恭人張母馬太恭人墓表

恭人姓馬氏，曲沃明經峩山君之孫，觀察湖南驛鹽道張君泓之母，而駐防京口鑲藍旗協領右丞公貳室也。坐五歲而孤，母孺人殉死，乃育於明經君。君善醫，居邑之侯馬鎮。協領公先有事於陜，道侯馬綫殆，君瘳之，遂如平生懽。既别去，公駐京口，不聞問者有年，而公之友山陰鄭夢周者，亦嘗以異疾留鎮，療於君，將歸，懼復作，乃資君以家而南。時恭人甫九歲也，公艱嗣，乩於神，神大書旁枝字示之，因遺鄭書語其事。君見之詫曰：「是張公子耶？是國器，後必昌。第得以弱息侍巾櫛，吾投老台蕩間矣。」公固辭，而君意益決，公配白淑人贊之。閱數年始歸侍公，公與淑人以爲賢，遽委家政，協領故旗員，秩尊而禄不贍。本旗甲户絶，率以家中壯丁隸之。恭人從容請曰：「吾家食指繁，取甲户以贍我丁甚善，然本旗非無材，貧者抑又甚，盍慎選而與之？」公喜，遽言於將軍，著爲令。淑人既善病，病累月不解，廁牏牀簀，恭人必親之，當飲藥弗嘗弗進，曰：「吾非直謹嫌，抑春秋之義也。」公殁後四年，歲壬子，淑人疾且亟，徧召諸宗黨使以稱己者稱恭人，恭人泣固辭，乃止。觀察君之生，恭人自爲乳甚慈，而所以教之者嚴。君以國子生試於朝，中選第二，洎爲選人。産口落，仰食者尚千指，恭人節縮衣食，乃揞拄焉。既禄養，疏布如故。子婦敦勸之，則歎曰：「汝父、汝嫡母俱不逮汝養，吾見汝今日幸矣，忍自泰耶？」君嘗以劍川牧改提舉黑井，而劍賦逋累千，代者拒不受，恭人質釵釧佐君以償。而劍又地震，壞民舍萬有八千餘，君奉命復回劍，善災後，劍人頂香遶恭人輿哭不絶。恭人命君徧示山谷，所代償勿復追。君膺薦入覲，未出都，擢守衡州，遣人迎恭人於劍。劍人德恭人，立碑爲長生位於報國寺。恭人不佞佛，而雨暘一愆，憂禱忘寐。君牧兩迤者十四年，所境未有旱澇，斯恭人積誠之感已。憶庚辰予至長沙，恭人開八秩，嘗代爲文以壽，故知恭人者稔。今君持狀來請，謂礱石待表墓之文。予惟昌黎始爲鄭夫人殯表，元潘昺霄謂墓表之制，畧述其世系行實，而刻於左方，轉及後右而周焉。婦人則俟夫葬乃立，面如夫亡誌，蓋不忍其親之亡，而事必師古，君可謂知禮也已。恭人以康熙二十年三月五日生，乾隆二十七年十二月十二日無疾卒，其明年十月十一日於定興東册郵之東，啓協領公墓祔焉。子一，即觀察君。孫三，允植、樹、敏杞。書之補窆石之闕云。

白華前稿卷第二十三

墓志銘　墓版文　誄　祭文

封奉直大夫徐君墓志銘

予與徐武選長發以乙丑歲籍諸生，而予先武選官京師且十年，武選歷待詔司務，遷有日矣。歲辛卯成進士，遂分部額外，需三年予真。其封君輒貽誡毋遽歸，雖邑人官京師者，皆用是爲言。武選眙望曰：「吾父少而孤，無兄弟，至二十八喪吾母，吾年四歲耳，吾父不再娶，不蓄媵侍，鞠吾、教吾以有今。吾又無兄弟，今慶典當得封吾父，吾朝捧誥而夕投牒耳。」而誥軸需彙下，比下而君已捐館，武選遽奔歸，歸即亟以葬，乞予文銘其幽。予觀昌黎韓子以歐陽詹捨朝夕之養，以來京師，雖未得位以歿，詹與父母可無憾。嚮使詹得位爲父母榮，雖父母歿，其無憾較易明也。君食貧守約，不得志於有司，典衣易書，斅學不勌。所爲詩效柴桑翁、香山居士，而沖退亦與相似，嘗一日食不再，夜分冒雨翦園韭烹之，怡然得飽。即一介不妄受，君固無慕於世，而爲之子者，必待是以慰其心，至不能遼緩數十日以逮其存，此亦無如何焉耳矣。君諱士煌，字丙南，以字行，又字古愚。自宋南渡諱範一者居上洋鎮，世爲上海人，以子貴封奉直大夫、兵部武選司額外主事，加一級。考諱隆吉，贈官與君同。妣金氏，配黄氏，俱贈宜人。子一，即長發。孫五，鍾烝，國子監生；鍾英、鍾雋、鍾懋、鍾純，君所圖老屋課孫者也。君以康熙四十年九月十七日生，乾隆三十七年五月十八日卒，某年月日與黄宜人合葬於縣之某鄉。銘曰：

武選渡江三版破，流聞舊里舉疑詫。君曰無害笑相謝，武選再偕計吏行。君曰行矣朝籍榮，需五年後進士登。君言而中善學易，厥疾遽殆嚮無疾。奚不趣子歸侍側，死生有命誰預知。知而不言容有之，維令名貽令德貽。

候選府同知成君墓志銘

通州成教諭文燦，以婦翁保君兆炳，爲予同年進士，持書來請曰：「燦七歲而孤，諸弟僅襁褓，賴吾母丁宜人教，得稍自立。吾母相吾父久，素善病，家政苦淩雜，旦起，至丙夜始得休。憶燦補學官弟子員，及以婦廟見，僅見吾母笑顔。今吾母見背又五載，惟所以述吾父之行，謹識焉不敢忘，幸以文志其墓。」按君諱祖蔭，字宜振，先世自江右遷通之海門鄉，曾祖一行，兩舉副榜貢生，以書名。祖宏蔚，邑庠生，三舉鄉飲大賓。父志，山東淄川縣知縣，治行舉第一。母梁宜人早卒，生母孫宜人，娶丁宜人，扶風縣知縣腹松女。子四，文燦其長也，文焯、文焕、文炯俱國子生。女二，壻某國子生，孫某辛卯舉人。葬以某年月日，卒以某年月日，生以某年月日。丁宜人先君若干年生，後君若干年卒，祔葬某阡。

君就傅即解四聲，顧不喜舉子業，即專治詩古文，下筆有家法。淄川公以校官滿秩遷莅治，時年已踰七十，巡撫海寧陳文簡公以爲賢，雖他郡縣疑獄舉埤益之。又善病，觸暑病益殆，乞歸，公固不許曰：「若子才足倚也。」方淄川公殁於新城，攝篆時所徵賦太半，代者許君未至，亟拆封，羨入可數千金。君泣曰：「焉有父死而因以爲利者？」俗忌歸櫬不入門，君與丁宜人抉櫬奠正寢。既授秩府同知，以母老不出。視族人有恩誼，即朋友告緩急無不應，四方遊士聞君名輒至，至輒埽室待，圖書茗椀相聚如古懽。蓋君家自淄川公以仕毁，丁宜人佐操作，親纖嗇，雖見義必爲，家傾日益起。州學啓聖祠久廢，君獨輸數百金新之。乙亥歲，大祲，出千斛米力疾爲之倡，疾革猶以州人乏食爲語。州之中焚香祠禱，願減己算益君者以千計，其卒也巷哭不絶。予觀富之人，其性嗇，其用侈，聲色土木之娱，一旦糜多金不惜，至爲子弟延一師，恒斤斤靳之，況誼之所不居，責之所可諉，而惻然動心，至死不怠哉？此尤中銘法也。銘曰：

匪力之餘，翳德之餘。學之優不以温卷，仕之優不以截裾。以堂以斧，以慶於爾家。

文林郎湖北恩施縣知縣韓君墓志銘

君姓韓氏，諱悦曾，字以安，别字翼雲，長洲人。曾祖馚，廩生，贈禮部尚書，謚文懿，廣西崇善縣知縣。孝餘，其考也，翰林院庶吉士。孝基，其本生考也。妣孔孺人、周孺人，本生妣范恭人，生妣顧恭人。韓自文懿公舉會狀元，文章顯天下，君同父兄司經局洗馬彦曾、内閣中書慶曾、順慶府知府萊曾皆髭摘科第。君三放省闈，吉士命多作小題文，會出後崇善，三遭大故，乃以例授縣丞，揀發湖北。嘗署沔陽之巡檢，人謂君不以屑意，而勤於供職，安之若素。丞蒲圻，量調天門，所治臨漢水，司隄工，前丞以隄塌罷，君度迴瀾漫沙沖灘之利害，户置夫，圩置長，課民種楊柳，廣積土石以備衝決之患。旱則停水，漲則放流，凡數年邑不淹潦。權枝江、安陸、雲夢、應城、天門、潛江、竹山、蒲圻、長樂、黄岡、京山、隨、荆門諸州縣事，擢知恩施縣。縣有邱某戕於姪，其家以疑夙讐，讐亦自誣服，而邱之姪已颺，君廉得之於蜀境。獄始定，枝江盜有彭七者，前令以無辜三人具讞，君原之而七亦尋獲。京山號難治，君受狀即勘，凡越訴誣控及唆健者，數月後自相解散。其令蒲圻，爲文告城隍神，除虎警。歲旱，升龍尾山汲泉，烈日中不少汗暍，雨澤遂降。嘗曰：「遇事弗求捷獲，折獄弗求取媚。」又曰：「訥爲福輿，矜爲譴樞。」平生寡言笑，慎交納，服御皆故敝，篤孝友之誼，於非道非義泊如也。去年秋，予試施南，施南之行按自予始，其請設棚自君始。君已抱足疾，不得見。時嘓兇自蜀紛竄，鎮臣率兵數百餘，營利川司道踵至。君力疾經擘，遂至不起，惟承烈視含殮，餘皆留江夏。君以康熙六十年七月二十三日生，乾隆四十六年十一月初九日卒。配樊孺人，山西平陽府知府駿天女。子男二，承濂、承烈俱太學生。女三，適范徵謙、蔣銘雲、蔣寶仁。孫二。銘曰：

孝不衰於親，義不僭於人。政不虐於民，以庇其後。昆壬寅臘，祔乃祖。古長洲，世安土。視吾文，章治譜。

查太宜人墓志銘

予同年編修祝君德麟，年二十而入翰林，踰年以母來養京師，又九年而君奔父喪，仍留家京師。又三年君視學陝西時，予視蜀學，得代返覲。道西安，聞君去官奔母喪且旬日。予至京，以狀來曰：「吾母爲編修嗣韓查公之女孫，年二十三而歸吾封翰林院編修、贈提督陝西學政臥巖府君，六十一而封安人，六十七而封太宜人，以是年十一月二十四日卒，蓋乾隆四十三年歲丁酉也。吾母所卜之兆，距府君兆可一丈，雖祔墓猶之分葬也。歸匱有期，請以幽宮之文，納之永久。」

嗚呼！柳子厚誌其太夫人盧叔妣陸，歐陽公自表其阡，以君之宜自誌而顧請於予，予何敢諉也！祝故海寧望姓，卧巖公諱懋英，十四歲而孤，棄舉業，以名家言遊燕、齊、淮、蔡間。性伉直，所遇輒左。太宜人時舉伯宗之妻之言爲誡，事姑氏沈與姒氏顧處無間言。沈太君患風痹且革，爲籲以身代，病卒起。遇饑歲，與婢紡木綿佐饌，具紡車聲至雞三號不輟。一夕有老人幅巾深衣，扶杖捉麈，向太宜人膜拜，婢驚呼，太宜人見若頷首曳杖而去。而太宜人生四五歲時，瘈瘲嘻出，見太宜人至，即去，人至今稱異焉。其教子甚嚴，君入塾初，嘗以公謙袖時果歸奉，則問曰：「有長者見否？」曰：「無。」曰：「此故懷橘事，然長者見則可，否則近於掩取，漸不可長也。」曹湖辛木甚夥，其神者舉族分買之，以佽祭費，獨不及太宜人，詢之司事者，司事者曰：「汝家貧，恐負所償，故不汝及也。」太宜人不與較，惟督教日嚴。君既貴，凡交遊酬對有小失，必令悔改乃已。讀書通大義，獨不喜爲詩，曰：「此非婦人女子所宜爲。」遇下有恩禮，其去家入都也，以姑氏春秋高，不能遠涉，乃爲贈公置篷室以侍養云。生子一，即德劉。女一，孫二，孫女一。嗚呼！士大夫仍世清白，幸得盡一日之養，至於皇華載塗，視含不逮，較之生無以養、死無以葬者，抱憾有間焉。乃恩勤拮据，養而兼之以教，觀其後者，幾不知夫子之有遠行，是亦人倫之誼軌，而「四牡騑騑」、「不遑將母」之詩，將爲君廢讀也。系之銘曰：

夫也天只，斷機於房。母也天只，斷機於堂。以貸姑算，香火告之。以襄父葬，鍼黹朂之。眠牛之區，盤蛇之港。合之離之，以祔巍壟。

先考耕巖府君先妣顧太淑人墓版文

嗚呼！先考耕巖府君殁七年，而孤省欽通籍爲中書。又二年，先妣殁於京。又二年，合葬南二竈港。其明年，省蘭舉鄉試。又明年，省欽入翰林。使輶頻仍，丘壟失展。當戊戌春，省欽自蜀返覲，上垂問曰：「爾弟能文，爾文當不惡。」己亥秋，使浙事蕆，乞假省墓，返覲時，温問如昔。詞臣榮寵，糜頂莫宣。惟孤等席累世之學誼，受罔極之教養，思乞當代立言之君子以傳不朽，而阡道褊迮，缺焉有待，滋懼日久事湮，謹撮紀厓槩，遣妻帑歸而版諸墓曰：

我吴之先，自休寧遷丹徒順江洲，至元吉府君諱自昌，避地家上海之下沙鎮，今割隸南滙縣，是先考之曾祖也。康熙庚午副榜，候選教諭，贈通議大夫、日講起居注官、翰林院侍講學士。考諱燧，字蕃宣；太學生，贈文林郎、河南密縣知縣，諱宗亨，字嘉會者，先考之祖、本生祖也。考廩膳生，贈通議大夫、日講起居注官、翰林院侍講學士，諱啓秀，字迂疇。妣趙太淑人，生世父郡增，生成棟及先考而卒。繼妣倪太淑人，撫先考纔六歲耳，其後乃生季父，戊辰進士，今廣東樂昌縣知縣世賢。先考幼而俊爽，嘗冬日就邨塾墜水，及水底閉目，以手左右撩，得一葦未刈者，緣而上，倪太淑人蒙被汗之，竟無恙。少長，先大父親課之，時周浦王先生鑄，以文鳴三郡間，見輒擊賞。鄉先生若顧侍講成天、周刑部吉士，咸以謂芥拾科第，小試累高等，而屢擯鄉試，益務根柢之學。夜肄經史，晝課生徒，於詩法陶，於詞法蘇、辛，於書法李北海，冀得一當，以遂禄養，故所以望省欽尤至。憶七歲入塾初，塾師課省欽讀孝經，能隨口誦，而實未識一字。先考因録周禮使誦之，先大父録易、書、禮、三傳，先考遴録國語、三史、韓歐曾之文，督使習誦。事親以誠，交友以直。館閔氏十年，最後主人伏地固請留，至泣不能起。貴介子延課其子，而日汩於博簺聲伎之習，先考正容規之，卒辭去。少館某氏，婢有挑之者，即薄暮自闔户以爲常。銘座右曰：「下交不難有威，而難有惠。平交不難有情，而難有義。上交不難有禮，而難有體。」無淟涊，無忮害，視義利之界如淄澠黑白之審且決。挈省欽於館，自十歲至十七歲凡八年，挈省蘭自九歲至十二歲凡四年。遇字畫偏旁小誤，或温習經古文，口稍跲，輒手答數十，長跽移時，乃釋。嘗課季父文，不當意，笞至流血。嗚呼！省欽駑下無似，以奏賦授官，自朝考大考至試差累第一。省蘭官助教時，撰平定金川土司箴，爲天子激賞，命一體殿試，凡應奉文字稱於時。自非仍世績學，與青霞之奇氣，鬱久未抒，豈易以及於後？而中壽不延，青衿殞絞，此省欽兄弟所爲仰天椎心，而慚卿慚長，尤慘然恧然，不能一日忘者也。

先考諱成九，字和仲，一字耕巖，邑增生，生康熙甲申九月十日，乾隆辛未三月二十九日歿。先妣顧淑人，邑庠生、贈奉直大夫翰林院庶吉士鴻烈公長女，乾隆己卯三月十八日歿，生康熙癸未八月廿九日。自歸我先考後，棗榛之贄，羹湯之調，浣濯縫紉之役，靡不親執。省欽兄弟衣履自象勺以前無假他手成者。雖脩脯不給用，無幾微怨尤色，升斗所衂每出自績紡之餘。省欽奉至京師不一年，日以少事爲苦，其殁也以咯血。先考之殁也以利，其非桲也以乾隆辛巳九月三日。子省欽，癸未進士，今提督湖北學政、日講起居注官、翰林院侍讀學士；省蘭，戊戌進士，今翰林院編修、文淵閣校理。女一，適丁酉舉人唐祖樾，祖樾爲亡姑子。所居近先墓，昔柳子厚謂先墓無主，晝夜哀號，懼毁傷松柏，芻薪不禁，以成大戾，此之有恃無恐，抑先人厚德之所致已。誠惟是歐陽公表崇公而復爲母鄭夫人石槨銘，宋潛溪表母陳夫人墓而復爲考蓉峯處士阡表。以人子之揚其親，繁而不殺，特墓表之義，表其人之大略可以傳世者。子厚有故叔父殿中侍、御史府君墓版，王止仲曰：「名曰墓版，其實表也。」然表必以石，版則以木。爰爲文版之墓門，循俗例屬門下士左春坊左庶子、文淵閣校理山陰平恕填諱，而石表則俟之他日。壬寅十月日孤省欽謹藁。

錢漢林誄 有序

去年秋，予佐試浙闈，諸曁錢鴻漢林治春秋與雋，蓋幾以第三場侻失矣。今春會試，僉以試文示予，予以生爲最，榜發被黜。四月十七日，詣予告歸，曰：「驢已券矣。」閱旬日，忽使人求醫，醫未至而氣絶。其同年生以予之哀其不遇也，請識其遺挂。嗚呼！生之死，予殆速之已矣。生不售，必不入都。售矣，入都矣，而不賞其不第之文，必不潦倒淹鬱以至於盡。然生之別予，欿然若藝之未至，而毋有不平。且曰諸暨四十年，不得一進士，即祖若父又弗耀以終。幸兩弟俱入庠序，願砥礪共學，冀稍有成立，生豈自謂死，且客死若此之速？此予之所以厚哀而不能已於言，而又不能詳爲言之也。生敦樸凝重，於相無遽死法，然以生春試之文，不第而甚且不一薦，則其死固也。生試諸生累第一，其文素非無知者，子二俱幼，於其歸輤時，爲誄以哀之，曰：

何甚偉兮七尺，誕不汗兮七日。失三試兮禮闈，杳百程兮水驛。羌羈魂兮盍歸，子式穀兮弟孔懷。嗟上計兮死促之，疇掩袂兮予祝之。

祭同年高考功葵文

嗚呼！謂蒼蒼者於君觖耶？奚以試舍人，舉甲科，而應羣宿之列也。諺有云：「亦既抱子，不爲夭折也。」謂蒼蒼者於君祐且吉耶？奚長沙賦鵬之年，而僅贏其一也？矧首丘之弗正，而舍館以奄没也，有二親與羣季而弗獲執手訣也。君之卜居也屢矣，以婦病亟還，還而婦病未脱也，奚試以身而禍愈烈也？君之邸承其師侍讀邵公，邵歸而君遷以入也，奚邵訃而君旋卒也？君病一年有餘，尪然者柴骨矣，吾儕屢及門而君屢辭，豈自知膏肓之弗除，而弗忍灑淚別也？抑以後會孔長，而疾尚可活也？君年壯而氣盛，其初似無死理，顧藥弗能弗雜也。藥固死，弗藥亦死，尚無憾乎砭熨也。顧藥裹頻仍而餐錢月俸之先徹也，豈無隻輪單騎，他人是售，而外此奚長物也。同年得京僚者不五十人，其假去憂去者凡數人，而牟吉士、陳助教相繼卒於官，奚至君而閱三劫也？遡花江廣宴之時，而曾不以一瞥也。陳之帑寄於其姻，牟櫬返黔殊遠，若君籍西浙也，庸詎知淒其酸楚者之無以別也？以君之温醇易直，其儀貌有壽者相，而溘焉天奪也，夫亦末由究詰也。君夫婦淹疾，長女纔十一齡，爲嘗藥料理家政，匪直至性不可及也，奚六歲之孤兒而搶呼者，成人之禮是執也？君之訃三十日當抵家，家人當有來視，遲凍解而櫬始發也，豈死猶戀此而怛化於冬之日也？嗟餘不之清漪，而奚時以紼也？昔昌黎之銘元賓，一言一話，臨風增感，曾同年而稍有恝也。君奚時荆焞而銘君碣也，奠絮酒而述哀，有菸乎靈之來怳惚也。

祭同年徐户部天驥文

昔宴曲江，昭陽協洽，四十餘人，京僚上篇，君與高荧、戴璐著版苕霅，如同隊魚，顧影喁唼，騎則互聯，茵則互接。各仕曹郎，如濟得檝。戴以憂歸，留家京邑。高也沈綿，昨冬奄溘。賴君經紀，鉅細妥貼。附身附棺，誠信周浹。匍匐之救，霑涕被頰。丹旐摇摇，計可下牐。一死一生，交情帖帖。上巳元辰，應官抱牒。謂君幹敏，可督錢法。詰朝病侵，回惶縮澁。遂不署名，息關意愿。藥裹左攜，經卷右執。與客晤談，尚戴巾氎。天道如弓，人生似葉。纔閱兩宵，巫覡喋喋。皋復於屋，婦擗於闔。時無童烏，遺書孰輯。藉有喆兄，東華適蹋。右顴左齮，飯貝是納。前和後和，垸髹是合。以次立後，觀禮攸攝。且待秋風，乘淩垩翣。弁峯娩嫜，餘谿浛潗。揭以螭首，封以馬鬣。夫復何言，淚痕空浥。溯君承家，人人有集。不惟簪纓，照耀雜遝。嚮學蚤年，典墳漁獵。鹿鳴升歌，鳳池練習。策名粉闈，進自黄閤。支倉支金，銖兩升合。不漏不苛，鉤稽汲汲。舉能其官，竚列薦剳。君晳而癯，壽骨較乏。其精悍氣，卻露眉睫。炙輠之雄，聞者口嚐。浮白之政，見者膽讋。五載以來，游處日狎。何竟忽焉，刹那告劫。官止曹司，年止三十。三日不汗，大命遽及。天耶人耶，靈不我答。地下若逢，高也雨泣。歆我桂尊，酸風蕭颯。

祭餘姚諸太師母蘇太恭人文

嗚呼！恩門岧嶢，一官鷁退。爲禄養謀，出山或再。兹春析津，迎鑾結隊。奏賦倖恩，間邀起廢。當來不來，壹何遲回。俄捧素書，使我心痗。云背北堂，月辜日晦。將信將疑，得毋茫昧。憶昨臘徂，風雪霮䨴。有來自姚，母故健在。暇輒拈針，餐宜茹菜。牽衣者孫，咒桃以醴。蒙袂者鄰，爲粥以賚。裝棉以施，臨視大耐。八十雖開，眠食勿廢。板輿逍遥，艱步奚礙。否則椿庭，寧弗顧内。而於杪秋，入閫慷慨。驚魂旋甦，聚哭數輩。母猶大母，粗悉厓槩。禮樂門楣，蘇湖官寀。經師於杭，不瑕不纇。兩齋翼如，士心藹藹。再三相攸，作都講配。咏絮成章，采蘭結佩。胄本清華，職先濯溉。堂有羹廚，室無粉碓，巢鳳痕空。橋烏聘貸，商略同心。子衿何愛，送外遠行。征衫手裁，琴衲船脣。巾箱驢背，行地河渠。極天關塞，明農弼刑。破除襳襹，大府勤求。後車敬載，間歲一歸。懽焉左對，微母也才。旨蓄誰乂，微母也賢。式穀誰誨，奮起攸同。嗣興惟代，師於其間。望協鼎鼐，階藥芬敷。臚雲靉靆，八座起居。延休未艾，乞郡匪榮。爲親罔悔，彩戲翂披。膳珍晻薆，爲仕而貧。滑稽所慨，曾不再朞。山田蕪薉，實命不猶。疇申尺喙，聞昔之年。寢門火逮，凝然泰然。神理淵沕，鬱攸斂威。食頃遂洙，後禄是徵。偕老遽背，罡風怒摧。杜籲宗岱，天竟難呵。鬼真可劾，所可怛斯。刀環路閡，所可慰斯。誥花寵戴，寶樹童童。再回天睞，訢奉太公。預營爽塏，卜爲母藏。峯縈波滙，姑俟爾時。服勤畚刈，地杳天遥。師在苫凷，罷諷蓼莪，一尊殷酹。

杜觀察繼配毛恭人祭文

夜軫摧絃，春林啼血。夫子忘私，我儕抱怛。鈴閣重鰥，鏡臺永訣。齋奠斯營，音徽遽歇。恭人篤生，溯漢先喆。亨萇遞嬗，韓、魯竝絜。赤堇族蕃，紫纖眷挈。內外分臺，科名表楬。璞記方流，珠涵圓折。牕前唾絨，庭前詠雪。內則所書，中壘所列。騰譽賢能，宜歸俊傑。織素縑同，膠鸞鳳匹。洗手中廚，投懷内室。奉必親嘗，視如己出。銜卹而還，種松成樾。授夢而占，藝蘭備茁。曰孝曰慈，無差無拂。恭人治家，使者覲闕。西川持斧，南路佩珌。大軍孔興，小醜不率。俾挽芻糧，俾運矢鉞。雅雨霪淋，黎風飄忽。敬俟歌鐃，愷歸屏闥。此及三年，昨當七月。萬里舟航，廿程車茀。涇澒堆邊，雖驚斷綍。杜陵堂後，微聞御瑟。宿痼俄乘，大藥終竭。碧海波沈，素娥輝缺。繐帳徒懸，粉匳尚設。稺子搶呼，官人悼别。飯含未視，衾殮未捩。病匪須臾，恩從決絶。方數月前，觀察司鐍。公暇言旋，情悰具結。相莊若賓，相問何闕。方半月前，觀察還節。豈暇畫眉，空嗟出骨。以職相勉，以義相揭。匆匆聿征，耿耿填咽。曾未移時，慘焉降割。篋賸金鈿，桁虚繡裾。絲管難陶，輀輬待發。上水之年，玉珩響戛。下水之秋，桂旗影瞥。賸御悽含，輿儓感切。天道寧論，人生已恝。維靈罔恫，所望未觖。笄服煌煌，花誥秩秩。雁雁聯行，牙牙學舌。傳語藁砧，待殲蠓蠛。毋悲炊臼，毋筮困蒺。言哀不傷，陳義不暱。晝霎含酸，彤管紀質。某等竝企梱儀，夙瞻門伐。醫藥遥傳，皋復遽達。女木根委，婺星彩没。慘緒偕縈，德音孔括。秫釀告馨，蘭殽致潔。靈其格思，鑒茲誄述。

白華前稿卷第二十四

古今體詩槐唐集一

柔兆攝提格

東園老屋，衡十縱四狀若丁字。庭有槐二株，大四五圍，交枝互蟠，巧勝人力。衆葉既脱，架格宛然，不獨濃陰團蓋始足詠憩也。屋今以奉主，詩疏「廟中路曰唐」，行吾庭，倚吾樹，因誌吾始。

短歌行

有酒盈尊，有客盈門。縱我高門，逝者平原。一解秋實雖嘉，言有春華。還家雖樂，言有天涯。二解顏回拾塵，周公納册。讒言其興，憯莫之極。三解桂楫以遊，子無良媒。交交黄鳥，止於樊丘。四解松耶柏耶，女蘿是施。行吟蘆中，嗟我窮士。五解佐雍用嘗，佐鬬用傷。承筐鼓瑟，以

希令望。六解

長門怨

玉階草色暗長門，歌舞平陽别殿昏。猶有千金酬賦手，背人彈淚説君恩。

袁將軍墓

孫盧氛濟惡，殉義鬱崔嵬。絃管縈祠廟，臺隍廢劫灰。尚傳死綏節，先製挽歌哀。滬瀆風濤洶，迢迢白馬來。

儲泳墓

不見祛疑客，身名幻莫雲。一區陶令宅，三尺鮑家墳。蘋渚踈風起，楓林落照分。脊令原上草，何處緑紛紛。

龍舟曲

薄海歸耕日，驕王縱獵場。晴波縈薜澱，風會逼吴閶。閶門東下淞江曲，綺翠輕華看不足。

梧宫遥夜豔先施，鶴渚清秋怨諸陸。鱸膾將蓴夾岸香，雉媒傍草連茸緑。緑泖青峯圖畫同，護花幡影轉熏風。青龍江咽三閭怨，白馬潮迎伍相忠。三閭伍相虚塵夢，朱樓吹徹梅花弄。水調吴歌學采蓮，歲時楚記傳嬉糭。萬歲亭臺枕水南，邦人笑語走趍趲。簫鼓競移青雀舫，雲靁紛迸白龍潭。聯駢指臂千夫合，拏攫之而九地探。象罔天吴眩名狀，撲鴨翩躚鬬新樣。蜃閣重重壓浪圓，虹橋宛宛排雲上。灘瀨成雙颺遠汀，鴛鴦相對窺虚幌。更指淩波水上軍，盡抛織女杼中文。障而嬌攜桐蕊扇，稱身穩試藕苗裙。雪腕當簾搴玉豔，風鬟映座散蘭芬。是處贈花如洧水，誰邊開鏡異巫雲。盡唱銅鞮估客路，不收金彈少年羣。此時惟恐靈鳥逝，此時誰灑靈修淚？孔蓋霓旌縱陸離，椒漿桂酒真游戲。還憐幼婦鬱金鞵，去逐迎神碧玉街。座佛栴檀香是海，社公琥珀酒如淮。門丞手版争行入，竈婦腰金逐隊排。魚龍百戲陳郊甸，不怒偃師裝假面。供奉梨園白首多，傳呼菊部黄金賤。雁柱停匀寶瑟操，鶯簧瀏亮明珠貫。向晚燈船簇彩毬，金蛇無數竄中流。平攜隋苑三分月，擬借秦淮一段秋。酒旗風緊雲旗暗，山市星稀海市收。鸞笙鳳管圍羅綺，蹋臂小兒唱未已。春申浦畔餓蛟吟，闔閭城上棲烏起。處處蘆花淺水邊，家家紈扇秋風裏。東逝江流流不迴，江陵刺史諷舟哀。一鱗片甲非容易，幾輩中人破産來。

春江花月夜

游女風吹帶，春樓罷玉簫。羞花還替月，夜夜弄江潮。

飲馬長城窟

人馬長城隅，我馬長城窟。立馬重徘徊，中有築城血。陰山秋雪繁，鐵衣春晝寒。斧冰飲我馬，隱隱天骨酸。暮發交河流，朝抵黑水頭。營門荷鋒鏑，幕府鳴笳篌。鴻鵠翔高林，沙蟲跂道周。男兒一墮地，身名良悠悠。悠悠望長城，長城傴雲起。生當策馬歸，死當策馬死。

邨居雜詩

舍旁三數弓，投步間沙礫。治此將何爲，不治殊可惜。呼童荷鍤行，一墢土澤澤。嘉卉雖已微，殷勤視封植。匪懼不毛誅，待增草堂色。試花安可期，吾亦食吾力。所以於陵賢，灌園養孤特。

嘉蔬悅衆口，小摘朝露溥。豈不畏厭浥，物情貴滋鮮。盤餐久貫女，敢希送園官。早韭子方實，晚菘甲尚拳。天慈本同荷，生成惟所安。所嗟種荆棘，衆棄難自全。

入春浹雨澤，非種榮欣欣。一鋤易爲力，嘉種知懷新。雖然及旱暵，灌溉敢辭勤。出入抱瓦甕，因之舒積筋。非種怨吾苛，嘉種德吾仁。於吾卒何與，萬念含一真。恭然坐隴上，且問東西鄰。

東家一稺子，挾册行我庭。云從學書後，已足記姓名。同舍三五輩，洽比比弟兄。進學候雞唱，放學佐牛耕。謦欬類都雅，揖讓如有情。請觀禮教美，可以措笞榜。孝弟與力田，設科此由成。

雲階塗玉露，刀尺廩授衣。求衣衣始得，凡事圖先幾。浙東養蠶女，蠶飢待葉歸。浦東種花女，花熟彈絮飛。亦知帛勝布，念彼織者飢。寄聲裘馬子，無斁義在斯。吾鄉謂木棉曰花，猶洛陽謂牡丹爲花也。放翁詩自注：吴人謂桑曰葉。王逢吉有浦東女詩。

野人來款扉，問我爲園處。而我故無園，衆緑在鄰樹。時聞黄鳥音，宛轉隔籬度。古來達觀人，繕性一憎惡。有園失久要，無園得小住。長安盛貴游，幾別故林去。懷哉馬少游，澤車紹前步。

掇蜂操

嗟蠆有毒瑕，不予肉肉。予尚可肉，母則那言掇其衣。我心孔夷顧瞻，周道烏烏依依。天乎監之，母乎忍之。瀕九死其何怨，冀父母之我知。

强圉單閼

婕妤怨

後庭雕輦路蒼涼，忍見齊紈耀雪霜。昨夜東風消息早，一雙新燕入昭陽。

銅雀妓

賣履分香迹似烟，東風繐帳淚凄然。君王疑塚連天起，何處登臺望墓田。

夏考功彝仲故居在郡西門外花園浜公死節處

花落烏啼遶廢丘，當年壇坫擅風流。魚龍日月横戈地，燕雀君臣舞扇秋。死效懷沙天羃羃，戰連驅市鬼啾啾。國殤更有英兒在，哀遍江南淚不收。

陳黄門大樽墓在廣富林

雲旗風馬舊黄門，埋骨荒郊氣概尊。斜日凝陰盤鸛鶴，寒江過雨長蘭蓀。義公黄犢何人牘，庾信青騾也自奔。留取英聲冠餘子，文章綺麗付誰論。

七寶宿

迢迢孤舟夕，莽莽華月暈。竹外幾人家，攜燈隔烟間。

曉過小赤壁

移船就孤翠，隱隱赤城曉。何處趁墟人，驚飛鶴聲杳。

横雲山

衡門余久棲，一夢罥嘉樾。通隱興故超，清游迹乍發。拂衣雲英英，導策泉汩汩。金葩秀陽厓，玉樹蔽陰窟。言升化人臺，庶晞左徒髮。三江紛遶襟，衆峯遠承韈。蒼蒼浩風烟，炯炯隱城闕。微聞嶺下樵，遥辨水邊垈。圖嶽雖未成，懷土兹不伐。無由逢洞真，二俊緬超忽。

浮瓜鄰井

炎官火傘九霄猛，渴龍怒吸石闌迸。江南暑溼何處逃，萬柄蒲葵摇不醒。西家古非涼且蠲，鹿盧流轉遑論錢。肯緣水厄缺供養，暢好瓜戰堆芳鮮。失勢一落一千尺，水與瓜皮同一色。鑑處真令毛髮寒，分來似把珊瑚劈。皇州瓜品榆次聞，曾冰照座驅纖氛。敝車羸馬奉朝請，翻漿白汗迎斜曛。較量樂事江鄉永，晨對圖書莫笭箵。獨遶銀牀看夏雲，隔林嘶破元蟬影。

五人墓

陰火成團畏晝行，蒼碑三尺死猶生。屠沽浩氣雲霄上，黨錮孤忠日月争。一代丹書堪涕淚，四圍緹騎盡即忍切。逢迎。要離冢畔青山在，廁鬼何人齒姓名。

元妙觀

下馬蕭蕭檜柏青，雲雷回惑閟真形。太陰斿冕垂天語，終古麾幢護岳靈。生動龍蛇馴廣牖，紛煩巫史竄荒庭。碧桃未是元都種，多恐行人夢不寧。

惠山下田家

輕舟别半塘，百里漲蒼霧。亭亭秀山前，藤竹夾沙渡。二泉新雨後，暗向水田吐。不見田中人，惟見水邊鷺。連畦冠桑麻，遠波貼荷芋。嘉苗方擢青，崇蘭或挹素。杳杳烟浮郵，陰陰樹翳路。平生沖隱期，于役已微悞。塹此懷巖耕，悄然謝塵步。浣沼遊未成，竹鑪事非故。買隱更何年，悠悠挂帆去。

丹陽曲

郎馬去遲遲，倡條踠地垂。赤闌干外影，腸斷孟珠兒。

遠水碧粼粼，無人理釣緡。春潮如有信，和淚寄西津。

去船佛貍帳，歸船毘陵驛。竹樹夾官河，蟬聲澹將夕。

莫厭醉顔酡，且問遊仙樂。儂酤京口酒，子跨朱方鶴。

新豐

邨店臨高岸，吴帆接楚檣。波渾魚潦淺，風緩稻陂涼。玉椀詩人酒，金椎内史塘。來晨眷吾黨，擊汰薄榑桑。

京口雜咏

一卷畫三分，奸膽咄先破。傳道狠如羊，紫髯氣淩座。

右狠石

季也殺白蛇，其裔殺龍子。至今蘆荻花，横壠半江水。

右新洲

樓閣三霄上，襟期一顧傳。江山壯如此，對酒莫悽然。

右北顧樓

野草没虚堂，古楓落寒夜。英雄乞子蔦，亦是負籠者。

右射堂

縱覽三山勝，長留萬歲春。垂楊復垂柳，想見築樓人。

右萬歲樓

黄鵠雙飛來，東巡宴瑶席。此日給孤園，當時隱君宅。

右招隱寺

我遊鶴林寺，杜鵑竟何有。思得頃刻花，酹以逡巡酒。

右鶴林寺

樹亦不必榮，亭亦不必圮。欲譜唐昌花，迢迢望予美。

右玉蘂亭

金陵懷古

如虎巖城限北朝，孫郎帳下最騰超。赤烏吐火開吴會，青蓋蒙塵過洛橋。何帝埋金浮夜氣，幾人横鐵斷江潮。父兄遺業君臣契，一片降旗恨未消。

帝座摇摇應列星，永嘉南渡有神靈。土龍蜿蜿雲浮岸，石馬蕭蕭夜竄坰。絲竹未妨娱别墅，河山豈忍對新亭。莫言揮麈非名士，軍國蒼黄且勿聽。

新洲霸業舊稱尊，午夜無端敕啟閽。直遣官家夷狗盜，盡即忍切。憐原廟换龍孫。投弓清晝機將洞，露刃深宵酒尚昏。寄語彦回髯似戟，石城嗚咽爲誰論。

宫市華燈曉未收，鳴雞荒埭迴生愁。苑前法曲誇焦尾，殿上長啼笑秃鶖。洛浦重逢蓮步細，漢京一賦柏梁秋。無人解誦襄陽檄，長使癡魂傍蔣侯。

三十蕭郎典騎兵，玉妃相見易關情。龍顔日角符終驗，白馬青絲讖竟成。盡即忍切。有金錢投野寺，斷無厓蜜到臺城。秦庭未見包胥慟，詞客江關氣不平。

奈何聲慘唤斜陽，坐惜黄奴倚隱囊。天塹依然漂木柹，風流畢竟縋銀牀。綺春傑閣朝陳伎，花樹新篇夜奉觴。他日總持成白首，吴公臺下路蒼茫。

錯落明珠照内家，鴛鴦寺底路夭斜。碧收天水娟娟露，紫對風流楚楚花。騎省人歸降邸就，淩波軍退漲江賒。當年姊妹承恩久，暮雨羅衾重可嗟。

匆匆璧紐浩難憑，孤負夷吾佐中興。方鎮但雄唐史表，縣官且謎漢宫燈。烟花南部朱顔損，黨錮東林碧血凝。惟有鍾山龍氣遶，萬年承詔護喬陵。

周莊

遠水連郇竹護籬，板橋來往白雲期。夕陽烏臼明如綺，正是鱸魚上釣時。

吴淞道中

木葉下沙灣，人家半掩關。孤帆來歇浦，雙屐記崑山。渡淺提魚過，秋清載鶴還。江波君勿翦，身在畫圖間。

商歌

狹路相逢，爾西我東。少年不知齒莫，達官不知路窮。北風其涼，雞鳴雨晦。送遠思歸，對酒思醉。手無斧柯，龜山奈何。

明妃

苑漏迢迢永巷哀，玉階宣唤夢空回。平生休恨毛延壽，已賺君王省識來。

仙轡如琴鞚絶塵，琵琶絃訴漢宫春。解圍笑獻平城計，從此和親悮美人。

歲暮咏懷

林臥閲永久，息心屏馳騖。泊如甘食貧，非博養高譽。雖乏租税登，時喜姻親顧。朝畋復晚牧，懽然道情素。中道忽瞿然，恐恐歲云暮。潛鱗無静流，神駒有前路。和歌蟋蟀篇，良士審當務。

朝見獵騎出，莫見獵騎還。一雙射生手，意氣淩飛翰。得失安可必，馳逐從所安。儒有慎動作，揖爾謂爾儇。但知從禽樂，不知銜橛患。何如習絃誦，屢空慕孔顔。萬事敦夙好，悠悠長閉關。

窮巷牛羊歸，衮衮百憂纂。北風折枯樹，斯粥謀式衎。既令餒者充，兼令凍者暖。君聽塞上鴻，似恐稻粱罕。餽歲當概删，非徒任疎孏。尺雪今何如，同雲浩以滿。一笑撫條枚，暗春報池館。

莫歸知張丈奕蘭泰源見訪

我出曙雲霏，我歸津樹夕。知有故人來，雪深見行跡。

著雍執徐

折楊柳歌辭

下馬拂垂楊，上馬折垂柳。行處若爲情，春風滿郎手。

郎行思曼舞，不如楊柳枝。郎行思曼歌，不如楊柳辭。

由白龍潭泛舟至細林山宿山家晨登二佘山歷陳眉公祠蘭筍亭騎龍岭

諸勝

挐舟自方潭，春影鑒明倩。往來潮漸平，向背峯屢變。稍揭兜羅綿，預飽伊蒲饌。巖磴軋輵芒，石淙瀅琴薦。蘼蕪仙客竈，栝柏道流院。沈沈蛇跡還，寂寂虎心善。塵鞅丁我躬，位業悵古先。孤鶴誰與招，蒼茫海雲斷。

羣峯尠居人，細林較紛錯。迴谿揭松關，修坂翳華薄。孤蹤踐遊麏，幽響答語誰。濃氛墮巾袂，静理入絃酌。舍北蒸陰霏，垞南豁陽崿。山候本不常，機心復焉託。往碣六朝移，他山二俊怍。超遥敦古懽，吾欲結籬落。

蕭晨戒清盥，要我如有人。永懷禽慶侣，頗契貞白倫。松存失桂隱，筍熟争蘭芬。即境念顯晦，觀物知僞真。度崦競捷足，陟巘忘疲筋。悦心既入奥，遊目皆懷新。萬象納平野，四美舒良辰。振衣復晞髮，歸詠全吾真。

少年行

齒豁囊空未到憂，酒樓纔上又倡樓。自言悟得袁公術，願借人間去報仇。

焦山漢柏圖

滿壁鐵立滄江汀，竹樹如髮埋幽扃。枯木之堂侵曉坐，鼻息呼吸聞龍腥。大風吹山水倒立，倔僵拔地無春形。欲蘇不蘇死不死，斷枝瑣碎梳毛翎。飢鷹呼羣怒紛下，蒼爪寸裂銅皮青。幽幽尸氣飽霜霰，斑斑火色鞭雷霆。古心古貌絶時世，若石隱士耽沈冥。相傳此柏閲人代，漢官威儀身所經。柏寢早被老兒入，柏粱亦登將作庭。將毋柏有迫人義，枌榆苜蓿長飄零。巋然特出戰寒歲，陰陽精魄扶羣靈。干霄直上照秦月，弄影無下闕吴舲。配成鴻寶號三絶，周宣鼎器華陽銘。瓜牛主人抱遐尚，摩抄應許忘畦町。孤舟我昨出山下，奔流滄漭穿紫溟。平生節目嘆濩落，獨采籬芷流芳馨。孔明廟前頌正直，大别山上傳儀型。二者遊蹤吾未到，想其骨幹都亭亭。唐松後起鶴林寺，伯仲間共享大齡。詩成孤歗上高閣，溼雲沾袂光泠泠。

牐港舟夜

養養復寥寥，扁舟酒乍銷。竹深光漏火，荻短響迎潮。歲月新華髮，關河舊板橋。何當買田隱，微尚老漁樵。

文姬入塞圖

歸漢裝如出漢裝，貂襜褕映塞雲黄。邊風吹斷笳聲緊，身是陳留女議郎。

毳幙晨開别左賢，牽衣行雁淚雙濺。子卿故事無人記，贖取兒郎挂眼前。

銅臺歌舞鎖春深，洛浦驚鴻感賦心。卻道老瞞非慕色，要從死友擲千金。

管彤一一數班曹，宛轉蛾眉曠劫遭。未必勝他胡地鬼，半環塚草似青袍。

贈墨工吴勝華

弱歲逮銜恤，深樹號凄風。引領天一涯，無計歸殯宫。水逝不復西，日昃不復東。長跪啟阿母，兒也書爲傭。傭書没吾齒，父骨歸焉從。染血和一丸，灑淚舉一舂。嗟嗟子墨卿，血淚沈殷紅。素旐一以返，仰天猶拊胷。母在有所養，父没有所終。誰能四十載，色慕如黄童。

鴿

庖人掌六禽，厥品逮蒲鴿。頗似鳩室盈，亦近䳡栖帀。柹隨佛性安，馴被童心狎。招朋架閣高，論種梳翎沓。爲弛綵線纏，俾應金鈴荅。識途百里遥，入賦五色合。濡咮甘一瓢，果腹守半合。功争繫帛雁，技學鬬闌鴨。幸場俄紛紛，入籠蚤恰恰。鸞從砧上飛，卵付屋頭壓。逐利智較昏，在醜從易脅。臆對誠無稽，請書爲三筴。

采菱曲

湖中采菱來，湖上賣菱去。一字小扶闌，是歡見儂處。郎住横塘曲，菱絲好寄將。纖柔寒尺許，不繫紫鴛鴦。

照影菱華淡，牽情菱葉多。早知菱刺手，悔逐畫橈過。

涼交七月新，夢遶五湖槳。安得雙車輪，如菱生四角。

次青郇感王高士玠右

小市二三里，平潮一兩信。擁絮遊子吟，停橈榜人飯。巖居避高軒，汐社委華彝。窅窅古遺民，目斷寒雅陣。

金閶夜發

烟客浩歸興，月高聞艣聲。紅橋三百九，遥下闔閭城。錦瑟佳人語，魚腸烈士名。青楓江岸冷，愁數夜鐘聲。

龍華

柹葉輕紅柏葉斑，谿橋深處釣人還。吴孃唱斷瀟瀟雨，已過龍華十八灣。

百曲弔陳挈壺仲台

仲台，上海百曲人，今隸吾邑，事明福王，數上書言事，死節於雨花臺。僕宋子殮其尸，亦自經死

十煇親眡小朝廷，大角紛纏殺氣腥。江上一鞭麾突騎，禁中幾盞勸長星。元臣事去梅花觀，前輩名留木末亭。及記封章移曲突，景陽鐘斷苦誰聽。

六朝金粉付殘叢，四鎮干戈祇化蟲。亂世未應沾一命，亡奴亦解報孤忠。白頭結宅嗟江令，長爪連塋見卞公。今日滬城蒙葬地，濤聲猶咽大江東。

陳枚倣本秦淮盒子會圖

六朝鶯草春作窩，春燈烘暖秦淮波。玉人迴波怯春影，隔院名姬走相請。地衣堆皺簾額輕，弓弓點屧無屧聲。彩勝銀幡迴四照，東家失色西家笑。比將瑶草鬭輸贏，狂殺金貂衆年少。小鬟致語開金堂，鵞笙象板音沸揚。萬錢供張箸不下，十六樓前私暖房。一花各擁一桂白，一樓各擁一花去。明星欲落烏夜啼，複帳迷藏定何處。君不見邨南邨北桑柘陰，女兒簇蠶膍掩深。永嘉南渡終亡國，采遍菖蒲花信沈。

秋谿詩思圖

晚從谿堂宿，曉揖谿漁語。翏如山水音，清吟出松塢。停杯數落花，前谿夜來雨。

洞庭采蓴圖

三板輕船六尺篷，浮家準擬洞庭東。此行不爲名山計，要采龜蓴替韭菘。石室金庭翠作堆，上湖摇去下湖回。衹嫌掌底蝤蛦滑，那得千絲滿把來。玉糝金齏略似渠，鳴虀配豉美何如。行歌卻笑張公子，衹記吴江巨口魚。太湖蓴采舊無聞，壬戌秋傳好事殷。即便抽帆下圓泖，鱸羹菰飯蚤輸君。洞庭蓴，鄒舜五、陳眉公於天啟壬戌秋泛湖始采之，陳繪有圖。

白華前稿卷第二十五

古今體詩槐唐集二

屠維大荒落

楚江曲

江波不西流，月華不東去。暮色紛徘徊，揚輝兩何處。憐君明月姿，拾翠漢江湄。無計要仙佩，多愁改鬢絲。瀟風儂船發，瀟雨儂船歇。望望岳陽樓，君山青一髮。流恨滿黄陵，行人朝暮行。明知行不得，多謝鷓鴣聲。

南庵

邨抱野橋横，雲含碧潭暮。衆鳥歸不歸，經聲隔深樹。

瞿氏霆發廢宅

西堂東第抗雲烟，百客盈門使令便。空望烏頭歸舊國，尚傳紅袖拂初筵。霜浮埒迥鳴飛鶻，雨急沙崩拾破錢。爲語彭仙莫相笑，朝來犁斷隴頭甎。

七星檜歌送人之常熟

巖壑晝冥冥，道人坐鍊形。道人騎龍入北斗，到今殘蜕森七星。七星老檜老無比，風雹搜山萬靈喜。四檜化去三檜存，魯殿巋然幾星紀。經塔書臺爾並傳，蕭梁遺蹟鎮千年。石翁圖畫空殘卷，眉老風流祇斷編。涼雲濛濛憺無極，送君一挂琴河席。勸君躡屐登石壇，柏葉松身采長食。

水車有序

斵木廣二尺，長三四仞，版齒齒歷其中，將戽水則瀕水植兩杙，杙下爲軸，舉足激之，水自齒逆流而上。有牛者設機如大輪機，隨牛運圜轉如飛，其得水較捷。按魏馬鈞作翻車，令兒童轉之，更入更出，灌水自給。東坡有詩，來儀子有謡，王半山所稱溝車亦此。

東南首水利，艱難在稼穡。青陽土覛膏，黃雲秋告麥。綺繡錯溝塍，棊枰界田陌。冀免滲漏虞，毋俾糞壅瘠。戒備興農功，輸灌孚坎德。飭材屏瘤臃，謀邑赴斤墨。徵名車工疑，藏器田畯懌。德方用尚圓，機順勢取逆。渾淪圍牛腰，破碎剔蛟脊。臥爲黿重弁，立作鼇九肋。既斲軒磊磊，載脂鑒澤澤。量其藪其同，置之河之側。百壑支要衝，一軸立中極。錮金犛兮牢，覆版鱗而赫。旁爲華表形，對若大軍壁。衡木巧與安，布肘益迺獲。環環迴腸九，洶洶距踊百。磬磬哺觳如，軋軋理繅或。鶴俛尻益高，駿注坂更直。白龍劈峽飛，赤鯶切雲厄。前後互見隱，上下遞騰踣。滅木象非凶，成渠期可克。作苦傳謳音，論功肇粒食。耕夫買耕牛，舍南赴舍北。池邊齕角閒，隰畔榛艿闢。縛亭受迴風，旋磨蹋陳跡。踉蹌五藏翻，飲降一箠斥。亮哉爨薪勞，允矣伐柯則。民生勤不匱，物理中必昃。絜粢告神庥，含哺頌帝力。成終妙悦兑，至道遂尸默。幸同棧車休，早謝飆輪激。翦拂釁沐頻，擡舉爽塏即。宛然徐榻懸，詎比秦碑泐。睠懷擬故劍，運練異巨甓。夏賦辨墳壤，周令掌遂洫。此堪民庸酬，而忘機心賊。谿碓奪化工，廚筧感形役。乘載兼水泥，圖狀及耕織。輕軺采不遺，風雅媿陵轢。

故將

何苦別沙場，封侯志慨慷。繡沈刀背血，雨簇陣頭瘡。立馬高秦月，號烏下楚霜。似言諸部曲，曾縛右賢王。

轉藏寺

葉落野無路，聞鐘聊叩門。寒螿投座緩，凍竹埽牆昏。禪理入三昧，浄名忘一言。開樓帆弄影，冥冥暮歸郵。

齋前二蟠槐 有序

槐細長不能自立，見齊民要術其蟠者蓋别種也。山塘花兒匠翦劚束縛，以爲盆玩，大者幹不過一圍。於蟠訓曲、伏、大，三義未見有合，此殆當之矣。以詩紀之。

兩龍拳人不飛去，牙角委蜕頭尾捎。離奇鬱蟠閟真宰，黑月曉墮風刁騷。一株腹洞穴蛇鼠，其一占斷鵂鶹巢。百千萬枝勢錯迕，緑糝無復連雲飄。童童鶴蓋卓空立，對對孔扇排仗交。羲娥側見半規漏，霹靂時到三更燒。不知誰何手親植，懷人之義休騰嘲。或云問之高曾代，葳蕤久已森雞翹。或云神物老逾瘦，五紀而近黄楊銷。黄花黑葉種各異，異軍特地蒼頭標。屈盤萬態蔭雖惡，根蔕一氣纏偏牢。入市諸生詫雙絶，細長不立言真呶。彼哉虎丘老花匠，瓷斗結縛如僬僥。爾槐爾槐作初祖，遠駕蟠李扳蟠桃。嗒然據槁愜瞑坐，吾將搦筆成歲鈔。

白蓮涇寄趙璞函文哲 徐玉厓長發

商音來颯如，潮青廣川暮。岧岧丹鳳樓，靡靡白蓮渡。嘉藻信孤芳，修期曠良晤。在水指一方，不見君行處。

顧繡麻姑

張銅濮竹登南産，顧繡成名較可憐。解向靈芸鬭針巧，緑牕如水夢如烟。露香園裏徑落荒，無復仙姬倚繡牀。待倣清臣舊壇記，唾絨小技已滄桑。

冬夜泊黄浦

漁火落江星，停僥傍釣罾。沙昏前岸雪，潮裂半湖冰。鶴影寒無次，人烟淡幾層。空江易惆悵，判醉酒如澠。

西子采蓮圖

四面芙蕖半面身，錦帆風翦碧粼粼。君王不信梧宫冷，更有山頭采蕺人。

采香歌斷舞衣翩，鹿苑雞臺阿那邊。纔是千絲收越網，莫教認作五湖船。

韓瓶行 有序

瓶傳是韓蘄王犒軍時物，今青浦居人間得之。容酒三升，養花或實。追和方校官垂組作。

戈船如龍馬如蟻，紅袍小兒淚花紫。將軍建旗妻鼓桴，血飲春江半江水。戰定功褒異姓王，宸書直擬郭汾陽。漫攜紅錦栽花窟，每賜金蕉作壽觴。二陵杜宇七陵樹，拂衣潦倒騎驢去。青龍江漲緑沄沄，傳是將軍犒師處。越窯祕色青琅玕，歷碌軍持今姓韓。居民不省興亡恨，遺器時虞考擊殘。當年幕下裝銅面，輓粟椎牛耐苦戰。酒樓佳釀號銀杓，武庫長瓶盛玉練。呀呷連營風雨騰，讙呼遶座雲雷散。巵酒承恩安足辭，背嵬力士例親隨。木罌將畧承家好，玉盌攢宮異代悲。投醪萬口此同澤，翠藻斑斕映顔色。著録休疑陸氏誣，成歌要集方生益。黃龍痛飲淚沾痕，老卒蕭條空閉園。挈瓶試插繁花暖，休説清涼居士孫。

題曝書亭詩集

后稷王瓜屬對奇，名家文字大家詩。貪多愛俊尋常有，合遣漁洋避鼓旗。

韋布聯翩直講筵，那知七品便歸田。祕文墜簡蒐羅遍，笑問何人作鄭箋？

牲醪兩廡志難成，剗襪牀東太俊生。腸斷十三行字裏，玉簫恩重玉釵輕。

老去詩篇漫與吟，吾鄉王叟早知音。可憐七客寮中硯，枉費歸愚點竄心。歸愚別裁集改玉帶生歌，末句亦未工。

上章敦牂

續夢中所得末句

酒罷三更月四更，松堂老鼠悄無聲。攬衾直踽萬峯路，春雪欲消春水生。

仇英虢國夫人夜游圖

天寶繼治渝開元，紅玉一環春有痕。五家隊仗簇流水，簪舄墮地香温馨。大秦、大韓寵顧影，八姨玉貌尤承恩。等閑破損三百萬，要使纏錦輝梨園。禮於夜行大垂戒，行路厭浥風義存。平明待漏事猶可，何至嬰步連朝昏？九枝簇導夾城湧，豈藉撤炬光焞焞？合歡之堂若逆旅，夜以繼晝游誰門？得毋白日照忸怩，自擁火城朝至尊。至尊此時伴私語，萼樓枕被嗟無温。平安宵燧斷消息，廿四郡惟顔平原。蛾眉隨幸習騎馬，不污顔色污遊魂。帷燈祕召抱長恨，何獨照影遺女昆？杜陵老人曲江岸，近前欲看聲長吞。畫工丹碧妙申鑒，如秉燭圖圖阿瞞。試尋西内及南内，華月苦照倉根根。

詠梁武帝

舍身成佛願分明，八十君王喪國輕。進酖抽刀前事慘，一生修到餓臺城。

牐港

大浦來坤隅，一折偃金玦。巨港東導之，長鯨怒相掣。海潮挾沙行，一潮滯一屑。一屆三蟄期，高竝兩塘埒。詎惟艫窔膠，更使旱田裂。往時建牐議，呼籲走稗耋。議亦不果行，地勢要究詰。奔潮落復長，是港控其闑。牐築潮愈奔，潮鬬牐亦齀。陡門高峩峩，下水復淩瞥。招招多野航，誠恐爲魚鼈。鳩工代振貧，及冬計非戾。然而吏與胥，因緣恣欺竊。議溶必議深，庶幾資蓄泄。有懷鄭白渠，利賴紹前哲。

田家雜詩

疎邨罕面勢，環流覆茅宇。東家間西鄰，聊用蔽風雨。雜樹翳蔆灣，壞橋隔蔬圃。池塘三尺深，差足飲水牯。昨歲告有秋，婦子獲安處。兵盜久不知，方社得吾所。肉帛所緩圖，何事入城府。

野人競心計，瑣瑣惟雞豚。有雞棲以粲，有豚圈以樊。中田揚秕糠，各各勞其筋。暴殄良可惜，粗糲將誰陳？庶幾豢六畜，歲宴佐盤飧。舍翁戒妄殺，正容詔兒孫。上言師儉德，下言養福原。今吾尚善飯，畜此娱舅賓。

昧旦徂東畬，鳴雅肅高柳。須臾海日升，耕作及半畝。此時城市人，牀席夢相守。民生嗟在勤，蒲襏蔽身首。豈日無裳衣，什襲免滋垢。農家習勞動，而無汗浹否。不計物力艱，卒歲將何有？

山家謝肉食，菜羹可代之。勿言學圃小，聖門嘗請爲。菜花既爛爛，瓜壺亦離離。荷鉏去非種，厥種始含滋。稍乘農務閒，編竹成短籬。因以限雞犬，蕪穢無勿治。種麻漚作紵，種荳然乃萁。晚來息羣動，魂夢何熙熙。服疇少棄土，儉歲吾無飢。

周浦塘

古木陰陰沸暮蜩，初秧接畛緑痕摇。白鷗一隻水天遠，野寺晚風人候潮。

曉登馬鞍山

曉出拳鹿城，竹霧滴襟帶。滇滇邨冒烟，湛湛路交瀨。遊衍神素怡，攀躋步微礙。樵行徑輒歧，鳥夢樹猶薈。稍遠下方居，漸接上清界。文竿標厓間，殷鐘激天外。談笑王孫窺，揖讓道人怪。牕中靈巖雲，杖底婁江派。越嶺窮瑰奇，赴谷討茫晦。竇乳閟璘儀，石耳秀絺繪。云與鳥目通，亮茲真宰獪。永懷金粟堆，側想鐵笛籟。入林昔已酬，栖巖今罔艾。薄午徐盤旋，浩然發長喟。

畫幅雜題

照眼春姿錦繡堆，花奴抱鼓進徘徊。廣平相業無人繼，祇記青山白雨來。唐寅明皇羯鼓

烏帽輕紗點筆新，羣花如綺月如銀。後生莫笑韓家格，曾是元和諷諭人。仇英韓姬夜宴

素車白馬曲江秋，潮去潮來不自由。犀弩三千身手好，可曾一射汴河流。趙左曲江觀濤

若邪谿上櫻桃館，雙絕書詩畫較低。留得一枝上林種，好風吹作凍頗黎。徐渭水墨蒲萄

阿龍才調冠黔陬，滿目荆蕪對楚囚。九畹風流易蕉萃，數莖瑶草不知秋。楊文驄墨蘭

文郎家世停雲館，竚興爲圖不了山。更愛清吟替招隱，江頭春水淥灣灣。文點春江小景

柳渚茅堂結搆清，老年題款字縱横。三生若論邢和璞，更是華亭乙卯生。查士標幽谿小築

春莢紅透碧牕紗，試拗西天稱意花。見説鏡臺埽眉女，更將尺素染鉛華。惲壽平寫生折枝

隴西才地兩門優，朔馬南禽字字愁。一上河梁便揮手，子卿歸國少卿留。謝彬河梁訴别

月暗花明鴛寺開，提鞵剗韈畏人猜。誰知汴邸朝天後，更被君王强幸來。陳枚小周剗韈

畫中九友音塵逝，賴有西亭一脈傳。彷彿置身吾谷底，碧山紅樹打魚船。楊鶴秋江漁隱

金山

芙蓉挺滄洲，涉江渺遐寄。岧亭撑一峯，到眼四無地。游雲來南條，上與孤巒被。沈沈洞壑瞑，殷殷鼓鐘閟。有時初陽開，金碧耀孔翠。其東鐵甕城，女真昔窺伺。下厓奮一跳，南渡識天意。洪流鎖銀焦，更挾建瓴利。作勢吞長天，吐納眩方位。真爲鼇背行，高標獻川媚。解帶緬詞鋒，品泉憶水遞。來遊帝所嘉，寶氣涌神異。江静天益蒼，鮫鼉影潛避。浴燕起差池，因風暮投寺。

曉登雞鳴山

笠簷一尺灑蒼雨，寥風入松暗相語。羈心永夜化山心，不待雞鳴手先舞。風雷闃寂天闕

森，龍虎鬱盤地維舉。西連二治東三茅，一氣皇州緬今古。是時日輪升赤霞，天塹長流碎金縷。須臾元武開湖波，倒卷空青寫眉嫵。經師曾此開講堂，何代報功奠祠宇。零榛敗瓦都不存，何況齊宫舊基土。何當置酒臨高臺，留看寒芒夜亭午。

送人入楚

鶴警不成寐，浩然懷遠征。漁歌彭蠡岸，市火漢陽城。别酒將宵盡，寒潮候月平。流觀歲時記，孤館若爲情。

泖口

漁舍田莊入望孤，琉璃千頃界菰蒲。一聲沙鳥背人去，西日半竿黄滿湖。

集一枝書屋聽閔賓谷琴

主人結客懽未央，銅琶箏笛出定場。答臘都曇更嘈雜，酒痕狼籍沾華裳。孤生忽忽遠人境，冷露無聲楚山静。椅桐三尺徽黄金，一絃一撥清一心。九疑高高蒼梧陰，嬋娟帝子遺好音。琤潺古磵浮以沈，斷猨嗷嗷淒暮吟。幾家思婦鳴杵砧，勞人中夜起太息。清廟明堂彈不極，豈少朱絃叶雅音，長使夫君淚横臆？穆如拂袖風飄南，三月二月花香含。平林亂囀羣鶯酣，鏘鏘鸞鳳重霄驂。油然脊然寄淳泊，大適如味和羹甘。琴兮琴兮余觸棖，一重一掩傳中聲。但使淫哇砭俗耳，不妨歡戚移真情。酒闌客罷琴亦止，繁星在天月在水。若非房尉董庭蘭，便是醉翁沈夫子。

贈書賈余振玉并訊趙璞函張少華熙純

結繩易書契，邃古開天苞。擣紙代漆簡，遺編傳互鈔。石經重漢代，棗木版未錭。鄉非邈佶烈，斯文奚由昭。殺青嗣益廣，宋刻珍瑛瑶。建陽麻沙鎮，字體三真描。吴蜀競模倣，入肆千金捎。坊間陳解元，剞劂時親操。淵弘南國紀，焕發北斗杓。甲乙丙丁部，書庫分其曹。歲遠愈紛積，僞體何嘈嘈。通儒掇菁英，俗學餔醨糟。鬼物眩黎丘，神怪矜諸皋。作史祖繆種，述經忘淳熬。虞初九百家，翠羽翔蘭苕。播傳日以易，魚豕日以呶。我朝右文治，殿本精釐毫。黄河源漭泱，太華峯鬱嶤。妙墨出官局，豈數琴川毛。余君隨若考，僑室駱駝橋。居然水仙人，圖籍盈一舠。皱舷涉東浦，剥啄蓬關敲。吐屬類馴雅，何必非同袍？篋中兩三種，心癢經爬搔。典衣訪奇書，放翁實矢噶。粤在童少瑜，粥書吴越交。光景希歸錢，健筆相久要。君無澤古力，而獲時賢褒。流觀詩書氣，差足回煩囂。吾徒若張趙，嗜學忘愁牢。朝成百首賦，夕傾一石醪。

化身作規髮，映月纖痕高。

柘林感何元朗

茅檐聞犬吠，移舫避谿橋。素積荒林雪，青浮古岸潮。歲華流荏冉，時譽委飄蕭。一代清森閣，何人賦大招？

松隱晚泊

赤松竟仙去，藥竈曠無存。人影白沙渡，烏啼黄葉邨。遺祠闌伏臘，孤艇促壺尊。矯首月生浦，農家多掩門。

松閣

高館生晝涼，碧陰散流水。踈雨落松花，踈風落松子。

雪夜寄李知白 世望

齋居遺世喧，急雪響籬舍。樵路曠以希，流輝淡無夜。懷君真朗如，獨對寒山下。

古今體詩編臬集一

重光協洽

兩蹋省門，輒吟歸燕。擁褐之賤，本無懵焉。辛未歲憯及孤露，幾不能自存。其明年季父應同年生九江佐榷之招，從之西上，以謀將母。漢書注：褐，編臬衣也。麻有子曰臬。誌賤宜褐，銜恤宜臬。覽者幸毋以喪語不文斥之。

覽懷十一首

勞生日衮衮，灑埽維民章。將以檢稽放，庶幾君子堂。遐哉郭有道，行宿每親將。詰朝埶巾去，見者生輝光。亦越第五倫，糞除及客程。奈何丱角年，恭然爲一荒。相士必於微，先民有周行。

爲文宜識字，音響結斷齶。二百六部分，涇渭自各各。何年妄男子，并部翳眼膜。汁均不復調，四聲付穿鑿。六季碑版興，形體費淘摸。奚啻魯魚訛，安見靈蛇握？作俑聖所懲，末滅慎楊與鐸。王嗟嗟莽大夫，好奇竟投閣。

秦皇祠八神，天主居臨菑。三千童男女，入海竝出齊。金銀好宮闕，天氣漂不歸。得毋入瑣里，子孫尸祝之。一自海市通，洋船乘風來。戒行本荒怪，膜拜頗蕃滋。豈知日本人，鑄象高崔巍。千秋辱胯下，天主夫何爲？

分縣近二紀，決科苦毷氉。側聞青烏言，形勝期稍稍。傑閣儀蒼龍，斗魁迴四照。塑形錯金采，工作恣騰趠。六星聯夜珠，倬彼文星曜。亦復象以神，瓣香奉虔告。何如桑粟主，觀聽侐清廟？廟亦不果成，士亦不難造。佼佼漢文翁，治蜀首學校。

校官七八品，師道嚴且尊。雖復以貲進，寧與纖兒倫。大吏行自東，車騎隨跣跣。何哉黃髮叟，而伏河陽塵？一麾不復顧，召侮良有因。將軍有揖客，詎以宣驕論。

東漢厲風節，士氣伸霓虹。我懷復社賢，著録棟可充。愛人愛其烏，臭味薰蕕同。瀛州十八士，乃及高陽公。一惇黨元祐，穹碑聲隆隆。藝麻亘數畝，中有孤生蓬。

漢儒年三十，承學立五經。三年通一藝，白首期有成。後賢抉碎義，叩鐘持寸莛。蔑古雜踳駮，守墨鮮發明。尚書或點竄，雅頌還紛更。是何膽氣豥，居然昭汗青。國朝起羣彥，東井聚五星。西河大毛公，隻手芟陂芀。殘膏及後進，猶若五侯鯖。詆諆勿已甚，激濁揚其澠。

淵明曠達士，骯髒詠荊卿。不有下潠田，能無乞食行？諸葛矢淡泊，少小南陽耕。成都八百桑，所志猶硜硜。相古有遺訓，學者急治生。既以附仁義，兼之保潔貞。龍門傳貨殖，千載嗟同情。

雞鳴起盥櫛，子婦禮不殊。遺經久湮没，良士心蹶如。朝食詣前邨，一叟蒼眉鬚。自言齒杖國，貼席魂夢踈。披衣誦梵夾，埽徑仍徐徐。吾衰克振奮，小輩方栩蘧。雖云夏夕短，惰氣宜湔除。聞聲結紳佩，日月如隙駒。

吾家有季子，挂劍徐君墓。墓草青復青，稜芒出新鑄。吾觀勢利交，温涼變朝暮。欲廣絶交篇，藏身恐不恕。君子慎始終，藹然眷親故。

户口日以聚，度支日以繁。舉家不宿飽，營致爲美觀。國奢則示儉，微管孰糾彈。道逢倡優子，裘馬光爛爛。二氏蓄有徒，緇衣而黄冠。同爲太平民，不省稼穡艱。我懷元二交，斗粟直百錢。穀貴農轉傷，誰復知其然？此輩若秕莠，盍驅歸田間。一以息游手，一以絶養奸。

題吴漢槎秋笳集

江左翩飛一鳳凰，朝隨計吏夕圜牆。金雞論減冰天戍，白草看飛暑月霜。綵筆上干空照耀，丑門晚入轉蒼涼。秋笳一曲千金直，何必文姬始斷腸？

腳痛

插腳人海中，堀堁溷寒暑。著力吉取升，積氣害成蠱。墳起詫中堅，臃腫慮外腐。一指罪是魁，駢枝虐斯輔。蹣跚牆必循，盤躃杖交拄。其疾非不脛，其大或如股。折旋謝未遑，曲甬痛安處。此生骸有百，尤重官維五。趾方配顱圓，足蹈等手舞。款户蹬以投，尋山健乃舉。已忘迴翔樂，始識局促苦。塊獨等虞夔，旅百慕商歫。顧盼陽秋成，調笑神鬼侮。惟有下堂人，耿耿寸心撫。

送別

暗柳疎花淥滿灣，蘭橈一去幾時還。客途歲月流如水，願放疎狂莫放閑。

吾邨有王副使圻石刻十八跋蘭亭近歸灣洲周東藩魯先子填金縷曲紀之感題拓本

玉枕昭陵渺斷烟，肥環瘦燕鬬嬋娟。須知承旨題名處，不減難兄落水年。滬城文獻洪洲老，重考偏傍費剔搜。購到鶴沙知幾代，租船連夜達灣洲。周得之下沙王氏，王懼人之覺也，以夜運去。翠墨凋零手澤殘，琴南硯北曠追驩。摩挱似發陶公感，墓柏蕭蕭拱石壇。

官縴夫

馬悠悠，車班班。陸程緊，水程寬。縴夫牽船如蟻攢。衹憂飢勿憂寒，流汗浹背風吹乾。風利腰挺挺，風逆腰環環。官人坐船伐鼉鼓，疾行貸汝緩鞭汝。纔送前官迎後官，官人猶説坐船苦。

西汊

䍃䍃遠岸風，淅淅半帆雨。漁釣不逢人，鵁鶄隔沙語。

雪後

敗葦枯荷一棹依，幽人乘興未言歸。草亭䍃落竹橋斷，鳧鴨滿灘寒不飛。

硯屏 有序

石農糊紙爲矮屏，以燈下障硯，俗所謂迴光也。坡谷及查悔餘集皆有硯屏詩，屠長卿文房箋亦有此，皆小異。

朝天下上巖，斑暈辨千族。論價擬兼金，比德在潤玉。一勺方池渟，百囷薄田熟。塗蠟工所誇，障塵童乃督。有友營慘澹，及冬忘皸瘃。取材逮故紙，致用倒敗簏。通透璧月裁，縱横屏風縮。壁立成角圭，木强轉彔曲。疎疎絺綌蒙，皜皜栗薪熇。肖宫扇摺疊，哂雲錦堆簇。浮思巧手疑，交光小兒欲。中宵下壺漏，殘燄暗膏沐。求明短檠偕，養晦横几畜。亂書課累寸，妙楷寫聯幅。蟾蜍滴竝珍，琉璃匣詎鬻。寄言面北朋，守此足醫俗。

白華前稿卷第二十六

古今體詩編臯集二

元黙涒灘

題松石寫真

人静山更寒，秋影墮叢碧。長松蒼然陰，宿露晝猶滴。嘉我襟抱閑，敧坐拂瑶席。揮絃見鴻飛，抗策逐麏迹。清磵漉漉鳴，華薄霏霏積。回首衣上塵，殷遥萬峯隔。林香淡自永，禪悦趣彌適。願言偕素心，風詠踐泉石。

將之九江三首

香殘酒冷告靈牀，豈意麻衣走四方。避債臺敧平劍與，傭書館少捉刀將。祖宗延澤希南巷，弟妹關心累北堂。等是截裾天性忍，不堪負米隔千鄉。

就靮神駒骨格奇，立錐懸釜爾應知。童蒙尚料師能授，我往終緣叔未癡。書付洪喬宜檢點，訓傳師古耐尋披。同牀風雨三年久，算到來秋祇暫離。

負土精神菽水心，姑嫜未拜力先任。貧家三世皆秦贅，病客千程自越吟。獻韤定隨朝舫便，寄衣多累夜燈沈。秦嘉上計吾何有，腸斷江迴九曲深。

滸墅

閒隨沙店行，水水美無度。灣灣跨短彴，鬱鬱翳高樹。莎岸號蚓蛙，藻流浴鵞鷺。誰知近市居，頗擅滄洲趣。行邁匪自今，華年不如故。三嘆對靈巖，徘徊遠鐘鼓。

龍江弔張羽 羽居湖之潯陽，入九江。志誤

一櫂淩風去，嚴關訊客裝。以子長寂寂，對此益茫茫。談藝儕三傑，招魂失九章。分明錦袍月，流恨照潯陽。

野泊

山雲載瀟雨，孤青暗篷背。何鳥影翛翛，銜魚上沙埭。

題巴斗船

北馬馳廣原，南帆挂大澤。滔滔江漢紀，汎汎烟波宅。刳木占作舟，刈蘆許結席。非篆巴字形，詎準斗樞極。巧從知者刱，寵若嘉名錫。繪采慳龍文，具體肖龜脊。過雨曬青蓑，候風插文翟。船頭打篙譁，船尾行廚僻。捩舵淺閣沙，弄槳晚趂汐。溯游盡蘇杭，溯洄向荆益。關門算幾緡，縣庭印累冊。樓起舵師尊，汏倚榜人擊。疲皸苦霜嚴，黧黑信日炙。乍聞腷膊起，旋聽鼓鉦迫。錢刀計艙償，食貨堆篷積。加餐頓頓傳，衆咻謫謫譯。飲福拜金龍，擊鮮罱銀鯽。程路驗津亭，聲氣藉鄰舶。脃語乏船孃，薄酒泥估客。無照夜華燈，撤當門棨戟。百丈牽長虹，一帆淩健翮。喜卜卯色晴，讐遇石郵逆。局促嘲蝸廬，棲遲誚雞柵。眠食聊淹旬，圖史共向夕。精多用自弘，内廣外從窄。是爲不繫船，儴佯任吾適。

天門山

天門斷楚天，娟娟秀江表。如見謫仙人，蛾眉青未了。

月下泊采石

牛渚如丸月，流光滿太虚。孤舟發高咏，跌宕興何如。水鶴寒將子，山楓葉覆廬。星星渡江火，良夜渺愁予。

天上光明錦，分輝自蜀川。待攜津吏去，同上酒樓偏。蕭瑟青山夢，清華白也篇。身名長已矣，痛飲即飛仙。

昔遊靈谷寺，瑣甲挂秋風。兹夕烏啼苦，終憐血戰功。微飆激鯨浪，遠照暗雞籠。亦有書生業，吾思虞雍公。

再宿牛渚

然犀渡頭咽殘角，水底吟龍浪洶惡。白紵衣單歌不成，清漏疎鐘夜重泊。謝鎮西後李青蓮，江霧凄迷江月圓。扁舟欲望横江館，知在青山何處邊。

檣之末有穴洞然運以鹿盧使帆乃捷江行見緣檣直上以理糾結者書示一首

峩峩千斛舟，風檣走寥廓。效命指臂間，中有青絲筰。檣爲帆之幹，筰乃帆之絡。穿穴檣之巔，筰乃得所託。有時治而棼，帆勢失槃礴。欲張既難張，欲落更難落。性命寄三版，戒心戰齗齶。南人好身手，使船倍矍鑠。作氣縋而登，趫健勝猨玃。跂跂上重霄，摇摇蕩兩腳。快宜并刀翦，密用桑土縛。俾如虞機然，亦與户樞若。木處偏不顛，翻身汗揮霍。舉舟賀出險，歌呼進絃酌。在莒君勿忘，此言義可拓。

九華進香詞

蓮花濯濯九枝開，一朵蓮花醉百回。吾愛九華看山去，人愛九華進香來。

毘盧臺殿曉朝真，地藏金身是肉身。傖父癡兒談掌故，東牕還唾姓秦人。

香爐峯頭香霧縈，蠟燭峯頭蠟淚傾。如此香烟天付與，葛仙枉占杏山名。

風餐雲卧促歸船，漸近楓彫稻熟天。李翰林祠聞仙墓，更無人費辦香錢。

江霽

天意憐麻麥，狂霖喜昨收。斷雲秋浦樹，斜日漢陽舟。邨火烟初上，林鐘響漸流。還防梅子雨，珍重減征裘。

銅陵晚泊

朝披縠谿雲，暮宿梅根樹。隱隱六朝僧，打包立前渡。

馬蹋磯

放船烏沙夾，打頭當南風。閉置如三日，新婦那不狂。歌岸幘抑塞，磊落開心胷。漁庵一叟頗解事，指點威紆嶢崅。不可縱步之蹊術，令吾北折而來東。紫雪飛蓬蓬，藤蘿倒挂千蛇龍。黄石堆隆隆，鞭箠不動千羆熊。不恨山巔山麓少箇紅泥亭子歇兩腳，恨不能掠波插羽直上大龍山頂。回望南徐北豫，千里萬里青濛濛。君不見太子磯兀當中，涼颸晝卷雲旗重。又不見羅刹磯兀當空，清霜夜吼豐山鐘。此方説鬼尚荒誕，何怪馬蹟散漫。咄咄傳關公南望，咫尺侍中衣冠墓。忽感革除遺恨，欲招鶴駕翩來逢。

劉婆磯

江静暗菰蒲，磯回卸帆布。垂別九芙蓉，人語樅陽渡。

李陽河太子閣用壁間蒲圻李標韻

俗祀哪吒太子，康熙間何經南碑辨爲昭明之誤。旁祀屈原，爲水府神

舟行隨去鳧，斷浦没荒汊。鼉腳蹴浪迴，獸脊插空架。堂哉黄瓦居，黑風吹不卸。辟邪當石扉，三塗浄如砑。頗哂百牛眠，更笑五須霸。扈從尤荒唐，蒼紅眩廓舍。或擬元弋矛，或縱青冥靶。或校鳴葭喧，或插珠翹姹。血食終不祧，搜神洵堪吒。於惟監撫人，仁德歷山亞。即以才譽論，著述邁顔、謝。選樓雖已空，高齋孰能駕？其旁祠水仙，牓題坼天罅。生乃悴湘中，没乃寄廡下。屈、宋作衙官，昭明應嗟訝。陫側荃蕙芬，黕黮彭咸夜。相與往復還，想當整以暇。好怪不求端，淫祀實憑藉。我來閣上行，極目恣凌跨。襟前皖口浮，盃底海門瀉。惟冀衆頑砭，而使結習化。一髮秀山青，誅茅待銷夏。

小孤山

大孤象如履，小孤象如髻。銀盤捧青螺，一語括遊記。彼岸麗松滋，何年嘆淪泗。我呼橛頭船，衣袖撲春翠。三隅斗入江，一隅級循次。洞門闖然開，正值野猨縋。前趾躡後頂，恐恐肖狼疐。盤盤逼蝸角，著腳下無地。天闕看詄蕩，坤軸詫凌替。砥柱斷衆流，怒潮斂斯避。維神好樓居，百靈盛羅衛。乘淩飛廉風，慘憺里巫祭。鸕鷀千百羣，半山來曬翅。將集復將翔，駭此龍骨蜕。下山戒舟航，上山慎唾涕。隔江澎浪磯，無路附齊贅。牛後視金焦，江空鶴傳唳。

射蛟浦

元狩年傳舉封禪，樓船穩勝六龍車。江連九派生潮緩，岳視三公望祭虛。夏后濟川狎枯蟥，秦皇入海詫神魚。鼎湖他日扳髯遠，玉盌通天恨有餘。

湖口見月

彭蠡春秋雁，潯陽上下潮。迴腸對江影，古月滿清宵。五老碧雲外，微茫如我招。關河有羌笛，夜夜旅魂銷。

石鐘山

蒲牢昨走荒江東，鍾師狡獪化石公。怒流激石肖蚛蛀，追甬巧出攻金工。一鐘各抱一材分，兩厓南北誰雌雄。夜靈無主水怪逞，健兒身手交擊舂。廣奏或入鈞天夢，張樂或自軒轅宫。上鐘下鐘距百步，函□清越無勿同。其聲瓏璁狀皺透，如篆鳥跡雕秋蟲。道元遺注縱寥簡，老坡詭駁辭先窮。周益公。羅念庵。一記僅和事，此理難信歸鴻濛。吁嗟此鐘非有鐘，風水相搏兼鬬風。審音牙曠逝千載，空抱勝具停圓篷。吾疑左蠡逞狂怒，天遣皀氏當其衝。非惟聲似亦形似，爲發竅妙昭前聾。石公凝睇不我答，忽聽昏寺撞枯桐。

鎖江樓

岧嶢飛觀鬱重重，遠背巖城削一峯。古道風烟盤老鸛，塘名。危磯川浪激迴龍。磯名。九江雲物迎船見，五祖嵐光上坐逢。此地吴頭連楚尾，登高須覆酒千鍾。

靖節祠

先生晉徵士，史筆一辭贊。夷齊與魯連，千古義同貫。方其恥折腰，幡然去鄉縣。寄奴將竊鉤，雨雪先集霰。苦心洞事幾，希迹在疏散。不知秦漢後，庶幾羲皇見。眉因慧遠欑，謚待光禄譔。峩峩栗里邨，祠堂毁兵燹。東軒蕪蔓滋，北牖蠨蛸罥。豈無耕作人，叱牛出深堰？積廢時固遷，沖夷性頗繕。掇菊釀清英，悠悠表禋薦。

送秋和韻

錦瑟華年續續移，寥天秋老迴含悲。洞庭落木人千里，汾水哀蟬彼一時。秫米待浮香澹沱，荻花愁對影迷離。琴牀三昧吾何有，遥訴飛鴻寄所思。縹渺涼生寂寞居，柔腸無那愴歸與。才人福分逢廝養，名士聲華廁鯽魚。紈扇風前誰棄爾，匏瓜天上曩愁予。高樓切漢延清眺，揺落江潭舊草廬。銀釭抱影數寒鐘，敗絮殘氊逼早冬。白雁幾時辭楚塞，青楓何處落吴淞。婆娑庾信園中感，顦顇潘安鏡裏容。惱亂潯陽送行夜，琵琶聲斷不相逢。

琵琶亭重謁白少傅象

昨攜瘦藤訪幽墅，山椁水柳春枝妍。十千沽酒共拚醉，催歸往往聞杜鵑。黄雞白日唱幾度，荻花打冷瓜皮船。鵂鶹呼風浩將洶，蟋蟀聒暮悽不眠。因思謫官類行客，百憂多爲商聲煎。

元和才子太原望，手排閶闔嚴鷹鸇。作詩賞花玩新井，鑠金口衆紛夤緣。青鸞鍛羽固時有，八州司馬誰愚賢？桂竹白蓮發三詠，湊滿朗晦參四禪。草堂新置足泉樹，出官在郡胥恬然。何時青衫透紅淚，穆曹遺調生鵾絃。顑頷靈均怨湘澤，聱牙漫叟吟瀼川。惟公性情嗜澄淡，直替左司香凝烟。雜嘈掩抑起清夜，陋儒尋摘徒戔戔。豈無油闌與文氈，所嗟陵谷終變遷。菌蚌麇提失九派，香鑪雙劍荒層顛。衹餘大江繞亭下，浴凫飛鷺争聯翩。郢樹蒼蒼布帆出，吴山的的浮圖懸。屏風圖畫雖不見，肅拜應鑒貂毛虔。不見宋均陶潛兀遺廟，蓬蒿滿地遊豚豣。

江州懷古

鬭虎争龍此上游，重關烟火萬家浮。山横庾嶺歸廬阜，水納荆門到石頭。戲下黥徒營舊國，塵中元舅嘯高樓。盈尊桑落尋常有，風月窩邊衹益愁。

楚望悠悠照眼明，寒濤厎事怒難平。荒門松菊深秋色，極浦琵琶清夜聲。渡虎一時頌遺愛，沙蟲幾代泣殘兵。東林坐聽微鐘起，擬向高賢乞浄名。

古今體詩湓浦集

昭陽作噩

九江志以昔人洗銅盆於水爲龍攫，因名湓浦。殆不考何晏所云水出青湓山，有井形如盆，因名湓水，其城爲湓城，江爲湓江也。水在城外，雖入江而不得名湓江。予嘗以悔餘編修身入郡齋，而集名湓浦爲失實。淹留之次，其名當爲我設云。

琵琶亭小集

一曲一銷魂，遼遼野渡昬。緑腰嗚夜色，白髮省前恩。彼美逢謡詠，爲亭倚水邨。不堪春目遠，洒淚弔湘沅。

夕浪急湓浦，蘆中人語深。分明柳枝唱，寂歷杜蘅心。宋玉流風近，匡君結秀陰。吾儕少新體，何以庋東林。

少傅今安往？龍香怨杳冥。波吞彭蠡白，雲吐道場青。微尚寄歌詠，分曹兼醉醒。草堂如有約，對影問山靈。

入廬山九峯寺

廬山九疊雲錦張，滅没倒影難具詳。九峯削成媿具體，旁支插起南斗旁。幾節瘦笻手扶去，滿身浸透雲中央。仙之人兮青瞳方，導我附葛捫薜裳。谿聲潺潺瀉珠玉，樹聲淅淅鳴松篁。湖如圓冰江如帶，俛視下界空青蒼。羊腸詰屈轉蕭寺，珠閣香臺亂無次。何限淵明入社心，幾時新建摩厓字。將軍休夏何悠哉，乾隆初，岳公鍾琪于寺休夏。將軍一去猨鶴哀。我既無桑苧品茶九龍之逸興，我亦無青蓮改題九子之奇才。願得買田十雙此間住，坐斥吾州九點爲童孩。僧樓無寐經火紅，期發二寺林西東。天池高處更插腳，回頭細望交鴻濛。

九峯四詠

道人擲枯笻，兩派導素湋。投石聲洞然，可是廣長舌。

右天花井

大秦一神獸，成峯因結庵。開門見虎跡，不礙師王參。

右獅子庵

石齒齧飛泉，霏霏卷晴雪。能使俗駕迴，洗耳老巖穴。

右馬尾泉

成梁跨幽壑，無我褰裳裾。欲別柴桑子，臨風一軒渠。

右清奉橋

雨後山亭觀泉

石潭吐新水，十里汎風絃。抱膝孤亭上，遥吟幾疊泉。宿雲留鳥夢，溼翠變僧烟。聞有鹿來飲，幽期無夜眠。

下九峯作

香林曉餐罷，徒御每敦促。重巖晦陽景，巾屨襲稠緑。定僧過橋送，亂泉漫林麓。飛鼠紛竄松，怪鳥悄投谷。故蹊歸已迷，清暉賞難足。白雲迴合處，縣燈昨曾宿。良久見孤烟，不知誰卜築。蘿徑多遺薪，青靄入寒竹。山泥過新雨，行跡辨黄犢。清暇生道心，蒼茫眷塵服。歸及起昏鐘，沈綿悵幽獨。

夕

夕蟬發高響，雨止月流波。不有彈琴侶，其如把盞何。暗塵澹花蘂，清影湛星河。漁父今無寐，横谿續斷歌。

觀景德鎮所造内窯瓷器

鄱湖鬼吐青紅烟，火龍十里無停鞭。百蟲將軍告薪盡，多錢巨賈徠鳴舷。街衢洞達萬家聚，人不得顧車難還。人間伎巧繫天象，兹直熒惑星文懸。居民燒瓷謝麗雜，瓷其禾菽窯其田。龍鸞花果鬬新樣，内窯入手尤精專。叢祠遍迎春秋社，桑主羣題風火仙。維國六職工居一，埏埴製僅同杯棬。越窯奪翠昉唐代，燒進遂著婆留錢。十三州割據猶爾，矧乃趙宋金甌全。官哥汝均定繼起，到今應换車渠千。有明作者論時會，景陵茂陵歸我妍。鬬雞缸教白波卷，鬬蟀盆候金風旋。侯家廟市間有此，萊陽粉盝吟争傳。方今聖德邁三五，豈數衣皁焚裘賢？汝倕稽首匠心巧，聊以官守申卷卷。白芨斷紋妙鉤鎖，青天缺雲映嬋嫣。就中慎選當方物，包匭藉用兜羅綿。其餘入肆尚高價，合貯廣夏鋪細旃。我稽五行演疇範，生於其地良弗遷。瑶流祇挹浮梁水，青料選購金華巔。祁門採石擣泥細，淳邨披沙結胎堅。伐毛洗髓理太酷如，人去滓來虚元。

入窯而還善千變，火候那許毫釐偏。又如學士造道法，急火慢火心頭然。遂令法物照青眼，赤手扶出璚枝鮮。盛朝醲化浹區宇，日月骴窾歸陶甄。異物不貴貴用物，苦窳間作非勤宣。禮云考工昜尚象，將偕匏器郊格天。如珍商瑚寶軒鼎，金石貞吉隨摩編。

旅夕

罷琴憺無豫，單絺振新沐。稍稍東月生，緑蘿汎清澳。元化時不居，參商念骨肉。迢迢鐘梵裏，掩户空城曲。

趙伯駒海山樓閣圖

天蒼蒼，海茫茫，海與天共天更長。天門縹渺海門黑，非烟非霧交十光。七十二候潮沸鬱，三百六度星開張。維鮫有室龍有堂，有三神居難或望。倏焉陰雲勢解駮，羲和擁日鞭雷硠。天雞無聲大荒白，千山萬山沈丹黄。蘢葱綺樹碧城外，糺縵霞錦朱庢旁。果然風俗似吴下，人民城郭嬰暄陽。吾想仙家好離别，乘蹻而去尋樂方。琪花如掌肉芝秀，冰齒一一斟金漿。招要仙官話仙界，瑶瑟一響心房皇。天風飄飄吹我裳，我有靈獸身白章。還愁黑罡起中夜，髟沙礐石争狂勷。伯駒筆力千鈞强，淋漓元氣驚望洋。赤縣神州九之一，鄒衍語豈真荒唐。忽思庢山晦風雨，卷圖長望嗟滄桑。

聽李上舍秉恒簫

静者能銷夏，憑闌撫洞簫。丹樓激清籟，鸞鶴下飄飄。往在華亭谷，相思一水遥。一珪涼月影，捉麈待深宵。

蘆洲

海縣紛奪沙，江縣紛奪洲。洲中蘆可薪，衣食民所鳩。五年一蹋勘，坍長上兩不猶。淮長難淮坍，各各滋營謀。其長若添綫，其坍若滅漚。失勢遽崩塌，鮫鱷喧深湫。其甲報坍去，其乙報長留。其丙亦報長，蘆課官可收。有課無有蘆，訐訟死不休。連年走對簿，破産供贓賕。得洲固可喜，洲坍還可憂。不如姑置之，忘機隨白鷗。漁家賦漁課，漁樂君知不？

小孤山神女曲

緑水琤琮響珮環，緑雲鬖髾綰烟鬟。春風不共彭郎語，盡日凝妝對鏡山。

東流太白樓

曩溯采石磯，磯上飛岑樓。千秋白也風，歲月倏我遒。揮手不一顧，烏帽風颼颼。今乘下水船，計日將池州。蒲帆化六鷁，退飛成淹留。菊所翳寒蕪，書堂埋平丘。古人不可作，懷古欽前修。嗟嗟太白星，熊熊當我頭。有亭繚而曲，循寮隨所投。丹漆剥栗主，一笑搴簾鉤。大名垂供奉，果然無繆悠。或疑謫仙人，神龍升潛湫。青山二匡間，閲世同蚍蜉。一樓芥坳耳，寧戀兹城陬。我意竊不然，遺詩可踵求。萬里長風沙，註謂界東流。其下即雁汶，隔岸爲蓮州。夜郎還當塗，取道斯必由。今復興不淺，可詩可酒甌。千指撈螺鰕，一笛騰蛟虬。空江挂練影，遠岸傳華謳。俛瞰水鳥浴，仰視翔雲浮。九子山一卷，七里湖一漚。神境無久住，風健孤帆抽。

雨過池州寄唐丈肯畬承華學舍

玉鏡潭邊點雨麄，卸帆亭外酒帘孤。縱然學舍如舟小，免對昏林聽鶻鴣。

金陵復之九江别故園諸子

衰蘭秀竹掩江關，我去君歸慘别顔。重爲琵琶溯溢浦，石城回首是家山。

江館答璞函玉厓薛少文龍光送行之作

予遊灌嬰城，緇塵積行理。蘅皋辱姸唱，夕日浄微滓。有翩飛鳥還，思君末由已。一縷似江雲，時滅復時起。

觀孔雀開屏

大星歷歷小星纓，丹砂烱碎金丸竄。龍馬圖標太極匀，霓裳月迸中秋爛。絢采明霞無定形，飛鳴頓蹈自跉踊。何來天上真妃扇？可是人間帝主屏。襹褷轉訝春花落，曉寒淰淰晚寒惡。氣候私憐北到非，低佪似訴南歸樂。瓊樹瑶林失故枝，枇杷花下夢葳蕤。高飛黄鵠無奇彩，嗟爾家禽那得知！黄荃有孔雀枇杷圖。

贈别南康黄巨楠家棟

同向天涯惜離羣，庾樓磯畔葉紛紛。蓴鱸有信辭家易，稻蟹無聊望歲殷。南浦烟波雙槳去，重陽風雨滿城聞。蠡湖雁影迴翔遠，待折踈麻寄楚雲。

甘棠湖僧舍冬日海棠劉實作折枝圖

美人家傍水仙國，湖雨湖烟凍如墨。絳雪成團溼欲飛，桃源弄影春相識。愁向屏山看折枝，海棠顛唱海棠詩。憑將貝葉三生夢，占得風花兩度吹。

將至彭澤阻雨寄呈家叔江州

也趁輕潮也趁風，小孤山外雨濛濛。計程若使勞臣叔，錯料今朝見皖公。

淮海

淮海懸高堰，棲棲戒屬薪。飛章三尺法，沈竈兩河人。白首歸難問，黄樓捷有神。宵衣眷民隱，黽勉報君恩。

瓜洲謡

瓜洲渡前一江塞，有篷載米無篷石，石防沈漏米防霉。百丈牽船斷都段切。無力，欲行受凍停受鞭。艄公縮頭宵不眠，鄰船揚揚歸過年。

除日抵家

尚喜歸帆健，圍鑪話不眠。若教遲永夕，便是別三年。裝薄嫌鄰問，時乖仗母憐。谿梅如笑我，開負一枝先。

白華前稿卷第二十七

古今體詩倦遊集一

闕逢閹茂

西江之轍涸矣，所主無可與言。昨冬返櫂時，漁山太守意良厚，又遠問見招，舍館者八閱月，議論證據上下，每夜分始罷會。季父將爲選人，歸移道南，閱歲而遇大祲。曰倦遊者，司馬長卿傳中語也。

重之九江寄答璞函

幾片春雲靄碧空，筆牀茶竈載匆匆。菜花風裏潮初上，楊柳隄邊酒正中。禽夏未辭遊嶽遠，潛夫多愛著書工。九江秀色無人攬，待爾題襟漢上同。

湛瀆紀所見

山市六斑茶，谿田幾株橘。呼渡重徘徊，罱泥待儂畢。

溧陽

長蕩湖邊野照開，落帆無伴强銜杯。酸寒覓句憐仙尉，慷慨投餐感霸才。葑草青連樵徑去，桃花紅上釣船來。明當江介東風穩，兩鬢蒼浪祇自催。

高淳

一片諸州水，蒼茫遶縣門。重湖少城郭，五堰幾朝昏。治扇充方物，鳴榔佐夕飧。詩翁邢昉。嗟已矣，何處訪曾孫？

四月五日夜固城湖對月

要眇渡江吟，鶯花付陸沈。短槎泊遥渚，初月下荒岑。相見延孤酌，相思斷暮砧。連宵打篷雨，一種故園心。

由下壩換船至上壩

往來馬當船，風潮揚子縣。括地訟諸家，中江入陽羨。自聞運道開，漸見揚塵變。所容不數舠，其澄乃匹練。樹老表河隄，碑荒覆土堰。十家九店開，五里一亭見。授茗僧齋涼，賒酒女壚便。擔夫争納納，櫂郎樺片片。此邦未云穀，爲壑欲誰譴。歲月既以徂，周游既以倦。懷古重茫然，三江迷夏甸。

板子磯

蟬鳴楚雲霽，返照在市屋。杳杳涉江人，行歌飲青犢。

皖城寄家書

艱難懷祖帳，潦草别先廬。首夏清和裏，雙鱗問訊初。風烟大雷岸，弟妹鮑家書。宿烏吾嗟女，棲棲晚照餘。

林供奉 朝鍩 角鷹

角鷹畫手姜參軍，緝熙祕殿推道君。永年團練亦突兀，稜稜殺氣摩蒼旻。有明林良匠心苦，供奉毋乃其子孫。山堂昨夜秋容浄，馬健草枯角弓勁。多少癡兒欲臂將，啁啾燕雀争亡命。黄雲壓地天雨霜，怪鴟趯兔紛跳踉。軍門下令開獵場，左牽羊牛右酪漿。興酣縧解翻八荒，愁胡側視隅兩眶。風毛雨血魑魅藏，何爲鋼鉤鐵觜此抛擲？始知當道久矣無豺狼。先皇昔御養心殿，鍩也承恩嘗引見。朝看平臺放俊雕，暮歸内庫支東絹。烏號一墮草萋迷，鎩羽翛翛返故棲。五羊樓觀尋仙蹟，重譯梯航仰御題。菰蘆我亦同天械，褶袴曼纓遜清駃。真鷹時共畫鷹吟，畫鷹肯似真鷹賣。男兒氣骨一秋鷹，韝鏇拘牽飛未曾。短衣射虎南山下，五嶽隱然方寸生。

送陸悔齋歸若上

君家清遠郡，水北間花南。多少如花女，春來飼八蠶。言浮瓜蔓水，竟别虎谿庵。小酌潯陽酒，行歌已半酣。

雨館同姚世錞高文照作

夜色冒諸峯，瀟瀟起秋響。賓館疎足音，莓苔滋以養。驩言宗雷侶，風絃理孤賞。異縣結同岑，覿面神已爽。當兹眠對牀，相對轉清朗。人境散鳧鷖，潭氣生菰蔣。翦燭雖無多，想見五湖長。子鄰陸瑁居，君結鷗波黨。他日奄樵風，颯然誓來往。忽念水簾泉，此山有息壤。

江館寄璞函玉厓少華張奕蘭丈

往歲冶城秋，相攜孫楚樓。今年社翁雨，獨上鄂君舟。談燕諧初服，音書曠蹇修。江波回九派，不到海東頭。

觀董漁山榕太守鄭州古鏡

鄭州城南卓錫臺，舊題鄭女洗妝處。蘪蕪地老馬蹄驕，芍藥春深蛾眉妒。丁丁椓杙聲未停，鏗然一著非丁寧。百指爬搔土華碧，萬目眩燿天皮青。青龍躍躍相君背，跟肘模糊蝕年代。如荼照向含長顰，恤緯窺來發遐嘅。錫名紀實今有然，錦幂羅韉隨秋烟。即看鄭志賦詩日，莫論秦宫照膽年。

姚午晴西塞山居圖

聞君家清苕，烟波肆瀾汗。緋桃夾通津，緑蓑偃永旦。焉知魚之樂，有取水哉嘆。一歌漁父辭，遥遥發川觀。

野水何悠悠，幽人夢清迥。浴鸑迴塘春，采蘋落日冷。蟹舍主既懽，鷺盟我猶省。永懷江上舟，相從負笭箵。

午晴白描讀書圖照

昔夢陶公里，當門鬱夏木。古懽敦詩書，一編卒百讀。讀罷摘園蔬，緑陰遶茅屋。欣赴山澤招，遐契葛天族。伊人吴興居，春水寫琴筑。幽幽交漁商，曖曖翳桑竹。重帷垂夜分，際曉火猶宿。如何被飢驅，神影苦馳逐。浮生何所依？令我淚盈掬。示我霅川景，水水湛原陸。要我西塞詩，山莊結船屋。是圖寓遥深，邈焉絶塵俗。主格尊白描，秋影湛巾幅。維摩寫孟公，龍眠畫玉局。勁作鐵綫挺，密作蘭葉簇。君身仙骨多，養真釋煩燠。我無炳燭光，敢效童蒙瀆。誓將步高衢，委懷守遺録。一瓻洒試攜，從君丐殘馥。

聞歌不見人，月暗暮江曲。何處葦花邊，星星虆楚竹？

江夜

自龍開河泛舟至寨口憩龍門寺晚抵長港登大小城門山還宿金雞觜明發鶴問湖泊濂谿祠下同漁山太守賦

良會艱具陳，秋山面清爽。臨風寫煩憂，遵渚駕雙槳。祓衬漁蠻疎，穲稏稻孫長。逝禽語在耳，流荇香入掌。稍辭龍伯居，言獲象王賞。討幽辭近驩，撫今集遥想。隍廢井亦堙，沙沈林自莽。頹唐布金地，飄眇采蓮響。惟餘葭菼林，戛然聞舉綱。

湖次招暮涼，霞天藹餘暖。轉恐谿路盡，頓覺水雲滿。重山窈復深，雙闕續還斷。豁谺踐閶闔，叢雜數上箭笴。拾橡襭乍盈，圍松帶初緩。初月輝尚含，微波浄如盌。金雞負杖尋，丹臺束緼款。陳死良所悲，長生容有算。健鶴墳孤雲，夕夢吾將纂。

瀼西豈神山，望望不容即。勝具念已濟，初服幸無革。巖霏流宿陰，陽暉媚清湜。人烟炊孤邨，鷺影振遥陌。眠牛縱可徵，化鶴要難測。頗懷光霽賢，惜與塵襟隔。青楓迓霜候，白蕢照秋色。方當巢雲松，終焉布華席。我歌子嗣音，盟言終不食。

江寺寄金鍾越 兆燕

九江江水渌，分插九蓮花。一寺入幽處，白雲時數家。闌風折晚筍，宿火鬭新茶。數卷黄山詠，何人籠碧紗？

贈歌者蓮生

笛板筝絃耳斷聞，茶瓜點綴會如雲。花前涼月燈前酒，丸髻兒郎玉不分。

濯濯紅蕖秀出波，腰圍纖貼錦氍毹。舞餘笑整春衫影，便是金環小固姑。

笏滑嬌喉囀乳鶯，旗亭回首十年情。琴牀硯匣愁如水，那更關山一曲聲。

苦心蓮子采江南，粉鏡匆匆照座堪。一樣淒涼記三疊，渭城重對舊何戡。

重宿烟水亭

巾帶涼生暮色虚，月丸遥映白沙居。燈將水氣螢相似，艣帶秋聲雁不如。遥夜風花香灑落，當時文酒會蕭疎。故園想象烟波永，穩飯紅蓮鱠白魚。

譙樓崇禎古礮同姚世錞作

九江城樓西北隅，古礮僵臥蒼青蕪。物久質頑憚捫摸，登樓一顧驚嗟吁。劫數慘遭龍漢後，板蕩愁讀夷榮餘。潁陰侯昔事版築，尾控三楚頭三吴。金城百丈鎮天塹，有若堂奥懸桑樞。白丸竄突螟生蝮，紅巾跋扈梟將雛。幸而此間脱虎口，兵來慘澹加爬梳。新安之阬咸陽炬，到今邑井憐區區。我聞長陵受洋礮，諸鯷巧習輸舳艫。佛郎機來始嘉靖，汪鋐經進天爲愉。此礮亦需萬夫挽，此樓要障千門居。想當國工治精鐵，陰陽之炭燒錕鋙。雷公擊槖虎頭劣，太乙出治牛腰麄。彈丸纍纍拄空腹，裹藥獷獷填重膚。所愁兵火稍不戢，崩奔摧倒無匡廬。豈知斬牲徇軍令，大類使鶴乘軒車。麾賊退避礮始舉，幾見死賊燔眉鬚。平生讀史眥雙裂，而況弔古行踟躕。朱鬣未改紅夷號，蒼蘚時挾青燐俱。趲趲盛怒倚闌櫓，盱盱真氣生櫓桴。銅駝金狄竟何在？嗟爾大有神持扶。我不願爾神持扶，願爾銷迹成耰鋤。詩成三嘆復一笑，太平雞犬遭誰如。

秋懷四首

臣心如水照蒼雯，政府臺端職志分。禁火乍封緜上地，拂衣還畫敬亭雲。白楊雨露三泉賁，青鏡江湖兩鬢紛。努力羣公荅丹詔，禁扉長喜諫書聞。

火色鳶肩拜上公，平羌盪寇舊時功。益州圖畫真容在，鄂國門楣異代同。座上旌麾蠻部震，墓前碑版史書崇。禁中頗牧尋常有，青海金川爾莫雄。

轉粟青天事會難，駃聞都護撤嚴關。單于敢信王恢約，回紇勤瞻郭令顏。塞北雲山聯候館，天南星斗肅朝班。盛時職貢踰前史，右相丹青未許攀。

黄流昨歲汜淮徐，發粟蠲金更貸租。拜爵尚煩家令議，流民還命介夫圖。桃花漲穩從容報，竹楗園空黽勉輸。自是東南和會地，堯年憂患永昭蘇。

訊章文升甫病酒

寄廬兩手不名錢，一囊例向酒家破。青絲挈榼花當籌，勤於蚤晚戒僧課。犯卯先教杖頭懸，卜夜不辭甕邊臥。昨讀君填紅雪詞，思君嘆君忍寒餓。零星斷簡依筆牀，詰曲修寮置藥磨。如余强酒非嗜酒，要澆畏壘計無那。頌酒頗學伯倫達，止酒偶效淵明作。或尋花户或花師，或即入山瓢笠荷。低眉干禄爾未能，擊筑高歌我便和。高陽馬穩當竝驅，松陵船駃試同坐。不然住此聯復佳，陶家下潠栽黄稬。

甘棠湖櫂歌　有序

甘棠湖一名景星，其得名皆以李少室。湖心有烟水亭，邨曲漁歌，静夜間起。寓館多暇，輒取竹枝之體，爲櫂歌若干首。箧衍及之，備風軺之采焉。

楚尾吴頭控上游，驚心曹翰李成競屠劉。一從雙劍韜鋒後，水氣溶溶入郡樓。桯史：乾道中，文立方守江州，以郡治直雙劍峯，乃聳譙樓而池其前，謂之藏劍匣。

庾公樓上作新年，一片迴龍磯名。塔火連。不及龍開河畔晚，籠燈泊遍九江船。長慶集有新年庾樓詩。

郭索江城擁暮流，堆盤糖蟹味難留。華筵莫怪鰣魚貴，潮到潯陽歸去休。府志：湖口城勢如蟹。陸游詩：潯陽糖蟹徑尺餘。

銀花簇簇洞庭飄，上税魚船四月饒。唼藻噞萍都不省，好調雞子飼魚苗。三四月有魚苗，棁郡丞監之。苗自洞庭飄來，稍長，以卵黄爲飼。

黄蠟封缸釀法偏，好詩應藉酒樓傳。縱沽桑落洲邊去，醉倒濯纓池上眠。德化徵黄蠟。王貽上詩：憶泊潯陽舊酒樓。濯纓池有陶公醉石。封缸，酒名。

折疊屏風小九華，蘇黄勝賞迹全賒。衹餘一半匡君影，長照柴桑處士家。

時菊離披點徑斑，白蓮分插膽瓶閒。樵夫不識幽蘭貴，例與柴蘇擔出山。香山潯陽三題序：廬山桂、湓浦竹、東林蓮甚多，人不爲貴重。

民窯歷碌御窯奇，雲破天青著意爲。判卻蹋穿雙不借，九峯寺裏看唐碑。九峯寺在雙劍峯下，其碑榷使唐英燒瓷爲之。

江夜檀槽淚似麻，青衫淪謫怨天涯。延枝已把臙脂誤，莫把枇杷改琵入琶。琵琶亭，今在湓浦之右。按劉貢父中山詩話，亭前臨江左枕湓浦。則故址當在今水府、白馬兩廟間。延校山在府治左，今訛臙脂枇杷，事見靳史。

辟塵珠勝辟塵犀，古寺三門鐵佛棲。願獻寶冠安佛頂，不教燕子壘芹泥。能仁寺舊名承天，危素有三門記。殿相傳有辟塵珠、鐵佛，北宋時浮至。又大士象寶冠，近日燕泥累成之。

家住城隈復浦隈，龍豬新到夕筵開。銅盆徑尺休教洗，怕惹乖龍攫爪來。湓浦見漢郡國志，今以名城西門。府志：「湓」亦作「盆」，昔人洗盆墮水，有龍負出，因名。

落星潭底鐵冠人，雄鴨飛飛解化身。可惜柳蓑更生後，不將綵筆記搜神。長興中，漁人於落星潭引一鐵冠人，旋遯於水。周昉宿宮亭廟，見白頭老化雄鴨飛去，柳蓑葬三年後復甦。

細柳繁花霸業休，木蘭船過木蘭洲。惟餘天上麒麟句，傳説清泉寶盌流。木蘭洲，闔閭植木蘭於此。寶盌，泉名，徐陵詩：泉流寶盌遥憶湓城。

大行山與吕梁洪，須趁人間一帆去風。爲過馬當剖魚腹，一雙金錯玉玲瓏。陸龜蒙有馬當山銘。魚腹錯刀，王龍標事，見博異記。

黄牛洑口破長風，親斬神蛟濁浪紅。太息鼎湖弓劍杳，蟂磯從此横江東。黄牛洑在湖口東南十里，即漢武射蛟處。

神武將軍脱墨衰，甕門深夜颭靈旗。淒涼白鶴鄉前路，幾樹冬青偃墓碑。岳忠武在鎮守母喪，營葬白鶴鄉之太陽山，或云株嶺北門，今名岳師討李成時出師處。

二蔡孤惇禁網張，小人飽暖仗蘇黄。安民闕内家迢遞，祇合移居琢玉坊。揮麈録：崇寧間刊元祐黨人碑，九江石工仲寧請于太守曰：「某以鐫蘇、黄詞翰得飽暖，誠不忍下手。」寧所居琢玉坊，山谷題。

越紵吴綾私篋操，姜家被冷雁行高。布衣兄弟偏蹄齧，惶媿蒲亭百犬牢。私篋事見才鬼録。陳氏百犬牢在德安西北六十里。

千騎紅巾賊熾氛，清齋施供素殷勤。笑將撮土傳仙訣，不見山家見白雲。明季萬生撮土避賊，事見徐岳見聞録。

彭澤豪華見未曾，逢場竿木夜牽繩。阿婆更語耶兒子，看放蓮華救苦燈。彭澤張御史達泉侈聲伎，見阮亭冶春詞注。耶兒子，九江呼小兒之稱。

鳳凰飛去景星消，古院濂谿也寂寥。不及豐儲坊下土，漆工攜畚日招邀。景星書院祀李渤，今廢。郡城濂谿書院有二，在豐儲坊者土可入漆。

七仙昇後九仙昇，梅福劉綱取次登。閒殺廬山張道士，遠攜手版謁延陵。列仙傳：匡俗生周武王時，兄弟七人。謝顯廣福觀碑以爲成烈王時人。府志：晉建元初，延陵季子廟中井浮木簡，文曰廬山道士張陵拜謁。

花社宗雷遲素盟，瀼谿小隱悔浮名。聱牙最是琦玕子，湖海無家太漫生。元結瀼谿在瑞昌，新唐書糾繆結傳作「猗玕」，藝文志作「琦玕」。猗宜從琦。

紀功碑字冷如灰，寂寞周顛白鹿臺。移得麝囊花似錦，風流偏號紫蓬萊。王文成紀功碑及明太祖周仙碑皆在天池。清異録：麝囊花一名紫蓬萊，一名風流紫，南唐移植宫中。

禱雨龍潭旱色悽，虎頭下縋起雲霓。人情莫似東佳水，雨向東邊晴向西。德安東佳泉在紫巖下，晴則西流，雨則東流。若大旱，雖障之東，不能也。

鶴問塘邊獨鶴飛，飛魚逕口老魚肥。妾嫁赤松鄉裏去，生憎不見赤松歸。鶴問湖，相傳陶侃擇地葬母遇異人處。飛魚逕，義熙中吴棣攻寨殺大魚，羣魚悉飛上木，因名。赤松鄉在府城西三十里。

女兒港口打頭風，生女生男命不同。聞道木蘭行替父，生天御讓李騰空。女兒港在大孤塘，因黄魯直詞得名。江右生女多不舉。騰空，林甫女。張可度詩：「多少男兒淪落盡，神仙卻讓李騰空。」

買田諭擔種紅秈，半怕龍田半塝田。關上人家田不種，木簰算罷算鹽船。查夏重詩注：九江人呼遠水田爲塝田，近水田爲龍田。塝讀作胖，上聲。九江關税恃木簰鹽船，他船税則無多矣。

陶公戰艦蝕沙痕，曾伐牂柯選樹根。何代將軍驕玉蟒，左良玉。荻花江上苦招魂。

江口波瀾灌井連，居民誇説太平錢。天橋王氣令何有，十里城南罥暮烟。灌井在郡治内，云與江水暗通。明祖鑿天橋及橋寨發太平錢事，見潯陽跖醢。

千杏花開下上紅，幾湖十月放芙蓉。妾心可比鐵屏嶺，妾容可鑑石鏡峯。府志：宋元嘉中祐幾湖芙蓉連理。鐵屏山在湖口文廟前。廬山有石鏡峯。

鄡陽鎮南石鐘清，歷陵縣西石鼓靈。石鼓不逢中興狩，石鐘無復大蘇聽。德安縣西北有石鼓，相傳將雨輒有聲。

沙痕曲曲肖蛾眉，洲名。肯捧銀盤作嫁資。爲把江斐戒行客，莫彈過鳥莫留詩。劉夢得小孤山詩：「白銀盤裏一青螺。」東軒述異記有客彈鳥，中神象，立嫚以詩，舟即覆。

指揮胡則。勒部陣雲冥，鈐轄趙士隆。投書戰血腥。八角井標元總管，李黼。更誰攬秀續孤亭。則、士隆、黼死曹翰、李成、陳友諒之難。八角石，黼葬處。黼建攬秀亭，在府治南。

豆葉菜香初窖甕，閬林茶熟漫封鑪。解嘲要轉坡公語，春酒無勞變一湖。蘇詩：「春酒一變甘棠湖。」

滿城山枕滿湖光，洗墨池邊墨泛香。那得沙洲圓似月，跨街還立狀元坊。彭羨門湖口詩：「湖光盡日依樓堞，山色終朝滿縣城。」淵明洗墨池，在湖口南三十里，建隆初湖口邑前沙洲忽圓，明年馬適第狀元。

草亭妙相見胡甸切。華鬘，蔆芰交橫水一環。忽向高僧訊清淨，眼前真個是廬山。烟水亭有石刻子昂大士象。

歇浦潯江接混茫，刀書遲遺鯉魚將。義騟千里如堪借，懶問余孃趂夜航。潯陽跖醢：有客過鞾山，二女屬買絲履，客異之，笥履以薦神廟笥中，誤置刀書，忽一鯉躍入舟，剖之，得刀與書。岳珂有戌校王成義記朱酉畯詩注：唐時江西惟余大孃航船最大。

苦竹黄蘆百感新，殘書斷鋏委風塵。白公亭下勾留好，拆字何堪對貴人。事見桯史。

一卷雲藍寫竹枝，數聲欸乃棹雙移。不知誰續湓城志，記取吴蒙七字詩。酉陽雜俎：余於江州造雲藍紙。

江州郡齋古蹟爲漁山太守賦

灌井

轒轤委深井，十丈委絙索。其味敵甘泉，其根聯地絡。其旁石函書，燹火暈煤堊。遂使潁陰侯，讖緯召彈駮。長庚雅好事，十字劣干莫。颶飆駭魚龍，濘泥淖鰍蠖。跋浪看動摇，應潮驗迴薄。鬒眉粲可數，護持神所託。不然三千年，積蘇日湮涸。銅盆桑田揚，鐵牛水宫攫。遐哉販繒人，風雲拔寥廓。

庾樓

孤城抱傑構，秉燭宜夜遊。陽輪不留照，月影清浮浮。長鑱剔宿莽，初桄扳連鉤。夜漁撑白板，貼水如鳧鷗。徐品玉參差，風標起修修。遥滃破頷雲，近沸泂龍湫。夙聞白司馬，新年登此樓。崔公替庾公，斯語頗謬悠。緬懷永嘉季，五馬掉塵鞦。胡牀落清嘯，江柳皆煩愁。何獨武昌城，遺跡靈光留。瞻言望舒轡，冉冉淩滄洲。

藏劍匣

摟摟南高峯，摩天揚巨刃。一氣衝斗牛，鑿池與之鎮。如鏡橢且方，活東跳波牣。流沫老蛟蟠，浴翎孤鶴趁。庶幾害氣銷，永久塞兵釁。終憐芥堂水，不救薪車燼。驕王徵降書，悍帥壓嚴陣。魚腸飲膏血，烟井到今僅。搔首上麗譙，謁帝乞河潤。我劍嵌七星，占望倘猶信。

附 讀月樵詩鈔有贈

豐潤 董　榕 蔭千

皎皎雲間月，娟妙何多姿。清光一以發，碧漢明文漪。雲從山川出，莽鱗各呈奇。月含大地影，七寶喻行儀。儲積若非厚，安得騰光輝。延陵有才子，意氣淩高逵。養翮唳鶴灘，游櫂迴龍磯。嗜古好奇服，下筆無朋儕。蚤賢過仲容，英敏逼陸機。上探星宿海，一知津涯。不淆渭與涇，能別澠與淄。憶昔紅豆叟，論列梅邨詩。人天分學能，金紫歸鑪錘。國朝振風雅，炳炳同周姬。新城及秀水，泰華爭崔巍。愛俊與貪多，飴山尚瑕訾。文人豈相輕，貞符盛於斯。正如匡廬山，峯峯不附依。益知學靡盡，孰謂能者稀？我讀月樵詩，神色爲揚飛。人云金彩錯，我見芙蓉滋。一切已吐棄，鮮液餘含頤。當其冥搜際，庖媧供指揮。爲我賦古蹟，疏越朱絃遺。筆如麻姑爪，我癢君搔之。諸體率稱是，一旅真精麾。持此磨天揚，寧第斫桂枝。斯年已如此，將來詎能知？會當揖諸老，先後鳴清時。繄余困塵鞅，欲語拙言辭。吟時登北樓，望夜江之湄。長空浄如拭，浩浩江風吹。清光印江水，萬頃銀琉璃。

月樵玉章歌

往秋，編修某君嘗以「月樵」號予。今冬，嘗熟方君貽一玉章，於編修其文適合。因蒙輟贈，以詩紀别。

雍揚寳氣鍾琨球，土華駮犖雲油油。其徑八寸辱扶寸，上有巴鼻堆青虯。高眶隅目挫頸脰，巧匠何處窮鑱鎪？蠃形蠆尾篆荒怪，相斯皇象兼弸彪。落君雙手太神異，致此那得魚銜鉤？玉堂仙人粲然笑，非逞豪奪非巧偷。昨朝有客尚湖至，包裹一一披纁緅。玢豳既愛照顔色，趩[走+慮]尤驚超匹儔。客既贈予予贈子，與子前號如鍼投。嗟君號我月樵子，馴雅爲擇諸皋尤。感君一言意差厚，雪泥鴻爪踰兩秋。秋風吹鬢玉三刖，譬以一吷當蒯緱。惟餘襟抱等慕藺，小名表字相遐搜。沖之竟犯具茨諱，充之豈藉湯恢留。予初字充之，改沖之。充之，湯恢字。沖之，晁用道名。前賢章記偶傳世，虎兒名向元暉求。友仁銅章曰陸定，以名其子申綢繆。友仁得漢銅章，曰「陸定之印」，因名其子。見雲林集。吾鄉雪堂潘柱史，二字兆應官黄州。事見妮古録。吾家蓮洋老詩伯，河聲嶽色傾囊售。事見池北偶談。雲烟過眼雖一瞬，種瓜種豆盟前修。矧兹嘉話較奇特，無以求劍嗤鍥舟。塌者丹泥字歷歷，襲者文錦光幽幽。百回珍玩等懷璧，摸索便可知曹劉。嗟予有口莫能辨，羊環和璞慙討蒐。疾伸側鼇命不律，燕石敢以瑶華酬。裝入歸船伴書畫，乘風高處扳瓊樓。

漁山太守庾樓見餞誌别

牛磨團團竟蹋陳，胡琴手碎事難論。海萍跡泛遊談少，山桂吟招意味親。畫寢霏香蓮紫翠，丹樓對酒動紅鱗。鱸魚莫道思歸蚤，我本天涯下第人。

得黄巨楠家棟南昌寄書

蒼雁驚寒陳，黄蘆遶客居。有懷江夏彦，忽枉豫章書。嘉月淡無寐，流雲行太虚。精華論家集，詩派更何如？二水讀書樓，重陽落木秋。瑶琴復瑶瑟，風雨滿離憂。予亦遐心者，扁舟理釣裘。落星灣畔過，遲爾小丹丘。

歸次泖口食鯽懷姚蘭成世錞高東井文照

江鱸斫早秋，江鰣網初夏。尤物較移人，不數青林者。投竿一笑擊鮮餘，楓葉蘆花圖畫如。

潯陽江上相思字，名士真多如鯽魚。水經注：青林湖鯽肥美。酉陽雜俎以爲在潯陽。唐廬江屬江州也。

晚登青浦佛寺塔

霞天丹碧涌樓臺，獨上雲霄小遲徊。九點高撐仙屐杳，三潭寒挂客帆開。鄉書黄犬沈沈淚，戰艦青龍浩浩灰。莫悵英雄與名士，登臨須醉月當杯。

寒夜食蟹憶漁山太守

狎獵西風響釣船，爬沙何意落尊前。潯陽只有將糖蟹，縱少監州也自憐。九江楓樹絳層層，輸我歸燒斷後燈。留與庚谿作詩話，好分斗酒下金陵。節後燈光，憶往年太守食蟹句。

舊居凍梅作花

僻地稀古懽，夢寐别嘉樹。移居傃道南，理策次東路。初日凍猶合，孤芳心在素。春淡回枝問，雪霽辨花處。百感忽繇繇，蒼寒四鄰暮。

白華前稿卷第二十八

古今體詩勸遊集二

旃蒙大淵獻

閔賁谷聽泉采藥圖

弱歲諧隱心，鹿門契遐趾。長鑱幸無恙，一徑白雲裏。藥苗何欣欣，泉流亦瀰瀰。譜爲韶濩音，天風四山起。謀耳賞所安，延齡覬斯美。感彼澹沱人，息心悟元理。谷鳥鳴喈喈，攜手行與子。

秋圃十鶴圖照

高臺風露蒼，小圃烟霞重。推手掩鶴經，舉手支鶴俸。

遼海人能鶴語，臨皋鶴見胡甸切。人身。借問是真是假，揭來相近相親。

威遲白鳳若爲容，一鶴招要九鶴從。乞倣薛公十一隻，不妨隊裏著吴儂。

劉東玉珏火筆蜂猨

劉侯畫訣驚絶工，上策往往師火攻。擅場出奇破攣瞎，東絹平鋪炷香焮。熨貼細意蘭氣微，仙人骨輕雲一絲。遺山句。一絲焦灼筆真渴，一絲縈遶法尤活。爛漫渾如野燒勾，光芒轉訝春星發。自言衣帶學吴曹，逢著仙師孏更描。但攜火宅金蓮相，小住烟花皁莢橋。揚州畫手多前輩，一手玲瓏萬手廢。烟火神通似爾稀，丹青水墨復誰在。貌出山蜂嶺狖圖，經營意匠及錙銖。龍沙直北邊烽靖，投筆封侯更不須。

野市

春樹碧無間，好風吹葛巾。孤懷隨白鳥，芳澤散青蘋。遠寺誦經客，壞橋呼渡人。相逢笑相訊，何處東荆薪？

夜雨漏及臥簟

旱田花豆水田稻，黄風出海烈於埽。比年手慶條不鳴，舊穀新絲得温飽。春來迎送梅雨調，衣桁巾箱就乾燥。蝸牛無復緣壞牆，魚鼈公然稽夏槁。桃笙八尺方穩眠，夢邊布瀑石梁倒。可憐數椽瓦所爲，不及油衣蔽身好。急溜有脚被池穿，大點如拳枕函擣。初猶魚眼黄浮游，繼漸蛟涎白茫渺。苦尋鞠窮驗方法，縱學冬烘久煩惱。因憶去歲休夏時，白公廳事壁深窈。匡牀透漬紛似麻，局促羇棲寢天曉。此情此景將毋同，列鉠豐隆任相嬲。況聞天河洗兵甲，一月四捷振天討。赧虹萬象行向晨，奕棊一罫便趁早。茆屋秋風誰歗歌？安閒欲倣杜陵老。

暑夜

褦襶披星趁急裝，倦遊心事世相忘。草蟲受露不停響，月落小橋支子香。

送人之衡陽

烟水白雲鄉，孤舟杜若香。觀湖平八月，聽瑟上三湘。書雁遥難寄，羹魚賤可嘗。歸時發行卷，應有楚騷章。

王著真草千文墨蹟歌寄漁山太守江州

周給事集破碑字，義取急就凡將篇。橅臨自出永師手，鐵包門限争蹋穿。成都明經事蜀孟，諸畫吏隱隆平偏。中年入宋佐著作，帝曰字學譌流沿。勑開内府出妙墨，如象蹴蹋龍蜎淵。著也奉詔拜稽首，告成閣帖銀鉤懸。由來審定藉羣雅，況有筆法超時賢。當其授帝换鵞帖，下直影漏龜紋甎。疎簾清簟命散卓，書匳硯格（著有書匳硯格銘。）窮祕妍。二千餘字夾真草，一字一朵蒼雲烟。一如游絲態娟好，一如劍器光騰旋。佳札定儕花蕊句，蒙塵幸脱宣和年。昔觀涪翁此遺翰，雞毛管搦三文錢。（山谷雞毛筆書千文，今藏周浦塘孫氏。）奎章天籟印雖在，鉅公跋尾兹較全。因思宋有兩王著，彼以縱酒干風愆。何如覃精究文物？筆勢一落遒而圓。惜哉後生變院體，肌豐骨弱譏佻儇。廬山真面固無是，插花宫女姿天然。雙鉤絶技我未慣，弱扇空泛潯江船。安得乘興載缸面，賺君歸竝蘭亭傳。

查榆墅（實穎）送菱

釣罷秋江四十鱸，慈姑葉爛白蘋枯。吴孃衹耐湘裠冷，一曲菱歌抵貫珠。

渠椀筠筐點綴斑，記憐三載別家山。草埸浜上迷濛雨，孤櫂招要第幾灣。

自招菱角香山童名。計菱租，十畝銀塘水氣孤。容得老饞剥香玉，不教殘夢挂雕胡。

玉峯過曹習庵仁虎寓齋不直

赤城嵯峨風鬟笑，聞君遠度石橋道。青楓摇落烟鐘愁，聞君穩下吴江流。江東歲事今大無，釣家亦復荒魚租。閒來插帽尋花伴，枉爲持螯覓酒徒。玉山山色佳如此，玉山山人唤不起。遲君同上缺瓜船，世事東風射馬耳。

鼎實堂歌應晉寧李師教

千人萬人廣場整，晝輳日高角催警。芥澤遥吞三泖波，蓮花倒壓九峯影。方今盛典庸闢門，楩杞量材斥瘤癭。持衡使者台鉉居，玉尺臨江發光景。贋器寧教金鼎蒙，獵碣能披石鼓永。傳呼啓事夜未央，隔院茶聲沸雙餠。匽屭豁開交沈沈，微聞桂子小山打。是時露氣冷鴉背，堂下毛錐脱囊穎。結陣平挑雨蟻酣，揮毫亂嚼春蠶猛。迴旋紫氣占潭潭，奔走朱門陋鼎鼎。吾思雲間稱大藩，鼎時三吴足烟井。讀書臺圮洞天荒，歇絶風流付憂耿。闤闠身名可手排，獨仰堂皇斷畦町。斯堂斯義協鼎吉，宗伯標題發深省。

鵶翻楓葉夕陽動得翻字

寒暉掩冉凝霏下，倦翅低迴作陣翻。白鳥兼飛涼候蚤，青楓幾樹暮雲昏。垂垂絳葉花騰采，淰淰金波墨弄痕。古道風烟迷野店，寥天霜信媚江邨。銀華薄染輝終淡，玉露同彫景倍繁。酒幟模糊紛對影，齋鐘淅瀝静忘言。相看枝鵲星河迴，爲戀梧凰海日温。西塞漁歌清夢杳，宫鵶啼處挂朝暾。

江上

落木晚蒼蒼，開襟割大荒。秋陰縈草白，初月滿江黄。一笠人催渡，千檣雁叫霜。年年倚長笛，來往水雲鄉。

冬日見石首魚

南風吹熏鮫蜃腥，此魚入市傳侯鯖。北風吹雪鸛雀死，此魚登庖壓仙鯉。夏魚價賤冬價高，箄冰西下漁父驕。將魚换米意麄足，米少魚多化成鱐。

㳻港阻涷柬周思永

窮魚窮鳥態淩兢，黄歇祠邊朔氣凝。凄雨欲飛還變雪，寒潮雖上不衝冰。半闌鵝鴨慳冬菸，兩岸魚鰕絶夜罾。未必今年仍釀酒，單衾破帽擁深燈。

以壽山涷石乞勖兹鐫白華字

石經、石鼓五星列，綆短井深氣悲咽。先民撥蠟銷膽銅，如此印材製奇絶。吾兄嗜好殊酸鹹，文筆詩裁信高揭。鈍刀入手如旋風，朵朵墨雲繡蒼鐵。銀濤萬斛潛虬翻，絲緣千尋餓鷹掣。懸鍼披薤藏中鋒，蟎篆蟲書奉正臬。力砭俗學追古初，忍令分茅設綿蕝。近今無諸鑿壽山，亂以蓉巖質麤劣。花乳差供椽筆投，白華要補雅材缺。六草三真誰最工？方畫圓書我親别。書眉留記映丹素，札尾牢鈐趁凹凸。秦川如掌燕臺蒼，會遣他年訪殘碣。

聞一佃絶食置鴆於麪而妻不知適壻至索食勿與壻去遂杭籍死效漁洋蠶租行

歲晏結愁疾，黽勉謀安居。富歲猶寡懽，凶歲當何如？良人勞服疇，一雌將衆雛。元陰號北風，烈烈吹髮膚。匍匐就所親，所親無宿儲。煢煢溝中瘠，四顧何以家。東廠施茶湯，西廠施粥糜。芸生殊造次，蒙袂空爾爲。嗟來義不食，仰屋長欷歔。三日休我糧，五日罄我蔬。何用易斗麥，我有變綺疏。何用質隻雞，爾有單羅襦。往年荒夏旱，今年荒秋初。青黄固不接，藉此慰飢劬。客從何方來？雪色犯敝裘。殷勤奉杯羹，庶幾同戚休。丈人笑謂客，愛我姑勿嘗。五日罄我蔬，三日休我糧。來朝噬肯來，申義壻與翁。客去户已關，枕尸彼一方。

婁江不得訪弇州梅邨居址

婁水雲間派漸非，舊家亭館思依依。秋風古渡汀蘆老，暮雨空城塞雁飛。萬種煩冤沈血淚，一時弘長趁光輝。寒潮繇遞扁舟逝，卻采香蘋慨式微。

柔兆困敦

西角邨梅花歌

城南西角邨幽虚，散人蚤結方畝居。斷壁壞垣黯無色，平地涌出青琪玗。槃姗争自亞枝入，枝枝馴擾春蛇紆。一朝鶩竄欲騰上，不受約束穿崎嶇。中央蒙茸怪藤纏，四角欹側華蓋扶。

是何矮幹不三尺，横埽廿步紛枝梧。無花之時足游衍，況隨幺鳳窺花鬢。茫洋元氣一枝放，散漫晴雪千瓣舒。春風無聲到香衖，獨立真見傾城姝。斯梅移栽自盆盎，膏脈氣母潛呵噓。如人黑瘦得頤養，面貌一昔加豐腴。縱然隔塢翳嘉樾，枉笑熱客驕吾徒。遠追梅龍見放翁集。近梅弟，飛鴻堂梅爲姚藥巖手植，以弟呼之。蒼霧下滴冠巾濡。一重紙帳一枝笛，三更月落春模糊。不爾巡檐日千遍，采花作糧餐有餘。當今圖經太滲漏，容我徑以梅邨呼。災年遊賞足眼福，别樹空復催提壺。

宣和牌譜題後

春衣雙畫孟家蟬，吟到唐音字字圓。小點紅牙三十二，不知勝負幾金錢。

畫譜花綱浩劫哀，青城營口打毬來。井公六博輸贏慣，孤注何人學寇萊？

春市

春市魚鰕論價難，茸裘破帽泥輕寒。何人尚貫旗亭酒？病眼麻茶獨倚看。

社鼓鼕鼕耳斷聞，三旬九食到春分。麥芒未秀薹心短，紫燕公然掠水芹。

朱聽留蹤爲齋壁，吴潛承學在官衙。瞿公宅畔呼風鳥，消得清閒志鶴沙。楊誠齋有鶴沙朱聽尚彝齋銘。

崔子忠鍾馗

濠梁阿崔留後人，萊陽山水長安塵。有園旁向方閣老，有馬贈自史道鄰。朱門鼎鼎掉頭去，盆魚盎卉春如霧。馮衍孺入慣對琴，左思嬌女頻裁賦。忽然揎袖豪素沾，神妙儷走顧陸閻。莊嚴寶相渺何處，齒牙棧齴頤垂髯。髯公迴面韡皮老，赤豹文貍馴不擾。小妹誰乘破浪雄，大圭略記終葵寶。鬼魅易畫狗馬難，藝事每動神明嘆。東都廟壁地獄相，到今倜詭驚人寰。鬱陶苦憶有明季，土木形骸軍國寄。戰骨如麻椒醑空，游魂爲市紙錢至。骷髏之樂南面餘，崔生感事爲此乎？曷不佩作黄神越章符？司門御勝壘與荼水鄉，無復餓鬼來睢盱。

西堂

緜緜遠浦雲，漠漠孤林曉。巖徑闃無人，數蛙動莎草。

寒江獨釣圖爲朴存上舍作

抱琴溯寒江，江色皓晴雪。永懷游釣蹤，獨舟坐將發。非必羨得魚，道心自芳潔。枯荷涷猶響，去烏遠纔滅。卻笑武陵漁，烟波遽成别。俛仰思悠悠，目盡楚天闊。何當風霰期，與子逝遐忽。

齋前一紫牡丹荏苒就枯四五春矣今年忽報一花其一並蒂

當風百舌悠颺呼，思辦櫻筍開山廚。每晨板牕拓雙扇，寶鐙紫府仙所都。仙人以身見胡甸切。富貴，紫色閏位談何迂。老天尚憐少芳伴，寵錫兩瓣承單柎。花卿拜命遑韶冶，擁背卻立丹氍毹。良辰試香襲蘭麝，犯卯獻媚酣醍醐。杜家紫雲吴紫玉，欲化不化颺六銖。回思往年閟生態，富媪無自加呵噓。如定戒僧槁黄面，膚革雖具神終枯。窮酸致此殊過望，一昔駘宕春荄蘇。風華菲菲傲紅藥，月令冉冉瞻青蒲。彼同功繭兩歧麥，愛而不見心躊躕。斯花慎勿殺風景，柵欏幄布牢撐扶。養花醉花按花譜，靚妝對倚雲霞鋪。滿堂動色嘆神妙，二美匿笑難描摹。忽思洛陽相公世忠孝，經進歷碌歸天衢。

將移郡郊蔣涇送弟省蘭隨古心叔之沅江

一舸郊關去，蕭條别鷺盟。人如家具少，潮共淚痕盈。賃廡謀雖左，循陔義可貞。深慙令狐子，蓬首隱春耕。

丘墓情何限，田園力未任。離聲楊柳調，宦跡芷蘭心。骨肉差池易，身名黽勉深。終思洞庭水，繫纜聽箏音。

戴浜

黄草鞵疎蒲扇輕，山雲欲暗浦雲明。稻花白過豆花紫，吠蛤遶池時一聲。

古歃血槃歌

耶谿出銅治作槃，云古歃血盟不寒。古人伯業逝如水，苔昏土暈交團團。虎斝凫尊别款識，瓜皮蓱葉回點瘢。越玄黄戰起侯甸，濡縷長染車輪殷。衣裳之會彼善此，介圭雙捧鏘和鑾。玉敦琱戈列左右，牽牲穆穆升擅壇。鸞刀啓殺先馘耳，俾釁器鎛修古歡。論年論爵歃告畢，皇天后土憑誣謾。反脣相攻竟莫辨，覆手作劇仍無端。要盟特筆聖所惡，遺器徒切興亡嘆。丹谿白犬本夷俗，要假口舌輸心肝。惟傳是物號彝器，饕餮張哆銜兩鐶。自來銅質貴堅薄，入地出地形神完。少君倘此獲親見，柏寢何必論齊桓？斑斕直笑魯鼎贋，㬠嘔欲發汾鼎奸。銅腥溼蒸血腥乾，十指捫摸忘朝餐。殷周誓誥鑒疑畔，且奉沃盥供揮彈。

題歙人方輔蒸山廬墓卷

團團茅屋蓋頭低，上接華山下葑谿。老我閒門宜買隱，有人負土迴含悽。蕭蕭落木將風下，嗷嗷清猨入夜啼。制舉不曾科孝弟，漫將勇怯細標題。

遠道靈輀挽夕曛，梁鴻遺命築吴墳。九原菽水空消息，三徑蓬蒿愴見聞。詩異移居元亮語，哀同誓墓右軍文。他時莫上黄山頂，回首姑蘇是白雲。

永濟寺江壁覓明潞藩敬一主人石刻蘭不得

幕府山邊氣蒼溼，經魚粥鼓澹相答。如話蒼黄南渡年，麾扇投鞭衆靈泣。無數雲山遶舊京，懶從遺蹟問閒平。國香零落王孫老，笑見沙禽塌翅行。

燕子磯望江下永濟禪院觀娑羅樹歷三台洞一綫天尋達摩洞不得而返

山心乘務閒，微涼肅秋曉。重門豁遐觀，一磴引孤討。蒙密烟叢紛，攲傾石梁倒。聞泉答瀟風，爲亭肖華島。頡頏勢欲飛，蟠踞險斯保。滔滔紀南邦，凜凜候西顥。跂足瞻載巡，四山盡呈巧。

陽景閟蘚苔，蒼寒晝如晚。風華錯繚垣，陰翳被修坂。霏霏苾芻蕃，窈窈娑羅偃。移根載洋舶，落子盛平雕篹。行慰遊子襟，側見名僧飯。逭暑多窮巖，觀濤復高巘。默守全吾天，初服誓當返。寺僧默公壽至百有四歲。

路螟峯更迴，輾轉獲蒼洞。斷文野蔓纏，清影石潭動。千絲白氣蒸，一罅青旻縱。何時鍾乳垂，漸作堅冰凍。琪草紛可拾，仙鼠渺難控。悠悠面壁賢，湛湛名山夢。歸鳥倦無譁，藤陰流梵唄。

金鍾越方漱泉吴松原二匏邀醉長干酒樓

青谿楊柳白門鶯，十五當壚巧笑迎。一種明珠要彈雀，琵琶亭畔不勝情。鍾越嘗以行卷投九江關吏，見詆不納。

歸燕吟成近十霜，吴鞖重蹋大功坊。故侯寥落遺民老，忍見西風字數行。故事：貼違式舉子名籍於大功坊，時予次場被貼。

夾道槐花漠漠滋，諸公衮衮我遲遲。柔腸不分隨雲水，孏鬭黄河遠上辭。

別鶴驚猨畏及秋，江魚同隊小遲留。來朝烟艇天南北，何處長干賣酒樓。

江夜

流水青山斷六朝，清尊纔到欝金消。孤舟夜泊西津渡，惟有碪聲慰寂寥。

九日曉雨憶白下同遊諸子

登高予所懷，候且數清漏。北林鳥以鳴，西軒琴始授。瀟澹當層陰，寂歷汎檐溜。欣兹佳雨足，獲此幽襟漱。泉壑遲竝遊，川塗罕良覯。努力聽修名，紫萸被芳囿。

登超果寺一覽樓

雲間大藩地，祇園如布棊。何方擅雄長，城南遵九逵。喬木飽元霜，丹碧澂餘輝。徑古野苔滑，氣爽秋鷹隨。祝融浩三劫，零落炎趙碑。忽驚日月光，長照龍鸞姿。寺有聖祖御書。吾生媿賦手，屈步長跂跂。南榮敞谺谽，北牖含厜㕒。樓前萬閭井，齒齒成櫛比。數峯潤婠嫿，三泖明漣漪。轉憶春夏交，於此施罽𪎊。山川久緜邈，事會終推移。居高坐懷古，冠纓沾泗洟。去去默無語，金鰻方躍池。

聞官軍大定伊犁

門遶寒流掩菊叢，捷書遥下大江東。條支部落椎牛暇，葱嶺關河節虎同。千帳霜高晨納款，一庭烽靖曉班功。蒲梢天馬超前史，應有明禋告閟宫。

朝正頒朔命堂堂，西極星辰待測量。豈比車師降竇固，未勞谷永訟陳湯。鷩魚沃釜魂雖竄，戰馬埋沙骨漸香。能使宸襟一遊豫，東南輿望蚤飛揚。

衷白堂觀羅牧所倣李營邱秋江歸帆

章水流，貢水流，買帆兩泝九江道恨少，馬當風勢淩洪州。州城勝處北蘭寺，寺壁烟江疊嶂交沈浮。壁不過三四丈，畫不過七十秋。誰其作者羅飯牛。飯牛詩畫抱遐寄。綿津贈語通蹇脩，即如此圖亦復師營丘。丘下横一江，江上横一舟。舟行風利泊未得，樹無枝葉人無眸。主人愛畫入骨髓，展畫玉叉不離指。春時購向東佘峯，便有秋風滿廊起。畫中有山亦有水，畫中有林亦有葦。不知東坡心折晉卿圖，雲散烟空定誰比。忽記前年歸九江，十幅秋帆淡如此。

海虞雜詠

一抔東海隅，名與讓王亞。時逢采藥人，來去寒山下。

右虞公墓

荆南無俊民，六藝發光景。如井養不窮，吾道得修綆。

右言公井

朝登越女城，夕下齊女墓。環珮音璆如，涼風肅宰樹。

右齊女墓

臺前融春陽，臺後颯秋氣。江左映清華，選樓望迢遞。

右昭明讀書臺

昔聞一峯老，久作城西客。粉本妙天然，寸岑卷濃碧。

右西城圖畫

何王蔭仙李，春黛争蘚禮。乃知七星檜，不亞七星松。

右李王宫七檜

拂水山莊故址

水簾斜捲日沈沈，想象尚書結故林。與飯名僧松竈矮，熏香小史竹堂陰。絳雲舒卷光埋燼，紅豆玲瓏曲斷音。惟有迴飆激巖雨，凄涼如聽雍門琴。

北寺牽連黨籍收，甘陵名姓重山丘。蘇耽化去終華表，江總歸來竟白頭。烏鵲無枝虛館暮，鹿麋有跡野塘秋。莫言此地非金谷，贏得佳人也墮樓。

十三朝僞體親裁，撼樹蜉蝣殷薄雷。直道猶存容我假，浮生若夢爲公哀。管絃高臥尊安石，腰扇時名薄彦回。卻上層巖重搔首，永和宫殿莽飛埃。

青暘舟夜

涼風振枯葉，晚爨上寥宇。斷山黄歇縣，落潮范蠡浦。沙渡亂歸人，寒燈悄聞艣。

君山懷古

接跡原嘗冠楚廷，特留封爵號山靈。縈迴珠履循牆見，杳眇環琴隔座聽。鬼火晝沈丘墓黑，神潮秋落海門青。包藏禍患由榮利，季子高風感涕零。

過姚安圃娟淥山房題其詩卷

舊友如風葉，蕭蕭散各天。不圖長谷水，同賦卜居篇。稻蟹艱遺種，雞蟲曠後緣。薄寒修竹氐，一笑倚嬋娟。

夙愛虞山道，多君作先遊。永懷廉讓語，酷類買胡留。别業虛紅豆，行吟起白鷗。若逢慧車子，學道更何求。

數卷烏絲字，遥憐結習濃。黄河怨楊柳，淥水出芙蓉。唱和誰編集，行藏偶寓蹤。焜煌三大禮，期爾賦雍容。

冬過徐春谷雲鳳見桂花

相對徐公美，清言罄古歡。退懷學莊老，談藝酷申韓。鹿柴荒扉敞，魚牀曲沼寬。自成讀書處，真可傲麄官。

桃李豔春華，連蜷桂影斜。又過重九節，纔報兩三花。秋閏開宜遲，天寒色轉佳。因君感蕉萃，晚翠倚枇杷。

歸黄閣詩爲魏敬涵近思作有序

敬涵藏涪翁手蹟，爲其先尚書彦恩公所遺，蓋靖難時得自遜志齋者。敬涵既付質庫，爲人掩得其券，事久不白，官爲出之，因名其閣。

生不願公與侯，死不願松與楸。高曾手澤落人手，坐使男兒感慨結轖之氣横九州。嗚呼聚散事難必，對簿歸來笑顔溢。撝呵擁護徠真靈，魯玉楚弓此無失。奉觴阿母爲承歡，祭告乃翁特涓吉。君家舊住荷烟莊，將構傑閣題歸黄。草堂之貲待誰寄？在莒之義無時忘，要平我歸黄歌，示我歸黄記。三遷桑海嘆揚塵，九族恩仇嗟遜志。由來逮問遣尚書，從此家珍屬諸魏。嗚呼尚書能庇遜志之子孫，而不能庇子若孫之居賤食貧。嗚呼尚書不能庇子若孫之居賤食貧，而能庇子若孫之世世清白，毋致巧偷豪奪於他人。祖病語兒母，父病執兒手，籯金積德兩何有？此卷留貽期不朽，莫從質庫典千金。乍可薄田鬻，十畝朝從質庫去。暮攜質券歸，致身苦不早。淚下沾裳衣，客攜質券歸。悄從質庫去，代桃僵李事。不常求劍鍥舟間，何處呼號散髮同招魂。良久始獲廉其真，文章太守神明宰。峩峩高義摩青旻，匹如曹公贖蔡琰，徑隨杜老歸羌邨。示我仙丹裝，撫我涪翁蹟，屠希妙筆不論直。瘦硬通神字踰百，伏波祠邊句親擘。明珠薏苡共悽惻，宜州萬里死遷謫。先後流傳世莫稽，賢奸名氏人猶識。有睿思殿、賈秋壑、王陽明、鄧文原收藏諸印。

憐君枯淚交斑斕，未忍賺君學蕭翼。石臼湖波天一涯，他時容我泛輕簰。直登處士歸黄閣，不羨王郎寶晉齋。

寄葯岑

偕君昔遠行，忽忽自厓返。沉寥雲水重，淒切雁鴻晚。申覯恐不常，致身應漸遠。東望藝香園，停盃發繾綣。

白華前稿卷第二十玖

古今體詩奏賦集

强圉赤奮若

倦遊既歸，奏賦被召，此長卿事也。今草茅之作，非行在不得繕進。上以乙亥秋稼不登，萬騎千乘或妨民食。俟丁丑春載幸江甸，省欽以奏賦與試授官。是役也，學使者先一年集試於江陰。奏名既上，始集江寧御試焉，往返多附。夜航其戊寅直廬所作，竝附是集。

自胥門汎石湖

有湖尊賜莊，四明企高揭。懷賢抱乃沖，出郭興始達。暖漲迴塘盈，惠風獨舟發。柔桑落女筐，雜樹表農垡。冒水青荷倚，泳波白鯈没。芳荑散微馨，古木布清樾。稍見白鷺沙，遂朝紫貝闕。滇滇蒸具區，浩浩坼於越。墟遠浮半環，峯明引一髮。茶嶼希近游，洋灣敞旁突。果焉侶水仙，因之謝朝謁。持補洞天書，左神竝超忽。

登上方山塔望太湖

玆山頗綿延，瀆祀聞在昔。意行邑幽襟，心賞媚靈宅。茸茸行篠陰，鑿鑿石棱窄。路劣樹轉輕，厓崩瀨交逆。聞鐘道心清，埽塔塵思滌。玉鏡輝熒熒，銀宮爛澤澤。三州儼當盃，二峯恰扶屐。遠氣浮溟濛，繁烟蒸嫓嫿。恍契楞伽旨，試探龍威迹。習坎孚所占，未濟行自惜。藉彼春目遊，稍與夏書繹。取材乘我桴，浩然永朝夕。

滄浪亭

窅窅滄浪吟，滄浪清至今。如聞楚漁唱，重見逐臣心。隄護千花暖，祠藏萬木陰。春愁似流水，晼晚付朱琴。

山塘同知白作

半臂春寒淺勒花，白公隄畔盡即忍切。風華。銷魂願化紅心草，和雨和烟送犢車。

短短芹芽乳燕輕，金波斜貼玉沙平。舵樓試照茴香髻，虎氣銷磨夢不成。

幾陣錫簫問玉簫，半塘畫舫過桐橋。不知短簿祠邊月，早上東風柳萬條。

吴閶燈火勝秦淮，七里銅街有墮釵。攜手玉蘭房一簇，看花休泥太嘗齋。

二月十八日望亭迎駕恭紀

蓉湖湖水下金閶，暖泛靈槎著日旁。野市如雲停士女，春田過雨潤農桑。藍袍染柳迎仙仗，彩幄浮花惹御香。敬聽黄門宣帝語，末臣慙媿獻長楊。

山家

連山蔽朝日，吠犬出田家。餘粒降飢鳥，古藤纏蚤花。相逢寬禮數，不解涉囂譁。借問小兒女，可能歌采茶？

將抵平望大風雨比暮始達

沙頭烟火漁艇横，風雨作喧兼怪肓。玉柱金庭晝如夜，茶臼筆牀止復行。泊宅舊居卜嘉遯，選妃故事垂芳名。鱸鄉散人坐蕭颯，水閣暮寒聞玉笙。澄懷録：泊宅邨在平望震澤間，乃張志和所居。玉光劍氣集：憲廟選妃江南，姚氏女素寡髮，舟過平望，一夕而髮長八尺。

宿龍潭山家

垂鞭聞戒鐘，晻晻日云晚。夕霧霏平林，陰火閴遥阪。蒼蒼人影寒，杳杳牛跡返。寒星朗更稀，虚巘晦逾遠。皈門稃子迎，爲黍丈人款。清矑知所欽，古誼亮非淺。回拂衣袂雲，纚纚琴壺滿。徇俗感驅馳，遺安竇訓典。明發行攝山，别君良繾綣。

御試鴻漸于陸得時字

有鳥摶風起，迴翔逝影遲。彈琴方送目，振羽必爲儀。翮健摩雲上，毛輕切漢移。蹋泥辭舊侣，避繁出高枝。五位占爻協，重霄得路宜。鶴書偕照耀，雁贄少差池。幸忝三陽會，光逢一舉時。奮飛覘素養，黽勉企天逵。

三月十九日應御試翌日蒙恩賜舉授官恭紀

朱雀航南白鼻騧，此行端不待槐花。試闢祕閣榮徵召，宋祕閣召試六論。地選高衙費剔爬。浙江試在行殿，江寧有公衙門，於此集試。御墨含英題尚溼，賢王鎮俗坐無譁。撑腸文字慙千卷，濫酌堯羹五色霞。

黄紙傳宣出離宫，青袍如草拜恩崇。人隨鴻羽聯翩上，才類蜂腰位置工。獻賦功名三禮大，繪圖蹤迹七賢同。雲間譽望矜留半，知遇寧論顧謹中。與試者二百餘人，列一等者七。省欽名第四，第一名進士王昶以内閣中書即用，餘俱賜舉人，需次中書。二等十四人，各賜緞二。吾郡與試僅九人，而一二等各列其二。明華亭顧謹中以鄱陽湖詩進御，被賞，因以「經進」名集。

江北江南俊拔尤，有人地望冠龍頭。桂成六出飄香早，薇效雙歧對影稠。下士幾曾高月旦，麄官從此遜風流。諸君被乙休吟悵，天上華縑字字酬。

再四蹉跎牓未填，吴諺：鄉試填，會試聯。蹇人豈分上青天。科因制舉争鴻博，典爲游巡予量銓。數載修成詩漸重，孤生痛定淚翻連。九重恩誼榮將母，説到涓埃意惘然。

白下與諸子别

十載眷華音，相見要瓊佩。流唱自春容，臨歧忽茫昧。風笛短亭疎，漁櫂廣津晦。與子非燕鴻，奚爲此分背？

晚泊

霏靄邨雨飛，欸乃暮航唱。遠水墮春陰，秋在竹梧上。

建德梁應達鐵畫

何人治鐵如治兵，聚米突見胡甸切。山川形。何人攻鐵若攻敵，摧堅奮挾兕犀力。嵇康鍛竈緬風流，郭縱鑄金嗤貨殖。不因人熱里子鴻，霏霏鶴髮飄三鬘。當年苦應榷關聘，畫工如山進御同。維金演範曰從革，丹青水墨才皆庸。捶鉤鍊成怒礬礫，裝炭鬱作晴霞烘。爲瓶爲笙響勃窣，信手錘出堆横從。純鋼繞指洩天巧，藏棱出力非人工。有時變相貌入仙鬼，否或薄技彫魚蟲。不然置身一丘壑，石梁竒簶泉琤瑽。麟膠黏膩貼四角，罫木牢緻排當中。崔、徐、董、巨鬼夜哭，冷雲一朵光溶溶。今之繪事昉軒后，鏡背肖象開首聰。夏王鑄鼎納三品，神姦魍魅斯不逢。後人作畫貴没骨，丁頭皴法埋秋蓬。六州大錯坐如此，梁侯鐵筆真鐵龍。天神下視雨師埽，豈異干莫成雌雄？紙年一千絹八百，鐵君神壽萬古無終窮。

華嚴庵聞琴

竹色緑娟娟，天寒思幽絶。散髮投妙香，振衣候嘉月。泠泠七絲彈，皎皎萬象越。何用聆道言，徘徊坐忘發。

拙詞有朱太守若炳所題賀新涼有感

潯陽江上琵琶淚，慙媿陽阿絶妙辭。不是飴山門下士，肯拈翠管賞烏絲。琴歌燭醉等窮塵，夢斷鄉園八桂春。借問琅玡好兄弟，然脂瞑寫付何人？西樵然脂集原稿百六十卷，中有阮亭更定者，朱官山東時得之。

題方漱泉耒耜十一事詩後

松陵詠漁具，百物綦備詳。作經釋耒耜，惜未垂篇章。搜奇迨衆壑，星宿翻遺忘。廣文飯不足，石田嗟苞稂。時從田父行，沿流窮濫觴。揉木義取益，國工矩陰陽。其職在車人，地利煩測量。上勾與下勾，利庛惟所襄。叔均肇牛耕，扶犁如服箱。犁具十有一，一一端形相。遺言何肆好，歌謠宛備將。補入齊民書，昭然刮羣盲。緊昔皮襲美，嘉遯同流浪。符篭及獨速，繼響殊鏘鏘。與君別清淮，鬖鬖周一霜。雖懷學稼問，終虞種豆荒。讓君發高唱，夢寐交農皇。

秋夜懷楊鐵齋李知白

郊居疲往還，向夕始消散。秋氣軫遥情，易旨撫餘玩。林間鳴鳩來，階下語蛬斷。自違素心友，歲月倏已换。憶竝吴趨吟，亦同秣陵飯。會合因多艱，庶幾盟旦旦。當爲穫稻行，或作釣魚觀。曰予遠芳塵，因時永晤歎。

中秋燈市安圃挈歸潭上隱居坐雨

出處跡如踐，童心壯未銷。樓臺懸海市，星火借元宵。牛飯昏黄候，菱歌采碧橋。相將秋士感，歸聽雨瀟瀟。

汪秀峯飛鴻堂印譜

六書漸決裂，型俗敦稱先。煌煌籀與邈，如日中天懸。無由昭衆聾，昕夕供漁畋。過或誤於渦，馬亦譌爲焉。遂令官私印，雖美無由傳。汪侯富才藻，篆韻都貫穿。宣和譜八卷，坐對忘餐眠。況從袁石農，花乳經剔鐫。神天妙剜畫，奏刀聲騞然。孰分韋、蔡席？孰拍文、何肩？藉此真汩董，相與長周旋。丹滬柘素紙，到眼驚澄鮮。神寒骨尤重，一紙千璣璿。恭逢右文代，同文光幅員。是書出家塾，毋致觚而圜。熏以都梁香，襲以同功綿。展玩日千遍，暇即揮五絃。逌然草堂上，目送鴻飛翩。

得蘭弟湘陰信

安穩湘南一葉舟，離情東遶洞庭流。懽承王母遊偏遠，學附經師養貴優。楚甸月明隔千里，吴江木落過三秋。竹林舊賞睽違久，合聽清猨起夜愁。

故居寄唐弟 祖樾

郡城一爲别，相望不相從。斷隴數花吐，匡居孤雁逢。琴尊朝海氣，栗橡綻霜容。樂酒能來否，門前雪凋重。

宋徽宗畫鷹

道君愛畫搆畫譜，更繫牙牌署毛羽。禽荒外作白龍圖，蔡攸。豈止起居教鸚鵡？身通鳥語知鳥情，鷹師畫師惟帝能。細筋入骨肉爲食，愁目四顧天摩騰。將吟未吟睒非睒，欲剧黄龍抉重障。頭鵞設宴焉足多，羽鳳來儀總難望。青華道籙沖且和，然頂煉臂條禁多。牟駝弓箭禁不得，嬉嬉燕雀紛投羅。當時畫法亦神鷙，不比鸜之事游戲。壁間真見姜參軍，殿角誰呼奈何帝。非無諸將效鷹揚，元氣消磨花石綱。積雪盡驚飛鳥死，興妖早見内蛇亡。終古螳螂伺蟬翼，勤勑貞淫驗消息。爾鷹擊斷縱通神，沙漠書歸雁堪惻。

同東園春谷過沈沃田不遇

徐南吴北我中央，豆湊無勞咏屋梁。畢竟詩人遠塵市，白蘋紅樹小池塘。委巷叢談：俗謂邂逅曰豆湊。

買隱龍潭歲月遒，苦隨官閣戀揚州。馬曹過訪太狂誕，興盡雪深歸去休。

至夜張丈泰源招同文讌遲趙璞函不至

回谿寒枕玉琮琤，節近圍鑪引興長。高樹鳴谿懸海日，平沙獵騎犯吴霜。仲容遠媿青雲器，上客交裁白雪章。爲報倚樓人惠我，大旗摩壘看堂堂。

雪夜聞鄰槽壓酒時盆花頗綻

稷雪蓬鬆打夜寮，槽牀疎響注盈瓢。少陵一語真癡絶，盼斷牆頭過濁醪。

海紅萼緑影交加，坐勝春遊玉鼻騧。分付蓬門莫輕掩，待君攜酒對唐花。

著雍攝提格

自楓涇至杭州作

楓涇流水接朱涇，鴨嘴平移醉未醒。記取杭州三百里，夜鐘不斷是南屏。

鴛鴦湖水緑如烟，撲而輕陰兩岸連。怪得采桑人引避，秋來還上采菱船。

夾道裊腰草色長，野荷花紫菜花黄。春泥漸有風流分，罨入芳田膏女桑。

語兒亭倚石門開，烏戍烟濃夕照迴。卻上塘栖看雪粉，如船冬藕滿湖來。

松毛場外屋鱗鱗，春市租成價幾緡。拚受水仙王笑我，勸遊人媿樂遊人。

鍋底銷金一覺空，餘杭兑酒苦忽忽。如何但發山陰興，飽乞樵風入鏡中。

渡錢塘江大風雨

吴地連越山，郲魯聞柝擊。行省界畫之，截若葑田陌。吾與西子期，成言苦難克。竹轎穿人烟，路轉霧霏白。豁然望江門，覓渡船一隻。人以轎爲家，轎以船爲宅。松火幾絲絲，遥見西陵驛。江潮健於龍，無計退鳴鏑。豈知擷鷁來，若就淺盈尺。急雨與之俱，竹傘碎如礫。避風風稍止，避雨雨旋積。沈沈赭龕晦，黯黯臨安夕。啞啞水梟呼，羃羃岸沙黑。口體既飢劬，行理亦紛籍。我車員我登，溼泥錮牛脊。爲念廣陵濤，作詩慰行役。

梅市

仙尉辭官日，飄然狎海鷗。無慙陵隱，真作會稽遊。野店圍春草，空塘帖暮流。吾生廿汗漫，誰復姓名求。

曹娥廟

少讀度尚碑，維神居上虞。荒沈周末胄，厥考厥諱盱。弄潮戕厥生，神乃殉以軀。浮瓜瓜爲沈，負尸尸爲趨。當時詫靈異，此後知何如。著録不一家，徵信辭非諛。歷祀千億春，玉貌明璫珠。只此競楚渡，肸蠁通陽巫。吁嗟幼婦耳，垂芒同斗樞。我行指姚江，弔古心躊躇。一歌河女什，江水含悽鳴。江身漸偪側，江樹連青蕪。神鴉掠水至，翻若墨點麄。霓旌與翠蓋，颯颯堂之隅。堂哉浙西墓，一岳復一于。堂哉浙東廟，一曹復一諸。諸娥，會稽人，見明史列女傳。會稽兩列女，煌煌炳寰區。明神尚孝義，梟竟庸勝誅。江流不可廢，聊用驚頑愚。

琴川別駕四時行樂

樂遊宜及春，匡坐亦怡衎。陽榮暄雜英，陰牖沃新蘚。碧甌方獨傾，朱絲復徐展。喜心諧芻尾，耕計課穀犬。坐臥忝今遊，風浴据昔典。兹懽信可珍，盎盎太和轉。

咸田莊上吾曾到，柳陌藤灣夾鏡明。料理風荷千萬柄，與君水閣夜調笙。

黄菊不須種，羅生高隱家。在室既相對，入舟還同挐。沈沈晦楚雨，靄靄明江霞。乘風信孤往，懷人安有涯。於時秋漸深，寒氣川上加。霜姿改楓槲，沙雁鳴嘔啞。賴兹采隱心，可以淩滄波。有花淡如此，不飲將如何。歸櫂不知晚，涼露沾滂沱。

高堂置酒晝觴客，客兒半隸羽林籍。鬭雞慣蹋三河春，呼鷹早返五坊夕。主人中酒興倍豪，騎馬肯受乘船嘲。連朝雨霜殺百草，黄雲不動青天高。南人失色戒無狃，毛色蒙茸卷風走。太息虎頭燕頷人，如意指揮好身手。男兒意氣總如雲，鄴下黄鬚卻好文。猨臂彎弓看没羽，相逢不是故將軍。

次韻盧運使丁丑紅橋修禊

水複山平穩盪舟，畫橋一曲小延遛。烟花昨夢傳三日，賓從如雲動五州。圖繢西園看雅集，吟先東閣待華酬。憑君遍罰羊何酒，烏帽逍遥最上頭。

小敘幽情例丑年，莫言盧後異王前。雲浮蓋影朱闌外，風送鈴音白塔巔。楊柳調鶯討春騎，菰蒲放鴨渡江船。劇憐水調新歌起，又擲真珠串串圓。

魚鳥頻邀睿賞通，清華從此冠淮東。藥苗報暖凝春曉，藕葉承凉散水風。鱗酒細生波灩灩，香衣斜卷霧濛濛。謝公肯負東山興，拉雜鳴絃酒正中。

歐九文章照眼明，幾人高會續中聲。節仍捧劍湔裠舊，地比稽山洛水清。江外漁樵青草徑，風前觴咏緑楊城。二分遲我纖纖月，想象歸衙及漏更。

邗上不得晤東有卻寄

京口鰣魚三尺肥，揚州芍藥金帶圍。皷舷西來苦晼晚，笑殺江東輕薄兒。較量一事更成錯，與君見面參商稀。當年定交在杵臼，舉場廣闢堂徂基。高樓畫角警深夜，五體蜷蝸成雞栖。搴帷相逢鎮狂叫，豪快那顧時賢咍。三條燭跋漏空盡，後會親訂西牕期。天雞遍問縱無用，策勳畢竟從毛錐。君今翩翩作書記，才名陳阮肩相齊。頃聞閽人拒投刺，頓使燕寢如鎖闈。袍痕縱憐青草似，幕下頗覺紅蓮非。我留十日復誰爲，淋雨徒遣子桑悲。勸君承明伴東馬，否即賣卜來京畿。

汪對琴招同泛舟紅橋歷平山堂觀音山諸勝

振衣諸嘉招，一見藹如故。折簡明盍簪，理策果前步。南榮夏及迎，北郭春始除。緜羽變故音，繁英脱高樹。澤柳有柔陰，渚蘋在芳素。因之襟履投，重以石泉慕。鼓楫流惠風，采香亂旁渡。妍機隨折旋，遺境惜迴顧。譁嚻謝瑲佩，藴釀結蘭霧。水木蒼陰陰，萬緑引先路。

平橋駕曲水，肆映晴霞紅。題柱及今永，伐石非昔同。測影眩丹碧，呈材交玲瓏。芳園或前距，幽壑多後通。斜遶沽酒家，時遇攀枝童。鴉藏驗柳密，雉雊知草豐。文鰷躍春波，白鳥翔午風。野色籬落外，御氣池臺中。與子試觴酌，念余爲梗蓬。已負永和日，祓濯偕沖瀜。

維揚表佳麗，有堂拂塵服。品泉清道心，玩雲養春目。偶參荷芰香，側見鳧鷖浴。岧岧金陵山，鑿鑿崑岡軸。晴翠積遂浮，暮紫紛可掬。豁間了無障，虛徐漸有觸。永懷文章守，彌荷豫遊福。大書褒古賢，峻宇眷遺躅。俯瞰墟烟繁，曠覽土風熟。離離花竹間，穆如汎巖谷。

蜀岡高復高，百仞架重棧。團團引羊腸，摟摟聳童丱。具體雖已微，探奇亦何間。萬松落乳毛，半嶺颯風霰。孤館鳴山猨，危巢下水鸛。門有苾芻參，徑少樵蘇見。雕輦昔來巡，銅鋪此永奠。畚緣嘉樹枝，流眄芳華甸。調倚非獨絃，爵行洵無算。白歸曾未歸，秉燭語斯踐。

召伯埭曉發

曉霧白緜緜，孤舟一逕牽。魚腥春草渡，雞唱蚤潮天。荒埭宗臣逝，高臺國士傳。蒼茫下殘月，猶道夜珠圓。

露筋祠

兩儀分陰陽，正氣稟嶽瀆。蘭橈指甓社，廟貌起齋遬。碧瓦雨自飄，明璫夜猶燭。寧從草間死，不入帳中宿。試捫海岳碑，如見女貞木。此間蒲葦叢，鶊母素流毒。其酷可霧筋，其誣喻指鹿。遂令鹿筋梁，附會冠祠屋。或云五代年，行營駐牙纛。主者爲路金，沿譌逮流俗。丹棱去已遥，長編問誰讀。或云蕭荷花，青藤實著録。考古疑競傳，徵今祀非黷。我來解驂行，野風散炎熇。霏霏芙蕖香，振振鷺鷥浴。徘徊見翠袖，日暮倚脩竹。瞑坐竟無徒，掠檐一蝙蝠。

寶應對月

隄勢真如綫，茫茫八寶田。水依天到岸，人與月同船。掠座魚鷹没，堆盤臂𧓍鮮。重陂三十六，風露獨凄然。

惠濟祠

雲旝蔭翠蓋，水殿揚翠旗。旁挾風伯廟，中設天后儀。河淮此交會，燕尾沙分歧。利病係漕帥，隄使尤可知。强弱辨水勢，清濁區物宜。懷柔一以頌，精爽歆川祇。側聞泰山神，註籍及嫛彌。星裾復霞帔，使我滋益疑。元君或元女，好巫傳有之。至今齊魯境，陟降勞雲輜。一時競風尚，五頂開京師。至如天后蹟，靈貺尤昭垂。使録載封號，海航同祝尸。不曠亦不冒，如官各有司。安瀾久相慶，祀典今方釐。王言表惠濟，展也砭愚癡。

渡河

長河如帶引迢迢，力鎖淮流靖不驕。槎客慣浮星漢上，瀆靈隱向海門朝。天移粟米東南富，地變滄桑世代遥。喜見榮光成五老，戍旗風響轉蕭蕭。

中河

東南藪財賦，漕粟歸神京。汎舟出海運，跋浪虞鮫鯨。一渠闢永濟，改道慶再生。渡河歷徐、豫，自元沿有明。差免魚腹葬，猶恐虎鬚攖。國家重府事，天地昭平成。淮、黄所交匯，氣勢奔豗轟。太府糜刀錢，司空竭經營。此河既疏鑿，面面雲帆輕。截流僅七里，釃酒歌千丁。不驚竹箭駛，不引箜篌鳴。都尉既便利，估客還逢迎。公私輸百貨，保障環百城。有懷禹德遠，方知宸算精。笑彼瓠子唱，勒吾馬當銘。

夜抵韓莊望微子湖

弭節依前艑，空濛夜向分。一湖全化月，數艇忽衝雲。鷺影窺燈避，龍吟帶笛聞。無憀坐懷古，玉馬逝紛紛。

上牐

金隄如絲縈撇漩，白龍厲角來蜿蜒。鮫鼉魚蜃争迫煎，一氣勢欲無桑田。冰夷訴坼雙淚漣，溢作飛瀑河倒懸。風盲雨怪雷公顛，太一俯效精衛填。山骨戍削神迺鞭，萬牛夜壓丘山巔。河隄使者顏䵢然，牐卒飽給司農錢。截流白板掀連連，駃馬脱馵餘怒宣。輕如水鳧嗟我船，船輕船重難與牽。篙眼入石蜂窠編，失勢忽作鷙毛旋。宋郊之鶂驚飛翩，石靈水怪交老拳。當道不許舟子前，盤車盤盤盤兩邊。牂柯絙索機軸纏，進寸退尺驕不悛。吹脣㳬㳬沈枯涎，腰支環環兼伏跧。鼓聲作氣疇息肩，與牐鬬者惟孤舷。危機一觸真九淵，使我老瘦青兩顴。出險受賀毋戔戔，前路有若登重天。

下牐

上牐如尋橦，下牐如懸霤。又如金僕鐔，大羽乍離彀。梢工睨陡門，分寸乞神佑。觸石防禍機，百夫挽其後。無敢犯中鋒，依違傍沙籀。稍稍及盤渦，尚作兩蛇鬬。失手一崩奔，瞥眼詫淩驟。船尾聳鶴尻，船頭俯鵬噣。一擲輕千鈞，惟聞風飂飂。伯昬善垂趾，蹉跌更誰救。何來上水船，羨我決新溜。豈知快意時，悚息不容嗽。人海逝茫茫，瀧吏免嘲詬。

四女祠

貝州城畔櫂，玉貌照滄波。生女嗟如此，迎神語奈何。雙雙停翠節，一一應鸞歌。不嫁芳年晚，千秋教孝多。

蔡邨泊

孤戍莽蕭蕭，孤槎闃寂寥。卸帆明月渡，吹笛海門潮。鶴影盤雲下，漁歌隔浦招。前邨憑指點，疎火緑楊橋。

西苑直廬立秋

苑路無塵夾鳳樓，冰壺環擁坐生秋。期門晝永聞鳴鶴，别殿風高見脱韝。宫樹暗迎山氣爽，河楂遥泛斗光浮。周南竊哂臣留滯，陪輦無因紀勝遊。時駕將幸木蘭。

李遂堂觀濤圖

日落高鳥還，廣津浩無極。裵回感路歧，林葉淒以積。長天秋氣深，窅眇卷寒碧。巨浪殷霆雷，高漲滅蘆荻。伊人五湖長，漁釣抗遐跡。冥冥臥江關，約約弄潮汐。何必師枚叟，觀濤趣同適。永懷知仁樂，獨寤風雨夕。汨没海波寒，愔愔付琴德。

陶然亭題秋郊送别圖送香圃南歸

玉露溥溥感授衣，登高送遠倍依依。風盤鶚影千砧緊，霜簇艫香萬木稀。潦倒將停盃酒會，綢繆莫遣尺書違。謝家團扇相思字，幾點雲山黯夕暉。

同人集陶然亭得集字

徇禄淹五旬，往往夢樵汲。孤生感蓱流，求友幸雲集。嘉兹煩暑蠲，申以下車揖。命侣無倦尋，選勝有遐給。地迥南郭徂，氣爽西山入。疎林吐清磬，虚亭覆圓笠。巡檐渚鳥高，俯檻夕蟬急。琴酒結重筵，碑版采荒隰。弔古久失徵，登高漸成習。惟將賞雲水，儼焉對鄉邑。待賡小山句，時散道流笈。會合誠大難，不醉悔誰及。

駕幸南苑大閲因賜右部哈薩克使臣宴恭紀

少海波騰接上蘭，太平樞暇親去登壇。珠旗曉拂星辰轉，鐵騎秋迎草木寒。地湧仙源朝萬壑，天迴王氣入三盤。車攻已邁周宵雅，漫作昆明教戰看。

閲武堂連紫極高，夏官祇命肅秋毫。沈霜畫角朝餐遍，切漢華旌晝戰挑。蛇鳥成圖森合隊，魚鷹候宴静分曹。殷勤爲語西征將，葛褽旃門廟算操。

八屯七校效追陪，山霧初消御宿開。緹帳平頭懸日月，雕弓落手應風雷。偶緣賓禮成軍禮，早練邊材識將材。喜是三時及農隙，晾鷹臺擁六龍來。

幾輩降王走傳車，和門列跽鎮無譁。光銷兵甲成天象，勢引金湯識帝家。赤汗駒爭隨苜蓿，白翎雀好付琵琶。三朝海户昇平景，詐馬高筵禮數加。

韋約軒謙恒翠螺讀書圖

小謝吟身在，青山復有君。書臺浩江色，漁艇泊秋雲。石氣涵牕潤，松聲洶座紛。前遊吾已負，夢遶翠氤氳。

載酒誰相問，紛紛弟子行。幽香采蘅杜，小部卻絲簧。郢樹浮寥廓，吴潮接混茫。龍門敷講席，姚薛好升堂。

一直承明地，居鄰尺五天。烟沈白紵曲，月冷運租船。薪木防人毁，琴壺讓爾偏。西江數上牛渚，長共酒樓傳。

直廬冬夜

螺炭温馨麝柏濃，絲綸閣鎖暮扉重。曾邀紅票傳官醞，纔近黄昏起禁鐘。冰倚玉樓風浩浩，天垂珠樹月溶溶。青綾臥擁前塵杳，歲晚滄江憶五茸。

寄題潮州昌黎書院

侍郎明鋭出天授，先後兩度居扶南。陽山一眨户尸祝，争以公姓名童男。中年慷慨問瀧吏，書囊藥裹隨行擔。鱟魚如車蠣如屋，異族吁怪喉間探。要知老天有深意，欲變荒徼成鄒郯。到官移牒置鄉校，海陽趙尉經可談。鹿鳴鄉飲肇文物，如浦珠采騰蠙蚶。爲民請命異淫祀，大湖神廟巫歌酣。庶幾蠶穀富邨落，詎獨蛟鱷馴谿潭。當公抗疏論佛骨，龍鱗批後停朝參。南行六旬下昌樂，搔首望闕心憂惔。區區忠愛溢言表，表謝字細縈春蠶。髮宣齒落日垂暮，紀封鏤牒才何慙。腐儒譏彈得憑藉，文園遺草情嬰媕。豈知詞流例夸誕，直道三黜公久甘。即如大顛共酬答，彌勒那便嗤同龕。公之治潮僅半載，元精耿耿中包函。忠祐額祠自炎宋，交薦火荔羞金柑。他時下馬肅瞻拜，周情孔思砭狂憨。長公一語我徵信，水在大地長泓涵。反正撥衰具元本，生晚恨不扶罍籃。潮陽凝望八千里，北斗挹地芒森錟。

沈丹厓海湖莊漁隱圖

春水渙方至，浩吟隨夜漁。微風起藚末，津路去何如。静境離言説，游心寄太虚。緑蓑親檢校，沙户好同居。

長谷傳吴地，清華世所稀。一灣雲木秀，幾頃稻田肥。問渡霏紅雨，當門靄翠微。與君言息壤，準乞鷺蓑衣。

白華前稿卷第三十

古今體詩南船集一

屠維單閼

雞樹栖遲，三改候火。春暉奄逝，予季始自。楚抵都南，船返旐劄。崇讓宅三，數椽以居。其地在郡西郭之錢涇橋，負土無期，麻衣遠適，凡五十日而達長沙。明年十月始返，取道自南，蓋無非船焉者。

爲秀水錢編修𧂐石載題畫二首

會稽王元章墨梅

枯梅一椿春一團，冰花箇箇生春寒。朔風吹雪大如掌，絮衾夢擁江南山。玉堂仙人致蕭暇，牛鳴距我垂雙鐶。讀畫畫叉日親展，惜花花市時從觀。拂衣徑欲遂歸計，水邊竹外臨柴關。

梅花道人逝雲水，草庵那不縈心顏。目成之要歷年所，神物入手天無慳。惟王參軍最狂誕，騎牛擊劍招譏彈。辭官肯遊狐兔窟，健句獨比鵾鵬摶。尤於畫梅寄標格，臙脂没骨摹吴紈。金張許史供一唾，聲價要自傾長安。吁嗟此圖更奇特，鐵皮瑶蕊光斕斒。獰龍蟠雲吐靈氣，無首無尾神中完。横枝詰屈影湛湛，繁英歷亂香漫漫。吹將鐵笛斷相續，栖來翠羽啼初殘。似晴非晴雨非雨，滉瀁元氣渾無端。得毋玉妃昨淪謫，姿制一一翩姍姍。月掩瑶臺夜遼落，光摇銀海春闌珊。昔賢涉筆事遊戲，亂頭粗服殊等閒。梅君全相妙髣髴，摩挲三嘆驚鬢頑。吁嗟乎哉！梅花王，不可班。梅花屋，不可還。「拍手大叫梅花王」，王句。王又有自題梅花屋詩。寂寥冬心滿襟抱，配成清供邀古懽。不然騎驢誓將去，細嚼萬朵忘朝餐。

崑山謝仲和墨竹

畫家畫竹若無竹，烟雨迷濛翳晴旭。石公於竹稱素心，磊砢嶔崎聚成族。江南謝老風流最，肯使文蘇擅場獨。壁間夭矯淩蒼龍，腕底瓕瓏削青玉。即如此圖挺奇秀，竹無幾叢筍無束。轉因矜貴見天然，瘦影淩兢漲寒緑。一竹稍俯一竹高，節節枝枝看難足。斜如翠袖迎風颭，整如鸞尾分行肅。疎如紗格森羅羅，密如錦棚脱簌簌。竹間石骨標崚嶒，石上竹心露節目。竹有未盡石蔽之，除是幽蘭伴遝躅。馬曹歗咏興欲騰，米老顛狂拜相屬。烟江二月雷發聲，傍水人家枕泠渌。勾萌一夜抽貓頭，三尺長鑱帶泥斸。翛翛北舍拂茅檐，瑟瑟南園隱花屋。羊求三徑來過從，浄埽苔衣放棊局。此君小别動經歲，那便抽簪事樵牧。渭川千畝封未成，巧使墨君更醫俗。後來二夏其亞流，玉峯洵是篔簹谷。聞君京邸饒韤材，葉露梢烟滿車軸。鎖闈昨歲秋氣深，醉染雲藍涴褭幅。編修嘗於闈中作藍竹。要知能事多得師，竿頭日進語非讟。酌君縹碧勸君飲，日暮天寒太根觸。莫嫌飢鳳長蕭條，問取平安竹枝曲。

賀蘭

賀蘭山外碧油幢，頌繫重重鎖晝牕。擢髮似聞丹仗數，陳尸猶見玉棺扛。鑄成一錯終颺敵，障在三生始殺降。孤負盛朝推轂意，十年遺愛論南邦。

陶然亭晚雪同素軒力農訂寒食後遊

高鳥遺好音，罷飯恣行樂。樂行將邀懽，入境莽蕭索。隄廢沙亦崩，寒鹵積荒漠。或云攻皮工，於此刮膚膜。坐令土不毛，慘澹語檐鐸。金源舊窯廠，利用建臺閣。此亭慬百年，戢戢聚行腳。頗遠六街塵，長日事絃酌。消夏信有徵，辟寒會安託。我儕勇冥搜，竝載蹄盡卻。顛風揚窖灰，兩眼病如矐。同雲一以升，春裘悔單弱。王師方西征，鐵衣警金柝。豈無大梁公？夜走賊營斫。拓戟歌正酣，驚起數籬雀。羯鼓吾欲催，仙杏彈紅萼。

西苑直廬見王述庵昶褚筠心廷璋倡和詩次韻戲韋約軒謙恒曹習庵仁虎

天半雲璈曲幾終，碧紗詩暈繚垣紅。韋公晝戟曹公槊，不到奚囊錦段中。

如麻官紙界烏絲，秃盡中書畫影遲。欲乞閑身過穀雨，房山緑遍牡丹枝。

筠簾木几映篝燈，一笑官人冷似冰。賴有高車分豹直，往來同學打包僧。

雨坐懷海上諸子

珥筆登國門，朞年别鄉土。山光來自西，油然暗春宇。嗟我違故人，音塵太修阻。不如北地雲，往爲南中雨。芳池泳潛鱗，茂林振綿羽。萬族各有偕，離羣黯無語。輪蹄喧大都，花藥淡幽塢。倘懷京雒遊，絃柱或停撫。

寒食海淀道中

破帽疲驢笑拂鞭，春城纔散五侯烟。芙蓉塘外輕雷轉，幾陣香車上墓田。

魚尾晴霞燕尾流，鞦韆庭院緑楊稠。酒旗一角人千里，不解金龜不破愁。

潭柘春游夢未成，漢宫傳蠟又心驚。風筝略似蘼蕪草，吹到江南第幾程。

朱樓大道鬬繁華，冷節匆匆苦憶家。草長鶯飛三月候，無人喚賣擔頭花。

鶴邨送包米

月米詔東方，新秔久不嘗。連包疑橘柚，解裹見餱糧。轉漕從南舫，加餐勸北堂。此情逾乞米，何德報馨香？

泉之自楚至京邸

剥啄聲連哽咽聲，披帷搶地痛難名。終天心事如陳死，遠道風塵太瘦生。换後麻衣同敝罔，病時絮語尚分明。中男到後應瞑眼，六月雙扶一旐横。

宿還夜泊

零落麻衣候算舟，鍾吾城外小勾留。露涵夜氣明於旦，風助河聲壯欲秋。緑葦長茭官閉廠，白楊細柳戍藏樓。計程唱遍江南好，獨倚疎燈照客愁。

夜過淮上

珠斗離離夜近闌，河橋無影霧迷漫。魚跳遠渚驚殘月，蟲背孤郵訴早寒。浮世總隨風景變，近家始信道途難。隋隄官柳多凄緊，怪底歌聲遶畫欄。

吴淞舟夜示泉之

歸人嘆無寐，抱影對風漪。暑退蟲翻怨，潮生蟹預知。飛來一丸月，話及四更時。世事浮雲幻，迢迢丙舍期。

胡上舍秋江鼓櫂圖照

釣公愛結松江宅，瘦馬東華竟十年。準約水仙竝來往，鱸魚香近稻花天。

柘湖之南烟滿林，橘葉葦花愁遠心。樵風引入碧天去，中有櫂歌何處尋？

船尾船頭埽座頻，琉璃千頃夢離塵。持螯手是支筇手，又作秋山采藥人。

錢塘初發

江路西南永，扁舟意不忘。半生魚逆水，孤夢鳥隨陽。敗葉紅然岸，飛濤白漫塘。越山青數點，吾鬢媿蒼浪。

月夜抵富陽

兼山縈暮青，人影在江上。夾江楓柏林，清淺映迴漾。微波寫羅羅，大地圍盎盎。沙頭眩虚白，膠杯復誰傍？誰邊疎火生？續斷汎漁唱。新安好山水，首路喜無恙。雙成井蚉堙，井西宅徒曠。觱篥亟相聞，寒流枕怊悵。

富陽

短櫂樟亭外，臨江勝賞紓。沙寬明柏葉，潮冷斷鰣魚。畫訣間從悟，山心静與居。一灣邨岸轉，前去定何如？

入七里瀧

赤亭戒方舟，春蠶臥幽翠。擻漩逆浪行，票姚晚風利。兩亹導千磵，九淵束孤隧。前峯引相綿，中谷入逾鋭。迅悍絶旁趨，孱顔恍下墜。窺篷微罅天，聽槳虚殷地。繡林冠陽厓，錦石布寒汭。滔滔渠春轉，歷歷徑樵閉。懷新既移眸，戀故或轉睇。悟彼智仁樂，繹兹艮坎義。誓將桐君隱，欲從嚴陵逝。鼎鼎感浮塵，消摇遺煩累。

桐廬夜泊

桐廬真僻遠，想像戴公居。隱蹟六朝上，嗚瀧七里餘。人家收柏實，沙吏驗春車。宜有山棲者，礬頭寫讀書。

東嶺上微月，始知山亘横。幽輝射篷隙，見底一江清。曾讀狂奴傳，兼懷節士名。兩臺雲木影，扳坐遲平明。

九日西臺懷古

如此江山外，輕帆入太陰。黄花陶令節，朱鳥謝公心。晞髮從遐尚，招魂失故林。一枝竹如意，悽斷不成音。

胥口

水轉山亦從，松門錮深壂。陡落雞犬聲，籬聚在巖壁。夤緣躋上頭，跟肘互爲力。目窮放舟處，倒壓未崩石。斷無魚鳥游，頗有虎狼跡。百灘知東行，放膽與之逆。一舍成淹洄，川梁嘆安適。羈心吾日滋，竚望没歸翼。

嚴州晚泊

建德非吾土，斯言愴孟公。如何漁浦夢，仍遶釣壇東？郭轉雙峯合，疊高一瀨通。自厓吾未返，江上怨青楓。

汝步

枯林團敗蘽，孤槳就邨烟。蘭性移盆賤，鹽精裹箬偏。看山宜此地，爲市記何年。指點如羊石，金華是洞天。

上灘

客行石上水，舟漏戽不輟。舟中水較多，江底水欲絶。水壯石猶狠，水殺石逾劣。萬石圍寸灘，如木堅多節。波臣千里來，奈此鵞卵裂。巨者蹲狻猊，與水競蹄齧。相持驚怒雷，一決遽淩瞀。我舟刳木爲，齒齒就危軏。齊作過榖聲，三版付雕鎩。涼秋草木彫，鴻雁哀音歇。新險試輕身，惶惶汗漿出。

龍游

林橘變清霜，灘灘響碓牀。灘魚無一寸，林雁有千行。姑蔑雄封盡，龍丘隱蹟長。自憐風帽影，杳眇隔錢塘。

衢州多橘林感寄泉之

秋色無高下，懸金顆顆明。他鄉逢社橘，此味敵襄橙。懷袖嗟難待，封題計未成。騈頭宜薄采，陸吉爾何名？

常山抵玉山作

越角吴根帶驛樓，故園萸菊冷颼颼。生憎六月蛟潭水，不漲寒江尺五流。
一囊一篋擔夫譁，錯認還鄉四望車。上得竹兜高似馬，半看山翠半看花。
十里亭連五里亭，亂雲無數簇圍屏。誰知紙閣蘆簾夜，鴻爪分明落草萍。
兩厓紅膩收楓子，五棱青肥長麥人。欲覓渡頭船不見，鸕鷀簰上曳殘鱗。

宿鉛山

畫角聲催晚，歸林亂畢逋。灘光沈縠雨，院影上鵝湖。清切佳兒楊文公。夢，荒唐道士符。犬牙江戒古，悵望夜燈孤。

小箬望寶峯山

野水渡西東，巖姿四照同。一峯懸玉斗，千仞碧玲瓏。見說山亭上，能令雲路通。目成不可即，惆悵倚孤篷。

安仁

餘汗千折水，水盡白沙偏。臥犢栟櫚徑，鳴雞藷蔗田。嘉名誤潘縣，小夢惹吴船。行旅還相問，華山阿那邊？

黿將軍廟

介蟲三百有六十，其元血食宫亭湄。澤吻磨牙四百祀，楊靈不數黿山神。佑之八面禁風力，祟之一瞬填鬼燐。玉鎮貝壇峙遺廟，丹雞白犬通明禋。牛其腰圍虎其首，想見骨節專車輪。流聞真人起濠泗，武昌鼾臥天爲瞋。決勝尚期金水犯，探策或與顛仙親。是時將軍擐甲胄，約束萬怪無狰狺。艨船未聞項籍返，御袍已報紀信湮。難星芒角亘數丈，鏖戰忘卻寅與申。是時將軍役鬼部，御舟進退如浮鱗。人言交鋒吕梁日，呵護攸賴金龍馴。番陽之厄孰所脱，康山十廟祠忠臣。將軍毅然識天命，枝艫隻船徵化身。孝陵松柏雖隔世，褒封長此邀王綸。誰其友哉槐將軍，正直長拜睢陽巡。韋左司有黿山神女歌。

滕王閣

烟火連霄水榭浮，君王遺構冠南州。天垂廬阜青縈髮，地裂宫亭白汎漚。畫蝀有緣金粉盡，呼鸞何處玉臺留？高文一代王韓在，江郭蒼茫獨繫舟。

豐城 少陵短歌行贈王司直，王豐城人

百花洲畔月，苦竹嶺邊雲。且聽鶊鴰去，相依鷗鷺羣。江聲團浩浩，獄氣點紛紛。抑塞王司直，狂歌不可聞。

樟樹鎮王文成誓師處

中丞仗節章江上，伐叛飛書四郡聞。卧壁條侯真破敵，行營裴相故懸軍。朝堂水火覘心學，祠廟圭卣策戰勳。大樹飄零人一去，儲胥長日擁風雲。

新喻雨泊

水驛羅谿近，冥冥竹霧滋。壞橋欋舫代，破屋覆椶爲。積潤篷添重，將昏爨故遲。瀟風送瀟雨，孤負緑蓑披。

鈐山

鈐岡書院傳炎趙，誰使山靈垢至今？天上青詞回笑語，人間白簡助悲吟。徒遺惡獍成懸首，蚤對欽鵶起戒心。十載清名羞萬古，袁江流影黛眉深。

昌山洪閔城君廟

廟有重刻盧肇記，秦時温氏媪懷水濱巨卵，生一龍，後偶以刀傷其鱗，龍遂去。媪死龍歸，爲人形，就苴絰。又以媪葬地爲水所侵，一夕風雨徙至高處。按此事見晋太康志。許渾亦言康州悦城縣有媪，龍隨船至，人家或千里皆以香果酒送之，其由來古矣。

楓樟如毛夾官渡，兩岸元陰黯沙户。黄羆守隊猨歗林，一角靈旗浸烟霧。行人緤馬闃燭光，金鈴火獸羅兩旁。徑從大巫乞杯珓，獰飆颯霅吹迴廊。廊前碑材失唐蹟，秦女秦娥媪曾識。澼絖抱甕本何心，巨卵團團手提得。一龍蜿蝘生鱗而，投懷遶膝無不爲。恩勤詎起刀磋怨，决起先隨霹靂馳。一朝媪死埋黄土，有物烏烏淚如雨。纔化人形就絰衰，旋移馬鬣封堂斧。夙聞温媪居端谿，太康之志吾能稽。轉沙成墳得母是，升香果酒交提攜。轀輬東來祖龍閉，媪也爲靈享虞祭。當時湯鑊數茅焦，異代杯羹慙赤帝。我亦慱慱素韠人，何年鹿兔伴孤墳？聊尋楚客三間路，一誦盧郎八米文。

宜春 讀書志袁州孚惠廟録一卷，乃張慤所記仰山二神靈異

百里西京邑，兹州遽姓袁。臨風緬高士，暝色下荒原。壁破杉毛補，田高竹筧翻。仰山秋社永，古徑散雞豚。

瀏陽

嶺盡復經川，漁商一櫂便。亂流楓浦外，勝蹟鵝亭邊。沙磑嘎啞轉，神祠猥涎連。爲言瀏水小，不竝九江傳。

長沙縣齋呈家叔

緜渺湖湘奉檄飛，相逢無語淚沾衣。愍孫顧影悲交喜，猶子尋蹤出似歸。莊上梧桐懷世澤，階前芍藥感春暉。長沙身到非遷客，同爲鄉園詠式微。

長沙王吴芮廟

漢祖龍興日，番君附末光。提師糾百越，啓宇介三湘。英布誅還免，梅鋗將特良。關中聽約法，垓下助摧芒。遂徙衡山鎮，真封異姓王。丹書盟赤帝，繡壤割朱陽。南粤華夷判，東甌伯仲行。雖居卑溼處，常企日星旁。地小機鋒靖，祠成肸蠁將。金精人縹緲，石鼓調凄涼。在昔當塗亂，微聞複羡戕。服留端冕貴，體較裔孫長。磨滅孤忠在，沈緜五世昌。茫茫塵郭裏，寫目弔興亡。王爲英布妻父，布族誅，王不與其難。

周梅圃送宜壺阜莢

春彬好手嗟難見，質古沙麄法尚傳。攜箇竹鑪蕭寺底，紅囊須瀹惠山泉。君住揚州阜莢橋，十年罷聽玉人簫。憑誰料理春衣污，漲到黄塵淚未消。時周悼亡。

漁家清宴圖

輕舸依落霞，一夢入雲水。晚山有餘妍，淡墨點清泚。愛此菰蒲叢，中有釣家子。收綸夫奚求？洗盞聊自喜。相見一招呼，脱略忘彼此。望望青楓林，美人杳無已。濯足揚清歌，徘徊訊烟沚。

吴學使雲巖鴻石闌點筆圖

扶輿氣清淑，竹箭敷東南。華芝既云秀，九莖紛參覃。持之貢齋房，煜煜神光含。作歌告郊廟，盛德昭泳涵。峩峩尉陀臺，鬱鬱虞翻宅。熒熒明月珠，十光照瑶席。青童海上來，言導仙靈蹟。倚歔羅浮巔，煩襟庶消釋。百蠻昨移節，杳靄重湖陰。方舟我來適，氣誼超重深。家門溯觀樂，風雅鏘古音。煌煌珊瑚枝，兹筆公其任。吾慕浣花翁，石闌伴清絶。園亭既幽虚，水竹復清瑟。撫圖愛景光，眉采眄流逸。儼彼五岳形，崇名以爲質。

爲蔡上舍題葉四應龍畫菜

菜把初分菜甲披，太嘗生世一齋期。停杯忽憶谿園好，如此風光付阿誰？秋韭春菘美若何？鵠紋綾上墨痕多。不妨戲語留公案，一唱西風菜葉歌。

酬武陵朱景英幼芝

美女游漢濱，傾城照袨服。含情解佩璫，畹晚在幽獨。非不希自媒，守身貴如玉。東鄰嫁專城，妖冶動鄉曲。始合終亦離，莫洗獻身辱。卻立東西廂，綿綿眷芳躅。

絳雲麗霄漢，舒卷頗自如。仲尼哂牛刀，陳義良區區。吾觀文學選，每爲循良儲。八閩萃文藪，各各懷璠璵。君行武夷曲，要眇仙之都。復來麻沙鎮，鋭意徵遺書。譬諸入槐市，禮樂器有餘。峩峩方緼袍，五老時相於。林蒼巖諸公。泠泠堂上琴，矯矯雲中凫。誦言仕優學，此效收桑榆。

楚風雖未采，周南録江漢。朗州維大藩，荆湖挾壯觀。士族緬蕃滋，兵氛痛流竄。君生屈、宋後，努力剔叢灌。説經亦紛綸，括地更條貫。手掇芝蘭英，沅湘淼以漫。余至君亦行，蹔合悵長判。他日懷道言，理絃媿三嘆。

鐵瓢道人歌

古瓢團團熨寒玉，一勺滄波溜晴緑。蒼龍抱影蟠水雲，白虎揚精貫厓谷。天漿倒瀉春溶溶，一酌再酌魚噞喁。坐令蒜髮變霞臉，鐵君何必非壺公？道人不解六州鑄，瓶鉢垂垂鍊丹去。

舉頭高叫𤈦媧星，信手千金挂谿樹。

陳孝廉雨牕夜話圖

北風生夏涼，夜氣集虚谷。清響何翏如，疎雨滴修竹。池塘半畝餘，中有隱君屋。熒熒耿一燈，款款戀三宿。遥遥瞻河漢，此意與誰告？誼友懽平生，情話起相續。願言行入山，秀色引朝沐。無寐枕流波，泠泠眷幽獨。

顧上舍梧桐秋思圖

明玕高不極，一葉墮幽襟。紺髮散秋影，石牀清道心。君家滄海曲，小泊洞庭陰。松菊歸來否？悠悠抱玉琴。

蒿坪南齋種花圖

塵勞非夙心，虚門掩苔色。薄倚東軒東，或臥北牕北。南齋數弓地，永日少人跡。曉來單袂涼，微雨潤松石。斐然見華滋，生意此安極。緬惟齊民書，地利迨纖悉。種花若種苗，荷鉏眷幽寂。俛仰機愈静，童冠興不隔。曰余促刺多，無與數晨夕。風信終自佳，花南展茅席。

白華前稿卷第三十一

古今體詩南船集二

上章執徐

雲巖學使遺緬茄核

洋頗黎鏡石螃蟹，助公赤水珠探驪。南方草木更靈怪，茂名植此綠山蹊。方秋結實樹百顆，掇取未假扳唐梯。剥膚剔髓核始露，品壓相瘻卑瓠犀。爪之不入發鏗響，以摩左右眉棱低。色如松煤奪金絢，狀若藺栗芰華稊。得毋乖龍墮雙目，華陽一抉風雷悽。緬爲撣國隔瓊海，兼越金齒包雕題。一從潘仙妙游戲，移種初不憑輪蹄。方瞳映采看人世，茄花茄葉紛萋萋。維公仗節瘴江外，罩眼無復紅紗迷。麻茶欲勸吾得此，君山湖上窺端倪。橐駝背腫詫聞見，呼作荔核真醯雞。雖然市駔雜真贋，其顛點穴堪參稽。目盲五色古垂誡，稱名毋使癲茄齊。碧眼胡僧倘相識，一刮蚤勝黃金鎞。

篔齋風泉清聽圖

昔聞逍遥公，今住逍遥谷。花露滴芳寒，茆茨水雲緑。歗傲延清聽，棲遲賞妙姿。何當望衡去，面面寄相思。南國榮芷蘭，幽香被廣澤。縱無秋實期，春華世所惜。美人通蹇脩，徘徊日云夕。超超契神理，孤影抱青壁。雞鳴念風雨，執手慰疇昔。相見苟相親，一言固金石。遭擯非自今，觀化信吾適。嗟彼卷葹草，不采更狼籍。時文經義餘，其言稟先正。操觚苟率爾，鄙倍害斯競。吾弟昔南浮，養氣少寧静。多君振緒言，手攜面猶命。聞當操觚時，貌恭而德盛。即此真意多，沖養在情性。清廟奏朱絃，末由動良聽。坐見數青峯，微雲太空浄。

畫扇雜題

竹墩諸葉數風流，親泛靈查大九州。卻寫吴興騎馬處，淡烟疎雨白蘋洲。沈銓蘋洲秋思。

東莊高士性迂寬，建德清遊似夢看。一圈烏篷三月暮，畫眉聲裏下嚴灘。王昱春江放艇。

漁叉臥水花橋暗，牧笛橫風草陌熏。一種相思忘不得，謝家團扇敬亭雲。梅士棟敬亭雲氣。

載酒澄江事已非，玻璃寒浸釣人磯。文鴛翠羽看無分，檢付西天壞色衣。僧道真水墨敗荷。

嶽麓

尋山先渡水，水外幾峯青。一脈趨喬嶽，孤光落洞庭。濤松風瀉磴，岸芷月團汀。沈杜留名處，吟猨細細聽。

張穆明皇六駿圖

五花滿身汗滴紅，駿足怒走雲而風。飛香六輦勢騰蹋，誰續博物開聾聵？鐵橋道人愛神駿，使筆如馬馬如龍。一匹衮塵兩匹齕，旁有兩匹驕嘶同。其一顧影理風鬛，駱驛都有奚官從。高眶暘睒青鏡夾，攢蹄崛壯金勒鬆。臨淄大王本龍種，初政黽勉勤清鐘。西域天馬歷無阜，毛仲監牧屯肉騣。此駿卻從大宛得，象胥譯貢來重重。曹韓師弟氣凋喪，房駟星精光奕熊。人間禍福倚塞馬，漁陽突勁臨關中。王孫斷鞭泣野老，荔枝飛騎塵埃空。豈無青蠃萬里走，蜀棧板牀妙舞難爲容。嗚呼！太原公子真英雄，昭陵六象高寵嵸。古來守國不恃馬，申鑒一二驚心胷。

益陽酬張質齋 焕

山徑緑迢迢，孤筇遂去樵。柴門連竹隱，松艇隔花招。縣僻官差暇，和輕俗易僥。登樓照濱水，須把玉琴調。

沅江

一簇魚鰕市，居人指縣門。紅秈吴俗賤，白芷楚騷尊。溜緊歸湖緩，沙明帶漲渾。壓江城未起，愁聽水鼊昏。

次韻送邵編修叔弓 齊燾 自粤歸常熟

正説離支熟，君何下瀨還。湖蒸青草闊，秋送白蘋間。粤女珠邊浦，湘靈瑟外山。行藏樓一倚，合住五湖間。

小隱鄰吾谷，田瓜五色凝。鱸香生短艇，雁語入孤燈。詞賦先型在，科名後輩增。自來還客地，相送易沾膺。

黄茅驛曉發

肩輿舁殘夢，月落夢亦醒。虛白逗巖壑，幻作濃氛蒸。不知石間路，但辨松際聲。林鳥解迎客，肅肅飛兼鳴。聞香淡無際，人境舍餘清。白蓮在籬落，露重盤猶傾。暗泉吐潺潺，新水流泠泠。悞落畦稻間，巾袂涵一清。暑程易貪曉，雲嶽能無情。朝日上東嶺，言飯衡山城。

岣嶁碑

湖南貞碑費響拓，嶽麓寺與浯谿灣。孰咨夏王竄謨、典，天假神物留荆蠻。七十二峯鎮岣嶁，火維爍爚靈之還。庚辰親授表荒弼，鑄鼎不復逢陰姦。雲根炙日奪金彩，石髮潰雨浮花鬘。羣真來朝代撝護，五緯曜化星斑斑。何緑落影蔡侯紙，朱鳥努啄豐毛□。神寒骨重入手貴，横施中斷分行艱。我聞禹德不矜伐，鐫功厎事披茅菅。碑以麗牲樹祠廟，大書深刻皇未嫺。嶧山泰山體始創，嬴顛劉蹶皆癡頑。元圭自錫宛委隧，蒼玉那撼靈威鐶。即如會稽植窆石，詎有赤字垂璘瑞！退之好奇肆搜索，事嚴跡祕梯莫扳。道人獨上偶然見，此語曷足砭塵寰。釋文四家起何代，仳離附會詞當删。古文中文束高閣，捧土謂塞盟津潺。韋侯述書獨遺此，輦致焉用牛蹄殷？喜其形體劇精整，每使畫壯窮迴環。玉簡祕文白馬享，羽淵枯淚黃能潛。儆予洚水切飢溺，巡陟正夏稽虞鰥。猨猱深樹夜嗷嗷，鷓鴣幽嶺晨喧喧。一碑百吻辨真贗，嗟爾空復高孱顔。編摩論世轉惶惑，以灊天柱爲衡山。

得家信

意外逢黄耳，平安字未磨。尚嫌題挂漏，翻覺到蹉跎。遠使沈浮易，他鄉感慨多。殷勤置懷袖，一日三摩挲。

石鼓山六詠

十鼓尊岐陽，存九失其一。何年化爲山？屓贔負江出。雍雍袍袖徒，勸學事佔畢。

右石鼓書院

雜樹罨濃霏，雙流鬬寒緑。亭皋見江底，點點摴蒱局。有時晴望開，五峯秀雲族。

右令江亭

巖扉因自然，鍾乳滴蒼洞。洞真來不來，題字密無縫。無嫌牛後譏，仙鼠費迎送。

右朱陵後洞

西峯蔽東日，而何谿是名。其下帶烝水，其上排風亭。發興抉苔蹟，鳥污流石坪。

右西谿

陂陀如伏黿，出奇擢仙掌。巖姿秋颯然，湘岸打雙槳。誰歌欸乃歌，日落四山響。

右東巖

五賢麗五星，聚奎粲可數。因循成七賢，把臂列堂廡。豐川何代儒，我欲叩桑主。

右七賢堂

回雁峯

曉暾湧宿霧，萬象幻陽昧。孤峯蟠火維，嶽路首南戒。超然振風翰，身出亂鴉背。千丈循石梯，三折上金界。餘峯七十一，一一走江介。矯爲赤龍翔，聚作紫鴛對。差參萬廬井，江影細縈帶。高標納羣媚，湘東境斯隘。沙門壽無量，幾劫閱人代。嵌竇射陰飆，有衆效膜拜。雁賓非宋鷁，焉肯自郊退？靈區競雄長，故實多附會。舉袂翻天風，前山雨霔霋。

歸抵衡山雲巖學使約登祝融看日出會他事不果

絶頂朱陵限翠微，沙頭津吏候停騑。年來腰腳便疎孏，恰與衡陽雁退飛。興盡船迴調不孤，平鋪風簟細傾壺。祇防好事人嗤點，偷寫湘帆九背圖。

秋雨連宵潤石苔，不煩默禱見雲開。若教身到廬山裏，那識匡君面目來。

聞道天門詄上征，扶桑夜挂九枝明。龍宫海日尋常見，卻使吴儂傲楚傖。

送陸慶波秋試歸杭

綵筆驚辭屈宋鄉，與君照影共清湘。試沈朱李陪吴質，忽唱斑騅送陸郎。畫棟珠簾江上路，龍宫鷲嶺月中香。明年此日看花會，目斷音塵慰屋梁。

南嶽配朱鳥得朱字

星鳥尊南斗，名山協瑞符。去天如太白，得地自離朱。銜曜黄輿麗，垂雲紫蓋孤。龍身迴徼嶺，鶉尾絡荆吴。影共湘流轉，文隨禹蹟摹。羸糧禽夏遠，秉瓚祝融趨。積氣滋斑竹，成形化赤烏。砂牀君試采，寫奉嶽靈圖。

竹兜

截竹芟枝結縛牢，青絲絡腳版承尻。遮無四壁看山便，挂有雙瓶對酒豪。上去笑同驢背穩，坐來驚似馬頭高。他時準入陶公社，欲倩門生舁幾遭。

重遊嶽麓寺

嶽圖矯如龍，數百里騰伏。一支負地陽，筋骸得所束。我循回雁來，雲影蕩心目。入山雖不深，摩頂躡其足。日冷交青松，坡荒緣苦竹。蒼山静無聲，隱隱振弦讀。即以勝賞論，亦可壓白鹿。清湘舄下流，滛翠杖前沐。拾橡隨狙公，行勝路差熟。起逐道林鐘，繩牀夜期宿。

沈洗馬宗敬烟江帆影卷

清簟疎簾護緑蕪，豆花棚底雨糢糊。無緣乞與湖南紙，寫徧瀟湘八景圖。岳陽樓迥洞庭寒，萬里商聲木葉乾。憶放三高祠畔艇，蘆花明月蓼花灘。誰伴王孫挂薜蘿？彈琴采术老巖阿。山栖也是幽人分，懶對疎汀著鷺蓑。二沈雲間鶴出羣，清門父子共能文。饒他疊嶂烟江手，吟到腰圍瘦幾分。

湘陰

水緩三潭浄，孤城枕緑漪。市烟羅子國，陰火左徒祠。候雁依沙急，吟螿怨曉遲。此鄉魚計美，不必問官私。

汨羅江

北風吹水立，山鬼晝聞語。憂來浩無方，熒聽邁孱主。公族冠景昭，寄託重心膂。沈淵葬魚腹，招魂劇酸楚。至今起哀嘆，風俗競筩黍。夏首與涔陽，畢命亦吾土。九死心既專，一篇意彌苦。長湖波滔滔，平沙夜莽莽。二江縈合處，慘怛戒津鼓。猶有滄浪漁，皷舷出烟隖。

郁雨堂姬人遺挂

蒲病輕愁水不如，埽眉人在對門居。桃根桃葉天生好，枉慶秦淮夜色虚。
玉釵恩重眤褫紳，服散清齋迹未真。記取玉羅牕格影，銀缸斜背照雙身。
白門淺柳閣輕寒，丁字珠簾亞字闌。學得玉簫沙嫩死，影堂今日大家看。
十里歌鶯滑板橋，鸞離鵠去可憐宵。憑君漫洒青衫淚，多少風流送六朝。

南泉寺

南泉山幾轉，蒼靄入雙林。敗葉秋微脱，酸蛩書獨吟。地遥孤策緩，風定一鐘沈。莫厭名僧少，能言屈宋心。

黄陵

黄陵山上黄陵廟，帝子遺蹤孰是非。歲有巡方稽五月，人言葬令殉三妃。蒼梧雲氣沈孤嶺，斑竹啼痕泫夕暉。湘水迢迢何處問？寒塘淺草鷓鴣飛。

磊石洞庭神廟建文二年鐘

湘陰縣東北三舍，高浪怒與乾端摩。有山凹凸鎖其口，與水搏擊生漩渦。怪游雲物劇搶攘，維神端冕垂青緺。紙錢綷綷陰竇祕，翠旗獵獵風竿多。岳公瀆侯載常祀，廟號亦足驚皇媧。竭來默禱冀神貺，兩廊鐘鼓鏘鳴和。東廊之鐘更雄特，中容百石紋盤螺。建文紀年革除後，礱治敲鈌存戈波。真人一昨起淮甸，手奠鐘虡維山河。沖人嗣國政無缺，沈埋秩望馳交珂。景陽樓前報清曉，恬熙上下登族禾。於時金沙廟先圯，道人有道移高坡。三千帝釋衛龍象，八九雲夢兼彭鄱。功成志喜詔梟氏，林鐘銘語爭嵬峩。帆檣職貢達王會，牲醴肸蠁驅天魔。千秋萬歲保眉壽，神功帝力長撝呵。豈知豎儒誤人國，祥金躍冶夫如何？衮龍蚤聞化回禄，烏鵲焉得朝牂柯？遺民私祭淚流沫，史臣執簡詞婐婗。此鐘有靈抱遐恨，不逐高燕歸鎔磨。僅偕霍山廢碑一，天荒地老纏藤蘿。文云守令迄丞尉，以次助鈔相網羅。磊石驛官其姓顧，堪補掌志參羣譌。

唐時南嶽九真觀，一鐘破壁飛蛟鼉。此間下臨洞庭水，毋令變化穿禪窩。毘嵐小劫四百載，薊子那不悲銅駝。開平金甲等珍尚，岣嶁赤字同摩挲。長陵遺鐘覓生寺，見者一唾輕幺麽。悽然憑弔浩呼洶，陰陽鑪炭遑知他。叩神風便十餘日，清響夜落寒山阿。南嶽志：唐乾元中，九真觀銅鐘忽不見，旋得之觀外池中，其蒲牢已缺右足，蓋與青草渡龍鬬，傷此。

中秋夜渡洞庭寄雨堂

銅盆灣口爛銀窩，手引筌篌阻渡河。惟有江東謝希逸，推篷看煞洞庭波。荻蘆淅淅響無眠，漁火三更水拍天。一等江湖狂杜牧，阻風中酒問何年。

慧川梧竹圖照

廣川無滯流，浩歌無緩節。方同瀏江飯，復此巴丘別。念子傾蓋初，理翰始束髮。牽絲一游楚，放衙頗清越。繁陰池館生，湛影竹梧列。朱鳳在瀟湘，黽勉照修潔。所處雖不常，心期庶同轍。源清流自澄，安肯混澠涅。坐對琅玕姿，洵美忘言說。方秋江上行，木葉感微脱。清勝疇與同，薄帷鑒寒月。

洞庭湖

秩望遺三楚，與經長五湖。淫淋蒸北夢，澒洞坼南都。辨域星躔陷，浮槎漢渚紆。倒流滄海上，蓄勢大江趨。青草埋雲壯，蒼梧蹙浪孤。乾坤浮一蔕，日月弄雙珠。地阻三苗恃，波長七澤輸。錫龜陪橘柚，飲馬靖萑苻。張樂軒宮震，傳書廟社孚。沙寒平落雁，風定遠迎烏。鼉尾稱名小，鼋山氣象殊。岳陽城下路，決眥待吾徒。

岳陽樓

毬門突兀壯南溟，百丈丹虹一客星。宿霧晝沈三界白，驚濤曉浴九疑青。重重島樹圍荆野，點點江帆掠楚汀。好在平湖天八月，澧蘭沅芷送芳馨。

君山横翠隱層波，賣酒人家傍薜蘿。遠道風烟投鸛雀，中天日月避蛟鼉。典稽蒲坂巡方遠，怪涉錢塘破陣多。爲問長蛇侵食處，如陵封骨近銷磨。

新隄

洞庭新出險，江店望如雲。遶屋黄甘樹，鳴機白苧紋。到門湖八月，争界邑三分。漸近題襟處，推篷倚夕曛。

赤壁

浩浩荆襄走駭雷，曹公曾此挫雄才。一江龍虎三分國，千里旌旗幾劫灰。折戟埋沙春溜長，飛烏遶樹月華迴。片帆我是思歸客，誰挂東風出浪堆？

嘉魚道中田家

楚天澄夕陰，荻漲縮寒水。蓬門臨水開，歷落見田里。紫芋魁漸收，烏菱角交𣗳。忽聞烏雀喧，場有紅鮮米。老農性敦愿，僅解辨雞豕。扶屐出烟中，荷蓑入雲裏。連茸長稻孫，一陌散秋綺。湖南歲云旱，風景恐無此。賓鴻翔自南，行役庶有止。飯稻復羹魚，吾將釣中沚。

泊東嶺聞歌

青楓渡口木蘭船，如此江山老鬢蟬。聽到楚歌聲四起，一天風雨下晴川。

大別山

二別如二方，名與荊衡抗。小山冒稱大，功在扞溟漲。精非玄武應，勢與黃鵠向。漢流下三澨，洶涌少隄防。卻從波靡餘，屹倚一夫壯。併力吞大江，磯激不相讓。彈壓兩瀆神，朝宗肅圭鬯。涼秋支杖登，烟井射晴嶂。飛鷺影迢迢，伏鼇氣行行。黑栢今不存，鐵鎖木難障。南條尊三江，新義發昭曠。陳司空訛以彭蠡爲洞庭，即三江之南江，其説甚辨。千載思禹功，芒芒起怊悵。

爲人題扇而誤書其名詩以解嘲

齋壁翛翛竹蔭虛，數行蛇蚓遶崎嶇。江湖名姓流傳易，里黨行儀晉接疎。揮翰要同金錯贈，發函如附石頭書。轉喉觸諱尋常有，迂誤何時得痛除？

鸚鵡洲

素車遠迢迢，風湍壹何怒。征橈慘不發，釃酒古賢墓。禰生推遺狂，北海盛延譽。方其援鼓撾，單絞體全露。百年憂患餘，保身頗不悟。能言學鸚鵡，奸膽豈惶怖。魂游漁陽昬，魂復漢陽曙。墓圮洲亦積，尋烟漁艇渡。

王櫟門爲予覓鹽課船

四照明羈館，神珠湧漢皋。若爲投分晚，終遺和音高。古誼要瓊珮，機心笑桔槔。牛豎復馬磨，千載德同操。

江郎兄弟石，賓谷于九。相見自衡陽。道爾題襟好，愁余阻水長。洞庭波信遠，牛渚月華涼。乞與租船坐，吟情訝許狂。

武昌懷古

左控維揚右雍梁，朝宗江漢鎮衡陽。周家班爵遥封子，鄂國分支競僭王。八九澤吞從獵盛，五千地擁合縱强。如聞貞静歌游女，雲雨何緣惑頃襄。

分鼎堂堂一世雄，略憑帳下據江東。父兄有業歎能繼，臣僕雖稱幸未終。鐵鎖盡銷偏霸氣，錦帆曾颭大王風。從來吴蜀依脣齒，鹵莽荆州起釁同。

僭僞紛紜簒弑頻，謬將草澤當楓宸。時非逐鹿重稱漢，邑有嗚孤一姓陳。陳氐舳艫波沸鬱，座間牀笫彩璘霦。九家漁艇重湖險，請看萑苻總滅身。

箘簬菁茅錫貢標，楚鄉魚米盡即忍切。豐饒。乾坤此處浮南紀，華夏當年限北朝。好與歲時參古記，未聞風詠采輕軺。胡牀小座塵埃遠，遍數寒更月滿宵。

黄鶴樓

南紀滔滔極望恢，樊山鄂渚境全開。白雲客見樓興廢，丹路人騎鶴去來。三峽風濤浮露檻，兩城烟樹入春杯。樓空鶴去非佳句，心折青蓮賞別裁。

豁達雲衢偪太清，楚天無際八牕明。招摇翠被孤舟影，縹緲梅花一笛聲。烏鵲南飛初月上，大江東去晚潮生。雄風易散仙蹤杳，萬里空餘濯足情。

臥次過黄州

著屐徑須登赤鼻，挂帆笑未泊黄州。臨皋道士如相問，月小山高付夢遊。

道士洑

昔聞崑崙奴，入水飽蛟沫。孟公書畫船，落膽爲西塞。又聞張志和，魯公習酬對。其地在吴興，輿圖遂附會。危亡道士磯，不比散花媚。天風吹大江，峽影黑霮霸。卸帆避巖石，三老凜夙戒。默燒太平紙，陰火照盲晦。懸厓穴蒼鶻，泱起勢洸潰。衝波攫老魚，奮與漁蠻對。模糊楓桂林，鳥污白炯碎。回瞻來時路，數轉失山背。亭童諸佛頭，未了青可愛。指顧到蘄春，笛材激虚籟。

漳源夜雨寄懷吴楚諸弟

楚火微茫楚霧明，繩牀三處夢難成。打篷幾陣瀟瀟雨，誤説牕前落葉聲。

富池甘將軍廟

滄流釃血逝泯泯，百戰驍騰帳下身。歿後精靈依錦纜，生前事業近黄巾。折衝蚤識沿江戍，殺賊終須上岸人。傳説葭萌封墓永，縱横鴉陣此迎神。

雨後重遊琵琶亭

雲氣微開霧氣連，楚江風樹繫吴船。重尋翠袖金尊地，一看黄雞白日天。禮像僧殘香火閉，拓碑人去土華鮮。多情猶有淋鈴響，滴遍清商入四絃。

彭澤北山觀音閣

天寒落風葉，江氣涵遠清。檥舟就人境，柳外墟烟升。老馬飯枯草，孤鴻棲遠汀。路回山益瘦，附葛心淩兢。峻嶒聳萬笏，孕結無定形。盲風裂其罅，欲傾翻未傾。鬼工擲性命，鑿嶂安丹檑。來徑斷杵臼，前磴懸觚棱。放眼得夷曠，兩腋翮欲輕。小山碧扶寸，窅窅揚神靈。旁挾楊葉洲，根蒂浮單苹。毫芒見吴楚，插翅盤空冥。浩州熟遊地，風阻今始登。下山腳雙輭，日暮烟鐘鳴。

彭澤晚泊

沙頭西照逝茫茫，病葉疎鵶柳萬行。好在山城新粉堞，不留風雨作去。重陽。斷續高低幾雁繩，蘆花楓葉冷難勝。江南江北秋如許，一抹紅霞是廣陵。白小紅鮮爨火開，孤蓬斜湧溼銀堆。小姑居處如眉月，今照行人八度來。

洛社

誰占香山洛下名，芙蓉湖畔白鷗輕。野僧倚艇晚求食，拂面水風紅葉鳴。

過惠山下有感

十年前返秣陵遊，喜近西風落帽秋。松徑蘭塘九龍影，茶鑪酒幔二泉流。地連邨郭開圖畫，候變朝昏起櫂謳。今日鄉關太無賴，零砧斷角赴扁舟。

高自栢景光長江萬里圖

練塘高侯今達夫，漁樵草澤追孟諸。當門圜泖肥雪鱸，塔影倒射金泥塗。玉鴉叉展長江圖，蹻道儼乘龍鹿盧。濫觴岷崍包沫瀘，象馬盪決衝夔巫。伏鼇大別南紀橥，約束百怪朝歸墟。靈潮九派紛于于，海門遠擢搏桑株。訹蕩上征羊角扶，千斛萬斛中央驅。長年虎毛虬者鬚，迴飆撾鼓驚天吴。君也窮眺清兩矑，竦身獨跱形容臞。足若沙鷺翹趹跔，爛銀細作韡紋鋪。魚尾斷艘明厥毺，船頭玉徽船尾壺。洞簫四裂聲嗚嗚，波深月黑依菰蘆。餓蛟攫人如攘揄，劍具怒挺崑崙奴。鴐鵝鵁鶄鷗鷖鸕，窺人耦居猜亦無往。年燕市尋酒徒，名倡利屣挾瑟趨。井公負局爭摴蒱，窈停健兒鼓嚨胡。笑控櫪頭生馬駒，連鈹巧貫雄赤狐。朔風卷喉鳴鞭箛，生世不曳侯門裾。歸哉一別漁陽沽，哆口欲吸西江枯。元龍湖海心瞻蠡，黄神越章搜祕符。具區宫亭超重湖，水仙來往浮以桴。旗亭妍唱非皇荂，而我服奇辭縛拘。鑿穴竊哂臺佟愚，豐隆狎獵馳幅蒲。猋若黄間離鏷鐞，金焦孑立靈所都。石城雄踞飢於菟，皖公影落三升觚。春濤忽沸鐘錞釪，彭郎前夕迎小姑。單椒矗矗抽華跗，畎源廩菌交支吾。武昌楊柳青回蘇，苕亭黄鶴翩城闉。乞與仙者榴皮書，岳陽壯觀吟眺殊。君山一點蒼琪玗，飛魂慘淡遊蒼梧。密箐昏林號鷓鴣，登臨緬古悽不愉。漢皇射蛟空舳艫，曹公横槊啼夜烏。鬶流鐵鎖沈茭芃，金粉六朝飄梗蕪。麈扇擊楫同悲歔，悠悠飛雁與浴梟。披者獨速叉娵隅，否即端隱耕烟居。勇圖作佛齋南膜，坐閲涼暄忘且茶。中流何必千金瓠，君言如響鼓答枹。吾家東海頭奥區，乾端坤倪呈噏嘘。靈槎傍日君不孤，更出賦手追元虚。

訪徐薝林

篷箬覆松舟，停潮不自由。鶴聲流别浦，楓葉脱高樓。熟路輕還往，遥情重贈投。男兒多意氣，珍重佩吴鉤。

白華前稿卷第三十二

古今體詩東阡集

重光大荒落

吾邑溝遂，其流自東而西，無數十步無水者，故不可族葬。卜地數月，食墨於南二竈港，距祖墓東十餘里矣。葬前兩月，移四竈唐氏宅西偏，事畢返郡，會舍弟泉之列學官弟子，以明年奏賦行殿，旋舉鄉試。綜兩年所作，志誓墓之感焉。

丹厓澱湖漁隱圖

昔我謁三姑，訪君澱山麓。澱山低枕澱湖長，倒喝湖流變醽緑。雞豚小社似秦餘，韶濩清音如楚曲。導人黄鵠去飛飛，兩槳沿緣宿釣磯。傳將沙鷺風標相，乞與胡僧壞色衣。披襟脱帽者誰子？方瞳一雙翦秋水。長竿不動絲漾摇，愁殺蜻蛉立不起。側身吟望悲蒼浪，安排茶竈兼筆牀。

信天始覺忘機好，照影翻憐夾鏡光。醒時拍手醉時臥，銅斗歌成儋無那。懶趁輕潮懶趁風，留待東塘月波大。月波遥裔春溶溶，柳市淺碧花源紅。回船笑謝天隨子，散髮涼生漁䉾重。

南橋陳氏園十詠

種桃流水邊，水流花亦放。不待作花時，數漁起遥唱。

右小桃源

海隅拗片石，壘此闕罅天。人影閟巖洞，巾屨都蒼然。

右一綫天

短軒牕四虚，待月羃其空。迎月月不知，申旦坐相送。

右迎月軒

碧波浄紅滓，居然小鏡湖。誰縛香茆亭？翳此圓相無。

右鏡心亭

君家絳縣元，陶弘結相識。洗向曲池邊，神龜不敢食。

右滌硯池

及泉鑿雙竇，一東復一西。石梁架其上，如飲虹與霓。

右義娥泉

離離嶺上松，種及十年否。結交須老蒼，嗟我素心友。

右友松嶺

水鄉多飯魚，錦鱗祕珍玩。谿上夕霞時，西錦萬紅亂。

右錦魚谿

白雲如過客，宿我層檐端。我欲入雲去，山中聊可盤。

右留雲塔

我有盎中粟，握之臨高臺。相啄不相語，知是飢鳥來。

右下鳥臺

平望

鶯脰浮深淺，輕帆六尺蒲。千聲畫眉鳥，一飯白銀魚。土語參於越，潮音落太湖。樵青來往地，舊隱憶菰盧。

新市

清遠吴興路，沙墟總灑然。青帘沽酒店，白版打魚船。市響穿橋水，邨明出樹烟。采桑天氣好，小坐拆輕繇。

次韻李鶴峯師登徐州試院招鶴樓感夢午塘司空

二洪怒張城版薄，大峩老仙架飛閣。隱君高隱雲龍巔，萬古摩天兩黄鶴。一飛一伏雖逕懸，羽氅葛衣等行樂。鶴來海上貌閑暇，鶴去山中夢寥寞。司空矯矯材出羣，不鞚能騎櫪頭惡。選樓傑構居最高，霸楚雄圖緬猶愕。偶然題牓翩海鴻，謂竚層霄下霜鶚。何當河上裹屬薪，至竟風前賣叢籜。承塵徒使止鵩鳥，吉語轉憐噪乾鵲。公乎汴泗循交流，海岱及淮肆澄廓。茶煎試院聲不譁，琴拂雍門淚還落。難從刹那算沙數，豈獨郎當話車鐸？書札三歲光新鮮，那忍登樓命絃酌。彭門路合山如環，芒碭雲低天似幕。劃然孤嘯驚人間，健句長留挽繁弱。惟公經國資文章，有友心期慰冥漠。時觀丹地薛稷圖，久遲黄樓蘇轍約。後來誰作徐方遊？雞毛筆輭慎無縛。

杭州上滋圃先生

景運承蕃釐，鉅人挺瑰異。歸昌雝以鳴，六宇仰符瑞。我公昔起家，三策冠廷對。講幄參嘉謨，輶車振士氣。三吴文物區，詵詵藉廣厲。爲國先得人，克協帝心契。煌煌開府居，提封緬遥裔。時和訟衰息，立政豈無自！方當升鼎鉉，中外歷明試。治越如治吴，抃舞及黄穉。昨年逢木饑，民食苦翔貴。而無捐瘠虞，發賑取如寄。囊書上情狀，蠲復拜天賜。前徽追趙公，更勒治荒記。儒有近文章，脱略在經濟。旌節倚重臣，地望嗛清祕。惟公巖廊間，德業著醇備。州民廁諸生，感結到涔沫。東閣一來窺，春風盎旁吹。

禊日新埸不及過葯岑和其寄泉之韻

伯勞飛燕跡西東，觴詠華年逝水空。楸桂待營臨水墓，菰蒲旋緊落潮風。玉壺著述名山重，石筍居遊故里同。想像阿連春夢底，池塘草影緑濛濛。

檢江州陳進士奉兹舊作賦

舊隱棠湖岸，匡山浴晚青。坊間陳起集，門外伍喬星。奇服幼從好，道言時與聽。十年心迹杳，囊錦漸飄零。

爲楊鐵齋開基賦古松

海雲頹唐石隄裂，一畝儒宫峙精鐵。陰陽之炭火風鼎，誰鑄巖松見胡甸切。鱗鬣？上枝下枝苔翠肥，横枝直枝蒼鼠飛。氛濃霧重閟深晝，衆緑如蓋團團圍。長身君子鐵爲性，開徑盤桓氣凌横。閉户全疑羲日虧，扶棚更挾商飆勁。欲蝕不蝕牛腰麄，欲繡不繡龍文孤。齋頭忽見秦山影，恐是年時五大夫。

程野竹水邨結夏圖

豆棚踈雨稻畦風，葛帶椶鞵襬襶空。説到田園歸興好，北牕況在水雲中。
山童解髻擔泉回，花當匀澆茗一杯。持謝槐花忙舉子，如漿白汗點黄埃。
六枳笆籬曲徑穿，題詩多近石闌邊。書郎也説荷衣好，一抹涼痕映水田。
曾走祁連學臂鷹，席開窨雪斧開冰。而今坐愛江南老，排遍松圓集未曾。

題劉大尹乘風破浪圖即送其之桃源

鯨波瀉天漲天碧，跋扈南鵬怒摶翼。長年屏息顔如灰，倒拽風蒲一千尺。船頭擂鼓鼉梁摧，船尾建獵朱旗開。雙龍八駿失騰蹋，前船後船何有哉！船低船昂浩呼洶，乾端坤倪萬靈悚。風所未到浪已空，越種吴胥避餘勇。我侯磊落天人姿，堆胷千頃明文漪。揚帆要采石華片，垂竿好拂珊瑚枝。高檣峩峩去天握，拍岸淘沙勢崩剥。生風嘯旨推劉琨，破浪雄心慕宗慤。海東照耀扶桑暾，黄流竹箭移官輪。樵人風便倘余乞，買船徑入桃花源。

自栢暮雲春樹圖

劒膽琴心竝轡遊，一重雲樹萬重愁。新詞賭罷旗亭晚，記上君家舊酒樓。
卵色天光極望同，光風駘宕落霞紅。多情不及王孫草，長與離人襯玉驄。
如水柔腸日九迴，誼言無復聽宗雷。何人截得神仙手？縮取江東渭北來。
紅豆叢叢苦繫思，釣竿樵斧夢差池。探懷大有三年字，染盡雲藍爲阿誰？
荆南趙北歲騤騤，儒雅風流慷慨心。忽對屋梁見顔色，故人交誼重苔岑。
昨犯青霜宿練塘，鴨闌鵞栅打魚莊。花前雁後春如海，賴爾題詩寄草堂。

賦得麟士織簾爲姚徵君壽

八月寒葦花，蒼蒼遠江色。言念緯蕭人，何如織簾客？非杼非柚機響聞，湘波窣地涼紛紛。一痕未挂琉璃脃，百結先盤綷縩文。先生沖隱謝粱肉，六藝手披忘皸瘃。試將織錦代編苫，擬覓簾材作去書簏。織簾聲斷商歌連，篝燈抱影遲夜眠。妓衣奏洒今何夕，損卻君平賣卜錢。

朱覲宸春林樓閣圖

松陵詩趣桃源隱，二月花如九月楓。爲近四先生舊里，披圖衹合注魚蟲。
江左清華起鳳樓，宗風提唱雪盈頭。華林七録無因校，硯北琴南老去休。
鬬茗園碁徹夜分，玉峯暖翠秣陵雲。鯽魚名士周旋久，七寶莊嚴合讓君。
紅襟雛燕掠波新，小竚東風颺麴塵。除是浣花狂杜甫，敢將朱老作南鄰。

秋日移南四竈港呈肯畬丈

移家非卜宅，謀野暫離城。地近陶潛里，秋深宋玉情。蓴鱸懸北轍，稻蟹戀西成。不少南賓雁，當樓影自横。

何代盆牢筴，臨沙萬寵開。久成宜麥地，真建讀書臺。抱布前莊去，提魚大海來。柴關何用掩？風袖曳裹回。

短櫂通平圃，長鑱託小園。煑茶頻埽葉，種槿各編籬。賓從皆兄弟，生徒是子孫。未妨吾道拙，相對息邱樊。

素心三黨重，樂地一門奇。鮭菜長懷土，鶯花近別期。宦情夷甫少，隱跡曼容宜。卻話長安轍，同煩索米炊。

新阡封樹粗了感作

父歿垂十年，母喪及三載。麥飯陳殯宮，菽水末由逮。孤兒如一萍，出海跡茫昧。明知葬從薄，焉敢緩有待？蜃灰暨陶埴，審辨極瑣碎。庶幾先事營，勿貽後時悔。慈烏啞啞響，孝筍觸在。我生彼不如，迸淚浥叢萊。

事親昧醫學，夙夜含餘恫。初病進參朮，誤補劇誤攻。青烏相吉壤，騰説各自雄。卜地越浦西，卒乃歸浦東。魂魄戀鄉里，幽明情則同。遠者非必吉，近者非必凶。黽勉告井椁，土澤潤且鬆。豈爲福田喜？喜少蛇螘蟲。

選地選良辰，過社與逼臘。天寒工作窳，稟此一龕納。短綍輓逶邐，前和莽匼帀。不見棺上衣，矧乃棺中頫。遺書祕在笥，斷杍空滿篋。酸號徹重泉，秋風響相答。墓廬媿未能，宰木慎無乏。他時拱蔭成，丙舍續殘帖。

周上舍晚林采藥圖

幽心隨白雲，曉出暮知返。方尋負局行，言采紫芝飯。藥苗香滿衣，風色寒尚淺。重茅何處亭？林缺露宛宛。嘉月揚素輝，無人獨行遠。投策歸自厓，陶然謝塵蹇。

送唐氏妹

形影無多北又南，浦東東望路差參。一門禮法嫻爲歸，廿載身名憾匪男。迹類浮家便薄送，事兼營葬要分擔。何年也喫東方米？土銼柴車與細談。兩姓詩書澤慶同，對看壽骨起隆隆。嫁憑兄嫂裝難具，分在姑章誼更通。圍勢定隨絲障解，聘錢翻笑玉臺豐。哭聲遠爲爺孃遠，今後郵書待朔風。

訊葯岑病

鶴聲墮秋月，遥夜拂珠徽。言念干雲器，長如杜德機。藥鑪調御近，綵管應訓非。倘有秋山約，橫雲紅葉肥。

發南四竈

富場廟頭西日偏，龍珠庵口寒月圓。浦東客上浦西去，黄葉打人風滿船。

常熟過種石兄敬見仲子哲維蔚光近詩

澹臺湖畔路，幾載覆茅楹。春衖風催信，琴河溜放聲。尚虚卜鄰約，何止對牀情？三五年前夢，艱虞倚老兄。

文度佳如此，堪爲浙借才。篋中冰雪卷，筵底聖賢杯。夜火江帆峭，晨霜渡草摧。吴山如有賦，風雨展登臺。

劍門

劍州標劍門，聞名衆所憚。海東遺一卷，游蹟媿汗漫。蒼蒼杉栝陰，緩步頓雙骭。洞門氣象尊，直上挾飛翰。磴滑腰腳虚，一亭揭山半。積雲何怒崩，落星復淩亂。介身石林中，如席亦如幔。鳥汚争雪晴，菌壤偕木爛。得毋玉具人，一斫遽中斷。混茫神鬼功，扁鼠不容竄。誰歟摩兩厓？觀止發三歎。預恐下山時，清魂讋奇觀。

拂水巖

拂水天下奇，三疊縮廬嶽。石梁一瞑坐，洗耳響瀺灂。白龍來蜿蜒，回首厲其角。泉從角頂飛，懸出是爲沃。土囊聲塕然，直上挾鳴骲。急流不自持，旁行驌崩剥。小者走珠琲，大者雨華雹。當其晴望餘，沾面大呼謈。橫被幾由旬，沙市受濡濯。比年此景稀，龍脣缺如斮。願乞東南風，倒吹滌埃濁。嗟哉巖下莊，百年付樵牧。昃景催昏鐘，淒淒氣凝朔。

爲桐郚題陸澹香校書焚香卻埽圖

十五吹簫鳳曲工，見人微暈臉霞紅。斑騅芳草情根幻，身是機雲女侍中。

葯館蘭房鎖洞天，小名合喚蕊珠仙。雙螺拂罷吟肩倚，長遣西川損十牋。

捉搦迷藏記幾遭，楓谿小漲暖蒲萄。春風人面天然影，膽樣軍持綻鴨桃。

金鏤衺腰蛺蝶輕，茜蘿衫上酒痕明。鴛鴦湖畔相思子，好忍春寒到五更。

亞字迴廊卍字欄，翛翛鸞尾蔭檀欒。芳塵一散兜鞵遠，小象沈熏盡日看。

誰埽蛾眉學淡妝？微雲河漢意難忘。好憑銀甲彈箏手，心字匀挑不斷香。

雙塔阻凍

霜凋蒲葦叢，風緊鵜鶘曲。瑟縮掩孤篷，燎衣燒溼木。
酒凍遲招旆，香消怯擁鑪。江潮無復上，冰斷澱山湖。

送泉之就婚張莊

泖濱風解凍頗黎，許掾全家燭影低。蘿蔦緣成寧待卜，珮環禮薄不堪齎。鄭衿新戴休佻達，齊贅粗安戒滑稽。郤爲告禰從陳澔讀。增百感，我今崇讓宅分栖。

雪後題王上舍看竹圖

選石分苔倚日曛，籜冠長伴鹿麛羣。馬曹饞殺看山眼，一半關心是此君。
翛翛翠尾墮青鸞，壓徑疎陰緑未乾。絶勝暮年詞賦客，小園纔種兩三竿。
竹花漠漠竹雞啼，竹里清幽竹屋低。從此俗緣醫亦可，不煩身手刮金鎞。
貧家風致掩莎廳，兕筍鞭林事慣經。較是漫天風絮緊，戛枝微作去玉瓏玲。

元默敦牂

上臨桂陳中丞

泰元亨嘉德，間氣生偉人。峩峩桂林公，宅心幾大醇。卓爲理學倡，若火傳有薪。立德規伊顔，纂言鉤孟荀。克膺聖人契，一德孚臣鄰。持節半天下，熙熙登陽春。此邦既重莅，初政無難循。夫惟鉅儒出，以道光得民。

吳中讓王地，錐刀逮流末。窮侈因潰防，尚鬼遂崇佛。側聞董生言，更化若調瑟。自公統百城，貪吏凜毛骨。害去利漸興，日用喻民質。説以忘其勞，威以董其失。廓然知向風，正己物胥率。曰昔潛庵公，治吳有常律。

大田固多稼，十室虚蓋藏。況承洊饑後，逋賦爲痍瘡。淮徐既澮菑，澤雁猶哀鳴。勤民即經國，數語陳九閶。奉行貴如法，千里蒙樂康。在今芘仁壽，占歲逢金穰。省耕切天眷，敷對皆周詳。采風入夏諺，陳義躋豳堂。

山塘雜詩和孫香嚴

紅襟如蒻柳如絲，破楚門東唱竹枝。一種破襌花氣輭，五風吹到禁烟時。
微黄水柳畫簾陰，擁髻韋孃怨未任。爲道蹋青歸去晚，長隄芳草長紅心。
社公酥雨浥輕塵，短簿威儀簇仗新。看殺畫船牕格影，臉波先暈舵樓人。
吴市金錢溢看場，銀燈珠箔意難忘。沙家舊苑春蕪冷，不斷簫聲是半塘。
後珥前簪夢有無，龔壺濮竹笑紛挐。箋天但乞花綱手，厎用金庭長五湖。
衣香零亂酒痕銷，坊果檣茶枉暮朝。記取雙橋明鏡裏，青山隱隱水迢迢。青山、緑水，二橋名。

禊日同程魚門湊叔子趙璞函嚴冬友徐烝遠俞蓼塘陸耳山璞堂集竹嶼青瑶池館分韻得和字

承蹕既清暇，曰余遵澗阿。諏辰上除永，徵友中歲多。望衡數修蔭，結宇抗層坡。沄沄水迴塘，粲粲花被柯。纖鱗影交牣，幽鳥音與和。衆紛慮轉一，道簡儀勿苛。援琴或遺絃，命釣仍藉莎。永懷拙之政，庶息勞者歌。祓蘭据明典，浮觴悽逝波。早月下西嶺，秉燭懽如何。

望亭送駕恭紀

南望亭交北望亭，十年三迓玉鑾經。池臺近日雙龍遶，冠蓋連雲萬櫂停。作頌待編文穎館，聯名疑隸浙江汀。九天照耀華縑賁，細與鄰翁話寵靈。省欽奏頌，與浙江梁侍講同書等十三人入選賞緞，其間籍江蘇者，省欽而已。

上宫保尹望山師

外臺設二府，分陝如召、周。上以導清問，下以敷嘉猷。制府任尤重，爲憲邦諸侯。繫銜逮公孤，使相綦渥優。夫子抱公望，經術光弸彪。代膺九重契，濟美孚作求。台衡穆穆迓，釀化旼旼揉。兩江行省三，持節三鳴騶。一羊戒九牧，帝曰惟乃休。孫曾遡祖父，仍世聞歌謳。控制數千里，不競亦不絿。推誠置羣腹，順令如水流。謂逢太平世，束溼非所鳩。熙然享太牢，元氣相噢咻。大藩總財賦，漕弊早剔搜。卅年若一日，府事資孔脩。幸出大賢門，畫戟清香留。摳衣奉言笑，道氣彌輯柔。是知仁者壽，克定艱大謀。欲名高深意，徘徊方末由。

喜璞函耳山以御試授中書

薇省重登俊，峥嶸賦殿前。一從三月别，孤負五湖烟。志郡科相類，名詩衆蚤傳。玉堂揮翰地，鄉語重流連。

題海虞移節圖送胡臬使

樓船伐鼓里記牌，後倚采旆前韛靫。鸚杯鸕杓酒似淮，送公廉鎮遷是階。三吴都會清且佳，小侯八郡聯簪鞵。漁鹽利擅車紛輂，澤居戢集交黽繩。早熟再熟鐃秷稭，胃爲天倉門用闑。記糧小册淆紫哇，僉軍僉衛瀕癘痎。部勒井井除皷欸，轉漕鐵鹿枝角叉。韋堅劉晏真匹儕，上以成賦惟汝諧，下以息民民允懷。屢豐特書江海涯，理大物博占不乖。省方輦路鑾鏘喈，德音布赦清宿霾。雞竿孑孑揚天街，圜牆一宿甦腊腊。公謁行殿隨棘槐，皇曰持憲心簡差。繡衣犀帶青者緺，豸冠嶽嶽金章揩。降神公昔鄰泰祡，經義治事顔厥齋。歷令牧守棼理緒，八條五術懲吏俳。尚湖例駐襜帷排。楝花信過菖葉偕，邦人迎送音囉咪。攜緡負榼羞菜鮭，作圖非夸濡澤皆。管絃流被金石鍇，衆口摩遍虞山厓。

抵九團與新懷話舊

野市參差問，東溝趁午潮。蟬鳴沙店樹，牛跡隴田苗。奏賦前程稱，璞函。論詩舊侶消。奕蘭。惟餘顧文學，麈扇話清宵。

奕蘭墓下

愁如叔寶病維摩，恩分同深禮勿苛。奕世競傳貞節苦，活人還記孝廉多。茫茫遠恨天寧論，藐藐諸孤我奈何。檢點遺篇聞鬼唱，荒墳宿草淚傾河。

秋日石閭道院

埽門謝塵轍，幾葉下高梧。緑磴穿鼪鼠，紅泉養葑菰。遊蹤隨夢短，吟思入秋枯。道士休糧久，能騎老鶴無？

偶見一畫幀似某姊弟寫真第姊少瘦耳詫其神似題六絶句

傾城名士省前因，妙腕偷翻鏡殿春。絶似盈盈當牖女，他生應作比肩人。

碧玉家聲早及瓜，驚鴻爪跡驗平沙。分明都講風流在，小部絲簧隔絳紗。
姗姗來去總如仙，對影聞聲鎮可憐。莫化入宫雙燕子，箜篌須付李延年。
明珠彈鵲恨難裁，蓮薏雙抛點碧苔。尚有昭陽驕女弟，不逢周昉寫真來。
陣陣天香卷繡幃，乍勝雨露未勝衣。須知别樣蘭亭本，那用旁人較瘦肥！
一卷茶經一藥鐺，願陪苦李代桃僵。儂家心字香痕淺，借與情人作影堂。

陳硯左蕅花水榭圖

水陰蒼蒼柳陰碧，細縠生紋浄如拭。露荷一柄風一囊，六六鴛鴦化花色。陳郎氣奇宕，大鼻兼高頭。三間白板屋，百頃青瑶流。結趺坐湧妙明相，片片洒作蓮花浮。浮波緑雲簇，夾鏡鬬粧束。一一浣紗人，雙雙采蓮曲。曲長曲短諧玉琴，蘭橈斜日傾遠心。清江錦石亂無次，蘋香莖氣交淫淋。黄河落天走東海，人生霜露朱顔改。投竿今且拂珊瑚，把盞終須平磈磊。我亦尋閑雇蕅夫，輕舟五瀉路縈紆。但吟康樂芙蓉句，絶勝濠梁折葦圖。

夜泊

船頭水汨天，船後天就水。人語半江空，宿鷺將雛起。

重陽後一日泉之獲舉鄉闈報至

十日前排送喜錢，沿江風過姓名傳。攜尊客就重陽會，注矢人看壹發穿。待與校書闕乙火，忍從負米話丁年。九原消息青衫苦，且薦花餻告几筵。

鶴沙遷播小宗單，不耐浮華卻耐寒。訓守菑畬經徧授，望崇科第福難完。國恩先幸兄邀舉，家運偏逢叔罷官。誰向湖湘傳慰問？愍孫才地劇登壇。

璞函龍湫濯足圖

永嘉雁宕天下奇，結脈蟠支盡南戒。環百二峯根，擢莖涵六十。畝蔕浮芥潭，潭乍見金雁拍。衮衮旋驚玉龍挂，中權怒涌争一門。絶頂争流導雙派，嵯瀧沸響高建瓴。棧齴甃波巧承齘，健如生馬雷車排。粲比晴虹日輪曬，飄疑旃帛揚高逵。住訝冰簾晃虛廨，沈埋毒霧埽黄茅。功德真源吸元瀣，夫君游藝透滲漉。語我行滕脱𨇾卼，震旦閑栖圓相軀。風泉静答廣長唄，初踰竹澗披葛叢。漸越華壇指香界，晞髪陽阿歌放顛。振衣陰嶺氣迎噫，圍屏丹嶂詰屈探。翦股蒼厓豁㢒搕，修羅杳渺傾酒瓢。河鼓摇溶浣衣緉，谷東谷西嗚琤潺。大湫小湫舞砰湃，木杪時看跳沫龘。出腰轉説倚梯隥，白厓結陳仙樂鏘。黄獨連窠靈藥嘬，濯纓差擬楚漁清。蹋腳休嘲杜陵德，洗髓伐毛精爽緊。枕流漱石笑調快，自憐行笈圖嶽形。久緬騰鸞謝天械，匡廬倒瀑三疊翻。滄海當杯一泓瀏，紅塵没髁蹻試驂。青雲躡踵卜休賁，伐山康樂屐未經。宴坐諾羅劫無歘，離獸哀禽紛叫囂。名花秀藥見胡甸切。光怪，三千舍利衛化居。五百應真參帀拜，爲尋扶老追猨猱。頗悔屏風記葱蓮，噴渦洶洶聽丁泠。泄乳溶溶責皮韉，挾雨蛟來幽景駢。洗潭龍過熱因瘥，芙蓉灼灼樱毛𣯶。竹筧涓涓木蘭柴，花名邨落鳥名山，落手温台滁腥餲。

爲桷亭題姬人寫真

平移匳鏡妥珠鈿，月地朦朧鎖洞天。好是春陰簾不卷，石牀平護小銜蟬。

消受青門鬢未絲，沈腰支是楚腰支。閑階小史丸雙髻，不費瓊蓮送弟詩。

許上舍水流雲在圖

長津希滯流，喬木振疎響。之子鬱門才，少小負奇儻。杳然相與深，靜理發昭朗。送目高鳥林，投足夜漁榜。既滋須友情，彌切喪吾想。心隨帶履忘，興逐水雲往。盛年人不居，名山道堪訪。徙倚夕陽邨，川原眷遼廣。

拔茅連茹得交字

拔五看盈十，連茹協泰交。蟠泥長走蔓，乘晝獨搴梢。秀喜從頭擷，根憐信手捎。蓬鬆纔計把，瑣碎輒分包。作藉封壇貴，成團結屋教。蓬麻扶異種，荃蕙戒同苞。略比幽蘭采，毋令短蒯抛。彙征逢盛代，幾輩奮前茅。

薄物需偏重，翹材遡遠郊。漢皋三脊最，山徑一叢交。露溼匀披束，泥鬆淺脱苞。論方殊薙草，取勢喻搴茭。共託中心結，寧隨下體抛。縮時供法醸，折後驗靈爻。藝圃今陳義，樵夫夙獻嘲。末臣來草莽，何以貢螭坳？

白華前稿卷第三十三

古今體詩聯舫集

昭陽協洽

往還漕道，璞函以余如長年，昨舉制科，即訂聯舫，泉之及東園兄亦與偕行。首春開舵，禊日卸裝。時鄉人官京師者以某等且不及試，計出牐後數千里，惟兩舟若蛩駏云。

璞函書來訂於揚州小泊相待

一官同拜制科來，聖主何曾棄不才？雞省迴翔高儤直，龍湫宴坐少分陪。裝輕累及攜家重，政拙文留報國材。衹怕今年如昨冷，朝京川路遲冰開。

八牐鱗鱗滯蹟偏，緊程好趁早春前。漕舟將到難須友，拔宅雖昇豈類仙？懷刺吏闕丞相閣，揚旗人笑孝廉船。鶴灘雞埭肩隨久，争似聯吟到日邊。

我緣度歲理囊幐，煩倚先鞭住廣陵。檢歷細聽開舵鼓，守更分照讀書燈。兩門子弟疑相質，幾輩僮奴令互承。一語報君君記準，欺君百罰酒難勝。

發錢涇留别榆墅竹軒

蓱散不歸蒂，葉落不歸樹。人生異草木，所重爲情素。自我壻君家，哀樂各多故。久贅始獲歸，歸後幸一遇。端憂旋里門，欲居無可附。黽勉割門廛，藉用紓内顧。今年重别君，買舟檥沙步。後會聯共期，迷途弗終誤。架有舊藏書，座無雜戲具。新月吐春江，是君思我處。

車塘泊野寺作

靄靄遠天雲，漠漠空江水。離世本忘喧，松風滌雙耳。

唯亭讀徐大臨乙未亭詩寄知白

水外人烟水面星，小唯亭接大唯亭。青山一角湖三面，徐句。吟到清詩待爾聽。

竹嶼舍人海山吹笛圖

癡雲怒壓海波黑，素練蒼茫見鼇極。鹿盧三蹻開樂方，笑摩重丘一牀笛。笛材簡易天所音，蒼寒無際愁登臨。蜃樓夜結飛涎冷，珠氣朝停濯魄陰。是時海童走積浪，玉節金麾迓天睨。醉傾沆露顏未酡，笑拂珊枝腕猶壯。腕下風隆隆，腳下濤濛濛。隨身雙管不知處，穿霄一聲吟老龍。梅花香流洞庭白，倒影忽與金樞逢。懸厓插海海無底，哀禽離獸鬱恢詭。何日真靈駕鯉來？誰邊漢調從羌起？吾家季重才淩騫，不眠倚樹排九閽。有耳肯食筝琶響，有眼直挂崑崙源。拂衣擬蹈海東曲，一泓遠瀉春杯綠。偶然篴弄本無腔，龍伯秋將淚交續。潮風吹山山四搖，連琴襄磬長寂寥。試尋仙客浮輕羽，莫問宮人誦洞簫。

顧星橋宗泰月滿樓次韻

星宇春橋月宇樓，錦袍遥裔坐銷愁。光偷玉匣初飛鏡，影亂珠簾恰上鉤。碧漢蕭寥河鼓夜，金波泱瀼洞庭秋。相逢不少高寒侣，蘆荻花邊起宿鷗。

胡牀幽興續南樓，銀海泠泠劇繫愁。窈窕風期摇翠盞，清華才地映珊鉤。鐵衣霜重三城晚，玫杵天高萬户秋。何似林暉替樺燭，射魚纔罷射蓉鷗。

居然學道契神樓，服散薰香好寄愁。烏汗待移牀脚避，藤梢紛向帽檐鉤。佳期北渚芙蓉冷，隱地南州桂樹秋。乞與圓靈問消息，幾時來往狎沙鷗。

置身仿佛最高樓，無數邀懽豁四愁。簫譜隔牆人按板，玉船迴坐客藏鉤。三千界顯豪光旦，十二回圓璧彩秋。老我不眠倚怊悵，東吴文學是閑鷗。

江曉

氣白夢初覺，推篷行悄然。殘星帶江樹，明滅化蒼烟。網勢吞潮大，鐘聲出谷圓。一行沙鷺起，如避渡頭船。

揚州晤璞函戲示

竹西歌吹上元天，合泥前船待後船。笑口雨開燈要看，吟腰一挺貫羞纏。程遥北櫂妻藏酒，試近南宮客綴篇。與子坐愁三舍避，老兄瘦弟各便便。

題徐劍勳相馬圖

畫馬貴神妙，不必真馬騎。相馬貴神駿，不必羣馬馳。房精隆隆挂天白，窣地流蘇絶行迹。

草頭一點輕欲飛，人馬相當眼迴射。徐君負奇服，見胡甸切。身爲石麟。青瞳翦秋水，當代推陽歎。櫪頭生馬怒難控，雙手擁出桃花春。春風絲絲汗微溼，馬解人言作人立。蘭筋竹耳雲簫蹄，虞坂回頭淚橫浥。驕嘶顧影歌既差，黄皮褶袴金鞲靫。相士相馬古無二，擢頦結股非六騶。君披相馬經我吟，相馬句從君更擬。乞驊騮杏花，江店我行處。

爲沈沃田大成題香谿仕女徐若冰遺稿

香殘燭炧數恒河，茛菪風花及鬧蛾。話到玉人微嘆處，二分明月也無多。

摇颺青綾替解圍，玉臺一去掩清暉。祇應蕉萃東陽沈，鼠迹蛛絲鎖絳幃。

舟夜寄故園諸子

愁風愁雨夜模糊，短夢幡然皓月孤。古岸編蘆時陷馬，暗帆移樹不驚鳥。引杯看劍教長往，翦韭撈鰕付後圖。何限江湖蕭瑟感，小園回首隔蘼蕪。

韓莊暮泊

日夕鳥投樹，蒼蒼雲水陰。隄空帆獵影，沙大浪淘音。倚劍消雄氣，傳杯慰戒心。江南路垂盡，華髮倍侵尋。

新橋題雙忠廟 祀孟文僖公侍郎兆祥父子

河聲沈毅魄，一死接雙忠。寫像遲摩詰，爲墳續下公。魚羊祅讖遠，椒桂禮招同。奕代成祠廟，翻階水鶴空。

北舟雜詠

三老真同逆水魚，天妃雙牐障歸墟。黄河東下臣西上，惱亂挑燈作寄書。

御廠堆蘆倚斷汀，官旗運石走空舲。樓懸鼓角三層戍，燈簇檣帆萬點星。

黄泥爲壁荻爲椽，纔過淮南景色偏。隄外青騾沽酒旆，竿頭花鴨打魚船。

百里鍾吾壞郭門，清時小社賸雞豚。劉郎一去風雲改，亭長臺前水拍邨。

水驛蕭條曠市烟，兗徐州域犬牙聯。如銀花片今何有，況説文昭舊井田。

碡碌場開緻緻光，高低禾黍驗鋤荒。禁扳隄柳緑新植，賤買河魚得飽嘗。

紅牆覆草新營寺，白板牽繩穩替橋。生怕踢波兒女小，葫蘆著背影苕苕。

仲家淺口漾祠燈，祭埽遺田碣蘚凝。獨自升堂拜冠劍，泠泠瑶瑟響朱繩。仲子祠有張公國維捐田碑。

當年燕將守聊城，一矢遺書勝勁兵。忽記高飛歌逐燕，無人得似魯先生。

魯殿秦碑蹟半荒，天門日觀路偏長。蜀山山下逢人問，淺草平田是汶陽。

酒星昨夜照東樓，清濟羅羅漾碧流。一樣光芒今萬丈，南池誰續杜陵遊。

蠶尾蠕蠕送晚青，看山倦眼暫時醒。當盃祇有蘇司業，自唱新詞小洞庭。

六逸高堂幾劫灰，石家處士墓門開。惟餘天半徂徠影，寫出松風萬壑哀。

一窖塵黃一窖紅，搖鈴聲喚賣漿同。騎驢少婦如名士，腰扇平欺撲面風。

篳篥琵琶鬭竹絲，白楊古廟坐彈詞。匆匆便作登萊語，絕倒吳趨教曲師。

懶從泗岸問鈴駝，六十三泉下衛河。若使十朝開一牐，到京還要半年多。

張秋城邊挂劍臺，行人拾草空徘徊。翩翩公子起鄴下，還聽魚山清梵來。

臨清亦是繁華地，陸稅征車水算船。今日過關還放溜，請君同聽玉泠泉。

姊妹連駢撒瑱環，北宮遺孝在人間。至今月落楓寒夜，時有慈鴉悄往還。

郭外浮橋貼水低，千車聲轉轆轤齊。不知醖法傳誰氏，能使麻姑入品題。

羖攊飛飛入帝閶，一鱗一角盡即忍切。荒唐。如何不擁書堆死，豕柵牛欄賸御莊。

丁字沽流夾鏡光，津門風味似江鄉。已扳細柳穿魚鬣，更折新蒲繫蟹匡。

一灣西溯一灣東，枉費吴中船趋風。行人更指潞沙去，七十二沽潮晚空。
冷淘節過蚤蟬嘶，漠漠槐花埽徑齊。愁殺當門雙土銼，馬通和草爨烟迷。
棗花作雪香纔透，蕎麥成秋味未諳。應是熟梅天氣好，嫩晴細雨望江南。
銜尾雲帆轉漕多，十人掌距百人拖。每嫌駁淺求郵載，衹喜逢關免税科。
家家水手競攤錢，準到張灣上别船。翻對南雲開笑口，此行真箇上青天。
廣渠門外柳烟槎，行李倉皇瘦馬馱。分付太平船記取，往來須唱本鄉歌。

重泊天津

析木一津横，長蘆萬户盈。潮生沽岸闊，山盡海雲平。莫弛提鹽禁，難期載酒迎。昔年水楊柳，愁對緑痕明。

天津偕璞函先行抵京覓館李鐵古斜街

挂帆雖穩計程賒，間道先登轂觫車。芍藥扶頭連擔好，櫻桃過眼到街譁。巢成新舊從容埽，廨列東西妥帖遮。兩月行舟數椽屋，長安一住便如家。街在櫻桃斜街之北口。

繩牀紙閣太傾攲，位置鋪張割宅宜。錢奉半憑官議罰，予以投簿稍遲，奪三月奉。米炊仍賴婦親持。人遊燕市難忘酒，士赴春闈每曠詩。轉眼舉場三試了，兩家拔宅看重移。

僦居

外吏自開府，下逮丞尉居。有堂聽政事，有寢棲妻孥。夜静報鈴柝，曉起班臺輿。官衙雖傳舍，埽地心晏如。是皆號治所，大壯占迺乎。王城應紫垣，冠蓋摩四衢。九卿列樹棘，三省攜熏鑪。辰入酉斯出，歸同途稍殊。崇文門則遠，宣武坊不踰。一以就泉井，一以昵黨閭。一歲或三徙，一門或兩家。青烏卜云吉，捐奉償厥租。毋乘而無廏，毋溷而無除。毋鎼而無築，毋砌而無鋪。裱匠科十三，落手分精麄。枯萁密密縛，素紙重重糊。外障安罘罳，方空留綺疏。炱塵遠不到，虚白生雙臚。墨簾金屈戌，土炕紅氍毹。氍毹襯木几，寢食恒相於。當門榜頭銜，塗朱誇大書。客來脱禮數，敷坐同軒渠。爲言住亦得，所苦非吾廬。北人長子孫，買物營區區。當其索租至，迫促如官符。日計詎不足，月計尤有餘。值此春明高，事異奉誠輸。一官鮮寸補，竊禄真厚誣。以半僦我屋，以半賃我車。處既免於露，行亦免於徒。爾曹縱求利，何至窮錙銖？比鄰有甲第，照耀光門塗。潭潭互虧蔽，隱隱交傳呼。銜筵舞鸜鵒，分局嬰摴蒱。禁寒圍地衣，逭暑摇井梧。窮達信時命，慎勿輕揶揄。尚有無禄人，覓店羣支吾。争窠鳩太狡，尋巢燕卒痡。乞貲成草堂，此舉豈丈夫？義取火山旅，退直安蜘趺。

信及豚魚得孚字

五德無如信，推行泯詐虞。抱形長蠢蠢，流化轉喁喁。入苙歸心摯，依蒲樂事紓。舜型遊竝鹿，姬瑞躍先烏。澤泳春豝發，威宣夜鱷驅。涉波徵雨降，負涷驗陽敷。垂象宜盈缶，通靈妙合符。莫憑三物詛，血氣蚤潛乎。

宋高宗御書詩經拓本歌

思陵學書始學涪翁氏，中年筆法一變參蘭亭。日臨麻牋九行百餘字，大令十三行帖傳摹型。清江白籙，貢紙備程。課詎獨郡國？戒石頒箴銘。鴻都故事考信寶，希世學宮拓本光燿垂六經。快雪之堂一二勒鄭志，鈎畫狡童溱洧昭日星。小朝士夫在昔盛，文翰游絲蟲網結體皆娉婷。屠希。執藝斑管價騰貴，藻麗餘事先自覃宮庭。憲聖清吟親題耕織畫，劉妃柔翰代押奎章形。宣和太清名蹟縱充棟，牟駝岡上燐火摇微熒。戴天不共之讎忍坐視，采薇治外大義何人聽？楊水束蒲戍申太流宕，旄邱誕葛寓衛真伶仃。丙家便便肆誦及章句，如遺羲娥兩曜懸爝螢。他人敢思微子不能食，弱國亡國一轍同彫零。玉瓢小印久已失隨御，水晶遺注安得依先靈。爾時臨池運腕劇神王，那識犬羊年月栽冬青？猻王癡兒踞坐格天閣，亦覓好手裝潢開莎廳。飄鸞泊鳳撫玩嘆如此，想象匣琉璃伴毫蜻蛉。是中興廢彈指閲人代，江頭白雁悽切過昏檽。

香羅疊雪輕得羅字

天中懸令節，殿上賜纖羅。疊似秋雲否，輕如霽雪何。幽光含璽甕，涼意逗龍梭。披處氤氳散，擎來縹緲拖。迴風全欲卷，照水不禁槎。耀質浮金翦，班行漏玉珂。服隨朱輅改，寵賁素心多。盡即忍切。有香烟惹，南薰滿太和。白雪凝朱夏，濃香簇禁坡。貼平翻縷縷，方空隱羅羅。曳稱悠揚舞，頒隨刈濩歌。氣涵冰室早，痕亞水田多。花出非無樣，紋生略似波。鷳斑疑點染，鳳尾信婆娑。魯縞纖相似，吴紈膩若何。南端承晛永，潔白凜絲紽。

角黍得端字

鄗里多神黍，連箭午候端。五絲纏擾擾，四角起攢攢。累去非裁律，盛餘及薦盤。流甘膏配饍，致潔玉分餐。體笑青菱具，形誇緑箬完。餺饠蒸令扁，粔籹擣成團。楚記新迎暑，鄒吹舊殢寒。誰知藜莧腹？嬉糉上金鑾。

益智嘉名肇，維新美種殫。亦煩牙弩射，豈數玉甎摶。見底三叉穩，量尖一角端。菰蒲青細裹，綫縷采分蟠。較信稜稜聳，偏宜粒粒完。滑裝腥餡膩，甜蘸蜜餳乾。典異含桃雪，時殊秬黍寒。紅綾恩宴早，勵節對傳餐。

御試大禹惜寸陰得陰字

王省惟終歲，無如禹惜陰。八年乘四載，一晌值雙琛。倍策修和政，全消玩愒心。花甎移宛宛，蓮漏點愔愔。積秒丁寧算，餘分子細尋。漸流烏翅趨，誰繫白駒駸？障澤欽承往，封山會計臨。後先符道揆，宵旰仰宸襟。

禹德吾無間，孜孜日凛森。課功勤得寸，測景眷流陰。緩緩韶華逝，堂堂歲序侵。箴教陳寶鑑，警謝脱瑶簪。祕籍庚辰問，遺書宛委尋。飛繩規自古，懸枕勉斯今。已協貞明德，彌持媿影心。百年誠過客，懇款遶丹忱。

此日殷遥去，前謨矢一欽。永宵求甲乙，每旦戒辛壬。似筈離弦凛，如梭脱杼禁。萬年枝竝轉，八尺臬初沈。人慰懸鞀願，民勤鑄鼎心。揮戈迴幾舍，銜燭返層岑。天與春秋富，時幾夙夜深。側身咨有衆，努力愛分陰。

松棟晴暉麗，榑桑芘遠陰。九枝懸歷歷，一寸閟沈沈。顧影珍聯璧，涵精貴抵金。桐圭浮掩苒，璿尺度差參。賓餞承堯策，時薰繼舜琴。再中輝更朗，復旦道惟欽。黽勉收榆效，縈紆向藿心。登三揚睿範，稽拜誦陶箴。

五月九日乾清宮引見選館恭紀

觚稜端聳五雲間，隔晝傳呼法駕還。駕在西苑，引見者俱須祗詣，惟新進士引見，駕特先日還宮，以卹寒畯食宿之費。年貫竝繙蝌斗字，趨蹌分領槖駝班。名超甲第先排等，自戊辰至是科除一甲外，餘皆先命王大臣驗看。列一等數人，二等者三四倍之。欽在二甲三十名，時列一等之第三。喜送丁奴各候闕。從人止中左門外。通籍七年官數月，宮扉初次聽金鐶。

堯廷列跽姓名通，詔傍階墀覽下風。引見官跽處距階例二丈許，是日命移近至階下。譽忝朝元珠錯落，新進士試保和殿，第一者謂之朝元。時欽忝此選。蹟聯館少玉玲瓏。館選齒最少者謂之館少。欽與海寧祝德麟、壽光李鐸同列一等，其年皆祇二十。丹豪結體天旋左，名摺既下，丹圈者庶吉士，尖者分部額外主事，連點者知縣即用，單點者知縣候選。御筆圈處皆由左而右，丹蹟宛然。黄閾凝暉日正中。好與元和徵故事，喜歡三十二人同。陳標句。案：元和十三年放進士三十二人，今科一甲三人，授館職，庶吉士選二十九人。

引對頻煩翰苑司，引見新進士由翰林院司之。傳宣頃出鳳凰池。瀛洲雖到官稱士，郊殿初旋帝命師。庶吉士例以掌院學士及內閣學士列本候簡，俾教習焉。協辦大學士劉綸、侍郎德保未待題本，先膺是命，距北郊後祇三四日云。掌院分書長論齒，雲、貴、川、廣人免習國書，其餘三十歲以下者多合派習掌院學士於館選後數日，以齒分清書、漢書，謂之分書。到門換帖緩需期。後輩謁前輩，初次俱用晚生白帖，例以科分，最先之前輩擇期於庶常館謁報，謂之換帖。山林臺閣懸霄壤，勉習唐賢二應詩。唐人以應制、應教作爲二應體。麟角牛毛命不居，下江祇選四中書。江蘇庶吉士四人俱由中書改授，其不由此者惟修撰秦大成而已。乍支雙俸分幫俸，各關額解庶常館銀共三千餘兩，謂之幫俸。未引單車列後車。庶吉士車入院門，與編修學士無異，惟少單引而停，車亦稍後云。教養恩兼三殿上，哀榮感及九泉餘。卷堂叩假臣何敢，忠信齋心奉玉除。館選後乞假者祇准註病，或卷堂而散，聞將嚴是令焉。

宣城袁孝廉南湖草堂圖

照眼南湖勝北樓，芡花菰葉夏先秋。無緣賭取宣城守，輸與幽人管釣游。
湖水風催淥滿灣，灣頭老屋恰當山。草堂未必真寥落，漁弟樵兄共往還。
長安衮衮馬蹄膻，怕見登車著作才。羨爾身披兔毛褐，畫中雲氣敬亭來。

題宋劉忠肅游石鼓山題名後用昌黎陪杜侍御游湘西兩寺韻 劉摯莘老來遊，跂、蹈侍旁，題五世孫某持庚節重來

南荒遷客多，黨魁例投險。臣心傷弓同，國故履霜漸。渤海奮徒步，器望重圭琰。挺然荆幕來，高戴豸冠儼。想其東北居，獨學裕巖广。十害雖未除，已使主容斂。衡州山水佳，放衙展幽簟。朝食莘尾魚，見子由和東坡會三同舍詩。暮剥烏頭芡。紅亭枕蒸湘，竄迹轉叨忝。華酌窪尊開，朱陵洞門掩。逐臣久鄰屈，童子或隨點。可有章惇兒，東都事略：章惇子故與摯子游，摯亦間與之接。扶籃共飛颭。摩厓九言耳，正氣攝魔魘。鮎魚上竹竿，竟卒新州貶。同文館獄興，覆族罰邪諂。請看積善餘，監倉泫波瀲。憶當新法行，元獻坐虛玷。二劉一莘老，摯與劉安世孫覺。力持類争陝。禁黨先李膺，搜壁比張儉。跂也奉飯含，請卹痛如剡。我昔捫舊題，愁如解飢歉。響拓無半氈，坐閱歲華苒。嗟嗟佞人後，誅徒禍連染。再誦元祐碑，助我目光睒。

朱編修筠河筠用璞函集中用昌黎贈崔評事韻見贈之作索和

趙家有才例通敏，和公好詩美先盡。於時瘦弟偕致師，争訏寡兄久停軫。國門懸胄懼債壓，州府建牙讓雄緊。載賡不啻要璧田，一闋奚殊眩龍蜃。幸無雜客結社蓮，長與清香裛泥蚓。

光儀未奉誰目成，心計轉粗自鼻哂。昨同謾語得一掾，古有歡顏動三尹。公詩惠我好整暇，我意需公破煩窘。請看淩雲給馬札，何異努目側樊楯！贈詩先就數韻，猝奉大考，因羈一日始成。朅來爽口餐芝房，此際凝神洗虹靭。修眉粲粲愁宿瘤，距甬趲趲媿幪臏。祇嘲珠貝若臣朔，肯比豬肝累人閔。隔牆頻見雙榼過，憑軾那思八騶引？由來悦豢逮螺蛤，竝將重芥配雛筍。挽强公已彀黃間，避舍我將息元牝。不立文字忘螭螻，獨抱芬妍讓椒箘。枯禪入定戒肯開，堅壁遥摩濟惟忍。程材畢竟嘆騮龍，辨物焉能等黽菌？谷音昨者聞遷鶯，秋興今茲待翔隼。碑摹近寺婞羣雅，鐘打疎樓警凡蠢。移家盡即忍切。許圖葛洪，入道差堪謝祝腎。北南跡昵中央居，河朔飲拚一旬準。予與璞函將移西甎衚衕。先輩文章矜水翻，吾儕氣誼矢麋殞。且將覓句爭閉門，遮莫歸田事徂畛。如移朱老稱南鄰，小別孤吟緒雙泯。

笥河六疊前韻璞函泉之各三疊韻再和

長安熱官貴機敏，待詔歸休西籤盡。冷曹相對長苦吟，何異越轅發胡軫？先生該洽推雅材，三間三終轉圓緊。忙添種竹驅鞭箠，暇及移花灑灰蜃。鮮衣快馬非不能，清操區區學廉蚓。趙侯磨刃天低昂，一技屠龍頗騰哂。讐書每説窺星精，敲句真忘避京尹。予季助虐心發狂，咄咄兩賢互陵窘。苦煩藍紙遞筩封，那見碧紗護牆楯？索予再和應且憎，如牛就軛馬當靭。又如淵藪逃罪人，靦面公然受黔臏。兩公比者興較闌，比似淳風化曾、閔。觀禮何勞三賦成，寄愁且藉一杯引。或登窯廠披菰蒲，間叩齋廚噉蔬筍。養神結夏兼得之，守者爲雌誘爲牝。争道徒憐局覆棊，扣輪柱笑鋒抽箘。衹今閑暇心太平，伏雨闌風我安忍。鑽紙還嫌聲聚蠅，排釘叵耐氣蒸菌。埽除煩惱耽静緣，飢飽兩難等調隼。即云曲高貴寡和，未免心兵作蠻蠢。大忘從此聽鐃舌，積恐每虞坐傷腎。宜僚弄丸夫豈徒，一語解圍例堪準。趙氏連城庶善完，朱家俠骨無輕殞。想吟石鼎觀鬬雞，無此雄師接疆畛。請君瓜李浮甘泉，吴質情懷詎終泯。

白華前稿卷第三十四

古今體詩城南集一

聯句，沈存中以起於柏梁，然人自爲辭，義不相屬，其相屬者自賈充與妻李氏爲聯句。謝公有刻櫟連句始，何水部集所載特多。至李漢編韓昌黎詩，以城南聯句爲首，時昌黎自江陵召還，爲國子博士，在元和六年九十月間。凡會合、納涼、秋雨諸篇，皆在是詩之前，而以冠首，蓋震之也。予既與璞函移寓西甎衚衕，其地在憫忠寺後，於今城近西南。克期訂友，共舉此會。按韓集聯句先後十二首，東野集聯句有所思、遣興、贈劍客三首，則韓集所遺，故凡與此會者，皆宜編入本集，其餘則鱗次互編，非喧客之奪主也。

吴二匏同年歸歟

觸熱銅街準告行，得歸何必盡公卿？尊前雨驟翻荷氣，帳外烟空上鶴聲。交態怕隨雙鬢改，辦裝雅稱一官輕。浮家若待秋風起，已挂蒲帆過幾程。

糞火琴壺雜坐眠，春明僦屋致翛然。囊分腐粟炊同飽，槽齧疲驢駕即仙。兒學鴉塗翻墨汁，客能狗盜責青氈。衹憑銀燭填詞手，留作新聞日下傳。中二聯皆吴近事。

阿連兄弟謂松原。總能詩，獨奏淩雲入鳳池。藥影紅翻敲句蚤，藜光青暗校書遲。漸煩後進參腰笏，若論高科摘頷髭。誰與畫家添故事？七賢獻賦入關時。

涼月溶溶瀉碧潭，亂蟬聲裏下江南。椶花繫犢香初透，栗皺分狙味正甘。過酒呼鄰須作達，賣文奉母豈辭貪？還朝細裹丹砂鼎，軒后雲山入夜談。

早秋集法源寺聯句用昌黎會合聯句韻

薄宦落葉輕，歙程晉芳蕺園。古歡斷金重。上海趙文哲璞函。爲儒形苦癯，山陽阮葵生吾山。作佛願争勇。精廬仄徑探，海鹽董潮東亭。傑閣秋旻聳。杉雨濯翠流，省欽。蓮泉溼銀涌。棚豆壓檐低，上海陸錫熊耳山。墢花竝鋤壅。稃金出頭角，晉芳。毳火斂肩踵。雲罷餘遠峯，文哲。石黛瀉修壠。撖波鑒儵樂，葵生。蔭影解鴿恐。踈篔戛幽音，潮。雜卉媚炎種。合并差辰佳，省欽。蕭兀謝塵宂。科頭蟬脱緌，錫熊。聯武蟻緣塚。乞廚飫清齋，晉芳。帚塔覬慈寵。蔬甲鏤冰盤，文哲。菌丁剥霞栱。戰茗心滌囂，葵生。止酒語懲悩。招邀計旬休，潮。澹泊準月奉。散躅沿沙腴，省欽。據暝藉樗腫。龍藏六時繙，錫熊。狐史四唐擁。西京戎衣韜，晉芳。東國羽書捧。奮臂憐露螳，文哲。斷脰化沙韲。招魂禮梟殤，葵生。歸骨瘞殘尩。雲旗紺馬趨，潮。寶刹黄牛犨。寒坎閟幽靈，省欽。精力起僊嚩。勒頌蘇貢訣，錫熊。看碑謝垂悚。舍利函烟空，晉芳。題名碣苔茸。鹿幢矗嶙峋，文哲。鷟珠耀球珙。故蹟湮使遼，葵生。軼事快得隴。禁扁署煌煌，潮。法源流溶溶。丈六示莊嚴，省欽。大千脱拘挛。獨悟參心旛，錫熊。羣雅貫策冢。庚庚引隊魚，晉芳。乙乙同功蛹。思艱恣旁搜，文哲。意得忽曲踊。兀坐罷窺叢，葵生。驚起禽振氄。曰歸命鶴輪，潮。向夕動凫甬。省欽擊鉢中後期，錫熊。浩歌氣猶洶。晉芳。

庭樹得秋初得初字

秋信蒼然到，金柯報碧除。千章清蔭外，一葉蚤涼初。簟滑塵何處，簾空水不如。畫闌人掩冉，芳徑鶴蕭疎。滴雨珠痕淡，捎河練影虛。緑宜消苑柳，紅及墜池蕖。别樹商聲合，空庭暮景紆。鳳城吟眺爽，獮禮奉鑾輿。

次韻送梁兼士下第歸杭即述婚洞庭

矮屋鱗鱗罷鬭蝸，沙隄門徑守清齋。身非隱也文猶用，得固欣然失亦佳。蕭寺曠尋花似海，松堂閒暖酒如淮。冰壺祇在黄塵道，豈必楊梅竹遶街！

糝徑花黃夏序過，好從犀首飲無何。當牀麈柄談諧久，入市羊車感慨多。欲與山癯分鶴料，那無鄉夢傍鷗波。春官十載尋常事，檢點初衣是芰荷。

如水華年被瑟餘，重逢卻扇轉躊躇。五噫歌罷侯光去，一舸浮來少伯居。菰米香流妝閣近，枇杷花照硯池虛。知君雅抱相如渴，潤胏頻煩解玉魚。

蒲萄聯句

蟠根蔭秋繁，晉芳。磊實壓架闊。文哲。帀步停圓陰，嘉定曹仁虎習菴。布坐觸微馥。葵生。低謝桑梯緣，省欽。斜宜棗竿掇。江寧嚴長明道甫。葉翦青霞裾，潮。粉退紫茸褐。錫熊。花鬢卸錦綳，文哲。菽乳逗羅袜。晉芳。承盤珠顆纍，葵生。入手彈丸脱。仁虎。落蔕僅扶寸，長明。函粟不盈撮。省欽。辛含舒眉攢，錫熊。甘吮利齒齾。潮。嘗新枯腸腴，晉芳。道古滯臆豁。葵生。漢曆推太初，省欽。唐封拓且末。錫熊。種隨苜宿來，文哲。名先荔支達。仁虎。露湛金莖寒，長明。漿竭玉魚癟。潮。宮榼柑竝傳，葵生。貢包橘應奪。晉芳。十種蔓雞田，錫熊。百株纏虎闥。省欽。離離碧琅玕，仁虎。粒粒紅靺鞨。文哲。白訝乾雪霏，潮。黑疑淡墨抹。長明。鴛機翻樣奇，葵生。鵞絹折枝活。文哲。麝眠香玲瓏，仁虎。蜂鬧影轇轕。晉芳。絡野延豆棚，錫熊。擔市堆竹笪。長明。移栽知誰何，潮。攀摘問月曷。省欽。牽連春植援，文哲。防護冬擁堨。葵生。銅瓶注濃泔，晉芳。金翦薙叢芟。

仁虎。穿幃月惺忪，長明。裂帛風綷繚。錫熊。蕭梢彩鸞翔，省欽。夭矯中龍拔。潮。薄游眯輭塵，晉芳。素食厭麄糲。長明。櫻虛四月廚，仁虎。蔬乞千家鉢。省欽。眼明詫駢羅，文哲。指動快擷將。錫熊。黄欺皺栗蒸，葵生。緑勝浮瓜割。潮。蘋婆枕卻懸，長明。芋魁鑪免撥。晉芳。分無涼州除，省欽。心憶漢水潑。仁虎。巾角翠雨淋，錫熊。榨頭紺雲椮。文哲。逾蘭生色清，潮。擬桑落性辣。葵生。醉□從拍浮，仁虎。釀法早研括。文哲。興同麴車涎，晉芳。事異屠門咀。葵生。試佐細君貽，長明。亦慰侍臣渴。省欽。

蔣辛仲招陪東亭吾山泛舟二牐適以僧廚過飽致抱河魚戲簡

宣南坊口熱風多，爭擔揚詅轍亂摩。羨殺潞河秋十里，城東吹冷麴塵波。

董公較健阮公狂，要我偕穿竹徑旁。苦爲連朝乞齋盍，宵來恐惹踏蔬羊。

嘉靖宫扇聯句

明上海陸文裕公深，嘉靖中以祭酒直經筵，嘗拜宫扇之賜。公裔孫錫熊官京師，暇日出眎其友程晉芳、汪孟鋗、趙文哲、阮葵生、曹仁虎、董潮、吴省欽，共成聯句一首。凡八人，其一即錫熊也。

秋光敞雕楹，晉芳。晨爽拭珍簟。娱賓折簡招，秀水汪孟鋗厚石。述祖在笥檢。扇裁蜀府新，文哲。製陋漢宫儉。勝朝中葉承，葵生。世廟太阿剡。深居厲刑賞，仁虎。旅進雜忠讜。一俊占鳳鳴，潮。九逵笠鴻漸。南曹巨璫毆，公初授編修，劉瑾改爲南京刑部主事，瑾誅復官，見明史本傳。省欽。東觀羣雅媕。朵殿經槐暾，錫熊。條銜御毫點。公南巡日録：御筆親署爲翰林學士，抹落侍讀。侍屬車塵清，晉芳。飫天酒露霙。迎節蘭辰佳，孟鋗。爆直松閣罨。賚衣白紵輕，文哲。解糉紅絲緝。是物本貢珍，葵生。異數非竊忝。函頒香案臣，仁虎。帕捧閤門闥。爛然朱霞滃，潮。渃若素波潤。花樣蟬翼翻，省欽。海圖龍甲閃。段竹截鵝肪，錫熊。圓釘貼蟹靨。紙擘璽纚縱，晉芳。銀塗泥灩瀲。佩宜錦囊盛，世廟賜張孚敬等錦囊詩扇，見嘉隆聞見記。孟鋗。絡藉綵索繳。世廟五日賜李時、夏言等綵索、牙扇、艾虎等物，見翰林紀。攜歸袖緋緋，文哲。傳示目覘覘。樓添槐雨涼，公寓邸有槐雨樓，在宣武門内，見日下舊聞。葵生。屏引梧飔颭。公有雲錦石屏集，中有詩，今藏於家。揮疑仙骨珊，仁虎。障少俗氛玷。三沐兼三薰，潮。一重或一掩。迴翔鎖闥榮，省欽。蹉跌延津貶。公以講章爲閣臣所改，奏請各陳所見，謫延平同知，見本傳。大柄迄不持，錫熊。疎節詎終慊。懷中月團圞，晉芳。天上日荏苒。春祠晉嶺花，孟鋗。夜艇江湄笑。握隨邛杖倚，文哲。疊映越羅斂。公自同知擢山西提學副使，改浙江，進江西參政，歷四川左布政司使，見本傳。巢痕玉署空，葵生。篋泪金蓮染。黄扉誰畫接，仁虎。青詞競宵巘。履絢羽舄躧，潮。冠葉香螺靨。紫禁輿竝扶，省欽。丹壺藥獨夾。將虎腰領縻，錫熊。嚇鵷臭腐嚵。望虚棘與槐，晉芳。興託蓤共芡。

抽身等棄捐，孟鋗。炙手避威燄。吉金行橐垂，文哲。廉石歸舟廠。申浦折芰紉，葵生。袁壘團茆居。願豐課田園，公集有願豐堂漫書一卷。仁虎。後樂窮谿广。公園名後樂，在春申浦東。谷水圖斫鱸，潮。茸城賦載獫。蔬筍安枯禪，省欽。杉檜絶驚魘。臨池妙素縑，錫熊。數典富鉛槧。風流被末沫，晉芳。恩款話斯憯。出入變寒暄，孟鋗。卷舒信夷險。貽厥傳魯弓，文哲。昭茲守周琰。遠孫勤服膺，葵生。冷客慰飢嗛。披襟當北牕，仁虎。眎景薄西崦。把翫神瞬眙，潮。評泊口喁噞。規隘七寶纖，省欽。彩奪五明電。森森鸞尾捎，錫熊。趯趯雀翎翢。便面刓觚圜，晉芳。聚頭學㲹裺。什襲閲百年，孟鋗。陸離驚一睒。畫零粉蜨翾，文哲。墜失玉魚眨。袱看蹙繡韜，葵生。嶓拓翦紗揜。祛濁敢拂蠅，仁虎。通靈或駭鰜。展防寒具汚，潮。揚奉清芬奄。家集網叢殘，省欽。國史補遺鉆。怳坐春風春，公有春風堂隨筆三卷，見續説郛。錫熊。羣瞻儼山儼。晉芳。

送程晴嵐省假淮上

橐筆年深傍禁墀，寧親長繫白雲思。本無黄鶴乘軒志，況及紅蘭受露時。韋相經明傳世永，姜兄被暖中年知。浮家最是秋槎好，免候河干放牐遲。

劉井柯亭到夢同，機庭書局聽論功。餘生我已虚將母，吉語君能起病翁。吟杖暗移桐葉雨，去帆涼挂桂枝風。轉頭一笑旋三館，分付萊衣別隊紅。

鞠有黄華得秋字

何草含貞氣，籬花采采稠。日精長配色，土德轉乘秋。金彩扶頭重，璇蕤結蒂幽。圓排鈴影綻，冷泛蜜香浮。衣及中宫薦，餐宜正則求。忘言三徑淡，通理六爻柔。光掩茱萸佩，芬争鬱鬯流。菊天吟契永，爲有晚芳留。

永樂庵訪菊聯句

薄旅淹蕭晨，仁虎。刺促萬人海。冷朋逢合并，晉芳。初地得幽塏。龕古剥霞斑，葵生。殿深隱烟彩。緑枯砌草腓，文哲。黄隕牆槐瘣。蔬坪闃爾閒，省欽。荻户閉然闓。關心素節徂，潮。入眼芳蕤在。院虚散低叢，錫熊。籬短舒細蕾。品題分苦甘，南滙吴省蘭泉之。培塿别勤怠。圍繩界週遭，抱甕澆潔滜。頭苗出土鬆，葵生。腳葉防泥涴。瓦圓束莓苔，晉芳。鉏剡删藋萑。竹箭扶亭亭，仁虎。牙牌記磊磊。遮箔初晴纔，省蘭。蒻蓑未雨迨。花當跳寒蛩，錫熊。莖丫捉伏蛸。鈴看箇箇勻，潮。臺想層層纍。檀熏羅疊紋，省欽。茜染綬垂綵。塗脂暈融融，晉芳。捻雪堆皠皠。蒂摇鶴鶱翎，仁虎。簾捲蟬縮鬍。孕麝臍氤氲，文哲。垂鶯乳腕腇。玲瓏玉排釘，葵生。絡索珠貫琲。鮮葩纏錦綳，潮。瘦辨卸銀鎧。側盞形迴旋，省欽。横毬勢隤鞧。雙文鏤斕斒，省蘭。十樣裝錯鑵。

清含半萼呀，錫熊。密倚重跗竫。林僧誇試方，葵生。圃匠速遷蒔。種原北地佳，文哲。開尚西風待。倦侶感經秋，仁虎。故園别逾載。就荒徑縈紆，晉芳。無恙山崔嵔。分栽蔭松筠，錫熊。雜藝掩蘭茝。盎滿陳堂坳，省欽。屏高傍石磈。仙姿嵇銘諳，省蘭。逸品范譜滙。狂思插帽頻，潮。傲許捲簾每。斫鱸蓴糝羹，文哲。擘蟹薑和醢。泛蕊添朝酲，晉芳。餐英慰夕餒。服餌日紀寅，葵生。飲泉年問亥。德宜中央占，仁虎。令豈小正改？歌招楚江纍，省蘭。鄰卜彭澤宰。祓災詢長房，潮。蠲疾效袁隗。明燈照遠枝，錫熊。淡墨貌寒蓓。庾詞鞠有窮，省欽。隱節遯无悔。舊遊夢已遥，仁虎。近賞樂斯倍。心清離坌塵，葵生。境僻遠輪輠房。斂態含頳，晉芳。葯敷光露嗺。弱蜓款乍敂，文哲。殘蜨捎微颸。不言人淡如，省欽。有色客嘉乃。伴應茱萸偕，錫熊。名匪薏苡詒。來乘霜未霏，潮。歸趁月初朏。後會遲重陽，省蘭。盈把試同採。仁虎。

送施小鐵省假儀徵

藉甚南施譽，宗風眷代興。論才江左秀，絶迹雁門僧。奉職星文應，談經典故徵。一官編一集，禮部例標稱。

昨戲三間廨，聲名兄弟俱。一童提素槧，竝騎飲黃壚。棣萼懷先返，蘭鎈勉後圖。爲言重九會，兩處插茱萸。

五官賦詩處，遺構枕通川。得第歸須早，承歡望更偏。南園留記後，東閣咏詩前。來歲還京約，全家潞水船。

食蟹聯句

水錯饒羹材，晉芳。廚珍試饌法。堆盤解象占，文哲。就座旅情洽。販集丁沽腥，葵生。買問亥市唔。飽露腹中腴，潮。迎霜骨外砝。跪交銀戟撐，省欽。螯舉玉鉤夾。凸如背負筐，仁虎。森若胸貫鉀。急縛氣尚雄，錫熊。横行徑已狹。濡濡沫互噴，晉芳。宛宛目交眨。飼宜土膏肥，文哲。漉用井華渫。族徙葦籃傾，葵生。命併糠火熁。泣釜鼎娥憐，潮。登筵觥使扱。薑芽小紅攢，省欽。橙縷新緑掐。酸醯一勺斟，仁虎。苦醞百分呷。笑爾中腸無，錫熊。供吾左手拄。猛夫詫突睛，晉芳。公子嗤駢脅。尖團臍共覘，文哲。磊落殼先拹。褪蓑雪膚鬆，葵生。披鈿金靨欱。千齡珀凝脂，潮。六州鐵鑄甲。纍纍鬣足叉，省欽。薄薄蠣房䀹。瑩白瓊液滋，仁虎。赬黄玳膏浥。肌充美自含，錫熊。腦滿香齊噆。批卻指梳爬，晉芳。觸芒齒咋齧。攫疑戰拇囂，文哲。齧擬甘脣狎。渠魁咸拔尤，葵生。么麿亦承乏。髓浮霅襟裾，潮。支解謝箸筴。細咀耐更番，省欽。大嚼誚半霎。積骼高峻嶒，仁虎。餘肪膩淒渫。賤桃花楚蝛，錫熊。陋藻苗越蚴。倦僕涎欲流，晉芳。饕朋口猶呿。菽乳滌惺忪，文哲。菊鉿搓韝韘。清盥陳絡巾，葵生。雅譚捉蒲箑。候乘夜月虧，潮。興逐秋風颸。醉客何傞傞，省欽。鄉語競評評。荻漲遠踰淮，仁虎。蒓波清到霅。笭箵迎溜懸，錫熊。齗箔椓泥插。江空八月寒，晉芳。港暝一燈炠。橘州烟溟濛，文哲。菱渡水潪澂。郭索依牛涔，葵生。沿緣上魚罨。奔明集渚汀，潮。負固藏厓厒。鉗蘆走蹣跚，省欽。執穗行趦趄。智輪蚓泉穿，仁虎。形寄鱓穴㢘。乘潮或歸溟，錫熊。過雨争聚牐。菅屩來徐徐，晉芳。葉船去泛泛。罾撈帶草鰕，文哲。篸動驚花鴨。種堪按譜搜，葵生。味待加餐啑。瑣碎鸚鵂纖，潮。輪囷虎斑虗。長卿文獨豪，省欽。彭越力寧怯。紛紛遭拘擒，仁虎。帖帖被檢柙。枚非一千須，錫熊。輩喜十六恰。趁墟沙尾喧，晉芳。論價擔頭壓。詩換蘇何饞，文哲。酒浮畢所忡。送似走白衣，葵生。招邀脱烏帢。生拆宜鹽投，潮。熟蒸忌湯煠。榼飣蔗霜黏，省欽。罌裝椒雨腌。封糟窨牆陰，仁虎。和醬暴檐吸。真應常侍除，錫熊。幸少監州懵。烹異蔡公訛，晉芳。議思鍾子謚。偶參琴心圓，文哲。每悟茶眼眨。歸夢懸筆雙，葵生。客懷滯簦笈。舊跡印鴻爪，潮。流光熟羊胛。蓼塘畫展屏，省欽。笠澤書緗匣。給鮮徵食單，仁虎。忍俊妨静業。少坐俟吟安，錫熊。星芒動簾押。晉芳。

送商童初之官房山

峩峩大房山，石竇氣凝沍。六聘相鉤連，休明舊栖處。恨無雙飛翰，送子牽絲去。子本英簜才，東南擅華譽。詩派衍哲兄，寶意前輩。壯游涉雍豫。今年獻策餘，巢痕埽玉署。清時需吏材，丹筆帝親疏。遂得京縣雄，問政單車赴。石堝米腰長，甘池魚口敨。到官期養淳，一馬戒十馭。右輔地不遐，上考古其庶。别筵粲籬英，翦燭話方絮。明當攜印牀，馬首整徒御。管内多奥區，嬌首愜清慮。側聞鼠姑名，似較河陽著。花時容我游，輿誦耳能飫。

書泉之塞垣稿後

逭暑年年奉玉輿，塞垣秋爽碧霄虚。貗劉地近方千里，扈從才需第七車。每聽期門談角獸，似傳行帳宴頭魚。朵顔空闊棰峯峭，百咏灤京恐未如。

鬬鵪鶉聯句

瑶天星散機，文哲。有鳥孕沖突。得性含春淳，省欽。作氣厲秋颷。霜枯短蓬搶，晉芳。沙浄横草趉。産滋冀土墳，葵生。族聚燕山峸。尋聲緣鏤塍，潮。捕影伺繡坐。梯媒促隊勻，仁虎。截管呼音哱。翠張網離離，錫熊。青裊竿揭揭。纖毳捲纚褷，省蘭。綃翎羅勃窣。一鳴雄可驚，文哲。萬選尤斯拔。楓市哆口囂，省欽。柳筐壓背兀。論價輸紫標，晉芳。衒珍入朱閥。岷椒注圓罏，葵生。湘篠排健膂。爪侔雞距銛，潮。胸綴雉斑黝。觜黄辨雀毳，仁虎。翎白詫燕珬。毿毸雲褐披，錫熊。婐姽露芙葩。牙籠六曲雕，省蘭。錦袋千絲絨。飲承緑芥團，文哲。飼握赤粱秅。藏裾腰輒懸，省欽。揎袖手頻扢。練教指繞柔，晉芳。撫恐髀生腯。匿懷等挾纊，葵生。入幕逾蔭樾。三洗伐浮毛，潮。再淬礪勁骨。細筋束寒藤，仁虎。老拳擎瘦蕨。是物剽而輕，錫熊。于時興也勃。廣座樹拘攔，省蘭。大書榜闔闕。結棬肖環圜，文哲。綮臺象石凸。暖几緑綈絣，省欽。短炕紅毹毾。鉤簾檐旭暾，晉芳。填巷車塵堢。弛擔雜傭趨，葵生。連袵貴游謁。賓儀盛簪佩，潮。乞相垢巾韈。華褥皷固姑，仁虎。瓔帽帀回紇。貂襜褕解縚，錫熊。銀絡索開緡。遺矢即飛將，省蘭。裹瘡皆勁卒。壁上堵如觀，文哲。囊中闖然發。懸衡較適均，省欽。投餌争乃猝。微偵静蹲鴟，晉芳。迅舉健盤鶻。示暇翩何姗，葵生。賈勇怒且艴。初爲鷁退飛，潮。繼若犬迎猷。噤瘁久互持，仁虎。搏執倏交捽。揮喙剸短矛，錫熊。竦翅疕圓錍。毒噬無完膚，省蘭。急糾不容髮。羽馳霍若摧，文哲。肉薄馥焉搰。貫脅血模糊，省欽。蹔足尻鵖鳦。稍休分道颮，晉芳。特起異軍揬。痛復攘臂趟，葵生。喑不轉喉嗢。冠褫綵繽紛，潮。翎礫茸毦毨。據險恩扼其，仁虎。追窮快殲厥。毿毽逆毛鵲，錫熊。掀搮秃尾鶥。獨跳鵝陳箳，省蘭。絶叫雁都没。餘憤裂項瞋，文哲。重傷露孫則。酣劇魯戈撝，省欽。喜定謝屐扨。賀勝歌嗚嗚，晉芳。怯負詫咄咄。實篚堆綃繒，葵生。羅槃燦球玥。二鳥又何知，潮。千鍰比於罰。荒禽古有箴，仁虎。辨物類可覈。爲鴽禮則云，錫熊。匪鳶詩亦曰。七宿窺清躔，省蘭。九農報深稼。帝服司有存，文哲。聖居度相越。此醉秦賜驕，省欽。其奔虢亡忽。生突莊徒矜，晉芳。懸庭魏風訐。蛙變中候訛，葵生。雀生常理詩。觀化逝騤騤，潮。釋名勞矻矻。

落墨圖可摹，仁虎。殺青譜應劂。錫熊。喻戰擬鬭蝸，錫熊。較獵勝載獄。戲閱百千場，省蘭。令紀九十月。文哲。

九月十三日陶然亭作展重陽會即送董東亭歸海鹽聯句

素節遲嘉宴，仁虎。塵蹤苦太勞。晉芳。溼雲遮眺遠，葵生。涼雨罷登高。潮。此日真堪惜，文哲。吾徒亦足豪。省欽。再三尋舊約，錫熊。重九快新遭。省蘭。仄徑沿蓉洪，晉芳。孤亭矗蕙皋。葵生。羸車偕客載，潮。瘿榼付童操。仁虎。潭古滋泉脈，省欽。田枯浄土毛。錫熊。延緣穿葦雪，省蘭。陵緬俯松濤。文哲。疊磴依林峭，葵生。迴闌架石牢。晉芳。導僧扶竹杖，錫熊。參佛禮金絛。省欽。笏室苔鋪錦，仁虎。弓畦菜摘毛。潮。置身憑絶頂，文哲。決眥辨纖毫。省蘭。日落鴉翻背，晉芳。烟空鶴展翺。仁虎。塔痕紅崒嵂，省欽。峯影翠巏嶆。葵生。萬雉排闉堞，潮。千鱗枕屋敖。文哲。野清寒潦縮，省蘭。旻迥晚霞韜。錫熊。遠蹻疑乘氣，仁虎。飛輪欲駕尻。省欽。澄暉迎座入，文哲。爽籟逼檐號。晉芳。聽版傳齋茗，葵生。開尊倒市醪。省蘭。餘甘分緑柹，錫熊。殘纈上花糕。潮。細細消嚨渴，晉芳。便便慰腹饕。文哲。絳囊盛露泥，省欽。烏帽怯風飇。仁虎。旅蹟連晨雁，潮。離情咽暮蟧。錫熊。狂歌圓鉢擊，省蘭。絮語短檠挑。葵生。健者雄壇坫，仁虎。歸與整楫篙。晉芳。緣深三宿戀，文哲。交盡十年叨。潮。祖席聞驪唱，葵生。鄉程指馬嗥。海鹽城名。省欽。柳疎縈別轡，錫熊。楓冷點征袍。省蘭。津路黄茆店，晉芳。沙墟白板舠。仁虎。暫旋君計熟，省欽。久滯我心忉。文哲。去獨垂輕橐，潮。懷同折大刀。葵生。邨畬荒秫穛，省蘭。宅徑掩蓬蒿。錫熊。鴨傍横塘射，晉芳。鰕臨枉渚撈。葵生。藍田應感杜，潮。栗里最思陶。仁虎。遺餌風猶在，文哲。催租興未撓。省蘭。蜨翻誇斫膾，錫熊。鳳帖鬬持螯。省欽。粲玉紛盈碓，葵生。真珠碎滴槽。晉芳。樂遊追望楚，省蘭。能賦軼淩囂。文哲。異地萸侵鬢，仁虎。他時菊滿匋。潮。華年齊駟騄，省欽。羈緒越禽翱。錫熊。爪蹟留初地，晉芳。頭銜共冷曹。葵生。角材慙拚雅，潮。賭飲擅吟騷。文哲。攬袂魂先黯，仁虎。當筵首重搔。省蘭。向禽期訪嶽，錫熊。莊惠憶觀濠。省欽。巷静砧鳴杵，晉芳。城嚴鼓擊鞀。仁虎。班荆彌繾綣，葵生。落木正槮櫹。文哲。隔歲違歡聚，省欽。裁詩荷寵褎。潮。望迴燕隴樹，錫熊。夢破海門飀。省蘭。梅驛紆芳訊，晉芳。槐廳竚雋髦。葵生。題襟申後會，仁虎。花下待吴艚。文哲。

題指頭畫竹

何人手截青鸞尾？徵絹鵞谿損蠛材。争道三竿兩竿底，身從庾信小園來。

上番移栽瘦幾分，一痕濃淡殢湘雲。埽牕祗愛翛翛影，暮倚朝吟伴此君。

酒仙醉墨劇淋漓，落紙無多更出奇。卻與畫禪參玉板，天龍一指是吾師。

十二月十日楷素軒盆中芍藥聯句

老屋冬林外，省欽。衝寒駐曉驂。管辰才臘八，仁虎。花信倏春三。淖約姿新獲，長明。將離字舊諳。翠根移市北，錫熊。紅影占牕南。薄日籠虛牖，文哲。沈烟護小龕。簾深波不卷，晉芳。壺淺凍猶涵。滑几光浮鑑，省欽。圓瓷色奪嵐。來遲何掩冉，仁虎。放早太差參。體弱風難舉，長明。苞輕雪易含。近人沾宿粉，錫熊。隔座觸清馣。似帶腰還鎖，文哲。如杯尾乍婪。冰華承灩灩，晉芳。石髮亞鬖鬖。禁冷欺梅瘦，省欽。凝暄倚杏憨。尊前宜一酹，仁虎。鏡裏好雙簪。條谷懷仙種，長明。豐臺紀客談。地偏邨叟據，錫熊。術巧圃師耽。濔迆塍連馬，文哲。温暾室閉蠶。密遮糊白繭，晉芳。軟襯截青䈄。伏坎泥重裹，省欽。乘離火半粘。霜稜嚴暫避，仁虎。露莢嫩先函。百沸湯頭緊，長明。三和土脈甘。喚來魂竟返，錫熊。扶起睡初酣。翹朵排宮紫，文哲。傾柎褪塞藍。依稀聞篤耨，晉芳。頃刻見優曇。製合騶簫立，省欽。功分羯鼓堪。價高輸甲族，仁虎。遞急走丁男。嘉賞遲瑶砌，長明。珍貽徧綵籃。力翻愁地棄，錫熊。工直訝天貪。是物希方貴，文哲。他時殿未慙。秉蕳逢禊節，晉芳。終擬郭西探。省欽。

雪後同魚門璞函習庵小巖集夢樓寓分韻

雪霽聞鳥聲，杜門感孤抱。意行逢素心，一徑遂幽討。枯弦凍方折，虚闋浄弗埽。積然傾一卮，不醉情轉好。長安多盛游，意氣及塗腦。天道移温涼，物緣信榮槁。文藻固春華，富貴亦秋草。音我觀樂賢，陳義在投縞。新故皆古懽，崇情勉相保。

用璞函韻送泉之南歸時令弟幼清先行

曾扶曜首上吴船，未得中男在眼前。與我重來今陟屺，勸君小住此迎年。暴腮情味差忘否，揮手風烟竟浩然。丙舍諸孫長誓墓，鉏荒偏少十雙田。

點絮浮萍各一涯，勞勞南北折疎麻。越吟在病難縻爵，秦贅雖貧且寓家。東野哭殤門太弱，鍾離思妹路非賒。人生婚宦如飄瓦，坐對虚檐涌六花。

連城雙璧訂前因，相許松身與栢身。李郭心期聯舫夜，郈成氣誼割居人。詩吟送弟親孤僕，裝到還鄉動四鄰。怪爾摇鞭更無賴，後先出没兩風巾。

老屋荒江思不勝，差池列騎犯霜棱。離筵緩對屠蘇琖，照路頻看曼衍燈。話到傷心期後會，和成吉語聽先徵。祝君竝索長安米，目盡歸鴻淚自冰。

前蜀王鍇書妙法蓮華經第一卷殘葉三臺鄭尹出自琴泉寺圮塔同魚門璞函作〔一〕

墨華香簇蓮華青，僞朝平章工寫經。教圓義正樹功德，梓州窣堵牢藏扃。丙寅末月倒霹靂，梵夾灰燼啼刹靈。令君好事拾殘葉，紙色黯淡光精熒。武成三年字如漆，龍象擁衛栴檀馨。維唐中原遘末造，行哥機略難拘囹。十軍阿父坐延虎，公然作賊來郊坰。紫旗怒麾南寨破，此州入手開巍廳。混元一圖告符瑞，建號穩踞金牀釘。兩川割據國雖小，肯以身舍騰譏詅。佛牙奉獻典最祕，僧目抉進恩還停。爾時臣鍇被殊遇，勸設寫官籤乙丁。有來骨相似羅漢，玉豪光涌祥麟廷。鍇也染翰讚其象，清詞麗句鏘玲玎。無端兔命受鷹制，水行仙者躬扆屏。疇咨六軍判諸衛，而使戈甲驚祅䰠。唐魂召來禮孔熯，聖燈觀去輝微爐。從容筆諫竟何有，徒舉觥令浮緑醽。此州亦係幸遊地，銀漢曲許人間聽。堂堂觀察宋光葆。暗通款，可有替戾摇風鈴。東朝六萬疾於捲，回鶻小隊嗟呤叮。降書至竟出公手，負荆輿櫬天晦瞑。野狐泉邊急勑到，坐視爾主罹嚴刑。知爾默邀大慈護，一行揩去身腰鞓。區區忠孝讓希濟，賦詩吠主顔長頩。要其命名乞

〔一〕清端方壬寅銷夏録卷二録此詩，詩末題「乾隆二十八年十月十又一日南滙吴省欽題於京師宣南坊邸」。

歸葬，伏鑽幾致膏青萍。宗壽一言晚幸中，浄福豈或資重冥。壽於文札等清絶，沖妙之觀藏緗縹。何如此本閱人代，麻茶雙眼回曨昤。直同屑金煥濃采，不藉鍼血沾餘腥。想當蚤朝暮歸第，白籐笈子平頭拎。霞光百番賜天府，眉硯安傍朱牕櫺。毒惱已蠲苾芻佩，妙明頓見胡甸切。琉璃瓶。伏梁闇檻庋藏永，謂仗白業貽懽寧。塔成塔毀難逆料，放佚千百存奇零。其臨唐諱筆不缺，與盂石經殊模形。舊君舊國性根淺，雅藻空復翩亭亭。是經居尊品居首，莊誦萬一昭聾瞑。柳公度人褚遺教，誰若螢爝誰日星。塔甎殘字倘容拓，更乞裝示傳遐齡。

白華前稿卷第三十五

古今體詩城南集二

閼逢涒灘

柳孃圖同筠河璞函耳山作 有序

風柳一株，一仕女徙倚其下，鷗波筆也。龔鑒戌取鐵厓所書吴中竹枝第七首裝之卷端，詩意在聯芳樓薛氏女兄弟，而此幅楊自識爲長卿書，惜無可考矣。龔以詩中有「柳孃」句，因以名圖。事有巧合，毋以宋板、明律誚之。

丹樓如霞女如玉，女兒雙唱竹枝曲。蘇臺絮影團絲絲，坐使西湖失晴淥。針神擁步翩何姍，老狐擊節驚二難。休將歌舞陪桃柳，桃枝、柳枝，揚歌妓。要遣芬華譜蕙蘭。蘭心泫露碧於血，真孃墓邊月波缺。體態翻從松雪傳，風華終被柳條泄。條倡葉治春萬千，柳星明明飛上天。一聲鐵笛夜吹裂，眉邊髣髴迴嬋娟。越羅衫輕染霏霧，骨弱肌豐解相妒。竝蒂已殘姊妹花，獨摇猶認風流樹。按圖讀曲人斷腸，阿誰并付仙丹裝。雨美情緣當合璧，三生私語證聯芳。龔生舊隱鰕籠背，未嫁雲英想如此。真珠入手不自持，欲挾柳枝共眠起。國香零落怨王孫，鍼婦東歸氣骨存。比似山陰柳家女，花釵銷盡沈郎魂。

次韻傳鴻臚移居宣武街田山薑舊邸

牆腳薑花偶吐香，冷卿居處踵濳郎。澆書攤飯差忘老，埽鉎糊牕預趁涼。此地從來賞松竹，當時歸去引壺觴。勞勞南朔三還往，檢點巢痕學鳳凰。

鐘催柝警傍層城，擁鼻吟成替落成。夾巷笙歌喧北里，比鄰方壺齋皆棃園子弟。殘年冰雪愛南榮。蚤圖粉辦消寒會，不諱黄羊祭竈名。彷彿脩期軀幹偉，瞳神翦水腦華清。

宣武門邊沙陷隄，家家拄笏數峯西。漢廷吏隱登金馬，益部神光望碧雞。手版乍虚初服遂，頭銜新認隔年題。詩翁例作鴻臚長，乾撰論才價未低。

五架三間得所於，過從何必訊鄰居？醉翁草木猶思汝，退傅池臺或跂予。暖漲未消圖洗象，冰嬉有約負乂魚。玉河南岸勾留永，白板雙扃意泊如。

題湘帆九轉圖送人判衡州

暮揮湘女絃，曉發望衡船。了了五峯色，猨聲在隔烟。蒼梧拂西極，朱鳥下南天。諸仕無餘事，言尋岣嶁巔。

杏酪聯句

傳蠟中廚徧，晉芳。言嘗節物新。省欽。看花遲暖信，仁虎。煑木試芳仁。文哲。饌法徵時品，平湖沈初雲椒。羹材數土珍。錫熊。八丹名最遠，省欽。五沃氣偏淳。晉芳。紀令隨榆柳，文哲。藏羞配栗榛。仁虎。核留從所嗜，錫熊。膚盡取其陳。初。倒籠呈微穎，晉芳。浮甌起細皴。省欽。辦分初坼甲，仁虎。皮褪半含辛。文哲。櫜櫜鳴茶臼，初。淋淋漉葛巾。錫熊。淨融銀作液，省欽。輕碾玉成塵。晉芳。細訝淘沙竝，文哲。澄憐易水頻。仁虎。祛埃先溉釜，錫熊。候火緩炊薪。初。糜雪三分和，晉芳。飴霜一色勻。省欽。調同丹計轉，仁虎。酌比酒論巡。文哲。沆瀣盈杯湛，初。醍醐滿杓醇。錫熊。滑愁難染指，省欽。甘愛恰當脣。晉芳。下豉誠何假，文哲。凝酥認未真。仁虎。餘芬清可挹，錫熊。回味淡堪親。初。操匕誇吴客，晉芳。盛盂憶晉臣。省欽。冷烟剛傴社，仁虎。勝日待招鄰。文哲。膩鼎差祛俗，初。蔬筵詎笑貧。錫熊。粥香桃泛露，省欽。漿冽蔗生津。晉芳。小榼追遊地，文哲。單衫殢醉人。仁虎。東風近寒食，錫熊。取次約澆春。初。

宋徽宗擣練圖

秋江摇波鬪秋練，女手卷然擣千遍。擣練人非曳練人，受寒何與緝熙殿。太清樓觀書畫充，授衣豈暇圖豳風？榑桑斷繭澡冰雪，祕製窄裺塗青紅。窓機數丈杵雙落，好片華砧響寥廓。杼柚已歌東國空，金繒敢負北朝約。匆匆括借及倡家，易服青城歸夢賒。裂縑但裹鴻都祕，繫帛難憑雁足加。君不見殿前檢點禁襦翠，又不見織繡蘇杭紊前制。寄遠空懸戍婦心，治棼孰諫工人藝？礬絹斑斑洟涕增，婕好一賦媿同稱。纏綿爲致興亡感，猶勝禽荒寫角鷹。

戊寅秋爲約軒題李遂堂所作翠螺讀書圖圖實未作也頃以索書李尚客晉未歸感作

書臺峩峩壓江起，一點青螺罨江水。此圖此景天下稀，誰其作者吾州李。李侯書畫頗擅場，韋侯結交多老蒼。十日五日小盤泊，堂上坐湧江天光。青天牛渚我遊舊，輸爾淵淵振林岫。往日裁詩今日抄，恒河沙數誰窮究？即今李侯尚貧賤，汾水秋風見飛雁。男兒落魄憂患多，多少荒臺閉危棧。願君長押蛾眉班，願君長挹蛾眉山。卷圖還君并憶李，皎皎霜月升柴關。

麥隴參差碧浪浮得秋字

浪痕涵一碧，晴隴亘來牟。餘潤曾占雪，初濤此報秋。遠凝陰漠漠，淺漲影油油。岸接高低涌，棱分左右流。浴宜翻彩雉，蹋豈趁烏牛。翠剡紋全蹙，金芒色共浮。氣乘梅雨足，響送楝風柔。更及黄雲滿，明昭荷帝庥。

館師邵蔚田編修杏花春雨圖

東君蒸霞紅滿林，殢人酥雨痕淺深。一雙紫燕掠波去，春影糢糊何處尋。蓬萊老仙文章伯，葳蕤初散八甎直。當時勅宴冠瓊筵，此日銜寒響桐屐。屐齒黏香泥，酒帘高復低。忽添縹雨潤，無礙絳烟迷。江北江南遠流唱，吟送韶華轉惆悵。一翦匀開柳葉風，半篙穩潑桃花漲。青瑶決決鳴桑田，拗花壓鬢行偶然。吹來衹共神雲活，濯去真同碎錦鮮。宣南古坊苦湫隘，二月街頭擔將賣。新水頻頻换膽瓶，折枝歷歷看叉畫。社公作雨鳩婦呼，三株兩株邨徑孤。故侯莫論種瓜手，學士須傳戴笠圖。

芝庭先生蘭陔永慕圖

我聞古鄉飲，北面歌南陔。燕禮入笙奏，音節同取裁。其辭缺有閒，序義懸斗魁。色然互相戒，敬養庸滶積。我公振初步，煜若神芝倈。承家光鳳麟，經國和鹽梅。九重知有母，珍膳頒昆臺。駢闐北堂側，笑口時一開。詎知愛日誠，乞躬言轉哀。里門介吴苑，騶御翔龍駷。陽春二三月，風氾崇蘭回。昔爲科名草，粲粲盈故栽。今爲孝慈竹，油油滋宿荄。陵陬被朱萼，闈寢凝緑苔。坐忘三公貴，眷慕如始孩。還朝憺無極，深恐楸梧摧。公稟古人性，典訓其胚胎。上以佐孝治，下以宣道該。圖以表瑞應，譜以昭雅材。敢陳廣微業，諷義揚八垓。

秦味經師相馬圖

拏枝蟹爪撑霜枝，圓苔細點沙波層。蔚藍四圍天宇瀓，房精墮地光響騰。一馬顧影嘶自矜，其一齕草頭隱膺。一人頎然淵理凝，審別筋肉如發縢。維驥在德非力稱，應範合度忘轢輘。八方五廄材是徵，毛色逐隊晴霞烝。飢鶡怒叫臨射堋，戛駕僨轅憯莫懲。亦有神駿時未乘，格骼瘦比休糧僧。回顧虞坂淚不勝，麻朝代褐推夙能。相頰迨脇陳纆繩，脊爲將軍目爲丞。細筋入骨霜霄鷹，連之絡之森崚嶒。馳之驟之平毾㲪，曩者貼耳棲宿芀。鹽車班班服鞹靮，曰號其羣應且憎。忽逢翦拂占允升，十倍之價崇朝增。廣庭簇舞上駟登，五駑三贏無敢朋。方今我武張威稜，西涉無阜歸犗騬。驎騧駓駃驔駱驓，廋人司存物用弘。豈獨考牧詳龐肱，我師地望來附蠅。三世馬步家法承，讀相馬經觀所恒。乾良坤順神蓍扔，驪黃牝牡拘何曾。雅鑒一一開匳冰，下視俗眼皆瞶瞢。白描畫法傳一燈，蘭葉鐵綫摹吴綾。顧我蹇鈍艱度澠，恩門峩峩名籍憑。跛鼈焉得追靈鵬，成詩感款理則應。

彈琴月照圖

風壑瀉涓涓，一松鳴一絃。幽人解雙髻，琴罷枕書眠。泉品鑪飀若，山心屐悄然。日長林木静，知有夜飛蟬。

石太公壽譩呈定圃師

東序扶鳩杖，南陔傍鳳闈。全家依日月，每代軼風塵。廢産連中葉，成書倚半人。爲園纔小小，看鏡衹頻頻。種樹寧論歲，澆花豈待春？將車牽薄笨，倒甕酌逡巡。黄絹捫碑舊，紅囊瀹茗新。香痕籠鵲尾，琴德付龍脣。孔座常盈客，潘堂蚤奉親。爲饒名教樂，益取性情真。偕隱時乘鹿，餘祥在賜麟。一經傳嶽嶽，萬石守恂恂。佐膳晨陪仗，司闈夜接茵。授金應笑陸，聚宿必占苟。爛漫丹泥誥，光明白氎巾。畫圖添九老，飲禮冠三儐。問秩仍書亥，鍾靈本降申。爵尊先序德，壽應恰徵仁。華閥歸喬木，貞符表大椿。鯉庭富桃李，介祉及嘉辰。

西園翰墨林得文字

藝苑聲華播，芳園什襲殷。如林標甲乙，有墨妙淵雲。玉葉重重護，金柯片片分。珠船騰寶氣，鐵網漏祥氛。展待薔薇盥，藏教荳蔻薰。三千揮禿速，十二綴繽紛。筆正心先正，天文化共文。迴瞻東壁采，藻繢結氤氲。

送王夢樓侍讀守臨安

唐初置翰林，九流執薄藝。後選文學儒，別院掌詔制。改稱供奉名，集賢仰清祕。國家觀化成，登瀛聚冠珥。始由庶常吉，三載待明試。其以進士除，一甲較黜異。鼓吹導中衢，禁扁署上第。譬諸生天仙，無藉九還餌。然而資格拘，洊歷大不易。限年二十七，往制在睹記。孰獻龍樓箴，孰照春坊字。先生起京江，青箱永承世。著論師賈生，述書準竇衆。誕膺拔萃科，遽整探花轡。昨夏試殿廷，賦心入三昧。屢頷天子頤，裒然冠丹地。嘉汝躋坊僚，庸汝備虞侍。方春帝曰咨，儲材尚經濟。守郡與監司，服習始吏事。同時十七人，御墨遍題識。跡嚴衆莫窺，任簡首先畀。臨安古句町，井鬼應躔次。蒙詔沿唐年，段氏革宋季。圖經徵夙聞，馴梗異時勢。梁從沫若通，籍竝沈黎隸。厥民狉且獉，莊貝考錢幣。每易龍市交，漸罷蠱神祭。瀝膽收鱗蛇，織文採孔翠。醅菜羹共嘗，鉤藤釀分醉。爨弄聲烏烏，踶齒光緻緻。南交界其南，屹立勇夫閉。職貢循歲時，威棱實闡肄。彼都錯犬牙，州縣各有四。金潾水如羅，樂榮峯如髻。俊民多莘莘，翕然嚮禮義。往時楊文憲，謫戍老顛頮。流風迨諸蠻，木氏最覃被。即看太守賢，化諭若符戾。古來乞郡人，豈直爲貧計。致用貴窮經，中外無軒輊。毋以奪鳳池，惘惘等顛躓。不見秦與梁，柱川前輩以平陽守遷蜀臬，瑶峯前輩以惠潮道遷副都御史。特達破成例。君行加勉旃，璽書旋徵詣。惟愁文字友，稍稍坐遐棄。南雲一萬程，更處南雲裔。祖帳傾國門，執手望迢遞。君聞增軒渠，昔陪海槎使。遠哉鳳麟洲，百貨所充積。嵌螺以爲容，滓鍔以爲佩。波羅以爲栅，鬬鏤以爲植。鯨波走連山，歸途轉心悸。海斐揚王靈，矄睒一燈細。舉舟賀再生，得復對妻穉。一麾今足豪，寵分溢私冀。但當叱馭行，庶幾臥閤治。秋郊銅鼓喧，我車亦云至。跕鳶九姓迎，騎象百夫衛。蜻蛉塞不遐，吟眺付郵寄。五年就熱官，舉似答賓戲。作詩告典司，用載翰林志。

高上舍引杯看劍圖

竹磴桐扉護緑蕪，翛然幽思引江湖。誰知燕市歌呼處，身是荆卿舊酒徒。

君住稽山鏡水邊，猨公操刺幾時傳。愛他玉具春纖捧，絶勝南華説劍篇。

賦得越王臺送琬同同年歸廣州

春臺岧岧削天起，浩劫蒼茫幾星紀。縹緲高鄰銅柱標，雕華下濯珠江水。雄圖秖藉霸才傳，遠距三河稱備邊。初聞按法誅秦吏，便與開疆種雒田。平原辨士來摇舌，冠帶堂堂改魋結。使節纔攜裝橐金，牝朝又禁關門鐵。遷怨長沙攻戰餘，自娱聊復擬乘輿。恩承新主封祠墓，禮遣遺臣被璽書。蠻夷大長拜稽首，奉朔頒朝死不朽。一器親將桂蠹陳，百城重喜符麟剖。因山築臺雄海陬，萬夫邪許停春櫌。鬱葱佳氣龍川合，淡沱晴光象郡浮。珠簾繡柱麗無匹，爾日登臨僭傳蹕。修禊居然浮洛觴，操風未免鼓趙瑟。一從内亂鬬蝦蟆，下厲戈船分道加。層臺舊構因朝漢，斗縣新名爲獲嘉。蒟醬移嘗扶荔建，割據山川閟莎阪。末代蚤湮建德園，降王竝接昌華苑。黄金臺下送將歸，好换征衣試綵衣。一種木棉紅似火，行人休唱鷓鴣飛。

沈太守勸農圖

漢時力田科，制舉視孝弟。上有劭農主，下有勸農使。載肴紀王丹，賣劍數龔遂。丁壯胥就功，負鍤理鎡器。穀穀春鋤鳴，麃麃秧馬駃。于焉驅惰游，民生勤不匱。君家海東頭，侯封擬門第。門前鱸魚鄉，門後木棉地。既繙都尉書，兼發蜡饗義。通籍踰立年，監州著勞勩。官非晝諾間，郡上歲時計。堂堂太守符，朱幡此褒異。方春東作偕，五耦散畦輟。杏花菖葉間，泠風灑如至。叱犢當扶犁，采桑或連襼。忽聞勞酒來，歡喜到耆穉。桃源引五兩，柳市走百隸。青青原上苗，色映春旗麗。大尹垂腳韠，承流表行綴。是役非遨頭，毋嘆折腰伺。摧惟耕藉期，淑氣氾蘭蕙。煌煌無逸圖，日星仰高揭。我儕支月米，粒粒念民事。頗思賦歸田，穀種辨黍穄。吠蛤迎秋風，出牛送寒氣。往來南北郵，逐社信遥裔。卷挾氾勝之，氏溯厲山祭。看君農政成，染筆紀循吏。

集程魚門拜書亭觀藏墨聯句

豹囊乍啓霏古馨初。龍賓十二呈瓌形。晉芳。磊磊落落偶復零，省欽。簾波四蕩烟華青。仁虎。五色徘徊光不瞑，長明。摩挱瑩質玉脱硎。文哲。元氛上薄迴秋旻，錫熊。笏圭丸鋌隨所型。初。圓者重鏄方者頂，晉芳。倨旁剡上鈞參停。省欽。諸品歷琭徵圖經，仁虎。玄珠赤手探窮溟。長明。作鱗之而飛九靇，文哲。佛見胡甸切。太白豪熒熒。錫熊。咄哉方寸隱岳靈，墨中赤水、珠九子、白豪光、五岳真形四種尤異。初。雲云雷回杳兮冥。晉芳。有山上峙淵下渟，省欽。有木翹幹草茁葶。仁虎。或獸蹀足禽梳翎，長明。攢樓架閣何岧亭。文哲。刻畫衣裓來媌娙，錫熊。模范一一超畦町。初。

識凹款凸審厥銘，晉芳。紀年月日書甲丁。省欽。斷珪碎璧鏗玎玎，仁虎。栗紋斑剥餘晨星。長明。半螺猶直千睬眗，文哲。吴去塵。羅小華。方于魯。程君房。譜夙訂。錫熊。鬬妍角祕尹與邢，初。維桑卜築黟南坰。晉芳。天都三十六翠屏，省欽。蒼虯千春孕茯苓仁虎。肪肥液滿招戕刑，長明。緺繩入陰追駭挺。文哲。登登柯斧傳峗嶺，錫熊。斯之東之擔且拎。初。板扉燈閃瓦竈陘，晉芳。一絲裊碧烟無爐。省欽。輕煤霏霏著甕瓶，仁虎。尖風不到文牕櫺。長明。角麋之膠漉去腥，文哲。和以谷水含清泠。錫熊。擣霜萬杵連巷聽，初明。犀暗麝惟使令。晉芳。江南墨官徒耳聆，省欽。父子祕授煩丁寧。仁虎。我用我法心自惺，長明。氊包錦襲馳車軨。文哲。多君保此從鯉庭，錫熊。知白守黑區渭涇。初。道在用晦非癡詅，晉芳。即今月給分槐廳。省欽。日就研北依乾螢，仁虎。客卿封號辭拘囹。長明。古懽静對鍵雙扃，文哲。磨人任爾閲歲齡。錫熊。

章二梧舍人問花圖

漠漠香塵簇鈿車，銅街喧賣擔頭花。開圖細數江南景，未到棠梨蚤憶家。

紫燕斑鳩語可憐，焙茶天接養花天。横塘潑潑青如許，挨遍吴孃六柱船。

靈巖深處樂遊原，十里名山五里園。雞犬蕭閑車馬少，幾人放艇入桃源。

曾記桐橋颺酒旗，青山如髻柳如絲。憑君歸訊東維子，破楚門邊譜竹枝。

集陸耳山新居聯句

峥嶸歲光闌，長明。局促吟思懈。偶傳卜居篇，省欽。遂破止酒戒。同人无悔占，仁虎。適我有美邂。迹塹陶廬偏，錫熊。塵謝晏宅隘。北市衮粉坊，文哲。西鄰矗香界。枝隱鶯遷巢，省蘭。徑僻鶴守砦。門外闃可羅，晉芳。庭前浄弗灑。井眉鹿轤牽，葵生。簾額鴉叉挂。盆松修而臞，長明。几石貞以介。嫺標甲乙籤，省欽。鼎畫方圓卦。膽瓶凍中堅，仁虎。腳鐺炎上烗。賜扇珍裁筠，錫熊。傳書寶垂薤。偃臥人推袁，文哲。排入客等噲。輭埃漬帽褱，省蘭。餘霰點衣衩。矮屏窺瓏璁，晉芳。方褥踞緯繣。寒避莊噫衝，葵生。暖迎趙日曬。謀十榼千鍾，長明。去三揖百拜。洎無饔人更，省欽。把自園官賣。中膳烹小鮮，仁虎。末俸鑿疏粺。腹肆溢膏腴，錫熊。言泉瀉清快。超超妙談玄，文哲。咄咄詫語怪。出腑森槎枒，省蘭。吞胷埽蔕芥。支枕吟堂花，晉芳。秉燭讀壁畫。賞心癖嗜痂，葵生。得意癢爬疥。鼓嚴初三交，長明。律短下九届。撥籠檀炷沈，省欽。打牕槲葉敗。眷茲尊犧乾，仁虎。慨彼隙駒邁。臣飢空解嘲，錫熊。僕病倏起憊。身遊稊川圖，文哲。僮守子淵誡。篋牖封紙弸，省蘭。蘚垣覆泥簣。争耽秃管緣，晉芳。莫顧癡錢債。團頭香火盟，葵生。抵掌水天話。覘度山公閨，長明。愛才穎士价。莞爾開令顔，省欽。跫然接芳欬。歸馬路雙歧，仁虎。過雁聲一派。終署散人銜，錫熊。言傍參佐廨。文哲。

阮紫坪寒谿訪友圖

秋徑闃黃葉，颯然聞杖聲。山茨白雲外，掩映數峯明。久斷竹林約，相要叢桂盟。何如剡谿夜，回櫂即忘情。

憶昨故人去，川涂增暮寒。遽成連歲别，深恐惠音難。掩卷耿無語，開尊誰與懽？遥知釣壇下，風雪路漫漫。

冰牀聯句

縮本胡牀斲木成，長明。冰天利涉趁新晴。仁虎。乍辭九陌衝埃過，錫熊。忽訝重湖放溜行。省欽。危坐幾人分上下，晉芳。漫遊聊爾任縱横。文哲。扳腰試引單繩直，初。跂腳剛支複板平。長明。如軔如輪牽更疾，仁虎。不篙不檝運偏輕。錫熊。踞茵便擬馳千里，省欽。移履翻虞化一泓。晉芳。滑澾疑乘奔澗馬，文哲。逍遥勝跨涌川鯨。初。早霜牐口沿洄影，長明。初日谿坳轣轆聲。仁虎。壺裏居然光四照，錫熊。鏡中宛在迹雙清。省欽。拳沙冷鷺窺仍避，晉芳。負凍潛魚聽未驚。仁虎。深淺何須浮水枝，初。往來别有御風程。長明。後時險薄公無渡，仁虎。先路淩兢我不爭。錫熊。問濟定看軒輊少，省欽。臨淵還賴挽推并。晉芳。非槎亦許登銀界，文哲。是蹻真應到玉京。

初。攲枕吾廬縈舊夢，長明。卸帆彼岸觸遥情。錫熊。南歸笑指空明境，省欽。那待春波隔夜生。仁虎。

集緑卿書屋賦京師食品聯句

玉田米

北稻先秋熟，連邨起碓聲。文哲。餐珠愁市價，種玉稱田名。仁虎。味想流匙滑，香宜出甑清。省欽。東方飢莫笑，分得一囊盛。長明。

豐潤粳酒

雨折還鄉水，差宜酒作甘。晉芳。一泓光欲瀉，三醖味初含。初。慣撫燈前琖，愁空雪後甔。錫熊。遺聞溯松漠，送醉入宵談。省欽。

房山炭

禦寒徵炭品，來自大防中。長明。松斵材猶勁，糠煨性已融。文哲。香痕籠袖近，雪意隔簾空。仁虎。乍届團鑪節，相期撥芋紅。錫熊。

密雲藁本香

幽叢齊艾蒳，小炷亦含芬。初。種向檀山覓，名從藥録分。晉芳。開簾寒散篆，拂鼎静嘘雲。

長明。清課看留印，微吟伴夕曛。文哲。

固安栗

迎霜佳果出，昔擅御園稱。省欽。紫肖花房坼，黄侔玉色蒸。仁虎。冬齋遲酒盞，夜市競書燈。初。風味山家慣，無煩故事徵。晉芳。

遵化綿梨

俊爽哀家最，披綿味較完。錫熊。重堆金作顆，甘削蜜成團。省欽。輭嚼喉先潤，輕含齒立寒。文哲。石門秋正老，飣坐待登盤。初。

寶坻銀魚

霜信蘆臺緊，銀鱗逐隊移。仁虎。練波潛易穩，絲網下難知。長明。漉向筠筐好，盛將雪椀宜。晉芳。不緣睛點漆，投箸正然疑。錫熊。

昌平黄鼠

俊味毗狸擅，黄花古鎮旁。文哲。竊糧分曲窖，摶土學匡牀。省欽。底藉凝酥飼，應偕挏酒嘗。仁虎。技窮憐爾輩，作禮漫倉皇。晉芳。

安肅菜

七菜徵燕産，連叢玉作芽。初。薦新初出圃，求益慣論車。錫熊。根切泥扶寸，窠分雪半丫。

長明。紛紛憐肉食，休向野人誇。仁虎。

采育里山藥

冷署蕃蔬品，靈根劚獻初。省欽。截肪開土厚，炊玉置薪徐。文哲。淡食宜寒户，仙方問故書。晋芳。一盤供月費，果腹不求餘。長明。

薛赤山溵湖漁隱圖

溵山晴翠溼模糊，五瀉舟輕浪又麤。剝芡采菱了官税，任人唤作薛家湖。

雪樣蘆花花樣楓，滄江一臥興難同。木牀三腳坐調曲，何似蕢洲漁笛風。

氊車聯句

寒信連朝到九逵，晋芳。單車催换翠葺帷。仁虎。周圍自覺跏趺好，文哲。閉置翻教偃仰宜。晋初。輭褥層鋪紅緂繝，長明。虛牕四映碧琉璃。錫熊。久辭暑路遮蟬縠，省欽。稍遜豪家製鹿皮。晋芳。踞處深深被平聲。紫毳，仁虎。馱來得得引青絲。文哲。真同密室迴環護，初。亦有重簾宛轉垂。長明。狹巷何妨横軾凭，錫熊。長途恰稱隱囊攲。省欽。輕摇短蓋風猶警，晋芳。冷壓低幨雪不知。仁虎。淅瀝碾冰行倍穩，文哲。朦朧衝霧去應遲。初。差肩未厭閒朋共，長明。擁鼻終憐冗僕隨。錫熊。伴我皃鑪供小坐，省欽。嗤他塵柄助先馳。晉芳。如騎馬續殘宵夢，仁虎。勝跨驢尋即景詩。文哲。厎羨地衣温可藉，初。偏疑鑾帳遠堪移。長明。相逢大道愁頻下，錫熊。偶對晴山快一披。省欽。障幔休嫌新婦狀，晉芳。安輪略比隱君儀。文哲。出門莫便思搥壁，初。倒載歸來薄醉時。仁虎。

祀竈聯句

五祀血祭同，仁虎。資養實惟竈。制從燧皇分，文哲。功向黎正報。設主必於陘，省欽。迎尸先自奥。夏爓胏供膋，初。冬獵脂備膏。古經淆訓疏，長明。俚俗雜媚禱。居然嚴君尊，錫熊。詎爾老婦髦。儀形參稗官，晉芳。姓氏混真誥。圖箋夾兩騶，仁虎。穴壁奠四墺。拕拕腰垂紳，文哲。肅肅手執瑁。端居帝若思，省欽。仰視民不佻。臧慝悉降晌，初。短長皆升晧。昭玆常設監，長明。相在罔遺幬。交年盡室忙，錫熊。餞臘連衢譟。懸門朝換符，晉芳。警巷夜鳴鼜。冰峩峩結棱，仁虎。雪皠皠鋪縞。霧凇寒自霏，文哲。暾光暖宜曝。胎花活火烘，省欽。禿樹高風颾。時維三九占，初。日以廿四告。北户呀短扉，長明。東廚拄横楣。障塵簾雙叉，錫熊。墜墨帚一埽。陶鑪香乍縈，晉芳。鐵檠焰初熇。膠牙堆花餳，仁虎。暈臉酌桂醻。盛盂湯泛飱，文哲。出甑飯烝秏。棗棃榛栗羞，省欽。藴藻蘋蘩芼。嘉妃既配歆，初。密從亦分犒。馬行細投芻，長明。車設輕縛稾。抖擻振褒衣，錫熊。傴僂俯圓帽。駿奔競燀胞，晉芳。雅拜臚禱晢。抱悃殫潔蠲，仁虎。嗽詞恕于冒。維神亶厥聰，文哲。于我允兹保。泰元始判儀，省欽。司命早錫號。凡趨吉避凶，初。如去涇就燥。醉醒與世移，長明。冷熱從吾好。京國徒久淹，錫熊。邱園謝高蹈。據觚談孰聽，晉芳。辭突走安造。孤坐思向狂，仁虎。獨炊緬梁操。齏嘗百甕酸，文哲。粟奉一囊糙。友譏乏脡修，省欽。兒餐希鮮蕘。烹雌傷扊扅，初。産黽訝釜鏊。杵春爨婢嗔，長明。擔汲鋤童懊。模糊石炭爇，錫熊。拉雜灰薪烄。向燎穿肘跟，晉芳。噓烟眩頭腦。牕影昏宿霾，仁虎。屋痕驗前潦。寒暑隨嬗遷，文哲。角張閱顛倒。有舉期莫愆，省欽。無靈負所勞。將毋或煬蔽，初。遂不余咻嗅。姑置往弗追，長明。式憑後斯靠。匪求躐豪華，錫熊。第取潤枯槁。百福徠順祇，晉芳。五窮送虛艇。勿感陰陽淫，仁虎。勿遘大小耗。勿使雞蟲爭，文哲。勿俾雀鼠盜。醯醢勿污蠅，省欽。蔬蓏勿傷晧。墩貍勿翻羹，初。幕燕勿啄菴。當籬犬勿狺，長明。伏櫪駒勿驐。提壺奴勿呶，錫熊。胠篋客勿暴。勿庸目者憐，晉芳。勿褊心者媢。如願果受釐，仁虎。矢誠更申祰。珍羅丹雉膏，文哲。雋割黄羊臑。陳乞滋益恭，省欽。請祈非長傲。焚紙舌空疲，初。塗糟目已眊。迢遥九閶開，長明。姽嫿六女導。烈炬騰皁幡，錫熊。迴飆捲朱纛。叩陛足趑趄，晉芳。捧章語謗讟。渾渾忘咎譽，仁虎。悠悠泯欣悼。試問聖何來，文哲。且請鄰毋躁。數典任荒唐，省欽。追歡轉兀奡，得仙理則憮，初。致富術豈帽。兆同鏡聽諧，長明。徵比箕辭諛。祠竟人罷喧，錫熊。夢闌鵲聞噪。上元重相迎，晉芳。準勑利市到。仁虎。

白華前稿卷第三十六

古今體詩城南集三

旃蒙作噩

葎石宮庶墨菊

雨叢糢糊露叢白，橫枝直枝綴佳色。十弓隙地花塞之，花影酒痕互狼籍。舉觴酹花花不辭，落墨貌花花不知。高低向背妙惟肖，元氣所到無成虧。先生三絶敻時輩，冷客招要坐鱗次。籬下爭餐秋菊英，匣中罷讀春坊字。陳清款紙伸丈餘，纖兒色駭珍璠璵。卒然筆趣趁荒率，一凹一凸紛斑如。綻者如鈴縮者爪，簇者成窠斷者拗。突兀從教石筍撐，蓬鬆定有苔紋絞。此花情性沖隱宜，肯入俗眼遭妍媸。不用安棚堆錦繡，幾曾礬絹買胭脂。古來畫蘭畫竹參篆隸，鼠尾丁頭結體勢。畫菊卻於章草求，生管匆匆恣游藝。墨香倡和名蹟湮，嘉禾志掩雲東塵。成化中，嘉興姚公綬爲許進士廷冕題墨菊卷，周桐邨、沈石田有和詩。我今讀畫起三歎，此是先生親寫真。北風騷騷潎裘茸，呵凍留題臂平拱。巧偷豪奪皆吾徒，持謝牙牌訪嘉種。

味經師寓園長夏圖

帝闉沓冠蓋，出郭涵道心。林塘曠相屬，言面西山岑。入門賞松石，窈窕停蒼陰。朱藤冠華宇，丹蕖浮曲潯。即物感欣暢，始知夏已深。亮無熱因觸，蕭暇同臯禽。詛士不改術，丹鳳不改音。身披一品衣，手揮五絃琴。

著作承明廬，炫奇在文賦。辭條非不繁，經訓尠所務。我師當過庭，六籍討真趣。綜甄兼百家，矧敢薄箋註。含英復咀華，茹新亦温故。醰醰歸大醇，此味託墳素。道山清切地，退直振高步。彼哉邢、魏徒，勘書事章句。

九龍秀天表，少日居舊園。高堂遘多故，籲走中煩冤。古人涉憂患，問學矢勿諼。蒲輪召斯寵，虎闥名尤尊。煌煌五禮書，真可懸國門。宣付寫官寫，羣喙皆息喧。禮以未然禁，刑以已發援。引經折疑獄，誦習儲本原。

吾鄉老中允，（黄唐堂之雋。）江館總書局。傾心説大賢，光華見膏沃。等身與滿家，屬饜譬菽粟。自叨稽古榮，弼教格頹俗。兹圖溯何年，眉采蔭穠緑。層閣延微涼，不覺遠炎溽。忝從河汾遊，誦法事校録。撫卷思逌然，窺園媿遐躅。

述庵三泖漁莊圖

我友淡蕩人，結廬泖湖側。身披白鷺蓑，乎擫龍須笛。蘆漪蓼岸清且都，匆匆忽墮洛陽陌。應官蹋鼓天未明，疲驢馱夢行夾城。張衡不樂處機密，王衍自來忘宦情。畫師拂卷素，戒我污寒具。曬網掠烟邨，回船覓津路。將晴未晴薛溦雲，欲暝不暝華亭樹。有時三姑乘月來，驚起鴛鴦出沙步。憐君待詔辭竹闕，蓬池斫膾紛斑斕。魚牀蟹籪問何闊，展罷玉叉爲解顔。君言五十掉頭去，富貴功名草頭露。有田不歸如此湖，草堂衹在湖深處。吴生與君廿年舊，知君草堂苦難就。豈惟無貲結草堂？漁弟無翏閟巖竇。即今莊覽動遐諷，元真天隨見伯仲。老氏長滋山水娱，魯門那藉鼓鐘送？乃知三泖之勝天下無，圓冰倒瀉青模糊。湖莊似此信清遠，鷗眠鳥語疑可呼。不爾焉能爲此圖？嗚呼此圖此景世恒有，者番端落散人手。

送人歸白門

春水汨春冰，春帆下廣陵。杏花松路店，荻筍版橋罾。華髮歸何定？茅龍挾未能。秦淮重五夕，好憶帝城燈。

閏花朝小集聯句

新雨迎寒食，省欽。街塵曉乍消。長明。重來尋酒社，晉芳。兩度得花朝。錫熊。院静雙鳩唤，仁虎。簾虚一燕招。初。泥痕融藥甲，文哲。烟色潤蘭苕。省欽。草草流光駐，長明。遲遲閏氣調。晉芳。旬初期未準，翰墨記：洛陽風俗以二月二日爲花朝。錫熊。月半候仍遥。提要録：唐以二月十五爲花朝。仁虎。此日鄉風舊，吴俗以二月十三爲花朝。初。今年節物饒。文哲。葉增桐暗覺，省欽。芽熟菜頻挑。長明。直卯芳時又，晉芳。生辰故事聊。錫熊。何神司長養？仁虎。有客惜漂摇。初。多謝寒輕勒，文哲。相逢信久要。省欽。閒情風共祝，長明。小影月同邀。晉芳。賸綵看猶結，錫熊。深杯試更澆。仁虎。聽餘鶯管滑，初。撲後蝶衣嬌。文哲。響認金鈴護，省欽。陰添錦繖標。長明。勾留禁細蕊，晉芳。漏洩倩長條。錫熊。緩緩穿林屐，仁虎。愔愔出巷簫。初。側行披密徑，文哲。圓坐敞疎寮。省欽。短榼嘉廚薦，長明。明燈冷榭飄。晉芳。歡悰應易醉，錫熊。綺序本難料。仁虎。一倍春堪戀，初。三分景正韶。文哲。陰晴緣亦偶，省欽。消息理偏超。長明。歲律空延佇，晉芳。家園漫闃寥。錫熊。天涯萋緑草，仁虎。昔昔夢吴舠。初。

吾山夜雨停尊圖

開筵眷華酌，商氣在孤檽。一種瀟瀟雨，難爲永夜聽。話殘人翦燭，唱罷路淋鈴。滴盡糟牀響，能添兩鬢星。

錦瑟動羈夜，美人勞我心。遠將藁碪怨，併人竹梧陰。獨鶴夜相警，數蛩寒自吟。所憐阮公淚，掩户亦霑襟。

劒亭吉士長松箕踞圖

昔君圖課耕，將隱茭門上。雖無買田貲，三徑故無恙。茲焉盟石泉，心蹟轉遼曠。高瀑下雙澗，微雲帶重嶂。亭童撐一松，陰影走頽浪。翏翏氾天風，田衣水搖漾。覩人復觀我，世慮齊得喪。自聞索米來，猨鶴亘騰謗。艱虞仗一官，哀樂幻千狀。惟存舊文采，仰屋抗遐唱。古德鄰太初，劫局浩難量。願言共晨夕，卜居介廉讓。

集查太守恂叔禮接葉亭丁香花下

釀陰天氣鳩勃谿，官街没轂溝淘泥。嬾眠如蠶閉圓户，不知暖信催棠梨。朝來黃色上眉宇，發函一笑承嘉攜。長矼詰屈引苔徑，複檻明瑟延藤谿。忽逢姣女露姿首，種種綽約揚輕荑。數團紫雪兩行粉，相間深淺參高低。有亭翼然出花罅，辛夷作柱蘭作枅。腳鐺敷坐趣真率，仰視扁署挐青猊。西厓當年盛文讌，從遊羣彥皆金閨。醉翁草木例加敬，漁人津洞尋復迷。數椽老屋落公手，每接歗阮陪琴嵇。東風吹簾鳥聲碎，璁瓏萬結交暄萋。是時卷波叫狂絶，春梢撲地傾留犁。游絲白日不到地，繞樹千帀争探題。主人守郡百蠻日，桂海志與虞衡齊。遨頭導從伐銅鼓，木棉蔽野山鴂啼。大書照曜勒詩版，歸載片石爲裝齎。休神家衖辱鄰比，通倪輩行忘訶詆。賣從花市尚須醉，譜入藥録非無稽。來朝雨晴大難卜，遲賞燈月浮玻璃。

蔚田館師收綸圖

先生釣鼇手，巾歲登蓬池。褎然領同隊，魚佩光差差。舊鄉往復還，書局鉛黄疲。頭廳負公望，縱壑行可期。賤子本促鱗，濡沫吴淞湄。朅來侍龍門，浩蕩無津涯。忘筌守元箸，跛浪開雄姿。物理喻罕譬，在彼亦在兹。朝來告行急，謂有蓴鱸思。白漊烟波遠，黄嶽雲海奇。某丘與某水，游釣從少時。二者敦夙好，熊魚難兼之。何如五湖長，坐把綸竿持。滄江歸未晚，秋漲涵渺瀰。挂帆去安穩，徑造蘆之碕。彎彎月爲鉤，縷縷烟爲絲。箬檐挹疎雨，蓑袂當涼颸。竹竿長篧篧，投餌臨輕漪。灑焉忽收起，掉頭如恐遲。惟餘紅蜻蜓，款款來相隨。我聞古賢達，每藉羊裘披。其下曰陽鱎，入釣堪鄙夷。先生使直鉤，無愧名館師。滿船載明月，經綸焉取斯。所嗟夢炊白，誰獻鮎魚嗤？林寒葉微脱，且詠陰鏗詩。鏗詩：「林寒正下葉，釣晚欲收綸。」人知得魚樂，此樂無人知。吾徒抱微尚，載酒懽言追。一竿拂東海，化作珊瑚枝。

憶竹聯句

薊植非無種，省欽。成林願未諧。晉芳。款門何所造，仁虎。開徑有餘懷。長明。舊宅棲雲外，錫熊。閑園抱水涯。初。亂抽簪一束，文哲。寒削玉千排。省欽。露重枝妨帽，晉芳。泥鬆筍避鞵。仁虎。相看渾不厭，長明。小住且爲佳。錫熊。瑣碎吟徒好，初。平安訊轉乖。文哲。前盟青士阻，省欽。別思綠卿皆。晉芳。瑟瑟招涼榻，仁虎。騷騷聽雨階。長明。榭塵凝弗掃，錫熊。庭月冷空篩。初。曲援兼荒槿，文哲。單扉久閑柴。省欽。披襟聊此地，晉芳。把臂尚吾儕仁虎。素節知難改，長明。深緣信必偕。錫熊。襪材煩畫手，初。留影在高齋。文哲。

憶桂聯句

問訊南州桂，文哲。丹叢取次熏。初。氣乘秋正滿，錫熊。陰與月平分。長明。直幹陵松蓋，仁虎。盤根駮蘚紋。晉芳。冷含虛院露，省欽。高臥小山雲。文哲。影識前身見，初。香參逆鼻聞。錫熊。有華寧不實，長明。無隱欲何云。仁虎。偃蹇懷芳躅，晉芳。淹留媿俗氛。省欽。植根遷未易，文哲。攀樹望徒勤。初。偶爾陳盆盎，錫熊。猶然阻屐屧。長明。畫欄空細雨，仁虎。荒圃幾斜曛。晉芳。歲晏誰華予，省欽。人閑最憶君。文哲。蒼蒼留古貌，初。落落吐奇芬。錫熊。好服真仙訣，長明。憑招隱士羣。仁虎。故林眇天末，晉芳。惆悵倚微醺。省欽。

張孝廉北牕讀易圖

高館延遠陰，淅瀝午風響。幽居憺無營，敷坐致蕭爽。孤桐翼廣除，修竹蔽疏壤。悠然天地初，名理極俯仰。觀玩在象辭，一畫示指掌。始知嗜易人，不作禪説賞。禾中文獻區，經訓富疇曩。永懷寥迴心，遺世息塵鞅。何日刺扁舟，抱經共還往。

飲恂叔太守所攜獞酒

翠樽翻墨濤，味敵苦桑落。酒入四座嘗，未曾聞是嶺西獞丁作。獞丁住巖罅，職志遺虞衡。厥性視猺獠，獷悍難與爭。冬衣去鶩毛夏木葉，麻欄高架如巢橧。掬水摶飯解飢渴，何時學得釀法浮春罌？麴蘖泉洌不論斛，九地泠泠窨沈淥。陶家制器徵絕奇，縮頸重脣皤其腹。東風開甕香撲天，浪花歌成排綺筵。峒官嗚嗚迓新壻，此酒壓擔隨牲牽。不然毿髦練鬝事，剽掠痛飲便抵鎗頭錢。口涎膽悸拚，不得重使主人笑。觴客當年投牒邕，管歸郎火連邨獻雲液。輕裝下瀨防觸危，穩載聊同鬱林石。留君竹薄笨，勸君金叵羅。宅南十載瘴雨惡，椰杯一酌回天和。此酒釃且清，藏之歲云久。粹泉瑞露拜下風，鯨吸魚喁莫停口。甕邊醉臥能幾回，殷勤便乞蠻方守。赤雅獞人聚而成邨曰峒，其長曰峒官，臂衣曰練鬣，戰服曰氀毼。凡隨行攻掠者，厚給其家，曰鎗頭錢。伐木架楹，人栖其上，牛羊犬豕畜其下，曰麻欄子。

和徐芷塘秋海棠元韻

巢痕幾處認徐郎，吟望寥天思轉傷。何地移根迷碧海，有人散蕊怯元霜。小名悔識當風面，薄命教迴似水腸。一種相思君領取，井梧陰覆鬱金堂。

嬰春不分睡春陽，賸與淒清和笛牀。團扇慢搖秋葉大，輕鈿勻妥晚花涼。傳神雅唱工裁素，没骨新圖妙暈黃。卻倚畫闌燒短燭，玉階寒峭夜初長。

絡索蟲絲曲逕穿，妮人姿制故嫣然。雲朝雨暮非神女，月白風清亦散仙。檀板共催君莫舞，鏡匳遥對我猶憐。玉羅牕外銀瓶小，留與衰蘭一鬬妍。

久遲暖信送梨棠，十樣紛連薜荔牆。幽怨漸銷金粉豔，柔情終帶綺羅香。風流有種傳佳話，時世無緣託淡妝。薊北江南千里夢，好評花品趁新涼。

戴筤圃侍御與彭芸楣編修易居用田山薑移居詩韻見示奉和

飛蓬一一隨飆車，陸沈金馬争浮家。偶然一區號瑞室，鍾嶸有瑞室頌。捷足先得如奔麏。聽鸝此時訪戴宅，斟雉當日書彭衙。言從米市八果巷，中有仄徑通攲斜。趁間漫趨五夜漏，得氣待養三春花。人生託足亦前定，憂喜不用占鳴鴉。井眉之居況清灑，幾人飲馬停馬撾。往還依舊迭賓主，勿使匹處嗤匏媧。

宅經聚訟紛五車，江西幾派陰陽家。兩家交易發弘願，不比强使鞹騤麏。人言涉冬墐北户，君愛及蚤移南衙。徙居故事出新意，況仰屋柱無傾斜。填門賀客太無賴，開讌坐爇金燈花。佳兒繞膝弄紙筆，此乃清鳳非塗鴉。我今落成復賡韻，感慨不似操參撾。歸來笠易利西北，悠然高枕參羲媧。

次韻爲桐嶼師題石谷所仿郭恕先湖莊秋霽

田橋野色連雙塍，王郎結屋居上層。夕陽粉本金翠凝，解衣坐對涼鬔鬙。麓臺老人杴得朋，不比狎主摟邾滕。是圖裏外湖潀承，誅茅蓋瓦來牽仍。竹樹滃然蒼霧蒸，蛾緑照檻腰熟凭。往還太半雲門僧，白石枯爛牛角嶒。坡羊澤鳧胥佐胥，得魚貫之扱臬藤。前者樵唱後者譍，飛度松杓神欲矜。有占城稻垂告登，主人觀刈臺級升。了不驚起眠鷗翮，大致清遠踰吴興。瓜皮嫩緑波面澄，擷蓴剥芡舠可乘。飛放直許追魚鷹，忽落公手披緺繩。謂於郭畫三折肱，觸迕鄉思縈一絚。水邨算橘租芰蔆，射的米賤白有徵。宦情薄擬蟬翼繒，季真遺狂於古曾。尚友那遺淄澠，結草堂貲交貸稱。鴨欄豚柵時修增，菊天酒具齎王弘。酒酣共翦西牕燈，滄洲涉趣沖且恒。雙清心跡頭銜冰，吴吟會吟吾亦能。所媿小竅鳴秋蠅，樵風南北神式憑。竊議鉏蠏行挂罾，著書深澤叢抄謄。買山而隱言勿憎，學參畫禪公則勝。

劒亭前輩葺棗南書屋戲作

官貧例僦屋，償租憂不堪。損錢事營葺，失笑成愚憨。君家官菜園，地僻疎朝參。惜少著書室，彌勒將移龕。虛庭一俯仰，借蔭濃光含。散花時惹香，結子還作甘。猗與北鄰棗，要我姑滯淹。昔賢稱棗東，今君居棗南。呼童拾殘礫，蓋以重茅苫。每當會文酒，小坐臨牕檐。布影歸其宅，不礙涼初蟾。隔牆挂纂纂，側想長竿拈。分無素封志，撲取嫌傷廉。君家望梅者，沁醋傳笑談。此棗或酸棗，慎勿盛都籃。庶幾杏殤後，佳讖徵早男。

高齋詩意圖送礪齋太守之宣州

遠岫高林一桁開，北樓搔首重低徊。詩人例作宣城守，不藉棊枰賭决來。倒馬關前舊領符，股肱幾郡借馳驅。者回又駕琴高鯉，可憶淞南巨口鱸。漆栗寒烟夾岸籠，到官差喜到家同。春湖下上平如掌，使盡三江一帆風。高齋視事詠初聞，水木清華絶世氛。畫與謝家白團扇，相思常遶敬亭雲。

覺生寺大鐘聯句

華鐘鎮祇園，仁虎。廓然容萬斛。佞佛成祖營，青浦王昶述庵。役徒少師督。激電移歲時，文哲。傳燈閱涼燠。探勝攄遠懷，省欽。趁閒討遺躅。車遲曾城阿，長明。寺聳大道曲。豐碑蛟螭蟠，初。巍座龍象蹴。周遭庖廥廂，錫熊。錯立栝松槲。駮蘚鋪堿堦，仁虎。倒茄麗樗栿。威神屏方良，昶。怪偉圖忽倏。流鈴戛郎當，文哲。法鼓震塗毒。繡繒内家旛，省欽。琳笈中禁軸。幽響飄迦陵，長明。妙香散篤耨。耽耽廣院呀，初。屹屹岑樓矗。鼇柱擎坤維，錫熊。雁堂仿乾竺。風櫺亞差參，仁虎。露栱盤歷碌。上桄腰彎環，昶。緣壁蹓彳亍。蟻穿窈以深，文哲。螺旋往而復。趲趲筍虡横，省欽。帖帖蒲牢伏。其圍四尋餘，長明。厥徑三仞足。重八千衡嬴，初。高十六尺縮。積石儲廩囷，錫熊。量袪越方幅。頂同盂體圜，仁虎。身作鏡光煜。辨名殊重脣，昶。取象類大腹。排欒饕餮蹲，文哲。介篆虹蜺束。昂俄夔首撐，省欽。瑣碎虯紋簇。哆張陋釜鬵，長明。雄跱嗤鼒鬵。有銑兼有鉦，初。非錞亦非鐲。中懸盧肖穹，錫熊。下覆室成寝。熊熊景常歊，仁虎。黝黝色轉沃。烟煴湧帝青，昶。繚繞暈官緑。含霜九芒寒，文哲。炫日五采昱。鋒棱沙畫錐，省欽。縵理錦交縟。重爲遶帀行，長明。共作迴環讀。華嚴繙寶函，初。般若譯珠櫝。品經貝葉傳，錫熊。真偈蓮華續。體變盧佉文，仁虎。語想釋迦囑。蠡紐危自垂，昶。鯨桴怒相觸。雷音走隆隆，文哲。飆韻氾謖謖。應大昭小鳴，省欽。中左羽右緑。豈立號立横，長明。乃滿阬滿谷。曰動氣必宣，初。維空聲斯蓄。警宵分雞籌，錫熊。報午間魚粥。旅魂感恫惶，仁虎。山鬼拜跧跼。大地咸震醒，昶。諸天正清穆。聲聞豁塵襟，文哲。喟息稽故牘。主㓜藐孱孫，省欽。操戈恣悍叔。時方息龍争，長明。事忽符燕啄。腹心寄齊、黄，初。羽翼翦代蜀。葛藟忘庇根，錫熊。椒聊使盈匊。啓疆假以權，仁虎。睨器求所欲。連營諸將驍，昶。入幕一翁禿。讖誇瓦墮空，文哲。計詭壁藏複。飛颺韝脱鷹，省欽。跳突原走鹿。歌風北方强，長明。占繇南國蹙。臨江勢已成，初。割地議空瀆。郭門喧征鼙，錫熊。陵闕閃戰纛。宫中傳披緇，仁虎。殿上儼呈籙。周公輔誰欺？昶。和尚誤難贖。紀年付草除，文哲。鉤黨窮訊鞫。著緋衷刃趨，省欽。要經投筆哭。詉呼冤哉烹，長明。狼籍弱之肉。株連榜姓名，初。羅織籍家族。雨仗修羅宫，錫熊。雪鋸波吒獄。孰白重泉寃。仁虎。莫逃一字恧。魯弓假不歸，昶。周鼎遷重卜。鑄鐵悔六州，文哲。貢金來丸牧。象功愧和平，省欽。懺禍懲殺戮。大慈見應嗔，長明。弘願持較篤。濁劫經刀兵，初。道場會水陸。咨考工庀材，錫熊。命將作勑屬。銅調牝牡龢，仁虎。火扇文武焰。制器倕工能，昶。揮毫學士獨。一礫復一波，文哲。三薰更三沐。幅整資臨摹，省欽。坏圓試鏤鑿。摶泥外渾淪，長明。化蠟中滲漉。封冶長庚監，初。開鑪太乙矚。瀉液凝碧烟，錫熊。騰煇爍朱旭。兕鱗降蜿蜒，仁虎。封釁縶觳觫。審音析毫釐，昶。中度辨黍粟。雄梁高引絙，文哲。飛架圓轉轆。大衆讙讚揚，省欽。羣靈駭馳逐。漫將毅魄招，長明。直使陰魔服。解脱驅三災，初。祈求迓百福。真諦參每煩，錫熊。善根種非宿。是爲有漏因，仁虎。詎稱無量祝！縱依浄土安，昶。終俾吉金辱。疢心積孽多，文哲。彈指流光促。沈埋痛瓜蔓，省欽。倉卒報榆木。十朝舊物貽，長明。萬壽崇基築。明代是鐘本貯大内，後移漢經廠。萬曆五年，建萬壽寺於西直門外，移鐘於寺，日俾六僧擊之。見野獲編及帝京景物略。賜出從紫闥，初。移來近蒼麓。聽周釋界千，錫熊。撞選僧彌六。喧寂任禪緣，仁虎。廢興易世局。鴛舍藏至今，昶。虎分禁自夙。天啓中，有言寺在帝里白虎分，不宜鳴鐘，遂臥鐘於地。見燕都遊覽志。地隨亳社遷，文哲。世閲秦灰速。啞棄堆泥沙，省欽。僵眠蔽樸樕。剜苔過客摩，長明。擲礫游童扑。代已變滄桑，初。物仍寄輦轂。流傳四丁訛，燕邸紀聞云：是鐘鑄造及徙置萬壽寺月日時皆四丁未。今考永樂朝無丁未年，蓋汪氏之訛也。錫熊。呵護六甲肅。景運逢轉輸，仁虎。昌時協調燭。提唱通人天，昶。秉持徹道俗。闡法開化城，文哲。棲真傍靈囿。挽以千馬車，省欽。貯之萬鱗屋。奏殊辟雍蕢，長明。陳擬房序玉。帝臨星罕移，初。聖作奎章爛。正覺發顓蒙，錫熊。多生遂熙育。仁虎。水源功德滋，昶。雲氣吉祥郁。文哲。毋愴憑弔情，省欽。且暢登臨目。長明。新詩如叩莛，初。用補春明録。錫熊。

次桐嶼師韻雲松編修移居椿樹衚衕

不煩綵石映紅泉，略占春明自在天。旋馬虛庭留小築，陳海寧故第。鳴鶯高樹卜新遷。健來竟得休糧藥，貧去難忘潤筆錢。應有舊聞留日下，一樓一井字王宣。

紙閣蘆簾結勝因，翛然高與太初鄰。向陽檐䧿頻傳喜，得氣堂花蚤發陳。灰陷圍鑪消飲夜，墨融矮帖助吟春。閒門剥啄休嫌少，試看元亭問字人。

送平瑶海聖臺大令旋粵

年來忝接卯君塵，造室停驂誼便親。爲政最宜文獻地，談詩不似簿書人。匣中巨璞清門迥，燈下連牀樂境真。及記鳳巢痕半埽，木棉紅映海天春。

青楓幾樹送江程，重上朝班聽漏聲。十日願從公等醉，九重喜説長官清。檐喧賀䧿聯翩下，廄歇疲驂汗漫行。莫笑腳韝連手版，御屏今日也書名。

扶胥灣口蜑孃船，斑管文章映斐然。此事廢於行作吏，如君才似謫稱仙。蘭亭水竹情空戀，梅驛風花信正妍。纔識稽山兩前輩，盧橋尊酒去翩翩。

送商太守寶意盤之雲南

馱鈴曉語霜在韉，朔風獵獵吹長旃。南征萬里鬢垂白，獨有高興淩秋烟。滇池蒼茫滇山碧，盛覽王褒緬遺迹。衣繡寧須論買臣，移文詎比嘲逋客。三十年前吴會吟，九仙骨格張玉琴。弓衣織句麗如此，畫閣焚香清至今。使君守滇如守粤，敢以一麾嘆淪屈。每教邊郡重循良，更遺蠻邦化文物。當筵一曲酒千巡，到及葉榆江水春。狪花犵鳥如相問，身是先朝侍從臣。

次鑑南韻夜坐畢修撰秋帆沅聽雨樓

板閣連層仿隱居，松風低灑夜牕虚。人緣對雨便還往，仙好當樓凈埽除。一翦偏檠談最密，半篷圓笠夢終疎。無端誤喜瀟瀟響，如水閒庭葉脱餘。

檐牖吱查報曉乾，涉冬稀得雨聲寒。但飄急雪聽逾好，若上危梯下亦難。鑿壁待延嵐數點，逢場須作戲雙竿。與君更發聯牀慨，北泖南湖底樣寬。

迂竹軒

竹一竿，綴以苔石，題云：「至正庚子雲林阻風壽明寺，爲一庵作。」寺無考，觀自題詩，知不出震澤間，而集失載。夢堂司農得之，以名其軒，猶蘇齋石鼓山房志也。

个个貧家竹，幽都産未曾。試懸竿一挺，恍倚翠千層。體結雲林妙，心游浦寺澂。白蓮塵外社，緑葦水邊燈。夜話欣聯臂，朝眠忘折肱。鷰谿隨筆到，鳳谷選材勝。短跋三生戀，清詩七字矜。流傳湖海遍，藏弆袱梁升。愛仿蕭齋署，疑陪米舫乘。幾梢風下搶，數笴露高淩。軒借迂爲號，堂宜夢有徵。墨君靈氣涌，醫俗此猶能。江南人以有無倪畫分雅俗。

次韻唐花四詠

催詩如火到問坊，特先春韶試靚妝。幾點紅雲烘徑淺，四圍銀燭照人狂。西川碎錦空湔水，北地勻脂且避霜。失笑老顛花事晚，此間新覓返魂香。海棠

斗大黄瓷養善根，國香蕉萃忍重論。哀絃無語終含秀，空谷何心早變温。炙去尚聞芳竟體，焚餘莫遺夢離魂。烟皐露畹風騷遠，留對圍鑪壁影昏。蘭

江南江北了生涯，出窖驚看一幹斜。深淺未妨垂縞袂，寒暄無與寄瑶華。題牋客愛疎牎

擁，酹酒童教隔巷賒。不比畫圖消九九，相逢須作探梅誇。梅

笙歌叢裏逼新年，富貴真疑得氣偏。十户慣憐貧論值，一闌蚕笑熱隨緣。香兼獸鼎扶頭重，彩和雞江撲面圓。如此名花如此會，故應壓倒綺羅筵。牡丹

白華前稿卷第三十七

古今體詩史官集一

柔兆閹茂

今起居注官爲古左、右史之職，而會典翰林院以掌院學士、侍讀學士、侍講學士爲堂官，編修、檢討爲史官。蓋設官之初得與史職，其名義如是也。散館之試在西苑正大光明殿，幸得留館授職。凡奉使黔、粤、楚主文所作，竝登斯集。

送里人南歸

代馬蕭蕭動别情，勸君杯酒送君行。畫橋不盡垂楊柳，兩岸春風有乳鶯。
鶴沙東北望衡居，我去鄉園十載餘。記得鶩肪好秋粉，韭芽黄拌晚餐虚。
京國緇塵撲繡韉，潞河下水定何年。人生衹有歸田好，不爲南雲也悵然。

二牐春泛同竹君魚門璞函馮紉蘭分賦

櫟水抱同志，冀踐沙鷗盟。一人一壺榼，提挈煩傔伻。九衢厭摩擊，望望循高城。城邊玉河柳，學囀聞早鶯。習射預調埒，賣藥還支棚。少焉石梁轉，迥絶滄浪情。冰簾挂遥影，磯激先作聲。不料灰洞底，曠若昭昏盲。招招呼舟坐，輕比花鳧輕。槳亦不能打，篙亦不能撑。環腰曳絲纜，宛在江南行。邨邨浥杏蕊，塢塢披桃英。羣鶩復羣鴨，唼喋如有争。馬飲麴塵細，燕浴韡紋平。但少葭菼色，遠貼春波明。閒閒荷鉏子，獨上高原耕。指言宰樹後，爲園規奉誠。頗思款茶竈，兼想移酒鎗。破闞久不答，回櫂開瓶罌。倚酣共談往，此川通漕征。雲帆抵城腳，疏鑿艱始營。外城拓何代，臨賞無一泓。長安萬人海，兹勝宜得名。焉得咒之徒，一勺皆蓬瀛。不然下通潞，欸乃歌相迎。雖違祓蘭序，猶及餐筍櫻。同遊笑相謂，魚鑰嚴初更。終當負襆被，庶用湔冠纓。夢回浄如拭，心蹟留雙清。

西潭觀察買桐軒圖

高梧蔽孤館，鬱鬱浮碧陰。有時颯風雨，彷彿鳴枯琴。主人買此屋，翦伐力勿禁。盤桓撫孤幹，再奉雙南金。此桐得續命，此屋留嗣音。廿年涉遊宦，欲往良阻深。西津暗曉渡，北固明秋岑。開圖寄歸夢，湛然清以森。婆娑感生意，虛白觀道心。穆如詠先澤，夜壁燈沈沈。

和鑑南題秋帆前輩得石軒次初白元韻

生不能懸壺長安學仙伯，又不能洞房連闥護錢癖。何人得石搆層軒，石爲主人長請客。主人有客居對門，詫道石堪冠朔易。花綱動地脱賄遷，灰劫周星免兵厄。運去難教僮僕守，時來尚荷鬼神惜。摩挲唱嘆續查田，爾石雖頑見胡甸切。靈脈。直同園裏參品流，終擬厓間量圍尺。亞牆摟摟撐貓頭，堆砌隆隆伏麋脊。要同浣花堂上松，手種一株配一石。我觀顯晦皆夙緣，豈少碑材臥闌柵。百金傳購餐緑蛾，底事區區換雙璧？歐陽致弔柳賀遭，聚訟紛綸鮮真獲。人生兩膝隨一身，丘壑閒蹤任爬罬。置弈且看棊局平，承杯休放酒腸窄。更煩畫手圖真形，槃薄軒前解裳襞。石之在彼猶在君，六合同歸幕與席。君不見湖黿蚺蛀買求益，競入豪家等塵積。我難買石姑買鄰，智者移山願從役。物憑歲久能自飛，珍重門扉掩初夕。忽記主人住弇山，蘭圃猶存左徒宅。

桐葉封弟得風字

有弟聊相戲，頒封一葉桐。當貿青匼匝，在手碧玲瓏。金翦分枝後，瑶章刻楮中。記言聞左史，入賀見元公。既附龍門末，應輝象服崇。稽符虞瑞合，典誥夏璜同。字啓藩隨魯，疆開索準戎。嘉禾他日告，萬古播唐風。

集西潭觀察新植紫藤花下

閏春融融花信慢，青藤吹作紫霞爛。君家一本吾所憐，似枝非枝幹非幹。疎難縛架誰竝題？高及扶檐客争玩。過牆而下如建瓴，倒影濛濛染卮茜。迴文碎錦翦重重，圓相寶瓔絡串串。座中老饞涎亂流，蒙泉前輩。要采穠英裹齏麪。此時櫻筍記家廚，此地琴壺話公案。北海尊罍老尚傾，東山絲竹宵寧倦。孫退谷、彭茶陵舊居。問花再四花不知，轉眼韶華激飛電。主人歸騎自湖湘，新買林亭勝萸洴。未妨當户起車塵，最愛垂堂夾泉潤。昨朝依舊爲選人，吏部廳前芘蔥蒨。只疑身在紫雲回，何似此花滿庭院。兒孫初祖形體殊，且倚波簾捲風幔。從來花木似名節，維久乃成猝難辦。斯藤結縛才數年，爾許繁苞怒紛綻。種人種樹將毋同，總角行行詑星弁。吾儕笑口當粲如，莫放來朝落如霰。明年花發君已行，有花不是者邊看。相期續訂林下盟，日繞百帀咏千徧。

陸丈長卿北莊課孫圖

鶴沙距滬城，兩舍判緊縣。交誼多紀羣，早歲輒相見。我翁磊落姿，長頭復長面。抱孫今六年，恥爲梨栗戀。詎惟識之無，行且課經傳。熟如瓶水翻，探喉不容嚥。莊如棒喝聞，轉頭不容倦。莫言黄口童，速化計非便。長孺與小同，祖澤起嘉羨。翁家著雲間，譬若衣有緣。不爲近市謀，二頃缺營佃。大兒官舍人，泛宅趁風便。卻留膝上兒，嬉嬉慰寢膳。相於竹素居，廊檻照華絢。故物指石屏，舊德話宫扇。然而懷北莊，何日更增繕？豈難寄草堂，畫且索礬絹。修竹三二分，雜花百千片。水窮雲起間，重茅閉深院。扶杖信以怡，籝金信以賤。和暢類含飴，劬勞等食硯。自我來大都，流序劇傳箭。豈無讀書處，幽草没荒堰。他時歸買帆，詑此突而弁。

陸丈吴淞歸棹圖

淘泥没髁六街行，孤負家林蕨筍盟。説與挽鬢人記取，歸心緊似畨潮生。
白紙坊南僦破檽，深宵話雨酒初醒。修羅劫後靈光在，喜見江湖有歲星。
鯉庭桃李怒争春，笑向兒郎謝告身。半翦緑波似青鏡，照來未算白頭人。
春城隱隱水迢迢，指點淞南第一橋。慢艒輕帆較安穩，不煩巨浪破風飆。

竹素堂前石磴環，依然窈窕讀書山。何時也渡春申口，手替松風一撼鐶。

銅章七品遲新恩，酒壘詩壇健更尊。他日經壇勤祝嘏，再騎瘦馬入修門。

西潭觀察新闢石池

方池浸堂影，袤廣僅盈丈。淺沙多層流，厥底覆盆盎。連筩課新水，浄緑得滋養。藕夫頗嗜奇，點綴覓菰蔣。譬之明月輪，雲翳更堪賞。其旁叢石林，濯濯透蘇壤。青桐陰扶踈，黄蕉風颯爽。不知開鑿初，幾輩剔艿莽。長安萬人海，撲面漲埃坱。有水即醴泉，有石即仙掌。主人雲夢胷，意象入踈朗。點蒼躡屐尋，碧湘挂帆往。歸買小玲瓏，百金用非枉。吾欲咒使移，庶慰濯纓想。

爲約軒題尊甫鐵夫司訓授經圖

國家崇儒紳，設官主黌舍。下以望士林，上以觀文化。蘇湖兩齋嗟一空，此職今與丞哉同。教士教子術無二，當代卻數逍遥公。公生丈夫子有七，五郎早槖西清筆。臚名雲朵光差差，公在九原笑顏溢。殁者含笑存者悲，昔年親侍傳經帷。紆青拖紫非所貴，要使大義懸娥羲。公之遺書我未見，乍過佳兒示家傳。獨冷寧須華省尊，三遷未被交章薦。卻金拒請山鬼知，減賦陳書澤農便。我聞兩京經術飾淳治，公以師儒作循吏。想見臯比危坐時，一一丹黄恣研記。趨庭作圖偶然耳，滿堂動色嗟神異。詩書之澤食報崇，況有陰功著人世。嗚呼校官何處無苜宿，飽飫山齋廚。縱然不能廣厲士類如蘇湖，一命濟物寧忘諸。觀公治行皆可圖，出則積德居積書。五郎索詩如索逋，敢振響鐸驚聾愚。君不見少翁文采擅流譽，述志還推鄒魯儒。

題陳樸廬西山挹爽圖即送之官成都

帝京形勝控山海，出門西笑披晴嵐。官人守官閉車幔，未許蠟屐輿扶籃。君從舊鄉入京雒，能斷家累真奇男。佘神九峯積蘇耳，要看兩戒雄北南。兹山近接太行脊，竭來燕市遊頗堪。酒徒結交詫獨醒，賈胡論值驚羣憨。高頭大鼻氣深穩，無取奪席驚高談。昨朝譽絹索人畫，樱桐帽隨行擔。絃琴在囊劍在室，祕策更向靈威探。陂陀簇簇點苔翠，安膝且坐黄泥龕。僧房青豆竝迴互，京闕黄瓦相差參。星陀中陀遠勢落，戒壇潭柘層陰含。林林人影滿阬谷，知有石炭馱疲驂。於時佳秋轉蒼肅，丹黄病葉霜將酣。支頤露頂看不厭，但覺商氣浮長谽。此間可樂那思蜀，一官萬里行趦趄。芋田橦布事粗辦，宗資成瑨謡無慙。錦城青城足攬勝，詎必峩雪投經庵。桑乾河邊折楊柳，春風濇沱絲垂鬖。他時朝京報政最，戀宿應類浮屠三。

御試麥浪得翻字

芳疇春浪湧，麥氣動郊原。密穟青沿岸，輕花白到門。千棱堆浩浩，萬斛倒渾渾。餘潤多占雪，先秋早訊源。差池匀蹙燕，散漫迴浮犍。嘵刈鐮思捉，晨舂碓待奔。候兼梅雨熟，信逼楝風温。尚憶勤東作，攜鋤手自翻。麥光迷望眼，激浪詫平吞。正及蔪蔪秀，長兼颯颯翻。黏天雲護影，漲地雪流痕。翠涌高低陌，藍拖遠近邨。浴憐文雉往，吸誤巨魚掀。隴上留陰曉，邨中射氣昏。風濤三峽勢，雨露一犂恩。好待金波拂，霏香餅餌温。

散館授職紀恩四首

六街新報狀元歸，西苑熏絃協舜揮。襆被預租金地浄，押班齊望火城圍。三年教養恩如海，兩字賢良德有輝。執卷趨蹌敷坐穩，氈茵鬖几咫顔威。時尹文端、劉文正以大學士爲館師，率領謝恩訖，入賢良門散卷。

殿東晴接殿西陰，正大光明仰帝心。丹字分題雙捧下，錦袍合跽三思尋。盡即忍切。求麥隴秋濤壯，莫負花甎晝晷沈。一賦五詩真鹵莽，願閱鳳律破蛩吟。是日試八甎影賦、麥浪詩，省欽成五首。

翠輦東來降玉階，羽林全撤仗雙排。平臨天步光先近，宣索雲箋韻未諧。已刻御輦經殿前，隨下上殿諭，詩成者以稿上。

封進閣門重簡點，評量樞院尠參差。二三等第勞宸覽，留館容看發緑牌。清、漢書皆分一二三等，拆封後依序繕緑頭牌，引對勤政殿。

宵衣勤政仰家傳，雁序通名豈論年？職志已完文士業，詞章也荷聖人憐。但循資格安時命，蚤託編摩遺俗緣。如此清華難副望，向陽葵藿勉精專。省欽與修一統志、音韻述微、續文獻通考，時列一等第二。

樂賢堂雅集圖爲定圃師作

憶昨昭陽歲，霓裳詠大羅。輇材如我少，藻鑑自公多。既輟看花宴，頻勞折簡過。有堂近東墅，干令紀南訛。淡蕩消炎靄，悠颺起嘯歌。藤陰前設席，柳岸下鳴珂。短柄間揮麈，深杯緩酌螺。輩曹寬接納，禮數謝煩苛。風雅西園振，煙雲北苑拖。一時陪勝集，七字繼清哦。故事徵斯在，同年會若何。師門仍使節，乙酉秋，師復主鄉試前視學九畿。歲序竝流波。複閣窺無恙，前塵記不磨。羣賢皆詄蕩，賤子亦逶迤。詩遲三年約，恩將十賚科。平泉盤泊處，醉眼重摩抄。

廖六明府清華水木圖

佳山如故人，迤邐宛相屬。意行先坐忘，樹色湛寒綠。素襟披好風，萬境轉森肅。不聞衆鳥喧，道心在空谷。自來作吏難，料理困塵牘。夫君餘古懽，政成探幽躅。相見雖無期，相思日以續。寒温訊哲兄，每話士龍屋。想象訟庭間，琴聲泛枯木。

遜華重至都中有贈

牛車幾度遶天涯，燕市重來鬢換絲。顧我署同華表語，磨人祇爲草堂資。戲當竿木逢場後，事在麻衣罷社時。聞道種松鱗更老，一丸長醉墨淋漓。

送錢學士辛楣大昕假歸嘉定

涼飆鳴樹枝，一逕積黄葉。閏歲驚早寒，易凍渡河楫。戒裝何匆匆，話别且喋喋。秋士本善愁，況送馬蹄躞。疁城東海隅，練水抱樓堞。人文興百年，作者案可牒。鳳阿及樸邨，遇窮望差愜。峩峩孫致彌若張，鵬翀青紫芥同拾。先生致身早，奏賦動鬐鬣。迴翔館閣間，學子膽俱慴。經義探鄭玄，文心抗劉勰。讀史證碑版，審音論雙疊。朝章尤粲然，爛熟號行篋。開元與政和，安足供淩躐。先生修王禮考。賤子田間來，幸獲免彈鋏。鄰坊春既連，書局茵亦接。資分雖絶懸，古懽極周浹。銷寒冬擁鑪，逭暑夏攜箑。款關質疑事，逌然笑展靨。首春賦添丁，湯餅羅椀楪。佳慶充門閭，懽喜到僮妾。胡然示疾餘，涼簟夢驚魘。竟符炊臼占，愴怳淚承睫。鰥魚夜不眠，歸思飛獵獵。以公邀主知，文字報職業。副相適缺人，會見藉寅協。初非鷁退飛，奚翅蔗倒囓。家江縱可居，毋過飯魚鰨。速往仍速還，徒乃費輪艓。公言住京久，卜請詎煩揲。帝鄉豈不懷？世途亦屢涉。僂指違里門，幾易玉階莢。顧雲親舍遥，放溜水程捷。江湖同隊魚，游泳互相挾。曹、秦兩同年近俱相繼假歸。非敢躭隱淪，暫與息疲茶。南中訪藏書，百城好兼攝。及此不少休，兩鬢雪添鑷。公有買山貲，僕惟乞米帖。戀棧如疲駑，戀花如病蜨。出郭風蓬蓬，夾岸雨霎霎。相送返自厓，黄塵滿衣袷。

强圉大淵獻

一泉上人出塞圖

黄風吹旗浩呼洶，邊門沈沈萬峯拱。鳥飛不下獸亡曹，豈獨肉身斂肩踵？一公早及禪林逃，頂禮五髻開金毫。隨身兩膝健如犢，飲馬忽見長城高。長城高高望且指，斧冰屑糜凍不死。

雁影同飛都尉臺，鶴聲可憶平原里。前身我亦雁門僧，無分招要支瘦藤。巡徧梅花問孤衲，影堂何處白雲層。

李烈婦詩

婦民覺羅氏，易州牧李君文耀繼室。君前妻弟陳三乘李他出，醉裸入其室，婦手刃焉，既乘間自經，詔旌其閭。

朔風吹易水，水寒馬傷骨。驅馬意躊躇，行人血交沫。專城賢使君，建豎甚弘達。淩晨乘朱轓，按部下農垡。大婦繼室來，素不出閨闥。門風尊上都，奕代光華閥。狂且狗彘耳，肺腑辱瓜葛。沈綿遊醉鄉，不日復不月。儵然入我堂，氣象太唐突。是時夜漏半，媪婢起反蹶。篝燈耿未殘，衷刃手親拔。乘間舂其喉，弱腕力轉脱。死人真赫然，事幾介倉卒。鳴鼓召幕僚，急欲自剸割。媪婢争把持，且待使君訣。使君聞變歸，慰藉語慘怛。可死可無死，此賊況見殺。殺身思自明，跡已近女俠。古人尚中庸，大婦幸裁察。從容數日間，守者意稍忽。大吏檄使君，赴省作小别。有椸懸我裳，有櫛理我髮。遽從别室中，闔户挂梁楬。是時帝南巡，大吏口奏訖。天子屢頷頤，表宅樹雙闕。孔雀鳴南枝，聽者皆茹泣。伯姬不自焚，要亦匪苟活。要惟不下堂，麟編示特筆。我從史官後，高節仰崒嵂。欲服白衣冠，挽歌悵遲發。

蓖塘水部秋樹讀書圖

清遠吳興郡，蕢香拂檻寒。讀書自怡悦，撫樹且盤桓。暮色延平楚，秋聲滿曲闌。紵袍停賞處，懶戴切雲冠。

江關遺堵宅，生長六街塵。晏歲仍華予，空山若有人。微雲弁峯夕，淥水霅谿春。言訪戴公隱，浩吟懷抱真。

送鶴郵比部假歸

之子竟歸去，思歸非一年。白雲三省客，春水五湖船。路愛浮家熟，人稱治獄賢。棠梨花放否，風雨滿高阡。

曹郎非不達，十載住京華。長大看兒女，艱難計室家。朱陳添問訊，羣紀雜喧譁。四十爲翁姥，憑將樂事誇。

唳鶴沙頭路，西東一舍違。昔教成間阻，此喜得因依。短轡評花擔，初筵角酒圍。長安深巷底，今後舊游稀。

無田我焉往，往往念先廬。飲帳情空遶，還朝望未虚。白鷗眷盟侶，丹鳳拜除書。莫戀鱸鄉美，中年遽遂初。

七星巖歌送盧吉士歸粤

星爲精，石爲質，端州城北錬形七，招摇墮地聲殷空，幻作靈巖障南日。道人手拍洪厓肩，上界歷歷窺璣璿。乘風浪宕杳無極，著腳衹在州城邊。泱泱瀝湖波水連，烟復斷彎環當衆。峯餘液漱雲漢杓，三魁四牢撑扶珠。斗盛漿，浩彌漫，東峯迤邐張玉屏，蟾蜍仙掌紛見胡甸切。形，閶風天柱在襟帶，種種婠孅仙則靈。崧臺聳正中，一竅鑿吴府。帝鴻觴百神，遺粕變鍾乳。瓊芝琪草春斑斑，真向蓬萊割左股。忽然拄壁鏗杖藤，隱約遥津振河鼓。我思瑶光七星主九州，一卷何足關冥搜？又思包公七井溢甘溜，觀象還應應列宿。嘯臺醉石堪醉眠，有峯慎勿飛上天。夜來獨上高城望，綵筆分明淩紫烟。

集恂叔太守横街新居看芍藥

判年僦住横街宅，暇日招停上客車。撥蠟細傾淮岸酒，圍金早壓洛城花。擔頭趁曉來初市，窖底偷春得幾家。爲語文章賢太守，何時真放廣陵衙？

范比部賀家湖樹圖

地傳慶忌名，見賀方回傳。水待馬臻課。何人來乞居？姓此湖爲賀。比聞壅葑田，無復向時大。譬諸明鏡臺，土苔蝕使破。夫君家鏡中，菱蛉代耕作。結樓還讀書，晚唱夜漁和。當其香暗浮，荷風颯以過。倚門青自排，俛檻渌難唾。一從京洛遊，官馬兀顛簸。清景供追摹，猨鶴怨無那。君家例有湖，吴越可接座。倘争王、謝墩，勝事定流播。水北安酒鎗，花南頓藥磨。居然五月涼，容我擁琴卧。

題乩仙畫卷爲慕堂給諫

佛説清浄緣，神仙劇游戲。斑斑榴皮書，歷歷洞簫記。繽紛見胡甸切。靈蹟，惝然渺無自。始知翰墨緣，洞真不輕棄。於畫終未聞，儵忽擅圖繢。朝霞連晚霞，紅影遠摇曳。遠岸碧差差，遠水白湈湈。繩橋整復斜，帆葉向還背。林無一鳥飛，雜樹短於薺。籬無一犬鳴，老屋破於寺。遥情極蒼莽，勝賞愜姿媚。得非天上人，轉憶人間世。傳聞齋沐初，松扃晝常閉。山童攜斗來，夾几唤扶侍。几上紙乍伸，斗邊筆先繫。禱罷仙若膺，兩腋走風勢。風止畫遂成，桃源境髣髴。排籤十千指，作禮讚神異。何年歸慕堂？巾杖滴丹翠。向非仙骨多，多恐失交臂。我窺玉女牕，泠泠拂幽吹。竟從山澤遊，此圖倘容乞。

四月三日集笏山副憲時晴齋藤花下

若教秋閏移春閏，今日原應展褉來。坊對靈椿依北道，箭傳仙漏放南臺。連筒噴水塵皆抖，疊石藏山路試猜。醉倒麻姑城畔酒，機房多半出羣才。

蒼藤十丈走修蛇，不見藤時爲見花。塔架漸掀風信老，排檐休挂雨痕斜。罘罳羃羃窺無罅，瓔珞緌緌折有丫。合向高齋題紫雪，快晴莫遣右軍誇。

爲西潭觀察題尊甫右丞協領牧牛遺照

長林積風摇暮寒，莎肥草輭春滿灘。幽人獨往賞泉石，短衣至骭頭不冠。五十之年鬢鬢白，爲葺行廬坐籌策。協領於康熙間督工金山，七日而鬢盡白。少時奇服倚雕弧，老去狂歌拓金戟。千蹠貨殖良可咍，廟犧繒繡莊所哀。彎環者角禿速尾，一麾一叱心悠哉。爾牛亦得自由趣，垂吻清流目雙注。尻高於背項隱肩，欲行非行住非住。一羊九牧乖牧芻，翁本識字耕田夫。不迴藏史出關駕，且拜將軍懸閣圖。

宋謝文節橋亭卜卦硯歌

硯，歙材，修九寸七分廣，綱之，程文海銘其兩旁，又閩趙元題云：永樂丙申七月，洪水去橋亭，易爲先生祠，相地得之。天津周焯月東抱硯且死，屬其子以遺恂叔太守。於粵之太平，同錢少詹載、王比部昶、許穆堂寶善、吴鑑南潢、兩農部曹編修仁虎、程晉芳、汪孟鋗、趙文哲、嚴長明、陸錫熊五舍人賦。

松堂沈沈血斑見，胡甸切。主人示我疊山硯。建陽之市紛闐然，獨抱首陽石一片。疊山射策起丙辰，肯以磨穿炫文戰。團湖坪上軍馬潰，唐石山前姓名變。一橋重拂紹興題，説到朝天淚珠濺。韓破難逢圯下期，楚囚枉學新亭唁。明知天意厭蓍龜，頓頓食之等農佃。此時此硯共危苦，簾外黄塵學胡旋。艱貞卦德占明夷，滌筆陳書卻交薦。江南人物數巢由，試玩銘辭重詞院。水底寧隨周鼎淪，壁間直竝曹碑奠。我儕問石石不言，回視主人慘寒顫。月東處士吾石交，臥蓐傳言寄鑾甸。琉璃匣影摩日星，坐使炎州颯霜霰。今朝開匣鋪細旃，潑墨研朱日千遍。死友每輕金斷堅，逋臣豈作瓦全賤，端州寸土歸破亡，何物區區尚完善？君不見鷗波亭長天水孫，染翰從容侍春殿。棄錢取米心硜硜，尺壁流傳盡傾羡。千古同留玉帶生，結得比鄰長北面。

十載江湖隱抱關，掉頭遲爾海東還。何時真買三間屋？占斷蘆碕又荻灣。

橛頭船穩泊苔磯，目盡烟波碧四圍。檢點漁莊秋大好，要隨釣叟著紅衣。

湖天秋思圖

龔同年驂文言高要張次叔以康熙癸未籍諸生牽連罣削今復以癸未遊於庠年八十七矣有婦有子有孫曾索詩紀之

端州一老翁，矍鑠挺腰臂。楮墨親扶攜，云應童子試。問翁齒若干，八十七年紀。文字頗順從，筆筆秋蠅細。拔之升頖宫，邦人喜相謂。仁皇昔御宇，紀元四十二。翁時弱冠餘，名籍博士隸。被削心晏如，无妄涉他累。舊物今克甄，先後雨癸未。號舍仍不移，名第亦不異。還家對孟光，差覺子衿貴。挽鬒來孫曾，擔酒辱鄰比。此邦氣磅礴，往往見胡甸切。人瑞。耋餘三孝廉，館職荷天賜。語翁行勉旃，舊業慎毋棄。慈慶竚八旬，公車偕計吏。辛未、辛巳下第舉人以年老予檢討銜者，粤東凡有三：開平周中規、東莞張揆紫、吴川麥國澍。

題榕巢圖爲恂叔太守

蛾眉山前晝擂鼓，郎火連脽試旋舞。使君千騎居上頭，中有鴻池遶平圃。老榕困蠢難紀年，不材甚至遺樵斧。蟠根貼水如曲防，宛轉突梯上闌櫓。倏撑一幹高偪雲，仰者仰之俯者俯。十杼八八紛縱横，著個橧橾缺斯補。烏几揩時香篆凝，青絲解處酒籌賭。頭銜洵美是亭長，爪跡雖空類巢父。若稽雅訓榕曰容，横蔭連蜷徧炎土。厥幹非幹根非根，十萬獰龍劣無主。尾升首降吁駭人，空腹彭亨張淫蟲。連城鬱鬱配庸神，報社隆隆祀田祖。桂林一株聞更奇，艴赫陰陽作門户。兹巢結構尋丈間，卻勝花源與梅塢。主人遠契鶉居人，肯學銜泥費辛苦。歐亭豐樂彼一時，韓木科名此千古。叢谿幽峒懽囉唻，譬若致巢在桐乳。即今奉諱還北轅，接葉亭孤蔽風雨。忽然遠夢飛跕鳶，一茇一棠足摩撫。我儕微願似鷦鷯，倘許雲松葺層宇。不然懸版依海棠，醉倒徑眠月卓午。隨緣飲啄長自如，鳥之所棄我則取。豫章名郡荆名州，一任萍蓬寄官府。題詩笑拊心太平，姑聽驚霆夜搜柱。

次韻送知白歸崑山

伏雨飛晨暮，銜泥遠怪君。大兒才接武，上相譽騰文。遊倦雲催散，談高漏聽分。轉期歸路緊，推户盼晴曛。

白頭人善飯，底事寄當歸？左席虚東閣，前塵落北闈。旅餘絲鬢改，遷後草堂非。去住腸迴九，幡然駕四騑。

玉山青一角，吟社畫難成。差抱匡時願，休高處士名。雀馴場稻熟，鷗泛渚花清。留待衰遲景，相將抱犢行。

同學翩裘馬，言愁我亦愁。艱難求一第，離别詠三秋。到日親應健，他時賈必售。師門情不淺，須爲北裝謀。

題榕巢太守入蜀圖送之寧遠

重山爲隴獨山蜀，三刀夜夢益州牧。萬里之行自今始，落日蒼茫隱雲木。邛筰諸夷紛負籣，卻留家累住長安。此地到官容叱馭，當時著録號驂鸞。五管迢迢直交趾，六載炎荒槖如洗。故廨争刊長吏碑，瘴鄉怕脱中年齒。太守守粵時落十八齒。恭聞清暑出灤京，御筆親除太守名。檄諭早馳越巂水，羈縻遥指米羌城。郡樓烏烏畫吹角，絶徼青蛉莽遼邈。鹽穀休教棨木通，馬牛且置牂柯榷。南撣計日授降王，利器須將盤錯當。府舍神靈圖倜詭，蠻陬賧幣斥輝煌。温問從容對良久，捺鉢歸來理轡首。遠曲憑調蜀國絃，征車罷酌秦川酒。兩厓沈沈青罅天，天梯危度深樹巔。棧雲迷濛石苔滑，何處信宿投人烟。歌堂無風浩呼洶，展對摩挲起惶悚。董生能事通鬼神，况是尚書筆先擁。圖爲富陽董宗伯落墨而耕雲成之。茸帽疲驢入劍門，籌邊慷慨共誰論。草堂編集特餘事，要使人知漢史尊。

九日集英少農獨往園再送榕巢太守

紫陌分秋逕，幽尋吾輩同。屐衝乾葉亂，簾捲好山通。作郡誰將別？爲園此獨工。登高來歲會，有望寄郫筒。

習庵編修爇燭修書圖

兩館聯書局，餐錢月給巡。形聲標學子，文獻託詞臣。時修音韻述微、續通考。八斗量才最，重霄遇禮頻。制科三賦重，得第一資循。就邸容將母，趨庭準乞身。欲教投去轄，已分作勞薪。簿領催同迫，裝呈限必遵。策勳毫吮彩，繼晷燭燒銀。壺箭寒沈夜，燈檠暖漏春。繡枅高入燕，縹架細排鱗。十腕抄應脱，雙眉畫尚顰。葉隨根結子，星替月司辰。隔幔聞宣喚，當簾識笑嗔。舞憐風翦驟，行怯露珠勻。心字濃如許，腰支細莫倫。淪將囊滿露，送與韈生塵。洛下停吟慣，泥中屬對新。合暦諧好語，破瑟省前因。故事徵修史，幽歡擬會真。把杯長畹晚，堆案太紛綸。

直院非無暇，披圖似不貧。銷魂愁小别，作態想橫陳。芸閣殷陪席，花源枉問津。修成黄帕棒，誰喚蚤朝人！

甌北耘菘圖送趙雲松前輩名翼，一字甌北出守鎮安

團團白茆舍，湛湛青瑶流。南有幾棱菘，北有數點鷗。鷗邊主人望天水，館閣迴翔喻一紀。勑宴曾叨魚藻榮，懷歸祇爲鱸蓴美。昔年别鄉縣，葺帽走京師。有如水中鳧，泛泛無所之。羣羊蹋蔬入宵夢，惟有健筆酷似飢鷹飢。朝吟藥階暮薇省，姓名鄭重書罘罳。蛇年況作探花使，田夫識字能爾爲。松菊徑已蕪，桃李陰漸長。白鹽赤米堆座來，中有荒莊是吾黨。董生宿草良可哀，編詩坐失韓門才。甌北自編近詩，時董吉士潮殁已三年，故及之。莫言鷗字象三品，不歸翻遺谿禽咍。呼童鬬鴨闌，詔我種花訣。菘葉大如釵，菘花落如纈。袷衣摇曳如羽衣，便是春耘好時節。春鳥時一鳴，竹樹含雙清。野橋隔蒼霧，浴遍涼鷗聲。爾菘何與爾鷗事？毋乃三箇兩箇馴習爲鳥耕。我聞東海人，閒閒狎鷗去。機心一昔同桔槔，相近相親事難據。又聞北山客，頓頓餐晚菘。移文一時怨猨鶴，學稼學圃荒前功。鷗耶菘耶詫奇絶，百億化身恣饒舌。即看甌北號雲松，何異鷗波署松雪！君今五馬向南交，持謝鹽齏百甕嘲。金柈但擘檳榔果，玉杖還尋翡翠巢。蓮花埂下課耕織，送薤拔葵義粗識。浩蕩且遲沙上盟，青黄要察民間色。

白華前稿卷第三十八

古今體詩史官集二

著雍困敦

蔡梵珠農部水鄉菱蕩圖

輪蹄阨阨捲塵滓，水雲忽落蔡侯紙。蔡侯玉貌方兩瞳，舊逕平開石門壘。遶城細火千萬家，夾宅澄波二三里。晝静頻看沙鳥飛，夜深猶聽榜漁起。行春結夏無不宜，況乃秋時劇清美。羅裠曉溼菱女愁，箬笠晴攲蕩夫喜。竹擔納納筠籃傾，能使老饕粲雙齒。知君肯學鵞鶩争，釣不在魚例差比。當磯漲縮苔田田，隔岸陰移柳纚纚。披襟晞髮恣盤泊，如腰忘帶足忘履。一從荷蕙换初服，街鼓五更應官裏。縱然送爽來西山，説著蓴鱸口先哆。慈姑葉爛歸未成，旅壁黄泥閲三徙。連朝火急催惡詩，示我新圖暎清泚。我家歇浦東復東，盡即忍切。有谿毛足芳沚。吴根越角雖芋區，衹飲三江太湖水。租蓮税芡無處無，戲問農曹可辨此。不須息壤申後盟，布襪青鞵自儂始。

嚴二如練祁讀書圖

東馬承家舊，風華世不如。隱心寓農圃，雅尚抱琴書。檻浥蕉紅潤，牕涵竹翠虚。谿童憺無事，埽葉過前除。

練祁盛文物，往説四先生。爾亦能詩畫，人曾奏姓名。羊車看入市，蕙帳笑寒盟。示我烟秋景，如聞雒誦聲。

風草圖送晴沙給諫出守寧夏

節目尊東林，家聲盡傾倒。多君書院來，英英致身早。畫闥聞握蘭，諫垣見削藁。有如梁棟材，肯作科上槁。昨冬思告歸，綵衣娱二老。堂上辨魚菽，堂下課蟹稻。曾爲支倉曹，生計藉龐了。南音來再三，榮名勉維寶。修門俯仰寬，及春遂幽討。東風灑袷衣，催緑帝城草。所恐秋賦時，枋文謗頭腦。拈題類經生，技癢獲爬爪。誥朝喧打門，五馬裝騕褭。除目從御題，望郡足型表。提封鎮河湟，邊障接亭堡。魚鹽利兼擅，豈獨宜六擾。税廠罷折箠，訟堂約獻醥。餘事分射堋，羣公盛牙纛。軍民歸輯和，枹鼓可弗考。回瞻南徼雲，瘴氣亟須埽。羽書紛急遞，馬粟計宿飽。一逸與一勞，相懸詎芒秒。何必思青綾？臥理實大好。此圖出新意，觀者或未曉。仁風徵奉揚，生意各縈繞。知有占讖存，東郊待釐保。朝辭黄門班，暮就朱轓道。無謂秦無人，去去開懷。無令歗歌廢，無厭簿書遶。我詩慚穆如，聊用代紵縞。

乞烏梅

冷淘時節糝青槐，無復曹公沁醋來。卻擬從君乞元飲，連江昏雨夢黄梅。

御試紫禁朱櫻出上闌得圓字

四月含桃熟最先，朝來薦闕拜恩偏。瑛盤祇訝堆雲重，絲籠曾看瀉露圓。狀擬晶丸含赤暈，品兼石蜜映紅鮮。離離摘向唐梯外，的的羞從漢殿邊。豈有流鶯銜繡檻？可無歸騎壓金韉。沁心液比醍醐潤，照眼光同靺鞨妍。消熱定須漿試飲，嘗新應配筍爲緣。江鄉喚賣饒風味，那似分甘玉案前。

萬顆瓏璁出御筵，者番細寫幸何緣。經春雨露三霄上，入夏園林百果先。綴葉每看丹粒重，垂梢不讓火珠圓。熟來信過花風後，擎出時乘麥候前。核自懷餘甘尚溢，蒂還黏處味尤全。

光連瑪瑙盤分豔，色映珊瑚架失鮮。野老送曾憐蜀客，大官飽莫羨唐賢。末臣此日榮霑賜，歸證荊桃爾雅箋。

四月五日大考翰詹諸臣八日拜擢侍讀紀恩四首

天門詄蕩曳青緺，甲第聯銜候試差。月旦待題名士重，風儀難信病坊諧。朔日引見，應出試，差人員坊缺中有年老者，遂命大考。六年大比宜循典，三日常雩適致齋。館吏一時喧走語，筆牀硯匣細安排。自壬戌後届六年即舉大考於西苑，時值雩典。

文囿宏開曙色霎，羽林雙引翰詹齊。抱從佛腳靈當乞，孟郊詩：「垂老抱佛腳。」仰過天顔候漸稽。薦寢拜霑嘉果賜，留田策罷遠糧齎。茂先王佐臣何有？慚媿枋榆斥鷃低。試擬張華鷦鷯賦新疆屯田議、紫禁朱櫻出上闌詩。

白華朱實捧宸賡，草屋標題兆豫成。省欽自號「白華」，伏聞御製朱櫻詩，首聯有「白華細結三冬月，朱實紛垂首夏天」之句。新進無資還壓卷，故人有分輒連名。省欽列一等第一，褚侍講廷璋一等第二，自召試、朝考，省欽名皆在褚上。寸心得失終難問，鼎甲迴翔暫比榮。一等例止三人。今後好修衷倍矢，勅頭何易副親旌！歷奉諭旨觀其文復觀其人，親定等第。

丹翰遷除寵命新，光明喜遇佛生辰。三升未信由司馬，五品先誇不逐人。明張位詞林典故：五品不復推遜。引虞書語。人以爲笑端。報主文章徒夢寐，致身富貴孰精神。飛沈時數關前定，少賤驚心四十春。

奉使黔中出都作

修門指鬼方，往返程十千。路阻山更高，蹋地行上天。使車載王命，無復心旌懸。況從禁軍出，荒徼皆列廛。送征具屝屨，留頓供餼牽。戒塗直如矢，車多馬且閑。而我躡其後，高唱皇華篇。本無請纓略，焉用槌壁歎！

炎風披四郊，淅淅響禾黍。彼黍長於人，風帽劇軒舉。習勞宜陸行，呵吸憚煩暑。將身入灰洞，白汗滴如乳。役夫赬兩肩，定喘竊相語。浹吾背上漿，滴此腳下土。祇愁暍亢餘，揮去不成雨。不雨夫如何？前邨喧巫鼓。

柳夫植官柳，如人髡使鬝。隔春芽柹生，枝葉轉秀發。夾路披濃陰，枝密路仍豁。東照西照斜，弄影碧雲活。當其中日懸，團頭芘樹末。時抱枯灼虞，焉救道旁暍。始知惡木陰，衛足智已竭。心迹苟清涼，何必苦内熱！

先驅負革韉，後乘載行李。貴游多不經，以僕作綱紀。腐儒本酸寒，曷敢躬蹈此？破驛三數椽，征塵更紛委。熟知公邸寬，容膝安斯已。懷安我所爭，人意寧不爾。奈何食宿緣，而令訟師起。回睇野店荒，叩門門不啓。

定興謁楊忠愍墓

虞韶聲不作，浩氣掩荒叢。命盡妻難替，時艱主失聰。一官拚九死，兩疏占孤忠。異縣堂封儼，猶興鹿氏風。

過吕翁祠

挾瑟邯鄲道，超遥獨此翁。爲憐人倦後，將夢客愁中。多黍凝晨露，危柯颭晚風。荒祠坐懷古，婚宦太匆匆。

樊城見蚊戲成

岸葦汀蘆别幾年，南轅冉冉近江天。歐公大有憎蠅賦，韓子寧無喜蠍篇。架上禁方思咒酒，室中快事待燒烟。呼童更檢先生笥，斗帳支來信晝眠。

宜城楚昭王祠

邑井雖非故，榛蒿擁壞祠。有謀安避郢，無役報侵隨。執燧嗟何益？鞭尸較可疑。尚餘成臼水，嗚咽訴流離。

遊象山十亭宿龍泉書院

官驛臨荆山，采玉志不就。駕言城西門，秀色結巖竇。犀株千萬翹，株株插靈鷲。雖無千仞高，扳引絶猨狖。其間開十亭，大半暗金繡。前年水亂飛，檐壁勢孱僽。想見風雨初，怒作時門鬬。彳亍下林塘，龍泉出新漱。何來好事者，得此託神授。兼挾惠順蒙，入澗共奔輳。涪翁占出泉，作書硬且瘦。細響生淵泠，手瀹滌神囿。我來值炎風，汗背不曾透。緬懷象山子，講學遺層搆。詎惟學子思，遺民尚俎豆。即今講院閒，士豈乏何侑？人傑由地靈，正恐末由副。明當劚虎牙，卻望巒衆皺。

渡荆江至孱陵

劉備營何在？川原極望疎。秋生梧葉下，雨近豆花初。折戟埋終古，迴帆切太虛。吹燈有山鬼，即次委琴書。

順林見竹林

不見此君久，離憂滿洞庭。幾家隔烟水，今日倚娉婷。飢鶴有時下，吟龍何處聽？夜來風露冷，辛苦折芳馨。

澧州道中雨

田間邨樹滋，數蟬曳殘暑。呼渡越重津，悠焉眷蘭杜。僕夫訊畬豁，山色淡眉嫵。忽見前山雲，行人衣上雨。

武陵喜晤荆南

燕市匆匆酒罷傾，三閭祠畔坐班荆。祇言歧路空還往，不道深緣易合并。館吏覓糧知宦薄，蠻孃織錦待詩成。衡陽新雁南飛迴，同向關河話弟兄。

辰沅道中多紫薇土人謂之野茶戲題

一尺新叢一穗花，漫山春影浩無涯。紫衣貴客無人識，卻被輿丁喚野茶。

辰龍關

一别桃源路向西，嚴關躍馬劣容蹄。壺頭地勢分千嶂，甕底天形逼五谿。石帶崩沙山欲卸，林含積霧瘴初迷。憑陵蛇豕年時感，遺老猶言厭鼓鼙。

山館

樹杪幾重山，山人出未還。款扉成小住，倚閣試孤攀。鳥弄鉤輈語，花披躑躅斑。今宵傾啞酒，爛醉且開顔。

站夫

亦知吾累汝，案簿且呼名。恐晚懸燈坐，防飢裹飯行。祇愁農歛誤，稍喜客裝輕。不少諸年少，朝朝免踐更。

站馬

亭堠相望近，蕭蕭往復還。斷無肥應客，難得健登山。負弩花凝汗，開羈字烙斑。何人通馬語？慷慨效征蠻。

松棚

白龍墮蒼鬣，覆院巧支棚。高得山風透，疎宜渚雨鳴。影交梧竹暗，香散芰荷清。亦有從軍者，無緣憩遠征。

竹壁

山竹如篷賤，勻編屋四廂。未教泥裂縫，也著紙分光。刳木圜承霤，誅茅仄架梁。西南風土陋，衹此似餘杭。

竹竈

愛爾行廚穩，爲圜製不觚。泥鬆勻鍊質，篾細巧纏膚。火向烏薪撥，羹從翠釜餔。客裝容擔取，歸配惠山罏。

椶衣

遶屋椶櫚樹，縫衣製獨殊。稱身偏愛短，蔽體不嫌麄。香竝荷裳灑，涼同葛帔扶。雨餘思獨速，流夢滿江湖。

紙笠

黄竹裁圓笠，湖南翦紙奇。壓顛輕似箬，隱面大於箕。滑膩青油髹，模糊白麪炊。一鞭垂手去，暑雨總相宜。

皮盤

捥得黄牛革，中央四角完。高低扶寸穩，小大逐層蟠。樣喜隨時變，痕誇出水乾。裝歸同漆椀，休笑乞兒搬。

裨麥

高下苞稂影，離離占麥名。分畦憐早種，上稟待秋成。穎類雞撐距，稃同蚋露晴。果然供一飽，論價販夫輕。

豨薟酒

藥録豨薟賤，篘來琥珀凝。熟疑和草壓，美信帶花蒸。蠻榼傾還數，吴槽賣未曾。酌嘗風味好，鼻飲笑鉤藤。

茶油

種茶翻棄子，一笑問何爲。花結戎戎細，油含淰淰滋。打時匀出榨，調後滑流匙。桑苧幽經好，繙來恐未知。

辣茄醬

柔尖懸馬乳，紅影綻初秋。辣愛連皮擣，匀宜著麫溲。嘗新誰欲問，辟瘴爾何憂？蒟醬誇西蜀，辛芳得似不？

雨後宿山館

前山涌晴翠，雨自後山飛。山氣本如此，人行殊未歸。林端松鼠滿，階下草蟲稀。兹夕望河漢，迢迢秋影微。

轎縴

輿丁怯危棧，攻金成四環。分置輿四隅，遇險教躋攀。前峯拔千仞，仰面愁天慳。綆縻貫環中，承以腰背彎。百足争一絲，散影如馬蚿。當其併命時，欲顧不得還。呼應效邪許，直上淩風翾。倏然投下坂，神色嗟已艱。翻身作後引，倒載差少安。性命託徒御，增我心魂寒。牽船我所慣，安穩乘風灘。兹行不在水，推挽真無端。何時輟使去，縱步莊衢寬。

宿懷化馹

石多田少處，千頃忽開坪。谿轉藏牛飲，林疎逗鳥鳴。迎神仍楚俗，驗物自蠻程。來日龍標縣，欣聞路較平。

麻陽獵卒行

晃州驛前逢獵伍，矍鑠一翁衣藍縷。篘籠竹擔挑兩頭，中有山君纔脱乳。自言册籍隸麻陽，犖确山田輸見胡甸切。糧。東舍依違謀改業，西鄰辛苦事鋤荒。阿師身手世無敵，慣入南山麂白額。朝投五體拜階前，夜授七條跪牀側。即看算勝藉神機，豈必除兇在强力！小山大山藏伏艱，義取有鳥無鳥間。由來山氣異衰旺，侮弱攻昧驚神姦。打頭木葉厚鋪石，石破天荒晝交跡。鐵槍丈八叉三丫，卻把一椎響椓杙。夜叉挺臂組索麤，絲絲縈吐如蜘蛛。倀倀倀鬼魄褫奪，蹋弩一蹶空負嵎。一蹄入穽三蹄踊，似有神人執天拳。青鋒白棓當脊梁，手攫咆哮不旋踵。去冬麻陽虎亂行，雞犬百里無晝鳴。縣官下令索獵户，導我前列雙紅旌。十旬縛得大虎四，鬣鬣耳根腦塗地。虎皮虎爪都入官，誰憐我本將身試？昨日經行西晃峯，颼颼幾陣聞腥風。就死者母縶者子，幾擔羊酒來邨童。贙文熊熊氣吞犢，股掌玩來啞馴伏。從此金錢溢看場，何如稻麥平量斛？我聞本富推力田，舍農就獵非萬全。莫師周處除鄉患，且聽齊風刺子還。卻思中黄擅服猛，如此成功異天倖。解鈴須具繫鈴材，願君更縛單于頸。

羅舊

驛舍何方徙？家家尚和舂。馬驕梁伐石，鳥駭寺敲鐘。灘響溶溶細，山暉滄滄濃。陽明舊題句，無復壞苔封。

雨中度青山坡

涼雨霏前峯，籃輿閉匡坐。壓面天忽呈，始覺勢如臥。懸厓梯棧窮，孰把山骨剉。百步升一盤，欲右轉先左。壞石傾尚支，怪藤斷猶裹。猨鳥所不居，殘僧結清課。稍喜所歷高，豁達甕天大。請看高樹枝，歷歷腳底過。南行試新險，腰腳警頹惰。猛士馳火鈴，插羽疾於墮。

栗子關

昨歷桃樹坳，今升栗子關。關前嘉樹沓，不見惟見亂。石齒齒吞叢，菅客行初若。杵投臼捫葛，又造青雲端。一迴一折肖之字，仰睇天影圍如環。竹坪來路僅十里，恍隔千嶂離塵寰。不知樵響發何處，下和夾澗鏗潺潺。小栗大栗攬不得，曷不猨化收百盤？將毋栗義取戰栗，俾我汗出心先酸。何當剗平種千樹？飽看栗葉青黄斑。不然作杖拄身手，絶巘放膽從追攀。

晃州

泠驛臨江渚，鑾司執置州。回程依楚望，來日計黔陬。魚米看猶賤，鴻泥迹自浮。誰爲百夫長？鼓角滿山頭。

蜈蚣關

釋蟲箋蝍蛆，何年化爲石？伯翳焚不僵，矯尾豎其脊。初猶蛇蚓蟠，繼乃虎狻格。破碎磬頭皴，那受屩與屐。僕夫行自東，未到神已嚇。語我支榔條，直上在併力。曳踵忽旋踵，下落一千尺。乍降仍乍升，萬牛起喘息。峭壁三水簾，亂打黑風逆。層層瀉水田，賴此巽鹵斥。祇愁蒸毒淫，金蠶怒相蝕。山鳥無一鳴，怪底作官驛。回望辰龍關，滅没歸飛翼。

玉屏

百里開新邑，佳名愛玉屏。波吞文水白，山吐武谿青。遠轍行將止，清歌醉易醒。詩翁耽小隱，誰叩草堂靈？邑人田大令榕有碧山堂詩。

清谿

百雉因山就，青青一桁齊。有雲時到閣，城外有紫雲閣。無水不名谿。峒户新停賧，沖田易趁犁。雞頭關絶險，珍重試征蹄。黔、楚謂山田受水處曰沖田。

鎮遠望中山寺不得登

入山一千里，名蹟渺無因。及見中元洞，徒懷上界鄰。導師叩清磬，舟子爨遺薪。脈脈溯谿水，杳然誰問津。

宿鎮陽江館

臥聞風雨横，山月在簾櫳。始覺水聲作，那能灘漲空。人行龍里上，鄉夢鷺濤中。何日舵樓飯？五湖東復東。

青龍洞

楚黔傳柝聲，兩邦介南服。黔山異楚山，如人老而秃。强呈蒼翠姿，生草不生木。蒙茸無主名，僅足付樵牧。以此成大頑，遊蹤苦蹺蹋。峩峩蒼坪山，瀰水枕一曲。樹木踰十年，蔥蒨碎可掬。三休陟其厓，洞門窈深緑。誰從千仞岡？剜刻作空腹。翻疑大小青，卻在上頭宿。過客破詩膽，拂蘚未從讀。惟餘青豆房，高下綴簇簇。洞底山自蟠，山底江自束。坐歗摇天風，驚散白鳧浴。郡樓吹角寒，天險一何酷！北望石屏峯，塵襟暫如沐。

焦谿

一葉焦谿渡，清森出麗譙。伏巖稀見虎，東門外有老虎巖。出峒漸逢苗。賧布秋開市，舟帆夜泊橋。征南諸將帥，聞道肅秋毫。

華嚴洞

灰窖堆衆山，百頑無一巧。客遊應且憎，有似被花惱。頃出相見坡，目眩魂欲掉。悠然見花官，石路平稍稍。入門揖龍象，謂未副幽討。豈知造物奇，在裏不在表。谽谺一竅開，萬態入昬窅。道人敲火來，雙炬奪晴昊。嵌空百千乳，滴衣溼浩浩。其餘堅且凝，或立或攲倒。或如旗纛揚，或如珠絡繞。或如單椒抽，或如枉矢撓。凍雪或淩兢，活雲或縹緲。就中妙蓮華，趺跏見胡甸切。端好。瓔珞披四垂，琉璃映七寶。如聞閔衆生，調御失不蚤。其後數里深，玄湫蟄蚴蟜。靈物雖再遷，冒水敢相嬲。請俟冬月遊，裹飯閱昏曉。九曜力所窮，法界見生造。蹴跟難把持，藉用秫田稿。入山思清娛，震聾翻未了。試聽咳唾聲，隆隆走深悄。返見寺門花，紅黄蜕龍爪。

歸雲洞

華嚴快昨遊，越宿膽餘怖。夢寐乘飛雲，萬象入雕塑。曉發五里墩，歷歷恣紆顧。漸次得魚梁，梁下濯匹素。來從白水巖，旋折始奔赴。其陽杉柏樅，髯鬣奮颷翥。如人生緑毛，日日吸濃霧。轉逕敲寺門，碑版若棊布。亟搜新建遺，云在月潭樹。開山殊大難，乃出姓周戍。祝釐成道場，救暍憩遊具。讀罷詵上征，靈乳白於絮。當風化石公，跕跕卸還住。狂呼來洞南，拾級又千步。何人搆層軒，而不費一柱。覆空紛玲瓏，朵朵若飛渡。滃然倘下垂，罩頭那得去？肖鏄鐘高懸，狀華蓋低護。咄嗟人力窮，竟出陰陽鑄。象數與名物，真宰泣難訴。蓬鬆苔髮多，倒挂足生趣。非土非石間，根蔕著何處？清泉亦涓鳴，杲日亦晴吐。所惜塵駕繁，鑿髓炫題句。譬諸骸脈筋，一一受鐫鋸。真相遭毀殘，酷烈甚蟲蠹。慈雲稱大慈，萬一鑒呼籲。一朝雷雨傾，千手洗沈痼。啞羊笑忽膺，稍向二亭駐。且與訊東坡，孤笻撥烟路。

油榨關 亦名文德關

青靄圍萬山，一綫界微白。取道菅葛叢，踏此腳下石。石梯千丈强，其廣三數尺。謂可作氣登，吹筒喘不息。漸歷身漸孤，攖攖削青壁。豁然雙户呀，不省孰開闢。羣峯趨西南，一角奮東擲。當時異姓王，據關豎連栅。黔驢技卒窮，子姓效俘馘。逆天斯必亡，詎可丸泥塞！懷古多慨慷，泉聲殷猶滴。方池雖不深，潭潭五龍宅。將以甦暍人，詎止滌塵客。今年大出師，幾輩酌甘液。歸時應勒銘，遠徵洽文德。

施秉

開府論前季，偏關楚上游。時清纔改邑，波闊未通舟。地入且蘭古，天連苦竹秋。道旁雙隻堠，記里逼牂州。

黄平

廢衛黎峨道，年時户版更。漫傳狼洞險，蚤見鬼方平。獠獦丁男賤，衣冠甲第榮。有五子登科坊。何人能結壘？巾幗亦崢嶸。

渡重安江

衆川下麻峽，絶岸渟通波。沈緑映山靄，設戍譏誰何。長絙引嫋娜，雲水空相摩。孤舟蝨其間，寸寸皆横拖。轉於徑直處，煩重成逶迤。少焉達西岸，林旭明烟蘿。居然比度索，而乃稱牂柯。何當躡飛虹，百丈安盤渦。

暮宿

朝行水一方，暮止山一曲。瀨石晴遽枯，峽樹寒倍緑。偶逢樵采僧，闃人似麇鹿。

貢院玉尺樓 吾郡沈洗馬宗敬典試所題，予與鷺洲侍御割樓東西居之

會城地夐平三里，試院樓高上一層。湖海元龍姿詄蕩，江天洗馬筆飛騰。裁量玉尺吾猶媿，激射金芒物或憑。時有神燈紫氣之異。留記鄉先生故實，謬陪殿御史賓興。

界亭茶歌遥和程荆南

楚南夥佳荈，君山苦難致。筠籃滿載安化産，千團散走五侯第。雖然消食同檳榔，苦鹹膠

唇失茶味。我來界亭山，山谿清一灣。枯瓢酌水坐蕭爽，況有緑雪點點碎拍春甌斑。一槍乍開一旗掩，認作谿渌慳流潺。渴龍騰騰勢飛注，澹泊澄鮮得真趣。雨前采焙兹最良，不然豈少山前樹。幾樹煎膏幾榨油，何緣厎貢尚方去。嗚呼爾茶勿傷不遇時，輸者自官藏者私。菁茅橘柚職包匭，嗟爾未是清廟明堂姿。

爛石山房歌爲荆南賦

枏木塘西路縈綫，幾曲屏風插清漢。房名爛石疑不經，知是何人手親繕？程侯七十二峯長，天遺嶽靈飫奇觀。朅來馬厎淹十旬，扉屨芟芻咄嗟辦。此房此石粗料理，未到房櫳石先見。豬肝鮔血痕模糊，誤截紫雲擲荒縣。屑如蚺蛀皴麻皮，乍黏非黏斷非斷。得非仙家煑臢囷，厎糧萬斛平堆數難算。洞中三品輸嫭姿，壺裏九華奪生面。忻然相賀兹石遭，摒擋藥鑪并琴薦。是時六月行栖栖，一愓一留有餘晏。松毛支架涼絲絲，杉葉編籬陰片片。賢者多勞勞者歌，慣聽商歌達宵半。浮圖三宿雖偶然，地志圖經待留撰。我思楚俗傳刀耕，多少磳田墾山畔。復思急遞指瘴鄉，瘦馬淩兢偪危棧。神明邑宰庇萬間，斗室奚煩動深戀。剗成官路犁作田，安得四山石真爛！

藤木憶鷺洲侍御

欲就黔陽宿，迢迢一舍餘。灘深危過馬，月白誤跳魚。獨坐依荒戍，長吟曠遠書。遥知綵衣影，翩舞向庭閒。

晚泊

夜航能識路，古渡一燈懸。水閣空人語，郵籬自犢眠。客愁來枕上，旅夢結樽前。嗷嗷清猨起，前山暝夕烟。

大王灘

上水恨灘多，下水惜灘少。石瀨鳴潺潺，逝若箭離笴。歸塗笠涉川，數日足秋潦。瘴程多崎嶇，惶悸可一埽。忽聞灘漲驚，石瀧伏龍湫。三溜迴一溶，土人謂水聵曰溶。左行避瀾倒。孤舟鍥其閒，一痕就芒杪。賴有曳纜牽，俾毋枉矢撓。須臾凌急灘，船身忽夭矯。船底木所成，苦被石棱齩。篙師身手敏，默焉出深悄。無煩水伯呼，且藉大王禱。建灘與贛灘，奇險夙可考。兹險莫過之，垂堂戒難保。坐定魂轉甦，空巖掠飛鳥。

下鸞灘舟爲石所破

放船兩厓下，江石森嵳峩。參差點江面，有如羣浴鵞。篙師巧避險，作勢如鳥過。宛轉之字形，庶用離盤渦。豈知水底石，獰劣逾蛟鼉。我船不兼顧，船背紛相磨。須臾破三板，汩汩來則那。始猶漏卮瀉，繼且翻盆沱。載舟本賴水，而以水作窩。明知淺灘淺，神色頳朱酡。誰能施補牢？𥜕褸工挪搓。居然塞其源，迅發仍投梭。此計詎至計，急治誠不訛。即小可喻大，豬堰關治河。

黔楚伐石作祠以此示之

楚石例可憎，塞途鬱磈礧。大者遴碑材，使君刻遺愛。小者記修橋，姓氏列耦配。文辭無可觀，消泐不數載。山莊生計饒，井井畫棊罫。團社三五家，膢臘效酬拜。社公偕社婆，憑依諒斯在。築龕等雞栖，瓦木悉屏退。或爲巾樣撐，或作亞字背。據龕觚覺寬，樹稷壇已太。上雨兼旁風，無計逞狡獪。尚鬼雖楚風，此義卻未悖。鸞闌豕栅間，彼神詎相耐。恐教木居士，争叢竊嗚吠。不如輟其材，大蜡考記載。嗟石不能言，作詩誌長喟。

桃花谿

山氣碧無間，有人曾避秦。我來秋漲退，不見桃花春。花落水如故，水流花又新。因之念漁釣，何必問迷津！

歸宿麗陽驛

一綫控荆襄，分明古淛陽。爨烟浮苦竹，驛夢隱寒螿。歲晚農家嬾，途長販户忙。虎牙關勢湧，回首極蒼茫。

題質圃編修洗硯圖即送其出守延安

翰林非熱官，酸寒估端歙。得一堪一生，無計恣漁獵。間闊趨承明，什襲白藤笈。勘書介麻茶，視草欠妥帖。臨池我尤孏，紙筆任猥沓。得毋銅雀材，渴死塵滿匣。多君館職多，得得叩晨閤。橐筆冰雪間，著作偉駁遝。嗜硯癖未蠲，百輩日三接。因爲滌硯圖，快意弄晴渫。茆亭景幽幽，梧榭響雪雪。柴門逐江開，漱齒不容呷。呼童擕石公，俾與清流狎。積痕淡初蜕，膩狀濃轉澀。湔洗經數番，浩蕩閱一劫。消摇離垢園，何處著黑業？祇恐魚誤吞，墨鱗漲幾疊。在昔高似孫，箋艫滌硯法。不滌書不成，涫湯忌升合麩炭，擊其蒙蓮蓬汰其雜。霹靂驅元靈，養之義周帀。君今把一麾，陳義妙斯愜。威信行羌幵，勸課罷麝蠟。延鄜古大藩，報政待翔洽。非無洮綠珍，誓不入行篋。不見包盧州，清風扇來葉。然而文字緣，吾輩中結習。爲政心貴閒，石交故相浹。盪胸付悠悠，揮手戒呫呫。詩成硯卻焚，詞源遜三峽。

李天綱 主編

浦東歷代要籍選刊編纂委員會 編

吴省欽集

下

[清]吴省欽 撰

孫大鵬 閆凱蕾 張青周 點校

復旦大學出版社

白華前稿卷第三十玖

古今體詩史官集三

屠維赤奮若

常熟支貞女詩 金匱羊角里朱燦聘室

支貞女晝作，春粱夜機杼。行年廿四奔夫喪，瞚眼今年四十五。上有蒼蒼天，下有薄薄土。中有纍纍四口棺，待爾十指皸瘃如槌。營葬所葬錢，歲積三二千，嗣子蚤殤飽狼父。女夫之同祖兄文耀。叫嘷百計思奪之，賣酒當門廁當户。鐵骨冰心無奈何，伎倆還憑老拳拄。女弟訴官官則膺，官有上官笑相語。以淫襲貞神鑒嚴，獎扁休憑李閣部。鶴峯先生。官亦不女賢，官亦不狼怒。訟堂千萬人，淚落看對簿。女持寸刃將剚胸，按法洗冤意良苦。嗚呼上官爾雖倅貳，何獨無姑姊妹女兒，賕幣雖多一毛羽。區區羊角尖，此事傳樂府。不婦而婦婦有終，出自農家教無姆。

咄嗟四棺呵護猶有靈，君不見兕訟如狼上官虎。

賦得隱居松爲陶上舍

梁日山中相，爲樓切太虛。玉笙亂松吹，清聽滿巖居。聘鶴身傳照，成鱗手著書。知君涵本性，相對歲寒餘。

徐觀察浩西征遇虎圖

玉關岧岧路如縷，陰磧連天斷行旅。使君五馬西復西，霜淨星稀月光苦。夜殘遠落雙炬紅，道是單客歸自東。舉鞭四顧意無那，撲地幾陣聞腥風。攖身下馬馬先倒，身隱層坡馬臥道。死生萬里今託誰？分與山君餧一飽。劖牙澤吻踣四懸，霹靂震墮白額前。子房縱使鐵椎誤，丞相還教銅弩連。一卷著虎虎跳吼，竄走飛塵等逋寇。祇疑此地渡長河，仍許他時充内廄。驚魂小定從騎來，試覓此石重推排。十夫挽舉腕力脱，書生縛雞何有哉！古來僨績在惶恐，裘帶雍容訃偏聳。熊渠李廣没箭羽，直以精誠鼓神勇。況當我武揚八區，行邊大府君與俱。人馬一心歷無阜，爾虎何物干天誅！虎去馬存衆矜詡，單騎從容詣大府。作圖豈必標麒麟，伏草何由匿狐鼠？轉思大府出南陲，畫虎無成晚節隳。愧煞短衣騎馬客，風雲長際太平時。

三讓月成魄得三字

賓位如旁魄，須教禮讓諳。升歌人肄什，對揖象分三。儼抱争光隱，深懷避舍慙。哉生輝自吐，則昃義須探。瑶鏡熒熒閃，金波澹澹涵。斂盈歸遜順，就闕戒荒耽。令以相推著，功於不侮參。盛時鄉飲重，月蛸化流覃。

瞿霆發故宅耕者得至元年鏡

背如盤盂面如月，尸氣荒寒沁毛骨。興隆笙廢劈正沈，何況瞿公舊時物？後門前檻青娥春，不生馬角生牛燐。不知百客堂中客，誰是天涯磨具人？

范孝子成誠詩

孩提知愛親，遷流逐緣感。墮地三數齡，孺慕日以淡。虞城范孝子，至行過祥覽。有母牀第間，沈緜色悽慘。自春徂三冬，消渴謝羹糝。難乞醫藥靈，侍疾剖肝膽。是時年十三，兩耳髮垂髧。中夜頻籲天，帷枕不違攬。父兄詔少休，交睫夫豈敢。誠至天果回，調蘭足徐啖。北堂有傷心，爲二孫入坎。譬以膏煎明，而受疾風撼。瘠毁由致哀，觀者首争頷。門外塵蓬蓬，山中水澹澹。水出無盡時，浮塵淒以闇。獨行傳他年，作詩告操槧。

送温魯齋比部歸粵

看雪春明住幾春，道南僦屋誼相親。每從勝地欣聯臂，纔過中年勇乞身。數點梅花關外使，一園荔子嶺南人。何當笑跨羅浮蝀，得便從君買比鄰。

純齋吉士潞川暑汎圖

我昔浮家上通潞，鐵鹿峩峩倚前渡。重門豁達交劇歧，不見菱塘共蓮渚。潞亭亭長其姓劉，日昨登瀛擅華譽。自言家世近長安，好景城西足沿泝。清波千頃流一灣，石彴横斜枕蒼霧。嘔啞宛轉鳴夜船，袨衵紛披曬晴樹。漁兄漁弟從往還，時伴浴鳧狎飛鷺。況當火繖張炎官，躍入冰壺討幽趣。琉璃界裏安缺瓜，小拓篷牕影迴互。彈琴壓笛無不宜，鬭茗敲枰亦差具。手拍銅斗歌正酣，忽送荷風灑烟路。爾時蹇衛行牽船，絶勝輕飆颺帆布。江南過客争胡盧，以畜代人得毋誤。我來京國將十春，鄉夢五湖慣馳騖。偶緣二牐招釣徒，門鑰還愁阻遲暮。何如放溜行即歸？不必旬休待分付。有月且上中山臺，有酒且澆卓老墓。披圖一笑雙眼明，擬乞匡牀蹋冰去。「蹇驢無力牽船纜」，元馬虚中句。

觀射

緑楊如纖午陰圓，閱武場依雉堞偏。蝨影團團閑放埒，鵾聲肅肅隱鳴弦。禮容進退期觀德，雅教均停在序賢。莫倚孫吴書一卷，古來儒將總翩翩。

微雲淡河漢得微字

霄漢天章耀，游雲幾片歸。絳浮痕淺淺，碧掩影微微。絮薄遮還漏，羅輕著更飛。聯繩捎北斗，没角射南扉。坐訝光摇練，行看態幻衣。一槎人宛轉，兩戒路依稀。倬彼精猶晦，英如露未晞。太虚渣滓淨，吟望滿清輝。

東臯古樹歌爲邱孝廉學勳作

甬東東臯邱氏堂，一柏挺峙壇中央。兩松左右出壇罅，下與壇石争青蒼。種松種柏昧時代，傳説堂成樹先在。南宋遺民觴詠間，東厓少尹裝資外。君先世長汀丞鐩夢神賜東厓石，石上有十六字，明旦得之於巴河倉，載歸東臯，自號東厓子。影拏嵐彩樊榭晴，響撼風濤堇江晦。赤日怒炙冰霜皴，三幹横蹙爲一身。上枝下葉互虧蔽，天遺夾宅雄漳濱。冬青花開黑龍哭，銅狄摩挲劫塵黷。杜家楏樹韓家桐，能使百年蔭喬木。吾欲遷萬牛，東沙問值人掉頭。吾欲享敝帚，杲堂作記衆脱口。息陰過客長歔唏，望氣賈胡空決剖。古來桑梓生敬恭，手澤況拜壇前封。五湖三畝宅無恙，幾家車廏摧烟烽。班荆遇子洛陽道，室邇人遐罄懷抱。夜闌忽夢三丈夫，滿地月波跡如埽。明張東沙大司馬曾欲移植於家。

九日英少農招集獨往園登高次韻

寥天景物敞孤吟，每豫名園折簡尋。暖翠浮嵐閣名。真落手，白衣烏帽太關心。籬花遲吐寒禁淺，尊酒狂呼醉引深。聞道光明開道藏，主人三度盍朋簪。時示丙戌後光明道院登高詩。桂老楓殘萬葉吟，授衣時序劇侵尋。高樓西北嫌遮眼，賓主東南快賞心。看取歸舟風雨横，高上舍出其先人風雨歸舟圖。待將出郭漏更深。弟兄鄴下才何有？願把茱萸後會簪。

爲姜香槎題袁薌亭所圖秋亭話别

落木蕭騷雁訴愁，雁門關外雁飛秋。停鞭索醉心偏醒，一片黄雲是朔州。江東袁虎擅多才，抹得荒林夕照開。憶共昨冬宵話永，張衡臺外撥寒灰。

蕺園自韓家潭移居瑠璃廠

一枝何必諱求安？複巷新移十笏寛。洞引别天藏藥市，逕留餘地著花壇。息交頗悔停車便，羈宦終憐僦屋難。憑藉安仁唫拙效，頭銜仍把昨年看。

春信同拚醉一卮，醵錢好趁賀遷時。客緣刺促門更僕，家爲平安座絶醫。東閣蹔寛晨到直，南榮早放月分窺。誰能昨夜韓潭上？酒賦琴歌散尚遲。

隱隱牛鳴隔敝廬，道南道北訊踟躕。無多家具遷原易，不少塵囂避即虚。入市但容閑估畫，赴科且願緩修書。我來細訪漁洋宅，欲向東鄰賦卜居。西即漁洋舊邸。

敬承堂耆年公讌詩

己丑冬，上海曹鈞錫以百歲被旌，李梧州於其堂集年八十九之儲雲洲，八十八之寇逸齡，八十七之張鳴皋、張天培，八十六之趙漢紳、王翼史，八十五之王協中，八十四之周培先、王士昌、鄭文斌、吕錫宰，八十三之金公宰，八十二之陳宏三、喬永錫、吴茂玉，八十一之張亦安、倪元卿，八十之徐天敘、祝渭陽。李未及年，故與會而不之列。

黄鍾中律灰飛春，海霞燒空闐六闉。十雙海鶴縞衣至，背上髥鬑馱列真。曹君生年頃滿百，兒齒秀髮晴緑筋。拍肩把臂十九輩，末座最少云八旬。千六百九十一歲，一十五族聯甡甡。聞聲見面盡相識，卻忘誰介誰爲僎。羊裘茸帽過頭杖，相當相對鬢飄銀。桑麻情話恣歡謔，爵行無算翻酒鱗。爾時賢主劣周甲，二豆侑食猶逡巡。畫堂開讌抵曛暮，堵牆觀者咸郁彬。古人觀鄉卜王道，此會真率徵厖淳。弧南一星亘芒彩，兩宮洽慶逢庚辛。香山九老數三倍，雍容上殿拖朝紳。須彌芥子笑公等，何日六聘驅蒲輪金。錢繒粟拜存問鼓，腹才効歌衢民。豈知上壽號人瑞，如飛走羣求鳳麟。山松古城大如斗，骨法争見（胡甸切）。松喬身。自今伊始整重席，一年一度爲主賓。桃源幔亭在人世，坐閱滄海揚黄塵。我詩不誣備掌故，誕告閭史書弧辰。

臘八日少鈍招同竹汀學士習庵編修耳山宗人繡堂上舍集藏海廬即用學士元韻兼懷璞函滇南軍幕

衝風短騎款扉忙，宴歲峥嶸節未忘。爲憶故人看小友，況陪前輩泥同鄉。温馨榾柮紅圍火，粹闢鹽齏碧點湯。記得昨年詩版好，苦教謝舅檢奚囊。（繡堂去年臘八粥詩絶工。）

送喜連朝急遞忙，天南磨盾事難忘。縱拋家累依雲闕，豈負身名入瘴鄉？袖底音塵煩出簡，（先一日璞函家問至。）尊前茶酒勝呼湯。歸期笑指藤花準，飽喫團圞粟一囊。

習庵疊韻催聯句之會再和

門版常關覓句忙，詩流會合較難忘。老元新格偷前輩，瘦沈遺聲譜舊鄉。遮眼梼教燈脱穗，潤喉𦥔取椀浮湯。知君𢊍燭修書暇，多少毛錐厭處囊。

臘景平催不似忙，聳肩叉手米鹽忘。但求折簡吟同社，那便尋梅憶故鄉。力埽春蠶筐食葉，竅鳴枯蚓鼎煎湯。祇嫌才地懸霄壤，不比喁于應土囊。

上章攝提格

爲玉厓尊甫古愚丈題老屋課孫圖

玉厓登金門，一官直如寄。授徒資賃馬，長郎實隨侍。複巷聞讀聲，泠然激清吹。鄉夢縈海東，遠嵐見胡甸切。螺髻。蘢葱樹交陰，瑣碎竹摇翠。誅茅逕乍開，編枳籬亦植。中有環堵居，風雨賴粗蔽。老親身康强，鍵户息機事。幸邀三釜榮，不復問脯贄。何用相怡悦，結習在文字。競爽駢孫枝，錯立四松四。一孫坐面書，緗帙整鱗次。一孫行抱書，兩孫故迴遲。將毋放學時，游息寓精意。是時秋日佳，扶杖信流憩。涼鞖輕縛榎，初服巧緝蔆。還往三家邨，孰識太公貴？共卜鱣堂徵，轉憶鯉庭對。雙檠問短長，講貫敢辭瘁。課孫同課子，峥嶸出頭地。古來娱老方，此樂較純摯。小同經竝貽，懷祖硯堪遺。翁若就養來，老屋恐抛棄。居傳人亦傳，好入名畫記。

香亭參議古藤詩思圖

醉翁行樂地，愛敬及草木。綏綏扳古藤，藤花爛盈掬。傳聞譽樹初，漁洋結詩屋。屋圮藤半枯，典宅幾營築。曲廊蔭古槐，短檻倚修竹。上有椶毛香，下有苔髮緑。獨有蛇龍姿，長被束薪束。何年榮一枝，絡架漸欹欹。天意詩可昌，象取日來復。坐對傾百杯，圖玩壓千軸。陳迹雖莫徵，古懽已粗足。後來吟遶人，据此便醫俗。地繫海王邨，名著夢華録。近有人於琉璃廠後發得遼墓碑，其地名海王邨。

爲馬上舍題其尊人焓畫菊

淘溝阻車轍，有客來敂門。借問客誰子，臭味争荃蓀。自言五常後，望雲念晨昏。硯頭置横幅，展對明所尊。渲染絶塵世，落花了無言。人以淡乃成，交以淡乃敦。此訓重詩禮，觸手芳澤存。殷勤待題句，遠寄陶南邨。自來梅蘭竹，畫者超衆根。菊花亦流亞，没骨非高論。聞君嗜金石，一隸窮肘跟。丁頭及釵腳，筆勢驚偏反。降體狀草木，如流從探源。平生嗜沖隱，嘉植怡心魂。清渠覆時菊，標格堪捫搎。譬彼形影神，贈答期勿諼。束縛謝瓷斗，侑讌揮金樽。非不念繁豔，守道須丘園。客行且毋遽，戒養希酬恩。他年采三逕，爲壽登崧崑。

袁紓亭團蒲圖照

五年約略袁絲長，僵臥長安見卻稀。欲向王城袒肩去，晚霞紅襯水田衣。

不愛菖蒲花愛葉，示羅漢相結團趺。他時笑共諾羅老，傳幅龍湫宴坐圖。

御試龍應鳴鼓得孚字

有禱鏜聞鼓，蜎淵隱合符。革音閎吐響，角聽迥含孚。氣本靈鼉召，情先黑蜧輸。拖雲鬐影亂，攫霧爪痕麤。躍見交爻吉，吁嗟慰望蘇。衙衙形乍捲，坎坎韻偏紆。輦道凝酥潤，雩期秀隴鋪。練都嗤瑣語，協應信鳴枹。

將抵定州肩輿涉河作

水淺不可杭，沙邊怒流旺。居人三數家，喚客手先抗。扳援等驂危，勢與魚逆上。其或跨馬來，馬吻浸頽浪。牽之待半濟，索錢轉無狀。我儕奉嚴程，此責待粗償。謂當鶩望洋，而乃氣先張。無帶復無裳，壓肩笑不讓。出比掀車難，趨擬挾輈壯。奮步與水争，南人見頗舠。側聞旬日前，淫霖決隄障。郵舍鼃鼉驕，墟烟井竈曠。行旅兹絶蹤，有艇未由放。幸賴旬日晴，徒御卒無恙。歸程計天根，到處收巨漲。想見杠梁成，僕夫效挽唱。

雨阻正定

一雨永朝夕，栖栖行路難。有懷桂水曲，還隔楚雲端。急渡中流斷，虚亭盛夏寒。殷勤慙候吏，日日勸加餐。

隆興寺大佛

古龍藏寺今隆興，金城孝僊開金繩。壹方士庶被奬勸，笵銅作像垂智燈。干戈五季契丹入，半體解似滹沱冰。土人摶堊代其半，後周顯德詔敬承。銷境内銅作泉貨，歷劫那顧人天乘。真人討罪太原返，六軍駐馬臨郊坰。虧成消息有遺讖，宣唤紫衣如響膺。爾時菜園露光氣，發視銅器盈鍾秤。千章木蔽煩龍下，異事驚倒臺懷僧。以木架閣銅鑄佛，七條五截森崚嶒。四十二臂臂五指，脩羅刀仗嗟何能。日後四方永平定，色相不動神淵凝。到今人代閲千劫，作鎮獨與恒山恒。我皇巡方此駐輦，詩碑説法龍象聽。佛如有知更歡喜，普佑畿甸書三登。開寶官錢問傳幾，豈識佛性甘飯鷹。七丈三尺白毫相，事理恍惚難爲憑。大千覺路不在此，丈六身相抽一莖。竭來三宿動深戀，補歐趙録披圖經。願將弱筆續公禮，卍字細勒胸前銘。寺爲隋鄂國公金城王孝僲作，張公禮撰碑。辛楣學士以孝僲即孝僊，其父傑周書有傳。以「僊」爲「僲」，字體偶異，足正金薤琳琅之失。

曉行

上馬墮殘月，悄然雞未鳴。單衣多露重，孤笠大星明。歲月塵蹤逝，乾坤旦氣清。是誰茅舍底？偃枕臥縱横。

圓津庵 庵左有四楊橋，係天啓六年修

四楊風蕭蕭，邀吾理茶話。濃緑圍一庵，歇馬劇疎快。兹庵剙何年，壽與石橋届。到門龍象尊，轉徑鐘魚戒。其旁峙一丘，覆土積幾蕢。丘高樹更高，仰見亂藤挂。朱葵花欲然，青棗枝互拜。開士機本忘，孤坐石枰罫。爲言香火盤，歷劫幸無壞。西陂與西厓，留詩中有畫。比來篇什多，籠紗敢稍懈。官人曩入黔，斬我壁生疥。冉冉今又來，願了未了債。況逢粥飯緣，草草辦蔬粺。盍爲一宿留，免受蚤蝨嘬。其言醇且清，使我汗停灑。忽聞驕馬嘶，西照促行邁。揮

手謝名藍，慨焉動遐喟。

過臨洺冉子墓

舊蹟遷邢杳，斯人有墓墟。四科尊魯論，二等定班書。耕稼東皋滿，烟埃北牖虚。邨兒能道古，不繪百牛居。

比干墓

孤卿遺蜕鬱嶙峋，地下龍逄一笑親。報主有天紓七竅，殺身特地殿三仁。銅盤銘蝕封題古，金闕歌傳涕淚新。留得累朝褒墓語，鹿臺何處認遺塵？

過衛輝與璞庵别處

林泉左右轍交通，曾記相逢雨涕中。事到真窮天必佑，詩令共妒句方工。登樓客思偕王粲，贊府鑾音近郝隆。安得今年霏雪處，與君歸轡竝花驄。

重發鄭州至新鄭

五里三道溝，入疆采謡諺。失笑夫豈然，三刻踰可遍。因懷京索間，楚漢經百戰。一鼠與一龍，遺跡孰能辨？兹邦無寸山，寸寸夾高岸。峭瘦削鐵壁，硱磳似石矸。車輪何揺揺，谷底出呼唤。投杵逸足奔，緣梯舉頭看。一起一伏餘，馬背漬丹汗。昔予叱馭心，萬仞歷危棧。怪此沙壤餘，作勢忽千變。吁嗟世人心，平地生波瀾。側想溱水生，春流回涣涣。

信陽山中

雲外山何限，山家更入雲。日驕疎蔭見，風定暗泉聞。白鷺雙栖樹，烏犍一飯芹。不知巾袂重，松子落紛紛。

一峰遥送我，復有一峰迎。竹樹凉揺夢，禽魚暇結盟。分泉通晚汲，過雨趁朝耕。去去愁迷路，須隨白鹿行。

將抵黄陂順省祖母縣齋訂敬堂小住

一報郵籤路轉長，魯臺雲樹鬱蒼蒼。陳情未敢紓天聽，觸暑何妨歇使裝？賓主到頭三日暫，母孫偕面十年强。喜心倒極成嗚咽，如此驂鸞孰比方。

武昌歌

聞歡歸武昌，綸巾繡襧襠。聞歡發武昌，白馬紫絲韁。寧食武昌魚，不折武昌柳。將柳貫枯魚，尺書見時有。子來從漢濱，漢珠佩縫縫。贈子雄鴨頭，活緑如漢水。莫下長千里，莫上襄陽城。西山歒楚雨，何方無一晴。

武昌不得晤桐嶼師

十年前食武昌魚，媿我重來擁傳車。絳帳風流當日夢，麻衣雪影異鄉居。過江有約思投刺，入幕無緣遲奉書。即此便成歧路感，六張五角更何如。

朱轓曾送武谿行，惱恨人間路不平。詎有流移煩郡守，卻教淫毒和門生。中年哀樂須加飯，萬壑家鄉待卜耕。報取關河書一紙，明年慈壽准朝京。

山坡驛

幾處豆花雨，居山秋易晴。遠谿長遶帶，低隴散開枰。望斷慈姑爛，聽餘懶婦驚。來朝松引路，馬上沸濤聲。

七夕宿咸寧伍氏寄家人

旅人問何夕，西北有高樓。爲具茶瓜勝，相看玉雪侔。夢回燕塞迥，家傍楚江秋。欲訪蘋谿勝，迢迢不自由。

宿蒲圻

瘦馬官塘去，山圍一綫天。驛留丹鳳號，縣記赤烏年。月影新依檻，江流曲引船。莫誇蓴菜美，魚蜆不論錢。

港口萬年庵

山静谿故喧，板橋臥林際。人烟三數家，宛宛抱初地。喜無金碧繁，户闥襲嵐翠。孤磬既清圓，諸幡亦摇曳。寺田供粥版，一一賸碑記。吾鄉老宗伯，歇心付題字。石林昔過嶺，編集見好事。云何港口居，半椽雨不蔽。石林使粤録云：港口驛舍僅一椽，土竈且分其半，且有虎患。想像駐驂時，兹庵委榛翳。比來作行館，提唱賴家季。摩挲遍舊題，强制傷心淚。吴文恪士玉於雍正癸卯過此題詩，吴侍讀鴻亦有和作。飯罷茶亦甘，繩牀乞清睡。松影忽攲斜，倌人促征騎。

雨後過谿橋至長板

好雨洗横翠，幾層山霽開。高低稻陂水，決決走輕雷。野牧跨牛至，晚樵持斧回。爲驚兩白鷺，飛下亂峰隈。

避雨示敬堂

馬頭片雲黑，馬後數峯青。側帽呼前侶，停鞭就短亭。平林喧淅淅，高黍暗冥冥。白鷺縗衣好，江船記獨聽。

湘蓮

幾處蓮房熟，芳鮮齒頰侵。潤涵文露氣，乾趁早秋陰。閩産留名敵，荆包作貢欽。莫嫌凝薏苦，一片楚纍心。

歸義驛

問道經黄穀，旋臨古渡頭。山隨湘岸盡，水入洞庭流。郵舍紗籠壁，邨莊版結樓。秋來翻憚暑，莫笑賈胡留。

湘陰

一笑湘波在，灣灣路不殊。重來羅子國，幾派洞庭湖。野館抽斑竹，晴沙染緑蕪。黄陵試回首，山鷓四山呼。

暮雲鋪

湘水百千折，東流隨白雲。我行暮雲曲，何日弔湘君？小市朝暉合，重關古道分。衡陽投宿處，可有權歌聞。

紫薇花影外，一綫引茶園。官戍高臨棧，邨家懶敞門。種蓮分水口，曬穀埽牆根。憶昨昭潭飯，中流采芷蓀。

水外萬重花，花邊四五家。陽春二三月，曾泛楚漁槎。雞犬聲相間，琴壺興未賒。雖然山逕晚，照耀有朱霞。

雨抵衡山簡奚大令鶴谿　寅

前年我作黔南行，㵲谿谿館谿雨鳴。君居樓頭我樓下，闖語閽吏空傳聲。今年我奉粵西使，君亦新從灕滄至。臥對清湘九面山，底用張帆望天際。薄午招要經縣門，江波如墨飛雨痕。爲言岳形富奇觀，不往孤負巾箱存。因思退之過玆地，連月秋陰轉初霽。即今久霽變層陰，浪遊恐被老天忌。生平腰脚衰兼慵，一足頗肖山夔蹤。布韈芒鞵苦難著，竹兜且仗雙丁從。喝道松間殺風景，商略鋪雲坐昏暝。知君早有記游篇，那數拙詩排過嶺。

雨抵上封寺

峰上幾層峰，油雲作意封。竟衝泥裹屐，來趁飯前鐘。地迥諸天在，林虛萬籟從。明晨看日出，許我一扶筇。

曉發望嶽門至嶽市

縣郭圍衆山，山鳥隔檐喚。紆威出西門，曉翠較疎散。石梁欹自橫，茅舍續還斷。行行紅茶亭，松栝影淩亂。非無千年樹，點綴半山半。俄頃蒸溼雲，微濛窅難辨。遥聞蕭颯音，芋荷遠相間。誰從嶽市歸？招我坐郵閈。爲言招提遊，側想香積飯。勝引天所慳，目成笑斯粲。明知沾客衣，遮頭乞油傘。何處版魚聲？山程尚瀰漫。

自石谿度劣馬嶺

石谿停筍輿，遠鼓作秋社。雖嫌登頓煩，雲木境清灑。單嶺何陰森，仡立障原野。螺旋兼鼇行，曦影漏紺閜。萬竅號悽酸，颯若屋摇瓦。窺人來老猨，芋栗尚盈把。橘刺連藤梢，牽衣苦難捨。深苔軋芒鞵，滑澾不留踝。終歲無客行，山鬼口垂哆。壯氣藉呼讙，不惜坐喑啞。始安隸零陵，郲柝任從打。何年分芋區，畫嶺作分擠。出險心始夷，一逢捕蛇者。

貢院後粤秀山故在明藩院内和敬堂

走馬雙峨碧玉篸，一堆留染畫堂陰。天梯斷去晨鐘閟，闈試前即扃山寺。地肺移來夕爨沈。邱嫂羹寒還徙鎮，降王關閉竟成擒。故宫鬼火如輪大，莫照人間八桂林。

鳳鳴高岡得丹字

有鳥儀千仞，雝雝聽未闌。近光紅日下，流響綵雲端。足足諧仙奏，將將協舜彈。箾宣幽谷暖，磬勒廣廷寒。履盛鳴宜蚤，居高和轉難。九皋欺唳鶴，半嶺伴吟鸞。此地岡銜紫，當年穴孕丹。卷阿偕賦手，長振佩珊珊。

竹簰

毛竹粗於臂，匀裁四五竿。刮膜輕漾水，編眼横穿灘。泛比深杯穩，飄同落葉乾。鸕鷀容買取，方便一篙安。

泊全州北門外

斷雁窮猨倚枕聞，木蘭舟外葉紛紛。灘聲入夜喧於雨，霧氣連朝暗似雲。轉粟幾時開越嶠，落帆此去弔湘君。驂鸞好事吾何有？且伴谿翁狎鷺羣。

歸陽小泊

芳草亦云歇，湘川日夜流。獨絃落沙雁，雙槳逐谿鷗。瀟水沄沄逝，衡峰隱隱浮。舵樓傳好語，明作合江游。

泊浯谿

浯谿谿岸轉，不讓桂山奇。占宅人千古，看碑彼一時。樵行翻絕磴，猨嘯倚叢祠。再鼓雲山曲，無因譜七絲。

耒口晚泊

南度逢行雁，誰邊晚唱聞。沙浮漁艇淺，樓接戍旗紛。嵐彩高收霧，炊烟冷化雲。黃牛兼白酒，試問杜陵墳。

淥口

淥口淥悠悠，微波送桂舟。市聲連岸湧，灘勢入江休。拾翠懷春侶，隨帆夢岳遊。昭潭纔百里，前路若爲愁。

重過萬年庵次壁間韻

山僻渾相識，寒谿説法喧。霜明孤葉定，雲暗一禽翻。詩板聲聞果，郵籤粥飯恩。他時重過否？清夢遶松門。

念橋宫允竹谿新霽圖

明玗摇暮寒，顧影逗娟妙。有谿流有聲，斜陽耿瀟照。草根溥露餘，倚樹客孤嘯。蒼然團遠陰，通脱謝簪帽。梁谿文獻邦，雕龍盛才藻。翩翩升玉堂，寤想入幽蹈。圖成閲數年，翠墨轉神肖。巢父結雲蹤，阮何敵風貌。如逢春霽時，披對愜吟眺。詩就雨適來，短篷緬漁釣。

林表明霽色得晴字

金銀宫一色，山雪快時晴。璧樹兼天涌，瑶華委地傾。微黄拖四照，虚白對雙清。溼殢炊烟淡，寒迷淞霧輕。浮浮松磴遠，隱隱竹岡横。紫翠看難準，丹青染未成。向陽飢烏下，覓路醉樵行。借問終南徑，何因化玉京？

大廟峽歌送張上舍之南雄覲父

湞陽頭，中宿尾，香鑪介中央。倒射暮烟紫，不是眠羊定獅子。峽旁二峯名。廟者誰？靈之里。靈者誰？虞其氏。洞爲門，峽爲壘，白日争燒太平紙。春林一片鷓鴣聲，笑換斑衣舵樓底。

泉之自號稷堂

蘭爲王者香，有似善人德。雖生空谷中，品與瑞芝敵。都尉著農書，五穀長斯稷。蘆穗紛綏綏，霰粒圓的的。種熟備四時，田正列百職。腐儒苟不分，盍辨中央色？奈何明粢貴，而以小米斥。予季申好修，蘭名此由錫。思營半畝居，荷鋤理秋穡。爲堂即爲號，東皋永晨夕。吾鄉本棉地，斥鹵類沙磧。稻田十三四，取利近潮汐。語以穄與糜，胡盧笑應匿。稷既鮮人知，蘭亦需人識。豈無都梁香？朵葉混名實。體精用貴宏，二者義無忒。

白華前稿卷第四十

古今體詩史官集四

重光單閼

庾嶺折梅圖

文命梨九山，跡不到揚粵。五嶺交袤延，括地費裁劂。以兹東嶠雄，高撐六鼇骨。象占河漢戒，表溯秦楚月。鋗也多戰功，劉、項見興蹶。用標梅嶺名，不啻署榮閥。更聞元鼎年，樓船整九伐。庾郎好兄弟，列障有屯卒。二姓雖紛更，地險勢難越。高者怒鴟張，下者老狐搰。複者張錦屏，直者樹華碣。一夫控其喉，萬衆廢蹄軏。所以龍川令，拒關假黄鉞。堂堂曲江公，羽儀起南渤。力持五丁斧，一手鏟窊凸。種松今百圍，離立秉圭笏。海風萬里來，吹涼透毛髮。征夫歌詵詵，照壁喜無蠍。盤盤隨曲螺，摟摟鬭健鶻。不知身歷高，杖杺見修樾。南瞻鵬鴣翔，北顧鴻雁没。惟有梅花林，香影襲巾襪。江南春信遲，折寄倩賓謁。下馬更乘船，摸魚夜歌發。

論瓷絶句

煉土塗油製絶殊，尚陶風教本先虞。縹瓷捧與潘郎手，曾奪千峯翠色無。潘岳笙賦：「傾縹瓷以酌醽。」陸魯望詩：「九秋風露越窯開，奪得千峯翠色來。」

雨過天青一抹浮，薄如藺紙響如球。平生不識柴窯面，黄土窪中度鄭州。古玩品柴：窯出鄭州，潤膩有細紋，多粗黄土足。博物要覽：柴窯薄如紙，響如磬。竹垞詞注：周世宗批劄：「雨過天青雲缺處，者般顔色做將來。」

官汝天然蟹爪紋，内司紫口價空羣。流傳别有烏泥種，壓倒龍泉贋器紛。格古要論：汝窯有蟹爪紋，宋修内司官，窯所燒紫口鐵足者，與汝器相類，黑者謂之烏泥窯，龍泉僞爲之而無紋。

南北班班異品題，每從黄白判高低。誰知紫墨花紅樣，祇要雙痕滴淚齊。格古要論：定窯有南北。古玩品：定器細白者貴，粗而黄者賤，又有紫定、白定，有淚痕者佳。蘇詩：「定州花瓷琢紅玉。」

戧金官匠樣偷描，重價爭收號折腰。太息寒芒坐輕露，不將祕器進先朝。格古要論：元戧金匠彭均實效古定器折腰樣者甚整齊，故名彭窯，好事者以重價收之，至爲可笑。老學庵筆記：故都時以定器有芒，不入禁中。

琉田鐵足屬章生，淡白濃青畫不成。輸與阿兄新製好，斷紋百圾碎庚庚。春風堂隨筆：宋時章氏兄弟主龍泉之琉田窯。稗史類編：章生兄弟所造窯皆色青，濃淡不一，足皆鐵色。輟耕録：哥窯淺白斷紋，號百圾碎。

燒瓷射利説浮梁，樞府名同御廠强。試看六窯開設處，金星糖點採麻倉。容齋隨筆：彭器資詩「浮梁巧燒瓷」，又因官爭射利。古玩品：元饒器小足印花者有樞府字者高。江西通志：洪武三十五年開御廠及二十座官窯，窯名凡六，其土出麻倉山有糖點白玉金星色。

空青堆飾錯紅鮮，玉箸雙鉤認永宣。粉盞酒缸零落盡，醮壇茶醆卻流傳。事物紺珠：永、宣二窯皆以蘇麻雜青爲飾，以鮮紅爲寶。吴梅邨有宣窯脂粉箱歌。博物要覽：宣窯白琖心有壇字者曰壇琖，嘉窯小白甌有薑棗茶酒等字者乃醮壇所用，亦曰壇琖，制度質料迥不及矣。

粉青花朵説高麗，大食銅胎傅藥奇。料理纏絲兼鎖口，一時航海重玻璃。格古要論：古高麗器粉青似龍泉，有白花朵者不甚值錢。大食窯以銅作身，以藥燒成五色花。博物要覽：玻璃窯出島夷，有白纏絲、天青、黄鎖口三種。

宜壺妙手數龔春，後輩還推時大彬。一種粗砂無土氣，竹鑪饞殺鬬茶人。茶疏：龔春茶壺以粗砂製之，正取砂無土氣。

候火開窯色色同，忽驚窯變玉玲瓏。不須更話文丞相，多少觀音點化中。稗史類編：開窯時有同是質、同是色而特美異者，謂之窯變。格古要論：吉州窯書公燒者最佳，相傳文丞相過此，窯變成玉，遂不燒焉。通雅：報國寺有窯變觀音。

唐窯近出抵璠璵，持較年窯或未如。笑我兩年滯賓幕，不將雙眼挂陶書。年羹堯所製曰年窯，予壬申、癸酉間在九江，唐榷使英幕唐所造曰唐窯，其陶書一卷載陶法頗備。

芷塘編修接葉亭圖 圖爲王舍人宸作，時芷塘已家亭北

五城衚衕數爛麪，幾輩京朝卜居徧。差差風葉摇遠陰，誰把茅亭手除繕？我行見葉不見亭，小坐亭間葉如纖。秋高葉盡亭轉幽，突兀空腔逼霄半。芷塘僦住今五春，亭父亭公號須冠。挈榼宵深罰百巡，圍枰晝永拚千算。偶礬東絹入畫本，竹屋紙牕影淩亂。瓓瓏怪石平或頗，旖旎疎花續兼斷。昨將家具移北鄰，座客驚呼僕人怨。刻櫟雖留靈運題，攀條那免仲文嘆。豈知萍海無定常，六樹蚍蜉局終換。葉新葉舊機互旋，亭短亭長路從判。沉聞亭以停得名，閱世悠悠等郵傳。文光果熟丁子開，猶有晴香拂南院。今我不樂歲云暮，合泥琴師趁簫伴。移家隔巷誠復佳，更乞王郎貌真面。

周白於上舍曾祖蓉湖太史在黌舍時賦白丁香花有云月明有水皆爲影風靜無塵別遞香傳入禁中曰於試京兆不利擇石宮詹畫折枝丁香贈其歸云

北地燕支此絶塵，記從槐市伴吟身。迦陵詞賦江關滿，激賞何曾到鳳闈！其年檢討有白丁香花賦。

文孫才調説翩翩，氄毧秋風事偶然。乞取折枝好春樣，月明穩壓過江船。

春秋佳日圖爲梓南同年題壽尊甫

唐賢愛牡丹，一闌破中産。是名富貴花，暈痕鬬深淺。籬根覆時菊，爾雅證前典。一屈復一陶，相對日朏䏚。物候争喧涼，世情判晦顯。寫生誠大難，好事隨所選。譬彼熊與魚，食單少兼饌。中郎巧付裝，朵朵落新翦。其上摇珮環，笑靨宛然展。其下占黄裳，落墨映金粉。持此將何爲？以代采蘭獻。草堂佳日多，澹沱緑簾卷。文酒傾螺杯，雅歌肆牙板。遥知披卷餘，有花手還撚。長安花事稀，鼠姑見尤罕。圃師埽瓦盆，頭苗蔚千本。鼎鼎輪朱門，高隱義頗損。語谿谿水清，步屧帶長緩。連郫皆桑柘，芳塢散雞犬。聊題息壤言，雙扉我容款。

御試杼軸予懷得先字

緯持杼首剡，經受軸身圓。啓予誠逌爾，言懷故邈然。新裁書卷外，方幅短長邊。入叩奇文錯，分條妙緒宣。羅胸歸織組，信手寄纏綿。炙轂終嫌拙，圖璣豈遜妍！客闚花樣富，人悟匠心先。不數平原賦，爲章睿製懸。

送人屯田出關

月落將星黃，華燈照急裝。秦聲沈鼓角，漢詔務農桑。候雁音書迴，鳴騶井脈良。營平遺略在，豈止爲河湟！

六月十七日西苑侍班有典試湖北之命恭紀

柳陰如繖護宫鐶，上殿雍容散直還。載道皇華新待命，自天使節細分班。東邦論樂家聲忝，南國觀風士氣嫻。四載流光三典試，君恩僂數上重丘山。是年於戊子、庚寅兩科出試差者分疏名籍之下，自省欽外不復與差。

樓桑邨

惠陵手割蠶叢國，恭敬維桑訊里門。葆羽象占龍虎采，分綿禮識帝王尊。百株投老臣心瘁，雙社開基祖德存。莫歎永安宫草没，行人翹首挂朝暾。

歸次灄口再省祖母於黄陂寓舍

望縣排雙驛，人傳折獄才。去官成一笑，猶子竟重來。荒熟莊難論，公私表可裁。便須三日留，去曬髪望趨陪。

幽篁長嘯圖爲裘元復題

歔旨闡唐賢，爲法十有二。始以外内激，終以太少義。立説疑不根，授受王母祕。是將含玉音，豈特宣濾氣。惜哉今失傳，弗共雅歌肄。之子姿出塵，静便得真意。斯咏固陶情，所居復選地。有竹茁如蓬，有藤纏如臂。旁有一畝宫，綺疏滴孤翠。涼影紛蒼浪，濃陰散遥裔。披髪上我牀，故人或來詣。傳亦無所從，問亦無所對。間發四五聲，倏然振林際。草木颯颯驚，鸞鳳飄飄至。會當臨高臺，清聽邁繁吹。自憐埃垢腸，無語破淹滯。輞水摩詰懷，東皋淵明志。何如成子安，作賦了此事。

王少林梧竹書堂圖

小樓别我週八期，形容昔癯今較肥。行儀細署入除目，應棄百賦抛千詩。致身要讀律三尺，安用借書攜一鴟？白田邨岸隱喬木，聞有小築柴雙扉。團茅蓋頂牆薜荔，矮儿侹侹排烏皮。茗鑪棊局百無分，縹帙一二堆斜攲。口呫屢匿後生笑，手澤終拜先人遺。禿襟危坐沁秋爽，竹陰梧翠紛高低。君爲進士早得進，怪厎清素安儒衣。想從應聘歷山長，諸生俎豆莘莘隨。後堂鶴列聚都講，肯藉絲竹相娛嬉。斯圖貌出在何歲？口頷匀茁鬑鬑髭。他時飾治本經術，刀筆筐篋非我師。然而君意拔流俗，蓼蟲食蓼甘如飴。即今聯袂謁銓狀，擁鼻猶作吟聲微。吾家瘦弟號倔强，對牀袖手毫停揮。萬卷破來筆自到，多君落紙雲烟飛。翦檠題罷樹團影，我嬾還復垂紗帷。

因方爲珪得融字

雪白原猶玉，爲方妙化工。幾番旋中矩，六出戲分礱。疊罫痕偏浄，穿櫺影尚濛。雲肪裁鎮瑑，冰暈琢桓躬。體勢觚棱外，精神几案中。流澌還記水，去角必因風。有截輝常斂，無瑕質倍融。賦成人匣硯，堆院小玲瓏。

少林桃葉歸舟圖

湖莊一抹綺霞橫，織素工兼織網名。合向王郎欺白面，芙蓉枝在石家城。石姓昭，陽湖人。

金谷量珠語太誇，略排水檻對菱花。一枝穩放嘔啞觽，絶勝南朝舊犢車。
白舫朱簾半上鉤，青楓江岸迴含秋。費他斑管題詩手，描遍春山不自由。
分明一舸載夷光，粉淡脂濃惹筆牀。認得烏衣門巷暖，爲言新燕自昭陽。

十三本梅花書屋圖歌爲少林題其曾祖樓邨先生遺照

蓬萊文章羅浮夢，幾樹晴花破寒涷。樹底難逢縞袂攜，花間不斷翠禽哢。方瞳僊者致消摇，朵朵瑶花行且招。連邨慰我菟裘願，買宅同君息壤要。縹帙牙籤擁深幔，索笑巡檐卻無算。依稀内景十三神，一神化一老梅幹。夢醒銅街驟玉珂，滄江偃臥計蹉跎。急呼書手調鉛粉，别署銜頭種薜蘿。八寶田邊掩茆屋，散髮裹巾睡粗足。歸院猶傳學士蓮，爲園但息隱夫木。揚州官閣近遊徧，退傅終歸兜率天。周甲尚驚辰歲劫，受辛空賸西山編。芙蓉城主莽蕭颯，失喜孫枝芘重葉。記圖小像入闉屏，愛乞新吟祕行篋。小樓始信勝小坡，坡公笠屐失摩抄。洛神妙墨君能擅，題徧横枝意若何？

武功某尹寫真

竹竿磊砢如儂瘦，木葉寥蕭共客疎。莫笑官人不官樣，苔痕送緑上衣裾。

山郭清暉靄暮朝，題詩真似武功姚。渼陂兄弟同遊否？休負珠江酒一瓢。

元默執徐

興化任清泉母夫人節壽

東海任公子，兼通肘後經。來遊圜棘舍，歸覲種萲庭。閒史編彤管，壇儒降綵軿。歲時驚晼晚，命數感伶仃。自絞黔婁被，還提鮑婦缾。未亡勤代子，之死待成丁。婢怪晨炊斷，鄰希夜杼停。雌鸞長對影，雛鳳各楊翎。兩世棺淹土，連街燎竄星。祝融騎覆棟，熛怒透疏櫺。五體甘同燼，三霄籲獨靈。燄看回烈烈，風訝氾泠泠。有返風滅火之異。潦積禾偏熟，禾潦於水，已而復生。波澄井失腥。所飲井清見底者七日。翠尊齊獻頌，石闕迥留銘。葛帔當年冷，蘭陔此處馨。膝前扶笑語，大藥駐修齡。

羅兩峯聘鬼趣圖

道人有道羅兩峯，早年畫法師金農。農也作畫索畫值，懶畫人物況鬼雄。揚子江心瓜牛舍，道人聽江坐遥夜。徑丈魑頭平瞰君，被頸緑毛體分卸。祇今貌成第五圖，前後七幅雲模糊。

一鬼抱肚一翹腳，導倀挾雌紛睢盱。旁有長巾摇扇紙，童魋出胯衫映紫。琰摩世界相叫嘷，一對髑髏淚如洗。嗟君賣畫人海邊，不若賣鬼宛市囊。餘錢朝呑三千暮三百，叉手笑輟炊藜烟。鬼趣有三佛説暢，外障内障及無障。閻浮提放大光明，懺與修羅作供養。點鬼説鬼吾不能，陰火閃爍池硯冰。秖愁鬼物畏君畫，一遇然犀先遯形。

蜨園刺史至自荆州以寫真索題怪其儀狀如昔而畫者故示老瘦詢之知寓騎省之戚蓋昨年七夕前事云

茅舍低迷石徑，攲西風捲坐鬢如絲。居人卻抱離人感，萬縷千條惹恨時。涼痕如水蘸衣輕，出拜書郎齔未成。看上學堂增悵望，燈前無復翦刀聲。南州相見意相親，燕市重逢座拂春。怪底卷中人瘦損，緱山七日最傷神。

病後禮闈題壁俟撤扃日示泉之

舉場浩浩傍星臺，舊是春官粉署開。闈院故元禮部。撈蕊十年前一第，予以癸未成進士，今適十年。簪花兩度後重來。同考官例賜金花，己丑、辛卯予皆得與。沈浮病狀雖禁雪，宣旨以三月六日適雪。俛仰機心本息灰。莫遣絳紗籠覩眼，聚奎堂上重元魁。

桃李陰連棣萼榮，别頭停試典持平。事如田海經三見，境有雲泥望一鳴。陸氏莊荒頻自反，姜家被冷竟難名。朝朝苦費調元手，謂劉文定。細數吟髭白幾莖。

題闇齋竹深荷浄圖即送其之曲周

入山不厭深，觀水惟取浄。插腳人海中，勝果大難證。兼畏炎夏長，爞爞氣如迸。雖然支露棚，蠅蚊來不定。平移竹兩竿，間買荷數柄。一巒寧救飢，轉發老饕興。此景誰所圖？獨往足幽敻。其陽面廣庭，其皆夾修磴。緑楊風絲絲，吹鬢照明鏡。古篁陰沈沈，襟袖凜寒凝。豈知田田葉，忽鬬晚妝靚。行逢白鷺羣，坐對文魚媵。逍遥多樂方，肯向熱官贈。君今重折腰，揮汗走相慶。畿南民俗醇，安卧醉爲政。開軒延太行，滏流亦縈映。頗有故鄉船，月明來刺榜。知君蕭暇餘，彈琴滿清聽。賦梅憶宋公，采菊學陶令。理策詩適成，馬頭火雲横。

喬鷗邨鍾昊翠竹江邨圖

宅里崇開府，江流曲抱城。孤邨黄葉隱，一道白沙明。别墅茅團舍，芳時竹護萌。出梢宜土瘦，解籜記雷鳴。日薄頻喧雨，陰濃那放晴。雲藍拖藥圃，水碧罨苔坪。翠袖邀難得，鸞箋寫未成。忽延青眼看，早訂素心盟。芟徑排茶局，篩牕布酒鎗。此君同灑落，上番蚤逢迎。試拓柴門坐，如尋錦里行。弗諼君子慕，相送主人情。遲爾林栖久，要予節槩生。朱陳新締眷，韓李曩聯名。訊爲平安寄，詩教瑣碎評。幾時黄歇浦，煑筍話歸耕。

兩峯畫竹

車塵擾擾六街積，落紙忽移薊丘植。鑒書柯九思。僊去奉嘗夏昶。死，何況王紱黄筌代逾隔。面濃背淡恣紛挐，取似遺神費雕飾。羅生胸次包渭川，多少風篁任狼籍。分明孤竹封墨胎，手挹墨君弄晴碧。見生畫竹兼畫松，亦有梅蘭鬬標格。亂塗亂點春作團，非礫非波血成滴。我昨爲題鬼趣圖，報我琅玕張素壁。兩竿疎影如萬竿，一尺柔梢足千尺。烟枝霜節無寸萌，怕我老饞煑先喫。隨身信有文與蘇，不爾奚由施腕力。用虞伯施隨身有義之鬼語。不見此法通六書，葉分幹篆是誰識？生今歸枕竹西宅，日暮天寒白沙白。鄰舍寧嫌徑造看，姓名每待狂遊刻。轆材自富家自貧，飢鳳翛翛淚横臆。好詩在口竹在手，蘇公語。竹不救人亦何益！文、蘇二公在當日雖貴重，而困悴流落亦不少，竹詎能救之？吳師道禮部語。嗚呼莫調竹不救人竟無益，君不見玉堂人物推兩錢，辛楣、籜石。開徑從君永朝夕。

送毅庵侍讀假覲歸閩次留别原韻

遠排歸訊寄雙魚，檢校鸞章返舊間。京國貴游先舞綵，鄉關耕養獨攜鉏。班非供奉輕投牒，里近麻沙雅著書。重與高堂論遭際，幾回御筆費親除。

作手紛綸起鳳樓，三長史筆數君優。傳來館吏餐錢逮，載去門生酒舫遊。花市莎街行趁意，藥鑪茗椀坐忘愁。梁園幾頃春波暖，何必家江戀蔗洲！

名銜一笑解塵羈，但采陔蘭不采薇。屋角試占喧語鵲，軸頭争願綏膏豨。闌風伏雨泥埋路，玉署金坡曙散暉。攜得長安兒女小，布帆十幅潞河飛。

邊徼西南使節頻，不材蹤跡類通人。居鄰瘦弟過從便，院鎖春官笑語真。忽奉版輿樂清暇，自裁翰牘慰酸辛。他時準訪康成宅，牡蠣牆邊帶草新。

淩進士浩擔花圖

朱朱白白春滿籃，好花笑遣山童擔。擔來不賣亦不送，勾管花事資長鑱。主人得花背花去，手捉麈尾摇髿髿。四十雙一頃烏，有學稼學圃須同參。泥封水灑閱朝暮，肯著煩惱忘癡憨。千枝萬枝拂瑶席，三朵兩朵鼓玉簪。編樱者䅧箬者笠，香氣飛襲蕉紋衫。爲農滋味倘如此，鋤禾滴汗皆虛談。吾生於世百無好，好畢萬術師淮南。自從應官别松菊，馬塍馬磧誰同探？羨君移家近花國，畫所偶寄情猶貪。異時種蒔遍潘縣，嘉禾瑞麥恩交涵。一叢之花十户賦，姚黄貢進母沾沾。我言大類殺風景，君忽頷首掀修髯。

若春劍門圖 末懷璞函

生不能擁八騶朱雀航，又不能日乘款段依故鄉。蹇驢蹴躪上天去，捫歷參井形昂藏。我聞劍門形勝壯天下，一夫當關萬夫咋。糞金載道竟開山，淋雨連宵獨迴駕。幾人燒棧幾架閣，王氣消沈霸圖削。登高弔古無限情，團笠方袍一行腳。彭郎笑傲春江頭，十年賓幕從諸侯。晉祠琤潺瀉碧玉，華頂突兀揚蒼旒。皤然語我蜀道易，好蹋嵐陰不蹋地。篋畫囊琴裝自輕，綱贏馱馬遊非累。四蹄得得廬山公，誰其圉者雙髻童？主人舍騎騁先步，五管仰露梯丹虹。飛樓祇在松林杪，骨肉飛騰逐猨鳥。孤青石氣含晝寒，萬疊雲烟半身遶。君去誰輸杜老貲？君歸還賦放翁詩。甘瓜朱李陪吳質，劍外官人知不知？

秋日同蘀石覃谿辛楣習庵魚門冬友集城南分韻

選勝行自南，將車避塵路。汪汪圜積窪，莽莽翳雜樹。漸入菰蘆叢，拉獵響沙步。徑轉亭忽開，延緣恐猶誤。幸逢竹林侶，後先蹟斯聚。折簡固夙要，盈尊亦各具。賓主都不知，寧復苛禮數。閒評金石文，遠涉田園趣。秋序日已佳，古懽日以悟。後會菊初華，登高共能賦。

羹堂吏部醒園圖 圖順慶守朱子穎作

君才美如蜀錦段，遄歸奉諱淹三年。墓田丙舍計粗就，來枕畫省香鑪烟。今朝對酒坐蕭暇，言有鄉夢依左緜。雲龍山旁象山麓，涪江東遶鳴濺濺。小園雖小衍先澤，漁父信宿時夤緣。一樓一閣置帖妥，一花一藥羅芬鮮。亦知人情重懷土，猨驚鶴怨終由天。笑礬生絹乞能手，朱老真似南鄰然。古來軍行重要約，馬廄或亦擢平泉。即今松維事撻伐，輸輓例藉租庸錢。君爲蜀人朱蜀守，時蠟兩屐張長筵。想見雪嶺戍天外，千里貼席忘戈鋋。予於是園欠親歷，巖居川觀寧非仙。掉頭不住入京雒，山水之福將唐捐。賴此畫本祕行篋，玉蟾蜍淚流微涓。醒園獨醒太無賴，豈若買醉長安眠？榿林他日大於斗，過訪我亦浮巴船。

題吴鑑南蘇門聽泉圖

蘇門連太行，爲嶧不爲蜀。岧亭森九峯，選勝邁薖軸。天半來歕聲，有臺俯巖谷。併入琮潺音，清聽滿寒淥。我昔行衛郊，五年三往復。非不思駕遊，使事苦匆促。所欣髯絶倫，主講空城曲。款關無一麏，母亦避塵躅。自聞僑法源，鐘飯問鼓粥。長林送颸飋，窮巷斷轣轆。頗怪朝市緣，何處食耳福？髯乃歌衛風，毖彼泉幾解。其跳若夜珠，其挂若晴瀑。其節若琤璆，其響若琴筑。寥寥天籟中，亂以萬竿竹。搖以萬柄荷，好伴鷺拳宿。此源即衛源，金鯉恣煦浴。下有梅谿流，上有堯夫築。可臨還可登，杖屨信扳逐。嵩雲散蓬蓬，雒日鋪煜煜。別參鸞鳳音，快洗箏笛俗。私念歧路人，覿面失投足。吾舌媿廣長，聞根杳難續。開圖昭衆聾，詩境在源澳。

集魚門寓齋分題宋陳參政簡齋集

詩派尊蘇、黄，横流厄失當。簡齋簡且嚴，初不厭穳放。少俊賦墨梅，擊賞到天仗。避亂湖嶠遊，得時紹興相。首鼠和議間，拜罷幾弦望。典郡趣優游，乞祠寄跌宕。編年四十九，有集盛傳唱。著録晁陳餘，列傳汪藻。葉夢得。上。堂堂五百篇，時事間惆悵。哀哉杜陵心，誰爲輔臣諒？吾聞新義行，風雅遂淪喪。此老起中興，家學溯希亮。知言世實難，謂與陶謝抗。豈知激楚音，入渾乃張王？計帙今不同，晁志、馬考二十卷，今十五卷。第什故無恙。何人得其門？膏馥杜遺饟。後有董震翁，草廬致推讓。不選不三唐，此卷祕複帳。宋史以簡齋詩上下陶、謝、韋、柳之間，後邨以簡齋師杜少陵，品格在諸家之上。草廬作董震翁詩序曰：簡齋詩超然入古，古體自東坡，近體自后山，神化之妙，得其門者蓋寡，震翁不選、不唐、不派、不江湖，問其嗜簡齋詩乎？曰：然。

孫芑谿梅花圖

籬落橫枝雪快晴，椶鞵躡遍萬緣輕。道人秖愛紅衣好，拈䪾瑶華遲到明。散花天女影翩來，幾世修成略似梅。認得前身雙翠羽，半丸凉月浸冰苔。

集蘀石齋觀元蘇宏道所書賦卷

宏道永豐人，所書己作石鼓賦，及李丙奎、徐汝士、王興玉、陳祖義、李路、羅曾、吳舜凱諸作，蓋元祐元年甲寅江西鄉闈作，主文者吳文正萊也。

三場試士昉延祐，條目紛綸省垣奏。元文矜式排八比，坊本流傳祖從右。次場試賦用古體，要與唐賢破窠臼。押韻猶遵禮部頌，命題先禁考官漏。其年即係皇慶三，八月克期典加懋。江西相府書幣殷，六十五翁道斯就。石家都事國器。楊郎中，士允。簾影茶香伴清晝。額當發解廿二人，雜犯者多吏爭嗾。時吏以雜犯違制，有所除，草廬爭之不得，於是貢十六人。見蕭立夫墓志。人緣選俊似仙瀛，題以搜奇逮史籀。通古善辭差別精，初場在通經明理，次場在通古善辭，末場在通今知務。草廬題吳文正程文語。一一科文憑勘究。蘇生作賦得賦心，十二幅中堆墨繡。元試卷十二幅。奪標姓氏喜聯翩，同舉詞章妙結搆。復濡散卓伸側釐，七首名程字如豆。呫嗶應憐伏案勤，摩挲卻笑填金陋。厥後三年公再來，扶蹇還將性根叩。丁巳草廬再校鄉試，以「堯舜與人同耳，性相近也」發問。貢闈聘校凡七賢，雅許張仲美道濟。胡石塘長孺。訂蘭臭。宫詹寶此摹一通，爲愛青袍鮮匿秀。觀公所舉轉憶公，年譜雖成待糾繆。危太樸草廬年譜：延祐元年江西貢院請校試，以疾辭。四年江西省請校試，時足瘡堅臥，不得已始行。考官七員，公以孟子道性善性相近發問。考公集，如饒朴、蕭立夫皆元年所舉。又回劉參政書：延祐初科再科相府見諉閱卷，皆不敢避。深盟香火幻摶沙，盛事衣冠矜入彀。勉旃分派追西江，昔之視今今視後。

徐夔州良臥疾法源寺以榻遺之

維摩方丈雪初昏，土銼茶湯火候温。上座參禪高縱好，踞牀調曲穩堪論。爲君真置南州榻，何日重傾北海樽？贏得擁衾聽夜課，櫪頭一櫂夢江邨。

集覃谿學士蘇米齋

殿直推端明，庵主數海岳。當其居嶺南，健筆亦親捉。一石英山厓，一石使院角。姓名記經游，賓從示揚榷。漸苦苔髮蒙，兼患榕根搦。此恨石不言，曠閲幾弦朔。先生洪趙流，適粤爲去提學。貞珉與吉金，著録妙裁斲。惜尠漢京碑，喜得宋人璞。蘇公遷惠時，過韶聽水樂。陶然展重陽，黄花粲滿握。獨疑米歷官，兹土未跲踔。史家從謹嚴，遊蹟審堅確。系吴系襄陽，姑任後賢駮。摹鐫出好手，價抵玉雙珏。載以車轔轔，嵌以壁皠皠。故事援蕭齋，煌然表楣桷。吾徒心跡清，款門許頻數。初搨攜硬黄，疾揮付散卓。二公地下聞，定遣笑聲噱。

江駕部西湖晚櫂圖

雨罷晴轉佳，涼思滴巾袖。言尋離垢緣，方外喜相覯。遥渚晦復明，虚舟舍還就。遠香時襲人，淡蕩蒲花秀。娟娟映初月，一鷺影微逗。伊人雲水懷，湖上頗宿留。今爲出山泉，昔爲養雲岫。開圖緬清賞，彈指十年舊。諷詠資雅材，勝遊結巖竇。試問南屏鐘，何如曉趨漏？

集姬傳寓齋分賦堆雪 時聞西師攻克兜烏

是物占尋尺，何人手築堆？厚添冰力擁，鬆借岸根培。不夜光還定，兼旬醉與積。似聞天外戍，過嶺捷書來。

白華前稿卷第四十一

古今體詩學舍集一〔一〕

昭陽大荒落

在蜀五十六月又閏二，得詩十三卷，集自京至蜀途次所作，曰西笑、曰雲棧，在蜀所作曰劍外、曰學舍、曰里區，入峩眉所作曰願門。凡山川人物多有攬采，故嘗授梓於蜀。然分集過多，自願門别爲一集外，餘當槩以學舍統之。漢書文翁於成都市南立學舍，註以謂學之官舍。官係提學，不特成都有舍，即嘉定諸府，眉、瀘、忠、達、邛五州無不有舍。學舍之名自翁始，視蜀學者其集名惟此爲當。

〔一〕乾隆蜀刻本白華詩鈔作西笑集，夾注所作時間爲癸巳正月，下有小序云：「珥筆十年，雅深惓戀，加以祖母喪未踰月，假裝西行，可無敞罔？長安曩爲京師，故向西則笑，於今蓋異矣。自良鄉至正定，五年以來三往返其地，若獲鹿迹。已未經即次所作，義在斷取，其詩亦以長安爲斷。」

出都留別知好末章專示舍弟泉之

蛾眉班上珮聲多，西笑匆匆意欲何。河嶽真靈歸結攬，淵雲妙墨分消磨。恩深豈止三持節？醜小無難載戢戈。珥筆史臣先快睹，王師雪外奪蓬婆。

春明門外短長亭，石棧鉤連一髮青。路到邛崍人叱馭，天垂益部使占星。衰慵漸信燒鉛訣，悔吝閑繙相笏經。纔過朝正勞出餞，驪歌歌散不堪聽。

冰簟清寒榾柮紅，慣聞倦僕觸屏風。及瓜雖幸來秋邇，折柳猶煩此地同。破驛重投遊未倦，修門一別信難通。倚樓舊侶行軍久，小伴招扶氣似虹。時少鈍偕往省尊甫璞函軍營。

天涯石舄替含愁，四海何人及子由。盡室往還家計左，中年哀樂宦情浮。潁川名德歌慚長，令伯詩情嗛報劉。準擬吳船歸萬里，青鞵無恙訊林邱。時祖母訃僅踰月。

古意贈滿城尹喬 鍾吳

疲農秉耒耜，反遜探丸郎。貧女理機杼，見笑彈箏倡。淘米汲深井，井冽渾如漿。采果伐嘉樹，樹死果亦亡。鷙禽善擊斷，不如鸞鳳祥。瓊葩鬬韶冶，不如松柏長。廉吏不可爲，墨吏安可望！載我薄薄地，覆我天蒼浪。古琴倦庸耳，聽者終激昂。悠悠去驅馬，百里皆春陽。

長平坑歌

銳頭小兒銳無匹，盡敵不煩刀出鞘。四十萬人填一坑，漸割連雞六王畢。當時趙壁森廉頗，受間不奈黄金多。虎狼蹴蹋犬羊沸，血漂肉委成山河。首功論賞本秦法，如此焚巢卵全壓。將軍坑卒帝坑儒，誰向新安蹙降甲？長平城隔太行山，見説戈頭銅暈斑。想象杜郵看劍夜，恢恢天道苦酬還。燐火成團故鬼哭，膠柱調絃書誤讀。髑髏長戴土花紅，慘月荒祠拜馬服。

晚次獲鹿

一峯屯薄雪，返射一峯晴。樹竊低郚岸，笳聲上縣城。過山車路盡，賀歲酒徒輕。風義超三古，何人抱櫝行！

見槖駝負裝

三三五五擁孱顏，緩步郎當費往還。腫背盡即忍切。容南客詫，亂行如綴北宸班。味通井脈丹厓外，命盡膏脣翠釜間。曾載戎裝歷西極，使裝分載衹乘閒。

自赤壁仙洞次龍窩寺

箕風吹倒人，山靄錮深墨。傾身灰窖中，騰笑倚赤壁。老仙無定蹤，終古斷瑶笛。虛厂薰惡氛，陰寒懍征魄。劃然投餓鷹，風毛尚狼籍。出洞坤軸高，原野曠同色。肉駝行未休，打鐘殷相逼。回峯如一環，意外露鑱刻。谽谺兩厓寬，鋟鍔百丈直。死樹春不回，偃蹇鬬龍脊。龍身潛九淵，何乃山是宅。遥遥皇祐年，僧火劫千百。濃霏墮客衣，蹋石畏崩坼。差勝夜程嚴，雨昬寺門黑。

井陘關

常山送我三日行，太行掉尾聯翩迎。馬蹄誤蹴落深井，峭拔萬丈懸孤城。城頭青天城下壁，錯磨陰陽鐵森積。凍木排圖鷹鶻休，哀笳殷地狐狸匿。螯走厓奔星影摇，山鬼白晝驅獰飆。健兒捉戍色如土，仰歔坐見黄雲高。孟門黨代亘重阻，幾代叢臺賸歌舞。趙幟已空漢幟翻，背水軍前動旗鼓。擒歇斬餘會食初，到頭鐘室恨何如。因人終笑外黄壻，報主徒憐李左車。

夜次井陘

第八陘邊路，崟嵜肖棧程。山垂燕地闊，水下晉泉清。敗將非無策，真王亦可烹。吹燈風倍緊，惱亂槖駝鳴。

土室　穴土山爲之左右，不能相通，與穴地者異

驅車土門口，土山連西南。山居故寥落，土處翻延覃。鑿坏白炯炯，穿冢青潭潭。團欒蛾脱蛹，逼仄龜支弇。海蠃殼獷悍，林轂胎渾涵。懸爲仙客困，坐即彌勒龕。搥壁嘆索莫，推篷肖谺谽。上謝瓴甋覆，旁絶櫨欂參。複壁隱未可，前户由還堪。牕以櫺示疏，席以丈許函。晦明施兩檠，飢渴謀一甗。既脱烈炬燒，亦免狂霖滲。編茅抑何陋，牽蘿母乃憨。其狡大類兔，惟暖差宜蠶。想當練戊日，紛與攜丁男。因高地不愛，負固天斯貪。峙畚擇斷壟，埽埊儲淘泔。勢作象耕熟，法如狐搰諳。九軔界幽隧，一團環虛庵。聚族斯歌哭，旅處時言談。中央令先稟，上古卦且探。伏莽走四野，結巢依重嵁。營窟堯年憂，陶復豳俗廿。自忘峻宇戒，更遺機心含。郤至驚鼓鐘，吴光匿鈹錟。此象最渾噩，有家頗樂湛。庀士遜千萬，受人能兩三。酒帘望摇颺，飣座聊停驂。

妒女祠　神相傳爲介推妹，狄梁公争高宗御路即此。王西樵以爲武后過妒婦津事，誤

孃子關前炫服稀，幾郵郵女趁巖扉，雙旗盡日靈風滿，學畫修蛾是翠微。

汾陽遊幸説唐宗，祠樹依然輦路逢。欲問金輪行避處，當年狐媚已無蹤。

凶德寧煩作頌新，禁烟遺事劇酸辛。衹應留配靈均姊，莫配劉家婦洛津。祠有唐李譓頌。妒婦津在洛水，其神劉伯玉妻。

南天門

土門遠上路盤鷹，一扇谽然瞰萬層。直北關山浮魏闕，自西風雨蔽崤陵。沙迷複磴全埋石，雪積迴谿半化冰。上黨飛狐天下脊，到今臨眺險難憑。

壽陽感昌黎

荒磧連九馗，厚坤厲芒角。如丸亦如卵，軋蹄勢如擉。稍往就芹泉，涓瀝潤磽埆。邊城春候寒，花柳總蕭萷。有懷宣諭才，意氣動河朔。數言折逆謀，燎原火先撲。朝臣惜韓愈，此語太齷齪。君看駕部郎，吴丹。郵次共行幄。唱酬感月華，侵曉雞喔喔。使臣走驛馬，絶勝萬矛矟。方山峙巃嵸，壽水逝瀺灂。插翼過軍書，銘功筆能捉。

太安驛

天半飛層搆，居人衹傍山。人隨高鳥下，山帶亂雲還。問歲嘉禾後，觀風蟋蟀間。吾徐封邑古，行眺一開顏。

輿次大風

纔坐籃輿遇石鄢，土囊決裂浩難收。排雲詄蕩稀鴻雁，得路艱虞信馬牛。斂手詫乘潮上下，壓肩疑蹋浪沈浮。阻風中酒江湖夢，今日關山也白頭。

上元次張蘭

黄沙眯眼倦憑鞍，笑語喧扶酒半闌。一種豚羔祠月主，試燈風裏住張蘭。

郭有道墓

一歓論朝局，高鴻逝渺然。清流非俊及，遺象亦神仙。碑蘚荒途雨，門槐古市煙。我來勤汎埽，不羡介推賢。

郭祠漢槐

積陽瀰漫韸聲死，菈獵陰飆射檐厎。老蛟脊瘦身百圍，倒卷濃氛蔽山鬼。此樹婆娑是誰植？曰對林宗無媿色。蒼棱近拂界休城，金蕊紛飄洛陽陌。雖同屋社覆枌榆，稍異宮門委荆棘。三公當日位朝右，水火玄黄拉枯朽。本撥枝傷國步移，宵炕晝聶終難守。墊巾徵士翩若仙，高蹈要拍洪厓肩。議郎一碑翳深莽，怪爾突兀撐丘阡。腹空屢被電雹破，幹古肯受藤蘿纏。鼠耳菁葱亦凡木，有人繫紡有人觸。樹譽由來重漢京，物宜毋乃因唐俗。君不見槐里令長馳直聲，此樹不同殿檻旌。又不見槐市生徒買禮器，此樹不將區宅庀。欺霜壓雪善因天，集鳳栖鸞矜得地。久聞過墓禁樵蘇，豈數叢祠長條肆？石闌駮犖暝色拖，行埽落葉歌長歌。甘泉玉樹問安在，槐乎槐乎千秋萬歲惟爾多。嗚呼千秋萬歲即不惟爾多，懷人曰槐懷則那。周禮注槐之言懷也，槐有懷人之義。

曉望綿上山

重墟蒙宿霏，馬首耿微白。曉霜在枯林，十里少行迹。徐聞人語來，雲岫卷空碧。孤蹤與幽鳥，一往眷閒寂。封田何處尋，要眇付樵客。世事歌龍蛇，隱心蔭松栢。目斷杏花時，江南訊寒食。

韓侯祠 祠後有墓

韓侯虜豹河東定，此地曾過擊趙兵。掌上安危傾楚漢，面前真假問良、平。將壇日落靈旗闕，母家風號宰樹成。高鳥連空頻極目，赤眉塵惹野雞驚。

宋老生墓 舊書：老生棄馬投塹被斬。創業起居注：老生攀繩上墟盧，君謂部人斬之

郎將嬰城日，真人問鼎初。坐愁輜載重，行看塹投虛。授命傳聞異，臨戎決策疎。楊花飛不起，終古遶荒墟。

趙城

斜照疎烟岳色微，願酬造父作封圻。君王八駿行千里，卻御鑾輿緩緩歸。

國士橋 長兒魯事知伯，伯絶之，其後死知伯之難，見廣韻注

橋下劍光橫，橋頭竝馬驚。迴風酸刺影，逝水苦吞聲。俗薄論施報，天高信死生。殉身還有客，不爲主恩弘。

晚過師曠故里

工瞽司吟誦，誰如曠也賢。傾心來叔譽，苦口爲師涓。蕭寺調鐘合，蓬門炳燭偏。年年汾

水上，一徑枕蒼烟。

皋陶墓 在洪洞西南千二里有元統二年余亨碑，墓西北二里有廟

墓域楊侯訊，宗祧頊帝歆。封皋章黼黼，釣澤和薰琴。審象顔矜削，平情口類瘖。見聞才子德，舉錯聖人心。本異由韓涼，惟同稷卨欽。澤留嬴及裔，法執瞍成擒。已奏無刑績，嘗沾不祀襟。理官徒偶旅，祭獄太蕭森。堧廟瞻猶近，穹碑拓未任。停驂效稽拜，謨訓儼垂音。史記：陶封於皋。馮衍賦：皋陶釣於雷澤。荀子：皋陶色如削瓜。淮南子：皋陶瘖而爲大理涼（力讓切）。漢書注：士亦理官。

平陽

金墉屹屹帶横汾，簫鼓中流夐未聞。淖約神人觀揖讓，優游父老話耕耘。誰邀青蓋迷風雨，曾駐彤車捧日雲。三晉河山雄表裏，從容懷眺極斜曛。

文中子故里

始皇滅聖文，開皇黜月露。卓哉李治書，軌模示儒素。西河詩禮邦，石室振高步。教澤流未湮，龍門得依據。上策陳太平，十二協天數。鳳皇千仞翔，虎豹九關踞。春風歸絳帷，飧粥樂

含哺。姚杜堂既升，房魏車或御。狗曲謝江翁，彘圈鄙轅固。紛綸書滿家，語僭道非汙。是時薛司隸，北學盛才譽。魚藻刺幽王，作頌適攖怒。世亂命苟全，世治政可布。如何修史才，星宿失探泝。不逢涑水翁，直恐缺掌故。寒朝事遠征，喬木入蒼霧。敝廬自先人，考槃眷獨寤。斷斷六藝徒，秩秩百王具。孫枝尚輕華，此實係門祚。一勺飲河汾，淵源起遐慕。

裴晉公故里

聖相材文武，靈河衍粹長。四夷詢拜罷，羣小伺行藏。遺表前星見，胡甸切。豐碑巨刃揚。東西聯舊眷，可是午橋莊？

聞喜示許大尹端木

汾澮瞻流惡，郇烟入縣衙。桐宮高隱樹，董澤淺通車。往代曾聞喜，茲邦似獲嘉。神明河上宰，要聽捷書譁。

宿牛犢郇李坊圃自解州來晤

我書初就道，君馬遠嘶門。豈辨風霜苦，相銜慰藉恩。別深家事瑣，宦薄世緣惛。在客交留客，迢迢河岸郵。

司空表聖故里

陶公晉徵士，嘗薄五斗粟。一酌調一絃，其詩淡如菊。人亡詩未亡，詩品更誰録？至味外酸鹹，泠然吸空渌。拂衣中條山，杖策王官谷。經營逮生壙，軍鞅斷塵躅。豈惟歸去辭，自輓肖歌哭。煌煌麟鳳姿，無道蹟斯伏。龔生夭天年，周黨返邦族。陽狂箕子行，祈死叔孫祝。閉門長絶餐，肯使墨胎獨。到今千百年，里名冠河涑。隨笏話常參，結亭緬小築。攬襟無與言，烟霄逝黄鵠。

望中條山

官路送微翠，一層濃一層。陽暉映金紫，反見白雲升。遶麓幾州治，栖巖何代僧。三休亭上影，想象峭寒增。

普救寺

烟槐絮柳馬蹄遥，遍數昏鐘落絳霄。怪底春裘添峭冷，數棱殘雪映中條。

孤城鬱律走河聲，軍令聞傳折箭盟。七寶莊嚴修到否，碑痕如繡亂苔平。

綵筆聯翩記會真，連廂檀板點歌脣。蛾眉衹有青山影，始信文人易誤人。金石文字記：鄭恒夫人即世所傳崔鶯鶯，年七十六與鄭合葬曠園。雜志：鶯鶯祔鄭墓在淇水西北五十里，秦貫銘其四德咸備，而一再辱於元微之、王實甫、關漢卿，歷久而志銘顯出，洗冰玉之恥。寺枕峩嵋，坡亦作蛾眉。

窣堵瓏璁挂夕陽，畫闌低瞰築毬場。來朝古渡風陵口，回首雲林隔幾塘。

蒲州

蒲州舊錫中都號，城冠高寒鸛雀樓。到海長河尊一柱，度關太華俛雙旒。帝鄉耕稼居猶近，霸國兵戎死不休。見説連朝風溜緊，索郎無恙對銷愁。

潼關懷古

孤城百丈枕重山，山下河流罥渡扳。動地鼓笳騰四扇，當天麾幟冠三關。生降豈信胡來易，死戰終緣國步慳。數點馬頭青峭影，果然太華落人間。

楊太尉墓

大鳥暗風林，螭碑歲月沈。印懸常侍口，金對故人心。配孔名雖僭，稱隋澤豈深，夕陽亭上語，千古一沾襟。

登西嶽廟佛閣望嶽

華陰道士瘦於鶴，要逐鶴聲窮碧落。鶴少人多飛卻回，蹋壁長吁悄攀閣。閣前青牛笑開口，壺嶠樊桐世安有。知君欬唾飛九天，玉女闚扉候君久。君去幾時還，君行見夢否。下有萬古不壞摸索之丹梯，上有五更不落翩聯之珠斗。冰夷蹙浪來紫庭，手擲金船化雪潢。潢根盤魄蓮花擎，白虎鼓瑟鸞吹笙。顥靈儼座鶉首驚，綖旒十二相去。端正。但覺百神觴醴二十八潭漿酒，潭潭盈雲臺西東。仗雙倚一朵，緑雲裏誰子卷衣照鏡是秦娥。仙掌高高舞未已，玉光絳氣巖洞間。大藥靈根霄漢裏，慎勿學陳希夷。逡巡鼻息天帝知，亦勿學韓退之。積唐腳力仙令嗤，去天一尺學太白牋天，更乞謝朓驚人詩。黄河落天走東海，倒入洗頭盆底洗。出我舉刀斷水拔劍斫地，骯髒沸鬱之襟期。俛蹴百二疆，仰削五千仞。載錫中嶽封未分，少華鎮烟鬟霧髻。看在無好挂，圓暉埽，蒼暈。祠宇幽幽巖磴深，塵纓促數負登臨。好風到夜月華墮，吹送微鐘何限心。

郭汾陽祠

貴主仙莊廢，先公家廟傾。一嚅當少華，九鼎在長庚。福備思嘉德，功高見篤貞。故鄉存俎豆，應戀錦衣榮。

華州「春風敷水店門前」，白句

百里咸林道，塵勞思憪然。春風微灑店，清畛早疏泉。祠廟籠秦樹，人家抱嶽蓮。司功遊賞地，誰搆小亭傳？

渭南

小華曉相送，幾行山鳥飛。孤邨團嶽市，晴翠溼征衣。蓮勺縣樓直，莎羅坪樹微。新豐今有酒，莫遣素心違。

藺相如墓

尺璧荒唐十五城，商於六里計同傾。誰知睥睨秦庭後，能使將軍媿請荆。

跂慕紛紛犬子多，盟臺何處鬱嵯峩。一坏卻勝澠池土，長聽烏烏擊缶歌。

鴻門

劍舞如龍晝宴開，到門俎肉不勝桮。居巢有劍非無用，曾破當場玉斗來。

臨潼

西征賦「愬黄巷以濟潼」；「巷」多譌「卷」，見匡謬正俗

朝嶺東横夕嶺西，玉山朗朗映高低。驪戎遷國忘遺患，黄卷連津識誤題。五隊花明仙駕出，三泉松冷祖龍栖。春農喜少傳烽警，一綫潼流滿稻畦。

驪山温泉

百草甦凍風，出郭即原野。林亭非世情，豈必絶車馬。山家籬落疎，中有故宫瓦。繡嶺蟠鬱葱，羅城仡甜閜。扶桑浴日地，靈沼可歌雅。咄哉錦舄雁，刻畫媚嬌奼。樓影羯鼓横，舟身鈒

鏤寫。温馨第二湯，禍水結癥瘕。兆應金蟆翻，迹塹石鯨擔。湯池失大河，蛾眉亟姑捨。蒙塵無處湔，遺臭到今惹。五行各司職，地力倍鎔冶。水深變火熱，探源得所假。陽冰凝不澌，炎井熾難炮。脂膏在丹穴，利導看平瀉。即以蠲祓論，詎出醴泉下。文甃開曲塘，斷碑覆廣厦。暢焉告滌除，振衣涼灑灑。古池一十六，改置孰存者？零落玉蓮花，行人口紛哆。

灞橋

鳳皇原上雨，不及柳絲多。欲拗春風影，長闞灞水波。馬頭雙迸淚，驢背一停哦。卻問銷魂者，無梁比若何。

長安懷古兼酬秋帆方伯

巨靈雙掌怒排空，百二山河俛瞰東。離黍連雲王迹遠，鳴雞到曉霸圖雄。賈人有貨移嬴氏，帝子無歸屬沛公。秦自醉天天自醒，熒熒明月照來同。

東井如珠告入關，奉春數語阻東還。紫微宫闕高淩漢，白露園陵近帶山。方士仙蹤迷海上，昭儀祕事黷人間。莫言蜀漢非王統，九廟猶看世德扳。

歷亂楊花化李花，蕪城一去本無家。人天真氣羣雄盡，將相淩烟世澤加。過廟似聞嘶石馬，收京且喜斫金螟。古來覆敗從淫侈，早有椒房諫玉華。

蛙紫紛紛割據名，秦川長對酒杯平。牛車歷碌三橋徙，虎節飛騰四塞并。皮幣向從清渭納，桑麻秖賴白渠成。東郊舊績書釐保，分陝年多想繼聲。時有濬渠之議。

薦福寺

騎出覆盎門，將訪薦福寺。松杉羅後園，亂裏萬重翠。浮圖招我前，縹緲象束髻。當中駭謳裂，自頂下到地。本非雷斧燒，而作合離勢。一劈不再黏，尺寸耐瑣記。水饑必大開，金穰即稍閉。有如射的湖，元白競占歲。茲寺來何從，經營昉隋世。鬱葱阿麼邸，歆艷尚主第。僧徒指數千，改造復何爲。黯淡金碧容，參錯闌楯次。巋然十五層，或受祇林芘。未央及建章，覽昔輒積廢。庶幾效灑埽，曷敢褻唾涕。直上自初桄，眼窮八川細。

興善寺 有隋時銅佛及繙經學士費長房碑

牛谿一高隱，著書最閎實。亡隋擯不收，遂昧太平術。職官志學士，本以贊淵沕。碑文出諸費，雲霞粲蒸蔚。繙經署頭銜，有都苦無咈。是時鑄五銖，致用利民物。良銅采莊山，盛滿兆傾溢。即今尺五天，尚見丈六佛。脣朱澀更塗，胸珞腥未袚。以此祈治安，北轅向揚粵。此址亦阿房，金狄愴蕭瑟。仁暴迹稍殊，存毀數難必。三門枕高原，依約面太乙。蔬畦乾欲坼，塌井斷繩繘。病僧三數輩，辛苦話戒律。願鐫石墨華，用補史臣佚。

雁塔

塔燬於熙寧中，至萬曆甲辰始修。其級下有二龕，置褚書聖教序記二碑

塔前第五原，塔下幾曲水。塔上千佛名，肯與諸科齒。高標帶華薄，萬象挂檐氐。策蹇投寺扃，黯黕愕神鬼。温卷過半生，掀眉一聞喜。往宋騰赤熛，奄欻就殘燬。獸脊纏蒺藜，虹梁飽蟲蟻。石梯碎於粉，欲躡口徒哆。何年告修復，招呼振衣履。塔門闢四維，象教入摹擬。頂禮賓迦來，參拜藥叉起。大千豁端倪，磊落抗堂紀。蒼然埽斗城，河渭颯纚纚。寒飆不敢向，白日一萬里。浮生本有涯，得第直糠秕。重撫褚公書，肅將平嵬㠥。

曲江亭

沙壅橋平小繫驂，好花無復杏園探。新蒲唼觜鳧停渚，細柳牽蹄犢過潭。望姓簪裾天尺五，麗人珠翠日重三。閒亭俯仰成今古，愁聽昬鐘起隔庵。

釘官石

陝西藩署有石，厚可咫從倍之，衡倍又三，釘頭錯繡，傳是隋唐時物。官此者以釘入石與否定貪廉利鈍，謂之定官石。旁一碣有明人頌，頗雅馴可誦。按癸辛雜識。「長安釘官石決驗甚神」，蓋即此石，當從周氏改正。

石公夢與丁公搏，醉祖完膚受鍼烙。一釘奮迸一釘著，官來何所去何之。點點鱗鱗釘自知，利鈍卻勝鑽靈龜。石不能言詫神異，鈞衡信手等游戲。莫忘貪廉論榮悴，南錐北椎失狂簡。我心介然匪石轉，相笏相印見斯淺。我欲抉石兼拔釘，祇恐石去爲列星，一笑且剔重苔銘。

白華前稿卷第四十二

古今體詩學舍集二〔一〕

咸陽

春樹夾春隄，春風馬亂嘶。天遥斗城北，人上渭橋西。塵細如濛霧，沙彎不溜澌。古來宫殿瓦，無處訪耕犂。

茂陵

郢原西去茂陵雄，青鳥飛迴玉盌空。贏得通天臺畔表，不煩李賀哭秋風。

〔一〕乾隆蜀刻本白華詩鈔作雲棧集，夾注所作時間爲癸巳二月，下有小序云：「棧道始於齊田單，即秦隴。蜀棧亦有四，今自褒城至梓潼者，連雲棧也。抑秦棧自寶雞始，一别長安，險迎險送，睹聞佹譎，黔程粤程所未逮，筆亦無以副之。喧沓輪蹄，鮮暇覆檢。我征遄返，將以是記里云爾。」

鼎湖龍馭冢衣冠，一詔輸臺肉竟寒。悽望茨陵風雨夜，魚燈深影照姍姍。

裝驘抵興平疲蹶不前姜大尹興周餽酒

驘綱馱我入西秦，嘶遍咸原草色春。豈爲飢腸缺芻秣？轉憐健腳困風塵。跨驢雅媿尋詩客，走馬先逢送酒人。吟付小紅歌一曲，一杯忘卻滯留身。

馬嵬

龍虎千軍一佛堂，青天碧海恨茫茫。人搜錦韈虛同穴，客信金鈿返尚方。豈有牽牛聽夜語？竟無飛燕鬬春妝。宦官崛起真妃死，此地驚心爲武皇。蜀道郵程記：劉瑾，馬嵬王郿人。

晚次武功

終南大嘉處，人在武功天。拂樹雲崩屋，分谿雪灌田。永懷少游語，空復子卿賢。借問康王里，新聲少夜絃。

武功題蘇武牧羝圖

海雲壓天墮鶬鴰，冰窖蕭條豬流沫。誤落羊羣十九年，峥嶸偏向草間活。中朝虎節脱牛旄，拜命無忘臥起操。肯爲窮荒生馬角，怕教性命付鴻毛。牧羝令下轉凄緊，此似關門禁游牝。單于解愛漢孤臣，縱使乳成歸未準。或齮或寢或施鞭，不學降人袒左牽。五口無聊長飲酪，三生有數免吞氊。終堂老母遲羔跪，沙幕茫茫信遷徙。折箠難令異種馴，傳書忽詰穹廬宄。刀鐶熟視更何人，相對沾衣雙鬢循。祇道觸藩作胡鬼，誰知取軷送王臣。甲帳樓臺路非昨，特牢告廟空冥漠。屬國長糜窫窳鄉，真形高上麒麟閣。忠信由來蠻貊孚，試從州里訂頑愚。丹青要表貞魂苦，恥作河梁泣別圖。

姜嫄廟 在武功稷山，又城南臘祭坡有墓

元氣涵斄國，靈居冠稷州。茀禖天應禱，續妣祖凝休。配閟宮分魯，民初系造周。朝堂三十世，原廟幾千秋。漆水檐前滙，岐山仗外浮。上陵王迹复，封邑母家留。論德關雎啓，爲祥降鳦侔。平疇空菽麥，隘巷下羊牛。簫鼓謁秦臘，荆欑背蜀郵。尚聞邠地古，唐代祔公劉。周禮大司樂注：周以后稷爲始祖，而姜嫄無所配，是以立特廟祭之，謂之閟宮。詩「似續妣祖」箋：妣，先妣姜嫄也。金薤琳瑯：唐高

郢姜嫄公誼書在邠州。

班孟堅墓

班家郵去路南頭，苦爲蘭臺説首丘。九歲風華中葉炳，一朝雅故大家留。護軍豈謂丁文網？作賦還看甲選樓。較勝季長絳紗帳，後堂磨滅管絃愁。

伏波廟

血食諸蠻遍，扶風是舊鄉。練才兼榖土，肖象外椒房。前令寃偏切，興王德易涼。山川紛似米，辛苦説開疆。

岐山縣

秦地皆周地，岐陽復美陽。叢祠連好畤，壞道間陳倉。偪棧山初大，浮沙樹亦荒。千秋論瑞應，翽翽下歸昌。

渡汧水入渭處

汧水練痕空，濍濍渭水同。小侯纔牧馬，大老必占熊。人影懸橧外，蹄聲敗葉中。更愁郿霧起，前路白濛濛。

自彽店至寶雞作

岍山山翠玉玲瓏，清渭分明落鏡中。几谷兹泉人不省，釣魚臺畔説非熊。
野石如肝獵騎攜，雄王雌霸本無稽。岐山靈鳳魂長餒，卻看陳倉祀碧雞。
穴阫高穴白雲層，邋遢仙蹤到未曾。笑向蟠龍山名。驅瘦馬，一川如畫是金陵。

益門鎮

朝發寶雞城，耳食棧形劣。涉渭孤影清，冷翠照明滅。浩然登首塗，蕭林語騷屑。稍稍山市開，木杪挂巖穴。前峯盤後峯，峯上太古雪。百蟲不到處，石骨釀枯櫱。奇勢抗蹇嵯，真氣祕菀結。澤垂人涕長，血灑馬蹄熱。重門倚益州，幾日吾弭節。迴首瞰秦川，庚庚路如截。

度觀音嶺至和尚原

先蟄驚涷雷，訇訇打枯澗。澗絶峯故連，坤軸互冥眩。山農惄尺利，搰石半山半。火耕錮暖氣，窖雪白片片。其餘不受雪，箐影密無間。蚴蟉萬藤蘿，千仞駴仰見。行行到腳底，欲斫那可斷。輿夫苦雪後，一步一顛攛。神州勢如蛇，昂首尾斯貫。魏公圖中原，慷慨具深算。命將資二吴，列栅兼守戰。遂殲常勝兵，薙鬒悄亡竄。新險吾乍投，遺壘客難辨。擇肉來虎狼，山泥蹟交徧。

煎茶坪

沿山偪古樹，蟹爪攫寒色。神工綴繁花，密凌浩虚白。羈人來往煩，八蹄奪寸石。險滑介萬難，蹉跌下無極。前峯塞馬頭，欲南路反北。隨轉隨上扳，坌湧立四壁。燭龍儵吐空，炯碎蕩心魄。孤青界積素，乘氣混闔闢。下坪魂稍甦，捽髪受一擲。大蘭河名赴階文，撇捩箭絳直。越竟朝大江，不屑就河伯。爨烟出茆葦，相顧生太息。吾家老宣撫，神臂坐卻敵。倚勝恢數州，河陝庶全克。班師奉朝命，三駟失籌策。廟堂和已成，戰守議何益！誰爲劉韐兒？踞地枉投幘。

曉度長橋抵草涼驛飯

棧程戒貪曉，及曉色反掩。天獄排百重，歕欲氣昏慘。蕭蕭響連騎，長板嬝荏苒。成梁利川涉，而以駕厓广。喙息參跂行，如豆點數點。黑風吹散闢，半罅裂門店。尚聞壞鐘敲，不見大旗閃。襃雍暨伐魏，漢業集遥感。君看故道水，直逝勢難檢。鷺鷥是何峯？今宵夢成魘。

鳳縣戲和少鈍

爪指懸槌洒潑灰，行人孤負鳳州來。如何踠地金絲影，不入宜春苑裏栽。

鳳嶺

我辭豆積山，言指廢丘驛。徘徊三五里，夷衍散人迹。破荒入雄嶂，石齒奮銜屐。十步峯九迴，籧篨面峯脊。及脊峯更危，意外豎絶壁。朱藤萬年皷，黄壤一撮瘠。抵死撑九天，欲下嘆安得。縱無鳴鳥儀，或有怪鴞翮。東頭佛髻青，西頭海潮白。高標納萬象，神鬼出奇力。蟻冢顧來程，濃氛黯將夕。

心紅峽

高嶺俯峽形，曛黑太陰閉。窨井緣斷厓，艮坎怒争位。迴飆驅病葉，積尺覆危地。扶攜出纖路，折磵滾澎湃。蕩摇虚無根，石梁怨迢遞。堂隍鎮上頭，陡作削成勢。一面沿一灣，丹屏負㬇屓。烟霞亘鴻濛，隔水見放悲。孤清梃草木，餘藻掠巾袂。羈心憚荒棧，塊獨獻幽媚。俗駕且淹留，爲園笑金翠。

宿南星題壁上果邸畫松

蹋地安行李，南星響夕風。雲雷三峽倒，日月四山空。貞樹生堂上，真王道漢中。龍鱗看出手，籌筆古人同。

柴關

榆林無一榆，松林無一松。岧岧度柴關，夾磴搜蒙茸。凍葉槁不脱，僵立槍苔濃。層氛變巖雪，挂樹皆玉龍。時門拗餘怒，平攫行人胸。山妖更亡賴，歛喙呼酸風。石棱舞輕翿，萬木將奔從。青藤插根柢，作意交彌縫。漆林軼太半，春賽雞豚供。安得斬槎蘖，浩浩消孽蹤。樹盡石無盡，當關蹲黑熊。踻促下寒阜，魂悸心煩沖。

紫柏山留侯廟示八十六道人青渠

留侯竟訪赤松子，秦棧爲祠紫柏山。山帶南星分洞府，祠傳西漢抗商顔。六韜玉帳書終棄，九轉丹鑪藥未還。蒼鬚道人開九十，前生可在穀城間？

馬鞍嶺

輿轎平告隃嶺，累甗迭起伏。馬鞍二十四，磈礧側愁目。甫登畫眉關，蚓徑類蝸縮。磨牙伺奇鬼，猨玃伴宵哭。百上始絶陘，一下即墮谷。力持軒輊交，伎倆見差熟。誰邊擂大鼓，萬丈陷地軸。鮫鼉弄狡獪，河底挂飛瀑。緣河升降慳？賈勇奮投足。黄石爛不僵，青棡死未禿。居人斸樵徑，走險習麞鹿。顧影竝蒼然，策策響寒木。

馬道 傳是酇侯追淮陰處

接嶺冬青樹，清江攪黑龍。摩天人數點，滾水路千重。攔馬紅牆短，迷花翠嶂濃。不知追信客，何處一停蹤！

觀音碥

傾厓鼓疾水，碥險甚漩磧。稽首呼佛慈，聞名轉心惻。青橋來蜿蜒，碎路似襞積。非無馬倒虞，且努鼈行力。崚嶒幾扇屏，扇扇逞攲仄。晴天打急雨，白練中去深墨。巨靈股箕踞，紓避那可即。灣洄隨掉鯨，牆塹亘閉塞。併命突一龕，象王太慘刻。澒洞割朝昏，悽惶喪食息。寸石天所持，鑱削利不百。出險盼須臾，客顏土同色。

雞頭關

梯雲無路馬行難，高振天雞岌岌冠。豁達星辰中土斷，蕭寥鐘鼓上方寒。岷嶓秀色如樓起，沔漢清流作帶蟠。卻記虞初論節帥，山神放霽滿林端。

燒棧行

散關南，褒口北，走陳倉，去天尺。祖龍死，一龍赤，關中無宅漢中宅。過棧燒棧劫灰黑，東還安得假羽翼？假羽翼，還定秦，重瞳不利騅逡巡。阿房何苦成焦土？此棧長行千萬人。

褒城

一笑開千里，城灣復水灣。水涵星漢浄，城落棧雲頑。問稼人終隱，看花女獨還。銜杯重題壁，此後願無山。

定軍山謁諸葛武侯墓

天意銷炎曜，宗臣閟定軍。飛騰才十倍，慘淡業三分。龍臥空流輩，魚依及主君。關、張情翕習，伊、吕望諄殷。遂戢南人叛，長驅北寇氛。雜耕須爾爾，投老衹云云。大將星芒黯，羣讐雨涕沄。棺桐纔附椁，坪樹獨開墳。鼓吹聲靈閟，樵蘇禁令聞。陣圖懸複嶺，祠屋下斜曛。爲拜清高象，猶思灑落勳。塵蒙金鉞彩，草長石琴紋。祔墓封難逮，填衢祭尚紛。鶴歸魂窈窈，芭舞態熏熏。沮沔光縈繞，褒斜勢泯棼。一坏乾在否，腸斷惠陵雲。

晚次沔縣

崇柯招夕霏，墟烟曖華薄。松塘散春影，瀟照在高郭。沔流澹容與，隔浦語歸鶴。晚櫪喧驛樓，昏鐘殷僧閣。羈悰畏重阻，蹔此慰宵酌。定秦緬雄圖，匡漢悽前略。何限越鄉心，東皋迨耕作。

蔡壩

白馬嚴關外，青羊廢驛邊。籃輿渡天漢，奇事要人傳。

金堆鋪

下金堆過上金堆，競説松龍捷徑開。數盡鞭絲烏帽影，何人果向左擔回。

五丁峽

王涯辨仙掌，近理抉堂奧。至神無迹象，跖擘妄見告。昌意娶蜀山，人烟久通照。肧渾天地初，有空不容鑿。梁州錯雍州，自古禹力到。西東帶二漢，星精象維肖。漾源出嶓冢，乘載利親導。涓涓石罅穿，汩汩樹根冒。滙流兹峽間，龍窟倚蹇奡。水立山轉孤，戰合昆陽譟。撼盪芥蔕鬆，崩駮性靈拗。一縱始潰奔，入褒理輕櫂。下峽下南紀，上峽上西徼。搴裳赴懸瀑，顱頂壓危峭。泱漭元氣蒸，庨豁真宰耗。方知洚洞年，早闢華陽道。五丁五石牛，郛説適騰笑。馬老能識塗，崎嶇任孤造。

寧羌雨宿

甕底荒城在，沿緣草色萋。水生銀渚上，天盡劍關西。草昧紅狼寇，蕭寥白馬氐。客留欣遇雨，屐齒染春泥。

雨次黄壩

暮宿羊鹿坪，朝食牢固關。秦棧報垂盡，食宿行開顔。棧險本在秦，灘險本在楚。蜀險祇脅從，濟惡惡去春雨。雨天無片晴，雨路無寸平。滏泥墮雲頂，半程遥十程。止止緒如麻，行行面如土。誰慰寂寥心，猨聲三四五。

七盤嶺

微涓溜蒼澗，潛源澀於綫。秦蜀區鴻溝，及境喜欲旋。單椒露秀澤，錐影卓霄半。迴盤覓幽磴，白鏄引蝸篆。團團效循磨，獷獷類穿竄。何年事鍛削，龍骨蜕千片。樓臺四無地，支木作腰襻。清鐘間畫角，商氣撲春甸。衣間巴樹縈，舄下隴雲濺。杜陵佳賞處，山色古未變。祇苦上天難，淩風少飛翰。頫首斂吟鞘，蹉落命真賤。

籌筆驛

萬里中原挂驛前，宗臣籌策淚痕連。斧斵隱受元公寄，刀筆羞同故相傳。應信楊顒諫校簿，可堪郤正草降牋。風雲寥落星芒冷，咄咄書成休問天。

龍洞背

靈物尊蜎淵，鍊精細浮芥。騰淩豁洞府，而我相其背。背滑騎未勝，洞深出欲潰。上爲睥睨横，旁爲閶闔對。舉枚待細數，上元陰激鈹鎩。駭濤掀萬斛，朝暮震砰湃。似憐沮漢慳，一涌助羣派。行空麗渴日，匿曜避三舍。蒼寒斂巖竇，春木盡可怪。竟須掣鱗尾，付與羲和曬。呼龍種烟草，登策意同快。

次朝天鎮

風旌到峽低，高樹看軀雞。鳥掠依巖舫，入耕戴石泥。斷雲秦嶺外，下水漢江西。漸信春心老，楊花烟路迷。

朝天峽

滄波澔巖鎛，孤碧變陰黕。經棧肝膽矗，談笑赴灘險。枕流山竅開，萬夫受重广。龍門上中下，斧蹟大且儼。稍藉勾闌扶，并用鐵鎖擊。邸閣無復存，厥制昭不掩。韋公抗事通道，鍛伐衆銜感。嵌空成萬龕，金象恣雕鏨。江動象亦動，缾拂光爍閃。袒肩效喜歡，決眥示陰慘。免爲巖陸行，作頌匪諛諂。我舟大於葉，磬折岸如斬。捩舵腕一鬆，鮫堂伺眈眈。水禽避荒怪，側翅振餘敢。茭藋死未萌，梼葹棄不檢。含睇别烏奴，篷牕片痕染。

廣元舟次雜題

龍門閣險下葭萌，閬位無端牝主生。一等瑶光工奪壻，衹嫌鸚鵡太聰明。

攜賓載酒炫春遊，腰笏躬牽刺史舟。問狀默然偕騎去，買絲翻擬繡崔侯。

古渡冥冥桔柏彫，未煩斷竹架長橋。青贏傳幸傷心史，喜見雙魚夾畫橈。

水驛空濛水堠雙，巴歈要眇細分腔。天雄觀上鐘聲起，又送驚魂到客艭。

費敬侯墓

孫盛蜀譜：益州諸費有名位者多。黃鶴樓記：仙象世傳是禕

益州諸費多名位，惟大將軍望更深。德力量紓中夏計，純良懸慰老臣心。從容辨賊覘綦劫，叵測降奴伺酒淫。此地堂封楚江遠，鶴樓橫笛咽龍吟。

天雄閣雨憩

天雄閣隱牛頭半，東斗闌干日中見。八牕皺裂猨鳥迴，多少征人淚流霰。後馬頭頂前馬蹏，兩蹏一擭升一梯。千梯萬梯逼霄漢，喘息溢涌慳扶攜。隴樹膠葛秦樹低，嘉陵江樹較近翻悽迷。怪爾斷無尺株，寸杪媚烟色，惟有鐵棱破碎如鱗如甲龍公塌地排青霓。是時牛頭虓怒欲銜閣，黑飆吹帽壞裘薄纖雲粹闟冰子落。祇到牛腰不到腳，焉得喚起五丁力士來奮牽犂作田呰屯。炊烟，留此供眺西山雪嶺東日邊。我行不能住不得，玉女開笑電搜壁。

劍門

石骨排城起，重霄睨一門。到關無二馬，下樹忽千猨。攻戰興朝宋避，銘題巨筆存。君看劍谿水，黯黮亦銷魂。

姜伯約墓

一膽包東夏，崎嶇戰伐名。反旗嘗走敵，斷饟輒收兵。乘隙天心去，逃讒主信傾。空留守關處，宰樹暮雲横。

武連 覺苑寺有放翁詩碑及紹興庚申修學碑

意外蕩墟烟，前驅報武連。一圍山對驛，幾頃石分田。檜影清摇夢，花香暖破禪。逍遥樓不見，須話紹興年。

七曲山梓潼神廟 廟有獻賊金臉緑袍象，乾隆十七年始毁

文昌神乃是斗魁戴筐之六星，五爲司中六司禄，以槱燎祀傳禮經。今之廟貌遍區宇，梓潼山頂云最靈。其山七曲水九曲，曲水遶練山開屏。丹闔半啟抽箷篂，緑袍烏幘形肖亦神肖，朱衣老吏執簡趨泠㴬。盤陀片石神所瞑，乘氣彷彿翔天庭。如龍白馬八尺九尺問何用，立仗驕秣歌駉駉。或云吕光或孟昶，不若孝友張仲留儀型。不獨手授氏王鐵如意，鑄鼎作賦唤起舉子毷氉心魂醒。一賊金臉飄紫綖，隅目隅坐如有聽。吹簫貫箭骨成粉，妖狐依社百年後始湔餘腥。

當時冒竊初祖冀神祐，神佑舊邦雞犬肯使屠伯惡滿逋。天刑能捍大難典宜祀，况說歲貢雷杍千載而上飛鷩霆。是神是星語象涉惝怳，雲旗晝卷青天青。七曲倘應帝車次，齋戒穆卜持篿筳。

送險亭

五婦山横點翠屏，水觀音響玉瑲玎。人間陸險踰川險，送險亭如至喜亭。

梓潼望李業石闕

郎當聲遶縣樓偏，好片川原喜欲顛。卻怪長卿臺下過，居人忘說巨游賢。

舊綿州

淡烟喬木鬱婆娑，瓦鼓歌連豆子歌。杜老津頭行鰋鯉，越王樓上罥藤蘿。源浮雒水歸差便，治徙羅江蹟尚多。記取西川風候暖，閏年二月種秋禾。

龐靖侯墓墓在白馬關落鳳坡，其西有臺，俗謂之將臺

仗策歸龍種，分支傍鹿門。謚沿侯爵貴，望擁將臺尊。斷手披留牘，同心載後軒。數言徐

定計，一薦便酬恩。算盡時偏左，創深景故昏。鳳毛摧潎筊，驥骨債虛轅。遂畫三分國，同悲五丈原。風雲埋檜柏，涕淚侑蘭蓀。弘長曾褒史，循良亦裕昆。亭亭山護影，湛湛路招魂。白馬刑難待，朱鵠拜弗諼。荒坡驅短轡，鄭重薛碑捫。三國名臣贊士元弘長。四川通志涪州有統子涪陵太守肱石闕。杜詩「鹿頭何亭亭」，鹿頭關今名白馬。

漢州

霧樹接風苗，鵝黃酒旆招。人烟金雁驛，祠火石犀橋。野色濃於水，春陰永似朝。西湖褭屐地，懷古劇超遥。

彌牟鎮觀八陣圖

春田騷騷沈礮車，負韊健兒鼓嚨胡。彌牟渡邊解鞍坐，八陣突見胡甸切。當頭圖。土城四門就甓滅，六十四魁猶撑扶。魁方一丈高三尺，漢尺較短今宜殊。兩陣對若夾城仗，百二十八魁森如。風雲天地聽號令，何物敢抗神姦誅。畫轅日高擂鼓枹，丞相巾扇黑轓輿。翠蓋金鈇備儀從，虎賁六十翹跣跔。曲屯精鋭盡擐甲，披執或逮羌賓渠。千戈萬槊指麾定，截若界畫開爻閭。神光離合倏千變，鉤陳玄武迻天樞。猋騰霧塞雨霅颯，退作山立聞山呼。天生王佐祕神授，握奇經可參陰符。丞相感激報三顧，智在誠至非形摹。銅釜自熟木牛走，祇此易理中潛孚。即如此陣勒寶憲，燕然銘績朝單于。人之無良罪斯大，四維四正拋土苴。孟獲不服仲達嘆，營壘安足論毀譽。沔南墓域昨親拜，有圖未覩心煩紆。夔州蹋蹟亦好在，恨不翦魏吞强吴。明神如水志如日，敢乞靈佑殲蠻奴。曰武擔壇土留寸，馬頭積照懸成都。

初抵成都其末簡王秋汀覲廷兩大尹

琴囊書簏卸裝廉，日近重三勝地兼。占象媿持星使節，卜居思傍市人簾。海棠樓暖春舒蕾，石筍街寒土没尖。要檢角巾行錦里，髭霜緩向頷邊添。

黑水堯封域奠梁，蜀山支庶紀高陽。城安龜背空庨豁，國化鵑魂太渺茫。幾代金輿辭後主，一庭碧瓦繫何王。毘嵐曠劫連兵火，畢竟詩翁賸草堂。

參旗井絡影溟濛，霽景難流吠犬同。豈有山川歸李特，更無父老怨唐蒙。碧雞鬬罷崇坊壞，金雁書來古驛通。不獨東吴懸萬里，觚棱回首五雲中。三、四集句。

錦波濯濯絢機絲，低堰深灘稻亦宜。偶爲金川飛羽檄，肯教玉室廢絃詩。笥衣屢趁天公换，蓴食多叨地主遺。好語軒車兩王吉，看排江硯仿韓碑。

白華前稿卷第四十三

古今體詩學舍集三[一]

惠陵

統正王分鼎，園荒客拜陵。三綱嚴漢賊，一體託疑丞。早歷諸艱況，還來叵測稱。蒼靈聞上告，赤伏見中興。舋起荆州借，兵煩益部徵。連營雖合沓，亂轍太凌兢。遺勅宏垂示，歸喪儼式憑。衣冠遊鳳輦，樵採避魚燈。豈謂降旗豎，徒教哭廟騰。郫翁喧臘祭，詩史痛年崩。尚憶全川劫，能呵複隧乘。春鵑催暖序，水鶴語寒塍。綿竹陰交芘，樓桑氣自蒸。翠碑殘緑字，玉殿就金繩。後主祠終廢，宗臣座特增。夾漳疑塚滿，臨眺孰沾膺。

[一] 乾隆蜀刻本白華詩鈔作劍外集，凡四卷，夾注所作時間起癸巳三月，止甲午二月。其卷一下有小序云：「唐都關內，以劍南爲劍外，自內而外之也。放翁集名劍南，蓋仍唐名之舊。今之劍一州耳，而其外甚遼廣。巡試之次，惟夔府足未及焉。所得詩較夥，卷凡四。」

頌晴沙觀察坐上試蒙頂茶

蒙山影簇五蓮辦，旅平特書禹功建。當時作貢無蕣芽，玉甃銀餅爲誰勸。「自候銀瓶試蒙頂」，放翁句。誰披中頂栽八株，鐵幹棱棱記炎漢。高者强尺餘綱之，采采爲期夏將半。二泉居士來錦江，酌我一甌僅雙片。展如柳葉病且黄，泛若雪花白猶嫩。味之忘味行舍旃，欲劑薑鹽笑偏粲。迭呼兩椀更三椀，齦齶颼颼漱千遍。初嫌交淡酒如元，漸訝回甘果同諫。熱氣灑脱清氣生，始悔淺夫少深見。方當茶信登上清，欄楯重重撤孤院。縣帖府帖紛勘磨，絹封箬封急關傳。蜕遺鱗甲非偶然，下視諸園土同賤。君不見諸園口業資賣茶，幾代榷場趨打箭。禹功在山不在此，仙種雖殊何足羨。君鄰顧渚焙有期，我住吴淞調無券。論古空思捉戍嚴通，夷要識防邊善。此山叱馭吾必經，莫以區區費茗戰。

少陵草堂

出郭烟光浄，分塍緑靄沈。江關庾信宅，涕淚屈平心。弟妹家何託？賓僚道自任。草堂頻往返，感事劇蕭森。

五載成都住，憑誰寄少貲。柴門江入畫，錦里日留詩。芧栗南鄰富，干戈巨寇移。元戎勞駐馬，未必有艱危。

堂廢猶存寺，蒼碑蝕瘦。蛟映階縈蘚，髮隔院引藤梢。佛火寒初地，貞魂戀樂郊。清江南浦外，辛苦幾編茅。

浣花溪縱好，我愛浣花翁。遺象風塵合，孤名海嶽同。杜鵑啼慘切，榿樹影迷濛。不比雲亭蹟，荒苔没舊叢。

訪石室故址

禮殿迹已銷，講堂址猶在。俎豆揚莘莘，西京澤斯溉。是邦服俗移，西南仰都會。子雲字體奇，長卿賦心内。誰知黼黻才，迪自循良輩。太守來漢廷，化蜀著風裁。受經與草元，承學啓聾聵。圖象嗟不存，弦歌幸無沬。森森栢映階，淺淺草侵廨。未聞稷下談，庶見鴻都概。代興有高朕，粟主食堪配。獲醜賦言旋，吾將此釋菜。

得王述庵考功軍中書卻寄

絲管紛紛聽浹旬，書來窮徼話前塵。江潮疎火雙鑾鎮，丁丑二月事。秋暑微風五鳳闉。聚散署經棊换局，飛沈那問路迷津。一聞挾纊軍心暖，劍外官人冷亦春。

棘門灞上耀雕弧，細柳分明説亞夫。策効平蠻信公等，文成諭蜀倚吾徒。戰場舊識鯨池劫，陣法新懸魚復圖。答報昇平無大劍，腐儒襟抱祇區區。

漁莊歸隱杳難同，峯泖文章兩考功。彝仲官考功主事。不比軍寮徵杜老，尚煩禮殿訂文翁。來書有倡修石室之屬。吾循鬒鬢侵霜白，君對旌旗裹血紅。借問門生來捧檄，亭前可復載郫筒？謂鑑南。

凄涼破瑟促湘絃，家問應教我替傳。嬌女知書依塾右，老親善飯倚閭前。投非孤注呼能轉，讖是當歸夢定圓。目斷馬蹄忙送喜，翦燈先埽屋東偏。

武擔山

玉魚蒙葬地，遠擔武都泥。絶豔山精化，歸魂石鏡迷。露華凝黛粉，春信過棠梨。太息升壇業，蒼茫杜宇啼。

青羊宮觀銅羊

青羊宮左羊帖伏，十指捫摩滑如縠。遂寧相國供道場，不自屠羊肆中鬻。漁洋初至蜀，尚有石羊，再至則失之矣。今羊係遂寧所施。錦官古城稀勝遊，石室亢亭莽平陸。城南騰踼信馬蹄，記説闕門度函谷。傳經豈待河上詮？後會還從蜀中卜。尹於羊肆來克期，一笑忘言慰幽獨。金文照耀誰共窺？紫氣縈迴那留宿。爾時爾羊知在無，不化青牛角觳觫。一從灰劫經紅羊，陌上銅駞草皆鞠。唐宗故事祠混元，莫怪黃巾誣七曲。坑儒之厄兹適丁，月黑天陰鬼紛哭。爾羊幸不生爾時，免與鼎彝付錢局。獻賊詭稱試士，驅至青羊宫殺之。又括蜀藩所蓄古鼎及城内外銅象鑄大順錢。方今討逆越松維，衋走麏驚賊日蹴。羊如有神能觸之，笵像于門酬亦足。區區戀此復奚爲，銘字無多且百讀。流聞疴癢關剥膚，恣摸羊頭及羊腹。手所乍到痛輒蠲，醫院銅人效同速。我無美疢容諦觀，琳宇盤桓媿清福。豆瓜灌圃水汩汩，松檜翻階風謖謖。鞭之不動叱不麐，何處五羊穗銜穀！

薛濤井

按書推曹郎，乃有良家女。塗粉兼埽眉，芳名動軍府。錦江春色多，閉門枕江滸。長波染短牋，紅采映霞縷。裁書固慇懃，得句亦姌嫵。英英枇杷花，昵昵鸚鵡語。志墓得鉅公，豈直爲歌舞！人去井到今，井存人益古。湛然竹林邊，汲綆禁攜取。載訊碧雞坊，吟樓少遺礎。

鑑南户部於選格當牧鄜州頃權倅重慶赴營以詩寄之

不到梁州命不真，當年乞外祇緣貧。且收弄筆分牋手，暫作評柴運米身。詩老例應蹤寄蜀，選人格本路經秦。芋田橦布知何許，欲聽渝歌渺後因。

蓬婆城外檄紛催，縱説從軍異秀才。礮火畫青穿幕至，匣刀夜嘯破磵迴。賓僚落手能磨盾，師友謂述庵、璞函。談心或舉杯。莫道鑑南佳讖少，劍南也自鑑湖來。耳山以君號鑑南，宜有劍南之役，故及之。

課庸編竹籬作

九種珍川植，家家竹影篩。鋪堂看檗簟，護宅教編籬。磊落休芟節，扶疎爲斫枝。紛排同簣密，横楗戒根敧。短短牆先及，疎疎徑或窺。貓頭成象蚤，麂眼命名奇。也許牽蘿補，寧煩插槿爲。黄蘆嫌樸遬，蒼枳笑離披。地溼欣通透，風威耐壓欺。安排重九會，采菊賦新詩。

駟馬橋

斥鷃守枋榆，高鴻翔寥廓。男兒志四方，意氣恣陵轢。長卿東受經，師命守維恪。忽攖結馴心，遂著題橋作。賦性本輕華，安肯戀窮約，入貲願已違，薦文履尤錯。他時韊矢驅，邊徼耀開拓。遜水告成梁，名都驗懸笮。居然精衛填，家江哂涔勺。小儒急功名，鄉里盡罹虐。雖湔滌器羞，奚當棄繻畧。雄藩稱七橋，占象應星絡。兹橋跨細流，徑丈喻横彴。貴時衆悟希，賤日士懷怍。明經取青紫，漢代俗先薄。亦有敝貂人，蕭條感垂槖。

爲研齋明府題竹磵清唫圖

磵邊疎竹竹邊身，冷翠無多也絶塵。爲謝好風翻月影，蕭蕭長和苦吟人。

滄浪亭子鎖莓苔，曾倚朱絲汎碧洄。今日衙齋清似水，那無小史抱琴來。

黯淡秋痕點越羅，錦城相見意如何。試拈竹嘯軒中句，一片華年委逝波。圖作於甲戌，有沈歸愚記。

食杞

官廚如散僧，放箸壓豪侈。畦韭先破禪，聲價壓琅綺。竝誇蜀薑鮮，焉論巢菜美？意行百無求，忽見圃生杞。緑米糝茸茸，青蕤點橤橤。采宜茶候籃，瀹用井華水。亦知苦寒性，終得清淨理。蔬香帶藥味，芳菊庶堪比。嗟爾名類繁，釋詩昧宗旨。爲吟隰有篇，枸檵實徵此。寧煩鹽豉加，況及蕨筍始。謝彼肉食相，來佐管城子。

喜得少鈍大安驛書

乍辭蜀棧闕秦棧，不寄家書附客書。題處近仍千里内，到來迅已一旬餘。爲言唱賭雙鬟杳，祇願烽傳隻堠虚。風便訊煩通幕府，節端歸準慰門閭。

雨後

夜雨響新瓦，攬衣何限心。數聲啼鳥緩，幾處落花深。遥巘吐微翠，疎牕含薄陰。幽人倚芳樹，無語坐調琴。

仇英阿房宫圖

絳宫鱗鱗蕩霞綺，鳳旗五丈豎梁柢。帶河踐嵲是皇州，那惜咸陽三百里。金銀隱見胡甸切。列仙家，複道如弦馳翠華。照膽直懸龍鏡古，娱心長倚雁筝斜。輼輬東來卷衣散，美人鐘鼓籍炎漢。一閧繁華焦炬飛，沐猴狂笑成奇觀。土木爲妖大厦欹，未央黄瓦又開基。豈有遺風閔周室？祇餘明月照秦時。十洲作畫矜亡轍，渭水驪山幾興滅。賦才慙媿杜司勳，禪蝨吟成夜悽絶。

題合裝吴興諸趙畫幅

土浄烟空點欲無，一花一葉惹秋蕪。水晶宫裏王孫畫，憔悴何曾似左徒。子昂蘭。

蘭亭小字認斜行，瓷斗蘆簾位置當。非九十三莖亦好，衹應呼作水仙王。子固水仙。

蒼涼翠袖感蕭晨，林下風□本絶倫。埽出數枝斑竹影，湘夫人對管夫人。仲姬竹。

一蹄一齕一嘶風，韓幹丹青肉近豐。留配乃公圖滚馬，不知文采爲誰工。仲穆馬。

二王法帖三蘇筆，閨閣論才畢竟難。如此人家如此手，玉鴉叉上幾回看。

騎射

淵雲久不作，卓卻安可無？蜀都美遊射，選士成一途。腰間大羽箭，腰下龍文駒。飛光激流電，鼓吏交雙枹。近前紛唱喏，神氣中晏如。頻年亟西討，失伍嚴逃逋。厮養亦可任，民壯皆堪驅。小戎解大義，爾豈忘執殳？戰功庶以邀，射經惜以迂。井儀數前典，一笑良區區。

明莊烈帝御履歌

履以布爲之，簽記製造年月及工價。聞後門外西什庫有貯者，爲賦。

信王邸似代王邸，璽綬光迎作天子。已憐末造覯黃星，乍拾遺聞補彤史。布履標題出内家，公桑采采屏鉛華。宵長幸罷提鈴警，晷短爭從添綫誇。尚功四屬首司製，繡綦彩紃互聯綴。揣稱停勻玉趾宜，鉤稽瑣碎金刀計。孝陵徒步起江東，芾舄焜煌來會同。每見高昌輪白疊，那論蜀道貢黃筩。視朝繩非傳家法，中葉衰頹太璫狎。牌禁先同敝屣遺，山呼要把文褕壓。手除元惡運乾綱，膝袴曾勞七首藏。沙隄屢卜麻鞵繫，淵藪難摧草屩芒。履霜不戒堅冰寸，附螘屯蠭帝京困。六宮香牒半捐生，豈有官家事行遯？天步艱難日腳沈，海棠紅影淚沾襟。飄然隻履升西土，讖記流傳枉用心。起居當日甘卑惡，銅輦棱棚映帷薄。拆綫終虚報國材，曳聲真散朝元閣。百年踐土德兼威，什庫留蹤鑒式微。興朝將相雄冠劍，奮跡南陽是布衣。

屋漏

山泥黏壁席鋪椽，有罅無光溜急穿。滴瀝銅壺聽未準，模糊漆簡寫難全。風來東北稀乾土，吴諺東北風雨太公。路入西南本漏天。誰道油衣難勝瓦，征蠻小隊去如烟。

蜀錦

開國尊蠶叢，授時習蠶市。迢迢天漢間，占星粲遐邇。夜來支機石，落地詫恢恑。其城名錦城，其水號錦水。水波如練明，濯錦遽增美。綜染匠作窮，輸募院司倚。側聞九壁邨，雜組蔚霞起。作貢答暈繁，告身盤毬委。折枝與象生，到眼眩金紫。蕃馬千百羣，折换數難紀。論價壓花羅，馳聲先粉紙。遨牀多士夫，纏頭誌歡喜。豈知寒女梭，軋軋皴十指。我觀布帛饒，賓賧載前史。黼黻推卿雲，大文廣衣被。斐成雖燦然，所貴豈在此！國家罷錦官，匪直戒淫侈。纂繡害女工，不寒政攸始。欲求七襄報，頗媿九張擬。白賁筮丘園，闇然貴貞履。

蟬噪林逾静得林字

杳杳復沈沈，蜩螗沸暮林。噪騰驚座吻，静悟樂山心。濁穢身須蜕，清華口漫瘖。孤青迴石響，一碧走商音。促數攔街唱，蕭疎落葉吟。聒來方嘒嘒，翳處轉森森。涼影雙搔鬢，幽期獨理琴。殘聲風曳去，知隔幾重深。

孫夫人按劍圖

太阿摇摇光逼座，步幢明珠秋水大如花。衆婢刀在腰，那有夫人鋭翻挫！阿兄斫案怒沖斗，劉郎劈石如拉朽。雌雄會合賊膽褫，誰嗾師婚啓戎首。攔江鼓吹喧歸寧，惠陵弓劍天沈冥。杜鵑亂啼老鴞哭，荒磯風雨宵揚靈。我聞長鈹短七習，吴俗教戰深宫法尤黷。斬蛇事業鼎三分，二喬亦把兵書讀。金幄采旄擅霸才，望夫戀母恨難裁。傷心爲語熊羆將，休作江東猺女猜。

屢得璞函户部昔嶺軍中書卻寄

少年同學壯同官，同宅同居誼最難。豈意獄詞連口漏，故教戎幕覓身安。郝隆學語羼蠻府，劇孟流名倚將壇。尚憶淇泉驚執手，君行我返涕汍瀾。

筒詩雄健迥無倫，犵鳥狪花點戰塵。不是曠懷經決盪，那能瘦骨露精神。魚將安訊排都準，鵲報歸期驗少真。差喜年來官入手，俸錢且療一家貧。

萬里迢迢戍出滇，東山零雨訂三年。還從萬里橋前去，更把三年徼外捐。金甲春銷需荷耒，羽書曉勘替籌邊。誰知烽火連營夜，細數行藏寄矮牋。

幾輩荷衣上學堂，孺人也離藥鑪旁。挈來老僕逢迎慣，謝去佳兒往返忙。何處班荆聯舊雨，今朝題扇記端陽。同爲歷井捫參客，隔面依然是各鄉。

雨發成都

行人未發雨先來，雨歇雲濃撥不開。衣上痕沾非濯錦，簾前響走似離堆。更愁甲士添寒瘁，敢信丁夫減熱埃。籬外槿花烟冥冥，短簑高屐插秧回。

雙流 縣有商瞿祠，因瞿上邨而附會者

金花橋外路，金翠别龜城。響驟雙江冥，烟疏一縣晴。馬蹄山驛遠，鷺頂水田清。闕里雲山迥，誰留學易名？

新津渡江

一江三四渡，一渡兩三人。淺草飣黄犢，亂蒲行白鱗。近山低似屋，好雨細於塵。何限桑麻影，濛濛夾去津。

邛州使院古桂行示姚秋塘陳六峯

桂乎桂乎不爲高節竹，拄我緣厓涉坑谷。又不爲連株桑陰陰，十畝枝拂牆。山精木客咄荒院，爾何連蜷不死撑昂藏！一東一西作人立，高者如拱下如揖。今年小暑作去。黄梅，雷火搜空夜靈泣。服食劉安太遲回，倚眠吴質增嗚唈。州城之南大成殿，兩階老樹眼親見。劫脱魚羊物有神，吟邀蘭竹時同賤。用香山廬山三詠語。歲華晼晚如汝何，要汝作花要我歌。我歌雖好姿婆娑，勿使黄爵紛争窠。君不見鶗鴂一聲衆芳死，涼影團團拾桂子。

題楊邛州吟風閣曲譜

紅男緑女鬧連廂，南部烟花點綴忙。卻把湘東三樣管，教人枯淚溼淋浪。
曾載箏琶泝玉京，舊人一一米嘉榮。竹枝夜續巴猨斷，滚作梁州意外聲。
臨邛佳話播千春，導弩挑琴有部民。豔殺唐蒙開蜀事，班師偏説渡瀘人。
倚閣吟風苦費才，康王樂府冷如灰。木牀自度楊家曲，誰付梨園菊部來！

邛州咏古

郭裏山光郭外田，人家團住竹林邊。寒侵伏雨辭瓜果，路控征蠻輟管絃。挾彈有仙張遠霄。非孟杲，回槎何客是張騫？邛江一掬東流水，但聽濤聲亦惘然。

樹喚鵂鶹瓦竄鼪，誰將高厲訪君平？支機石爛年磨碣，賣卦錢空臘沸笙。一鏡似煩神物護，半簾已令世人傾。劇憐卜肆從遊侶，投閣蕭條草蔓縈。謝承後漢書：遵雅性高厲。曝書亭集有君平遺鏡歌。

好片銅山屬鄧通，後來程卓竝稱雄。先驅負弩爭諧汝，雜作當盧故惱公。車騎易因賢令重，琴絲難得美人同。犁田也發耕夫慨，幾甕遺錢暈碧紅。

僞學紛紛待別裁，鶴山風義拔塵埃。黨争苦恨朝廷小，侶課欣聞伯仲陪。署比胡安垂易洞，謾同司馬築琴臺。迎暉閣下經三宿，欲辨心香冷未灰。

長卿琴臺

雍容車騎出塵來，一曲求凰絶世才。餐遍春山眉黛影，妝臺不見見琴臺。

西禪東封託後車，蕭條病肺恨何如。平生未負淩雲賞，爲有垂堂諫獵書。

文君井

臨邛亦都會，街南競施綆。銀牀幹未摧，碧甃石猶炯。不土并不甎，輪囷遝諸嶺。自非損嫁錢，安能辦斯井？獨疑壁立人，典裘走如鋌。兆異羸瓶凶，用宜滌器洞。綺琴對緑鬢，鑑此春風影。一從餘潤分，買宅謝公等。如何白頭吟，無波心耿耿。覆水恨難收，高山賞誰省？將毋消渴時，祇酌金莖冷。古來辱井多，汙比塗泥濘。名士悦傾城，遺區劇凄哽。畧存放誕名，未搆清華境。陵谷幾遷移，門楣尚傲倖。回睇遠山横，眉痕學妍靚。

大暑前三日霽登迎暉閣望灌口諸山積雪

我行觸暑弭雙節，十數晝夜天瓢傾。青袍拱手竦於鵠，檐溜奮奪蒼蠅聲。亦登高閣縱懷抱，溼雲如絮團彭亨。曉來鼓角響瀏亮，郤怪乾鵲無一鳴。好山知我課晴意，芙蓉幾朵排修莖。亂峯西北入深處，倒射朝氣搖光晶。鱗鱗𪇻𪇻界微白，點綴秃鬝頭孤撐。寒暄氣候變殊域，謂是昨雪飛三更。不然巨靈技偏癢，一角戲截峩嵋平。獠奴拊掌笑無那，雪山公豈忘嘉名，是山眠亘傍湔口，西嶽佐命尊青城。太乙九仙閟巖洞，以此封徑人難爭。鴻荒到今古萬萬，澌流霰集誰虧成。漢蕃分戒緊誰力，此山此雪長峥嵘。比年兩酋作嵎負，鳥道如綫驅天兵。弓韡屨屝出郛灌，萬幕喧注紛瓶笙。當其雨止雪轉横，雪霽又聽奔雷轟。夏蟲語冰可三嘆，空展簾篔敲棊枰。夜棉午扇我尚爾，千餘里況懸邊營。中秋果餡此堪喫，無負雪月輝泠泠。

復霽登閣望遠山積雪不見

烏翅騰騰隱翠堆，高寒誰見雪皚皚？衡雲海市空雙絶，伏雨闌風僅一開。六月登樓嫌好事，幾時蠟屐媿非才。優曇花影真彈指，萬唤千呼更不來。

發邛州宿百丈驛 驛後有栖霞山

日出城烏飛，喜色動徒御。漸移畫堞陰，遂截綵舟渡。流泉浸良苗，淡烟隱遠樹。頗覺所歷高，罷飯大塘戍。前峯知幾重，點點引涼鷺。複翠生柴扉，孤青下松路。廢縣雖不存，孤館幸如故。亭亭录曲屏，座後作環護。江南一髮山，僧紹渺何處。笳鼓且勿喧，迢迢夢歸去。

金雞關

大雞何昂然，高戴大蒙頂。我循蒙麓行，彼雌伏其影。不飛復不鳴，金距爲誰猛。豈知乘檦人，旅平費咨儆。厥背田可犁，厥觜路猶梗。守關纔一夫，老瘦目微青。語我行嶲南，絶險推相嶺。羲娥半晌晴，杉檜六月冷。顧此如轂雛，雙轡請徐秉。險夷遇有常，在心豈在境？慎毋怯小敵，盍且視平等。咄哉折臂翁，浩歌忘酸哽。下望蒙陽城，一環滃烟井。

蔡山或名周公山

昨發百丈驛，遥見周公山。争長惟大蒙，西東聳兩鬟。何年鑿混沌？界以江勢潺。高低繚千堞，左右縈七盤。山名。堂堂武鄉侯，在昔勞駐鞍。周情與孔夢，寤寐儀心顔。自來伊、吕儔，豈屑蕭、曹班？伏弩示神授，缺斯歌生還。所嗟沖幼主，晚節終惛孱。要其作廟初，降監驚百蠻。羌髳誓牧野，公亦殷痌瘝。欲語戒輕吐，下有龍穴蟠。

白華前稿卷第四十四

古今體詩學舍集四

雅安試院雜題

三面滄江一面山，山城兩戒控諸蠻。誰知饟饋軍裝外，多少青袍迓北關。

鎖院新營近頖宮，百金誰買小玲瓏？推牕細數朝曦影，偏似平羌水向東。院齋東北向。

蕉紅蓼紫水添瓶，衹欠龍觀山名。一角青。忽聽閤鈴牆外語，幾時借作看山亭？

如睡烟鬟枕月心，半迎明霽半含陰。峯顛百頃平於掌，未許樵耕借徑侵。

盲風苦雨昨消除，籐箸連扠丙穴魚。卻記青衣橋上過，幾曾撒網見郫漁。

暮暮朝朝白紵衣，掠檐蝙蝠到偏稀。撲來謾認蜻蜓小，此是花蚊作隊飛。

木桃花與海棠同，結子還堪賺獠童。饞殺林禽酥樣輭，搓來也似佛脣紅。

罪言才氣紫薇稱，親把阿房示武陵。爲報虎頭更癡絕，惡詩重與夜挑燈。昨和凝臺四詩，寄示晴沙，頃見報云病中挑燈讀之，霍然起坐。

雅州得補山學使貴陽書卻寄

君按黔中我蜀中，當年簜節往來同。犬能吠日情多怪，驢解鳴山技易窮。敢比江湖懷魏闕，故應鄒魯變夷風。青青不及筇枝影，一路陰連貴行東。

銅壁苕苕瘴霧昏，短裘長袖待招魂。已無堠燧驚諸吏，薄有涓埃動至尊。衛婦下車言未敢，楚人洴絖價休論。衹憐解糉金盤會，爲殮荆釵返玉門。

髦牛徼外對牀難，遠問傳來强自寬。一字盡能關痛癢，幾人曾與念飢寒。征夫病婦團圞夢，嫁女婚男黯淡看。話到隔牆居住好，喜心多遺淚痕乾。

羈縻古郡穴闚鼪，三道懸軍問不庭。新驛細籌諸葛筆，雄關遍勒孟陽銘。橐垂爛顆沙漂白，梯突危碉髮繚青。慙媿枝官閒袖手，榿陰榴火鎖深廳。

柏棚

朱藤颸葳蕤，青豆結絡索。如人建豎成，山林異臺閣。所難咄嗟辦，孰禦暑雨惡。我行楚粵黔，郵館恣評泊。每見檐落間，榩竹梃垠堮。上有松樹毛，團蔭若油幕。既避天瓢淋，亦障火傘虐。透風涼踈踈，滴露潤漠漠。持謝金馬人，支篷例可削。雅安圍萬峯，試院翳林薄。誰參柏子禪？采采布枝格。鸞翎翅襹褷，佛頸挂瓔珞。緑移芭蕉庵，青亘葡萄幄。惺忪漏影纔，郁烈沾香各。大可資游盤，了不費工作。焉得萬千架，彌滿置郛郭。側聞聲罪師，鑲道鑿巖崿。苦無戎車芘，兼少板屋託。當其涷雨飛，梐楯郎不若。是棚幸預籌，負戴免溝壑。因思老柏塗，歲星果善謔。隱語我謾爲，百朋賜休卻。

登雅州城樓和杜凝臺觀察韻

丹樓浩浩湧蒼雯，鑾府陰森號令分。出塞刀弓移竟夜，上天芻粟點斜曛。雪殘斷嶺猶封夏，瘴接諸谿卻化雲。回首成都連沃野，椎牛端合饗千軍。

萬帳堂堂左右中，孤城南控首論功。蔡蒙旅幣堯封儼，沫若成梁漢節通。玉馬詎應朝小醜，金貂何止被元戎！紫光閣上圖褒鄂，奏捷還看系贊同。

刺閨書裏漏丁冬，遣使頻過百二重。每有羌情探夜尉，幾曾嚴道廢春農。礮車箭服軍資重，鹽井茶場市氣濃。多少金錢來内府，翻教率口免輸賨。

雅雨排霄鼓涷聲，振衣臨眺默關情。嶺銜大相須銘碣，江識平羌且滌纓。武庫胸羅聞甗月，文壇目眯媿披晴。烏衣門巷謂漱田比部、蘭泉吏部。多磨盾，倘許傳看到列營。

平江渡望鐵索橋

平羌江口浪花惡，我之渡江竹簰掠。從船則危橋則安，指點橋頭板橐橐。優游掉臂同石矼，熙穰摩肩勝木彴。簰夫笑我言大夸，險艱如斯逾架閣。有剛百鍊柔繞指，紛鎖交鉤亘蛸蠖。一絲嫋嫋百丈牽，雙杙丁丁兩厓削。枯椿瘦鐵相撐扶，如脡在背脛在腳。版之被鐵纔一重，不横而縱罅歷落。幾人窘步争捷徑，作隊踉蹌似猨玃。足所未到腰已輭，摇颺風旌了無薄。四顧絶岸先徬徨，下瞰澄潭尤錯愕。前年負戴過者多，十條索絶七條索。千夫瞪視慘呼洶，白日青天餧蛟鰐。而我聞言起三嘆，夷險信天倍寬綽。古稱州域置繩橋，人説星文應井絡。唐蒙發卒馬卿諭，漢代沈黎遂名筰。連峯蔽日陰檀欒，遶郭含烟響腷膊。我儕題柱志未積，爾輩成梁庀誰託？使節還須瀘水行，廟謨那數靈山拓。嗚呼安得此索飛度刮耳厓，加頸鋃鐺二酋縛。

黎椒

楚産喻芳馨，晉産喻蕃衍。黎産今最良，縣齋歌勿翦。山家分種繁，尺寸争孤巘。素葩春藙藙，紅實夏纂纂。屑食差可調，紉佩不容撚。文成木叔奇，礜壓天仙顯。惜哉吐葉初，未飼野蛾繭。而以薑桂材，物土俾充選。我握誰與貽，我頌誰與勉？椵木郭注徵，蓎藙陶篇撰。嚮非五行全，焉得濟盧扁？彼哉昧履支，胡椒名。攘號屏前典。

黄連

荒徼嗟不毛，藥物重斯草。葉梢青鸞尾，根攫黄雞爪。冰蘗兼苦寒，壓倒蓼蟲蓼。當其處巖岫，物色競來擾。長鑱白木柄，託命謀宿飽。市販祕多多，土貢備稍稍。豈無熱毒病，開囊藉一埽。重典施亂國，元氣虧不少。瑶光蕿幾椏，琥珀苓四遶。斯皆王氣鍾，仁壽世長保。所以皇天慈，擯爾産嚴道。良相如良醫，喻大言則小。

將之寧遠寄查丈恂叔美諾

七年前送邛都去，我赴邛都見轉難。出袖縱教懷素札，賜環仍復滯雕鞍。摩沙舊種傳謳遍，滴博新營按部寬。願及天河洗兵早，細傾尊酒話長安。

謗書薦牘兩侵尋，雨露雷霆感涕深。率屬有才存衆口，留田何策得蠻心。休將蜀道論難易，祇要王師識縱擒。試上層碉瞻木果陣，雲明處角聲沈。

轉粟青天鬻未疎，營平十二比何如。計分軍國資籌箸，勢控華夷藉補苴。昔夢待持津水蟹，全家猶食錦江魚。借山居畔松篁影，卻望桃關似故居。

驂鸞録罷録吴船，宦跡經游儼後先。馳傳自惟行遠道，枕戈公已過中年。瘴鄉齒脱天曾顧，觀察曾守粤之太平，當赴守寧遠，入覲時奏及齒脱，上爲注視久之。雪戍腰埋賊尚延。正是黎風兼雅雨，瑣牕投筆漏痕連。

聞璞函殉難木果木爲位哭之

傳來依約聽分明，喪匕蒼黄百里驚。帶職詎容辭入幕，論兵畢竟誤移營。書沾雅雨生難逮，初八日尚有書致之。骨陷沙場死亦榮。凄斷一軍刁斗夜，殘星黯黯影煢煢。

六載抽毫傍帥旗，淩雲舊賦九重知。敢言識字生憂患，頗悔從軍起别離。金帶圍腰還有敘，茅檐曝背話無期。「他時曝背茅檐底，半話金鑾半玉門」，璞函舊句。帷楹草草供雞酒，兒女長安哭望遲。

君過成都我遲來，我行越嶲鬼紛哀。抛殘卷軸牛腰鉅，檢到衣冠馬革乖。握手至今通夢寐，酸心何路問輿儓。平生知己原無幾，試撫牙琴響頓摧。

雨抵滎經

竹霧沈冥石磴遥，椶榈葉暗接芭蕉。楚人聚落空巖道，漢相威名始孟橋。峯勢極天圍古嶂，澗聲終夜打秋潮。來朝走馬關山阻，欲醉芳樽意已消。

過大小關山

關上復有關，山上復有山。關山陡上更無下，一下百上增孱顔。初如螺旋後蛇蜕，步步紆折腰彎環。粗者爲砂大者石，石磵陰森臥蛟脊。晴天白日轟怒雷，亂灑飛湍打行客。林虚箐密熊虎驕，畏險不我爭秋毫。危峯壓人面高仰，颯瀝陣陣陰風摇。野店蒼涼傍荒戍，歇馬店前倚枯樹。山家卻指相公嶺，如此關山是平路。

大相嶺

既拜丞相祠，遂陟丞相嶺。祠荒嶺更荒，石筍怒交迸。一鞭蝨其間，尺寸靳移影。碎石軋馬蹄，危機墮人頂。所喜身歷高，下方瞰眢井。蓬蓬鋪白雲，萬古混溟涬。得毋龍與蛇，噓氣蔽曦景。蟄物忌陽靈，鼓角響斯屏。當時景川侯，隻手遴頑獷。爲德苦不終，鼈行命還併。不知未遴初，丞相轡焉秉。時清險自夷，世亂坦皆梗。我亦渡瀘人，吟成越羅冷。

清溪

僕馬盤雲下，邛人雜筰人。孤城浮薜荔，幾户託蒸薪。瘴遠山仍合，泉枯甽未匀。闌風吹到曉，百里劇清貧。

白雞關 關有伯奇廟，固未可据，俗訛白雞

吉甫真雅材，穆如被弦誦。云何疑掇蜂，有子隱銜痛。兹土周髳人，風教阻愚惷。淒涼履霜操，傾耳聽誰共。廟貌儼降靈，關名誤起訟。白雞瘖無聲，今古罕折衷。翻疑猓夷俗，詛盟爲援重。十姨詩老訛，百牛聖門哄。要知純孝心，慘慘格有衆。拜罷登筍輿，下關如入甕。

大渡河

南條尊大江，木塔溯戎嶠。濫觴非自岷，特以禹功導。平羌首效職，直下卷飛瀑。是川不受成，突起勢雄奡。蚴蟉青龍尾，矯然作東掉。尋源在土番，到此極票姚。雖亦歸夔門，其利溥黎徼。竭來萬工坡，牲醴冀神勞。絶壑戒舟航，縣流戍旗纛。大澤徙龍蛇，深山遷虎豹。如何畫斧人，斷渡棄南詔。智乃遜韋臯，積弱可先料。擊楫歌慨慷，何時計魚釣？

宿白馬寺

山雨分龍灑未勻，一程泥淖一程塵。三家絃誦超牛種，千户簪纓廁馬人。黎州土司馬姓，自言岱

後。幾輩使星留絳節，當年佛火脱紅巾。階前雙樹吾憐汝，如許婆娑厄幾春。

自大樹堡至河南堡

亂石堆連亂，棘堆栖栖犯。暑上崔嵬泥，交虎跡腥難。散風送花香，瘴易開折坂。舊鶩行道夢，籌邊終藉濟時才。征蠻箭手知多少，細數秋風畫角哀。

曬經石

白馬馱三藏，能消水火災。石壇平似掌，猶自曬經來。

聖泉

武鄉定南方，感恩念魚水。行軍逢啞泉，瘴癘固有此。泠然一掬甘，聖藥在清泚。酌罷笑啞啞，如痿勃焉起。毒湮病遂多，望梅渴先止。古來司馬法，往往託神鬼。地可證黄圖，事乃略青史。試觀南站山，山寺雲嵩美。名蹟雖稍移，依舊瀉瀰瀰。視彼拜井人，盛跡庶倫比。精誠天所憐，煩擾靈或徙。斯語出啞羊，作詩聊記里。

發平夷至深溝

平夷山未平，飯罷戒徒御。盤紆千百折，磵聲撼高樹。團團覆蒼雪，冬青作花處。離離一二三，空腔鐵生鑄。合抱蔽畝宮，窺鳥驚復去。前行更怪偉，溼毒透涼霧。蚓徑時斷連，没水學屈步。腳輭心蕩摇，清磬出孤渡。鳥盆紅欲然，龍爪黄競吐。何來緑髮人，古木蘚痕互。峭壁臨夾谿，四絶女蘿附。連朝苦扳躋，恐恐失佳趣。此如秦棧幽，烟霞足沈錮。田荒無可耕，焉得結茅住？

宿海棠驛

花色繁西府，流聞舊遶池。亂雲攢古市，雜樹冒荒陂。馬客秋通販，銅官晚整炊。即今逢處暑，已是雪飛時。

越嶲道中

黄陵封勅馬蕭蕭，弓箭行人各在腰。行轉前山山更轉，深林暑月不聞蜩。

東西流磵健於龍，無復茅亭覆磑舂。一樣煎茶坪上雪，秦山回首白雲重。

一閃紅轟礟走山，筍輿推挽仗花蠻。無人細譯侏僑語，鸚鵡成羣降樹間。

曾貢華絲被麗娟，百花妙舞影蹁躚。君看萬木冬青樹，祇賸貧家種蠟田。

禽幽果怪未知名，枉遣蠻司管送迎。莫忘鯨鯢封骨處，旌旗如血大刀横。

涼山面面遶貔貅，聚米輿圖掌上收。祇是嶺家舊城寨，土人偏説廢蘇州。

小相嶺

羣嶽尊華嵩，二少佐二太。相嶺跱川南，名不廁蒙蔡。黎州百廿盤，仄徑愁旌旆。憶昨經蠟關，三舍路通泰。豈知操縱權，造化弄狡獪。驅使石丈人，扼要肆饕害。崚嶒棧齴間，十趾劣如鈦。前有一綫厓，下有萬壑瀨。旁有千章木，青蘚髮縈帶。溼霧嘘毒淫，寒飆埽盲昧。一降翻百升，天梯絶附會。夜叉隱伺客，依約山脊外。吹落侏僑聲，猓夷信無賴。羽扇緬指揮，銅鼓感鏗磕。重關鎮上頭，衢祭應未艾。津梁嗟已疲，孰能爲之大。

下相嶺歷象鼻至白石塘雨大作

下嶺馬足輕，微聞僕夫語。來程皆小坡，息肩謝邪許。峽泉輿下行，瀘沽滙支股。漸西勢漸驕，萬山更幽阻。化爲蠻象奔，鼻卷脊尚俯。臃腫堆囷輪，戍削立城府。兩巖鬬欲傾，一鬨葬行旅。藉彼白玉龍，鴻溝判漢楚。奈何飛上天，作陣打急雨。洞門避不遑，深恐伏羆虎。虚空涉嵌閣，屐聲澀於鼓。石磴如卵危，石棱如劍舉。人生非草木，膽氣敢豪鹵。雲棧是夷庚，區區復誰數。

瀘沽峽 峽有啞泉

新橋峯影迴，穴磴度單騎。下吸飛練光，滌滌倒層翠。銅槽滙浄瀑，鐵廠溜澎濞。稍見秔秫田，引流獲霑溉。浩然朝金沙，不受廣源洽。河身忽縮行，兩亹迸一氣。元素幻須臾，椒圖恣挈戲。陰沈鹽井溝，絶峽那可縋？重巖削鐵色，鏟鑿似孤隧。有時十字裂，樹根挺若臂。善崩訝沙性，萬木支九地。碑手摩空嵁，啞泉駭狂醉。士非呑炭俠，師合銜枚濟。且隨猨鶴羣，望望趁墟肆。

自老鷹至松林山間皆小松怪詭特甚

異俗能種松，不尚老尚穉。丸丸植陽阿，鬱鬱蔽陰隧。蹲爲緑熊毛，攫肖青猨臂。株尺根迺尋，子落蔭猶庀。左右闋轉旋，下上幻豐鋭。瓷斗供較宜，礬絹寫容易。自非梁棟資，庶共樽櫟棄。槎蘖禁漸疎，樵蘇利將倍。以斯墓棘偕，干煁苑桑類。挂枝代結籬，爇膏謝束燧。材不材不同，用無用無異。孤生幸信天，一出須擇地。青岱謝秦皇，黟山憶軒帝。何年掄鄧林，鉛貢載圖誌。

七夕抵寧遠

纔上蘇州又德州，稻花雨過滿花秋。緑牕綵線居夷杳，粉堞華旌切漢浮。燈爲山空明似豆，月因天近大於鉤。旄牛徼外牽牛節，不是烟波也合愁。

寧遠懷古

附葛捫蘿上百盤，和門棊布角聲攢。天低下界三辰大，候逼中元萬甲寒。沬野虹收雲黯黯，邛都驛廢水漫漫。簡書多少隨猨鳥，莫訝人間道路難。

連山鼇戴此開坪，益斥規模始漢京。傳入西夷稱大長，計先北伐効長征。革囊溜緊迴三渡，雉堞峯危冒九城。高望始昌分苑廣，當年天馬劇峥嶸。

武侯城畔淚沾衣，遠甸心傾仰德威。塞遶蜻蜓來款款，沽連鸚鵡逝飛飛。繩橋呰落情難測，玉斧關河事本非。卻笑荷花生日裏，幾邨蠻女蹋芳菲。番俗以六月二十四日爲元旦，是日吴人謂之荷花生日。

種火耕刀一棱㭾，牛羊斜散草坡間。鹽波試問摩沙户，金氣休貪斛㯉山。三代鉞旄共髳濮，百年衿胄自邊關。蒼凉更發沙蟲嘅，細剔荒扃蘚字斑。

使院望邛池

邛池如滇池，廣袤里數十。稱河亦稱海，瀘山受嘘噏。蛙𧓍名蚤徵，魚蛤利粗給。犇淪閲冬春，霑溉逮原隰。誰知百丈厎，有縣漢京立。漢皇通夜郎，筰夷版未入。馬卿厎略定，都尉賴綏輯。滇北冠蓋同，沬西賨賨集。神龜眼閃閃，鉅鼈脚岌岌。可憐驛置衝，奄化涇銀溼。勃碣苞混茫，河華擘雲霫。溺成苕谿潮，陷肖由拳邑。揚塵杳仙遊，爲谷驗雅什。窮邊黷民命，天儆法斯執。嗟民實何辜，蠙衣慘銜泣。瓠子歌競傳，竹王號仍襲。幸生清晏朝，征軺載囊笈。曠望城東南，浄練遠堪挹。測影失鐘樓，泝光渺航檝。懷古心鬱陶，投鞭蹟終及。

藍草

小草連畦治，蘢葱拂翠軿。茜卮紛辨質，槐蓼細圖形。度地兼莜種，徵時異莢零。交光迷蕨砦，摇彩上莎庭。接棱痕先砑，爲池澱輒腥。罨天濃過雨，拖水暗沈汀。縷挂蠻邦陋，伽裝佛舍靈。分旗排隼羽，壓帽颺鸞翎。采記盈偕緑，揉教出更青。闢浮光婑婧，田散影瓏玲。賦佐輸賨域，名垂掌染經。九江雲樣紙，題罷墨熒熒。

噉青豆莢作

誰種蠻山一頃田，金風吹綻露花邊。連房嫩簇青蟲擾，帶莢匀蒸紫蛤鮮。小院清齋葵葉外貧，家真味菜根先。嘗新恰對銀河淺，憶配新粞薦巧筵。

鸚鵡

番鳥番花遶翠微，鸚哥無那試飛飛。出山蹤跡聰明少，戀主心情問訊違。半點輕紅才子筆，十分慘緑美人衣。娵隅此地工蠻語，可向慈雲説浄依。

仙人掌

木非木，卉非卉。似掌非掌指非指，掌如葵扇團指如。芒䩞底厚或扶寸，廣踰咫初疑緑石。割自洮河邊又疑，緑玉撈向闐河裏。土人拊掌紛訾謷，金莖承露誰所操？太華一峯見胡甸切。縮本，特與荒徼光不毛。瑶草琪花浩難訪，橘柚空庭致蕭爽。老饞扳弄思嘬之，聞道肉芝原似掌。

板房

蠻郡艱陶埴，三間東板宜。偈參開士語，用禪惠大師「瓦屋何以蓋木皮」語。名紀小戎詩。搭架披松鬣，黏牆補木皮。祇如撑短艇，風雨坐移時。

石屋

溝瓦全無次，山家體製超。平鋪容偃仰，穩搆謝飄摇。雀角穿應息，菭斑暈未凋。所嗟漢循吏，禮殿土同焦。

松籬

館垣何歲毀？一架挂松毛。斜日惺忪透，疎風歷亂撓。編來匀落子，穿去暗飛濤。怪爾蒼髯叟，涼陰散鬱陶。

竹闌

誰截匀圓節？長廊次第安。朱黄紛渲染，十二故盤桓。不厭扶清晝，曾憐倚暮寒。老夫斜點筆，也當石闌看。

任大尹招泛邛海登光福寺

城枕危坡郭枕泉，稻畦黄送老晴天。如何雲磑松關影，不擣成都十樣箋。

六柱春船夢故遥，霜蹄平蹴海門橋。明燈錯彩波圍鏡，獨木漁舟且獨摇。

大漁邨接小漁邨，岸柳谿蕡褪漲痕。等是山遊向光福，魚香歌細試開樽。

白銀盤子捧青螺，唐代真身蹟未磨。聞道將星新授節，願留詩版續鐃歌。寺有萬曆丁亥潮陽周光鎬歆至二絶，時副將軍阿公新拜定西將軍。

歸次名山劉大尹四儀促爲蒙山之遊偕姚秋塘陳六峯飯智炬寺 寺有淳熙年省牒

旋旆指艮隅，險脱迓平地。朝暉射城郭，一飯尠餘事。主人喧戒塗，要我香積寺。同心占得朋，還傃西南利。水田禾半登，石逕草偏蘙。横斜略彴閒，迺有嘶風騎。野雀交啾啾，林蟬故嘒嘒。入山本未深，恐被導師議。自參苾蒭香，那厭蔬筍氣。省牒看依然，巡檐剜苔字。

登上清峯觀甘露井作

大蒙告旅平，州域紀梁土。岷嶓及蔡山，作配壓東魯。螺旋八九成，一成一鉤距。後頂頂前趾，直下臼投杵。非無尋丈坪，雷動栗雙股。野僧掖我升，倏忽假毛羽。芒芒開闢初，先隕宋星五。崚嶒冠此巔，震礱萬羆虎。聖燈與鉢盂，紛效三命俯。瓦屋挹虛嵐，平羌圍弱縷。瑶漿閟石版，仙茶試偷煑。龍螟靈昭昭，一勺復奚取。葢頭少荷葉，返館打急雨。人言初祖師，詭異十光普。誠感若衡雲，我意疑神禹。甘露井覆以石板，發之則雨，是日良驗。

劉大尹送上清茶

蒙頂陽氣全，小滿報茶熟。當其穀雨前，卻閟數芽緑。八株標八仙，薄采僅盈掬。不滅并不生，尺寸蜕肌肉。副仙纔二株，雖長平等弟蓄。闌楯結搆牢，烏鵲避闚宿。配位森外藩，西東跱如鵠。艮隅菱角灣，亭亭秀推獨。是皆供兩宫，計葉一百六。銀缾祕封題，土竈慎烤熇。一葉泛一甌，何代創官局。官司工索瘢，下乘貯敗簏。持較園户輪，地分判主僕。傳聞甘露師，手種澤均沐。時惟漢西京，法未闡乾竺。苦櫝箋未行，飲茗爲誰卜？昔我曾作歌，信口不信目。豈其旗與槍，而護六丁躅。大尹應且憎，厥土手嘗斸。巖磴忽動摇，靈物敢輕觸。即如甘露井，春苔覆版玉。發之汲盆罌，雨師輒騰蹴。烹泉散芬馨，小啜饜清福。笑謝桑苧經，更輟端明録。

邛州道中

山外山無數，山窮水又長。斷雲松葉暗，疎雨豆花涼。瘮隴犁全熟，遥墟㸑立將。酒家頻借問，野徑逐牛羊。

白華前稿卷第四十五

古今體詩學舍集五

慰忠祠

祀户部主事上海趙文哲、刑部主事滿洲特音布、無錫王日杏、重慶府知府新建吴一嵩、候補知府江寧王如玉、府同知桐城鍾邦任、通判休寧汪時、浦城吴景、知州會稽吴璜、承德常紀、漢陽徐諗、南昌彭元瑋、知縣陽湖徐瓚、渭南張世、永嘉善許椿、宛平孫維龍、貴筑章世珍、仁和程蔭桂及其子烈、布政司照磨臨榆倪鴻、縣丞仁和倪霖吏目、宛平羅載堂、巡檢臨桂郭良相、典史光州吴鉞東、安許、濟寧河周國衡，其地在少陵草堂之西，顧觀察光旭權視蜀臬倡議成之，以七月十六日奉主入祠。

王春歲癸巳，六月日初十。我軍軍昔嶺，滑澾朝徑溼。定邊印如斗，誠子預藏襲。獵獵移纛旗，未暇整伍什。將投木果旁，堅壘待重入。中道膏賊鋒，師潰咎誰執？一雙蘭署郎，趙農部、王比部。機庭練批答。褶袴來從軍，併命祇呼吸。常徐瓚司度支，吴一嵩羅備典給。隨行即隨死，僵臥委韓帢。以上殉難昔嶺。先時番孽降，野心欠馴習。招摇颶白旗，來往悄游諜。聊以夾霸番語强劫也嘗，各各繕槍鋏。將軍同問知，餘黨孰竦讋。驟窺美臥溝，朔日晚告急。捉臣防禦單，倉猝斃羣噆。遂延喇嘛寺，欲向别駕汪時。脅。毅然甘舍生，褫剥逮緶緁。角硐檄報同，科多火攻合。鍾程暨仙尉，許濟。望救痛何及！桓桓郭與吴，鉞。半通寄冗闒。相持閲幾朝，相格斬幾級。郭守占固十一日始破，吴守澤爾多殺賊數人始斃，以上糧站各員自郭外皆以初二至初九等日被害，其餘十三人皆初十後從督臣登春退師途次遇害。勢去終莫，支礟臺跡旋躡。吏卒慘欷歔，商民駭駁駱。號呼赴大營，營門拒弗納。侵晨教犬開，出走擁踝胛。將殞兵竄亡，瓦解浩難戢。登春駐重臣，㰅棟驟摧拉。且戰且退奔，矢石冒千疊。取道争兩厓，厓上礮聲接。從官十三人，先後尸枕壓。譬諸涸轍時，豈復活魚妾？肉爲飢鳥銜，骨爲訓狐攝。豈無輪運賈？折臂爲升合。豈無負戴夫？斷頭爲囊篋。豈無屯戍士？決脰爲垣堞。國殤不勝書，鬼録不勝牒。文臣不惜死，公等足酸悒。晴沙東林裔，倡議議皆協。度地依草堂，筍林斬叢艓。芝栭映藻井，栗主替畫翣。榿陰映蕭蕭，鸝語喚恰恰。倘然魂氣來，碧血洒丹闑。能爲張巡厲，如傍要離俠。麻鞵杜陵叟，慘切效長揖。心肝奉至尊，今古匪殊轍。慰忠祠江城，昭忠祠京邑。姓名婦孺傳，事蹟史宬輯。所嗟擒蠻計，掩面竟帶汁。風鶴警蒼黄，沙蟲莽嘈雜。木非幃帳參，而歷疆埸劫。赫怒揚主威，義憤激兵法。禁旅交龍驤，鄰師亦鱗集。幕府稱定西，賊庭迕犁鍤。以慰存者心，繫組任敲吸。以慰亡者靈，傳芭永伏臘。尚有楊酆都，轟雷運歕欱。紿賊殲數人，斯舉漏章摺。身殉衆競憐，廟食爾同愜。酆都令楊夢槎管理礮局，昔嶺潰爲賊所得，脅令〔一〕演礮。楊教不如法，殲賊十許人，羣賊臠之，自軍中來者多傳其事。是冬兩督臣具奏，夢槎以奉令撤局回營，于山溝被害，得贈道銜。而周國衡或經死難，或被衝失，另察報聞。摳拜修瓣香，陰景燿靈粤。

九日奎星閣在錦江書院後懷諸弟

嶻嶭傑閣倚寥天，琖菊囊萸汗漫傳。萬里風霜沈令節，一時星斗麗通川。文高吏術絃相和，韓范軍聲旆未旋。京國家江吟眺迴，幾回愁數雁行偏。

次韻晴沙觀察送京兵出灌口

枕戈子夜午腰弓，走送勞勞亦効忠。古堰秋禋神幘赤，高臺晚吐聖燈紅。飽騰士馬行歌處，洒落君臣想象中。多少閒雲浮玉壘，肯聞魏絳議和戎。

松州遲遣殿前軍，昔嶺岧嶤駐八門。未有熊貔堅鬭志，可無蟲鶴揜瘡痕。楊儀斷後終難

〔一〕底本誤作「今」，據白華詩鈔改。

侍，先軫歸元且莫論。豈獨九重亟西顧，同仇同澤各聲呑。

新崇節鉞整旗槍，指顧風雷萬衆驚。難蜀高文連牘定，周少馬讞獄還蜀，爲文喻其鄉。擒蠻上策濟師成。因糧輓粟非懸釜，火器雲梯各厲兵。將相自來起徒步，勉將超距事長征。

架棧崎嶇世盡知，青贏盤遶路如絲。乍聞劍閣淋鈴夕，終見潼關拓扇時。絳節竝開韋李鎮，草堂旁建許張祠。分明邊月蒼茫影，徙倚城樓鼓角悲。

湔水隄邊暫駐旄，傳來魚腹有瓜刀。鼓鉦起止聲皆震，扉屨輸將路不騷。出塞五篇看激越，期門四姓要粗豪。腐儒分少匡時略，笑劚荷缸看孟勞。

錦江舟發

霜降葉未丹，背郭逗寒色。閣鈴語天風，送我契閔默。江流枯一綫，邈絶鷺鳧迹。漲痕膩青黄，霞影罨朱碧。茅茨三數家，歷歷水南北。湍迅行轉紆，溜寸舟則尺。以此誇下灘，日計里不百。何當瓜蔓生，發機快電激。會遇知有由，遲遲泛安宅。如逢漁釣師，投竿晚佐食。

彭山晚泊

錦水明於錦，騰文下武陽。古城積棘治高，壘識彭亡。酒熟浮蛆甕，花收養蜜房。不逢虁雉叟，短櫂極蒼茫。

眉州不得謁三蘇詞

眉山一簣高，眉州一斗大。譬諸曹鄶邦，牛耳敢争座。堂堂三蘇公，崛起天荒破。萬古來瓣香，不遺弱一個。我乘下水船，浩歌出沙邏。娵娟修竹成，浩蕩白鷗過。摇摇黐酒旗，團團走茶磨。庶幾羞沼蘋，山城指牛臥。家法雖縱横，國才太摧挫。側聞池上，蓮留爲科名。賀無田無可歸，九死入寒餓。松江烟雨疎，朦朧覓漁課。坡詩「醉眼朦朧覓歸路，松江烟雨晚疎疎」，江距州廿里。我亦别家江，推篷悵無那。

蟇頤山

鼇頭矯西南，牛心絡西北。連峯來象耳，東曦詫朝匿。金蟇喧聒人，何年化爲石？膨脝腹先脹，睗睒眼交射。頤中復有物，頞頞擢蒼壁。官私都不知，蟈氏孰司職？得非學道流，緩火鍊丹液。丹去井尚存，爬沙竟竊食。玻璃江色明，照影試推測。遥遥扇子山，一碚眩粱益。蟲魚費考蒐，巖岫負登陟。前路是峨眉，皈舷墮空碧。

發青神

澗碧山紅路半迷，江風吹影皺玻瓈。清霜病葉全無準，指點疎花映夾隄。

五渡山邊水複流，尋僧嬾作上巖游。灘聲嗚咽經聲杳，衹有神龍閟古湫。

流杯池接喚魚潭，遺字涪翁句劍南。不信青衣渡旁渡，秋衫染得一痕藍。中巖有山谷流杯池，不及戎州遠甚。

板頭船似橛頭船，載酒凌雲結興偏。惱亂冬行非夏課，荔枝灣負荔枝天。

霧泊

非雨非風午泊船，一篙深翳鏡中天。三朝每怕農謡準，三朝大霧發西風，吴諺。七日應看豹變全。窟裏茶香縈細細，隴頭花影隔娟娟。關城如綫軍如火，會埽蚩尤聽愷宣。

灘鬼謡

下灘激箭，上灘引綫。匪楫匪帆，石心水面。水枯運剥，水漲救撲。剥船招招，救船嶽嶽。過灘叫噭，住灘翔翱。我有身手，子有錢刀。子啖我嗛，子覆我掩。含哺披裘，以佑重險。以小船分裝大船曰起剥。

樂山胡大尹範水送柑嘉魚

三寸黄柑尺半魚，打門款送劇軒渠。成都蔕熟甘如許，廣志：成都平蔕柑大如升。丙穴鱗纖美不虚。羅帕沾香回夢後，銀盤得味放餐餘。木瓜封蠟艫翻雪，一種鄉心各起予。

方響井 即丁東洞，涪翁改今名

畫井肇軒轅，其匡乃中萬。掘泉規以方，於義了無取。州城枕高幖，戴石兼戴土。四角安銀牀，兩旁失玉虎。一泓鏗窈然，微泉滴縷縷。和如環佩調，凄若鐸鈴苦。丁東連曉昏，左右得徵羽。涪翁試汲初，小院已千古。作詩爲更名，水樂在洞府。何如湖口遊，石鐘浪聲鼓。

自淩雲渡登第三峯

蜀山如畸人，可憚不可即。嘉州山最佳，静女露婉嫿。一笑今目成，濃翠染巾舄。連峯兼艮爲，而作坤爻畫。石磯冒苔痕，沙徑泫泉脈。不知混沌初，誰手穴蒼壁。模糊瓔珞胸，拉折跏趺膝。無多花雨邊，笑許展瑤席。九頂競紛摩，三川洶全搤。隔隄人萬家，杳靄散點墨。潛渡慨蠻夷，刼呰驚草澤。俯瞰峽邊船，數莖鬢先白。潛渡，宋事。

大石佛

岷水來自東，蒙水來自西。沬水來西南，其衝山作隄。山下蟄鮫鱷，山上騰虹霓。峭立此終古，撇漩聲沙澌。九門突萬軌，舟勢輕梟鷖。自非道人道，焉得慈航慈。椎鑿肖五體，坐臥忘六時。堂堂彌勒相，競禮天人師。覆以千花塔，智燈明琉璃。於時韋南康，讚嘆雕豐碑。厥象類公狄，厥功同石犀。我鄉近淮海，横絶支巫祁。此佛如有靈，雷雨俾徙之。江流既以平，河流亦以治。長歔淩危扳，浩浩天風披。

胡範水徐臨沚兩大尹招遊淩雲山

真見淩雲載酒從，江心緑到第三峯。鼉鼉窟撼諸天動，鸛鶴巢懸下界封。樹色迴浮樓堞半，蘚華濃沁刹竿重。分明北固山前景，好語吴僧殷戒鐘。寺僧禮汀，京口人。

金身百丈挂藤蘿，高隼盤風怒若何。杯底銀濤倒三峽，座問翠岫直雙峩。竟無葛相持籌蹟，早有巴童蕩槳歌。爲報東南賓主美，羽衣吹笛學仙坡。

望烏尤山 即離堆，宋人始訛移之灌口

烏尤本烏牛，羣飲厲其角。力争三水衝，矯首示跳踔。一從秦守來，名擅離堆卓。延緣九頂間，斷裂驚一斮。丹樓與赤城，密蔭森帷幄。上有鷹鶻巢，下有黿鼉擉。中有磊落人，蟲魚註斑駁。臺荒巖尚留，迹詭語從朔。江流寒泯泯，江月浩濯濯。凝睇思悠然，焦山此可學。

登嘉州城樓望峩眉山

峩眉縣傍峩眉麓，縣裏入山糧裹宿。嘉州距縣猶兩程，何處寒江墮稠緑？好風吹我城西樓，左龍右鳳前烏牛。迦陵相唤重回首，百里一髮横清秋。淙潺響水橋，澹沱集雲寺。中峯雙峽高半天，上界遥看衹平地。長杠架空蘚花鈍，上者猨挂下蛇褪。濯谿錦石瘦成拳，綴磴怪松矮扶寸。琪花瑶草人莫名，鹿斑鶴縞羣歡迎。太陰積雪閟萬古，爾得何術歸長生？冰霜汁冷爨難熟，好噏元瀣餐黄精。鬼谷逝不還，真人呼不應。補天畫卦蹤在無巖洞，佛光夜初定。初如贉錦團古囊，倏如屏雀五色披文章。又疑彩虹狡獪暈雌蜺，不爾金蕫吐氣如輪華月生東岡。大千世界到慧眼，何況青城瓦屋黛痕歷歷縈平羌。迴飆颼颼送鈴語，卷盡白毫闇寥宇。惟有玲瓏蒼靄千萬堆，舊衲雲山照如許。我聞岷嶓蔡蒙奠粱域，牙門野處秀終嚯。太沖入賦致能記，從

此蛾眉露顏色。齋鐘粥版輸導師，畢逋烏尾歸故枝。且邀白石三生夢，獨詠青蓮七字詩。

附　同作

姚蘭泉秋塘

梁州四山紀禹貢，誰摭星宿遺娥義？有山峩峩偪閶闔，一雙對峙如蛾眉。美人目成不可即，秀絶雲際橫參差。金鎞刮膜一憑眺，龜龍犀鳳羣峯隨。大哉蔽陽景中哉，半網之小哉雖遮。減猶被罡風吹八十四盤通帝座，猱升蛇退無由施。琪花瑶草珍禽怪獸到眼若箝口，何況合離遠近涉想而懷疑。仙子呼欲出，狂客歌莫知。天竺之界遍震旦，自西徂東首莅兹。布金卓錫宏梵宇，粥魚茶版容禪師。雷爲鐘鼓助鏜鞳，電作燈炬明琉璃。雪如堅玉積寒暑，冰或雜米耐蒸炊。佛光湧見胡甸切。暈五色，浮空惝怳罔定姿。天孫織機飈錦采，女皇鍊冶騰石脂。我聞五嶽多異境，兜羅緜影紛葳蕤。逝將裹糧擴奢願，匡廬羅浮武夷黄海各各探靈奇。勿使蹻首頓足，徒付管與蠡。不然巾箱遍繪真形垂，剖卻芥子藏須彌。

道士灣

危亡道士磯，楚險膽斯破。沿緣岷右來，蹋浪亦顛簸。併命抗陽侯，撒髮意則那。碨渦深百尋，似憫老蛟餓。飼以萬斛舟，一擲碎於剉。琳宫冠層巔，大旗閃法座。何人爲㦸天？鏟此山骨大。或爲三華擘，或爲九河播。非無釃酒酬，兼有橦鐘賀。乘月起櫂歌，吹笛我能和。

犍爲縣有孝女渡，以先絡得名，范書作叔先雄，誤。

縣郭圍山翠，沈犀蹟未磨。去津浮玉磬，絶峽赴銅鑼。鹽井冬留筴，漁家霽著蓑。果然風物美，有女亦曹娥。

敘州北樓作

北樓憑眺勝東樓，雲物蒼茫倚杖收。一郡蠻烟迷僰道，五津人語下渝州。蔗田晚熟竿能舞，蘭畹春榮佩欲投。分付朱提雙飲琖，鎖江亭上豁千愁。

自鎖江亭放渡遊涪谿

大江控孤城，要掌北門鎖。鎖江行翦江，截流膽斯果。高岸三數尋，纍纍蔽蓬顆。苟逢遊境偏，豈惜涉坎坷！邨烟曉疎疎，谿響冬頗頗。涪水所不經，而以名錫我。翁來谿遂名，翁去石猶妥。懸厓中雖一卷，方峭若堂垛。介節既峥嶸，清流亦潭沱。且學飲牛人，逍遥石橋坐。

涪洞

笙媧驅大星，夜墮野田陌。竹樹尠寸萌，渾沌太古色。一竅誰鑿開？上下勢披礫。上爲鶴俯尻，下作卵伏翼。中象離卦虛，截然斷兩畫。洞門陰氣蒸，積霽鏬虛白。蝨行苦緣紆，鼇戴懼踼蹐。欲壓未壓間，稍稍展筍席。巖壑雖區區，勝絶冠戎僰。惜無泥飲人，春酒拈重碧。

涪亭

探奇畢涪洞，一笑旋向西。自西旋自南，乾蘚封壞題。孤亭縛椶毛，舍石無可梯。亭前結茅屋，亭後縈麥畦。雖無帆去江影，亂山雲與齊。亦有黃葛樹，擁腫根塞蹊。冬花時亂開，凍鳥常息啼。昔我搜三吾，幽景争蔽翳。今我窮三涪，暘光見胡甸切端倪。作詩告涪翁，何用供芹齏！

流杯池

流杯池水不盈掬，縮本壘成武夷曲。信手疑堆圓陣圖，轉頭儼覆方枰局。我來爲池非爲酒，知被窪尊嘲土偶。我今愛池尤愛山，笑共羽觴享敝帚。池南池北無寸泥，猨鳥徑絶陰風淒。羲娥子午一留照，龍蛇篆古摇玻璃。石質雖存字形壞，南宋元明笑争界。客座長同北海傾，詩翁祇下西江拜。詩翁孤耿弦激矢，朝上封章夕遷徙。杜陵配食竟蘋蘩，使君促宴曾羅綺。水中杯是掌中杯，水去杯傳醉幾回。雙井茶香歸夢杳，數株甘熟諫書哀。戎蔡次律有甘數株，涪翁名曰味諫。戎州尚較宜州樂，讖語蕭條蓋棺惡。詎憐黨禁到文章，應見貞魂戀丘壑。風流觴詠渺前塵，一瓣香燒何處真。倒載試看浮白地，直聲每動弔黄人。

登鬱姑臺

鬱姑臺似鬱孤臺，杳渺霜鐘法界開。亂水北吞三峽下，斷峯南擁七星來。荔枝一過霓裳散，桂樹重招鶴馭哀。爲是兩川冠冕地，醉扶藤杖獨徘徊。

野泊

落漲參差野渡偏，半隨步屧半乘船。呼雞客到評書價，叱犢人歸索酒錢。鷺影淡於前浦水，菜香濃似晚春天。桃源雖好喧難避，處處迎神簇管絃。

晚次南谿

偃裘聽寒江，江艇宕暝色。月暗鴛鴦圻，風瀏鸕鷀磧。知是縣樓來，數燈澹無極。

江安

九龍灘似虎，脱口是江安。綿水光交氾，瑠厓響未殘。槎頭魚味美，坊底橘香寒。試訪雙松道，飛霞屑玉餐。

納谿

納谿谿水是雲谿，裂破牂柯地軸低。一自掇旗灘畔過，長江無盡亂猨啼。

木癭

陰林冠柟樟，餘材賤蓬梗。蕭森逼九霄，輪囷蔽重嶺。閲刧侵火雷，計種失壯痾。鬱氣山澤兼，鍊精日月併。墳起漸隆隆，星懸突耿耿。氤氳松脂膩，磊砢柳肘癀。如龍垂頷翔，如狼跋胡騁。如牛鐸挂膺，如犬書繫頸。王莽皾可藏，月支頭試請。得非齊女瘤，道是杜公癭。匠石棄弗收，賈胡識獨省。瑾瑜終匿瑕，金錫貴出礦。跡鳌審徽痕，腠理解芒穎。聚爲錦石斑，散作縠波影。丫様女鬟披，卍文佛胸秉。綏綏戢翼蟬，隱隱負殼鼊。皴非畫苑摹，繡豈妝閣靚。刮膜績既成，鬭角巧相警。大用飭几屏，小試中槃皿。物情姑推測，世事漫酸哽。甚美必甚惡，孰枉又孰倖。寄生榮須臾，息廕慎俄頃。當門蘭質傷，近社樗壽永。燈竿榷計緡，廟棟慣論鉼。不經神扶持，安足自獻靖。偉幹天所儲，奇器聖斯屏。柞氏弛禁寬，梓人考工整。驚世露文章，隨時發光景。此道似掄才，以德毋掩眚。安誦養生篇，短衣裁闊領。

聞大軍復美諾

虎穴軍重入，雕弓凍折膠。神兵驅七晝，喜氣送千郊。伏醜纓須請，論功刃未交。煩冤多舊鬼，破涕待封殽。

瀘州咏古

迢迢晞古耿祠燈，師氏衣冠儼式憑。一代清風論大雅，萬邦成憲告中興。崔巍封斧雲埋骨，窈窕彈琴雨溼膺。目斷寒流遲膾鯉，車攻何處問荒陵。法言：正考甫晞吉甫矣。琴操：尹伯奇死，吉甫作子安之操。

雲峯縹緲枕江湄，憑藉舟人指漢基。稍喜伏符騰王氣，爲憐破卵建靈祠。童提有象懸真主，寇盜何方護少兒。莫笑州民罷冠帶，銅駝紫陌草離離。

羽扇綸巾廟祀同，寶山形勝極穹窿。渡瀘未必紓東道，伐魏寧論競北風。七縱神威先六出，兩朝子姓自三忠。江陽可是生申地，配食猶虛董侍中。寶山三忠祠祀武侯及子瞻、孫尚。蜀志：董允父和，南郡枝江人，其先本巴郡江州人，即今巴縣地。瀘州學記以允爲州人，悮。

澄谿谿口木蘭船，平遠江樓思邈然。雙闕風濤穿二險，一城烟火閱三遷。居民罷采羅星硯，過客閑烹滴乳泉。不待都曇催臘鼓，百花亭館似春天。

尹伯奇琴臺

臺下淚波腥，臺前病葉零。沈江娥媿節，在鎬姑分型。釁起門帷舛，聽緣室第熒。履霜彈切切，激瀨和泠泠。掩袂哀誰依，褰裳恨未瞑。荓蜂身惝怳，離黍弟伶仃。死孝愚夫憫，徠神醉覡靈。猨聲連古峽，蘆影斷疎汀。親過磯難已，家屯網適丁。放流循皓白，悲怨達蒼冥。地補桑經注，圖遺孔殿形。申生量一概，公道在西銘。韓詩：伯奇弟伯封作黍離。論衡：伯奇放流，首髮早白。孟子注：伯奇仁人而父虐之，故作小弁之詩曰「何辜於天親」，親而悲怨之辭也。

黃葛樹

蕃産也，似榕而小，宜柄戟，今敘瀘間多有之。欷歔乎哉黃葛非葛樹非樹，枝幹槎牙併一處。幹爲空腹枝肋之，虺蔓虯鬢莽回互。我疑是東岱松，鱗爪不攫之而龍。我疑是南海榕，禿髗不蔽方畝宮。穿厓裂石太無賴，下士笑汝來安從。邏沙城邊舊草地，移種繽紛鬱生氣。一本俄成千本身，十年那作百年計。棟梁大厦非汝勝，樵爨中廚亦汝棄。蛇矛丈八左右盤，托命在柄風號酸。因心運臂臂運指，執殳制梃嗤等閒。衹今點兵過賊寨，帕首弓腰日隆外。壯丁遮擊雖寸功，樹木終爲人倚賴。嗚呼黄葛真遇時，嗚呼黄葛毋遇時。婆娑偃蹇老巖穴，以佐私鬭尤非宜。君不見秦家白棓震西蜀，葛葉萋萋聖人録。

瀘州屢得述庵軍中寄書

定西將軍尺一檄，緊程八百緩五百。陣雲凝雪雪化冰，腕底何人飛霹靂？一聲落紙山嶽搖，太白出地千丈高。尊酒細傾歌斫地，赫幟隱隱騰秋毫。初言入釜游魚哭，繼言落雁軍容簇。後言七日犁賊庭，無數糧栖萬竈熟。男兒豈必手斷南越頭，飽看飽聽願亦足。復言講堂古栢傳，文翁諸生誰繼相如雄。五架五間飭材好，落成飲至需春融。軍中學易悟易理，小衄毋怯勝毋喜。書招贊普謀未臧，城築因杆事非侈。三瀘城邊瀘水分，渡瀘人去思前勳。賓寮整暇有如此，將軍辦賊何足云。

述舊寄少鈍及舍弟泉之并示耳山玉厓

吾邑析滬城，共飲春申浦。科名雖較衰，人物足誇詡。賤子起寒門，奏賦濫腰組。歲籥記丁丑，不瞚閱壬午。代興賞淩雲，趙、陸氣如虎。趙也婞雅材，笙鏞震堂序。長予慬十年，陸弟背同拊。予弟在是秋，亦聽鹿鳴譜。兩家赴計偕，竝發邗江滸。每思步笛邀，或學墅棊賭。火攻爲我愁，跨竈爲彼許。暴謔如鄱陽，藉用相吹呴。陸亦來修門，翦燈款鄉語。落地杖代攜，皺春柈遞舉。館閣皆閑曹，莫道作詩苦。計字緤預酬，催句鉢齊鼓。典誥宣樞庭，修書惠藝圃。未藉狗監交，應達雞林賈。堂堂華海張，熙純。乙酉獲褒取。四巡四制科，百里富翹楚。誰以連帥强，而敢薄邾莒。病肺張早殂，無復哭宿莽。亦有徐迪功，醉吟了官簿。往來趙、陸間，可酤亦可醑。昨書進士名，麻衣慘歸艣。云當勸薛公，少文龍光。來擘麒麟脯。使益吾不圖，喜近征西府。中有從軍人，勘檄夜三五。相聞不相，見無計哭枕股。返旆奠椒漿，設位卒何補。比聞平原廨，文采動人主。郎官改槐廳，漁洋後惟汝。趙亦贈清卿，碑額待規豎。喜心迸枯淚，一一怕追數。幸忝金石交，弱筆敢吝與。其戚痛疻痏，其寵炫毛羽。復得吾弟書，薛也死鄉土。青霞鬱奇氣，子衿尚藍縷。非無玉屏集，長恐覆缾瓿。東野誰是龍？東方終似鼠。文人載通鑑，死事力真努。方當銘尊卣，豈屑校華黼？門才今古難，君等實强弩。竝訊陸與徐，詩成響淒雨。

晚次合江

石鼻浮灘險，孤城第幾灣。亂濤吞鰼部，疎火吐符關。僧去齋鐘冷，樵歸渡艇閒。祇餘瀘酒美，酩酊坐忘還。

江津

曲水文如几，瀠洄抱馬騣。白沙邨下上，石筍縣西東。夜杼蠻輸布，風檣吏輓銅。夔巫知不遠，惆悵峽霞紅。

大茅峽

頃過黄谿沼，遂指大茅峽。峽底蟠大江，峭作風屏插。又如百丈城，䃜裂勢攲壓。荒灘倚孤艇，笑與椒圖狎。彳亍循石梯，葛藟無可搯。中央坼數筵，兩臂窘持夾。猨挂兼螘旋，屐響慘颯霅。架閣高層層，附麗肖鼊甲。削成彌勒龕，莊嚴法王法。毫光盤髻螺，香火裊鑪鴨。隔江山萬重，獻態媚不乏。車亭浮一卷，烟濤莽嘘呷。森然動我前，危汗透背胛。野鷹翻翅歸，過眼在俄霎。翻嫌虚牝多，盤窠此恰恰。誰種黄精苗？瞻篤忘荷鍤。

與泉之

吾弟都亭别，平安屢費猜。夢懸愁不到，書至怯先開。抱槧疲官課，圍鑪泥客陪。明年小兒女，好上學堂來。

渝州懷古

三巴舊是梁州域，峽接黄牛蹟未磨。萬古塗山紛衆説，一鄉石紐記頻過。蕭森皺冕叢祠迴，飛動龍蛇壞壁多。何處竹枝聲夜起？蒼茫如聽候人歌。

太皥支分歲月悠，姬宗開國斷春秋。地形高據三江會，王氣遥連百濮收。環珮有魂歸楚女，芻茭無力救苴侯。可憐蔓子捐軀後，從此將軍願斫頭。

剽悍軍聲屬漢家，英雄草昧竟分瓜。如聞信史書通幣，蚤見降王走傳車。裹血尚沾荒壘草，銷魂偶發故宫花。翦屠更憶東川苦，黄虎狓猖骨似麻。

八門長閉九門通，鱗瓦差參結搆重。古渡鶯花千葉艇，好山金碧一枝筇。果園要置春官宴，丹穴難求寡婦封。細拆牀頭渝甕美，笑同賓幕餞殘冬。

巴蔓子墓

爵命纔班子，麟書未僭王。乞師行簜節，戡亂爲蕭牆。七日秦庭哭，三城趙璧償。寢門看倚劍，宗社賀苞桑。信誓頻煩責，嚴詞伉慨當。尺軀拚付與，寸土要留將。節槩鄰邦動，支骸故國藏。爲園經剗削，遺廟問蒼茫。縱少匡時績，猶存應敵方。獻頭燕竟覆，函首宋終亡。俗薄論酬報，時艱仗激昂。釣魚池畔路，魂魄共襄羊。

土牛詞

土骸一闌春一城，青旂綵仗東郊迎。跳踉侲子導歌舞，牛聲不聞聞人聲。人牛一力裹春意，太皞皤然受牛餌。文繡何勞莊叟嗟，鞭笞且聽坡公戲。牛角彎環牛首穨，爲牛爲土象占坤。來朝試上譙樓望，幾輩扶犁耕水邨。

渡龍門至覺林寺過勞同年堪偕至塔頂

外水趨古渝，奔流極雄驁。作鎮矜塗山，遂挾禹河號。雲根點江岸，疊勢若穿鑿。扁舟檥斷厓，失喜一僧導。蒙密蒼磴閒，冬畦潤於膏。良久辨刹旛，肅肅翳風翿。蓮塘方罫交，竹榭圓笠冒。欂櫨雜樹叢，格磔亂禽噪。息心拈野花，故人此相勞。諦觀龍藥叉，一一究堂奧。後有窣堵宮，放光夜頻告。累石如累棊，九轉頂始到。雖教闌楯扶，不假金碧耗。登眺塞衆峯，景物阻深澳。云是白足師，特爲母恩報。師在塔是營，塔成師久悼。碑材擇尤良，贔屭力排奡。我無妙明心，僅足効汜埽。嵌壁尋舊題，撞鐘儆羣眊。舉翰淩天風，超遥謝時好。

覺林寺淳祐花銀歌

銀黝黑，兩端翹而楕，重八兩，所謂一流也。其文曰「淳祐花銀」，蓋宋理宗時製。花銀有三足色成，錠面有金花者爲上，次緑花、黑花，見格古論要。巴縣覺林寺僧月江誓願建塔，搰戴石土爲基，應募者難之，忽伐石得錠六，衆争搰焉，事在乾隆己卯。其五已散，月江易此爲鎮，塔成時月江已化，其徒示客云爾。

精鐐沈沈一鉤大，殘字模糊黑龍臥。六百餘年封錮牢，誰供月師伴行坐。月師造塔森九霄，碎搰雲根負綑馱。廿旬畚挶深尺餘，受直諸傭氣積惰。崚嶒片石偶鑿開，磊落鉼金詑天荷。其五揮散其一存，能典袈裟換幾箇。我觀禹書貢三品，上中下幣自秦作。漢皇平準析錐刀，古縣朱提給官課。富藏外庫推建隆，欲固本根逮糧莝。淳化已湮元祐非，幾次改元枉紛賀。頻歲金繒西北加，連州交會東南破。交子始於太宗，理宗始置會子。講席雖陳聚斂箴，權門自拾徹田唾。民膏消耗邊釁滋，賣國亐郎召驚邏。此物空填閻馬丁，此邦近接瀘戎播。緑花黑花名不誣，如璞經選穀經簸。是爲八兩稱一流，好訂新編補食貨。丱人遺利誠區區，肯質豪家捄寒餓。鬻牒休論稗政沿，鎮山豈受塵蹤涴？飲器蒼涼含貝虛，布金黽勉磨鍼挫。摩挱弔古臨眺今，寶氣佛光夜騰座。

白華前稿卷第四十六

古今體詩學舍集六

閼逢敦牂

渝州元日示秋塘六峯榆墅

江柳江花拂曙多，東班祇領玉鳴珂。教停越客通宵語，來聽巴人下里歌。諸道烽烟終歇絶，清時風雨易調和。逡巡且酌屠蘇琖，我是飛騰四十過。

朝衣試後試春衣，鈴閣深沈點漏稀。盡即忍切。爾逍遥甜黑夢，共誰宛轉蹋青歸？馬頭鐃吹聽將近，鴉背觚棱望蹔違。回首吴雲連楚水，鶯花如海罨柴扉。

佛圖關

累甗下重山，山容淡眉嫵。江春春早生，深樹辨禽語。僕夫先告勞，關門抗修阻。刺天森石萌，萬丈蔽闌櫓。前開閬利藩，後按夔巫部。將無五丁力，盜割蓬萊股。内水漱哀琴，外水激彍弩。設險兹必争，戰血翳洲莽。當時夷獠羣，盜兵瞰城府。大刀來一提，颯爽動風雨。世靖走魑魑，疆巖據龍虎。太息紙錢飛，殘瘡掩黄土。關下多瘞戰殁軍士。

自白巖至梁灘宿福善寺

揚鞭指東川，亂峯塞天大。山泥沾曉雨，新犢飯殘莝。郵扉闃不扃，獻歲或來賀。蒼藤間緑蘿，冉冉暗香過。野花多可扳，壤蔬亦可課。頗嫌登頓煩，局促礙鈴馱。碧霄如有情，故遣縉雲墮。上方照纖月，曲几對孤坐。鐘磬賞轉清，酒漿禪欲破。卻憶下灘船，蒼茫枕烟臥。

新市 一名八塘

窈窕初三月，崎嶇第八塘。亂山沈石鏡，古縣界銅梁。抱蕊蜂遊早，闞林鳥夢長。匆匆滞行李，何日試温湯！

合州

碧流漾嘉陵，東與宕渠合。涪水支絡之，涌湍撼城闔。揭來占歲初，暖候改衰颯。風信迸桃李，波文蕩魚蛤。轟豗人語中，浪花掠鏜鞳。積岸千百尋，連街十二帀。如蟲屈步升，懷古坐忘嗒。昇仙蹟近誣，瑞應記空諮。光餤誰較長，少陵樓納納。山程心悸多，初不厭紛遝。大藥訊靈苗，荷鉏倘余答。

望釣魚山

林皋浄春烟，姸景在薺麥。雲嵐映淺深，盈盈水猶隔。水邊垂釣人，澹蕩坐磐石。水流無盡時，人往有遺蹟。遷治匪自今，觀物契從昔。郵鼓聽闐如，幾行鷺飛白。

觀音巖

晡發利澤場，投足涉夷衍。斷橋修竹林，牧兒弄蘆管。導行泝層坡，北折踐牛疃。削成類昆吾，連岡勢席卷。傖儜趵歡顔，皴皵有虚窾。老蛟化怪藤，伸爪肆搏挽。山薑皆倒披，紛護石虬卵。捫手擬循牆，蓋頭喻覆盌。側身望青冥，天罅日華短。始知行路難，雲霧不可攬。蓮花妙莊嚴，西來示跣袒。佛性忘喜嗔，卍胸絡蒼蘚。偉哉神鬼工，孤往利用蹇。前路杏花繁，人家帶深畎。

壁山至南充道中作

行是渝州住果州，亂山野店接官郵。春風吹面人騎馬，抵得斜川五日遊。
讀書臺竝釣魚城，笑倚桃絲竹杖輕。合作仰家聚頭扇，東川新樣勝南京。
樹擁荒莊竹覆谿，斷無碌碡碾春泥。山童細翦元修菜，要點辛盤乞醉題。
磔磔斑鳩穀穀鴉，午烟青處見人家。一匳滿貯連宵雨，鬧煞新年兩部蛙。
薺甜筍苦韭離披，不種來牟種茜巵。聽遍前邨珠絡鼓，雞豚争賽竹王祠。
浮蚯開甕酒旗紅，仄岸危矼宛轉通。髣髴湖邨寒食路，金蠶石馬紙錢風。
二分桃李一分梅，人日撩人爛漫開。指點壺漿迎道左，隔江遥唱野鷹來。時荆州官軍過境。
習静誰尋抱朴賢？天綱宅廢問何年。萬家燈火金泉路，卻說瑶姬謝自然。

果州春興示假守沈五澹園

羣山圍野水圍州，鄭重雲旗賦遠遊。桃菜乍交人穀日，傳柑須話鳳麟洲。觀星夜閉譙侯宅，開漢晨登紀信樓。試向炎劉數興廢，幾春謝豹喚春愁。

板楯輸錢世代賨，角聲悲壯控西巴。已殲白虎申秦誓，未表青衣改漢嘉。荒箐鉤輈頻過鳥，壞牆躑躅故催花。雲臺將相原無種，車騎城邊指落霞。

爻卦縱横點石斑，猶龍一去杳無還。不圖寒女支丹竈，翻使飛仙響玉環。縹緲金容懸殿上，模糊墨勅落人間。步虚堂冷松杉老，鶴馭如烟何處攀。

連街燈火鬧連宵，扃院披吟耐寂寥。銅井梅花孤昔夢，畫梁燕子好同招。故人氣槩今投筆，時見示和寄王考功軍中四詩。諸將勳名願得梟。留與郡齋催八咏，一時齊瘦沈郎腰。

果州上元寄家人

魄分綵勝湖鄉夢，宴簇銀花禁苑班。今日文書堆案少，金泉山對寶臺山。

笛步箏堂興未灰，蠻天雨水蚤聞雷。細腰屋棟蕭常侍，可似吴儂作達來。

兒女青紅鬧隔垣，松牕枯坐獨忘言。如聞小宋風流語，厎喫黄虀作去。上元。

朝真繡佛唱巴歈，細數賓人景物殊。千里月明同悵望，有人燈市住成都。

沈澹園褚拱亭招遊金泉山甘露寺

重山圍數州，萬疊湧駭浪。莽莽東北川，天影覆幃帳。脈絡歸果城，俯仰入夷曠。譬如羈馽駒，失勢乍一放。頃出城西門，西谿水摇漾。崎嶔隨步矼，短槳偶來傍。唤渡笑未譍，花氣極張王。離離草緑坡，窅窅栢翳壙。取道牛跡間，人跡奮相向。良久逢導師，願作瓜豆餉。周折升茅亭，苔磴滑難抗。闌檻納餘清，惡竹塞四望。咄嗟鐘磬聲，飄落上層上。高眺目轉迷，冥搜趾偏壯。雖無甘露零，卻有遠風颺。方池渟湛然，暗泉互輪償。優游茶話地，所歷皆危嶂。鑿壁施橧巢，到眼詫奇創。低掠鳥一行，高遏牧雙唱。散金冶不乾，千頃菜花漲。錯以葱麥畦，繡出淺深樣。舞鳳峯盤盤，白蓮波盎盎。窮巖試迴面，瞻禮帝釋狀。頗訝兜率宮，而化支提藏。童騃昇列仙，碑版祕珪瑒。寶墨訊已凋，精藍憇較暢。大夫領郡邑，是邦寄保障。力當犒饋衝，帖帖息輿謗。庶幾爲政閑，允矣雅材尚。臨去重徘徊，斯遊冠巴閬。

題澹園渠江蹋燈詞

落燈風比試燈豪，簇炬班春夜色高。從此蓬山添勝事，柳州新守舊儀曹。
走馬蟠龍假面多，定看金甲洗天河。連宵買斷錢塘景，欲寄梅花奈遠何。

京廠繁華夢隔年，米家規樣月娟娟。巴賓風尚娵隅語，難擬清歌沈下賢。

譙周祠

觀星臺畔草鋪茵，鼠子分明是老臣。宮府非才追蔣費，朝門何黨結黃皓陳。祗匆匆玉馬謀偏豫，莽莽銅駝恨又新。天道人倫兩茫昧，怪他奕代産高人。張文潛梁父吟：「譙周鼠子辨興衰。」溫飛卿詩：「從此譙周是老臣。」逸少帖：周有孫高尚不出。

陳壽墓

魏書魏略魏春秋，列鼎分編義獨優。勸進有文懸漢室，辨亡無論斥吳侯。姦同誤主苛前輩，喪近忘親禍末流。今日南充停廟食，蕭蕭狐兔竄荒丘。邵公濟謁武侯廟文：惟史臣壽，姦言非公；惟大夫周，誤國非忠。廟食故里，羞此南充。當以朱竹垞論爲得。

發南充至瀘谿宿

春行心易忺，畏山計程緩。朝發充國城，筮象協幽坦。非無三里平，亦似九曲轉。前郵宵雨餘，瀌瀌響清畎。牧人跨犢來，鞭拂柳陰淺。桃李花萬重，錦雲麗織纂。雲外或樓臺，雲中祇雞犬。自尋金谿渡，更涉瀘谿飯。茅茨交步櫩，局促過輕幰。燈候云已闌，笙歌幸可選。歲豐民氣和，理静俗塵遣。謝去思悠然，疎星照孤琖。

永豐塲

山蔬山果壓糟香，有鳥提壺唤客嘗。忽見碧桃穿翠柳，永豐塲勝永豐坊。

大風度琵琶嶺

蜀險天下稱，陰鬱閟晴曝。幸無焚輪飆，倒吹眯春目。侵晨越重嶺，苦霧漲羣木。眼穿烏翅騰，心折羊角簇。滑逕埽忽乾，千仞澀一蹴。陡立斷上升，直落冥下矚。輕軺鬭積鐵，左旋右斯觸。助虐誰所爲？作怒土囊蓄。鳶紙浩難牽，馬毛懍先縮。雖有賁育姿，迎僵負仍伏。我生非海鵬，奮飛阻卷跼。寸步心寸懸，摇摇象旌纛。焉得殺風雨，社公睡偏熟。愁聽子規啼，雲邊裂山竹。

南部

吾宗有道子，千里寫嘉陵。西水何年廢，南山在户凝。賣鹽黄土坎，搗藥白雲層。借問君平洞，春農笑未譍。

靈雲洞觀吕道人榴皮書石刻

崱屴停雲巖，谺谺靈雲洞。偶循城北行，跡滯興飛動。漾水洶我旁，終古絶澌凍。白沙護緑疇，竹霧幕虚空。疎籬三數家，紛抱灌畦甕。詰曲扳層坡，有脚豈得縱。磐陀萬丈横，斷壁一扇控。蘚潤石氣乾，扣響答如哄。列炬輝極幽，仙鼠逝倥偬。左右駭搜牢，高下詫騎棟。舊題何處尋，仙游費折衷。座間鐵笛吟，袖底青蛇弄。瓜皮蘸斗墨，遺句耐迴諷。岳陽書榴皮，斯舉信伯仲。雖非摹勒真，足醒塵攘夢。出谷春曠如，山禽發姸哢。

老鴉巖

江底插石山，山迴江始見。東風吹積烟，危檣倚灘爨。斧歌何處聞，羣木媚葱蒨。倒映千里流，練光蔚藍濺。泉深幽竇喧，磴古怪藤纏。陰陽既離合，對面錯冥眩。神猨臂怯扳，病馬背難旋。老鴉忽飛到，聲勢走雷電。四控巴西東，萬古幾征戰。黑水戍旗翻，行程尚如綫。

錦屏山

青巖山已摩，黄連埡已度。一笑江色開，亭亭簇涼鷺。鷺去人漸來，人行鷺還遇。無多春溜間，指點錦屏渡。高擎青蓮鬟，下啄朱鳥咮。曈曨孤曜升，髮鬐片雲吐。須臾躡其麓，精鐵詫生鑄。渲染兼丹黄，劈裂斷竹樹。居然金罘罳，百丈擁江路。返影伴長虹，坐鎮馮夷怒。當時渭南老，眺聽入游寓。有懷仙聖蹟，每悵牧樵付。四院待更新，重城望如故。閬苑倘相從，殷勤鶴書附。

閬州懷古示太守蔡新儒前輩

錦屏粉堞對層層，洗盡瘡痍户口增。海外神山移閬苑，州前衆水會嘉陵。佩刀俗悍思循吏，劫火年深辨異僧。從古太平須備武，貔貅千帳盡即忍切。飛騰。

石棧連雲絡漢中，紛紛守戰幾英雄。鑾迎七姓虚冠帶，路括三巴長芋橦。龍女潛藏何物在，鼂靈臨眺與誰同？鞦韆雙架春城暖，稍怪黄塵卷朔風。

百二巖疆十二樓，珠簾畫棟歲悠悠。圖懸戲蜨風流改，檻納盤龍氣象收。不斷仙梯扳杜老，無多羌管祀桓侯。大江東去吴天遠，浩蕩誰如萬里鷗！

占星搗藥綴臺基，蠟屐因循負壞碑。廟食斷難容鄧艾，城成偏自説張儀。定中瓔珞垂千佛，閬中廣元有千佛巖。亂後旌幢遣六師。指王屏藩之叛。爲聽海棠谿畔雨，好邀太守醉留詩。

張桓侯墓

無命官終閬，爲靈史諡桓。兒童知俎豆，寇盜避鞭弭。虎氣騰騰震，龍雲翕翕蟠。相依長大葆，轉戰衹孤鞍。蜀業希全定，吴盟憤遽寒。復仇争卷甲，赴敵怒衝冠。肘腋中宵變，頭顱異國看。咤聲銷項籍，盤勢失陳安。啼血英魂慘，招衣宅兆完。紛紜書括地，慷慨記登壇。遺佩光芒在，羣譌姓字刊。凄涼華表影，故井路漫漫。義山詩：「關張無命欲何如。」四川志：閬中梓潼俱有侯墓。刀劍録有侯刀，錢遵王記侯字益德，益今譌翼，謂與侯名合，則與關公名亦合也。

新儒太守餉餅及魚

屑黍環膏擣製精，金盤堆送作人情。杜詩：「粔敉作人情。」廚孃孤負麻姑爪，爲報吴均賦未成。嘉陵溜緊魚難得，白甲魚名。驚看出網偏。長記江南二三月，銀刀喚買箬篷船。香傳裂餅山農熟，節勵懸魚郡守貧。願向社公分點雨，細沾高棱潤枯鱗。時郡中望雨。

將發閬州留別新儒太守

黛色山縈碧玉流，多君勸我賈胡留。小同經義傳黄口，老杜詩情賺白頭。東閣屢遷纔出守，西湖雖好漫歸休。端明舊里田園少，須對香秔憶惠州。

曾蹋明光珥筆隨，紫薇花底散差池。如何話雨巴山夜，未是銷烽雪嶺時。荒驛點兵行役久，累城保障乞身遲。來朝揮手臨鄞口，笑指廉名隔郡知。

夜渡大侯埡

日落山鳥喧，征夫急投路。崇岡蟠蚪蛇，十駕九偏誤。積腥吹陰風，颯颯戰荒樹。左右苦覆翻，上下洶詉呼。列炬雖爛如，萬象自積暮。重關抗絶頂，寥落數家聚。人聲雜犬聲，側耳慰惶懼。來程一迴眺，尺寸入窘步。明知前去難，馬力且傾注。顧影短裘寒，東峯月微吐。

金峯寺

嵐翠沾郁郁，郁盡寺門揭。雙林冠孤峯，扳蘿徑荒絶。諸天色相超，趺坐味禪説。日晴鐘鼓長，風静旌旛列。前榮試睎望，衆嶺勢如玦。離離珠斗聯，泠泠玉帶折。愛兹山水滋，謝彼煩惱熱。籠壁是何人，浮生緬勞轍。

鹽亭 城外有文湖州祠

馬首鹽亭渡，人烟動晚晴。半山團小縣，幾代廢孤城。下水舷歌穩，分場井稅輕。鵝谿春絹白，懷眺若爲情。

發閬中至三臺

閬州城郭勝丹青，十日松堂對錦屏。海燕乍來人乍去，玉堂無伴思冥冥。

東巖兄弟如龍虎，山鬼衣裳滿薜蘿。誰識南巖舊池館，蓮花蓮葉總無多。

白沙翠竹霧濛濛，西水分明是小潼。渡馬前坡還歇馬，天元香火梵王宫。

桑葉疎疎柘葉齊，平田成罫峻成梯。浮嵐縹緲輕箯穩，且往金峯覓舊題。

犖确千山界路牌，雙[一]秫[二]争露柏梁材。最憐白鷺翻風影，老鶴盤霄不下來。

靈山南上紫金山，如帶瀰江路幾灣。爲酹湖州饞太守，淩雲閣下醉忘還。

[一] 牌、雙二字底本闕，據白華詩鈔補。

[二] 秫，白華詩鈔作「株」。

楊花柳絮糝春衣，新水溶溶没釣磯。占斷層坡紅未了，木香紛搭野薔薇。

桃花谿接稻花溝，短短茶亭倚驛樓。盪過涪江沙路輭，今朝馬背見牛頭。

遂寧糖霜

昔聞摩揭陀，妙演熬糖法。材從竿蔗徵，瀋取木榨壓。曝汁事不煩，爲霜製猶乏。有谿市成亥，厥户籍著甲。横根接棱耘，挺榦應期鍤。去膚液尚含，候火水相洽。浮浮杏粥舀，潑潑菽乳掐。承盤詫菜鋪，攃釜記颯霅。峥嵘假山堆，璀璨團枝夾。砂腳如積蘇，鑑面若裙匣。雀鹽失珍，鵝兒酒同狎。貴紫誰所稱，尚白世乃業。土兼明福宜，境越潼綿狹。茶病謝紛紛，蜜甜喻恰恰。早垂坡谷篇，竝録洪邁。王灼。劄。何日載吴船，中泠沁教呷。

二月十六日潼川試院念少鈍是日自京歸里

千山萬水素心同，蛺蜨南園草色籠。念爾今朝扶遠旐，全家幾路上孤篷。麻衣葛帔干戈後，碧血青燐俎豆中。莫倚江湖慣飄泊，打頭何限孟婆風。

茱萸灣口赴京船，長記夔蚿對影憐。家具無多教互借，官書不少看同編。故人慷慨真千古，老我蹉跎近廿年。聞道諸郎争誓墓，一碑希附姓名傳。

釜魚幕燕漸倉皇，祭告哀哀幸勿忘。薄宦未停嫠婦緯，比鄰休議富翁牆。東南初日曈曈轉，西北浮雲浩浩翔。昨夜瞢騰微中酒，還朝夢醒即還鄉。

潼川清波魚肥美過他處

鱗點銀華骨綴絲，全蒸碎斫總相宜。郪江水静潼江緩，况是楊花覆雪時。

潼川紀遊酬王明府東廬

蕩蕩龍頂門，荒荒牛頭寺。寺廢跡尚存，汗漫引絲轡。石碕春澗枯，倒影嶴嵐翠。如眠或如伏，斤斧日尋至。剗斵兼熏燒，酷烈甚黥劓。斯首縱䫜然，誰牧復誰飼。草樹慳不萌，冢域亂無次。簣土垂大名，實拜杜陵賜。君家近臨淄，牛山迸殘淚。爲言濯濯形，風景適相類。所幸臺構重，髯人假豐髮。爾牛真童童，前言吾非戲。

右牛頭山

三臺本非臺，疊浪駭三激。蒼然湧西郊，縣名由此錫。春風吹袷衫，取道抉茨荻。向背蹤旋迷，續斷望偏的。雲頭振刹竿，欲上心轉惕。八牕拓空空，萬井窺歷歷。雙江瀉一杯，南下建瓴甋。包裹千萬山，未必漏涓滴。遶座自茶瓜，蔽門但楓櫟。夙聞學道人，丹竈守岑寂。鶴語杳不傳，螺痕靚可覿。眺古散鬱陶，歸鞭隨牧笛。

右三臺山

山骨排崚嶒，枵然袒空腹。洞門界朱闌，湛湛閉寒緑。鑑影涵一匳，珠光漾千斛。不竭并不盈，萬古蔽暉曝。文魚四五頭，嘘沫浪微蹙。了無石竇穿，豈異金盆蓄。重龕證三摩，華鬘耀春目。香燈麗陽阿，水月吐涼澳。投錢來衆生，泉底粲可掬。庶幾被慈雲，法雨灑原陸。枯僧解我意，酌水瀹苦菊。静聽參廣長，何煩喻琴筑！

右琴泉

與東盧入琴泉寺邨人爲觀音會觀劇

朱旗繡蓋屏傳呼，麥淺桑濃儼畫圖。笑指琴泉山寺湧，瘦笻幾節待親扶。
雲廊法鼓響闐闐，海會華嚴袒拜偏。一抹春衫香霧底，歌聲齊簇四條絃。
金人火獸眩青紅，竹牖瓏玲别殿通。勾得浮生閒半日，帽檐吹上紙鳶風。
十載修門木石腸，旗亭賂唱感茫茫。今朝誤入遊春隊，便惹遊人溢看場。

白巖壩

午發城北門，萬山擁圭撮。鼇背無片苔，荒磧莽轇轕。清江如綫來，要解赤烏渴。白沙縈遠郵，所向頓空闊。曖曖嵐霧横，蓬蓬水雲活。好風湧緑疇，弄影上木末。迢遥香積場，幾輩託衣盋。巖下藝禾麻，巖前種杉栝。傍巖田父居，竹光護門闥。攬巾感黄塵，何時重披豁！

寒食抵綿州驛舍記去年是日舍此

旬來山雨稀，飛埃漲畦棱。夷庚就左綿，溝遂失汀瀅。乍别猨門鐘，復下馬嶺磴。柳陰撑釣船，呼渡響斯應。偕行三兩人，適館坐團定。粟留啼漸闌，鼠姑落無賸。分明寒食天，風候故庭逕。往歲罋嘗停，今朝闌載凭。鼎鼎百年間，有酒且持贈。一派芙蓉谿，春酣試乘興。

漫波渡

讓水不可航，廉泉不可汲。驅馬臨漫波，蒼茫感遥集。謫仙望隴西，長庚夢投入。談笑王侯輕，識賞將相及。區區詩酒豪，奚足當豎立。白頭歸未成，萬古照鄉邑。匡山雲靉靉，涪江溜滃滃。靈風何灑然，禾黍動原隰。豈論祠墓存？多恐鬼神泣。青蓮出汙泥，冉冉妙香襲。

江油雜詩

龍州南下水粼粼，野戍移來小縣貧。惆悵棘陽兒過處，荒祠誰祀李夫人。
漢壽城邊税未停，秦川間道走馱鈴。谿靈不爲神仙尉，也放閑雲入古廳。
天倉天柱曠躋扳，石麪勾磨一飽慳。種樹衹誇黄樹坎，求魚休問白魚山。
長庚飛去歲三千，書劍淹留愜静便。無數青楓沈鬼火，點燈山路獨飄然。
連朝苦霧散迷濛，豌熟蕎生卜歲豐。卻怪清明花信早，竹闌落盡亞枝紅。
屋後風光屋右城，鉤簾一笑眼雙明。東風入夜全無賴，亂打春灘作雨聲。

贈平武教諭巴州王世沛蒼水

泮宮先生將家子，鵲印龍鈐棄如屣。學書豈爲記姓名？游宦無煩去鄉里。剛氏學舍低打頭，終朝一餐冬一裘。關尹五千雖有待，門監七十更何求？自言少學一人敵，日高超距夜鳴鏑。金梢飛梟雪鋒寒，滿樹梨花影團壁。昨年風鶴到成都，烏府相要禮數殊。恥遣尺書招贊普，願將寸組繫單于。君看槍法通兵法，進攻毋狃退毋乏。守己先從養氣參，乘人轉爲忘機洽。落雁軍聲京國來，拂衣歸指講堂開。挽强空負顔高譽，倚重曾需劇孟才。弓腰帕首舊裝束，久戴儒冠辭部曲。虎魄當杯爛漫紅，苔紋遶砌森沈緑。蠹簡叢殘霜鬢深，陰平閣道幾登臨。但尋黼黻卿雲手，莫論銜官屈宋心。

鄒雪泉明府招同秋塘六峯遊竇圌山

圌山在南徐，嗛與金焦副。古戍稽江油，是山姓以竇。竇仙字子明，投簪隱巖搆。試看鼎竈遺，尚閲香火壽。三春遲日妍，千里走祈祐。嘉遊彼詎知，遠睇我早覯。雙峯何嶄然，離立狀如闕。其下如崇墉，言言亘高袤。幾疑大劍關，移鎮錯昬晝。連朝天老晴，蓬勃苦難漱。薄陰披袷衣，西平渡懸溜。餌炊麥隴香，糞壅稻溝臭。鳴雞吠蛤間，取徑逐鼯狖。自登接待堂，嵐采沐巾袖。青棡霧氣涵，白薇露香透。遂辭韓童去，直向靈官叩。螺旋歷幾層，陡絶幸不仆。略同粉堞排，或學畫檐覆。元氣所結成，百頑欠一秀。漸聞鐘梵音，齋房履青豆。當面起危巒，打頭探虚岫。花鳥寂無言，相看益蒼瘦。再上淩百盤，欄楯冠氍毹。兩條碧玉篸，森對若雙堠。孰云劈斧皴，將謂累丸湊。譬以磊落姿，零星嵌教就。摩厓伎猝窮，鍊石理誰究。此間眩神鬼，緑章待親奏。載填橋繫繩，俾運瓦通霤。焉用千百羣？朝真事炷灸。守門鹿最馴，歸路馬須驟。孤僧送自厓，暮靄悵迷霧。

觀雲巖寺僧天盅度鐵橋云每傳惟一人能渡

南厓北厓抽玉簪，老死不邀遊屐臨。竇真錬鐵長十尋，似橋非橋索非索。分繫兩頭著雙脚，别繫一條手斯託。下瞰萬丈行徑微，不淵不磵無蛟夔。蹉趺失勢身爲泥，戒僧骨瘦解飛渡。脈脈跂跂等平路，結香火緣末朝暮。彼岸琳宫方畝餘，以鐵作瓦仙迺居。打鐘伐鼓驚玉虚，其旁小山擬蓬島。亦有鐵繩直如絞，咄爾依然事焚埽。疾翻駭鳥高挂猨，集木騎危兼肘跟。代傳無二神祐尊，假神眩人聽頗倦。巧者祇因習者便，回人繩伎眼親見。鐵橋峯阻羅與浮，天台石橋吾未遊，盅乎雲巖期久留。

白華前稿卷第四十七

古今體詩學舍集七[一]

檢亭方伯署東新葺竹屋

參旗井絡待平章，盡埽榛蕪起畫廊。匠選楚材資菌簵，客投震位驗簹筤。藥畦蕙圃看鄰近，芝館蒿宮竊比方。從此蜀都添碎事，緑筠堂接紫薇堂。

疎排楞眼短遮欄，閒架縱横促座寬。蓋頂但搴茅滿把，及肩略遣土分墁。心緣空洞傾敧少，節到清森剥蝕難。絶勝百花潭上屋，秋風歲歲報平安。

高城無復種芙蓉，石柱銷磨玉室封。廣厦即教來燕賀，名材渾未信龍鍾。穩垂毳幙寒全

[一] 乾隆蜀刻本白華詩鈔作學舍集，凡一卷，夾注所作時間起甲午三月，止乙未六月。其卷一下有小序云：「漢書『文翁於成都市南立學舍』，注『學舍，學之官舍，今郡學』。殆其遺址東北距使署可五里。余在署先後數旬，巡試既周，方冬待命，計居此當又數月也。官以學名，其詩在官署所作云爾。」

禁，爽透蘆簾暑不逢。檢點一椽三尺好，柯亭何日賞音重。

軍儲星火切邊籌，閫外膚功破竹收。揞拄漫嘲荷作柱，夷猶緩乞桂爲舟。心懸白雪三城戍，夢遶黄岡十稔樓。鄭重聽松鑪半枕，細烹春荈話林丘。

同慶閣故迴瀾塔址送秋塘歸里

橋是弓，塔是箭，彎弓不射承天殿。用明季童謠。承天殿在蜀王府。射到春江江盡頭，一髮金焦掛帆片。坐君縹緲之飛甍，勸君慨慷之離餞。君才朗朗照玉山，齒少肩差忝同縣。生平未識馬背腫，細雨騎驢過雲棧。半輪山月峩嵋秋，拍手和我謳長謳。川東川北路好在，叱馭南摘星如毬。防身孤劍徑歸去，當世那有韓荊州。把袂增懽別增悵，菜花風蹙桃花浪。知君後夜聽猨聲，卻望回瀾在天上。

武侯祠

閟宫長配武鄉侯，遺像清高竹柏幽。玉帳星殘人雪涕，草廬鑑冷士風流。弟兄豈分歸吴魏，臣子何心比尹周？猶有衣冠熊虎墓，關、張。雲旗一氣錦江頭。

重過慰忠祠 木果木之變，幕友被難，祔祀者長興朱南仲、元和顧匡時、蕭山周煒赤昂、成都岳廷栻星巖、華陽熊應飛、楊紹沂、鄭文、會稽田舒禄、舒城、許國及大竹縣知縣程蔭桂之子烈、潼川府通判汪時之表姪黄鳴鏞、西充縣知縣常紀之外孫長炳

授命交呼吸，來祠獨涕洟。營開官失隊，魂冷客招旗。落月盂蘭會，英聲汗簡詞。浣花翁去遠，拓戟古同悲。

玉石驚延爐，冰厓洶戍烟。殘骸虚馬革，異相誤鳶肩。急難無良賤，傳聞稍後先。陳濤斜畔水，應照筆如椽。

戰地鬼呼風，銜鬢一歔同。受恩誰國士，歸訃或家僮。配食高名義，迎神絶怨恫。欃槍看奮埽，投拜氣流虹。

默野僧 住資陽聖水寺，洪成鼎悔翁有傳

衲衣不澣面不沐，長明燈下坐閉目。無經可誦禪可參，一飯或盡數升粟。三旬九食忘苦飢，蒔秧斬木乘輿畁。衆中出力氣深隱，天假神力如熊羆。謂僧爾何野，記曾長揖訊行者。謂僧爾何默，記向悔翁喚茶喫。悔翁拋盞僧傳成，姓名到底無人識。

送人之軍中

短裘快馬逝翩翩，絲管平提露布傳。祇爲大營軍令肅，送君無酒更無錢。「送行無酒亦無錢」，坡句。

述德詩爲什邡大令仁懷任思正賦

氏任之先，曰縶風姓。歙州三徙，黔陬載競。緬投筆蹤，隸秉麾柄。銅馬嘶長，蒼鷹飛迸。百戰身存，一區賊靖。有士在纍，有女在逌。各以禮蓄，豈非德盛？歸與掩關，時際革命。武翼將軍、陝西長茅隘參將曜。

仲連拒秦，巨游抗述，遘時孔愍，守已斯吉。父擅將材，子貫儒術。僞朝盜兵，卻聘絶筆。匪憚爲犧，匪伺爭鷸。我節如山，人心似日。高義嶙峋，清流洌溧。司户右丞，厥身先失。節士震達。

母也矢志，而未逮旌。拘限年格，晦苦節貞。繐帷蕭蕭，練裳惸惸。門無近親，室有弱嬰。疇任卹廢，而虐侮行。之死誼亮，末亡禮明。曉促課業，宵闕哭聲。推袁此事，玉光冰清。袁孺人。

彼高才生，緊寡婦子。壞帔是承，直鉤可使。審機轉喉，擇地布趾。儵儵鶴潔，舉舉鵲起。豆籩秩如，修脯藐爾。存濟物心，抉活人理。殆彥方徒，或伯休比。喆嗣逢時，諗予述誄。文林郎宋公。

宋潛溪墓

龜城東去草封阡，曾倚前星拓講筵。萬乘論師投遠戍，一棺遇主卜終遷。金華絶學雄文史，石室流風替誦絃。名望各殊身世似，此邦文憲亦悽然。謂楊文憲。

苦菜

苦茗冬不凋，苦菜夏初秀。通明讀爾雅，草木昧尋究。徽名混一途，荼荼詎同臭。歌風邶國繁，紀産益州舊。豈徒三月三，擷采競傳購。我鄉蔬筍饒，是物少飣餖。登盤飫佳品，快洗腥羶陋。世情尚鮮新，俗説太悠謬。拘忌在蠶家，觸之蠶不救。得毋苦寒性，生氣失騰糅。縱教放箸空，欲禁滿筐售。君看膴膴原，如飴泠仁壽。

鹽井

竹鹹資下潤，選地及黄泉。井口如拳小，機心似髮牽。長篙升降促，巨釜委輸便。軋軋雙聲和，浮浮一氣聯。多年精共塌，入夜製方妍。野店論砠配，官場按户煎。連綱逮羌俗，聚絡應星躔。利病同茶法，看登土貢篇。

題王駕部禄朋左手篆書卻寄

籀書遞省篆書揭，嶧山穹碑壯秦蹕。八分盛行西漢間，今隸即楷綜其實。下蔡下杜體搆湮，惟有陽冰鐵爲筆。後賢摹仿私印紛，近代聲名翳林溢。閉門填廓絲髮紆，没骨名花匪無質。兵曹新樣學元和，叔重遺篇解傳述。形聲意注歸部分，高下縱横配行佾。相當相對蛇蚓蟠，獨往獨來鷹隼疾。公然對客揮百番，巨拇分明力全出。弩牙所發猨臂紓，盡斂薑芽詫且嫉。天生此手工斲輪，困苦牽攣見胡甸切。神術。入陣能期挾虜雄，當杯豈憚持螯暱？少年習貫成自然，左之宜之破天桎。翻疑搦管通彈絲，琵琶譜法試窮詰。曹綱右手興奴左，左者斯優右者絀。大梁布衣玉左手，磅礴解衣用專壺。以君書訣參御理，舍拔逐禽百不失。我攜兹卷西俶裝，此外隨身衹雙膝。章草休誇枝指生，貝書願佑陀羅佛。戰功旦晚高摩厓，篆額崢嶸擁雲日。

出郊馬墜作

理轡瞢騰續夢殘，陌頭一跌鎮無端。絶塵雅笑乘船似，得路休言躓垤難。搗藥問醫愁小頓，簪花試舞記長安。豪情自勸蒲黄醆，未要羣公走馬看。京師譏同年，必演墜馬一劇。香山詩自注：馬墜勸蒲黄酒。

榕巢觀察寄鹿茸

麙麀異牡牝，釋獸冠常畜。環角向外間，解禦禍機蹙。迎陰解斑斑，堅瑩美如玉。春山當養茸，血影紅一簇。開皺侯栗圓，出釜子繭熟。呼羣噉昌陽，肥綻到筋肉。忽如新筍抽，元氣轉不足。獵人巧窺伺，身手一何毒。或斫或引繩，摧倒看盈掬。雙歧渾沌分，半穎精鋭蓄。塗酥炙烈燄，配食載藥録。松州隸劍南，岡嶺欝迴複。合圍須及時，九氏效臣僕。鹿斯不自由，掎斃委厓谷。爲矜茸客名，較勝角仙族。躋堂語呷嘤，持壽兆百禄。優旃陳諷言，寇來驅令觸。朱雲講經義，客來折令伏。我有黄明膠，爛煑凝於粥。獨少紫茄茸，刀圭夢相屬。盛王仁術弘，動物戒戕殰。用物能濟人，解網不煩祝。征西大將壘，肖象架枝木。元辰拜賜脯，誼分託心腹。降虜有東丹，好圖絹横幅。

榕巢觀察自西徼歸成都即送出松州

絲嬌管脆錦江清，粟轉芻飛雪嶺横。忽灑征塵歸絶徼，别籌邊計倚長城。犬羊散跡分蕃遠，牛馬連羣按盜平。轉爲治裝遇天假，開襟僂數八年情。

芙蓉城闕玉關同，喜對全家燭影紅。卻把笙歌辭北里，未妨談笑服西戎。壺觴此處徵仁壽，時六十初度。鼙鼓何人樂戰功？想象甘松山下過，郅都名姓讋蠻童。

芭蕉花 蕉卷心獨上，心展爲葉，夏秋間心或菀結不展，展則成巨辦，其苞似蓮蕊而倒垂一辦。既落一辦，旋吐。所吐辦之柎有朵朵盛若蜜者，俗所云甘露也。辦落處，其莖輒若齧痕。自初辦至辦盡，可閲一年，而蕉萎矣。使署蕉十餘株先後作八花，以詩賫之。

隰草紛甘蕉，厥葉大無對。單株翹一花，蓮蕊倒懸在。一辦得氣榮，一辦成功退。辦氐橐鄂攢，亂鬚塞其内。瀼瀼盛帝漿，湛湛滴仙瀣。味兼厓蜜收，採及房蜂隊。沾脣醲且醇，膏面要分靧。嵇含狀自工，宋祁贊不載。越我來益州，改火歲將再。當檐廿餘本，誰手實培溉？緑覆天影圓，青滴雨聲碎。推牕見含蕾，心結苦拘閡。乍開鵠觜呀，忽反仙掌偝。枒然浮巨瓢，霍如掉夾袋。彎環曳長柄，孰把鋸痕淬？至末辦漸小，到頭根已廢。童童烏希革，種種人受耏。菁華坐表襮，酷烈甚芟刈。剥復天地心，姑取數杯酹。家園栽蒔多，無此好雕繢。華實僥上腴，休咎養前晦。九芝象不侔，八桂數相配。方榮訖全落，飽看廿弦朏。修竹莫輕彈，竹花無此態。

前詩脱稿循覽閒一花蔫墮地訊之家童則持刀芟花際枯葉誤傷其蔕

官閒大有哦松分，客少從無譽樹詞。八朵蕉花如八寶，一花争似脆琉璃。

風吹霜打蔕堅牢，五字吟安夜色高。怪底折除花福淺，創痕新中鷫鷞刀。

世途非怨亦非恩，滿注黄金眼易昏。好醜聽天君記取，要删枝葉便傷根。

仙茅

范公志虞衡，有茅鬱苞孕。服食從旌陽，真氣佐長命。旌陽何所師，諶母養清浄。白日昇天霄，遺把茁出棱。翦去春又生，披尋妙指證。遺蹟在豫章，朝真秋最盛。是皆非蜀産，僰道今轉勝。孤叢抽斷厓，數節蹙荒嶝。不誇三脊豎，而訝獨根迸。搴刈精采弘，祓濯氣質定。錫名娑羅參，鍾乳莫能競。請誦曼碩文，六味養中正。揭奚斯有仙茅述。鰥生慼蚤衰，脈絡枯緯經。失喜包匭材，一一荷持贈。安得拔其茹，栽蒔布月令。與世躋太和，無藥亦無病。

題張文敏節抄史記

三真六草派雲間，逸少紛充鐵石頑。校遍百三十篇史，如蟲小字隱斕斑。

紅雲祕殿玉皇居，無逸披張紙丈餘。想象絳紗傳習處，梅花香沁學堂書。正大光明殿有文敏奉勅書無逸篇，文敏少學於先曾祖司諭。

邱家斑管紫毫純，纔中尚書骨帶筋。笑問元明兩文敏，硬分鼎足是何人！文敏謚與子昂、元宰同，其筆惟用邱中黃所造。

藏棗

覈物備五宜，來來著標格。藏産推果珍，楉皮番紙名。裹成腊。小者扶寸餘，黏膩不容擘。大者指數圍，恬澹不容齚。如瓜雖未能，入藥真足惜。大荒處極西，厥汗受符册。覓種盈萬栽，有睆挂林隙。暈紫攢鱗鱗，皺紅披的的。采經烏拉番語牲畜。馱，飽同曩宋番語庶子出家者。喫。其核尤出奇，無復仁可獲。佩離兩已背，渾沌一爻畫。齧之若檳榔，生澀介喉嗌。以彼寒苦地，乃集甘溫益。句臚傳唱人，練氣祕服食。繄予孱病身，内景滯胸膈。筐傾坐難致，竿打路偏隔。想象西南番，萬里獻心赤。一笑檢農書，簾影棗花北。

聞蛩

候蛩吟旦晚，滿聽夜分明。似解助長歎，非關鳴不平。遠江楓樹老，斷隴豆花清。知爾能驚嬾，休傷旅客情。

晴沙勘定拙詩因憶璞函舊語詮寄少鈍

學韓提得起，學杜劊得進。流膏被穹壤，萬古丐餘潤。君身具仙骨，遂與謫仙近。非無沈著處，神駿在天分。年來酬倡頻，髣髴驂有靳。要偷元九格，反落宋五韻。轉悔京國游，相識遲相趁。坐使跛鼈姿，欲飛竟難奮。平生寒餓句，積歲卷扶寸。零篇及亂藁，大半落牆溷。苦之小胥抄，雅接故人論。江湖名士多，館閣大才僅。品詩如品官，節鉞貴雄建。轅門旗影翻，幕府鼓聲震。殺人不待請，犒牛焉尼吝！諸將前膝行，長恐貫耳徇。是其氣欻張，豈止地望峻？自爲厮養時，一意睨金印。請看千夫長，皤腹突毛鬢。積資予敘遷，無夢到方鎮。吾儕幼師古，門牆懼先擯。稍稍抉藩籬，行行整行陳。環中囿百家，孰敢肆淩躪！斯人今已矣，斯語媿力振。入秋排集成，編年紀朔閏。舟車過半生，何日敝廬糞。佚作希再蒐，類字待重褪。文辭聲我心，事事喻鎚鈍。亦知大布粗，破裂耐湔拔。作貢登闕廷，幔城備裁遴。終輸錦段佳，差免繭絲紊。側聞娵媀稿，汗青在吴郡。作序語尚虚，知音盡於頓。雞鳴感風雨，豈爲獵聲聞！一生換一死，枯淚睫留暈。庶同賦八哀，浩然了宏願。璞函以予詩如洋呢椒蘭，貴重而非法服，予謂恐是高麗布耳。今覲對可服宮紬子詩是矣。

木芙蓉

江鄉紅拒霜，離立二三尺。臨水照葩華，天寒伴楓荻。强名木芙蓉，釋木那曾釋。蓉城古錦城，遶城燦雕飾。已湮蜀孟蹤，待訪石丁宅。陰森古庭院，數株影紛織。葉如梧桐大，身作檉柳側。疑將芍藥花，亂向樹梢扐。小大揚葳蕤，高低眩的皪。是時秋未中，夜露皓以白。雅無青女欺，濫受碧翁錫。黄心混蘭蓮，木蓮一名木蘭，一名黄心木。素面欠藼葯。懸殊感物理，且向膽瓶摘。一呼昌祐來，渲染出枝格。

張涵虚同年典試還朝

拂衣久臥敬亭雲，五夜占星喜見君。雪嶺旌旗方奮武，錦城絲管互論文。明知後會題襟易，苦記前游落帽紛。揚馬才華姑舍此，好攜德驥報空羣。

六峯從涵虚入都疊韻

公才公望媿青雲，相士光黄獨異君。斷送數升燕市酒，勾留一榻錦江文。求方有藥流傳祕，打卦無錢接應紛。忽向東籬别黄菊，今宵愁聽雁呼羣。

秦城連斗棧連雲，十斛巴船泛共君。行券欲書仍待命，使槎可附是衡文。轀危要避軍符驟，館壞須防竊篋紛。同我遠來先我返，杏花紅處慰離羣。

榕巢觀察自徼外貽五加皮反其詩意答之

蕃土宜五加，采采抉荒磧。使君憫民病，作詩寄心惻。一把朝見遺，通體細爬剔。所取翻在皮，彼皮壯吾力。醫流及道流，祕義演前籍。作釀香醰醰，金玉賤不直。是名文章草，譙侯證註釋。亦名白刺顛，方言蜀人識。原野紛提筐，爲利遂稞麥。末重農易傷，産奇吏斯蝕。而我持論殊，亭徼山滌滌。堅蒼入草木，穀實久寒瘠。以彼不毛地，茁此資民食。大法占小廉，豈至患共億。江河發源處，葉葉告蕃殖。受者登麴方，掘者免菜色。

附

原作

查禮

紅橋關，産靈草，葉五加，五加皮，本草謂莖青、節白、花赤、皮黃、根黑，應五庫之精。葉或三出、四五出，蜀所在有之，惟紅橋關所産葉多五出。香味好。浸爲醪，調溼燥，强力益精希世寶。青青生巖間，采采驅松蠻。芟削其繁梗，洗剥其苔斑。侵星去，日夕還，登厓陟嶺如猨扳。摘以重五重七竝重九，千金方補：五月五日采莖，七月七日采葉，九月九日采根，治五藏筋脈緩縱。莖葉本根行處有。擣成霏肩入刀圭，痿者能起跛者走。此藥産蜀稱絶奇，購致日多采日危。縣符火急給官價，窮蠻妻子相嗟嘻。嘻吁乎哉安得縱火烈山澤，燒除此藥種稞麥。

隔院聞琵琶

瀉似銀瓶截似刀，四條絃子勝三條。春風分少弦歌化，吹度重扉慰寂寥。

百分圓緊一分遲，不定興奴定谷兒。惱亂江州白司馬，荻花楓葉送行時。

番啼漢語鬭紛挐，小部胡琴客漫誇。土貢已停土風在，怕將桿撥教琵琶。通志：成都貢琵琶桿撥。

支機廟大石傳是張騫所攜

君不見笻竹無萌蒟無醬，西使功名虚博望。郭門片石爾何來，舊伴黄姑織天上。投梭軋軋河鼓鳴，當機照耀裳錦明。一卷貽贈重瑶玖，博物且問莊君平。波簾窣地眼花眩，艮象分明識爻變。十牛推輓體倍尊，五組包纏價非賤。錦江濯錦江色鮮，杼柚安得干星躔。九張須向樂府采，三品翻似奇章傳。茂陵玉盌人問出，不及龜城賸山骨。莫將餘巧鏤長鯨，鱗甲揺風莽蕭瑟。

站馬

鈴語遠分明，軍符火急行。騰槽芻宿飽，選廄骨孤撑。計舍長途準，稽時短漏清。聞呼摇腿戰，馬一時能馳五十里者謂之六百里，聞前站鈴聲及呼聲輒股栗。「石人戰摇腿」，韓句。逐渡奮蹄争。有卒充牌去，馬圉今曰馬牌子。如期整轡迎。出門雙翅展，擁路萬人驚。約背黄絛穩，隨身白袷輕。烏亭沿處處，鷺堠替程程。得副如同倅，圖全豫設偵。分臺非隸驛，定律本從兵。烙字披毛淺，通詞對臆傾。漏師嚴宿戒，啓事信遄征。封告臣心肅，批頒帝謂弘。刺閨勞永夜，開道快新晴。望待紅旗慰，材看皂櫪呈。西南傳檄定，多少凱歌聲。

中江二詠答臧大令理谷

貍首歌斑然，而何白其面。面白尾則狐，风走疾追電。是名牛尾貍，釋獸闕經傳。故人笑我陋，購致充朝膳。法宜帶糟蒸，味勝凝酥薦。融結在脂膏，肌肉何由辨。以彼攀樹工，百果耀璀璨。橘柚爲醴漿，棗栗作餱饌。「橘柚爲漿栗爲餱」，子由句。素無强食惡，反使殺機先。巧捷輪狙公，自肥適貽患。老饕嗜珍品，春秏佐諧謔。貍之言不來，斯言得母讕。

右果貍

蜜酒醲且醇，鵞黄有餘德。放翁詩：「漢州鵞黄德有餘。」蜀釀工撥醅，豈出火攻策？眉州玻瓈春，猛挾天馬力。堆花出郪江，一斗直三百。不嫌醋著水，不藉麴踹麥。瓦鍋架松薪，濡縷響滴滴。玉粒蒸自香，銀瓶瀉無色。交濟寬猛問，真氣破滯膈。擔夫擔兩甂，觀者初未識。甂之赴大營，投醪足殺賊。腐儒例寒凍，壹醉媿無益。夢到下若邨，雲臥弄漁笛。

右燒春酒

關墓在惠陵東里許，趙清獻古今集記公墓在草場是也

亭侯追號尊王帝，州將威權駕趙張。義秉麟經虔斧鉞，魂隨鴻冢復冠裳。蜀都遶夢天終遠，宋室留題地始光。東北荒堆狐兔盡，雲旗瑟颯意蒼茫。

臘前盆間一蘭欲放

輭障風霜少，冬堂喜吐芽。似聞空谷裏，春半未開花。

書院講堂落成

仲翁營講堂，名載常璩志。所講頗紛綸，豈止春秋義？是時黄老崇，儒術弁髦棄。太守來自舒，築舍等居肆。温故與時習，左右象鱗比。前有石柱聳，旁有石室庀。復選十八生，受經遣東詣。羣遊博士門，鄒魯盛不啻。長卿浮薄徒，猶闡七經祕。而何傳儒林，蜀人無一二。遺蹤搆書院，風雨近積廢。雅懷高朕修，深痛獻賊燧。飭材垂一年，望古耿百世。豐碑付孱筆，遠媿廟堂記。往聞孝經成，紫微降天際。已有講堂稱，説緯太盲昧。兹堂殆初祖，四大等苗裔。鴻生拾級升，數典戒忘墜。早求鹿洞規，次抉鵞湖蔽。禮殿共低迴，詞章特餘事。

微雪

瓦縫差池白未全，幾家犬走吠連連。沾泥路逐霜華淺，挂樹枝分露淞鮮。紙閣擁鑪喧好伴，柴門納屨悄當年。一尊細酹天公戲，莫向邊營祇向田。

石符榻本　廣元縣東百丈關，水中有石大如席，上有文如符，人謂之石符，傳是張道陵所書，佩之能辟邪，孕生男

扶桑繭紙凍雲墜，似符非符字非字。其横三尺縱一尋，七劍在腰一槊植。巖關百丈厓陡懸，厓下江聲響㶏灂。沿江上下谿勢叉，貼臥盤陀浄苔翠。夏漲能禁魚潦黏，曉鐘定使烏朝避。中央如鏡天剷工，言是道陵手摩記。樵蘇絶跡漁釣稀，響搨登登强羅致。高牙大旆山鬼驚，對仗垂旒瀆靈衛。縵文糾結繆篆粗，誦者生箝捫者畏。堂楣高揭輝日星，爲是宜男許留佩。陰陽水火千劫沈，伯道無兒命所制。五斗應從鄰郡傳，三丰或自前朝至。青蛇無袖呵叱來，化入蒼紋露真氣。羅浮竹葉猶爾爲，似此瓌奇古無二。得母漢相籌筆餘，暗勒仙銘妙垂示。木牛銅釜隨燼烟，獨有一卷鎮贔屭。呼童檢點牢記將，勿遣火薰與日曬。五雷劈裂黄石飛，且把陰符枕函祕。

茯苓

丹竈無成兩鬢衰，深山枯壜暗凝蚧。一圜斲餉肥如兔，曾伴龍鱗歲月來。

彤絲皓魄孕元功，珍重奇材貯藥籠。檢校竹刀匀刮取，莫和薑蒜挂屏風。

臘後同秋漁晴沙莘田謁慰忠祠返憩草堂寺歷青羊二仙祠作

錦官城南冬日佳，百花潭水渟一涯。瓣香無人草堂閉，右有祠宇扉雙闔。問君此祠爲誰作，昔嶺師潰撐千骸。文臣死事廿又六，招魂禮復驅雲霾。顧公倡予沈曹和，拂拭涑涕瞻神牌。短垣乍踰竹妨帽，輭梯欲下藤鉤鞵。寺僧怪訊忘言説，導入方丈循空階。冷光静態落枯坐，破禪花氣來娵娃。紅薔纈眼海棠醉，間以梅萼非匹儕。幡然舍去暮色下，歸途紺屋交椒櫰。銅羊不鳴石羊化，三清法界音塵乖。言從二仙學丹竈，龍虎丁倒成倡俳。道流勝蹟出弔詭，爲言騰餤光不埋。草堂寺名創梁代，工部寄泊悽吟懷。丈夫侘傺起悲咤，時俗齷齪情難諧。公等視工部何似，印囊稍暇遊宜偕。淋漓痛飲慕犀首，所職已舉誰能排？或籌饋糧或磨盾，行惹雪虐餐風飄。得閒便著腳底屐，爲樂待解腰間緺。仰看纖月照羣影，麗譙昏鼓鼕鼕皆。

儉堂觀察自郎馱曼陀寺寄題拙刻

奏賦忝通籍，作詩從弱齡。隨作手隨棄，囊錦長漂零。胙行劍南道，棧石驅玲㻂。喟焉感魚鳥，各愛鱗與翎。吟成付抄寫，要豈謀殺青。墨板誇益州，唐末垂模型。十㡬既傳印，了了砭朋丁。陸郎赤南。苦相勸，雕劂喧都亭。工紙頓粗劣，百蠹無一靈。封題寄夷徼，佛火宵熒熒。

灑將曼陀雨，落筆開丹檽。君詩數千里，哀玉編瓏玲。近成北征集，掩耳驚飛霆。會當繡鑾布，何止藏禪扃。我爲和凝符，君爲樓護鯖。誰爲主客圖？一歔天光冥。

除夕

小盡宵長作大除，印牀休暇鎖闈虚。催租遇節忙支放，載筆趨霜戀起居。闘健慣嘗南熟米，蜀以米之精者爲南熟。愛閑稀附北歸書。分明散學邨夫子，料理囊錢倖盡即忍切。餘。

鐵馬縱横閒木牛，一官雖貴似懸瘤。檢方恨少陳生問，謂六峯白詩，不問陳生藥。拆字嗤從謝石謀。瓦上霜華春易轉，街前爆紙夜難休。皇恩再准三年住，度歲誰如此度優？

閧市燒畬喜氣重，無冰無雪過三冬。伶俜楸局賓逢戲，漫滅桃符吏絶供。文武遷除軍令便，農商通惠市心濃。不妨豫想銷兵候，痛飲屠蘇酒百鍾。

憶弟看雲久廢眠，阿羅嬉遶畫堂前。眼穿一信頻經月，指數三更又换年。内府求書荒蜀板，故人失計上吴船。秋塘歸，試未利。朝正載告青袍士，好向清時勉誦絃。

白華前稿卷第四十八

古今體詩學舍集八

旃蒙協洽

昭覺寺

春鳥呼春人，喧喧郭門北。言期石斛山，風烟浩難識。蓊蓊薺麥妍，曖曖桑柘殖。雖然冬雨枯，溉流滿溝洫。丹垣祇樹林，邐迤望何極。馬蹄隨白雲，汗漫舍輕策。鑪烟蕩經幡，見胡甸切。身百千億。危標切霄漢，龍藏映奎壁。今時布金黄，往日劫灰黑。管營李鷂子，慘裂佐屠伯。掀髯語破山，有肉好同喫。喫肉拯衆生，苦修感帝釋。俾與雙桂堂，開宗冠巴僰。禪關枕官道，焚禮逝如織。蓮花妙莊嚴，人天眩雕飾。幽幽苔逕穿，冷翠溼杉柏。野僧長浄名，雲山染衣色。蒼然對眉宇，萬象悟淵默。打鐘坐蒲團，此豈假魔力？一埽酸餡腸，歸塵影將夕。

人日秋漁晴沙笠湖澹園集扶雅堂分韻

服官喜餘暇，矧乃春序暄。得朋樂同類，矧乃鄉曲敦。吾儕重人日，日往人則存。今人不古若，今日古所論。牀頭酒新熟，一笑開南軒。細草萌壞堦，幽鳥窺小園。客酬主再獻，引琖長源源。肴核何必嘉，禮數何必煩！肝膈舉傾吐，可默時可言。雖無絲與竹，習静知道尊。亦無監與史，觀理知色温。暮歸晝常聚，後會庸勿諼。

客罷拈韻適成走示晴沙承示酉字韻作

瘖能禁酒闌珊罷，詩要拈題陸續催。急遣長奴呈短藁，重門不鎖待書回。草堂舊事人争引，穀日清晨話定傳。探得明珠光百顆，癡龍深夜惱無眠。兩家相近宜隨便，三友雖歸祕未抽。我欲難君君炫我，知君新得鬼饅頭。本草：薜荔一名鬼饅頭。晴沙久患痔，得此乃療。

澹園寓秋漁月波亭促其分韻之作

青衫司馬例風流，運米差閒作少留。昨夜嘉蔬春酒會，去年穀日果山游。華顛爛漫宜同此，素侶招呼略勝不。莫避主人横槊賦，吟腰相鬬大如牛。

集晴沙臯署天妙閣觀東坡所書洞庭春色賦蹟分韻得洞字

蘇州揀橘愼唐貢，太湖栽植斷冰淞。錦江西隔天盡頭，方物雖佳難伯仲。天妙閣主開墨林，召客傳柑飲皆痛。董公十札宋四家，一卷一盃笑聲哄。是書最勝出最後，墨汁淋漓望如凍。去杭歸闕緣乞嫌，潁尾逍遥勒絲鞚。手拈滑盞即藥玉滑盞。酒到齊，入務積然愜飛動。簽書教授都雅材，同調三人遽成衆。東齋求牓鎮山嶽，北渚臨觀吞雲夢。囊空學富天麒麟，值得蠟梅折親送。忽聞都下寄佳釀，戲令分壺漉巾幪。色香味三絶畢全，醉後新篇劇吟諷。作詩作賦并作書，酷似侯鯖列魚緌。賦心翻藉弱弟傳，自跋寄示子由。酒方尚折賢王衷。黄柑自墮成一家，吹入東風峭三弄。酒乾墨潤春復春，苦憶夜廳拆春甕。吾儕對書且對酒，笑署飲仙跨鸞鳳。涼州十斛準先換，江陵千樹億屢中。賺人缸面吾不爲，頗學老坡腹空洞。誰封三百顆題帖？龍虎相持莫争鬨。

作前詩竟晴沙抄示原跋安定郡守以黄柑釀酒云云郡守當作郡王疑其贗

再疊前韻

贗書贗畫玉堂貢，老眼看花隔霜淞。指間拂拂出酒氣，妙蹟能無竇蘇仲。龍圖知潁秋到官，公退清閑臂退痛。公至潁，有臂痛謁告詩。華原公子越王孫，簽判區區少騶哄。放魚直恐西湖乾，栽檜不辭北牕凍。一詩一酒都絶奇，況有長瓶驟雙鞚。來從保静王爲保静軍留後。標記新，名署洞庭顔色動。老顛能乞趙能餉，餘瀝如分帝觴衆。興酣落筆詞賦成，跋尾何緣同説夢。爾時安定瀕囊宵，作郡朱輪那能送。名王借封異借領，誰割酒泉隸絣幪。繹經僅被施氏稱，蘇詩注：王問與學官講釋經書。裂土蚤聞魏公諷。媿郯録：神宗欲推藝祖燕、秦二王後一人王之，韓琦以爲不可，乃用近屬封郡王之制，以宗室世準爲安定郡王。分甘族子誠有之，肯令狂呶越繩緵。韈塵弓袖弔西子，賦語荒唐無所衷。賦真字僞心計勞，吾等公然受擲弄。直須湔洗傾惠泉，一韻罰償一百甕。浩呼竝識角弓蛇，微吟再吐彩毫鳳。賓主俱賢兹會同，自嘲不幸言而中。噀手墨香前澤存，沾脣釀法先幾洞。此詩膽學橘社傳，定惹錢唐鬬聲閧。

三疊前韻解圍竝題卷後

菁茅縮酒責楚貢，萬户千郫歌霧淞。百分春色落公手，開徑欣然酌二仲。半酣出卷詩示吾，取譽獻嘲得母痛。宣城毛褐假勝真，故諺有之劇傳哄。竹素空煩祕徵典，雌黄轉悔急呵凍。世間萬事泡幻多，出舌追難躡飛鞚。坡仙題跋富編録，此跋雖遺趣生動。斷章取義在賦首，橘中老叟壹何衆。鵞眠竹籠大是黠，鹿覆蕉陰豈非夢！王家釀製守署飲，若箇破除與斷送。朱顏載酡耳雙熱，厚坤爲席天爲幪。君子寓物意不留，坡語分明切規諷。其真勿喜假勿怒，悟道觀空脱筌緵。元祐辛未今乙未，相距迢迢待裁衷。但令伸紙勢揮灑，那問濡毫信拈弄。況聞内翰擅詞翰，郎奇之管退盈甕。屏上無妨誤寫蠅，雲間未免貪草鳳。「貪草雲間彩鳳書」，蘇句。諸公善醉尤善吟，健筆應看一發中。賭酒言從錦里坊，估書求弆華陽洞。松醪賦蹟嗟在無，持付宜僚解羣鬨。坡公松醪賦跋云：予嘗作洞庭春色賦，吴傅正獨愛重之，求予親書其本。

附 同作

金匱 顧光旭 華陽

安定郡守何許人，猶子簽判趙德麟。洞庭春色賦兼跋，雪牕書此寄潁濱。搨本臨摹世所有，墨蹟非古新非新。時無鉅手此亦貴，我惡其似能亂真。獻歲風光轉庭樹，高談取笑娱嘉賓。名公好古入骨髓，樺燭夜照紅錦茵。一童捧函一持笲，引函不發先飲醇。星雲爛漫争早覩，墨光黯淡紙色匀。從頭展卷慎寒具，松州觀察愕且瞋。揮杯大叫此贋本，胡爲來此前席陳。座中勿喧共浮白，視學使者今吴筠。爲從此賦述顛末，坡公守潁齋廚貧。其時簽判越王嗣，其年辛未及壬申。陽和散入汝陰雪，梅花柑酒月似銀。此賦首言橘中樂，中言達觀賢王親。王名世準非郡守，此跋謬誤殊不倫。公昔書此贈傳正，彩筆已與風烟淪。金寒石泐八百載，豈復呵護煩鬼神！世間茫昧盡若此，虎皮羊質徒踆踆。我聞此言更洗盞，奉君筆札當戔岷。分題鬪韻動鄉思，洞庭渺渺波粼粼。春風何處吹緑蘋？包山桂楫蕩遠津。吴王觴此西子嚬，一觴再觴羅韈塵。天姿國色愁東鄰，安知東鄰復笑顰。興酣作歌爲絶倒，夜雨洗出眉山春。

促諸公坡蹟分韻之作疊前韻

占人占穀景初流，口福銷磨眼福留。翠墨欲彫清潁守，緑尊如對洞庭游。華亭削札相方未，佳節傳柑及記不。莫遣玉山草堂主，登壇執耳悵無牛。先是出董文敏十札相示。

護國寺傳是楊文憲宅恂叔丈於其後葺升庵落燈日招集分韻

升庵戍金齒，領檄頻還家。製輿狀若升，而以庵名加。牟川敝廬埽，瀘川游屐笯。成都纂地志，館局當不遐。抑或祀江瀆，早年奉皇華。有街字狀元，佐證非繁哇。佛火光晰晰，梵語聲啞啞。其隅數弓地，麂眼編竹笆。松州老繡衣，割此恢行衙。憶爲粤嶠守，結巢榕樹丫。洎爲益部使，仗節河上查。連年走西徼，燈信悽霜笳。蹔歸出意外，葺屋招轥轘。賞心玩圖史，洗耳祛箏琶。懸燈照昏黑，玉樹浮銀花。花閟燈自燒，燈過花始嘉。何當花發夜，百盞擎夭斜。庾園槐婆娑，宋宅茅周遮。庵興及庵廢，若不關僧伽。一笑更呼酌，爛醉天之涯。

秋漁澹園招集草堂寺未赴

一臺二妙興飛揚，笑引簪裾逐隊忙。細馬障泥川主廟，流鶯喚酒杜陵堂。勞人世故終牽率，上客春游費測量。半坐應酬半疎懶，懶題詩在贊公房。

草堂寺落梅分韻得星字

潭水一枝青，枝殘水在庭。雪痕涼沁路，花氣暗流汀。春酌更相賞，夜吟長獨聽。倚樓風笛遠，吹鬢感星星。

曉起瓶梅盡落憶諸公草堂昨遊乞澹園畫

蒼瓶涵古芬，來自草堂寺。皦皦草堂靈，悠然挹巾袂。本無曉風欺，狼籍十三四。瞥眼花是空，何如不花貴。羣公昨載酒，惜梅寓真意。公遊如我遊，豈必一枝寄。況逢梅信闌，即物感榮悴。梅開鳥俱樂，梅落客紛棄。永懷草堂主，側身任天地。斯寺在堂先，斯梅爲堂植。因依得所宗，吾輩毋留憩。非無冰雪姿，偃蹇蝕寒吹。自開還自落，糞火委相次。達夫人日篇，有梅結遐思。爾梅動詩興，雖落藴生氣。爲煩霏辯香，搨取凍雲墜。

晴沙貽橘酒二瓶四疊前韻

蜀柑平蔕壓包貢，那解連瓶窨花淞。偶攜數枚載郫釀，懶聽栗留到春仲。眉州華酌玻瓈春，不入蘇篇劇堪痛。趙家柑酒句三見，後山一和響騰哄。人情貴遠易忘近，鄉味雖佳付枯凍。得毋量淺嗜醇酎，天馬駒難駕鞭鞚。「眉州玻瓈天馬駒」，放翁句。我題贋卷鹽其腦，郡守郡王筆妄動。因思洞庭木多橘，踰淮之化凛頑衆。黄甘陸吉非一家，豈許異牀作同夢！酒徒看朱每成碧，地志、山經孰檢送？即今京口醞木瓜，橘醞較稀羃絲幪。懷土終懸斫膾情，讀書恐誤蹲鴟諷。兩壺倒贈口吸將，僉訝長鯨決疎緵。上中下品辣苦甜，斯語未公待評衷。配色猶疑枝氐垂，沾香只少帕間弄。此醉在心不在酒，立格要須捉臥甕。來朝醒解逐舞扇，撲盡翩翾緑毛鳳。種柑萬本籍萬斛，脣未濡嘗意先中。爾時有叟争局棊，笑我風塵太澒洞。青州從事化烏有，衝斷愁腸酒兵鬨。

早筍

冬蔬青滿畦，冬筍遠難得。早筍小如指，謂與燕來江南筍名。敵。壅糞揚稭灰，一二迸林隙。是爲白甲材，三月衆始喫。争誇雷蟄初，寸萌直錢百。川種慈竹蕃，連叢蔽郫宅。厥筍大且多，味苦甚黃蘗。生水煎再三，風戾乾策策。甘馨雖漸回，生鱻僅存腊。忝遊筸箐鄉，千畝挂胸膈。玉版禪試參，朝衫脱未值。老夫戒争早，姑待角盈尺。庶免天殯譏，堆柈敢狼籍。

椶筍

栟葉夜叉頭，筍芽美人指。物態奚絶殊，且候蟄雷始。春尖隱膚寸，掘食口同哆。銀刀剖玉條，見（胡甸切）出子魚子。僧製今嘆稀，蘇咏古稱旨。清馨溢廚傳，有鼎未由舐。我僕來楚南，云可涪羊豕。早虛肉食相，幸識菜香理。出奇購園官，饌法久荒矣。一抔雖作羹，三嗅欲投几。不如養使成，皮毛剥纚纚。補屋替青蘿，衣地勝文綺。口爽心發狂，矧乃味非美。鄉思訊蓴鱸，區區豈在此？

患痔旬餘晴沙貽鬼饅頭療之五疊前韻

比年校士畢秋貢，飽喫齋廚對寒淞。臘鼓春簫依次來，竚及采纛歸南仲。流水不腐樞不蠹，卻爲偷閒惹痾痛。忌醫諱疾三暮朝，美疢在躬畏招哄。中乾雅令腸胃枯，下暴全疑血脊凍。髈肛怒脹尻股皺，褶袴何由坐鞍鞚？虎頭老癡素同病，跧伏無憀倏飛動。千金古方萬金藥，誰與博施俾濟衆？得者容易求者難，無根靈草懸宵夢。此草非草實如果，如拳兩顆打門送。釁沐頻教倚板腧，煎熬定使覆麻幪。霍然蹶起心恔然，因君感激爲君諷。人生五體結皮肉，經絡相交竹支縷。以腰下上分地天，清寧得一貴衡衷。瘴盈痺弱其失均，造化小兒柄斯弄。我患癖疥非腹心，黽勉加餐拆甕甕。浸淫大宅元氣充，真見身輕會騎鳳。不然釋此爲外憂，不治治之邪孰中。調御須尋金紫丹，刀圭且記瑯嬛洞。瑯嬛記朴硝治翻花痔。誰拚一舐誇得車？西河老將憺忘鬨。

王秋汀淩雲載酒圖

金粉江城帶白沙，第三峯是列仙家。人生但載淩雲酒，何必朱幡守漢嘉。
緑波窅窅下灘船，明月春湖阿那邊。描殺數重螺黛淺，一時過眼變雲烟。
大佛厓頭路舊知，幾家白酒颭青旗。開圖喚我重游夢，細雨春帆倚爨時。

食薺

芹葅家甕儲，椶筍僧廚紀。長公炫鄉蔬，食單坐虛此。官園新緑繁，蒿逕粲如綺。春薺乾塌泥，半生或半死。得地荼若飴，失時薺非旨。狂呼挑滿籃，瀹手轉柔靡。蜀庖聞見訛，謂等道旁李。見少不見珍，肉食大蒙恥。江南試燈候，配餡入糰子。乍逢纖葉初，要及未花始。作羹材被遺，爲屈不知己。世途營苦甘，棄取有常理。豈無嘗膽人，欲與蓼蟲比。三誦谷風篇，閉門吾老矣。

庭前杏花

鄰舍拂香空，吾庭萼破紅。後開還後謝，不敢怨春風。

藏香

薰籠媚閨情，炷鑪誦佛號。香市喧蜀都，卻被海南笑。謂之龍腦珍，兼遜鷓斑燿。下騶安可充，先韋幸無躁。尸陀林各天，西藏直西徼。唾棄南北宗，帖耳奉黄教。吹螺響嗚嗚，轉幡影浩浩。正法如日懸，一氣大感召。甘松及珠貝，百鍊入鐺銚。擣爲元霜精，搓作金管貌。星星微火來，烟篆四騰掉。其臭淡無言，其燼光有曜。重帷閉少時，融液透百竅。辟邪具神通，那必數醫療。方今威德弘，神僧契元照。重舌赴東土，焚頂祕虔告。區區登貢餘，惹衣記廊廟。使臣荷分致，羌情驗讙叫。束香同束芻，價壓萬蹏噭。鄭重燒博山，心清遠聞妙。

藏氆氌

邊城出魚通，烏斯藏聯屬。水草健移帳，羊牛富量谷。豈惟馳騁便，寢食利皮肉。一毛積萬毛，氈毲細盈匊。漫撚體漸䴡，交搓緒相續。數丈亘一條，條條受機柚。詩注柚受經。經之旋緯之，織作妙緣督。長鉤準高架，用手不用足。疋成刮使光，束卷詫豐縟。彼中霜雪繁，適體耐寒燠。披同黑貂襜，藉勝紫熊褥。入市茶馬偕，任貢組纁恧。皇靈被戎夏，如布罔越幅。扈夷徠搁漿，準部資考牧。氍毹致新羅，毾㲪獻身毒。弓衣繡詩句，即事驗懷服。殊珍何自來，展對見羌俗。復陶製效秦，黃潤價壓蜀。賓𡡉番駝尼，攷校昧前録。爲報割氈情，纏綿佐宵讀。

扃院兼旬恂叔觀察言升庵梨花大放且告行西路大營

行衙分搆一龕牢，幾樹當軒客醉豪。按罷紅牙春似海，勸君休賦伐櫻桃。

畫梁早燕聽餘旬，歲閏花遲苦泥人。丹杏碧桃零落久，斷無好雨灑車塵。

松棚晝掩足音跫，貝院香霏撲座濃。披盡黃茆連白葦，梨雲寒隔兩三重。

楸砥西營地名。年年傍鼓枹，賞花有分返成都。北征一賦西征又，雙井詩傳一帖無。山谷有梨花詩帖，觀察書學山谷。

禊日恂叔觀察送牡丹言楸砥多此

鋪堂花鬭影嬋娟，未是江南穀雨天。禊節分明攜酒酹，鄉風錯迕著酥煎。傳言西徼開同此，折與東風信偶然。一種多情山谷老，天彭遺譜落烽烟。復齋漫録：孟蜀時，兵部尚書李昊每將牡丹同牛酥贈人，曰花謝，即以酥煎食之，無棄穠艷。

偶酌戲寄都下故人

我生弱冠前，入脣酒能品。兩榆佐兩壺，覆掌無餘瀋。數載落江湖，失德倍危懍。號呶厭鯨吞，驚避肖魚淰。京華新故交，勸作文字飲。有時乘衆醉，連倒杯十錦。陶然俟其醺，腹痛劇痒澿。寸腸枯不甦，大户未詳審。謂我强悍成，安得食桑葚。一病博一升，責難壹何甚。因此壁再堅，衆目怒交瞫。最苦南鄰朱，竹均。更憾東陽沈。南樓。挪揄復訕笑，塞耳斂衿衽。洎來東西川，兩閲秫田稔。遨牀趁嬰游，鹵饌訊調飪。偶焉三數杯，向晦獲安寢。豈關案牘疲，尚恐車裀墋。苦樂心自知，勿向舊游諗。護戒與破除，其權我所稟。他時旗鼓逢，有口我仍噤。

移菊簡晴沙觀察

時菊榮故栽，連叢狀紛糾。有若未蒔秧，兼似待排蕅。過盛虞兩傷，或肖亂蓬首。今年春雨稀，日灌水數斗。舊本新吐苗，按法利疏剖。不記紫與黄，不問妍與醜。欲接根恐傷，欲澆葉易朽。分盛老瓦盆，護視同扞掫。冷官廳院閒，作花爛重九。花發吾未歸，栽花吾亦偶。側聞烏府間，二鶴夜相守。鶴如君子身，菊是隱人友。擔致重滋培，庶幾侑清酒。勿使俛啄殘，負此種花手。

雹

是日農壇禮成，老農言歲戊辰金川垂平時亦有此異。沈氏筆談：河州雨雹大如卵，小者如芡，悉如人，頭耳目口鼻皆具，次年河州平，蕃戎授首者甚衆

蜀地無冰暖易回，紛紛冰子大如杯。響敲鴛瓦千門震，冷逼鱗塍百草摧。陰氣欲凝何太暴，聖朝雖有不爲災。遺民解識銷兵兆，幸語羣公畢九推。

木李作花甚盛

西府春三度，繁枝膩絳紗。無人知木李，言是海棠花。

示碑工劉國楝

浮生如隙駒，名藉金石壽。鐫碑雖末技，筆勢耐尋究。或鉤或上丹，絲髮懼差謬。所以北海書，必待靈芝鏤。關中富遺蹟，半出漢唐舊。古法參静藏，稍稍見傳授。自我來兩川，留題意僝僽。匪戒秦火焚，先病蜀刻陋。爲文記講堂，郡學記亦就。是皆文翁澤，紀載眩恂霿。爬蒐偏百家，粗喜辨句讀。書者均可傳，摹勒遠懸購。勒成拓一通，鄭重挂宧漏。倘令刊石經，聚觀定輻輳。黨碑鳩匠初，安民畏遺臭。仲寧在九江，并解護元祐。山谷題九江石工仲寧所居曰琢玉坊，太守召刊黨藉碑，辭曰寧以刻蘇黄詞翰得飽煖，今不忍下手，見揮麈録。爾生遭太平，憤烈無可嗾。惟期精益精，禁帖窺結搆。運刀若運管，風雨快馳驟。將軍告賊平，摩厓仿斯籀。爲煩重下手，萬古墨花繡。

校射

治蜀弘文易，稱梁受氣偏。澤宫侯服外，相圃子城邊。地是荆州借，係制府教場。官非驃騎遷。碧螺行次引，繡纛座中搴。步準匀施垜，幫舒滿拓弮。今射者稱兩肘曰前後幫，蓋膊聲之轉。從容看壹發，歷亂信三穿。雁翅排行穩，黿頭播喏圓。賃衣聊楚楚，聽鼓最闐闐。短眼毫芒審，微忱朵殿懸。紫光籠仗彩，青翰帶鑪烟。衛士勞親選，詞臣許代填。殿試武進士外場，上御紫光閣前閲選，以記注官之在紅本處者，籍所中多寡，他記注官侍班如儀。自來宜整暇，即此序賓賢。一別承明上，重經歲校先。冰廳頻糞埽，雪徼尚戈鋋。入隊青衿耀，去年准令武生入伍。成俘白組鮮。故事：獻囚用白組。試充弓箭手，隨尾勒燕然。

初夏寒寄述庵西軍小牧南軍

窣地湘紋不上鉤，脱緜時候反披裘。胡琴帶潤梅迎雨，楚簟含涼麥送秋。玉粒盡輪湔水口，鐵衣猶滯雪山頭。暄寒易序占天意，爲練精神破貝州。

理鬢

病葉未秋黄，病鬢未老白。皎皎千萬絲，一薙了無迹。頤鬢頰則髯，均表丈夫德。厥梢油漆光，厥根雪霰積。當其初茁時，短芒吐牟麥。謂無黑者存，窺鏡怒呀赫。霜鑷張兩箝，利用快擒賊。一孔三數莖，如月記死魄。隨鑷隨再滋，元氣受戕蝕。顧影無奈何，鉛膏藉塗飾。連皮紛點黳，透爪苦暈檗。效張華置囊，嘲陸展媚室。有激姑舍旃，本末判兩色。近肉浮皚皚，垂領照弈弈。譬之梧桐枝，到末反堅實。外强中或乾，直尋枉僅尺。得母稟氣然，物理悔未格。兹鬢獲晚遇，意外拱完璧。殷勤語華髮，覆髻弗施幘。揜惡惡愈彰，葆真慎胎息。

次韻酬澹園索松江詩箋

濃塗金粉淺塗卮，百番談牋爛漫披。物産已虚名伎井，人情如作去秀才時。聯翩錦段驚酬我，瑣碎麻紋欲譜誰。從此抽毫先歛彩，一方紙限數行詩。

講堂示書院諸生

静女守淡妝，美人照炫服。所尚雖不同，禮義先自淑。經術弘漢京，一埽獷秦毒。祈嚮非大醇，相誘在利禄。儒生生盛朝，豈貴老巖谷？實至名自彰，本荒末乃逐。園令東受經，斯語自秦宓。何如張七車，春秋通比屬。之欲切。文翁舊精舍，頗慮草蔓鞠。適來棟宇新，載考講堂躅。東南即頖宫，禮殿溯傳續。生等生是邦，懷古心肅穆。恂恂鄒魯風，赳赳巴渝俗。趨慕一以歧，吾道遽貽辱。媿非治蜀賢，抗顔忖幽獨。

竹葉蘭

葉分稃竹難成翠，朵效崇蘭不吐香。徽幸移根白瓷斗，午風吹透讀書堂。

草蘭易辨都梁種，竹柏須尋峨嶺芽。若使涼秋重見此，祇應錯唤石蟬花。吴人謂一花一葉者爲草蘭。竹柏産峨嵋山，宋祁有贊。

夏至後一日凝臺觀察餞集使署喜雨

齋壇過宿戒，閏歲遇乾封。蜀犬嗥相應，吴牛喘易容。匆匆行部遠，款款離筵供。舊宅票姚壯，新衙驛置衝。署故岳公鍾琪别宅。洋棠紅爛漫，省樹紫蒙茸。檻拂波簾静，廚開晝幓濃。鸞聲迷雪徼，黿兆坼春農。縱使銷金甲，還當禱玉瓏。汗流咸浹雨，雲起忽排峯。白點懸霄下，金芒閃座重。挂牌來滚滚，作陣去溶溶。珠璧珍無價，粱菽力可逢。微凉生越簟，餘潤逮蠻賨。對酒情何限，催詩興未慵。蕭條炊臼夢，搶攘輓糧蹤。甓爾辭戎索，觀察向以輓糧駐黎雅間時有安仁之戚。相將洗賊鋒。豐收多十斛，痛飲必千鍾。明發乘江漲，高城隔暮鐘。

庭草有似藥苗者久乃審其非是戲作

枇杷傍院低銜實，芍藥臨階錯護苗。今日輕鋤前日灌，多時安穩過花朝。移橙洗竹費週遮，更綴籬英殿物華。拔去一蕕餘臭在，有人重認牡丹芽。

題惺亭制府土蕃款塞圖

西北曰塞蕃部稠，四衛拉特枰畫楸。土爾扈特最荒敻，未奉冠帶祠春秋。有元子孫麗不億，外氏策妄先朝讎。悉率醜類避崑劵，牧場水草行相求。劈正斧沈質孫敝，廬帳非帳裘非裘。我皇拓地越葱嶺，準回種類頒共球。萬亭障外怨遺已，渡額濟勒輕若泅。生身熟身户三萬，革履辮髮詞咿嚘。畏威渥惠皈關吏，會值秋令循貙膢。紫絲韁轡迓天寵，親覩殺虎神鎗掊。宗乘廟前禮銅殿，旋騎特許經邊郵。佩印編旗校丁衆，頒朔讀法安田疇。於潤布多聚屯廠，黄羊紫鼠駝馬牛。我臣悉臣主悉主，蒙古族盡歸覆幬。公時麾節鎮戎索，頓置扉屨儲芻餱。遠攜小隊問疾苦，要使絶域知懷柔。諸蕃岪然遶牙帳，進止鞠跽黿排頭。爾曾祖某爾祖某，爾昆弟某嘗招尤。某山某水某夷險，館堠食宿如經由。驚呼駴汗手加額，公神人也誠斯投。各以其職歲來覲，陪臣義敢忘于掫。是年鄙人使西粤，錯迕無異周南留。象胥譯舌尠根據，忝視典册封其酋。封沙拉扣肯郡王、舍楞貝子册文皆省欽擬撰。鼎鐘爲述祖德遠，綸綍深畏王言羞。我公圖此紀行役，丹青王會交弸彪。錦江展對愜春色，懷古坐歗籌邊樓。滴博蓬婆彈丸耳，宵旰幾載勤咨諏。我師埽巢事俄頃，拜颺圭壂光揚休。

和韻無名氏石谿亭亭在隆昌，詩見漁洋詩話

巴渝烟雨荔支青，曾倚篷牕問玉屏。一種詩情昵回首，石谿橋畔石谿亭。

嘉州食荔支

少長東海隅，尤物自洋舶。漬以蜜與酒，色香味差得。雖非薦新采，已慰趁鮮喫。中年乘使軺，桂嶺有行迹。小暑會告徂，輕紅負親擘。唐貢歲取涪，坡語苦未覈。南海片段筐，彼産實馳驛。詩人眩鄉土，可口哆津液。不見眉倅廳，子由詩注：眉倅廳有荔支二株。伸手無可摘。朝來食指動，珍果致的的。絳襦白玉膚，了了恣披析。天漿斟飽滿，仙酒窨芳澤。稍嫌名實浮，少肉乃豐核。主人笑謂我，兹樹兹土特。守之閲數旬，采之靳一鬲。非關苑鳥啗，請效齊螬食。内熱我弗愁，中乾誰似腊。物少斯見珍，肯遣六丁掊。我欲懷種之，遷地復何益！庶作嶺南人，日噉顆三百。

嘉州寄陳太守時若軍中

鑪峯照日紫氤氳，燭醉琴歌袂久分。借問兩年漢嘉守，幾時載酒到淩雲。陳居九江之甘棠湖。

劍炊矛澌住松岡，礮火驚飛百戰場。解識西南夷變俗，講堂分廁兩何郎。君嘗爲茂州土司二子請入書院。

墨版雕摹失舊痕，孟家經字石無存。此間也奉求書詔，難向書坊叩解元。

鐙巖文體宿稱豪，重見潯江一羽毛。好及莎羅奔繫頸，省油燈盞爲君桃。嘉定省油燈，見老學庵筆記。

腹疾肖山司馬遺布褥

伏日裝緜蜀布斑，鞠藭隱語誼相關。隱囊並配人排倚，錦段先防客卷還。用少陵張舍人遺錦褥段詩意。知己感生車吐處，逮親淚盡鼎烹間。因君懷抱兼棖觸，宵夢難圓鶴骨孱。

爾雅臺

金山臨石簰，曾訪郭公墓。墓兆豈在斯？圖經慣沿誤。頃來爾雅臺，高險踞巖路。當年放散身，爲作蟲魚註。墨花染江鱗，鱗鱗洗不去。到今桃浪時，黑頭恣漁捕。得毋白鼉精，精氣永呵護。近賢記名勝，强半出依附。烏尤即離堆，冒名復何處？側聞犍爲郡，自漢入貢賦。舍人暨文學，箋記滿竹素。此學誰與承？此業誰與付？願言借一瓻，投老老經庫。

白華前稿卷第四十玖

古今體詩願門集[一]

峩眉之山始見於蜀都賦，胡氏渭當以禹貢蔡山無可疑矣。自嘉定至縣八十里，至其顛百二十里，惟春盡至秋半，山路雪盡可達。嘉州試蕆，偕秋塘率二騎往焉。山傳爲普賢道場，其法門山願而入，類如儒者之言勇，勇於遊有如此者，不可不詩。

伏後發嘉州爲大峩之行

幾朵蓮花涌郡樓，笑憑栗杖撥峯頭。華戎路盡蟠千里，仙佛身兼證一流。炎令未闌冰欲化，潮音不上雨難休。短袍圓笠栖栖往，人爲朝山我爲遊。

[一] 乾隆蜀刻本白華詩鈔作願門集，夾注所作時間爲乙未六月下，下有小序云：「峩眉山爲普賢道場，其法門由願而入，類如儒者之言勇也。自嘉定至縣城八十里，自麓至其顛百二十里。惟春盡至秋半，山路雪盡易達。校郡既蕆，偕秋塘率二騎往遊，雖五日遄返，而此願亦已果矣。至釋氏言，非予習聞，不以妄説。」

出郭絶草蹊渡

西譙枕危坡，陡上復陡下。槎枒巖石間，荒茀暗炎夏。山薑花不開，長葉勢相亞。一折見浮橋，洪濤快淩瀉。青衣夾草蹊，東逝無日夜。登高先涉深，有徑例須借。長風吹客襟，驕陽怒回射。言悟樂山心，清鐘起精舍。

蘇稽郕

青青香稻根，滮池浸盈尺。僕夫嬾問途，騎馬踵牛跡。東場間西場，烟火望交織。傳言玉局公，稽留永晨夕。公生紗縠行，程王繫密戚。皆非嘉州産，來此欲誰覿？編年富詩卷，不我大嵗適。或言蘇瓌子，初年坐淪謫。於祖爲始遷，文誼資感激。築亭姑號孟，成郕遂姓酈。三峯高巍巍，一水浄滺滺。呼渡景色蒼，幽踐果岑寂。

玉屏山家

暑路拂寒翠，翛翛修竹林。在機白紵布，繫樹黄牛音。莫問少嵗道，雪蹤行更深。半瓢酌谿水，緩帶玉屏陰。

峩眉縣宿雨

信馬平田外，濃氛染縣門。路積山似浪，户少邑如邨。香會今停稅，蔬齋晚進飧。打牕聞急響，重洗曉眉痕。

發南門至了寶寺小憩

將從化人國，遂出儒林街。沿紓指艮方，累磴如嬴𧆑。油油稻吐芒，謖謖松摇釵。籜冠三數子，頂禮紛挨排。行天艷夏日，寒翠盈我懷。渴飲瑜伽流，勞憩慈福齋。拘廬閱時代，紺碧生涎蝸。一聲發清磬，萬慮剛淫哇。巨儒牓真境，寺坊揭魏鶴山所書「峩峯真境」四字，今失。學道非無階。仰止憺忘語，且與空桑偕。

報國寺觀明祖御容

紅羅孤兒起濠泗，龍鳳之君正名義。吞吴埽漢天咫威，洪武紀年儼稱制。星眸日角河嶽明，戎衣社稷終告傾。淩烟畫象莽蕭瑟，帝表一見吾猶驚。方巾革帶真氣出，三十功名狀仿佛。賜履應偕蜀秀才，奉香尚託普賢佛。閻浮劫火沈復飛，早年皇覺空因依。孝陵松柏竟無恙，靈谷同此留光暉。琳宫玉地照虹電，見首神龍界衣緣。藏處今歸西極山，曬時曩識南薰殿。

虎谿

九老寺前孤往，十方院外偕來。谿聲遶腳聽合，樹色壓頭望開。人行如魚逆上，佛見胡甸切。有鳥忙催。直得過橋一笑，社蓮零落難栽。

伏虎寺

碉聲奮疾雷，萬峯颯摇動。一峯踞如虎，頭尾塞天空。客行將其鬢，踽步惴魂夢。初桄升末桄，努力駕飛鞚。灑然白足師，枯坐事焚誦。掖我循石梁，納納夏雲凍。篁幽鳥息窺，樹老蟬發哢。爲問尊勝幢，宋僧士性立此厭虎患。往蹟廢炎宋。猛噬終絶蹤，結茅慰徒衆。珪璋著朝彦，蔣虎臣超。安棲入林洞。雖無玉帶留，幸有銀鉤供。開堂款茶話，下視累深甕。在寺白鹿陪，出寺斑鹿送。

解脱橋

風洞招涼響不多，筍輿無逕避藤蘿。流雲泱漭催人起，解脱橋連解脱坡。

玉女峯

玉女隔太華，十手難與招。招我過中峯，乃涉青竹橋。華嚴架飛閣，婀娜垂雲髾。浴池廣四尺，不涸澄不淆。湛然離垢心，有客宋邛州牧馮楫。嘗編茅。忍飢對經卷，饋食來娥媌。蒲團示宴坐，粥飯辭紛敲。超超净名地，假相真浮泡。

枏木坪 坪有一大枏，俗稱木涼傘

華旓摩石壇，絳旛翳金闕。莊嚴帝釋儀，隻手障驕暍。何年委斷厓？亭童燿窮髮。孤撑幾由旬，終古布濃樾。其腹中怒呀，置象儼朝謁。石公石新婦，神火蘊馧馞。一遭横雨來，遮頭坐兀兀。昔聞豫章材，七年始生發。終爲梁棟需，早受斧斤伐。震川論采枏，苦語告紳笏。山深民運艱，須芘辟支佛。賓迦龍木乂，徙倚護靈窟。青牛奔未曾，紅鶴污豈不。葆影遽翩翩，長風起飆欻。

石船

輕篼臨白厓，壑舟艤相向。沈雄負千斛，作使巨鼇盪。胚渾結山骨，炯碎琢天匠。左右排篷牕，首尾擁屏障。午問湅雨懸，念汝没谿漲。萬靈伏水底，推輓駕高浪。水枯船遂低，水盛船自上。得非大願船，西來度塵瘴。帆影挂有然，篙痕翻無恙。佹僪是山潮，請效舵樓唱。

五十三步

蒼磴連排五十三，落伽同記善財參。不知前步高多少，將半鐘聲殷隔庵。

大峩石 石下即神水，旁有閣及陳希夷書福壽字

香罏峙我前，寶掌落我後。白雲遶我左，玉女掖我右。蒼烟千萬重，出意蹙金繡。洞門堆一卷，問名壓靈鷲。囷輪斲巨刃，横走坼龜繇。神湫瀵其間，盂仰得方竇。醍醐沁冰雪，掬付兩頮漱。人生無百年，不死法難購。一老來華山，點筆駭冰籀。視聽頌清福，胎息籲遐壽。竊笑二三峩，拱讓大峩秀。閣前香樹林，椿柏陰四覆。旁蘖蜿青螭，直榦愈堅瘦。餘清湛水木，秋氣入筋腠。笛聲吟老龍，裂竹響交驟。咄嗟太妙天，待與緑章奏。

歌鳳臺

之子行三楚，興言鳳德衰。如何羅目縣，復有陸通臺。風調開騷些，狂名照斗魁。一歌聲

欸乃，響水過橋來。「袁」從賀知章讀。

雙飛橋 本名雙溪

一谿衝一橋，一橋束一谿。谿雙橋亦雙，奚乃名雙飛。劈開烏玉峽，積下元冰澌。側耳三日聾，怒虯騰水嬉。伏地奮擂鼓，坤軸翻東西。厓傾路磬折，咫步皆紆威。四山起殺氣，黯黮沈袷衣。魑魅晝寒栗，彳亍行且啼。萬靈意慌惚，直以牛心石名。支。力持二水交，磨洗棱與圭。頗聞卜應泉，晴雨徵淅炊。道人修道處，取徑便扳躋。花壇鍊鉛竈，松院敲枰棊。草木死不萌，要足淩丹梯。喻彼廣長舌，去去蹤難稽。

踰白龍洞投宿萬年寺

蟻壙堆亂峯，鳥道探微徑。洞門森蟄靈，扣禱致恭敬。盤旋上木末，十夫導游偵。俄聞懽笑言，神皋豁正正。青蓮湧大千，海會會西聖。行空仰赤曜，紺碧麗珠鏡。翔步遵高衢，花宮恣妍靚。入門馴鴿迎，過院沸蜩應。元悟生道心，頓遣熱塵浄。伊蒲饌試充，優曇華欲贈。昏冥篁柏陰，圍住夜鐘定。懸燈照四更，下弦月痕凝。

萬年寺觀佛牙 寺有正德間賜喃兒節及萬曆間命經廠表白王舉齎藏經至寺祈福二勅

精藍冠窮厓，自晉紀僧臘。鎮山鴻寶多，云出九重闥。武皇勅都綱，妙楷足摹搨。系以旁行書，瞠目厭噂喈。何王大藏經，頒誦禮三帀。表白承特差，祈懺望交答。眇躬登康泰，民物任衰颯。失常鑒亂朝，唾棄付歎欲。一僧擎畫簏，解縚映文笈。有物蛻尺餘，黃白色相雜。削成株翹犀，磨就印撥蠟。滑笏便手捫，棧齴緬頤嗑。上下齗棱嶒，左右巔猥黯。横裂痕半開，勻沁點四合。厚藏象齒如，奮拔鯨牙盍。西天拈笑人，四八相圍納。偶然委輔車，宴坐支兩頷。迎歸雙樹林，厭勝千花塔。我聞無遮會，香宅埽茸闒。又聞那竭城，寶函護鏗磕。水火不爇濡，刀兵不戕拉。亦有倨曲材，附會向獅鴿。羚羊角擊之，破碎喪皆嗒。是爲神獏齒，黔蜀産紛沓。真者頂欲戴，僞者腳思蹋。而何丈六身，調御逝長溘。瀾翻諟餘慧，抵掌脱烏匼。故教置包匭，還與薰艾蒳。飽嘗一楪餳，絲鬢老禪榻。禪祖持法牙，伴我整籉鞁。

甎殿禮普賢銅象

虚靈洞天數第七，廣成師授皇軒轅。仙家佛家代升降，謂此常住菩薩根。願王苦修度南戒，五臺補怛相雄尊。不參慈悲不參智，要峙鼎足開法門。三千眷屬受摩記，笵像紺寺祥雲屯。

宋時遺笵化回祿，明甃甎殿輝祇園。搏恒河沙汰墾髻，無楹無栱高累甗。下方方廣上方鋭，力踐實地非鉤援。山月晃朗照肉髻，谿風颯拉繙珠帑。金身峩然相端好，妙染篤耨霏烟昬。六牙香象帖如鼠，擁座不動資趺蹲。菩提覺性伏羣猛，何況四壁聽法諸佛頭排黿？禪支萬萬泝迦葉，圓通品乃超籬藩。堅持宏願慰沈墜，明星慧日光曭昷。法華四法見胡甸切。本相，人力結撰精不存。諸天供奉出慈詔，琉璃界可連朱闇。兩浤白水鑑孤影，闇井安得窺真源？鎮州大佛亦金鑄，濁惱一切薰塵蟠。茲殿茲像嘆希有，欲挂偏袒成高騫。濬公琴聲憶清聽，一笑解脱忘名言。

曉上觀心坡至息心坡飯

山房開曙遲，攬衣趁僧課。殿後廻向東，烟梢凍痕破。我行赴烟頂，畏受輿丁簸。杖藜投濘泥，哀淙咽相和。半厓見石郎，麼眇踞高座。盤陀一十三，蛇逕走牛磨。舉膝當我心，心摇膝則那。禿樹纏亂藤，累寸慫巖坷。竹雞迎客啼，松鼠避人過。午餘麗初旭，額手致遥賀。嵌空出菌閣，小食懈劬餓。既隨白雲升，便隨白雲臥。

深坑 一名雲壑

山雲連斷壑，晴樹泫難晞。欲挽遊人語，難邀仙鼠飛。半天懸鐵索，一水抱青衣。俯仰生寥曠，我心何所依？

初殿

已攀駱駝嶺，遂指鷺鷥峯。一綫挂微徑，被徑青連叢。木杪露平地，燒壁干花紅。僵死見竹笴，維筍僧猶供。似聞上層路，蔬茗無春容。撥雪尋寸芽，暑月裘蒙茸。少安駐芒屩，雲海行相逢。前山賣漿客，後山採藥翁。導我坐蒼鹿，四顧天迷濛。

一椀水

涼乳涓巖竇，因風灑緑蘿。道人擕玉椀，滿引不須多。

華嚴頂佛閣觀雲海

入山罷不能，自踵漸摩頂。獰飆吹鬢絲，霧閣坐延頸。圭撮羅衆峯，紫翠媚餘景。龍脣噓毒怒，濡縷起深井。一雲肖一物，一物幻一影。蓬蓬來四方，作氣護悽泠。彈指成化城，虛白混畦町。妒羅緜萬重，跋陀海千頃。隔掌不見人，圓蒲了循省。華嚴稱法藏，世界本平等。呼童換熟衣，閃閃智燈耿。蒲公暨鬼谷，慰我支丹鼎。花汞散復收，紅日照金鉼。悠然生滅心，空色悟精警。雲合我暫忙，雲開我終静。回瞰閣下頭，澄波鑒魚荇。

鑽天坡

蹊步緣秋毫，跂行鮮淩瞥。山精妒遊駕，倒作五丁掣。鉤帶青石棱，兩踝血流熱。手足爭效能，梯天絙寒鐵。栝箭趨一門，重閉限金鐍。仰之復鑽之，不惜古錐折。佛心垂大慈，一笑援窮孑。翼以杪欏陰，摇風響騷屑。一林千萬林，刀火膏遺櫱。眩掉精屢疲，眺攬勇須決。安得鏟稍平，徑蹋古時雪。豈惟人到難，試看鳥飛絶。

洗象池

象王有香象，不洗不曾騎。住鉢龍分水，看壇鹿飲池。波瀾紫霞氣，蹴蹋白雲期。宣武門前景，閑僧恐未知。

初喜亭

衆生距菩薩，返照同一身。平地距山頂，實踐同一塵。聞香覓前路，貝多霏襲人。虚亭冒林杪，曠望無與鄰。潭潭濯雲霧，爛爛披星辰。峩眉月爲鏡，平羌水爲紳。見胡甸切。在何可喜，過去何可嗔。寄言向禽侶，且學羲皇民。

滑石溝

石氣冰去人寒，苔衣膩不乾。披裘五六月，躡屐一千盤。雪采山淨，雲聲落海漫。雷威古松樹，翦取待君彈。

木皮殿

禪堂苔翳瓦，不用土用木。不用節用皮，俾禦雨淋漉。俾禦風蕩摇，俾禦雪壓覆。爲質韌且輕，賤視糞泠竹。杉桐大百圍，冰霰飽牝谷。鐵榦青銅柯，肯受斧斯斸。匠心訴真宰，篚取剥膚酷。褫如牛革鞏，鋪似魚鱗蹙。石卵分鎮之，牢固勝純束。計貲工不煩，論壽朽豈速。兹殿臨廣坪，柏翠迥滋沭。刹竿荒以寒，遺碣失載録。竟無獻果猨，或有守林鹿。而何祖拜人，作會等雞鞠。前去高上天，貂狐喪恒燠。苫茅難結廬，牽蘿鮮補屋。須彌與大地，金界耀乾竺。俛瞰來處山，模糊隱雲族。

白雲殿

殿下千朵雲，雲中一朵殿。殿棟雲宿之，山心闃無見。雲來懸作衣，雲去凍爲霰。

雷洞坪

山精縱荒率，挂眼了無剩。決起風雨師，出奇肆雄横。砰訇鐘發杵，喧沓船走碇。雷車載鼓來，萬仞劈懸磴。彼坪殊不平，劣斷采樵徑。巖霏滑如乳，盲昧照孤檠。九霄落九淵，垂趾即危穽。叢欑交拄之，深景一扶凭。不見人迹投，矧乃人語應。略持精進幢，爲攬妙明鏡。

瞰九老洞不得下

洞門如縋井，深翳木蓮紅。言飲一盂水，長懷九老風。雞聲仙樂亂，鶴影道裝空。列炬憑呼取，踟躕徑未通。

老僧樹

智樹招定僧，僧定腹其際。僧爲樹知識，樹得僧布施。僧枯樹不枯，膏此涅槃地。緑蘿擢僧髮，蒼藤引僧臂。是樹還是僧，示我悟身世。忽聞風樹音，依約梵聲曳。

天門石

人天𢣚阻艱，峻極就平垣。盤盤八十四，歷盡息瓊館。壇石三四方，離立介畦疃。一石雄且尊，地户邃虚窾。灼然三兆開，劃若六爻斷。鷩飆蕩魂魄，如氣迸羌管。雙闔排不難，九閽守可緩。入門控單騎，蒼寒戒褰袒。女媧居是山，煉石石華滿。山開門影長，山閉門影短。

光相寺臺觀佛光

大峩峩峩傴霄漢，有臺高架如登轢。不情嵌壁下無底，怪游雲物嘘𩂯蛟。俾十八天湧銀地，障眼滉漭投吟鞘。跦跦一鳥似鶴鴒，至自上界鳴聲咬。西方聖人通鳥語，不垢不凈揚華髾。法輪常住日輪閃，雄虹雌霓頭尾交。若中秋月抱重暈，若太極圖藏一胞。青黄朱碧幻種種，若置畫手施神膠。不見人相見我相，對大圓鏡無叢淆。人身手動佛光動，圓滿四照王城郊。我思如來相海三十二，身光一丈縈巖坳。即一葉中具真相，空色莫可探潛苞。或云石氣或金氣，曉夜遞積騰山窌。清見胡甸切，下同。小見攝身見，石湖載録九㢖呶。雲光廻薄日下射，想象天地陰陽包。微塵自大大千小，要放智慧參繇爻。雲蒸日隱光亦隱，西日特地光横捎。乃知佛見鳥名，如鸜鵒而小。祇是報晴者，休使人相我相攪擾。胸塞茅我求佛蹤，聞佛説爲露爲雹爲飛泡。廻身一照玉毫在，留犁法藏皆當抛。智王相遇作廝打，卷泥巨象誰雄哮。臺前光收客竟下，肉眼睁看烟漫梢。

峩頂

一片春眉影，滄涼最上層。燎衣丹竈火，鑑髮玉壺冰。到夢仙纔似，披圖我特曾。不愁逢晦節，中夜湧神燈。

太古荒虛外，山山雪逗痕。地盤盡西極，天路下南門。稍吐[木黏]枏秀，難騫鸛鶴尊。崑崙論伯仲，回首曠乾坤。

亂水吞仍吐，羣峯合旋開。掌中繫日月，腳底動風雷。大地浮銀闕，諸天渡玉杯。迢迢于萬里，直上放光臺。

盛暑懍如冬，踈寮酒失濃。六棱五色石，一寸萬年松。冷盞抛塵話，薰鑪泥道蹤。不知昏霧裏，誰打報晴鐘。

聖燈歌

震旦山云第一，靈陵天云第七。山青天青響瑶瑟，苦霧沈冥暗黏漆。燒山半炬銜，山九日，爛爛熒熒聖燈出。前燈後燈急如律，燈疎燈密燈擁山。高燈下燈往復還，紅於海榴大於盞，三昧碎簇金芒斑。吾云是陰火姦道場，遠隔裨海灣。吾云是燐火殷仙界，下隔寃鬼關。乾螢無輝燭龍竄，有時裏入放光臺上光交環。是時絳河在天漏三五，夜氣迷茫涇經鼓。野僧落欻飛葉横，葉上孤光遡何許。歔嘻乎智燈非智法非法，百華九枝卷塵孽。收處終隨蘭燼，空見來自吐松。明霎燈痕畢竟是星痕。星淡星繁燈不言，今宵朗徹三千界，認作蓮華放水盆。

白龍池

白龍公，黑龍子，躍入金殿東一里池。上天池中水，水花上天俄下天，天放日光浴清泚。

峩頂望西北諸雪山歌

我行兩川三載不見雪，見雪乃在三伏之庚天。大峩過夏雪亦化，惟有泰西乾竺一抹山影如傅胡粉堆，吴縣曬經稍近南瓦屋。介西北光音寥寥四天碧，佛頭青青，佛毫白白，波。汗澔朝大峩，沫濛汶瀆縈帶羅。四州郊郭小於豆，卻借大圜海底，一氣供噓呵。眼花落井腳跟掉，賦雪看山人不到。修羅半霎妒清眺，亂吐雲衣裹山貌。豈知山靈遼望終古極空闊，中峩小峩眇塵末。坐使雪山萬里迴，巧獻技赴庭闥。嗚呼安得佛日融雪山徑通，佑我再攬八極支孤笻。

山歸

三島離奇五嶽尊，西天平看祗兒孫。金剛臺上蒸炊少，但吸圓光倚廟門。銅碑錫瓦界無遮，雲海燈山雪放花。不向頂峯參佛眼，那知清淨是繁華！懸厓一綫縋枯笻，勇進尤防退步鬆。漸卸棉裘換絺葛，三生迴聽下方鐘。蘿峯庵名，蔣太史築。小築渺塵漚，笑檢烟霞付剔摎。會取三吾題字意，峩山溗水在心頭。

自題入山詩後

入山往返五日，作伴形影四人。紀候適當大暑，參禪不見天親。倦坐竹篼眼合，勇扳鐵索手胼。過處偶題名姓，歸來猶帶雲烟。亦思文字不立，卻恐好景難追。珍重朏明一語，蔡山當是峩眉。

白華前稿卷第五十

古今體詩學舍後集一〔一〕

予以壬辰臘使蜀，甲午冬當受代去，奉命特留，前後號稱兩任，而編詩未遽以分。昨入峩眉，别成一集，則此後所作以學舍仍之，抑不可不少。别之曰後集者，後於前之學舍云爾。

敘州七夕

龍雨纔收熟稻天，朱提城堞夕霞穿。遠投夔口濤傾屋，新載峩眉月滿船。度世金鍼終縹

〔一〕乾隆蜀刻本白華詩鈔作里區集，凡四卷，夾注所作時間起乙未七月，止丁酉五月。其卷一下有小序云：「自去夏至今六月，在成都使署所作，益以嘉州詩數篇，既爲學舍集矣。川東之忠、夔、達，曩所未至，故得詩較多，其他乃甚少。漢律：宿客曰傳舍，不宿客曰里區。學使所部皆有署，惟按試始至。主也，非客也；吾區之，吾仍舍之。異時旋轡國門，在塗投宿之作擬以附此。」

渺，平蠻銅鼓最紛闐。煎茶況味親嘗久，不要流杯作去。綺筵。

答泉之問川馬

顛簸羸車滚輭紅，殷勤短札訊花驄。旄騅萬里經行久，不見驪黄逐隊空。

兩屐尋山去齒頻，筍輿無路碧嶙峋。短衣小試巴賨産，未算西南叱馭人。

飛龍内廄借須還，聽鼓應官曉漏慳。相去。到風蹄攢四點，華林校勘讓君嫺。

虞阪長鳴淚未收，勸憑呼馬更呼牛。文淵慷慨吾何有，款段同騎約少游。

重題鬱姑臺

嘉州落都山，久載景純識。隋將氏鬱姑，鑿開變洪浸。鄰封指僰侯，百里帶襟衽。一峯號師來，有臺瞭祥祲。傳聞鬱姑仙，玉液此留飲。我昔題惡詩，欲辨口猶噤。隋將宋則仙，華胄豈遥蔭？抑聞虔境山，長公發幽吟。鬱姑即賀蘭，贛州鬱孤臺，名勝志：一名賀蘭山。官氏魏所任。複姓孤有五，見廣韻註。鬱孤特湮沈。孤也沿作姑，耳食誤斯甚。豈其重甲擐，而爲六銖紝。壺觴遊客攜，唾涕道童禁。臨覽日未斜，石闌睨栯枕。

瀘州書院祀魏鶴山魏嘗兩領州事也院外遠山隔江了了山長楊進士鶴然卓以山無主名屬予名之曰少鶴爲詩紀之

昔我憩臨邛，華父奉香瓣。西望白鶴山，蒲江隔河漢。低徊樓上頭，桑主闇朱案。驚蛇與飛鳥，三字揭青翰。邛州試院榜魏分書「雲吟山」三字。朅來江雒交，遺愛訪書院。治改祠亦遷，爲讀史所贊。鼇然興教養，餘力逮守戰。所疑理學儒，宗支昧條貫。既涉莒人嫌，本異張禄竄。因循冒他姓，兹獄待誰斷。謗騰僞君子，時事足三歎。與君坐論古，矯首笑搴幔。九闐列堦前，一江抱城畔。遠峯無主名，改題戒誣讕。少岷緣大岷，詎必接厓棧。如人族望同，千里可謁讚。當公領郡年，山色爲公獻。及我按郡時，山名自我喚。得名不在仙，薄采貉毛奠。應有縞衣人，蹁蹮下沙浒。

奎星閣觀漲

漢家城闕鎮飛瀧，沙鳥風帆上八牕。拔地樓臺聯北斗，報晴鐘鼓冠南邦。卻思聽雨喧前夜，及記觀濤混曲江。檢點青蓑醉乘興，烟波千里一漁矼。

可垣刺史招同渟江明府雨中渡江入寶蓮庵將登北巖不果

五峯何嬋媛，幽訪急呼渡。投鞭會澤門，毛雨塞烟渚。截流打雙槳，一折九廻顧。餘甘千萬頭，風物渺非故。市密炊火生，橋横碉泉吐。豈知百步間，遂與祇林遇。斷垣圍禾麻，連磴亞竹樹。迢迢鐘梵音，幼眇更何處。山居悦爽塏，何然滃蒼霧。苔痕上石墀，筧響下沙路。殘碑記捨宅，妙蓮適來輪。雖無王屮文，裴休跡其庶。邦君出戎馬，自笑問津誤。而我汗漫期，亦被雨師妒。逝將招隱心，桂下飽風露。漁唱起江邨，言歸逐飛鷺。

屠笏巖同年自滇浮家過瀘可垣訂同遊集一

如畫山城瞰落帆，匆匆走馬叩門監。薄擕洱海團雲種，同試瀘陽滴乳巖。遠道風華生夜篳，當時文酒涴春衫。江南一唱千金直，可有琵琶捧玉纖？

師門一昨畝春筵，我向西川子向滇。軺使慣催行按部，銅官穩載去朝天。共看羈宦成游宦，卻唤同年作少年。觸迕東南賢地主，使君巖畔屐痕偏。

合江追和阮亭尚書西涼神祠曲

少岷青峭削三峯，隋代真人石匱封。卻數略陽氏破虜，靈祠喧打五更鐘。玉門持節下姑臧，能賦龜兹志慨慷。一等枋頭光夜起，斷堤人指黑龍藏。麟嘉宮闕莽秋烟，釃酒江城事偶然。我不識神神識我，帝車曾侍七星天。今文昌神或以嘗化身爲吕光。

静總戎圈中乳虎

於菟脱乳小於狗，抱狗來窺狗跳走。磨牙澤吻天性成，一翦腥風怒張口。噬獸猶可行噬人，直欄曲檻囚使馴。獠奴擇肉餧朝暮，彼食不飽非吾仁。人言養虎自遺患，義虎卻能報恩怨。總戎絡臂痛穿豥，試嚙仇頭帳前獻。慎勿摇尾工乞憐，廣場一看邀一錢。晝韔霜净百蟲避，更勿輕假童牛權。

潘訓導元音遺綦江石龜

綦市兩頭龜，矜重邁六目。而何山骨凝，外骨内無肉。是山名猫居，居民倚平麓。夏秋龍雨多，崩石亂填谷。搜尋辨光氣，如玉孕良璞。剖以金錯刀，繭栗滚琭琭。穹脊兼蛇頭，廣肩竝鼈足。一盂井華水，静夜付淘漉。亭午拭令乾，一撮布嘉穀。如是經七年，易象筮來復。宛然行息軀，靈出介蟲族。豈足憲否臧，要遺祝融伏。司訓相惠存，物理究涵育。何聞元緒呼，何向余且告。何負緑圖獻，何託芳苓宿。雨翔何頡頏，金糞何秃速。涪何雙魚沈，峽何一蟆蹙。何頭懸高梛，何瘻綴枯木。大鈞坱軋多，悉數憚更僕。休爲牀腳支，姑取硯坳蓄。縣窮民力頓，此或資販鬻。慎勿紛衒奇，聲價抗蕲緑。

校射晚歸

十八梯頭簇細旃，揚葭歸院路相連。塵生錦埒須沾雨，風送牙旗忽動烟。顧免自闕弓影挂，餓鴟翻學箭聲傳。萬家星火高城迴，誰氾輕舠水上天！

末川松化石屏

草堂峥嶸龍作鱗，畫屏如水空點塵。來蘇鎮前致方物，霹靂寸寸燒囷輪。膜粗理細恣摩玩，巧匠程材琢花片。录曲寧論繡錦張，浮思豈待鏐金鍊？有屏如此屏即山，一毛一粒春斑斑。倚時想象濤聲涌，疊後依稀去氣還。蒼髯老公幻兒戲，孕珀儲苓衹餘事。後彫人識古松心，不轉我懷貞石義。蕭郎意賞松石同，萬年松化吟杜公。「萬年松化石」，杜句。卻防夜半化松去，掩屏勿令當長風。

出銅鑼峽

江漲乘秋霖，百灘挂飛練。鼓枻娱遠情，坡樹綴餘蒨。坡窮江亦窮，厓勢陡中變。波臣出奇力，十畝弄圓漩。遠吞估客舟，誤投介一綫。始如風毛旋，繼若井槨窾。欲下反上行，及下激於箭。前朝平蜀計，分道事攻戰。將軍船翼樓，降王車走傳。此間銜璧地，往轍縱懷緬。遠聽阿那歌，芳尊動流戀。

木洞得泉之信

峽斷風無定，孤舟下水難。山圍巴郡外，人出楚雲端。猨語傳清怨，魚書戒蚤寒。分明佩萸節，獨自傍烏蠻。

曉泊長壽

日上丹臺迴，江皋遲建城。道銜人户遠，秋漲縣橋平。橘柚懸金重，鳧鷗泛雪輕。革除遺老地，留弔雪庵名。

涪州阻水

外水送孤篷，义流下武隆。魚沈萱草緑，驛斷荔枝紅。山色團杯底，灘聲汨枕中。碧雲亭徙倚，莫遣月朦朧。

涪州北巖注易洞

江橈赴巖翠，橈動巖亦動。蟻旋附危級，衰草羃其空。三休入孤院，傾耳辨弦誦。有懷風教存，右折訪厓洞。山寒地堅瘦，宿涔慘凝凍。滑澾循坡陀，打面雨飛送。舉頭見水簾，簾底日穿縫。始知置身處，虚厂覆帷幪。壞藤絡虬龍，老樹翥鸞鳳。留題半磨滅，姓名孰珍重。講筵赴編管，濟惡語堪痛。闢堂注周易，奥義揭塵夢。石牀坐生徒，造次古禮用。爾時川黨賢，應悔市争鬨。堂成歲三稔，涪翁適過從。擘窠牓鉤深，陳義等善頌。自爲夷陵徙，漸作講堂供。迹削名愈高，吾學著前統。彼哉王真人，煉氣習騰玒。覽古心激昂，幽幽磵禽哢。

羣豬灘

白蹢烝涉波，夜漲高數仞。膨脝伏波氐，聚族肆砰磷。爲豶爲艾豭，睢盱競觀舋。磨牙吞客舟，立啼作霆震。歕涌白浪花，漩渦列圜陣。非無舵與篙，激裂斷寸寸。一起勢一落，魚腹葬同殉。連朝若札水，格豚恃忠信。擬操屠伯力，肯綮恣排擯。長年啓利涉，趨避貴精慎。千指争一漕，整暇如臥鎮。汔濟色死灰，秋風老霜鬢。

蔡新儒太守以今春三月别予錦城言將出棧歸浙頃予按渝事蕆意外相聚知以阻水滯留竝出紙乞爲巴船出峽詩而虚其左以待畫率題歸之

太守守閬州，軍興閲三載。請命爲部民，豈特樹風采？昨歲官竟休，券驢歷嵬磥。寫將出棧圖，屢卜期屢改。改卜向嘉陵，努力片帆買。行行抵巴郡，病孫坐湔灑。毒暑浮瘴烟，漲水浩溟瀣。因循過中秋，按部予亦乃。撤扁及佩荚，意外接談頦。有如兩葉萍，適復會滄海。抽帆到岸身，慎勿慮寒餒。軍儲關度支，吏職戒遷賄。錙銖手未沾，肩項得輕擺。攜家上五版，吾舌代耕在。峽景天下稀，丹翠不可浼。觳觫黄牛踶，皰皴蒼螟瘟。神女峯便娟，禹王宫磊嵬。孫、劉戰壘荒，屈、宋騷心解。清夜聞竹枝，哀猨和聲每。一詫穿夔巫，州亭共樂愷。老年必辭蜀，諺語信非紿。吴諺：少不入廣，老不入川。圖此歸東吴，抗迹寄壺榼。湖天十錦船，左手正持蟹。青楓散漫吟，黄菊頻煩採。物情嗜奇遠，披矚幸無駭。媿非淵穎才，泚筆豫留待。

聞官軍克勒烏圍

牛酒作去中秋，懸巢命果休。白雲聯角戍，紅燼斷經樓。上苑傳旗去，前庭卷甲收。遥知天象炯，今夜落旄頭。

平都憩二仙閣瞰五雲洞還坐巖上觀大江

江岸夾衆山，延亘臥鼉簇。山泥爛金紫，日射眩雙目。一峯稍離立，猗儺蔽雲木。矯然鸞翠翔，滿縣滴蛾緑。檥舟西郭門，好景溷凡俗。湫隘穿人烟，静便跂靈躅。悠悠通仙橋，斷水尚盈掬。連蜷蔭黄葛，扶幹大如屋。楓檜摇寒風，愈陡徑逾曲。琳宫千百間，高下點巖陸。仙家日月長，例許覆棊局。游息同世人，何必離血肉。何年浮屠教，附會説陰獄。揭鉢圖獰鬘，回輪狀胎殰。直以鬼伯場，而爲福地辱。請觀五雲洞，洞底肖空腹。投炬照光明，決起數蝙蝠。前山奔青牛，後山四白鹿。巴江動吾前，吾或濯吾足。終期尋玉碑，蒼茫剜苔讀。

舟中得唐氏妹書寄示蔭夫

水程論萬那論千，錦字傳來隔判年。笑指沙哥碧幢影，不攜催娝向東川。

衰門骨肉早伶俜，禄養長違愴過庭。解道生男勝生女，東風長埽墓田青。

嗷嗷清猨淚溼衣，巴船無計送東歸。蘇程兄弟分張久，玉鏡臺前爲解圍。

羊渡

灘過槳雙横，灘來槳一迎。亂山蒼霧重，古渡白沙平。分碓農擔穀，連場客販橙。不嫌霜候冷，葉脱寺樓明。

曉登忠州城樓

畫角烏烏遶曙氛，高城寒枕大江濆。徑流草露濃於雨，屋起柴烟凍即雲。一代楚臣偃瓊佩，幾時巴女會羅帬。悲秋不盡登臨感，冷犺踈鴻昨夜聞。

引藤

藤大如指，長不二尺，中空可吸酒，見香山詩。今忠人以雜糧治釀，釀成置藤其中吸之，謂之咂酒，與黔苗所釀小異

巴人酒熟糟滿罌，山蕎畬粟皆酒兵。釃無香茅漉無葛，罌口翹插尺六之。枯藤心空節少肌，理滑且咂且灌波。玄冥水力入酒酒力出，四座傳吸如長鯨。盃鸚酸號杓鸕妒，何物敢抗蒼犀精。古之釀法創儀狄，咂酒比擅花苗能。獠狑狪狁競跳舞，羹侑不乃笙蘆笙。方州密邇五谿洞，碧筩雅飲寒夙盟。此藤弱小劣於管，黄心膩豔名相傾。醉吟先生聚賓從，巴王臺下歌喉鳴。爾時斗價直三百，信手引醉魂曹騰。後來習尚化醨薄，不論臍膈安鑪鐺。不噞不喁不呀呷，貽酒徒笑冠絶纓。世間醒草種不乏，厎事媚醉抽纖莖。天台藤杖剡藤紙，道從汙降從隆升。士夫嘉會待行禮，亡禮爲禮吾斯輕。藤乎藤乎爾勿狡獪助狂藥，萬一下令斬刈資刀耕。

使署學坡雜題

涪陵東去急奔洪，禹廟巴臺氣象雄。笑向白詩留轉語，一州豈止一郵同！

百濮三巴徼路長，懷忠懷信細評量。要知蔓子存城意，便是廬陵節義鄉。

門塗廳事聳棱棱，陸舫高張傴試憑。幾點輕帆幾沙鳥，屏風祇在翠微層。

三楹如斗枕盤陀，黄土圍牆長碧蘿。賓佐無多花柳晚，不妨借我作東坡。

林禽葉爛木蓮傾，歌女蕭寥醉未成。惟有斷谿橋下瀉，夜涼遥和玉鏘鳴。

廿年石砫土歸流，千里瞿塘泝下游。安得青袍過羊渡，春糧集試在方州。

霽後登屏風山歷禹廟觀音洞憩陸宣公祠墓

月頟雨竟休，高見漲痕落。曹事告一空，喜出南賓郭。西谿絶神谿，沙面蓋山腳。石闕兩蔽虧，木杪啅寒鵲。殿瓦祠如王，碑碣無可拓。拜罷尋故谿，積淖污秋籜。茫茫江勢來，奮欲撼匡崿。崟崎滑汰間，無計歇芒屩。當時玉虚觀，結搆問焉託。雲根豁雙洞，窨水深未涸。外爲雙闔呀，内比一池鑿。向南數十步，内相實井椁。墓前結孤亭，墓上蔭老柞。墓遷觀久廢，觀豈墓相若。霜清狐鼠寒，百丈下鵰鶚。覽古鬱心胸，淒風起巖壑。

禹廟

禹力無不到，遠江人更神。無圭君象儼，金鼎物華新。暮峽黄牛合，秋灘白鳥親。茫茫傳一宿，乘載祇艱辛。

陸宣公墓

吴郡傳歸葬，榛叢此重扳。如聞白麻詔，長掩翠屏山。戡難危疑地，懷忠要眇間。巴東禍寇相，相望淚潺湲。

黄華

屈原塔外霧濛濛，上水危檣下水舸。直爲鰣魚謀斗酒，黄華江口白蘋風。

石竇砦

砦有壁陡立山上，袤廣數畝，絶不戴土。其僧寺第三重相傳有石竇，日溢水米供一僧飲食，或鑿竇使廣，其源遂絶

峽轉江曠如，土坡稍迤衍。中央森鐵棱，四面絶陘峴。斗然畫方罫，一髮挂斑蘚。僧居無所緣，累搆歷九轉。有如負殼蝸，亦若上山繭。厥頂寬數弓，場礴不容碾。三重青豆房，因石告除翦。石竇涓細流，利用勝雲筧。未煩洞酌勞，功德證非淺。時以齊盋承，溢米出精選。俾佐香積厨，一僧飢可免。貪夫運圓鑿，脈斷物遽殄。長年指點處，圖經失披展。欲從遺老問，此理待昭闡。牧犢墟岸行，沽魚渚沙踐。望望夕霞西，花林恣回緬。

得晴沙書卻寄

青女霜遲遠漲漫，美人無計報琅玕。十年歸夢吴江泠，一世雄心蜀道難。讀律有才空骯髒，論詩何味寄鹹酸。鑾坡詄蕩鷗波廣，望斷青尊話夜闌。

題璞函少華舊刻詩卷感寄王述庵耳山璞堂

幾載青林夢故人，一編風雅坐相親。鯨魚絶海苕栖翠，欲繡平原趙勝身。

張也堂堂世亦傳，苗而不秀豈非天？蛟螭螻蚓尋常有，斗酒公然倒廿篇。

香火隨肩我後生，二君皆長子六歲。一官慚愧佛先成。十圍絳帳三通鼓，忍對巴猨月下聲。

吾鄉二陸俊非常，各賦淩雲動九閶。僥幸詩成在湖海，巋然君是魯靈光。吾邑及青浦二十年來以奏賦授中書者，述庵與余以丁丑，璞函、耳山以壬午，少華以乙酉，而璞堂則以癸巳賜舉人。湖海詩傳，述庵撰。

補鍋篇　補鍋匠，不知姓里，往來重、夔間，每宿僧寺，有學者令負擔，從不求值。後學者至，即令先者去，得錢輒飲。時夔州有馮翁以童子師自給，自稱馬二子，或馬公。一日與遇，相愕，已而相哭，牽坐山中語竟日，屏人不得聞，惟聞此後當永訣，不可復見。時永樂甲申、乙酉間也。後皆莫知所終

川東老兒貌奇古，半肩兩膝鍋善補。夢廻玉座與金川，跡徧渝州及夔府。闍黎鐘畔版牀懸，良冶爲裘家失傳。計貾卻教擔篋代，得錢祇愛過壚捐。成王立政衮非闕，錯鑄六州變倉猝。旒冕驚連朱熖升，鉢衣浪説緇流謁。衮衮盈庭器斗筲，等閒覆餗陷凶爻。登山要采蕨薇飽，照水猶連瓜蔓抄。湯鑊如飴事何益，潦倒麻鞵絶行迹。返鑾無計葺羊牢，顧甑有人護豚栅。爐鞴垂垂凝望賒，蒼茫列鼎舊身家。使骨鼓刀溷塵市，隱心磨鏡寄生涯。雷公擊橐雨師灑，破釜擎回露光采。鍊石徒看北斗横，缺甌熟念南都改。猶有高寒馬二翁，强撏章句啓童蒙。相逢驟作鵑啼月，相别還成牛走風。此事羣傳耀圖帊，歲在乞漿城白帝。四載紀元革令從，兩朝食德宗稱惠。因端紾臂罪勝誅，劫盡灰銷血淚枯。太平麥飯尋常滿，肯向長陵薦一盂。

峽中聞鷓鴣

一種猨聲外，聲聲勸客歸。春風湘草緑，底向峽雲飛。

宿壤塗

篳篥荒江起，人烟昵夕餐。月波沈野渡，水信漫湖灘。邨酌親雙槳，谿漁自一竿。掩篷留宿火，無數鶴聲寒。

湖灘 名勝記：萬縣南江中有胡灘。四川志：夏秋灘漲如，湖故名湖灘

湖陂寬以平，灘險迴非類。一漲灘遂空，豈解命名義？石形肖愁胡，牽綴自圖記。我疑疏鑿初，磊落大星墜。年深淘惡浪，骨理盡枯脆。僵臥一疊，立腳轉寥邃。連連大小灘，習坎動危惴。臨州抵萬州，動謂席平地。紅船標救生，坐對墮涓淚。翻羨上灘船，沿緣險能避。

萬縣 城惟東、西、南三門

一縣魚泉利，高城欠北門。西山空別業，南浦故銷魂。畫旅衝歧路，冬畬傴燒痕。蛾眉露江磧，雞卜欲何言。

岑公洞

岑仙夫豈仙？高尚志蜚遯。朝堂政昏暴，州野力疲頓。江皋嵐翠蒸，一丘擇旄敦。不投龍門策，要遂丹鼎願。閉關頤太和，年壽獲長曼。有如避秦人，采芝脱塵溷。幔亭桃花源，異代可問論。張節尋洞天，緑蔬被畦畈。林碑揭清境，泉響汩沙堰。角巾招晝寒，厓氣肅蒼健。太陽匿四阿，厚地撤重楗。廣輪數十步，未礙大旗建。正中鍾乳垂，狀似馬肝獻。道裝諡虚鑒，爲供胡麻飯。後壁錮石牀，神漿凍猶歕。來游徵宋賢，解駁偶完寸。急風埽爛莓，浄土竄飛鼴。洞頂由足耕，井井若下濮。循欄西復東，心手眩牽挽。酹公公盍歸，鶴語訴清怨。

雲陽

城影石城山名。邊，江枯一折圓。五峯當縣闉，萬户入莊田。封邑扶嘉遠，靈祠益德專。杜鵑寒不到，春盡莫停船。

鳳巖觀瀑布憩張桓侯廟閣

輕舟犯龍脊，迤坦就沙步。仰面見廟門，膽落震霆怒。玉龍下九天，牙角盡傾赴。十重懸水簾，三折縋瀑布。窪然池一泓，一呑勢旋吐。併力朝廣源，真宰焉可訴。是時法鼓闐，萬口飽神胙。半空插闌楯，陰火暗蘭炷。能羆不二心，漢業限天數。聲靈炳來葉，戰伐奮前路。大江流泯泯，憑弔日忘暮。作碑寓嗛詞，彼哉曾子固。

放猨

草閣高面山，寒影入虛閾。稍聞跳擲聲，謂是短童戲。闚牕得善猨，爲物黠而慧。銀鐺縶鮤頸，玉環孰留臂。果園乞榛栗，瑣屑耐供飼。不誇解語能，不闡接末祕。惟願檐月升，嗷嗷激清吹。吁嗟山野心，吟歗出無意。縶之仍試之，安得盡其技！急呼縱使歸，木處老巖翠。此獸寧足奇，雖奇吾弗貴。他年過嶓冢，卻望野賓至。長享巴西封，休下巴東淚。

峽次觀晚霞

癡雲如蓋雨如鍼，津鼓鼕鼕晝易沈。玳瑁半天天又晚，一重紅淺一重深。
孔翠船篷遲宿緣，翦來西錦照東川。昏鴉宿鶩驚飛遠，此是酸寒富貴天。
餘綺低翻匹練明，赤城一語勝宣城。祇愁小李將軍見，三峽樓臺畫不成。

白華前稿卷第五十一

古今體詩學舍後集二

晚登夔府東城樓同秋塘作

高樓仄徑葉紛紛，笑攬茸裘昵共君。夔子山川收返照，魚人聚落對行雲。飛騰豈謂屯天數？竊據何堪策帝勳。下上瞿塘平似掌，得歸應喜斷猨聞。

曉坐望白鹽山雲氣寄晴沙

一雲出山旋蔽山，山風一飄雲一還。有時吹送各天去，天空山定雲閒閒。上山白日下山雨，愛山愛就白雲語。赤岬無情草不萌，苦向白鹽分爾汝。山雲對我意殷勤，如輦如囷高下紛。連峯十二天然好，笑謝巫雲是楚雲。

越門太守送葡桃酒鮀魚

馬乳垂檐遶夢頻，雙缾釀就喜相親。知君心厭涼州守，也把蒲桃酒讓人。太守時已乞休。魚復江邊水氣騰，吹沙張口罣魚罾。分明小雅詩人義，欲上高臺注未能。鮀本名魦。官非吏部能傾甕，室有山妻笑上竿。擬割半氊作去酬報，不如勸駕就壺飧。

次韻答秋塘食鮀

魦鮀鮮且腴，名隸雅材小。昨叨地主遺，法向山庖討。草草分一抔，饌好博詩好。感君見秋風，不逐思鱸擾。鱘龍埽盤後，詫此偏師搗。醫脣縱弗如，醫臂寧遂少。斑魦化白頷，怪異著窮島。稱魦繫以鮀，類族藉研曉。衛鮀字子魚，陳義聽無藐。雖欠骨鯁終，幸脱鱗甲蚤。峽江江水幽，乘興荷烟衬。問訊到襄陽，槎頭片帆飽。秋塘以今春偕馮治堂入楚，馮留而秋塘來蜀。

曹秋漁軍中書至卻寄

半生特地逢冬閏，十月天爲九月天。圃菊叢分黄蜨舞，江楓林對白鷗眠。念君北路司戎幕，謂我東川醉客筵。報道夔巫風色好，稻堆堆徧瀼西邊。

水筧

扃院鄰故宫，久斷鹿盧井。無人擔水來，呼水準竿影。一竿穴牆腰，通透根到頂。泱溜分涓涓，滿盎衹俄頃。既解硯瓦渴，亦謝符詅婞。借問水所從，遠向大江打。勺水直半錢，利病亟陳請。前守瀦十池，其七蹟猶冋。引之俾入城，萬竈飫甘酩。奈何甃筧荒，涸鮒盡延頸。徒使移徙民，賣水飽湯餅。寄言買水家，水利溥平等。願爾菽粟多，願彼衣食永。一飲食區區，託命佑禾穎。

永安宫 康熙二十九年，夔守許嗣印因址築亭，在府學明綸堂後

垂創三分國，存亡六尺孤。赤符謀復漢，黄鉞忿窺吴。持敵師偏衄，還軍路不紆。蠶叢懸夢寐，魚浦息艱劬。象祕星躔犯，宫深玉几扶。儲君弘後勅，元老亟先趨。治命彌留最，忠言繼死俱。蜈靈號地坼，鵑血濺春徂。一自歸喪儼，重尋别殿蕪。翠華騷跡竄，珠幛蘚痕鋪。逝水長東逕，開門遽北俘。聽笳牆隱雉，過櫂闕朝烏。中道空王業，羣雄衹伯圖。結亭存體槩，立學改形模。下輦魂應戀，分香意孰誅。向來伊、霍侣，主德爲交孚。黄初四年三月，月犯天心星，四月先主殂。

附

同作

姚蘭泉

炎宗末命逢屯數，東下寧由孝直亡。千里猇亭空轉戰，一宫魚浦兀相望。同仇誼視真兄弟，顧命言如古帝王。玉殿虚無萊莽合，祇今膠序有輝光。

甘后墓

后合葬惠陵，今夔治望華亭後有后墓，元人爲之碑，予嘗辨之

海水羣飛日，江陵遠遯年。英雄輜重棄，妃御管徽傳。繡褓看終脱，金釵喜竝全。數踰長坂盡，運劇下邳邅。是歲荆州領，新婚破虜連。易驚刀婢健，應念玉人賢。藏骨違巴地，歸魂黯楚天。册稱虚未受，輤載耀分編。暴室崩差免，鴻溝質未旋。佩環聽寂寞，綃帳記纏綿。魚武偏師返，龍顔不豫延。頓教音樂遏，還具禮儀遷。先墓忘之矣，庸兒信有焉。沿譌夔壁後，劉禹錫有夔州刺史廳壁記。齎恨蜀都前。補獺吴矜寵，盤蛇鄴郊妍。漢家榮后紀，萬古慰寒泉。

八陣磧

絶峽三重險，神兵十萬雄。留名森磈礧，懸象闔鴻濛。作卦方斯聚，披疇次不窮。陰陽生太極，首尾應當中。掩鏃銅精澀，嗚桴石竇通。堂堂奇間正，屹屹守兼攻。聘幣真王佐，傳符始

帝功。英靈千古在，規制一時同。數較盤基減，祥延釵鬢洪。力争猶豫石，氣壯永安宫。自抱呑吴恨，還殲伐魏躬。叢祠霜溜柏，域墓雨埋桐。結陣從風后，成營及馬隆。山川猶遠勢，天地祇孤忠。極浦晨驚鶻，高城夜起虹。劉宗圖籙盡，搔首問蒼穹。夔志：人日躡蹟拾小石係釵，爲一歲之瑞。

白帝城

閏位扛炎鼎，稱兵踵緑林。竟看黄綬假，還對白鹽臨。陛戟知何處，樓笳思不禁。五千精鋭練，十二識辭淫。躍馬威名震，騰龍體勢陰。稻田流浩浩，柏柱屹森森。方幅徒修飾，空倉絶信諶。封嚚情愈汰，刺歙計偏深。嬴氏剽殘運，成家負吉音。就徵無李業，歸命有延岑。刻掌文猶在，當胸洞不禁。遺隍長赤甲，真主本丹心。豈足論王霸，聊資鑒古今。鵲窠嘲羽鍛，魏都賦：庸蜀與雉鵲同窠。蛙井喻聲沈。望帝還留輦，詩翁幾聽砧。春陵佳氣遠，淩眺一開襟。

寄題石砫秦將軍貞素廟 石砫於乾隆辛巳改土設流割司治立廟

巾幗開前府，麾幢答勝朝。身名三史冠，儀象八鑾標。獄滯夫難望，封遺子待邀。一司歸總攝，百戰靖紛囂。滅播威初震，平奢氣不驕。勤王成遠涉，整旅隔危譙。今京師外城四川營爲夫人入覲駐親軍處。日接平臺儼，天賡異數昭。玉音樓名。空展禮，金甲幾沈銷。大帥聰教填，渠兇走善趫。夔門驚決裂，砫石敢漂摇。名竝寧南諱，功因逐北超。請纓齎夙恨，束箸罷長傜。奕代鼇官土，因堂立廟祧。繡裾松影護，白桿蘚痕彫。恤緯身終隕，夫人以順治戊子壽終，葬會龍山。登壇略倍驍。龍山藏骨地，端共奏笙簫。

越門太守餽鰉魚

江東有巨鱣，千斤負雄力。連船餌牛犗，頓頓慰飽食。泊從京國遊，菜市轂馳擊。敲冰割片腴，評價萬錢直。蜀都號沃瀛，章錦配鱗色。每諱丙穴名，薄染景純墨。一乂得魚舅，驚報二三尺。徒看出水爛，轉笑清波瘠。譬諸培婁間，豈復産松柏！夔江江澔汗，了繫集烟磧。起汕分鱠材，到門齒折屐。羶膏性所棄，兹味美無敵。齏橙取芳鮮，搗薑資埽滌。骨脆兼肉肥，母乃和去能白。步兵思鱸魚，棄官計粗得。君退持急流，無魚殊不惜。地厚物故鍾，品奇嗜乃特。爲酺巴鄉清，鄉夢遶楓荻。

觀蓮花峯放燈用初白集夜觀燒山韻

風定天昏炬細熏，後門前檻爛蒸雲。華鬘笑證金蓮宅，鉦鼓疑屯赤甲軍。農耜春畬求化火，經樓雪嶂報延焚。無端也當湖燈賞，衹起鴉羣少鷺羣。

灩澦行

君不見白鹽赤甲形槩雄，兩厓偪寒夔門通。峥嶸象馬踞江面，没以夏漲浮以冬。盤盤圍轉廿餘丈，插厎孤根在龍藏。負厚非關瑣碎堆，出奇要作鼎森象。李冰鑿不開，秦政鞭不到。昴精聖人乘載初，赦爾東行直下黄陵廟。廟邊發船靁鼓鳴，冷淚峭落猨三聲。上船篾纜下船槳，峽口未到魂先傾。是時灩澦狀沈胒，飆忽崩濤化平地。同舟同命心力同，汔濟寧關石靈庇。今年九月係朽月，宋黄仁傑夔州苦雨詩：九月不虚爲朽月。漕瀵洞渦悍難制。句來幸遇天雨霜，陽侯退落十丈强。木蘭雙櫂信沿弄，想見冒花撒髮紛狘猖。我歸從陸不從水，爾縱彭亨偃蹇如許能。我戕爾且夷爲黑白青黄壤，利與瀼屯報豐穰。不然結爲泰華嵩衡山，膚寸雲雨沾人寰。有人卻誦老坡賦，謂與峴江屹一柱。江如萬騎盡鋭西下來，兀遇堅城舍之去。辜皞應酬保障功，文章豈抱迴瀾譽。奉節八景有灩澦迴瀾。欷歔乎哉君不見八厶天子盜兵革，遺廟年深委烟磧。惟有放翁揞杖吟，反道丈夫死社稷。

赤甲山

青鞵徑度青苗阪，赤杖高尋赤甲城。晚照一天標石色，斷流九地枕江聲。自來夔府依秋士，孰遣猇亭走漢兵。節候稍遲烏帽落，物華還對緑樽傾。

瀼西訪少陵祠不得疊成都草堂韻

性褊幽栖合，祠遷舊迹沈。幾年黄菊淚，萬事白鷗心。巴蜀居相望，皋夔業未任。飛濤通細澗，簪髪照森森。

高齋苦三徙，造次輒傾眥。江漢迎殘夢，乾坤入小詩。翠屏晨闐射，錦樹夜尊移。藥裹防多病，平生國是危。

漂泊西南久，孤根窟撼蛟。親朋風斷札，猨鳥月窺梢。宛宛辭荒縣，依依息近郊。受遺宫闕重，復此見衡茅。

我豈憂時客，公非避世翁。石門收稻後，粉堞聽笳同。峽抱南鄉闊，園遮北崦濛。不愁楹廟冷，回首百花叢。

寄陸赤南成都

别櫂悠悠信使賒，講帷可對白牛車。十年莨菪隨行李，二月棠梨得坐花。劍外幾人求選集，尊前無事説思家。夔城落日龜城月，分照寒衣水一涯。

白帝城明良殿祀先主及諸葛關張三侯殿故公孫述祠明都御史林俊改祀江神土神馬伏波爲三功祠今惟江神祀前殿

朝暉浄山郭，郭廢跡同弔。罔辨紫陽城，白帝城一名子陽城，故夔府治，闉堵今有存者，士人訛曰紫陽。已失白帝廟。闉堞存宛然，屈步上危嶠。檣槮槐柳陰，水鶴獨哀叫。水深山又高，控制藉游徼。應論版築功，況播藝穫教。奈何時會艱，黄屋據尊號。擬諸卓與瞞，有祠付一燎。因地祠三功，水土答神勞。合饗逮伏波，舉廢誠不料。云誰奉先主，玉座耿斜照。主臣卜同德，將相塑遺貌。翻憐井底蛙，較異二賊暴。陛衛延故人，事事坐虚剽。以彼器量盈，念此寄託效。古今極俯仰，子奪係咷笑。隔江指厓樹，舟暈入妍妙。赤胛袒我旁，一角露崩陗。江山壯如此，心目交眩掉。血食安足論，留連去毋躁。

東瀼

瀼口微平地，山根不斷邨。秦倉喧出穀，厎事墾東屯？

菜園沱少陵新祠 祠故晉階書院，在城東三里，江越門改建

半畝叢祠替草堂，菜園沱口竹捎牆。槎横南斗江流壯，砧遶東城暮色長。老去詩篇芒萬丈，生前遷徙債尋常。轉移到底需賢守，爲語經儒一瓣香。

泛灩滪

江落滛豫高，石色肖朽壤。孑立江中央，精鋭蓄夔蝄。舉頭向南岸，如馬脱羈鞅。其北逾獱頑，曳尾伺烟槳。槳師羣面之，始得儻然往。天寒水清瀏，入夏變滃泱。水脈誰爲爲？習者戒粗莽。老鷹鬱餘怒，一擻翅生響。仄巘仰懸檜，斷流希撒網。且泊下關城，陟山抗遐想。

秋汀燮亭招泛夔峽憩少陵祠

山郭千家挂客牕，相招相唤屐停雙。曝衣恰趁晴三日，載酒先乘水半江。日氣白浮楓葉渡，江聲清和竹枝腔。北園西閣成蕭瑟，新對龍文萬斛扛。

重至永安亭

萬古艱虞地，重過閉浹旬。映門桑葉盡，遶殿菜花新。天數屯三統，臣躬對百神。江東雄得虎，不稱受遺人。

望華亭 在夔治後山西北十餘步，云是甘夫人墓

百磴莎亭壓郡衙，槐榆樹老晝翻鴉。山籠赤白三千界，瀼帶西東一萬家。銅馬有由窺井絡，璧人何事葬天涯？神京路比咸京遠，瑞日如輪湧望華。

相公橋 橋建自明萬曆間，下有溪，志言寇萊公令巴東時過此留酌

相公橋遠相公泉，在巴東。照影臨谿酌偶然。解道出山清見底，卻將隻手障澶淵。

白鹽山

刺天高幾里，嶺半白瀰瀰。一氣漫巴郡，千秋落杜祠。斷篷人曳井，下壁鳥翻旗。未駐劉宗輦，蒼茫爾勿思。

上灘謡

一里流數灘，數里住一飯。灘多飯亦多，身手自言健。船身劣於馬，百指孤纜牽。牽船與石鬬，敢挂風蒲偏。夏行水底石，冬行石根水。兀坐上青天，何如棧雲裏！

晚泊瓷莊

子月雲安峽，孤邨早閉關。角聲黄葉外，帆影翠微間。江浄三灘隋，沙寒兩岸環。吏人强半遣，蹤跡混漁蠻。

拽纜歌

斷竹續竹絞成纜，黄蛇盤尾舳艫暗。檣高灘高淚花濇，灘高日低孤磴修。千指一纜洶負舟，纜懸舟定頑如牛。腰環纜直走差駃，一戟一鉤石棱絓。一夫起絓震呼喝，絓起舟退君勿嗔。石公齧纜能鮓人，幅帆枝槳江不神。

廟基灘

九地深埋石，分明水占山。祇因山斷路，翻怨水程慳。
昨夜水落丈，今朝水落尺。願得落令乾，峽底斷行客。

舟中望雲陽

高城卻月倚苕苕，凝望無多望轉遥。三老諱言長短路，百靈難借送迎潮。江吞爛石枯方吐，風長輕帆背即消。放溜溶溶輸上番，西南天地合乘軺。

下巖寺

下巖壁如削，其上麋聳龜。輪囷墜江岸，叢石交累碁。破舷恣目想，意境無絶奇。適緣沙上飯，遂撥巖邊霏。巖高日景短，疈落荒城陴。危根不著地，凹入成匯㢈。縱横七八弓，燈火明瑠璃。得知混沌初，椎鑿工安施。蓮臺四禪天，勝果參聞思。雖非鍾乳結，頗有厓莎披。中央裂片棱，燕去龕猶支。東偏割丈室，齋磬敲僧彌。風簾不可挂，簾珠水所爲。簾外見烟户，隔江鳴午雞。徘徊顧同遊，寒氣蒼鬢眉。揞杖亟捨去，恐受罡飆鼓。

上巖寺

洞窄厓傾草不芟，病僧捫蝨倚枯杉。祇緣西受江流早，修得虚名占上巖。

彭谿 今名小江口

蜿蜒朐䏰縣，涓瀝容母水。一刀非不容，寸寸齧石齒。入舟便百骸，豈必計遼迤？要以情勢論，取道姑舍此。谿民墾磽确，斜日散雞豕。粗分橡栗甘，豈少魚稻美？語我行泝江，博望灘可艤。就陸升梁山，山翠晚凝紫。使程自有常，垂堂竟何已。鐃唱君勿喧，沙禽下還起。

九堆 距小江口五里

升庵録江險，堆名漏未輯。離堆灩澦堆，突兀水心立。九堆真九龍，頭角隱䲡䲡。旁踞江南厓，一氣併嘘吸。渾淪仙家囷，敗破天公笠。廣可千步凖，高亦數仞及。如四卷爲閭，如四井爲邑。一石聯九堆，了不判岠岌。天寒狂溜消，迓我拱而揖。亂篙點蜂房，獨上著黄褶。蹋腳無寸泥，屐齒晛蒼澀。上無惡鳥污，下無餓螭蟄。江斐觴百神，舍此坐難給。偉哉造化功，有咎孰可執？自來物性殊，何啻判燥溼，水大堆一空，救生船四集。

子屬藁塗乙每至不自省識頃録夔府詩棄其藁江中戲作

腹藁蒙頭少未能，删塗紛弔剡谿藤。他年過鳥輕身字，誰把詩情繹杜陵？信手平拈費手敲，淋漓席硯漲難消。撿來斷送清流裏，不要江神守大瓢。

自奉節六日達萬縣

兩日來程六日還，强弓百步彀難彎。載分書畫如裝石，坐對雲霞幾息關。半世文章遲下水，一時賓從鋭登山。年來不敢貪風便，幸及無風抵渚灣。

萬縣山中雨行

踰年息筋力，按部順從水。下灘旋上灘，舟向郭門艤。輕輿如故人，别久見輒喜。明知岡阜長，願及風日美。曉發萬縣城，午飯三正里。相迎復相送，山色淡如此。檬樹紅欲然，橡葉黄半死。高粱鬱峩峩，劍閣去銜尾。白雲被茅屋，屋角炊烟濃。烟起雲勢開，半露書芙蓉。少焉雲再合，烟亦雲是從。烟雲互明滅，顧盼皆盪胸。巖深景多晦，隔手紛濛濛。征衣受急響，雨點喧來衝。不畏衣上溼，閔此泥間蹤。卻聞覆麥人，笑語坪泥鬆。

山郵無短亭，沈縣日應夕。記程藉輿丁，五里班一易。有時連臂呼，直上抗猱迹。迹間滑滑泥，泥底巉巉石。著腳難豫期，寸寸跨鼇脊。一尺三四步，一步三四尺。我生雖鴻毛，未可付蹉躑。石户思悠然，貰沽整蓑屐。

蟠龍山飛雲寺西閣觀

曉度分水嶺，晝過銀河橋。風聲班馬聲，夾磴鳴蕭蕭。河無支流水，無脈點黛裝。鬟媚行客高，田細簇猢猻。梯泠壁斜嵌，苾芻宅屐痕。上齧八千丈，練影分垂六七匹。天孫織素懸星潢，二十八潭翻帝漿。玉龍九子開道路，鱗甲各各披光芒。三歧五劇匯雙股，白日青天打雷鼓。溪靈塞耳寐無覺，歷落山農對簾雨。我卻怪謫仙人，石梁三疊尋匡君。夜郎放浪足跡到，江風海月空傳聞。我又笑桑苧氏，中泠一勺表揚子。甘腴至味茲品茶，晚遇商英一知己。搖漾長生官驛寒，昭蘇更潤郙疇美。嗚呼山頭瀑布如此無，石湖推讚詞非諛。下樓我欲探龍洞，如席雪花攬清夢。

白兔亭 亭在蟠龍山，嘉靖壬辰於此獲兔，巡撫宋滄表進，禮部尚書夏言請獻宫廟，作頌以進。亭有詩碑四，皆武臣及副使作

君不見興王繼統拆淫寺，大典明倫矯羣議。章聖創行謁廟儀，真人待闡朝元祕。十年端拱稱太平，醮壇如雲連玉清。鳳皇麒麟世安在，天佑一兔毛晶瑩。野虞羅致外臺獻，瑞應分明玉雞見。長秋娛翫事猶可，告祖告天太誣讕。臨軒卻賀陽再三，大雞柄禮趨[走參][走覃]。選毫作頌導浮汰，青詞宰相心所甘。是秋彗星犯東井，當道狐狸跡難屏。纍繫空成四鐵名，馮恩。干城孰扞九邊警？豳風亭柱没秋烟，噴霧厓頭烏闕懸。勒名壯士銷聲易，不比清藤表尚傳。

晚次梁山桂谿書院

萬峯盤瘦馬，一落萬川城。候館依山静，人烟傍夕明。忠夔紛割屬，范陸迥含情。卻問來夫子，知德。寥寥學易名。

寄題雙桂堂 蜀中賜藏經者惟華陽昭覺寺及此

海藏來天上，招提萬古名。拜山鐘響亂，埽石竹陰傾。講拂封人境，屠刀輆佛情。木犀香

逝遠，滯迹愧雙清。

高都嶺

朝餐穿北郭，霧湅日初上。夤緣梁堰閒，紫萍碎摇漾。官程趁農畛，九背旋九向。攀援入高都，種薑棱無恙。方苦津梁疲，驟覺耳目曠。盤盤鷹鸛羣，決起如我抗。水田沈芥坳，山脈簇蟻壙。累朝數上劇邑，析半義非創。垂天亘長雲，千里費隄防。不見浮蘭碑，搜奇失神王。

自新寧境抵達州

谿上嬴蛳噉未成，黄瓜塘外捲雙旌。逢場笑問烟鬟影，不記峯名記地名。

豆山紅豆苦相思，雞足無緣禮導師。苦竹抽篁檬結子，得知霜信到多時。蜀多慈竹，謂之苦竹。

涼風埡頂細盤螺，抖擻羊裘奈茸何。百里秋毫都挂眼，輿丁衹説是山坡。

豕栅牛欄苫草齊，斷橋清ȏ秀蔬畦。褰帷不住瀟瀟雨，看煞烏犍趁一犁。

楚鄉香火禹王宫，迷過桃源路又通。聞道謫仙落詩版，幾人爪指剔苔叢？

濃如新釀褪如潮，熨貼青羅帶一條。短艇不知魚計穩，半裝熟米半薪樵。

松明無火乞孤邨，磴滑厓高景倍昬。搜得怪藤安曲几，爲煩宜槲斂征魂。昬夜抵亭子舖，候館瓷斗梯難上下逾難，倒縴呼號骨節酸。我看青山人看我，一篺還掠水雲寒。斗中有藤一本，云其花可以止魘，亦名夢花。

達州偶題

盤青遶翠落輶車，樓堞差參卷暮笳。晉魏規模追後漢，雍梁形勢上西巴。賦隨綵貨三農儉，俗傍貙氓百戲譁。交付官師了公事，一枝笻杖要搜爬。

石城石鼓奠關河，文獻何存歲月磨。勝蹟斷從長慶始，寓流傳向夜郎過。晴稀雨密天真漏，水下田高士不和。勉識四夷防守義，殊方紲圉壯天戈。

川北川東控馭并，文歸察使武歸營。山雄邊障名多陋，江瀉冬槽影倍清。獵炬有人殲餓虎，戰船無事斬神鯨。出羣才調由來少，六相區區脱屣輕。

通州那必勝江州，麇鹿分庖雁鶩秋。士氣似騰年大比，民風及采卷長留。治兼守令官多假，境偪華戎路孔修。怊悵雪泥鴻印爪，宕渠如帶促登舟。

馬曉蒼司馬餽熊掌

山館客防熊，雙蹯一笑中。饌名經訓古，舐訣道流同。庖傳鮮難給，機張巧竟窮。萬錢昂論直，饕餮媿匆匆。

曉蒼邀過北巖寺尋巖上太白詩版不得

小庭攢四山，旬日甑中坐。目成城北美，星火促校課。自頃文案空，東道遣一个。甫踰重門限，遽撤長戟荷。溼泥停淫淋，捷蹬下坎坷。招提壓面迎，栗葉寒稍墮。麥苗圍斷垣，青抹飯鐘破。創修遡宋明，工作幾勞癉。一茶話廢興，啅雀響相和。喚我探幽嚴，布韈笑拚涴。了無蘿葛攀，差少莓蘚蹉。渾淪撐怪石，萬古受錘剉。縛帚埽積陰，惡詩洗則那。久湮謫仙碑，祇剗法王座。是時蒼霧霏，江影練遥卧。已封鐵峽奇，未攬芝鄉大。火雲接冬雹，猛雨恐來過。主人謂無恐，定許晚晴賀。歸徑槭槭鳴，逝幰悠悠簸。解纜及明晨，留題庶傳播。

翠屏山尋戛雲亭故址

横江十二翠屏齊，一扇孤撑斗向西。宣漢人烟明橘柚，中唐宦蹟隱蒿藜。謫官涕淚青山揾，才子聲華紫籞題。猶有野樵能指説，戛雲終自勝丁谿。

龍爪山白塔廢寺

江路擁一環，向南境差闢。山巔如砥平，浮圖卓空植。懸厓陗飛下，轉眼落江北。紆威縈斷町，人跡問牛跡。潭潭湔滏泥，尋枉遇寸直。載折登石門，門罅影暗黑。急跳跳上頭，數頃破鬱塞。大千見胡甸切。光明，師象負神力。霹靂一角摧，屓贔七層積。如聞二龍子，升降作安宅。稍西面齋廊，罕復覯古德。孤磬喑不鳴，壞碑澀無色。烟際帆忽行，江練左巾幂。逝矣樂山心，邈焉獨吟客。

渠江舟次

無霜有瘴是通川，元白酧詩語未然。揮過戛雲亭下槳，薄陰天變老晴天。
尺五寒流染黛低，玻璃不似似瑠瓈。枯桑病栗沙如錦，纔見漁郎曬網時。
尖山簇簇帶斜山，冶火紅燒鐵峽頑。細問南昌灘不省，半竿孤鶩落霞間。
兩江冬水緑悠悠，之字帆迴亞字洲。記取蜜羅柑名。香濺處，一尊遥夜竹枝謳。

三匯舍龍母祠 祠粤人所奉

渝水吞渠水，如雲笑趁場。偶尋龍媪宅，卻話蜑人鄉。薦韭冬盤蚤，凝花夜檠長。聞歌增鋭氣，銅鼓應鏘鏘。

白華前稿卷第五十二

古今體詩學舍後集三

宕渠柑圓膩而黄漿甘美敵粤産居人皆呼爲橙作此正之

蜀漢擬江陵，利種橘千樹。太沖賦蜀都，橘柚守園户。橘大柚乃小，海柑狀、九巨。移橙趁細雨，僅見少陵句。希沾銀甲香，妄竊金球譽。味酸性曲直，被棄無可訴。巴渠産嘉果，一圍似圓瓠。手搓黄細膩，爪擘白婘嫮。并刀唤徐剖，玉液滃然吐。甘居渴羌名，捹受餓隸妒。是疑平蒂柑，土名昧沿泝。否即橘中王，橘官籍失注。伐檀斫楧榼，一誤成再誤。彼橙屬有五，於此絶無與。即以波斯論，皮囊等敗絮。吾邑波斯橙實大一圍，皮醜而甘，其漿則甚酢。言感洞庭春，流光毚蛇去。今春賦洞庭春色蘇蹟。

投靜邊寺贈悦公 張南軒裔，嘗習五經四子書

飄蕭椽葉趁輕鞭，一分坡陀九分田。蓮社開林塹晉士，鶴洲捨宅信唐賢。家傳道學非真墨，座遶雲山不離禪。留伴長明燈照影，龎眉無恙鬢絲偏。

靜邊寺 弘治前名福堂院，有泰定碑，言天成閒靜邊軍，刺史徐承亮舍宅爲之

暮經蟠龍山，宿宿翠微寺。門左屹一碑，駮落奥魯字。上言天上麟，姓出偃王裔。嘗刺靜邊軍，舍宅後唐季。下言萑苻盜，闌夜胠篋笥。縛僧强劫金，頭斷金不畀。爲資七寶裝，永證三摩地。是名福堂院，佛火罔失墜。自餘七八通，修造付傳平記。雜以有韻篇，百吻競騰沸。而我攻其瑕，知人必論世。佛院宋始名，知軍宋始置。明宗入繼初，豈豫改宋制？年時登小康，焚香格天意。閩王紛度僧，爾宅詎可棄。真人埽黿紫，爾或起放廢。終老老沙門，覽古動疑義。攝山蹟自垂，輞川賞難繼。世間侒佛處，亦復判顯晦。趹生憺忘言，柏堂響寒吹。

甞山宿朗池書院 李特讀書臺鳳皇臺皆在縣境

賨馬行嘶緩，方冬見落梅。一川交漢沔，四路上蓬萊。獵將非無種，儀皇信有臺。卷堂逢

硯凍，留待使車來。

抵蓬州

幾折青谿渡，蘭舟水上飛。水雲漫野浄，谿島度江微。蓬觀餘佳氣，琴臺自落暉。不知山近遠，看煞玉環山名。肥。

果州試院答澹園太守將之成都留寄元韻

灌江冬半候紅旗，萬派軍儲按漏卮。君治繭絲都就緒，我扳桃李未成枝。一官泛跡匏應笑，兩地縈心雁自知。幾點梅花草堂夜，年頭年尾照相思。

充國城邊講院開，經營蚤費苦心來。學兼耕養須通藝，政出兵農獨借才。太守循聲垂石室，大儀清望樹金臺。嘉湖勺水蕪榛滿，夾巷歌絃豈易哉！

西谿西上板橋紅，重叩仙居冷翠中。何代金釵涵水化？往時玉醆吐春融。茅亭一曲新添座，草閣三層稍駐筇。悵望較多歡喜少，懷人無語遠臨風。

蓉城不與果城謀，下馬匆匆上馬愁。看竹便如賢主在，擘牋特爲故人留。來書乞談牋。滄江伏枕成歸臥，謂晴沙。遠道乘軺託往遊。借問樊川禪榻畔，全家何日泝芳洲？

武后長安鐘歌

鐘高二尺餘，圍倍之，其徑三分圍之一，上下無侈，弇如古鎛鐘然，在保寧府署衙神祠，乾隆三十年郡守江權自郡樓移此。其文云：維大周長安肆秊歲次甲辰拾匝癸丑朔貳日甲寅，合州慶林觀觀主蒲真應等奉爲匝神。皇帝陛下敬造洪鐘一口，重四百斤，普及法界，蒼生竝同斯福。朝議郎行合州司馬馬德表。

閬州州衙神聽聰，古鐘在縣爲質銅。有文從識不從款，甲辰推歷金輪紅。秋官侍郎時入相，來春反正迎東宫。鐘鳴漏盡悔已晚，一語侃侃回羣聾。利州黑龍感妖夢，才人受詔年猶童。五娘被誅究何辜？祕記枉遺諂淳風。册封天后決軍國，坐使廟虡移旋蟲。鑄神十二鑄鼎九，豈獨殿鏡資冶工！長安改元齒垂暮，白馬主骨埋蒿蓬。慶林觀隸合州境，觀主祈福噉愚忠。書年若秊月若匝，匝神誦德長延洪。鳳閣所獻未傳此，壹貳紀數紛交訌？其書㘡朔尚從日，如恐二日行天中。上陽遺制去帝號，氣機崩應將母同。問誰逆挽致鄰郡？蒲牢吼遶霜江楓。昌丰士女候昬旦，穖聲一洗歸圓空。景雲鐘銘尚傳世，李家孱主光熊熊。是鐘先成僅七載，角正脣弇厥腹空。牝朝留蹟玷彤管，敢配鼉鼓音逢逢。敲殘夢落瓦官寺，裙幡撰記輸龜蒙。

閬州聞擢右庶子名院齋曰附鶴

瀛洲聲價五科前，八度衡文寵命偏。月殿遲修書庫祕，春坊特掌印囊懸。官如韓愈平淮日，治婢文翁化蜀年。酉歲還朝榮見庶，要誇閬苑鶴書翩。故事：館選至七科，後輩皆稱晚生。學士庶子雖不及七科，亦用此稱，謂之「士不見士，庶不見庶」。

閬中教場傳是張桓侯所闢

千步場開石壘成，腹心一將竪雄名。齕人肉在吾將食，死豹皮留賊自驚。刁斗至今嚴舊號，陣圖何處擁神兵？和門日落風雲壯，不比魚池草蔓平。

文湖州祠　漢平帝時梓潼文齊守益州，子忳世祖時守北海，宋史以同爲文翁後，誤

兩京文太守，支裔混廬江。舊里桑園郭，空祠竹埽牕。不傳丹竈鍊，盡説玉棺扛。一事輸坡老，湖州蹟未雙。

除日尋琴泉寺塔址塔圮於庚午五月所藏王錯妙法蓮華經殘葉曾於攈石前輩寓齋見之何大令挹斗別購三紙相遺率題其後

琴泉吾一遊，杖屨緬猶昨。歌管嬌上春，慈航罣棲託。朝來來射堂，中垜響膊膊。桀石誇超騰，鼓刀駭揮霍。萬夫競一鬨，荏苒日西腳。世間聚散理，塵草感輕弱。除歲尋枯禪，好事不吾若。寺旁窣堵波，熸受祝融虐。敗礫堆困輪，遺壇露圻鄂。方當營造初，千花湧檐閣。鎮以貝葉文，束筍臥交錯。就中轉法華，吮毫意緜邈。名如降表僉，稿異擔簦削。願力參成虧，黿戴失盤礴。但聞烟冒井，縣卒薛忠言塔圮時縣前井有烟歎湧，兩日始息。無復風語鐸。後山功德水，未可測蠡勺。禱雨雨竝施，旱夏通微漠。龍靈與佛慈，稽首向瓔珞。惜哉希世寶，殘楮亂飛籜。紛紛粥飯僧，坐視隔胲膜。多君惠數番，快比啖雞臛。雖乏仙丹裝，應類顛米攫。彼哉王侍書，體態遜綽約。雲看妙鬘護，池想摩訶鑿。傾囊炫暴富，歲酒賀相酌。如聞餓隸言，送窮葦船縛。

柔兆涒灘

袖東司馬自安岳馳索拙書以詩奉報并寄紙乞畫

毳幕羊燈勘羽書，玉虹閣下吏人虛。知君笑戴春星返，紗帽籠頭作去。歲除。

六草三真分未能，偶然落紙簇秋蠅。豈知水碧胡僧眼？誤把雲間一派稱。

青藤逸品擅家雞，奕代風流冠浙西。一水一山須乞我，者般白繭勝鵞谿。

潼川郡學宋刻干禄碑

魯公二顔後，家學溯匡正。勉識忠孝字，鉤畫儼生敬。適來郪王城，四望企遼敻。劉家廢兜率，庾碑剥護聖。杴杴夫子堂，象石尚輝映。旁有環堵居，圭碣勢雄横。是爲干禄篇，三蒼備鳌訂。部非叔重分，訓豈子雲賸？丁朋戒天斜，東縫辨合併。於焉筆戕劄，點勘無餘病。中材處末流，尤悔集言行。妄攖顓孫念，懶諷鄭侯令。伏獵蕭郎稱，杖杜李哥命。小學雖區區，罔不係賢佞。我公生是時，好古稟天性。一麾守吴興，行笈藉摭證。手書勒東廳，搨者走相慶。復有蒐討功，聲韻力斯竟。包羅浩如海，研析照如鏡。卷成三百六，崇文總目公韻海鏡原十六卷，困學紀聞作三百十六卷。視此殆庭徑。此傳彼失傳，落筆想揆鐙。公書遍華夏，柳腳媿揣稱。重摹出宇文，時中。筋力賈餘勁。取配開成經，鼓鐘振羣聽。

蘆花淺水得方字

釣罷蘆花岸，船歸水一方。篙輕痕就淺，枕短夢分涼。瑟颯風華老，惺忪夜影長。逗天青窈窈，倚月白茫茫。隱去還窺渡，樵來每驗霜。但應浮海栗，豈必話滄桑？紅墜芙蓉渚，黄侵橘柚鄉。坡仙吟興永，蓑笠伴相羊。

漫波渡古藤

渡前老藤如怒虬，虬身麄劣大蔽牛。三本五本鬬神力，高樹夤緣羃天色。樹槁藤榮藤亦樹，是樹是藤偃官路。繁花碎簇霞錦赬，罡風一埽青蓋傾。君不見青藤入幕污人口，青蓮不落永王手。

重入寶圖山秋塘瞻菉稃莊繼至

細馬春波緩，重尋豆子明。半空開合影，前度去來盟。雅近神仙窟，粗兼吏隱名。良辰逢小暇，先禁爇香迎。

覆厂攲妨帽，安梯劣避蹊。靜聞花氣湧，豁見麥芒排。題識人難遍，盤桓客可偕。一輪推法藏，輾轉笑生涯。

屋後峯還峭，壘壘累卵同。到頭仍漏日，逶腋盡即忍切。生風。珍木依亭瘦，幽禽覓路空。秖愁蒼磴幻，鬼怪眩青紅。

幾面鐵橋飛，橋孤草樹菲。急投千丈下，薄采一枝歸。吐嶺深鐘滯，通泉短杖違。流雲真愛我，造次滿征衣。

升庵看梨花與赤南和澹園韻寄榕巢觀察

清明花好數梨花，院落溶溶月照斜。不比櫻桃風候冷，夜燈深掩讀書家。

去歲花開巧背人，今年花發淨歸塵。升庵庵主歸偏晚，雪嶂誰消萬斛春。

花太穠繁葉太疎，願分津潤到霜初。一堂詩帖流傳美，直得涪翁手自書。

幾回低酌幾長吟，欲鬭棠香信轉沈。多少凱師鬧歌舞，小園如許不知尋。

紫竹園女史陳絳綃以詩索升庵梨花與澹園赤南同和其韻

幾片雲衣路隔塵，滿園紫筍笑争春。一枝拗斷闌簾影，賴有擎箱作使人。
緑牕如水夢初回，豔雪紛飄冷寺隈。拈遍彩鸞新韻本，不將幽蕊釀雙杯。
寒食嬰春雨竟休，爲花持護替花愁。碧苔亂委無人埽，分付瓷鉼字硯頭。
陸生促坐醉飛揚，沈五狂題也鼰香。畫取折枝屏障輭，好攜烟景到江鄉。

次郫縣

不盡杜鵑聲，風催緑遶城。相逢采茶女，勸作采桑行。江壯分沱入，山遥點雪生。醾醾春釀美，留醉凱旋兵。

揚子雲墓距郫二十里不得過

新室比元公，金縢耀圖册。恃有文學臣，應運光廟祏。法言擬魯論，太玄擬周易。著書矜滿家，六藝漱芳液。直同孔氏尊，敢共孫卿斥。班爵中大夫，豈止執郎戟？惟時秀與章，符命眩狐帛。臣愚拜稽首，肝膽銘新德。其文皆雅馴，其誼太詭僻。投閣悲見收，遺骨臭紛積。而何傳異辭，奏賦廿泉夕。寸腸出納餘，若鳳墮輕翮。事在孝成年，地有子雲宅。以彼淡泊心，匪爲榮利役。寧知安漢公，亦襲謙恭迹。言僞行則堅，兩兩試紬繹。我懷汎鄉侯，風采樹疇昔。終爲漢賊戕，不獻秦皇劇。一忠復一佞，萬古著郫籍。結亭亭未荒，過墓墓難式。告語問奇人，忠孝字須識。

桐花鳳

我聞梧桐高高鳳皇宿，合以紫白頳，膏刺種有六。陸璣手疏終失詳，春仲始華是榮木。未聞鵲占窠，頗見鳥投乳。實登籩實材中琴，豈假游禽炫毛羽。鵑城三月花風顛，古桐花吐杯口圓。蜀王歸啼血，濡縷化作紫玉籠。春烟烟輕露重滴，不下香影絲絲惹羅帕。忽聽秋將連隊行，尾長觜短啄花鎛。滿身金采花濛濛，吴孃百裥腰裙紅。醉花一陣悄飛去，旦晝晚與三朝馳遥切。同。鳳來何從隱何處？蔕落梢空月在樹。紈扇猶煩入畫傳，玉釵那有收香助。我思候禽時鳥紛争妍，爾雅多缺蟲魚箋。緑毛之名坡未然，王郎浪得桐花號，此鳳此花直一笑。桐花瓣單而近紫，大如槿，如戎葵而受露較香。鳳如雀而小，毛采頗陋，旦則數十百集花中，少頃而去，晝晚復然，間有掩得者即斃。坡公以爲緑毛幺鳳好集釵上者，殆誤。漁洋「郎似桐花，妾似桐花鳳」之語，亦臆度耳。

雲巖相公凱至成都枉緩見過

將相旌旗拂露濃，拜恩何止錫旅彤？韋平福量延門第，方召勳名被鼎鐘。羌户即今殲白狗，蠻碑終古誓黄龍。峷江水是天河水，盪洗戈兵及惠農。

車書禹會遍梯航，滴博蓬婆彼一方。雙堠焱馳連石屋，六韜雷動换牙璋。天經小漏痕宜補，郡棄荒庢策未長。笑問西南夷列史，何人走檻椊蕃王？

朝聞土婦獻儲胥，暮躡降奴下斗墟。聚米便知形勢盡，勒銘聊記事功餘。丹旗告禡金維奠，白組成俘雪徼虚。地利天時憑藉久，棱威今震格丁書。

鐃歌聲簇錦城春，手取西戎笑語親。平蔡自輸行幕客，封殽不忘倚樓人。時見訊趙光禄後人。

歸朝鞭鐙精神壯，畫閣冠裳氣象新。爲是清時鉉鼎重，角巾東路漫抽身。

院牆外有鴞掩二雛羮之

月黑號怪鵰，如歗亦如哭。憑依在何許？齋西不材木。伴訓狐夜嗥，效黠鼠晝伏。謂將喚我魂，切齒到僮僕。摧樹斧作薪，養惡禍宜酷。旬來鼓枕安，意外見飛撲。炎燎秉祝融，强弓張晢蔟。攻翅兼覆巢，二雛幸可肉。狀肖貓頭圓，勢學鷹爪蓄。欲期醜類殲，豈敢衃胎殰。炙法傳漢宮，信美冠鱻鱐。何勞見彈求，差異置契逐。見物類感應志。蜀人競相笑，是産遍鄉谷。是名鬼登窠，見物眴圜目。飼之既辟邪，縱之或致福。大軍開牙門，得梟勝豫卜。向使懷好音，何至誅聚族？愛憎易顛倒，事事怕隨俗。一鳥良區區，我直爲口腹。破獍祠軒轅，兹意爲君告。

喜述庵至自軍中抒舊述懷竝感璞函漱田鑑南諸子

磨盾千程去，弢弓幾輩還。喜深號涕迸，别久語音慳。淇隩班荆後，滇陬叱馭間。從軍能贖咎，得侣教投艱。霧毒金沙水，雲昏鐵壁關。未須驃樂奏，稍及羽書閒。士燮聲名重，虞翻骨相孱。更逢羌尉告，頗近蜀邊患。蝸角紛思逞，羊腸險怯扳。層[illegible]巒矗矗，編笮浪潺潺。大將先移指，偏師各整顔。前禽占不戒，瘈犬性逾頑。轉餉流如水，連營鎮似山。夏峯埋雪穽，宵燧映星闤。斧爲敲冰缺，蹄因奪隘殷。矛炊遲反哺，戈枕嘆長鰥。數載勞傳檄，三霄寵賜環。手看飛霹靂，鬢訝换斕斑。百戰功全定，雙麾令弗姦。白狼歌振旅，朱鷺聽平蠻。執訊齊懸槀，旋歸適秉蕳。我宜迎候遠，君覺過從憪。拱拜儀文澀，招陪刻漏澴。巴音腔最雜，楚舞影頻彎。婪尾深杯盡，遨頭上座嫺。細談惟藝苑，散跡自朝班。報國文偏壯，懷人淚忽潸。縱教銘石碣，無復唱刀鐶。骯髒門難倚，娵隅稿忍删。疆場多節士，廣采播通寰。

長洲孫孝子孝蹟六咏

蕞爾一抔土，蒼然數點山。山形堆似米，負米客無還。

右米堆山

結廬在鬼境，風木號不斷。夜牕人廢眠，惟有鹿來伴。

右居廬處

南岡復北岡，親家墓相準。子種松萬栽，女種松一本。陸太君葬其父於此，手植松一株，人稱爲孝女松。

右萬松岡

春渠㶁㶁聲，嗚遶墓田去。去水不知回，飲源渺何處？

右種秫渠

莫嘗梅子酸，且折梅花古。見花不見梅，白雲凍蒼塢。

右梅花塢

宅被恩綸表，圖教禮殿增。洞庭山翠晚，倚枕數祠燈。

右雙旌祠

金花橋

金花橋上春人行，金花橋下春水鳴。水行東下人南上，六對好山遊不成。

白鶴山憩魏文靖讀書臺至北山拜祠象不及尋胡安點易洞

朝絶湝水行，驕烏勢已酷。遠嶺堆雪華，太陰沁心目。欲往路孔修，徜徉就山曲。油油黍與禾，窅窅樹交竹。登頓三數成，石氣逗寒渌。久荒白鶴巢，庶見少師躅。少師起邛鄗，奉諱搆巖麓。造門多帢巾，入室有饘粥。去國十七年，誠正耿幽獨。垂暮邀御題，未遂首丘欲。墨池光沄沄，講臺影肅肅。吾鄉洪洲老，碑蘚幸堪斸。酹公公不膺，北走磴紆複。衆峯環一峯，金界暗楓槲。鳥性悦茂林，鐘聲閟虛谷。可憐理學臣，佛火伴栖宿。緒言墜前喆，尠解九經讀。尚聞點易處，厓洞掠蝙蝠。懶爲著屐尋，且向守祠勖。鶴去鶴終歸，千年斷樵牧。

青衣橋雨

青衣江樹色青青，青到峩眉拱畫屏。拚向一年過一度，妒人涼雨打橋亭。

相嶺娑羅花甚多向未之見作歌紀之

邛崍關插九天上，隻輪悄返馬蹄向。夾谿夜落礀聲强，滿岫午蒸嵐采漲。頑雲飄鬔涼絲絲，上界鋪滿銀留犁。斗然矯袂抗雲表，寒箐無猨并無鳥。天恐王陽引轡回，繡出娑羅慰枯槁。花口大如杯，花鬚拆如綫。五花八花擁一團，白者水晶紅者茜。紅能燒嶺白照之，攀折親爲相公奠。相公南征不過此，漢家木官蹟難指。行人認説山枇杷，一種繁華付流水。花乎花乎遍嶺生，夏寒平看萬里迴雪峯攢攢。

漢源宿 清溪學宫在此，時將移置邑城

隋縣何年併？民居一閧喧。竈多山失瘴，嶺斷漢生源。問價樵蘇賤，聞歌禮樂尊。自來邊戍地，談笑讋西蕃。

白槿

旌節稀疎菡萏窊，瑶杯難得覆枯椏。不妨竟任儒林誤，改作川南白及花。田敏不知日及，改爲白及，見宋史儒林本傳。

火澣布

嶲州海棠砦，六月凝晝寒。兵家擅織作，爲布文闌干。一幅慬盈尺，八幅名一端。受質苦麄重，溼腐蒸瀰漫。但納羹炙污，何補裳衣單。我欲揮裂之，館吏請少安。謂足畀炎燄，垢膩無留觀。本非竇與麻，亦非綃與紈。并非白獸毛，經疏徒欺讕。山厓不燃草，扶寸根孤蟠。采之旋緝之，杼柚資人官。獻者報章易，購者連篇難。誰謂火性酷，生氣中不乾。誰謂火德旺，陰氣長作團。至人戒語怪，坱軋洪鈞完。升菴辨百絨，所見非不刊。焉得鏇層障，萬頃橦華攢。奇温被華裔，盎盎騰餘歡。兹布信可棄，勿燎脂膏殘。兹草倘可拾，且供薪釜餐。

蓘葉坪宿

意外明墟火，逢人乞酪酮。六時寒帶暑，三户夏分戎。薝蔔侵檐白，林檎映盌紅。笑看山太古，倚枕水聲中。

翡翠鳴衣桁得園字

一桁春衫挂，禽華樂彼園。機中摹樣巧，座底哢聲喧。誤認人家人，欣陪女史言。咬咬簧隔陣，足足絜連番。偶當蘭茗借，長兼組綬翻。舊游魚沼静，遠語燕泥繁。杜榻君休污，荀鑪我試温。好音聯袂處，還帶碧梧痕。

蜻蜓立釣絲得亭字

理釣人何往？維絲下鷺汀。盡即忍切。廻飛款款，端共立亭亭。六足翔應倦，雙瞏逗最靈。颭風斜護影，漾水妥潛形。蘋際兼沈餌，蘆邊自織星。魚窺紅躑躅，雀伺碧竛竮。抱葉蟬差擬，栖苕翠孰令。綸收蹤去杳，倚坐思冥冥。

瀘山蒙段祠 初有女郎象，相傳蕃僧招女緣柏上昇處，其祠榜則曰蒙段

邛池枕蛙巂，遊眺記疇昔。淫霖倒海門，對岸没蘆荻。漁舟刳木爲，兩兩編若柵。延緣泊寺根，深恐地維坼。草草網巨鱗，遑問小蛇蹟。今年暑漲遲，重度葦間宅。波光映石户，鳧鷺響拍拍。峯如芝菌抽，寺比蠣房窄。偏裨舊詩版，戰血炫狼籍。闌檻倚孤青，邨莊點虚白。向後祠一楹，蔭以千歲柏。盤旋獻左紐，寸寸象牙色。云有翠袖人，扳此肖飛鼯。梵語招半空，圖狀狀巾幗。所幸祠牓存，祠主我能識。六詔蒙最强，段興土斯闢。北窮大度河，南盡永昌驛。漢夷徽服從，思慕共無斁。豈獨張翕祠，斬牲報明德。末流好神怪，一例附仙釋。願撤土木骸，奮

向池心擲。不見白帝城，不見江瀆壁。江瀆祠壁有李順畫象。

蠟蟲

蠻疆陰候凝，有樹翳冬葉。作花夏至前，如雪綴妥帖。有蟲蟣蝨如，託命效蠶唼。食葉兼食花，覘望逮童妾。模糊交糞涎，在樹委重疊。薄采急相煎，片片手紛拾。亦有冬青枝，散種法逾捷。一蟲散萬蟲，八月收滿篋。論升費搜羅，倚擔輕跋涉。利同割蜜輪，數異壓油劫。廣物異名疏：益州有壓油蟲，壓之油盡，投水則油復生，内典所云壓油殃也。安得攜與歸，似繭孕仙蜨。皓首事明經，更補癸辛牒。種蠟法見周公謹雜識。

寧遠歸次雜題

十日崎嶇半日平，叢殘夷落户編荆。三年前事分明記，滿路官衙白芀兵。

吸華絲罥舞衣斜，舞女風流屬漢家。獨有西天清浄果，一生修到貝多花。

來禽青李蔽山厓，栗葉連陰栗皺排。卻向文園治病胏，瓦盆石斛露金釵。

青谿關路黎州外，鑿塞紛勞紙上談。天水七朝邊患少，爲將玉斧斷雲南。

溅水異名淯沫水，南安東會大江虚。怪他三寫成溅字，欲賂蘭臺正漢書。地理志：汶江縣溅水出徼外，南至南安，東入江。青衣縣大渡水，東南至南安入涐。説文以涐水出汶江縣徼外，東南入江，以沫水出蜀西徼外，東南入江，沫蓋即涐也。吕忱亦作涐水。顔師古漢書注：涐音哉。集韻涐或作涐，其爲涐字之譌無疑。

平羌争渡石欺篙，瀆口横飛鐵索橋。截得彩虹天上坐，半輪山月鑒分毫。雅安鐵索橋旁新建一橋以拯行者。

稻花香細豆花清，日暮琴臺酒就傾。目斷銀河秋射角，教人何處問君平？

二江終日響潺潺，杜宇昇仙去不還。笑指惠陵桑柏在，一鞭斜落七星間。昇仙橋即駟馬橋，一作昇遷橋，唐書謂之昇遷梁，在北門，今南門外昇仙橋殆係附會。

題晴沙峩眉吟稿竝傚其體送歸梁谿

開口笑移疾，宴如觀道心。言從大暑候，獨宿峩眉陰。山雪照古色，山潮浮古音。袖中攜一卷，可以譜雷琴。

秋月漾平羌，懷人江水長。烟濤下三峽，夜火暗丹陽。即此具仙骨，誰能廻佛光？梁谿近甫里，彷彿鱸魚香。

成都五年住，都似浣花翁。君對浣花水，長吟太白風。餽糧百戰後，爲政一家中。千里舉黄鵠，知子歸興同。

白華前稿卷第五十三

古今體詩學舍後集四 起丙申八月，止十二月

陳和軒招同楊鈍夫吕陶邨浦蘇亭竇青巖高月峯楊仁山馮小山集城南武侯祠精舍

丞相祠堂勝草堂，平消秋暑鬢生涼。二千尺蔭森森柏，八百株圍暧暧桑。略檢琴書參法座，竟攜葷酒破齋房。心知萬里橋頭水，不共行塵下故鄉。

峩峩冠蓋錦城闉，各算軍儲問計然。休沐尚容偷暇日，應酬還當會同年。巾車一到人皆主，羽扇重摇我亦仙。看取大名題壁好，長安雁塔要分傳。

仇英投戟卻虎圖

碭雲蕭索龍匿采，石城踞江東竟海。稱王稱帝眈視雄，甲械兼儲勇百倍。折衝校尉興義

兵，舉賢任能孰與卿。曲阿王氣産白頟，肉人肉馬飢腸撑。人驚虎驚箭没羽，碧眼迸裂人亦虎。黄金戟枝飛雹雙，卷地吼聲若擂鼓。帳下健兒鬐夾顋，心膽讋服顔死灰。紫髯主人磔如戟，一捋滿酌雲山罍。君不見景升豚犬跡澌滅，五官竿柘技趫絶。斫案已教鼎足成，争橋更託鞭梢掣。夌亭埭日風摇腥，一時人物傳丹青。秦盧越棘鍊長鎖，鎖鐵萬古沈沙汀。

題蜀字匡謬示諸生

長卿撰凡將，子雲成訓纂。西京尚小學，再傳見已罕。六書縱就湮，破體得其半。奈何沿末流，草草便增損。豈惟混丁朋，直欲淆娶嫂。此傳彼争受，滿紙結蛇蚓。不思復不學，楷則遽澌泯。即以干禄論，北轅引南靷。國家令寬大，藴雨禁從緩。無多奉諱字，汗青事編剗。臨文禮不諱，泥古誤非淺。請看孟〔一〕蜀時，石經耀龍轡。一逢淵與民，缺筆形宛宛。使者良區區，化俗面滋赧。勉將文字緣，講諷刮羣眼。毋謂風會歧，蜀學綜前典。

〔一〕原作「盂」，據白華詩鈔校改。

九日竹軒少宰邀登貢院門樓故蜀王府

房蓮粉墜鈴菊排，瑟居丈室廬縮蝸。欲風不風雨不雨，折簡屢費材官差。侍郎下馬十旬日，飲馬便飲摩訶涯。曲池已平闕門在，鼓角遠和譙樓皆。蜀王雅著秀才譽，周憲樂府名相儕。求師爲從遜志學，還骨更把金華埋。一朝故宫委蕪礫，牆雉無恙紅如揩。升高望古思何限，行止偶爾波緣簰。往年駐軍過重九，餬舍累甃峯横叉。彩糕欲題苦未敢，廟廊西顧紆宸懷。今年拔旆勝拔宅，栖畝況復連其秸。蟋蟀之詩采唐俗，義取後樂非浮哇。下臨萬井洗兵氣，有酒直得傾長淮。明年此門闢秋賦，走也無便投樱鞵。軍儲無算覈成算，雙節想亦回天街。當樓忽聽雁聲墮，玉壘山氣凝夕佳。

泊黄龍谿

三舍華陽道，迷離晚翠封。大江縈赤水，何代見胡甸切。黄龍？甘露碑終泯，彭山堰未壅。欲知禾稼美，夾岸酒香濃。

彭望山

柏人迫於人，隆準義不宿。征南行溯江，旗鼓震艫舳。是夏監護戕，井蛙計頗酷。明知地名惡，宜戒軍候肅。賊來暗如鬼，尸氣積川陸。難偕彭祖昇，徒遣吴漢哭。興王卜天授，人已喻心腹。一死事偶然，畫象麗丹旭。論古辭激昂，覽今槩雄獨。擊楫暮雲蒼，岹峣萬山束。

彭冢

三尺階前進雉羹，堯封只合住彭城。如何西土羌髳外，也把荒墳認老鏗。商家守藏贊修同，譜系何人冒陸終。不及青牛周柱史，混元香火李花紅。論語老彭，注老聃、彭祖。

草草人間八百年，南山石槨蜕新仙。早知天上鞭笞苦，悔習房中御女篇。

蘇祠

蘇文生喫菜羹，蘇文熟喫羊肉。其人已往文尚存，何止因人愛烏屋。四年三過玻瓈江，江風刁刁催畫艭。今朝風利泊沙渚，一渡再渡紆輿杠。臥牛城闕翳烟莽，紗線街頭致蕭爽。解帶先圍古柏粗，捫碑細剔春苔長。東坡居左潁濱右，文安主簿笏端手。名命如聞醮琖呼，經傳尚憶循牆走。一門謡諑弄機權，子瞻謫詞有「父子兄弟，挾機變詐，驚愚惑衆」語。百代光芒射斗牛。龍眠寫生神不枯，玉軑輼贈真吾徒。木假山堂倚丹檻，勺水涉趣同江湖。王侯甲第滿朝市，宅廢祠成歲難紀。詩版頻邀玉節題，堂後懸王新城詩版。劫灰幾被紅巾毁。撞鐘伐鼓三瓣香，炳靈江漢歸舊鄉。光佑蜀學化蜀黨，井絡一氣登福昌。

泊下巖尋喚魚池至流盃池小憩

水縮灘愈强，榜船睆石罅。避石趨涑澇，一落陷腰骼。緣坡竹離離，未暝黑於夜。逶迤就蛇徑，佛閣聳高跨。閣後千仞岡，飛翰奮難借。府江洶我前，欲挾岸俱卸。出閣改向南，羣翠赴巾帊。琤潺荒磵邊，絶壁斗淩駕。人將䣛蹈題，客待氍毹藉。喚魚魚不譍，顧影漫悲詫。隔磵三四峯，屋上屋還架。策策籜聲死，斑斑鳥污化。陻屭蔽洞口，藥氣撲香麝。緩帶稍流連，流觴竟須罷。

自中巖寺暝上上巖

精藍隱重椒，續斷發微磬。取徑循山梁，風壑雜清聽。壑枯泉尚澌，照見衲衣病。三上上法堂，苦莽沸聲定。山深擁鑪早，汗雨拭旋迸。遥指石筍門，渾沌結孤勁。異僧皱魚鑰，澌然若破甑。横分一二三，好事足乘興。導我長明燈，歇我虺隤鐙。爲恐淩風翰，一誤落虚穽。怪藤牽客裾，滴露看逾浄。劇遊遇新險，欲乞聖僧平。栗狙紛竄騰，竹雞亂噭應。長嘯毋久留，瘦筇託孱命。

扃院調水丁東井

丁東院外丁東井，路介宫牆五度行。點滴細傳環佩隱，煎嘗孤負瓦鑪清。墨池徑澀積新構，鹽溉灘危失舊名。誰似羣公題賞處，醍醐灌頂耳雙明。

嘉州判筆應手聊紀以詩

舊鄉近吴興，選毫動盈把。都門劉必通，聲價震朝野。書訣吾不工，久躍鍾王冶。非無揮翰時，每倩寫官寫。洎從使西川，官事手難假。墨筆留諸中，丹筆告其下。煌然紅勒帛，萬目視取舍。粗宜眉硯粗，何苦購宫瓦。有吏抱牘來，一管妙嫻雅。濡染狀淋漓，點畫致瀟灑。俾我青頭雞，五雲袖間惹。心知嚴永法，此地無存者。物遇重圭璧，數違輕土苴。願續大峩遊，留題而還赭。

以願門集寄峩眉諸寺

半天佛閣費登臨，幾樹濤松悄和音。笑倒酸寒白居士，祇拚一本庋東林。
玉帶山門鎮未曾，前身我亦住山僧。無〔二〕端妄學驚人語，怕遣茶毗落夜燈。
平鄉峽口望多時，願海蒼茫結社遲。留〔三〕得者般公案在，篋中分配海棠詩。

高望樓

西川奇觀數龍游，山上高城城上樓。峯點蛾眉殘雪秀，峽批熊耳大江流。竹公祠廟神何在，草寇疆場事已休。須向淩雲賒白酒，人生幾度度嘉州。

清音亭是淩雲最勝處

我昔登大峩，兩翼傳天咫。下視嘉陽城，微茫混雲水。今來集鳳峯，冬旭獻妍美。左盤盤

〔二〕住山僧無，四字據白華詩鈔補。
〔三〕結社遲留，四字據白華詩鈔補。

右盤，危樓面人起。平矼枕方池，池墨亦枯矣。當其洗墨餘，亭扁蔚霞綺。清音勝絲竹，幽景謂止此。豈知登眺初，江會會漫瀰。搏激爭豪雄，并力走南紀。蛾眉照夾鏡，顧我目成始。復有一青螺，捧出銀盤裏。想象椎鑿功，秦守今不死。曠如復奥如，萬象赴檐底。巖壑飽大觀，浩呼坐移晷。酹酒忖坡仙，何因去鄉里。

晴沙於淩雲古洞伐石肖海通師象

海通師乃是嘉州九頂之住持，一目眢井一離雹，照徹三江江底潛妖螭。妖螭吞舟如葉百千葉，青衣錦水怒相挾。石根助虐排欃杈，殺人劇甚短兵接。師非仇石石仇人，薪煅斧敲十僧臘。前摧後拉中漸窊，我佛分蹠端趺跏。二流溶溶匯腳下，左右纏繞雙青蝸。壘山作頭俯頹浪高閣，七層影搖漾。驪除菑溺航衆生，仁王懽喜海童悵。當年經營分寸資佛財，布施無主心死灰。手剜隻眼應賕吏，衛民衛道天終回。君不見焚香肖象報師德，洞門窈窈大書刻。洞邊何物是千峯，兩眼肉身汗顏色。

烏尤訪青衣神祠不得

蠶叢昔開國，遺教嗟渺茫。惟聞衣青衣，勸課農若桑。其神享廟食，云在雷塠旁。雷塠即離堆，見寰宇記。沫水衝適當。於今爲烏牛，輿地記失詳。輿地記：烏牛山一名離堆。當以離堆爲本名。反令灌江口，名冒離堆長。我誦酈氏言，南安灘勢狂。鑿平賴李冰，江會流湯湯。又言開明帝，故治治是鄉。有功民不祀，舊跡湮洪荒。不識青衣神，不傳青衣王。卻傳犍爲郡，剖竹啼三郎。俗情騖語怪，考古心倀倀。登城望明月，千載堙湖光。

嘉陽晚發

畫船打鼓逝徐徐，回首烏尤落照虛。曠代蘇黃垂盡後，諸蠻袁董太平餘。沙明野聚迎嘉樹，春暗江流負拙魚。比似年前灘漲減，半輪山月影何如。

犍爲尋邵公濟祠 祠在資聖寺後

在宋擊壤翁，世學出天腴。聲音通律吕，皇極託根紐。洛橋啼蜀鵑，默默忖陽九。頻語汝潁賢，避難盍先走。天彭井絡間，爾宅爾田畝。子文一使蜀，攜家赴官守。青蓋降青城，幸及免虎口。安坐綜聞見，次第録某某。此老亦吾師，小築犍山右。爲文告宗祊，萍泊事非偶。當時弦肄處，邑改人不朽。破廟介龍池，草逕颯檉柳。金仙座擁前，木主龕蔽後。後山圍翠屏，石氣潤檐料。迢迢經世心，觀物復何有。寄聲白足禪，殷勤氾苕帚。

清水谿先孝女祠

孝女名絡，符縣人，今爲合江縣，父尼，字和叔。范書以「尼」爲「泥和」，以先絡爲叔先雄，瀘州志以爲元紹，楊慎、袁子讓以爲犍爲縣人，皆誤。

有女遭多難，親裾憯莫扳。爲膺公府命，竟入水仙班。溜急尸長逝，春回信尚慳。全家行彳亍，偷息淚斕斑。魚腹成深葬，鴟皮絶遠還。獨捹衣去。苔藻，相顧繫珠環。令節南園外，扁舟北渚間。攖身投惡浪，觭夢感神姦。六日詹非爽，千秋史不删。曹娥爭輩行，張帛訊鄉關。符縣祠雖廢，犍江蹟共嫺。紫雲排屹屹，清水寫潺潺。名籍傳疑定，碑材請命頒。禮寧遺弔溺，孝本足砭頑。渡影紛巫覡，濤聲咽僰蠻。東京風教美，敬采播人寰。

朝陽厓即李冰燒蜀王兵欄處

鐵兵今，銅兵古，異哉馬彪志地稱玉兵，劉昭借把范書補。玉兵玉岳三寫訛，惟有縣厓照水赤，白元黄尚如許。雲斑霞駮薪所燒，冰兒膽氣咸粗豪。圍腰白綬作牛鬬，爾欄何物爭堅牢。蜀王後户噉巴僰，踞險藏兵時啓塞。相對還疑彭闕門，自大真同夜郎國。東方牧犢雄渭汧，力士蹋破褒斜前。堋田鑿隼任賢守，利使兕甲浮汶川。火行煅石石靈讋，狒狒攸攸燎烟接。燄烈非緣插竈炊，灰殘那比焚書劫？赭山倒江江沸紅，萬魚潑刺鬐廻風。楚鱗不上蜀船下，長鎖梟梟攔江東。唏嘘乎哉秦不自哀我哀蜀，杜宇一聲裂厓木。

偕續松亭大令再過流盃池

去年迫按部，不續涪翁盟。謂俟舉科試，試葳陶我情。小黎接大黎，多恐山雨傾。箋天快一諾，連日暄冬晴。松亭繫仙牒，意槩超塵纓。兩槎亂流渡，笑比輕鷗輕。黄葛芘新店，翠蘚抽廢塋。西江舊遷客，三黨遭鬬争。邊州詔安置，擘荔心孤清。木槐爲性命，谿鳥爲友生。偶然侑栝杓，涓溜交泠泠。新恩徙内郡，遺蹟馳芳聲。古之羽觴制，尾翼光有鶯。元公暨内史，禊飲咸取精。盃如盂而大，泛水膠難行。豈知兩耳盃，唐賢資品評。盛山十二咏，渠勢流盃成。居方妙轉圜，習坎占利貞。青神昨遊處，此老池亦名。若較山水勝，奚啻中州傖。嗟哉薰與蕕，憎愛區寸誠。黨籍出京手，無復碑高撑。人愛池上酌，我愛池畔耕。披苔記前夢，姓字鐫硜硜。

鴛鴦圻弔漢黄帛

夫者張，婦者黄。湛者鴛，浮者鴦。水滔滔，天高高。音沈沈，心摇摇。妾没彼，妾出此。妾手夫赫然起。西家咽，北舍説。南廣津，東京日。

次南谿

服谿晨弄漿，造次次江城。山静支琴臥，灘寒挾豉鳴。僰僮知自富，巴婦與誰清？竟伴鴛鴦死，哀哀女史名。

泉之喆惟各以書告純甫之殁

萬里寒鱗累牘黏，披襟何意淚雙霑。折除翻恨科名大，錯迕皆言藥病兼。角扇乞題須閉户，羊車行駐有窺簾。曇華一見胡甸切。真彈指，孤露生成不可占。

官様文章院體書，過江名士更誰何如？論才蚤幸言多中，去年會試録至，諸公言沈魯泉當狀頭。予曰沈似第三人，狀頭必純甫也，已而果然。矢節深憐報尚虚。魂逝方干金牓後，年輸李賀玉樓餘。一尊他日團頭話，萬恨填膺歎祝予。

瀘陽大佛寺左爲花乳巖右爲少鶴山皆子所改題可垣因以乳鶴名其寺

崇阿涌丹霞，累搆密鱗次。負陰面江城，一艇亂流至。青䡖陷白沙，抖擻陟初地。蒼厂栖金身，斧鑿肖靈慧。繽紛妙鬘披，綷縩畫幢曳。闍黎苕帚忘，空挾鼓鐘沸。平頭見外江，側掠山鳥鷲。當宋當塗高，一麾治神臂。治遷德弗諼，山名我乃畀。名爲少鶴山，勒以擘窠字。其右花乳巖，本名豆腐石。更使穢名避。齋堂介中央，如夾兩媵婢。者番獲改題，割裂具深義。乳求法乳垂，鶴記鶴林事。巡檐得老梅，欲笑我游戲。匆匆啗粥來，會印雪泥未？

臘八日可垣大牧致原大令邀入方山自下雲峯步上上雲峯暝反石堋放舟東下

首塗指藍田，壩名。南有入滇路。背之西北馳，薑蔗塞沙步。緣江不見江，江外山結互。斗然彼一方，嶽嶽豁烟霧。期我歷上頭，又隔石堋渡。欲速反就紓，洄溯遂游溯。嘈嘈野市喧，瑟瑟林莽沍。分明九九峯，峯影暗吞吐。數里穿寺門，尚在廣平處。前堂頂後堂，未燼戒香炷。云是受記徒，是蚤法衣付。言飯香積廚，載撫春浮樹。仰面巖徑懸，兩翼勢難傅。題無贊公房，蹟有漢兒墓。眼光忽動摇，寒流繞匹素。是爲來處江，中水了無與。始知悠謬談，耳食到酈注。漢世祖祠江陽兒事近誣，道元又以方山在中水，實則尚遠。誰邊雞亂飛？嶺半引吭嗉。黄花三兩畦，病衲趁犁具。稺松長於人，密密滴蒼露。攀援蹋上方，眷屬寄常住。門外石一卷，慧干履所措。門内池一泓，慧知杖所拄。金鱗隱藴藻，想待聽經故。多君勸留題，剜刻事條疏。使君巖固然，庶子泉則詎。隔年踐勝約，恐被古人妒。來輿返以舟，來晨返以暮。吹燈坐圓篷，擁褐語猶絮。分噉粥一盂，夢逐僧版去。

可垣遺吉州近刻六臣注選賦疏解而以生雉先之頃述此間士有書摯見作雉見者笑題其後

堆案倥傯選學荒，巾箱那得及青箱？江淮舊侶啁嘲否，一語公然託贊皇。德裕自言不蓄文選。

此書鏤板九經同，鬻市還應恕老馮。道。難得廣都裴宅本，細燒官燭寫三通。宋槧六臣注有廣都北門裴宅印本。宋景文自言手抄文選三過。

李註從頭作鄭箋，升高不媿大夫賢。臨風漫嗅馨香起，繙過安仁射雉篇。

六摯沿謁到士流，秀才一半笑全休。宋諺：文選爛，秀才半。投詩分少瓊琚響，爲把人文記吉州。

寄題富順宋儒賣香薛翁新祠

我登鉤深堂，俯仰弔程叔。傾懷治篋翁，配祔嗛改卜。薛翁心迹同，賣香給饘粥。居鄰雒水濱，行過眉山麓。薄午扃兩扉，意象肖枯木。一語砭袁郎，滋理道探歸宿。庶幾抉經心，易學遂在蜀。蜀易昌資中，李氏鼎祚。集説三十六。力排冢中言，鄭訓炳宵燭。流傳迨熙寧，義海手弗肉。房公審權亦蜀人。百卷書，人事省禍福。雖博苦未精，有待薙繁複。是翁生是時，約守屏塵牘。善易不言易，藉以遠朝局。其學無可承，其隱信可録。其德静如琴，其品白於鵠。君平久棄世，開簾匪徇俗。笑彼洞與臺，研朱耀巖谷。新祠今告成，未由薦杞菊。敢告鄉後賢，青雲步高躅。

峽夜聞雁寄尚濱

峽雨化江烟，江樓蠟炬偏。一聲長墮地，數影定排天。倚聽人偕遠，能鳴爾弗先。年來心跡嬾，無帛倩分傳。

試館右梅作數花雨中對之

凍枝埽牕上，凍花落檐下。翠禽無一聲，官院曠如野。寥歷抱琴人，霏烟浩盈把。

安岳賈島墓袖東作瘦詩亭於前寄題

風樹灑泠泠，孤雲落葉青。殘齋僧入定，苦唱鬼通靈。逕古留樵跡，祠荒剥蘚銘。乾坤容偃仰，長配浩然亭。

白紵青山曲，高墳小謝鄰。生前徒病婦，葬處自遺民。尸祝名猶忝，風騷旨可親。最憐京兆尹，冠蓋没蕪榛。

强圉作噩

重過佛圖關 元世祖紀作浮屠關

層關削立字浮屠，白虎蒼龍映帶無。門擁塗山朝禹啓，雪消江水會巴渝。漆城終古懸天險，草澤何人占霸圖？重憶宋元攻守苦，扶桑壩下日西晡。

鄒忠介祠

一種朱雲劍，槐廳少小年。萬言懸象闕，九死别龍泉。理學標華衮，儀容抗細旃。世間難了事，驚見逐臣賢。

釣魚城弔二冉生

涪王及信王，惠蜀八十稔。破家由逆曦，蜀遂無安枕。北人責敗盟，洊奪錦江錦。但苦兵役疲，孰取形勢諗？安撫招二生，入幕計勤恁。築城二水交，滿挹天池飲。珏也來繼之，神勇過狼瞫。直使飛礮風，大敵殞寒噤。乞降自王立，萬命拯釜飪。叢殘祠壁間，相向錯趾衽。申韓廁老莊，同傳不同品。田横島莫論，張巡廟難審。我懷籌障功，鬚眉動森凜。何當酹一尊，垂竿見魚淰。

人日復抵果州

嘉陵江上日行人，人日人來問北津。恰是三年前過此，殘香炧火射洪神。

東巖尋三陳讀書故址

潁水清，灌氏寧。淮流絶，王氏滅。巴有將，蜀有相，一西一東兀相望。將相之堂聚一門，鋸斷盤龍氣猶王。盤龍龍自盤，錦屏屏似錦，台星迴照讀書巖。玉潤金聲抱英稟，仁廟恩施優渥同。秦公禮法謹嚴甚，父教立侍母教杖，八十行年仲無恙。大狀元偕小狀元，鼎吉分占玉鉉象。識人祇數希夷翁，天綱題識驚鴻濛。地靈一去一千載，彭池滕苑烟雲空。君不見琪花瑶草玉簫碧，榴皮夜裂洞仙蹟。

敬齋觀察邀翠軒花下小飲

雨少風多次閬州，錦屏雖好那曾遊。掀眉笑倚軒牕穩，落手春山一角收。白白紅紅半吐含，五年孤負曲江探。來朝戒報鼕鼕鼓，䅦到東鄰夢亦酣。説有談空霸氣降，細傾短醆對疎缸。不知錦里遨頭會，捶破胡琴日幾雙。燕燕前期去住忙，著書學道我何嘗。槎枒肺腑無端起，昨歲今朝縛鬼章。

潼川使署東草堂書院故草堂寺址之半澹園太守以少陵象奉焉三疊成都草堂韻

夜吟僧院静，晝邏使垣沈。每傃東川迹，長闚北闕心。失時年漸老，避地計難任。萬里橋西路，回看屋樹森。

攜妓嘗呼飲，將孥復破貲。雍容四州守，灑落一年詩。衮衮青山擁，滺滺碧浪移。瀟湘含睇邈，停坐莫須危。

穴險終離虎，宮幽未探蛟。孤亭朱橘樹，雙寺緑蘿梢。放眼非秦甸，營身似蜀郊。王楊此遺翰，慎勿炫前茅。

草堂行處有，公勝樂天翁。一辮分香遠，三間割宅同。觀書期卓犖，留畫影冥濛。素壁陪芹藻，流傳客話叢。

説夢爲澹園太守時有令弟研香編修之戚

沈郎齒廿六，寒夜栖館垣。夢衣壞色衣，朱履行軒軒。邐迤造一所，署曰聞喜園。四圍湧金界，十丈飄珠旛。諸天塑一一，尊者爲世尊。禮罷指西壁，且擁團蒲温。定僧定其上，白業依法門。東有老尊宿，相對羆熊蹲。形骸肖槁木，道氣藏六根。定僧起離席，手炷香微薌。敬參世尊座，鉢水清無痕。持之獻尊宿，吸斷西江奔。舉鉢擲僧面，僧亦無所怨。遥投尊宿懷，舉衣相淩掀。須臾抖七條，僧影滅弗存。化成兩沙彌，其一髮未髡。頗露端正相，合掌蹯趺跟。其一赤雙腳，貼地翻崑崙。轉身學胡旋，風勢窮追騫。曲踊升玉龕，蜕委飛精魂。爾時鐘鼓磬，鐃板聲交喧。衆生哭且讚，如會盂蘭盆。舁龕寘檐外，待報茶毗恩。詣君請舉火，宗旨資闡論。顧讓老尊宿，烏几嵌璆琨。灑翰潑餘瀋，簇簇金花屯。再諸君再讓，沙彌膺迺言。琅然廿八字，脱口瓶倒翻。君迺自持偈，祖堂探靈源。奉香熨龕背，三昧揚煓燉。瓔珞裝妙嚴，貝葉吹繽繙。九天曼陀雨，獻果紛經猨。雄雞裂牕曉，何處留祇洹？輪飆三十載，掌夢懵其原。我於大雄教，終莫闚籬藩。多君好兄弟，分體同母坤。雙清照名籍，猶水浄不渾。君遇稍轗軻，芳抱貞蘺蓀。

向非識力定，焉得湔霾昬？君弟舉省首，取次搏鵬鶤。一朝赴玉樓，黯黯膏自燔。簪花宴聞喜，苦憶聯篪塤。逝者往在弟，生者今在昆。生者修苦行，逝者消宿冤。頭陀了粥飯，循省心堪捫。打鐘報圓滿，應響通天閽。

澹園送薹菹竝受其法

櫸柳攢攢緑送陰，連塍嫩甲長薹心。尋常風露提筐早，莫遣黄花似散金。

羹材從古配珍鮭，湯瀹風乾榨更佳。略糝水晶鹽似雪，藍灰封口甕分排。

齋厨頗記勝官厨，豕膩羊羶百不如。最是一柈青蘚美，亂和茶飯嚼春菹。

滬城蔬味壓糟香，饞守無因遠噉將。分付園官留幾把，再攜甕臼報東陽。

澹園復遺五香冬菹索疊前韻

如水清簾午氾陰，坐收旨蓄慰冬心。菜根風味分甘好，不數交情筮斷金。

長腰春罷割鯖鮭，碧緑青黄此倍佳。看殺茴香裝髻手，細篩倒藏費鋪排。茴香髻名，本韋娘之訛。

滿瓶花氣逗賓厨，笋苦櫻酸儁孰如。爲笑蘇巢杜蒿荳，但隨粗糲試生菹。

趁夕陽。小印鉗泥字五香，舉場辛苦記同將。金陵秋試時例給舉子五香大頭菜。知君慣買工求益，要我牛齡

中江

一境分郪縣，郪流碧玉清。私田晴未雨，官路險差平。片石交花細，重巒積翠明。夜來元武山名。影，河漢互縱横。

趙家渡

雲頂山名。盤雲下，斜陽野道紆。水田分二浸，烟市近三都。辟暑牆圍竹，招門岸拍凫。焦山聞不遠，渡馬重相呼。

五日

泰陵東引五雲車，五日江樓閶物華。祔廟共聞成典禮，罷舟非爲諷淫奢。燒延院外朱榴樹，簪罷房中素柰花。深念去年慈福備，洗兵時景蔚蒸霞。

吕陶邨引疾還澤州

合欉花謝故人逢，重見花開散跡蹤。邊徼身名甘苦慣，曹司職業去留容。杖頭藥裹尋醫問，廚底蔬齋教客供。知爾無田歸亦好，全家一笑涕翻從。

出時乘傳返騎驢，仕止無心衆不如。先廟文章彝器上，貴游情誼角聲餘。用右軍事。傳經尚信科名重，解組何嫌禮法疎。屈指横汾秋雁早，半途休悋一行書。

榿木 榿音欹，閩人謂之榿木樹

連臂圍崇柯，云是十年木。釋木雖見遺，封植數西蜀。根枝交蔽虧，節目少盤蹙。其陰若榕容，其葉若桑沃。其材比薪蒸，其産近谿澳。好覓少府栽，雅傍杜陵屋。共傳小宋贊，未誤半山讀。園丁移種初，一二配籠竹。閲歲林遂成，張王耐三伏。爲用利頗饒，論壽朽偏速。美惡無定資，陳義在檀穀。亦號水青檲，緣江指濃緑。

白華前稿卷第五十四

古今體詩朝天集一

朝天嶺爲蜀棧首險，自京來者多下峽以達昭化，其入京則必循嶺劍外，官人心焉宿戒，實未及牛頭關之陡峻也。自候代迄還朝，歲籥已改，又踰年而侍班出塞，校文赴浙，並係以入楚以前所作，翏翏無幾，能解免於不暇唱渭城之誚耶？

李又川中丞演易圖

易理觀生生，化機妙轉轂。涼風扇崇柯，萬象入蒼肅。我公盎如春，元氣藴心腹。將以威厲形，享此和平福。有懷周與孔，獨往寄空谷。得意會禽魚，忘言儈樵牧。體同先後參，德悟方圓蓄。消長在陰陽，補救願斯足。側聞先正言，言易數西蜀。醬翁往不回，篾叟去難復。惟餘鹿洞流，居玩衍續續。喪志吾待懲，寡過公早勗。應笑冢中談，嗒然據槁木。

送内舟發同慶閣

棧程擾攘峽程便，草草辭家十五年。文武連科公事了，合離隨遇遠懷偏。齎裝定較來時重，疾痛長期去後蠲。總爲聖恩似山嶽，沿江小竊避差楚皆切。船。

沈緜風雨過題糕，幾片青楓報落艚。開泊要憑三老問，行藏緩論一身遭。門生替代人相賀，劉侍御錫嘏來代。地主周旋我尚豪。商約明年瓜蔓水，張家灣口訊輕舠。

張秀才能厚小園

市南垂禮殿，幾度奉香來。盡即忍切。說鄰園好，徒催俗駕回。門虛隨客款，山假仗人堆。點綴非容易，多時運賦才。

薜荔何年種，丹青照一牆。平池先架閣，陸地忽成梁。楮老全腔壞，梅枯密蕊藏。一觴一棊局，不礙讀書堂。

半畝儒宮地，分明畫不成。瓶花千百種，籠鳥兩三聲。水木重跰到，雲烟四面生。縱然丘壑小，應占辟疆名。

野望

竹護莊窠槿護田，入冬雨過淥渟阡。胡琴版按秦聲雜，蠻布篅分蜀錦鮮。谿口横梁三級上，樹身束藁一輪圓。銷兵氣象逢人問，祇怪邨童抱犢眠。

長至前三日榕巢觀察厚之刺史喬梓招同林西厓陳東浦德潤圃王審淵楊笠湖張堯莊徐牧也李南池胡晴軒姚秋塘集餞升庵審淵作圖題以留别

江關懷結宅，雲物迓書辰。車馬逢迎慣，圖書畹晚親。敬教音管遏，笑遣酒杯巡。説餅吾猶敢，嘲梨主勿嗔。松枰斜睹奕，楛箭正開鈎。井牧多名宦，江湖有散人。興高吟脱幘，夢遠話收緡。短晝看偏永，狂言聽倍真。懽蹤纔跌宕，别緒忽呻颦。五載叨持節，三年見服袀。抗糧虞子佩，别字憫儒紳。撻記寧從猛，瀾回稍化淳。羣公嘗諒我，幾日定抽身。祖帳誠非分，朋簪亦可因。揚雲居近陋，王宰畫通神。掌故留繙取，消寒送使臣。

將發成都録别三首

作室資棟梁，室成需藻繢。作羹用鹽梅，得水味斯濟。我朝文運昌，經術炳斗岱。末材起海陬，曲謹守庭誨。偶竊詞賦名，所得亦已碎。五年視蜀學，詎免涉尤悔。矧逢天討申，芻茭責境內。大義苟不明，率迪義安在？羣公濟濟來，半爲核要會。境殊理則同，請問輒相對。論古審經權，因時懍進退。所感不鄙夷，在道不在位。

於位師已尊，所患先自賤。殷勤上下交，貴可令人見。自我來蜀時，館師淚交泫。謂我屆還朝，未必再覿面。使臣辱命譏，於子或幾免。及之而後難，履之而後變。緼袍介狐貉，往往色斯赧。士苟自守貞，何恤衆言諞。下堂知覈明，不知復何懣。立此功德言，隨分可交勉。責人毋太難，或仰或時俛。感激知己言，寢門目空斷。癸巳逼除詣別劉文正公，謂曰：「子歸我恐不及待，子去我知子之不辱已。」遂成訣語。

讀書貴敦品，品立還讀書。賢者見其大，不賢識其餘。文翁遺受經，蜀學由此殊。峩峩明倫堂，後接諸生居。風雨苟〔二〕不蔽，奚論經菑畬。我今屆受代，此念良區區。殷勤告當路，見聽如入虛。堂修尚以易，行修或以疎。所期本六經，文質登璠璵。始基自小學，祇此形聲粗。立身在大成，祇此忠孝譽。將去告多士，斯言庶善夫。

〔二〕 苟，底本誤作「荀」。

梓潼寄和竹軒少宰贈行元韻

白狼添味到金川，轉粟勞臣直上天。六載蓉城三返駕，卻將領簿替籌邊。
太行回首白雲橫，不上山公啓事名。看取錦江春色轉，登仙何必異班生！
彩管烏絲細細論，相師一字抵璵璠。最憐山館圍爐焰，照盡離心過益門。
一尊潦倒醉遲遲，張亞祠邊劇繫思。檢取瑤華冠羣玉，升庵前夜擘牋時。贈詩録於審淵畫冊之首。

偕孫卣堂步出雞頭關

四肩肩一輿，遇險力尤困。作氣藉繂夫，蚿足費登頓。是關高障天，碎磧埆粗坌。雞象占巽爲，變而取諸艮。小雞連大雞，欲上不能寸。孫郎奮臂呼，超距若行遯。相從帳下兒，一瞥憩邮閈。偷安復畏難，何日了弘願？毅然學急跳，那惜露雙骭。隔掌臥岷嶓，圍腰引沮漢。上下亭短長，捉戍致揚讚。言昔征蠻軍，羽林偉腹幹。柳往與雪來，徒步習勞戰。官今去朝天，焉卹役夫賤。我意本避危，客情必趨便。署話宋元時，鏖兵滿雲棧。

重宿南星畫松爲紙糊飾不復見

南星山店是南新，雙管平分五粒春。壞壁重摩抄不見，衹疑昨化老龍身。十三科匠潰重重，似惱黄塵壁上蒙。幸我舊題詩未寫，知無人作碧紗籠。

著雍閹茂

元日習庵似撰邀入崇教寺秋帆中丞亦至

紺碧熒煌湧法門，朝正時候過西原。地連紫氣三千里，人對銀毫五百尊。白馬馱經懸石匣，朱櫻勅宴罷金樽。弟兄細話關河影，引得元戎接座温。

題秋帆中丞靈巖讀書圖卷

頃我來長安，得購石經本。昏燈照眵眼，春筍束幾捆。雖非鴻都舊，猶勝蜀蹟泯。以之紓吏治，如繩直生準。致君先讀律，斯語笑且䵷。不見中丞公，百二率僚尹。爲民禱甘澤，華頂導秋隼。蝠蟥奉神令，二麥獲收攟。鄭國渠載治，崋嶽廟重建。餘事考三唐，匣經教弘闡。其地介兑方，櫻桃宴所衎。修治垂七年，萬象照龍轡。要我一周遊，令我起慙懣。溯我使西川，補綴力疎讀。稍恢周公殿，莫購逢吉版。雖則時地然，實由讀書淺。中祕思漢京，舊鄉懷吴苑。靈巖瀕具區，七二峯蜿蜿。秋有菱華蕩，冬有梅花阪。樵兄結漁弟，共逐笛聲反。當公起精舍，曉夜對青簡。一朝登狀頭，東觀事排纂。仕學力互優，中外任非緩。觀公妙措施，書味信充滿。他時作宰相，樹立躔謨典。非誇少董藏，忽夢館娃遠。

夜抵蒲州宿費同年淳郡齋蘇獻之先在將入華山

天險潼關壯，臨河頌鐵牛。銀燈人影亂，晝寢酒香浮。跌宕同年面，沿洄古渡頭。華陰風日美，不作墮驢憂。

上元雪後抵介休宿吕碩亭公滋縣廨

茸裘絮帽促歸鞭，地主門生勸少延。表裏河山真錦繡，合離情分倍纏綿。爲交春序微沾雪，豈信風光果禁烟！家集分明勞指點，月燈毬裏試分編。

良鄉題壁

券驢四十八程外，顧兔六十一回前。八度金臺驛還往，棘門葭席使星懸。

西暖閣述覲恭紀

卸裝時節近中和，黄帕呈名曙闕摩。帝語如春先問弟，臣心似水不遑他。鑾陬軍實持籌久，邊地人才握槧多。五度瞻天逾五載，講筵歸趁佩鳴珂。

玉峯六老圖爲濺湖封公題

濺湖主人今年開九秩，當七十八有會聯玉峯。其年乙未月四日初六，櫻桃紅綻筍豆蒸香濃。草堂枕山下帶古婁水，少年褭屐輕薄投無從。昴精化爲五老悄窺座，素髮垂領朱履拕青筇。主人降階禮客視鄉飲，屏卻揖拜苛法便疎慵。或攜古琴或捉内史扇，或展長卷或撫淵明松。或忘形槁坐若據梧，子與主而六一一情雍容。六人坐中主人齒尤長，於鳥爲鶴於馬爲蒼龍。不仗七尺台藤扶腳輭，不藉一杯社酒治耳聾。樂天香山賦詩徵故事，伯時西園入畫留歡悰。詩成畫成至今歲三改，相對矍鑠往往尋遊蹤。元時阿瑛縱然稱好事，如被栝柏壓倒桃李禯。其鄉先進歿可祭於社，亭林等身著作儒家宗。是父之師是子曰私淑，經訓而外詩筆堅難攻。省門五蹋不利有司試積書，積德物望尊珪琮。家無貲贏斥去述祖德，不見百尺橋跨江吴淞。諸郎掇第諸孫習佔畢，爲善必報用是俫褒封。衣冠盛族遭際太平世，此會毋小元氣覘陶鎔。不知其人讀其自爲序，想象五賓一主交于喁。再後廿年此會獲再舉，援狄盧例末座收吴儂。

戴菔塘晴川曉渡圖

漢南新漲緑於醅，草色萋迷樹色開。想象大羅天上伴，一帆如鶴過江來。
岸芷汀籬隔桂林，烟波無際遠游心。數聲鐵笛梅花老，不見雲山欸乃音。
萬里魚龍引使星，朝宗二水我頻經。多君又作劉郎純齋。倡，唱出題襟滿座聽。
王載岷嶓翠撲衣，年來思息漢陰機。無端攬卷添悵觸，孤負江潭好釣磯。

雩壇禮成翌日聞弟省蘭准與殿試之命恭紀

飛騎聯翩小録刊，南宫名紙上齋壇。太平豈待吁嗟應？大比方知進取難。失第情懷如中酒，守官職業尚加餐。至尊雅識淩雲手，目斷雲霄一羽翰。

辟廱十鼓費摩挲，廻避三科落四科。上考再書温卷少，高文兩獻賞心多。省蘭先以九姓土司箴及代大學士程景伊平金川頌受知命，俟會試後奏名。名邀特奏看逾重，牓待重填聽未訛。倒數阿兄前賜舉，感恩長自淚滂沱。

送毛佩芳紹蘭還遂安

百年前制科，三毛冠兩浙。鶴舫雖被遺，遺文炫高揭。非徒循吏推，庶見諸孫列。三江所抱環，出處判緜蕝。會有牽連親，絜詠在閏闌。天壤有王郎，毋乃競饒舌。京師萬人海，我乍返西轍。照𪊲我亦然，跨驢客不絶。於時試明經，一紀科一設。適來數卷詩，辛苦肱幾折。樸學謝鉛華，清思皎冰雪。每於才調中，刻意露疎拙。鐘聲忽左高，玉采若中裂。咀含經再四，甘津慬可啜。是由杜理精，豈止黄派别。倘令籍儒官，風雅藉提挈。而何嗔目嘲，遽作抗手訣。得失事皆偶，聚散心易結。桐君山邐迤，嚴子瀨湁潗。放船自通潞，牐版已全撤。還家對秋月，秋士免羈孑。更爲唱和篇，示我我能説。

重至教習庶常館前堂御書芸館培英扁，後堂奉宣聖畫象

玉殿襯闕選俊班，六年芸館曠躋扳。論師偏媿逾涯分，造士先求痛改删。應制篇章輝北

斗，嚮心車服重東山。縱然不比襛桃李，五度分書許抗顔。丙、巳、辛、壬四科予由編讀奏充今科，院長破例上請，遇課輒屬痛改。

那能温故那知新，大小題評月再巡。四庫編排吾已過，一堂講肄客彌親。東西占廨居游便，南北殊資利鈍均。重向麟臺增故事，弟兄舉進自楓宸。大教習、小教習月各一課。

趙上舍深柳書堂圖

柳外桃花竹外人，緑莎蒻蒻輭鋪茵。年來懶結嬰春侶，衹有叢編照眼新。

池塘新水熨輕羅，信手編排信口哦。底向長安作西笑，子亭閑殺舊鷗波。

送楊才叔試令甘肅請急歸無錫竝懷笠湖晴沙

文者道之藪，學者仕之鏡。讀書欠十年，安可漫爲政？我昨交嚮泉，矯健出天性。四年秉蜀臬，失出沸廷平。遂從鐫級論，暫事拂衣請。立碑走師儒，扳轅臥孺媵。壓裝數卷詩，真箇稟先正。湛然明且清，禮緇衣：昔我有先正其言明且清。鄙人手釐訂。笠湖美軼羣，樂府追大晟。一生忠孝心，幾曲和平聽。經義尤紛綸，抉剔了無賸。癖傳中膏肓，研易點晶瑩。當其刺邛州，我亦枉投贈。固已慕龔黄，而況宗服鄭。於子爲父行，豈曰非家慶。嚮泉嘗語予，有甥少妍靚。弱年慘孤露，誰與達名姓？蕭梁殿一篇，甲午夏間於饗泉臬署見才叔所作無梁殿歌。珊鉤采飛映。欲修五樓居，詎勒偏師勁。時體盈川同，騷情左徒竝。未見飢惄如，倒屣忽相迎。煌煌拔萃科，求仕稱捷徑。坐惜館閣才，折腰去爲令。西陲接西夏，駱驛駃鈴應。十年五救荒，粿麥付炊甑。拊循既劇煩，倔强或詬病。不見華省郎，唾手覬藩屏。不見廣文師，揮手謝涬溟。而我不謂然，星宫判身命。上第不皆顯，野禪不難聖。若其傳不傳，一一待人定。子才如錦屏，華勝兼實勝。子治毋溼薪，實稱斯名稱。疲甿善招徠，荒校亟游泳。感乎及上下，疇不係忠敬。求師歸有餘，焉用諏不佞。梁谿水添波，秦阪山蹬磴。喜心爲捧檄，畏心爲翹乘。居官凜初程，爲文戒漫興。異時隴雁翔，寄書告循行。

戴大尹聽鶯圖

春酒一童傾，春枝喚乳鶯。側身引清聽，抗手作遐征。交讓誰家樹？高遷此後情。華亭秋大好，相望鶴孤鳴。

送汪曉山試令江蘇

越公有支裔，僑業介周浦。於我唳鶴沙，烟樹接衡宇。稍通紀羣交，未結向禽伍。負笈子有常，乘軺我誰與？子今齒三十，人海狎廬旅。握手纔十旬，去打放衙鼓。不由入貲除，不由勘書敘。昨朝署科貢，兹日號明府。科貢程自紛，選拔典斯鉅。身言暨書判，件件繫釐數。數百人一見，十二年一舉。寧缺毋濫逾，拔十終得五。子才信無媿，鋭穎脱囊處。廷試旋褎然，引對荷腰組。一行赴江蘇，百里待推補。江蘇開兩藩，八郡界江滸。不知子所莅，何堂復何廡，繁華六代都，積墆三吴賈。農宜計畝徵，吏或具文舞。貞爲義俠鄉，淫即烟花部。其在黄流衝，作乂亟徐土。雲帆殷轉輸，月隄慎防禦。采風辨失得，大可隸詩譜。翠華方五巡，干掫備韉弩。行慶厲賢能，恩言廣錫予。我將爲子期，我竊聽人語。長官仁且廉，萬室富機杼。邨無吠夜厖，境有渡河虎。板輿安穩來，笑認水田秥。距家十數程，遊學况其所。仕宦不出鄉，陳義自前古。民俗務周知，物情任詳抒。後來格令嚴，俾與井閭阻。一籤探一缺，隨分飫甘苦。眉間映黄氣，徐撥潞河艫。先寧堂上親，次揖學申侶。新安好山水，曾不限邊圉。昌亭老耆舊，曾不廢樽俎。花陋河陽潘，麥肖中牟魯。蹋歌爲送行，金風熟禾黍。

閔貞奉饌圖

貍首斑斕歲月徂，蒼顏皬髮盡即忍切。追摹。影堂一晌朦朧夢，能使孤兒淚點枯。

高堂色笑兩茫茫，翁嫗相逢自路旁。貌入取三毫在雙頰，不須重覓少翁方。

稺孫稺妾跡團圞，家慶全憑畫裏看。莫把猪肝矜卻饋，似將羊棗勸加餐。

王脩罷社一年年，風絮蘆花誼竝傳。多少長安遊宦子，東風麥飯冷荒阡。

約軒同年視學山左時秋林講易圖

五經皆紛綸，詩書了讀頌。於易利用講，不講鮮折衷。攻木堅有節，剥繭密無縫。言言抉天心，先後資參綜。代傳自子木，九師聚一哄。往往窮象占，百姓觀日用。而何家中人，坐斥千喙衆。呼叱禮堂生，顛倒坤元統。件係彖象辭，意使便循誦。清辨信洮洮，訊占劇夢夢。採蒐入正義，一字罔移動。請看燭與槃，詎補羲娥空。夫君受世學，編韋供清供。焚香直講筵，盡識從臣從。持節來二東，門徒稟裁聾。莘莘楊孟流，行飽大官俸。披緇風倍和，研朱露猶重。兩郎偕過庭，袷衣涼蚤送。秋樹葉亂飛，秋水波始弄。泉源七十二，隨地散鴻洞。易道諒如斯，莫守醯雞甕。漢學玆未亡，蜀才今不中。我經瞿上墳，考辨隱含痛。爲拜賣香翁，程吴見伯仲。蜀雙流縣有商瞿墓，予嘗爲之辨。宋時賣香薛翁，富順縣人，嘗爲之祠。程子讀易臺在涪州，吴祕點易洞在樂山縣。寡過假天年，何事敢輕縱。此圖藴河洛，聰聽豁愚惷。無妨受以蒙，豈必取諸訟？高明在尊聞，如飢得飧饔。名士亭竝傳，聖人居與共。他時奏易注，祖業泝成鳳。用虞翻事。

羅浮山圖

海外蓬萊股，飛來翠幾重。鐵橋懸絶頂，石室閟靈蹤。離合三千歲，真明四百峯。無因嶺南住，蹋遍繡芙蓉。

抗手入莁臺，羣峰主客陪。命分衡嶽佐，脈引塞門廻。蒼潤巖蒸乳，飛揚瀑捲雷。竟迷花畔路，翠羽啅邨梅。

大小石樓陰，琪花一逕深。日華懸半夜，雨氣混雙岑。沓嶂高低影，廻谿遠近音。龍堂何處所？險絶畏登臨。

亦有東樵號，毛公蹟尚存。觀星聯女宿，紀史考龍門。竹葉分符祕，菖蒲服散尊。不知丹竈火，千載爲誰温？

太古無南雪，瑶華四處春。茶庵容酌水，藥市迥離塵。洞底埋金簡，雲中禮玉晨。開門看虎跡，言未咥居人。

五色翽神雀，迎入見最稀。復傳仙蝀藹，新化葛洪衣。乘蹻遊須到，開圖願尚違。夢回生羽翼，同覓舊山歸。

藉山讀書圖

少林同年於漢陽縣廨之東爲閣，曰藉山，以其家故有是閣也。既命工爲圖，索題廿韻。

言别今七春，攜手齒交粲。寒温敘數語，國卷忽堆案。韙君著作才，出宰山水縣。流風仰屈宋，循行冠江漢。漢水歸大江，其口肆滮湃。萬闠限東津，一城鎮西岸。地緣脂膏潤，事倚咄嗟辦。適當冠蓋衝，遂使誦弦熳。晴川映芳草，何處飽奇觀？縣齋枕鳳棲，後圃蔚蒼蒨。翦茅搆小閣，得計若鼃奠。牕收二别雲，户曳九江練。每逢案牘閑，琴燭集嘉讌。客至尊共開，客去帙仍散。爲憶八寶田，敝廬有遺繕。徵名示不忘，青箱起遐羡。君今報政成，五馬待迴旋。破軸行自隨，新營去猶戀。徑拓陶潛三，書闕袁豹半。彷彿響淵淵，題襟播郊甸。

蘋果

嘉果偏如蓏，團團一手盈。緑翻鸚羽嫩，紅綻佛脣瑩。絲絮包旋爛，銀刀剖獨輕。林檎應作婢，長占阿婆名。

舊借西天種，平移北地强。松州通間道，錦里畧分嘗。輭膩仍相似，芬鮮太不常。眼明燕薊産，懷袖捧郎當。成都是果自松潘包致。

名家詩後雜題

少年斑管俊登壇，入道裝成夢竟單。多少恨情如沈炯，通天臺下路漫漫。梅邨祭酒。

東閣延賓迥俊聲，憐才誰似顧眉生。板橋楊柳淮流月，一片燈船是舊京。芝麓尚書。

善舞翩翩數上。麗娟，平施脂粉亦天然。如何裝點英雄語，瞞煞人稱蜀道篇。歸愚別裁集以精華録惟蜀道最工，殆非篤論。漁洋尚書。

霓裳曲斷釁端開，終古文人誤恃才。譜調談龍書數卷，那能心折阮翁來。飴山宫贊。

除將北宋配南施，五字長城較出奇。文苑傳兼循吏傳，玉堂傳誦賣船詩。愚山侍讀。

白衣宣試白衣還，嶽色河聲覓句閒。爲是鄉先生故宇，王官谷裏夢追攀。蓮洋茂才。

壯游烏府老烏臺，長短三千待別裁。苦事髯公作毛鄭，施王真拜下風來。初白編修。

老屋荒江晚遇難，恩波百倍石湖寬。平生慣序三都手，誤被狂徒索士安。歸愚尚書。

碩輿封翁所種菊臘月吐一花黄而特大

倚醆酬佳興，行年紀乞漿。花傳高士節，根託禦兒鄉。萬朵依叢放，孤蕤斂蒂藏。伴梅舒待臘，異葦折經霜。籬畔尖風緊，筵前緼火忙。漫求多滿把，紛詫大逾常。金彩虛生白，檀心爛吐黄。候非訛小正，德本旺中央。欲贈無元亮，同看有孟光。沈吟思往事，嘯傲付新章。得氣真嫌晚，占時特告祥。悠然開笑口，曼壽似南陽。

白華前稿卷第五十五

古今體詩朝天集二

屠維大淵獻

穀壇侍班恭紀

多年使輶曠朝班，盥面催燈夕漏潺。松檜無風涼墮雪，殿庭如水聳成山。政垂六府齋宮恪，禮撰元辰法從嫻。載仰壇門符四德，乾心日日凜民艱。

耜心帶經荷鋤圖

正面貌入，下同。讀書，側面貌荷鋤。而我敦夙好，難得兼熊魚。別君五六載，面貌去當非初。作圖寄我題，開卷如可呼。其下盈碧苔，其上覆青梧。鉤簾安茗椀，與古心相於。忽焉棄書去，一笠風疏疏。繩橋枕曲岸，陌柳垂隱居。遥遥訊東皋，農圃豈不如？即事脱塵鞅，何必遊華胥？我衰廢百讀，菱蕩思同租。閉門亟循省，歸夢縈江湖。

陶然亭杏花

梅花抱冬心，桃李獻春色。老我江南春，一喧一岑寂。長安花市梅，出窨僅盈尺。著地凍且僵，何處探消息？杏花花其間，壓倒衆芳國。疎白介微紅，嫣然謝雕飾。雖争禯豔姿，頗企孤高蹟。孤亭近窯廠，車馬騶駱驛。茸裘問花信，此事恐難得。好花解人意，萬萼破的的。妙香淡復濃，新葉斂將坼。黄蜂采未嘗，紫燕穿未即。居然第一風，留竚曲江客。花開客自賞，客去夢何極。莫教一雨沈，泥沙委狼藉。江店定何如，人家作去。寒食。

劍亭前輩聽泉圖

春鳥不聞鳴，春人不見行。一山松竹響，併作亂泉聲。數甌冷沁舌本，一掬清涵掌文。智者沖然謂智，聞矣闃如有聞。晴溜涓涓赴壑忙，似催仙樂和宫商。縱然掩盡幽人耳，祇恐風泉遶夢長。

張東海草書陶公勸農詩

南安太守東吴精，錦袍載筆遨頭行。籍除奸人毁淫祀，春風萬户吹刀耕。山郭烟雲落尊酒，酒香糢糊染跟肘。農夫野宿婦宵征，彭澤新詩滿人口。聞公作詩不及作書好，宜與黄門給章草。今知作郡不減作書勤，遺祠横浦名崚峋。後來亦有南安守，陳子文奕禧。飛鳥驚蛇擅能手。何似家雞溯二張，湘管如椽字如斗。高堂素壁風雷驅，天門龍跳心魂虚。出門徑欲荷鋤去，投筆一粲成墨豬。

御試山夜聞鐘得張字

衆籟依山静，初鐘繞夜長。踈寮涵隱隱，猛虡奮喤喤。百八聲相應，三千界未央。報霜沈別澗，繚月殷虚廊。風竹兼蕭颯，濤松間抑揚。間根紛欲斷，道氣鎮難忘。自聽陔磬夏，寧論手筆張。潮音弘一振，傾耳傃天閶。

試差覲對恭紀

流虹節近詔賓興，爲恐冬烘物議騰。及第出身人聽試，彌封揭曉帝咨承。弟兄名姓叨榮問，詞賦聲華任濫稱。十七年來三第一，不才浹背汗如冰。試差以四書題二，詩一。壬午前皆分一二三等引見，乙酉、戊子引見停試，其後雖試而不發名單，是時省欽單列第一。

約軒招集有椒山館

不放叢殘芍藥天，朝來補作送春筵。宣南坊底横街道，只似清香畫戟邊。平泉池館賸枯潭，手采松枝佐夜談。忽颭一苞紅雪影，令人過馬憶川南。何必梁州意外聲，出牆絲管應琶箏。荷衣坐聽翩翩好，也把櫻桃賺乳鶯。水流雲在兩無猜，隨分琴壺醉一回。分付山童重檢校，月明還有故人來。

曉過懷柔

紅螺紅未了，曙景郭門偏。軋石車妨睡，停郊突冒烟。似聞葭轉律，能使黍生田。涼殿先遼起，泠風故灑然。

密雲

輦路平於砥，香塵湧白檀。重城山氣敻，一廟瀆靈安。麥隴肩爭擔，櫻厨手罷摶。野人能道古，魏祖破烏丸。

九松山下

雞翅轉薰風，嵐翠潑前路。微塵避屬車，清灑到邨聚。雖行九松里，不見九松樹。樹巔明滅影，翩下一行鷺。平田把犂叟，古堠吹角戍。頌言龍有靈，暘雨愜游豫。奉香禮益虔，請命食本裕。本無頓置煩，秋税免無數。前朝邊守地，何乃介陵墓。詰朝重回首，佼然出關去。

石匣

平開石匣聳金城，非府非州且宿兵。邊鎮舊移軍帥駐，莊田久付子孫耕。山連玄菟圖須準，地控烏桓界不争。瞰瀊梯航今一統，迴瞻北斗是神京。

楊令公廟祀宋雁門北口守將楊業

太原死寇徠降將，策馬雲中敗契丹。赴敵雁門知不利，援軍谷口聽偏諼。衣冠優戲留青簡，香火神威到白檀。廟食孤忠酬絶粒，誓師何必此登壇！

古北口

邊牆非牆是山骨，因山築牆趁巉突。薊鎮諸藩星宿羅，此去遼元舊宮闕。大都上都都會雄，襟帶咽喉路如髪。南朝交聘事猶可，僅博子由一詩碣。連雲棧道畧比方，黍谷陽和氣嘗閼。名傳留斡影模糊，衛近朵顏境超越。臣心不二士熊羆，師武由來駐旌鉞。我循芹菜嶺邊行，遥指關門大旗揭。淍濾伏見衣履濺，屋角拚翻刷鶻鷲。滿厓墮葉滑馬蹄，夾磴孤棱礙車軏。潮河無潮河勢高，動地轟豗撼渠堨。腐儒建議置釘樁，長鐵連江笑搪揬。聖朝恃德不恃險，東極日窼西月窟。年年清暑經玉鑾，内廐無煩儆銜橜。千羣考牧水草蕃，萬帳行枚山林伐。三邊九邊舊區處，近在城隍與闌閾。置縣分明隸廣岬，歸源依約宗横渤。今宵對醆發浩歌，角聲悄落關山月。

黄土坎

滑滑青石梁，蓬蓬黄土坎。梁以高莫扳，坎以深不掩。高深無一可，豈抱天地憾。昨發南天門，兩腳冒重陝。舍車事徒行，局促萬蹄斂。低頭見烟花，酒旆稍摇颭。古柳撐半腔，新槐聶幾點。短山復長山，罨影毿如茨。有塵尚可霑，有雨不可湻。始信棧行難，前遊睡闇魘。

灤平

濡水新開縣，遼時儼作京。競傳流九曲，豈藉築三城。布施輕紅教，巡邏間緑營。詰朝收帳舍，飽噉蕨綦羹。

僧帽峯

塞山有磬棰，形肖斵天匠。徵名自酈注，怪偉極心向。兹峯先我迎，特立無輩行。其旁立如壁，其上覆如盎。突爲斗檢封，覆作錦步障。亭童華蓋形，兀奡禿鶖狀。而以僧帽稱，毋乃近騰謗。支峯千里來，起伏駭積浪。誰能冠其巔？爲閟光明藏。絮雲來蓬蓬，與帽不相妨。不檐復不緌，搴帷手交抗。嵐氣晝初沈，依稀梵僧唱。

釋奠侍班恭紀

寒垣地重邁三廳，清夏年年蹕蹔停。郡縣規模聯綺繡，膠庠氣象動檽星。新營殿廡咨先甲，特肆牲醪視上丁。始立廟宜崇釋奠，日華雲爛滿郊坰。

籩豆司存勑太嘗，海榴紅影上宫牆。占時恰應文明候，習禮先求講肄場。德到無名人仰聖，位行有素代尊王。邊陬下士如鄒魯，濟濟還升佾舞行。

夙駕蹌蹌候禁鐘，平開山霧御香濃。天逢行左施周幔，人爲從公詠辟廱。令較舍萌心鄭重，典同釋幣象雍容。連宵喜送清塵雨，旭旦分明護袞龍。

五甎進直小盤桓，丹筆平疏一講官。滿講官德昌先於紅本處派侍是班，省欽由漢講官特派，越數日拜侍講學士之命。待漏七程榮立鵠，自京七日至熱河，每晨部院堂上官講官俟駕出宫，始各就道。致齋一日儼陪鑾。綵衣執事徵温恪，凡行在遇大禮止，皆服蟒。膰肉交神拜寵歡。學比成均莊静寄，儒臣躬侍遇尤難。

望喀喇河屯不得渡

曉發德匯門，陰雨幸未迨。跨馬思渡河，焉得渡輪軑。渡船三四隻，一渡百十輩。待渡萬千人，沿洄數里外。夏日雖甚長，翹足苦難待。牽馬回斷厓，飲馬解鞶帶。馬亦畏河聲，枯吻慘流沫。是時雨亦來，登車縮面背。將車還繫馬，白點變盲晦。作虐助伊遜，何處求破廨？沈緜五月寒，滋恐水添派。河闊不可梁，船多尚可載。定有濟川材，展籌足清快。

次牛欄山

萬花臺外雨痕殘？出口人歸袂漸單。一片白河吞亂水，又垂馬轡住牛欄。

聞命典浙江試恭紀

督亢陂外五乘軺，此去東南意久要。岱頂夜升滄海日，胥山秋挂曲江潮。聯翩恩牓程才慎，游豫宸襟望幸遥。擬叩九閽省丘壟，風前雙鬢感蕭騷。

白溝

拒馬溶溶一綫浮，燕雲十六舊鴻溝。石郎願約長尊父，宋社將移適啓讐。夷漢殘生疲戰伐，賓僚陰計快歌游。我來細領滄洲趣，葭亂連雲且放舟。

趙北口

燕南垂趙北際，中間不合大如礪。八厶子系何代無？出穀神倉如白帝。高墉百丈樓觀飛，誰把劫灰認前世？三關綴屬邊塞同，大雄小雄山靄融。十三橋頭放船去，九十九淀波環通。鵁鶄鸂鶒翼相逐，紫荇白蘋采盈掬。惟有葳蕤紅蓼花，當時譜入何郎曲。曲長曲短羌笛哀，北門鎖鑰需將材。夏秋狂潦冬澤涸，限戎馬足何有哉。隔隄濛濛散烟井，欲卸馱裝乞漁箵。險隘新從古北歸，蕭疎似對江南景。

毛公里

啓予詩教遠，東魯數毛亨。直衍孫卿緒，遥傳趙國英。羣言歸詁訓，故里斷宗祊。轉恐訛屯氏，須看序録名。明統志：河間屯河一名毛氏河。蓋不審漢志屯氏河之譌毛氏河也。

河間道中

河徙名猶在，分并郡國光。數錢歌姹女，獻樂表賢王。近輔雖衝要，連年及阜康。高低禾黍滿，絶勝水雲鄉。

董子祠

賈生起洛陽，頗嗛絳灌意。議禮師叔孫，事事近羹沸。痛哭陳治安，聖朝固不諱。鄭重傅長沙，庶可免招忌。愛子尚封移，師臣豈憔悴。帝將老其材，鬱死甚無謂。董生醇乎醇，樸學在經義。貫穿賣餠言，賢良冠策對。不媿聖人門，道重出辭氣。承命相驕王，艱虞較十倍。泰然行所知，心跡亦精粹。洋洋繁露書，不比術家綴。兩賢雖竝提，鄙見輒持議。頃行廣川鄉，荒祠下拜跽。奠玉杯已虚，下緇帷仍敝。功利俗所趨，盍亦尊道誼。徘徊松柏間，回鞭溼寒翠。

蘇禄國王墓明末樂間來朝，歸卒，勅葬

皁縵蓬鬆指石崎，溘先中露軫恩私。撈鰕釀蔗重洋路，斷獸攢荆幾尺碑。功銜一朝班八館，力勤三保鄭和初名三保。諭諸夷。祇憐孺子王蒙葬，不及蕃臣與帝師。

平原題曼倩象

斗大蟠桃實，三回飽歲星。如何厭仙界？執戟老彤庭。當年二十二，待詔金馬門。縱然娶宛若，不著相如褌。滑稽師淳于，柳下亦同調。面數賣珠兒，先生有直道。漫仕甘易農，可去亦可就。本是平原人，我來買絲繡。

望岱

人身小天地，天地猶夫人。四瀆猶四支，五嶽官則均。衡嵩若恒華，秩祀緜億春。儒官辨方向，各説詞齗齗。惟有東岱名，如斗標北辰。陽陰判齊魯，孰敢誣其真？其祖爲天帝，其神爲府君。伯夷興三禮，二月俞東巡。羣侯會時事，玉帛徠侁侁。此焉發政令，明堂儒所云。云何

七二家，集議争糾紛。輝煌斵玉簡，霍靡推蒲輪。登封答天貺，作俑由嬴秦。求仙仙不至，悵望濛烟雲。大東連小東，杼柚空勞筋。有德有是福，皇謨追典墳。岩亭四十里，旬雨先清塵。矗天指三觀，拔地升兩門。仙禽元白羽，仙草金銀根。雖然夜籤半，九日紅鮮新。日升雲忽起，膚寸飈絲緡。崇朝遍天下，霖雨施無垠。以此長諸嶽，立宗顯大鈞。無邊白漭泱，未了青絪緼。恨無奮飛術，扶杖躬弗親。願爲奉香使，高步翔天閽。

徂徠

白雲堆幾頃，雲外是高松。松影風吹汝，連雲青萬重。我求逸民迹，不向竹谿逢。借問躬耕者，何如守道蹤！

蒙陰

連朝排嶽影，送客度蒙陰。牛飯松濤緩，蟬鳴柳蔭深。系風神有主，小魯聖無心。待識東山面，徘徊夕磬沈。

郯子祠

雲鳥蒼茫外，荒祠且卸鞍。小侯光述祖，古帝廣分官。魯甸民風近，徐方海氣漫。無多傾蓋語，惆悵暮林端。

紅花埠

緑楊郈郭緑秧田，小别江南十七年。等是雙蹄塵窨底，紅花一路夢如烟。

經訓乃菑畬得鋤字

經義宏垂訓，菑田漸化畬。及時看厲乃，舍業戒荒於。雪隴寒還策，風牀暑挂鋤。密披行隱隱，深汲綆徐徐。稗説芟同盡，薪傳守不虚。熟來從百徧，用去足三餘。伊古耕兼學，其徒種在書。盛朝崇實行，考藝待何如！

桂竹雙清白描圖照

歲陰書亥斗向西，重闈四闢徠之江。恪恭佐事月餘日，桂華窻冞當我牎。人忙桂落桂應笑，不遇知己音空跫。天香滿輪鎖不住，飄出南院霏翻橦。是時公節蹔移駐，晝簾如水排蘭茳。晦堂妙諦在無隱，急召畫史毫拈雙。掉頭踞坐桂之下，如來金粟顔豐厖。何來翠袖鬬清瘦？弄瑣碎影臨波淙。茸茸淺草罨花磴，涓涓細溜歸魚矼。我思王猷性愛竹，吴質倚桂眠枯椿。兩家分占計差得，併入一案疑煩哤。又聞廬山桂竹入三咏，樂天含諷申吟腔。是誰雅興託靈隱，月中雲外鐘聲撞。雲栖夾徑染濃渌，渭川千畝心同降。埽除秋葉候行頓，峯影交跱蓮花蹚。經營匆亟指揮定，攸好整暇無驚雙。茲國妙得鐵線法，肖公筆力千鈞扛。無忘嘉樹義斯在，況有真而留高龐。淮洲隱心寄寒畯，淇澳感德廻愚惷。詩成一粲渺含睇，拍案大叫呼糟釭。

假省先墓宿唐丈誦耘處

鹿鳴筵罷醉離披，插遍茱萸鬢改絲。東浦非遥忙覓路，西湖雖好懶尋詩。三千里外裝舟遠，十八年間拜隴遲。如此遭逢偏老瘦，爲銜君父感恩私。

粤黔楚蜀騄騣騣，奉使常懸靡及心。江上青楓孤驛便，夢邊黄菊故園深。還鄉富貴情多鄙，告墓文章涕不禁。五日光陰雖草草，九重天假慰沈吟。

贊幣焚香禮數頻，特承光寵轉酸辛。椎牛早負雞豚志，攀樹還驚草木身。業在誦耘看老輩，事惟忠孝勸比鄰。河山涉歷冰霜緊，留向同朝話百巡。

周蓮灣檥舟牐港出東藩尊甫癸亥寫真時予侍先子館其家親見渲染相距三十七年矣輒題其後

我生十二三，隨館若隨宦。灣洲洲一灣，水石躂清盼。梅條春過牆，荷英夏舒瓣。訂交溯陳紀，舉義薄何晏。是時衣未勝，單布署掩骭。同學諸少年，見笑等尺鷃。此翁謂我翁，亢宗待倚辦。割我有片氈，啖我有團粄。翦髫侍其旁，往往獲請問。奄忽歸道山，世事飽憂患。我翁見背餘，誰復閔親串？今茲擁傳歸，令子理羔雁。握手歡平生，暮艇泊葭亂。逡巡出錦贉，觸手痕未綻。悠悠三紀來，爪跡感汗漫。庶修永好期，毋受貽辱訕。丙舍守墓田，既往吾可諫。相對增慨慷，華顏異童丱。

秋塘聞予還都走索家信翼日而歿

我從故鄉至，攜爾故鄉書。爾已來荒邸，書猶滯後車。憺然揮手後，溘爾蜕形初。作別無三日，傷心飯含虚。

歐血文人慣，膏肓未受磨。艱虞緣失第，放誕看成魔。蜀棧連雲合，吴江落葉多。一棺隨佛火，鬼唱定如何！

上章困敦

徐大尹循陔奉母圖

風泛崇蘭曲逕新，都籃薄采及芳春。知君備戒高堂養，不是空山劚藥人。
曾挈奚囊出塞歸，天山苜宿種初肥。好將滿架珊瑚筆，譜得笙詩續廣微。

聖駕五巡江浙恭紀 四言排律一百六十韻，謹序

臣惟古歲舉巡禮祇，以考同典物，迪察民隱。故虞書指數方岳，標準肆覲。周頌時邁般乃始及河，河之委不經禹揚州之域。又其時未閱遷徙曰懷柔、曰翕云者，極其感而形容之，非果有滁源宅隩之功與禹校絜也。今之河受淮入海，隸在江省，而浙之海寧州潮汐，吞齧柴塘、石塘，繫數州縣田廬，生聚甚鉅。皇上勤恁民旅，越乾隆十六年、二十二年、二十七年、三十年仰紹前寧，設巡南甸，一再三四，紓授機畧，俾奏又晏積，今又十餘年。河溢儀封、考城間，其下游千餘里，淮安之陶莊鑿有引河澮菑出沈。鄉未臨度至海寧塘工之良窳、沙汛之漲落，大智當行所無事焉，矧歲豐屢告，民氣悦樂仁壽之域。是闕延跂之籲，益摯天子俞鑒忱悃，以四十有五年，祈年

禮成之日，省衛啓行，不十三旬而旋蹕。丁銀漕鹽諸賦，若蠲若貸，動以百數十萬計。宥眚育才，刷滯級爵，行慶施惠，具軼初禮聲，其懽者若雷老鹽倉。海塘薪石相屬者，改石障薪，重關載鞏。若陶莊達雲梯關，濬淺培庳。會上游漫工，神應躬禱，如期塞治。夫時邁般於體爲頌，頌者四詩之一，凡詩準四言。臣祇遇再巡奏詩，通籍二紀於兹矣。伏睹上儀，竊忘弇固，爲今律詩四言，而韻汁諸古，拜手稽首獻焉。其詞曰：

皇巡自南，斯今次五。運斗效天，輯玉纘祖。洽仁必世，展義大宇。庚籥序開，辛壇禮舉。遂循唐刹，直指吴渚。吏民顒詹，示若受祐。青旗出震，朱輅旋午。要會月旬，順度齊魯。陟喬對時，遊阿緝嘏。叶行澤若春，嚮治維雨。是邦言邁，有位式序。斗牛之分，三千里紓。乙酉以還，十六年久。叶科頒特牓，漕貸正庾。鼓篋滿家，擊壤北户。克知宅俊，丕感冒怙。元正啓閶，尚方列酺。鳳銜言絲，鶖奏樂吕。虹電及期，華赫如許。和光燕温，祥景揚詡。典曠歲祥，望顒物覩。胥跂而傒，式沫日煦。喁喁慕思，熙熙含鼓。如日之初，於天之下。叶惟淮海州，曰食貨藪。叶益二源饒，登三利溥。土性塗泥，川德沃湑。月新必嘗，歲陳是取。爾宅爾田，我方多社。叶瑞牟各穗，嘉蔬同穭。區豆埒筴，畦菜薤莽。冰繭别名，木棉合譜。千耦求倉，九機笞杼。邨有恒農，室無嬾婦。叶列隧壖商，廣津達估。局織火蠶，關榷鹽虎。牧負薪蘇，漁提罭罟。前渚後漊，懸沃伏澾。芜薈雜林，莤邅平楚。稃筍東園，女荼鬬塢。翳苗誘雉，撫松飯牯。細柳隱隄，繁花耀嶼。泳翔聱耴，孳息轂乳。百材競登，九穀咸貯。巷靖吠厖，庭間訟鼠。候亭短長，趁墟散聚。秀結方瀛，勝偏嵩汝。仙帆幾面，神山左股。湖湧金圍，峯浮玉竪。總持捨宅，凡夫結墅。妙嚴拘廬，端正窣堵。洞壑清怡，夭喬蕃廡。梅影杖邀，茗香鑪煑。時哉孔歎，薰兮虞拊。川岳地靈，日月光煦。迺豫迺遊，爰咨爰茹。金穰忻告，土功篤敘。湯湯黄流，淼淼碧潊。灌川積健，宗海納虚。叶竹箭波隨，桃花水助。叶三門滔滔，九曲衙衙。豫域平吞，宋郊退俯。蟻穴失防，鯷壑輸鬴。叶厥勤宵旰，俾遺勳輔。璧沈幽宫，缙發少府。萬雲擁牐，九霆殷杵。釃渠投牝，下健合牡。圖終必集，循始更努。議紛衆謀，機斷聖武。增培準讓，排決師禹。靈祠颸旗，福艫進艫。于徐之方，于河之滸。帝庸致祈，神罔時痡。道錯支分，隄沿鏬苴。瀾倒飆廻，漲還沙阻。上游就下，新決復故。叶奠我亳郊，軌兹淮浦。汨來雲梯，霍若雷斧。遂移丈溜，不喻分晷。叶引清屏濁，即規示矩。陶莊底績，夏甸荅祜。湖山有美，海潮遹怒。歕欲洲嶠，汗漫城野。叶狀翻鷺縑，響撼鼇柱。赭龕拱臂，尖塔翊膂。中亹遽乘，外郛莫禦。華椽勤拳，婆留憂瘨。斛土量錢，樓濤敵弩。重引千鈞，險懸一縷。且石且薪，乍迎乍拒。睿策蚤營，慈懷倍抒。計覈由旬，役興亞旅。椿力里良，碑材斥楛。貝齒勻排，魚鱗複拄。官無戀私，任必貽巨。天高鑒卑，時行拱處。免免于塘，祇祇在籞。夙逡四駕，犨踵蹉踽。頃望六飛，民志媚嫵。識塗就馭，撰時展督。爲肆省觀，輒費原補。頓宿守程，供張理緒。閣道稍治，宫扉謹敞。旃旄在麾，鞅軨攸緒。夕輟馗燈，畫弛棚虡。雍雍俞騎，悠悠穋羽。庖廚不盈，庌舍未腐。司存游奕，員減從扈。柔桑降雋，多稼趣雇。陌鮮停耡，隴仍執篆。唐弓伏弢，夏駒歸圉。烝楫率徒，公車命侶。猶訓斲雕，式孚豐蔀。軍習干稱，士端軒舞。氓禁徙閒，工斥敗窳。敹放澤鯆，畋赦林哺。誼章以絺繢，飭以簋簠。箴以淫奇，勗以麗膴。亨飾近奢，貞儉遠悔。叶舊章是旌，來範爰樹。科言秩秩，恩政訏訏。奉蹕所繇，屬幸匪偶。叶園廟升香，墓門醊酤。租賜三分，逋寬幾部。科停秄穀，榷緩熬鹵。運丁儲甑，行甲加鬴。廣厲青衿，濯磨華組。三已攬環，五流脱圄。疇擅賦能，或嫺雅詁。第材通籍，獻書録簿。鶴髮有鬖，鮐背是傴。千里具來，百歲可數。陪輦于于，戴筐俁俁。憲老昔惇，引年兹普。清尊侑衢，太牢餍俎。貞元比屬，樂壽賦與。配禄位名，冠上下古。道久化成，極立静主。有恒揆方，無逸作所。庶徵歲省，五辰日撫。升中典溯，益下義剖。始焉度侯次則納賈。叶疆吏率承，輿人誦語。南風凱送，南極輝吐。治南易垂，歌南詩首。叶行稼禮參，訪茨績伍。黄神嬗籙，蒼宰錫珇。五位位合，五數數起。叶如聲宫含，如味甘咀。如德協信，如行旺土。嶽峙心稽，珠聯指僂。藻韻賡頻，梧音矢屢。叶考蹟特書，選圖長弆。妍賞浹初，暇幾勑愈。堯遊營臺，穆駕銘圃。肖德崆峒，勒猷峋嶁。潔瀾告榮，宴波奏鹽。嘉頌聯翩，懽謡覼謱。九服敬聽，六狩洪佇。臣記言動，譔獻當宁。

題笛湖泛泖圖

碧雲無際水鱗鱗，窣堵當空少問津。輪輿櫥頭船上客，者回行采泖湖蒓。
楓葉蘆花幾段秋，吟身料理坐生愁。畫師怕惹機心起，不寫沙汀數點鷗。
九朵芙蓉翠滴衣，釣竿雙裊四顋肥。願將如水雕輪影，化作江帆一葉飛。

湯緯堂江邨秋思圖

露葉泫丹緑，難爲秋士心。寂寥對孤卷，跌宕信長吟。時菊淡標色，流泉微寫音。誰知簿書長，攜興輒横琴。

十年山水縣，人唱使君詩。清氣大來後，風流無盡時。樵薪幽逕墮，漁網夕陽支。安得淩風翰，超遥與子期。

浣紗曲

人愛邪谿春，妾愛邪谿潔。本是織縑人，又過浣花節。
持妾手中紗，裁衣被郎體。浣紗行浣衣，谿水去何已。

葛仙米歌

葛仙米大如，篆螺細如螘。非花非草非百蔬，不葉不根結成子。誰梯仙令山？山根碎點霜苔斑。誰汲仙姑井？井畔匀鋪水華泠。洞天清閟雞犬閒，滿地緑珠光耿耿。纖葱掇拾春可憐，日曝風戾姿更妍。羹材入手候文火，蟹眼魚眼澄芳鮮。既不苦羶與腥，又不類蔬與筍。析醒益壽傳自今，藥録農書按難準。我思刀圭服食推禁方，辟穀那暇堆餘糧。擲米爲砂妙遊戲，將砂作米欲何爲？吾儕屬饜分一抔，且嗅馨香識方味。君不見朱明蝴蝶高下飛，有人認取仙家衣。

劍亭緑波花霧圖

草未鋪茵柳未絲，半匳紅雨浸臙脂。湔羣桃菜風懷減，孤負桃花水上時。
桃根桃葉鎮無緣，錦段韶光也破禪。莫向吴孃歌暮雨，好花今在渡頭船。
春愁似水須教去，人面如花較耐看。添得小游仙幾首，風鬟霧鬢不知寒。

李約庵明府巴船出峽圖 天英永川人

三江會漢嘉，三十輻一轂。浩蕩趨夔門，俛受萬山束。山高江益俛，山衆江益獨。翻飛匹練光，天罅逗青縠。羲娥避窮陰，太古閟厓谷。推篷仰厜㕒，毛體變寒緑。非無十二峯，大半滅雲族。蒼猨哀叫號，一叫淚一斛。多情屬稚雅，結陣掠粱肉。迎送歸巫閒，千里閲信宿。鯫生飫奇險，架棧出秦蜀。行部涉瞿塘，小住白鹽麓。望峽舟倒廻，鼎臠飽難足。君家望隴西，巴東守遺屋。巴江巴字流，流水挂春瀑。水去無還期，人行有歸躅。識君溮谿邊，遇君漸江曲。我跡茲未經，輸君往且復。忠信禦風濤，作吏力須勠。資舟必從旱，牽舫且就陸。感君巴峽圖，補我吴船録。

同郡姚秋塘蘭泉徐薝林薌坡才同軀幹短弱同不禄同遺力歸其喪舁之若飛僉以其靈迫欲歸云

匆匆絮酒裂帷楹，秋霧初開慟汝行。近水闗廂雙旐冷，戀家魂魄一棺輕。命如身短年難假，病擬才多宦未成。舊是荒齋話聯榻，幾時淺土爲分營。

送汪郡丞之官淮上

下竹沈茭事澹菑，河隄使者奏需才。安流已過桃花水，卻送汪倫佐郡來。甘羅城外柳痕涼，飯稻羹魚鼓吹場。一路家山接淮浦，免教月底苦思鄉。

白華前稿卷第五十六

古今體詩荆北集一

湖北之名昉於宋，其時襄、均、房、隨、郢五州隸京西，黄、蘄二州隸淮南，興國軍隸江南，乃岳、澧、辰、鼎四州，皆在其境，故曰湖北路、曰荆湖北路。今湖北諸境，於東西北已廣，於南已縮，無與於湖，而湖界之。視學所至，宜釐其實。若湖南編集者，則直云洞庭，不必云荆南，體例如是爾。

展重陽日習庵雲椒涵虚芷塘耳山及舍弟集約軒聽雨樓枉餞分得九言體星字韻

古樓聽雨幾輩移牀聽，雨疎雨密雨腳涵四溟。樓中之人屢易樓不易，逍遥公自今歲來居停。爲言怕對新雨戀舊雨，雨勢欲散徵舞徵歌伶。於時雁聲排雲似鳴觽，此地菊影照座如懸鈴。登高高會聯袂合重作，豈必絲豪竹奮圍莎廳。同年之誼加以前輩重，招及瘦弟投轄門旋扃。調辛適鹹一一羅饌具，濁賢清聖各各繙酒經。亦知三年分手去即反，起居眠食瑣屑煩丁寧。居前不軒居後復不輊，文淵每慨身世成拘囹。吾儕蚤歲伏案弄柔翰，儌幸天禄藜火光分青。鷦鷯栖枝鼹鼠飲河水，祗恐華髪不待飄星星。乘軺出使此職雖易塞，士風文體孰自垂模型。孰讀三墳五典號博物，孰悦周公孔子能通靈？往予仗節雨川歷五載，深懼俯仰隕越羞大庭。即如樓中主人昔開府，何若登樓琴酒傾長瓶。兹行擁傳庶幾笠无咎，武昌魚，腹書可浮迴汀。

重過遂平王氏園亭次壁間筠心學士韻

鄂桂經還往，鴻泥戀此佳。皇華重弭節，隱菊故緣堦。芋菽逢時賤，芻茭報績諧。時考城河工將竣。汝南名士盡，月旦眷同儕。

眯眼勞塵漲，無心款洞天。桂青含蘚潤，柏古纏藤圓。闌竹猶交蔭，缾花未凍泉。今宵遲月采，分外鬭幽妍。

漸喜王程近，多嫌容累增。園官勤菜把，山鬼避松燈。埽壁紗籠富，干霄綵翰憑。祗餘三宿感，回首問南能。

課童薪牆根老穀

莎庭埽晝陰，連根走長臂。張王依斷垣，不解弄鉤刺。主人譽其嘉，便作十年計。縱非梁棟任，猶感婆娑致。窮冬悽緒風，病葉堆滿地。有辦無辦間，辨識闋園吏。佩之可不迷，刻之亦珍異。還驗斑白皮，手績代文織。否即付硾漿，揮灑擘窠字。更入交會司，三幣聚井肆。寃哉稱不材，青霞鬱奇氣。其喬一枯枝，蟹爪入畫意。亦能供爨薪，樵童共來覬。推動紛霍如，折拉十三四。愛憎起須臾，用舍信造次。惡木復何如，適增主人媿。君觀松柏姿，歲寒積蒼翠。當其炎暑交，非不資蔭芘。以彼謚祥桑，天道豈壹醉！試誦鶴鳴篇，毋與匪人比。「張王惟老穀」，坡句。

灞橋風雪得橋字

此地客魂消，會攀柳萬條。況隨風結陣，更值雪封橋。去鳥千峯斷，歸漁一逕招。白浮梅蕊亂，青送酒旗飄。不夜占今夕，同雲憶昨朝。過關誰有伴？閉屋太無聊。重戴描將稿，平馱咏入瓢。終南吟望冷，留照影蕭蕭。

題關山看月圖送蔣立厓之安西

蔣侯家傍桃花塢，壯歲牽絲向三楚。楚臺烟景似蘇臺，唱遍銅鞮大隄女。漢江春水潑蒲萄，滿縣花風藹不嚣。盜藪早空游吉火，還資須佩吕虔刀。長官雅抱詠彈業，百里弦歌化淪浹。偶拂黄泥壁上題，細論紅錦囊中法。狂生道聽沸如雷，作使江湖孟浪才。信教梨棗蒙災禍，繆列丹鉛託鑒裁。赫濯靈威首誅亂，偶爾波連匪抄蔓。顧影幾同金谷歸，原情特減烏臺案。邊樓傳角天雨霜，青轀黄幰親扶將。河源亦許窮都實，月色那堪賦謝莊。西京都護三十六，指點關城隱雲族。願君行處有逢迎，宛馬驕嘶富鹽穀。隴種羊皮冠切雲，摩抄緑玉彩璘斌。贖刑且籲將軍請，説法還令班第聞。水天廿載諧文酒，世事尋常幻蒼狗。緑鬢看簪茂苑花，立厓家藏張意嬪簪花圖卷。清樽愴折武昌柳。三年遠戍異長流，零雨東歸歲易遒。瑣牕笑把生還卷，消盡玉門羌笛愁。

雅舒松濤雲影圖

春衫藉草碧於水，赤日行天夜濤起。蒼龍三五挂遥空，嘘作雲英颯縰縰。雲來雲去裊一絲，因風斜罥松樹枝。玉笙掩抑吹不散，涼痕委地沈華滋。我生栖飲恨非鶴，萬里襟期稱去寥廓。勝賞須尋軒后都，雅懷且當通明閣。古澗荒厓深復深，消摇散髻坐忘簪。丈夫意概要如此，雲目無心松有心。

鏡師醉月圖

璧月墮良夜，緑蘿寒影來。玉壺買春酒，言藉石牀苔。稍喜道心定，始知塵路開。奉匜復攜笛，有美笑紛陪。

陳研齋觀察於己丑夏遊銅梁之明月湖湖已廢而清景如畫有詩紀之後領是郡邑令貴蓉湄逢甲作亭刻前詩於壁竝爲治湖研齋繪圖徵和時蓉湄以病謝去將至襄陽故末及之

巴東川瀨險天成，難得官湖鏡樣平。好趁銅梁明月影，櫂歌間譜竹枝聲。
石橋穿去淺通溝，夏木陰陰囀栗留。射鴨撈鰕無不可，忽看浩蕩没春鷗。
爪跡模糊鬢色蒼，宦情衹似水雲涼。孤亭斗大烟波遶，贏得詩牌挂夕陽。
漢江江水碧差差，山簡來游又一時。悵望鑿湖人到此，忘機魚鳥話相思。

重光赤奮若

上元前夕集鐵幢方伯延緑軒

層樓鐘鼓麗中央，幾輩靈鼇四吐芒。夜色迴浮青桂樹，春風先轉紫薇堂。承家舊學評書價，成俗新謨選樂章。時禁違犯雜劇。作使綺羅人捧盞，客情慚愧主情長。

酒鱗紅映玉壺澂，仿得錢唐買放燈。蜀市舊游容我話，米家故事向誰徵？情如野草冬經燒，格較寒梅老耐冰。卻指將圓未圓月，祝公緩到殿中丞。

十七夜同帖齊户部秋漁禮部蓬心少林兩司馬集餘庵太守郡齋疊前韻

飯稻羹魚此未央，東郊昨報轉勾芒。尚留火樹銀花夜，其上廉泉介石堂。星散故人寬禮數，風流太守露文章。滿城簫管如雷沸，難得談諧數漏長。

彷彿前宵月色澂，長奴隨例簇春燈。且紓曼衍魚龍戲，竝話豐綏菽麥徵。官事未填宜對酒，俗緣乍埽稱懷冰。竹谿逸侶開圖在，好倩漁洋老畫丞。

鄖縣陳孝婦劉氏詩

介推昔從亡，有君飢且劬。封股啖使飽，其事傳或誣。髮膚受父母，陳義高訓謨。以此爲民坊，猶恐名是沽。流觀鄂人傳，剔股何爲乎？鄖縣一農婦，二十頗有餘。但操井與臼，不識詩與書。脱綳哺我子，作羹奉我姑。姑病洊危篤，信醫兼信巫。昨日典一釵，今日鬻一襦。來日剜一臠，宛轉調藥鑪。啜此疾少差，舉室騰跦踩。詎知膏肓間，二豎藪厥逋。九死無一生，中夜空躊躇。焚香籲南斗，闖然入我厨。析薪溉釜鬵，老婦亦鑒諸。臂者肢之末，藏者精之儲。爲效勝參术，爲養珍膏腴。劃然出我肝，盌血紅模糊。纏腰三四重，羹定捧以趨。其姑飲遽畢，如木經春蘇。其婦痛轉殆，如爐經風嘘。氣息僅奄屬，神鬼終持扶。不煩萬金藥，創口如聯珠。裹頭聚一堂，拜舞相雍愉。里長舉其孝，春酒提兩壺。縣官軫具孝，春膳供兩羭。買田三四雙，耕養收官租。婦孝尚如此，子孝當何如？奈何膝下人，德色緣耰鉏。所可助者順，不可及者愚。姑惡復姑惡，盍聽啞啞烏。

送立厓湖筆荷包京刀

少年懶賭紫羅囊，刀筆羞同俗吏忙。卻爲故人出三物，春風楊柳度西羌。

棄繻縱擬去從戎，還念毛錐舊策功。餉爾吴興三數管，高昌子弟解華風。

戈壁漫空整短衣，天山春盡雪停飛。腰間擺手唐裝在，猶記君門引對歸。唐志「荷囊」，荷訓佩，讀若賀，今讀若何，誤。

鴨頭春水緑灣灣，弓箭防身出漢關。要把鸊鵜膏淬影，一時齊唱大刀鐶。

楚試事向始德安予名其院門曰風始

歌騷祖靈均，取義不淫亂。一時宋唐景，才藻扢南甸。風流師弟子，都可語羣怨。其先倚觀儔，惜未操觚翰。春秋尚辭令，屈鬬著盲傳。疆埸尊俎間，於楚賓惟善。假令被聲詩，詎止録江漢。江漢詠休思，秣馬待申且。是爲迎神篇，九歌發波瀾。文貍與赤豹，一手見條貫。誰謂楚無風？莫致起予歎。鄙人乘使軺，此部首耑按。三擿敞戟門，睽睽目擁看。采録苟不良，逐臭遍諸縣。惟文乃銜華，惟質乃立幹。持將式南紀，行水妙渙渙。謀始占必從，順風呼較便。聲音起人心，努力審貞變。聞詩即聞政，孔思去思過半。勿令凡鳥題，庶作他邦冠。

溳州試院浴戲示少林同年

鎖院風和湢室連，溳川童冠似沂川。朝來豈止彈冠好，是日换季。十斛衣塵百沸湔。

睡痕惝怳酒痕明，一道溶溶手旋傾。媿我身非郭聞喜，無人傳作白鼉精。

稽天夢澤擅南州，擬挾春凫伴拍浮。回憶校書藜火晚，浴堂祇在殿西頭。武英殿浴堂今爲藏書地。

故人管内有温湯，自别華清到未嘗。他日解衣小槃薄，不須濯足羨滄浪。少林宰應城，言境有温泉。

新霽望白兆山擬改名碧棲

統志：白兆山一名碧山，下有桃花巖，李白讀書處在安陸縣西三十里。湖廣志：安陸縣西大安山白婦翁許紹家此。按曰：婦爲紹女孫，志云婦翁，誤。白固有白兆山寄劉侍御詩，而又有詩云「問余何事棲碧山」，則碧固山名，由白至此故名白造，如武昌之吴造峴以孫吴得名，後訛白兆耳。擬曰碧棲，系舊名系白詩也。

兼旬伏文案，一雨百懷廢。佳晴報早衙，如鏡照春黛。稍遲蠟屐登，且從拄笏對。亭亭入座來，想見謫仙態。謫仙終非仙，爲選劉綱配。晏然遇相攸，雲夢土作乂。巖上桃花然，巖下桃花靧。雖然羈旅身，光燄冠時代。有如漢東珠，一顆輕百琲。我昔歷大匡，仙迹付茫昧。著籍競傳疑，讀書足養晦。玆山謚白兆，於義鮮衷裁。得非以白名，轉音聽斯誖。往例徵諱賢，流風準遺愛。不見碧山篇，斷章義猶在。行當發西郊，經臺吸金瀣。矯首揖長庚，超遥謝塵塊。

附 **壬寅八月安州碧栖山作**

休寧 戴引光 夜衡

昔我歷古黟，言訪桃源路。源窮山窅然，一碧暗花霧。由傳謫仙人，覽吟七言句。茲邦古安黄，城西一峯露。上有桃花巖，流水遶芳樹。亦云白造此，憩跡三霜度。又聞大安山，一舍此相距。堂堂譙國家，貧贅得小住。歗歌别有天，栖止異流寓。因之謚白造，似賀茲山遇。楚音混齒舌，兆造競傳誤。諱賢稱碧栖，一洗六州鑄。去年春風前，蠟屐阻飛澍。今年秋雲裏，拄笏想幽步。爲搴空翠凝，莫裛亂紅雨。磵壑尠夙緣，風流足遐慕。如何漂泊蹤，徧地蹟争附。行將歸黄山，重渡問津處。白兆山一名碧山，去年春白華師行部至，以兆爲造之譌，舉白詩「問予何事栖碧山」句，改曰碧棲。因憶予郡黟縣碧山山麓有桃源，亦傳是白吟覽處。郡城西亦有太白問津處，皆以郡志載白訪許宣平至新安，故爲附會。第尋歷所在，不得云栖白贅於安州之許，其栖此較爲可據。

龍教授鎬 **送染鬚藥**

腦末冬烘齒未摇，治聾社酒盞分抛。旁人怪我吟髭冷，雪點叢根漆點梢。

膏面薰香少小同，記曾鑷白對青銅。誰知下體分葑菲，嫉惡從嚴便不公。

點墨調鉛十載餘，浸淫大宅望全虚。免冠試捉蓬鬆影，也媿臣今不中書。
廣文粱肉想無多，六十公然不似婆。籠袖刀圭忙乞我，來朝請看竹緣坡。

望樊山雨中不得渡

舞陽侯有母，傳説葬山間。復起吴王殿，泠泠六月寒。暮鐘花草盡，雨笠釣遊難。留待晴鳩唤，春橈上木蘭。

黄州得孔舍人繼涑書竝張文敏墨刻及所書

玉虹樓帖

江魚潑剌鳴，魚腹剖尺素。素書細如蠶，上言闕良晤。中言遺宦情，高堂日遲暮。下言選妙書，鋟刻示貞篋。飛白形勢蟠，硬黄精采露。魏晉及宋元，源委恣沿泝。吾鄉二文敏，相繼振高步。聲名稱官職，妙墨稟天賦。帴杫弆舊家，碑版照行路。是稱雲間派，五緯象昭布。以君詩禮門，天瓶女斯女。金瓢空自哀，玉鏡幾曾顧。惟餘翰墨緣，對客誇佳壻。謂當貢玉堂，如飛手堪措。閣帖王郎編，禁扁韋公署。家雞是婦翁，餘子直野鶩。張懷瓘可估，殷鐵石已庶。而何困禮闈，南宫艱一遇。中書不中書，懊惱六州鑄。還轅甘息陬，林翠落軒户。日晴事鉤摹，萬道玉虹吐。六丁來護持，毫髮有真趣。爬羅及近賢，追摹在獨寤。了非優孟冠，儼作劉鑾塑。一波間一磔，想見奏刀處。靈芝黄鶴仙，地下或含妒。人貎惜榮名，諒哉金石固。與君别十年，壽世媿無具。握管如排籤，腕底殆沈痼。幸藏孟舉牘，得補香山庫。不見馬鄱陽，法帖系條疏。報章乏瑶瑛，希入魯詩故。

武昌西山雜詠

炎精僭三分，是邦建吴社。巖居邀衆涼，何代改蘭若？猶勝銅爵春，零落鄴臺瓦。

右避暑宫

手掬洗劍池，腳蹋試劍石。碖硱千萬棱，雷火悄一劈。君看斫案時，亦解提三尺。

右洗劍池

樊港納羣湖，潭潭九十九。江船蕩獰飆，一吪入兹口。嘉名錫吴造，黄槲芘數畝。

右吴造峴 明統志作吴王峴，据蘇詩也，應從水經注、太平寰宇記作吴造。

一軀文殊師，供自八州督。白泉落山頂，分付戒僧浴。更釀醔醿花，洒然六塵沃。

右菩薩泉

杯湖劣一杯，笑覆掌中物。孰要聱叟遊，鑿坏棄華紱。無復紅荷花，題詩語先吃。

右杯湖

入山惡平直，穿逕如穿珠。珠光媚四照，軒豁呈江湖。憺焉坐移日，此亭何可無！

右九曲亭

嶺下排萬松，其風搏羊角。架閣住上方，濤聲聽寥邈。世無陶隱居，涪翁我願學。

右松風閣

人苦長夏熱，我愛長夏寒。谿流沁蒼雪，箬葉光團團。臨流不可漱，顧我衣裳單。

右寒谿

漢陽扃院連食鰣魚作

櫻桃楊梅紅滿籃，餞春迎夏羅幽談。連朝食指解掀動，潦倒杯炙吾寧貪。庖人治庖走相報，謂有莘尾穿青篛。圓鱗箇箇玉華暈，細骾縷縷銀針含。鴨闌磯頭潮不上，嗟爾何自來江南。江南瀕海富水族，或鹹或淡區食盦。此魚名擅富春渚，吴淞所産争猶堪。非時則潛得時見，振奮鬐鬣波汪涵。網師撒網悄如鬼，入網帖帖如眠蠶。惜鱗護鱗就死所，未敢潑刺跳再三。豪家一箸萬錢擲，款門輒應收厨龕。芳鮮腴美透真際，平扠緩嚼領雙墰。一魚特雋萬魚伏，更特糟粕裝罌甒。小兒祝哽詆多骨，鄙等食肉顔爲慙。坐申有客目未識，當魱之釋相研覃。全蒸要遣衆香徹，熟煮更還羣方參。苦求味俊不求爽，下視芻豢欺螺蚶。雖無三尺蜃亦屬，每到四月飢難婪。題襟抱甕涉漢上，頓頓饕餮心魂耽。古人好事不我見，武昌碌碌珍魚泔。

桃花夫人廟

露桃風面映朱甍，臺柳腰肢不共傾。猶勝洛陽行酒夜，暗夫聖主語分明。

石亭制府送乾雪蓮花

錦函涼送瓣分攢，縱到峩眉采亦難。清浄試從蓮性悟，空鬆還把雪痕看。根如芝草何年種，蕊是瓊花有客餐。放眼白毫光世界，尚留此物稱高寒。

紫碧丹青鬭格新，華峯十丈也侵塵。修成霧谷冰霄骨，拔得拖泥帶水身。出世詎容圍繡幕，當風可奈墜華茵。莫嫌瑟縮枯蓬影，曾對金燈禮玉真。

不鬒不粉不連房，翠羽文鱗妒未嘗。一朵怒撑陰窖厎，孤莖疑倒陸池旁。當天雨露生前恨，特地精神病後方。回施願門作供養，水晶宫殿衹尋常。

幾堆晴霰落驚霆，火宅温馨接杳冥。别味故應登藥録，問名那肯載花經。山凝太古心同静，座涌諸天法倍靈。吟付雪兒歌相府，綏桃海棗等延齡。

沖泉方伯以惠泉水瀹火前龍井茶

龍泓雖一泓，四而吸湖渌。未邀桑苧嘗，品第漏前録。山靈雅好奇，有樹奮幽獨。檟茶研異名，旗槍出全族。力争穀雨先，焙此一痕緑。豈知馳騖心，惟日恐不足。乍逢社酒治，將届禁烟熟。昌丰諸士女，羣采偶盈匊。還家作去清明，一鬭盡扶服。封題走四方，殄暴使眉蹙。維藩吾故人，半載喜聯躅。幾回袁江流，言失真面目。難得惠山泉，方舟遞數斛。方圖池略同，文武火可督。滿椀瀉泠泠，芳芽細于粟。何如坐松庵，鑪風試文竹。鯫生薄滋味，無意飽粱肉。念茲有惠泉，名肇象山陸。荆門有陸子惠泉。欲興調水符，不中涴腸腹。以沖導太沖，龍井一名沖泉。沖之，予字。是豈僅醫俗。蟹眼候漸圓，釵頭瀹頻續。莫誇蒙頂煎，漫數武夷局。峩峩紫薇堂，夜夢落巖谷。安得喝水來，種茶傍黄鵠。

少林以和沖泉方伯憩得樹軒兼賀生子詩見示記杪春留宿時三閱月矣次韻

曾勞館吏候迎門，昵住山衙賦小園。稺筍穿花高透屋，暗泉涵露遠流邨。十年從政排詩卷，五夜談心託酒尊。今日矮箋傳吉語，桐孫添閏護金萱。

幾時出拜衣緗荷，乍試啼聲上客遽。人到含飴清晝永，俗能刲股謂義童張桂。惠風多。高曾上第留喬木，吴楚連郊命旅禾。遥憶漢南生意滿，任他庭樹影婆娑。

研齋觀察於署齋構孟亭摹像索賦

落日蔡洲岸，懷人方悄然。荒亭記名姓，遺像過雲烟。秀句出寒餓，隱心留石泉。多君標勝賞，不藉郢州傳。安陸府東偏亦有孟亭及像，係後人所託，當以襄陽者爲正。

葉忠節公祠

公諱映榴，字丙霞，一字蒼巖，上海新場人，今隸南匯，以順治辛丑進士改庶吉士，歷工部主事、視學陝西、湖北督糧道參議。康熙丁卯五月裁兵令下，百總陳夏包子即夏逢龍倡亂，劫巡撫柯永昇去。柯乘間自縊，公時權布政使印，計護陳太夫人由水溝出，陞座自刎。事聞，贈工部右侍郎，踰年賜謚忠節，祠在江夏金粟庵，有像。

三藩新剗後，樞府議裁兵。符牒飛千里，弓刀照一營。有人呵釋甲，賦露刀謂柯署，襄陽總兵許盛見而呵之，被縛。無計慰呼庚。震瓦囂塵上，濺階鬭血横。遽傳荒谷縊，遂學夥頤鳴。時也重圍閉，公乎五印擎。遣奴潛奉母，拜表特差伻。禮視升朝肅，仁由蹈刃成。九重垂悼問，再世被哀榮。

子尃以廕至知府，芳廕員外郎，孫鳳毛廕内閣中書。忝接鄉關迹，虔窺册素名。海榴繁應兆，公生時，庭中枯榴盛花，故以爲名。石筍曠鍾英。石筍里即新場。玉署曹司改，冰壺校勘精。軍儲三楚最，賓餞一時傾。竹垞集有送公督儲詩。乍攝薇垣貴，徒聞草澤驚。土風圜悍卒，官事僨荒傖。大義從容就，孤忠慘澹評。草庵金粟影，華表縞衣聲。何處靈旗颭？青霞鬱鄂城。

黄鶴樓歌

黄鶴樓乃是市廛之紫府，琴酒之丹丘，謫仙一拳槌不碎，崔郎七字萬古使人愁。樓高卓如錐，樓圓偃如蓋，日月挂檐端，江漢瀉檻外。俯仰始知三極寬，藏游翻詑八牕大。小別大別邐迤來，瑤臺夏后安在哉！洞庭岳陽落雙掌，況復螐磯咬浦東望。金銀一氣連蓬萊，子安朝真鶴爲駕。風御泠然拂樓下，鳳凰鼓瑟鸞吹笙。中有簫聲裂雲罅，或云費文禕歸家覓華表。流憩六虚間，白雲飛縹緲。或云荀叔禕，任筆親記之。費公厄兵解，焉足供談資。我聞披羽衣人姿出塵，手操橘瀋作畫工絶倫。吕巖吕翁世不辨，塑像乃及南柯身。又聞黄鶴即黄鵠，潤州鄂州名互屬。地志紛傳仲若居，東巡開宴史須讀。鄂之黄鶴山，或以爲戴顒所居，然顒居京口黄鶴山，故宋文帝謂東巡日當宴戴公山。鶴耶鵠耶傳未真，何況乘鶴仙之人？不如登樓遝買百壺醉，醉後玉笛唤醒壺天世界涵長春。

白華前稿卷第五十七

古今體詩荆北集二

苦熱退谷申丞屢遺襄陽西瓜

荆楚居國南，火維擁厓窟。驕陽禁伏雨，作氣更償厥。頗懷樹鮮採，兼利井華掘。一杯救車薪，炎景轉蓬勃。何來磊落姿？名著歐史曰。厥初奚契丹，得自破回紇。結棚壅牛遺，荷鋤覆狐搰。碧絲蔓紛挐，青瑶膚肥腯。抱歸顫未勝，剖試裂已猝。縱横十字排，肉好一環揭。含瓤隱膦膦，流汁咽汩汩。房芝脆弗如，莖露湛未竭。彼屬繁有徒，聊補菜茹闕。纍纍應星精，食以豳七月。侔色辨黄紫，降種判胡越。殆將佐哺餐，那必解煩暍。我公能鎮心，了不屏參謁。連車亟惠我，云昨襄水發。齰噉異凡瓜，坐使涼沁骨。想因陰澤稀，厚實產沙堨。抑由地力凝，嘉蓏占耕垡。和甘召寸衷，斯理在芒忽。願得年順成，徧逮庶人齕。賦詩報見投，及代感難没。

周青原舍人至鄂示辛楣前輩贈行枉憶詩次韻

千里栖栖色倍和，白鹽赤米計云何。好陪軍府南樓坐，漫放騷人北渚歌。官比黄揚交閏縮，跡同蒼隼出塵多。因君四十飛騰近，雙鬢憐余分外皤。

幾回天上聽雲和，彈罷祥琴意欲何。玉殿圖書傳簡問，草堂衿佩聚絃歌。纂言記事歸朝遠，搨石摹金證史多。聞道授餐如寄禄，陔前鶴髮未全皤。

題閔貞畫牛飲鍾馗爲王别駕燾

顛不顛，趾不趾。神不神，鬼不鬼。本是人間下第人，博得鬼門稱進士。卻不能注人生，又不能注人死。圖成嫁妹與移居，以鬼爲糧豈其理？閔生妙手工白描，曾貌亡魂頰毫起。貞父母早亡，求遺挂不得，心想手摹，落紙惟肖，遂以白描名於時。忽開倦眼對鍾馗，不令人憎令人喜。以手戟鬚哆厥脣，一童奉酒吸如水。其一攜杓深插缸，彷彿雙顱注缸底。其一提壺斜灌喉，落肚無聲行醉矣。小兒之鬼名曰魃，鬼國同登醉鄉美。赤豹文貍狀太獰，涼衫重戴靈堪使。爲君掩卷一逌然，姑妄言之耳須洗。

箴齋觀察送竹圓几用東坡送謝秀才竹几韻

上座來圖太極真，匀圓莖節認前身。團頭驅蠹忘形伴，圍臂呼盧得意人。屈折勸教方様毁，安排錯唤小名新。小名録俗謂竹几爲竹夫人。挑燈細驗浮筠采，好友憑依似爾親。

喜雨和退谷中丞韻

自閏五二十五日不雨，將以七月二十五日按赴荆州，先二日癸亥雨，甲子復雨，入土徐而甚深。中丞招餞之次，出詩八章，謂今年槐花甚盛，故艱秋澤，蓋燕齊間占法云。

六旬露坐汗翻漿，孤負琉璃八尺黄。珍重玉虚通步禱，乖龍鞭起一時忙。時靡神不舉，最後禱玉皇閣郎應。

豈無枯葉打雙闕，響滴梧桐始破顔。憶昨三更勤佇望，繁星猶挂樹梢間。

繁露連篇術未工，術家求雨先去禁風。河西一點銷兵喜，驗在循環亥子中。時河州逆回蘇阿洪就戮。

茅蒲襏襫去襄羊，晚菜冬菘種待揚。莫道和甘容易召，重臣添縷鬢毛蒼。

幾作油雲幾散陰，節過白露熱猶侵。「節過白露猶餘熱，秋到黄州始解涼」，李太虚句。連朝不斷迷濛影，絶勝坡公虢縣心。坡公有七月廿四日以久不雨出禱磻溪宿虢縣詩。

折簡張筵禮數周，若非閏五已中秋。須知商旅熙熙處，賣酒開屠各自由。

桂挹蜷枝菊灑灰，今晨有雨幸無雷。秋甲子忌雨而雨自癸亥始，不患秋潦也。舉場風景農家令，曾把槐花數上百回。

收禾早晚準蛙鳴，田家占蛙早鳴熟早禾，晚鳴熟晚禾。四起歌聲是頌聲。一熟例看天下足，吴諺：湖廣熟，天下足。阿儂何限故鄉情。

天門

絲雨緑楊隄，隄邊酒舍迷。澤連雲夢闊，山盡火門低。禹蹟誣形勢，謂三澨。唐音謬品題。欲尋桑苧隱，可在畫橋西。

荆州郡齋石馬槽傳是漢壽亭侯故物

雷紋烔烔起籀篆，鯨脊僵眠作爻段。雨淋不泐炙不磷，霞綺連屯悄狐竄。牽馬入槽馬駭嘶，房精天駟嘗秣之。畜牲豈識蹴芻罰？知有陰令捎雲旗。將軍勇冠人中布，縱轡囊頭洶騰呼。絡就金羈抹額光，繫從柳柱拊膺訴。豆粟一石腸一充，睫視吴魏無真雄。武鄉流馬詫奇絶，豈若真馬蹄追風。上馬鵝刀下麟史，好借荆州牧牝齒。的盧報主義分明，髀肉光陰感同此。白衣颯颯傳艘聲，將軍解櫪馳麥城。一驢一磨勢危絶，慘使在廐羣酸鳴。遺皁蒼茫蘚堆寸，賀表驚心貉奴進。物重猶凝畫寢香，疑傳如對壽亭印。是邦形勝竪軍旄，三馬誰憐食一槽。聞道玉泉風雨夜，歸鞍還簇戰時袍。

龍山

多少龍山號，清游此絶倫。但吹烏帽客，如對白衣人。佳節隨流水，高臺託後塵。最憐桓司馬，攀送柳條春。

松滋

典午僑江縣，山山浴練光。亂濤浮涴市，高岸擁兹方。地僻惟魚鳥，秋新已稻粱。如聞産靈傑，效命縛驕王。伍尚書文定邑人。

枝江 陳方伯悳榮令，此時以枝江官路僅十里而近，請免徭役，民爲立祠

沱江挂井絡，峽峽鎖巫夔。暮雨來何處，分流賸幾枝。政閒徭更減，邑小路偏歧。太息中

山系，艱難飲馬時。縣南飲馬池，傳是昭烈遺蹟。

宜都

夷水流夷道，羅羅一帶圍。亂山飛鳥盡，獨縣販夫稀。鼙鼓嚴荒邏，時詗捉川匪甚嚴。帆檣畏激磯。西陵纔百里，鎖穴蹟全非。

十二培

十二峯未來，十二培直上。纍纍土饅頭，墳起百餘丈。峭立江一涯，虎牙互雄長。知是荆所門，闔闢儼成象。幾家下峽船，有槳不容盪。豈知溯洄人，牽船頭欲搶。紅花套溶溶，青草渡茫茫。苦無路可乘，鑿險役千掌。剗石趾可乘，穴石縋可繈。後船踵前船，如蝨緣衣幌。失勢一退飛，安免飽夔蜽。八厶拒命初，雨簇修羅仗。闌櫓化烟灰，浮橋欲何往？時平兵燹空，路隘風濤莽。惟有看山心，搘頤狎清賞。

宜昌懷古末章題行署

浩浩荆南詄上征，岷濤挺走怒難平。浮橋遠抗田戎壘，束炬高投白起營。楚國屏藩新設府，蜀天闌檐舊懸兵。下牢關勢連西塞，長聽風笳日夜嗚。

天險森森落虎牙，孤城如帶擁飛霞。夔人名號傳謌近，熊子都封考信賒。客望黄牛牽暮暮，俗傳烏鬼閙家家。太平休養談何易，蠻寨分明趁曉畬。

匽井喧闐錯負擔，後來文物劇搜探。池涵墨彩毫争落，堂糝梨英酒半酣。博士有經傳郭璞，諸生無巷訪何參。即看州印文同異，陜陜休貽識字慙。

遶霧穿雲唱竹枝，金义起汕失春遲。微波落木人千里，冷雁哀猨此一時。三載兩場竣併考，兼旬二郡亟分馳。宜郡連試歲科而施郡亦於此集試，今年施始設棚，時將按焉。征夫雅荷生成感，教補年前入峽詩。

墨池書院

精舍依廛市，莘莘學子居。競傳元祐客，勤課右軍書。葉潤蔬添棱，花繁菊照廬。若爲春候暖，漲墨染池魚。嘉定爾雅臺下二月間有墨魚，傳是郭璞墨點所化。郭臺應在此不在彼，予當辨正。

絳雪堂在東湖縣署即宋硤州治歐陽公令夷陵爲州守朱慶基作紅梨詩因以詩語名堂今縣志以爲在歐署非也歐署有至喜堂坡詩所云孤楠一橘者今莫考矣梨以乾隆三十年縣令林有席補植

紅羅亭子緑天庵，那比梨英暈赤曇？白髮郎官春讌簇，渌衫縣令夜吟酣。樹經補種捎檐好，花戒潛攀插鬢堪。此是醉翁趨府地，北軒何處覓孤楠！

甘泉寺姜士遜象

後漢書、華陽國志「姜詩」，東觀漢記作「江詩」，且云詩母好飲江水，嗜魚膾，詩取水溺死，婦恐姑知，稱詩游學，於是泉出舍側，井中旦旦出鯉以膳，與范氏、常氏所載小異，而皆以爲廣漢人。今德陽有祠及故里，予數過之。東坡峽州甘泉寺詩自注：「姜詩故居。」放翁入蜀記：「峽有孝婦泉。」惟歐陽公詩自注：「甘泉寺有姜詩泉。」詩，廣漢人，疑泉不在此，然泉與寺宋時已有，而寺門四碑刻「忠孝廉節」四大字，俗以爲武侯書。字泐，近人重刻，樹之辛丑九月十四日。宜昌陳通守炯雲麓、東湖陳尹聯捷方齋於此送余按施，作此以示。

打槳挹西陵，導行謝鐃騎。蒼棱斗入江，蘿篠積鮮翠。沿緣沙岸間，雲壑轉幽邃。茅店四五家，石道八九隧。桓碑三兩重，忠孝廉節字。斷非武侯書，未載放翁記。井泉秋稍枯，且皱古時寺。秋苔綠映簾，時菊黄覆砌。翁媪踞當中，兒婦肅夾侍。傳聞漢姜詩，妻龐昺同志。有魚躍蘆林，譜入劇場戲。我昔綿雒行，悲風切酸鼻。每疑鄉注訛，姜江姓傳異。繼讀東觀書，亦以江爲系。蜀才豈楚材？失實舜可議。要惟淫祀鄉，賴此激風義。明知鄉語誣，孰敢撤其位？後堂象伽藍，祠僧藉牟利。請看江雒源，濫觴理無二。當別語邦君，箕鋤化讖誶。

歸州山道甚劣步行屢矣忽蹉足幾廢以祝由法治之稍任履動

入蜀經五秋，百懶腳雙健。巂州十一程，峯壑結枝蔓。足賤命斯貴，履險學豚圈。爲愁行路難，豈爲舁丁怨？維楚僻在山，丹陽都所建。越五十年前，按部費登頓。厥後裁併多，趾自彝陵艮。歸州向設試棚，其後移之宜昌而施南遠來附試，四十五年施始建棚。施南都人士，往歲發宏願。願邀使者車，資斧省累萬。道同伐虢假，境異在莒困。自過點軍坡，不復見平畈。後頂前踵摩，左肩右臂遜。遠上鴿翎沖，倒退蛇跗褪。蒲鴿、鑽天蛀、倒退俱嶺名。一輿如萬鈞，百夫竭推挽。當其直下時，萬丈落扶寸。而我雖乘軒，曷若跡暫溷？奮爲杵臼投，挂眼忘利鈍。要將趫捷誇，謂可習慣論。豈知衰血乘，如水潰防堰？旋泱苦旋淤，攣促坐銜恨。湯藥效既迂，箴砭術難獻。信醫兼信巫，姑聽衆口勸。呼童解邪幅，取驗等操券。槃水視所由，手畫口徐噴。須臾動蜎淵，稍稍就履楦。屈伸類木强，調補益稗販。無聊指搯間，元氣待湧溢。浸淫歸大宅，日日勵餐飯。趾壯遂不臧，腓咸詎无悶。是申如有鬼，如律急行遯。

附

慰白華師山行蹉足

金山 周藹聯 懷芳

及晨指秭歸，萬險幻殊狀。荒林熊虎驕，前驅載弸韔。白雲蒸蓬蓬，一一涌頹浪。砂礫軋馬蹏，危棧陡相向。乘軒若乘船，上溯三峽漲。簦夫腰彎環，石磧互撐盪。如猱挂樹梢，如蝨緣衣纊。舁丁作牛喘，揮汗類熱湯。師也憫厥勞，跼坐起怊悵。竟舍青竹兜，下步愜幽汎。有如司馬公，肩輿謝俗尚。孱顏歷嵩山，題字恣蕭放。況昔使蜀時，山道劇頑獷。不支七尺藤，騰踔蹋雄嶂。每啞叱馭人，賈勇邛崍上。而何腓腧間，筋攣血凝脹。蹎山巽蹎垤，一蹶那及防。股遂占明夷，趾詎往大壯。此非華嶽巔，腳力等疲喪。右者蹔未成，左者躄相抗。羨彼陶令籃，門生効扶相。世罕秦越人，投藥懼无妄。維兹祝繇科，法自黃神翃。悉屏吸咀經，井華汲瓷盎。叩齒十二通，指畫了勾當。須臾踞藜牀，信屈覺神旺。下堂漸自如，升階頓不妨。譬諸江河流，漫決手難障。檁橇淪使疏，就下告無恙。施州渺何許，多士翹足望。行縢昔重繭，今始免蹉踢。鼓角敞戟門，陽春扇條暢。蠻陬好山水，腰腳健可仗。卻媿習鑿齒，著書增蹇亢。不須歌迷陽，醉聽竹枝唱。

左徒廟 唐王茂元建三閭大夫廟，後仍其名，予屬王權牧沛膏新之，正其名而爲之記

江別沱標屈，田存里諱平。宅在樂平里，今曰屈田。彭咸賫遠恨，昭景峙高閎。屬草恩原洽，鋤蘭聽已傾。漫求初服返，慘送武關行。照影江潭悴，離憂郢路縈。室申賢姊詈，朝拗舊徒迎。遂決懷沙計，空傳變雅聲。葬沈魚腹厚，讒漬鴆媒成。封墓三湘渺，遺區七頃并。峽隨神女轉，廟始守臣營。山鬼宵闚壁，谿漁晝歗楹。禾香還擣玉，茅潔孰抽瓊。舉目河山異，盟心日月爭。桂椒長肸蠁，蕭艾太縱横。競渡遺荆俗，投書遲賈生。左徒官號儼，題罷識宗卿。

香谿

峽影一谿横，谿流長杜蘅。春風生一面，留伴女嬃名。美人抱孤芳，拾翠行亦偶。掩抑訴琵琶，曾是採香手。寂歷衆芳歇，谿聲摇珮環。至今谿上女，照鏡點新斑。相傳谿女代産一殊色者，其面必有一斑。施嬙絶世姿，羞唱采蓮好。未嫁戀紅香，既葬圍青草。

秋風亭 今爲寇萊公祠

孤亭百轉逗斜曛，爲道秋風勝白雲。山縣無城高樹見，峽江何路斷猨聞？符移清浄人蒙福，鎖鑰莊嚴史策勳。安得一堆紅蠟影，拂鬚重與薦羹芹。

附 和作　周藹聯

如雲亭影落江灘，疊磴青摩幾百盤。鎖鑰未開邊鎮重，樓臺還切峽天寒。遺民淚冷猨猶叫，故相恩深柏竟刊。莫倚秋風起三歎，東封輦路蚤摧殘。

風㨗勤依槳得翻字

峽客悲牢落，占風午漸暄。槳牙紓款款，㨗翅趁翻翻。動盪原無準，邀尋總弗諼。岸邊探幾度，篷底夢連番。忙似穿花影，驚還褪粉痕。篙工窺伎舞，舵女誦奴軒。栩栩神如活，深深意不言。殷勤常共爾，好會記南園。

春鷗懶避船得機字

放櫂春江闊，花鷗照影稀。盡即忍切。陪沙店宿，不避岸帆飛。飲啄身猶是，猜嫌性獨非。倦垂雙翼短，間對一漚微。毛羽看長潔，心情笑久違。早忘羅網害，豈戀稻粱肥？客伴闌珊臥，人傳欸乃歸。相親復相近，懶我息塵機。

宿巴東

白雲亭不見，何況築亭賢。水急龍鼉横，風高鸛鶴偏。一寒成峽俗，九死落吴船。莫惹秋猨唤，聲聲禁客眠。

商賓意前輩佐郡施州有風吹啞磬口二詩取義啞磬羌無故實也楚蜀謂嶺爲埡而箐音轉磬或作慶頃過其地口占一絶

風吹埡上路玲塀，箐口全非磬口形。一自風流司馬過，怕教俗語付丹青。

石門 在建始東南石虎山下

前過石門灘，昨飯石門洞。稱名襲永嘉，峽路抱惶恐。秋風亭畔風，神蹻恣豪縱。山魅當晝逢，巖狖帶月送。星聯參井捫，境改荆楚控。千峯接萬峯，骨立塞天空。嚮使謝屐臨，應學阮途慟。唶汝凶哽人，高踞屼不動。石門三見告，滿窖積陰霿。百轉驚尋橦，一落怕入甕。相對面兩厓，無路許攜從。偶然發浩呼，四谷響交哅。盤旋取蛇逕，草樹作鬌凍。湖嵌鬭瓏玲，雪竇垂乳湩。斷連卦畫繇，豐殺衣積縫。歷亂堆枯蓬，突兀累桂棟。昂爲青頭雞，倒似緑毛鳳。混沌誰鑿開？石髓定纏痛。人天調御師，爰攝大千衆。光明涌化城，萬象歸飾弄。莊嚴示佛法，清浄息僧夢。貝多葉可書，曼陀華堪供。沿緣度雙磴，金碧暈鞭鞚。此界是圓浮，出門快飛𧿆。

施州行署戲簡芑洲太守

夷水如羅繞郡樓，使君管領漸風流。隱囊沙帽無雙手，賭得宣城太守不？

皇華駐馬使臣光，第十文風第一堂。一種烟霏排闥好，家山猶自話城隍。射堂前一小山竹樹葱蒨，土人謂之龜山，亦曰城隍山。杭人有城隍山，即吴山。

幾家買犢幾弦詩，屬縣搜牢案涉疑。人少石多公莫惱，數通雄采色絲碑。兩峯將按利川，勘審匪周顒鹽米載顆柑，箋補文房截瘦栮。想像主人懸榻後，不教精舍等荒龕。時友衡懷芳偕至，太守以瘦木文櫝爲贈，二顒予所題二子下榻處。

案，予作數碑太守砉待。

試院前二山其東曰龜城隍廟冠之西曰象耳土人問曰象牙予以耳者牙之訛文復改龜山曰鼉脊各系一詩

鼉者大鼈耳，荒唐立四極。從黽不從魚，釣自謫仙謫。而何檮昧徒，竄取入名籍。俗書真誤人，欲斷安可得？我從鼉峯來，蕩蕩戟門闢。一峯闖射堂，竹樹映姸澤。戒旦響清泠，奉香影駱驛。雖然靈所寰，龜山名久錫。孰與謚城隍？未免僭㒺嶧。矯首語山靈，不如字鼉脊。蛟脊忌下拖，麋脊懼旁射。奠此枕清江，燈山鬧元夕。

右鼉脊山

昔聞象奴言，象耳鼠所竄。其鼻卷如席，其背聳如案。其牙如佛牙，萬目競傳看。滑澤自琢磨，槎枒在標幹。奈何艮爲占，忽作坎爲贊。初非熊耳尊，孰與虎牙悍？一山沿二名，疑獄待誰斷？厥勢本峻嶒，垂下欲旁攛。巖巖枕學宮，岌岌戴靈觀。乃知耳與牙，滅裂齒堪粲。牙錯史注訛，牙市史文漶。識字乃讀書，邦人勿河漢。

右象牙山

問月亭 亭在碧波峯，其下爲連珠山

碧波峯隔夜郎東，問月傳疑捉月同。在手一杯金瀲灩，轉喉幾調玉瓏璁。清新俊逸人如見，瑣尾流離主不聰。憑仗高亭聯勝賞，五珠環照夕陽紅。

鐵錘行 錘在巴東縣廨，護以石闌，相傳寇萊公作以鎮江心石秤之險

巴東縣割漢巫縣，官舍嵯峨倚江練。後堂琢石肖銀牀，護取鐵權精百鍊。圍徑二尺高幾層，陰陽識款嗟無徵。後賢傳作寇公蹟，俾東蛟鱷如秋蠅。江心亂磧怒欹簸，犖确七星桿偏大。投炬難隨鎖暗銷，沈舟枉遣釜紛破。緑衫邑宰鉉耳才，手勅六甲騰風雷。漫把牧金成鼎鼐，試從衡石奠樓臺。一卷鑄出狀輪囷，相克相生露機敏。造物由來秉使鈞，相公原不諱稱準。當時號令肅黄魔，爾後飛沈滚白波。鑰經手筦威名重，劍待親齎整暇多。君看是物真神器，苔鏽斑斑照霜砌。母教猶傳鈃錘投，民情應挂紙錢祭。濟川偉績鬱忠魂，搴望西陵江色昏。乾坤鼓鞴留千古，疑是蟠泥雙柏根。

黃魔神廟 在吒灘

黃魔殊不魔，名不隸袄正。血食歸峽間，力與黃牛競。宏憲移播州，遂謝忠州柄。巴船掉尾來，恍惚致扶迎。咸通蕭拾遺，泝江入深阱。夢見靈之來，懇款達名姓。及侑萊國公，巴東往從政。李寇真相才，蕭也死非命。大命苟未傾，安穩導烏榜。立廟垂至今，香火拜嘉慶。州西有吒灘，灘勢極兇横。亦名人鮓甕，人力失方泳。鰍生薄後福，焉敢致祈請？神號雖未詳，物理且推證。魔者聖之敵，黃者土之性。克水要在土，降魔乃成聖。吕梁恃忠信，蠻貊行篤敬。紛紛記載家，識小乏裁評。豈其等怪游？或可假神聽。翊我毋我恫，燃犀我能偵。

新灘

峽江七百里，兩灘名特豪。頃我經洩灘，如掌舞一舠。有新故無洩，計較纔分毫。洩灘夏險，新灘冬險。諺曰：有新無洩，有洩無新。放流及半晌，鷺羽銜飛濤。匌匒聒雙耳，直戰昆陽鏖。水爲石丈掀，石爲水府熬。崚嶒變奇相，爲鬼爲玃猱。軒然弄大波，滅頂凶焉逃。如逢褊悍人，隘路争呼謈。官槽在南岸，上水點竹篙。爲言天聖間，一柱崩六鼇。塞江江不流，不比沙能淘。趙公誠。知是州，俾鑿腓連尻。稍稍去害馬，方可通下牢。自冬徂首春，江水逢復蹧。夏令禁行舟，汔用休民勞。憚險避從陸，放溜篙還操。果然肖落葉，震蕩隨驚飈。孤寒到心膽，人命非鴻毛。過灘託神佑，回首紛牲醪。

兵書峽

峽江引如綫，峽天展如幅。天旋江亦轉，顧影變平陸。懸厓拔萬尋，怒流就一束。坐使川瀆靈，窮效阮生哭。稍近境稍開，如鏡裂函匵。丹黄孕怪偉，失勢墮沈緑。溶深軌中亹，左右戒旁觸。風毛挂雜樹，强半檜松槲。礫礫鸛鵲盤，蠢蠢黿鼉伏。遥指千仞巔，縱横露裝軸。縱非兵家言，治水或須讀。推枕飆颯然，津鼓震塗毒。

宿空舲峽

朵朵巫雲壓岸青，青楓江冷酒初醒。孤舟如葉燈如豆，不見鰉魚起汕腥。
急箭灘流下秭歸，月明江暗守蘆碕。十年墜雨空泠夢，莫爲哀猨更溼衣。
竹枝歌起斷還連，十月關河客廢眠。留取詩情冠三峽，依稀驢背灞橋年。

白華前稿卷第五十八

古今體詩荆北集三

空舲峽望插竈

竈脣謂之陘，其牕謂之突。突下謂之甄，禪也坐兀兀。鍊丹封九泥，煑茶焠寸柮。烟過黑潭潭，啖生紅勃勃。或令夷使平，或令修罔缺。云何以插稱，流傳太慌惚。峽山入重雲，萬仞狀凹凸。猨鳥力不到，寧論采樵卒。我行下空舲，三老語咄咄。牛肝與馬肺，兩兩挂巖窟。其旁一竈觚，稽古自堯日。懷襄草昧初，有舟兹出没。倚灘爨薪蒸，舉栝熟麩粍。公然效猱升，偶爾肖狐搰。飯罷壑竟藏，遺蹤尚昭揭。請觀辰谿邊，窮厓掩門橛。亦越武夷峯，懸棺閟高樴。謂由水未平，避水侶巢鶻。岷江雖建瓴，豈遽汨層崒？豈其一葉輕，而敢犯溟渤。撒手勢既難，到眼驚已猝。造物巧設施，怪偉未消歇。庶乘夏漲高，微睇察芒忽。忽念産蛙鄉，木處懼顛越。

黄陵廟

連鼇走峽江，穹脊力排奡。昂然頭一伸，乍出龍伯釣。爾牛朝脱紖，厓壁恣觸冒。萬古不服箱，隱約見神勞。神人衣黑衣，短犁手親導。效命向鉤鈐，坐受椎牲報。迹異蒼梧巡，地襲黄陵號。陰森神鬼間，直禁鷓鴣到。傳聞羽扇人，作碑師訓誥。彼其奪溜來，望影慘相弔。三暮復三朝，牽率發狂譟。欲憑愚公移，或乞真宰盗。牛癡吾亦癡，何物無靈奥。金蓮驗榮落，白狗伴騰跳。夢闌烟雨疎，疑聽叱聲峭。

蝦蟆培啜第四泉次戴友衡韻

寒臯蟠老蟆，張吻忘枯渴。飛涎千百行，下膏餓蛟窟。舟人遥指點，謂自月宫拔。陰精涵太初，石罅溜汩汩。泓然受一窪，蒸氣藹房闥。忽逢桑苧翁，哆口掌雙潑。花甌親酌嘗，第四名未沫。調宜安竹符，黔欲驗茶突。彼哉一二三，何似此甘滑？介處官私間，争者色先勃。我聞水泉性，輕重判芒忽。自蒙醜蠢稱，疑伴活東活。幸無餘垢藏，忍遺靈蹤没。艮背既依稀，觀頤亦仿彿。承流挈瓶盆，吾力庶云竭。食饕酒則酗，味水特超越。童奴笑吾癡，有水皆潏浡。所願化爲金，躍如出山骨。泠泠蟇魄沈，浩浩蟇更發。毋令俗語譌，下馬混陵闕。蝦蟆陵本下馬之誤。

附

原作

戴引光

我本江南人，漢渚思療渴。悔從黄州來，未飲鳳栖窟。茶經：第三泉在蘄水鳳栖山下。一昨經清江，水味亦清拔。玆泉出峽中，第四名未汨。絶嶂摩九天，下有洞如闥。怪石出洞蹲，流泉沿石潑。其背蘚簇斑，其脣珠噴沫。其名曰蝦蟆，勢闖江波突。檥舟登汲勞，石銚戰苔滑。滿罌復滿瓶，温氣尚勃勃。吾師擅品題，淄澠辨無忽。煎點手自試，泉新松火活。濛濛洒松風，茶色淡欲没。中泠嘗未真，惠山差髣髴。飲和良已深，懷清意不竭。況復酌玆泉，神氣益超越。因思新安江，到處清流浡。豈僅沁塵囂，兼可瑩心骨。安得邀使槎，衣錦故鄉發。雨前品松蘿，一補羽經闕。

過三游洞不及入示戴友衡周懷芳

三游吾未游，得名肇長慶。二白與一元，下上奉朝命。擕袂登下牢，傾厓互窺詗。廣芘屋三間，明掩匳一鏡。唱酬感聚散，嗣響孰堪更。老泉挈兩郎，亦此檥烏榜。天寒急舍去，石乳凍蒼勁。所疑巖洞間，冬令借春令。重霏騰地氣，如轉攝提柄。蠟屐思一闚，苔滑腳尤病。既畏泥沙濡，復厭蛇蚓横。光明震旦天，何乃恃長檠！縱然覓舊題，奚啻入危穽。詩人例好事，往往溷婠靚。前三與後三，吾等懼不競。斯洞盜虚聲，特爲游者儆。

當陽道中

跋馬西風峭，千山栗葉黄。峽雲連鄀郢，楚望附沮漳。地僻官差暇，年豐俗倍良。憑高雙酹酒，慷慨爲關張。

玉泉寺飯

落磴亂山平，山泉濊濊迎。一區懸佛力，萬騎戢神兵。鼎鑊尊前代，杯盤壯去程。願將仙掌片，分付謫仙評。

玉泉寺隋鑊 大業十一年乙亥十一月十八日當陽縣治李慧遠造

阿麽作事居何等？返照頭顱鏡匳炯。認取蕪城是帝家，淪落兩京舊鐘鼎。當陽佛寺霏玉泉，顗師説法開福田。十方士女布施至，積鐵層聳浮圖巔。紀元大業乙加亥，誰笵釜形露神采。名目如追蓮社游，姓源猶認李花在。哆脣弇丘其腹皤，麥城麥熟驢紛磨。佛慈歡喜衆僧讚，天子自有銷金鍋。蓬萊方丈苑前出，翦綵裝花紅瑟瑟。爲通西域罄膏脂，更剷東夷運總銍。黎陽洛口成空倉，雁門駐輦窺邊霜。裼裘公子應募出，始畢遠避旌旗光。六州一鑄嗟兒戲，爾後編年僅存二。劍淅矛炊兵自佳，珠衣玉食民先匱。當庭斑鏽苔髮長，想見舉國人若狂。試發苦吟和郊島，鍾譚有詩。似從甘露感蕭梁。京口甘露寺有蕭梁二鑊。

珍珠泉 在當陽顯聖寺，聞人聲及撫掌聲則涌

大茅有名泉，撫掌輒騰沸。犀泉在富川，聞呼水增至。物理類如斯，職載詫神異。我心參信疑，且訪玉泉寺。寺旁青豆房，架木跨濳毖。天留一掬慳，涉冬近消澌。間浮三數漚，魚沫狀髣髴。寺僧忽譽然，拍手助作氣。騶卒歌和之，溢涌高尺計。有如百湆湯，再爇再揚厲。又如鮫客宫，玉盤碎投地。小珠斛可量，大珠穿可佩。摇手俾噤聲，珠光去遥裔。水陰性本陽，感應極殊致。試觀五行家，曰言以火配。聲動即爲火，相激復相比。所由鍊丹處，其泉亦如是。壽州珍珠泉，淮南王鍊丹處，聞人聲則涌，亦名噉泉。安遇隨静嚚，娱情合仁智。尚有跑突姿，喧寂境無二。媿無珠玉音，隨風落吐欬。

長坂

動地聞虓虎，追軍憚姓名。回天三國定，衛主一身輕。野坂崇遺廟，郜橋表廢營。傷心麥

城走，竟困白衣兵。

當陽謁關陵

浩氣亟三極，貞軀擁一丘餘威震華夏，素志在春秋。復漢心無貳，依曹德已酬。從征稽益部，結釁爲荆州。昏寇幾先慎，擒降略倍優。未紓麋傅憾，旋中吕潘謀。授命嗟將子，招魂儼視侯。深淵輸玉印，異域拜珠旒。天數三分定，人師百世留。聖朝親改謚，開士假通幽。引臂真忘痛，掀髯早絶儔。哀榮山縣路，惟有孔林侔。

登安陸郡蘭臺

南紀雄風霸業開，如何郊郢有高臺？武關西去傳騷怨，巫峽東來起賦才。文藻可師悲未解，廟堂不競聽難回。分明伍舉章華感，贏得游人説快哉。

韓豹南園中天竹

闌天竹勝淇園竹，楚望樓邊見絶殊。下下高高排虎杖，斜斜正正壓犀株。歐公梨雪還名絳，坡老竿霄或點朱。好與韓家添故事，不教桐樹感羈孤。

過興獻陵

丹邸淵源在，金牀陟降憑。閒平名較遜，英濮典難徵。遶電元妃夢，當天介弟稱。蚤傳鴻家閟，旋遇豹房崩。玉節葳蕤至，鑾輿帖妥乘。義緣皇叔舛，氣使侍臣矜。慷慨閽書叩，淋漓杖血騰。立宗揚謚號，配祖奉嘗烝。竝世新添生，羣工死結朋。勢薰張桂驟，祀逆閔僖仍。廟見誣尤甚，朝常紊不勝。明倫夔訓儼，純德山名。舊封增。粟帛邨農貴，樵蘇宦寺懲。幾人招鶴馭，無路照魚燈。賦火經摧敗，靈圖誌勃興。昌平松栝路，休擬十三陵。

兩峯廉使以八月杪種菊黄鵠山徑賦詩補圖隨有施南之役以予亦自施歸索和元韻

癸辛識種菊，細雨黄梅時。煑灰插土養脚葉，等到花放手胝心痒誰能知？兩峯愛花最愛菊，辨列菊品如班資。連坡七八曲，壓擔千百枝。買花而種妙，頃刻亂頭粗。服裝皆宜黄黄白白間朱紫，一氣傲視楓萸卑。種成無幾日遠涉，荆宜施置身縹緲。望黄鵠山亭不見，況乃亭下之疎籬。我行不見菊，猶讀畫與詩。知公種菊不及賞，毋乃造物先忌之。明年種菊須趁早，采掇好過重陽期。葛巾漉酒更著我，輞川畫手稾筆還相隨。

同兩峯廉使偉績觀察餘庵太守蓬心司馬集鐵幢方伯非水舟分得十一言體不字韻

紫薇堂西平圃五六七十弓，宜樹宜竹宜花宜菜斷塵坲。就中結搆六柱三板蠡殼牕，是誰牽船上岸象鷗浮晃没。主人呼吏抱牘勾當無暇來，譬之問渡無人舟楫用終屈。歲十一月既望折柬聯步登，六客有一不至箴齋觀察。飣坐麈交拂。圓篷似笠四面蕩漾窺蔚藍，複檻如牀兩頭安頓避呵嗽。估書讀畫載得顛米家舊藏，縱使雙手捫搎評泊語皆吃。食單到座肴簌無數争芳鮮，俾下越酒一斗一石較贏詘。而我開戒轟飲醉倒臥甕間，不聞餔糟啜醨楚漁曰何不。人情在水思陸在陸則思水，孰若泛焉寓意不留意於物？放艇半竿淺渚蘆花待我栖，揚舲千里長風帆葉向公乞。舵師櫂郎挽夫職志雖各殊，要使艕艓舸艚一一濟胥。沇賈人遇水資車遇旱必資，舟蹋實腳根利往行見佐密。匆忽懷喆兄山舟前輩。高尚署號非偶然，縱棹西子湖邊義趣極沈鬱。打鐘埽塔參禪竪指隨所緣，行止何心出語游戲且呈佛。

題江城話别圖送兩峯廉使赴闕

潭水房山兩地偏，湖南北臬署皆有半潭秋水、一房山堂。忽聞衣繡去朝天。人隨黄鶴風催笛，僕唱驪駒雪打韉。香寢吟詩能幾輩，機庭練政本多年。阮何丰槩韋平系，想見雲霄晝接騈。鳳城諧讌限重闉，夏口雙旌蹟共親。宣室待承前席寵，鬱林喜識外臺貧。停杯喚渡纏綿話，侍輦行圍詄蕩身。他日深談翦官燭，開圖留伴一江春。時爲題春江晝裏身行看子。

次韻沖泉方伯新製半榻

今之板榻古曰牀，小憩神輪與尻馬。不施臥褥施坐茵，曠宅弗居策斯下。今年火繖漫平。絳河，赤腳層冰夢魂惹。嵌石爲闌骨漫支，穿藤作屜影堪寫。其長六尺廣綳之，焉用求全得全者？琉璃黃潤鋪稱身，翦幅吴淞水清雅。平頭一曲乍舒肱，垂外二分還露踝。更從全局偷片間，左置圖書右琴斝。想像良工妙取材，如製箕裘稾弓冶。盤棊縱可對朋游，斗帳無由貯嬰姹。所操至約所芘多，萬闥和風受涵灑。擊壤懸知作息恬，炊粱豈止榮華捨？榻旁鼾鼻春酣酣，絶勝隱心託波若。不逢徐穉即周璆，直使陳蕃汗顔靦。頃余解韈來共登，捉塵深慙啞羊啞。移隨俗駕舁同籃，安傍涼枝芘如厦。無餘地處留有餘，那遺旁人怨飄瓦。詩成一笑投隱囊，三人半耳筆難把。時賤足蹉痛未蠲。

題兩峯鳩江春棹圖

東風澹無際，吹緑暗江郙。郙樹高藏屋，江流緩到門。花花歸帽影，葉葉去帆痕。何似咸陽陌，紅塵撲酒尊。

暖翠溼還晴，前宵一雨鳴。幾人忙叱犢，獨客嬾聞鶯。曲水春三日，高樓月四更。好陪沙岸鳥，閑艤釣船横。

鳩兹官閣暇，常作苦吟人。載酒洞庭水，相依鄂渚春。浮家足牀竈，仍世必絲綸。若戀清暉滿，頻看畫裏身。

題秦補堂采芝歸林屋照

青城山色錦江水，遇子采芝蹋芒屐。鸚鵡洲草黄鶴雲，遇子采芝拖練裠。雙童後隨斑鹿導，壓肩麗脊光烟煴。琪花瑶草唾如棄，三秀滿籃足生計。料理琴壺歸具區，靈威一老還分飼。金庭福地吾未遊，東西翠埽蛾眉秋。此山例無雉蛇虎，衹有風月清白鐵笛横滄洲。幾年拋去芰荷服，却把長鑱探遐谷。託命能教樵牧驚，壯遊定遣魚龍伏。北風其涼雨雪霏，買舟欲下三山磯。忽披丹碧見林屋，吾土信美人間稀。芝兮芝兮采誰其，且學仙家手親種。洞庭從此是商顔，飽噉九莖伴菰葑。

十二月十七日雪已四見

一交小雪歌三白，喜劇荆湖百歲翁。豈意嘉平遲既望，又凝大古下長空。印牀浄退傳呼少，飯甑豐綏笑語同。行賑況逢工築始，不愁夢澤有飛鴻。

十八日復雪

臘序僅存三四日，聯翩屑玉戲張翁。五回起數逢中合，六出含精播遠空。老圃凝眸占麥屢，冷官屈指試茶同。旋消旋降留吟賞，炙硯長看擁帝鴻。

袖東司馬藝蘭圖

有石三四棱，有竹七八竿。有一松偃蓋，有雙鶴戢翰。有人踞苔磴，摩腹罷兩餐。有卷懶獨開，有琴懶獨彈。斂袖憺無語，袖納東海寬。海波化墨瀋，孰敢揚其瀾？小同强解事，磨我隃糜丸。兩孫笑相對，春服宜從單。幽香乍有無，厥草目以蘭。叢叢被芳畹，疑作湘澧觀。

豈知見胡甸切。頃刻?·遷植從巖巒。如茅筮征吉，如蘐稱合歡。於時風日美，不燥亦不乾。於時地力調，不沃亦不瘠。密者播使匀，踈者結使團。試觀童背鋤，擔束花攢攢。往年磨盾手，叱馭蜀道難。比年藝蘭手，畫諾楚塞寒。靈根徧七澤，欲采心漫漫。乞君畫素，壁，勿遣烟葦殘。

延緑軒話別圖次韻爲鐵幢方伯

温詔如春亟治行，留行有疏答皇情。事能隨喜僧同苦，政到持平俗已驚。前席竚傳宣室對，兩峯廉使先奉召。結堂應署蓋公名。荆潭舊侶争回首，倡和何由耳暫明！

楚天冬暖緑侵欞，花樹平章坐杳冥。半榻琴壺閒託興，一廚書畫儼通靈。深談愛適離人館，遠道愁看驛吏亭。卻指白雲黄鶴影，相思無數遶烟汀。

次友衡韻寄題戴滋德吴閶笠閣

一塘楊柳半塘烟，兩面亭臺四面懸。柑酒逢人三月底，松風招我六朝前。蒼茫市隱書還讀，縹緲樓居界必仙。衹恐夜涼捎鶴影，不教吴質趁高眠。

沖泉方伯索襄陽菜菹

吴郎枵然腹空洞，雅貯黄虀百十甕。鄂州學舍低打頭，菜把頻煩襄州送。心同蕉卷剥未開，根異葵圓棄難供。晚菘早韭俱下風，要遣寒漿冰去牙縫。擊鮮釃酒禱伯喈，詫我荒廚太豪縱。公然點雪窨吴鹽，碧緑青黄一痕凍。聞公隙圃堪薙除，爲學拔葵缺儲用。鹹酸殊俗從所好，螺蛤偶思億則中。以御冬蓄佐春盤，料得朝來食指動。本無骨相耐肥甘，豈必身親事栽種？多公得召許還朝，取安肅産辨伯仲。三丸由他笑庾貧，菁菹何物陪荆貢？書傳菁以爲菹，茅以縮酒。惠而報我絶妙辭，曹娥碑字堪循諷。留公不獲還傲公，行蹋大堤喫新蕻。時方伯將赴召去，而予先有襄鄖之行。

舟行漢江

冥冥寒食雨，歷歷漢江船。借問東流水，還鄉路幾千。

鯿

縮項一千八，名高六艑船。如何襄水曲，翻藉孟生傳。人泛枯槎穩，童支翠釜偏。不須春竹葉，一飯亦欣然。

襄陽見瓶中木香香細花繁異他處

木香邨在都州西，別種襄州落翦齊。遶木陰陰鸝乍囀，飄香細細蛺交迷。江鄉暑近支棚坐，吴下謂涼棚曰木香棚。海嶠雲深入裹攜。木香惟粵産，入藥品。好待等閒桃李過，坊頭尋唱白銅鞮。

唐張文貞祠 祠即公園址，今爲泰安寺

鸚鵡銜仙李，拚飛建牝朝。盡即忍切。留六郎媚，倏報五龍跳。定策歸沈厚，提軍起捷趫。積尸橫紫闥，負扆拱丹霄。産禄滋餘孽，嬪嬙信久要。真王雖命拜，故相忽聲銷。薄譴新州佐，長流遠嶺標。背疽齎憤懣，肉杖免飛漂。終見還官爵，隨聞配廟祧。緜封遺子姓，裴島認漁樵。指點憑初地，馨香薦永朝。石幢浮翠瓦，鐘梵替鸞簫。襄水魂應戀，曹王皋宴昔邀。縱經他主換，猶記史臣標。器大功名晚，冤深涕淚遥。峴山行樂近，想像鶴雙招。

穀雨日繆秋坪明府送櫻桃戲報以詩

的皪朱櫻詫滿籠，畫闌纔扇鼠姑風。先嘗特出三桃上，相送難邀隻筍同。襄筍甚劣，小如指。

別殿分霑親試重，戊子，御試紫禁朱櫻出上闌詩，即拜是賜。靈關細寫舊遊空。雅州黄白櫻桃大如龍眼。半生風味頻回首，莫笑襄陽地主窮。

試院後花樹十六株癸巳春邊前輩繼祖歲校時課八庠文武牓首所種有詩碑之堂左堂後東西齋尚有隙地爰仿爲之得三律

大隄風色太猖狂，穩坐春深選衆芳。緑葉有陰遮後檻，墨花何暈照前堂。道山雖去名猶重，襄水曾經緒獨長。予戊子使黔，往返宿此。想像一時揮翰手，封條起墢趁天漿。

徐南魚北近中原，八族分明占八元。材到上林方是樹，澤分禁苑各爲園。科如童子沾榮蚤，柳比先生得氣繁。笑倩少年裘馬暇，百錢擔買向郙樊。

兩齋移種影紛斜，也近酸寒也近奢。漢代將軍應坐樹，唐賢及第必占花。課同賓御攀何日，謂王珉軒。話與兒孫蔭幾家。努力他時傳者舊，莫拋秋實衒春華。

宜城彭教諭惕送蕙蘭

蘭蕙幾同穀不分，半牕遲晝忽逢君。名垂大雅騷還讀，養近中和德易薰。莫遣春風歸晏歲，尚憐襄水隔湘雲。萬重花品吾何有？慚媿瓊瑶報廣文。

庚子臘吉安王文學堂開自長沙攜姚侍讀頤書至鄂頃偕至襄陽病嗽辭歸以詩相送竝懷姚蒲州

艑聲來破洞庭烟，月户風亭忽二年。席硯不嫌窮塞主，牘竿蚤信故人賢。文章譽起薪傳重，節孝祥凝木理連。惶媿一雙金鏤管，封題喜動寢門邊。去夏爲母夫人傳。荒廚雖道食無魚，縮項槎頭釣未虚。半榻此時懸伸舉，一杯何露潤相如。中醫遇物休供藥，遠道逢人幸附書。倘向秋風升鸖雀，郡樓應似武功居。

研齋觀察招入所新羊杜祠觀八角幢用范文正羊公祠元韻

峴山裁一卷，名壓大別大。不逢折臂公，孰表漢江外。江春蚤鬱蒸，一雨勝遊最。饋藥欽前修，置酒憶良會。登臨極宇宙，即物增慷慨。歸路渺羊流，同人戀湛輩。爲德不爲暴，往業信超邁。遂使碑廟間，淚痕灑茫昧。祚經司馬移，象作巨鼇戴。購贖動千金，蒼茫閲幾代。神隨芭舞傳，跡洗苔紋退。功名足祔食，前史激風籟。同傳復同祠，陵谷慰遐慨。我生失探環，癖在盲傳内。偶乘習池醉，欲仿孟亭繪。石幢手摩挲，題字故無賴。水長上潛鱗浮，山空飛鳥快。何似臥龍賢，路衢滿遺愛。王原叔名洙，以千金贖羊祠故基。宋八角石幢其一久失，其一研齋自漢濱出之。

研齋招遊所葺鹿門書院

滄浪亭子映林泉，不道荆南遠又偏。恰趁管弦觴詠後，特瞻車服廟堂前。院後奉觀察摹吴道子聖像。横經負耒耕兼學，喝道談文俗是仙。傳説臥龍香火地，幾時讓與鹿門賢。

山櫻野筍俊堆盤，舊院新池蹟漸完。三面人家圍柳岸，兩行弟子候花壇。好遊始信襄陽樂，叱馭猶驚蜀道難。時話蜀中舊游。羡煞武陵漁主講，指揮屈宋作衙官。舒教授才博監院，而陳山長長鈞歸武陵未至。

關廟三層柏在穀城太平店

漢壽祠前柏，森森氣象增。雪霜封一圈，孔翠照三層。結縛雖人力，君蒿有物憑。向南枝影重，相對爾猶能。

穀城

化鎮巖城擁，猶傳穀伯邦。入朝人笑賤，伏莽賊張獻忠。稱降。蠶麥逢時熟，魚蔬問俗龎。縱無黄石隱，和嶽湧幢幢。

石花街題巡檢署壁

昨經竹篠鋪，今飯石花街。山迴笙呼鶴，堂低篆引蝸。官星鄰簿尉，農月罷徭差。漢水如羅帶，歌漁興欲偕。

均州望武當山

古來五嶽衡恒嵩華無定名，太嶽非嶽影落均州城。太和坱軋絡雍豫，按圖拍手今日歸維荆。岧岧卅六巖，耽耽廿四洞。二十七峯誰最尊？一柱擎天紫霄羾。地肺葉葉堆玲瓏，衆皺亂插青蓮蓬。横看側看獻千態，半空綃電照徹下界千里萬里烟濛濛。栝檜楓杉薺根簇，寶樹琪枝燦盈目。藥留不死賽神芝，草爲救窮辟嘉穀。食炁人隨黄鵠翔，通幽鬼效斑龍伏。墨旗夜悄聯七星，元龜曳尾丹蛇升。如來金粟堆□避，何論慧門願門厮打紛厖轟。法駕亭童擁鸞衛，劍臘沖天髮委地。正果誰能種榔梅，隱心豈待招叢桂。桂樹産招摇，分明斗麗杓。離爻迎赤熛，坎德奠元枵。何人好事傳靈祕，浄樂名邦遜儲位。脱屣雖緣去國輕，建壇敢道求仙易。仙家鍊形先鍊精，行年六七功告成。天書一降議封禪，曷不一詣三潭五井鏘鑾聲。我聞漢南陽屬以武當縣，其時二十八宿躔次分。蒼龍有闕白虎觀，元武殿後載禮經。朝謁俄看八纮徧，武當謂惟真武當，道書地志交狓猖。宋明左藏萬千萬，膏血四照懸壁璫。草坪之庵埽塵榻，鐸語丁東夢蕭颯。青精作飯從裏攜，一逕披雲叩閶闔。

天馬巖渡漢抵鄖陽讀行署明人碑示諸子

春山三百里，山斷見漁磯。好上金魚渡，言從白鷺飛。渚花人隱隱，城柳客依依。莫遣征塵涴，臨風理袷衣。

漢水如羅碧，悠悠發孺歌。麇封看不泯，禹力想無多。燕寢遥森戟，烏臺夙枕戈。一鄉傳孝婦，陳氏。民俗美如何！

我行裛濛雨，原是武當雲。雨歇憺無與，雲歸空復云。蘚苔蒙往蹟，鳩燕助微醺。賓館論才子，紛吾張一軍。

附 **和作**

崇明 徐興文 六華

秦嶺知何在？迢迢清沔來。停杯三月邁，挂席萬山開。柏老盤虚院，碑蒼賸劫灰。聲名動寥廓，嗟爾鄴中才。

鄖陽懷古其末題試院保釐堂

一抹孤城萬疊山，沔流西至曲灣灣。辨名誤襲鄖公號，食采紛傳尹氏頒。路闢中原還據險，人辭故土易藏奸。無情最是浮雲影，斷送懷王入武關。

犖洛荆巫遠建瓴，梁州禹域此占星。審音漸識秦聲大，秩望終邀楚澤靈。帝子流移頻紀史，蠻夷戰伐特垂經。莫言文獻無徵信，遥指商顔一角青。

上堵高吟似疾呻，三分刼局爲何人？軍州分併名多舛，蜀魏興衰跡尚真。若論丹心持絳節，便看赤手縛紅巾。原公遷去吴公代，配食何慚薦藻蘋！

畫轅清角擁牙旗，鄭重尚書湛甘泉。記保釐。豈有千斤煩盪埽？似教七子王元美、汪伯玉、徐叔明皆撫鄖陽。見敷施。中丞憂國傾杯細，太史觀民駐轡遲。曾是百年前戰地，勉循緑野下緇帷。

鄖陽試院八柏歌

鄖陽郡自勝朝置，七縣編裁不毛地。剔除伏莽植嘉禾，此柏栽從柏臺使。臺空院改吾按行，桃僵李苦春無聲。老鴉争窠餓鴟叫，柏所招致紛摩撑。我本惡鴟非惡柏，石幹捎雲二千尺。我雖譽樹實譽人，谿蘋祔廟三百春。草萊終見闢成宇，棟梁幸免摧爲薪。論材數溢七松古，標望堂開八桂新。當時手種豈徒八？陣勢盤挐影交戛。即今後室蔭連株，頗惜前庭存獨活。東偏五者多出奇，左紐百折根傾欹。劈開雷火慘倒挂，蟹爪下攫龍脊垂。蒼雲直墮凍狐鼠，白日不動升蛟螭。解帶量圍較牛大，荆頁如君能幾個。我欲封移大别巔，一川緣埽葡萄破。

發郾陽諸生道旁置酒至薄醉

笳鼓連連殢斷雲，路旁杯酒飣香芹。窺人紅袖牕還掩，攔馬青衿隊各分。老我重逢方有幸，後生一過漸無聞。郙原量退愁洪飲，拚上輕航載宿醺。

白華前稿卷第五十玖

古今體詩荆北集四

沟口曉發

篷背滴空翠，夜來山雨過。山郵秀花竹，喧耳萬灘多。禹蹟亦東下，我行奈久何。無因坐横笛，一和濯纓歌。

四月望自郾旋襄見所課花樹各有生意和詩甚夥再疊韻

莫認狂花滿屋狂，牙牌一一表羣芳。縱教科歛排官舍，祇算栽培遶學堂。翠鳥穿花枝競秀，青猨潑水幹争長。昨來慳送黄梅雨，愁絶乾封汗滴漿。

銅鞮坊似樂遊原，鎖院沈沈閟混元。農圃不如惟種樹，詩書雖好去亦窺園。名材小草三生判，嫩紫嫣紅一例繁。從此春風披上苑，十分聲價壓襄樊。

碧蘚蒼苔石徑斜，兼旬重到景偏奢。向榮敢論差池臭，著意難開頃刻花。此後勿令人寓室，者回真似客投家。漢南卻笑桓司馬，獨對婆娑感物華。

襄陽柿餅桃以小滿熟狀扁圜可一指

有扁蟠形蠢，環環半寸高。元精流五木，中候先三桃。洞古微含萼，其花特小。盤深穩脱毛。餅金能换幾，解渴慰吾曹。

隆中草廬

剴切征誅計，雍容禮樂才。用文中子語。莘耕娱歲月，留遇役風雷。國藉芘丘託，人逢藻鑒開。荒廬遥指點，夙駕屨徘徊。梁甫吟聲徹，琅邪族望推。一心紓割據，諸將化疑猜。果借東風便，長扶季漢穨。受遺勞懆懆，致討量恢恢。百畝憂何有？千年馭不廻。軍情埋玉帳，衢祭妥金罍。此地傳龍隱，而今勝鳳衰。倉回切。綸巾王佐像，纁幣帝臣媒。避地名翻大，匡時學本該。蕭曹慙澹泊，沮溺鄙淪洄。並起瞻祠敬，如銜過墓哀。樓桑郫路敻，相望鬱崔嵬。

襄陽舒教授才博爲子占易次郎正增書予種花詩上石賦贈

如舟學舍午垂簾，問卦休爲奪糈嫌。篋養丹砂凝箭鏃，架排緑帙照牙籤。栽花詩就誰先和？思藻堂在試院。深我載淹。可似謦兒舒教授，兀聽更鼓夜厭厭。東坡夜過舒堯文詩「郎君欲出先自贊」，堯文名煥，徐州教授，郎君謂其子彦舉。

寄題潛江縣廨紅雨亭亭爲高安朱文端令潛時作

我聞河陽縣，滿眼桃李花。桃花紅奪李花白點點，烘出赤城萬丈丹綺霞。又聞武陵源，桃花塞谿路。雞犬桑麻歸洞天，外人從此迷紅霧。高安鉅公松栝材，爲製美錦辭蓬萊。刀耕火耨告再熟，别院笑把桃花栽。桃花放時葉未放，赤手珊瑚割晴浪。火樹偏從白日團，流脂衹覺青天漲。是花非花雨非雨，十雨五風作花主。召舍猶懷勿翦殷，傅巖真見爲霖溥。白洑鎮，紅雨亭，我今載歌君載聽。桃僵君載補，亭存我載經。歐公絳雪寇公柏，好結蒼老含娉婷。桃花紙上墨痕醉，醻面更乞漿雙瓶。

郢州道中得研齋觀察喜雨詩次韻

龍宫帖耳應精虔，早趁分秧雨勢緜。三日爲霖鳴决决，一亭志喜告連連。河橋岸斷真還似宣切。濘，冰箽塵空但羃烟。好祝依旬風物美，東臯人報太平年。

寄題榕巢方伯錦城使署亦園十詠

齋居憺容與，即物成所欣。一物具一性，花鳥通思聞。寓意不留意，太虚流碧雲。

右怡情育物之堂

活汞瀉圓池，止止若古井。藻荇了無多，水禽蘸清影。孤館月明時，湛然發深省。

右不波館

筍時吾亦饞，留待萬竿起。坐歗結風亭，何日可無此？晴日滃秋烟，世塵澹如洗。

右此亭

竹君忘熱因，露節特堅瘦。涼景來泥上之，有暑卻不受。蘚磴細斑斑，徘徊引翠袖。

右引涼逕

水蓼勝陸蓼，滋媚窺文漣。排根託橋下，吐穗垂橋邊。過橋且繫馬，拗作珊瑚鞭。

右蓼紅橋

大葉卷細心，蜀天緑於染。小亭擲筆餘，翦幅替瑶篁。忽看蓮瓣舒，掩映紅一點。

右小緑天亭

廊腰偃斷虹，彔曲一十二。引路花使迷，礙路樹使避。時聞投屧聲，嘉客勿遐棄。

右依花避樹廊

隔塢花深深，連屋書浩浩。攤書復坐花，偷暇足送老。請看落葉飛，隨落手隨埽。

右校書花塢

好山本無根，朵朵兀當面。問誰手種成，芙蕖發青蒨。多恐白雲封，登臺日千徧。

右種山臺

開軒極幽敞，蒼蒼來翠陰。柏葉捎我笠，柏子墜我襟。引手欲相接，眉宇生凜森。

右接翠軒

癸酉江州蓄一篁今三十年矣輿杠行黔粵楚蜀間不啻數萬里各係以詩

一重黄玉浄炎埃，誰向蘄春辨笛材？收卷亦隨團扇棄，鋪張每趁畫簾開。管寧木榻年差亞，齊相狐裘算竝推。較壽唐宫今十倍，人間甲子待輪廻。唐志：守宫令席壽三年。

柔木雙劖丈二長，頳肩人駕使軺忙。輕疑陶令升籃舁，穩勝齊人坐筍將。相對相當平眂水，在前在後爛生光。他年免作勞薪爨，十萬縱横路飽嘗。

泥金畫竹扇寄補山方伯濟南

以蒼筤姿，作金銀氣。可無此何，能免俗未？外直内虚，神清骨貴。我懷穆如，一洗炎沸。

寄題枝江福亭

枝江西門福山有福星廟，廟前一峯，秦大令武域亭其上。按福禄壽，俗謂之三星，司禄尚矣。秦有壽星祠，宋太平興國初始祀五福太乙，其服通天冠、絳紗袍，蓋以爲天之尊神。太乙十神之首，凡五宫，四十五年而一易。五福所在無兵疫，人民豐樂，此福星之所自名也。既名之曰福亭，作詩以報。

福山下瞰枝迴洲，名雖爲山實則丘。山禽格磔渚樵嘻，與衆偕樂誰始謀？短亭如笠覆山頂，秀色盡把沱江收。風濤百丈倒三峽，雲物萬狀開重樓。烟邨乍寒隱橘柚，霧艇不定翻鳧鷗。人言城市困塵鞅，照眼忽覺方壺侔。福星有靈解臆對，嚮用次九箕所疇。魚鰕小縣雀鼠逝，枌榆古社桑麻稠。太平氣象播歌咏，合起臺榭供盤遊。高明之居不易得，百磴詰屈攀巖幽。鳴琴挈榼趁公暇，好學爲福仕仍優。課僧種花僕種竹，影落洞庭浮一漚。長官好事攝亭長，使我停望心悠悠。我聞亭義訓停集，行旅宿會民胥投。又聞訓均復訓直，民所安定兹堪求。以此數者基厚福，匪直憑眺眈冥搜。早將藍縷洗邦俗，且聽鼓簫酬神休。挂帆下泊武昌岸，怡亭銘盍探裴虬。

章華臺故址

歷歷彤臺湧岸沙，江南從此始去豪華。望氛宴豆經營異，翠被皮冠顧盼賒。走馬更誰攀細柳，呼鸞應自擁繁花。如何苦愛乾谿道，不學祇宫老戀家。

以羽扇報錦山贈香

江皋六七月，流汗如灌漿。百體蒸餡酸，垢我羅衣裳。我衣可改爲，我裳可告澣。攬琴晝寢閒，焦臭不能斷。以君惠思我，百和絡繡文。佩同蒼玉委，氣候争蘭芬。心香佛所持，體香史所刺。殷勤志拜嘉，如迎善人至。

漢濱六七月，藴暑無廻風。二子字蠅蚋，在君雕房櫳。君櫳疏使開，君房拓使暢。捉麈左右揮，穆如不來貺。以我惠思君，五明排翮毛。攜偕白團用，颯爽驅煩囂。扇譽心所敦，扇德志不逮。殷勤藉報嘉，清夏歲仍歲。

七月廿三日雲岫中丞集宴憶去年是日飲退谷制府雨次爲和喜雨詩因疊前韻

此堂此日饌瓊漿，去歲今朝眉映黄。顧影不辭摩腹飽，牢場如鳥啄偏忙。
雙旌春曉下嚴關，湛露蕭斯咫聖顏。江漢不波雲夢乂，戟門衹在翠微間。
陽春白雪曲同工，慙愧輶軒説采風。半月前頭上弦月，涼痕那到畫筵中。
擬陪秋社噉齋羊，行部匆匆早沸揚。特地留賓賓亦主，片帆遲挂水雲蒼。
南浦芙蓉漸改陰，西堂蟋蟀響交侵。田家月令公家宴，并入調元稷卨心。
天度如環竟一周，尚書陪輦爲逢秋。謂退谷尚書。座中更有重湖主，石亭尚書。細話天家入哨由。
未煩課雨候蘆灰，無復銀濤殷薄雷。坐到漏深占射角，羅衣一碧夜昭回。
烟鶴寥寥聽一鳴，丹樓泠墜露無聲。兩行仙吏休騰笑，不醉深杯也不情。

石榴花塔

塔非塔，孝婦骨。花非花，孝婦血。婦獲事姑，婦不獲事姑。謂殺雞奉姑，謂奉雞殺姑。嗚呼！婦殺雞兮婦未以嘗，雞殺姑兮官無與明。榴花如火然，照我寸心折。插地花生根，落地花成實。實亦有時盡，根亦有時拔。婦恨齎九泉，萬古不磨滅。嗚呼婦姑二命懸一雞，官乎官乎封此花根泥。

漢陽行院故熊次侯先生宅其孫旆舍而建之事在雍正七年地志失載予以不廢江河萬古流句名其堂曰流萬

兩樹黄梅雀啅喧，沈沈鈴柝護周垣。鄉傳屈宋風流遠，體壓王盧氣象尊。幾輩煎茶淹使轍，當年種竹蔭芳園。賢孫舍宅垂高義，可有龍鸞起後昆。

重游伯牙臺在漢陽城南一里，古無考

卻月城南樹萬栽，牙琴何事此淹洄。高山流水無消息，佚女游人自往來。三逕穿花重入座，百壺勸酒一登臺。芳洲鸚鵡消沈久，誰念漁陽鼓吏才！

郎官湖在晴川書院左今塞

郎官不少華筵宴，誰把湖名屬此官？勺水波迴雙棹緩，關山月上一星寒。錦袍去後塗泥辱，綵筆來時氣象千。容易東南賓主美，正平芳草恨漫漫。

黄香墓 在雲夢縣北十里

粹質涵江夏，高文啓漢京。一堂尊始祖，百步表佳城。婉孌垂髫歲，殷勤奉枕情。遂膺賢守署，豈博孝童旌？次五蒙爻正，無雙物望傾。舒華驚藁削，典學鄙金籯。地重樞機密，心勞建豎宏。兒孫欽濟美，圖史看分榮。故事愚民説，荒阡遠裔争。生時尚憔悴，葬處倍崢嶸。東觀書教讀，南州廟待營。最憐太丘長，慙德在公卿。

次韻繆秋坪襄陽縣廨新葺也園

誰徙河陽到沔濱？清華水木政皆新。魚徐夾路思前代，蠶麥乘時報好春。草長囚扉無滯獄，花繁公廨有遊人。園棊下釣偷閑往，要使沙鷗識主賓。

應官聽鼓縱關心，長吏同城各善吟。謂研齋觀察權守袖東。呼殿不來詞屑玉，推敲何事韻摐金。

忙排案牘神明暇，淺拂琴徽意趣深。多謝梧風接槐雨，桑麻回首緑陰陰。

草草經營已隔年，晴宜劙土雨疏泉。藤蘿徑引廻身地，魚鳥機忘極目天。略遣吏人評鶴料，故邀漁子課芰田。槎頭詩老如相訊，笑指襄州隱暮烟。

煎茶深院昨拖笻，手種園芳供蜜蜂。似此朝衙通萊圃，便將野色冠花封。名垂耆舊衝繁縣，望斷靈娥杳靄峯。行也無心留也好，秋光今在木芙蓉。時秋坪將移湘陰。

蘄簟

緣坡倒笛材，種訝蘄春別。産逾蒿艾奇，質較莞蒲傑。幾梃浮青筠，半莖剔黄篾。膚去汗亦收，肌分章乃抉。如玉片片礱，擬帛條條裂。裁宜八尺量，織學九張設。卍胸古佛相，同心老麼結。側理縈霏霏，方文露罶罶。銀勝摹竝工，玉版解相説。單微湊中邊，妙明印凹凸。平疑熨貼施，滑想刮磨徹。麴波瑩欲凝，花箋砑還潔。編成信有靈，卷去了無節。價重鰕鬚抽，製壓象牙掣。傳視欣摩挲，倚眠謝點蠛。勻憑兩面攤，剛戒一角折。對伴簾影清，棄偕扇蹤滅。厥名簟是珍，其用席斯絜。韓吟極瀏亮，白寄非瑣屑。香山有寄蘄簟與元九詩。鋪將看奕棊，楚江遺秋熱。

竹樓

何地無修竹？斯樓代瓦能。蔽風消十稔，臥月印雙層。氣上青雲直，名先赤壁騰。苦憐桑樹夢，宣室召難憑。

赤壁

亂霞紅欲斷，斜採女王城。一展楊園暗，千帆荻渚明。谿漁閑接侶，沙鳥憺忘情。不是元豐客，誰標赤壁名。

臨眺尋常事，還憑作賦傳。杯盤隨草草，鶴羽逝翩翩。磴遠迎高曠，堂虛得靜便。松屏揮六扇，須記玉堂賢。二賦堂屏爲樓山修撰所書，而託名故守許錫齡。

落梅吹玉笛，直下琵入琶亭。風月人長買，江山客暫停。墨碑縈敗蘚，戰艦散浮萍。又別鳧鷗去，秋衫酒易醒。

蘄州綠毛龜

浮屠會寓言，龜毛係假設。於蟲爲介蟲，混處黿與鼇。卦符離象占，宿應坎宮列。曳尾塗泥甘，息鼻英華竊。所以憲否臧，前民逮愚哲。三足詫跂跂，六眼訝瞥瞥。蘄春近九江，禹錫戒私褻。左右顧各殊，俛仰性差別。踶彼尺二珍，利用勝蓍揲。而何方寸姿，夷然意不屑。自安具體微，共笑賦形劣。圓成太公錢，偃學范增玦。埋土數千年，青碧暈糾結。塊如堆一團，豈是初生颫？我有白石盆，井華映清渫。引手涵濯之，萬毛動波纈。絲絲擢可數，縷縷吹肯折。將毋綠毛鳳，化身鬭奇譎。否即秦玉姜，仙魄見胡甸切。華潔。供養几硯間，藻采衆驚絕。更擅辟塵能，或習禦火訣。勿令蘄州鬼，催去壽不閲。

雪堂

不盡峩眉雪，飄來水部居。築堂及休暇，繪壁寄幽虛。坡近躬耕便，江遥客釀儲。更聞潘杜史，玉印兆新除。

快哉亭 今在黄州郡齋

滔滔江澳口，旁有臨臯亭。有亭復枕之，高插青霄青。大江走其下，帆鳥穿瓏玲。武昌好山色，暖碧開風屏。頓使耳目交，豁盡沈與冥。窮愁一遷令，攀陟隨鼯鼮。取快雖一時，要足垂千齡。何人議移建，乃傍太守廳。廳事冒女牆，萬態無潛形。清音滿山水，絲竹皆可聽。快境莫留意，快理惟圖寧。願言乞并翦，翦取春沙汀。

題友衡黄海紀遊詩即送其歸里

抗手光明頂，一峯翔一龍。滃然白雲合，遂化澗邊松。亦欲度黄海，好秋冰霰重。誰招戴公隱？三十六芙蓉。

華容驛 隸武昌縣

雲夢宫何在？紛沿漢縣名。山川收鄂國，風月送郝城。稻蟹輸場候，花鳧唼淖聲。坡仙應笑我，底向阿瞞争？

歸燕

何苦團秋社，忙催燕燕歸。行藏滄海共，消息白雲非。下第詩留牘，空閨淚溼衣。來春知亦返，送爾轉依依。

予嘗爲木癭詩懷芳青聯適賦木癭文匱爲書其後其已言者不復言也

人癭血日銷，木癭液日耗。樹木如樹人，病此不材號。窮巖鬱千章，拗怒起皴皰。衆陰疑一陽，如麴酒發酵。如蚪如囊沙，闖然逞雄鶩。蠢醜俗眼憎，磊落匠心樂。剖之露文章，文房器斯造。列格紛羅羅，聚珍弆稍稍。筆札洎印章，惟妙亦惟竅。二子金匱才，負笈辱來造。竹几襲琴絲，松牕頓茶竈。疑我木癭篇，體物有遺貌。前唱喁後于，腹笥互傾倒。直修五鳳樓，各挾三尺鞘。吾衰氣苑結，事事遜諸少。見道懼支離，秉心戒廻撓。譬諸杜武庫，甘被吴人笑。斐然觀所裁，石鼎力排奡。藏匱賈待沽，宿瘤女難召。枏枕倚孤吟，柳肘夢初覺。

周藹聯

佳木千重霄，磊砢隱巖際。深涵日月精，鬱感陰陽氣。山骨挺硊硱，泉脈養溶潏。凡楓柳杉松，有痂疕疥癘。如桑户附疣，如子輿句贅。突如杜預懸，大如賈逵綴。初如卵鷇包，漸如盎甕曳。牛帶鐸郎當，狼垂胡跋疐。瓠從犬頸拖，鈐自虎膺繫。隆隆背曲僂，纍纍拇駢儷。誰將闊領裁？分與長木斃。當處則處時，引材不材例。瘍醫束手窮，柞師側目諦。攘剔及毫芒，批導在炙盭。卷曲臃腫呈，規矩準繩繼。刮膜謝水漚，流脂付風戾。其文含模糊，其質勝柔脃。玳瑁點乍皴，鷓鴣斑旋翳。黯作蟹筐負，瑩作蟬翼蜕。波牽帶荇長，石被髮苔細。無勞繢藻工，儼布雲霞勢。爲几爲畫屏，爲槃爲矢医。爲榼羅蔌肴，爲牀鋪綫罽。更揮匠肆斤，是稱文房製。肖茅匭形模，倆藤笈體制。磨鑢去角圭，裝點絶瘢痏。横亘縱乃承，上溢下斯替。安排喜妥帖，隔别記品第。橋紐跨中邊，符鑰慎啓閉。堆案雅相宜，娖裝輕不滯。但選硯碣姿，皆中徽纆藝。況彼梗栟材，扶踈任梁欐。

海寧王步雲青聯

包匭重姒王，厥後製韞櫝，卞璞珍用藏，隋珠積待鬻。署璽留祕文，排卷聚遺牘。何物特堅牢，有時散芳郁。辨種紛瘦形，釋名異卉族。宛然荊州人，曰此嶺南木。生笑甲辰雌，怒感雷雨毒。殆飲不流泉，乃結有贅肉。疑齊女負囊，訝巴姬累斛。腫若背上馱，突如鼻端矗。直等枝指枝，圓肖獨壺獨。梁公鍼難痊，薛生徙徙祝。傴婦過易驚，孱將題使辱。影駭熊羆蹲，斑作鶌鴣簇。效劉鋻手窮，致用匠心劚。腐豈蟲消磨？空詎鳥剥啄。棱棱墨應矩，片片衣裁幅。濃芬酷桂椒，怪文浮綺縠。螭首冠其巔，蜂房聚其腹。收取客卿良，擯斥毛穎禿。璧友造廬居，楮生下榻宿。陸茶含新芽，荀香蘊幽馥。滑肯亞雕匳，精合次素簏。便利隨琴箱，穩愜伴弓韣。盤錯敢棄捐，枯朽孰傾覆？以彼槐柳材，托兹雲霞谷。大者蟠輪囷，小者幻拳曲。幸登良工門，送入文房目。

安排几案牕描摹畫圖軸試偕行笥陳樗散轉慚恧冬日城東崇府山劉氏園亭同青聯懷芳

意行瀟照冷，故府占山家。屋老多依樹，園成不藉花。呼茶新水熟，翻帙晚風斜。小坐排鐺腳，翛然避俗譁。

畫屏張幾曲，曲曲引朱闌。疊石途偏仄，安牀境亦寬。苔痕雙峽潤，荇彩一池寒。大有閒魚鳥，絃琴待客彈。

堂後篔簹谷，離離翠滿坡。拂竿雲不覺，培筍土如何。廊淺禽聲到，籬疎鹿跡過。祇應來逭暑，清簟對婆娑。

西去藤梢上，平臺萬象低。一江山色走，九野市烟迷。挂眼真空闊，回頭轉懍悽。欲招黄鶴隱，何處是丹梯？

芳草王孫歇，山名幸到今。鋤荒淹歲月，覓路費登臨。問主藜輝閣，懷人桂抱林。由來臨頓里，東路快聯吟。臨頓故里在蘇州東城。

雪中雅舒送襄陽菜用菜菹韻

稷米漫空打牕洞，苦恨寒庖缺菹甕。韭葷筍嫩是靈芝，豈意晚菘擔連送。根埋霜霰掘不辭，葉浄塵沙到先供。素肌一片暈黄芽，土竈蒸來透泥縫。盡即忍切。從澹泊孕肥甘，解使餡酸變華縱。團鑪扠箸侑百杯，應念民間色梨凍。由來腒鱐異鮮腴，不時需遜及時用。調劑争誇羹臛宜，矯揉休論齏鹽中。生脆之美添食單，食味在心動無動。雲雰一昨兆屢豐，麥隴邨邨候鋤種。不饑不饉登太平，此況年年飫冬仲。芰實何妨嗜屈到？豬肝要足累閔貢。以君家與安肅鄰，負耒横經足吟諷。還從荊楚記歲時，蹋雪有人賣薹葓。吾鄉油菜於二月始發薹，楚則冬日已可擷食。

雪後見鳳仙花

薰風披脆朵，雅稱女兒花。昨灑重重雪，還堆片片霞。不彫聽氣數，獨冷見繁華。誰唤王摩詰，蕉陰點一丫。

復雪集餘庵廉泉介石堂以點蒼石屏材如米家潑墨者見遺賦報

耽耽泉石堂，階蘚緑無縫。一雪灑連朝，泉凍石亦凍。主人抱冬心，几石寄清供。白質間黑章，羅羅隱織綜。云從點蒼來，包裹費馱鞚。妒者思一斫，達者等一夢。二説皆未然，一笑愈情重。勑僮排巾箱，米蹟親檢送。布指長尺餘，其廣勢較縱。淡爲晴練晃，濃爲溼烟霿。重爲鼠尾拖，輕爲蟹爪控。下爲黄栗蒸，上爲碧螺動。明明一角浮，浩浩中央空。是顛是虎兒，鑒古聚庭訟。又疑嵐翠邊，富春手裁衷。著色妙天然，焉問元與宋。主人劇撫掌，是物出斤礱。古雪三千秋，坐閲閣羅鳳。苕苕十九峯，仙真恣騰玒。一龍環首尾，孕靈作髓湩。如玉潤木梢，如珀伏松棟。如金發巖礦，如硯采冰洞。層層如削柹，百轉入深甕。擎出芙蓉根，真宰劇含痛。匠心極微睇，拂拭先去巾幪。當其磨治時，凹凸巧億中。禽魚若卉木，畫院罕伯仲。换值百車渠，彼哉已愚惷。平生山水緣，叱馭破惶恐。無分祠碧雞，採效玉堂貢。滇雲隔楚雲，好事購月俸。得畫既免俗，得石亦可頌。得畫在石間，交義庶循諷。吾非奪與偷，拜捧誠輿從。品壓九華神，體敵四家衆。下堂衝雪歸，幅底結寒淞。

董小池北上圖

枯茅三四椽，病柳六七株。一雙冗長僕，一兩薄笨車。車前何用挽？一羸駿以驢。車中何所載？一琴酌以壺。賃車自故鄉，上車成歧途。春遊且勸還，況乃酸風呼。茸裘復破帽，問年四十餘。問程三千里，直北趨皇都。都城盛冠蓋，八騶填路隅。太平藉潤色，鬱鬱何爲乎。我有畫蘭手，朵朵香華跗。我有刻篆工，掩三橋雪漁。待博升與丰，豈戀蓴與鱸！不敢歌慷慨，不甘終泥塗。憶昔投牒時，軒冕輕一銖。哦松涪水邊，一擲歸故廬。東歸將北上，其友爲之圖。圖成改寒暑，而乃襄鄂居。依人事本難，處已理必乎。勿聽昌黎言，區區尋狗屠。

歲暮編入楚後詩示校刻諸生

短檠殘雪映天藜，署中閣名。悶遣排詩莫祭詩。助到江山非爾力，賞兼松石亦吾師。觀風漫向鍾譚采，感事曾傾沈范知。江夏舊傳文選學，浪教書院板紛披。

白華前稿卷第六十

詩餘

予弱冠前好爲倚聲之學，所作頗夥，輟業後無一存者。戊寅秋，與錢蘀石、吴杉亭、梁山舟諸前輩同賦都下蔬果詞九章，亦隨散佚。頃勘理詩文，得敗簏中數紙，録成小帙，非以自附詞人，聊具一體云爾。

調笑令

楊柳，楊柳，管甚灞橋分手。黄鸝罵斷枝枝，道是春光絮飛。飛絮，飛絮，分付雨絲黏住。

臺城路 山塘舟中

白公隄畔春如海，吴孃畫船挨遍。鬟影雲交，粉香風遞，第一盈盈花面。芳心婉孌。況桃葉桃根，隔舟相見。欲卻還前，殢人無語掩歌扇。　橫波摇共燭影，想故人天末，淚痕紅濺。

綺席傳觴，翠羅投帕，偏是馬卿遊勌。囊琴匣硯。笑繡被堆來，更誰同薦。情話叢殘，緑楊風絮轉。

醉太平 吴江楓冷圖

秋蘭罷纕，秋蓮罷妝。停車坐對花光是，青楓受霜。楓山影蒼，楓亭路長。楚天驛館楓香讓，吴江暮涼。

高陽臺 題張蕉衫平山堂唱和詩後

裊屧閒馱，管弦亂沸，繁華曾夢揚州。白髪門生，一樽要酹千秋。長隄不恨紅心草，恨緑楊、埽盡風流。賸山堂，月影如鉤，江影如漚。　夜闌提起銷魂話，話三千殿腳，廿四橋頭。多少懽場，舊愁人惹新愁。故宫甃井泉香否？待鑿開、潤與歌喉。試同君、鐵笛聲聲，唤舞蒼虬。

十六字令

聽！雲母屏前囀乳鶯。扶頭問，雛女話閒情。

卜算子

秋雨忒多情，灑下芭蕉去。惹得羈人聽不堪，續斷孤蛩語。　秋月忒多情，飛上梧桐樹。惹得羈人望不堪，寂寞驚鴻舞。

摸魚子　滬城過趙璞函不直

白蓮涇，趁潮斜翦，短篷低挂帆布。相思相訪遲相見，輸與鷺羣鷗侶。雲影暮。聽嫋嫋秋風，不暖垂楊樹。荒邨古戍。記竝轡尋春，聯棊敲月，零落似萍絮。　盈樽酒。何必旗亭客路？腰支唫瘦幾許。紫萸黄菊登高會，烏帽訪君何處？君莫訴。問滚滚江流，流否離愁去。蘆汀荻渚。衹漁板惺忪，櫂歌欸乃，篷底瞑烟雨。

憶蘿月

鑪薰被暖，好夢和春短。夢又不來人又遠，月上梨花小院。　更更更漏沈沈，無眠低枕朱琴。纔是瞢騰倚睡，牕前蚤唤山禽。

南浦 春水次玉田韻

新漲渌盈盈，半匳開、彷彿湘流清曉。鴨緑趁鵞黄，陰陰影、消受柳眉匀埽。天光不定，縠紋剛縐東風小。南浦銷魂，人去也，愁煞滿隄芳草。　憐渠纔送輕澌，泛春三二月，殘紅不了。踈雨又絲絲，烟波裏、勾管畫船撑到。天涯渺渺，錦帆消息而今悄。重檢曹衣，痕百褶匀蘸，碧羅多少。

月華清 竝頭蓮

蚤結心同，更看頭聚，往來魚戲南北。紅玉擎雙，三十六陂秋色。怎兩般、笑靨初圓，似一様、舞腰無力。相識探東西施住，苧蘿消息。　管領風清月白，鬬出水曹衣，十分雕飾。不是鴛鴦，不許棲將比翼。怕移來，短艇吴孃，爲拗供水，沈彌勒香。國算、郎情妾貌，似渠纔得。

摸魚子 江州寄題張氏飛鴻堂

買芳園，竹蒼梧碧，宜陰宜霽宜雨。溝夫指點繩橋外，擎出溝花無數。人試度。一片片沙禽，驚起飛還住。悠悠幔艫。愛穩稱裝書，便宜把釣，未算計遲暮。　囂塵底。有幾蔬畦藥圚，風流遜與張緒。敲棊賭酒尋常事，消遣膾孃歌舞。琴又撫，望冥冥孤鴻，秋影遥天去。江州客路。念寂歷琵琶，叢殘蘆竹，錯了六州鑄。

浪淘沙

春色滃江樓，春恨眉頭，一層烟樹萬層愁。樓外行人樓裏客，試聽鉤輈。　心字冷香篝，分付江流，江流無力載蘭舟。翦翦東風吹過了，莫莫休休。

桂枝香 烟水亭次韻

風斜日暮，倚亞字闌干，亂山無數。隔岸人烟纖斷，蛤田茭浦。櫂郎盡即忍切。有沙棠檝，奈寒鴉，一羣飛渡。問身無恙，閑心自在，不如沙鷺。　念白傅，陶公自古，怎三徑平蕪，三絃淒楚。漫賦歸來多少，美人黄土。好春花柳佳秋月，恨吟蛩啼鵙交訴。垂楊依舊，那堪漢殿，那時張緒！

疎影 梅花硯爲楊同年華賦

紅絲細纏，見横枝散朵，春逗風片。吹動池凹，鱗墨羅羅，影娥也照清淺。柔腸衹替香匳詠，愛幾顆、珠盤圓轉。蚤費他，盥手薔薇，攜配謝庭詩卷。遥憶東牀坦腹，侍兒更捧取，揮灑袠練。梅豈無媒，冰玉交光，不藉聘錢多拚。高家縱有長牋在，怎似爾、绿蛾餐遍。笑埽眉、無暇消寒，但索畫師礬絹。

浪淘沙 哀柳

古岸咽平潮，無限蕭騷，去年此地繫輕舠。睆睆黄鸝何處也，衹賸紅橋。　摇落且江皋，舞斷宫腰，春來莫又一條條。短短長長亭外路，替我魂銷。

臺城路 施楀堂豆棚閑話圖

水邨不斷濃雲朵，陰陰幾層高柳。碧瀉彎流，绿沈叉路，種得半畦山豆。孤棚結糾。漸扶起春苗，暗遮圓牖。蓊蓊疎風，泥他鐺腳坐移西。　閑情閑到末了，想雕龍説虎，剔遍談藪。鬭酒湖檣，品茶市幔，無此井鄰谿耦。摇脣拍手。惹絡架青蟲，半黏襟袖。淺淡花邊，一痕涼雨逗。

又 紅衣釣叟圖

湖雲十里濃於靛，幾時荻苗迴漲。響静跳魚，影翻浴鷺，買個釣船閒放。綸竿裊漾。問點點蜻蜓，可曾飛傍？冷笑谿翁，淡紅衫子也官樣。　烟波回首大好，和霜楓一抹，碎簇層浪。青笠鼓餘，緑蓑挂處，休道賜緋無恙。臨風獨賞。記草屩撈鰕，富春江上。我緝蓉裳，采香三白蕩。

玲瓏玉 榕巢太守接葉亭丁香花下

丁子梢梢，小名唤、雅配辛夷。南人見少，怪他團雪枝枝。幾樹凹深凸淺，把芳寮如綺，籠徧晴絲。相宜。敲紅牙、傾倒翠巵。　不分羞簪老鬢，有穨然翁醉，橫潑隃麋。翦幅銀光，映階前、一樣差差。今年歡場依舊，怕亭長、新巢定了，也負花期。更添畫曲闌邊，唫影立移。

擣練子 聞雁

人寂寂，夜悠悠。如鱅聲來報蚤秋。旅館漏長聽不寐，斷行莫又過妝樓。

燕山亭 法源寺看海棠分賦

風信低催，香火舊盟，試蹋春如海。四照淺深，西錦絲絲，紅到打鐘廊外。短鬢逃禪，問底事惱人無奈。相對。是曼陀華雨，選場勻灑。 還憶來去因緣，認小篆，牙牌玉纖停采。寺僧繫牌花底，說因果經以戒遊者輕折。留詩客過，縛律僧陪，那許一杯重酹？歸臥屏山，待分付折枝圖畫。難再。趁明蚤浴蘭重會。

玲瓏玉 重集榕巢太守丁香花下

交過蘭辰，被花惱、懶趁花叢。團頭座滿，眼明晴雪玲瓏。可是瓊花別種，是燕姬釵玉，橫嚲瑶空。玎東。搖番番，當葉細風。 第一銀牆短亞，怕酥搓粉捏，遊誤園蜂。鼻觀雙清，忽蒸來、油菜香濛。深深琉璃杯影，蠟黃酒、澆他不語，結了重重。有前度擘牋人，回首未同。

埽花游 榕巢觀察於成都葺升庵櫻桃盛花同人集飲分賦

江梅怨笛，又換了花風，散花深處。朱櫻萼吐。算三桃信息，者□□□。不三□□，□□□□□□□□□□穠枝，似名樊素。林暖鶯試乳。莫喚賞山城，折殘沙路。嫣然一顧。記新翻樂府，有人嘲汝。被酒朦朧，衹道梨雲壓樹。小延竚。滿筠籠，也紅無數。

滿庭芳　題寄齋畫册

漫水平橋，浮嵐入户，草堂盡即忍切許幽棲。一聲松子，和雨落香泥。衹少樵兄漁弟，閑來伴、苔磴花谿。衫羅碧，輕涼孅孅，三徑有人兮。　緗綈看觸手，茶經品定，□譜排齊。待旗亭買醉，隨分留題。道是三生石畔，萍蹤又、南北東西。沈吟久，江濤海色，精舍暮雲低。

白華後稿

序

憶自壬寅秋謁白華師於武昌使署，方於敗簏中撿校詩文，起自丙寅，至辛丑而止，自言生平所作不録副，散佚滋多，今當就所存者抄録副本，即命襄其事，録成得詩古文詞六十卷，分爲十集。次年癸卯門下士請梓以行，倆史記自序漢書敘傳意自爲序，且曰：「一書不再序，諸子有能文者跋之。」皆嘿不敢應，所謂游、夏不能贊一詞也。是夏囑課其長嗣星宰受代，後偕入都。甲辰課其姪庚塘仲甫，丙午稷堂先生刻隺沙時文，時與商榷。壬子并課其贅壻喬子葆堂，乙卯冬拜别春明門外。隨侍十四年，詩文之作名曰叢稿。每一稿脱，必出以相示，謂有可商量處商量之。間或芻蕘一得，無不欣然見納，亦泰山不讓土壤、河海不擇細流之意耳。甲子過吴淞，師已先一年溘逝矣。星宰奉叢稿乞訂，摩挲手澤，不勝感悼。雖攀依絳帳，親炙日深，未能窺見一斑，何敢妄與是役？稷堂先生旋里，纂輯藝海珠塵之暇，次第編輯共存四十卷，去春乃付剞劂，旋以祝嘏入都，未及序。今年十月朔來茸城拜師於祠，稷堂先生亦以春初歸道山，星宰復請曰：「先大夫在日，每言續稿成，當囑叔父序之，否則必門弟子之最相知者。今不幸叔父見背，願以丐先生。」嗚呼！吾師門生遍天涯，燕許手筆所在都有，雲何人？斯昔不敢跋前稿，今乃敢序後稿乎？而以侍函丈久，且於稷堂先生回籍後朝夕過從又四五載，知其兄作弟述至詳且悉，非他人可比，義不得辭。自愧譾陋，不能文，亦不敢文，特書顛末以附簡端，恐於師意未得當焉，識者幸勿哂之。旹嘉慶十五年歲次庚午十月望後三日，受業鹽官王步雲謹序。

白華後稿目録

白華後稿卷之三十三……（一四四〇）

白華後稿卷之三十八

白華後稿卷三十玖……（一四九九）

右存文一百五十五首，詩三百二十九首，附作三首，詩餘十八首。

白華後稿卷之一

奏摺

丙午監臨京闈奏摺

乾隆五十一年

臣遵旨監臨丙午科京闈試事，查生員中實年八十以上而入學時業已少填年歲者二名，貼出二名，近年入學者六名，均不計外，其自雍正元年至乾隆十年入學者，侯鍈、蘇彩飛、王泓梁、元鉦四名，又國子監咨送山東恩貢劉子旭一名。現俱三場完卷。伏念我皇上德躋仁壽，道契文思。環璧水於橋門，弘敷解額；讌華筵於杖几，廣邵耆齡。鄉飲興賓，遞譜由庚之咏；星躔紀史，適符見丙之占。甄陶已遍羣倫，沐浴倍深近甸。當青氊守業而尚戀朱衣，斯白蠟研經而勿忘黄卷。臣近光有幸，將事維虔。月路風簷，喜多士尚無越畔；蒼顏華髮，覩高年復事觀場。謹核各該生入學時所填年歲，據實繕單呈覽。

丁未立春日雪次早即小除日報摺

伏查今冬雪澤，向竚優霑。向三素以迎祥，與六花而競瑞。麥畦滲潤，真自葉以流根；穀府涵精，定乞漿而得酒。迓北斗朝真之序，慶衍元辰；似淮西平賊之時，懽勝竝海。屢豐協兆，大有登書。

戊申正月十二日報雪摺

祥迎除日，既沛甘霖。禮洽祈年，載霑宿潤。三白疊徵於半月，五花適候以一風。由歲序而卜金穰，銀華播彩；及春嬰而符穀熟，瑶樹流膏。萬井臚歡，鯉淀之恩波倍廣；六街劾忭，鼇山之盛事增輝。澤寧扶寸，雨自依旬。

己酉正月十二日雪報摺

德臻樂壽，治應中和。香篆凝齋，祇奉祈年之典；星毬映采，將迎元夕之期。計臘前遍，出六花尚留滲漉；看春到適，交三日大沛雰霏。略疑起絮之風，乍飄乍止；好接含膏之雨，旋積旋融。東陌興農，共卜椒馨酒旨；南交振旅，不勞柳往雪歸。宫府臚歡，耆黎抃忭。耕耤禮成，優予奬叙。謝摺皇上政治有恒，訓垂無逸。寰宇竝躋夫壽域，黼黻三登；耆黎共樂乎春臺，勝昀萬井。計得酒乞漿之歲，小卯宜耕；恰佳晴既雨之朝，元辰協筮。青旂夙駕農祥，正見方壇；黛耜從公田畯，願勤終畝。敬治一墢，祇候三推。原隰告平，久窨流膏之澤；陰陽應叙，不需問喘之勤。播穀種以盈箱，萬箱肇慶；秦禾詞而結耦，千耦臚歡。頌至健之天行，純常益懋；仰先勞於帝力，作息皆安。臣等猥承董勸之殷，得與奉鞭獻種；方切鈍駑之媿，僅同埽路清塵。何意殊恩，特叨優叙。光依日月，慶康强逢吉之庥；利溥農桑，矢明作有功之悃。

御製集石鼓文製鼓重刻序御製涇清渭濁墨刻謝摺

伏以文垂雅頌，治采風詩。辟雍之政理維新，用昭法物；懿戒之訓行早切，化洽澄源。載溯西京，列鼓詎同於魯薛；肆言東狩，遺文僅顯於張韓。或鑿臼而存窠，若填金而運橐。不逢修訂，致殘缺之多年；特命編摩，信光華之復旦。按甲乙丙丁之序，綴腋成裘；仿靁靈路晉之形，破觚爲器。從此摩挲舊製，寧嫌牛礪童敲；祇今審定鴻章，如剖灞元漼素。秦川在望，邶什重賡。緣沙净而知涇水之澂，即泥渾而識渭流之膩。凡咨牧省成之意，著示瑶篇；粤尊經稽古之思，惠頒琅笈。臣學疎考鏡，職濫乘軺。同馬攻車，班未隨夫表貉；揚清激濁，志倍凛於濯纓。

賜論語集解義疏謝摺

欽惟治焕堯章，心涵孔義。論思密勿，集條理於大成；語道從容，疏淵源於古訓。維玉書啓聖，生長在魯宋之邦；逌木鐸承天，譔述徧偃商之侶。廿二篇謂之齊學，章句較多；十三家授自漢儒，流傳漸廣。何晏彙諸人之説，皇象起後裔之賢。時值蕭梁，官居散騎。序其要旨，每同釋詁之文；疏其滯機，深得讀書之趣。名著尤晁之録，鳳閣尊藏；光生齊魯之编，鯨波遠泛。爲問奝然作鑑，應隨七略而陳；試稽井鼎新栞，具載七經所考。顧鮫涎易污，求半部而無從；迺麟髓斯馨，冠四書而特布。稽古則漆彫闕敎，延閣遥窺；考義則蔬食縝衣，圜橋式聽。五雲攜到，光圓泗水之珠。複壁德來，響振尼山之鐸。高句麗之本，不待重繙；陳振孫所題，何妨再補。信懸金而罔購，幸授槧以先陳。臣伏案咿唔，發函跪跽。堂名温故，新承日月之光華；家擁賜書，迴望海天之曠蕩。

辛亥正月十四日雪報摺

乾隆五十六年

澤涵舊臘，白驗三番；脈發新春，青占一棱。迓上元之令節，火樹星浮；居中候之祥符，瑶華月映。幾望而筴逢二七，陰德儲精；乘時而耦紀十千，生機蓄潤。從此依旬雨到，飽看九穀之登；即今盈尺膏流，快覩五花之出。歡臚紫陌，慶溢黃圖。

弟省蘭以侍講試擢詹事謝摺

臣江介寒門，瀛洲下乘。猥從御試，倖冠清班。京尹改遷，六載再逢考績；秩宗備佐，一時復畀衡文。俱夢想所不敢希，欲報稱而莫由效。至臣弟省蘭，幼隨佔畢，本無對日之才；壯列科名，輒被淩雲之賞。屬當考校，載荷披掄。方授簡以旁徨，迺躐資而晉陟。憶昔櫻桃霑賜，忝標第一之名；祇今鑾隸承輝，如唱疊雙之獲。後先與試，驚思廿四載以前；兄弟同升，驟列二三品之内。送聯翩之鵲喜，寵極逾驚；沐浩蕩之鴻慈，感深倍悚。雖無私之燾載，栽者斯培；而踰格之高深，欹則易覆。撫衷自省，逾分難安。

乾隆六十年

再任順天學政謝摺

乙卯十月間，臣自浙江典試回京，在嘉興途次，接准部咨。内開上諭，以臣提督順天學政。伏念臣與臣弟吴省蘭菰蘆陋質，鉛槧庸才。並無一得之愚，虚負十年之長。倖邀知遇，考言而俱冠詞曹；自佐寅清，教士而猥先輔郡。會值沈痾之抱，籲陳解任之私。仰蒙聖主鴻慈，曲加俯軫，俾臣弟省蘭遄來接篆，臣得於乾隆五十六年夏秋間優游累月，調護多時。沐再造之恩施，感切生生世世；忝二難之流品，愧深弟弟兄兄。乃者未返使程，載宣温命。以近畿素稱首善，徇鐸需人，而微臣舊序肩隨循環，受代譜玉堂之故實，幾疑雨露較偏；賡文枋於密都，長奉星雲有倬。感深倍惕，榮極滋慚。

白華後稿卷之二

符雅

六符 一首，謹序

乾隆四十玖年

臣江鄉顓陋，往以六飛載幸之歲奏賦通籍。自翰林御試槩第一，洊陟卿寺。今年春孟，皇上六幸南服，治防河海，施布德惠，合前典若符節。符之制，篆玉剖藏，有事則合以徵信。志符瑞者，理不足據也；言符命者，事不足述也。泰階六符，占自軒后，安襲斯名，譔録一篇，紀聖符合六之非偶，拜手稽首而稱曰傳、曰天，六地五數之常也。日有六甲，辰有五子，周而復始。太極中央元氣然也，然天地之數皆五，五六爲中數。人受天地之中以生，事舉其中，禮取其和，近之所以斂福，遠之所以位天地、育萬物也。上紀元長，世越丙辰，至今甲辰於紀協大衍之用。月在履端，緝五載一巡守之禮，指南導鑾，是維次六。仰維聖祖仁皇帝六巡江甸，鞠謀民隱。嘗親莅河干，度清口之西之陶莊釃渠使北，歲月洊久，績成有待。我皇上二十二載以前兩紓江浙之駕，濬深培薄，申率舊章，黎民滋懼哉！商邑五遷，蚤患河圮。禹績之纘，務審勢而利導之。河强淮弱，洪河憤而助淮下，游其魚，厥憤始洩。若河流回漾，入淮一瀆鬱停，實尠中策，何論上策焉？皇上紓視再三，標立水誌，高堰之水計寸，斯清口開洩之水計尺。若陶莊疏分之支，受享瀆宗，奔騰赴海。海於物最鉅，其在會稽、餘杭間者，南坍北漲，各捨中亹，屬薪壘土，弗鞏扞蔽。既植椿如梅之瓣，鳩工飭材，麟石相次。戴橋西四千餘丈壖，如砥如拚土，夾溝柳栽緑滿。凡僚庶百執事，千慮弗獲。睿照一周，洞若觀火。若范塘工役，内帑載頒，今費視昔，安瀾鎮海貞符炳矣。孔子稱舜曰大知，孟子稱禹亦曰大智。智者達天，故樂水；智者達理，故行水。水壅故害，水歸故利。水源河委海，頌時邁言及河，般言翕河，序以謂巡狩時祭望之作，而不言海虞。周書言巡狩，或五載，或十二年，言方岳不言河海，非載筆者詳舉他政而於河海從略也。通水泉相原隰誦王寧者，祇以召伯之成，即滌源陂澤，親乘四載，皆禹作司空未爲天子時事。我皇上九重之貴，萬千之壽，閱三月之久，往來七千里。上用繩武，下用求莫，孜孜惟日，欲至於萬年。自生民以來，信乎其未有也。或曰天一生水，地六成之，聖人與天合一，而展義度方。自一至六，故水之績以成。或曰乾陽爲龍，能保安會合於太和，故六龍御天，有保合太和之道。或曰律吕各六，律有長六寸者，所以含陽之施，楙之於六合之内。地振河海，以兩地得參天之數，故先後徵舉。六巡象天地之博厚、高明、悠久，而萬物以之覆載成也。數以中合，體必以中正。不偏不倚，中也，實敬也。物以誠動，心以誠求。不貳不息，誠也，實明也。則壤成賦，揚域浩浩。烟井湫藪，懸在旦夕。河海之烈，詎堂坳咫尺之氾溢哉？民視民聽，惟皇敬天，不以己溺之心測之，或速效而久弗要，敬未至也；思艱圖易，維聖明理，不以在宥之心體之，或好問而邇弗察，明未至也。由敬由明而繹之中，繹之誠。誠者，聖功之本，王道之全，無時無事不然。是故賚粟帛存問，高年猶是也，而齒邁期頤，秩以司成之寵渥；慶疆吏晉級，寮寀猶是也，而職視河隄，懋以世及之賞延；經途減租，牢盆緩課猶是也，而省郭全蠲，商竈竝豁之澤廣；附學增額，奏賦授官猶是也，而仙源釋奠，祕閣賜書之輝遠。加以弛刑，徒贍戍旅。有事於名山大川，以禮叩往。代陵寢南蕃，職貢之使。次途成禮，俾免稽候。誼問布函夏歡，聲動原野。有此數者，足以登軼三五轢七十二君之廷。鄗禪亭爲螘垤，嗤御駿爲跛駕。矧乃匪游匪度，民用和睦，婆娑鼓掖，望歲願慰，懷柔之效彰，清晏之休洊。若河宗應，祈越詰旦，言上游之故道復焉；若海若炳，靈如老卒，言北塘之長楗下焉。嘉貺駢臻，勤思罔懈。易「風行地上」，有省方觀民設教之象。昔聖人處其易，今聖人任其難。惟難惟慎，用協克一。孔子復起，有問然邪？然非玉鑾紓軫，指事度物，奉行少盭，孰捄之而孰補之？貞固幹事，體元長人。貞元互根，純亦不已。以天統言，始於甲，會於辰。辰於十二辰，有振美之義。以卦位言，出乎震，齊乎巽，相見乎離，離有重照之象。以洛疇言，皇極位九疇之中，其功操乎五事，其應備乎五福，福莫如壽。傳曰：「王者思睿則壽。」丹書曰：「恭則壽。」睿即明也，恭即敬也。敬無不中，中無不和。順氣逢涌，暢垓泝埏。一莖九穗之禾，九苞獨觡之獸。登牣郊棷。上淵懷吉，謙葆素師，儉弗以誌，符瑞陽亀，涉江郵置，遄告聽。然聞喜曾孫之慶，燕及五世。天數用九五，數麗中書。親睦九族，以堯之高祖至元孫言。詩「駿惠我文王，曾孫篤之」，以孫之子而下言。統舉略舉，陳義揚頌，實非有嶷然之元孫睹也。族有九而元孫爲中數也，身其康彊，子孫其逢吉。上聖德受申命，本支百世，屬南東六駕之會，重孫毓稟。凡血氣有衆，尊親共戴，巍巍乎！焕乎！太史上言五六天地之中，合黄帝合符釜山，堯甲辰在位時有是哉！

聖駕釋奠臨雍講學禮成雅 八章，謹序 嘉慶三年

臣惟君師佑民，富教保庶。我皇上德與福偕，生民未有。纘列后之丕緒，敭太尊之作人。祥風和氣，與翺與游。宙合榮鏡古文，思文明之帝，蔑以復加。凡在含生，負氣薄海，内外熙熙焉、蒸蒸焉。邕泝道德之淵源，祥洽仁義之林藪。觀人文以化成天下，易之爲道也。禮臣考典簭嘉慶三年二月日上丁，謹修乾隆三年太上皇帝視學禮，先期告齋，及期躬釋奠於先師孔子。誠敬致乎，懋儀三獻。洞洞穆穆，淵淵乎潔齊若羹牆之見，先後揆一焉。雍宫莅止，載啓講幄。若王公卿尹百執事，下逮六館徒衆，若聖支賢裔，翹首跂足，圜橋門相睹，聽者景從雲集，揚蹈軒舞，

渙然理順。僉以謂明新至善，教思无窮，容保民无疆，斟酌飽滿，一哉大哉！游聖人之門難爲言，而學之貴講也。唐臣韓愈曰：「道德爲虛位，仁義爲定名。」聖者之道德，明新而已；帝者之仁義，教養而已。露雷風雨，天之養、天之教也；兵農禮樂，聖之養、聖之教也。宰化以氣而萬彙昌，達流以原而百谷集。純德駿業，盤衍布濩之幾，沛乎不可禦也，淵乎不可測也。天地之經緯曰文，聖人禮樂、政刑之治皆曰文。統言治則廣大，專言文治則高明。洪惟我太上皇帝，六十年來文德敷洽，日月常新。經史之本原，諸子百家之枝葉，六府、三事之綱紀、法度，含咀綜括，洋洋聖謨，在御文編集三，在御詩編集五，焜煌糺縵。伏覽快睹，誠删定贊修之業也。四閣徵書，羣經樹石，蒐遺補闕，埽繆訂頑，誠博文約禮之旨也。立學逮遠，設科推恩，莘莘濟濟，作人光化。至乃心傳華殿，金聲宣衆，無歲不然。若省方觀民設教，法駕親詣闕里至再三四，祇敬益虔，惟至人能自得師。是以文化之隆，續天藻地，超越繩契，如重離之照四方，久照萬古。然則宣聖集成之詣，太上皇帝念典之心也。太上皇帝念典之心，皇上日新之學也。皇上聖自天縱，當青宮毓德，時彝訓聰聽，聞知見知，克合符契。今釋奠於廟，視古之不立廟而於學釋奠何如？講學於學，視古之於學釋奠而學不講者何如？詩「雍雍在宫」，有來雍雍，説者以爲指辟雍，固未足信，而文王、武王都豐鎬，作辟雍，豐之辟雍在郊，鎬之辟雍在國中。胥西東南北四門之學，無思不服。蓋謂是建學化民，民知所以教、所以養，治統、道統、大學之道在是，太學之道在是。而謂是藻飾，彌文沿樂襲禮云爾哉！太上皇帝君師統合，尊禮孔子於廟，易黄瓦，置彝器；於太學濬辟雍，建圜殿。大昕鼓徵，廣大悉備，神人和卲，天地訢合。傳心傳政，淵源一貫。古作述無憂之聖，其福能幾於千百之一二哉！臣材質顓陋，忝視畿學，猶周西東南北四學，拱服於鎬京之辟雍。辟雍肄雅，頖宫肄頌。頌及獻囚，食葚之候也；雅及鼓鐘，舍萌之序也。謹循兹義，攄誠竭愚，撰雅詩八章，備採覽焉。其辭曰：

惟天垂象，有爛星雲。惟聖是則，焕乎大文。光被乎萬邦黎獻，洎跂行喙息。我皇繹思，曰時建極，曰時陳常，曰誕敷我文德。一章章十句

瞻言尼山，大道斯統。展視日丁，惟春斯仲。黄黄者瓦，秩秩者籩。有芹有茆有醴有牷，庸奠幣于古先。二章章九句

配饗次四，則哲惟十。廡東廡西，羣儒是秩。咨爾卿士，酌言獻之。有功則祀，茂展上儀。三章章八句

彼哉泮水，雍流拱璧。漢京而降，數典弗籍。詔曰疏之，如川與流，如道脈與求。於論於樂，作宫仙洲。四章章九句

旭日旦矣，卿雲爛矣。聲之振之，觀聽粲矣。皇曰勗哉，爾吉士吉人。越若明德，越若新民貴德，太上敦臨千億春。五章章十句

十鼓輪囷，象天地數。十器璘瑞，考周制度。或位于廡，或薦于筵。猗吉光之黝然，猗聖澤之沃然。六章章八句

噰噰鳴鳳，于山之阿。九韶鏘鏘，曰中且和。曰管曰磬，曰籥曰羽。三十六人，象功以舞罼，孔思以韶武。七章章九句

惟社受命，惟學受成。雲合霧埽，卜師吉貞。采蘩祁祁，獲醜連連。匪今斯今，豐功十全。仰堯文猗日懸，契聖德猗日宣。无疆惟庥，无窮惟教。聖作聖述，大學之道。八章章十四句

白華後稿卷之三

説

説雍 謹序

乾隆五十年春二月丁亥，皇帝飭法從服禮服祗事於文廟，六奏備作，神人豫和，遂詣彝倫堂更衮服宣講，則乾隆三年聽講處也。當三十四年，上釋奠太學，臺臣以建置辟雍請，格部議未舉。四十七年上臨度面勢，命給少府錢，率作興事，鑿池璧圓，中麗穹宇，有門有橋，古槐遠蔭。役蕆，上冬禮簭，兹日越王公百執事聖賢裔姓逮六館生徒軒翥翔濟，迾序於辟雍之南，候駕臨講，敬止健行，揆符合一。稽唐虞三代而下，人主歷年七十上者，紀年至五十者，上下千數百年，間世一遇，至如五世一廷，愉愉緝緝。昔孔子集羣聖之成爲生民未有，皇帝以帝王未有之聖，集帝王未有之福之成，惟是建國君民，教學首善。古辟雍之制，與夫臨雍講學之典，有是名當有是實，即一端。而我皇上紀綱法度、禮樂政刑之全，胥準此已。以臣弇昧，利觀國光，不揆不文，謹譔説雍一篇，拜手稽首而獻曰：

古無辟雍之名，至周始置。王制：天子曰辟廱。廱通作雍。辟雍者，天子之學，於虞上庠。於夏東序，於殷右學，即瞽宗。周立四代之學，合太學爲五學。太學在東，東膠又在辟雍之東，辟雍環水，天子承師問道行禮，樂宣德化，多就此行之。其餘國子之學，學禮就瞽宗，學書就上庠，學舞干戈羽籥就東序，學樂德樂舞樂語就成均，此以知太學非清廟，成均非辟雍。韓詩説辟者，辟取有德，蓋讀若闢。鄭康成禮注以辟訓明，以廱訓和，使天下之人皆明達和諧。其箋靈臺詩，亦言在辟廱中，感中和之氣。而大戴禮曰：「明堂外水曰辟廱。」是妄以明堂、辟廱爲一也。蔡邕月令論曰：「取其宗廟之清貌則曰清廟，取其正室之貌則曰太廟，取其堂則曰明堂，取其四門之學則曰太學，取其周水圓如璧則曰辟廱。」是妄以廟、學、明堂、辟廱爲一也。潁子容春秋釋例曰：「肅然清静謂之清廟，行禘祫、序昭穆謂之太廟，告朔行政謂之明堂，行饗射、養國老謂之辟廱，古雲物、望氛祥謂之靈臺，其四門之學，謂之太學，總謂之宮。」是妄以廟、學、明堂、辟廱、靈臺爲一也。魯詩説文：「王作靈臺，以齊七政，奏辟雍。」是妄以淮南子「文王有辟雍之樂」，指辟廱爲樂名也。陋儒信之，皆從而述之。要之，殷太學在郊，故文王辟廱在郊；周太學在國，故武王辟廱在國。在郊，故曰「振鷺于飛，于彼西雝」；在國，故曰「鎬京辟廱，自西自東，自南自北，無思不服」。廱或作雝，朱子曰：「雝，澤也。」説文無雍有廱，廱从广，讀若儼，象對刺高屋之形。四方有水曰邕，故从巛。毛傳曰：「辟廱水旋丘如璧以節觀者。」孔穎達疏曰：「璧體圓而內有孔，此水亦圓而內有地，猶如璧，然此水內之地未必高於水外，正謂水下地高，故以丘言。以水繞丘，所以節約觀者。」臣竊以以水繞丘則必以丘起宮，天子有辟廱，諸侯有泮宮。泮宮，半於天子之宮也。泮亦作頖，頖池象璜，圜池象璧，池之上皆當有宮。西漢末治明堂、辟雍，光武中元立明堂、辟雍、靈臺三雍，班固詩有「辟雍湯湯」之語。而大戴禮固云明堂外水公玉帶所獻，明堂圖亦環有水。以雍訓和，本融而爲川之義。詩來雝，論語作雍。意漢時靈臺亦壅水，故曰三雍。若雝廱皆从川，以水而言，當从雝；以宮殿而言，當从廱。楊慎引水經泮水一名雩水，在靈光殿東南，即魯泮宮故址。泮乃水名，不得以泮林爲半林，豈得以泮宮爲半宮？不知古天子諸侯有澤宮，今府州縣衛學之廟曰泮宮，宮前有池，池若半圭。而京師有廟有學無池。皇上君師統合，議禮制度考文，作辟雍，作辟雍殿，殿之制既立，故其文从雍不从廱。池圓象德圓，殿方象行方，規矩之象昭焉，天地之撰合焉。良以釋奠之典數舉，臨雍之典再舉，而彝倫之堂可謂之學，不可謂之辟雍。今有橋、有門、有池，與詩注王廱水之外圓如璧者合；有殿，與記所稱澤宮者合。講闡經訓，丕變觀聽，與白虎通所稱行禮樂、宣德化者合。先舉釋奠，與記所稱天子視學祭先師先聖遂適東序者合。詩曰「於論鼓鐘，於樂辟廱」，大昕鼓徵，臣庶感化。彼綴文牽義之徒，或曰：辟之爲言積也，積天下之道德；雍之爲言壅也，壅天下之殘賊。或曰：辟者法之所自出，本之以爲禮；廱者和之所自生，本之以爲樂。附會穿鑿，本義愈晦。惟禮統謂辟廱内如覆，外如偃；槃禮書謂辟雍圜而函方，陰陽之義與圜璧之義不背。然言辟雍不言辟雍殿，則由知辟雍，不知古辟雍有殿。我皇上因心作則，所傳者唐虞三代聖人之心，所行者唐虞三代聖人之政，所議者唐虞三代聖人之禮。創建非常，洋洋堂堂，懋敷聲教，仁敬孝慈，信倫之所以叙也。「天行健，君子以自强不息」，德之所以純亦不已也。雝雝乎議道自己，隆禮由禮，不特視漢唐陋儒專以辟雍爲習射養老處者，意量固已霄壤，即文王在郊之辟廱、武王在國之辟廱，其淺深廣隘，夫豈可同日語哉！是故元明以來數百年未舉之典，至皇上而興，實則唐虞三代以來盡美未盡善之制，至皇上臨雍講學，將事豫備作辟雍，即旋璧之丘作辟雍殿，而天下萬世始以知彝倫堂爲國學、太學，辟雍殿爲天子之學。殿取諸广，故詩、禮竝从廱，漢書从雍。作説雍。

説壽 謹序

歲上章奄茂壯月日十有三，恭遇我皇上萬壽八旬之紀，紀年則乾隆五十五年也。易繫辭曰：「天數二十有五，地數三十。」今聖壽紀十，則紀年當五；紀年當十，則聖壽紀五。前紀年四十五，合九五之數，爲皇上七旬萬壽。兹紀年五十五，爲天地初合之數。禾一熟曰年，年从禾从千，千生萬，萬生億，億生兆，兆生京，京生秭，故曰萬億及秭。凡天地之訢合統於人，人皇歲四萬五千六百，較天地皇三倍之。古人臣之頌君曰「天子萬年」，曰「天子萬壽」，曰「萬有千歲」，壽即年也、歲也。自萬而贏，非自萬而圉也。皇上日强莊敬，自丙辰前未御九五，與紀年九五以前聖神文武之德若業，館臣恭纂萬壽盛典例不備載。而臣日在熹載戴天，而不知天之何以高明與悠久，謹竭愚陋，繹洪範嚮福始壽之義，譔説壽一篇，拜手稽首獻焉。其辭曰：

福者，天所以嚮勸也。福莫先於壽。壽，久也；年，齒也，一曰疇也。壽之得，養之得也。養非有他也，和順於道德而理於義也。神仙之訣，服食之術，無憂患思慮之恉，泊然無爲聖者，弗尚也。祈天永命，所其無逸也，則何以曰仁者靜、仁者壽也，曰知仁一也？仁者無不知，知故動，動故樂也，樂莫樂於壽也。知仁互宅，動靜互根，言動靜猶言中和，言樂壽猶言位育也。位者天地之壽，育者萬物之壽也。萬物之壽，萬物之福之大者也。我皇上念之斂之錫之也，讌耆筵者三千叟，抱元孫者二百有餘，户集試而首以皓也，從耕而背以鮐也。四男一乳，雙穗一苗，蜨以冬栩，象以甸馴，莫非育也，何莫非壽也！四方正供，普蠲再三，費也，惠也。金粟億萬萬計也，偏菑振貸無歲無之。豫游所經，減租賦，又不貲也。福之富亞於壽。維一人之富，散之以馭天下之富，故天下之壽聚之，以獻一人之壽也。壽，靜體也。靜可樂，動亦樂也。樂本和，和本中，中者天地之心也。天地無心，聖人之心乃其心。「時雨、時暘、時燠、時寒、時風」，位在天地者也。肅乂哲謀，聖位在耄念者也。耄通耄旄髦，「期倦於勤」，非舜之言，僞古文尚書之言也。書言「來備」，庶用徵，皇用建也。五緯之汁，七政之不忒，海之委，淮與河之原，自然而位，非自然而位也，由山川鬼神等而上之。至兩郊之大祀，靡誠弗應，靡敬弗格也。格之必佑之，佑之必壽之。孔子於舜之大德以壽賅位，禄石之全，此其義也。舜之德在大孝。我皇上覲揚前光，啓迪後緒，舉衣冠服御及舉錯張弛之道，時對越也，是宗廟饗也。舉語言文字及敬信節愛之道，時訓行也，是子孫保也。舜之大知在用中，我皇上矩從衡懸，準平繩直，若河湟逆回，先後伏誅，與夫海臺之耆定黎交之宲入也，猶是平準回，平促浸攢拉之烈也，中之發諸怒者然也。元日布告，中外篤慶，與夫葺勝朝之陵廟，封遠蕃之嫡胄也，猶是衈巴渥錫之歸順，嘉班禪額爾德尼之嚮慕也，中之發諸喜者然也。發，動也；未發，静也。静，仁之體也。中，象也，不中則不和，不中和則不位育。位育者，天所以醻皇上也。中和者，皇上至誠無息之所以格天也。不息則久，久即壽也。壽世者文，御文自二集以溯初集也，御詩自五集、四集以溯初集也。六詩之補四詩之譜，十鼓之摹則述而作也。壽考者作人，正科、恩科自己酉以溯丙辰也。諸科自行在擢選詩賦以溯經學之舉博學鴻詞之試也。三館以輯四庫，以成七閣，以建則巍而焕也。而上淵然不自壽也，惟日孜孜五十五年一日也，即萬年一日也。而下訢然頌得壽也，衆人熙熙，百千萬人一心也，即百千萬心，心一人也。舄芾之集也，外諸侯以其職來貢也。其他喁喁雁使若朝鮮、暹羅、南掌，東由塞，西南由徼也，頂經巴勒布也，遺孫布魯特也。宅南小邦之長蛾，伏闕廷願附陪隸，古史策見未有也。立壇者誦經也，撤幕者張樂也，化城涌於綺陌，寶炬燭於碧霄也。曲巷而繡閣珠簾，平地而畫橋丹嶂也。華封人之祝，豳七月詩人之稱觥皆稱壽也，至今日而稱天壽也。壽本作[篆]，从老，省[篆]聲[篆]，亦作[篆][篆]，書「疇咨若時」、「疇咨若予采」是也。其作[篆]，則田之耕治者也。書九疇謂龜文，象田疇錯落也。其从[篆]，書「疇若子工」、「疇若予上下草木鳥獸」是也。誰也，書言疇者三，一聲三義；言壽者再聲義一也。爾雅「壽星角亢也」，數起角亢，是曰壽也。軫十二度至氐四度，皆壽星次也。然未足以語我皇上之壽也，與天同用，蓋與天同體也。雲霞日月，天之用日新，而天體今猶昔也。禮樂政刑，聖之用日新，而聖體今猶昔也。體主静，用主動。動，知也；静，仁也。乾之象曰：「天行健，君子以自强不息。」君謂君臨天下，子謂子愛萬民也。八徵念民，迺申以五福之嚮壽也。以壽嚮勸，是謂醻也，是謂久也，是謂中和，是謂位育，是謂仁壽之統會，夫知樂也。

説傳 謹序

維天眷佑我聖清，於昭烈光作求世德景祚純嘏萬斯年，時罔紀極。粤乾隆六十一年歲丙辰月正戊申朔，太上皇帝御太和殿，傳位皇帝。自外廷以薄四海，咸紀嘉慶元年，燾載清寧，民物和説。蓋神堯以來四千百有餘載，生民未有，古帝王未有也。禪舜禪禹，中天稱盛，要不一姓，元會固然。後之外禪無論已！北魏延興，祇以崇尚二氏禪代自逸。唐高祖、睿宗、玄宗、宋高、孝、光三宗之世，皆有内禪，譬爝火之見太陽，涓流之望瀛海。讀韓愈對禹問，語雖近正，猶未繹自視、自聽之義耳。慈孝者，天下之大經，聖人之辭亦曰經。易十翼有説卦，至説夏禮、殷禮職思文獻，故識大識小尚焉。臣曩獻説雍、説壽二篇，一以識太上皇帝辟雍殿禮成之盛，一以識八旬萬壽萬萬壽禮成之慶，均媿不文，叅承褒賚。際兹傳位大禮，曠軼開闢，雖雅頌之體，難爲蹈詠，矧敢以尋常符命之辭，滋之褻越！謹成説傳一千四百八十餘言，推上天符望之原，暨萬世子孫臣庶無疆無期之祜，拜手稽首進焉。説曰：

歲德柔兆曰丙，執徐曰辰，初曰元日，出土曰旦，傳曰授，聖人之大寶曰位。位傳，傳政也；政傳，傳道也。堯傳舜，舜傳禹，禹傳湯，湯傳文、武、周公，文、武、周公傳孔子、孟子，傳是道也；堯傳舜，舜傳禹，傳是位也。禹之位不能待湯與伊尹、萊朱而傳，湯之位不能待文、武、周公、孔子、孟子而傳。傳位者必其傳政與道者也。反之之聖無論矣！孔子、孟子之位不若周公，周公之位不若文王，文王之位不若堯、舜、禹。禹傳子，堯、舜不傳子。禮「七十曰老而傳」，註「傳家事於子也」。家有事，國有政，天子天下爲家。位之必得，由於大德，其極至於得壽，而禄與名在其中。孔子曰：「唐虞禪夏后，殷、周繼。」繼世曰傳世，父子相繼曰世，三十年亦曰世。禪曰代、曰續，亦曰傳。傳位即傳政，傳政即傳道，傳道即傳心。心之在人，猶之在天，天何心？

以聖爲心；聖何心？以民爲心。舜臣堯而堯之位傳舜，禹臣舜而舜之位傳禹，莫之爲而爲也，天也。太上皇帝沖衿而被祖眷，首祚而祈天眷，循六十年一周之運，繩數千年一見之武，先焉弗違，後焉奉若，莫之致而至也，天也。一貫三爲王，王者母地父天，天仁愛斯民，先仁愛其子；天仁愛其子，由仁愛斯民，民歸之，天與之。史之言内禪者無是焉，經之言外禪者由是焉。舜傳禹之年當九十五歲，孔安國謂舜六十二歲即位，又三十三年乃求禪禹是也。堯傳位之年，孔安國謂八十六歲，堯年十六，自唐侯升爲天子，在位七十六年，時年八十六，咨命巽代是也。堯即位以甲辰，舜受終以丙戌。辰者，萬物之蜄也，伸也，萬物舒伸而出也。丙者，陽道著明也，或曰炳也，物生炳然皆著見也。首甲會子，次甲會辰，辰所再會則爲丙，安國所説類後出之古文尚書之言。後之人依約推之今之聖，符節合之，無心成化，榮鏡往典，箕範之言「五福來備」，曾及此哉！非莫之致而至者哉！雖然，福者德之致，德者福之基，德若堯舜至矣，蔑加矣。堯舜禹之德，孔子以大哉，君哉，有天下而不與盡之矣。宰我之贊孔子，又以賢於堯舜遠矣。堯與舜固君臣，非父子矣。今太上皇帝德之賢於堯舜，民無能名，臣請名言。夫福之賢於堯舜者，五世一堂，不日而演次六，視九族之親睦孰優？六幕一廷服寀而計絫萬，視百姓書注：百姓，百官也。之便章孰勝？天西海東，交南漠北，職貢而効隸僕，視萬邦之協和孰廣？風和雨甘，穀成年順，成賦而蠲金粟，視九年之昏墊孰熾？至如躬親大祀，徧秩百神，豈直内外之類禋？書射循俗，冠服守古，豈獨羲軒之鼓舞？省方觀民，治河及海，豈計肆覲四朝之載？引對日勤，升籲路闢，豈襲四目四聰之迹？矧乃河出璆磬，土出鏄鐘，何如九招之奏笙鏞？課晴旰食，課雨宵衣，何如五弦之鼓薰？時五集麗於星雲，十全邁於千羽，禮樂之興百年而又百年，仁壽之治必世而復必世。有聰明耳目天下皆寧之樂，無明揚側陋耄期或倦之咨。有考信著義舉世至治之徵，無殄行讒説迪哲其難之慮。蓋古之天以禪爲繼堯舜，特揖讓以開先，而事行其偶；今之天以禪爲繼堯舜，在翼詒以昌後，而理卜其常。默籲自元載之初，貞符答九天而上，諄諄然，喁喁然，曩所云薦之天而天受者，其疏戚近遠長短廣狹何若邪！彼唐詔令所載、宋新禮所編，授受有儀，起居有節，其又何力之與量，何德之與度邪！臣又聞易保太和，太者太也，奉太上之徽稱。書建皇極，皇者大也，仍皇帝之鴻號。頒册太和之殿，天下於以集保合之禎，宴叟皇極之廷，天下於以仰敷錫之本。稟訓行於定省，颺喜起於明良，唐哉皇哉！皇哉唐哉！唐傳虞分而兩朝，堯典不過冠虞書之首也。堯傳舜合而一家，乾元所以衍震卦之序也。既生堯，復生舜，謂同出姬姓而難稽。幸遇堯載遇舜信，申錫聖朝而罔斁。維皇祖享國長久而聖述之，維天子篤祜顯承而聖作之。作之君，作之師，天之佑下民也。然止於慈，止於孝，天之新周命也。然傳以子，立以賢，天之緝熙維清也。然歲元日元，元氣融液，元乃善長。厥體曰仁，天仁愛我，太上皇帝之仁愛斯民。能法祖以致孝，而不敢踰其筴，天又仁愛我太上皇帝之仁愛。子帝能尊，親以致敬，而不啻執其矩。

闡改元之旨者以仁爲訓，不知元年非曰仁年；昧善終之義者以終爲諱，不知有終乃考終。命堯舜之智，乃能知其臣之賢，賢故禪也。堯舜之仁不能保其子之肖，肖則繼也。假而孔子、孟子生今之會際，今之運等差，百王揚榷美懿，見今聖人之家天下，賢於古聖人之官天下。首出庶物，繼照四方。聖位傳，聖政傳，聖道傳，聖心傳。心傳天心，位傳天位。傳也，繼也，禪也，何論乎唐虞！何論乎夏后殷周之盛！

白華後稿卷之四

序

後序 以上經進作

壬子江西鄉試録序

皇上御極之五十七年五月，臣吴省欽以工部堂上官扈從山莊，六月幾望禮臣以江西正副考官請，奉旨以臣省欽及江南道監察御史臣王天禄往陳謝之。頃命，即治裝起行，克期抵省，入闈祇事，誓於明神，罔或不職。寅恭夙夜，蓋匝月而已於事焉。臣聞言以足志，文以載道，人聲之精者爲言，文辭之於言其尤精者也。茀志有歧而道無歧，歧於道者非孔孟之道也，孔孟之道在孔孟之言。立言者志乎孔孟之道而文之以言，言之文行之遠，此朱子之文，淵然懿然在宋文中爲最醇，初不必與世所稱八家者争。而更數千百年，八家者或有時而息，朱子之文不可以息也。且如八家中因文見道之韓愈，特起於道喪文敝之餘，當時笑之，身後罕有述之，至歐陽修而其文顯，至朱子爲之考異而其論愈定。夫文一而已，歐陽修以進士詞賦之文爲時文，八股代興，遂移其名於經義。雖曰經義，而排比之體實祖詞賦，與散體若綿蕞之不可以合。其間英異之輩思以古文爲時文，而志不必盡足，道不必盡載，若前明之江西四俊、臨川五家，其文不脛而走海内，然求夫清真雅正入欽定四書文而無愧者不多見焉。我皇上闡繹經訓，金聲玉振，計御製説經之文不下二百篇，莊誦一言即一言而賅羣經之藴，是謂至文，是謂大文。臣下仰窺細測，苟得夫百之一二以爲文，則支離破碎與夫浮游不根之患，舉可掃而除之，而於道不以遠，於舉文亦不以不利。臣寒門末學，自閣而館，自戊子至今，分會闈者三，主鄉闈者五，視蜀學、視湖北學，去年春自府尹超擢侍郎，視順天、直隸學。疊荷恩施，滋懼隕越，每承召對，以臣及臣弟臣省蘭經進之文優加褒許，感激之餘，愧汗浹背。今夏行在召見，諭臣以古文要旨，不啻數百言，復以臣詩賦駢體文當不及臣弟，臣弟時文散體文當不及臣，竝以臣父學問當優，其齎志舉場當由時文未善，而枋文者不可不公而明。諭論再三，臣伏地感泣，不克自勝，謹以遇合有命具對。因念臣四躓鄉闈，幸以迎鑾召詩賦一等，欽賜舉人。臣弟省蘭四躓會闈，幸以奏進平定金川文荷褒嘉，旋於國子監助教任内京察一等，蒙恩俟會榜，後提奏得旨，一體會試成進士。蓋臣與臣弟科舉之文得半失半，而戊子、辛亥歲御試翰詹諸臣之文，臣兄弟先後受知，拔置一等。臣比進説雍、説壽二册，重蒙褒賚，光寵爛然。臣兄弟庶惟是詞賦及散體文之稍有以異於時，而科舉之文之不若人者，大彰明較著矣。語曰「文章九命」，言應科舉者命居九，文居一也，舉子以命自安謂之義，試官以命委舉子謂之不義。臣以病起殖荒之後，仰承寵命，典試大邦，私衷感悚，惟恐豫章之木七年難辨，謹與諸臣矢公矢慎，黽勉心力，合已薦未薦卷，因其言以辨其志，因其文以求諸道，於道不甚偝而後繩之以法，運之以氣，飾之以辭，采其論策諸篇，亦或以覘將來體用之萬一。蓋惟聖天子壽考作人，教化覃洽，極千載一時之盛，異日者庶幾黼黻鴻業，楨幹重任，即下之亦弗愧。循卓之名，師儒之選，而後道之適於治者，不苐文之云爾。已解額舉人九十四名，副榜十八名，竊循例擇其文十三篇，恭呈睿覽，而臣颺言簡首如此。

癸丑會試録後序

歲癸丑三月，會試届期，禮臣請簡考官侍郎臣吴省欽，偕臣鐵保俱貳正考官尚書臣劉墉司其事，而欽命四書題。首以「古今民疾」，次「生知學知困知」，又次「操舍出入」。其次場五經文，各發一題。蓋是科始行五經，並治之令，而春秋文主左傳，參之以公、穀二家，一洗明永樂大全專主胡安國傳取士之習。檢校再四，額取百有二卷，謹擇其詩文之近理而不悖於法者十四首，進呈御覽。而臣退而思曰：言者心之聲，文辭之於言其尤精者也。筆之於書爲文，宣之於口爲辭。辭尚達意，先在達理，理有未明，即辭有鄙倍。其辭不鄙倍矣，而氣之不養，則亦不足以舉其辭以達其理，而心之理卒未克以明理。命於天者也，仁義中正是也。氣質之性命於天，高明沈潛，彊弗友是也。若狂若廉若愚，又其下焉者也。詩言民質，禮言民氣，氣可該質，猶之理可該性。性無不中，氣則不無失中。第三疾相埒而狂，與矜胥出於愚。愚果求明，雖困知亦得與於知之數。而學知尚已，生知抑又尚已。我皇上聰明天亶，坐照無遺，而又好學深思，從心而不踰其矩。蓋惟存存於操舍出入之幾，而日孜孜於明人倫察庶物，具生安之德，倍學利之功，非直御製詩文已也。即以文論而明徵定保，與日星雲漢爲昭；即以試事論而簡賢絀惡，與風雨露雷爲教。良以民氣之不靖，由民之心不存，言心自知始，言知自學始，言學自六經始。經者，聖人之心之學，即聖人之心之道。我皇上道聖人之道，心聖人之心，言聖人之言，世法世則，道洽政治，仁壽位育，民氣皡如。士首四民，誠知古學者三年通一經之義，其秀者日知所無，其頑者弗知弗措，以之爲學則篤而實，以之爲文則醇而肆，以之守己居官則順而祥，矜不争而狂不蕩。以臣至愚，如椎斯鈍，三十餘年來曲荷生成，疊膺文枋，每承訓問，惟負疚於不殖之將落，而知識蓋尠。高堅鑽仰，萬不測一。或以困而未知少異乎困而不學之民，而民疾之不可染者，亦兢兢焉操之心而已。抑願與多士共勉之而已。

甲寅恩科浙江鄉試録序

易、書、詩、禮、樂、春秋謂之文，青與赤亦謂之文。青麗東，赤麗南，東南之人善屬文，殆天地之氣爲之。而運會開先則由北學，學之統，文之運也。運者轉也，轉之義猶之折，故記曰折旋中矩。浙江因折取義，本名漸江，其源一自天都，一自太末，佐以百川，納以鉅海，視江海所折入者大小遠近異矣。然而自宋以來，婺學、台學、四明學，考信六藝，森若斗杓。杭、嘉、湖三郡循是代興，人握隋珠，家抱和璧。每一榜發，浙西不啻大半，此又一方之運會，而其陶冶鼓舞而成之者，良由我仁祖巡方過化，衆志丕變，加以我皇上十六年辛未幸浙，越今四十餘年，又其間丁丑、壬午、乙酉、庚子、甲辰翠華洊莅，士氣蒸蒸，慮無不祓濯刮磨，冀以播揚聖天子省方觀民設教之至意。臣江左鄙儒，由丁丑行在召試，通籍中書，洎登詞館，每試蒙恩拔，自躋卿貳，不殖日落，兹承恩命，主試是邦。憶臣自戊子主貴州試，其後主廣西試、湖北試、江西試，又三校會試，一襄會試，每見浙卷中乘視他省上乘焉。越在己亥，臣以侍讀學士襄浙試，丙午臣弟省蘭以編修主浙試，私論浙東之文於上江爲近，瑰奇磊落而患不醇；浙西之文於下江爲近，清和潤澤而患不肆。不肆之害淺於不醇，故遇合亦因以易。伏讀皇上欽定唐宋詩文，皆以醇命之名，至欽定四書文，非清真雅正不録。維揚至杭八九百里間，綴學之士向慕熙熙，存神過化。如會試江南卷未分上下江，以前上江所雋不能下江三之一也，其明效也，浙西東猶是也。臣又嘗伏繹御製文，以文人抒藻，地志資考揚子之潮、浙江之潮，不可以枚乘「觀濤廣陵之曲江」一語强爲比附。聖謨洋洋，竊奉爲讀書論文之法。觀自揚至杭之文，猶揚子之潮，其水文上江，與浙東之文，猶浙江之潮，其水武文也。武也，水之性也，島嶼之變遷，沙岸之長落，則其氣運也。今江浙之文盛於他省，浙西及下江之文又盛於本省，則聖祖、聖孫必世百年化成天下，而觀之象所云「省方觀民設教」，記所云「悠久成物」也。臣均元嘗襄試江南，語臣正復相似。本年合易、書、詩、春、禮題試士，士亦多自好量材甄汰，黽勉冰競，不敢偕協衷敬事之忱。若因其文以知其人，古之人且難之，臣等幸以景運之隆，其間或有二三金箭備異時之量，使是即以人事君之義，夙夜不敢稍斁者夫！

乙卯恩科浙江鄉試録序

乾隆六十年六月丙申，禮臣宣臣吴省欽充乙卯恩科浙江鄉試正考官之旨，而編修臣洪梧副之，俶裝戒行，克期抵境。監臨官以下，紀綱整飭，内外肅然，如額録舉人九十四名，副榜十八名，擇其文八首、詩一首、策五首，遵例進呈御覽，而臣颺言簡首曰：

今之試四書五經，文覘經訓也，詩覘文采也，策覘政體也。試有三而較重者首試，誠以不明經義之一二，即無以知政體之一二，所謂窮經將致用也。古鄉飲、燕禮皆歌鹿鳴之三，所謂工歌。鹿鳴之三，宵雅肄三也。鹿鳴之嘉賓，序謂羣臣，朱子謂諸侯之使臣，又謂燕饗通用之樂歌，劉瑾則謂儀禮，上下通用止小雅、二南。不知饗或上取，燕或下就，儀禮所存止諸侯之禮，鄉飲、燕禮、鄉射、大射諸篇稍及奏樂之制，不可執以言詩。鄉射飲，鄉舉亦飲，作鹿鳴詩者爲燕，歌鹿鳴詩者不專爲燕，故燕饗通用之説未可議也。四牡勞使臣，皇華遣使臣，或以皇華當在四牡之前，無足深辨，惟皇華見春秋內、外傳。內傳五善以咨諏度謀詢，當之外傳之六德，韋昭於五善外以周當之，不知外傳明云懷和爲每懷，咨才爲諏，咨事爲謀，咨義爲度，咨親爲詢，忠信爲周。忠信爲周，言咨於忠信之人，即內傳之訪於善爲咨也。周咨一義，韋昭乃分而二之。魯穆叔以懷和爲每懷，毛傳據以爲每雖懷和之訓，鄭康成改毛訓爲私懷，私懷而可爲德乎！況末章傳明云雖有中和，自謂常無所及，非即首章每雖懷和之訓乎！皇華、四牡皆五章，鹿鳴三章，鄭康成注禮時以周行訓至道，以德音孔昭訓明德。及至箋詩，改周行爲周之列位，德音爲先王之德教，毋亦以鹿之得食於野，猶賢能之士祗奉德教，野處而不匿其秀。書名既獻，列位漸登，逮其職事是執，尤必和懷審處，此不特使臣然，凡士之與聞此歌者，舉當擇以自處也。此工之所以歌，三士之所以肄三也。臣吴淞下士，遭際聖時，不次遷擢，屢任文衡。竊考浙之榜開自順治三年，於今六十二科，其主文者百有二十三人，疊充副考者二，趙青藜、邱庭漋。再充正考者四，李鳳翥、彭啓豐、裘曰修、莊存與。疊充正考者一，王會臣汾。何人斯於己亥以侍講學士充副考矣，越甲寅以今官復充正考，今又疊充此任，且三科皆恩科。而今年爲皇上紀元之六十年，至治馨香，協氣翔洽，如河間、濟南、泰沂、徐淮臣所過境穡事已穫大半，墉如櫛如。自揚至杭，秀者垂實，農士人僉稱嚮所僅見。因憶臣就塾初，恭遇皇上登極之年，斗米不及百錢，良由列聖相承，重熙累洽，皇上敬天法祖勤民，純亦不已，懋躋仁壽，上下蒙福。兹者又周甲子，彼肄三之士雖涉於利禄之私，必勉於詩、書之業。臣等所發之題，咨諏度詢之義也。舉子所上之文，呦呦和鳴之義也。臣四試於鄉，未獲與聽歌之列，洎尹京兆，會頒御製補笙詩，俾侑鄉飲試，据古笙奏之典，簫鹿鳴而笙御製南陔一篇，孝秀之實，賅在聖文，異時洊與列位懷和將事，以備任使，以廣聖朝久道化成之治，庶無負肄三之教。而臣三至三折水之鄉，或有賢且能者，書其名而先資以拜獻云爾。

白華後稿卷之五

碑記一

重建德安府學大成殿碑記

周立四代之學，祀舜、禹、湯、文王而不立廟，孔子有廟惟魯而已。其後立孔子廟於學，學之堂曰明倫，堂之後學官居之，故學無不治者。而廟則自春秋丁祭，及月朔望郡邑長拜謁外，間有摧敗不暇深省，或省之而以謂可緩，日積月久，遂不可治。予以辛丑二月按德安，謁府學之大成殿，丹簷暗剥，梁木欲壞，神像後葭席蔽之。其地當府治東三皇臺前，宋淳熙年所度，明洪武三年通判安桓移之東北隅，至七年而同知羅子理徙復其舊者也。明年春，廬陵蕭君良玉自刑部郎出守是郡，一見欲新之，而工費繁重。又明年，政通人和，出私錢購楹材，四楹直八九十緡，㴩湞口而上，諸長吏亦輸錢數百緡，克期以是秋庀材舉工。而省欽當受代去，循其請預記之曰：

君子將營宮室，宗廟爲先，學治而廟不治，學之官不自安也。顧其職冗散而不足於事權，其禄又裁足自給，修廟費輒數千百緡，聖賢木主上雨旁風，其間有古象未毁者，蓋合乎廟之有尸而亦不遑顧焉。此非本心爾矣。德安屬一州四縣，督學者按試時詣廟詣學。易、書、詩、禮、春秋之訓，父子、君臣、夫婦、長幼、朋友之倫，身心、意知之緒，非不進諸生而詔之，而廟之修不能進諸生而謀之。故予三年來如宜昌，通山利川，府縣學舉，率錢爲之倡，而實自郡邑長發其緒。德安素擅文物，自國初建廟至今百有餘載，其間祇稍補綴，太守以因爲創，勉先勞之義而行之。門橋兩廡，次第聿新，下令不有如流水者乎！當明之初，欲以三皇秩祀於孔廟，貝瓊辨之曰：崇三皇爲先聖，使居孔子之上，不足以褒其功；降孔子爲先師，使混於高堂生之列，適所以貶其德。故三皇宜祀，而不可祀於孔子之廟。兹之廟在三皇臺前，蓋元時郡縣通立三皇廟，而醫者主之，由今之典百世不能以易矣。行其庭者尚毋忘率作之艱而可哉！

敕封忠義神武靈佑關大帝當陽陵廟重修碑記

乾隆四十六年十一月，湖廣督臣舒常言當陽章鄉有關帝寢墓，以後裔世襲博士一員承祀，届春秋官祀，縣令來詣行禮。伏思我皇上崇德酬功，於關帝再加號謚，尤昭誠敬。當陽既有寢墓，與他處僅有祠廟者不同，請以距當陽百二十里駐守之宜昌鎮，及該管之安陸府就近輪往承祭，以昭敬重。制曰「可」。越二年，舒公與巡撫姚公捐廉倡輸，自堂斧兆域暨門塗垣棟齋房庖湢之所靡不整治如制，蝙蜎肸蠁，式憑儼若，省欽謹記之碑，曰：

周官禮小宗伯職成葬祭墓爲位，冢人職凡祭墓爲尸。註一以謂先祖形體託於此地，故祀其神以安之；一以謂禱祈蓋冢人之職，於始竁爲后土之尸，於凡祭爲所祭之尸。夫曰「凡祭」，則非一祭矣，乃二鄭以墓祭無明文，故不敢曰墓祭，而第曰禱祈。宋儒又以古不墓祭，墓祭始漢明帝之上陵。然間考武王行軍祭畢，曾子言椎牛而祭墓，孟子言東郭墦間之祭者，皆在漢明帝以前，若魯世世相傳以歲時祀孔子冢。光武祀李通父冢，則不特子孫固祭墓，即遠而國人，上而天子，亦得祭墓致禮。誠以體魄所藏，視廟中之祀，其精氣無所不凝，故禮不容以闕也。今京師府州縣衛，下至百家之聚，遼絶異黨之域，胥立廟祀關帝，其長吏所治尊曰武廟，與文廟等。按武廟立自唐開元中，祀太公尚父，取名將十人爲配。建中初，顔真卿請以名將六十四人圖形配享，帝始與焉。宋開寶中，詔定前代功臣烈士二十三人，各置守冢三户，而帝復與。帝有墓在華陽，見趙抃成都古今集記序，至今巋峙，往嘗展拜而記之。而章鄉之兆於禮得尊曰陵，裴松之所云孫權葬以侯禮者于是乎在，樵蘇有禁，香幣有司。迨至我朝數典綦備，我皇上懷柔昭格，事神如在，既册加封號以袛答乎帝之靈，其史臣舊謚得旨特改「忠義」，布告天下，釐正籍版。夫乃知壯繆之稱，即使從後鄭繆、穆通用之訓，而仍不足以誄行也。信者，民之所以立也，亂臣賊子天討之所不赦也。帝不幸生亂臣賊子之世，而氣塞天地，光争日月，惟此春秋之志焉。今春秋官祭，與上丁並垂，而章鄉一丘，孔林是埒。墓祭之官，典隆誼美，陵與廟亦於是乎訖工。然則審禮文之譌，而紀崇祀之盛，視學者可得辭其責耶！廟殿二重門、三重陵，高若干丈，縱廣若干步，率錢人姓氏官籍並見他石。

重修尚氏家廟碑記

維聖清龍興東土，應天順人，佐命立功之臣，丹青竹帛，載德不忝。若平南敬親王尚氏，杖策嚮義，削平禍難，始終臣節，將謝兵柄歸老，以吴、耿煽亂，留鎮騎箕。聖祖命於王門下置佐領七員，在京五、陪京二，俾守職志，世官世禄延至於無窮。王有子三十三人，其第七子太子太保、内大臣和碩額駙諱之隆尚主賜第，太保孫參領玉德隨其兄侍衛兼副參領。玉成嘗以乾隆十六年辛未即門左故祠，拓而新之，閲今歲久，亟待修繕。先是乾隆戊申冬，參領君第六子維昇以廣西左江鎮總兵從今大學士、前兩廣總督仁和孫公征安南，既平，復拒順，明年春正月歿於市球江南岸。事聞，予卹視提督例予謚「直烈」，予世襲輕車都尉，而君餘子現官副將、參將、遊擊者五人，自餘彯纓之選、青衿之俊，赳赳莘莘，胥族姓百餘人，歲時會祠下，苟廟貌之弗侐，懼昭格之或爽，而立身揚名之志亦無以示觀感焉。君之齒七十一矣，痛其兄先逝，率兄子參領維慎，筮甲寅二月吉鳩工庀材，自闉及堂，自砌及霤，亦如奂如，計旬四，計錢□萬□千□百有奇，貌孔肅也，成孔安也。古諸侯大夫士門以内，右堂寢，左廟寢，而塾、而碑、而序、而階、而左右房、而廟、而堂、而寢，其制多相埒。廟以藏主，主以依神，神道清静。惟地近居室，循省易周，故修廟之舉不常見於書史，後世立廟之處不能盡度。夫宫室之左間遇，行禮多就堂寢，而廟之中不過月朔望至，或歲時至，修之費愈鉅，故修之舉愈曠。君四十餘年中兩舉其役，即死綏結纓之令，子以禮祔食，與昭忠祠所崇祀安南王，阮光平所奉祀者，妥以侑焉。獨狐及曰：贈者一時之榮，謚者不刊之典名。過是廟者可以知國家褒䘏之恩勳舊臣，貽謀錫類之原於什百之一二已。水曹郎玉相於君爲同祖弟，諗予，乞修祠之文。予以祠者時祭之一，今世祠堂唐以前曰先廟，亦曰家廟。爰從昌黎烏氏廟碑之例，改題曰「尚氏家廟碑」，而記其重修之歲月。

河西務朝陽寺碑記

務關枕白河，在武清治東北三十里，自元以來爲漕運津要，商販輻輳，炊烟集霧。初設户部分司，其後築城置驛，改設同知一、巡檢一，以其瀕運河之西，亦謂之河西務。運河即白河，一名大通河，一名通惠河者也。務之爲言，猶聚也，關猶城也。城之南有寺曰朝陽，周垣百數十丈，三門洞然。寺僧智鈞年七十餘矣，芒鞵破衲，導予入天王殿、大雄殿，升藏經閣，閣上下牙籤金象器用具備，蓋康熙五十六年後住持性善拓順治二年所建之茶菴爲之。而智鈞與其兄智鍵於乾隆三十年建無量佛殿，嘗一日而募施者八百緡。智鈞復建閣前之兩序六間、配堂十二間、順堂十四間、三門内兩序十間、庖湢庌廥三十間。數十年來，木之材手以飭土之工手，以埴料量節嗇，隨堂粥飯積之漸而成之，頓費半功倍，奕奕乎勃碣都會間一名刹矣。浮屠氏之學以清淨寂滅爲宗，至其棄恩誼、絶嗜欲，雖毁殘支體，舍其身而不顧，彼居處衣食之節，夫何以動其心。然而通都大邑梵宇鱗比，即山谷間人跡不到之區，亦必有草寮木室以羣鳥獸。蓋彼欲爲教不能自外乎養，養之以居處，養之以衣食。論者以其自外乎君臣、父子、夫婦、兄弟、朋友之道，舍其父子而别若父子，舍其兄弟而别若兄弟，乃且叢林方丈戒律嚴整，不啻有大夫師長之象，而後其養不匱，其教可尊，此以嘆先王之道、仁聖賢人之學爲範圍曲成而不過不遺如是也。書曰：「若考作室，厥子乃弗肯堂矧肯構。」予稍習人事以還，回念高臺曲池，向之弦肆其中者一過之而圮，再過三過之而墟，而十洲之宫，十方之院，鐘鼓不移。覺方外之賢較方之内者，有以守而待。昔韓子之序文暢也，以謂喜文辭墨名，而儒行儒者之行孰大於天地之經與！夫恭儉慈惠之德，此心同，此理同，苟有一之相類，則文辭末務，韓子猶起而進之。雖其爲浮屠，周遊天下，請搢紳先生之咏歌以爲寵，似近於趨騖名利者之所爲，而不以擯斥。設韓子而遇斯人、見斯舉也，其起而進之，吾不知其又何如也！吾竊念夫養者教之原，孝慈者民之行，以墨者之教而不能外夫養，以成其孝與慈，以行其教，故因其請而推本論之。

重修舊保安衛聖廟碑記

保安州故與保安衛同城，明景泰初徙衛於雷陽站。站有新舊城，嘉靖間山陰沈貞肅鍊戍所也。其新城西南隅聖廟建於正德五年，我朝順治十四年裁衛學教授，令州學兼攝。康熙三十二年，裁衛入懷來縣，而其地仍曰新保安。衛與學先後廢，所不廢者廟也。宣郡同知、通判各一，同知分東境治新保安，通判分西境治西寧。西寧衛亦改爲縣，一學二廟，每春秋上丁通判與知縣分祭。新保安則同知專主，而支懷來縣賦羨銀一兩有贏，不給於用。五十六年，同知余毓浩倡捐祭田，共襄大典。乾隆十六年，同知馬彭年重加修繕，乞海寧陳文勤世倌記之，歲紀屢周，頽落不治。門人顔君培天曩攝丞篆，思治之，而力不逮，比舉是官輸百金爲之倡，而新舊城諸生且百人，人各奮厲，所輸與所募且什之。今夏五子自宣郡歲試回軫祇謁，橋門奂若，廡阤悉新，啓聖祠别移於後，左惟殿瓦未覆，涓埃祇效。督工者初不欲以資予，予告以不我資將不我記矣。既成，謹爲記曰：

古天子之學曰辟雍，諸侯曰泮宫，大而釋奠，小而釋菜，奉先聖先師位其間，學不必别立廟也。自漢立孔子廟堂於魯，而所立諸經之學有博士，有弟子。博士若今教授、教諭、訓導，弟子若今廩增附生員。爲學爲廟本分爲二，漢所祀類祇先師，而不必先聖。唐以後祀孔子爲先聖，顔子爲先師。明嘉靖間尊之曰至聖先師，若合先聖先師爲一人，首四配，次十哲，次兩廡。立廟之地無不立學，學以居師徒，廟以妥神位。即書院、義塾中往往設聖位以昭尊事，乃合樂薦牲之典，不敢私以舉者。誠以名雖似學，實未立廟也。雖然，廟者聖之貌，學者聖之道與聖之心。心聖之心，必道聖之道，道不外乎易、書、詩、禮、樂、春秋，亦不外乎君臣、父子、夫婦、兄弟、朋友。學之於空虚寂滅而道以詭，學之於繁賾惡亂而道以愧。尊聞行知，羹墻斯見。衛學而併於州，廢猶不廢矣。舊衛廟而必待修於州與縣，不廢亦廢矣。予以諸生居此者多不如舉，延慶鄉學之例，請置學額，移保安州訓導函席而弦肄之，僉以謂廟既不廢，學可不必別置，是其重視廟而不規利於學之員額者，尤可尚也。關門雖阻，密邇國廱，而顔君以晝諾之，官舉實枚之役，又言廟壖有隙地，苟建義學以教諸生，是則因官廟而立私塾之義也。故牽連書之，凡率錢人姓名書之陰，以示風義。

白華後稿卷之六

碑記二

重建玉田縣采亭橋碑記

太行之脈迤東至今玉田縣燕山，山在縣西北二十五里。晉咸康中，石虎攻段遼，遼將陽裕登燕山以自固，其指爲燕然山者，妄也。山又西北上五里許，其土如靛，蓄靛者恒取土和之。澗水涓如，是曰藍水，水經「鮑丘水」注：「藍水出北山東，屈而南流，逕無終縣故城東。」無終故城今當在薊州境，而玉田縣西二十里有采亭橋者。其水出燕山，合三樂臺看花樓諸小水匯橋下，橋三孔，明萬曆間縣令繆思啓以下流浻墊疏入薊運河。當嘉靖三十六年，薊人曾世臣重修，橋記以謂創自唐時，未之有考。興州左屯衛百户朱鍾欲廣其制爲五孔，未蕆而殁，邑人苗滋等率私錢請於官，董而行之，碑今在水中。予春暮經此，欲審所爲水如蔚藍者，而其源已遠，其流甚細，且工徒林立，其碑不可以審讀。兹縣令、崇明倪君爲賢録示曾記，且告工蕆，屬予記其事，因報曰：

東南之水浸而巨，其橋級而上，其下達帆楫焉。西北之水及冬輒涸，徒杠輿梁雖未成而未病於涉，惟夏秋之際潦漲瀰盈，葦杭莫跂。橋之利於民，而不得不利於石也，固也。計嘉靖三十六年至今閲年二百有四十四，閲丁巳運數祇亦適然。然橋之創始，曹學佺名勝志謂金學士楊繪爲之，繪故邑人，采亭乃其別字。曹之志作於萬曆間，距苗滋修橋時不遠，世臣薊人而莫之考，曹以閩人考而知之，縱金史無繪傳，而繪猶以橋傳於鄉。第橋之名不繫官，不繫楊公，而繫其別字，亦以見事無鉅細，名以實留，而當時風俗之美，不以貴而加於鄉黨，不以恩而色於鄰里。且役繁費鉅，六七百年來邦之人先後爲鄉里計，因以爲行旅計者，請於官而政舉，急於私而事集，具可書也。橋之東爲三皇廟，三皇有廟蓋元制也，不立於聖廟而別立廟，則貝瓊之議也。倪君將以碑記嵌廟壁，並考論之如右。

鹽山縣移建聖廟儒學碑記

鹽山地産鹽，隋開皇十八年以山名縣，縣直山西北八十里，於東漢爲高城縣，渤海都尉治焉。自唐訖元明屬滄州，雍正初改天津衛，置府，以縣改屬緊望，視他縣最，而薦紳弦肄之徒較尠，每京兆榜發，十科中僥得一二，則有以是咎聖廟失地脈者。廟直治西，不數弓岸獄枕其上，顧今治非漢治，明洪武初縣令吴文靖自今縣南之漢高城縣舊治移此，劉昫所云舊縣在今鹽山南是也。昫所指之舊縣，殆即文靖先所治之縣。舊縣城距今縣南三十里，而顧氏祖禹謂在南六里，此如今之長蘆鹽，沃海水入坎日曝而成。顧氏謂海在縣東七十里，潮汐所至，土皆鹹鹵，煮爲鹽，而設官司之。長蘆鹽利出於縣者十五六。顧氏所云縣之鹽利可据，所云煑鹽不可据也。廟學之立，無碑志可考，而縣之必有廟學當自明初。文靖既徙縣，度無不立廟者，特草創之始其地或未亟以擇，湫嚻圮壞，事勢固然。然其不克以妥聖之靈而爲儒之病，向之令是縣者，夫豈膜而置之？縣之人豈習而安之？工鉅役繁，發之而懼，其無以收已耳。去年夏四月，予按正定府，方苦旱，而鹽山縣令鄧君以書來請曰：「縣東南有高敞處，將移廟與學於此，謹輸三百金倡之，而其餘募之縣之人。」予又懼縣之人未必以赴公，亦輸金，殺其三之一，踰年事蕆，縻錢七千□百萬有奇。自門塗殿廡迄學師弟子堂舍秩如奂如，庶所稱説以先民之效矣。君又言甲乙之位曰長生，丙丁之位曰文明，或以地師之學，非先聖所言。抑知古之人建都營室，靡不熟相夫陰陽之故，吉凶損益之宜，少不便於民，必改卜再三而後止，况以聖人之宫、師弟子講學會文之地，狃乎其舊而不與之更始樂成，將何以爲治也？菜幣攸釋賓興，及期記之碑，以待來者。鄧君名元煐，江西新城縣人，乾隆甲午科鄉貢生，由某縣調治鹽山。

增置保安沈貞肅祠水田碑記

終有明之世忠良屠僇若三大案、三小案外，嘉靖間死最烈者，南則會稽沈公，北則容城楊公，皆死奸相嚴嵩手。楊之劾嵩也後，予謚在先。沈之劾嵩也先，史稱天啓初予謚忠愍，而公年譜載萬曆三十四年公孫存德請謚，崇禎十六年南京禮部侍郎管紹寧請謚公貞肅若忠壯，得旨照正擬予謚。今新保安本名漯陽，亦名雷陽站。有沈貞肅公祠榜，其得實無可疑也。當嘉慶丁巳夏，予入祠拜公象，公裔孫翼祖并以畫象示予。蓋公故里有表忠祠，而天津公僑寓地，亦有祠。新保安之祠，故公謫佃所，孫曾世奉祠弗絶，予因題五言十六韻揭之楣。今戊午四月，予復過祠下，翼祖率其子來迎，且謝增置祭田之舉，愕然無以應也。而吾家宣化太守鼎雯曰：「有之。」曏者承捐書院費百金，事未集，適入祠見所榜詩及壁間祭田碑，知明隆、萬間巡按御史吴允中捐置如干畝，康熙四十二年懷來令陳潤尊置右所田二十畝，乾隆二十二年懷來令吴文正爲贖地數頃，其三頃則孟姓者，歸直弗受。第山田磽薄，一頃不得三四鍾。會國子生楊萬年有保安州左家渠水田四十一畝，宜秔稻，無水旱憂，願以原直二百金歸之祠，故任其直之半，而其半取之曩所捐書院者焉。

嗚呼！死諫之臣與疆場之死事緩急固以異矣，古志士仁人之烈不有其身，何有於子孫？

顧自志士仁人言之則可，自他人言之則彝好不存，而人之道亦幾於息。當公戍保安，時賈某者既徙家以家公，史謂未有館舍，賈人某徙家舍之，誤。從遊之栗鋐、梁子健哭公尸，武崇文匿公詩文藁行於世，惜史不能遍以及。而牲醪之奉，饘粥之供，易世而下猶如公初謫時，給薪米惟恐後者。嗚呼！不已亮哉！公大較與忠愍同，臨刑時亦近忠愍，他詩文豪宕而不詭於法，觀其志者廉頑立懦，皦然争日月光。因爲揭史家之小誤，而叙其祭田增置之由，俾後之人知予得稍以示觀風立教之義者，微太守之賢，不及此。左家渠導洋河成之，畝直六七金，其四至及禁私買公牘，俱詳别石。

敕賜雲峰寺重修碑記

雲峯寺俗曰北菴，直嘍治西少北半里，其初曰北道堂，曰浄真院，宋乾道間里人沈氏建，奉真武神於此，回道人再生樟在焉。唐宋仙釋之宫統名院，其曰本一禪院自宋亡後文信國故客趙孟僩始。孟僩見世系表，爲太祖十二世孫，浙江志言德祐末陶菊隱散家財、集義兵，謁文信國於軍，與趙孟僩、殷澄號秀州三義。嘉興志言孟僩先世故黄巖，信國開閫江東浙西，授從事，信國赴闕，孟僩留吴中，僅五十日宋亡，元兵執而官之，以疾辭。遂去吴，遊情佛老，著湖山汗漫集。松江志言孟僩於景定辛酉見信國，許爲瑚璉器，時年十七，及留信國幕五十日，信國赴召。環衛王邦傑以平江降元，授邦傑安撫使，孟倜吴江尹，辭去，越十年爲道士，改名道淵，居松江北道堂。又五年爲僧，名順昌，字月麓，自號三教遺逸。本一禪院志：月麓延天目中峰師開堂説法，中峰名本一，故改比道堂爲本一禪院。院有賢首堂，中峰、月麓、松雪石刻象今尚存。松雪題殿梁字及殿板畫龍髣髴存六七，楊鐵崖、陸文定、董文敏、陳眉公留題亦夥。伏遇我聖祖仁皇帝康熙四十四年巡方至松，御題雲峰寺額，以賜山門懸照，炳如日星，而風雨之不時朽蠹之，漸致垣頹瓦敗，匪直名蹟之日湮，抑雲漢之奎文懼弗克敬以守也。南豐趙公來守郡之四年三登洊告，政通人和，百廢具舉，周覽斯寺，舉而新之，圮者立，缺者補，腐者、闇者、佛象之駁落者，以興以治，鼂如焕如，十方頂禮，歎誦雷動。蓋古忠義之士莫多於宋，莫多於信國之寮幕。信國至燕，有黄冠歸故鄉、他日以方外備顧問之語。故信國辟署帥府，帶行監思文院，行江西提刑，兵敗削髮，變姓名，自號堅白道人。之何時及嘗從信國遊，呰潰不知所終。之劉子敬史，並列之忠義。浙江志言以孟倜之志節如是，而史顧不書，且松江志言咸淳乙亥，而不審乙亥之爲德祐元年。孟倜與陶菊隱、殷澄爲德祐末三義，而不審其當在德祐之元年。爝火將殘，文獻放佚，惟孟倜自題「文山之客」、「千古忠貞」二語可蔽之也已。宋之待宗子也厚，靖康以來死事者累數十人，其遺跡多莫考，而孟倜一抔猶在寺後。黄冠歸老，心迹攸同，況御書題榜，信有虹光燭天之象，何孟倜之不幸而幸如是也！趙公名宜喜，字鑑堂，江西南豐人，乾隆五十九年以陜西同知擢守松江。寺之修在嘉慶二年，閲一年訖工，凡木石工作錢若干萬，并識。

南匯移建魁星閣碑記

鄉會試自第一至第五號五魁，魁之號多者至十六或十八而止。魁星之祀，顧氏炎武謂不知始何年。魁，北斗第一星；奎，北方玄武宿之一。奎爲文章之府，乃改奎爲魁，又不能像魁而取鬼字之形舉足而起。其斗二星所主不同，字音亦異，説似辨矣，實未覈也。奎在西宮咸池，不在北宮玄武，宿爲封豕，亦曰天豕；曰封豨主溝瀆，爲天之武庫，五星犯之，主爽德。律書：奎毒螫殺物。徐邈曰：奎一作圭，圭即蠆，故星經以爲白虎。趙宋以前未有稱吉曜者，自乾道五年五星聚奎，占者謂文明之兆。羅氏泌蒼頡觀奎星圜曲之勢制文字，王氏應麟改爲觀魁星圜曲之狀，皆由援神契奎章一語附會之。嗣是奎章有閣，瀛奎律髓有編，林靈素至稱蘇軾爲奎宿奏事，不知五星凡聚處無不主泰平者也。北斗魁四星第一，樞二，璇三，璣四，權其形若圜若曲。奎十六星晉志十六星。兩端鋭若梭而濶，安在其圜曲者？以玉衡之三星合魁四星爲中宫北斗，其體尊，其用廣。至魁星之主科名太學光齋之禮，狀元送鍍金魁星杯盤一副，宋周密所識也。「金斗高跳鬼狀獰，人言此象是魁星」，淳祐間番禺李昂英送魁星與李子先詩也。「舉手高摘，萬丈虹光」，文信國代富丹酬魁星文也。「手筆手金錠」，則明蔣一葵謂天順癸未崑山陸容於會試前戲寓必定之意，而圖之也。我邑袤廣百餘里，進士科相望，我朝順治、康熙間，施清惠、葉忠節尤著。即雍正甲辰榜之唐教授班、朱少詹良裘、馬大尹嚴，以甲第序。皆今邑境人。今邑析自雍正四年，丙午、丁未榜之葉教諭承、庚戌榜之顧成天雖邑人，而一籍青浦，一籍婁。乾隆戊辰榜予季父樂昌尹世賢籍係奉賢，而太學題名碑録皆誤作漢陽人。若壬辰榜之施教授潤則又邑人，而籍上海。癸未、戊戌榜予與弟省蘭，碑録中始著籍南匯焉。當乾隆二十九年靈壽楊侯宜崙於學宫之東倡修三層閣，高五丈五尺，圍十三丈，上奉文昌神，中奉魁星，旋於閣之西、文廟之東建惠南書院，經營締造，鬱焉改觀。顧形家者言閣與大成殿脊不相中，地脈又局促，創建以來科第寥落，屢議移建於隔水之太乙巽宫，而地窪工鉅，觀望弗果。嘉慶七年冬，錢塘張侯昌運語予，偕孫司訓銓、邑諸生莊顯、王誠先後相度，酌中科南北分金爲閣，專祀魁星，與大成殿脊遥對，巽乾一貫，甚得地利。侯與予兄弟各輸錢以倡，築基飭材，八年四月工興，七月工蕆，凡高下圍徑一如其舊，而地脈疏鬯體勢聯絡。邑人士欣欣色喜，謂靈秀清淑之氣必有貫三才以昭響應者。是役也，縻錢一千二百千有奇，錢價方貴，較數十年前值銀千四五百金。書以竢錢貨之考至文昌帝君。比奉旨祀與關聖帝君埒侯，克期議舉擇地，與閣相比，亦謂文昌之宫，以魁星旁侍爲失序，魁更不可改爲奎，故正其神號，昭祀於閣之最上層，而予爲之記。

白華後稿卷之七

記一

湖北學署新修文昌閣記

自利禄之見錮於人之心，謂科舉一途有神焉司之，其感應甚顯，其善不善甚微。斯文昌之祀曰以殷，而令典弗之禁，儒者亦弗以謂黷者也。按北斗第一星至第四星曰魁，其下文昌宫凡六星：一上將，二次將，三貴相，四司命，五司中，六司禄，具見於司馬遷之書。班固言斗魁戴筐爲文昌宫，五司禄，六司災。孝經援神契云：「文者精所聚，昌者揚天紀，故曰陛下之有尚書，猶天之有北斗。」李固傳。又曰：「尚書乃文昌天府選舉所由定。」隋志。特文昌六星有司命、司中，而後鄭嘗以司命、司中當舜典六宗之二。周官大宗伯以槱燎祀司中、司命、風師、雨師。禮記祭法天子七祀、一司命，諸侯爲國立五祀、一司命。王制大夫祭五祀，後鄭註亦曰一司命。武陵太守星傳三台，一司命、二司中、三司禄。屈原九歌第五，大司命主人壽夭，少司命主災祥。司命有大有少，其少者夷列五祀，諸侯以下皆得祀之，後鄭以爲小神居人之間，司察小過作譴告。而應劭曰：「司中、司命，文昌也；司中，文昌上六星也。」今民間獨祀司命，刻木長尺二寸爲人象，行者擔篋中，居者別作小屋，齊汝南諸郡祠以豬，以春秋之月。宋汴京故事：涂月二十四日貼竈神於竈，用醴塗竈門，謂之醉司命。今竈神謂之東厨司命。應氏之意以五祠之司命當文昌之司命，不敢與三台之司命齒。而祀文昌者復以司禄之職爲司命所兼司，且以斗之魁肖魁星之神。魁有首訓決，科家謂舉首曰魁，顧氏炎武以文章之宿曰奎不曰魁。然嘗考魁居北斗樞、璇、璣、權四星，奎十六星旁殺而下垂西方咸池之宿，亦名降婁，與壁連體，壁主文章圖書。奎曰封豕，一曰天豕，一曰封豨，主溝瀆，主天之武庫。自宋初五星聚奎，古者鑿空爲文明理學之兆，而奎星與壁宿相混，奎復沿誤爲魁。世之人以文昌天府選舉所定，尊之以帝君，實之以梓潼。張亞子援天神以混人鬼，丹垣縹瓦，殆徧區宇，抑已傎矣！余使齋之東有小樓，雜祀文昌魁星，歲久圮壞。余畀錢二十緡修之。蓋司命大小之異見之楚九歌所歌，而別置小屋，尤合於應氏所述之義。若熊氏伯龍、顧氏景星皆楚人，其文昌祀記與顧氏之説皆不無舛略，故告以奎與魁皆非文章之宿，而文昌有六星，司命有大小，考古者當鏡其得失云。

湖北學署新增屋瓦記

今視學之使三年一受代，代者至，歷諸郡歲科試，其間居試院者先後纔數月，多或及一年。當莅任初，縣小吏抱牒請三百餘緡，償供頓頭蹋什器之直，其土木之直亦五六十緡，然有名無實。苐黝堊而新之，即他日亦稍完繕，而仍以飽蠹胥之手，苟蔽風雨，傳舍視之。予亦猶是志耳。計予庚子冬莅官至今改朔二十有九，春雨不休，室無乾土，深思夏潦之不時，而及早則易以治也。楚之瓦髻而薜，貓鼠翻觸，縱横破碎，葺之者排而覆之，其力愈分，其縱横破碎遂愈甚。爰料瓦二萬二千千〔二〕，直錢五百，益以蜃灰工役之直二十千，彌補缺縫，鱗如脊如。今堂室廊廡，瓦色新舊，大小相錯，凡以此也。工既竣，視掾吏各科房其後架漏若露處，益以瓦六千五百，工直三千，衆心欣欣，請爲文記其略。

予觀漢制官寺鄉亭漏敗，牆垣阤壞，不治者不勝任，先自劾。至郭林宗頓宿，逆旅明發，必親氾埽而去。今使節所駐，不苐逆旅，爲時閲夏秋而冬不苐信宿，費不繁，役不多，其於各科房不及損，享客一二筵之費，而數年以内無旁風上雨之虞，爲利頗大。事不可眩其難，而工不可不

〔二〕 此「千」疑爲「工」之誤。

察其實，舉而筆之，後來者其亦知所從事矣。院署自康熙丁巳武進蔣公永修購民宅始，其堂則自雍正甲寅睢州蔣公蔚重建，枕山之室則乾隆庚寅任丘邊公繼祖改建，三餘堂則乾隆甲午仁和胡公高望改建，後有草亭則乾隆戊戌歙洪公朴移建。夫惟官舍本傳舍，而學舍尤甚，諸公者不以傳舍視官舍，而無碑版可考，故訪之掾吏之口，牽連紀之，雖爲費不同，而舉有以示於後。

光禄寺題名版記

漢光禄勳秩中二千石，主宫殿掖門户，其屬有比二千石之大夫、中郎，五官右左三將，虎賁中郎將，至比四百石侍郎、比三百石郎中而止。東晉中以光禄大夫爲散官或加官，而光禄勳不復居禁中，職尚如故。梁改勳字爲卿，北齊始曰光禄寺，置卿，置少卿，兼管諸膳食、帳幕。唐光宅間置大官、珍羞、良醖、掌醢四署，署皆屬寺，今寺治東安門内，一統志所謂宣徽院故址者也。徐必達寺志謂寺門在東安門橋右，劉若愚蕪史謂寺過橋則東安門，而孫氏承澤謂在東華門内者，俗以東安門爲外東華門，猶西安門稱外西華門也。寺負北面南，四署列堂下，堂左典簿廳，右鹽庫，又西少北銀庫黄册房，東南楪食房，惟酒庫在西安門内，少西北距寺三四里，其長滿、漢卿各一，滿少卿一、漢二，康熙三十八年裁一，並裁漢寺丞。乾隆十三年令侍郎以上官兼管寺事，當躬祀壇廟飲福受胙時進爵進胙之禮，兼管者或滿、漢卿司之餘，職事無異，簿書奉行，晝諾清簡，凡祭薦奉先殿與夫宴饗醱奠之食，供有常品，品有定價，自乾隆二十七年以歲支雞豕銀三萬兩聽尚膳房自購。皇上清心寡欲，不以天下養一人，視孫氏所稱前明寺用額銀至三十六萬猶稱不足者，奢儉固已懸絶，視康熙間歲再請户部六萬兩貯庫應用者猶不及六之一焉。慎乃儉德，惟懷永圖。司左藏者有以知足國之由，侍講筵者有以知養心之本。省欽自翰林蒙恩遷此，稽之會典，乾隆二年後增則例至十餘條，而署正以下官執事朝祭時准帶數珠，亦自乾隆四年始。職簡秩榮，昔難今易，豈長是寺而令其無可考歟？今少卿宗室誠公爲英親王五世孫，言寺故王邸。或又言光禄寺六科結銜得稱内府，内府者科廊在端門内，寺在東華門内。然明職官志在皇城内者，内閣及内官二十四衙門而已。張元易在寺種竹甚蕃，又鵝倉、鵝池及瘞象骨空地，斷非東華門内所有。草昧經綸，親藩擁護。或借寺爲邸，而於東華門内直房視事。逮順治八年王獲譴而寺復其處，其直房亦撤去耳。光禄卿、少卿類漢少府、丞之職，漢光禄卿類今領侍衛大臣之職。今光禄大夫則一品，文臣受階，何者不當考釐，何者不當敬守，爰確指其定方，而乾隆以來之寺之長並榜諸堂版。

順天府府尹題名壁記

今親民之官莫如府州縣之長，縣屬州，或與州同屬府。順天、奉天皆謂之京府，府置尹一、丞一，丞之職專視學校，而尹以掌治理爲務。尹奉天者丁賦田，賦田盛京户部達，户部覈之。民之獄，旗與民交訐之獄，會盛京刑部達，刑部覈之。尹順天者流以上州縣，由臬司請督臣達之刑部，而尹止決輕罪。丁田之贏絀，倉儲之出納，州縣由藩司請督臣會尹達之户部，而尹止畫成諾。蓋國初有尹，有順天巡撫、保定巡撫，康熙初併順天巡撫入保定，旋改爲直隸巡撫。雍正二年升直隸巡撫爲總督，管巡撫事，與尹相涉者鮮，若耕耤，若迎春，若鄉飲，若監臨鄉試，奏雨雪之分寸，錢價糧價之參差，守壇守祠役其户，大祀中祀選其犧，不習爲吏，視已成事似不難勝以任焉。然而莊田、旗田半屬貴近，少一偏嚮，或致病民，民車受役不均，與州縣之庶獄之不當者，朝訐部院，夕譴朝堂。良以我國家綱紀百度，德宣情達，輦轂之近，時罔弗欽。微特視他郡守難，即奉天尹責亦少間矣。百餘年來鉅卿相望然，國初第以漢軍尹之，康熙十年後始用漢人，雍正間尹或缺人，至以尚書、都御史兼署，乾隆十四年冬尹既拜矣，特命侍郎蔣炳兼管，其印仍歸尹手，遂爲故事。尹之爲言正也，書「尹兹東夏」是也，其以之名官則書「庶尹允諧」是也。周太史即左史，内史即右史，秦内史在郡守上，與周書言書動之職不同。漢武帝改景帝所置之右内史爲京兆尹，左内史爲左馮翊，主爵都尉爲右扶風，謂之三輔。百官公卿表第右扶風十二，左馮翊、京兆尹十三，其時丞相、哀帝改大司徒。大司馬、御史大夫曰三公，太常、光禄勳、衛尉、太僕、廷尉、大鴻臚、宗正、大司農、少府、執金吾、三輔曰九卿，名曰九卿實十三卿。後漢河南尹若今順天尹，京兆尹若今奉天尹，同部司隸，而河南尹主京師，特奉朝請。晉魏以還，世輕世重，其輕者西都、東都、北都，與鳳翔、成都、河中、江陵、興元、興德府並稱尹，而元時任供需之事，謂之供需府。其重者或親王遥領，或親王專判，以待制以上官掌印，謂之權知府，而避尹之名，不敢居今尹之守，一準明永樂十年制所云「宣化和人，勸農問俗，均貢賦，節徭役，謹祭祀，閲户口」者。而畿甸風清，無豪强可糾，無百姓甚疾若可告，春臺熙熙，與道同治，視三數十年前爲之尤易以辨矣。漢應邵以郡府聽事壁諸尹畫贊，注其清濁進退得述事之實，後人足以勸懼。予駑下班，記注者十五年，卿光禄二年，承乏是官，考府吏有前尹到官殘册，自康熙十八年始。而畿輔志謂康熙三十年以前尹無考，國史督撫表又不以京尹附。適同年生、歸安戴璐菔塘給事禮垣屬，其徧考科抄如立春日進春有蔬，正月望十月朔日舉鄉飲有疏，舉耕耤發文武鄉試榜有疏，疏列尹名，自順治元年至今，或四五年一尹，或一年三四尹。尹署尹較若列眉揭之堂版，而乾隆十四年後兼管尹事者别爲一版，不惟使五州十七縣之吏民得考其姓氏、里居，抑使疾没世而名不稱者於此發深省也。

松江義殯記

京師民物蕃會，來往熙攘，正陽門東西之街衖會館鱗比，每郡縣京朝官遇有賀弔之事，及歲時伏臘，於是乎行禮其西南、東南隙地，往往置義園以殯其鄉之旅死而未得歸者，歲久則瘞之。凡以推任卹之誼，廣慈惠之術，而王政亦待以補萬之一也。予自戊寅夏入都，鄉先生蔡侍郎鴻業、范給事棫士倡置會館，而吾邑張郎中大金佐其經理，非選人、舉子不得入。戊申秋，有汪孝廉櫬寄野寺將發，寺僧重索賃直，乃平之，而計善後者，會育嬰堂官產有破屋八椽，隙地十五丈，將鬻之以易他産，乃購而新之，糜白金二百三十餘兩，俟取足於鄉之人，而名之曰義殯。蓋園之名近於嫌，漏澤園在宋係官置，至殯義有二，於旅櫬爲近。檀弓曰：「殯于客位。」劉熙曰：「於西壁塗之曰殯。」殯，賓也，賓客遇之言稍遠也。塗曰欑，欑木於上而塗之也。」蓋大夫之殯欑三面，士不欑，既葬則還祭於殯宫謂之虞殯，此殯之在家者也。檀弓曰：「殯於五父之衢。」註：「殯引飾棺以輴，葬引飾棺以柳翣。」殯待於引，此殯之在外者也。死者以賓接之，故妻之既死亦曰殯，殯而欑，欑而塗，要以避水火之患。特士大夫之殯遞殺於所尊，若掘地下，棺至衽而止。士、庶人同此殯禮，在家、在外無不可名爲殯也。其殯於隙地而坎之，則假葬於道側之義也。其殯於館而奠之，則阼階、西階、兩楹間之義也。右者喪而無主，朋友主之，故曰朋友死無所歸於我殯。殯而在旅，主之者宜在鄉人矣。若夫松江之爲府，其得名昉於書注，後人加水松旁，致失典訓。記諸版，蓋冀來者之恢大之而記諸石耳。

重修雲間會館版記

聚一郡之材於輦轂之下，若舉士若舉官，蓋理大物博而無俟乎時處處矣。然里區傳舍之設，有力者至之如歸，其力之不足或倀倀無所之。至仕於朝者歲時伏臘樂生弔死之事，所僦屋苟不足以容，則度地定居以會於是。是亦通里區傳舍之窮，而有基勿之壞也。京邸雲間會館創於乾隆己卯冬十月，時予與王少司寇昶以中書直内閣，而少司寇蔡公鴻業、侍御范公棫士、刑部郎中張君大金斂費經紀之。館在延壽寺街，爲張少宰集故産，其孫景星貶值以成其美，而蔣家衕衕亦有少宰宅一區，後爲其從子文敏公照邸寓，歲月不居，典入他姓。郡之人計時值棄館而贖之，爲之館，視舊館廣過半也。十餘年來剥落欹倒，上雨不蔽，廳事尤甚。壬子春以事會飲，予計應存應入之錢凡五百餘緡，其東廂後室及庖湢、井匽、廐廁之屬，或建或修復，需緡二百餘，姑應之，待償於後之應入者。閲四月工蕆，舉便之，而予爲之記，曰：

松江之名雲間，本於陸士龍一語，而其後遂爲故實也。松江之不可名雲間，猶順天之未可名日下。即王子安滕王閣序不以吴會爲吴會稽，止以爲吴都會，而實亦不專指今松江。元明後松江置路、置府，記載之家自府志外，若志、若雜志、若識畧、識餘，多係以「雲間」。若文、若詩、若書畫、醫奕之屬，亦皆指數之曰「雲間派」，不曰「松江派」。夫以經注史志明載之地，而不得與士龍五言者較，殆未足爲典訓矣。德、功、言三者之不朽，孰不慕之？乃言之不朽，要有德藴其間，其功則又因言以見。若士龍者，德與功無與也，藉曰立言，是言亦非其至者也。風會所運，有開必先，當時負以俊聲，後世習以掌故，適是館者知清言之尚不以廢，循是而上之，少有與於功德之數。即推之末藝雜流，皆有一涓埃之功與德，而非以便其身，則程子所譏古之仕者爲人，今之仕者爲己，幸解免夫萬之一，而一鄉一國之善，或庶幾焉。至三十餘年來，飛沈聚散存殁之感，其與聞創館之議者，惟予與少司寇在耳。今之視昔，俟後之視今，拳拳者何如也！館之名仍其舊者，秀水朱氏在京師著日下舊聞一書，今欽定日下舊聞考，從其朔，故援之以爲名，是館之義例。

白華後稿卷之八

記二

重修順天府育嬰堂東西房記

今府州縣置留養局待老而無歸者，曰養老堂、普濟堂，其育嬰堂則收所棄之嬰，乳之以母，一母嬰四五，俟其少長，聽子之者繦之去。京師西普濟，東育嬰，府尹領之，各擇一人司堂事，而東堂經費不及西堂十之四。堂故無恙，乳母所居之房東二十七間，又大門旁東六間，窊陷二尺餘，夏潦成浸西逶，北十九間亦阤壞不可居。庚戌秋雨潦尤甚，會四方之仕而已者結壇祝釐，前臬使王君廷爕、太守馮君埏等以壇費所贏銀千有五十金輸之爲官用，予以司事王路嘗出己力修大門，亟檄通判馬愚計其值，而路董之，易錢七百四十餘緡。冬而飭材，春而飭工。予既以正月遷去，不三月而病甚，懼築基重建者易瓦檐若柱者之弗程度也。疾止詣視，喜而曰：鰥寡孤獨廢疾之民，雖堯舜之世不能使之無，亦不能博施而濟也，然鰥寡孤獨廢疾之不能自養，或者自致之，若嬰兒墮地，無罪就死，不孤而孤，其慘殆又甚焉。特嬰之待育，不如鰥寡孤獨廢疾待養者之多。國家子惠，困窮五城，額給錢米者不下四千人，而普濟堂歲給銀一千兩，又給米三百石，自十月至二月日食七八百人。堂之嬰日不過數十，其難易似未可同日語耳。然歲入僅給，不能以及其他，乃所居者寒暑燥濕之是虞，則其害愈甚於門堂之不治而育者，恐以不育矣。育之義曰長、曰養，始生曰嬰，鄭氏注雜記以嬰爲鷖彌翳，彌即倪之切音，故陸氏孟子音義以倪爲鷖。倪其訓胷前曰嬰，猶以膺當借訓爲胷前骨之膺。嬰在母懷曰腹我，稍長在背曰鞠我。是堂之嬰，誰腹之而誰鞠之？而就乳於是，譬諸昆蟲、草木姑煦嫗，挺茁其間爲可憫也，況夫厖洪淳固，逢國大慶，萬流嚮義，舉其所餘不以自私，而以推廣上德，其事可泯不傳耶？錢之贏既歸之西堂，而茲房之修記之於堂之楣，其復修當閱之三四十年後。越在乙卯，天子膺祚，周甲嵩呼，同效壇費所餘，或可計及夫乳之者焉。是又嬰之幸，結壇者之願，而舊尹之所自媿也夫！

重修華亭縣儒學署記

古者祀先聖先師於學，無專廟，亦無專師。漢立孔子廟，其後郡縣皆立廟、立學，宋以後謂學爲明倫堂，堂後或堂之旁有舍，以居學之師，大都就壖地爲之。亦間有區廟與學爲二者，而學之師之署則無不與學毗。華亭於國初析婁，婁又析金山，華亭又別析奉賢。縣析則學析，學析而華、婁之孔子廟不析。華亭學署距宫牆數十步，明季董尚書文敏嘗爲濮君元華記其修署之緣起，百數十年來屢費繕治，記載缺焉。比六七年間，學之師别僦廣舍而署日壞。去年夏，吴縣顔君權攝學篆，思葺而新之，今年春奉牒注授，亟率律四十緡，而邑大夫與生徒起而佽事。軒乎蘗乎，秩如翼如，可圖可書，可琴可歌，可尊可壺，升我堂兮循我塗，入我廟兮達我衢。今之門閭辟之沮洳也，今之氈氍辟之荆蕪也。華亭首七邑，而學之署亦蔑以踰是，負笈者所懌愉也，而後之來者亦以是爲高明之居。予嘗尹順天大興、宛平，人間以二縣無廟無學，均附之順天府學爲疑，不知大、宛之生若童統以府學，統以府學之師。而八旗生若童又統以滿學之師，師異學同，制垂永久。今華與婁同廟不同學，學不同，署故不同。乃其無不同者，仁義禮智信之道，君臣、父子、兄弟、夫婦、朋友之教，易、書、詩、禮、樂、春秋之文。推而廣之，此物此志，署毋小兩齋六堂之彦，不有踵而起者乎？顔君名廷耀，□□其字，甲午鄉貢進士。記其事者，前經筵講官、都察院左都御史、南匯吴省欽沖之甫。

江西貢院至明堂壽章并記

明初建天下貢院，其堂外簾曰至公，内簾曰至明。後惟至公之名不改，而京師内簾改聚奎，南直改衡鑒，他行省多類是，惟江西、雲南考官所居名「至明」如故。歲壬子予典江西試，既入闈，秋暑轉酷，堂西一井，泥入水石，且斗堂後同考官所居二井亦然。舉患張泄，章江水距院三里餘，力不給，乃於次場竣日役夫先搰堂西之井。及三尺，搰者遽呼號，水跑突且滅頂，援綆急升，響汩汩不絶，鏡清醴甘，湢澣盡取諸是，爰字之曰「壽章井」，並告之同事曰：井之用，養而不窮，故畫野象井，且市必有井，故曰市井。暍夫之所掬，渴馬之所奔，較之挹注灌溉之功尤切而要，正不必軍行神助。既濟之受爲，無窮之拜賜，已東井者南之宿。而井之利遍天下，以内簾之官吏，匠役不下三百人，使枯喉燥吻從事於筆札之間，遲之一月之久，其有不殆者乎？大雅之詩曰：「倬彼雲漢，爲章於天。周王壽考，遐不作人。」誠以山河兩戒，皆應河漢之精。天之章在雲漢，國之章在作人，章之成非一人，亦非一時，故歸之文王之壽考。今秋八月日躔壽星之次，而井泉之賜適逢聖天子萬壽之辰，蓋井之脈殆通章水，彼沮漳、清濁漳皆以章取義然。惟豫章水從章，章水即豫章水。章之爲言明也、文也，舉子之患患不文，試官之患患不明。文明之象應乎下，必文明之治成乎上。掘井得泉，固莫之致而致焉耳，而區區文字之祥已哉！井之鑿在乾隆甲子冬至，每届科期，濬之而不及泉，故主江西試者多以水惡爲苦。監臨託公倫、提調陳公蘭森、監試恒公寧在至公堂稔其事，欲其後來之知所從事，以利濟於無窮也，請予文勒之版，於是乎書。乾隆五十七年重陽後一日，江西鄉試正考官、工部右侍郎、南匯吴省欽沖之甫。

松鱗閉户圖記

余自四十前未嘗乞寫真，庚寅夏使桂林，道出黄陂，有寫真，無錫某生在縣署，祖母命寫石闌點筆卷，歸而題詩者數十家。去夏武昌竣試，有告閔貞善寫真者，貞坐余小軒寫成，面少瘠而蒼，告者亦弗謂盡肖也。軒有二桐，貞以前卷既寫桐，别寫松三四株，下罨軒户，一童子挾書進，取王摩詰訪吕逸人詩意，名之曰「松鱗閉户」。客以京僚非閉户之人，京邸非種松之地，王之目逸人則可，子以之自謂未可矣。余應之曰：王充以俗儒守文失真，乃閉户潛思，絶慶弔之禮，著論衡八十五篇，此閉户著書之來處也。逸人所居有松，故裴迪和此詩亦有「青松白屋」之句，而王集本「閉户著書」，文苑英華作「看書」。唐詩紀事「種松皆老作龍鱗」，集本作「皆作老龍鱗」，然頷聯言「看竹」，不應更言「看書」。考工記「作其鱗之而」，種松既老鱗乃作，然若以謂作老龍之鱗，則鱗非老龍始有也。以余之淺學，未能看書，敢云著書？而閉户種松皆志力可爲之事，若王過崔處士林亭有云「科頭箕踞長松下，白眼看他世上人」，豈余之私所敢出哉！

勺湖草堂圖記

阮參議吾山葵生爲省欽言，淮安舊城艮隅有勺湖，湖南有市，先裴園先生宅焉。湖之北草堂數椽，蔬畦相接，梧桐椿柳可百株，春桃始華，夾湖上緋林掩映。蓋先生居翰林十五年，其間視學典鄉試，分校會試，各一歸，而板輿養志，門弟子築堂集講，朝迎夕送者二十年。先生歿而堂汩于甲午之八月，黄流冒堞，府第並圮。會荆太守如棠爲先生鄉試所舉士，輸奉復之，命工作圖，圖成，題者若干人，爲偷兒掩去，參議贖自估肆。出圖及袁孝廉穀芳、程吉士沆勺湖書塾記、程編修晉芳重修記、王司業太岳勺湖草堂圖書後凡四篇見示。其於静躁之旨，師弟子講業問道，既歿勿替之義，長言之如不足矣，予則何言！試即塾，與草堂之義析之曰古。左右塾在門内，羣弟子朝夕萃處，其業洒埽應對、進退象數書計，其文易、書、詩、禮、樂、春秋，其倫父子、君臣、夫婦、長幼、朋友，其學格物、致知、誠意、正心、修身，其效極之齊家治國平天下，非區區書之云爾也。教者學者之于書，猶湖之於勺也。然而扶世翼教莫備于書，舍是無以爲教，亦無以爲學。書堂、書院之名其昉自唐，不過以謂藏書之所，兩宋而後往往即先儒講學之地。葺爲書院，奉祠香火，集生徒絃肄其間，而塾之制鮮有問焉者矣。先生之家宜有塾，其湖北之居宜曰草堂。梁周彦倫。慕蜀草堂寺林壑之美，即所居鍾山置草堂，其後李白、杜甫、白居易、魏野之徒皆有草堂，皆名於世。今立主祠先生，稱以書院、書塾，不若稱以草堂爲近質矣。予曩視蜀學，考文翁禮殿石室、杜甫草堂舊跡，皆爲文記之。洎視楚學，訪薄學士有德視學時所建勺庭書院者，勺庭故學士號，其澤亦已百年，視兹之一建于門弟子、再建于守郡之門弟子風誼爲何如也！勺之器受酒一升，有示人立廉之義，于文通作酌，酌洞乃以澤人。展是圖者，跡草堂而升之，其亦低徊沿泝而爲之盎然滿腹也夫！

不忮求堂記

賦詩斷章，古之訓也。孔子之言子路曰「升堂」，曰：「不忮不求，何用不臧？」朱子「忮」訓「害」，「求」訓「貪」，蓋從馬融説，以爲疾貪惡忮害之詩也。是詩四章，毛、鄭以前二章説淫亂，後二章説久役，朱子集傳以婦人思其夫行役於外，故以雉之舒緩自得興行役之苦；然雉飛高不過丈，遠不過三丈，故城者以高丈、長三丈爲一雉，雉不可以興行役；又雉飛甚疾，陸農師以若矢一往而墮則泄，泄雖訓舒緩，而不可以雉羽爲舒緩；且其鳴曰鷕、曰雊，亦安有下上其音如燕燕、如黄鳥者？詩之意殆以雉羽泄泄，雉音下上，乃常道之反，反常則爲不臧。王風以雉喻君子，而孔子於雌雉亦有「時哉」之歎，其時也，其臧也。然匏葉言求其牡，小弁言求其雌，潘岳射雉賦言悍害猋迅，是雉固不無忮與求者。君子鑒于雉之忮求而懲忿窒慾，充無欲害人，無穿窬之心，純純常常，以日進于正大高明之域，譬之由墻得門、由門至堂、由堂入室，此孔子謂子路誦之，非即爲子路誦之。觀論語引「相維辟公，天子穆穆」，「巧笑倩兮，美目盼兮」，「唐棣之華，深則厲，淺則揭」，皆不係「詩云」，而是章係之以「其由也與」，猶我行其野之「誠不以富，亦祇以異」之下係之曰「其斯之謂與」，語意一例。良以不忮求之學，即素位而行之學，子路物焉未化，而鄭氏所謂不忮害、不求備于一人，君何用爲不善而遠使之在外者。不知君之使臣，因有善而使之，不當因有不善而使之。支離附會，是不可以説詩，抑不可以説論語矣。署扁昉於蕭何「蒼龍之闕」四字，其後宫殿堂室多節去語助字，而蘇子瞻嘗書「思無邪齋」。爰仿其例，竊取馬訓名所居堂曰「不忮求」，請皇十一子親作擘窠，一筆揮灑，龍跳虎卧，奉而榜之，珍世守焉。爰綜傳註大義，爲之補正而記其後。

和韓遺訓圖記

方予在翰林，以詩文來學者夥，應手塗改，語以得失之故，一食頃可了三數輩。即師友下問，亦不敢以婞嫛塞責。同邑璞函、耳山兩君子皆淹雅宏達，多文章課其子。賓君、葆身支頤搖腳，不耐改三數語，以是先後問藝於余。有離合，余名以「相戲少目，幾曾眯目欠金，豈計修金」者是也。歲己未，余罷歸郡郭之西，明年耳山葬，予未克以會。又明年，葆身來視，出所爲和韓遺訓圖，求記於余。和韓者，和符讀書城南讀書詩也。圖方幅不過尺，有石有竹有松，二松覆亭，亭有楯有檻，一几堆書，一手展卷，若詔若唯。蓋葆身於兄弟中最長，承命最早，當丙午試北闈，俛得旋失，今又十六年而臂痛未已。未克試，其詞旨衈然若不勝者。余惟昌黎固賢，特於仕進頗急，是詩及示兒詩皆元和十年官考功郎中知制誥時作。示兒詩既以屋廬膳服之盛、綦綦之嬉樂導之，此則以潭府之榮勸其學，以鞭笞之辱戒其不學符者。昶，小名也，後亦登第，以十二郎文考之，昶生當貞元九年，至元和十年年十七，利禄之見誠不無動於中。然禄在學中，我夫子亦言之。誠以學易、詩、書、禮、樂、春秋之文而約其旨於一言一行，由身而返諸心，由身心而返諸性命。性命無可學也，學者何書而已，讀書者何禄而已。憶丙戌春余與璞函爲笏田先生題北莊課孫圖，孫謂葆身，葆身時亦十六七，越己丑而笏田先生携至都就予學。癸巳春，實君隨予入蜀，省璞函於軍中，旋歸京師。璞函以是夏死木果木之難，越癸丑而耳山以覆勘文溯閣四庫書歿於奉天，己未正初言事者摭「少目難看文字，欠金休問功名」二語，爲予視學順天時左證，御筆書飭，幸無可指實而止披是圖也。用舍得喪之數，女朋存歿之感，師弟子離合聚散之情，一時並集。實君今守成都，欲與言而亦不獲也。識諸簡觀者，毋亦有所嘅云。

白華後稿卷之玖

序一

徐郡丞西湖舊漁詩序

廁郡大夫之列，晝諾而行，無兵刑錢穀期會之重，而尚以親於民禄之入，又足以贍其家，即郡司馬亦美仕矣。顧自唐及明，多以是待遷謫之人，人亦復以枝官自待，觴詠所託，意致不聊。國家慎重是選，每由牧令敘遷，其賢且能者不踰時輒守郡去，則其人宜與熱官爲緣，而筆墨之緣疑有姑舍焉者。余竊於袖東灑然異也，袖東詩書畫各擅勝絶，髮未燥，譽滿西湖上，傾慕廿載，始相遇於錦城。時袖東從大府督饟金川，木果木之變有部民舍所乘馬濟以出險，詢其名，不告而去。於所治葺賈閬仙墓，築亭曰瘦詩，賦詩紀事，和者數十家。洎丞武昌郡，權守郡者再，以予秩滿還朝，出其詩千餘篇，乞爲論定，愬然蔚然，質而不俳，華而不窕，發皇在耳目之交，而陶冶在性靈之始。集曰「舊漁」，殆自以掣碧海之鯨魚，而不與翡翠蘭苕同日語歟？予聞袖東居西湖，以松陵所稱漁具宜江海，而或不宜於湖。湖之魚其性與江海所産異，譔魚經上下篇，青笠緑蓑，若將終老。既不以漁終，而又不能忘其舊，故其詩不言漁，名其詩則言「舊漁」。且三百篇言魚止言釣，不言漁，石鼓詩雖言魚，或以非周宣時作。今袖東能其官，直如漁者之知魚。漁取諸離，離之象文而明，乃其詩不自以爲釣鼇之手，而汲汲請定於予，是中虚之德，而爲漁於六藝之藪者深且遠也。他日襄羊湖上，予雖魯幸得爲松陵之倡和焉，袖東其許我乎？

霞蔭堂文鈔序

自予庚子秋視學入楚，門人康舍人儀鈞以尊甫鏡溪太守文求序。舟車案牘既弗暇以觀，明年秋甘肅冒賑事覺，第罪三等，爲數溢萬金者死，不及萬金戍黑龍江，千數百金者落職，視事如故。鏡溪逮繫初，獄未定，遽引盡，不與邀聖天子法外之仁，其文籍亦籍官。儀鈞俟予還朝，書數來，訊前本存否，此人子之私於法非有禁也。乃予出之叢殘敗簏中，遲四五年而始一卒讀者，於情有不忍，於法非不貸，而立言不得不折諸衷也。鏡溪治嵩，開龍駒、版牐、莘上諸渠，溉田五百十五頃，課蠶課桑課百合，取公私廢絶産，立社學三十所。治肅然，立社學二十所，課白楊、榆柳十五萬餘。本其末事也，有議、有看；詳其既事也，有文告、有條約、有説、有記。示之以向之利病，而圖之以經久，人之自治其家，與所以教其子弟不是過焉矣。昔之人於所見利病，凡所以治之方，縷記緣起，筆具纖悉，固無意爲文也，其傳之可以久遠者，爲其事，非爲其文也。而樂天之記六井，子固之序鑑湖圖、記長渠、記救災，不得不謂之不文。以鏡溪之心乎民，而文足以達之，其餘者亦多藹如仁義之言，不幸而隨俗浮沉，牽率取戾，又不幸先自盡，壹似天道有不可知行，或有不能掩其言者。記曰：

死而不弔者三，畏、厭、溺。又曰：朋友之墓有宿草而不哭。鏡溪權蘭州僅百餘日，所坐金較少，設從容對簿，安知不落職、視事如故者？而隱忍自裁，推其心蓋深痛夫入窗之爲非，而不復以儌倖非，立意較然、不欺其素者而能若是乎！予識鏡溪二十年，身頎口訥，無刀筆筐篋之智，其所撰述足以入州縣提綱。念退之之銘子厚，言其賢，而不没其不自貴重之實。故痛惜言之，冀論世者引鶴鳴攻玉之義云爾。

幽篁獨坐圖序

列蕉二，松一，朱藤冠其上，修竹竿數百，石盤陀枕焉，衫裾颯如，張琴自賞，響泠泠與澗水和荅，一童子囊四五錦軸，屏息祇侍。此無錫華慶冠爲皇三孫寫真，名之曰幽篁獨坐圖，而省欽謹爲序曰：

篁之爲竹，譜以爲體圓節促而質堅，皮白如霜粉，細者爲笛材，大者船。其筍以八月生，其心實，其皮黑，而紫筍類蕃，故竹類蕃。然篁之名不見於經，史記「薊丘之植，植于汶篁」，徐廣注「竹田曰篁」，與漢書篁中注同。楚辭「余處幽篁」，吕向註「幽深也；篁，竹叢也」。王維居輞川，以其田園之景景係一詩，而竹里館第在十七，既曰「幽篁」，復曰「深林」。維之訓篁，於徐、吕爲近，而未嘗以體圓節促者當之，誠以篁之當竹，較異於筠之不可當竹。竹而曰篁，殆猶淇澳之詩之云「如簀」者。由剛强茂密之美，進之於精純温潤之良，以是爲德之成，不苐以爲質之懿，此古賢侯之爲學，所以見録於聖人。而大學苐引首章，夫亦以瑟僩、赫喧慎終如始者爲大人之學，而獨寐寤宿者之曾無足以語乎此也。京師雖有竹，其連叢者寡，汶篁移植或當時夸大之辭。苐受氣固殊，得養必長，又安見竹之不可以田？吾聞境之静者無如坐，理之静者無如獨。君子慎其獨，而主静以立極，譬則竹之有以自立而不改柯易葉於四時。「來過竹里館，日與道相親」，裴迪之詩，斷章而有取爾矣。若夫以獨坐之旨爲未合乎佳興與同之義者，則請以司馬公獨樂之園對。

甌北詩集序

成詩易，成家難。成名家易，大家難。一篇、一聯、一語之傳，流播人口，有發篋而視之者，漸然盡矣。小集、中集、總集之傳，抄撮人手，有奪幟而樹之者，退然沮矣。有如海之才而又深之以學，讀萬卷行萬里，耳目睹記之所及，心思智計議論之所發皇，推倒開拓，惟我所向。一編既出，使人不名我以家而不得，亟名我以家而不得，而家于是乎成，成於是乎大。陽湖趙君雲崧爲予館閣前輩，壇坫所至，辟易萬夫，間濶以來，兩更歲甲，其間江山之涉歷，風土之揚搉，士馬芻糧之諏議，與夫量移、遷擢、諗養、歸栖之迹，一一發之於詩，因合向所爲詩曰甌北集者。刻成示予，而徵序至再。予以君有「老年不向人求序」之句也，又以松泉少師序之二十九年以前，心餘編修序之九年之前。既傾倒推挹，而無可以贅説也，姑以其名集之議測之。或曰：交阯周駱越秦時曰西甌，或曰今珠厓儋耳古謂之甌。人君以領郡兩粤間，勞心撫字，不忍忘其地。或曰古卜相故事書姓名，覆之金甌而探之。君早直機庭嫺内制，既入翰林，天子稔其名姓，俾守鎮安，贊定邊將軍永昌幕府，調廣州，擢貴西道，故雖以疾告，而不敢忘其用。予曰：唯唯否否，君智計如鴟夷，談吐如滑稽，其以名集猶之缶鳴瓴甋洞，而甌北則猶之硯北也。甌之材徵諸土，候諸火，其以爲深盌者，從方言「陳、魏、宋、楚之間謂之題，自關而西謂之甂，其大者謂之甌」也。其以爲小盆者，從方言「罃甈謂之盎，其小者謂之升甌」也。甌於缶爲大，而許叔重專以容升之甌當之，猶爾雅「甌瓿謂之瓵」，注「瓿甊小甖」。長沙謂之瓵，不知瓿、甊固部婁之轉，而甌從區，區實四豆，豆實四升，不得槩以謂小。若甗、若罍、若瓶雖屬缶，而亦冶金爲之，在埴之土惟陶者之所甄，在鎔之金惟冶者之所鑄。君之爲詩各隨乎濃淡、奇正、短長、高下之宜，而有以極其致屈步之蟲、漫畫之鳥。予方内愧而不敢以報焉，然予不能有大家之才之學，而心易夫名家，讀近時諸家詩如君者不一二數矣。茗香酒熟，手是編而細論之，君其不以予爲甌脱而棄之也夫！

孟子四考序

曾子聞一貫之道以授子思，孟子受業於子思之門人，今七篇之書於反身曰誠，於求仁曰恕。三省之言不忠，大學之言不恕，中庸之言一言誠，此物此志也。司馬遷以孟子述唐虞三代之德，所如不合，而稷下生著書千世，多被尊禮，其亦與於不知孟子爾矣。況荀況、王充、李覯、馮休、晁説之諸人，變本加厲，詆誣訴病。若司馬光疑孟倪思以謂王安石假孟子大有爲之説變亂法度，故光致疑孟子，以見安石之言未可信，而豈然哉！翼孟、評孟、尊孟、刺孟等書，或傳或不傳，然詳於發揮，嗇於徵事。從史記者，先齊後梁；從通鑑者，先梁後齊。衛嵩謂自宋歸鄒之任、之薛、之滕，而後之梁、之齊。蘇轍謂先事齊宣王，後見梁惠王、襄王、齊湣王。薛應旂謂始至梁，繼至齊爲卿，繼復至梁。陳士元謂周顯王二十三年孟子至梁，四十三年至齊，後反魯居鄒，慎靚王元年梁襄王立，孟子自任往見，復適齊，赧王元年齊伐燕，燕既畔，孟子去之宋、之滕，而歸老。閻若璩謂孟子晚始遊梁，繼仕齊，歸鄒，又如宋，以樂正子故至魯，終之滕，歸老於鄒。王懋竑謂通鑑据孟子以伐燕爲齊宣事，而宣王卒於周顯王之四十五年，又三年慎靚王元年燕噲立，又七年齊伐燕，又二年取燕，其年世苦又不合於是，以齊威王之卒於顯王二十六年，增之爲卒於三十六年，以湣王之立於顯王四十六年，在位四十年，減之爲在位三十年，苐改孟子之宣王爲湣王，則無處不合。至孟子至梁當在惠王之後十四五年，史記誤分惠王後爲襄王元年，遂以至梁移之三十五年，集註於首章既從史記，故於襄王五年予秦河西地，七年盡入上郡於秦，十二年楚破魏襄陵得八邑者，皆不得不以爲惠王時事。嗟乎！讀書必以逆志，論世乃以知人，載籍極博，難遽考信，此子車表德趙岐以謂未聞，而高誘有正孟子章句，見誘所注吕氏春秋者，經籍志亦未之及也。海寧周耕厓廣業樸學覃思，言必徵信，兹出孟子四考一編，曰逸文、曰異本、曰古注、曰仕止。其仕止一門，謂孟子親老家貧，始仕鄒爲士，無舍其父母之邦，而以草莽臣先至齊、梁之理建，首梁惠王章，蓋以揭仁義之大旨，而非其游歷之次，故必審齊、梁之世次，而後有以定孟子之出處，不特可以釋朱子序説之疑，即萬斯同之斷斷然與若璩不一辭者，不啻得所衷焉。是書多引宋以前書，予以近賢之説有可采，故約舉之，而以「一貫」之一即誠揭諸首。

冬集紀程序

往予主文浙闈，得一卷甚闓，實將入解額，意五策必更異于人，而策卷不至，悵然題其文落之既。周生大業得解來謁，言固從弟廣業耕厓之文，其樸學若飲食嗜好之無弗至。昨耕厓入解至都，出前卷相質，宿夢猶了了也。耕厓所譔著，皋足以補正經史之譌缺，其孟子四考、季漢官爵考，予未暇遽序之。頃示其自家至都所爲冬集紀程者，繫日、繫地、繫事，舊聞今語，都有以鏡其原本而審辨其是非。集試之人衆矣，烏帽黄塵，冀倖一第，自非三冬足用，且有日挂睫而不之知者。予觀古今紀程之篇，自宋始夥，編目者以入「傳記」、「雜史」二類，然交聘伴送，動關朝典，即陸氏游、范氏成大諸記録其地分，遠出舉子百倍，故其書易以傳，而槩無以覘所學。若北征、東征、西征賦，文選别爲「紀行」一門，班、曹原本楚騷大意，衹在首尾。潘安仁援据漸多，議論漸拓，後人紀行詩篇權輿在此。第詩可蹈空，録必徵實，行而紀有詩者十不一二焉，行而紀有録者千百不一二焉。以耕厓之學，是録曾何足以云，而味之者雖禁臠不啻矣，於是乎書。

仙壺蘭韻後序

歲丙午夏至前五日，皇六子質王殿下集三月以後倡和詩十六題、五七律長律百十八首，裝爲三册，名之曰仙壺蘭韻，俾省欽序於後，曰：

壺之器，徑修七寸，腹修五寸，口徑三寸半，容斗五升，古燕飲講論才藝則集矢其中以爲禮，而雅歌間之。列子以渤海東有五山周旋三萬里，仙聖所往來。方壺山在岱輿、員嶠之亞，瀛洲、蓬萊之上，唐十八學士衹擬之登瀛洲，而方壺猶不得以擬焉。壺公費長房之事抑已誕已，先中後三天毗依御苑，清華水木，渺隔塵世。諸皇子仰承家法，論世稽古，以通天地人三才之奥，極萬物之變、萬化之理，於詩曾不足以云然。而緣情體物，無小非大，士之由登瀛門、選直其間者，辱侍几硯，雍容揄揚，將比於小草之遠志。而殿下造次必儒，引之同臭，夫豈爲講論才藝云爾者。伏見外廷諸臣自公事相見一問，諸皇子安無敢通一語者。省欽幸因舊直出尹京畿，會聖駕駐避暑山莊，殿下留京總理以事示誦斯文，要不過千百中之一二。玉堂回首，如在天上，其能無執卷而思焚硯也夫！

韓韶集序

今五言八韻詩，自諸生歲科試鄉試、舉人會試、新進士朝考、庶吉士散館皆用之，而御試翰詹人員間用七言，其體既易，其工愈難。其僅工是者，工必不至是也；其特工是者，工初不止是也。嘉定曹先生習菴未冠以詩鳴，飛騰綺麗，心折一世，當集試，名每亞予，予深憾弗工。而初意先生之未特工，迨每讀一篇，視諸體之心折人者無以異；既讀他篇，視一篇之心折人者無以異。於是歎其學之贍，才之敏，鈞天廣奏，聲輒動心。自鳴春集七十二題外，又得三百六十八首，集曰韓韶，殆自比於唐虞之世之樵夫牧豎，擊之而中之云爾。嘗論樂之器，簫爲細，以細器之備，見小大之器悉備，故謂之簫韶。韶之義，曰紹、曰繼、曰美，而其成有九，故謂之九招。庶尹諧之，靈鳥儀之，禹與湯猶循其樂之名，後世祈招、徵招、角招、雲韶、仙韶舉用是爲詡美。若夫車前曲木鉤衡效駕，兹鄭踞之而鼓，甯戚叩之而歌，其於韶，詎有以中和者。而太和蒸被，雅合節族，感在草澤，應在朝廟。矧先生遭際聖明，迴翔清祕。兹集之成，特如韶之有簫，而柷敔搏拊，琴瑟、鼗鼓、笙鏞、玉磬、石磬，洋洋且盈耳焉。然學者手是一編，從而入，亦從而出，瓊琚玉佩之詞，與夫蕉萃嫥壹之想，異曲同工，不必病有司之失其傳，而幾其學與才於十百之一二。即國家中和之樂，可傾耳而竊聽矣。輪轅飾而人弗庸，夫何患之有！

白華後稿卷之十

序二

杜梅溪翦餘詩草序

「惟古於辭必己出，降而不能乃剽賊」，韓文公之言也；「已被老元偷格律」，白文公之言也。然奪胎换骨，因美益妍，古之人不以是見醜，而反以見好，此如蠶不葉不能以絲，卵不伏不能以轂。而論書家以廓填之法下真蹟一等，轉益多師，此言於我心實獲矣。杜子梅溪好爲詩，所居故詩藪，所倡和日夥，詩格日雋。上歲丁酉，過桑乾河，或翦其册以去，乃於故篋舊樓抄掇薈萃，益以近作編成數卷，名之曰翦餘草，而屬予論定之。予讀甘棠之詩曰「勿敗」，敗者敗其根；曰「勿伐」，伐者伐其幹；曰「勿拜」，拜者拜其枝葉。愛之愈至，故護之愈周，而皆先之以勿翦。以「去」詁「翦」，爾雅以「齊」詁「翦」。蓋翦之爲器微而其刃最利，五兵之所施或不能盡其斬伐之力，至於翦而一舉手間有交刃之勢。白晝大都之間，偷兒竊伺之以逞其伎，而主者覿面不覺焉。梅溪懲其害而名其幸存之詩，蓋所餘亦已僅矣。然作詩者深維乎二文公之旨，而運之以神明，幾見二公之所作無來處者。吾轉願梅溪詩拈來信手，一如翦者之因利乘便而日工日敏，俾讀者無自而得其緣始也。梅溪仕矣，賣刀賣劒固希慕之，所手種之樹吾不知異時有歌勿翦者歟？塞其請而援筆序之，蘆簾紙閣間春風似翦也。乾隆庚戌正月二十日，南匯吴省欽撰。是日也，以白公生日於青浦王少司寇昶邸次修文酒之會，並記之。

春暉圖序

「誰言寸草心，報得三春暉」，孟東野所爲遊子之吟也。子以身遊，父母以心遊，心遊無方，故身遊貴有方。然有方而或無方，此孔子以「必有方」訓之也。物之微者莫如草，德之生者莫如春，春之有暉所以濟雨露之潤，而大其長養之功，夫豈望報於草？即草亦安所爲報者。王者之於天也曰大報天，父母之於子婦之喪曰報服，荅猶報也。報之義通上下言之，義雖主報，究之末由以報，故曰「欲報之德，昊天罔極」。東野之言，猶蓼莪詩人之志云爾。嘉魚尹子均亮以高才生貢成均，及今四載，母夫人倚望之而又戒之以毋亟歸，于是作圖見志，而名之曰春暉。説文：暉，光也，从日，軍聲，飜歸反。煇，光也，从火，軍聲，呼韋反。易大畜、禮玉藻从「煇」，易未濟从「暉」，軍爲本音，飜歸、呼韋爲别音，别音顯而本音較隱，猶廣韻别出「輝」字，詩家多用之，而説文之本字僅見諸是詩已耳。春之暉不易圖，而讀書成己以極之行道揚名其心，庶有以荅之也。尹子勉乎哉！爲之序，抑使予爽然失矣。

馮氏宋史詳節序

余見吕氏十七史詳節，爲正德戊寅建陽劉宏毅重刊本，而李堅序之。後見寫本宋史詳節，遼金附焉，凡六册，有金壇蔣編修超私印，首尾決裂，輕重失倫，不知出自何手，不及詳，抑不成節矣。宋史修於元至正二年壬午三月，至五年乙酉冬經進，潦草牽率，每爲識者所病。揭陽王氏有補，莆田柯氏有新編，而崑山歸氏、臨川陽氏、祥符王氏舉欲删輯以成一家之言。歸氏、陽氏書未成，王氏書亦沈於汴。今司勳郎中桐鄉馮君星實開藩江右時，倆吕氏義例，於兩宋制度因革始末，條其大意，遺其瑣碎，於贊、論不盡采也，於地理、譜系諸圖不盡及也。吕氏之書由新書摘其要而後遍及諸史，故節而不詳，君之書由諸史擷其腴而後專力於宋史，故詳而後節。其附論數則，每則數十百事，曰疎漏、曰舛誤、曰重複、曰參差，至駁正柯氏，以北宋時西北全屬於遼，並稱與國，南渡後尤宜各自爲史，不當以宋爲正統而附見遼、金，尤見史識。君間又語余紀、傳易節，志、表難節，余惟志、表之難節以其文，紀、傳之不易節以其事。君以紀、傳之事入之志、表而志表加詳，以紀、傳互見之文專見之一紀一傳而紀傳加節，視蔣氏本固不屑以云，即世所稱呂氏十七史删繁擷菁、統異歸同者，猶未足與乎此矣。編史類者以之入正史，毋以之入史抄而可哉！

紫竹山房文集序

予束髪受舉子業，嗜星齋先生行稿，擬之議之，有藴生、臥子、次侯之長而舍其所短，世所稱以古文爲時文者，卑之不足數也。洎登館閣以後，進禮往謁，晬其容，藹其言，竊嘆能文章者必畜道德始。而先生總裁續文獻通考時，予以庶常充纂修，每有譔論，推挹倍至，偶見予桂嶺程文，評泊之以謂館閣中有數才。予未足以辱先生之知，又烏足以知先生之古文？而先生之古文卒未得一讀也。詩賦論策，近世謂之古文，而唐宋時舉子所業詩賦論策，歐陽公謂之時文，文一而已。以時文專屬之八股，而文之非八股者遂名之曰古文，其八股中不盡排比者詑之曰：以古文爲時文，抑知排比者耦，不排比者奇。乾，奇也。元、亨、利、貞，耦也；大哉乾元、萬物資始，奇也；雲行雨施，耦也。奇耦之道本於陰陽，陰陽具而道成，奇耦具而卦成。以道之不能外陰陽，知文之不能外奇耦。特古今文人衆矣，學博者詞不必宏，詞宏者學不必博。先生自進士舉大科，雅愜人望，其説經覈而不汎，其論史公而不苛，其詞賦麗而則，其傳誌謹而嚴，較藴生三子者之古文殆掩而過之。即浙中丙辰詞科前輩，其文之繁富容有過先生者，而根極理要無以踰此焉矣。言古文者其弊有二：主法則潔静爲名，而義或近瘠；主才氣則縱横爲快，而語或不醇。惟先生行稿之推倒開拓，故其古文之不矜使才氣又如此。昔我有先正，其言明且清，先生其當之矣。回首生平，業不加進，汝南月旦，徒負負耳。其敢泚筆而序先生之文，姑抒其所見之一二，以爲讀者告。

南匯縣新志序

志之爲言識也，語多見而識，識其大、識其小，古本作「志」是也。周外史掌四方之志，鄭氏謂若魯春秋、晉乘、楚檮杌，而比近省志、府縣志因之。然志之名分繫之天文、地理、職官、選舉、藝文諸類，而省志、府縣志統及乎諸類以觀其通。然失之冗者摭引不根，失之漏者闕軼有間，故志之修與作也其難等。吾邑以雍正二年割上海分建，時邑侯長興欽公璉据上海志、鶴沙志，撰縣志十六卷，不載分野，不專立藝文，義例至爲明簡。閲今六十餘年，生聚日蕃，風會日盛，民物之豐悴，政令之張弛，今之視昔猶後之視今，不有傳焉。意司牧者未以具史才，抑亦邑士夫之恥也。歲癸丑發春，予在假持婦服，閽款門者至，則擕胡侯志稿屬定。伏讀累日，嘆其事增文減，所應有者盡有，所應無者盡無，史事如此，即吏事可知焉矣。三十年前縣號難治，民有摸金校尉之智，士有鄧思賢之書，擊斷鷙猛，俗尚斯變。雖變之者非必其道，而其底於變也則同。侯究心利病，舉所以治之道，一再致意，爲農桑、學校計至深且遠。而余以衰遲孱病之身親見之，而執簡序之，爲何如厚幸也！匯之名始自禹貢，禹貢言水以小注大曰入，水力大小相配曰會，惟彭蠡受豫章九水，越大江之南，地勢北高南下，故其入江處反爲江水所遏而不得遂，遂却而自瀦曰東匯，澤爲彭蠡。言漢水入江以東迴爲大澤也，曰東迆北會於匯，言江水與漢所匯之彭蠡會也。匯者迴也，大海抱縣東南，地勢旋折，南派受浙水，北派受大江水，波瀾迴復，潮汐激宕，海底鐵板，沙寇舶至即敗，城踞要害，貽樂利於無窮。官是邦者，手是編以周知夫疆宇夷險、民物豐悴、政令張弛之數，而於治思過半焉。是又侯勤施所在，而邑士夫不能諠者夫！

韓少農世系感興二賦序

韓與邘、晉、應皆武之穆，詩大雅韓侯是已。晉望梁山即禹貢治梁，及岐之梁亦曰少梁，今陝西韓城縣是，秦漢時爲夏陽縣境。韓封内有此，入覲亦道此，其國之滅當在幽、宣間，故史伯之語鄭桓曰：「武王之子應、韓不在。」鄭氏箋謂姬姓國固然，謂後爲晉所滅，大夫韓氏以爲邑者殆不然矣。韓萬御戎見桓三年，戰于韓見僖十五年，晉人伐秦取少梁見文十年，梁山崩、晉侯問伯宗見成五年。文、成以前少梁尚爲秦地，晉何由滅韓以封萬？至其箋「燕師」之「燕」爲「安」，近世陸氏奎勳謂由鄭氏不知韓城所在，因引水經注引王肅曰涿郡方城縣有韓侯故城，後魏志范陽郡方城有韓侯城，又引竹書成王十二年王帥師城燕、錫韓侯命爲先祖受命之證。夫韓在畿近，不當遠役燕師，苐仲山甫城齊，亦不必以周師應役。韓土在秦，韓原在晉，中隔大河。志氏族者乃以韓受采韓原，列之以國爲氏之次，殊不知以國爲氏之韓其後無考，韓之可考者直以邑爲氏焉耳。少司農畢節韓公鑅以諸生起家通判，陟河東河道總督，改今官，嘗語予家世夏縣，其故里曰麒麟閣韓家橋。明洪武間令甲徙實黔，曾大父避兵入蜀，失所攜家譜，就其所及知者高祖而降旁治、下治作世系賦、感興賦二篇，一以述祖德，一以自序，而屬予言其緣起。予惟賦者大夫九能之一，古詩之流，漢志屈原賦二十五篇，其第一篇即曰：「帝高陽之苗裔兮，朕皇考曰伯庸。」昭明所選紀行賦大旨類此。或疑公遭逢聖世，顯親揚名，非如古失志之賢必以賦攄其惻隱，而不知雍容委蛇、發揮忠孝，言之不足而長言之，爲風諭之旨，不競爲侈麗閎衍之詞。其賦也，其世譜，其年譜也。唐韓氏至宰相者四人，而安陽、靈壽亦代興于北宋。夏縣自隋始置，其氏韓者無考，乃北魏韓麒麟累世有聞。公之先名其閣，而系之以橋如桐樹。韓家之目是未可知，且麒麟自言出大司馬增，增出積，當其爲以邑爲氏之韓若指數也。予之生後公一日，相得故甚驩，冀公之代安陽、靈壽而興。又自念二賦之作亦有志，而未以暇也，故以致疑于鄭氏者復于公，並揭其體要，以諗讀是賦者。

送述菴少司寇致事歸里序

少司寇青浦王公長予六年，去夏初予出禮闈，公已予假歸視墓。是秋上指數及公，十二月二十日還朝召對，自陳耳重聽，跪起亦遜常，上以公宣力久，諭致事，而以春日行，蓋公於是七十矣。禮七十曰老。大夫七十致事亦曰致仕。元正統間始定考察十年一舉，明弘治中改六年。其致仕之條曰老、曰疾，其後又改爲三年。予通籍以來，如陸閣學、前尚書宗楷、蔣侍郎元益、錢侍郎士雲載、莊侍郎存與，皆以察典去，而數公者未敢先期以老請。公仰蒙温諭，以禮進退，蓋受知固有殊者。公起家中書，直軍機，自緬甸軍營入金川先後八年，山魈木客之境，矢林礮雨之交，廟謨所指授，邊情所論奏，戰狀所賞罰，檢勘屬繕，期會嚴迫，公並五官應之不稍舛。畧嘗語予陳臬陝西時，得旨駐長武防石峯堡，逆回有兵二百餘，捉守而外，傳羽書，賫軍械，護芻糧，惟壅誤是懼。又河南亂民秦國棟戕官亡命，得旨要之商雒之間，三閱月就獲所部，少所責專，其難什百於軍司馬。嗚呼！此亦以見公開濟之才，有勞而不伐矣。公既自憲副而臬、而藩，進貳司寇，其間宅太夫人憂，築墳立祠，立義塾，訂録湖海文傳、詩傳、青浦詩傳、金石粹編、五經攷異，並自著詩古文若干卷。憶二十年前上垂問古文作者再，謹名公以對，而前年春公偶疾，使人走語予如不諱，幸爲表隧之文，予心媿以感。比者三吳風會，趨向多歧，始以輕華，終以鄙倍，其言之有物者無過一二人。公歸而教於鄉，提唱誘掖，翕如丕變，異時揚國華、飭吏治，是吾鄉之有賴於公，較在朝之惜公去者，輕重果何若耶！昔孔戣致仕，昌黎韓氏論狀留之曰：「七十求退，人臣之常禮，若有德及氣力尚壯，則優而留之，不必年過七十盡許致仕。」又曰：「中外之臣有年過於戣尚未得退，戣獨何人？得遂所願。然人皆求進，戣獨求退，尤可賢重。」今天子得位禄名壽之全，耄期不倦，與天同體，朝臣有八十以上者，其過七十者踵相接也。公之賢不下於戣而優而許之，視優而留之爲難遇。予衰憊無補於職事，明年考察而已焉，將從公於漁莊、藕蕩間矣，奚必七十哉！

白華後稿卷之十一

序三

李載園杜梅溪時文合刻序

時文者，唐宋進士科所試詩賦之名。今之時文，則宋以後之經義。若唐試明經科，裁紙掩經文之兩端，僅帖中間三字，令士之習是經者或舉全文，或述注疏，復口問經大義十條，此又經義所濫觴也。宋志言場屋經義之文雖無兩義，必欲釐爲對偶，請考官誡飭之以救文體，是經義之有八股，其體蓋猶之律詩、律賦而與古無與焉。我朝監因往制，以此取士，士之業此者或務闡繹，或尚揣摩，竄藝闈藝，却車而載，至其得失之數，自童子試而上以進士爲極。而比近數十年中，有文稿行世者不逮向者之盛，非一行作吏，此事遂廢也。其鄙夷姍笑之以謂時文時文云爾者，使之然也。李子載園、杜子槑溪生異吴、粤，而其舉同、其官同，官之地又同，其談詩、好爲詩、詩之工亦同，同官輒並舉之曰李杜。夫李杜氏之詩，莫尊于白與甫，白與甫之行義雖未若喬固雲衆膺密之踔絶一世，乃其詩固不止于踔絶一世，故四李杜之目視三蘇李尤著。今載園、槑溪之詩其視白與甫吾不敢知，而自成爲詩則可知。至其文，載園渾淪而磅礴，槑溪潤澤而豐美，予今始讀而知之而序之。抑予聞時文雖小道，實經術之一端，古之人多以經術飾吏治，爲治者合于時而有以志乎古，其可傳有更進者矣，二子其然吾言乎？

蔣氏家譜序

蔣以國爲氏，周公第三子伯齡所封，杜氏注左傳謂弋陽期思縣，是鄭氏謂今光州仙居縣。漢蔣詡、蔣期，宋時蔣恭以靈異封神。然予考詡哀帝時兗州刺史，而宣帝時蔣滿萬父子同日分符，其著聞在詡之前，至逐盜傷額死，吴大帝立廟鍾山，其神乘白馬執白羽扇，乃漢末秣陵尉蔣子文事。蔣恭則元嘉中與兄協被收見原，除義成令，鄭氏誤以子文之靈異封神，移屬之恭。自古紀載之林，非漏即舛，彼世之譜其族者，繁稱遠引，傅會遷就，誣其所自出以上治祖宗，豈不慎哉！朱家角爲青浦巨鎮，蔣氏自乾隆壬午雲鵬屺堂、雲師檢亭兄弟同雋北闈，其兄弟子維澧、維淦于癸卯、甲寅先後以北闈雋。今年維淦成進士，而檢亭宰宛平，時予尹京兆，稔知其治狀，既還旋罷，滯留未得歸，手次高祖以下至從孫行名諱、生卒作爲一表，嘗言家故力田，居崑山金家莊瀕薛澱湖，與朱家角距十餘里，雍正初贈公遷焉，世父遂亦遷此。而金家莊自從曾祖以後，今不數人，人或他徙，闕其所未知，而可知者僅此七世，燦然在目，義例謹嚴。異姓子不書，女子子不書，妾無子不書，吾聞蔣望樂安即期思故地，江南之蔣，義興、晉陵最盛，入本朝則數虞山。乃四十年來朱家角一隅，蔣氏以科名通籍黄散等者已至四人。鵲起梟藻，門才之盛未有艾。序其緣始，觀而感，感而起者，不獨蔣後人爲宜然耳！乾隆乙卯六月六日，南匯吴省欽沖之甫。

華陽敬氏家譜序

敬望河内，姓苑謂黄帝孫伯康後，鄭氏以姓苑多不經，列之以謚爲氏之次，謂出自陳敬仲。秦有敬丕、敬教父子，凌氏姓統益以漢敬韶至明正德間洪洞敬汝忠十八人，其間未有繫之蜀者，而蜀苟氏則元豐間營州文學，資陽聳；紹興進士，仁壽昌世及簡；進士，夔州全及綸；明景泰舉人，潼川天賦及發；嘉靖進士、太僕卿，閬中潁子；萬曆舉人萬朝；嘉靖進士、按察司僉事，峩眉延庚；天啓進士，巴縣之祥。他若中江允中以孝聞，虎豹馴擾其父墓傍，醴泉出其下。通江惠、溥兄弟以義烈死藍鄢之難。至周有苟實、苟參、苟變，漢有苟諫，晉有苟晞、苟廙，梁有苟濟，而魏之若干頹以嚴毅清直爵建德男，官司衛監洺州刺史，改姓爲苟。鄭氏据宋登科録載苟氏四人惟全繫夔，而師顔、鐸繫滁州，毅繫易州。又謂苟出黄帝，後河内多苟杞，因氏。凌氏謂黄帝之後奔苟突國，因氏。方氏通雅謂苟草名，所居多是草，因氏。從苟，不從苟，苟訓刺，攴訓小擊，敬有自刺自警之義，從苟從攴，其從苟從文者，後世之省筆也。敬之氏分而爲三，避石晉高祖諱者去文爲苟，避宋翼祖諱者去苟爲文，其著者莫如潞國公彦博。或又改氏爲恭，恭猶敬也。予童時聞長老言鄰治華亭令苟君鴻儒有治行，洎督蜀學華陽，敬基典惇典試童子科，以次入學，食廩貢太學。而惇典以南溪縣訓導膺薦來都，值其父文林君憂去。君本苟氏，爲華亭君從子，予季父與君同舉乾隆戊辰進士，嘗言釋褐引對時，上御丹筆於苟傍加文字，遂入館職主文山右，出宰江左。先世故閬中獻賊之亂譜牒失亡無考，可考者自高祖始。百餘年來進士一，舉人四，恩貢、拔貢、歲貢凡四，籍文武生者數人，門祚單弱。賜姓則榮以追贈之義而追改焉，不可謂非禮也，故爲之數典以告。

李仲節海門詩序

李子仲節自合浦至京師，以詩聲公卿間，既而試吏保定，屢攝望縣，其政聲一如其向之詩。或且以詩之不復作，作亦不復工也，而仲節詩益工，工者復不少。去年冬示予海門集數百篇，屬爲論定，爰録其尤者，釐次四卷，其未至京師以前詩不在是。序之曰：

詩之用非直言性情也，言性情者莫備于風，風之正變，政之失得係焉。古之時以地分國，以系譜世，聲教固殊，風俗不一，然始之盛而後之或衰。衰世之詩較之治世之音多且倍蓰，抑其逸者不可以數計矣。弦詩三百，歌詩三百，而孔子兩稱誦詩三百者，誦則倍文，倍文則習熟，習熟則深思，而心知其意，由是以之。專對能賦詩，以之達政。能作詩賦者，賦古人之詩，謂之歌詩，而作則自己也。仲節生一道同風之聖世，涵泳抑揚，於漢唐來大家名家之詩纍纍成誦，宜其所造日深，於倫類見其性情，於民物見其政治，而音節之壯、采色之鮮，庶乎成一家，而無多媿矣。嶺南故詩藪，十子三家之集其間有失傳者，以仲節之才與學，等而上之，其馳驟古人，豈止其詩之云爾者！即以詩論，亦可觀其志之不第刀筆筐篋，而才與學有兼勝者夫！

于役聯吟序

祁陽陳及祖寄吾崑山社羣玉梅溪令，冀之南宮武邑。嘉慶丙辰三月，上奉太上皇帝祇謁東西陵；自京師而薊而易若干里，每十里一令督除道，蓋故事也。二子者克期偕作往返，一月中唱和無虛日，編爲于役聯吟一卷，索省欽序焉。序之曰：

役猶使也，自上曰使，自下曰役。君子于役之詩，説者謂寮友思念之作，而召南之殷其靁一則曰「莫敢或遑」，再則曰「莫敢遑息」，三則曰「莫取遑處」。雷主號令，王者政教所布，動物而使之和，故旱雷隆然，震雷虺然，雨雷則殷然和豫，傳者故指之以爲興。夫上之人播以和下之人，勸以義也，然皆其室家所作。至陟岵三章始爲孝子自作，而又以其父母之詞爲詞所由，不得與四牡、皇皇者華並列於肄三之雅耳。兹二子之役，其地邇，其期近，當雷乃發聲之候，景物暄韶，民氣和樂，意有所忻，倡予和汝，凡將父將母之懷，雖四牡使臣不能幾其所遇之優，而其他又何論矣！詩者，道性情者也，揄揚忠孝，不必在大也。除道者多矣，其有以二子之樂爲樂者乎？願握管再叙之。

陸璞堂適園灌畦圖序

吾郡陸文定公於明嘉、隆間起家翰林，以名德傾海内，歷尚書，壽且百歲，當六十而生侍郎彦章，清門奕葉，間舉科第。而公七世孫、光禄寺少卿伯焜亦以翰林歷侍讀學士，改官吏部郎，洊擢今職。仕學並優，行復其始，然年五十餘矣。余交光禄垂四十年，其間寓青廠，隔一墻居者十年。素心昕夕，非適然得之者。頃示余十年前所畫象並去年自題詩五章，沖夷澄澹，誠有以適於中而不求適於外，露頂松下，踞坐石上，二鶴戢翼俯且啄，一童盎水將灌菜，一童伺其傍，一童桿槔於井，雜樹相錯，疎籬繚之。其門人桂馥以分書題之曰「適園灌畦」。適園者文定罷南雍時所搆，自記以謂在郡城之稍南百步，作重屋以眺遠，以其小自適故名者也。園之址今不可考，光禄居青浦朱葭鎮，園之成，蓋有待適之爲言偶也。適然而圖之，不必有是園也，抑常也，常然而詠之，若世德之有是園也。自得之謂適，莊子曰：適人之適，毋自適其適。世之君子知自適其適，以適人之適，則其適可常知，適人之適以適己之適，則其適良偶。文定爲江陵同年生，避其勢燄，故園居之日爲常。光禄遭際聖明，始受文字之知，繼掌功選之枋，年力鼎盛，縱有園而詎居之？乃退思餘暇，特以所適者寄之灌畦，既從而圖之，又從而詠之。吾聞二十五畝爲千畦，見史記貨殖傳註。竊疑一畝四十畦，其名數過小，而許氏以五十畝爲一畦，則名數過侈。殆承圭田五十畝之訓以爲言，不若訓隴訓區者較得其實。畦之種菜茹者曰圃，圃必有樊，故謂之樊圃。園利少廛無穀，故園廛二十而征一。自夫習尚夸侈，凡臺池鳥獸草木之盛儗於古苑囿之制，特貶其名曰園，而園故無此也。予恐陋儒以園不當有菜畦，而又美光禄之自適其適，以詠駿烈、誦清芬，爰數典以復其請。

資陽張氏族譜序

今之所謂姓，古之所謂氏也。氏族至蕃，而張、王、錢、李之氏，又不啻十七八。郡望所係，歧中有歧，大抵能言其遷祖，而始祖之所徵，靡得而信已。蜀之張莫顯於魏公，而潰符離，殺曲端，特以朱子厚於南軒，曲爲推許，尚論者多不之及。予門人資陽張泰寧自言系出南軒，其後遷吉安之泰和，復遷湖南之新化，新化之譜失傳，而其前益不可以考。惟曾祖朝言當吴三桂之亂，扼南平、連江諸隘拒賊，新化人猶能言之。王父開華於雍正初隨伯兄川東道副使大孝入蜀，遂家資陽，慕義嚮善，毁家以紓人難。而府君念終繼之，買田租四十餘石，置義渡分給書院、養濟院，又買租八百石分給四鄉之社倉。生八子，三登仕籍，泰寧次七，今以校官膺薦來都，年亦四十五矣。因出其第五兄泰定所譜圖訓傳贊，乞予爲序。予思張仲孝友見於周宣王時之詩，較鄭氏氏族典所引趙、張、談、韓，張開以爲皆晉公族，解張字張侯之後，列諸以字爲氏之次者，先後且二百年。又如鄭之子孔爲孔氏，子孔之子孔張豐卷亦字子張，彼其後寧不可爲張氏者，是弧星賜姓之説，固屬不經，而鄭氏所考其果足以概張之爲氏者耶？是譜斷自高祖，而曾祖實遷祖於食，不可以祧，闕其所未知，而徵其所及見，視誣其親而冒稱華胄者何如哉！泰和、新化之貫譜未及書，蓋其慎也。其曰族者，高祖至曾玄爲九族，今斷自高祖而俟曾玄之賢者，奕世載德，俾昌俾熾，本是譜爲權輿。蜀之言張望者，即移之資中可也。

白華後稿卷之十二

序四

江西德化余氏家譜序

壬子秋，予典江西試，還朝道湓城，余君連城率其子霈元走謁於館舍，别且四十年矣。詢之知以歲貢需次校官，不與試而霈元卷薦不售。越乙卯舉於鄉，爲予延入學幕，家問不絶，寄予家譜一編，求序譜之言，曰：

余氏出秦由余，其聞者宋曲江忠襄公靖爲最，江右之余出分寧，其後由都昌再徙德化，累世蕃盛，登仕籍者數人，籍學官弟子者數十人。惟遠祖浙江左參議諱文獻者，以嘉靖甲辰進士起家，故進士貴。予考凌氏統譜明以前載余氏二十九人，而江西得五，明進士題名碑録余氏九十五人，而江西得十六。第凌氏列元淮西行省左丞忠宣公闕合肥人，而不知忠宣之父沙喇卜臧固唐兀氏，今譯改塘古忒氏。以河西武威人官廬州，忠宣遂以州人登進士。又忠宣死事時，殉者十八人，有知事余中，淩氏既譜忠宣，而於中則又遺之。譜中可，譜忠宣不可，譜忠宣而不及中更不可也。西江志言文獻官浙江左參政，是又在參議之右，與譜小異。往予居鄉時，有余、俞二家相約爲兄弟，聞者以謂余从人、俞从入，苟不識字，焉能辨姓？至如吴出泰伯，虞出唐叔，皆姬姓，而上古之氏有虞無吴，吴即虞省文，猶虖乎、嘑呼、彪彬、處処、樝柤之類。虞之氏又有出虞舜後者。譜牒之學，至賾而不可惡，至動而不可亂。宰相系表曾有幾家由是，而進士不得不重，要之士之自立與否，亦不必以進士爲引重也。予家之進士自季父世賢始占籍奉賢，後歸南匯，而乾隆戊辰進士碑録皆書湖廣漢陽縣人，是碑録不無誤矣。恩貢、拔貢、歲貢、副貢，行文家得稱某貢進士，雖竊附進士之名，而於義無所害焉。君嘗從予季父遊，故予與君父子不啻紀羣之誼，既惜君之未得以進士進，而又卜霈元之必有以昌其家而光其譜也。縣之名德化者二，冠以江西，别之閩，蓋史例云。

成都郭氏系譜序

郭氏功名之盛，子姓之蕃衍，莫過於唐中書令、汾陽忠武王子儀，有子八、壻七，自談賓録作子七人、壻八人，沿訛至今，丹青家徵爲故事。王子孫尚主者四，而曖爲第六子，尚代宗第四女昇平公主。曖又有四子，金、元二史郭企忠、郭寶玉傳皆歷叙其先世，以爲王後裔，而顔魯公撰王父祁國公敬之家廟碑，言王兄弟九人，寵多族大，信有自耳。今大興令成都郭君立誠爲予視學時所得高才生，頃出其系譜示予，言王子若堉與史合，又言曖四傳至光禄大夫瞿，遷吉安之十善鎮，其後遷白沙、遷錫州、遷攸鎮、遷烏兜、遷定南，皆不出吉、贛境，凡三十餘傳。而君之祖懋臣，從祖贊乾以我朝雍正初由定南遷四川之隆昌，繼遷成都。君父諱其述胚胎家學，鄉試八薦不一售，賫志中壽，有六子，舉厲文行，而君以優行貢成均，歷京縣，贈兩世如君官階朝議大夫。蓋累世播遷之狀，啓佑之心，庶幾以少慰矣。君之請序於余也，以舊譜虢叔之子書周武王封於東郭，後以郭爲氏致疑。余惟虢有二，虢仲之後爲西虢，滅於晉；虢叔之後爲東虢，并於鄭。鄭氏氏族畧其以國爲氏者，虢下有郭，猶之韓後有何。春秋莊二十四年郭公，公羊音義郭音虢，亦如字。莆田鄭氏曰：虢謂之郭，聲之轉也。然則郭即虢，東郭即東虢，吴興凌氏所稱周文王季弟虢叔受封於虢，或曰郭公，因以爲氏，差可依據也。郭之望在華陰馮翊，而自隗以後，若解、若憲、若躬、若鎮、若巨、若泰、若賀、若丹、若伋、若昌、若睦、若欽、若亮、若玉著於漢；若淮、若成、若嘉著於魏；若琦、若誦、若奕、若璞、若荷、若文、若默、若舒、若翻、若希林、若翰、若瑀、若澄之著於晉。其著聞俱在王以前，而王之功名與其德克以昌後。後唐莊宗時宰相豆盧革、韋説等附郭崇韜，以其姓郭，因以爲王後裔，崇韜遂以爲然，過子儀墓，下馬號慟而去，聞者頗笑之。第通譜附籍之風自唐始，盛唐之國姓無定論焉，則以居得姓之東郭、北郭，豈必無謫？爲單姓者且子雲之序，揚氏以爲其祖食采晉陽，後爲陽侯。張衡言晉大夫食采於陽爲楊氏，有罪而楊氏滅，無所謂楊侯者。陽之從楊若揚，其形譌異，況虢、郭之以聲沿轉，自唐時已然耶？守是譜者深思。夫播遷之狀，與啓佑之心，奕世載德，自致功名，安見華陰馮翊之外，不於成都著望哉！

蘇門山人詩存序

菱湖爲歸安一聚落，居人僅千户，而誦弦荅響，每鄉舉舉五六人，少亦三四人。國朝來冠南宫者三人，孫氏有二；見龍，康熙癸巳；辰東，乾隆壬辰。及第者三人，孫氏亦有二。在豐，康熙庚戌；辰東，見上。予三主浙闈，孫氏舉樹本、樹堦，科名之美僂指焉，莫之先也。予里居杜門，今中秋後八日，閽者投樹本兄弟去秋書，言族兄奕升以戊午北闈特奏名，賜舉人，己未試南宫，特奏名，賜檢討，南歸舊里，挐舟三日，程走謁幸，定其所爲蘇門山人詩而序之。予初不知奕升，奕升時年八十二，長予且十年，蒼髯岸偉，耳目聰明，嘗應予兩舉，皆罷去。其祖惕崖，諱國珍，以康熙癸巳舉人官錢塘縣學教諭。考沅亭，諱汝馨，丙辰博學鴻詞徵士，是科舉人。兩翁窮經樸學，舉正南雷、西河經説甚夥。蚤師杭氏堇浦、厲氏樊榭，壯而貢太學，衣食於賓幕講席間。其舅氏泊村沈太守瀾、其友朱翰林梅崖皆嘗序其詩，其請予序，若心折予之詩若文，而予詩與浙派少異趨，良以陶寫性靈、發揮忠孝、流連光景、刻畫體態四者不可偏以廢。至堇浦、樊榭，音不盡出之雅，猶南雷、西河之學之不盡醇乎醇。奕升遊菫浦、樊榭之門，而取其良，舍其楛。其曰「蘇門山人」者，祇取孫氏故事，而其家世故菱湖，當少日從官于杭，即南屏山麓孫太初故居、世所稱高士塢者，搆數椽於其旁，請山舟侍講扁之曰「少初山房」，擬投老於此。予以太初家本三秦，不爲獻吉所束縛，雖終老苕溪，相偕五隱，而西湖上一僧、一鶴、一童子，煎茶之況，至今特稱之。奕升負才俊拔，不得志於有司，即予亦難以辭失士之責。其人幕固不能如唐人之薦授，其主講又不能如宋元人之署官，祇以年老授銜，較勝於及第之追賜。使蚤登著作之庭，抉發其先人與其師之學，經國大業，不知當復何如？乃憔悴專一之餘，忽嘗禁臠，抑以見國家元會盛際，翔洽周徧，如奕升所遭菱湖人曾有受之者歟？予吟覽數四，凡半月而論定，中年後往往神似小長蘆釣師，而奇崛奮發，澤以中和，信有如鄭繼之稱太初者。其曰詩存，蓋奕升自删什之四，予又删其四之七八，是奕升之願望，而亦以塞樹本兄弟之請也夫。

丁孝子旌孝録序

女子年三十以下，夫死不改適，謂之節。男、女子、子婦事父母、舅姑有性行，謂之孝。節、孝，庸德也，功令有旌，所以正人心、端風俗，非名求名應之謂也。近世縣府志列女門，樹坊立扁，節非槩苦，作志者不敢去取，其間謂致鬼責。彼以孝書、以孝舉者，每州縣數年、數十年不能一二人，間有之，亦惟是强者割股，弱者廬墓，勉至之而未必性與行之俱至，故孝義視節義難。婁人丁履豫叔安既棄儒，則日綜兄履恒、履謙。弟履益。醫療修脯之所入以養母，母兄以其不願娶，爲置妾，妾有子，遂不入妾室，竟日夜奉母居。嘉慶二年十二月二十六日，母將殮，畫師貌母象，履豫諦審良久，俄長慟仆地，遂絶，年僅三十。予考明洪武二十六年之令曰：「臥冰割股，上古未聞，倘父母止一子，或割股而喪生，或臥冰而致死，使父母無依，宗祀永絶，反爲不孝之大，自今聽所爲不在旌例。」其後或不旌或旌，而厲澆激薄，要有難人之所難者。至如隋之田翼、唐張僉女子敏直妻張氏，一以慟母絶，一以慟父絶，二史不詳其他事，要之以孝而死，非以死而孝，較冒賊刃奪虎口者之所爲，其肫肫慘慘，哀不能勝，莫之致而至矣。嗚呼！使彼果有殉死之心，則絶水漿絶食何詎不可稍延？惟不期絶而絶，一絶不復甦，此所以罕見於史書。乃履豫丁强壯之年，蹈毀滅之戒，其行絶殊，其德庸甚。君子哀其志，原其情，夫何忍以割股、廬墓之所爲相提並論也。履豫少事父如事母不具書，而履恒、履益以醫療修脯之所入委之履謙以奉母，其亦孝乎！惟孝哉！曰旌孝録者録其事，實結狀牒，詳題覆之實，而詩若文附焉。履豫字叔安，今結題曰孝子，從東海孝婦例也。

孟子篇叙序

太史公稱孟子與萬章之徒作孟子七篇，漢藝文志依七略稱孟子十一篇，風俗通稱孟子中外十一篇，中猶漢儒林傳言中文中古文，蓋祕閣藏本，即今趙氏章句本。其外書四篇，曰性善辨，曰文説，曰孝經，曰爲正，則當時學官本民間行本，而趙氏不爲之章句者也。章句每篇分上、下，凡十四卷，序全書之首曰題辭，系每章之末曰章指，系全書之末曰篇叙。篇叙者，叙每篇第一章相次之義，頗近穿鑿，不若題辭之醇乎醇。而每卷首又各有篇叙，其題辭明嘉靖監本徑佚去，賴常熟毛氏刊汲古閣本取以傳。又錢氏曾讀書記謂篇叙世罕得見，藏書家宜廣其傳。錢氏多善本，而猶佚去篇叙，若章指與每卷首之篇叙爲宋孫氏割入正義，淆混不真，賴曲阜孔氏繼涵於乾隆間得真定梁氏影寫宋槧本，舉盡心後章指之祇存梓匠、輪輿章者，悉補其闕，刊而行之。即每卷首之篇叙不可復辨，而章句全書亦以復還故璧矣。離合顯晦之故，聖賢心迹存焉，非偶然也。雖然複柱述聞，豈無違闕？談理猶易，徵事實難。予嘗序海寧周氏廣業孟子四考，其時地出處考較之逸文、異本、古注三考尤極典要，爲孟子功臣。頃姜子孺山出所撰孟子篇叙相示，叙、序本通，然與易序卦之旨異。蓋叙其章之所以連，與篇雖分而章可合者，叙七篇中所見之人還之國，叙國之人與事與地，以還孟子之生卒年歲、出處、先後名，因其舊知獲其新。凡史記、古史、通鑑之牴牾，讀其書，論其世，知其人，視周氏所考時地、出處，事詳語簡，釐然粲然，各系之每篇之下，尤便循覽。其他考文辨義，舉正名物制度之繁，猶其易爲者也。梓工既蕆，以發凡語意未盡，爰述趙氏之書不名注、名章句，而姜子之篇叙與趙氏不同，庶讀者有以考業云。

程愛廬雙松圖序

愛廬侍御以辛亥秋奔本生張太夫人喪，歸松之朱涇，既葬，主講席大梁。越癸丑七月，亟歸省錢太夫人，僉以秋暑熾，請杪秋而行，不可，則八月二十日抵家。錢太夫人疾且病，洎二十六日而卒，終事無悔，微孝感不至此。錢太夫人爲太傅文端公女，年二十而寡，張太夫人三十一而寡，於令甲一得旌、一不得旌，貞志競爽，教侍御績學，勵行成名，以遂顯揚之志，其揆一也。先是歲戊申，侍御請急歸葬兩太公，購涉園居之。涉園者，程舍人珣四園之西園，園有嘉蔭堂，爲錢太夫人起居地，嘗指堂前松二株謂張太夫人曰：「吾娣姒猶此矣。」此侍御雙松圖所由作也。間考詩雅、頌、春秋左氏傳、戴記、魯論松柏每並稱，其性陽剛，其材宏鉅，其節目多且堅。松爲千木之長，其文從木，其音從公。爾雅釋柏，不釋松，而於樅曰柏身松葉，於檜曰柏葉松身。松柏之得天也獨，乃其實無不同。第松以喻高隱，柏以喻義烈。松舟寫憂，衛女於父母未終時作，以禮自止，君子美之，抑傷之至。邶之柏舟本仁人不遇而作，朱子以謂衛莊姜詩。鄘柏舟則衛共姜自誓之詩。是以後世言女節者言柏不言松，言松必言喬，喬爲父象。兩太夫人不改柯易葉之心，不彫之操，母道也，代父道之終矣。當文端公致政後，純廟御筆喬梓圖以賜。喬言高、言上竦，爾雅之釋木三言喬，而三者中特言楸，蓋榴欔椅梓之木多與楸類，故舉楸以概其餘。彼召南之喬木，其木不得而知，惟木以上竦之故而不可就息，女以貞潔之故不可犯禮。而求孔疏之説詩爲最善，且「南有喬木」之義未始不通於柏舟，一以終言，一以初言，禮義之化成，慈孝之理備。是圖也，傳彼鄭氏之松七、杜氏之松四，陶氏之松孤烏足與較量哉！益使予抱松楸之感也。

居巢陸氏族譜序

有姓而後有氏，有氏而後有宗，有大宗、小宗而後有族。姓一而氏不一，氏一而族不一。春秋傳高陽氏才子八人，高辛氏才子八人，爲十六族；肸之宗十一族，惟羊舌氏在，又羊舌四族是也。氏族之學不明，甚或并其姓而失之。如信都耨氏其先本爲陸大，陸爲姜姓，而其後去大爲陸，蓋以鄉爲氏之陸。鄭略謂宣王少子通封平原郡鬲縣陸鄉，鄉故陸終地，第齊宣時安有郡縣之名？且姓譜謂陸氏自通始，即楚狂接輿，鄭何以略接輿之通，而取齊宣少子之通？可知漢魏以前世次茫昧，雖隋經籍志、譜系篇、唐宰相世系表其間所載，不過如世紀、世本之可信、不可盡信，而未必不誣其祖。今陸望莫不云平原，若吾郡平原村亦以機、雲著。門第偏重，附會遂多，微獨陸之氏爲然已！陸君僑南以名進士教授吾郡，出所修族譜示余，其始祖爲明永樂間自吴遷巢之華一公，公四子别爲四門，君于世得第十，君後又得五世，凡十五世。其在勝朝官於朝者二人，皆中鄉舉，其一殉崇禎七年流寇之難，今則遊於庠、貢於成均、歆於鄉、通於仕籍者不下三十人，而成進士則自君始。君長子炳奎亦已中副車，家門蕃衍，衣冠蹌濟，其昌熾將未有艾。其譜首系圖，次紀績，有善書，有大不善亦書，以示警。冒姓及本非始祖後而累數世不能改者，别著於録，恩明誼美，簡而該，核而不濫。吾祖也吾知之，不可知者闕之，雖歐陽氏、蘇氏之義例莫之過焉矣。譜之創與修者曰七世孫、侯選訓導龍騰，□世孫選拔貢生□□皆有功是譜者，並著於篇。

白華後稿卷之十三

壽序一

陳母楊太恭人七十壽序

五管介處嶺西，丹銀竹木服御之産較不逮嶺南，即大家右姓聚處數萬，指蟬聯登第者亦少概見。歲庚寅予典行省試，解禮部四十五人，而北流之陳雋其三，貢國子監九人，而陳又雋其一。考前後鄉試榜，榜率雋陳一二人。竊以念山川清淑之鬱積於一門，抑其家之讀書修行有以致之，非偶焉已也！今户部主事、前翰林院庶吉士陳君科錩爲予所雋四人者之一，明年乙巳二月母夫人楊太恭人躋壽七十，科錩乞予言寄歸侑醻，而因爲序之。

太恭人毓粹名閥，幼習禮教，年二十歸贈朝議大夫融泉公。公受廩於庠，省試輒不利，以不獲光其先學正公、孝廉公之業爲憾，雪窻雨隴，未嘗有内顧憂。堂上人箴紉滫瀡甘滑之奉，胥太恭人是賴，故娣姒雖有七，而鉅細家政多以填委於科錩兄弟。甚慈而嚴，有小過輒予撻記。洎科錩受官，訓以勉職業，毋炫徼逐。科錩同祖弟科鋤早孤露，撫之若己子，戚族有不自存者，多見周恤，諸弱小息多就習女紅、受女訓。既貴而約，既壽而勤，里之人稱女大師。孫、曾遶膝，融融怡怡，信乎其賢母之福已。予觀詩魯頌始言壽母，詩所言女德若采苢終風柏舟載馳，大都處不得已之境。其士大夫之妻，采蘋言齋潔，雞鳴言静好，祇人道之恒易，恒之德爲貞，故家人利女貞。春秋二百四十二年，孔子祇書一伯姬，誠以婦人之德必不幸如伯姬而後乃以名於世。彼采蘋、雞鳴諸婦人録之詩，不必録之史，太史公不傳列女猶此義耳。太恭人幸處其順，無冰蘗以近赫烈之名，乃恭儉慈惠，備舉夫婦道、妻道、母道之實，雖寢門萬里，科錩力未遂迎養，而名在御屏，萬鍾可待。有季啓處，綵衣兕觥，視四牡、北山之詩人其厚幸宜何如者。予誼處通門，聞見彰著，從史臣之後，執筆而撮其大凡，後之言嶺西壺範者，其有徵信也夫！

樊省夫六十壽序

明東鄉艾氏南英言府州縣學生應學使者，歲科試之苦；臨川陳氏大士言其父爲村塾師，一言一動不離學究家數。往予心竊非之，意艾固滑稽玩世，陳殆心薄其父耳。府州縣學生爲致身科舉之路，人負科舉，科舉何嘗負人？且窮年抱槧，求一廁府州縣學生而不得者何限？陳既失言，艾亦未爲得也。會稽學爲浙江大學，學生數百人，其俗多族居，而梅山善港之樊氏著籍者蓋勘。樊祖仲山甫自東漢壽張侯重以下世次秩然，其扈遷臨安者，自三十四世宋學生安國始，其遷善港者自四十世可儀始，又十四世而至廷簡，以府學生舉乾隆己亥鄉試。予實貳試事，榜發來謁，並出其尊甫省夫處士之文金進士傳，世許以天崇人真面目者也。廷簡貌樸而詞吶，絶不類其文，而處士少失怙，於弟爲季，所分屋數椽、田二畝，夙善病，修脯力不贍。塾師陳、謝、夏三君者愛之，皆過於同舍。任孺人歸室則告曰：「吾不及事吾父，幸善事吾母。吾少依兄嫂，亦不可不敬事也。」伯兄邱嫂歿，撫其孤有成。仲兄歿，二十年竭力襄葬，鬻所分田以舉仲兄之債。褐衣疏食，席硯代耕，其不贍修脯者一如三君者。當日所以待處士，持金進士心喪，經人共師千口，若一籍諸生，三十年頃始舍去。廷簡今稍食其報，而厥弟五人漸次鵲起。天之將以昌之，而始以嗇之；人之始以難之，而將以豔之。自予習人事以來，見夫素封之家游宦之子，視兄弟姪若路人，其暱之則藉以爲利，日朘月削，猶恐不足，而繩屝革帶者流食力不給，惻然皆孝弟之心。此富不如貧，貴不如賤，而天必不使之久鬱鬱者。廷簡兄弟以處士之文爲文，尤當以處士之行爲行，枝葉雖茂，胥芘本根，誦芬詠烈，殆無有過於是者。彼艾氏、陳氏所稱，尚謂之知道者哉！吹笙鼓瑟，朋酒具陳，雖坐賓有感於予言也。

于母王太孺人七十壽序

地道無成，而代有終説者推之。妻代夫之終，臣代君之終，其終也抑其成也，成之效不同，而所以成之之心與力無不同。詩、春秋所載共姜伯姬之節，祇潔其身而止。自列女傳載孟母斷機三徙事，而代終之義始立。然或心與力冀以終之，而天不悔割，又所生衆多，雖嚴父不能必其子之盡肖。傫焉寡鵠，斯教斯率，立身揚名，苦節獲甘。若營山于母王太孺人，其大彰明較著矣。太孺人爲兩江總督王公新命曾孫女，門廕鼎貴，家範肅然。從其考子端司諭永川，櫛縰緘紉，舉以身任。讀書解大義，聞人言忠孝節義事，慨然如己親之。洎繼室贈公，雞鳴昧旦，勸勉厲學。公廩邑庠有聲，僉以謂光其考刺史、其王父太守之業。承家科目，指顧可俟。值秋試歿于會城，太恭人生男子子五，其第六子尚在腹，而前室段孺人遺女子子三，長者僅及笄，伶仃孤苦，諸婢僕悉散去。公繼母李宜人殷待仰事，不一年刺史有核減官項，追呼星火，族人傳語太孺人以兄公雖物故有後，當分償即其產已出質，尚可斥賣數百金。太孺人曰：「以君舅遺產了君舅官逋，吾無憾；賣兄公出質之産以肩吾數百金，其如兄公後何！」遂盡斥己産及衣帔簪珥以償。後十餘年兄公子皆自振，贖所質而均分之。人於是義其門，而嘆太孺人之隱忍窮餓，晝春宵杼，兼子道、父道之全。無平不陂，無往不復，理固以操之券也。太孺人嫁女子，子皆以賢孝聞。其所生六男子先後入郡邑庠，炳、煇先後拔貢，炳又與瑛先後舉於鄉。戊戌冬，煇試吏粵西，權灌陽富川縣，旋知來賓縣，板輿就養，不改疏布。詢煇日決，事稍不協，輒予譙讓，閱五年而煇以疾去。炳時試令皖江，假筦籓庫，迎太孺人至署，其三五弟既隨侍，煇亦病起，道皖入都，皖僚吏上太孺人壽。間讀常氏士女志贊，如南鄭楊拒有四男二女，拒亡妻劉教之兄弟爲名士。廣漢王敬伯妻梓潼文氏，有前夫人子女並己所生男子三、女子二，撫育恩愛，視繼若一，王氏遂以世興，章志貞教，斯今媲昔，至孝友風義之美，有劉與文未之聞者。安貞協吉，茀禄方長，迴思迎輀，返旐之初，雁雁牙牙，藐孤誰託？冰天暄序，曾不踰時。此天道所必然，而握管彤者樂得而觀其既焉。予曩忝采風，題太孺人之所爲不易，以靚七旬告躋，斑衣有踐，敬語喆昆其聰聽賢母之訓，以揚顯於無窮而可哉！

丁簡齋七十壽序

吾門丁孝廉溶好學工文章，留京師數年，冀得一遇以慰二親，以顯簡齋隱君之學，此人情之所同，然於養疑有不能顧也。世之人子無不思父母之養，遇則禄養，不遇則耕養，或父母善自爲養，不必其子之養，養在志不在力。苟父母志其子之出而一遇，而子不離左右以爲養，無以爲悦親，抑無以爲壽親焉矣。溶二兄一弟，自君曾祖、祖父累世享大年，年五六十始有子，顧無別子。

君少棄舉業，奔走江淮間，求菽水之養，家稍給，從書賈假異書，且鈔且易且購，日夕研覽。稍暇輒爲詩，由三唐溯之六朝漢魏以窮其源，放而之宋元明以極其變，由是參之史以求其事，本之經以求其理，博之星曆、卜筮、種植、河渠諸家言以求其用。覓句閉門，嘔心擢胃，教化廣大，歲成一集，以其習於咀吹之經、導引之訣，年及七十神明不衰，蓋不獨家世多壽，固以稟之所生。而孺人稚子，枯棊濁酒，凡沖和倏遠、超然自得之志，志乎古，不拂乎今；足於己，無待於外。溶今者之志，不過世俗之見云然，於君寧有加損也歟？間考唐以來詩最名者，孟東野年五十二，元微之五十三，韓退之五十七，杜子美五十九，若白樂天、蘇子瞻亦未至七十。七十曰老而傳，傳以學猶之傳以位耳。溶兄弟傳君之詩，養君之志，子孫逢吉，茍合茍完，雖樂志論、盤谷序、池上篇之所云，有無以易乎！此者君姓名與近時龍泓居士同，字與袁大令枚號同，號與予弟省蘭校理同。名字相配，古今類然，三人者先後不甚遠，非有迭相慕向之意，要皆以詩文名於時。綜君之姓名字號而著之，庶春城寒食之詩，不妨同時流播也。吴興清遠，茶筍正熟，奉觴引望，白雲遄飛，謹以聞之溶者賅舉之，以爲壽如此。

蔣聖木七十壽序

乾隆五十年正月辛亥朔，越六日丙辰，天子懋繩祖武，舉千叟宴於乾清宫，自王公、卿尹、武士、封公屬，籍未仕、致仕者，限年六十以上三千人爲斷，薄海來輳，師師秩秩，涵和詠仁，邁古饗老。吾門蔣聖木楷以注選縣令，與其鄉蔣太僕良騏、封編修周進士之鳳與焉。太僕固朝官，進士來就子養，聖木聞詔，促裝投牒，時禮部幾以人滿見尼，寵際盛筵，便蕃十賚。適是秋七旬，摻覽乞予文壽之。

壽之文始自明代，每類於俳優者之所爲，若常人而與非常之典，其遇不可謂不隆，即其文亦庶以徵于後也。聖木籍諸生三十年，以序貢太學，留肄三年，主選訓導。會予主文廣西，舉鄉試以去，於令當銷其所注者，而以知縣注，蓋是時年五十五矣。使聖木不獲舉，當蚤授官，乃舉後十二年，天子簡四科以上舉人試授吏事，其次授教職，而聖木不獲與。依人遠館，貿貿入京，幸而如所願以去。予向疑臨川李氏紱記康熙壬寅宴事，以謂千二百餘人，四人一席，當未得實。兹宴倍廣，專席同席以爵位爲差，人賦一詩，不能者内翰林代賦，都爲一集，雖成數三千，而吾之門自聖木外，未有與者，即吾郡獲與者亦止一人。國老庶老，千載一時，以視夫雋禮闈、通仕籍之比比而是者，其厚幸爲何如！彼減年應官，與夫督撫重臣之及年而有故不得與者，於聖木能無以羡哉！聖木有子二，能力穡，服賈以養，而聖木若欲以有爲。禮：七十曰老，八十曰下壽，百曰中壽，百二十曰上壽。壽之於聖木未也，其當養則老也，故事：禮部試，賜下第舉子八十上者檢討銜，七十上者學正、學録銜。又明年，聖木將集試矣，夫亦安知其不獲第者，而銜固無不授也。且又安知其不簡授吏事，授教職也。微此宴，吾幾疑聖木之未七十矣。

白華後稿卷之十四

壽序二

邵梅林七十壽序

古獻壽之辭，以詩不以文，其爲辭以祝不以頌。條舉件繫其人之生平，登之屏幛以侑壽觵，自明中葉始也。羅念菴、顧亭林、黄梨洲謝祝辭，祝之文或駢或散，悱惻動人，然梨洲以人子之壽其親，大約在六十後，蚤則五十。是我生之辰雖不必自爲壽，而人子無不可爲親壽。壽而乞言於人，猶古正告於先生君子之義也。予同年梅林邵君生梨洲之鄉，未晬孤露，四十而舉孝廉，賀客填座，觀優演孟母故事，君涕洟被面，此後不復與聞樂。又以太夫人春秋高，不敢違膝下，比卒養，年已六十。故籍禮部三十年未嘗識禮闈，予亦迄不獲識君。去年四月，予磨勘會試，卷至喆嗣編修瑛對策，歎其研貫經史，不墜其鄉先生之緒。逮以後進禮謁，言家有餘師自就塾，後見通志堂所刊經解，皆丹黄校勘，不第如望溪方氏之僅經一過，即家問往復，至今不涉行草一筆。此雖精神强固，足以操上壽之券，抑以見精熟宋五子書，而體味夫窮理主敬之學者，不遺小物若此矣。君之學未甚顯於世，其未甚顯於世直以重違其親。洎瑛掇上第簉玉堂，鄉之人多瑛之學，而尤多君之學與其行。君每言古無生日禮，既孤則更不可，故雖遇生日不受親舊一卮酒。今齒登七秩，正聖天子推仁布德、廣宴千叟之年，向使君就養京都，當布席授杖，與上方珍異之賜，而鄉園樂志不世之遇敬以俟之後。時康强逢吉，相莊無恙。俞夫人少於君四歲，閨闈之內，雍如秩如。鄉之人暨年家子弟，詣予請爲一言，予惟東坡在海外，時其子過，時出一篇則爲數日喜，寢食有味，且比其文以金玉珠貝。瑛以上第顯其親，不難自以金玉珠貝之文娱其親而爲壽，第以予之固陋，要能頌君學行之實之大，而無取乎夸張侈大之言。南陔具奏，嘉賓燕綏，聞其風者，亦油然而生孝弟之心也夫！

曹母朱太夫人八十壽序

今户部尚書兼管順天府事歙曹公以大雅宏達之材，起家翰林，直内廷，歷大用。歲柔兆敦牂如月，命察兩浙倉庫虛實，瀕行頒玉無量佛數珠、如意杖、貂幣冠，以御書「南陔衍福」扁額，使使葳奉至家，清侍浹旬，壽太夫人八十，然後還朝。萬流忻慕，傾聽朝野，僉以謂太夫人生長膴厚而惇，尚節儉衣，帔有一二十年不改製者。惜福者福自應之，宜壽一；蚤嫻婦功曰嬪後，手操井臼以贈，公客遊，遠持家政幾四十年，流水户樞，宜壽二；兩家故巨姓仰給者無慮百數十人，撫贈公之甥、甥女六人如所出，鄰黨告緩急必濟，宜壽三。三者舉足以壽矣，壽固福之演矣。乃太夫人之德之大者，事繼母以孝聞，修婦職不以威，姑係己之姑弛；其敬事兄妐必請命行，語曰：「南陔廢，孝友缺。」承學之士猶難以言之，此不第己貴而勤，己富而儉，與夫黽勉有無之求，而惟奎章褒美之有以既其實也。小雅鹿鳴之三爲燕羣臣、勞使臣、遣使臣而作，至南陔之戒養，白華之潔白，華黍之時和歲豐，毛公次之魚麗之後，與由庚三篇同爲笙詩。詩辭既佚，束晳修鄉飲酒禮，述小序之旨，爲補亡詩六首，昭明取冠選詩，而後之人或少其意味。我皇上治内以天保以上，治外以采薇以下，比取御製補笙詩揚扢中外，俾樂工奏諸鄉飲。順天爲首善地，及今春始舉之，省欽從公後，迎賓送賓，聞笙入之奏以戒養，始以萬物各得其儀終，翕如繹如。竊以歎薰蒸融液、化民成俗之美，曾未淹月而公簡書奉使，俾慰懷歸，實翰喬皇，特有取於笙詩之首。南以長養言，陔以隴言、以戒言，而笙以生言，又可徵之難老之義。觀古盛時體臣下之情，以孝治天下，於其遣則送之以禮樂而有光華，於其來則以有功而見知，而曲達其致養之志。故四牡之詩一言將父，再言將母，凡所言靡盬言不遑者，祇先事靖共之意，而要之事無不集，即親無不安。歌之燕，則以美天下之爲人臣、爲人子者，而王道於是乎行；歌之鄉飲，則以教天下之爲人臣、爲人子者，而王道於是乎明。笙奏諸篇，猶此義耳。太夫人之教公兄弟也嚴，而人子之養其親至公而無以尚。微特夕膳晨飡，晳之詩不足以言，即四牡詩人之父若母，視太夫人何如哉！然則觀太夫人之致孝而福以臻，觀公之致身以致孝而福，以衍彼無辭、有辭之辨，祴夏、陔夏之考，初不暇舉，舉其大者以誦。

侍讀學士王公沈恭人壽序

古無上壽之禮，而書、詩多言壽，此後世上壽之辭所自也。書傳：壽百二十年。左傳注：百年爲上壽。論年者以十爲差，故尚年亦以十爲差。近世於生日逢十曰正壽，逢九曰做九，逢一曰滿旬，如七十一滿七十之旬者是；亦曰開秩，如七十一開八十之秩者是。往歲旃蒙協洽植庭先生偕沈夫人年六十爲壽於春甫編修粵西使署，又十年歲旃蒙敦牂春甫歷侍講學士，視學湖北，先生偕夫人年七十，泝江就養，載言介景。粵與楚予使轍嘗至，都人士自彼至者既有侈，學士之有以效臻養而備諸福矣。去年冬先生自楚還石埭，學士亦還朝，士出學士門者將以今年冬先生生日壽先生，竝壽夫人，而乞予爲之言。予將言先生與夫人之八九十，而學士復壽於使署耶？而其事已習。予將言先生之砥行礪學，如律吕河渠專門者未之或先，夫人又以恭儉慈惠相夫子而昌其後耶？而其理已信。予將言先生之困諸生以高才登拔萃科，異日如漢伏生、轅固之徵且起耶？而學士領清華侍尚書房於皇家，得稱師傅，學士之所爲學與教皆本先生之教。與其學而其施愈廣，其報愈侈，予將何以爲言？第自予稍通人事以來，見庠序學校之彦，非科名無以致身，慬而得之，如牛毛之有麟角。後之人履其盛，前之人處其難，彼功深名遠之説，當統一家爲言，而不止以一身言。言乎數則得失不常，言乎理則陰騭見重。先生誕生時，伯考贈中憲大夫，汝信公夢見堂之榜爲公名，竟嗣爲後，而本生考贈中憲大夫鳴瑞公學行備修，與汝信公有經人師之目，詩禮之澤韞而日輝，天欲使世之學子以積善績文爲勸。故特於先生偕壽，且正壽之辰奉觴使署，萬目睽睽，歆羨贊歎，相與爲上壽之辭。其門人之未獲與者，復以滿旬之次年順情達禮，文而不浮，質而不僿。予爲推極其本以見理數之固然，而先生子四人、孫八人、曾孫一人方熾昌保艾，衍其慶於無既焉。匪且斯且，匪今斯今，請竢之八九十以上而筆之也可。

叙州朱茗翁六十壽序

叙之郡瀕大江、環山，土地肥美，鹽穀蔬果百産之饒甲他郡。郡屬縣富順尤美，童子試且二千人，文亦較有法度，故科名之士爲多。其鄰縣興文，試童子者僅十之一。往歲癸巳，余按試叙郡，興文兩朱生既籍名就試，而邑之人訐之，謂生父子僑富順，富順人則謂生祖父故興文學弟子員。案驗既實，乃令試興文，偕雋乙未，偕食餼丁酉，兩生之次者以拔貢生舉於鄉，其長者亦以鄉舉。每詣予京邸，述先世隱德，與尊甫茗翁行事。今年冬十二月，翁六十初度，而德配黄夫人亦以來年秋七月躋六十。長者試南宮，俛得旋失，次者試爲令山西，乞予質言以侑爵焉。

翁爲叙名族，其先東絡公仕明始顯，十餘傳而至子範公，好善樂施，年四十始舉翁。翁少慧，讀書輒了大義，髫齔失恃，而沈静真篤，能得繼母歡。弱冠補博士弟子員，事子範公至八十三而棄養，喪葬無失禮。黄夫人摒擋内政，凡所以型家庭與遇鄉黨僚友者皆禮，有以接恩，有以愛移。家富順後業漸起，五子者文行亦益振。興文既引翁父子爲重，而富順人亦樂得以爲寓公。夫朱之著莫如文公，公家建陽已閲兩世，而婺源乃其本貫。且功令父子兄弟不得異籍，欲改籍者必俟居新籍二十年，後其舊籍又無可歸，始得告之官入新籍。夫豈爲其進取之難易而然？凡以惇閭里之史，聯墳墓之族，使人優游漸漬而不自知也。翁今年始杖鄉，迴思兩生者童試之初忽忽十七年，再後十七年而翁與黄夫人且垂八十，子若孫必日昌。抑其所以致此之由，吾願興文人思之，亦願富順人思之，毋徒以物産之饒、山川之清淑爲相炫燿云爾。

任樹屏七十壽序

天津上應箕斗間曰漢津，亦曰析木之津。箕在東方位木，斗在北方位水，水木分析處以箕爲次，不曰析水而曰析木，其次自南而北也。都會勃碣，理大物博，財貨之阜甲畿近。天子省方五至，瀛平淀清，蒙福無量。今年春三月，載勤六幸，慕思喁喁，雷動雲集。雖工作供頓，一絲粟不煩於民。而禺筴所擅舉，將各罄其誠，準古衢巷歌舞之義。先期兩月爲樹屏任翁七秩之辰，其子姓綵衣羅戲，請予舉其槩以諗於衆，曰：

古七十曰老，百二十曰壽。語曰「仁者壽」，又曰「孝弟者爲仁之本」。孝弟而僅與犯上，較其義似已淺矣。唐張公藝九世同居，以忍爲教，忍與犯近而君子顧有取焉。謂其無與於仁，而未與於不仁之甚也。仁無不讓，禮之實在讓。古之時，公卿大夫田禄有以收其族，其族又皆有職業，而不盡待收於宗子。後世無恒禄、無恒産、無恒業，各自食而不以相顧，甚者至於相争。苟舉大功同財之義，斷如秩如，於以厲末俗而返之於淳，即報施有不爽耳。翁仍世富厚，繼乃中落，伯兄既蚤逝，與季弟藏軒同心併力，敦尚信義，迄于今未嘗離析。入其門，誦弦之聲與籌算之聲相荅。諸從子先後籍諸生，子秉淳名在賢書，趨承庭闈，偕老具歌。先是，有窺伺不逞者欲以非法之法中翁兄弟，主是牘者不逾時遘異疾以死，翁兄弟故壘依然，所業反以日起，然後知孝弟之所以爲仁，仁之效必壽。今國家化成，仁讓太和，翔洽薄海内外，以五六世同居，及親見七世受旌者不下五百家。翁今七十，藏軒六十五耳，遲之八九十歲時，子姓日益蕃，讀書致身，故業亦日盛，此和氣感召必然之理，所爲數齒以待也。翁之生以月正二日，於古元日上壽者爲近，固辭再三，不得已而徇子弟之請，閲月成禮，斯亦翁禮讓之一節可以風世者，故並誌之。

白華後稿卷之十五

壽序三

寧州朱坦垣五十偕壽序

寧之州爲洪都之右臂，楚鄂之南屏，其山旌陽鹿源，毛竹幕阜；其水修鶴源；其産絲麻秔稻茶竹木；其人習勤慎儉，去爲賈及浪遊者鮮，承學之輩薦紳士大夫相望。歲壬子，朱生學宗舉於鄉，叩其系出婺源，徙於寧且五百載；叩其兩親年皆四十餘，有弟二而生爲長。今年生過夏留京師，以尊甫坦垣翁生四十有八，而是冬十一月則母夫人五十設帨之辰。江西之俗，稱壽必於九，謂之祝九。以四十八益一，以五十損一，合之皆四十有九，而乞予言其槩。

予惟朱氏自仁亭先生博聞强識，講明宋四子之學，其行善不稍怠。州之中推長者，而夫人父副貢進士劍亭公之孫世章爲余主癸丑會試所得士，嘗述其祖教甚篤。當相攸，時以坦翁卓犖有文章，能寵其門閭。夫人既嬪，婦職修謹，烹調縫紉紕櫛之屬，不敢以諉媪婢。慎終追遠，凡襄禮勿之有悔。而仁亭先生生坦翁晚，授經之外，命攝家政以世其學，以世其德，有後蔚興，吾不知其所以施與所以報者何如。而春秋鼎富，足跂之而目逆之，要亦事理所固然焉爾。比世以來問有自壽詩文，其辭之者或亦過矯，以人子而乞言壽其親，於義無可譏，惟是愛日之誠，必宛委遷就，以徇祝九之俗者，得毋以天地之數非十不全。陽數統陰，至九已極，太玄八十一家，此物此志，大衍虚一，用之尤不盡焉。寧雖大州，而三千里外顧雲侑爵，計兩親之年合之曾未滿百者，曾有二哉？孝經言揚名，言顯父母，蓋揚其親，有君子之名而親於是乎顯。予之言詎足以顯翁與夫人？而生之志乎名，以既其實者，必有以養翁與夫人之志而名且無窮。歌詩荷瑟之餘，吾知親心遠慰，必以爲生雖未侍側而炘然進一觥也夫。

張封公七十壽序

水之流皆東，獨吾邑東枕海，築塘捍之，黄浦帶其面南，受海潮之北來者，並浦支河。潮至則流東，潮退則流西，潮行挾沙，隨入不隨出，易以閼墊，旱潦無以備。其牐港爲黄浦大支，鹽塘自航頭北達下沙鎮六里，又大支之小支也。予家下沙鎮，方童時鹽塘平若地，邑尹韓侯於乾隆辛酉春治之。是年予季父選拔萃，旋舉鄉試，董其役者劉述田、王藻廷，各以艱嗣舉子，六十年來間事撈治。而鎮東西有河亘二里，居人稠聚墒飛，灰棄舟浮，水不盈尺，百貨墆阻，微特旱潦之爲厪已。嘉慶丁巳冬，爲吾一山邑侯莅政之二年，政通人和，百廢具舉。於是治閘港之身，自魯匯至新場凡三十里，治鹽塘及下沙鎮河凡八里，克期蕆役，沛然浩然，萬口臚頌。越明年戊午正月庚寅，予弟省蘭擢貳工部。二月壬子，予擢臺長。予何德於鄉之人，而鄉之人若以爲予兄弟喜。侯亦非市德於邑之人，而邑之人德侯，因德封公洙源先生。先生於書無不窺，鰁究郡庠二十年，省試不得志，養日邃，行日修，講求有用之學，以貽吾侯者，日進侯司鐸，文登以民社薦，治婁以繁缺薦，治南匯以卓異薦。孔子曰：「立身行道，揚名於後世，以顯父母。」又曰：「君子也者，人之成名也，百姓歸之名，謂之君子之子。」然則名非禄位之謂，顯揚亦非如後世封誥其子之謂，特君子之名，得封誥其子之禄位而始顯。予少習人事以還，每見富貴致身必非無本，若親民之吏利病喘及於民轉，非若憲司以上者痌瘝與民遠。侯之所以利吾邑者，難得而具臚，而三年報績，特予敘遷。既得乎事君立身之道以悦順乎先生，即牐港之利不在乎魚鰕萑葦之産，并不在宣洩蓄儲之節，而在便民出入以阜往來行貨之財用。至鹽塘止一小支下沙鎮河，其利病止前後左右數里，而予家起跡多逢大興水利之年。或者五行先水，水德主潤，故潮汐所至之處或暗而生，或洄而轉。其民多蒙福，其官斯土者大都得氣遷去。計吾侯之爲治，如水有源，必禀庭訓，口講指畫，信而後勞，由是胥吏不以侵欺，工役不以簡率。予始聞魯匯至新場之告浚，方自忘其不文，將以碑紀其成績。嗣又聞鹽塘蕆役，適予兄弟疊蒙恩擢之辰，他時書之邑志，有足徵祥異者。縱祥異不必徵，而行水之利民不可不徵。予惟先生覽揆七十在己未之春，文孫計偕公車，竚宴聞喜，而羔羊朋酒。予兄弟不得以親與美侯之行道揚名，得君以得親者從此益大且遠，而樂序之以爲壽。

陳母郭太宜人六十壽序

皇上受禪之三年秋，吾門陳君静齋守絳五年矣，遣人乞以文壽其母夫人。問之，曰：「明年六十也。」曰：「何以亟也？」曰：「豫也，易元貞之義。前十之年加一而成，後十之年加一而生，此澘邱閻氏之言也。用豫，斯用九也。」曰：「何以不告月若日也？」曰：「過時也。月五，日十六也。」曰：「未及時非過時也。」曰：「壽則稱六十也。」曰：「封太宜人何也？」曰：「初封孺人也。母存父殁，晉稱太也。」

太宜人爲夔右姓，少習禮，尊甫定遠司訓仕徵公鍾愛之，年十六繼配於封文林郎，晉贈奉政大夫。□□先生時營力鹽廠，奔走日不暇，而静齋甫七歲，女兄弟皆一，太宜人慈愛備至，修婚嫁之力，視所生有加，就養逾十年一如其在家。在冷署非有事不衣帛，不重肉，園池隙地課芹韭以瀹食。晨起率子婦治針黹職，中饋以爲常，乃奉政棄養，時纖悉皆中禮。其遇戚里皆有恩，人以是賢太宜人，又以是賢静齋。即其爲繼母非繼母，日習焉而若忘轉於五花書誥、六曲書屏而後得其實也。古者父子重而夫婦輕，其繼室多以娣姪，又繼母與慈母埒，又其所以繼之，故或早世，或被出。其夫曰繼耳，其母其子亦曰繼耳。繼耳孝已，伯奇之遇，雖聖賢無以刑之，彼中有不足者則又避嫌而過溺。觀史册所傳，子之善事者多，母之善撫者鮮。第以天下有不孝之子，無不甚慈之母。苟繼母之見化于子，且化於母，而太和大順之治，聞者見者誰不油然生孝弟心也？於戲！繼母配父與因母同此爲人子言也，繼母爲父所出不服，此爲爲繼母者言也。先王制禮，示繼母以不敢不慈，而示人子以不忍不孝。孝慈之誼衰，故涼薄之風長。當太宜人初撫静齋時，豈不期所生男女之至有四而食其報者始自今？即静齋就塾時，寧必料己之獲報？夫太宜人而紀其盛者亦自今，此由我聖朝仁讓帥從，融洽蒸遍，庠序之教，洊被閨門。静齋爲校官，既能承其繼外祖之所以教者，用慰太宜人之心，迨用之劇縣而然，用之方州而復然。昔范文正公自以一生得力在官教授時起，特文正於母有遺憾，而静齋于母有恔心，是又所遭之幸不幸，而非人之所爲也。爲之序，冀以詔人倫之矩而垂女史之箴焉爾。

張母高太孺人八十壽序

倉吾邑之米於周浦，徵諸民，兑諸運丁，漕諸黄浦，以達通潞，每十一二月間功令克期當竣，邑地氣較遲一二。候産米少，或糴自他邑，若畸零雜碎之故，他州府開舵先後之次，非開篆後弁丁不能運以行。周浦蓋巨鎮，誦弦稗販，萃處填委。析縣置倉，邑之長治漕來駐倉，囂隘不足以棲其家。自仲冬至春孟兑竣乃返，治不可緩，亦不能以急。仁和張侯雪舫莅政之三年，歲壬戌正月十五日，大夫人帨辰届八十，先一年十一月吉集僚友諸里老，及戊午、庚申、辛酉三科分校省闈所得士奉壽觴，而問序於予。予於侯辱一日之知，知其學之粹、行之修，又以見其政之美，而不擾於民。方太夫人歸晉揚太翁時，翁少孤鮮兄弟，棄舉業學廢舉策，賴太夫人善操作，以女紅佐不給，每課侯習誦夜漏三四上始退，於仲叔子亦然。既弗克，逮尊嫜則迎所生，兩親於家所生亦忘其爲無子。慈惠恭儉，雖臧獲未嘗加呵譴。其壽也，繄其德也。杭俗近唐魏，世族多以禮自持，鮮驕夸侈靡之習，牧民者多不敢自攘府庫而虐取其民。邑境雖僻左，秔稻之美，吉貝之利，魚蟹之美，蓮塘梅隖之勝，民氣愿樸，號易治。太夫人習而安焉，所少者桑土耳。詩曰：「十月穫稻，爲此春酒，以介眉壽。」稻者稬之專名，其性黏故宜釀，説文「沛國謂稻曰稬」是也。秔特稻屬，後世竟以稻爲秔稬之通名，不知月令命太酋言秫稻豐年，詩黍稌爲酒醴，皆以稉釀酒之證，其於秔無與。今吾邑所漕之米皆秔，惟搭運間有稬，稬斯宜釀，釀以十月，則介壽之在十月後可知。惟古人率以歲始上壽，至唐玄宗始以生日立節名，而遼世君臣往往各占令節爲生日。生日之禮非古，養老之禮伊古，養老古自五十始。近世於生日之届十曰正壽，於十有九曰做九，於十有一曰滿秩，誠以愛日無窮，至上壽而禮倍崇、愛倍篤。元夕又令節，太夫人適於是生，而侯勤於所職，恐及期而數十里之程官事靡盬，乃於穫稻之初頂修觀燈之事。年豐人和，繞膝燕喜，於太夫人有詒穀之謀，於侯有禄養之樂，而於禮一一因乎時、合乎古，予故据典徵之，而僂指及門若太夫人與侯所遇者，其數數見哉！過此以往，雖歲舉可也，抑豳詩人之義也。

王孺人壽序

予里居敞門，不復與賓客之事。今年三月，錢唐門人、壬戌榜朱吉士廷慶來謁，言以上年冬歸省兩親，蓋坦園封公年十七而爲學官弟子，負文譽，顧試累不售。自廷慶及叔弟福年以乙卯登師門，廷慶成進士之年，次弟福慶亦以明經注校官，皆同母産也。庶母弟福皆、福順、福寧今次第就塾，吾父雖不得志於身，而心用少慰。既退，則以長句求序其母王夫人壽。母少坦園二歲，恭儉慈惠，恩義兼至，今六月十一爲六十帨辰，請急言歸，爲省其兩親，而因以壽其母也。

予觀爲酒介壽之義見於風，壽母之名見於頌，非如近世爲壽之文不根於古。誠以元辰令節無時不可上壽，而非必有待于生日，乃近世父母年相差者，其子求人合製雙壽之文，事近不經，直與不知父母之年等。父，天也；母，地也。父生母成，其恩誼無二。乃或抑之使後，或移之使前，毋亦徇其名而忘其實矣。母今年六十，當六十二時坦園始六十。六十曰耆，耆未稱爲老，而古之養老自五十始。由家而鄉而國，凡燕射、食饗之節秩然有文，若國老、庶老尤必加之禮。以坦園之學行，異日者當有纁幣相迎徵詣公車之事，令妻偕老，何媿乎古詩人所云？而吉士兄弟學日勤，名位日進，所以先爲母壽，後二年而復壽坦園者方未艾也。吉士詩筆力健舉，不徇于世俗雙壽之文，而先眷眷予一言，其義創而文之體亦創。爰質言之，爲乘韋之導爾。

白華後稿卷之十六

策問 辨 釋

乾隆五十八年會試策問

問：春秋紀事，右史職之，孔子修春秋，成於何年何月？魯未修之春秋，與孔子所修指證何在？張晏以春秋萬八千字正司馬遷文，成數萬之誤，然此誤自遷始歟？其字果足萬八千之數歟？春秋傳五家，其二何以微絶？左丘明或云非魯論所稱，或云左氏，或云左丘氏，或云先作外傳國語，後作内傳，或云非作國語之人，當從何説？公羊立學何以獨生？何以或謂與穀梁一姓？穀梁名赤，一名喜，王應麟謂尚有一名，何所依據？孔子之經爲杜預散入左傳中，隋志所載春秋經、春秋正經何從刺取？陸淳所校三傳差繆二百餘條，何者尤甚？非經文而三傳增入者何事？程子之傳爲胡安國所本，然訓元年爲體元，訓獲麟爲紀瑞，初非經旨，又何以行之久遠？我皇上衮褒鉞貶，義秉春秋，近者特頒功令，用左傳取士，而參取公、穀，衷論發微，多士試以其授受、興廢、異同、得失對。

問：言志以詩，昭德象功以樂。詩、樂相將，詩無不可入樂歟？頌詩之三百即弦詩、歌詩之三百歟？孔子正樂，雅、頌得所，樂正豈由詩正歟？正小雅爲燕饗之樂，正大雅爲朝會之樂，三頌爲宗廟、郊社之樂，十五國風及變雅其亦入樂歟？大司樂以樂語教國子，樂與詩豈分爲二歟？宫縣、軒縣、判縣、特縣，其制何若？其義何取？人聲曰聲，樂聲曰音，班固樂志於宫中、商章、角觸、徵祉、羽宇各爲之説，果有合歟？國語以八音合五聲，如金之尚羽、石之尚角，義旨安在？咸池、六英、五莖、大章、簫韶諸樂各有各義，降及後代，樂府燦然，可約舉其槩歟？古樂尚已，朱子欲於今樂中去其噍殺促數之音，考其律吕之正，以養人心之和，是古樂不必强求，而得令樂之正者，非即所以復古歟？詩經全部乃有周之全樂，吴繼仕所云其信然歟？伏讀御製詩，聲振金玉，如樂集成韶樂之論、笙詩之章、詩經樂譜之書，廣大精微，義藴統舉，多士弦誦有年，洋洋盈耳矣，盍以所得者復？

問：語曰「學文」，曰「博學於文」，文即藝歟？漢藝文志，隋志何以曰「經籍」歟？賦家、楚辭家亦曰古文歟？六朝綺靡，駢體風行，唐以辭賦表判等體爲時文，何歟？韓愈恥作俗下文字，人多怪之，抑有賞異之、羽翼之、編次之者歟？歐陽修之得韓文舊本，何以甚難？宋初古文家以何人爲始？南宋之文，朱子何以獨得其醇？元潘昂霄舉韓文爲作文之例，較茅坤並推八家，孰是？元之四家何以不及吳澄？明初大家何以不及黃、柳？唐順之、歸有光既以時文名世矣，其古文以何者爲得意？其同時並稱者何人？夫因文見道，文人之言也；以文載道，聖人之言也。我皇上苞符道體，淵運文思，伏讀御製文，地負海涵，舉聖賢訓示之旨，制作之精，融會貫通，隨處湧現，信所謂聖人之門難爲言也，尚尊所聞以對。

問：士首四民，貴端習，尚德行道藝，孝弟睦婣任卹之舉，周制尚已，漢初詔舉，約有幾科？利禄所趨，其弊安在？唐時進士最稱榮選，乃温卷濫於試前，叩簾弛於試日，挾書標榜不已傎歟？登科記所載進士歲舉，少者數人，多者六七十人，或重試登第，或覆試落第，此外諸科皆不聞，滋弊若此之甚，豈進士較浮薄歟？進士之濫自宋太宗始，然有日未中而納卷者，特命黜落以懲輕俊，所試幾題？所黜何人？糊名之令、易書之法、三場分試之期定於何代？夫主文者杜請託之風，盛時則甚易；應試者洗蹈襲之習，雖盛世亦甚難。歐陽修之請先試論策，朱子之議分年試五經，説未及行，事則有待。我國家因革往制，標經義之要，歸扢聲詩之至教，懷挾代倩，諸弊無不漸次掃除。兹又特命鄉會試中式舉子，通行覆試，誠澄清士氣、遴拔真才之至意也。盍言之無隱？

問：市糴之法始於管仲、魏李悝，或兼主富國，或專主濟民，其法孰善？漢永平間作常平倉，其後北齊富民倉、唐社倉、義倉立法各殊，可一一考論歟？貞元間詔京兆府於時價外加估和糴，先給價值，然後納貯，一時民皆樂輸，乃白居易極論其失，而以爲不如有司開場自糴，其説安在？宋之中葉有結糴、寄糴、俵糴、均糴、博糴、兑糴、括糴諸名目，雖一時權宜，爲軍餉邊儲之備，其於民生日用果有實濟歟？夫歲豐則取之以通民財，歲歉則捐之以濟民食，凡以裕民生籌邦計也，乃自唐至宋多仰此以備邊儲，其於古人立法本意合歟？否歟？我皇上軫念黎元，無微不至，偶遇歉收即加恩減價平糶，奸商不能居奇，胥役不能舞弊，官價減則市價平，市價平則民食裕，一舉備三善焉，尚取有便於民者著之篇。

乾隆五十七年江西鄉試策問

問：結繩而後，書契代興，其訓若何？用版、用策，大小何以不同？刻石昉於何代？石經初刻在漢靈帝何年？熹平中何以再刻？所刻七經，書用何體？樹在何地？徙自何時？唐宋時收其遺字，刻其殘字者何人？唐開成以九經刻石，并孝經、論語、爾雅，六十五萬二百五十二字，計一百五十九卷，今在西安碑洞，當鄭覃奏請刻石時，孰與同校？後又孰爲覆校？嘉靖間塌損後，孰爲補刻小字於原碑之旁？朱子論語注嘗引後蜀石經一條，而非開成之本，開成本間有缺筆之字，論者何以爲唐澤之遠？今監本九經如説、知、弟、女、强、辟等字，孟子皆作悦、智、悌、汝、彊、譬，非孟子多沿魏晉後傳寫之本，而唐經皆據漢石經之驗歟？我皇上尊經好古，既刻岳珂五經，嘉惠藝林，復命廷臣以蔣衡繕進之十三經，審勘考正，刻石國子監，俾聖賢經傳炳焕日星，信古今來未有之盛事也，多士盍敬陳之？

問：古右史記動，是謂春秋，於義何取？孔子時止五十餘國，其云百國春秋，何故？魯與晉、楚春秋見者、習者、教者何人？子史諸書非春秋而名春秋，何故？桓四年、七年不書秋冬，十四年夏五不書月，此例甚夥，其説安在？左氏、左丘氏，或謂二氏一人，或謂一氏一人，葉夢得、司馬光之言孰當？公、穀二傳或謂出姜姓，于穀梁氏或謂名赤，或謂名俶，或謂名喜，其何以據？漢武帝好公羊，宣帝好穀梁，若左氏立而復廢，唐以左氏爲大經，公、穀爲小經，又何以説？杜預屈經以伸傳，爲左氏功臣；何休引緯以汨經，爲公羊罪人；范甯徹聖經、詰衆傳，傳穀梁之學爲最善。夫三傳短長，言人人殊，惟朱子言左氏史學，事詳而理差；公、穀經學，理詳而事誤，此誠誦習者之指南，而三家之異同、得失當指數一二焉。我皇上淵源孔思，刑賞予奪，一秉春秋，多士伏案講求，他日尚引經以決事也，其各以見聞復。

乾隆五十玖年浙江鄉試策問

問：敬者，聖學之所以成始成終也。始謂内聖，終謂外王。敬授何以與恭異訓？敬修何以與慎同箴？言學必言敬，説文何以从苟與攴？言學必言斆，説文何以讀斈若爻？學以致道，何以反云道學？性以具理，何以又云性理？論語三言心，人心、道心何以錯出？在荀子、孟子言良心、知愛、知敬，何以流别爲陸氏、王氏？人貴學古，至蒸民之注古訓，其音義何以殊？弟子始學文，若保氏之教，六藝其名目何以異？學至賾矣，統之在敬，敬至微矣，流之在謙，謙諸爻皆近吉，而吉象何以特占？謙，異文或作講，而講訓何以迥别？從來聖不自聖之懷，衹此損之又損之學，頌堯克讓，咨禹不矜，緝熙光明，景爍豐美。我皇上與道同治，與天同體，畏天法祖，勤民勤政之學，積之以誠，居之以敬。曰惟欲至于萬年，用能福蹐四得，動集十全，帝範之編未足云，泰階之符未足上也。諸生涵泳道涯，漸摩聖化，其敬陳毋隱。

問：易先天、後天音義與邵子殊，干令升之先中後三天何指？無極太極圖説與陳摶近，陳子昂之太極生三五何据？出震之章言右旋，朱子何未詳？觀、否之筮言互體，朱子何未取？古有堯典無舜典，言夏書不言虞書，高玄九族，何云世數不及？震澤三江，何云吴越是環？少師奔周，何云微乎？蒲姑遷奄，何云再叛？詩當采獻，何故以章句删？詩入樂歌，何嘗以正變異？逸詩在經傳者孔多，補逸詩在晉後者亦夥，春秋必據告文，則梁亡、陳亡豈來告之辭？必寓褒貶，則僖二三年、文四年同一不雨，曷寓勤雨不憂雨之旨？公羊謂嬰齊後兄，若母以子貴，非庶子厭降母服之經？穀梁謂衛輒尊祖，若獻以戎菽，豈齊桓來獻戎捷之意？昏序愆而女可奔男，冠禮行而母可拜子。蜡、臘孰廣孰專？盟、詛孰大孰小？辯殺、辯酬何不从偏？太廟太室何不从世？新令試士，合用五經，誠尊經厲學之聖意也，試陳義以復。

問：金石之文與史傳表裏，浙於潛石柱山秦刻及會稽始皇刻石，果秦篆歟？漢堂邑令費鳳碑有二，俱在湖州，黎儀何訓？鴥錿何義？吴大帝刻字在石杵，又云在石柱，係出何書？曹娥碑在上虞，所稱「絶妙好辭」也，魏武果嘗至其境歟？典畧何以謂爲魏文事？宋高宗御書石經刊石臨安，其書全帙者幾經？節書幾經？章草幾經？至洪景伯所刻漢石經遺字，在越州治蓬萊閣者，尚書、魯詩、儀禮、公羊、論語共若干字，可具述歟？三代以下石多金少，然亦間有流傳，漢侯鉦銘見於何書？龍井鐵牌何時所製？淨慈寺鐵鍋款貞明二年，鑄當屬何代？錢武肅王鏐金書鐵券，所封何爵？金塗塔見表忠譜，其款云乙卯歲記，當在後周之何年？蕭山祇園寺舍利塔題名，距錢氏造金塗塔幾歲？宋銅鎊牌見孔行素至正直記，鑄「臨安府」三字，其行用又何若歟？諸生殫心稽古，備陳焉以覘所學。

問：上幣珠玉，中幣黄金，下幣刀布，刀布之名何取？函圓孔方，制於何創？外府泉府，職於何守？錢有兩面，孰爲其背？錢本足陌，孰從而短？三銖、五銖、七銖之利，孰均？當三當十、直百直千之弊，孰甚？漢文、唐玄嘗弛盜鑄之令，諫者何人？貢禹、師丹嘗有廢錢之請，寢者何故？鑄鐵之法以鐵十准銅六矣，何以不能流通？蓄銅之禁，以熟銅一斤准生銅二斤矣，何以不能阻止？蓋私銷由銅貴，私鑄由錢貴，若穿眼翦邊，則以私銷供其私鑄，而私鑄日多，官鑄工質良，私鑄工質劣，若惜工減料，則以官局近於私錢，而官鑄或濫。洪惟我國家理大物博，民物康阜，新疆大定後鑄造普爾錢文，俾資利用。而廓爾喀大功告蕆，復又範銀爲錢，永戢奸僞。至雲、貴、四川等省小錢再三申諭，禁戢掃除，復停止該省鼓鑄，俾官局劣錢無由影射，斯誠權衡酌劑之宜，所以阜財求利器用也，尚以所得著於篇。

問：衣食之源惟耕與織，古之衣布麻蒯是資，棉花本名吉貝，昉於何代？盛於何時？間有私祀爲神者何氏？桑類非一，蠶種亦殊，其有不以桑飼者何故？種何以浴？葉何以戾？曲植蘧筐之制何爲？黼黻文章之名何屬？原蠶之禁何以在馬質？奉蠶之候何以曰歲？單蠶享先蠶，猶農享先農也，祀事之稱爲先者有幾？蠶神或以爲嫘祖，或以爲苑窳婦人，或以爲寓氏公主，其以爲天駟爲馬頭孃者何故？祭宜何月？壇宜何向？用牢若何？用樂若何？鞠衣之訓，或曰黄桑，或曰鞠塵，或曰黄華；天子所薦之先帝，或以爲太皥之屬，意者猶之元日祈穀歟？今楚、蜀、齊、晉均産蠶桑，而浙西三郡利甲海宇，我皇上勤卹宵衣，準府州縣各建農壇之義，於杭州省會秩祀先蠶，御書扁額，報功妥靈，蓋不但耕織陳圖光邀天藻矣，諸生其數典言之。

乾隆六十年浙江鄉試策問

問：今所行十三經，曰傳、曰箋、曰解、曰學，何以通謂之注？鄭康成注禮、注詩，何以互有異同？詩、禮而外，其所注有散見者歟？唐人經說之存於今者，李鼎祚周易集解、成伯瑜毛詩指說、陸淳春秋纂例、辨疑、微旨而已。孔穎達作易、書、詩、春秋、左氏傳、禮記正義，而不及周禮、儀禮，何歟？其孰補撰歟？陸德明之釋文音義，有舛漏者歟？德明序録特詳，若唐儒學傳四十七人，宋儒林傳六十七人，其間孰濫孰遺，可約爲指數歟？漢博士所議、圜橋所聽、虎觀所論、唐集賢殿學士所講，可指證歟？集賢殿名本名麗正書院，又何說歟？宋時進講在於何殿？其官何名？舉其職者以何爲最？唐御書經者何帝？宋御書經者何宗？夫經者聖人之心也，聖吐辭爲經者也。我皇上歲御經筵，以四子五經論示諸改，復奉御筆說經文百四十篇，頒勒太學石經之首，洵經天行地，經學大昌之會也。尚以誦習者陳之。

問：舍采合舞見於周官，釋奠合樂詳於戴記，先鄭謂舞者持芬香之采，康成謂舍采即釋菜，貶損盛服以下其師，其說然歟？舍采即夏小正之舍萌，又何說歟？立學訊醜皆舉釋奠，四時亦竝舉之，其後何以祗重春秋二仲歟？用丁抑有說歟？月令既言命樂正習舞釋菜矣，文王世子又言釋菜不舞，鄭注云釋菜禮輕，釋奠則舞，其所奠又何物歟？先師之名其果尊於先聖歟？官禮所載大胥樂正所掌，天子帥公卿親往視之而已，所謂天子至乃命有司行事，注謂視學觀禮者也。三代以下親祭孔子者命太常，命皇子釋奠者，或臨幸太學觀行釋奠，或再拜躬祀，命官分獻，其時代亦可具詳歟？馮懷專饗之荅，元齡升祀之議，如水若鏡。釋奠有文，享聖酬功，釋奠陳頌可類舉歟？我皇上尊師典學，六展上儀，兹以時乘周甲之年復舉，親祀上丁之禮，宸製焜煌，慶恩溥濩，諸生其敷陳聞見以抒頌美焉。

問：賦由田出，禹貢各差九等，鄭康成謂通率九州，一井税五夫，説安在歟？甸以治田，侯以斥候，非丁糧所由昉歟？東南賦額緐重，僉謂明祖憾吴民爲張士誠固守，因没豪右私田，徵以私額，而經界推排之法，孰作之俑歟？發政施仁，薄賦而已，補助已責，殆蠲免所始歟？蠲謂之除，亦謂之免，有免積逋、免貸種、免本年半租、全租之異，可舉證歟？普免之政見於史籍者八帝，其時或田制未定，或天下未一，或因水旱，雖云普免，名不副實，能析言之歟？普免漕糧尤史家所罕見，如漢昭帝二年、唐代宗八年，曰減、曰止、曰轉，果可稱普免歟？洪惟我朝定鼎之初，即定賦役，則例聖祖仁皇帝諭令永不加賦，復經普免天下錢糧、漕糧，世宗憲皇帝元年大免直省逋賦，七年至九年輪蠲各正供，我皇上湛恩汪濊，普免錢糧者四，普免漕糧者三，偶遇偏災，曲予賑貸，又普免各逋不可以億萬萬計。沐浴詠歌者盍詳考以頌美聖澤焉。

問：古文、今文以字體言，古文、時文以文體言，隸、楷之不能變蝌蚪，猶時文之不能變經史歟？以古文爲時文，其果信歟？豈變八股爲散行，即可謂古文歟？時文之名始於何代？以經書發題始於何時？明文盛自成、弘，王、唐以前傳者十餘家，可槩舉歟？守溪、鶴灘、荆川、昆湖謂之王、錢、唐、瞿四家，去鶴灘而易方山，又何故歟？瞿、薛既祧，易以歸、胡，歸、胡晚遇，後之推震川爲第一者，自何人始歟？嘉、隆以還，漸尚凌駕，或近穠纖，而其間名家接踵，可指數歟？江右四家首推千子，吴中五雋首推維節，陳大樽之論何以可抗千子？錢吉士之文何以可追守溪？能約舉其義歟？文社之結，不無伐異而黨同，文定、文待之選豈果信？今而傳後，行書何所取義？魁卷何自刊頒？我皇上釐正文體，欽定四書文程式，海内復以清真雅正時時訓示枋文之臣，即多士亦知有趨向矣，試言之。

問：五兵之用，長短異宜，兵自農分，復分水陸。漢有横海、伏波諸軍，會稽郡置樓船守尉，其可考歟？錢武肅時防江以界南北耳，防海何時特重歟？我國家九寓昇平海隅，率俾皇上德威丕振，猶諄誡於文恬武嬉之習，歲時簡閲，至水師會哨，申禁尤嚴，宜乎海波不驚，商舶如鶩矣。倭患之乘在明中葉，其衅何生？其弭何術？胡宗憲所倚者何人？楊守陳所言薙獮之者，其説安在？草薋竄伏，綱户飄揚，非若勾串外番，登岸剽掠之逆也，而開洋駕駛，商不勝盗，何以預防而遠衛歟？古弭盗之方，有繡衣持斧斷斬郡國者，有聽羣盗自相糾摘者；捕盗之課，有捕弗滿品二千石以下皆坐罪者，有取獲賊多寡爲殿最者，如沿海諸郡可仿行歟？夫潮汐有盈虚，風信有起止，沙線有遷移，島嶼有隱見，浙省玉環、黄巖等境毗連閩、粤，重洋乍澈，下接江南，商販往還，胥資戢靖。諸生生長海邦，尚以所講求者，陳之毋隱。

辨諱

記曰：「生曰父、曰母、曰妻，死曰考、曰妣、曰嬪。」郭氏注爾雅，歷引書、詩、春秋傳及蒼頡篇考妣延年之語駁之，以謂非死生之異稱。蓋爾雅父母、考妣互稱，如云父之考曰王父，父之妣曰王母，不云父之考、妣曰王考、王妣也。古者咳而名，冠而字，春秋之法諸侯不生名，死則名之。許氏慎泥「卒哭而諱」之文，以論語稱鯉也死，特設言而實未死，後鄭已駁其非矣。人子於父母之名，生死皆諱，故曰諱名不諱姓，第其禮止於門内，故曰入門問諱。諱之爲言跽也、隱也、避也，周人以諱事神名，終將諱之，謂死則諱其名，非謂死者必曰諱某，生者必不名某也。衛侯名惡，其大夫齊惡，鄭康成曲禮注：衛侯名惡，大夫有石惡。（「石」本或作「名」。）正義：魯襄公二十八年衛石惡出奔晉，二十九年衛侯衎卒，衛侯惡乃即位，與石惡不相干。熊氏云：「石」字誤，當作「名」。昭七年衛侯惡卒，穀梁傳云：昭元年有衛齊惡。今衛侯惡，何謂君臣同名也。據此則爲衛齊惡，非石惡，鄭誤也。春秋初尚不相避。記曰：與君之諱同則稱字。趙岐曰：諱君父之名，而不諱姓。漢宣帝元康二年詔曰：「聞古天子之名難知而易諱也，今上書觸諱以犯罪者，朕甚憐之，其更諱詢。」此生而稱諱之證。特其禁秦政始厲，後之論者知人死之稱不諱，而不知人生之名可稱諱，不大惑邪？樊毅西嶽廟碑云：「弘農大守樊君諱毅。」集古録謂碑乃即時所立，太守不宜生稱諱。趙氏明誠謂漢石刻生而稱諱者甚衆，不獨此碑，箕子廟碑陰有論生人不宜稱諱者。李氏紱謂生曰名，死曰諱，出自近俗，不見典訓。予故舉父母、孝妣互稱之實，以正檀弓疏生不相諱、卒哭乃有神諱之非，作辨諱。

辨狽

説文：跙，步行獵跋也；跋，蹎跋也。廣韻：跙或作跡，跋通作狽。而説文無狽字，後漢儒林傳：狼狽折札之命。注：折簡而召，不煩重命也。潘岳西征賦亦「狼狽而可愍」，注引文字集畧曰：狼狽，猶狼跋也。孔叢子「吾於狼狽見聖人之志」，即指狼跋之詩而言。玉篇「狽，狼狽」，亦未嘗以狽爲獸。惟蘇鶚演義既引神異經云狽無前足，又云：狽，狼屬，前一足短，不能自行，附狼背而行。若狼爲巨獸或人逐之而逸，即狽墜於地，不能取濟。狽从貝，貝，背也，以附狼背，遂从犬、从貝。集韻：狽，狼屬，生子或欠一足、二足者，相附而行，離則顛，故猝遽謂之狼狽。是狽之于狼，猶駏驉之於蹷矣。山海經、爾雅多言狼不言狽，六書正譌猝遽謂之狼跙別作貝非，蓋狼跙即狼跋。周禮條狼氏注：條當爲滌器之滌。狼狼扈道上，疏以謂狼扈猶之狼籍。愚以謂猶之狼跋，山皁而大曰扈，後從曰扈，横行曰跋扈。狼以善顧聞，不以善附他獸於背聞。跙與跋，其音互轉，其文不改，自俗書歧舛，如牂柯爲牂牁、朐忍爲朐䏰、狼跙爲狼狽，甚且别爲釋狽，而不思狼之貪猛，斷不以負獸而行，校獵者亦未見有狼背之獸也。故原蘇氏演義之失，而廣顧氏景星未盡之義，爲著於篇。

釋吳

古無姓吳者，槃瓠銜吳將軍頭事出小説，不足爲典據。吳即虞也，史記吳世家贊以吳、虞爲一。古字多有添虍者，如処作處，乎作虖，柤作樝，彬作虨皆是。公羊傳定公四年，晉士鞅、衛孔圉帥師伐鮮虞。虞或本作吳。石鼓文有吳人，注虞人也。水經注吳山，汧縣西古之汧山也，國語所謂虞矣。論衡曰帝舜姓虞，箕伯、直柄、虞遂、伯戲皆舜後。顧炎武曰：「史記太伯之奔荆蠻，自號句吳，荆蠻義之，從而歸之千餘家，立爲吳太伯；太伯卒，無子弟，仲雍立，是爲吳仲雍，仲雍卒，子季簡立，季簡卒，子叔達立，叔達卒，子周章立；是時周武王克殷，求太伯仲雍之後，得周章，周章已君吳，因而封之，乃封周章弟虞仲於周之北故夏虚，是爲虞仲列爲諸侯；然則仲雍爲吳仲雍，而虞仲乃其曾孫，武王封之虞之故墟乃有虞仲之名耳，論語所稱虞仲疑是吳仲之誤。史記趙世家吳芮内其女孟姚，索隱曰：古虞、吳音相近，故舜後亦姓吳。吳越春秋太伯曰其當有封者吳仲也，則仲雍稱吳仲矣。」又曰：「漢書地理志河東郡大陽吳山在西上有吳城，周武王封太伯後於此，上有虞城。水經注亦作虞城。虞城之書爲吳城，猶吳仲之書爲虞仲也。」按吳之爲文从口，五乎切，音吾。不从口从夨，傾頭也，音側。不从天、不从大，并不从夨。姓郡爲本訓，大言爲別訓。説文：吳，姓也，亦郡也，一曰大言也，从夨口。徐鍇曰：大言故夨口以出聲，詩「不吳不揚」，寫詩者改吳作吴，又音胡化切，謬甚。沈括曰：古文變隸後益訛舛，如云有口爲吳，無口爲天，吳从口从矢，音捩。非天字也。袁文曰：筆談辨吳字从矢、非从天也，然从矢亦非也，蓋从口从矢，矢即大字，義與吴同，皆訓大聲。楊慎曰：吳从矢，吳元濟時有「小兒天上口」之謡，是熒惑亦不識字也。方以智曰：何承天以爲話當作吴，从大口，訛爲吳，不知吳从口从矢，亦人卬首話言之形，何得復造吴字。吳之爲吴，猶角本有禄音，而復造用字。王伯厚詩考引説文作不吴不敖，張子厚專主吴字之説。升菴則云吳自吳、吴自吴，甚可笑也。顧景星曰：周頌「不吳不敖」，史記作「不虞不鶩」，足見漢時虞、吳同聲也，邶詩「碩人俁俁」，其从吳亦大意，不知何時改吳作吴，朱子詩註吳音話，未之考也。又曰：越絶書以口爲姓，承之以天，三國志吳薛綜對蜀張奉曰無口爲天，有口爲吳，當時已譌从天，如人一口、丕不十之類皆是也。陳長發曰：「不吳不敖」，吳有胡化、下快、五乎三切而義同，釋文引説文作吴，而今本从矢口，然則今説文吳字豈徐氏所改乎？至於口下大，及胡化切，説本何承天，其來已久，徐氏謂今人寫詩之謬，殊不可解；又大言何須仄口，不如口下大取義明捷也。楊慎古音畧从何音樺作吴，亦从陸晉話，陳第古音考从徐音，吾作吳，殆一偏之見也。是知吾、吳之氏有从舜出者，有从太伯出者，虞氏亦復如之。至鐘鼎字源載王子吳鼎作[illegible]，牧敦作[illegible]侈，耳區鼐作[illegible]，而句吳之句，猶之郲曰郲、婁越曰於越，皆以是發聲之辭。吳越地近，句卑句踐尤足爲句吳之證。言六書氏族之學者，果何所衷而得其當哉？就其文，姑以許氏斷。

白華後稿卷之十七

解説原贊

一貫解

論語一貫之旨，何氏於「賜也」章曰：「善有元，事有會，知其元則衆善舉，故不待多學而一知之。」邢氏疏：「用一理以貫通之，故不待多學。」「參乎」章，邢疏：「貫，統也。我所行之道，惟用一理以統天下萬事之理也。忠謂盡中心，恕謂忖己度物。以忠恕一理統天下萬事之理，更無他法也。」按説文：「貫，穿也。」既穿曰貫，錢貝用之，此宋儒「一屋散錢須尋一個索子」之説所自也。雖然，事有萬，理即有萬，若以一理統萬事，是文王於君臣、父子、國人不必分係以仁、敬、孝、慈、信，而五事不必分係以肅、乂、哲、謀、聖也。聖，誠而已矣。元亨，誠之通；利貞，誠之復。天下之動貞夫一，一者不貳也。不貳，誠也。誠之用在忠，忠之用在恕。强恕則終身可行，而違道不遠。子貢之學期自恕始，曾子之學期自忠始。大學言誠意，言恕、言誠而忠在其中，恕亦在其中。三省之一曰不忠，不忠自無不恕，然則一以貫之謂誠之統貫萬事，而非謂一理之統萬事也。天得一以清，地得一以寧，萬物得一以生，侯王得一以爲天下正。彼訓一爲純，不若訓一爲誠之爲得也。困勉録首引夏九範曰：「一即暗指忠恕。」又引張彦陵曰：「吾道一以貫之，若添心字、理字、體用字，便支離。分夫子之忠恕、學者之忠恕，忠屬一，恕屬貫，亦支離。」李毅侯曰：「聖人所爲一者，誠是也。强恕則所以求誠也。」竊謂强恕非以求誠，乃以求仁。恕由忠出，謂之忠恕，猶言行必求敬信，而信之至謂之忠信，敬之至謂之篤敬也。萬殊一本，衆喙雷同，試思以數之始言一，與萬互對；以理之本言一，終屬虚懸，是故多學而識謂學，識乎萬事之理也。吾道一以貫之，謂吾之道以誠一貫乎萬事之理也。理即道也，以一爲一理，是直曰吾理以貫之、吾道道以貫之也。説之不可通者也。宋儒言理多近晉人，如太極如一貫，惝怳支離，多不得其歸宿。夏氏以一爲忠恕，而不知一非即恕。張氏以忠屬一，李氏以一爲誠，而其言又少依據。若俞氏長城一貫解，仍以不解解也。仁、敬、孝、慈、信須自忠字透徹出來，不止恕自忠出。曾子特就門人所知者曉之，故先忠後恕，至無忠做恕不出之説，與强恕之旨尤不合，不復辨。

説坫

今北方之俗，室中累土如匡牀，高二尺，圍徑，三面而闕，其當門者以處、以寢、以庋物，謂之曰坑，讀若抗，亦作炕。或座閒斲木如几而庳曰炕桌。考之古坫之制，達於上下房與堂，與堂下皆有之。或以土，或以木，内則：「大夫無秩膳，七十而有閣。」大夫閣三，士坫一，閣在上以板，坫在下以土，此以别大夫、士庋食之禮，而房故有坫也。明堂位：「崇坫康圭。」康讀亢，孔疏：「亢，舉也，受賓之圭舉於其上也。」覲禮：「侯氏入門右，坐奠圭。」入而即奠，則坫在堂下可知。惟在堂下，故不得不爲稍崇。既夕禮：「設棜於東堂下，南順齊於坫，饌於其上。」此坫之在堂下者也。大射儀：「卒管大師及少師上工皆東，坫之東南西面北上坐。小射正取公之決，拾於東坫上；小射正又坐取拾，興，贊設拾以笥，退奠於坫上。」士冠禮：「爵弁，皮弁，緇布冠，各一匴，執以待於西坫南。」士喪禮：「牀第夷盤饌於西坫南，熬黍稷各二有魚腊，饌於西坫南。」士虞禮：「苴長五寸，東之實於篚，饌於西坫上。」此坫之在堂東西者也。古人席地而坐，鄉飲酒禮、燕禮設篚以奠爵，鄉射禮設豐以尊爵。若兩君宴好，則奠在兩楹之間，坫之所在賓與主夾之。論語有反坫，明堂位反坫出尊。凡物向内爲入，向外爲出，坫在尊南，故曰出尊。坫之爲言奠也，高八寸，足高二寸，此坫之在堂中者也。以上庋物、奠物之坫，惟房中者，累土爲之，餘則爲之以木，以便隨時移徙。又爾雅垝謂之坫，説文以屏訓坫，筆談以屏爲反坫，歷引汲冢書四阿反坫、郊特牲臺門旅樹反坫，以謂屏牆外向，故曰反坫。黄氏日抄亦謂反坫，如今院司臺門内立牆之制。管氏屏墻反向於外，亦宮室之僣，又恐其與宴好之義不相蒙，遂謂古諸侯會同，儀衛甚多，故爲反向之室，若今時行在所之騏驥院、牛羊司者。而楊氏慎謂今商賈之藏貨客旅之上，宿皆曰店，店必外向，即古反坫向外之遺。予惟應劭、崔豹皆曰店，店所以置貨鬻之物也；又曰：「店，置也。」店从广从占，坫从土从占，占有隱義、固義，據義與店義差可通，故綜趙氏宧光、方氏以智、陳氏玉璂、祖范、全氏祖望之説，正賈氏以豐爲坫之非，而爾雅疏以堂隅庋物之坫當屏牆之坫，又不可不審其誤也。

説節送汪輝祖之官寧遠

歲柔兆敦牂壯月，蕭山汪君輝祖以選人令湖南之寧遠，將行，裒其繼母王、生母徐兩孺人請旌狀，竝海内諸君子詩古文二十七卷曰雙節堂贈言者，而乞予爲之言。

予惟王孺人之歸汪後徐孺人七年，其殁也後十四年。徐孺人年二十九而寡，王孺人二十八而寡，君以十一歲孤子，重之以先世之累，内訌外侮，匪一朝夕。兩孺人拮据卒瘏，督之以義方之教，諸君子語之詳矣。節之訓曰止、曰斷制、曰操、曰檢，天有春、秋、冬、夏分，至及立春、立夏司啓，立秋、立冬司閉，曰八節。人一骨一節，若苗若草亦有節，易艮之象爲木、爲堅多節。許氏慎曰：「節，竹約也。」節繫之竹，竹繫之約，約之猶束之云爾。木之節錯于内，竹之節絫於外，彼中虚外直之體不有節以約之，則脆而不足以韌，偃而不足以挺。人束身以禮，禮之節漸凝，其卒漸著，特節乃行義之總名。謚法：好廉自克曰節。近世致命遂志者多謚節，既嫁夫死守志曰節，曰貞節，未嫁守志曰貞，其逮事舅姑曰節孝，曰貞孝。然唐以前守志之婦曰貞，不曰節，貞本女德，節過于苦則傷刻薄，人所不堪，故曰苦節不可貞。貞恒者幸而處其常，貞節者不幸而值其變，即不幸中尤不幸而悔可以亡。譬之孤生之竹，抑塞磊砢，風雪饕虐，脱一節復綵一節，而慈幹于是焉立孝，筍于是焉成。君以篤行力學，淹經説，通名家言，成進士，綰縣符異，時逢國大慶，得偕請兩孺人贈號焉。吾聞寧遠之山曰九疑，有虞氏之所葬也，二妃之淚漬竹斑，如君憑弔而撫之，知必有愵然于兩孺人之節之苦，而終以著者，乃不傷財、不害民，舉可以節之象筮之，問尚有如春陵行所刺者乎？無有也。君往矣！竹實離離，謂潁川之鳳凰來集於其上也可。

周小濂改字肖濂説

古男女子生三月而命之名，及冠、笄而字之，字與名配。近世因姓配名，雷同比比，若濂谿周氏之撏撦於人也多矣。説文無濂有溓，唐處士孫强增定玉篇始有濂字，云本作溓。按溓訓黏，考工記：「雖有深泥，亦弗之溓也。」注：「溓，鄭司農讀如黏，謂泥不著輻是也。」一訓薄冰，潘岳寡婦賦「水溓溓以微凝」是也。一訓中絶小水。其訓黏者，與兼絲爲縑、兼翼爲鶼、兼目爲鰜，以及鬑訓髮長、霡訓久雨之訓爲近。其訓薄、訓絶者，與廉之訓清、訓儉、訓稜、訓察爲近。

樓攻媿曰：晁以道參記許氏説文有云，溓从水从兼，唐本或作濂。素問：「夏三月之病至陰，不過十日，陰陽交期在溓水。」楊上善曰：「溓，水静也，七月水生時也。然則從兼者亦古文廉字，非兼并之兼也。鑰按素問注溓水者七月也，建申，水生于申，陰陽逆也。唐本既曰从廉，則非無濂字也。」省欽以謂濂之字見於增定玉篇，而以濂名谿，殆自范栢年對宋明帝有「臣居廉讓問」之語，元結因之名讓谿，周子又因讓谿爲濂谿，其書堂詩所云「元子溪曰讓，詩傳到于今」、「吾樂蓋自足，名濂以自箴」是也。蜀人稱細水及江水平緩處曰瀼，亦頗近交讓之義。如林黄中所稱谿之名濂，猶次山三吾之㾕、峿、浯出於臆見，其説猶未盡耳。乃臨川李氏紱以溪出廬山，周子創名爲濂，蘇、黄、趙閲道諸和詩皆指其處，而無一語及其故里。宋史本傳謂周子營道故里有濂溪之名，而因而名之，是承伊洛淵源録之誤，而不知周子大儒，里之人特因廬山濂溪之名以名其故居。李氏好與朱子異同，朱子書婺源縣周子通書板本云：「熹舊記先生行實，采用黄太史詩序中語，若以濂之爲字爲出於先生所自製，以名廬阜之溪者，其後得何君所記，則濂溪實先生故里之本號。又張敬夫記先生家譜載濂溪在營道縣榮樂鄉石塘橋西，近邵武，鄒㬰官舂陵歸，言所見聞，與何、張合，但溪在州西南十五里許，其源委自爲上下保，先生居下保，其他又號爲樓田。至字之爲濂，疑出於元結七泉之遺俗，㬰有辨説甚詳，熹嘗爲九江林使君言之。」方將附其説以證黄序之失，然則宋史本不悮而李氏悮也。子門周藹聯別字小濂，猶東坡小坡之例，頃書來言濂、溓相從，與小義相犯，今改肖濂。予惟周子之濂即廉，輒摭其義訓與故實以報。

原繆

說文：「繆，枲十絜也。」絜者，麻一耑之名，一曰綢繆，皆武彪切，凡違戾錯誤等訓，許氏俱不之及，惟以狂妄者之言爲謬，别見言部。穆，禾也，从禾，㣎聲。㣎，細文，水東流成文，禾之深密之貌似之。書「穆卜」，史記作「繆卜」，徐廣曰：「古書穆多作繆。」按禮序「以昭繆」，註「讀若穆」。公羊傳「葬宋繆公」，釋文：「繆，左氏作穆。」左氏內、外傳周穆王，史記作繆王。秦本紀先作穆公，後作繆公，孟子秦、魯二繆公皆即穆公。謚法：布德執義曰穆，中情見貌曰穆，名與實爽曰繆。皮日休曰：「秦繆公立夷吾，以致晉室之亂，謚繆爲宜，其稱穆公者非也。」楊慎曰：「秦、魯二公，一則違蹇叔之諫，速子車之殉；一則尊子思而不知用，以此見名實之爽。」至關侯謚壯繆，說者謂讀若穆，與岳侯之謚武穆同。禮部韻略穆、繆分見屋韻，類篇於秦、魯二繆公作莫六切，其從力弔切者則曰蟉。或作繆，此正字通所云。今姓繆，讀若妙之自來也。史申公傳有蘭陵繆生，司馬貞曰：「繆，亡救反，繆氏出蘭陵，一音穆。所謂穆生，爲楚元王所禮也。」漢書楚王傳作穆生，儒林傳作繆生。黃溍曰：「鄧名世姓氏辨證有兩繆姓，一音穆，宋繆公後；一音謬，秦繆公後。」竊意惡謚之繆，止當施之何曾、秦檜，其餘謚繆者通作穆。春秋時周有單穆子，魯有叔孫穆子、叔仲穆子、公父穆伯，鄭穆公有七子後曰七穆，亦曰穆氏，宣四年傳：襄公將去穆氏而立子良。亦安在其必出宋繆、秦繆之後者？鄭樵氏族略以凶德爲氏者凡十，而不及繆，祇附見穆字下以謚爲氏之列，是亦以繆之姓當作穆音。郎瑛曰：繆音義各有四，穆音爲謚，妙音爲姓，綢繆爲事情，紕繆爲背戾。彼皮氏、鄧氏之言未可爲典要也。

遵義唐敬亭遺照贊 并序

圖爲敬亭四十四五歲令歙時作，後乞養歸，卒年五十四，此出處、志行之大者。贊曰：

桐之葉兮陰陰，不如蕉之葉有心。心之卷也，材之箭也。峯三十六兮泉丹砂，不如蘭之采以膳也。緊善之人而奪之速乎，以啓爾後人而毋衂乎！

白華後稿卷之十八

書後　跋

書徐袖東所藏琴泉寺佛經殘葉後

唐時梓州有十二塔，其惠義寺即今琴泉寺。寺塔以乾隆庚午六月燬，三臺鄭大令得塔中妙法蓮華經第一卷殘葉，係前蜀王鍇書。予於癸未冬見之錢籜石前輩所，爲賦一詩。乙未十二月歲試按梓，從縣隸薛琮購得。同時所出大集經四紙，其筆法乃沈民則嫡祖，梓之人遂有寶是墨者。丁酉春復得一紙，與此本筆法皆近。褚虞當前蜀時抉佛目、獻佛牙，鍇以白籐笈子自隨寫經。梓州遊幸所及，福田利益，鴻寶實多。是紙不署鍇名，亦當屬蒲宗壽一流人物。適見吾門劉純齋、徐條甫跋語未盡實，爰書其後而歸之。

書穆堂初稿狂簡解後

簡訓甚夥，曰略、曰省、曰要、曰易、曰求、曰選、曰閱，朱子以志大訓狂，以略於事訓簡。臨川李氏謂略於世累、非略於事，其說似矣。至謂何氏引孔氏以簡訓大，邢疏從之，而五經義無以大釋簡者，是殊不然。書「簡而廉」訓簡大，詩「簡兮」訓大，「降福簡簡」訓多，「大奏鼓簡簡」訓和大；爾雅「丕丕簡簡」大也。趙氏注孟子亦云：「簡，大也。」狂者進取，大道而不得其正，此即孔氏「狂者進取」，於大道妄作穿鑿以成文章之義也。惟狂故大，惟大故斐然有章，行不顧言，有待裁正，故狂簡之簡不特非略於事，并非略於世累也。略於世累是子桑伯子之簡，而於琴張、曾皙之狂無與也。簡抑有在義，書曰「簡在帝心」，爾雅「存存萌萌，在也」，郭曰：「萌萌，未見所出。」釋文曰：「萌萌，武耕反，施云朋友，字或作蕑。」疏曰：「萌萌，字書作蔥，說文作蕑。」方氏以智曰：「蕑蕑即萌萌，通作瞢瞢、夢夢、儚儚、貿貿。」憶予友段氏玉裁曰：「蕑者簡之譌，蔥者蕑之譌，竹譌草，門譌明，且又去心作萌。玉篇系蕑於草部，謂與蔥同，或作萌。廣韻系蕑於登，音武登反，與陳博士施乾音云朋反者相近。今說文各本曰簡，爾雅『存存簡簡，在也』，从心，簡省聲，讀若簡，是萌萌即簡簡，簡即簡簡也，故系於『丕丕簡簡』之次也。簡與萌展轉襲謬，當東晉郭氏時已如此也。」其言精而核，附著之以質讀爾雅者。

書字林攷逸後

自劉子政次史籀以下十家於六藝之末，謂之小學，其全書多不存。後世小學家皆祖後漢許氏説文，晉弦令、任城吕氏忱因其五百四十部撰字林七卷，凡萬二千八百二十四字，宋揚州督護吴恭爲之音義。自明字之科廢，而忱書漸微，今僅存者陸氏爾雅釋文所引已爾。古書傳世易訛，易脱，今説文無「冽」字，而詩大東正義引説文「冽，寒貌，字从冰，詩一之日栗冽」，今文選嘯賦注引字林：「冽，寒貌。」高唐賦注引字林：「冽，寒風也。」是説文、字林皆訓冽爲寒，傳寫者增訓寒風，而又誤从水也。水經注湔水出綿虒縣玉壘山，吕忱云「半浣水也，下注江」，不知湔之以水名者出玉壘山，而説文一曰手浣之也，言物有微垢可以手浣，特酈氏所見字林譌「手浣之」爲「半浣水」，而酈氏又誤以半浣水釋注江之湔水也。涐水出蜀汶江徼外，从水我聲，即今魚通水發源章谷逕孔玉，又逕魚通，合打箭鑪水至瀘定橋曰瀘河，至青谿化林營曰大渡河，至洪雅縣曰銅河，以其逕峩眉山西南故曰涐水。水經注引字林所引説文作「涐」，从水我聲，而漢地里志曰渽水出蜀郡汶江縣徼外，以「涐」譌「渽」，宜集韻之以「渽」附「渽」也。涐水即沬水，説文涐、沬竝見，未爲得實，幸酈氏所見説文亦作「涐」，不作「渽」，涐之爲渽更爲易曉，此可以正吕氏承襲漢志譌文之謬也。説文無盆字，其謚字疑後人竄入，故廣韻曰謚，説文作諡，而五經文字曰謚。謚，常利反，上説文、下字林。字林以謚爲笑聲，音呼益反，今用上字其曰常利反者，明説文、字林皆有謚，皆訓行之迹也；曰以謚爲笑聲者，明字林别增謚字也；曰今用上字者，明唐時謚法之謚從説文不從字林作謚也。玉篇謚、謚、諡竝載，以謚訓行之迹，以謚訓同上又笑貌，以諡訓説文謚，不知説文無謚，而以諡從謚，實因吕氏而再誤。今本説文諡、謚竝載，謚法取增益之義，當讀益聲，不當從徐鉉讀兮聲，是古本説文與字林之竝無諡字，可由玉篇、五經文字而決之也。他如爾雅「秫，黏稷」、「榝似茱萸」，出淮南；「驒，白馬黑髦」，「貍，伏獸似貙，其子名隸」，「玄駒」作「駭駒」、「騊駼，北狄良馬」，非「北方」，皆當据釋文補正。釋文大例於忱曰字林，於静曰吕，有一條中二家竝採者，如云「獫，字林力劍反，吕力冉反」，良以静爲忱弟，一稱其書，一稱其姓，寓區别長幼之義。子田於陸書吕作某音、吕讀某反者，概削不載，區别甚精，而不以自信，故竝論之，以見其學之勤而心之下求。小學於六朝以上者不特爲吕氏之功臣，抑亦許氏之書之所賴以益顯也夫！

書所作韋公墓表竝孔舍人所書傳誌銘後

爲人誌銘表件係毛舉，梨州以謂俗文。望溪表其祖教諭府君，以謂處境順無由爲卓絶之行而官甚微，士務科舉之學，教之所及亦淺，故不敢漫述，於法過嚴，於義尚當也。約軒請余表鐵夫先生墓，以傳誌銘拓本相示，再辭不獲。昔劉知幾譏上林、兩都諸賦，馬、班不當入傳，洪景盧又以宋景文不載大寶箴爲非，因取先生丈量議反覆節潤，登之簡内，竝以文體語我子弟。如傳云「安徽蕪湖人」，蕪湖之縣，與景盧所稱臨安、建昌之新城、處吉之龍泉、渭秀之華亭不同，則安徽字可省。云「順治中舉進士，官江西撫州推官，攝宜黄縣事，屢遷吏部郎中」，進士當曰成，不當曰舉；江西字可省，撫州府之府不可省；既歷郎中，則權攝州縣亦可省。云「以貢生知河南新鄭縣事」，宋制帶京職者曰知縣事，否則曰令，今制當曰知縣，皆義法之易知者。其云「治春秋，補博士弟子員」，則誤以行狀晚年所輯啖、趙諸説爲童子試習春秋事當之。其云「惇士風，習民隱，心目瞿瞿然」，則誤以行狀居新鄭喪心目瞿瞿爲教士時事當之。至陳生以郄誣王生，而云介教授納贄，此不可謂之贄也。志係孔中翰繼涑書丹，而署衍聖公昭煥名，或亦鉅公門下士代爲者耶？

書所撰説壽説雍稿後

國家舉大典禮，諸臣例以詩文册進。省欽初入翰林時，與弟省蘭應人之請，如四幸江浙，再幸天津，輒撰一二三十册，匪弟賣文自給也。壬辰後奉使日多，才思亦日索，惟已所譔進不敢假手于人。兹遇皇上八旬萬壽，覺藻繢乾坤，信有如御製重修文廟碑記所稱，舉江淮河濟以贊海，吾知其不知海；舉嵩岱恒華以贊地，吾知其不知地；舉道德仁義以贊孔子有類于此者。且不能復爲選體之文，謹作説壽一首，荷褒賞大緞二疋，幸且感，感且愧矣。説之體始于易傳之説卦，爾雅以釋名篇其義近是。往在乙巳，辟雍成，上躬詣行禮，省欽譔進説雍，仰蒙鈐用「古稀天子」之寶，並載入太學志，每覲對，上猶舉其名目。自惟弇陋，幸以詩賦通籍成進士，後蒙恩三試第一，一試第二。右二説冀以謬附説經，而筆力更苦不逮，敬繕梓焉，用仰誌廣勵人文之至意云爾。

徐袖東印譜跋

予於書甚拙，間有應酬，輒倩人代之。宣城兔毫褐假者殊勝真也，袖東委曲相難，必强使書而後已。頃以所刻六石印見貽；其平時爲他人作者甚夥，出示榻本，清嚴古質，如對吾邱子行文、三橋何雪漁於數百載之上。時丁二希曾在座，則曰：「是先子所口授指畫者。」希曾爲鈍丁先生次子，先生以丁刻石特偶然事，世乃謂專用，丁頭聞者當審諸。

跋漢婁壽碑殘本

光化故漢隆、鄭二縣地。婁壽，隆人，字元考，以熹平三年正月甲子卒，年七十有八。是碑趙氏謂是年是月立，若洪氏謂立於熹平二年，是生而即立，與碑文不合矣。碑稱壽好學不厭，優於春秋。按詩「三歲貫女」，魯詩「貫」作「宧」，壽曰「宧」即「貫」字。春秋左氏僖十五年傳「蛾析」，壽曰古「蛾」與「蟻」通。漢石門頌「菍虫蘗狩」，壽曰義作齃獸。孫叔敖碑收九罫之利，壽曰罫，澤字。華嶽碑「垂曜萬軨」，壽曰漢碑「齡」皆作「軨」。其於形聲訓詁之學孜孜若此，此元儒先生之私謚所由也。明黄省曾姬水以碑有「布衣菜食，棬樞甕牖」語，入貧士傳中，特不之考耳。都氏所見本二百九十二字，僅闕一字，秀水朱氏所見齊門顧氏所藏已非足本。是刻多不可辨，因録其全文，屬曹大令應錡重立於縣樓下。

跋椒山先生遺囑底

此先生授命前一夕手蹟也。每句以朱圈作讀，無一筆輕率，無一言之不近於道，忼慨從容，信所謂無求生以害仁者矣。劇場演鳴鳳記，以先生受刃時所歕飯顆之紓，直散聚第生腳高下。然先生歿於繯首，遺集不之及。沈貞肅鍊青霞集載其孫請謚疏曰：司寇坐繼盛詐傳親王令，旨擬絞辟。楊順路楷竄臣祖名入白蓮教，寃以極刑。正命雖同，其實不可不辨，竝考正之。

白華後稿卷之十九

跋二

恭擬勅封忠義神武靈佑大帝册文跋後

記曰："「庸言之謹。」謹，慎也，故語曰「敏於事而慎於言」。自下達上之文表末，稱「謹拜表以聞」；或有所專遣，稱「謹遣某官臣某奉表以聞」。或有所進御稱，「謹隨表上進以聞」；或有所啓稱「謹奉啓事以聞」，或止稱「謹啓」。彈事稱「謹奉白簡以聞」，露布稱「謹遣某官奉露布以聞」，狀曰「謹狀」，對策曰「謹對」，應試論議曰「謹議」、「謹論」。昌黎集學生代齋郎議，文苑本有「謹議」字；不貳過論，一本有「謹論」字。元濟南潘氏行文凡例尚多，未備也。今章奏之末曰「謹題」、「謹奏」，屬官白事於其長曰「謹稟」，至平行及下行文移皆不用「謹」字。故事：人臣撰進代言之文，於所尊者曰「謹」，上尊號曰「某某謹」，上尊謚曰「某某餘」，神祇嶽瀆曰「其勅封爲某號某神」。乾隆戊子四月，省欽撰進是文，依仿舊式曰「其勅封爲忠義神武靈佑大帝」，比發出，上丹筆改「其」字爲「謹」字。敬神神在，寸私惕然。昔王仲舒廉問江西昌黎爲袁州刺史所下牒當曰「故牒」，仲舒以昌黎巨賢，特自换曰「謹牒」，昌黎申狀請如舊制。鄭志：「趙商問：弓矢一條。鄭云：謹荅。」文選魏文帝與鍾大理書云「謹奉賦一篇」，鍾爲魏臣，趙爲鄭弟子，其詞固有從謙下者。省欽於擬撰之作概不敢存，存此以紀聖學之閎，與敬德之至盛云爾。

爲周光鏞跋其五世祖原博茂才詩牘

明景泰十才子，以長洲劉溥原博主盟，後吴文定公亦字原博，與王文恪領袖朝野，一時名士特盛。文貞憲稍後出，及其門者王伯穀亦摠持三十餘年，若周先生又稍後焉。先生諱埏，其字原博，殆慕劉吴之爲人，有非止名字相配已者。好讀書，其書秀媚有骨力，見欽定佩文齋書畫譜。是卷金石盟一則載鑒藏書畫數十種，多係名跡，可以見其得力之自。其四十初度詩較俳注云「擬袁師中郎」，袁以萬曆二十年進士知吴縣，喜與士流談藝，先生籍諸生，當在弟子之列，然他詩雅則多異此。荅張伯起札以張舉竹窻、竹山相比，謝不敢居。張好填詞，梨園子弟多演之，即先生詞可知。當省試，病脹，長子留句容候，學使録科遣力走問，因寄札至家，言二三童子飽飯取快狀，較少陵「久客親童僕」句更悽惋。又一札叙己酉中秋横塘泛月事，虎丘詩亦署己酉，是爲萬曆三十七年。越明年，而錢謙益、鍾惺成進士，惺撰詩歸，謙益撰列朝詩選及初學集、有學集，逐臭如狂，今皆奉勅禁毁。先生之詩若文不録於二家與他本所選，而澤流五世。處晦克昌，是固其後者賢，抑亦鬱積之理之有以自致也夫。

萬壽千字文跋

梁千字文有二，其一蕭子範爲南平王製，王命記室蔡薳爲之注；其一武帝擇王羲之書一千字襍碎而不重者，使周興嗣韻之。舊唐書志列子雲所撰于興嗣之前，而隋志周興嗣撰一卷，蕭子雲注一卷。子雲乃子範弟，必不注興嗣本。且子範或就興嗣本更互爲之，理有然也。劉後邨見祕閣帖有「漢章帝書百餘字皆興嗣」語，遂以千字文非梁人作，過矣。千字者，興嗣傳謂集王羲之書，太平廣記謂武帝令殷鐵石擇大王書，宋李至傳謂集鍾繇書，陳書沈衆傳梁武製千字詩，衆爲之注解，其即今千字文與否，無從論證。而智永、歐陽詢、懷素、張旭諸人大書行世，進士周逖重加改次，冠以「天寶應道」句，將進請頒行，會時相詰，以「枇杷」二字如何「翻破逖」，逡巡不能對而止。然枇與杷本義可破，惟興嗣「女慕貞潔」、「紈扇團絜」不重字而重義，固不能無議焉。乾隆四十五年庚子，伏遇皇上七旬萬壽，吾編修弟省蘭改次興嗣本恭進乙覽，復自爲注釋，大經大法，標舉燦如。昔侍其瑗避興嗣所用之字，別製千言，黄庭堅謂當與急就、凡將並行。而御製詩注，文徵明每旦寫千文一通。世有日寫千文者乎？願以此文請。

皇十一子臨絳帖跋

乾隆乙巳夏，皇十一子扈蹕於避暑山莊，疎簾清晝，出絳帖倉頡、夏禹至柳公權、薛稷本，依次臨摹，爲材縑素，高句驪紙爲體，大小篆八分，真草七十有三家，爲卷十二，裝示省欽。謹盥手系之跋曰：

宋淳化祕閣帖十卷，其材或云棗，或云石。或云南唐昇元帖以匱紙，李廷珪墨搨者爲祖石，或云閣帖即祖石。自二王府帖、大觀太清樓帖、紹興國子監帖、淳熙脩内司帖、臨江戲魚堂帖、利州帖、黔江帖卷數悉與閣帖同，惟仁宗朝劉丞相沆長沙帖、私第帖、長沙碑工帖並尚書郎絳州潘師旦舜臣手刻帖，皆析閣本爲二十卷，以己見去取增損，陳振孫所云絳民潘氏帖者也。舜臣析石授二子，其長子以上十卷償官錢，絳守摹下十卷配之，是爲東庫本。其幼子亦摹上十卷配成一部，是爲私本。又有新絳本、比本、武岡舊本、新本、烏鎮本、福清本，本皆二十卷。其轉輾仿刻之，資州本、彭州本、蔡州本止有上十卷。若曹氏格古要論所載絳本十二卷，以孔子、倉頡、秦漢魏人書爲第一，宋名賢書爲第十二，歲久石缺，崇慶初節度使高汝礪補之，又補入顔魯公諸帖，與右所臨本固以不合，與王弇州所見之十二卷首卷倉頡、夏禹至秦漢人二卷，章帝至唐高宗者亦異。且弇州就逸少頭眩一帖，據東觀餘論斷爲潘刻，然墨池編於傳模條下列頭眩一帖，是頭眩帖固不止潘刻也矣。是故以絳帖爲心能轉腕、手能轉筆者，黄庭堅也；以爲北紙、北墨極有精神者，王佐也；以爲比今閣帖精神過之者，曹士冕也；以爲古法清勁足正王著肉勝之失然未免羸瘦者，陳繹曾也；以爲未見真蹟祇從閣本摹出、正如寫象者不見人而摹遺象、即使神骨果勝、去真益遠者，孫鑛也。善乎洪景盧之言曰：「碑刻不必問所從來，但以書之工拙爲斷。」如曹氏、王氏論列之十二卷，不云殘本即云不知所出。右本刻者無可考，而臨摹並用神采藴發，如揖古人於千百載之上。其中虞伯施即時帖帖蹟嘗藏省欽所，甲申秋故大學士劉文定綸購入内府，發編相對，宛如素識，自餘可意推矣。上下五百年，縱衡一萬里，此墨寶非墨妙也。乾隆五十年十月日。

跋張文敏堂帖

「教授一經成舊學，起居八座荷新綸」。此吾郡張文敏題錢塘梁谿父先生堂帖也。先生受吾師文莊，封仕不就，文莊屬侍龍樓故帖云云，戊寅春予謁師里第見之。己亥、甲寅、乙卯三典浙試，訪山舟侍講，見之如故。丁巳臘按試津門，見竹香大尹所鈎勒，則佚其行首之稱，信所謂下真蹟一等者。文敏幼從先曾祖存初府君學，設師榻，遶榻倍文若翻水，小竚則口跲，蓋得知者之動，非直其書絶倫。即尋常酬應，語亦盛得水住如此。

跋出火大集方廣經

予有黄庭經，用細筆間如髮，香光定爲唐臨本。使蜀時得梓州琴泉出火大集方廣經，可二千言，與所見時出火之妙法蓮華經殘葉署「前蜀王鱣祥書」者工拙不同。昔座師秦文恭家藏靈飛經蹟，得自海寧陳氏，皆屬血裔。是卷用筆略肥，試按九宫法弱一絲鉤之，與黄庭經唐臨本略寬一絲上石，豈非雙璧？

跋祝選樓所裝予手牘并其婦翁紓亭太守簡札

往癸未春予始識紓亭，嗣紓亭與予弟稷堂同教習咸安宫。官學同試，授國子監學正，相得甚懽。兩家眷屬幼穉還往，雖先後子姓不啻也。閲數年紓亭辭内就外令宜興，又數年移銅山，以書再告曰：「倉庫所儲，素懼酖毒。」銅固望縣，柰積累逾十萬，何行殉矣。」會黔西李公以川督調兩江，入覲，遇諸朝，語及江蘇時弊，予曰：「銅山令到官三月，積累且十萬。」紓亭謁李公，公曰：「速具各前任侵虧若干，某若干，克期以報。」不數旬，各累一清不至，興大獄。在紓亭，初不料發自予也。玉潤選樓年少而文，予己亥典浙闈，既薦被落，而選樓嗜予詩文不去口。癸亥春其次郎來，攝婁簿手一册示予，則予致其冰玉簡牘也。予書拙，豈敢望藏弃之榮？乃覆審再三，無一不出己手，無一悖禮害道之語，此素心所差可用自慰耳。抑選樓倦倦之誼，與紓亭先予物化之感，歲月不居，重使人感不自勝也。

白華後稿卷之二十

墓碑　墓表一

誥授通議大夫例授資政大夫兵部侍郎湖南巡撫都察院左副都御史查公神碑

乾隆五十七年夏，桂林查太守淳以卓異來覲，攜其先中丞公銅鼓書堂集四十卷，使爲序。而青浦王侍郎昶將以脱稾，乃文其隧道之碑，以矯一書兩序之非，以表其志行名義之大，有國史未獲詳而例得附集後見者。予壻於查於公故疏屬，而先後處九年，中又間相見，知我愛我雖密戚無復過者，其何忍碑、其何忍不碑！

公諱禮，字恂叔，一字儉堂，先世自臨川遷京師，占籍宛平。明季甲申之變，一門七婦女同時自焚樓上。祖諱□□，父諱□□，俱以公貴贈通議大夫、四川布政使司布政使。祖母□氏、母馬氏、生母王氏俱贈夫人。王夫人佐通議公筦家政，家日起而所産皆自乳，有别館在天津，禺筴殷盛，購書數萬卷，公自少寢饋其間。與伯兄孝廉爲仁，仲兄淮南運判爲義，遞主壇坫，東南名下士翕習景附，故未冠而䟶踔集成，一時都爲斂服。嗣後敭歷中外，以風雅爲性命，以友朋爲職志，雖後進中婞固如予，而不以迹合。雖簿書填委，戎馬匆促，不以一日廢事，卒不以一日廢書、廢詩，非所謂知之好之而樂之者耶？公以户部主事授廣西慶遠府理苗同知，膺薦卓異，擢太平府知府，請終母養，未抵家而宅，憂痛含殮之不逮也。服除二年，始就部，補四川寧遠府知府，擢川北道，旋調松茂道，遷按察使、布政使，皆治四川。其擢湖南巡撫，則乾隆四十七年九月，年六十九矣。臘望入覲，屢被召對，命以明年正月二日赴官。二十五日薄病，二十八日復趨朝奏對如平常，退而與故人飯，二十九日丑鐘鳴，肅衣冠戒行，忽痰湧，端坐而逝，知與不知舉太息以謂未竟其用也。公神采岸異，談吐如洪鐘，在部未一年，雲南請簡發丞倅辦軍需，冢宰陳文肅公以公應，將發，小金川平，乃發廣西修靈渠。考湘、灕二水之源，建黄文節祠於慶遠，建書院、試院於太平。成都城三十餘里，每夏潦水汩汩入民居，行者亦病，公審其高下，鑱宿土自二三尺至七八尺，街路寬坦，水竇豁如，不三月而役蕆。當金川之再叛也，制府阿公以公得夷情，奏請調松茂，旋奉旨專督西路糧運，將軍温公請以公兼運北路糧，請以公釐小金川户口、地糧、屯政，巡撫鄂公請以公安，設北路宜喜糧站。木果木戒嚴，公時駐美諾，急調兵往救，抵喇嘛寺，寺站已破。途次擒二賊，而餘賊攻八角碉甚危，美諾不能守，乃退守達，圍凡二十日夜，鬚髮爲白。今大學士將軍阿公復進兵，請以公鬭楸底，至薩拉餉路，路成制府，富公請以公駐楸底，督西北二路餉。金川平，留辦屯務。先是，果羅克番民吹斯枯爾拉布坦劫青海商民騾馬，制府文公請以公往按，而富公請以公赴宜喜，控綽斯甲、三雜谷土兵，乃不果行。至是果羅克復有刦殺之事，文公再請以公往，以太守時令宜賓所以西北路軍需責其銷核，先發兵五百人出紅橋關，公至關而撤使歸，檄三雜谷士兵四千裹糧會松關下。於是中果羅克土司麻克蘇爾衮布來謁，諭以「速跡賊，當上爾功」，踰月不獲，遂分兵四出，並檄上下果羅克索之，復不獲，公收兵結營，召麻克蘇爾衮布責曰：「爾藪賊，當同賊罪。吾若縱爾，必上煩天討，吾不忍爾爲兩金川之續也。」檻之行始吐賊所在，擒之，麻克蘇爾衮布至郫而斃，自是三果羅克無敢劫殺者。是役也，閱時百餘日，不勞一官兵，不費一官錢。予時視蜀學，問公何以服諸番之心而盡其力，公言番衆利我鹽茶，第如額市之，而弗敍以輕重應役，勤者雖賤無弗賞，悞者雖貴無弗懲。嘗以四日成猛固橋，當昏暮抵梭木，土司請止碉舍，卒不許，而以其知大義賚之。其後擦馬所兇番劫殺裹塘沙塘寺僧，公單騎往按，士兵皆爲偵伺，獲噶克朗忠二人，置之法。今廓爾喀之役，其寇不無藉口，雖遠隔衛藏，非果羅克裏塘比然，使公在而咨度其間，則所以播聲靈、明要約而防患於未然者，當必有道矣，豈不惜哉！公雖席富厚而不問家人産，又周急若不及，以故日益絀，惟鼎彝書畫及古銅印千百顆，常列座右。訪升庵故址，築室談讌，拓藩署小園曰「亦園」，暇輒集僚幕及書院諸生賦詩自遣。

每曰：「與其家中築室，不若署中築室，既爲公廨，誰其棄之？若子孫不肖，去之直敝屣耳。」去蜀時，令家屬綏程東下，俟到官而後舟泊長沙，其嚴整多類此。公之葬三河馬昌營也，以乾隆五十年六月日，元配李夫人、繼李夫人皆祔其次。子五：長即桂林府知府淳；次泳，早卒；次潛，前廣東海豐縣縣丞；次浤，候選刑部司獄，後公卒；次濤，太學生；次溥。女三：長適候選教諭楊華，次適太學生□，次適□□。孫五，孫女六。曾孫一。公宣力金川，史官能覈其實，而果羅克之役章奏簡略，無從采摭，故就所見備書之，爲籌邊者告。

閔處士墓表

廣濟閔貞僑漢口，頃自京師歸，寫余真，泫然曰：「貞十二歲而孤，追寫父母真，輒失其似，寫他人即真。執藝三十年，一日薄暮就肆浴，一浴者傴僂，謦欬酷似父，掩涕斜睨之，未暇訊姓名，忽不見，時時跡浴肆焉。閱年餘，闖然遇諸道，則襤縷一老農，强與暱而飯極歡，貌以示素識父者，無不太息也。欲貌母，憶兒時搏泥被呵，走，反擲所搏泥，泥跳塗母面，貞驚踞奉母面亟拭之，母面目宛然在也。偶一嫗來乞漿，貞詫曰是矣，致之樓並狀之，而置櫝饋食以爲常。故貞又有奉饌圖，士夫多以詩若文記其事。其父墓之表與志，作者且三人焉，雖然，貞有所以請公者。」貞父生康熙甲子，距今凡百年。今二月，貞設象張具墓所，或以貞非禮，然古得祭墓，墓又貞父所自相也。貞先世居南昌青石橋，稱東閔支，祖舜邦，四傳至廷柏。廷柏生時應，時應生會。會字雲涯，以輩行名應會，後避名止曰會。行賈遷武穴，被戕於鄱湖之盜，婦王亦隱悸卒，遺孤止半歲，即貞。父處士君諱德裕，字瑞玉，一字崑岡者也。會有友沈君意、周之美、程在謀，互爲鞠養，稍長，程以謂可教，妻以女。裝齎千金，夜績朝吟，顧影閔默。既乃習龍砂八六之學，一笠一杖，走方千里内，故家墓兆與其原野谿谷衰旺得失之故，作圖以證諸古，成堪輿一貫四十卷。瀕卒，謂貞曰：「汝母先我卒，汝雖穉，必以今五月十日合葬于武穴東莊之西北原。」及期，貞掘窾泉見，忽瀌瀌遶井出，壤潤且吉，人莫測其何術也。貞樸愿斷斷矩步，人以是曰閔獃。而貞又言：「我父不苟言笑，不苟取，獃有甚焉者，設象治墓，願子孫長毋忘而已。」予惟古者墓與廟並重，故去國哭墓，反國展墓，曰不修墓則慎諸始而勿致再修，曰不易墓則長養其草木，使之望而即辨。後之儒者若可以聽其敗，而不之修不之易，於義亦以疏矣。至墓祭之事、揭帛之舉，攻之亦不遺餘力焉。則將蔑忘其親之形體，而以爲恔然無所憾耶？抑所謂天子事亡如存，禮有煩而不可省者，在士庶人固有禁耶？處士以乾隆辛酉四月八日卒，年五十八。配程以康熙辛未九月十四日生，其卒也年五十一。子一即貞，有孝稱，初名貞富。孫二，尚忠、尚志。

誥授中憲大夫高公墓表

中憲大夫、湖南常德府知府高公既葬之十七年，其子葵令應城，手公詩數百篇示予于武昌使署，予同年姚禮部鼐序之，而周編修永年、程編修晉芳爲之傳。三君皆立言之士，一詩不必兩序，傳祇藏之于家，惟司馬莊北之塋表石尚虚。頃予還京師，葵寓狀請益力，爰表之曰：

公諱淑曾，字魯如，一字椅園。先世自長山遷沂水，六傳至當塗主簿大同，大同生唐府審理煒，煒生兵部侍郎名衡。名衡撫河南，悉力拒闖賊，事具明史及李光壂守汴日記，是爲公高祖也。曾祖鈐，蔭貢生。祖啓國。父岸，康熙間舉人。兩世以公貴，贈奉直大夫。公舉雍正元年鄉試，五年成進士，九年授蒙城縣知縣，十二年擢六安州知州，乾隆三年擢雷州府知府。會病未赴，起常德府知府，終于家，其出處概略如此。高氏自侍郎以清節聞，至孝廉無百金之産。嘗授徒百里外。公生二歲而母劉宜人早世，王母李宜人鞠之，甫就塾，成誦日千言。少長作韻語，輒驚其座。茶陵彭尚書惟新視學山左，慎許可，特譽公于童試中。既舉孝廉，校江南鄉試，得老宿金山沈戎開爲解首，士論翕然。其在蒙城，釐前令滯獄數十事。在六安，減浮税二千餘金。有挾金希舉賢良方正者斥之，舉耆儒楊友敬以應。嘗攝潁州，州有羅漢黨，白晝出攫公法，其魁十餘人餘悉解去。霍邱豪甃，其族孀婦之子以覬厚産，而賄令求免，公廉實按罪，孀之子亦遺腹，孿二男。其在常德，發武陵令高某貪酷狀，上官以某甫列薦，不得已劾某他事，旋中公鞭里甲事。部議解任，會孝廉公訃至，旋居繼母張宜人憂。墓田丙舍，聚書數萬卷，課諸子及族子，多有成就。婚葬不克舉者舉之。異母弟幼病痼，斥美産畀之。通籍十六年，未四十而不復出矣。當作令初，程中丞元章欲以和州薦，而制府尹文端公以公爲會闈所舉士，引嫌不果。洎雷州命下，尹公又請公辦六安賑，積至勞疾，未嘗有幾微見詞色。其詩沖淡樸至，一如其爲人，不惟得之師友切劘已也。嗚呼！以公進之蚤而退之如此，其勇脱從容，歟歷何遽不至大僚？乃涉歷世情，詠風終老，論其詩者徒想象之華星秋月之間，非有命存耶？抑不欲以彼易此耶？公以康熙四十二年九月十九日生，乾隆二十九年正月十九日卒，年六十有二。配胡恭人，又繼劉恭人，又繼劉恭人。子葵，求表者也。次蔚，次藻，皆邑庠生。女五人，皆適士族。孫□鳳齡。孫女一。

邱孺人李氏墓表

往予自黄州絶樊港涉西山，瞰武昌縣若仰盂。縣之東八里曰蓮花山，縣人邱元鳳之母李孺人藏焉。元鳳生三歲而孤，其弟元鵬甫一歲。先是，元鳳高祖仲明家累萬金，生具瞻，具瞻惑葬師言，遷竁其祖于桂花園。既竁，具瞻殁，子建侯、彰侯、匡侯相繼殁，惟建侯遺二子有瑜、有璜，有璜殤，有瑜終二十五歲，即孺人所天也。有瑜既少孤，爲博徒誘，且病且博，盡鬻所有田。比卒，遺租入田五斗。孺人繦二子，以十指課薪水。子稍長，課以讀，讀與機聲夜相荅。食稍給，以其贏贖三四斗，租洊贖至五六石。元鳳食以醫，元鵬亦入太學，親黨將爲請旌典，孺人曰：「未亡人向未殉者，以孤在耳，敢希名乎？今夫子葬已久，吾酷于先世之禍，吾死，幸別葬而毋發夫子墓。」蓋十七而嫁，二十二而寡，八十一而卒，卒之日乾隆四十二年十月十日。其明年十二月十日，則葬日也。嗟乎！合葬之禮古矣，雖孔子不以爲非。周家人墓大夫掌公墓、邦墓，無不辨其尊卑度數而葬以其族。自漢志五行家有堪輿金匱十四卷，形法家有宫室地形二十卷，而葬書于是乎起。子若孫怵於利害禍福之説，有累世不獲葬者，此司馬温公所由奏禁天下葬書，張无垢律葬巫以左道也。然賢如朱子，猶一再遷葬，而迄於分葬，以謂計久遠安寧，特不可計富貴利達耳。孺人重懲前禍，以計其久遠安寧，不同穴而不悔，不重可悲歟！元鵬子齊益以廩生優行貢太學，爲予言孺人嫠居後，母家有婚喪始往，往不日輒歸。既老，手未嘗不紡績，鄰不能舉婚喪者未嘗不竭以力，此不足爲孺人特書，書遷葬之害，與有瑜之幼而見誘敗家以亡其身，以見孤子之窮，而因以見孺人之撫其孤以成爲難也。有瑜葬栗嶺，距孺人墓東十里。其女夫楊瑞梅，黄岡廩生。孫三：齊益、齊震、齊望。曾孫四。

例贈文林郎廪膳生羅君墓表

門人上虞羅際隆貌古而學樸，今齒五十餘矣，落會試，亟歸侍母養，且爲父謀葬焉。蹙然言曰：「親未有善而誣之，罪也；親有善而遺之，亦罪也。曾南豐以歐陽公誌其祖，報書以謂：『若鞏之淺薄滯拙而先生進之，先祖之屯蹇否塞以死而先生顯之。』生之陋，奚敢以言南豐？而先人之遇之困有甚于南豐之祖，願得一言，而死且不朽也。」予遜避不獲。按狀表之曰：君諱羽豐，字習齋，先世自慈谿徙虞之永豐鄉，曾祖某，祖某。父枚先以諸生爲邑都講，從遊者百數十人，年五十餘而舉君。君五歲誦小經，輒曉其大義，六歲能賦詩，時試士未用詩，君浸淫於漢魏六朝三唐之製。學使金壇于文襄公、雷公鋐、竇公光鼐皆遇以國士，闈試輒失意，顧無怨尤意。方辛未丁丑春，慈慶覃治，天子省方吴會，東南金箭之彦懷握鉛槧希慕恩寵者不可以數計。君荒江授館，力不能以名上，而發抒忠孝，雍容揄揚，其迎鑾頌賦，播在人口。方七歲上冢，經破岡畈，風雨驟至，舟將覆，諸子姓争跳岸冀免，且挈君上，君以父年老且久痺，號泣持父踵，願偕溺水。水灌舷濺冠纓，終不動，須臾風止。十七歲而孤，事母袁、生母朱，負米輒十數里。自館穀外一介不苟取。主福山書院十餘年，磏礪文行，嘗誡諸子曰：「利達有命，惟讀書當爲好秀才，力田當爲上農夫而已。」其讀書多有特見，論小、大雅皆以其辭爲區别：小雅不可爲大雅，大雅不可爲小雅，猶之風不可爲雅，雅不可爲頌。論孔子誅少正卯事雖不見經傳，爲後儒附會，而有口誅筆伐之義。論吕后殺韓、彭，以其名歸之帝，而異日可恣吾所爲。論崔實政論爲管商之流，此論出而鉤黨禍烈，漢隨以亡。論蔡邕墓不當在虞邑。論邑志梁處仁軼事爲不經。予間從際隆所見君鷹峯集，論録若此。君以康熙辛卯十月二十日生，乾隆壬午八月二十五日卒。配陳。子三人：長際會，殤。季際時。際隆其仲也，乾隆己亥舉人，揀選知縣。雖葬君未有期，而君之志與學足使善者勸也。於其行書以爲表。

白華後稿卷之二十一

墓表二

勅授修職郎溧陽縣學教諭贈中憲大夫日講起居注官翰林院侍讀學士韋公墓表

乾隆四十七年十月二日，蕪湖韋祭酒謙恒葬其先公於邑之楊家場，嫡妣甘夫人、妣周夫人祔焉。越五年，祭酒告省欽曰：「甘夫人歿於我生以前，周夫人歿五十年先公歿，三十九年而始葬，非敢緩也，先公治命於楊家場，距軒盤山祖墓近，必贖而壙之，顧煢然數十年無與謀。迨謙恒節禄入求贖於某而某固距，前年春某轉鬻於沈，沈與謙恒有連，始斥宅畀弟震蒙舉事窆，以館師劉文定預爲之文。」而請省欽表諸道。

按公氏韋諱前謨，字儀哲。宋深道先生諱許者，自江西隱蕪湖，搆寄傲軒，見蘇子瞻、李端叔、周少隱、陳了翁集，其遷祖也。贈吏部考功司郎中、鄉飲賓一教，其曾祖也。吏部考功司郎中嗣賢，其祖也。新鄭縣知縣、贈日講起居注官、翰林院侍讀學士聖功，其考也。贈恭人古氏，其妣也。贈翰林院編修天棟，乾隆丁卯舉人天棣，癸未賜進士及第、今國子監祭酒、前貴州布政使、護巡撫印務謙恒，縣學生震蒙、履泰、鼎復，其子也。縣學生成龍，其後第五弟者也。太學生胡，光緒巴州知州沈德馨，縣學生江朝品，其女子夫也。孫十人，其聞者：甲午舉人、今河間縣知縣協夢，今保定府通判協中也。公承世詩、禮，自少督其弟八人於學，鄉試五薦不遇。雍正元年，序資授泗州訓導，七年外憂去，十年起金壇訓導。又九年遷溧陽教諭，又二年歸卒，以祭酒官內閣中書、翰林院侍讀學士時累贈如其官，與偕學者稱鐵夫先生。其在泗州，督學孫文定公按部廉楊生內行劣，將斃之，公以楊三世無支子，告杖釋，而楊不知。公去泗，楊走送百餘里，泣曰：「父母今愛我，微夫子皆不知死所矣。」金壇丁生與馬生讎，馬夜袖金曰：「丁武學生得以他故褫，更相報。」公拒而導之，讎亦解。王生弟卒於武城令孤殤痘，丹徒陳生誣王殺姪覬產，賂教授，轉賂公牒諸縣，公力拒而教諭獨上其事，事白，武城家已破，後教授客死，教諭暴病死，瀕死，輒呼王武城。于某等童試赴鎮江，旗校陷以犯夜禁，幾致衅，公以利害陳主帥得解。公嘗言，讀書務達於用。泗州蝗，募民數獲而計其直，不日蝗盡。遇賑，微服涸民間察之，民以爲神。此已足以著公矣。其大者則泗州減賦、裁衛，利濟逮今，實自公發其端焉。初，泗有淤地、涸地賦，胥吏因緣爲奸，何副使宗韓檄公履其事，公奏記曰：「泗編户五十三里，今淤地十三里，實丈一畝曰小畝。千七百餘頃;涸地五十一里,實丈五畝爲一畝曰大畝。千四百餘頃。淤則升科,涸則復額。其條銀歸潼安衛,徵收此重糧,賠糧所自也。重糧者一地兩糧,既報淤,復報涸也。黄水由睢寧、桃源、宿遷來決州境朱家海,順流而下十三里停,泥深者數尺,淺亦尺餘。其接睢、桃、宿境者,地勢高沃,宜麥宜豆秫,是爲上等。其次地稍窪,麥收後雖播晚禾,潦汛易没,難必有秋,是爲中等。又次者黄水下注,力弱不能挾沙而行,蘆葦叢生,不可耕佳。漲則巨浸,漲過猶復沮洳,是爲下等。三者皆係淤地,於康熙四十一年報過,水沈酌減條糧者也。論現在情形,應入新淤,不應仍復舊額。論水沈舊地應歸涸出,不應另報升科。且涸且淤,豈堪並賦?惟一一丈明其浮出者,以新淤升科,其餘仍作涸出,歸淤十三里。十三里中有向係高岡,捏報水沈亦有舊報拋荒。今經墾熟者,亦宜另行履丈,歸入涸。案分上、中、下三,則任土作貢,則田賦適均,無一地兩糧之患矣。賠糧者有糧無地,報涸而實未涸者也。州境報涸二十一里,自十三里淤地外餘三十八里城垣尚在水中,場市亦歸河伯。所報涸出,特前張牧空談紙上耳。然謂無所涸出,則又不然。蓋前報水沈,有虚有實。報沈之始,河督有朝廷不與小民争尺土一語,於是奸胥猾佃冒沈邀豁。及涸出例起,遂報涸以杜訐控。如青四、青九諸里本在腹地,原未水沈。如淮安諸鄉,果沈水底難令包賠,應歸涸册。又仁一、仁二諸里,附近湖河爾宅、爾田久爲蛟窟,里民或思占籍,因報留條糧少許,此輩捕魚刈葦已同泛宅,現在或任輸將,日後難免逋匿,故必通行履勘,分别水沈之虛實。實者悉予豁除，則無無地有糧之患矣。夫淤、涸兩案，棼如亂絲，今之册籍不清，由向之經界不正。康熙十八年大水灌城，三十五年、四十四年疊罹水患，册籍漂失，所報水沈曾未履驗，不過册造某里免一二分、某里免六七分，業户條糧即以所免分數爲準，是故民間買賣不著。頃畝但曰田一分半、分糧若干，受業者苟不知地畝之縱衡、弓數之多寡，而欲造册之官吏瞭如指掌能乎？且雍正五年淤地新册牽簻筐丈爲數，略有可憑。至涸地一册，則張牧憑空結撰，是以五十三里中涸者五十一里，而其間或半涸，或全涸，涸與不涸憑之蠹胥之手。爲今日計，先分里，次分户，責保甲督同業户各將弓口丈明，然後官爲掣丈，孰淤孰涸一見了然，人耕有賦之田，不輸無田之賦，此永世計也。抑潼安衛駐白洋河，適桃、睢、宿、泗、虹之中，編氓輸賦，朝而衛，夕而州縣，計其資費，以之輸條銀而有餘，況呼應不靈，考成交累。誠裁衛而以所徵責諸州縣，不特泗、虹受福，即睢、桃、宿胥受其福。」省欽之碑何副使也，知其丈量淤、涸之事，而不知發之於公。乃副使封土河岸，記里記户以杜詭弊，時公已去泗不及覩，故公自跋丈量議，謂雍正十年十月見邸報始知末議采行，減州府糧七千餘，潼安衛亦裁併入州縣。大府爲民請命，與聖天子勤恤民隱之至意如此。嗚呼！序貢之齒暮矣，又久之而始授官，禄少位卑，其談藝者已尠，何況經義？何況治事？以公之學行閎實，於物利濟非所云，天之報施不於身，必於子孫者哉！故述其大者著之石。

淤地十二里，涸地五十一，里共六十三里，而先生言泗編户五十三里，當由州編原户五十三里，先沉後涸者五十一里，其淤地十三里，殆即由朱家海順流而下之十三里分上、中、下三等者也。涸而復額，僅欠二里，淤而升科，頓增十一里，所以有重糧賠糧之累也。

文林郎寧波府儒學教授存齋周君墓表

海寧由縣升州，州洛塘周氏出宋營道元公，公八世孫太常卿嗣原，扈高宗南渡，七傳至職方郎宣，殉德祐之難，孤肇允家焉。十餘傳至學舒，郡庠生；奕，康熙辛卯舉人；鴻魁，邑庠生，贈文林郎，是爲君之曾祖、祖、父也。曾祖母、祖母、母皆朱氏。君諱大業，字致堂，號存齋，其生也不逮見祖考，而曾祖母旌表節孝，朱孺人猶在堂，撫之曰：「爾祖讀書累行未獲報，後當有興者，其在是乎！」故小名興祖。甫就傅，所業倍他兒。贈君痰且喘，每作，叱君退，使毋輟業。君起居惟謹，即怒撻不敢離。未冠，師郡塾以資養。甲戌冬，贈君挈君試郡城，小極忽喘劇，痰上湧而殁。是日君扃試，不及屬纊，隱痛終其身。自是君大小試贈君輒入夢，夢怒必失，夢喜必得。嘉興李太守星曜爲其子若婿擇師，衆曰無如君者。君已壯，未籍諸生，且居贈君喪，韋素入見李，李未之奇也。居數日，忽嘆曰：「此經師，抑人師矣！」閲五年，李起守同州，建書院，亟聘君主院，十邑之士來學者百數十人，同之文爲之一振。李遷川東道，去，促君至徐州課其子若孫。李故宫保敏達公子，所至皆曰能，然負氣，惟於君久而加敬，嘗謂曰：「吾服官以來，治行粗可紀，君知之也稔，而又工於文，吾死，必爲之狀。」故李終於湖北鹽道，而君狀之。李築堂曰課耕，思以「志不在温飽」榜其楹，而對苦不屬，一日以屬君，君曰：「盍增二字爲『平生志不在温飽』，而以『方寸地留與子孫』對之。」蓋不特屬對工切，而其與人交不外乎直諒多聞者類如此。己亥秋，予於鎮海令今陝西按察司使周君房中獲君卷，決其爲宿學。明年春，君來謁，言其同祖弟廣業卷亦且雋，以三場卷不到落。是夏君成進士，予語君就教職，便養母，毋耽耽簿領，舍所長而用所短。然君之涖寧波也，學舍久廢，據尊經閣以居，乃申請所司借月奉以治堂寢。士有負累不得白者輒直之，枉者檃括之，脱一旦綰符百里，歲計非不足者。其教諸生，與爲山長無異；其爲山長，與爲塾師無異。屬纊之日，僚長至諸生會者數百人，而廣業子勳懋、勳常皆師君，君同懷弟建業亦在署侍養其母孺人。廣業懼今後之無以爲養、無以爲葬君，而諸予告歸，且預請所以表君墓者。嗚呼！是俱足以風矣。君以雍正五年十一月十四日生，乾隆五十二年二月二十七日卒，年六十有一。配陸孺人。子勳元，邑庠生。女二：一字邑庠生唐叔封，一未字。孫桂芳、增壽。

封登仕郎四川蒼溪縣典史附監生俞君墓表

同邑俞君西源，以乾隆五十一年十一月終，距生康熙四十七年七月日，年七十九矣。君之先故蜀人，明龍游縣知縣國憲罷官家焉。曾祖有亮，國學生，遷上海之周浦，今爲南匯縣境。祖克昌，邑庠生。父誠，母陸孺人。孺人彊記誦，君襁緥時即耳古人言行。塾師授舉子業，意不屑也。其籍博士弟子在我生之初，而嘗與予同館江寧，應鄉試。予以戊寅六月至都，入中書直，君遂主予家。明年夏，予扶先夫人櫬歸。君以揲衍咀吹之術名動公卿者二十年，有所得，隨手輒盡，故人邑子落拓不得食者輒就君。君故貧，舌耕爲業。當乙亥吾郡大饑，請賑命未下，君倡輸二十緡，請邑令勸富人賙其里，里尠捐瘠，君坐是益困。不得已而與其子廷選入都，廷選尉蒼溪時予視學在蜀，君先以馮廉使廷丞之聘在臺灣，至是就廷選養，居五年，與予一相聞。嗣予視楚學、試宜昌，君歸，舟泊峽口不得見。見君手致書，言將依福中丞杭州幕府，覽西湖之勝，歸老浦上，聞飲啖如少年。墓草久宿，而其孤再三乞表，予其能已於言耶！君父老疾，每五鼓籲以身代，居陸孺人憂幾毁。兄蒼文病躄，爲養兄及嫂，無力而竭其力，故人以爲難。嘗語人曰：「吾于人非好爲施也，不啻其不得已耳。」君諱必達，字日孜，一字西源。葬邑之十九保十九圖。子一，即廷選。女一，適庠生徐廷和。孫二，孫女四。

誥封朝議大夫工部營繕清吏司郎中候選州同邱君墓表

吾門邱侍御文塏，奉其府君與母單恭人之喪返錢塘，度地卜葬，而預乞表隧之文。按狀，君諱倫，字明五，一字樸菴，系出南齊祭酒靈鞠，其後人遷河南之祥符，宋建炎初左正言乾扈行臨安，因家焉。十八傳至茂學，是爲君曾祖，祖諱維鏐，父諱渭貤，贈朝議大夫，母鄔氏，贈恭人。君上有兩兄，年十六隨伯兄之京師，入族祖通州藥肆，居四年外、内艱相繼訃，君哀痛不欲生，又無以謀葬，日夜擘畫，淚痕漬枕席殆遍。又五年單恭人來歸，日益刻苦，刀圭㕮咀之學亦日精，遂居京師。又六年，傾貲而南，葬二親于法華山之半里亭。族人淺厝者十三棺，同日下窆而伯兄歲附糧艘，一至京師聚首爲樂。又七年，伯兄訃至，即日買舟下，以仲兄子爲之後。買宅議婚，既夭，而恤其嫠倍至。族黨中甚匱乏者，雖未嘗相識，必歲致問遺。嘗與族弟、國子助教永輯邱宗信譜，詳贍有法。文塏雖獨子，而督教之甚嚴。當單恭人棄世時，文愷婚僅逾月，故嚴父而有慈母之愛。文塏通籍後，每啓事西苑，必先夕戒，徒御具芻糗。或僚友公讌歸，雖丙夜猶執卷以待。乙已春，上紹述千叟宴，文塏掖君至乾清宫，賜尚方珍幣甚夥，君成六言律以進，蒙選入千叟宴詩，頒示中外。文塏官工部郎、山西道御史時，京察列一等者再，例出外，以親老請留，君輒爲語曰：「幸得躋八袠，汝侍養歸舊里，焚黄葺墓以紓畢生之隱。」蓋君居京師六十三年，十八年而生文塏，又十九年而文塏引例籍大興縣爲博士弟子，比得第，君趣令投牒歸原籍。衆以北籍大小試較利便，疑君不復計其後。而文塏之謀歸葬也，或以錢塘無産業，不如擇近地安魂魄爲便。乃準太公自周反葬于齊之義，毅然而行之，夫豈不復計其後，乃所以一日不忍忘邱墓者，其心不已諒哉！君以康熙□十□年七月生，乾隆五十四年五月卒。候選州同，誥封奉政大夫，晉朝議大夫，例贈中憲大夫，掌河南道監察御史。配單恭人先二十八年卒，累贈恭人。子一，即文塏，乾隆辛卯進士，掌河南道監察御史。女一，適候選縣丞沈灝。孫四：嘉徵、嘉祉、嘉贊、嘉玉。女孫二，曾孫二。

誥贈朝議大夫例晉中憲大夫前進士孫公墓表

公諱昇龍，字漢章，一字飛淵，姓孫氏，直隸懷來人，雍正元年癸卯舉於鄉，乾隆二年丁巳成進士，年三十六矣。既需次，會咸安宫需教習，命廷臣舉可爲學生師者，公與荐，晨入暮出，出舍馬生所。是年九月遘痢，卒溷，葬於城北老君莊之祖塋，孤思庭僅四歲。越歲乙巳，思庭守昭通，贈公朝議大夫。丁未冬，思庭以薦來京，泫然曰：「思庭從先恭人長外家舅氏，故江西按察司副使源爲言，丁巳會闈中，與先大夫同號舍，薄暮示所作四書義，意甚得，已而歎曰：『吾文雖必售，無禄子福澤方盛，脱交易其文而繕之，吾其免乎？』榜發，舅氏廁明通榜，猶鄉試副榜也。而先大夫果以不禄馬生者殯，禮甚備，先恭人每以爲難。先恭人竭手口以爲養且教，先王父王母之喪實負土焉。他言行無可徵，惟子之文冀以不朽！」嗚呼！親有善而遺之悖也，未有善而諛之誣也，雖有善不知而臆之亦誣也。觀公之膺教習之薦，與馬生之致禮于其師，而行可知已。觀公之自知與知人，而學可知已。觀思庭之不忍遺其親，而又不敢誣其親，即母教與母德可知已。思庭今遷福建鹽法道，其子縉執業于予，以予諾之久，敦迫焉而表諸石。公曾祖繼志，明天啓丁卯舉人，陜西、寧夏道副使。祖一桂，順治辛卯舉人，山西陵川縣知縣。父諱榮宗，邑庠生，貤贈朝議大夫。妣蔣氏，贈恭人。配李氏，四川重慶府知府厚望女，及思庭之鄉舉而卒，贈恭人。女一，適國學生閻樸。孫二：縉，乾隆己酉拔貢生，舉人；緯，國學生。曾孫三。

白華後稿卷之二十二

墓表三

誥封中憲大夫山西道監察御史例貢生吴公墓表

常熟北門外五里盛家山有丘巋然，爲封山西道監察御史吴公之墓。其葬以乾隆五十五年二月日，其卒先一年九月十四日，距生年康熙丙申六月初五日，春秋七十有四，而先卒三十□年之金恭人，合葬者也。公諱敬，字文止，一字種石，系出唐左臺御史少微後。祖國啓，太學生，贈文林郎。父諱宏祖，廩貢生，累贈中憲大夫。祖妣金孺人、查孺人，妣查恭人。中憲公自休寧世居之大斐遷縣城，再遷昭文，最後遷婁縣，故諸孫皆占籍昭文，而中憲公與公皆以錢唐之鹺籍應闈試。中憲公十薦不售，與一時名下丙辰鴻博中徵士講德考藝。公資禀既異，擩染益深，試薦顧亦不遇，乃退督家事。有弟十二人，妹八人，分置兩地間教養之，以至昏嫁。歲己亥江浙饑，明年公仲弟慎旃殁。中憲公伉直卞急，多不諧於世，而親族新舊貧交務愜其所欲，鹺計又日詘，公一手支拄者廿餘年。中憲公始以爲竭其力，蓋不敢以勞悴，不忍以支絀之狀告之親。蓼蟲甘苦，庶幾養志而非直口體者。嗚呼！難矣！公産雖日落，而遇事億中，以故家復起。乙巳旱，公請於有司，以三連票法絶囤販，輸米百石，倡常、昭紳士飯餓者，又請籍餓者大小若干口自需錢若干，又請鼇虞山書院，沙田官田，請以捐賑，餘錢千緡，孳息以廩院舍諸生。却掃之餘，一編不去手，手録墜簡祕文累千紙，無一字譌脱者。其嗜學也勤，其練事也敏。仲子蔚光自諸生時已負東南盛名，叔子熊光直軍機十餘年，早見信用，胚胎之而陶冶之。公于是無遺憾焉。公貌甚癯而氣體精悍，目炯然射人。先是甲辰春患急下，夢中憲公呼而告曰：「吾痢死于補，汝慎之！累百人方待汝養。」寤而劑以清利，遂瘳。至是病肺，稍進參朮，食日減。預決死期，以處分後事，人咸以爲異。子四：道光，例貢生；蔚光，庚子恩科進士，禮部候補主事；熊光，戊子舉人，壬辰内閣中書，歷工科給事中；藹光，太學生。女三：長、次適附監生郭鈺，三適山西布政司照磨姚鍾英。孫十，孫女六，曾孫五，曾孫女四。以予之族疏戚密而誼尤密也，既哭之京邸之位，又以公之行義人知之，乃其隱微有他人不能述者，舉而筆之，潸然不知涕之何從耳！

誥封太宜人張母陳太宜人墓表

乾隆壬子冬，石阡張仕廷需令江西，將行，請表其母陳宜人之墓，泣而言曰：「仕廷十五歲而喪我府君，是爲乾隆壬申之十二月初四日，越七日我母爲葬之城南之屏山。我母長府君二歲，時年三十五，以庚戌二月八日棄養於玉山，辛亥五月十二日窆於府君墓後五十步。府君少攻苦，以王父母先後棄世，廢書食力。彌留之頃，謂我母當何如，曰：『義不獨生。』曰：『是挈諸子女殉我矣！汝固能守志，然産薄累重，仕廷當教之，成我志。在腹者男也，名之曰仕芳。』我母含荼茹蘗，既貴如始嫠。願賜之一言，而府君藉不朽焉。」

按狀，宜人父震，母王命之習詩、禮，歸贈奉直大夫張君之璧，事舅姑能致其孝。有市屋月僦一金，租入穀二十石，既殁而用不給，乃治屋後圃，率諸女夜績。命仕廷兄弟以菜茹易雜糧，或就塾易紙筆以爲常。郡守羅某嘗以夜三更過其門，機杼聲與佔畢相荅，遣人勞以粟帛，表其門曰「黄鵠貞操」。仕廷丞宛平，以覃恩封母太宜人。仕瑞亦舉孝廉。時宜人所出徐氏女從孫聖祥婦、徐懋修婦陳皆蚤寡，受宜人教曰：「婦而節，婦之不幸也，然女子難得者名，名節成，天必有以昌其後。故易之象曰『苦節』，曰『甘節』。」仕廷令德安，宜人始就養，未至，題一瓻酒以寄曰：「酒清若水，汝不善飲，與父老共飲之。」邑之人皆爲詩以美。仕廷獻新衣一襲，則歎曰：「今之粟帛何如嚮之敗絮雜糧？民有父母衣食粟帛者有幾？以己之温飽恝人之凍餒，其如牧養何！」病革，呼湯拭帨，夜半忽語曰：「汝父奉汝王母，至汝等當拜見侍女，且揚旗，勿鼓吹，我竿而行矣。」詰旦，顧諸孫扶起坐，治命井井，遂瞑。子四：長即仕廷，乙酉拔貢，今江西候補知縣；次仕馨，太學生；次殤；次仕瑞，己亥舉人，候選知縣；次仕芳，先卒。楊芳宗、徐丹山其壻也。孫十四人：長聖祐，己酉拔貢，陝西候補直隸州判；聖修，郡庠生；餘尚幼。孫女六，曾孫一，曾孫女四。夫以婦道之難也，年三十以下守志者功令予旌，而過此則格焉。宜人之卒七十有五矣，拜封五品，子孫洊貴，孰與夫建坊之賜？凡合葬，止書夫爵而不及婦人，猶婦謚從夫之義。古婦人有表志，殆皆異葬者，今阡隴相望而表之，以舉其夫之槩，亦例之變而起以義也，況其實之無媿乎！古賢母也若是歟？

誥封奉政大夫例晉朝議大夫京畿道監察御史歲貢生內廷供奉雅堂沈公墓表

楓涇一大鄉鎮，涇西治嘉善，涇東治婁，漁商市隱，弦誦相荅，冠蓋亦相望。方予入翰林，光祿卿陳公孝泳時以助教直內廷，祕文寶策多其甥沈君步垣爲勘正，而君尊甫雅堂亦以歲貢生獻詩畫，上親擢第一，給事禁林，每有所作輒稱旨，賜御衣錦緞荷囊筆墨果餌之品不勝紀。歲庚寅，圖九峯三泖祝萬壽，第入上等，藏石渠寶笈。又嘗御題「繪林薈美」字以旌之。會步垣舉京兆試，諭曰：「爾子雋與爾獲雋無異。」命以所落卷呈，顧蒙温奬，並訓以百川灌河詩題大旨，士林榮之。竊以謂公苟雋遇合，視光祿必更優侍。直八年，顧目疾乞歸，歸後十餘年光祿歸道山。

步垣以翰林改比部郎，迎養公與陳恭人至京，皬首相莊，膝下遶孫曾數輩。鄉之人官於京者，舉以謂家之肥而人之瑞矣。大命不延，老成徂謝，要于公復何憾哉！

公諱映輝，字朗乾，雅堂其別字也，系出吳興。六世祖海自長興始遷楓涇，爲今婁縣地。父諱源德，國子生，贈奉直大夫，刑部浙江司主事。妣陸、繼妣江俱贈宜人。奉直公以俗學浮夸，命公十一歲而從平湖陸氏增光遊九年，學大進，連遭大故，二十五始籍學官弟子。其試郡縣皆第一，後歲科試累高等，爲桐城張少宗伯、博野尹少宰所器，而省試輒落，以資貢成均。初學畫，覃思未竟，一夕夢老人授五色石，啖之甚甘美，握筆遂若神助。富陽董文恪見公作，謂曰：「君清曠無俗習，畫法尚渾淪，不尚破碎，第腕運而弗令停，即得矣。」公深歎，以謂即活字訣。又嘗論董文敏、沈獅峯其畫秀在骨。著虛白齋畫略二卷、靜閒樓書畫記六卷、自畫山水跋二卷、賞心樂事一卷、靜閒樓隨見録二卷、庚齋詩文存六卷。予惟雲間派別素重藝林，士大夫身際盛時，必弸中而後有以襮乎外。公鄉曲韋素，受寵不可謂不榮，而後禄之綏，親見其子之上玉堂、歷柏臺，抑咿唔矮屋時所始願不及者矣。乃其撫伯兄之孤而竭誠，于生事死葬之大者，其内行尤不多見焉。公以康熙五十六年十二月十四日生，乾隆五十八年六月十七日卒，年七十有七。配陳恭人，即光禄妹也。子二：步垣，乾隆辛丑進士，今京畿道監察御史；次厚墉，早卒。孫五人，曾孫六人。靈輀就絻，將度地于其鄉之某原，而表其墓以垂信。

湯進士墓表

常熟爲吴望縣，入我朝百餘年鉅公接武，而陳先生祖范舉雍正癸卯會試，未廷對而歸，以經術薦受知，籍國子監司業，門弟子著録甚夥。予同年湯君從其遊最久，其出處學行多相似。於五岳謂華嵩，迭爲中岳，則以國都於九河謂簡絜，非必兩支，聊以配數於職方九服，謂特以分域，而職貢仍以虞五服準之。於肆師三夏，謂詩九夏俱亡，不得以時邁、執競、思文實之。從而媵者疑以庶出，非泛以姪娣。燕於寢者爲路寢，非廟後之寢。閽人掌中門之禁，當指宫中之門，不指雉門。澄酒在下當指粢醍之下，不指堂下。君卿大夫服麻冕，士庶人服緇布冠，異名而異制。軾前横木曰軓，轂末曰軹，曰軓亦曰軌，異物而同名。釜庾之庾爲量名，鬲庾之庾爲器名。今之篴爲古之篪，今之簫爲古之篴。緅如爵頭，色在赤與黑之間，不得訓絳。垤乃蟻封冢，亦陰與雨之兆，不可牽鸛鳴。亶父非太王名，衛文非宣姜子。菁莪箋五貝爲朋，漢志二貝爲朋，則二貝猶兩尊之訓。破斧傳木屬曰銶，説文枈兩刃，臿則木屬，乃枈屬之訛。西王母係國名，即女直八百媳婦可證。大宰讀如字，與大司徒、大司馬相同。司尊彝朝踐一節，饋獻一節，朝獻再獻一節，文倒而誤。玉人先記圭，次記璧，次記穀圭，簡錯而誤。輪人五分其轂之長，長當作圍。去三以爲軹，軹當作軒。其論夏小正，謂文雖古雅，然雕琢過甚，不類三代以上之書，且孟子夏后氏五十而貢，無公田，而經曰正月初服於公田，其疑一。月令孟春昏參中，而經亦曰昏參中，時隔千年，以歲差法推之，中星安得相同？其疑二。月令二月桃始華，五月木堇榮，而經正月桃華、二月堇榮，時物違異，其疑三。虞書仲夏火中，則六月而流，七月而伏矣，經五月大火中，與虞書合，而又曰九月内火，大戴禮以火爲大火，則火豈至是始伏？其疑四。疑月令而信小正，吾未見彼失而此得也。蓋君生具慧相，舌端有川字文，甫就塾，終日據案，無旁睨。年十一，作九日登聚奎塔賦。既從陳先生遊，諸尊宿如方閣學苞、蔣教授汾功、顧祭酒棟高皆折行輩，上下其論議。而又好學深思，於經傳箋疏必推勘其異同失得之故。方會試入都時，詔舉經明行修之士，同邑歸昭簡公將以君應，固辭。成進士後，座主秦文恭公著五禮通考，欲延爲參纂，而以親老急歸。歸二年卒，蓋乾隆乙酉年十月一日也，距生康熙庚子年九月初二日，年四十有六。諱愈，字文起，一字勉耘。先世居江陰，至正末有孟吴者偕弟孟越遷常熟之石橋圩。代有顯仕，若賢、若洪、若琛、若繼文，皆以科第進。祖本滌，父諱之任，居常熟析置之昭文。遺田數十畝，以好施斥盡。嘗病痢，衾裯廁牏，晝夜數十易，君每自湔滌。里入喪其妻，將鬻女以殮君，亟支館穀殯之，得不鬻。妹二，皆早寡，一貧甚，迎致而撫其出。居京師先後十餘年，遇日蹇，學日勤，品日卓。當君辭薦舉經學，時齒未壯，即舉未必偕先生擢司業。即四庫全書開館時，君未殁，必有薦者，然亦未必諧于世。人以是惜君，亦以是益重君。君祔石屋澗祖塋且二十年，其孤學泰、學祐、學晟、學箕、學裘等，奉其母華碩人命，請予表其槩。爰擇其言之尤雅者著之篇，以告樸學者。

中憲大夫銘茶吴君墓表

奉尺一之詔，乘傳就道，入鎖闈祇事，胥行省之舉子而進退之，其雋者居弟子列，稱恩門，此儒臣之榮選，終其身不數遇也。乾隆六十年乙卯五月，吾家銘茶學士君典福建試，六月予典浙江試。榜發，聞君卒于甌寧驛館，其日七月二十六也。君以乾隆四年十二月十六日生，予長君十年，生辰亦先二日，今嘉慶三年，臘年七十矣。季弟宗人府主事孝顯來告，是月二十一日祔君于金山縣某字圩先墓，而乞爲表。表曰：

君諱樹，本婁縣人，乾隆乙酉順天鄉試榜名昕，辛卯舉會試改名敬輿，最後改今諱，字芸閣，一字貞生，銘茶其别號也。年十四後遭父母及祖母喪，十九以首選列博士弟子，在翰林二十五年。當己亥，予以試差名第一典浙江試，而君名第三典陝西試。予視湖北學，癸卯録試貢監，特置今侍讀學士李君鈞簡超等第一。越丙午而君典湖北試，李遂領解。君在塾時結同社爲文會，糊名質於余，余置君第一。其詩文修潔有法度，從沈明經大成遊，備得其根柢。大成世所稱沃田先生，有學福齋集五十卷行世者也。分纂一統志，總纂南巡盛典，分校四庫全書，提調江浙三分四庫全書，學日績，職日舉。辛亥御試，翰詹諸臣以編修超擢侍讀學士，同日予弟省蘭以侍講超擢詹事，乃未周五載，大命不延，驛館蕭寥，望空戀闕，曾不若使命未膺，妻孥話訣，而予亦得效寢門之慟也。以君内行之純，舉兩世葬皆備禮。以張氏姑有撫育恩，官編修時貤己封封其姑與張仲弟嗣宗。病痼，每旦籲叩，額上腫若瘤。與孝顯官同邸，出入每同車，此余所以不能辭孝顯之請，而粗憶其涯畧如此。君自定詩六卷，文若干卷。曾祖元龍，康熙己未博學鴻詞，翰林院侍講。祖廷揆，康熙癸巳進士，歷翰林院、提督四驛館、太常寺少卿。父諱澄，四品廕生，累贈奉直大夫、翰林院編修，加三級。祖妣王氏，先封淑人。生祖母錢氏、前母陳氏、母宋氏皆贈宜人。娶王氏，封宜人，例晉恭人。予男七人，學韓、學沂、學范、學歐俱庠生，學蘇、學温、學潞俱業儒。嫁太學生王九韶者，女子子也。孫男五，孫女二。

貤贈奉政大夫翰林院庶吉士加六級顧公墓表

省欽兒時，先考嘗言以塾課故夫三桓之子孫微矣文爲外祖顧公激賞，許嫁以先妣。比納采，而公已先逝。又期而婚，故言行多不詳。公一子松，早殀。越五十年公從弟希陶之孫祖功以序後松，松葬所距公墓北半里許，皆在南匯之舊廿二圖宇字號，其邨落曰趙老灣。灣之族顧爲大，其習舉業自公始，終公世籍博士弟子員者數人。公以康熙三十一年督學許時霖科試入上海縣學第一。時南匯未析治，學額祇二十人，其題硜硜然小人哉、是故知命者不立乎巖墻之下。

越雍正二年，先考入縣學，時年二十二。公卒爲十二月十七日，而不詳其年，其生更莫以考。然公之生當在康熙初。始娶朱，繼陸，繼沈，沈嘗撫欽弟省蘭。省蘭于乾隆四十五年官庶吉士時，請以己封貤贈公奉政大夫，外祖妣皆宜人。公諱弘烈，字丕承，父芳陽，妣丁孺人，繼李孺人，以節稱。省欽少入外家，有督學李公振裕旌門曰「晝荻齊芳」，蓋康熙二十四年學道始改學院之歲也。嘗收得雲間入泮，同登録自順治二年提學陳昌言始試之官，試之額，試之年，試之題，與試而售之，姓名罔弗備載，雖其家之子孫莫能徵者。舉於是乎徵，抑以歎登科之録，百官有司題名之記，或傳或不傳，曾禮部籍三年中歲科試，新舊文生兵部籍武生奚啻數十萬人，而謂區區是録足以傳耶？毛氏奇齡、李氏紱皆論宗法既廢，盡人而立後者爲非禮。以公之開舉族文學，身歿數十年獲膺五品之贈，祖功有重而承之，不有異乎毛、李所譏者也。公四女：長即先妣，累贈一品夫人；次適王汝泰；次適吴瑛；次適曹。予以不德，謬躋通顯，歸田後展謁墟隴，自念二十四年前以省蘭第三子敬樞爲後，今七十二而始舉子敬沐。永言母德，薄置墓田。因祖功之立石，不敢以不文諉也。於是乎書。

白華後稿卷之二十三

墓志銘一

誥授朝議大夫内閣侍讀學士費公墓志銘

予同年内閣侍讀學士費公，長身玉立，飲啖輒倍人，生平不省醫藥，忽腹脅痛，甚苦晝夜，按以行則少止，毉者都不省。予問疾，猶數見，見輒屬以幽隧之文。予惻之，而姑以慰也。既哭寢門，其孤卜地某邨，其葬期未卜，而預請爲之志。志曰：

公諱南英，字希文，號道峯，又號敬菴。以雍正二年三月十五日生，乾隆四十九年十二月二十三日卒，五十年月日葬。乾隆十二年、二十八年，其中式舉人、進士科之歲也。工部營繕司主事員外郎、都水司郎中、江南道監察御史、鴻臚寺少卿、光禄寺少卿、内閣侍讀學士，其所歷之官；寶源局監督、巡視中城、甲午山東副考官、癸卯雲南正考官、甲辰會試同考官，其所奉之使也。曾祖和鈞，歲貢生，候選訓導。祖鳳池，庠生，舉賢良方正，以疾不赴。父傳馨，太學生。

祖、父俱贈朝議大夫、江南道監察御史。祖母於、繼沈、母嚴，俱贈恭人。配徐恭人。子四：紹元，附監生；贊元，先卒；邦直、寶元俱太學生。女二：長適候選布政司理問於鉉，次未字。孫一，孫女二。故事：曹司日一人，宿署應直謂之當月。公初仕，累日月膺其任，工作所在，勾稽校覈，奸吏無所容。柴廠、煤炭廠、火藥局、硝磺庫諸劇務，堂上官惟公是倚。督錢法時，凡解到銅鉛，隨驗隨收，無少苛滯。在臺中先後條上六事，其議行者，禁琉璃廠肆。搢紳録録已故與未仕之人以重官制，請捐復人員。户部先咨查，工部視任内有無核減銀兩，方准報捐，以嚴官欠，請州縣驛站酌令佐貳官兼理以重郵政。方四歲就塾，詠無花果二十言爲司訓所賞。司訓貧特甚，公爲論以諷曰：「韓宣憂貧，叔向賀之；顔子安貧，孔子賢之。」時甫九歲耳。館石冢某氏，讀文選聲徹夜，主人以爲狂，相詰問，乞所藏書盡讀之。歷舟車，手未嘗釋卷。于經尤邃于易，其論詩宗李、杜，晚年耽小詞，日臨晉、宋人帖數紙以爲清課。弱冠喪太學公，困絶不能自存，遠館數百里外。其後赴公車，教習景山官學。奔司訓及沈恭人、嚴恭人之喪，哀慟幾絶，銜卹終身，雖洊轃順遂不以侈車馬服食之奉。廉隅砥謹，非義者千金不以盼也。當乙未冬，公展墓歸里，有視學山右之命，翌日以在假改簡，又嘗有所陳請，上以原摺封還，廷臣不得聞其故，公亦不敢以語人。一歲三遷，漸幾嚮用，且叟筵、寵宴相距不過旬餘，促不及待，命實爲之。而裘馬少年坐失一老成敦樸者爲之準的，是又深可致惜爾矣。公有經解四卷，論著四卷，樂府一卷，道峯詩鈔六卷，日下集五卷，新試帖二卷。予所論定者楚中詩四卷，皇華集二卷，詞一卷。銘曰：

費之先，漢梁相。家烏程，姓乃望。厥後遷，豫章郡。復其鄉，唐代近。宋直院，謚文端。葬射邨，居歸安。廿三世，公挺生。能其官，文蚤名。嗇於初，膴於末。捐館年，六十一。其遺訓，教學品。勒此詞，萬耳信。

誥授中憲大夫光禄寺少卿沈公墓志銘

乾隆五十一年春二月，上巡幸五臺，命先期引見京察官，於是光禄寺少卿秀水沈公以病予休。公精吮咀之術，活人殆不勝計。體故羸，服食足以自攝。年未遽六十，太夫人雅就養，既罷去，將賣宅買舟謀菽水之奉，日走别故人，訪五城舊蹟，戒以三月之十九日遊畏吾邨，而是蚤嗒焉化矣。予與公同舉，同卿寺二年，知公之豈弟樂易，而不究其報。知公之詳明堅定，而不竟其施。憶前年、去年展重陽後一日，迎駕密雲，偕宿昌平之橋亭子，時秋稼蕆獲，原野清灑，步邨南小池上，公語予頗以家江風景，思奉母歸，結數椽板輿化下，乞予文先人之塋。乃其志未以遂，而一二故人星流雨散，既歎逝者，行復自念。此不得不徇其孤之請，而辭不文也。

公諱琳，字潤輝，號華坪。少就傅，輒了大義，年十七籍學官，二十八魁鄉試房，三十三成進士。歷兵部職方司主事，武庫武選員外郎、郎中，江南道監察御史，吏科給事中，巡南城，巡南漕。監鄉會、内簾試事各一，監外簾試事者四。洊貳京卿責任，轉簡其軍政之高下、銓法之遲速、庶獄之輕重、行漕之利害，不操切，不滲漏，至外簾藪弊，予問聞其一二。及今秋得旨監臨，而寢門之慟已及半載，末由以受開益。今其孤潛山縣丞方大來自皖江，雖少以慰含飴之隱，而公之將以養請、將以病請，病未亟而遽亟，養可終而不終，論者輒含恫焉。公居家有内行，與王恭人事葉太恭人數十年如一日。遭贈公喪時年四十一矣，粥飲者累數月，不杖竟不能起。事季父有子道，與人交甚親而有裁制。其殁也，多反袂者。距生雍正七年，年五十有八。越某年某月，葬某縣某原。銘曰：

公所家，濮樂院。自前朝，隱未見。曾祖父，以字行，曰載瀛，曰雲卿，曰維章，邀贈榮。歲乙亥，穀不熟，貸不償，千鍾粟。越來歲，公舉鄉，產雖斥，名益彰。歷臺省，卿寺陟。母望九，永朝夕。女子四，嫁者三，有一孫，乳尚含。公論文，宗韓歐。今銘公，筆不遒，丹旐旋。葬有日，長水湄，卜云吉。

誥授光禄大夫刑部浙江司郎中前刑部左侍郎杜公墓誌銘

上欽恤民命，用慎庶獄，刑部郎舉其職者不次長貳是部。匹夫婦之控籲，命使勘讞，不得其情不止。金匱杜公爲郎時，隨故尚書兆公惠、侍郎錢公汝誠之宣化，隨尚書今大學士阿公桂、尚書裘公曰修之霸州，隨侍郎四公達之福州，侍郎阿公永阿之保定。既爲侍郎，使成都，使長沙，兩使江夏，扈行江南，留蘇州讞雩都教諭枉刼事，留淮安讞清河宿遷冒賑事。又其間自壬辰春入蜀，己亥冬辭蜀，跋山涉澗，矢石如蝟，軍糈之輸，輓軍需之支算，手披口決，無少苛濫，以是爲練才而遇主焉矣。乙巳夏，户曹郎海昇斃其妻，公頎身短視，勘驗不得實，譴伊犁。明年九月，得旨赦還，次蘭州，聞授曹郎之命。時已抱未疾，悲感不自勝，馳至涇陽而歿。人以歎公之才固以結主知，雖一節疎漏，天子不以是棄公。稍假之年，必復其始。而大命不延，凶問奄至，此予所以感慨論議，而竊念士之不可不自立也。公十二歲而侍養入都，居四年補大興縣博士弟子員，得第後改復原籍，觀政刑部。遇案例誦記不忘，於法於理於情必求其當，故未補官而總辦秋審，既截取知府，而長貳請以陞銜留郎中任。郎中有陞銜留任者，自公始。公爲文，下筆立就。雅州當金川南路之衝，移駐三年，不廢嘯歌。予嘗和其登城樓詩。倡修成都草堂，予時受代將還，促予預爲之記。其虚懷善下，當讞漢川武舉胡懷三賄僮頂認兇手事，適有未安，兩府不能言，予一言而釋，且以謂直諒。又嘗語予善同里楊鳴遠，楊旅病且革，以貧薄孤幼爲屬，因以長女許字其孤，予以語公之孤，而孤未之知，則其他孅言誼舉爲人所不知者，又可勝道哉！公氏杜，諱玉林，字寶樹，又字曲江，又字凝臺。乾隆庚午舉人，甲戌進士，歷刑部主事員外郎、郎中，除江西南康府知府，未抵任擢江西吉南贛道，會丁内憂，服闋，補四川鹽驛道。即其地晉按察司按察使、布政司布政使，擢刑部侍郎，鐫級以三品京堂用。旋擢工部右侍郎，兼署刑部侍郎事，終刑部左侍郎，充殿試讀卷官，順天鄉試副考官各一。閲朝考新進士卷，閲三館謄録卷各二。曾祖圻，祖錦，俱太學生。父灝，乾隆甲子舉人，直隸沙河縣知縣。以公貴俱贈光禄大夫、刑部左侍郎。曾祖妣蔡，祖妣孫，妣孫，俱贈一品夫人。娶宋夫人，乾隆乙丑進士、山東利津縣知縣焕女；繼毛夫人，國學生嘉模女，亦先卒。子光炎，國學生。安徽試吏目楊芳潤、湖南試吏目陳鑅，其女子婿也。國學生謝應鏘，其撫弟之女子壻也。幼女未字。孫一，孫女三。宋夫人、毛夫人始祔於邑之嶧峢灣，光炎將卜地塟公，而遷祔焉。葬以某年月日。生以雍正六年八月日，卒以乾隆五十三年三月日。銘曰：

公之先世，自汴而南。公也第二，與兄弟三。就傅之初，一日千里。占籍京華，於古有此。讀書讀律，會遭外憂。命假六月，以表松楸。陳情終制，乃公大節。自是在官，歲無停轍。一一金逆命，三路出師。有中有南，峙粻是資。嘯咏依然，廩禄有幾。戛釜企延，百數千指。緬公之行，把公之詩。詩有八卷，餘文倍之。西徼投荒，賜環承寵。六袠遽終，銘兹泉壟。

賜進士及第湖南辰州府知府諸公墓志銘

吾師餘姚諸公之病也，省欽自廣西奉使還京，道武昌，執手語移時，别踰月訃至，言櫬已歸去，孤開琭纔十四歲耳。去夏開琭來應雍試，裒公遺文若詩止四卷，散佚過半，如癸未、甲申間同省欽作者至一卷，而省欽所同作亦散佚幾半。竊念名位有定，時命間阻，雖華實茂美，體用兼備之士，有幸有不幸。或天之既已阨之，而將以昌其文與其後，固不可得而知也。公少慧，母蘇安人爲杭州府學教授滋恢女。公讀書學署，如厲徵士鶚、杭編修世駿、孫通政灝、陳太僕兆崙、宋侍講佩蓮，皆著録教授門，深共推挹，論交在師友間。而封公以經世之學主大府章奏，凡名律之輕重、食貨之耗息，與夫河渠、軍政之是非失得，燭照數計，每爲公指其端緒，故公以第一人冠中書，直軍機者數年；以第二人對策主山東鄉試，分校會試各一，一時稱得士。當公官中書時，以察典名記御屏。洎入翰林，兩院長皆薦公習吏事，簡知辰州府事，中丞晉寧李公倚若左右手。李剛直，每負氣，藩使者遷怒及公。李去，代之者爲藩使所親，道出辰，辰水方怒漲，留二日始發。以公玩民瘼劾，罷修堤工，蓋丙戌六月日也。戊子夏，予使黔，過辰，辰吏人指公結茅棚、編舟筏、施粥米處，又言辰水夾兩山作建瓴勢，雖盛漲，不一二日輒消，舉咨嗟太息於藩使爲戒云。公既歸，與其孟侍堂上，養蘇安人厭世。會南豐李恭毅公開藩于蘇，招封公，公亦應梁文定公遊楚之招。將歸，痢劇而歿，名公卿及士大夫交相搤捥，以謂時命之不可知至此。公諱重光，字申之，一字桐嶼。乾隆癸酉以副榜貢生舉於鄉，庚辰成進士，歷内閣中書、翰林院編修、湖南辰州府知府。康熙五十九年七月二十四日生，乾隆三十四年十月十三日卒。先世故姓朱，元末彦明公由亳州遷餘姚，改今姓。曾祖國正，副榜貢生，勅贈文林郎、翰林院檢討。祖起新，康熙丙戌進士，翰林院檢討。父諱先庾，廩貢生，勅封承德郎、翰林院編修，後公四年卒。配俞，勅贈安人；繼孫，勅封安人。生開瑔，今爲廩貢生，以省欽出公門下，不爲洪沏誣善之辭，乞預爲之文，俟卜地葬公與俞安人，而爲孫安人生壙焉。銘曰：

公在郡時，太公就養。七秩之辰，優歌闔響。曰維恭儉，慈惠可知。弟有孤姪，身爲之師。六草三真，問誰抗手。制誥之文，猶在人口。集止此夫，官止此夫。載銘幽隧，載欷載歔。

誥封中憲大夫前河南陳州府知府張君墓志銘

乾隆五十五年正月十一日，封中憲大夫、京畿道監察御史、前河南陳州府知府張君卒於里，距生雍正二年四月十五日，年六十七。其孤百齡等擇地於大興縣之某原，俟來春井椁，而乞省欽志之。志曰：君氏張，諱法良，字素菴。先世以瀋陽籍隸正黄旗漢軍。曾祖奉禄，贈昭武大夫。祖宏任，熱河山莊供奉，加遊擊銜，贈懷遠將軍。父諱應魁，直隸正定營都司。曾祖妣李，贈恭人。祖妣杜、徐，俱贈淑人。母沈，封恭人。配李恭人。子百齡，京畿道監察御史，前翰林院編修；仁齡，廩膳生，先卒；錫齡，候選州同；桂齡，副榜貢生。女一，先卒，適舉人那昌。孫一，孫女四。君筮仕令嵐縣，嵐於太原最貧瘠，歲己卯饑，申狀大府，得予賑，君釐按丁户，朝籍而夕給之。又明年秋雹，君以請賑之需時也，亟糴鄰縣粟，而勸境内之蓋藏者爲粥以食。既而得賑旨下，嵐之民無流移者。治嵐十年，兼治岢嵐州者再。繕成垣，置義學。榜所居室曰「居易」，言人居其難，我居其易也。某氏女通於中表王，其父覺而令之絶，王復至，執而誣以强鄰，縣令奉檄會鞫，入王罪，君以去就争於府，王得不死。其同知寧波府也，奉委采銅於滇，山水險遠，銅船浣壞起撈，率三四年始返，輒累金累千，君發株掘根首尾，二年而役蕆。涉洞庭，颶風作，舟人惶怖號泣，君肅衣冠致禱，桅折而舟不覆，人以爲神。省官錢數千緡，大府交章薦，旋以例引避，調閩之漳州府同知，不數月擢守陳州。時豫河決口未合，督治夫料日夜不少休。又頻年運餉於滇，運糧於潞，勞疾間發，歸而偃息，數椽種花累石，席國史自娛。蓋君始以武職起家，砥礪於學，舉甲子順天鄉試，百齡負詩名，少時親爲之授。爲守令三十年，室無媵侍，居無玩好，衣不敝不改作。有三弟，皆爲之婚。能援人之急，遇人必以禮，雖御下無褻嫚語。在晉時，同僚某於廣座侮之，旁觀愕然，君絶不與校。其入滇也，上官不滿君，故以遠役苦之，君欣然竟往。其器量多類此。生平不言内養，屬纊之蚤，飲噉如平時，已而腹痛，歐淡不止，端坐逝，鼻觀垂玉筯扶寸。嗚呼！此亦足以覘君之守矣。假而係懷榮利，力疾戀官，則棲遲數載間，何遽不躋膴仕者，而豈易睹哉！銘曰：

學而仕以從政也，而家亦政也。仕而已以引病也，而歿無病也。以惠我嘉師，以型我碩耆。不我是信，徵我辭。

勅封太孺人彭母歐陽太孺人墓誌銘

太孺人氏歐陽，贈文林郎彭湖之妻，進士錫璜、拔貢生錫瑾、進士錫珖之母也。文林君有聲庠序，好施與，以父歿，三母弟俱幼，不赴舉。孺人事姑歐陽，得其歡，悉委以家事。强記古善言行，以告錫璜兄弟，遇有字之棄紙，必瀞以香水，焚而瘞諸野。遇古書畫圖籍，必以績紡所出飲其購之貲。塾之中漿酏茗餌之屬，必豐且潔。四十年間，錫璜同祖兄弟十一人，領鄉薦者一，籍諸生者六，僉以謂微孺人不能相文林君以有成。而錫璜兄弟大小試，凡得失利鈍，孺人徵之讖與夢，而無不信也。憶予總角時，先大夫偕世父、季父隨先祖歷諸試，榜未發，祖妣倪太夫人預語家人曰，夢一媪持金花草𩫕然至矣。或曰雙岐矣，曰萎矣。金花草者，其節間吐黄花，未花時鬒美，吾鄉人謂之草頭功令，凡大小試合格者簪花披紅。予至今以謂神。謂夫下帷至苦，科名之事至難，鄉曲小夫若有三公不以易一第者。職母教者專固凝一之氣固有以召之，而士之由甲乙科致身通籍者，尤當念及母劬勞之德，以貽令名於無窮也。錫璜之令三臺也，孺人以道遠未就養，今以闋服除瓊之文昌，詣予請曰：「䘏民力，慎民命，吾母訓也。吾母存亦不能渡海，而錫珧需次爲選人，錫瑾之子嘉恕亦以拔貢生入京。筮某年月日啓吾父戚家坂之藏，而錫瑾祗事焉。幸銘之，以存吾母。」銘曰：

丁亥秋，母也卒，距生年，開九秩。男子三，女子一。女子夫，周厚轅，以辛卯，登詞垣。璜亦雋，喜填門，科名草，連叢茁。眷春暉，逝何及？天只天只！以妥同穴，以芘後昆只！

白華後稿卷之二十四

墓志銘二

贈中憲大夫因亭陸公墓志銘

陸於吾郡族最望，明嘉靖間上海文裕公深、華亭文定公樹聲，皆以翰林躋通顯，品地清峻，福齊於文，所論譔傳於後。文裕裔孫副都御史錫熊以纂四庫書由郎中改翰林院侍讀，歷今官。而翰林院侍讀學士伯焜先後十年間誦芬競爽，才望相若，實文定公七世孫，南京刑部侍郎彥章之六世孫，而贈中憲大夫因亭公長子也。公一字文思，諱楣，曾祖慶臻，明崇禎壬午舉人，名在幾社。祖諱光弼，太學生。父諱瑜，康熙庚子舉人，泰興縣教諭，以學士故贈中憲大夫。妣顧，贈恭人。公之先自郡城遷青浦之朱家角，讓上田與三兄，而已取其汙瘠者。既棄養，獨任喪葬，結茅墓側，課耕作田，下不可稻則種蓮芋菱芡之屬以自給。中歲失明，家益困，蕭恭人率諸女以十指謀朝饔，及晡復如之。公顧不以懟怨，猶急人之難，有告者至，解衣以應。蕭恭人冬不棉，夏不幬，雜糠秕以飽。而公與學士兄弟在塾中，未嘗無禦寒之衣，適口之食。憶辛巳冬，予割居婦弟宅，學士偕予弟省蘭赴江陰候學使者試，迎鑾賦，脱布袍，請予婦綴羊皮袖，若不得一當，無以慰二親。後十二年而應天津行在試，賜舉人。又七年入翰林，又五年御試翰詹諸臣置一等，擢今職。去年以京察上考，傳諭問願就外任否，而學士嘗以舉人叙用，知縣公再三寓戒，毋强所不能，因以不習吏事謝。公又戒以文定後不可無公祠無公産，以佽喪葬之用，學士固以成之。予京邸與學士隔一牆，各舉少賤時事，與夫恩勤鞠育之狀，其艱苦率相視，至貧而在下無可濟於物，而此心皇皇然日不足，此則天之所報，而非後之人自致其報。特學士之所爲，予兄弟志焉未逮者，爲抱痛而不自勝也。公有因亭吟稿、叩槃集若干卷。以康熙四十八年十一月初七日生，乾隆四十二年九月十一日卒。蕭恭人以康熙五十年十月十八日生，乾隆二十八年六月十七日先公十四年卒。子二：長即學士君；次仲勳，太學生。女三，吴江太學生沈廷一、青浦太學生張景直、常熟候選縣丞馬植基其壻也。孫四：元琦、元均、元堉、元培。曾孫一，壽銘。某年月日祔公與蕭恭人於縣之昃字圩九峯橋祖塋之次，學士宜自爲之文，而猥以屬予。乃銘曰：

廉惠之德，家漸斥也。詩禮之具，昆自裕也。生廬墓旁，歿而祔藏。後道前岡，漆燈用光。

朝議大夫廣西梧州府知府前長蘆都轉鹽運使運同孟君墓志銘

太谷望孟氏官曹郎守郡監司者相望，然自蘭舟通參、蘭溪大尹外，由進士進者或尠。吾門伯川太守於書學董文敏，於詩學才調集，又工爲制舉之文，三晉之登館閣者未能或之先也。然齎志不一，第授長蘆鹽運司運同，非其好也。然卒能其官，六年遷廣西梧州府知府。將引對矣，會冬至集萬壽宫行禮，海風大作，冷徹肌骨，亟煴火暖足，足遽弱，乞歸調治。又七年壬子九月十五夕，偕座客談笑，氣稍逆，就寢如常，俄而嗒化去。距生乾隆壬戌六月初六日，年五十有一。其孤太學生熊飛，候選布政司經歷熊夢，將以明年二月日葬之縣東楊家莊先隴，先期乞余誌之。按狀，君諱淦，字伯川，曰晴瀾、虚舟，其別字也。先世故固原州，元至正間仲明公隨父本周公宦遊太原，卜居大谷，是爲始遷祖。十二傳至贈朝議大夫、貴州平越府知府周衍，是爲君祖。君父平越府知府，嫡母胡、生母胡皆封恭人。配温恭人，先十年卒。生兩孤及女子，子適楊泳者也。平越公爲長蘆運同，於鹽關口立浮橋，君至出己力修之，以鹽關秤架欹輕重申請換准護運使者，七閱月於陋規無所取。每以仲兄水部君商河東者數年産盡落，故恤長蘆鹺者倍至。當庚子甲辰春，上巡幸江浙，君先秋挽御舟達江淮，予叙加一級，一遷出守，謂有補於邊郡，而蹔曆不興，設施不竟，故可見者止此。君有龠山詩四卷與帶津詩一卷、清淮詩四卷，先行世。未刻者龠山文一卷，退思詩六卷，環香集四卷，環香詞二卷。予嘗念天之賦才亦殊，國家之求才亦甚切，乃遇合之故，在可知不可知之間。科舉一途，直士人出身之始，而舍是而致其身、行其道者，亦間有其人焉。此余所以重慨於君，而文章九命之説舉足以槩之也。去年春予視學畿輔，歐血不可止，因憶戊戌夏臥病三十日，君兩劑而愈。學醫不可費人，學書不可不費紙，每爲君諧笑之。逝者可歎，行自念耳，而忍銘君墓哉！銘曰：

既庶加富，堯舜憾斯。晉多富民，悴于鹽池。君有同懷，其力不支。君有營籥，破甑用炊。君官鹽官，廉静内持。曰以行恕，而敢自私。官事若此，内行可知。孔訓文行，疇其庶幾。前岡後道，瘞此隧辭。

誥封奉直大夫累晉朝議大夫湖南辰州府知府碻菴陳公墓志銘

公氏陳，諱遇清，字確士，一字碻菴，以奉賢縣學弟子員貢太學，以子乾隆癸卯舉人、候選大理寺寺丞廷溥封奉直大夫，乾隆辛丑進士、湖南辰州府知府廷慶累晉朝議大夫。曾祖諱藎，有傳耕堂集，黄宮允之雋序以行。祖諱祖壽，父諱基，贈奉直大夫。祖母氏□，母氏程，贈恭人。娶于顧，封宜人，累封恭人。公少而强識，能文章，試南闈不利，以父命割二季産而自取其下者，別搆宅於故宅東南數十武，奉侍父母。父病噎不解衣者踰年，走百數十里求葬地，丙舍建矣，凡三易而始視窆。從弟打箭爐同知文錦卒於官，爲經紀其喪與家事，延塾師課子，則命從子與之偕，皆籍諸生，有爲校官者，自其子童子試至鄉會科，必挈而董教之。留京邸數年，辰州郡署五年。歸殯日，歲適大祲，衆以公乙亥、丙子間出粟倡募飢餓者，今廷溥繼其志，而公之志慰，公之澤爲勿衰。公所居曰南橋，其黠者請縣府移建漕倉，所司議上矣，公語：予縣不産米，糴於郡以輸郡西之倉，今糴而載之歸，不便一；黄浦風濤惡，百數十糧艘泊累月，不便二；移倉必度地，納糧必動衆，經費不能盡出於官，而游惰適以逞其智，不便三且四。尹文端公督兩江時，駁案具在，予以語前制府書公，檢案遽寢。蓋公熟於鄉之利弊，創議葺縣志，建文廟，建儒學署，倡捐縉，皆不貲。性温直，能急人之難，乃義所不可爲，則愵然深憂其既然。其才不大見於世，然奉賢自析華亭置縣後垂七十年，入翰林者惟廷慶兄弟，俱列科名者亦惟廷溥、廷慶。令名是享，福禄日來，誠不意未大耋而嗟也。然公之喪，以乙卯正月歸，是月銅仁苗與辰州苗相煽，攻殺官吏，軍械、軍糧於辰取辦，嚮使公尚就養，必有教其子以襄戰績者。難作而公且葬焉，豈偶然也哉！公以雍正元年十月二十一日生，乾隆五十九年七月十六日卒，乾隆六十年十月二十五日葬于縣之某圖某地，並營顧恭人生壙焉。廷溥等寓書乞銘。銘曰：

奚貌之卷然，奚量之淵然。奚種德累行，而弗底于大年。有女二，有孫三，豈惟厥子之賢佳哉！　漆室銘是鐫。

中憲大夫掌湖廣道兼掌京畿道監察御史程公墓志銘

當乾隆辛巳間，予憂居里門，東南士人傒聖駕三至，近光奏賦，僉矯首礪，角幸一當。亡友葉抱崧爲予兄弟言公高才樸學，甫逾冠爲諸生祭酒，予以是耳公名。癸卯冬，予自楚還朝，公時官中書，予弟長女妻公第四子世芸，始面公，過從洊密，開示所論撰，於漢學旁疏曲證，不武斷，不鑿空，斬斬明明，無以測公經學與選學之所至。而公分校四庫書，分校盛京志，總校一統志，覆校武英殿書，纂修方畧，目芸手𢬣，閣師舉以是，知公置内閣簽擬十一年，無或舛漏，卯出申歸，日以常。充鄉試同考官者再，巡視五，牐漕務者再。召對皆稱旨，再書上考，記名以道府簡用。乃一以願留京職辭，一以母老辭。軟塵矮炕間，雜蒔花竹琴壺鉛槧，見者幾忘爲長安邸舍矣。今丙辰春，予將按畿南試，輒語予秋涼當乞養南下，檢勘故業，以副畢生之志，曾未改火傳遠赴焉。世芸愿而能文，前十年予哭之。世芸嗣子元濂十歲矣，前年殤，予又哭之。公少予十年，素無疾，神采奕然，今又哭之，殆所謂名可掩位而年不酬德者耶？予是以悼公之學與仕，尚未竟而抱崧之齎志，尤無窮也。公著書滿家，行世者周禮故書攷、儀禮古文攷、禮記古訓攷、說文古語攷、續方言、補稻香樓試帖，其春秋傳文異同攷、說文引經考、駢字分箋、稻香樓文集、詩集藏於家。公氏程，諱際盛，乾隆庚寅、庚子恩科榜，名同御名第二字，改避字奐若，一字東冶。

始祖晉新安大守，諱元譚。至三十二世孫昭遷休寧，其遷長洲者爲公五世祖可意。祖有楠，太學生，封朝議大夫。父文詔，太學生，授朝議大夫，俱累贈中憲大夫如公官。祖妣黃，繼祖妣陳，妣朱，俱累贈恭人。繼母朱，累封恭人。歷内閣中書、内閣侍讀、湖廣道、掌湖廣道、署河南道兼署掌京畿道、監察御史。配吴恭人，生子四女一，先公二十九年卒。繼徐恭人，生子一女二。子世萱，增廣生；世英，光禄寺署正；世華、世芸，俱太學生，先卒；世茂，太學生。孫元灝、元濬、元潞、元澍、元濤，其次元濂，即後世芸十歲而殤者也。女三，壻曰戈宙女、曰蔣錫朋、曰許乃賡。女孫七。公以乾隆四年七月五日生，嘉慶元年三月二十九日卒，年五十有八。某年月日世萱等卜葬於某縣之某阡，以吴恭人祔，且築徐恭人生壙云。銘曰：

公父勉亭公長者，治命笑折券盈把。文謙醴肴饋母也，以瘁致鬱其病肝。聞公獲舉瘥加餐，公侍親疾心力殫。徵歙選艷那辨此，急友朋難視猶己。施饘若槥歲難紀。往在壬子秋漲狂，設賑城北關及鄉。公八閱月寐不遑，能其官不竟其用。曰仕曰學材出衆，漆燈熒熒罔時恫。

中憲大夫福建分巡延邵建道賈公墓志銘

嘉慶元冬封印既，予嘔血兼晨，醫以詩筆戒。門人刑部郎賈澄寓其先人遺狀乞志墓，予以誼之不克辭，而又不克文也，改歲首春乃發讀而塞其請。按狀公氏賈，諱廷彦，字吉士，一字美堂。世爲陽曲人，祖灼之，拔貢生，候選知縣，贈朝議大夫。父坊，歲貢生，候選訓導，封朝議大夫。祖母王、母孟，俱封恭人。子洲，邑增生；澄，刑部主事。女一，適太原處士傅山之裔履豐。孫繼祖、紹祖，孫女三。雍正三年十月二十三日、乾隆六十年九月十九日，其生卒之年月也。嘉慶二年四月日，其葬之期，其地則某縣某阡也。乾隆丙子，其以優廩生貢優行之歲；己卯，其以國子監八旗教習舉順天鄉試之歲也。公以乙酉春試吏四川，權江安令，歷納谿、永寧、江油，旋補清溪縣知縣。縣環萬山，下故西藏孔道，又大兵征緬夷，凡軍需牛馬及以病傷歸蜀營者，大半由縣。莅縣四年，驛不弛，民不疲，既移華陽，而涉遠問起居者不絶。時用兵金川，公黎明詣軍需局，核昨日所出納，旋詣各大府行館，決輓輸徵調之策。若何侈，若何嗇，若何便不便，夜漏下歸縣收民間訟狀始退食。食已，復升堂治讞，無大小未嘗妄用刑，必得其實而後已，就枕率夜漏下四五。公遷去而有核減運費著賠之款，華之民請於所司代償之。遷忠州，直隸知州，未任，權守成都。於所屬軍需收支歸撥，一如令華陽所爲。擢守潼川，逾年以孟恭人憂去。服除，命以四川知府補用，權建昌，道川北道，旋補龍安府知府。先是辛丑秋，江漲刷城東，圮百餘丈，城中半積水。公先導江，次築堤，堤下作鏵嘴以殺水，上種柳，旁播草，於江油之大平、場中壩皆堤以禦水。於郡東鴿子崖峭險處架偏橋三里餘，以利行者。在龍安八年，方奏調潼川，而特擢福建延邵建道。不二年以疾引去，絺帷布被，裝齎武夷茶數十器而已。公至性過人，未齔，孟恭人病，輒焚香禱于神。其爲選人，疫作，忽蹶起誡洲曰：「吾兩月來未有以資養，其亟典衣以寄，幸勿言我病。」其罷守潼川時軍事尚殷，大府將以留任守制請，公以孟恭人届八十、違侍八載固辭，始止。終喪不作佛事，留賓茗飲，或諷以儉其親者，公曰：「誣親悖禮，莫此爲甚。吾敢隨俗以滋罪戾耶！」凡自守類此。間嘗論親民之官，必來自疾苦而後能急人之疾苦。公肄業成均，輒手舉爨。其揀選引覲也，貸冠服獨往待漏。其作郡不攜家，不延幕。當予入蜀時，軍興方亟，論者以諸生梗餉饋，當峻以法，公獨謂當開諭其所惑而予以自新，故予在蜀五年，未嘗以軍需褫一生，而令卒不梗，至今思其言，以謂愷悌樂易之風，有賢於猛鷙者之讐其下也。嗚呼！其忍弗銘！銘曰：

公治縣府土多瘠，不肥其家民所德。民良吏良一誠格，謂於讀書務實得。徒資口耳復何益？有子縭經被手澤。其一登第遂通籍，年七十三未滿百。歷官監司返故宅，氣佳哉卜窀若穸。

朝議大夫福建福寧府知府蓉溪繆公墓志銘

乾隆六十年五月，泉州水，石米錢八千，上官邀建寧守繆公往平糶，倉故虛，乃便宜汎臺灣米以濟，得不饑。公先以九月權福州府篆，兼視鹽道篆，甫自泉州歸，而虧空案發，上官皆伏法，道府直隸州吏議有差，建寧屬有七，合計不下累鉅萬。公毁家紓其難，七人者幸無恙。新上官亦以是多公，將薦公卓異，而公心力竭矣。病隔請退，未受代而卒，嘉慶二年四月二十一日也，距乾隆十年正月十四日生，年五十三。其孤元益來告，今嘉慶三年十月日將葬公於邑之某鄉，而請爲之誌。按狀，公氏繆，諱暉吉，字愚若，一字蓉溪。先世南昌人，洪武間有輔國將軍應祥者，以兵守蕪湖，遂爲始遷祖。曾祖大中，順治乙酉副榜，候選知縣，贈通議大夫。祖振公，太學生，贈通議大夫。父孔昭，河南按察使，授鴻臚寺卿。曾祖妣王氏，贈淑人。祖妣沈氏、俞氏、母鄭氏、生母高氏，俱贈夫人。配朱氏贈恭人，嚴氏封恭人。子元益，候補布政司經歷。女四，嫁殤者一，嫁者一，未笄者二。公蚤失怙，伯兄山東藩伯其吉以官廕生例注縣令，偕入京，肆力於學，負時譽。京兆試天津，奏賦、召試皆不利。時藩伯監司山右，乃以川運例筮仕濟南同知，會翠華將自江南回，閱泇河堤，工堤鄰微山馬踏諸湖，公督辦第一段，期又迫，爲悉心相度，夯築如法。天語以爲遠勝南工，各予叙加一級。藩伯來東，引避改判開封府，權鞏縣、内黄縣、陳州府、河南府事。嘗督睢河東壩麻廠，凡徵收一無所溢，民聞風趨事惟恐後。其抵建寧也，府城自乾隆四十九年大水後闔城無質庫，民無所緩急，公慰勸再四，各城門市肆遂廣。新禮殿，治城壕，剗萬石灘立標爲行舟引，其他壘橋架閣便於民者靡不舉。郡署中一蔬一甓，靡不出諸己。于寒畯必加禮，曰：「吾不以科目進見之殊卹卹也。」於里黨必竭懽，曰：「吾不以膏粱炫思之殊懇懇也。」公事畢，手一卷不輟。嘗示予蓉溪詞四卷，芊緜婉轉，直入南宋人之室。予擬爲序之，而未有以踐也。其燕游、晉游、豫游、閩游詩、醉竹軒詩，予皆未之見，不且嘗一臠而知鼎味耶？銘曰：

公弟習吉，曩尹襄陽。予視楚學，出公報章。公兄子雋，相攸予曰，稔公内行。在家必達，從政十年，一面是謀。時歲己酉，一麾閩甌。來告官事，去其疾苦。不陵不援，敢設城府。來告家事，戒其怙夸。克勤克儉，庶免玷瑕。相彼覆巢，有鳥翾若。人爲鼎俎，我爲琭珞。力官致疾，力疾辭官。得正而斃，存順没安。鳩江之陽，高阡屹屹。言志竁宫，我言維則。

白華後稿卷之二十五

殯表　殯志

李母葉宜人殯表

宜人姓葉氏，吾邑歲貢生容齋之女，上海歲貢生、封奉政大夫炯之室，大理寺右評事丙曜之母也。年二十二歸奉政事君，姑曹宜人得其歡，曹宜人疾，宜人侍湯藥不交睫者累月，疾止，始復初。又十餘年，曹宜人棄養，以禮喪葬，婚嫁叔與姑皆致其力。李與葉族故大戚屬，鄰里以急告必應。奉政素習静，家事輒委之宜人，然十試倪得倪失者再，而丙曜試京兆五薦五落，宜人無幾微不平意，第勖以厲學、擇交、安義命。既官廷評誡，以慎民命，毋曠毋越，以是人多賢丙曜。今年春，國慶覃誥，丙曜請以己封貤外祖父母，宜人報曰：「吾六歲而鞠於姑，姑之夫王古航視吾若己女，汝以己封貤吾父母誠美，抑以慰吾王氏姑之心。第汝父早失怙，賴汝從祖拙峯公之教以有今，汝其安汝父之志，而汝之志且留以待。」人以是賢丙曜，愈賢宜人。宜人體素健，比歲喪婦一、女一、孫二，且厝火之警、探丸之累，肝鬱癥結。丙曜思假省，而奉政輒止之，赴至而丙曜述奉政之意，乞予傳。傳，史職也；表若志，史例也。墓有志、有銘，或無銘；殯有志，有表，無銘文，例也。表其殯而其體如銘，昌黎之於房使君、鄭夫人，又例之變者也。婦之德在不暱已親，故漢明德后之德爲至。不暱已而推本於夫族之親，其明於大義何如者！予故樂表其殯，俟異日井椁而續書年月日與子孫官閥云。宜人生雍正十二年五月十五日，卒於嘉慶元年九月二十四日，年六十有三。子四，長即丙曜；應璧，候選中書科中書；應培，邑庠生；應墀，太學生。女六人，俱適士族。孫男女俱四人，俱幼。

封安人王母黎安人殯志

安人姓黎氏，湖南寧鄉人，縣學生、贈儒林郎、翰林院檢討王君炳旭之婦，上林縣知縣忻之妻，翰林院檢討、坦修縣學生寯修之母也。父再尹，母胡氏、繼母彭氏、譚氏，與異母弟四人如一母。上林爲贈君第八子，年十七，安人來嬪，弱上林一歲，爨析贈君，安上林以居，居七年卒。又四年，上林母黃安人卒。又十年己卯，上林舉于鄉，丙戌成進士。其令陽朔時，後又十三年矣。安人自家挈其次子婦至，以坦修同祖弟沖修、振修、泮修從，從之賀之上林。上林在官不四年，安人在署不三年，罷歸治任，無一怨尤語也。上林受田止數畝，安人節脩，入晝夜操作，田稍進，受命服，始御繒，猶親視廚。傳性慈愛，上林第六兄子厚嫂殷相繼歿，安人撫其女，既而二孤之撫於其四兄、七兄者，皆就安人撫。以次授室，籍縣學生乃去。有媵婢鬻可百金，安人曰：「吾不忍令以賤終禮遣去。」坦修嘗語余安人比脹膈，恐成痞，致參餌求療，而十餘年來安人寄蔬茗及箴綫皆出已手。年未高而訃甚猝，故負痛再四，請余文。嗚呼！文墓難，文婦人又難，故柳州之於叔妣，潛溪、震川之於其妣，往往自爲之。然以禮義之教之衰與其洽於人，徵之男子不若徵之婦女子。坤主吝嗇，及其太過而終與於不仁。觀安人之所以遇其婢者，而歎其德之盛且過於不妒而妾之者之尤盛也，而因以知公姑從子之久與安而不去而又從去也。安人生雍正三年二月初二日，卒乾隆四十九年四月初六日，年六十。坦修攜其子名黌、名翥、名科自京師戴星歸稟上林，命治葬地爲志之殯如此。安人又有女子子三，皆適士族。

誥授奉政大夫順天府西路同知黄君殯志

黄氏世爲莆田龍塘人，君少慧，祖與父迭爲之師。莆田試童子不下五千人，學使者以君詩賦冠一郡，入郡學第一，年二十五矣。旋受廩，越五年舉壬午鄉試，又十年挑發直隸，試爲令，權元氏，補阜城，調獻縣，遷大名同知，調石景山同知，再調順天府西路同知。西路衝且疲，差務填委，屬州縣自大興、宛平取決京尹外，若良鄉、涿州車騎冠蓋，暨雞狗詬誶之事無所不問。君履任一年，會臺灣民林爽文等倡亂，軍檄旁午，年餘始定，君監送轞車累晝夜不交睫，睫爲腫。其治所曰「拱極」，城距長新店可五里，店商賤糴貴糶，穀未成爲券，擬貴賤而責負者之償，謂之買空賣空，比京囤户和之穀日昂。君廉知其奸，請予及大司農曹公没其貲入官，得旨給普濟堂養窮民，穀價遂平。東路之寧河有于、李二族争大高泊界，官吏勘不決，檄君往，遂定。其在阜城修學宫、葺城隍廟，凡遣送鞘餉檻囚，皆官給車羸，不以歛之民。其在獻創日華書院肄生童，歲庚子院士之鄉舉者七。犯囚羅世高過獻，毆役索酒食，君請重之罪，制府以聞，得旨：「黄碧海辦事認真，朕不以小善而遺之也。」君用是佐郡，而順天四路同知其率屬與守郡無以異。君之屬嘗告予以君於賂遺無所取，每按部未嘗肩輿至。因憶己亥冬，予自浙江使旋，道獻縣，君相迓於道左，禮畢策馬去，予以謂直隸長吏慣鞍馬，其效如是，乃今而知君自試吏以來固未嘗一日輿以肩也。嗚呼！其可風也已。君口澁，遇事則指畫如繪，所衣無褕衣，亦時付質庫，公車過境有謁者，無不佽以屝屨。有弟妹九人，遇事必盡其力。君諱碧海，字徵伯。曾祖某，議叙某官。祖諱翼廷，邑庠生。父諱乾三，歲貢生。俱贈奉政大夫、大名府同知。曾祖妣邵，祖妣陳，妣陳，俱贈宜人。配陳氏，封宜人。子二，錦、輝俱太學生，距君卒一月餘而毁。孫某。君以雍正十一年月日生，以乾隆五十三年十一月二十七日卒。既殯之官舍之旁，俟凍解歸葬焉，而文之以爲井椁之用。

封文林郎直隸武邑縣知縣杜君殯志

崑山之杜出晉當陽成侯，有諱王保者仕宋爲湖廣巴陵縣學官，自洛陽遷於崑，是爲君始遷祖。祖天叙，候選州同。父景鄴，邑增生，贈文林郎。母方氏，贈孺人。生三子，君其季也。少作文掐擢胃腎，經夜或不寐。既不得志於有司，則以國子生考職列一等，授主簿，復入貲爲選人。乾隆十八年簡往雲南運京銅，權南安州州判，領乙亥綱船以進，沈三船，撈摸折耗亟，鬻産以償，家遂罄。還滇，攝新興州，吏目君位卑，所至與其長言詩文，集士子具饌會課，其長以是嫉君罷去，然人亦以是多君。執業者常滿，故雖躓不甚困，閲十數年竟歸。予嘗領工部之錢法運銅，官交兑多不足，疑當局官吏之故而不必然。水險路長，領運官止牧令不能多僕從，僕從之乾没船户車户之搀耗，日朘月削有禄命者，年餘幸抵局，否者往返三四年抵局，兑收而官始保，抵牐而命始保。廿年前予邑人呈貢令王廷欽以是溺洞庭，一子亦溺，其未字女聞而自薶。五六年來令銅船入峽出峽，凡湖江程路方面官親自護送，以小舟導其夷險，詗其竊攘，其患稍衰息焉。牧令如此，況倅尉哉！況新令時未下哉！君歸時年踰五十，逮母養，以終母之世。性好善，族黨稱爲長者。又十餘年而子羣玉舉於鄉，又十餘年北來就養。比年不良於行，羣玉乞歸養，既投牒，作詩述懷，乞予和。和有「庭訓原無造業錢」句，君頷而誦之，嘉慶元年六月十四日戊子也。越己丑日下春，令人掖起，坐遽逝，殮之日色笑如生，聞者多以謂孝謹淳懿之應。距生康熙五十六年十一月十八日，年八十矣。羣玉走使乞爲傳，予應之曰：非史官不立傳，亭林之言也。昌黎王承福傳係之雜著，毛穎傳係之雜文，皆寄托而作也。其碑誌文十三卷，祭文亦二卷，謂二者中法也。今葬未有期，富爲文表諸殯，俟葬而詳其時地樹石識其後可。君諱讚，字嵩岳，號雪堂，以羣玉官直隸武邑縣知縣，受封文林郎。配唐氏，贈奉直大夫、孝廉方正德宜女，先君十五年卒，敕贈孺人。子一，即羣玉。孫三人，長翀，縣庠生；次翊，次翻，俱幼。

桐鄉廩生金熙泰殯志

予自歸田後衰疾，畏談藝。今年春，金生熙泰傅舟介予，族子蔚光及其舅張氏伯興，載仲興鏞固請來執業。三子具文望不於三子之執，而又不獲堅拒，輒隨手點定其時文及辭賦數十篇。未數月，業日進，既落浙闈，其仲舅捷問至。越兩旬，生落薦之卷亦至，會飯，遂噎，噎已，飯如故，不汗矣，而醫者劑以補，室汪刲臂肉療焉，竟不起，嘉慶六年十月初九也，距生乾隆四十四年七月二十日，年二十有三。無子。金舊貫休寧，生高祖康熙庚辰進士、工部主事、贈資政大夫南廬先生樟，居太倉而籍桐鄉，故世爲桐鄉人。曾祖刑部員外郎、記名御史燾，予官中書時嘗以後進禮見。祖垣，刑部員外郎，歿於海運倉監督任，未一月而父太學生錫卒於毁，錫弟鐕鬻所居以了積逋且營葬。生齒纔齔，隨母依外王父母居婁之塔射園，晝侍伯仲舅課，夜侍母課。母故善詩，篝一鐙，手績而口授之，生用是聞於吴會間。試屢冠其儕，衆僉謂金之宗庶以亢，即以相法論，萬無夭折理也。雖然，死於醫者多矣，其死於才而不遇者亦多矣，生也有名碩以爲之祖，有孝與節以爲之父母，習華綺而已集於枯，罹短折而遂缺其養，賫恨於黄榜者尚淺，而齎恨于白髮者更深。使異日并此數十篇之可傳者，而付之蛛絲蠹蝕間，亦無如何也！幸也身後五十三日而得一男也，此其舅之所以悲且以喜，亟欲見余而爲之請也。系曰：何文之富兮，而遇之窮。何身言兮甚偉，而齒數不豐。誦芬兮而躬弗享其報，舍命兮而室弗收其效。天耶？人耶？靈徠載告！

白華後稿卷之二十六

壙志　墓碣　厝志　事略　祭文

誥封夫人晉贈一品夫人元配查夫人壙志

夫人江蘇婁縣人，氏查，諱静。父諱澤祺，國子生、贈文林郎。母陳孺人。乾隆庚午年二十二予贅焉，又四年予客九江歸，始偕歸下沙，時先大夫已殁，先夫人繼王母倪太夫人愛之甚，視予弟妹猶弟妹也。夫人孕屢墮，視妾出女子子，視予弟省蘭子女猶子女也。在予湖北使署，予弟婦許夫人卒於京，疾革，呼夫人，晝夜不絶聲。夫人喘且腫，累三四月始革。冬寒，予弟每五鼓入直，必刺閨訊問否，申盡出來視，移晷始去。而夫人故事佛，前年四月予歐血，入冬漸㸑，去年三月，夫人忽語予入丫髻山報佛，力止不可，歸而病，病間復作，臘之二十三日立春矣。凭几不能臥起，予弟爲文禱東嶽之神而不使予聞，越二日夫人食漸進，又三日神氣湛然，稍稍任應荅。予弟喜以語夫人，夫人遂言禱予病事，詎間日而勺水不復入，又二日而絶。戚里僕婢慟哭失聲者累月，予何以自克也！夫人端重而機敏，年十三陳孺人在蓐，即能治中饋，稽匠作辨，租入之贏縮，凡物材物值之良楛、貴賤億輒中，又紡績針黹之授值輒過人，以故予祲歲失館而糧不絶。以翰林三視學而禄不耗，蠹不積，在蜀時别予下三峽，呼閽者授燭一器曰燭罄主且代，比受代而燭餘二條，他處分多類此。於奉己甚嗇，而見有難必急。於文義止粗習，而人以吉凶禮來問，皆倚辦。性卞直，事過輒自悔。爲予婦四十三年，今引紼矣，陸學士璞堂來送，曰：「憶辛巳冬伯焜過吾子，子爲吾請夫人綻布袍，因語子弟曰：『子尚有一裘。』曰：『此吾嫂嫁衣，所改爲當。』夫人在時，予兄弟以謂固然而忘之，今言之而有餘痛焉。」予其忍過乎物哉？夫人以雍正七年十月二十三日生，卒於乾隆五十八年正月初四日，年六十有五。是年十月初四葬婁之白漾灘，而治予生壙。子敬樞，孫樹榮，女子壻二：候選郎中蕪湖繆雋，上海附貢生喬洤。以夫人之志行，僉謂中銘法。予謂不銘可，不志不可，乃文其窆石而布之版。

例贈文林郎歲貢生蘆溪朱君墓碣

君氏朱，諱振新，字明輝，系出徽州之紫陽，再遷富順。明萬曆丙戌進士苑馬寺卿莒有政行，門人文翔鳳太青志其墓者，君五世祖也。莒生萬祚，萬祚生元極，元極生珂，珂字子範，是爲君曾祖。祖父前，母盧，後母黄，黄爲子範公繼配，生君六兄一弟。既析居葫蘆沖，乃自號蘆溪，以興文縣廩膳生例貢太學習禹筴。邑中大工役多首爲之倡，官私稱便。姻黨有辞詬者，輒來質成是非得失，決機洞中，而平居粥粥若無所能。見義必爲所周恤無算，而奉己甚約，家亦無餘財。當子範公之疾革也，命諸孫占興文籍以試，故君子長偓、次佶皆試興文，興文人詰之，予稽覈而反之。佶既以丁酉拔貢，旋舉鄉。偓以庚戌成進士，佶弟侃己酉亦拔貢。侃弟侑，侑弟侒，先後籍廩生。五子者皆君配黄孺人出也。偓需次伊邇，去年秋忽急裝寧其親。今年辛亥春，佶自山西以君訃及狀至，曰：「先子以今二月日祔邑之賈家壩祖塋，卒於乾隆五十五年十二月日，其生以雍正七年十二月日。佶權縣事者四，輒奉書戒以毋鶩利、毋炫名、毋見才使氣。置民事不問而用其不必用之心，鮮有不敗者。他志行多類此，幸閔而見之於文。」予後君生僅五日，歐血後不敢應文字之請，第以偓若佶之足以致館閣而親民之吏，吾學所易以見端，則姑以館閣俟諸子，而所以教於家、施於鄉者，握若佶敬志之而出治焉。是亦君用世之學與其志也。君二女，適某某。孫一。以例并書之碣。

吴君虹若權厝志

君諱葆光，字虹若，一字心泉。曾祖諱國啓，歲貢生。祖諱宏祖，候選訓導，贈中憲大夫、内閣侍讀。父諱慎旃，太學生。母薛氏。君之祖嘗自休寧僑常熟，置田宅，而君應杭州商籍試，補錢塘縣學生員，歸籍常熟，入成均，充四庫館謄録注，選監庫大使。往來京師，非其志也。病瘵者七月矣，猶自以無死理，曰：「葆光幼而孤，吾母養且教，吾世父翼之以有今。男女子以失母鞠於吾母，天豈其酷吾母之甚也！葆光業舉子文，念同祖兄蔚光、熊光皆得第爲朝參官，同曾祖弟錫齡雖早世，然魁殿試榜，尚有以他科儁者。門祚差盛，豈其以是竟也！」予固强使言，泫然曰：「願吾母毋以葆光故過戚，願吾兄寵光謹身節用，毋俾吾母憂。葆光有妹三，一殁一廢，願張氏妹以爲念。葆光有湖田百餘畝，錢六百緡，願同祖兄道光爲料理資俯仰。有遺衣三笥，爲男女子婚嫁用，毋論財。男女子以屬兄熊光，嫂金遺居，若得售千餘金，以其二遺兄寵光，毋憾！」予與侍疾者秉筆作書，猶自署「葆光口授」字也。息將盡，曰：「妹壻張燮爲葆光給館吏四十緡而忘之。」予撫而哭曰：「脱不幸，吾以賻子矣。」復舉手曰：「幸銘我。」遂殁，乾隆五十二年九月二十五日也，年三十八。歲櫬歸權厝于邑之三畢原孤嶧基六歲耳。嗚呼！君之祖母查爲予室緦服之姑，君前母又予室族姊，予於君諸弟兄抗顔自處，悲君之可遇而不遇於有司，乃其謹愿矜厲，一介不苟，故彌留而不以欺其志也。嗚呼悲矣！

旌表貞孝宋查氏事略

貞女查氏，婁縣監生、贈文林郎澤祺次女，予室查夫人之妹也。未笄，許配奉賢縣儒童宋森。森暴卒，訃之，家人祕之。貞女時年二十，以母陳孺人神色不常，伺問得其實，慟幾絶。家之人護視甚密，復自繆於簀，覺而救之，誓殉焉。如是者三，閱月始聞之於其舅姑，定議迎貞女歸守志。時舅姑齒漸衰，家亦漸落，貞女親井臼、織紝、烹飪之事，爲嫗婢先問侍起居，舅姑謂不啻森在側也。舅歿，遺貞女田百餘畝，視仲叔季季幼所生母主其産，仲叔耗殆盡，惟貞女節嗇衣食，操作達曙，水旱盜賊不之及。四十五年冬，以己力營舅姑之葬，而森祔焉。先是，姑氏潘以哭子哭夫故喪明，飲食起居貞女不離左右者十餘年，備禮殯殮，視所以事舅者。以夫弟之子淳爲子，督教之甚至。貞女自幼若成人，言笑不苟，受孝經、四子書，能解大義。爲女工，工而特敏，即耕作之早晚得失若夙習者，以是舉其職而遂其志。乾隆五十三年貞女年五十二，守志者三十一年矣，邑之人請于所司，得旨予旌，爲書其槩如此。

祭沈華苹光禄文

京卿遷職，雁序是循。公領五品，公近六旬。何必鴻軒，寧煩鵾嚇。堂有板輿，庭有捧檄。距應舉日，三十稔餘。握手爲樂，載弦載壺。薄病乍瘳，兢兢引對。或攬其環，或挈其袂。帝曰休止，賦歸去來。賣宅買船，以竣泝洄。藥裹無需，巾車屢載。花市魚臺，此償遊債。官已疾已，於理則常。巵酒自勞，曷云其亡？時暮之春，倉惶皇復。皭首老親，平頭舊僕。公能療疾，而不自翳。嗒焉物化，如有天倪。公能其文，甲科用遇。公能其司，夏官用叙。公立西臺，霜簡晝寒。公視南漕，雲帆路安。玉不去身，塵不去手。言貳飽卿，儲望已久。辭郭隗臺，指范蠡湖。千金足豪，不買佛奴。奕世單傳，而必黄耇。公也不然，含瞑何有？挽鹿斯絶，隱豹孰偕？令子載星，蓼莪永懷。曰昆既裕，曰親既顯。絲皎璧良，有憾應展。追惟同舉，接席聯茵。公歸魂黯，公殁淚紛。天道難論，人生至此。斗酒隻雞，惟靈歆只！

祭曹習菴學士文

公未弱冠，詩在人口。時名爛焉，諸生祭酒。洎奏賦初，公捉予肘。呢作賦辭，以應他友。失者以割片氈，以饋三韭。僕御恧焉，我覘公守。待命江皐，其笠孔糾。公涕而譆，謂我褎首。茅龍，得者芻狗。同時拜官，亦幸亦偶。越歲來都，破書敝帚。趨直無車，且談且走。我旋憂去，公鼓莊缶。篴羽木天，我躡其後。賭酒雖孱，聯吟肯首。館書叢蕞，院文妃耦。作賦殿前，鸞吟虎吼。公患綺靡，我漸粗醜。我使西川，五年永久。歸途晤公，秦城北斗。七日勾留，灞橋折柳。我既還朝，公旋奉母。晨星在霄，舊雨在霤。驅馬過從，相看成叟。情話轉親，道言善誘。一樹南枝，絲宜斷藕。公頷我行，雲夢楚藪。受代言旋，公屢遷右。得士樹人，皭然无垢。使粤俶裝，板輿綏受。八座起居，三霄濃厚。歲未周星，堂萱摧揉。公返自連，血淚盈甒。其立不偯，其咽即嘔。作惡須臾，苦次臯某。上距母喪，三旬颼飀。天既難呼，神亦罔叩。致毀禮嚴，遇哀占咎。獨行如斯，文苑何有！在穹壤間，是皆不朽。爲攬遺篇，如飽糧糗。爲脊遺徽，如佩瓊玖。職領校官，年閲中壽。江鄉椽筆，謂王光禄禮堂、錢少詹竹汀。待碑珉琇。紙錢載塗，椒漿奠牖。歎逝感言，靈其歆不？

下沙先祠焚黄祭文

昔我高祖考元吉府君，瘞鶴播遷，春鴻況瘁。代鍾潛德，仰彝訓之親承；世守遺經，嗟禄養其未逮。省欽竊窺東觀，洊長西臺，辱以無狀而歸，幸及有田則祭。前此屢膺寵誥，未舉焚黄；今茲祇告靈筵，載申戀赤。粵貤贈資政大夫、内閣學士兼禮部侍郎，稽察中書科，文淵閣直閣事。本生曾祖考嘉會府君，在省蘭履任之時，遵恩詔貤封之請，茲屬三湘，奉使是用，一體舉行。雖祠堂與丘壟稍殊，而魂氣較魄藏尤近。嗚呼！戴生成於君父，榮甚哀纏，通昭假於幽明，涕隨喜極。

查夫人焚黄祭文

嗚呼！夫人之逝，斯今八年。在我心目，永夕睊睊。緊惟克相，豈惟相憐？孝於姑嫜，顧我弟妹。視我姪男，所生奚啻！手理裁縫，手親爨饋。於己纖嗇，於物惠慈。躋六十三，烹飪始辭。閱歲我病，僉謂弗治。湯藥餌食，夫人必親。願減己算，禱于玉真。痼疾遂甦，香幣祗薦。曰丫髻山，神居攸奠。成禮言旋，膏肓纏患。惟胃天倉，病自疇昔。重腿龍鍾，以几代簣。沈緜十旬，至于此極。如麻壺政，我饋我聾。我僕我御，有惡孰攻？由菀致枯，銜憾莫窮。壹者歸田，衣食資給。緬出峽船，鮫宮呼噏。仰戴恩施，俛懷井汲。生封一品，歿贈有加。服兹荆布，貌是笄珈。焚黄登壟，如招楚些祗告。

擬關帝加封告祭文 戊子舊作

明威有赫，合九土以欽承；誠感匪遐，閱千秋而崇報。載揚嘉號，用展精禋。惟關帝忠本性生，氣由義配。威行華夏，英風則青史長留；志在春秋，禮祀則素王同秩。昭兹靈貺，翊我昌朝。特加神武之稱，更備優崇之典。澤延以世，章服分膺；榮及所生，珪封累晉。朕式循前軌，夙仰遺徽，既改謚以協公評，復諱名而申肅敬。至如神功默運，義烈不垂。雲車風馬之間，聲容儼在；甘醴柔牲之會，綏祐孔長。宜備隆稱，庶彰祗奉。謹加封爲忠義神武靈祐關聖大帝。爰舉彝章，並昭虔告。於戲！瞻新題于神座，肸蠁如通；陳嘉祝於祠筵，鴻庥永藉。尚期來格，顧此居歆。

白華後稿卷之二十七

古今體詩 一

昭陽單閼

少林同年載書圖

幾樹桃花幾粒松，書牀連屋號書慵。小奚纔卸囊詩錦，壓到牙籤腕易鬆。
第三廳畔燭雙虁，江左清華祖德傳。縱使漢南行作吏，半裝縹素半丹鉛。
一領青衫屢借才，者邊載去那邊回。版輿皬首拖娑永，待課童孫徧讀來。
平生雅媿七車張，數卷隨身歷碌忙。羡爾一編長挂眼，要同甓社鬭珠光。

正月除日餘庵少林裏東枉集虚舟得池字韻

旬休乘晦序，夕詠數上靈池。團坐耽情款，清言耐渴飢。燈輝高替月，舟影静含漪。守歲兼辭歲，前塵彼一時。

二月十四日雪

春雨夾春雪，雪巃雨倍驕。聽來喧作陣，飄去漲添潮。到地花相失，因風絮欲招。南園多士女，撲蝶誤明朝。

研齋觀察峴首曉行圖次韻

紅衣騎馬避江程，影趁桃林一抹輕。風候溼于烟未掃，曙光凉似月初生。羊公雖去蒼碑翳，山簡能游緑琖盈。何似荆南老觀察，好山迎送玉鞭行。

寄題天門文學泉次王元之韻

在山清擬入山深，寥落高鴻響遠音。莫遣茶檣壞遺像，一泓長見隱君心。

四月五日同王青聯周懷昉送春劉氏園亭

蠟屐徑乘春盡日，如登山送故人歸。鳴鳩乳燕紛相喜，白筍朱櫻賞不違。窣地簾垂清晝迴，對江樓染緑痕肥。從游二客能談往，回首燒燈景物非。

題黄鶴山亭圖送芍陂方伯之晉

苕苕黄鶴山，有亭翼山半。二水激迴磯，烟篠昌蒼蒨。清陰映柏臺，官暇劇談讌。憲臣本儒臣，金閨冠羣彦。一從擁節行，萬闤惠風扇。澤靖萑蒲驚，門達胏嘉便。風霜回太和，逌然快陵緬。道齊著郊圻，富庶倚屏翰。一曲㴽彼汾，山鎮霍山奠。其穀黍稷宜，上賦免漕轉。加以潟鹵區，鹽池勝熬煎。載歌蟋蟀詩，唐俗表勤儉。吾知開濟策，足使部民忭。一迓一扳轅，傾城悵芳餞。髯丞雅好事，點染素礬絹。有檜有闍簃，有岨有瀍澗。鶴去手可招，亭存跡斯戀。難老泉獨斟，長生蘋試薦。回睇赤闌湖，柳色渺沙岸。因風卜政成，晉楚雜謡諺。

徐敏庵荀龍刺史夢入山與三開士談禪覺後惟憶引佛經過去心不可得現在心不可得未來心不可得三語爲圖與詩即次元韻

至人觀虛空，無夢更無想。想到夢斯到，在在落塵網。塵中三導師，住立藉芀莽。略談有漏因，鋒機競雄長。緜緜青松期，浩浩白雲賞。孰埽現在因？聞者失若爽。陶公結慧遠，白傅得晦朗。愛山復愛僧，此性豈由强？我欲擊其蒙，禪理隔一掌。不爲擎拳喝，不事祖膜奬。無夢無覺間，一切謝忻怏。嗒然師坐忘，大圓光十丈。

次韻題王蓬心江樓餞别圖送吉人觀察之鎮筸圖爲戊戌送吉人入覲作

林林袂影點斜曛，把盞留詩誼並殷。兩度朝天經七載，一湖界地隔重雲。燒畬久識蠻烟靖，立柱謂馬氏溪州銅柱。空占霸氣分。我是武溪舊行役，登高薄送此同醺。

愛寫溪山不寫真，分明王宰筆通神。披來舊蹟憑新雨，遷到監司作遠人。話聚茶瓜千里月，政流蘭芷一江春。他時若訪題襟侶，指點巢松老甓鱗。

次韻荅約軒宫贊見懷

蒼頭贊善今作蒼頭贊善來白句。出身同，夜雨高樓極望中。賦别暗驚春草碧，謝恩遥記苑花紅。貞元朝士飛沈異，兜率仙人笑涕空。願趁羊求三益友，一鞭歸路躡霜虹。

附丁丑江南召試官中書者七人，二匏勇庭皆化去，惟予與述庵、副憲筠心、白華學士、習庵中允在耳。述庵又陳臬江右，白華視學入楚，秋燈獨坐，以東坡「歲寒猶喜五人同」句發端賦寄，并邀筠心、習庵同作。　韋謙恒

歲寒猶喜五人同，宦轍無端離别中。覽鏡自慙雙鬢白，倚樓惟對一燈紅。星河耿耿秋生袂，江漢茫茫水拍空。何日尊前懷抱盡？劇談相與吐長虹。

桂林陳孺人即行詩爲輿山令蕭某之外姑

父領方州夫作宰，未三旬號未亡人。艱難萬里經扶櫬，宛轉孤闈效請紉。立子立孫宗竟普，得封得表典常新。東牀求句情嗚咽，八桂林邊此竹筠。

祝瀓齋水流雲在圖照

巖暉無定姿，樾篠蔚晨靚。幸生雲水鄉，頗識雲水性。雲歸披作衣，水止照爲鏡。中有習靜人，與道日涵泳。掀髯復抱膝，身世兩無競。觀化妙流行，隨境足交證。既往與未來，何事起將迎？風塵甘息機，荏苒及知命。油然趣適同，逝者悟難竟。遥裔憺忘言，秋衫碧初映。

雲中山水圖爲研齋觀察作

研齋於庚子秋七月出應城，一雨初霽，新碧在天，忽雲間山翠如沐蓮，塘柳渚滄波澔流。帆檣上下，不絶人物，皆隱隱可數。僕御仰視，移時始滅。既自記其事，復爲圖索題。

老天開眼眼何在？郎七修語頗傳誣。樓臺宫闕幻占象，此理試闡天官書。山川出雲本常事，雲豈解作山川摹？乾闥婆城湧塵世，每藉日氣通陽噓。楚天婥嫿降神女，變化寧復知其餘。龍丘觀察唯且否，曰空非空虚非虚。三十六天統于一，惟玉霄府垂天樞。記從郊郢入雲夢，崇朝雨霽秋方腴。搴帷四望渺澄廓，玳瑁碎點青珊瑚。如螺如黛亘一抹，依約員嶠連方壺。十洲左右富魚計，鴨闌蟹舍菱可租。仙家日月信清灑，始覺風俗如三吴。滄波沄沄皺輕縠，忽看百尺懸帆蒲。小如一刀大萬斛，洄溯游溯紛殊塗。孰穿桃源孰麻谷？丹緑晃漾金浮屠。千人咄怪萬人嚽，華嚴世界移晨晡。我聞登萊窟龍蜃，陰晴合散成市墟。我鄉松江鬱春霧，樹木屋舍江心鋪。歐公夜泊江漢岸，井匽貿易交喧呼。平明跡之了無跡，小説訝許參虞初。蒲騷亦在漢東境，驄馬一到鳴鞭笳。半空空色示現滅，優曇雖放纔須臾。異聞祕聽足千古，謂予不信觀斯圖。卷圖默坐意惝怳，眼福眼慧憐真吾。

采菊東籬下得東字

栗里人如菊，先秋種幾叢。根隨籬下寄，花向徑邊籠。未落餐須待，當開采試同。從衡循露枳，爛漫趁畦菘。拂帽簪應滿，量衣襭最工。香凝風候北，精迓日華東。蓮社前游杳，桑郚返照融。南山長到眼，把酒頌延洪。

宿欒城竹軒中丞自京入滇於名紙録示近作

欒城城北夜燈懸，歸鎮歸朝袂忽聯。敢信楚良收杞梓，喜聞驃樂入歌弦。數盃細細循雙鬢，一面匆匆隔五年。館吏不知談藝雅，笑儂禿管寫紅箋。

時帆少司成溪橋詩思卷

鳳城車馬喧，侵夜校天禄。悠然静者心，俯仰憩詩屋。非無臨眺娱，爲有幽間躅。細柳亦以青，芳草亦以緑。雜花滿疏畦，粲粲養春目。樂水本夙懷，一昨涑溪渌。東風駘蕩來，解使響琴筑。空明色相間，妙緒手紛觸。一唱復一吟，浮塵浄如沐。側聞辟雍流，涼鷺任飛宿。橋門集羣彦，經訓祖賈服。歲序緬迢迢，華文信郁郁。何似啓予時，清音勝絲竹。

餘庵自鎮筸入都以馬見贈

十二天街十二閑，玉珂如雨點朝班。飽卿雅媿無肥馬，驂個疲羸日往還。手排五馬復青驄，小蹶霜蹏氣尚雄。道是一鞭歸闕好，五花雲散五溪中。鳴騶雙引路紆徐，一種光華揣弗如。今日破除三品料，譬教官在未遷初。明知策騎似乘船，服皁殷勤拂繡韉。拜得高情防轉贈，眉山李廌棗蕭然。用李方叔下第，坡公贈玉鼻騂事。是日禮闈榜發。

白華後稿卷之二十八

古今體詩 二

闕逢執徐

卓峯侍御視學廣東於署左淤池中出所謂九曜石者池即南漢仙湖與藥洲通而一石不知何時落藩署卓峯自爲之記又爲蓉陰洗石圖題二十六韻

山耑謂之峯，義等孔之卓。我友狷者流，懷抱蘊雙珏。海南典禮區，攬轡往提學。欲尋九曜山，何處露茫角？夙聞煉藥洲，分司駐行幄。官署無改遷，湖心點斑駁。石妥湖益靈，湖縮石還確。旋受芟蔓縈，繼被塵沙撲。萬竅雖玲瓏，一往錮昏濁。匹如雙蛾眉，無故累謠諑。主人循覽來，暇與藕夫較。導以畚鍤兼，佽以剔爬數。神瀵涌淫淋，瘦骨挺蕭萷。又如蓬垢容，一昔效湔濯。森然八丈夫，獻媚不自覺。定搜英德奇，豈類泗濱斵？若從太湖購，相距更寥邈。霸圖各一方，那得通關榷？即令來自吴，裁足抵艮岳。花田夢萋迷，鸞道勢磽确。何如兹石遭？此後免蹇剥。安得韓幹馬，緩向大藩擢？换歸配九華，壺中笑聲曝。名九實纔八，毋乃句徒琢。留餘尠遺憾，刮垢富真璞。好配紅豆翁，記事筆同捉。天牧先生有九曜齋筆記。

七夕硜士少宗伯席上飲槎盃同習庵涵齋作盃爲至正乙酉朱華玉造藏碧巢汪氏檟記甚詳攷高江邨購孫退谷所藏者亦乙酉造而篆銘小異高引宋荔裳施愚山詩宋云背鏤至正壬寅字施云猶存至正壬寅字是誤以二槎爲一也江都馬氏小瓏瓏山館所藏見樊榭詩詩云手持支機石一片與是槎亦合蓋碧山之槎之聞於世者及是而四焉居易録辨堯時貫月槎非張騫事似不足辨耳

盃不盃，槎不槎，槎杯兩字勒盃底。中央四角文纏蝸，維朱華玉造兹器。張銅黄錫名皆汙，烏瓜切。一翁露頂科髻斜。隨身雙膝雙臏叉，手持片石問何用。乃向織女機邊差，訓擇。枯椿喁然腹空洞。忽學車乘翅杈枒，翁生不在武皇代。至正乙酉融銀華，乞漿得酒應謡諺。生世只合浮春霞，同年一生望最顯。入北海座揚芬葩，禾中朱竹垞。李秋錦。賦長句。江邨急購羣相誇，壬寅後生又其一。南施北宋詞尤奢，苑西居易著録在。考論惜未窮羅爬，馬家山館亦藏一。邀樊榭鑒搜軒嫣，以公買盃先買櫝。梧桐鄉裏流傳賒，始知碧山技入畫三昧。要避吴仲圭。盛子昭。成一家，偶然游戲涉嵇鍜。底事刻舟求劍如麻茶，即如朱云傳世有雙觶，斯今鼎立寧非耶？當時聲價壓唐平江唐俊。謝，卿。重踰一流來漢嘉。皋橋吴市訪未得，訪到菜廠礰士所居。欣摶沙。深宵坐苦洗車雨，毋爲舋唼爲鯨呀。飽卿笑擬覓官醖，遲中秋月盃同挐。

七月八日劍亭涵齋招同梁鐵幢景穀江莊羹堂周駕堂集嘉樹書屋

處暑暑不收，狂潦昨盈尺。衝泥簸兩輪，何苦爲酒食？生平藜莧腸，頗類瞿曇跡。素心難重違，二主羅五客。列郡吴會稽，其一豫章籍。團團集簪裾，款款夾巷陌。每月舉一會，每會舉一席。勿侈八簋陳，卻準幾金直。餡酸槩屏除，芳鮮特采擇。有如賦禁體，字字貴創獲。同調七八賢，往往間離即。而我承乏來，然諾免苛責。人生哀樂多，隨事感今昔。眼窺嘉樹園，身僦靈椿宅。賴此真率緣，消散接巾舄。口同河漢懸，泪豈蟾蜍滴？祇愁詩屢催，能事受敦迫。叩天天若瘖，當頭片雲黑。

重陽後一日梁副憲沖泉澹足齋看菊

九日迅已馳，三徑荒久掩。吾心與菊盟，終被世塵染。數上錢買擔頭，如食腹不慊。臺長家餘杭，六井水波瀲。每逢文酒場，將菊配茶點。爛然黄金英，滿甌隨所餂。朝來折柬邀，謂有隱君儼。林立堂四隅，種種鬬姿臉。半移野老籬，半出寺僧居。紫翠紛陸離，白賁守寒儉。百盆復百缾，影向帽簷颭。以彼淡泊期，亦落繁華漸。啞然指扁題，玄理妙防檢。自慙瓦礫材，座首濫叨忝。羣公雖盛年，時念歲荏苒。思得縮地方，口吸菊潭噞。人生貴行樂，且醉酒痕灩。重陽展始今，逸興幸毋貶。

九月十八日懷柔山上夕眺和韻

登山至竟勝登臺，勌眼平摩夕照開。野市亂隨青嶂去，寒澌遥擁白河來。試圖三輔神京壯，及展重陽法駕迴。短鬢蕭騷看健在，黄花峪口倒干盃。

爲研懷舍人題令祖垂書丈梅花集句卷

吾鄉多竹更多梅，繞屋清寒百十栽。欲剥江爲香影句，雪花連掌打冰苔。

美人高士語如林，妙選前賢契素心。留伴滬城張曼倩，上海諸生有梅花集句數百首。朝朝滌筆點孤襟。

平橋斷水木棉田，曾訪遺居隔廿年。楮散縑零搜尺卷，有孫抱研促塗鉛。

桂堂户部購其從祖一丘翁畫山水 時桂堂家人將至

隱居何所期？期此數重屋。屋中誰主賓？危坐聳于鵠。呼童進茗甌，倚檻恣遥矚。佳山層復層，枉渚曲還曲。風楊映水苔，一往鬬濃緑。蔽以萬篔簹，併力掃塵毒。只愁雲翳封，無處訪幽躅。迢迢黄浦南，奕世太邱篤。門餘江左清，派豈雲間俗。一邱成畫癡，肖與大癡酷。偶然破天械，信手景斯觸。故應起遐心，終且招近局。借問千里蓴，奚似一囊粟？吾言癡點閒，大隱計頗足。浮家歷兖濟，拔宅到童僕。好付龍樹裝，幸比蛾眉贖。我晚不識翁，權且臥游續。如上閲耕堂，西疇事交勗。

題陳文莊閲耕軒詩後

瑶溪溪水曲通潮，曉度溪漁晚度樵。獨有閲耕軒半畝，籠烟籠樹鎮南橋。

太學生徒業未荒，章縫不省媚貂璫。無端徧訴田園景，劫盡毗嵐見硬黄。

前朝文獻跡飄零，直道如公足典型。苗豆木棉栽數頃，天留一鶴重華亭。
手澤蒼涼錦贉沈，積年四百鼎同欽。慙卿慙長休騰笑，值得詩家一浩吟。

為沈維坤比部題令祖健庵司諭遺照

幽人守一經，諸經義聯貫。投老甘卑棲，㠁然功在泮。地探巖壑靈，門聚生徒粲。峩峩校官碑，借作漢儒看。性氣固方嚴，神明亦悠涣。蕭條環堵居，暇與新水玩。菡萏英蚤敷，藻荇點交散。翠竹青梧桐，差足見標幹。自歸道家山，旬甲幾更換。有孫硜抱遺，猶及奉緇幔。詠德思載賡，覽輝感三歎。是邦信清遠，伊人望渺漫。縱教金滿籯，詎抵研留案？擁研戀南榮，爐薰晝方半。

儲生嘉珩家隨之安居鎮溠水經焉丁酉三月生應拔貢試燕羣至其所爲雙桂堂者垣壁楣棟皆滿十餘日始散生被舉其尊人改題曰千燕堂予嘗録生第一生投詩二百韻頃至京言其事因成十六韻

門巷烏衣改，功名紫頷賒。材良宜用楚，梁轉恰臨溠。穲稏禾光偃，招摇桂影斜。在丁逢拔萃，有子起銜華。送喜難徵雔，疇恩或效蛇。玉筐投嫷婉，綵翦掠迴遮。引類呢喃應，争窠剥啄加。盈千交土壘，第一放冰衙。誰帶芹泥潤？還沾杏雨佳。風簾高撤幕，水鑑寵拖緺。候氣靈如此，名堂信是耶？縱然膺妙選，默爾動長嗟。五鳳修難待，三鱣兆孰誇。鞭鞘勤策蹇，縑紙索塗鴉。文擁昌黎集，詩留太祝家。漢東隨國大，掌故耀紛葩。

德輶如毛得倫字

維德輶毛舉，微芒孰比倫？鉅應彌六幕，瑣侍析千塵。傅質推元始，披精返大醇。緒聞涵縷縷，奥義隱鱗鱗。縱使光占吉，難期澤被純。儀鴻逵縹緲，補衮職嶙峋。毫末原無障，雲霄定有真。王雍輝振鷺，講座重敷陳。

題姜巢雲松鶴寄壽種石兄

我願身爲鶴，巢君庭際松。竹垞句。天風颺謖謖，老鼠蟠如龍。我願腹生松，招君亭上鶴。江影浩沄沄，縞衣瘦如削。具此壽者相，蒼健無與儔。娟娟花露面，月月紅扶頭。一從海邑居，故山别黄嶽。四百幾甲子，太古歲緜邈。有陰既以和，有秩既以封。雖無盈樽酒，二物君當供。當來何不來？玉除宴千叟。言尋烏目山，采芝大盈斗。

興化趙九鼎寄杖圖

迢迢負米逐西東，朝暮門閭倚望同。莫訝一枝笻竹瘦，扶來也好替兒童。此杖尊藏學士家，皮蒼骨健鬭龍蛇。平頭閃出斑鳩影，閲徧桑梅幾歲華。倩誰乞取倩誰攜？遠道頻煩信使齎。賺得發緘人笑口，光瑩全勝舊扶藜。裁縫鍼線寄年年，寸草心情只自憐。正值盛朝排宴，廣壽藤遴賞數三千。

題六根清淨圖送澹園歸西湖

京師萬人海，君至燈信闌。自言媿無狀，鐫級當歸山。大府素傾愛，謂才守可觀。殷勤資俶裝，勸令瞻天顔。東市置襆被，西市買馬鞍。南市製褶袴，北市具壺簞。四千八百里，程日來長安。仲春月初吉，曉漏趨未殘。聖人宿齋殿，待覲忘朝餐。憶昔司大儀，排日趨金鑾。雖非侍從榮，忝列京朝官。同官既推轂，同年還攬環。譬如親兄弟，文酒餘古歡。微名標御屏，奴僕光爛爛。列戟臨鳩兹，豈意行路難？有囚脱狡兔，章奏蒙飛彈。不月遽邏獲，已墮鮎魚竿。厥後歲辛卯，祝嘏開經壇。聊致芹曝忱，交彈王禹冠。蓬婆及滴博，火檄催平番。行軍一司馬，轉粟青雲端。一躋守梓州，萬死歸桃關。東帶祠慰忠，過者皆辛酸。時余視蜀學，陳義著伐檀。

值君攝果州，泥飲金泉間。摶像塗青紅，覓句鏤琅玕。最後復按梓，一磴琴泉攀。能使粗陋姿，化作靈秀寰。所憐癬疥疾，徧體周鼎斑。班班左綿道，送我還朝班。踰年喜勿藥，觸暑淩飛翰。至尊鑒微勞，訓辭惇且寬。我亦旋使楚，鄂渚風烟漫。期君此入峽，黄鶴真翩翾。別來五改歲，飛沈如轉丸。惡木亦有陰，西子亦有瘢。聞君建鼓角，見君褫帶鞶。六橋間三竺，到處容癡頑。白鷗一烟波，金馬雙門鐶。向非聖主慈，空夢西湖灣。序君詩可行，題君圖可看。浮生困六鑿，畢世嗟莫殫。一賊白玉盃，一賊黄金鍰。一賊花面勻，一賊珠喉嫺。復有兩賊徒，毒手紛交攢。是賊不可殺，要復不使干。具此羅漢相，嘻笑升蒲團。放開大肚皮，生滅隨漚湍。送君拓一盋，婚嫁今苟完。待我湖上游，並醉金波寒。

深巷明朝賣杏花得天字

畫檐殘溜惱無眠，苴若春姿半化烟。種杏記逢沙畔路，折花想趁雨餘天。雲容碎浸銀華冷，風信勻調粉熊妍。落翦笑堆筐麗覈，分擔看逐巷猻猭。韶光未老宜圖筆，韻事雖多豈費錢？繞夢婕知蒼蘚潤，衝泥燕惜緑蕪蔫。開鉼亂插思晴昊，對鏡忙簪感少年。好問牧童邨店酒，攬衣起蚤一摇鞭。

白華後稿卷之二十玖

古今體詩三

旃蒙大荒落

三月廿日廿一日賜內直諸臣文房清具臣省欽得文竹都盛盤一香盤三眼鏡一恭紀

九天黃帕下三天，排日傳呼拜賜駢。郤費數番斟酌手，龍樓闤判畫簾前。
黃竹平磨緻緻光，濮謙妙製見何嘗。果然四角中央好，不羨都籃面面裝。
銅胎煎漆凝如膏，丿乁鏤成彩未韜。珍重三盤迴蹕賞，時上自盤山迴駕。夜來留貯餅香高。
何限麻茶病待攻？一匡靉靆洞當空。似聞玉陛重瞳語，莫遣觀書墮霧中。

題葛山先生觀海圖

學山期至山，學海期至海。海於天地間，於廓百川匯。甌閩枕負雄，靈奥閟真宰。梁村九九峯，端明泝文采。家風習耕養，士乃雜農乃。我公濟美宏，志學忘饑餒。目笑九儒非，骨挾九仙在。

挑燈坐蕭寺，咿喔雞初鳴。豈不戀宵讀？海日升東瀛。海以翕其量，日以牖其明。直波連大波，血色交飛騰。乾坤入吞吐，豈止潛山精？有扇不敢麾，有琴不敢横。獨立遠人世，耳目屏紛營。持謝道流語，駕鶴騎長鯨。

讀書在弱冠，作圖垂五旬。圖成乞（去）我篇，復閲三十春。眷懷釣游侶，無限桑田塵。幸逢聖明世，致身將乞身。若海潤千里，迴瀾涵碧粼。望洋固生歎，所貴沿其津。辛相系唐表，道學師宋臣。

擇石侍郎爲慕堂學士圖中峯五松偕扈盤山時作

五松如五老，隱節傲田疇。水石陪三絶，風雲護一游。支笻避神鬼，卷練走龍虬。借問中盤路，京塵隔幾郵？

潤物細無聲得無字

太平符十雨，歆枕響模餬。祇辨聲沈漏，從教氣潤酥。濛濛漸麥穎，浛浛裛花鬚。南陌雙犁趁，西窻一檠俱。流膏看擬滑，破塊聽嫌粗。高屐衝泥未，枯琴透漬無？神功含寂歷，物理信昭蘇。莫遣檐鳴溜，求衣聖念孚。

葛山先生澄懷園二十友圖

五雲在霄漢，舒卷多自如。朝登閶風顛，夕宿華林居。沿城映花竹，兼有禽與魚。有沼復有亭，對宇八九區。雖然號公所，不異私室廬。前修眷遐躅，國器皆璠璵。

宅心幾大醇，我公典家學。通籍五十年，爆直事埸榷。協恭夙所敦，道氣盎堪貌。俛仰懷同門，河山半緜邈。惟餘晨夕人，琴樽舉數數。巋然魯殿尊，爵齒德俱卓。

三千領耆筵，黼拜聖人手。三千領王廱，講聽聖人口。阿閣翽歸昌，凡鳥復何有？幸承調燮心，風俗契誰某？難爲遊門言，信及樂山壽。正襟攬儀容，一心特朝斗。

爐烟添柳重得添字

苑柳非烟合，爐薰吐隔簾。一痕扶不起，萬縷困還添。影彌因風颭，絲輕和霧黏。拈來濃朵朵，籠去弱纖纖。怯舞人爭瘦，貪眠客暫淹。悠揚看有託，郁烈定無嫌。淑氣洪鈞大，韶芳衆妙兼。湛恩垂雨露，朝罷醉雙柑。

千章夏木清得潭字

木道榮初夏，名園緩步探。濃陰蒸靄靄，清照播潭潭。密點蒼迷徑，平梢緑漲嵐。未風炎自掃，不雨潤常含。長養年論百，盤桓伏到三。斷無人影出，閒去許鳥聲參。悄展將軍座，閒停野老擔。上林嘉蔭滿，還比玉壺涵。

解帶量松長舊圍得圍字

王丞閉户龍鱗老，陶令歸田鶴語稀。種手舊煩摩帶孔，吟身今與抱松圍。不徒布指參贏縮，更把纏腰審瘠肥。離立影團青鳳纛，鼓眠痕蔽碧蘿幃。忖量現果思前度，檢校成規悟化機。三帀願留居士佩，一條穩稱大夫衣。祥桑驟拱徵難信，厄樹潛消計太非。爲束躬修承長養，後彫才地苔春暉。

雨敲松子落琴牀得敲字

朱弦黯淡牀初倚，蒼粒離披雨漸交。作勢驟兼山果落，尋聲錯訝院棊敲。連番側聽鏗相和，隔陣微聞悄忽捎。乍整故斜窗趁打，將飄又住徑紛殽。彈來非曲猿悽嶺，點去難工鶴凍巢。童子戲隨烟袂拾，幽人笑檢露囊包。蕉心伴滴喧還寂，桐乳偕傾浄不淆。試枕寒濤眠獨軫，采花餌實老誅茅。

畫蘭

畫葉要當風，畫花欲垂露。逌然見國香，清洒足佳趣。忽悟丁頭皴，補入六書故。

梅竹畫扇

撇非撇，圈非圈，圈就恡蓬鬆，撇成詫菌蠢。蛟脊骨立鸞尾摧，役使元氣風日雷。一節欲捎百千尺，一枝如繞三十栽。吾鄉梅竹擁籬舍，春筍冰花土同價。李昭扇縬爲招來，肯遣庾塵蔽空下？侑華酌，調素琴，落手笑捧雙璆琳。挺生早挾雲霄勢，放點長留天地心。

題扇頭貼絨梅竹

翠袖春寒薄，招要緣蕚華。一枝交一翦，摇影碧窻紗。

端陽小景

昌陽能引年，靈艾能療病。桑葚如棗長，可革飛鴞性。文杏與荆桃，不過備時令。須知調燮心，觀物静如鏡。南風吹滿林，行處寄陶詠。埽盡落墨痕，萬象入妍靚。天中節既佳，中天境尤勝。悠然參妙明，補寫緑荷柄。

到門不敢題凡鳥得凡字

門前長者車容到，屋裏幽人格出凡。投刺漫教驚剥啄，抽毫聊與任封緘。冥鴻罹網蹤先避，斥鷃搶榆謗莫儳。一徑窺園通竹館，十年閉户傍松巖。棲遲豈羡飛鳴遠？游息何勞倚望咸？求友嚶喬徒繾綣，留賓雞黍少詀諵。非熊把釣家聲著，衰鳳成歌世法芟。爲謝推敲題句好，不將鶴詔换鴉鑱。

城外青山如屋裏得山字

爲道山邊容結屋，豈知屋裏竟藏山？數峯青峭城空繞，四壁蕭寥駕未還。藹藹入簾平拱笏，盈盈當牖皎拖鬟。琴書澗帶烟霞重，杖履清陪水石閒。真境祇疑在呼吸，俗緣那信付躋扳？鄰園鶴放雲留楝，僧院猿投月照關。車馬懶通朝市跡，松篁雅識隱居顔。輞川詩畫傳雙絶，一幛誰摹挂此間？

鐵馬和韻

寸馬排檐語，蕭蕭響不禁。盪摩風自力，輾轉石何心？勁挾鳴秋氣，忙催破陣音。和平還可聽，攪耳感華簪。

鎮心瓜

夏課心焚甚，涼堂臥抱瓜。團圞看落手，清脆遲磨牙。喚賣魁園蓏，酣浮及井華。半環肥待剖，一面妥當窊。脾沁全消熱，神凝倍滌邪。不勞漿挹柘，爲洗緒紛麻。記事珠含彩，生津玉掩瑕。丹田留鎮後，書帶繞君家。

深樹馬迎嘶得嘶字

古道深深樹，長塗得得蹏。碧痕涼潑水，練影倦銜泥。爲憶摩奇癢，旋聞發遠嘶。蕭蕭吟續斷，恰恰語高低。勢似呼羣奮，情兼戀主悽。負才非跅跑，辨響是沙澌。健犢行相驟，哀蟬韻共迷。投林便齕草，聲慣待重題。

送葛山中堂歸漳浦恭依御製詩韻

賢良三對起元年，遇主身名閱九遷。學洊師儒謂文勤公。隆一代，班踰保傳領三天。守身蚤信完圭璧，投老寧關戀石泉。吹徧春風東閣暝，花邊聽講趣陶然。

幾度來朝幾度歸，雍容蒲藻慶魚依。調梅雖晚功先就，噉荔將闌暑幸微。擁傳還鄉行較利，克期躋壽遇尤稀。命以八旬慶典來京。西山理學傳家舊，宰輔同編史筆非。

渭厓學士夢溪讀書圖

歐公謫夷陵，偶謁黃陵廟。峽山極奇佹，屐齒記曾到。迎人一石馬，缺耳狀尤肖。始悟宜樕靈，萬事能逆料。夢溪隸曲阿，水木湛壺嶠。遠峯三四重，顧影弄青峭。沈郎兹謫居，亦似赴前約。遺日成筆談，祕文愜提要。筆傳溪並傳，依託類松蔦。其鄉生後賢，蚤歲理游釣。服官垂五旬，細故得平調。適思薦蓴鱸，遂擬守蓬藋。寫真表魁梧，補景搜窅窱。篋衍踰周星，賜園接清歡。開圖辱先示，詫未改嚬笑。所由丘壑尊，更被光華照。方春與耆筵，杖几拜承詔。飲噉過中人，供奉領諸少。乞湖期尚遥，買山隱須譙。無夢無覺間，脈望互盤繞。試看括地書，書佇那輕掉？學士將爲丹陽縣志。一甁如借觀，拍案恣狂叫。

艤摇背指菊花開得摇字

岸上籬英水上橈，轉頭相送背相招。來偕橘柚黄翻影，去逐萍蓬白趁潮。有物移人情養養，無言與我契寥寥。他時昌雨尋難定，此處停餐采倍遥。動竅亂傳聲欸乃，壓檐漫感鬢飄蕭。幾枝綽約風還颭，三徑蒼涼夢漸消。過眼雲烟隨緅散，關心節候類旌摇。孤舟叢菊衰遲甚，賓幕蓮花羨汝遭。

直到花間始見人得間字

迎花面面花含笑，翻訝幽人識面難。耽隱不曾閒種手，破禪從此欲薰顔。衣沾露蕚遲扳折，帽颭風枝礙往還。回看竹光濃似染，武陵溪在緑雲間。

一月得四十五日得工字

緯耒農閒務，支機婦獻功。日縑程匹半，晷線候昏中。筭起三分益，圖乘五位崇。連宵絲軋杼，向曙布披箏。月計來先復，旬要得倍豐。壁輝嚴異照，卷績準同工。虛牖霜侵白，深篝火逗紅。爲聞文史用，塾課藝兼通。

淪漣晚汎圖

玉泉泉跳珠，涌出斛計萬。潭潭費釃剔，淘灘更作堰。演池渟一泓，求漸不求頓。於焉闢爲湖，湖上夾仙觀。西園介苑西，瑶流漾沙岸。恠石瘦透供，老木蘢葱冠。有時楊柳風，灑灑到書案。雜以菡萏香，作陣裊波面。小波淪大波，羣動激洄漩。了無鷺影猜，惟有漁歌唤。是宜曳袂來，涼氣夕霞半。呼童棹短篷，即此游汗漫。將行猶未行，宴坐納明倩。何必絲與竹？焉用拂兼扇？悠悠風乎志，混混水哉歎。我從易象占，風水義取涣。自然成至文，五色陋組線。舟楫濟不通，偉畧寄宏願。二者可得兼，餘事託豪翰。彼哉伐檀詩，夫豈直一粲？伊余瓠落材，不繫心所羡。忝隨飛蓋游，嘉命侍公讌。橅繪閲十年，披豁欣一旦。竊擬學堯民，横槎貫河漢。

修竹成陰手自栽得陰字

幾度遥瞻幾度吟，一栽一墢歲侵尋。江郵歷歷虚前路，里館脩脩下薄陰。竦削儘憐摇瘦影，平安曾與送芳音。苔連屐印封難辨，草隔簾波掃不禁。富室待償分畝計，貧家忍負過牆心。移從上番纔開徑，聯作新盟蚤入林。物豈無情人甚遠？樹猶如此我何任。天寒日暮增怊悵，手把成虧託素琴。

題繆秋坪峴山春曉圖照

一官襄水曲，千古峴山碑。高岸雖無改，浮生總有涯。簿書程日後，花柳向春時。選坐盤陀石，風流今在兹。

班春春晼晚，萬緑間千紅。人影襟裾淡，禽言耦耜融。楚雲姿不定，越客吟去偏工。夢逐習池醉，高風耆舊同。

顯微鏡

洪纖懸賦質，毚毽迸奇輝。珠斗日中戴，玉壺天際圍。窅窊方養晦，張王忽通微。毫末輿薪喻，吾徒目笑非。

白華後稿卷之三十

古今體詩四

小陽春

四孟月惟冬孟短，陰窮陽伏氣含淳。中天日近暄常負，大地風來凍未皴。穫稻願爲堂上壽，折梅何必嶺頭人！太平民物登臺早，難和當場郢曲新。

鳥獸毛毨得毛字

禦寒稽物性，巢窟滿神皋。早斂鮮華質，因添氄散毛。毿深聯腹背，茸膩帶脂膏。維羽緝難析，爲毷結自操。披如鋪罽毲，吹或辨氂毫。煦嫗天心見，嚴凝月令叨。鷙禽休漸穩，獵騎去爭豪。正值司裘獻，温言法陛高。

亦在車下得車字

室處安幽俗，還轅首路紓。跡隨風梗轉，夢繞月輪虚。幸託高軒庇，如聯下宇居。輓推纔鹿鹿，舍次亦魚魚。輂互占同梶，穹圜覆巽廬。攸腓人偪側，有棧馬趑趄。倚枕戈斯偃，傳更柝漸疎。我征感桑寄，獨寤遲將軍。

穆如清風得清字

雅材雄百五，祖餞播風聲。爲指泱泱國，旁持穆穆衡。載颺原有體，肆好豈無情？灑去塵懷豁，披時善氣迎。影涵雙衮静，響汜八鸞平。早遺睽悰散，遥宣巽命行。律諧生嶽美，操陋履霜清。若效陳詩職，歸蹏四牡輕。

羊脂石

石質如水晶，横側視之，五色不定，滇中以是入貢。頒入成邸，詒晉齋中，作此應教。

兩螭蟠五雲，朵朵落瑶席。十煇闕朣朧，五采眩絡繹。問價輕錯刀，製器重界尺。中萬知所裁，挈紐服無斁。程能爲鎮紙，用物在抉石。匠斵滋驚疑，土貢經棄擇。云從驃甸還，坐使猫睛斥。睥睨介凸凹，睜眙變闔闢。勻調子鷟黃，濃抹女贏碧。鱗鱗魚尾頳，翯翯烏頭白。綠沈槍委苔，丹塗筆勒帛。三入三出然，一睒一睗亦。反復鮮故常，延俄富新獲。瑠璃争妙明，瑪瑙遜温澤。得非舍利根，豈止伏靈魄？金沙借輝光，寶井委絡脈。錬信有媧遺，産笑維青籍。羊目珠可探，羊脂玉可積。肇名雖未嘉，相視定莫逆。文具證屠箋，恡共薄歐蹟。尚方陪元泓，遠徼冠齒革。雷回縈古身，之而作奇格。幸免繆篆錮，早受平邸益。綈襲石不言，胡僧眼芒射。

歲寒松柏得知字

貞幹忘年紀，非寒世孰知？九冬摧地産，一物荷天慈。雪亞龍鱗作，風饕鳳羽披。靈根惟養晦，雅節特逢時。身葉超羣木，精華鬱古姿。不争襛艷景，如赴沍陰期。菊斂籬東色，梅捎嶺北枝。棟梁春殿美，材貢詔官司。

敲冰紙得敲字

看山宜入剡，紙碓響溪坳。澤腹古雖壯，澄心製可教。用隨幽令鑿，法授蔡侯敲。迹埽霜苔净，紋横水藻交。妙明涵色相，精整蘊胚胞。質抵硾漿潤，名兼側理淆。手皴應購藥，口棘試傳鈔。一片冰壺在，元輿賦漫嘲。

次韻門神二首一嘲一解

春星臨萬户，何物樣新翻？雅帶餬塗性，偏窺詄蕩門。過年頻炫寵，通籍便當尊。貌媿丹青引，形誇土木存。打頭忘局促，屈膝屈膝通屈戌。示安敦。任倚乾專闢，占符艮司入閽。趑趄人避勢，漫滅客銜恩。餓死隨臣朔，初生昌帝軒。署知容觀習，早耐應酧煩。默息晨施笏，陰森夜執韃。笑迎纔款款，怒叱旋去賁賁。神類庚申守，官非戊巳屯。犬獰陪伏闇，雞鬧伴升暾。餘勇矜排闥，爲機戒觸藩。竈公應遜長，廁鬼或聯昆。未絶倉根響，還交了鳥痕。顔開將子樂，目眯識丁冤。剥啄羈芳訊，祈禳慰餒魂。頭銜空自記，爪跡總難論。撲地嚴司鑰，瞻天隱戴盆。牙旂摇寂寞，鐵限走譁喧。枝拄曾無用，嚨胡若有言。幸區前後向，叨直短長番。不籍勳勳闔也見漢書注。光禄，分曹亦趁喧。

九閶宏四始，翦勝綵翩翻。旒冕森排仗，衣冠儼應門。閻吴圖畫擅，荼壘姓名尊。竹爆聽斯震，茭繩製尚存。萬家同歲改，五祀先秋敦。漏静魚交鑰，更殘虎伴閽。每專黄鉞枋，豈止緣袍恩？在闥儀偏肅，當關勢欲軒。送迎非所慣，簡閲不辭煩。寶帶犀雙胯，雕弓豹兩韃。形模見伊吕，威力過飛賁。嗔喜雖殊格，東西競列屯。浮光鬼名。潛白日，麗景門名。耀紅暾。肖象如懸閣，書勳似啓藩。筦鍵勤奉主，閥閲裕垂昆。披拂銀幡影，鎪鑱綺翼痕。終葵塹貌醜，如願怯情冤。户牖驚真氣，壇墠他干切。薦爽魂。教因神道設，賞爲武功論。餞臘徠雞榼，偷春竚燕盆。登龍珠屐繞，題鳳玉珂喧。刉衈文常秩，誰何職願言？桃符陪式序，瓜戍候更番。莫道儕胞翟，延暉抵曰喧。

柔兆敦牂

蓉塘宫贊鑑曲垂竿圖照

河鰕淀蟹熟論錢，堆市冰魚味失鮮。省識乘船勝騎馬，浮家須傍鏡湖邊。

柏葉微紅槲葉黄，鱅聲不動雁聲長。半牀經卷隨身好，沾透蘋花一道香。

天隨釣具太紛拏，只辨蒲莧切。長竿籊籊孤。分付紅蜻蜓立久，主人垂手鎮跏趺。

細鱗巨口酒痕濃，遲我名銜署澤農。爲勸蓬池圖斫鱠，一漁翁合讓吴儂。

張若州聽泉圖

幽人憚世喧，聞根久云廢。偶然選石林，宴坐埽苔翳。孤懷拂高雲，衣裏撲寒翠。空山集衆響，涓泉一何細！囂者忘耳謀，静者愜心會。非聞非寂間，俛仰寓身世。維聰聽既虚，有本稱斯亟。揮手謝絲桐，沖期信遥裔。

張子畏觀察秋山歸騎遺照爲令子景運賦

釣龍臺切漢，詔許拂衣還。曲磴辭灘險，新霜點樹斑。輿歌五嶠路，鄉夢九河灣。太息歸兜率，承家計亦艱。

壽雪副憲拜内閣學士之命奉次紀恩詩元韻

副相遷除自北扉，一門掌故四朝稀。聯斑踧踖凝霜令，西苑日直，以六部、都察院、内務府、鑾儀衛爲九班，他院寺附之，内閣不在班數。請竇雍容帶口暉。上每出宫門，閣學於五鼓恭請御寶先行。金榜未輪園簇杏，青氊須戀省栽薇。閣學少時探籤，于正陽門關廟有「天須還汝舊青氊」之句，至是始驗。張氏官此，計及六人。巢痕阿閣無新舊，試倚冰簾譜玉徽。

賜鄭宅茶詩次韻

新焙閩綱達禁林，囊囊分布緑槐陰。種連帶草名先貴，出伴闌櫻遇更深。玉露輕芽教落手，丹泥短銚試穿心。吴中作瓦銚穴，其中以透火謂之穿心罐，煮茶最便。侍臣好解相如渴，絶勝莼羹百和斟。

書肖濂所寄金壺字攷

天藜閣下雪花龘，鸜鵒當筵無六銖。曾醉周郎第三爵，淋漓墨汁點金壺。天藜閣、湖北學使署二堂閣也。

新義紛綸小學抛，禪門識字解推敲。一編寄我添惆悵，誰向元亭載酒肴？

程孝廉瑶田說劍圖程有桃氏爲劍攷

縱横說劍篇，吾愛漆園子。短衣曼胡纓，動掣駴神鬼。鋒鍔脊鐔夾，猶人具五體。雖與考工殊，耑未雅堪擬。先生淹六經，證疏及桃氏。謂古銅爲兵，五兵備蘭錡。以防檢異常，劍也用斯倚。重輕規兩鋝，長短論尺咫。臘廣二寸半，鄭謂兩刃是。豈知横庚庚？一片特平砥。其下圍以莖，纏繩把掌指。莖以頸釋名，臘以鬣徵旨。二物相附麗，集益等脣齒。莖後稍殺焉，有孔黍容累。是曰鼻曰環，亦曰鐔曰珥。劍身故挺然，剡剡霜鋒起。有鍔淬兩旁，兩刃背兩已。有脊中隆隆，脊盡臘見矣。古劍今閒存，光恠現綈几。先生見其七，如辨九穀米。程有九穀攷。一日三摩挲，作圖説盈紙。竭來鄂王城，胥佩韙如彼。隱隱黃蛇蟠，黯黯黑蛟死。疎桐修行間，坐對輒移晷。每懷服猛才，幸遇好奇士。劍術古已亡，劍制今不毁。請看射斗光，窺圖口空哆。

程孝廉瑶田臨董文敏書御書樓記

文敏爲王文肅御書樓記手寫數通，孝廉見三本，臨二本。臨書之明年聞舉一孫，以此卷寄之。程字易田，其座主曹宗伯題款，誤爲易疇，程因號，益壽。童子茸翁者，程四十時所自號。

程茸翁，乃非翁。益壽童，亦非童。翁時四十童六十，童舉童孫客闈集。晬盤待試黄金印，羃館先開白藤笈。網箋羅羅墨波灩，六草三真摹不厭。誰作書？董華亭。誰作樓？尚璽丞。樓孰藏？定陵札。札孰商？東宫闥。綺里終令鴻鵠飛，鄴侯雅就神仙活。容臺文筆多應疇，此記能與星日留。人間真蹟賸幾本？羨君手眼經三偷。青猿聳臂悄攜去，分付小同仿禮注。

德清徐孝子景韓晨窻舐目圖

目者心之官，身者親之支。支茂本或傷，無計求國毉。豈如日月光？食罷輪重輝。我生廿載前，有里名麻溪。氏徐諱師愈，色養心愉怡。少爲世父後，長爲童子師。距家十餘里，晨往暮必歸。抗顔事口講，堅冰常在髭。而何倚閭眼，積漸凝昏眵。始猶塵掩鏡，繼乃萍翳池。閲時告盲塞，倀倀何所之。親目一望窮，兒目雙淚棲。私幸舌尚存，日舐涎交頤。吐此青蓮花，埽盡羊溝泥。重重退浮膜，勝刮黃金鎞。稟氣異所生，格幽同所期。風聲播州黨，快睹争睽睽。古來孝義傳，史册芳名垂。盛彦與張元，母祖曾患斯。或以然七燈，或以呑寸蠐。兩瞽均洞開，上荷皇天慈。其餘舐使明，謂可人力爲。自宋李虚己，如鳳如瑞芝。孝子有孝子，恐被金管遺。夜寢不交睫，紛乞時賢詩。視我國與鄉，監我神與示。請放大光明，子職供勿虧。

晴瀾太守小照四首

林凝香雪

凍雲釀遥空，掩映萬重雪。雪寒香更寒，愛此花時節。支頤茅徑間，忘言悟禪説。

雨漲遥岑

青峭堆數峯，誰鼓墨池浪？一雨渾無涯，迷濛失晴望。呼童酌新水，洗我馬塵漲。

竹墅吟秋

桐葉落不盡，竹風摇洒然。秋士悄多感，一吟如獨弦。吟成坐良夜，四壁蟲聲連。

海天浴日

海色太昏黑，且登城上樓。海斐湜神詭，手挂黃金毬。欲拗榑桑枝，試問談天騶。

次韻荅馮考功時以宋史詳節督序

直院五甎影，行省五花判。我誠愚公愚，君學漫郎漫。頃來自西江，枯鮒柳枝貫。留得清白聲，口傳手揮翰。鳳皇巢梧桐，名材不終爨。薄譴情特原，要職命重焕。要使滑涣奸，一一批根斷。仕優學並優，令我媿生汗。我生鈍如鎚，談藝未弱冠。爲營席研謀，妄效牙版按。後迺悟其非，去道遠無筭。南轅州宅交，北轍海指瀚。軋茁矜脱棄，撏撦詡堆案。即以詞章論，卒等文雉竄。祗緣經訓疎，客氣中柔腕。讀書過眼忘，枉睹珠玉璨。説理出口乖，焉得醍醐灌？在詩初盛唐，在文前後漢。派別自吾鄉，刻責可從逭。彼哉艾天傭，恠隱漸消散。棄粕釀菁華，凡骨庶同换。然而索米來，陵雜記葱蒜。抱此琭珞懷，夜行矢求旦。當其甘苦嘗，見道稍冰涣。尋山粗問塗，涉海偶測岸。强勉事疏刊，間辱羣公贊。所懼試體荒，一旦塵號絆。一官改飽卿，免昔弓膠幹。公然就雅裁，毋乃太狂猂。君於炎宋朝，史筆縱激彈。首尾截棼絲，輕重懸土炭。夫豈寄鷦鷯？有若鳴鶡鴠。辭簡事較覈，證據矯周鍛。故應便家塾，奩亟懸市閈。偁莘剔枯朽，騏儉勘曼漶。想從退食餘，研攷輒忘旰。有繆疇勿糾，有污疇勿盥。以我義例惛，無力奉扤扞。寸管澀搜爬，赤蹏墜破爛。著穢向佛頭，見者議薪粲。而何論古才，相許廁東觀。墨守賣舊癡，硎發厲新傿。炳燭光熹微，去日坐悽惋。假年讀是編，再學老吏斷。乘韋犒用先，息壤盟不口。因君提唱宏，理弦起三歎。

帶雨不成花二律次韻

逐陣消磨逐陣添，非花非絮更非鹽。乍凝漸釋愁難埽，既落猶開笑漫拈。密蕊倦縈詩老辔，希聲忙點酒人帘。天山萬里鷙毛白，那似梁園趁影纖！

幾度平看隔霧中，玉樓粟起凍旋融。三英欲拂痕先殢，六出雖裁術未工。餘潤故應霑麥隴，清光何止裛蕉叢？騁妍多少生花管，聽到陽春屬和空。

白華後稿卷之三十一

古今體詩五

强圉協洽

人日和竹軒司馬韻

去年今日遠懷人，雁後追陪閲數旬。綵勝銀幡留此會，碧雞金馬問何神。爲逢國忌行香故，早見天心卜卦新。旦晚玉河橋畔望，東風吹凍起漣淪。

廣餞竹虚司農次竹軒韻

蒼龍返馭蔵祈年，好趁燒燈令節前。人繞南陔宣雅奏，客陪東閣預華筵。貴游詄蕩行隨步，禄養尊榮孰比肩？願得醁醽醻一醆，庭闈歸轡路芊緜。

皇六子手書臨帖二詩見示謹次元韻

曾煩給札侍書窻，十指如槌信手撞。天上三希珍待聘，雲間一派壘争降。縱橫自我追真蹟，姿媚何人趁俗腔？分付重臺勤檢校，短簾風燭影幢幢。

六草三真拓鎖窻，如鐘鳴大小紛撞。鉤填祕訣心源泝，跳臥雄風腕力降。好學競傳緣有福，多師還笑曲無腔。驪珠親捧矜雙絶，頫首長教折幔幢。

垂雲助麥涼次韻

由來麥性殊蠶性，愛趁涼時畏焕時。課雨定收三月效，農諺：麥收三月雨。瞻雲低覆一畦滋。碧油淰淰陰初壓，白浪漸漸沫未吹。有鳥翦風鼓繡翅，何人帶露荷椶皮？莫言苗長非關助，若待芒抽也自垂。毿毿四圍明玉葉，菜鋪十斛重金龜。槐街弄影韶華淺，藥砌蒸香氣候遲。合遣登場報薰信，化蛾無數栩雙眉。

一樹碧無情次韻

抱葉蟬棲迴，遥郫選一株。曳來清切否？遮到碧寥無。遮了蟬聲。託迹風聲起，流音月令敷。

如綏鶩鬢改，似磬待心摹。「巴蟬聲似磬」，白詩。欲附依依柳，曾捎歷歷榆。哀纏齊女怨，汙蜕澤仙癯。孤枕人欹晝，長鞭客趁塗。玉溪情不盡，留倩畫裝䠒。

雨後步庭前見盆桂初放次韻

招摇産佳木，厥根蟠月諸。厥性頗畏寒，包致南船初。一雨吐數花，芬烈如史蘧。得地依小山，筧溜相匯瀦。以之點周易，滴露研玉蜍。何當乞桂管？播麥勤新畬。

蟹輸芒次韻

一穗垂芒綻，箝螯仄向東。沙危爬處白，粒賤啄餘紅。逐逐銜芹似，勞勞納秸同。獻新甘涉水，報熟競從風。扶寸雖嫌短，成堆或禦窮。縛蒲隨幾輩，食稅長諸蟲。蓼岸披圖肖，徐熙有蓼塘蟹圖。松陵述譜工。鴻天鄉味美，稻蟹羨邨翁。

秋燕次韻

纔過來時又去時，呢喃絮語聽全非。杏梁未改將辭宿，珠箔雖開已倦飛。風度飄蕭燕國去，心情冷落定姜歸。社翁春酒遥相待，海角天涯爾暫依。韓詩：燕燕定姜作。

夜枕

一燈殘穗綴茸茸，欹枕無緣乞治聾。幾陣打窻鳴淅淅，不知是雨是西風。

一月三捷次韻

天保揚休西國覃，采薇治外肄同諳。軍聲遠播前中後，捷告連馳一再三。直向太原喧逐北，豈徒江漢耀征南？洗兵雨過占旬準，傳檄風生矢信甘。經朔望餘衝盡折，與方召輩亂争戡。大凡好向官成計，周禮「治凡」注「若月計也」。偕作多由士氣堪。倚馬才供磨盾草，挈壺氏罷刺閨探。鯨波不動樓船下，轉歎幺麽負海涵。

香亭少司馬鼓山觀海圖照

風行水成文，惟海大爲最。無風文亦成，庶比聖言大。閩學盛考亭，儒流豁茫昧。使者視學來，文物此都會。鼓山視旗山，氣象開十倍。遂出行春門，曉樹滴秋瀣。坡石犖确間，一舍未勞憊。循麓至其顛，屴崱壓羣輩。天風翻海濤，響奪雷門廢。欲挾大小峯，浮作杯中芥。坐定神稍閑，振衣散雙髯。回首詔諸郎，文體超八代。烟雲供盪摩，日月沐光恠。抗顔詔諸生，道體接一派。學川當至海，學山當至岱。忽思横海軍，發自句章外。曰歸待洗兵，斬鱷偃旌旆。時臺氛垂靖。何似十洲仙？雍容在襟帶。

著雍涒灘

正月十八日集丙子同年竹軒侍郎疊丁未廣讌韻見示奉和一首

落燈風較試燈妍，細數歸朝及五年。結習漸離文史陋，策名終遜鼎鐘堅。吟陪甲觀期難克，坐飣辛盤力信緜。好趁餘閒作去燕九，明朝誰上白雲前？唐花越酒趣争妍，庚節重持此一年。檢校同班中雜外，商量後會老還堅。鼇山壓雪頭仍掉，鳶紙呼風羽太緜。嗟我與君皆丙子，坡句。醵錢再醉百花前。時以二月十三日重相醵會，爲訂唐以二月望爲花朝。

詠硯屏次三講全韻

屏山枕硯池，似孫箋失講。擭者學挺身，偃者肖折項。墨螭蟠萬重，面目太傖儜。兹屏攔截之，其價薄鏐玤。的然眼暈鸜，瑟彼文含蚌。有時迴隙光，斜月逗秋港。自我澀塗鴉，三歲判筒銛。蟾蜍滴幽淚，合喫百頓棒。焚笑君苗癡，畫對樂天忭。畫紙作春畦，捉筆替宵耤。舒屏旋卷屏，逝把端溪耩。

二月除日戟門司農招集桃園阻雨未赴次定圃師韻同惠三少宰作

平臺枕水浄無塵，纈眼繁英近暮春。莫把元都千樹比，種花人是賦梅人。

卷簾微雨潤芳樽，課問紛傳郭外邨。想象一痕添漲暝，六街今日有花源。

檀槽響隔晚雲深，孤負銜筵玳瑁簪。爲約聯鑣迓清蹕，萬紅如海禊游心。

菔塘春泛二牐

楊柳緑梳風，桃花紅罨雨。一灣復一灣，夤緣遇漁父。訊客來何方，一昨出城府。淺水劣半篙，破船缺六柱。牽以蹇足驢，不見白鷗鷺。惟餘蘆荻叢，抑塞似豐蔀。夾山碧浪間，塵俗那如許。客行應且憎，科頭躡芒屨。東華擁輪蹏，排日候官鼓。投槽羨疲馬，投林思勌羽。趁此休沐期，清興發栩栩。驅車抵便門，已遠天尺五。即今尺五流，源在玉泉吐。迤演達萬泉，脈絡匯交午。雲帆卸潞河，轉粟到倉庾。偉哉疏導功，蓄洩利斯溥。百貨便往來，十成足生聚。夫豈爲狂游？尋春載酒脯。然而游者多，於水謂有取。飄繇信所如，肩背孰堪拊？或泊金粟堆，或櫬青楊塢。舟迴一水香，好夢落江滸。

楊忠愍公獄中所植榆菑後復榮

椒山先生開口椒，風吹枷鎖香不消。小雞次骨事周納，那識鳳凰鳴陽鼂？繯尸東市禍斯酷，難遺閨襜百身贖。舊社蒼茫翳北河，新枝軋茁移南獄。皋陶之祭年復年，親鑿圜土收榆錢。星精夜落福堂閟，何草指佞羅階前？直臣一死閱人代，批折龍鱗此風槩。質幹雖從冰霰彫，根芽豈受神明劾？枯楊生稊元象參，回飆撼樹詔奏酣。摩挲手澤繞魂氣，披髮歸去松筠庵。庵在順城門，爲公故邸，數年前修治奉栗主。

榆莢雨得青字

何物濡垂莢？霏甘早夏經。種成榆歷歷，飛下雨冥冥。候判花繁豆，名符草秀蓂。社迷人屐緩，塞杳客車停。作糝寒沈碧，排錢古澀青。衝泥誰取火？隔霧尚占星。紫楝催風準，黃梅迓節靈。北山歌樂只，拜澤自彤廷。

棲鳳難爲條得年字

百尺維條聳，亭亭翽羽偏。鳴和常協節，棲迴獨求緣。碧落迴翔後，丹曦照耀先。瞻林依苑特，得樹選高堅。翼戢苞含九，機忘仞息千。將雛甘久處，何鳥學新遷？懇款班荊日，蹉跎蠟鳳年。巢痕希再埽，拜手聽虞絃。

螢火不温風得温字

如火因風起，爲螢驗宿根。熹微光蘊晦，爇灼候乘温。簇影涼招夜，涵暉熱避暄。星流疑遠岸，春曉記荒原。挑去憑歌扇，飄來到舞旛。車囊心易折，盧賦舌難捫。露蜕無塵擬，陽冰不冶論。炎官停轡後，内照坐忘喧。

時帆學士蒲團晏坐圖

芳辰藹園林，萬象燦華飾。戒心參定心，晏坐契元默。桃李既以花，松竹亦以實。盎然生者機，豈復類古德？文人多慧業，行處任消息。揮麈慰寂寥，禪理亦儒職。東觀披妙香，西天衣瓌色。心境當兩忘，太素葆虫謐。願持精進幢，竝照光明域。

壽雪閣學扈從校射蒙賜雀翎紀恩和韻

相門公子貴，奮武效期門。紫塞弓揮勁，彤墀玉竧温。參連希應節，壹發勉承恩。南國留冠冕，如綸仰聖言。

爲貴追師掌，言褒保氏能。千金裝翠管，三采暈朱繩。耀首龍鸞壯，盟心羽軸兢。墊巾慙往日，徒有戴盆勝。

初冬侍皇十一子校試武場以張尚書照十九歲時所書金人銘換乞妙蹟辱題張幅首見示詞旨抑然並書是銘見貽謹賦三十二韻

把筆如挽强，落筆如破的。連朝觀射來，射格乃書格。自憾跁跔資，不中餓隸役。霜雪皓盈顛，孤負毛錐績。右軍三十三，解作蘭亭蹟。大令握管初，背後掣未得。韙茲書聖人，夫豈藉人力？即如雲間派，二沈壯碑刻。後來乙卯生，贋器充棟極。董思翁生乙卯，嘗自署乙卯生。天瓶偉代興，十九遂對策。是爲己丑年，院體日親炙。那知心手眼，早與龍象敵。試觀此銘字，珠顆璨盈百。齋主評鑒公，曩忝侍帷席。爲言三文敏，鼎足峙歷歷。譬諸三佛門，智仁勇大適。惟於九宫法，稍稍量寬窄。後賢讓前賢，未免一塵隔。憶臨東庫本，尚遲蒼珉勒。石需韓馬償，璧擬許田易。亮哉磨兜堅，陳義數孔籍。準乞寫一通，潤筆例推昔。舊銘换新銘，也抵白鵝隻。深恐應且憎，未由拜鉤畫。枉題三五行，温藉若匆克。載捧尺幅書，光彩爛蓬壁。驕心與吝心，愧悔妄揣測。發願重鑄金，依約仿波磔。俾通小學津，漸進大成域。文武萬邦憲，德藝一身則。下馬草露布，上馬便爲賊。寄語斆相徒，似此信霹靂。

皇六子臨淳化軒閣帖十卷命題九言二十韻

周官保氏六藝書次四，籀篆而下筆力誰通神？廓填影橅下真蹟一等，昇元建業亦作文房珍。宋淳化間内府祕儲蓄，俾重鑒刻棗木欀烏銀。侍書臣著攻書尚姿媚，成十卷帖太歲當壬辰。爾時位登二府始與賜，板藏御院劫火迴焚輪。大觀太清修内司諸本，下逮潭板絳板争斷斷。畢士安本丁甲競撝護，照耀石渠天禄森玉宸。考文考事深考並義例，疇咨釐訂世代君若臣。綴集漢章帝字躐微禹，踳駮似此何以光貞珉？諸臣奉詔稽首謹排審，釋文刊誤一一航迷津。米元章黄長睿許崧老，彼哉寸莛撞洪鐘萬鈞。以治經治史法治官帖，天子聖哲羣下胥稟遵。遂選伏靈芝暨章簡父，雙鉤上石苗髮無隔塵。龍樓拜捧什襲等球璧，細旃廣廈胝沫忘劬辛。譬之論文無一字杜撰，於古能取能舍醇乎醇。心摹手追閲十數寒暑，張懷瓘見估值皆千緡。特攜唐紙李墨憺消夏，偏臨一通如星周一巡。羹饜五鯖醲郁味含雋，琴調百衲淡泊音還淳。蘭亭聚訟閣帖亦云爾，走也快睹兹星雲鳳麐。伏思心正筆正納嘉告，游藝志道據德依於仁。

十月既望題璞函丙舍授詩遺照時在京闈至公堂監臨武士冗次拉雜不知所云也

我家海東頭，沙鶴戛秋唳。直北三舍間，護塘聳隆嵑。一團抵九團，民竈互連綴。梅枝嶺賽庾，竹田丘壓薊。飤芻烏犉眠，出網黄魚掣。冬春流匙滑，春隴塌窠脆。大半栽木緜，糴米應官税。百口尠族居，一邨競社祭。説經每硜硜，論文亦細細。昔我占得朋，正士秋闈計。或邀秣陵飯，或挾瓜步濟。杖竝猢猻扳，裘共鸛鳩貰。吟骨爭臞仙，書手訝餓隸。嗣逢校試場，相見輒談藝。我奏長楊篇，君擷蓼莪涕。款君通德門，宛轉挹環袂。壬午三巡南，花門斂狂猘。獻伎隨屬車，引繩跂天際。賦手能摩空，一笑取高第。君試回人繩伎賦入中書。膝前舞勺兒，徘徊綰雙髻。未停佔畢聲，頗具縱横氣。俾圖授詩圖，那肯拾餘慧？挈上渡頭船，時也改新歲。予亦攜累行，兩槳趁溶滴。聯句披筆札，賣文炫金幣。相於五六年，何意值顛蹶？草檄磨龍盾，杖戈檢貍製。會我還自黔，執手在淇厲。從此古顔色，梁月照微睇。滇徼君梗飄，蜀川我匏繫。煢煢蚩尤旗，不埽蓬婆噎。哭君黎雅邊，有物歘而逝。空勞大夫招，竟枉右軍誓。韙哉無衣詩，胏腑矢銘鍥。名昌詩更昌，焉用牖下斃？試入昭忠祠，緌獵雲旗曳。試升姘雅堂，傳購雞林繼。諸子頭角崢，德芬沐先世。孰橫上舍經？孰履中禁砌？祇今受詩人，作牧擁葆翳。登高望桃關，芭舞庶勿替。風諭忠孝途，要使日星麗。聞君經笥充，六義二毛諦。孰爛稽古編，一往決留滯。身後獻石渠，祕本待刊剟。國初吴江陳氏源發[一]撰毛詩稽古編，君抄習條貫。既殁，其家上之四庫館。往我抄一通，私恨隔表啜。折兹朱雲鹿，刺彼轅固彘。安得地下人，決起舌爲噭。海雲影漫漫，海潮響淠淠。老屋堪抱經，何苦鶩鞶帨！

題蘭舟通議寫真

秋懷何澹沱，秋景亦岑寂。眷我素心人，獨往忘去榮戚。開軒手一編，徑謝車馬客。古桐翠尚流，甘蕉緑初圻。露葵爾何心？戎戎媚朝覿。雖非廊廟材，豈遯丘園迹。憶辭蓬藋來，鄉夢漸疎逖。披襟坐石菭，萬念起磯激。幸此風日佳，俛仰運同適。安得社酒傾，聽琴洗筝笛。通議耳疾未愈。

[一] 陳啟源，字長發，此處蓋誤記。

大風歌書後

宛轉虞兮曲斷腸，拔山蓋世氣銷亡。如何沛里風雲會？也自高歌泣數行。

金可亭司空早朝圖

聖主宵衣問，寒鐘報曙先。百寮猶徙倚，一老特精專。印綬星辰上，蓬壺日月邊。鶡冠昂矯首，貂幰穩差肩。門鑰峩峩啓，車幨整整搴。爲羈金絡索，早賜玉連錢。臺閣摩霄近，牖垣夾道旋。霜華團禁樹，冰彩瑩吟鞭。雙引籠官燭，孤卿侍御筵。蹟儕翁六，一恩冠叟三千。館局提綱重，工司領職虔。十行目齊下，三接膝頻前。會見隄沙築，遥聽槀履傳。臣勞惟夙夜，帝眷是親賢。福並才如海，仙長日似年。松心儀矍鑠，鶴算態蹁躚。退直孫曾候，從遊貴近緣。郎君都棨戟，我輩祇花甎。灑落驊騮路，飛騰鸛鶴天。秺侯瞻禮處，指點是凌烟。

筠心茶墨間

明王百穀爲筠心之先，題金閶書室曰茶墨間，翁覃谿以題筠心京寓。

嗜茶取其新，嗜墨取其陳。墨色取其黑，茶色取其白。墨瘦茶特腴，墨精茶或麤。有墨啜亦得，有茶磨不極。相反冰炭如，豈必兼熊魚？先生褚師裔，善吟復善醉。吟成半劑調，醉醒七盌澆。試茶竹爐買，幾陣沸魚蠏。試墨絲硯挈，幾幅蟠龍蛇。茶香有時歇，墨香有時滅。吴門遺漱廬，金門安索居。蝨其間者我，坐忘客亦可。

書武功張洲所撰崇慶牧常黼廷紀昔嶺殉節録後

涔涔雅雨帶黎風，鎖院當年報警同。芒射旄頭横嶺上，魂乘鶴背返遼東。鳴琴跌宕傳儒治，膏刃倉皇作鬼雄。爲道遺孤今授室，身披命服拜昭忠。

徐通守觀海南昌運漕米來京以圓桌見遺

家具添來抵百朋，豫章材大曲從繩。周旋差愛規能中，愜當誰同几可憑？幾度匠成隨摺疊，一般世法信模棱。團頭小聚傾郫酒，牛磨游蹤感不勝。

白華後稿卷之三十二

古今體詩六

屠維作噩

正月下澣約軒侍講瑶峯少尹戟門少農霽園光禄枉集小齋竹軒庾節亦至次日以詩見示並以敝冠過窄枉贈貂簷次韻奉荅

黄羊作炙黄雞寒，紅票醖熟扛大官。豪家召客不負腹，笑我粗糲餐百年。朝來印囊乍開手，偶訂近局紓心顔。如六七十五六十，堂堂歲月看逝川。蟾蠩清淚漫滴研，鸜鵒妙舞思銜筵。王家青箱韋畫戟，蔣家三徑皆悠然。司農三載秉庾節，雲帆轉粟千倉全。酒酣耳熱弁交側，或醉或否歌呼傳。而我頹唐玉山倒，兩手拄頰首隱肩。鷊冠妙年指且數，謂酸澀氣終當刊。大冠田單抑何勇？小冠子夏寧必賢。映蟬末光幸分照，豐貂有尾來東藩。簪花舊侶意鄭重，顧影忘卻吾髮宣。詩筒相侑走急遞，清鏘金石誰問言？亟呼追師事裁翦，毋使嘉惠成唐捐。巾箱擎出詫時樣，得路應讓王陽先。

周竹齋含飴圖 竹齋名之鳳，臨桂人，壬申武進士，係宮洗瓊父

養竹栽花地，吟風弄月情。小園無限好，賦手待蘭成。逸少甘分一味，太邱德聚五星。不及癸辛巷底，丹鉛親自傳經。

禿襟脱帽未裝緜，仿佛家山八桂天。他日平頭看一百，起居環擁玉堂前。

時颿學士以所藏徐勝力袁杜少馮方寅李公凱麗雪厓諸前輩冬日崇效寺雪公房看梅詩册屬題步止堂同年韻

釋木有枏亦有梅，説詩至梅休溷哉。束縛瓷斗致京國，多借桃李爲根枚。曲房邃閣供棐几，纔出暖窨防殘摧。此如高僧賜緋紫，無復黄面紋生㒵。棗花古寺今視昔，梅作花時棲蜨媒。袁杜少詩自註有「黄蜨蟄梅華下」。朔南氣候判霄壤，幾見新笋填銅街。鴻詞諸老索花笑，想像不過盆間栽。入林恰得嵇阮侶，槖筆奚啻嚴徐儕。偶逢坐花即譽樹，不知是樹才不才。流傳詩册落廟市，對賞值得傾千盃。遂疑此寺老梅樹，翠羽朝暮紛相偎。止堂解事破羣惑，恍攜諸老吟徘徊。

愛其人不計其樹，繞屋三千行當排。大江以南海香雪，賴爾白氊青韉催。東華車馬迫冬令，清鐘側聽非清齋。嗟梅於我太慳劣，瑟縮簾底無從開。友梅不獲友諸老，五字七字珍雙瑰。長安游客話勝事，較勝銅井銅阬陪。忽疑此寺樹如此，側帽策杖吾還來。

上章閹茂

高月峯上桂松泉圖照

六朝松石情萬里，車馬客治行爭傳。濯錦江抗懷願老，孟諸澤琴聲太縣。遡鶴夢偏毾㲪田，園雖好戀不得翻。身載謁明光宮探，花舊侶彩雲散。只待河陽種花看，論交每歎酒壚空。寫真直作畫圖玩，坡陁浄硏雲蔚藍。薜荔鋪徑茅縛庵，山童要我課清供。香爐茗椀辭朝簪，暮寒竹影袖生翠。川泳雲翔愜爽意，高柯謖謖風動天。古雪霏霏泉湧地，因君抱琴來，頌君騎鶴上。候館長闕人迹稀，訟堂勿翦草痕長。在山出山心太平，日日戴巾坐披氅。

章葭邨司訓浙江觀潮圖遺照

西塞山前路，鷗波緑有痕。宦情夷甫淡，經義宓生尊。竹挺扶疏節，蘭羞潔白飡。不知車馬客，載酒欲何言？龕赭巑岩嶤，方秋海若驕。頻移鄭虔席，飽聽伍胥潮。埽葉供茶銚，尋花挂酒瓢。文孫能述祖，想見水源遥。

張鹿樵上舍懸巖積卷圖

辰谿有架閣，歸峽有插竈。名巖炫積書，不惟養惟教。鄙儒憚冥搜，醉樵矜獨到。斯樵豈凡樵？岑蒿拔鄉校。每求伐木聲，爲抉傳薪奧。熊熊張宿光，奕葉盛才藻。七車與瑯嬛，卷軸敦夙好。如君麟鳳姿，肯受樵夫笑。華林勘校録，定獲嗜書報。得食倘相呼，津逮鼓芳棹。

董四墓桃

青埋千里草，紅綻一林桃。不賣求難得，先嘗送每叨。漿凝寒迸齒，膚膩裂揩毛。樂府新聲好，如聞唱董逃。

次韻荅孫茂才世份

聖涯嗟浩茫，無計覔津渡。六藝闕緒餘，譬以木罌附。漸漬復優游，德仁貴依據。見道在因文，昌黎殆其庶。以之配漢儒，玉杯及繁露。侍郎三品耳，一笑等風絮。百家就範圍，八代振誙護。假而輕其詩，毋乃高叟固。彼哉郊島徒，敢與我軍遇。我從進學解，重讀感士賦。身宫坐磨蝎，雖愛莫能助。借問李虚中，此理待參互。而聖此罕言，不暇測躔度。大年享盗跖，長貧食季路。所以天問篇，抗懷攄積素。飄飄來紫髯，上闚洛書數。五十困文場，私憂衆人譽。北學誰或先？西笑竊私慕。買醉眠市閒，壚女不一顧。但留青白眼，使人内心悟。畸士謝俗懷，神駿絶駑步。吴坂困鹽車，想像酸嘶處。我懷嚴君平，下簾道經註。當其鉤簾時，豈識錢神趣？近賢青蚓生，困頓乏炊具。脱驂來道鄰，欣受若無與。古人食己力，匪以盗泉慮。養廉君太矯，過情我終惡。誦君貽我詩，六轡持丙馭。射馬兼射人，舍矢百無悮。言道期探源，言學患迷霧。言識言别才，羅胷森武庫。數者缺一端，如疾廢而痼。縱騰洛陽價，僅化羽陵蠹。一喝三日聾，河漢駭還怖。繫我瓠落材，謬襲錦文著。泰然詅癡符，斯事壹何遽！考古涉佤離，證今昧雅故。有時偶欲書，手腕不相赴。芟柞本不勤，焉得填倉裕？羽毛本不豐，焉得摶霄翥？舐掌非不煩，銜薑非不豫。枝葉與根株，任撼蚍蜉暮。感君見而醺，依稀酒入務。知非華士華，或比寓言寓。餘杭藪人文，述作富藏去。軒如鳳山翔，霍然鯨濤怒。亦有明秀姿，濃淡心所護。誰學韓伯休？肯示張子布。東華蓬勃塵，捉臂獲嘉晤。聊與極冥搜，九流快東注。神著精演揲，上藥妙呵噓。詰屈非相篇，峥嶸彈鬼句。隨意抽祕文，難者半驚仆。其于二氏書，如獵脱狐兔。其于五行志，如舞執翿鷺。虚旺資權衡，珞琭鄙詮疏。往往累黍間，枯菀判飢飫。岧岧十二宫，星經窮迴泝。辨之視土宜，參之驗門祚。諦審至再三，毅然大書署。而我木石腸，平等視喜懼。未解遁甲圖，那借前席箸？疴癢心不關，姑任艾丸炷。思君有至言，七政若鍭樹。六府叙五行，穀精隨月御。或詘與或贏，左右券斯付。斯語穿羣經，願向經師語。有星便可秤，無錯莫煩鑄。異時西子湖，縱棹伴歌寤。

題王謙六履吉海運六圖

百神效懷柔，惟海胥受職。忠信涉飛濤，孔訓古堪式。臺陽隸八閩，曰毘舍耶國。我朝廁版圖，鴨母寇氛熄。何來么麼儔，自干蕭斧殛。七十二社間，盜兵聚螟螣。之子捧檄來，幹畧上官識。王師資餽餉，重倚百夫特。湯湯五虎門，風信候西北。定針記幾更，三老審不忒。隱約雞籠山，檥船在頃刻。豈知蓬萊島？欲近苦未得。披猖見颶母，雲水闇如墨。明明卓午天，人影慘昏黑。五兩挂重重，超忽難控勒。已窮東若望，遽向南溟即。絶舵更斬帆，聊以延喘息。是船久非船，如車脱輪軾。輕鳬浮泛泛，左右信欹側。浹辰閲晦朔，待委餓鯨臆。鹿耳並摧殘，無水安得食？忽逢龍雨下，承飲瀝要襋。飄然觸暗礁，險伺同沙蜮。果熟蒂自摇，況復啄而蝕。勤事死亦甘，將父爲傷畫。翩翾一朱鳥，非鷺非鸂鶒。僉言水斐靈，陰受九天勑。粘天波浪開，落葉杳來迹。心擬是漁舟，笭箵雜罛罭。招招籲使前，運動迅於織。軍資畧撫捐，庶免挂彈劾。藏舟有三人，呼吸付淪溺。幸哉出險身，仰賴神扶植。緊惟仗皇靈，夫豈係臣力？鄰疆爲上聞，詔許覯墀墄。相見示斯圖，痛定淚還拭。跳梁早就擒，再熟安力穡，以視執干戈，登陴保疆域。任使雖各殊，職分交稱塞。濟川需作舟，陳義示無極。

題陸挹泉（冰）所藏曝書亭硯銘拓本

竹垞食破硯，恢恢著硯説。銘詞卌六章，間爲二孫設。欲抱豈徒然，多藏太癡絶。得一過一生，何事苦羅列？遺書八萬卷，瞥眼飛鴻雪。是誰訂石交？妙墨搨圭碣。或圓或規方，或橢或磬折。或全或瓦毁，或坳或峯凸。子孫既吉昌，親舊亦怡悦。觀文玩義問，愛此筆如鐵。集外或未編，集中或有缺。莊語與詠語，仿佛對前哲。物聚好貴專，材雅傳不滅。永懷種玉亭，試問溲碑訣。譜入似孫箋，清言靄霏屑。

蘄州陳良翼令諸羅今賜名嘉義遷雲南州牧受代將去會林爽文之亂後令被戕而賊護陳一門賊退大府檄陳權縣事城復被圍陳守禦兩月餘事平作圖索題十六韻

保障資羣牧，臺陽海一涯。潢池兵忽弄，巖邑本難支。遺愛思前令，孤忠動健兒。丹心攖虎口，赤手豎牙旗。管攝符交下，艱辛力自持。飢腸搜鼠雀，倦骨倚屏帷。禮信斯常在，存亡詎敢知？帛書濡血繕，介士戴星馳。遂使瀕危日，還逢急救時。雄師看迭進，小醜笑空爲。漠漠烟塵掃，濃濃雨露滋。家完城亦保，名著節常垂。妙筆分明寫，開窻慷慨披。英姿真颯爽，懋績想敷施。巡遠輸君遇，龔黄賴爾慈。泰平邊郡靖，嘉義勒銘宜。

庚戌十一月赴約軒司成幼郎湯餅之會用金圃前輩韻

弧矢桑蓬選質良，阿翁七十兩瞳方。人行别院啼聲大，客試圍爐酒氣香。種帶一林連理杏，夢懸廿載失羣麞。抱來但作孫曾看，燕燕鶯鶯老更忙。

白華後稿卷之三十三

古今體詩 七

重光大淵獻

劉薊州念拔漁莊春霽圖圖宰雄縣時作

鯉淀徵魏都，界際趙之北。雄關鎮瓦橋，豈藉鑿池力？何郎唱蓼花，此計有誰識？疏排年復年，作塹當伊減。其初限戎馬，其繼長蘆荻。其後藪魚鰕，利倍山農百。方春冰凌消，夾岸漲痕碧。掉尾詫成刀，駢頭笑論尺。稗販集漁商，轃十三橋側。味壓海族蕃，名載水蟲籍。市司平價來，憩此布金域。烹鮮得劉侯，度地斬荆棘。別築三四楹，奚翅清涼國。重爲搆子亭，仿佛笠圓式。可壺亦可弦，可釣亦可弋。趁彼桃浪初，柳下繫金勒。於時槩頭船，出港勢如織。一漁獻修鱗，一漁掏敝罭。迢迢東西沽，趁虛復何極！懽言奉豫游，久鞏格隄格。析木窺天文，長蘆接海色。撒網大合圍，舊德偏飲食。牧人夢惟魚，占豐詎誣飾？秧歌閒漁歌，塵鞅庶消釋。絶似江南春，湖山擁行軾。卷圖鄉夢縈，安得凌風翼？

懷昉自津門至京就館金陵節署

孝廉才地畫船新，小別江樓計八春。書謗樂羊牽北望，賦傳司馬紀南巡。蕭條心迹成知己，竊忝文名見替人。第一六朝龍虎地，莫將金粉墮前因。

商約南轅勝北征，幾回勒馬幾聞鶯。才人豈合歸廝養？僕射真當事父兄。入幕蓮花交吐艷，繞闌苜蓿競敷榮。自憐冉冉孤生竹，香火團頭負鷺盟。

永平試院有香樹司寇和李東懷孝廉三古松歌松二在院後一堂後皆白皮四小松對峙者近人所補種耳爲系一律

我來孤竹儀清節，誰選三松護白皮？作鼎峙形都老大，如人立狀亦參差。堂傳處士名休盜，廳記閒丞遇獨奇。怊悵風流香樹叟，量圍解帶苦留詩。

豐潤董觀察漁山先生榕博學工文章北方之學者未能或之先也癸酉甲戌間假館江州郡齋對談輒夜漏三四下童僕散去而抵掌鼓舌無倦容其著述甚夥惜不盡傳最傳者獨芝龕記耳頃過縣中有感而作

石軋沙沈馬力隤，還鄉橋畔重徘徊。人間弔溺標金管，身後遺書散玉杯。少賤易傾知己淚，衰庸孤負出羣才。墓門迢遞遲親掃，始信浮生萬事哀。

薄病浹旬記癸酉冬假館江州郡齋恒岩先生以予偶抱寒疾每日問視數至半月霍然此後亦未有抱疾至旬者頃童録豐潤有董光璲者詢之其猶子有子作尉湘鄉感成一律

旬來真似病維摩，册載光陰付逝波。藥裹茶烟懷問訊，隻雞絮酒愧蹉跎。官趨丞尉書難讀，身拔泥塗德必歌。寥寂山丘師友盡，泪痕應比酒痕多。余以戊辰後交趙光禄文喆，癸酉交恒岩觀察，己卯、庚辰間交吴侍讀雲岩先生。通籍後，劉文正、劉文定、于文襄暨劉少空圃山先先凡見拙製，不啻口出，其餘師友皆不及諸君子嗜我之真。道山一去，僕亦年過六十矣，撫今追昔，不知涕之何從也！

嘔血兼旬籲懇辭任養痾命以省蘭弟

遄行至潞受代

六秩有三經歲月，萬分無一報朝廷。史直翁語。多因痼疾思高臥，豈分新恩及敬聽。賓御開筵安襆被，弟兄見面勝參苓。傳來天語沾巾感，上諭兵部侍郎沈初傳命臣弟迅速到通，臣病可痊其半，且臣弟不必另延幕友。聖慈渥注，糜頂莫名。且上籃輿別潞亭。

寄題夷齊廟

首陽紛隸黄虞域，此地烝嘗報蕨薇。講讓並將千乘棄，懷清不顧一家非。東征叩馬詞差誕，西望占熊養亦違。却笑金閶祠至德，笙歌長日擁芳菲。

潘皆山明府月下荷鋤圖

脚不躡春申履，頭不戴林宗巾。夫須之學海標樹，田夫識字穩稱身。一鋤截得老雅嘴，横枕吟肩芒兩齒。使君縱有河陽花，九穀三農審經旨。昏黄淡月淨如沐，幾曲秧歌聽不足。作吏幾同麥下夷，逃禪祇當桑間宿。鋤乎鋤乎何黨之？其倪寬之是慕，其管寧之是師。我腰載折五斗米，我手再扳五柳枝。公田釀我酒新熟，容我詩話編庚溪。

福蘭泉太守以詩稿見示即題其後

維摩丈室坐兼旬，破帽茸裘不似春。今日清香凝畫戟，瑶華長慰苦吟身。吾黨言詩首性情，莫論苕翠與長鯨。大雷岸口音塵遠，斷雁離猿伴此身。集中遇弟、哭妹、送妹等作，字字心血，尤爲特絶。清門文采自動門，帶海襟山角吹喧。爲有清音勝絲竹，一回掩卷一開尊。

青浦圓津菴静公雲烟供養圖 能刻印

蓬蓬衲上雲，潑潑杖邊水。水流雲亦流，不二參静理。静師白足禪，畫鐵仗兩指。作使煮石農，萬象出神鬼。别來三十年，面目都非矣。聞聲各問名，情話此千里。一笠挂一節，供養滿故紙。有衣既已青，有衣豈必紫？舊鄉雲水間，蔬筍勝甘旨。何日度圓津？釣遊土信美。

春江水暖鴨先知得江字

和宣鳳紀欣占水，候應禽心利涉江。漲帶花花痕逗一，名傳鴨鴨影排雙。聯翩似趯蘭期浴，唼喋如鳴杏雨淙。就淺就深行宛宛，載湛載泛逝雙雙。竹弓將彀情何忍？藻帶雖牽力未降。紅掌愛隨波勢撇，青頭惱逐浪紋撞。負冰魚早依空岸，上樹雞徒瞰舊矼。同樂民知靈沼暖，在溪在渚頌洪厖。

八月十一日奉勑恭和御製留京王大臣報得透雨詩以誌慰元韻

夏雨休同夏暑嫌，鳳城竚雨望差淹。膏停玉塞晴初放，溜徹金門澤大霑。今年六月，京師較熱十一二等，曰得雨霑足歡騰朝野。分寸並傳新尹報，倉箱早聽老農占。臣任府尹六年，每得雨雪，即時馳奏，上即垂問分寸，於民事無微不至。臣痾懼比苗將槁，幸被施生再造兼。臣抱疾請假，蒙恩以臣弟吳省蘭代臣順天學政之缺，旋由禮部侍郎特調工部。恩施疊被，得以向痊。

恭和御製喜晴元韻

曰雨即雨暘即暘，八徵聖念此尤快。雲莊雲斂礎潤收，碧霄曉映瑠璃界。山農種禾禾影長，曬晾因時埽塵葪。同芥。既晴佳景堪入詩，將生華月定須畫。感通至理在聖心，遂使天功出天賚。敬天昭事日孜孜，色喜欣然轉成戒。

恭和御製漕運總督管幹珍等報得雨及南漕全抵天津情形詩以誌慰元韻

一雨爲霖拜賜優，雲帆通漕萬鱗稠。上天轉粟程初到，遠岸迴撾響倍道。官有課期先十日，農無儉歲降三秋。長安井竈蓬蓬飽，獨抱徵臣素食愁。臣蒙恩給假養疴，例仍支秋俸。

恭和御製觀瀑二首元韻

看來非雨亦非晴，倒掛銀河色界清。截得廬山真面目，一條雪瀑向空行。
日夜晴雷殷地聲，聲成旋使色俱成。六根參透聞思理，仙樂還教耳暫明。

恭和御製獅子園即事元韻

扶輦名園雨過餘，先天卦德應皇初。樹圍獅座依依近，花傍龍池宛宛舒。日凛時幾欣即此，天隨神動愜游於。羲軒世宙分明是，獨有皇情益跂予。

恭和御製詠旃檀林鳳尾松三疊乙未舊作韻

石穴徙嘉植，雨露恩不計。娑娑鳳凰尾，而作龍蛇綴。摩頂認仙莊，盤根遶福地。佛説旃檀林，恐無此盛事。萬彙生自天，聖澤俾成遂。風雲相與清，枝葉交加翠。一撫一徘徊，長養賀遭際。縱非楨幹材，譽樹孰能逮。三庚避之否，六甲守者異。他時孕伏靈，何止一千歲！

恭和御製閱射元韻

肄武秋行獮，程材曉闢門。節容期上選，聖智悟兼論。赴賞羣情奮，宣威至計存。獮場欣數獲，陪從許承恩。

恭和御製鏡香亭對荷有作元韻

萬紅蕖裏敞虚亭，面面簾波字字丁。恰對至人心似鏡，況聞君子德斯馨。雨晴應候觀胥化，魚鳥忘機夢亦寧。爲仰宸襟超物外，湛然月露滿秋庭。

恭和御製倉場侍郎蘇凌阿劉秉恬奏報起漕全竣詩以誌慰並均予議叙元韻

玉粒碾豳場，千艘歲運常。有年天所貺，每飯德毋忘。閘壩濟胥汔，丁夫力互相。甄勞逮臣佐，釐弊憶良方。臣任府尹時，有拏獲通州閘運零竊袋米之案，大學士等議於五閘派抽查御史二員，奉旨以臣領其事，鼠竊之弊于此廓清。

恭和御製西照有會元韻

重離揚空駕羲馭，遲速度與天行分。旁周八表象杲杲，俯燭萬彙意欣欣。赤城標起景將夕，崦嵫餘照開嶙峋。精神炯若旭初上，雲霞萬色窮描皴。人間倍覺晚晴重，玉溪語妙真出羣。今光天下仰帝德，中正以照彼紛紜。微臣窺管類螢爝，復旦敬頌唐虞君。

題石渠觀察西行圖記

花門雖異種，萬里革心同。教主爭新舊，殘民怙始終。禡旗遥遣將，轉餉亟求忠。設餞西郊外，紆籌北路中。弟昆情惘惘，僕馬意匆匆。夷險關津閲，晨昏櫛沐蒙。揚鞭投折坂，債轍下奔洪。潼水縱横過，盤山詰屈通。力癉勞敢憚，氛惡亂交訌。候騎前途迓，乘墉問道攻。礮材飛霹靂，及徑斷滮漎。漠漠邊塵凈，悠悠野哭窮。撫綏報黄鵠，巡歷倚青驄。遂謁羲皇廟，言尋柱史宫。卦壇晨露浥，經卷暮雲烘。宦蹟頭銜换，書林腹笥充。問源搜鳥鼠，括地辨崆峒。射圃長攜耦，文場小試童。承家從甲第，報國矢寅衷。考績真書最，披圖特表雄。離懷紓數載，寵命竚層穹。秦隴移丹節，爲霖馬欲東。

題實菴侍御種竹清照

爾雅詮竹名，繫草不繫木。不利北利南，戴譜我曾讀。薊植植汶篁，夸詞鮮實録。化枳性本殊，移橙計難熟。縱然耐歲寒，柯改葉亦禿。咄哉小馮君，米市僦破屋。早行薇書吟，旋下芸館宿。到今官栢臺，趨直命膏軸。制草紛如麻，安得媚幽獨？朝來顧我咍，籠袖出筍束。曲闌何參差？疎寮自迴複。玲瓏怪石供，氍毹病鶴畜。青楊搖好風，蔭及苔痕緑。於焉規數弓，藝蘭待親督。殷勤灌新水，即此足醫俗。豈知無厭求？得隴又望蜀。一竿二三竿，壓擔湊續續。帶泥訊所安，覆墢戒毋觸。倦僕停鴨鋤，叉手怨皸瘃。賴有解髻童，回笑候畚挶。遷地念良材，懷人竚空谷。是時風日佳，衫色曳波渌。悠然見瀟湘，烟雨掃羣玉。吾鄉東海頭，個個罨平陸。人海少此君，君才惟所欲。相要竹醉辰，分栽伴遐躅。荼中與堅中，番番護寒暴。有客倘來看，一笑食無肉。

白華後稿卷之三十四

古今體詩

元默困敦

恭和御製賦得王道如龍首得龍字元韻

元首中天出，惟王藴篤恭。貫三文應象，用九道猶龍。手爲高居拱，瞳緣遠視重。鴻鈞長轉氣，尺木孰闚蹤？獨處淵蜎密，同乎衮職禺。萬靈噓宛宛，五位鎮雍雍。聽角摹神儼，攀鱗作雨從。兵韜勤廣運，歌愷插醇醲。

恭和御製啓蹕避暑山莊即事元韻

避暑更便秋獮計，揚鑾歲歲匪康居。七程路坦砥相似，十日雨濃酥不如。新澤倍涵方澤後，豐年應告閏年餘。吴根越角塗泥沃，共愜宸遊御玉輿。

恭和御製過清河橋即事雜詠元韻

斯干望雨雨重沛，出自東門橋臥波。好是雨師勤灑道，灤河架木訊云何？雙溝低擁水痕闊，萬耦新扶苗節長。争向一窩烟市裏，近瞻天表不求遑。冬官視路先驅早，畺吏迎鑾列跽多。記得六年尹京兆，此間祗送戀如何！臣部扈行，先一日查視橋路。清河爲督臣率辦，差官接駕，及府尹祗送之所。臣尹京六年，每切依戀。今奉屬車，實深榮幸。

恭和御製曉行一律元韻

星垂露重戒修途，靈雨桑田景物殊。松樹鱗而如九老，雲山欸乃似三吾。敏徵地道豐斯屢，健協天行倦本無。多少邨農來就日，蓬門初旭晃流蘇。

恭和御製出古北口作元韻

留斡岧岧拱闕廷，烏桓郡古漏山經。銀流詰屈爲襟帶，玉塞伊緜識户庭。關上大旗長獵獵，莊前小麥自青青。十行黃紙傳宣快，今歲恩蠲半地丁。

恭和御製至避暑山莊即事元韻

彌天一雨當萱蘇，露輞軒軒顧視殊。禮樂待興今設郡，豫遊爲度早成都。遠藩職貢咸皈聖，荒徼顔行那抗吾！有小雅材歌六月，軍聲今是鐵浮圖。

恭和御製永佑寺瞻禮元韻

窣堵枚枚紫塞前，視文武廟禮加虔。佛塵早出三千表，孺慕常縈五十然。秩秩孫謀貽保泰，孜孜耄念切乘乾。廣仁兩字覘心法，符節攸同數紀年。廣仁嶺碑字係康熙五十七年御題。

恭和御製題繼德堂元韻

丙辰清夏鑾聲至，豫勅經營殿室開。立德自應師太上，肯堂長使庇雲來。正衙日月升恒矣，行苑烟波伴奂哉。簡較兩宫起居地，一家中外運鴻裁。

恭和御製西峪元韻

西方兑言説，説此及時雨。竹木陰早成，黍稷華未吐。不雨雨即甘，多雨雨或苦。非少復非多，其雨倍得所。兹阿形有卷，游歌協前古。報雨耳競傳，過雨目還靚。庶幾塞上田，上熟似三楚。吴諺：湖廣熟，天下足。

恭和御製題秀起堂元韻

若教閏序移秋令，此際爞爞大暑過。攬秀適當時雨既，登堂爲問塞山何。簷楹豁露延清賞，竹樹摇風苔静哦。齾齾繚垣天視遠，青苗青較緑陰多。

恭和御製夜雨元韻

鳳城浹膏澤，稍遲禮雩常。到塞巒蒸霧，當宵瓦溜霶。逢辰花裛潤，翌午葛含涼。臣自田間至，黄梅記插秧。

孫卣堂提刺永豐徠灤候覲會田秋坡灝亦至自渭南信宿遂别共覺黯然爲成四律

渡馬伊遜平日乍曛，依然井谽聚人文。經年音問沈浮幻，得路功名利鈍分。警露鶴支錢米薄，負山蚊孽簿書勤。後堂絲竹吾何有？日對奇峯擁夏雲。

曾伴輶軒促刺還，六街塵染素衣班。祇期賦擅淵雲後，豈謂官居卓魯間？單父抱琴星歷歷，武溪和笛水潺潺。朝天嶺上朝天返，愛日兼旬指舊山。孫將假省堂上。

擊斷才兼撫字方，故應京兆起田郎。彎弓力弱恩曾厖，入幕文雄走未僵。貳守對揚從古少，六條考察自今長。東南繁富民勞易，望爾移栽陝境棠。田應襲武職，以拔萃而止，頃獲八卦教要犯，特擢同知，召對移晷。

石柱鐫題歲月徂，七經弟子幾華腴。漫傳面目中郎將，卣堂長頭似一朝貴。且署頭銜下大夫。最政古人崇守令，病身昨歲戀江湖。朝來忽發驪駒唱，留當巴山話雨圖。

余參軍定魁小照

方池湛虛明，人影鑑寒淥。悠然憺忘言，愛此禽魚畜。眷言十載情，官舍似空谷。結跏苔磵間，好風漾春木。落落布琴尊，娟娟媚花竹。非無半畝菘，豫莳九秋菊。佳兒是文度，一編笑開讀。始知吏隱心，豈待假休沐？自頃移灤京，未免困呼扑。行卷且隨身，披來候茶熟。

小暑前二日同人枉集灤陽試院寓齋裴山賦詩見示次韻

予季頃駐軺，興桓士風覽。稍嫌舉槌鈍，頗説尚絅闇。竣試旋戒途，試院取可揜。那知高敞居？翻抱寂寥感。竹友欠丘植，石丈異湖嵌。晨趨足雖趫，晝寢眼空眈。公等並扈游，日聽索鈴撼。方駕衆蹄攢，會食羣口噞。縱然言笑偕，未免經營慘。琴瑟到專一，彼此失安憺。庶幾狎壺觴，聊且輟鉛槧。我帽子教脱，子袂我試攬。風來大王雄，酒得君子澹。食指知欲縮，詞頭笑争頷。五里路則紆，半刻晷斯蹇。惟苦蹋蹬升，不放轉輪輡。況届三伏乘，火傘炎官熌。昊天閔襶襶，封以片雲黮。瓜井建安浮，茶場武夷喊。爲記昨夏秋，臥病厭蒸糝。妄思豨苓引，偶乞去聲荔枝啖。去年疾甚時，補山協揆以特賜荔枝一枚見貽。沈緜夢鄉國，有浦鄰乍澉。生還詠太平，分擬謝綏紞。嘔呀艫摇寱，妥帖榻鋪毯。豈期二豎逃？性命免磨壍。人云疾已蠲，自顧意仍欿。奉塵至山莊，團座碧菡萏。大烹媿養頤，重險幸出坎。矢音荅聖明，曰緑苗如芡。鹿鳴呼呦呦，麈揮味醰醰。客散詩旋來，當此非石敢。更看邊事籌，投筆破西膽。

賦得擲地金石聲得心字

天台雄倚地，賦罷筆歆簪。欲擲當瑶席，何聲在墨林？竹絲和簡出，鐘磬就編沈。殷殷豊山半，浮浮泗岸陰。鈞天垂廣奏，環堵荅商音。落共霞飛座，懸兼瀑吐岑。登高推巨手，集大揆精心。多士今鳴盛，無爲蟋蟀吟。

白華後稿卷之三十五

古今體詩 玖

昭陽赤奮若

聚奎堂次冶亭少宗伯韻即呈石菴冢宰

松堂左右麗奎文，且住東軒對夕曛。癸丑又過修禊節，庚申如守學仙羣。發題前一夕，例偕同考五六子陪同達旦。病逢枚叔紬方發，欽命首題「古者民有三疾」節。經抱盧仝束閣紛。新令棄胡傳用三傳。便與春官留掌故，三劉地望士同殷。欽三校會試正考官：己丑、壬辰劉文定，辛卯劉文正。今與冶亭副冢宰典此，荏苒三十年矣。

遴材鄭重令頻頒，覆落繁蕪爲訂頑。新令覆試會試中式舉子。天下文章能幾輩？座中官閥忝同班。致身莫遺科名負，彈指多憐福命慳。欽己丑、辛卯壬辰校士所得，今存者十才五六。比較周南留滯好，桃花紅擁玉輿還。聖駕以三月十七日自盤山還京。

冶亭少宗伯以行楷章草題扇見遺乞石菴冢宰作楷其背

腰扇騎驢出舊京，李昭遺製作人情。素扇以江寧爲最。冶亭去秋典江南試。多君籠袖春芳滿，欲卸吴緜五兩輕。

整整斜斜字數行，幾雙翠羽幾明璫。只如飽噉侯鯖美，野鶩家雞讓擅場。

書名蓋世老尚書，細點吴蠶上簇餘。記起永和三日序，羊曇一慟感何如？辛卯分校會試，文正公爲主文，羅侍御出一紙，極粗劣，公書褉帖應之。我鄉嫡派我何知？兩絶摩挲手不辭。如此聚頭能幾遍？辛亥十月，陪二公閱教習試卷。仁風留到子孫披。

癸丑十一月題吴白菴名照畫竹小幅送傅慎齋謹身歸蜀

故枝何披猖，新枝何荏苒！曰竿挺未成，曰笋節已奄。亂頭粗服姿，欹斜不容檢。然而風雨聲，如到竹窻點。畫理在通神，湘雲望同斂。以子來薊丘，汶篁此間歉。偶焉乞一幀，面目掃塵黶。言歸溯漢川，厥價如蓬貶。目宿餐亦佳，玉版禪奚忝。長揖墨胎君，秋心滿蒼广。

輓孫坦園觀察

冀野清門著，含酸蚤歲孤。攻書貽手澤，抱硯荅心劬。響戛天台石，光涵甓社珠。山南升蔚薈，堂北慰憂虞。遂報栽花滿，旋登畫軾紆。苗民綏遠郡，旗鼓筦名區。節厲冰霜共，音傳淚涕俱。幔亭咽歌管，滬岸記漿壺。物望朝峩豸，羣嗟谷逝駒。循良褒國史，繼起竚鵷雛。

芝軒修撰秋帆歸興圖

乍領羣仙籍，秋風便憶家。峭帆指吴會，佳日照清華。遠岫浮晴黛，幽溪蕩彩霞。娱親歸路好，豈止錦衣誇！

羊車煩擲果，搔髩感侵尋。載拂臺前鏡，言彈壁上琴。門闌流喜色，河漢動微吟。玉筍君纔稱，三廳佇好音。

舉棹歌年少，還朝逼小春。毫端掃眉手，牖下比肩人。温飽知非願，行藏信有真。玉堂傳故事，瀛海是花津。

遵義楊某未婚妻尤守志詩

詩家相謔數楊尤，此日清芬滿播州。别鵠未成歌太液，離鴛豈惜墮高樓？但判平輟珥承甘旨，無復鳴鐘述好逑。五十餘年冰雪窖，哀絲寡女不禁秋。

閼逢攝提格

伊雲村光禄梅花書屋圖即送其歸寧化

我家唳鶴沙，沙地宜木棉。接棱蓊竹樹，半是梅花田。嬰春接凍臘，都是梅花天。見花不見梅，一梅花萬千。野水照淺淺，初月浮娟娟。兹焉結茅屋，清夢香無邊。欲唤梅花魂，伴我梅花仙。縱非梅花王，或作梅花顛。揭來萬人海，背花三十年。覔花向花市，一椿錢一緡。位置瓷斗中，枯槁如病禪。忽聞花氣薰，墨彩相新鮮。誰將朝斗巖？一粲移眼前。巖下匯雙澗，有橋亦有船。巖上結數楹，可誦亦可弦。飽卿昔栖隱，恍造羅浮巔。花時暢盤泊，花後長洄沿。而何别汀花，席帽摇塵鞭。開圖解飢渴，至竟嗟唐捐。比來邁腿重，砭治頗未蠲。逍遥遂初服，此幸非偶然。還鄉訊寒友，猶許扶筍箯。不羨調鼎材，但賦巡簷篇。江鷗春浩蕩，懽喜催離筵。

旃蒙單閼

正月八日東皐師同韋鴻臚褚學士餞送王述菴少司寇和約軒韻

師門先後蓬山去，獨仰巋然魯殿存。穀日招攜成一醉，竹林伴侶忍重論。假休職業逢恩數，救弊文章攬道源。白髮四人吾末座，知公爵齒德俱尊。

正月九日奉勅恭和御製重華宮茶宴廷臣內翰林復成二律元韻

紀元六十繩皇祖，天運環回健曰乾。百廿歲推長壽策，洪範「一曰壽」，注「百二十歲」。今憲書紀歲週兩甲子，貞元遞嬗，紀年無量。五重陽展太平年。今係月正九日，至九月九日凡月日，重陽者五。蠲逋免賦力紓矣，海賚山琛情翕然。荷蘭虔通，職貢德威，感被靡遠弗届。既濟利占如未濟，日孜孜仰帝純全。

穀壇穀日亶通誠，報雪先逢一尺贏。上年十二月各省雪澤普霑，近京積至餘尺。臣自乙巳至辛亥承乏府尹，奏報得雪情形，遜此優渥。敬竢五年賡衛抑，洪開萬祼邁周楨。班聯踧踖覘工亮，翹秀頻煩愧匠成。壬子、癸丑、甲寅，臣以工部侍郎三充鄉會考官。「頻煩」從漢書注。非分榮施欣沃澤，三清勵志矢端貞。臣曾直尚書房，今以外廷侍郎特邀掄預，榮施逾分，倍深感惕。

正月九日奉勅恭和御製新正紫光閣茶宴外藩元韻

乙年周甲紀元功，六宇熙熙壽載蒙。斗極具瞻辰北正，梯航難得海西同。雲臺嘆嗜羣藩讋，雪隴涵濡遠佃融。好是放晴人穀後，春祺普圝洽宸衷。

正月十七日有感

兔華將缺趯燈嬉，六十年前就傅期。官職聲名心竊忝，恩勤教養泪空垂。老槐欲蜕狐窺塾，病馬難旋僕守祠。竚作皇朝太平叟，晴窻緩步向東籬。

清友京尹宣南坊寓齋臨川穆堂前輩故邸也秋岳慕廬諸公先居之見謝山紫藤軒記京兆以横街舊寓有絳桃海棠白丁香各一顔曰三華樹齋遂於軒西南結三楹亦植此三者並仍其名繪圖索句爲成二律

春花能白復能紅，看遍長安興不同。雲湧坊南多列第，派傳江右有清風。朱藤亂挂龍蛇影，緑樹新移孔翠叢。從此舊聞添掌故，韓宣扳望譽何窮。

元都觀裏幾枝開，丁子從教蜀産陪。帶墢僮防紛落蕷，拂簷客擬試銜盃。鄰園僧寺登臨費，江硯宣毫嘯詠催。君是嵩陽前道士，三花珠樹此分栽。

譚孝女刲臂療母詩 有序

孝女南豐人，名千姑。母張病劇，孝女刲臂肉入藥，母旋甦，而孝女創甚。壻詰得其故，家人漸有知者。其邑人來徵割股詩。股訓髀，亦訓脛，本李穆堂跋。以周末至唐宋並稱刲股，而無刲肱之説，疑手足稱四肢，股義頗同肢。虞書以「股肱」對「元首」，元即首，或股即肱。復引戴記「適四方，裸股肱，執射御」，謂他境之人覯瞻所繫，安得露其下體？射有禮服露臂，乃袒免之常，其下體亦不應露，以爲肱股互稱之證。然易巽爲股詩麾之，以肱赤芾在股，皆不可以互訓。惟冬官磬氏爲磬其博，爲一股爲二，註股磬之上，大者也。似上者亦可稱股，然非明据。割臂見春秋傳，割股見莊子，特介之推所割者股，而後世臠臂者遂襲其名。至萬字兆謂割股當作割肱，不知肱乃肘，盡處是臂曲，非臂本，猶股之曲處爲膝，亦稱脛本也。附論如右。

譚女以孝聞，於揭已稱婦。齊贅經歲時，女也亟療母。諸子方童騃，女子子相守。昏鐘達曉鐘，湯藥弗離口。省視弗離睫，扶掖弗離手。明明血肉軀，蠢蠢膏肓藪。沈沈床簣前，心乎卜盈缶。悔未霍霍磨，斷筋執誰咎。病者興蹶然，創者潰淹久。使臂身欲僵，折腰色頻愀。其故人不知，其愚神所牖。夷考股與肱，下上體分受。古來刲股人，大槩在左肘。肘曲謂之肱，肱是兩膝否。惟股訓强固，釋名有股無肱。股，固也，謂强固也。巽順託脛走。割股始介推，鄠人對滋詬。他若烏大夫，撫士極優厚。同時數十輩，刲祭侑椒酒。謂無欒臂將，俗習見斯狃。奈何鑿經義，股肱例元首。裸肱即袒臂，裸股亦間有。循繹戴記文，難作斷章取。奇孝毀體膚，如木坼左紐。志隱名卒揚，計短理必壽。我詩證釋形，觀風采毋後。

爲光山胡公少宗伯補謚文良作即用雲坡尚書紀恩元韻

河嶽英靈萃許申，衮華載被讀書人。論思值殿遷書策，請老還鄉理釣綸。墟在九原猶起敬，階逾三品唐宋侍郎階三品，康熙間改爲二品。久沾仁。承家報國生非偶，占艮成男作世臣。

葉忠節與沈文恪，前輩遥遥仰止情。吾郡入本朝得謚者六，葉以糧道贈工部侍郎，沈以詹事加禮部侍郎，照例予謚。在昔侍郎蒙謚少，衹今優秩拜恩行。書繙經庫編韋重，坊拱神祠綽楔榮。爲告司勳稽壹惠，青山馬鬛路交縈。

欲瓣心香薦沚芳，較漁洋老倍增光。比來惟新城王司寇補謚文簡，其餘補謚者大抵明季名人而已。諱名始遂揚名願，閲世長懷棄世傷。官位改題宗祏寵，雲礽衹守墓田良。太常典闕看重補，敢使殊恩一飯忘。

爲金素中太守題臺海歸帆圖

我行泰山側，府主迎我輈。勸我登日觀，湧現榑桑毬。掉頭笑不顧，袖底天風颼。言從嵌海來，婀娜蒲帆收。曲隨之字行，峭作梭樣投。鹿門與鹿港，還往杯同浮。摧惟閩蜀交，民物推蕃稠。甲螺倭酋名。久消歇，長耳還泡漚。民番所錯雜，遠島羅共球。小大三十六，名義紛難求。番居號曰社，七二相連鉤。六穀歲載稔，百貨人兼籌。厥卉繁蒸桐，厥醬嘗扶留。織毛紋隱隱，籠鳥聲啾啾。荷蘭紅毛夷，測綫來沙洲。内洋泝外渡，鹹路勞諮諏。不知幾十更，纔得來炎陬？君昔綰半通，意氣凌鼉虯。雲垂水亦立，忠信消百憂。於時金甲銷，南北停牢搜。仙瓜萬壽熟，仙鹿千羣呦。囉唻諸大長，各各安春耰。側耳聽衙鼓，千騎尊上頭。一朝聞調符，横絶黑水溝。鴉班譁笑語，葉葉如鳧鷗。片帆趯風利，穩坐忘唾歐。本非儋耳謫，且效羌邨謳。因思擊楫初，忼慨無夷猶。挂帆去浩浩，落帆歸油油。朱旗引朱蓋，回望船如樓。山雲起膚寸，含潤連齊州。孰裨孰大瀛，試訪談天騶。

汪古愚本直刺史於忻州葺遺山墓

東岩先生有才子，十四從師蔚雲起。箕冢如陪司馬登，琴臺更悟成連旨。内鄉作令又南陽，輾轉頭銜换省郎。族望共傳元魏始，宗祊旋報蔡州亡。代馬蕭蕭嘶向北，糞火柴門闃聲迹。
餘餤長争老杜光，横流那識長公格？錦機織出綺羅工，恩怨分明溯國風。甲子編年真寂寞，幽
并吐氣最沈雄。金源文物傳金匱，寸紙駢聯歸睹記。實録空藏萬户家，新朝尚采千秋事。生年
依約似東坡，衰草斜陽樵牧過。遺書直壓猗玗上，考姓還憐拓跋多。汪侯懷古常心惻，爲表孤
墳置百石。遺民似説是兒孫，好句誰能圖主客？中州文獻劇飄零，名節如公照日星。五花要認
詩人墓，一笠應添野史亭。墓前有土五方，每方縱横五丈五尺，高二尺，相傳先生葬時，四方來祭者於此張帳晝花爲
記，至今呼爲五花墳。

白華後稿卷之三十六

古今體詩十

柔兆執除

正月四日千叟宴恭紀

臣聞六十以上上所養，未聞六十以上上所長。臣就傅年太上皇登基，今六十八視學邦之畿。三月正元日天門開，詄蕩太上皇以大寶授皇上。越四日辛良辰卜亥字，國老鄉老鶴步翩聯至。三千人合億萬算無窮來獻萬萬壽，萬壽兩宮微臣善飯百體差强健。眉毫一寸鬚髩颯如練，有臣生同年月肩相挨。臣生後戸部侍郎臣韓鑅，先吏部侍郎臣沈初各一日。官羊官醞官果其核懷，我朝嘉讌及兹次三舉惟泰。元神申錫恢壽字，中國一人天下爲一家。聖作聖述稽放勳重華，須知勳華授受非一姓。四萬八千年遜斯今盛，手扶賜杖齊效嵩嶽呼，每見丙歲敕宴翔紫衢。

恭和聖製新正紫光閣宴外藩元韻

一元長轉六符徵，偃伯靈臺萬紀應。圖畫功臣皆將相，瞻依壽佛是高曾。天申五福惟常健，聖集干祥在克兢。多少梯航聯雁侶，囉唻翕習酒親承。

法時颿祭酒梧門讀書圖

龍門桐百尺，中有荻灰殘。影拂春暉短，恩圍海淀寬。巢痕空埽月，線跡忍禁寒。免作柯亭爨，扳條淚自彈。

松堂坐清樾，試聽鳳皇音。每對高槐市，難爲小草心。百年身鼎鼎，一卷思愔愔。多少青袍子，從君擁鼻吟。

二月七日發良鄉大風晚宿高碑店

籃輿指督亢，宿麥窖微緑。萌動及草樹，一笑縱春目。忽逢箕伯怒，噫氣咽坑谷。槭槭枯條鳴，滚滚横波蹙。一決出土囊，我囊土可掬。我面垢以黄，我衣緇且黷。我輿欹不前，輿丁聚百足。既恐迎風僵，兼恐負風伏。遂使百步間，竟若百里屬。焚如復輪如，雅箋狀刻酷。轉憶去歲秋，平地作水宿。非無纜與篙，所苦乏艫軸。偶然牽一舟，舟子手蹺蹋。茫茫就淺深，在海仍在陸。昨宵占月儀，魄暈淨於沐。此風來何從？如流倒萬斛。結訟效韓愈，作賦體宋玉。夕陽俄在山，爨烟曳茅屋。晦嚮象轉明，憒洩勢毋蓄。偉哉造化功，佑我黑甜熟。

保陽試院柏乾隆己未西蜀倪象愷守此所種今存者十二三耳屬在幕諸子同和

薄雪濃陰坐浹旬，牛腰觕大認樹身。爲移丞相祠前種，好壓河陽縣裏春。此樹十年推我長，維桑三宿與誰親？同時嘉種摧殘久，始信流光是柏人。

定州試院後樓題壁多舊識者莆塘則華亭陸大令惇宗瘦銅則吳縣張舍人塤皆入幕而來前學使亦多和韻之作

重闌危倚暮雲開，埽遍中山紫穎來。及我登臨颯風雨，是誰歌舞上樓臺？院以乾隆初年籍入官産成之。浮圖影卓窺簷入，扃院聲沉喝道回。多少舊鄉人物感，衆春園裏竚裴徊。

孫蕉石麗京刺史連日餉冬笋

拚教千日醉開樽，獨院丁香僻似邨。花信夢紆湖上棹，石華聞帶雪中痕。窖來冬笋經春脆，配取晨蔬到夕飧。爲語使君須覆瓿，薊丘從古植龍孫。

小極試鼻烟戲作

醴醨職漿人，大概視瀡滫。自從茗荈行，六飲廢斯久。烟草出吕宋，裁筒吸以口。非霧起嘘呵，如星散燎熛。滿座圍高朋，十可醉八九。髣髴挈引藤，用火水則否。於味不於臭，毋乃亨潄帚。而何鼻飲流，刀圭不離肘。錦囊裹玉壺，三嗅遍童叟。云從歐羅巴，航海不脛走。其色閒蒼緑，其質散粉糗。我方蹙額迎，彼乃張孔受。頓消膚粟寒，漫詡顔酡壽。毋旻論茶性，抉病豁矇瞍。利小害差大，毁茶效彈糾。咄哉鼻亭公，鼓氣作戎首。内充與外腓，孰向靈景叩？鬼井付輸攻，山源失墨守。黄神本草經，慎毋事矯揉。詩成擁且吟，再酌中山酒。

以冬筍詩報蕉石則云葅餘杭徑山筍熟之者用前韻解嘲

輓筍千鄉太守尊，戾乾言自徑山邨。祇緣瀹水回鱻味，尚憶蟠泥破蘚痕。北販頻煩同甗貢，南烹容易付盤飧。洞霄提舉雖難乞，參到門生是竹孫。

地毬鋭上平下馬射中此爲工校士有作

看場人作堵牆圍，也算登壇下指揮。勢擬摇鞭弓仨滿，心懸倒埒馬争飛。折旋巧比從禽中，高唱讙如獲雋歸。忽憶楚氛勢迅埽，和門蹴鞠映交旂。

三月十六夜望開元寺塔鐙和楊慕婁韻

虚堂遥拱慧鐙尊，疑玉毫光放願門。百級瓏玲交見隱，十方黯淡自怨恩。真藏色相空無界，幻影星河定有根。惶愧紅紗能障眼，三條燭盡費評論。是日禮闈第三場試竣，余亦竣定州試。

定州院齋紫丁香和韻

合成百結吐成葩，紫帔仙靈下九霞。姓冒蓉城丁作主，種歧花譜魏爲家。天斜月地窺人影，荏苒春陰感歲華。輸與迦陵工作賦，孤鐙掩涕痛何涯。陳其年紫丁香賦乃悼亡之作，査夫人以戊申手植丁香數株於青廠，寓齋久作花矣，懷此惘然。

定州使齋有木高廿尋雙幹枝葉類槐榆風甚則液自枝閒飄墮如雨湘潭朱進士聲亨謂在楚曰椁其良者作器樸緻粗者不材液點地即蘊蟲按椁山榆即郎榆本作棚榆説文以爲松心木棚之從樠文異音異而訓不異目見而知詩以紀實

上山争伐擅，榽榼遍遭毒。所以草木名，難得爾雅熟。扃院挺危柯，其鉅等牛腹。我來方茁芽，若鼠耳兔目。芳條抽蕤蕤，嫩葉攢簇簇。蚤閒擷鷁狂，眯眼障塵黷。俄看雨殺風，淅淅打堂塾。粗或如瓣花，細乃似戎菽。有時上我衣，膩澁不容沐。意行嚮西東，乾土仍滿匊。吾徒家楚湘，爲言是椁木。緻者栝柏尊，粗者瘿瘤蹙。一邀嘉樹譽，一抱不材辱。壺涿揄牡辜，義取鎮魑蜮。注家訓山榆，同類竟殊族。而我憶棚榆，松心抱貞肅。其液常樠樠，異文兼異讀。棚溪與朗州，厥産翳巖谷。假令斲兩輪，那藉豨膏蓄？願偕枌社人，糝羹話鄉曲。

題趙州試院樹人堂 并序

予以乾隆十年籍學，次年籍廩，時憲副崔公紀以祭酒視江蘇學。今嘉慶元年丙辰四月既望，予按趙郡，見乾隆元年丙辰五月公所書試院堂額。趙之試向附正定，公至而院適分建。今州守平樂何不園愚，嘗假予館執業故，歐陽氏所稱門人者。感成二律，屬書而懸之版。

碧幢紅旆擁來旬，題柱風流學塾巾。堂舍楹榜皆不園手撰，語意雅切，引媿而已。敢使悲歌成下士，忽覘令範作先民。一邦視學當壬癸，壬癸爲燕趙分。兩聖書元繫丙辰。師友遷流青鏡在，廿年前已髩如銀。

茶鑪真向趙州開，麥候終風撲座灰。魏博軍行皆嚄唶，時選正定鎮兵赴豫。河汾講罷重低徊。不眠試倚山巖桂，予近每廢寢。「吴質不眠倚桂樹」，李長吉句。獨詠休論郡閣梅。卻望五雲懷瘦弟，櫻廚誰與笑銜杯？蘭弟以辛亥夏代予視學畿甸，凡五年，予故未按趙，今又代弟始至此，故云。

冀州送杜武邑羣玉槑菴歸養崑山即用留別韻其末並寄李玉樵筠心載園

捧檄迎來過十春，玉峯宜著草堂人。綵綸敕命新承寵，箕斗文章夙遇神。嬉戲尚隨黃犢健，行藏須共白鷗親。郊圻墨綬如麻列，若箇循陔勇乞身。

烏帽黃塵上計年，裁花滿縣也聽然。官常祇有隨緣飯，庭訓原無造業錢。早別南橋參北寺，又辭北馬換南船。由來才命論公道，翦折頭銜此數篇。槑庵有翦餘集，予會序以行。

青袍出去錦袍還，三面湖光一面山。月上亭臺燒芋後，唯亭燒芋最美，予過之買啗至不飯。風高耆舊讀書間。謂亭林先生。當門鵝鴨聲雖惱，隱几兒童意自閒。誰伴芳蘭作供養？芙蓉金菊鬥斕斑。

亦知暮氣中歸心，李褚相逢語故侵。玉樵自千墩移城，筠心亦僑此，去秋順道得一晤。名教羨君行樂永，辭章愧我用功深。偶隨瓜李南皮會，好訂琴壺北郭吟。除是同官人啖荔，苦嫌音問抵雙金。李東鹿載園亦工詩，與槑庵有李杜之稱。

永年新生院化龍叩之故阮姓百餘年前某提學改爲院家譜可據因復其姓而更名猶龍

氏族浩烟海，莫由考姓苑。蜀才多有母，楚才閒有但。但乃檀之譌，母實毋所混。往吾視學時，領吾説非誕。冀方稀姓繁，代北譜星散。僻每漏于家，異恐使二本。即如阮共旅，毛謂三地準。鄭於阮徂共，乃謂三國建。密人侵阮人，竹書是誰撰？繫望著陳留，當自步兵斷。維室有牆垣，曰院義同阮。説文：代郡五阮關。姓釋：阮出陳留。字書：室有垣墻曰院。是院特阮之孳生字。以院稱官府，隋前見斯罕。書院唐殿尊，佛院宋土踐。文字既漸孳，未許肆誣辯。阮生笑且膺，復姓意差滿。旁有睢兩生，勛武元。舉頭露五管。言還自睢陽，數傳齒頗衍。吾疑眭孟後，俗書傳户版。以地遂爲姓，特恐近淆舛。質以濉睢睢，茫然目徒睅。目笑謂化龍，泥馬蹟靈顯。不如柱下史，猶龍聖稱善。豈知切音殊，呼龍舌根蹇。畿南讀龍，令穹切。作詩告司商，抱經服農畎。

題廣平院槐一律

森沉扃院近槐陽，幾樹摇風六月涼。火候已陪榆爇改，冷淘曾替笋廚嘗。實垂落落農夫賀，花趁紛紛舉子忙。老我無心攜一枕，南柯夢醒話偏長。北方農家以槐花而不實爲有年之兆。

五日題圓津寺有序

寺在内丘西二十里四楊橋，爲方恪敏公微時養痾處，既貴新之。閲歲既久，公猶子來青觀察重爲葺治。寺僧以予庚寅使粤時題寺詩相示，予過此十有一矣，而入寺者三。感賦。

緑楊兩兩蔭平橋，紺宇重重拓敞寮。禪榻未移絲鬢杳，詩牌雖在蘚紋驕。三生正果賓僚話，五日靈風弟子招。垂四十年過十度，者回晏坐聽鳴蜩。

阜城枕頭瓜

鉤帶沙畦徑尺遮，西瓜采采認冬瓜。青浮玉案眠孤蔕，黄釀金巵枕一窊。佳種驚心劉豫宅，老年病肺杜陵家。北窻臥嗽非容易，要作安期巨棗誇。「老年病肺宜高枕」，杜句。

録饒陽武童十五名其四師何慶麟其六師殷鍾華何殷皆以技名而老武童不復試感作

童子分棚五六人，澤宮相看戴儒巾。彎弓那信烏號急？中垜争排鵠影勻。六藝工夫游獵淺，兩曹指點習傳神。教師被褐頭如雪，私恐文壇鑑未真。

題紅橋載酒圖 有序

板橋耳在崑山北門内山塘涇，丙申、丁酉閒，仁和蔡小霞廷衡僑涇上東過橋，即杜槑溪耄玉舊居，時時載酒作文。會蔡既上第，約寫風景以篤懷舊。洎丙午杜試吏保定，輒舉贈焉。今丙辰秋，杜以憂回里，乞題其事，並寄蔡蘭州。棖觸百端，祇自慚狡獪云爾。

浣花溪著浣花叟，學養辛勤合耡耦。引鑑寧煩紀丙丁，乞漿最好逢申酉。淺淺瑶流百尺强，赤闌干亞小虹梁。癖左浸淫排武庫，贅齊跌宕系中郎。橋西著屐橋東向，雞犬依稀離塵障。脱帽因防柳絮風，湔裙祇趁桃花漲。短童束髮束書隨，壓擔獼猴榼與瓻。抗手迎門欣就訪，環腰埽徑信忘疲。此時節物真駘蕩，此地林亭劇幽暢。非關載酒鑾鸝歌，訝許題襟紆鶴望。崑山片玉露浮筠，異姓機雲洛下聞。蚤及句嚧縈五色，便將水竹寫三分。竹影娟娟莎靡靡，茅屋鱗鱗磴齒齒。墨綬之官縞紵將，朱轓奉使酒泉徙。小霞新自西寧道移蘭州道。圖中人已鬌毛蒼，我亦扶鳩宴紫閶。何日玉山草堂静？聽麻姑話小滄桑。

南皮張烈婦詩 有序

婦王氏適廩生張裕慧，浙太平令景運春巖長子也。裕慧瘵，婦割股以進，既殮，誓殉焉。語聞小姑曰：「奈舅姑何？」曰：「有叔在。」「奈孤何？」曰：「有乳媼在。」繪裕慧望月象於壁間，舉謂神似。以嘉慶丙辰四月二十三日投閒自盡，距裕慧死凡二十玖日，年二十有五。

南皮古詩國，春巖今特雄。我嘗序其集，氣格心所降。厥子十八九，名隸儒學宮。越昔歲壬子，津淀巡六龍。覲光冀奏賦，贄我瑕使攻。具體雖則微，力學斯可充。舍去四五年，毛羽當日豐。析津大藩地，集試羣于喁。欣欣效鳧藻，適適鳴魚桐。此子期不來，玉樓迎寶幢。三月日廿三，抱疾丁鞠凶。荏苒閱三旬，乃婦成蜆蟲。髮上絲影素，臂上刀瘢紅。刲肉不療病，神聽無由聰。非無黄口兒，非無斑髮翁。之死殉所天，此外投虚空。曲房埽素壁，繢象光玲瓏。昂俄戟雙手，眺月輪重重。月缺有時圓，人缺無時逢。相逢在何許？併命泉路同。生世命如紙，没世名如嵩。小夫好議論，言行歸中庸。有孤亦有舅，於義非代終。於子近愚孝，於臣近愚忠。好事不如無，斯語當折衷。而我舊史氏，璘瑞攜管彤。男兒蠹文字，那易傳無窮？一死博偕死，不死標奇縱。忝承使者軺，利用觀民風。行將告廟堂，烏闕儀海邦。庶幾舉其職，並識人倫宗。詩成臚實狀，時菊搴寒叢。

題笛樓司馬叟宴紀恩詩後三絶

前元年蔭後元年，東内趨陪叟八千。一叟一詩成續帙，紀恩輪與笛樓傳。
佐郡頭銜典郡同，出門西笑控花驄。點衣片雪蓬鬆影，想見東原御氣通。
慧業真靈簇繡茵，上方宣賜拜殊珍。平頭玉杖扶將否，我亦華嚴會裏人。

白華後稿卷之三十七

古今體詩 十一

强圉大荒落

恭和聖製新正重華宫茶宴廷臣及内廷翰林用平定苗疆聯句復成二律元韻

天戈撝處百靈扶，逆命苗驁刷電無。在泮鴞音歸憬悟，當車螳臂敢支吾。渠魁戢戢皆殲厥，神武洋洋不殺夫。成績十全今衍一，太平多慶萬方娱。

左個新韶占十日，西清有耀鳳鸞書。行茶令典重循此，祈穀良辰適遇諸。三捷歡方騰爾衆，一夫辜每儆惟予。聯珠再仰天章倬，敕命時幾頌偉歟？

三月廿三日穀雨玉田行館牡丹言有白者次壁閒顧伴槳孝廉韻

誰把花田玉種成，一枝端合玉盤盛。也吹瓊樹風前信，祇伴瑶臺月下行。浴罷華清終寂寞，獻隨黄紫倍分明。偶然穀雨尋詩處，文學江東識姓名。

豐潤行館海棠歌 有序

館主魯舊家也，海棠在西院。大合抱，枝枝直上如丹樓。憶辛亥二月過此，未蓓蕾也。

海棠窠，誰種汝？汝家近京東，汝根移西府。身如牛胥，葉如翠羽。千條萬條迸一窩，碎翦隋宫綵，幾許蕋含紅。稻粒花鋪赤玉鈿，豈無垂絲别種鬭穠艷？何汝亭亭節梗争參天，我疑汝睡未足圓。靨朝酣，開甕熟，我疑汝，香暗銷，游蜂浪蜨連牆捎。我住錦城五春希見汝，當九錫汝汝其遭艮隅。一株映嬌姹，雖係分枝亦偏霸。法源寺裏看花人，相見應憐格居下。昔我行繞樹，今我行賞花。遶樹不若青棠之蠲忿，賞花不若彩筆之摛華。催粧五風洗粧雨，折枝壓髩謝花主。詩顛縱似海棠顛，忍把魚頭酒罍撫。曩在江州庚溪，董觀察每以酒澆魚頭酌我，言其鄉多嗜此。今觀察歸道山久矣，故及之。

遷安食卜梨

卜家營是張公谷，種遍山梨鴨卵圓。落手滑疑皮早脱，冰牙脆愛核休捐。南花北果宜因土，雨濯風披命信天。聖世不争園圃利，柳筐喚賣笑投錢。

四月望後重過玉田館白牡丹示李生

真見蛾眉淡埽成，冰壺四照曉珠盛。穠華氣象人全忘，澹沱風期我並行。幾朵欲簪霜鬢老，一株愁掩粉牆明。何當起例從姚魏，笑署京東李白名。

同遊諸子見和白牡丹詩再疊前韻

不道胭脂畫不成，在瓶應配玉蘭盛。蜀中寡女關心伺，洛下書生擁鼻行。傾國别呈風貌婞，豪家偏賞月華明。羣公盡是清平手，好繼我鄉白燕名。

永平食黄花魚即我鄉之石首而小津門亦有之皆海産

無笋無櫻四月天，尺鱗入饌見猶憐。紛扠每笑鰣多骨，扁壓休同鮝失鱻。北海攜尊知獲雋，南風起汕夢歸田。端詳石齒班班在，具體雖微爲哆然。

土木顯忠祠

浩劫乘中葉，强酋偪大朝。青編銜國僇，碧血濺天驕。窅窅城隍讖，蓬蓬土木妖。論功誰玉蟒？司禮自璫貂。本乏長陵策，輕游絶漠徼。金甌成一錯，瓦注下重霄。龍虎訛先警，泥沙勢屢漂。北轅長促刺，東駕尚迢遥。援騎驚全覆，移營擬急跳。嚚塵呼解袒，殺氣動聯鑣。滎澤旗須去，韓原轍竟邀。見危胥授命，遠廟不爲祧。雁塞黄袍返，狼山白骨銷。和成由戰決，冠禍爲閹招。主辱臣宜死，名存節並昭。更聞忠肅墓，顯夢報笙簫。

新保安謁沈貞肅祠

北郭匈奴騎，東窻宰相家。致身扶赤日，抉眥鬱青霞。政行三遷滯，咨謀一秩差。訓擇。棄繻原骯髒，請劍獨嗟呀。罪止窮荒竄，威先大杖加。嚮風争倒屣，殷地慘聞笳。每獻丁男級，爲紓甲士緺。縛芻排魅魎，叢矢麗麏麚。作賦籌邊切，投書節鎮賒。轉喉言觸諱，嗾口教通邪。巢破難完卵，株枯旋茁芽。遺文寬禁約，屢詔予褒嘉。剥喪非無漸，權奸亦有涯。光連錦衣幕，冤吐白蓮花。溝壑孤臣願，祠堂卒史誇。椒山真繼起，憑弔此龍沙。

謁清節祠 有序

祠在盧龍治西北十二里首陽山，山夾灤水，與孤竹君祠對。首陽三見唐風，即今中條山，曾子所謂二子居河濟閒也。史記叩馬餓死，後儒以史公多未實。不降辱是清，從父兄是仁，自孟子止稱伯夷，後每因之。謹衷孔子之論題此。

四極題觚竹，千鈞引墨胎。並行光日月，特立起風雷。次及常倫變，孤芳逸格賅。王封傳尺地，父命繫杓魁。得國情何忍？潛身分不才。黄農都滅没，河濟幾徘徊。輾轉干戈動，凄涼玉馬陪。采薇歌致慨，樹粟迹難迴。列表班生亞，分圭宋代排。義聲徒小小，清量尚恢恢。舊域山名麗，崇祠水道隈。朝冠儀象儼，殿室御碑開。木主先君座，篪塤仲氏臺。荆吴孚至德，臧札釀餘炎。行潔蠅誰點？吟微蚓自猜。仁賢衷孔論，夐出孟韓裁。

戲題水墨達摩

矯首空江外，翛然清浄身。何如金粉筆？淡寫犠羅塵。

休寧鮑氏墓圖 有序

鮑舍人士貞，於癸丑秋葬其高祖妣一百一歲貞壽方安人於吴塘山，而以其曾祖質庵中憲祔。踰年卜築博塢吉地，葬其曾繼祖妣，繪圖乞詩，各係一律。

百齡表貞壽，挽鹿緬清芬。淺土淹雖久，重孫役最勤。松雲黄嶽路，草露鮑家墳。母曰嗟予季，無慙誓墓文。

二母今同穴，當時作後先。所天離近合，此地夜爲年。墨食孫曾告，彤書女史編。吴塘連葉塢，應並大雷傳。

俞貞女所畫女貞木

貞女字杏貞，無錫人，許嫁拔貢生高郵金蘭。金卒後數月，女歿於瘵。篋中遺所畫冬青一株，其兄坊哀而乞詩。

鬼律縛女青，霜華散青女。女貞字冬青，青青耐寒暑。未暑先著花，既寒不落子。寡女旦旦心，一慟古如此。不羡松柏茂，焉羡桃李穠。血痕顯枕上，墨蹟沈篋中。願將女貞葉，釟作寡女絲。彈作寡女吟，黄鵠鳴聲悲。願將女貞木，植彼寡女墳。旌彼寡女閭，彤管清徽聞。思女阿母啼，憶妹阿兄悼。想像望夫人，夜臺獨含笑。

題查榆墅内弟遺照

畸士如黄華，不采守窮鞠。灑然遺世塵，籬閒寄芳躅。倚石眄停雲，顧影愜幽獨。無弦琴亦彈，不巾酒既漉。言采課山童，爛爛彌巖谷。載懷枌榆情，矧託葭莩族。展卷人已遥，何以慰春日？疎柳帶夕陽，歲華感難贖。爲語折腰人，有花比烏屋。君世居有牡丹花，時頗盛，蓋明萬曆閒物，每屬石帆兄弟善護之。

八月一日東兵將山陸入楚乃泛舟津淀旬日抵省作

駕鯉琴高路未賒，果然八月泛秋槎。遊魂自慴鮮明隊，名士誰登薄笨車？鷗鷺作羣漁釣侶，荻蘆爲岸水雲家。何當芳甸春耕日，跪捧長楊奏翠華。

重陽登定州試院後樓次壁閒韻

秋禊平臨景色開，埽殘秃潁笑重來。軍連魏博雄三鎮，蹟問韓蘇幸五臺。行殿爲衆春閒舊址，駕幸五臺駐此。繹絡兵車行不斷，時索倫兵征楚蜀匪賊過境。蒼茫師友逝難回。宗伯定圃師和有堂總憲詩，皆勒石。陸莆塘桴宗、張瘦銅塤則埽壁題之而不署名，餘子多不相識。莫言買醉能千日，好倚危闌小遲徊。

切漢樓高鎖鑰開，如雲嶽色傍人來。河非漢主追兵渡，塔是韓王料敵臺。霜信故催黄葉下，沙光遥襯白翎回。明朝又發臨歧感，馬首吟鞭一袖徊。

重陽後二日登鎮州試院後樓

六州聯臂擁旌旄，扃院危梯結搆牢。文武同龕如在上，樓有神象三。弟兄聯轍此登高。舍弟三試此，未嘗話及郡樓之勝。雲浮西北炊旋起，日照東南浪尚淘。巽隅積潦未消。莫話漢家興廢事，鄗臺代邸一秋毫。

十月七日午飯雨花菴張平山詩濤以滁松草急遞索題用壁間吴文簡襄韻

朝辭柏林寺，言啜午時茶。貽我滁松咏，披吟松影斜。千程盤隴蜀，廿載夢鄉家。若話蓴鱸味，應同感歲華。

重憩雨花菴示滿公次壁間韻

征人憐壤壤，冬夏總宜茶。入寺如禪定，看詩又日斜。鴻高寒變陣，樹老葉辭家。試領西來意，星星攬鬢華。

邢州試院與金力農世熊感舊

短夢模餬四十年，江亭香火醉陶然。每勞文論陪吴質，竟許書名敵鄭虔。輩老漸宜親裹藥，官貧容易説歸田。相逢僂數滄塵感，文字緣空不離禪。

十月八日重過圓津菴示月如上人次章指方恪敏養痾修寺及令姪來青觀察重修事

往復輪蹄似水忙，搴帷合指贊公房。茶寮細認前朝碣，蓮座新披此日香。俗駕淡隨蔬筍供，佛心閒付鉢衣藏。誰能徑上三層閣？吹度松風萬壑涼。

成佛生天事偶然，打鐘飯後淚常懸。金銀寶氣僧偏識，粟布贓私客尚填。蓮社光華留故事，竹林恩誼證新緣。分明舍宅裴丞相，欲放三霄鶴影翩。四句反用公孫平津事。

社南社北曙烟開，落木蕭條白雁迴。爲倚川原宜把盞，不須春夏始登臺。莊嚴初地尋常見，風雅多師什百該。吟望二西官吏部，詩囊檢點愧非才。壁閒舊刻宋太宰西陂、湯少宰西厓詩，予近遷吏部，故云。

題于益亭太守見示文襄公送殯詩卷

萬種人間世，熒熒血淚霏。縱忘家付督，那忍殯將歸？東海門終大，西河杖已違。金沙堤路永，宰樹想依依。

落落元登相，如公是列星。五官驚並用，一葉痛先零。豈忝文襄謚？猶通翰墨靈。編年排集後，擬附議郎銘。

門生門下士，文譽感恩私。門户公何有？文章我自知。欽出東皋師門，公每語人，以古賦詩不啻青出，感愧所縈，忍忘没齒。相逢矜抱硯，爲語報含飴。掩卷懷三歎，靈風盡滿旗。癸未劉文定爲館師，甲申代以劉文正。二公課必首列欽。壬辰臘，欽入蜀，辭謁文正，歎曰：「子歸，吾不知尚及見否。」再歎曰：「子去，不知川督爲誰？」三歎曰：「子去，吾信子不丢學政的臉。」文正以甲午秋歸道山，今讀公第三詩注，可勝泣下！

附于文襄公亡兒歸殯有日詩以寄慟原作

遺體從兹隔，喪歸不可留。扁舟隨逝水，九日觸悲秋。喪于重陽日發引。汝壯猶黄壤，吾衰況白頭。西河常引戒，至此淚難收。

失恃憐渠小，將劬屬我任。隱憂一子險，珍愛廿年深。兒失母時甫十五，距今二十一年矣。豈易晨昏慰？何期夢幻侵。新愁縈舊恨，追憶倍傷心。得修短知由命，盈虚敢問天。我躬容有孽，汝行信無愆。牘每存矜意，人多訝天年。邀元老惜，應不憾生前。兒在部署五年，諸城相國每見，輒奬許，聞其亡，哭之曰：「爲朝廷惜此人。」兒固不足當此過情之語，然死而有知庶幾瞑目泉下乎！垂暮嗟亡子，承先賴有孫。待看若輩長，可及老夫存。繈慟馳千里，含飴報九原。兒幼時，太夫人以止一孫愛之特甚，今得地下相依，猶勝余之夢隔慈顔也。祇期南店月，雙照妥歸魂。兒初娶錢塘徐氏，先亡，今將合殯於南店。

和壽雪少司寇丁巳八月二十七日七十初度時扈蹕回至兩閒房途中誌感元韻

七葉門風扈七車，彎環谷口似褒斜。五更霜白濃欺雪，萬樹楓青纈勝花。家有賜園懷里第，人從陪輦感年華。水精靈物生同日，長泳恩波測聖涯。

白華後稿卷之三十八

古今體詩 十二

著雍敦牂

二月初八日同紀宗伯昀 慶金二司馬桂士松 趙少宰佑 蔣韓二少司農賜棨鏁 宗室倉帥宜興 熊少司寇枚 蔣廷尉曰綸 汪副憲承霈 莫京尹瞻菉 衛侍御謀 集劉倉帥秉恬 寓而梁司寇肯堂 居賓席次日司寇復邀集於劉寓和劉紀二公原韻

中和時候傍光天，置杖招邀轡並聯。觀禮有懷依講案，承恩何幸話耆筵。事同飲釀須洪飲，人到年高那諱年？若向東平紬掌故，青雲皓首勝前賢。

桃花幾樹點春英，排日賓酬主獻成。松柏老蒼纔見性，絲簧錯襍且陶情。一堂笑語歸仁壽，八座傳呼際聖明。十五人年千又四，靈椿長此證莊生。

德厚圃侍御生寒香課子圖

閒官抱冬心，蔬圃限方幅。築室三兩楹，一編味寥寂。忽逢窈窕姿，移栽作香國。花開有盡時，卷開無餘力。所課知幾何，淹旬帙盈尺。枉笑西谿邊，探梅復何益？歲月嗟不居，喬南隔梓北。其季升玉堂，其孟登桂籍。徒吹仲氏篪，竟折桓山翼。哀樂感中年，教養眷疇昔。清芬在先人，此圖亦粗跡。伊予申浦東，繞屋種什百。虛負三餘功，滋媿二聞得。孔懷幸同懷，奉使轂交擊。犯暑賦長謡筆，向冰壺滌。

爲法司成梧門題所居西涯十二景

詩龕

書堂掩懷麓，光燄射南斗。覓句坐虛龕，得似閉門否？

松樹街

松徑引來轍，鬣鬣摇秋聲。蒼然翠濤合，衣上漏晚晴。

清水橋

琴築響不斷，暮烟横復斜。侵曉屐齒滑，有人唤賣花。

鰕菜亭

草亭象孤笠，圍以風前柳。種菜與撈鰕，那得閒身手！

浄業湖

黑業我不作，白業我亦無。前身是明月，夜夜照秋湖。

積水潭

問水何從來？問水何從積？分付洗煩塵，一雨瀉寒碧。

匯通祠

玉泉混混來，紆迴徑幾曲。落日數上聲鐘聲，佛火淺深緑。

慈因禪院

佛説六根浄，最忍斯最慈。頭陀報粥鼓，時聽馬驕嘶。

李公橋

古稱謝公墩，兹號李公橋。李公非西涯，可憐璫與貂。

豐泰庵

名僧苦未逢，隱隱經聲窅。試焚柏子香，柏子禪多少。

慧果寺

三門慧普願，譬若智仁勇。試上明鏡臺，慧業現種種。

十刹海 予以丙午、戊申、己酉視武鄉試外場，皆宿此刹

十刹祇一刹，人海容樓遲。昔我每三宿，鬓影涼絲絲。

彈琴峽

阻絶居庸道，輪蹄鏬石穿。忽紓干曲磵，如弄七條弦。清聽勞塵洗，嚴程古堠聯。佉盧還往熟，剔蘚認題鐫。

沙城雨

暴客重門待，三城絡一城。塞沙粗入米，夏草淺抽萌。布褐攔街賣，箏琶倚户鳴。兹宵來好雨，應遣驛塵清。

食蕨 塞外謂之吉祥菜

萬古酸寒菜，何年號吉祥？握拳叢未老，搗粉種偏良。頗具神蓍體，誰爭野蔌光？試論薇赤白，同配食單嘗。

屠維協洽

補竹圖照

馮鑑之得貢，宣城張伯雨、揭曼碩、倪雲林所題吴仲圭畫竹詩辭，而畫已亡，倩人補之以爲真照，此丁亥事也。閱今三十四年，重裝乞詩，年八十五矣，尚似五六十歲時爲題。

馮公住西郊，耕養藝通六。不歎出無車，不恨食無肉。公然推素封，不種千畝竹。愛之斯貌之，隔岸面濃緑。負以青琅玕，片石藉苔褥。足爲涼鷺翹，頂作枯楊秃。手攜錦贉卷，宛向此君告。禾中梅花菴，菴衲抱遐躅。譜凱之一編，寫與可幾幅。錯落散人閒，題辭契句曲。題詩揭與倪，貢老標名獨。所畫雖失傳，所題寶如玉。試煩懷瓘估，先請孟端續。三尺二尺閒，緣坡復翳谷。梅菴若可呼，竹徑亦堪蹴。見説竹邊人，齒近濟南伏。圖成卅三年，量溢尋常福。矐首映丹顴，風概宛如夙。吾衰今放歸，本乏舊松菊。願從上番移，粗待小園築。否即辦韈才，乞畫且醫俗。乞詩還滿家，好入消夏録。祇愁吴市兒，付裝溷一簇。畫贗跋則真，跋真畫斯黷。多公癖嗜古，補筆弆方櫝。割裂歸渾淪，置身謝碌碌。我詩等補脣，補亡夫豈足？陳義終弗諼，翛然響窻屋。

徐臨沚以食不重味見讚次韻酬之

不信無田便不歸，兩家合占釣魚磯。頻勞鼎肉來分饋，懶爲膏脣定擇肥。擁數卷書知味鮮，欹五更枕養生非。予不能安寐已三年矣。與君共過牆頭酒，述舊纏緜忘掩扉。

予與臨沚斷酒已久田各可耕用懺前作

扁舟先後賦言歸，絲粟銜恩感激磯。賜果尚留懷核重，得魚那羡食熊肥？青袍同輩惟君是，紺髮真仙顧我非。臨沚頷髭返黑甚夥。斷酒卅年詩鬥酒，酒帘錯莫傍吟扉。

上章涒灘

姚一亭觀察菜菊遺照

先皇歲辛酉，吾生及舞勺。知有一亭翁，奄化遼東鶴。起家進士科，觀禮守常博。再遷憑畫轓，玉節指沔雒。蕭然奉諱歸，田廬不暇堊。挑鐙讀父書，頓遺松風作。於時點漆工，真形寫淳泊。椶笠涼絲絲，芒鞵輕蹻蹻。索帶披寬衫，佳色映籬落。是爲采菊圖，芳塵閉高閣。昔搜爾雅箋，釋草詮名各。鞠也黄而團，謬種妄依託。瑣屑摇軒墀，夭斜護簾幙。豈知栗里門，淡如抱寥廓？采采要令辰，沉沉感清酌。荏苒六十秋，祖硯此猶昨。我懷餐英人，平視蘭社若。菊實如日丹，食者勝靈藥。筆到意本隨，事往澤彌濩。何處無黄華？幾人戀丘壑？何輩無影堂？幾家愾祠禴？卷圖太息三，秋窻打林籜。

庚申季秋十八日予初舉子名曰敬沐喬鷗郁同年以詩見賀次韻二首

昨秋歸棹爲休官，今展重陽且整冠。莫道七旬垂老健，久憐一索得男難。邑無寶劍芒交射，先二夕火光如斗墜入。籤比靈蓍筴預端。去春乞正陽廟籤有「婚姻子息莫嫌遲」之句。作使外孫騰笑口，悄嗣息輪貲遲入官，尚教挾策守儒冠。縱非抱璞勞三獻，豈望生稊説二難？佳氣葱蘢占有兆，八月初盆梅試十餘花。喜心顛倒淚無端。丁寧湯餅筵前客，慎勿形名慕管寬小舅勝瞻韓。

徐玉崖觀察寄書馳賀並以如意藏佛惠存再疊前韻

一握分頒記在官，金身高綴寶珠冠。雙緘齎到吴江冷，萬里攜將蜀道難。歡喜因緣生膝上，蒼茫情思集毫端。徐卿二子今强壯，動我吟懷續孟韓。

祜堂姪自下沙來言聞喜甚速三疊前韻並寄八姪都中

得子喧疑報得官，海東頭路識衣冠。鶴羣散似千支遠，熊夢茫如一第難。舊宅流沿詩禮後，新祠迢遞水雲端。爾曹嚮學安時命，莫倚門牆半出韓。本科門下士典試者八人，順天、江南各一。

得稷堂弟書四疊前韻

洞庭秋葉謝炎官，喜接音塵首不冠。吴會鄉心縈繞遍，長安家累埽除難。報將異事資談藪，錫與嘉名待履端。時請爲敬沐字。安得擁鑪煨榾柮，嶽雲無際一開韓。

送喬氏女歸上海五疊前韻

中年生女衹隨官，此日催歸髻擁冠。舉案從夫齊贅好，搗衣詈弟楚㜷難。明知外向恩偏重，爲語前修教預端。踰月寧親來膝下，漫耽樂土莫如韓。

竹橋姪寄諸服食詩以報之並寄槐江南陽軍營六疊前韻

江關辭賦記求官，憑藉而翁爲正冠。駱馬鬻時緣竟錯，鰥魚泣後種應難。較量胡顧吾猶亞，光山胡文良公生今總督季堂，吾邑顧東浦侍講生今霸州牧賓臣，時年皆七十三。輕薄盧王爾最端。想像平安軍火夜，鴿原消息過梁韓。注從父前子名之義。

寄立厓同年七疊前韻

八九行年耳曠官，聞君長戴簪皮冠。折麻芳訊重關遠，解佩前遊一面難。造物忌名猶予後，人情好怪不求端。請看竹徑鄰桃塢，可似梧桐樹屬韓。

玉崖和詩再疊前韻

果然有子果無官，事足身輕幘岸冠。蒼狗離雲遷變易，白頭舊雨過從難。豪兼詩酒推雙絶，福在兒孫謝百端。欲習鮮卑輕俏語，不妨枕石效三韓。

庚申生日用舉敬沐詩韻

暴謔鄱陽致失官，有人還詫沐猴冠。申歲爲猴，浦東謂幼穉曰猴子，猶云犬子。老莊山水閒心遠，夷惠風期占處難。老大桑蓬嗟改序，飛沉金羽話更端。我生先後多存殁，口號吟成感沈韓。雲椒沈尚書以十二月十五日生，今殁。十二月十三日韓蘭亭生，今存。予生期十四日也。

白華後稿卷之三十玖

古今體詩 十三

重光作噩

題立崖天遠歸雲圖

立崖長予一歲，五十三歲。歲戊戌以漢陽司馬假旋，圖此，留圖於吴而赴楚。旋戍伊犁，乙巳歸金閶，七十三歲。庚申其姪於禾中購歸，頃寄書索題，且囑爲長慶體。

晴雲紅簇桃花塢，吹落江洲弔鸚鵡。楚天路遠祗涵秋，吴地春歸容殢雨。歸山仍是出山人，交翠虛堂妙寫真。且向白雲怡獨自，好從明月悟前身。此圖卻比周南滯，此人旋造玉關吏。災生豈分及池魚？志在將毋同櫪驥。草淺風低斜照黄，凄清邊調咽伊涼。忽扳楊柳諧羌笛，要把蒲萄汎洛觴。令威本係遼東鶴，鶴市迴翔認城郭。當時出岫也無心，此日栖簷差有託。金題玉躞付飄蓬，五十三參色相空。手蹟幸逢佳子弟，心機懶鬥老天童。雲去雲來忙底事？絶域名刀環特賜。芳草雖沈黄鶴蹤，寒蘆猶裛青衫泪。雲水吴淞感斷帆，昨秋纔一索生男。譜君得卷吾題卷，都入編年七十三。

徐香沙秋江觀濤圖

我今七十三，君亦六十五。鄉居隔郊居，一水限黄浦。平生湖海胷，暮氣憚帆艣。相望不相識，誰與貌眉宇？出葦初沿緣，題襟交媚嫵。往聞開選樓，珪璋在文府。鄙製多見收，予季亦藻斧。詅癡符豈然？杜德機焉取？學舍雖打頭，金焦壓檐廡。曠望湧素濤，如翔白鷺羽。鸛鶴盤寥空，黿鼉蹋幽渚。長年挂六幅，健比六鈞弨。當風殊快哉，跂脚謝塵土。將毋破浪心，而襲觀濤語。觀濤推廣陵，七發太覼縷。豈必指地錐？晝於越吴楚。後賢聚一閧，水濱其問否？我昔誇壯遊，直泝洞庭滸。亦窮羊膊嶺，濫觴泛湩乳。入峽餓虎摩，出峽神鴉舞。回念乘船危，敢和叩舷譜。彼岸幸到來，展圖等談虎。荒洲緬舊廬，何日拜祏主？予家自丹徒遷下沙已五世。徘徊唳鶴灘，爲羨赤松伍。渡江吟早傳，翦水編還撫。夫人磐山女史，有翦水山房詩稿。

陸雪堂松下聽泉圖照

高松纏藤蘿，逕蘇緑無罅。盤陀偶晏坐，消散脱巾帊。了無車馬喧，那遣箏笛嗄？微聞謖謖聲，好風半空下。澗口鳴石泉，衆響競紛射。向非山水音，塵鞅曷由罷？家山雖一卷，點景故妍姹。細林著蕭梁，後有羽人化。所縈既可負，所枕亦宜稼。憶同諸阮游，莆塘同年及藹雲兩令叔。蛇壑閱奔瀉。顧我逾七旬，塞耳丸泥乍。幽田失其官，清聽已長謝。差擬抱琴來，巖竇一凌跨。春秋兩社時，治聾乞杯斝。

題鑑堂太守松石泉清賞圖并送其秩滿行覲

高松高百尺，夫子是松身。祇飲松江水，長忘石凍春。松陰濃偃蓋，石蘚細鋪茵。領署無邊景，悠然卸角巾。

庭前小松樹，離立早成行。手種勞培溉，心期尚老蒼。留雲衫帶潤，照水髩延涼。都講今凡幾，依依不可忘。

我聞蕭散騎，北嶺一彈琴。復此見清節，何時無賞音？征夫原隰駕，靜者郡齋心。送遠重陽近，春回佇盍簪。

題唐翁澤琴鶴圖

淳泊師琴德，幽閒玩鶴情。承家漢循吏，就學魯諸生。湘水清連底，吴山翠自横。多君抱琴至，沙鶴亦孤鳴。

楊挹峯懌鑈小照

不道如舟舍，田田葉滿池。爲呼童試茗，肯責子争梨。翻水傳經熟，將車問字奇。巾衫圍竹柏，對影緑差差。

元默閹茂

次張悔堂司訓原韻贈徐楚畹茂才

了無縞紵贈徐君，高論驚排詛楚文。承示葉公問政及近者説二，句文俱工。平子占星人善賦，嚴遵居肆客聯羣。艱難尚喜存皮骨，聊浪何妨託水雲？兩度觀濤嗟失士，甲寅、乙卯予典浙試時，茂才卷未與薦。蛟龍終起曲江濆。

劉生鳳千有陳供奉枚折枝牡丹曾題句而失之頃自郡返舊林見鄰園此種甚富而生書堂前數本予下榻時所吟對者尚無恙也補亡感舊依清平調作三絶

四紀豐臺玩物華，千頭芍藥爛蒸霞。須知婢有夫人在，訪遍家園信息賒。

陳供奉探徐黃祕，低挂書堂幾折枝。苦向劉郎話前度，毘藍劫盡鬢飄絲。

笋熟茶香穀雨天，補亡詩就未花前。巧偷祇悔當年錯，空對沉香象惘然。

恂齋松閒泉石圖

入山豈在深？面勢取平遠。蓬蓬雲漸生，習習風交散。非無干霄質，而作孤蓋偃。罥彼藤與蘿，束縛頗宛宛。伊人選石牀，苔污衫痕滿。科頭復箕踞，彷彿聽絲管。知是磵壑聲，一爲世塵澣。招隱庶可諧，學道未云晚。消摇策杖心，寂莫采芝伴。何處訊西泠？清鐘隔重坂。

陸息游自鋤明月種梅花圖照

風信有梅花，前身是明月。月華四照之，如水復如雪。卻笑看花人，未解種梅訣。種竹鸞尾梢，種松龍鱗裂。木神證不二，其本戒先撥。如何種梅手？帶花揠土墢。人云種可移，我恐花或脱。之子鄰弇園，泉石賞佳絶。姍姍緑萼華，滿身縈蘚髮。翹犀三兩峯，護影謝淄涅。畫軸滿廚裝，書卷連牀插。藥鑪茗枕閒，謂未足怡悦。愛花斯愛梅，得隴望猶渴。丁寧語埸師，鴉觜鋤堪揭。陽癉氣僨盈，裁者培則發。納納壓肩擔，環環折腰掘。緑華與素華，微紅補其闕。我思鋤用宏，帶經重詒厥。非種去必嚴，門闌勿戕伐。會當合耦興，攜手趁農垡。寄言海東頭，鶴情抱孤潔。招入梅花林，幽鳴響戛戛。

陸廷珪雙梧草堂圖

曩讀賈誼書，惟梧號春木。理細皮則青，曰櫬泝姬卜。其花敷嫖黄，其葉鋭以縮。櫜鄂盛蕤蕤，顆粒綴簇簇。鳳凰必棲此，梧桐名始屬。彼桐種實蕃，白者中琴録。別名爲華桐，榮木著品目。夏正三月時，拂芭爛盈匊。較之梧吐華，氣候量遲速。自來多識難，一木誰辨族？卑桐乃貴梧，爾雅造精熟。蒼梧野是巡，青梧觀可築。君家一畝陰，植物翳五沃。有堂署雙梧，永日芘濃緑。散髻倚隱囊，披衿招近局。圖史左右閒，清灑脱塵躅。爾梧排差參，得一故未足。梧桐異他桐，埸師審所蓄。青桐苦不實，荏桐更碌碌。起義聊望文，桐者同所欲。吾者吾所有，三吾例堪續。笑問草堂靈，説經太繁縟。

爾雅櫬梧即今梧桐，詩卷阿所指者是。榮桐，木材中琴瑟楚邱，湛露所指者是。泡桐、油桐、刺桐，桐不一，而櫬獨名梧，亦名梧桐，餘桐皆不得名梧。賦此以補邵二雲爾雅正義之闕。

昭陽大淵獻

湖州徐研田因其室衣有墨漬作蝴蝶花草點之孤固亭城從其姊乞得屬裱手翦作十六幅裝册自隨乞詩

羅浮蝴蝶好，傳是葛仙衣。爪或麻姑掠，裠如錦帶圍。鉛華痕欲化，金粉迹偏非。爲惜春衫涴，旋看墨瀋揮。深深蟬翼隱，簇簇繭絲飛。游戲曾何礙？飄零竟不歸。獨留鍼線密，似此畫圖稀。有姊秋砧急，思親暑簟違。恩勤覘葢篋，鄭重下鴛機。摺疊從難弟，裁量憶病闈。裝成供展對，夢醒記依微。吾昨南園會，悠悠感落暉。

白華後稿卷之四十

詩餘

摸魚子 題金庭書館

白沙堤、背人遥指，數重青靄何處？赤闌橋底香津暗，穩送木蘭枝艣。春在否？道前度桃花，亂落霏紅雨。商量小住。又急管繁絃，十分酣沸，嬌聽燕鶯語。半弓好。曲徑再尋芳路。緑蘿梢搭檐柱。絳垣一抹娑拖久，目斷禁櫻丹注。茵漸汙。渾不信玉山，頽了難撐拄。拾瑶歸去。念金馬門邊，釣竿誰拂？滄海碧珊樹。

金縷曲 肖濂寄玉帶鈎

一裹朱鈐重。訝非簪、非玦非環，故人題送。祇是玉鴉叉挂畫，不任棗花簾控。經妙手、百回匀礱。移傍沈郎腰帶住，和同心細結盤雲鳳。扶寸耳，粟痕凍。鶴樓仙笛横江弄。悵分襟、五月梅花，到今如夢。射策藏鉤巴鼻少，何日賜犀承寵？有抱肚、文章壓衆。對影天然癡騃埽，儘摩挲抵得連城用。束身義，效微諷。

摸魚子 寄題蓼花湖舫

枕書堂，半奩湖鏡，陰陰槐夏初曉。柳眉蓉面嬌相倚，祇愛數叢丹蓼。花葉好，禁不住蜻蜓，翡翠飛飛繞。颭風枝嫋。稱傳粉何郎，清游畫舫，一曲譜商調。蘭波煖。也帶折腰菱小。露香微泫幽草。尋常辦蓴休持比，粒粒細堆紅稻。星月悄。怕郭索横行，緊把珊鞭拗。女霜收潦。伴斷葦枯荷，水天如墨，惆悵令人老。

疎影 用白石道人韻，題顧伴槃孝廉梅邊吹笛圖

半湖寒玉。趁一丸明月，橛頭船宿。拍拍輕鳧，點破疎烟，斷續有人吹竹。年來懶蹋孤山路，但攜向、水南花北。聽幾回、裂石穿雲，只似夜窻吟獨。休把東風引到，惹遶堤芳草，烘染晴緑。仙骨如君，消受蒼涼，莫管陸居非屋。自憐衣袖緇塵涴，久別了、鶴樓殘曲。算恁時、香雪林邊，扶老共歛巾幅。

桂枝香　又瞻桂林小照

緑莎庭院，對綉瘦湖嵌，石郎生面。此際秋光大好，粟浮金爛。分明鷲嶺龍宫路，想昨夜、露華匀綻。團團幾樹，飄飄幾陣，萬香濃煎。　是南國、鄉園常見。有蟠根奕葉，一枝親薦。白袷衫輕坐待，月高忘倦。嘔啞艣送連蜷影，悵鴻天斗瓷留玩。砑牋黄膩，今年準約，小山吟讌。

秋圃襍咏九闋同人集聽鐘山房作

減蘭　咏蟲聲

零風碎雨，豆葉黄時聞倚語。欲咽還圓，秋在疎砧斷角邊。　悽清四壁，如助羈人長太息。短幌疎檠，寒上吟肩夢不成。

桂殿香　咏秋蝶

烟漠漠，雨紛紛，羅浮五色是前身。畫圖改盡春香老，猶認花間舊舞裠。

風蜨令 詠牽牛花

裛露疑含淚，當風怯寄生。薄涼羅袂近三更。一桁碧天如水，怕初晴。　豆蔻梢同展，丁香子未成。緑窻鄰女不勝情。小立斷腸花外，指雙星。

賣花聲 詠補

竹屋帶蘆菴，八棱高探。書成秋葉倚嬌酣。不待青楓霜降後，紅過江南。　消渴思厭厭，脂口痕甜。天漿長是一囊含。即便封題三百顆，説甚黄柑。

臺城路 詠豆花

芭蕉葉爛梧桐落，蔬香遍圍籬舍。棱短移苗，棚低引蔓，不耐緑雲如瀉。明河昨夜。正淡雨絲絲，裛枝嬌姹。分付畦童，帽簷休便采盈把。　田園幾時歸去？對羅羅數點，消受閒話。淺愛塗黄，輕嫌落墨，除是徐熙能畫。繁英壓架。笑一頃爲萁，太無聊藉。幾莢翻風，待儂尋舊社。

柳梢青　咏蒲桃

北果南花，也陪苜蓿，也賽枇杷。的的龍睛，垂垂馬乳，一任渠誇。　枝枝搭遍檐牙，乞太守、涼州去耶。數串牟尼，幾條絡索，饞到吴娃。

百字令　咏薑

春陰寒悄，喜仙芽陽樸，排籤勻放。暈上柔尖紅未了，一種玉纖無恙。芋外分畦，瓜邊接稜，沙步連湖漲。霜根試翦，嶺南休數蒟醬。　第一螯蟹和鹽，鱗鱸配豉，風味渾難忘。猜箇曹娥碑背字，齏臼丁丁相向。煑罷茶鐺，調成藥裹，底事添惆悵？附書吴使，柳家從擅新樣。

桂枝香　咏萊菔

江邨遠渡，見十里香泥，蔓菁無數。雅嘴鉏翻鵝卵，團團齊吐。土酥名字天然好，訝嬌紅、擘殘纖素。連車高唱，寒庖賤買，食單同注。　記廿載、太湖東路。有披蓑餅美，壓糟香互。冰齒仙漿也怕，消梨含妒。咬春會裏腥羶夢，倩何人井華淘取？都籃盛了，銀絲細切，窨他多許。

買陂塘 詠葫蘆

大江東，拗來長柄，交交鴛頸迴曲。幡幡翠葉孤懸處，幾費蠶沙千斛。看未足，比楚女，宫腰宛轉矜妝束。匏媧塊獨，照淡月蘆簾。冷烟茅舍，孤影抱蛾緑。豳風裏，曾伴早秋葵枝，枵然嘲取空腹。去毛折項丁寧好，毳飯行廚漸熟。差不俗，倩才思，崔徐依様描横幅。沈吟自卜，待賣藥長安，壺天曠蕩，便入此中宿。

金縷曲 兩窻轉鹺山東時，爲秋林待鶴卷。旋移浙，移長蘆。丙辰季秋索題時，距圖成蓋六年云

商韻含寥廓。選青林、緑莎深處，偶然行脚。好在玲瓏九華影，悄倚碧羅衫薄。任幾點、潤花開落，肯付琵琶谷兒抹？白詩：「谷兒抹琵琶。」手嫏嬛，一卷來書閣，誰共老此丘壑？　素心只有元裳鶴。趁松梢尻高頸下，憺忘鳴啄。我未招卿卿識我，準向坐邊低掠。回首問二東華䧿，重別西湖經北海，仗仙禽延竚音塵託。沙上唳，待儂約。

金縷曲 題雲坡大司寇四友圖照

古院苔沉緑，映深深，百花濃處，水羅襟禿。葉葉枝枝團蓋擁，悄倚石闌干曲。斜埽影，兩

三竿竹。蓮渚松灣何限好？暗香邊，薄綴梅含玉。聊結伴，儋幽獨。山童擔到書盈簏，趁圓陰，捉蒲葵扇，一開心目。寶樹亭亭跗帶萼，蔭取碧空如沐。攜數卷，露硃研讀。畧記芭蕉生雪裏。對天然，四友消涼燠。思潁尾，企遐躅。

百字令 爲方葆巖太夫人七月十七日七十壽

藕華紅綻，問太液池邊，何如西華？繡棨門風排十二，烏鵲旬前橋駕。隊引真妃，室齋季女，獻舞連枝柘。月奩端照，珠樓卍字闌下。　轉憶鳳褓蝸髻，學堂纔上，梁木摧高廈。憑仗魯陽戈一指，迴駐羲輪三舍。篝火青沉，誥花丹暈，辛苦從頭話。後時躋頌，認璇題字光射。

百字令 司馬溶川河帥七十

人生七十，道古來稀有，今逢堯壽。祇似鳩車嬉戲輩，仰戴日雲長晝。公繼成企周少宰生六月十七。胡，雲坡制府生六月廿玖。我聯韓沈，蘭亭少司馬生十二月十三，雲椒司農生十二月十五，予生十二月十四。歲已還加酉。絳河疇昔，彩蘄天女容叩。　如廿四考中書，笙歌鐙火，瓜果圍紅袖。那信樓臺無地起？涑水家風依舊。竹箭流平，桂蘭節近，上賞頒功受。小同經義，德鄉傳説親授。

附録

詩文輯録二首

論瓷絶句

宜興妙手數龔春，後輩還推時大彬。一種麤砂無土氣，竹爐讒煞鬭茶人。

——清吴騫陽羨名陶録卷下

官韻考異自序

今佩文詩韻，猶唐廣韻，宋集韻、禮部韻略，明正韻，頒在學官，爲集試所用，雖音韻闡微、述微，未能埒焉。二百六部中惟一字一讀者不患誤押，若二三讀或數讀，異同紛沓，擯黜易干，蜀之士殆其甚矣。予向以匡繆一編辨其形，兹復以是編辨其聲。凡字無異讀，與夫有異讀而佩文韻不載者，俱不之及。又如中興之中，韓馮、馮夷之馮，俱可收入東韻，而槩以蒸、送爲斷，寧嚴毋泛也。又如風有平、去二讀，而送韻與諷通用，則東韻爲風，送韻爲諷，徑可區别。諺曰：中流失船，一壺千金。在颶錦帆地鐵鹿者，固唾棄而不之屑爾。乾隆丙申八月，南匯吴省欽書於成都使院之扶雅堂。

——南匯吴氏聽彝堂清嘉慶藝海珠塵刻本

年譜

吴敬樞

我吴氏世居丹徒之順江洲，自前明已來，籍博士弟子者同時常數人，或十餘人，而仕不顯。鄭成功既平京口，設駐防兵，洲地皆牧馬，居人多他徙。高祖元吉公諱自昌，渴葬翟孺人于洲，而挈我曾祖贈通議大夫存初公諱燧、本生曾祖贈文林郎嘉會公諱宗亨至上海之下沙鎮止焉，偕行者從弟自强及龔某、劉某。劉復徙下沙北數里，自强公復徙周浦北數里。生宗傑、宗江，皆上海縣學生。時上海學入額秖十二名，通議公困童子試久已棄去，康熙戊辰夢所居建一旗，復就試，得入學。庚午闈卷主試裴公、王公已冠青浦令李君之房，繼得劉輝祖卷，乃易置副榜，顧不以介意。與文林公事繼母周孺人，愛養甚篤，終其身未析箸。我祖贈通議大夫迂疇公諱啓秀方八歲，即隨通議公起居。通議公館杭之西溪，爲張封公課其子大司寇文敏公照中嵐氣以殁，命我祖爲後，而從祖弈梁公諱倬則後我文林公。迂疇公字禹疇，生康熙乙卯重陽日，年二十玖入上海縣學第一，翌日復入金山衛學第三。學使張公甚奇之。鄭魚門中丞視學時鏤所試作於版，執業者常數十人，録經史、通鑑、通考、大學衍義補諸書累數百册，爲文章發揮理要，網羅史事，顧十擯於省試。年七十四將序貢而卒，貤贈朝議大夫、提督四川學政、日講起居注官、左春坊左庶子兼翰林院侍讀，晉贈通議大夫。娶趙淑人，生我父及世父郡庠增廣生脩田公諱成棟。繼娶倪淑人，生季父，戊辰進士，今廣東樂昌縣知縣；掌平公，名世賢；考，諱上成下九，字和仲，一字耕巖，生康熙甲申重陽後一日，六歲而趙淑人卒，玖歲育於倪淑人。甫作文，周浦王範之先生鑄以戚屬後進，擊賞不輟。歲乙巳入華亭縣學，後撥歸奉賢縣學。爲文務以博大爲宗，於詞宗蘇、辛，於書宗雲麾、娑羅二碑。性介直，雖甚困，不以不義名一錢。娶我母顧淑人，上海縣庠生、贈奉直大夫、翰林院庶吉士丕承公諱宏烈長女，雍正七年己酉十二月十四日午時生於下沙東倉。先是存初公有居二十椽枕衆安橋，纍積數棺，迂疇公無以營葬，乃賣宅得百金葬元吉公及周孺人。存初公及元配梁淑人、繼曹淑人、庶周孺人，嘉會公及張孺人別僦王氏倉屋，僅蔽風雨。時館新場方氏相距十二里，聞信吐哺而歸，名之曰鶴徵，就傅時字以壽國。

八年庚戌，二歲。

玖年辛亥，三歲。

十年壬子，四歲。四月，亡妹生，辛酉，十歲而殤。秋，大風雨，海水暴至，歲大祲。

十一年癸丑，五歲。

十二年甲寅，六歲。

十三年乙卯，七歲。就傅。讀孝經，至「愛同敬同」，請于蒙師劉英上，先生曰：「于文爲同，若加木旁當是桐字。」時表兄秦德輿追隨同塾劉師顧之，以爲不逮。然日誦僅三四百言，痁疾頓作，老奴朱日負之入市，東出西歸，謂之放瘧。

乾隆元年丙辰，八歲。

二年丁巳，玖歲。誦四書、詩經、周禮始畢。

三年戊午，十歲。隨府君至新塲閔氏館。五月，弟蘭生。

四年己未，十一歲。仍館閔氏。

五年庚申，十二歲。誦易、書及禮記、春秋胡氏傳、左傳畢，仍館閔氏。

六年辛酉，十三歲。讀史記三十餘篇，皆府君手録，間爲破承題，仍館閔氏。春，季父選拔，秋中鄉試。

七年壬戌，十四歲。從府君館灣洲周氏。冬，始誦時文。

八年癸亥，十五歲。仍館周氏。二月三日，府君命「吾日三省吾身」題，日高春膳畢，命改作，復畢，授午餐。周茂才勒銘來索閲訖，謂府君無怒。玖月，應府試。時府君不欲令觀塲，而季父館郡城有册註，縣試名籍者强之使來，始見郡之城郭宫室。十一月杪，痘發，甚殆，弟蘭痘亦發。我祖説三國衍義以紓我痛。除夕，始倚牀而坐。

玖年甲子，十六歲。正月，唐氏妹生。夏，隨大父館郡城李氏應學院，開公科試。是秋，間三日課四書文二題，每題私作二首或三首。

十年乙丑，十七歲。侍府君郡城張氏館。四月，以縣試註册之名應府試。六月一日，學使崔公歲試寄金山衛童册就試。執友趙秀文先生楚偕寓，訊予喜誦何人文，予妄舉以對，背誦至三四。次日，心氣粗浮，强予臥帳中，而趙依案作字。如是四日，心如死灰，遂以今名入場試「湯之盤銘曰」、「大明堂者」二題，心手揮霍，皆若宿搆。既雋，旋撥入南匯縣學第五。

十一年丙寅，十八歲。春，聘外舅轉菴查公長女。五月，就其館讀書，專爲科試。玖月，科試一等第二名。食餼，與趙璞函、張少華、張韞輝始定交。

十二年丁卯，十玖歲。隨府君至江寧應鄉試。是年始定科舉額，共録遺被擯者以數千計。

十三年戊辰，二十歲。授蒙童於家。季父成進士。冬，先大父卒。

十四年己巳，二十一歲。春，學使莊公月課第一名，歲試第六名。發落時，莊公召之語曰：「是卷於招覆榜發後始得寓目，故名次小屈，然切曾子發論者惟此，蓋首題爲君子以文會友也。」是年，館市西劉氏。

十五年庚午，二十二歲。贅郡城崔公。復來視學。六月，於崑山調舉科試，列一等第七名。省試復落。玖月，府君病痢，自康家壩宋氏館歸受業者，以次年來就舍，予仍館劉氏。

十六年辛未，二十三歲。正月，受業于府君者皆來就。三月杪，府君捐館。病勢既久，參術費至百餘金。先一年，府君又於舍東修築三椽，逋木值三十餘金，無所典貸，追呼盈耳，乃決意習幕事。時蘭弟不好學，責之，自投于河，撮而撲之。

十七年壬申，二十四歲。正月杪，世父應恩科省試，卒於省邸，時訃未至，而季父挈予將上玖江過省。已殯，遣僕王元者扶櫬歸。上巳至玖江，關使唐公英初抵任，延季父居甘棠湖之烟水亭，評閱玖江生童課卷，而予課其一子二孫。

十八年癸酉，二十五歲。六月杪，附米船應金陵試，四日而達，試畢仍至玖江，居烟水亭。郡守豐潤董公榕字蔭千見顧，談藝相得甚懽，訂以來春商訂府志。除夕，歸抵家。

十玖年甲戌，二十六歲。三月，將歲試，董公以書來邀，乃買舟逕東壩，出蕪湖於吉陽河太子廟，見壁間蒲圻李標詩，爲次其韻。四月，居董太守郡齋，每夜談漏輟四五下，給事者盡散，呼茶湯亦不得，然兩不相厭。創志稿凡例，而經費無措。八月，季父將謁選，促予歸。

二十年乙亥，二十七歲。大祲，斗米錢三百文。玖月，赴崑山補考，學使晉寧李公因培示附二等，旋按雲間科試，列一等第一名。促予赴江寧彙試詩賦，以迓翠華而南巡之命緩至丁丑。

二十一年丙子，二十八歲。四月，季父奉祖母之官沅江，弟蘭隨往，予僦郡城蔣涇橋王氏五椽以居。大祲之後，質庫停質，徧貸得三金，應省試。時二場判題，士師評物價、評誤、平被貼，歸舟惘然。顧太淑人及予婦查恭人夜績輒達旦，易米以爲常。十一月，以彙試詩賦赴江陰試，送書院，肄業得收録回。至蘇州學政李師檄紫陽書院，給五月膏火，凡玖人，予名在焉，以是得爲奏賦之舉。

二十二年丁丑，二十玖歲。二月，迎駕，獻賦於望亭。三月十玖日，於江寧御試精理亦道心賦、經義制事異同論、鴻漸于逵詩，命協辦大學士尚書錢塘梁公、兩江總督望山尹公、副都御史諸城竇公，予卷在梁公所，以予分疏「精理」二字通場所無，命下列一等第四名，特賜舉人，授内閣中書學習補用。

二十三年戊寅，三十歲。四月，買舟奉顧淑人北行。七月，赴内閣，當夜直，鈔舟次所作詩本，侍讀紹元見而誦之不去口。曹同年仁虎每與予徒步赴直，笑言掉臂不以出無車爲恥也。

二十四年己卯，三十一歲。正月四日，有客飲予所，忽僕婢以太淑人嘔血告。時予僅畜僕二、婢二，予承先淑人背而坐，醫至則查恭人代之，而予出應，七晝夜未嘗交睫。忽兩目如漆黑，有聲轟然，背脊如潑水，而以薑蘇湯藥療之，稍見效。三月一日，赴直，淑人復病。三月十八日，去世。五月，蘭弟至自湖南，猶欲爲北闈計。相見慟絶，遂以六月扶櫬偕歸，割外舅宅前三椽以居。十一月，自玉山逕瀏陽至長沙，省祖母於湘陰縣廨。

二十五年庚辰，三十二歲。四月，應浙江本頡雲先生鴻、湖南學幕襄校衡長科試同在幕者，粤人陳其焜、盧應譚至衡州，皆辭歸，予獨閲録遺卷始歸。中秋夕渡洞庭。十月，卜葬地於婁、青門，不食墨，渡浦而相地四，乃得於南滙之南二竈。

二十六年辛巳，三十三歲。服除。玖月三日，葬府君於南二竈。蘭弟于重陽後旬日八南滙學一名。十二月，贅之張莊許氏。八月，妹氏適唐。是時季父解任。

二十七年壬午，三十四歲。偕弟蘭迎駕于望亭，予頌册入選，賞緞一疋。秋，弟蘭中鄉試。

二十八年癸未，三十五歲。正月三日，買舟北上，璞莽攜其家俟我于揚，弟蘭偕同行者應文于舟次。上巳前一日始入都門，與璞莽同僦李鐵拐斜街屋。會試中第十四名，房師編修餘姚諸公重光，總裁係少司馬錢塘王公際華、少宰吉林德公保、大司寇無錫秦公蕙田。四書題「甯武子邦有道則知」二句，次題「無憂者其惟文王乎」，三題「先名實者爲人也」，四句詩「從善如登」。殿試二甲三十名。今陝西畢中丞沅時以修譔充收卷官，語其儕曰：「若以策取，殆無過矣。」朝考保和殿，予卷在大司寇舒公赫德所擬置第三，謂協辦大學士武進劉公曰：「是卷四詩皆工，惟心爲太極論以太極爲道家授受，故未敢擬首選。」劉公曰：「即以論當首選矣。」時新進士自鼎甲外分一二三等，引見予名在一等第三，奉旨改庶吉士。五月，至庶常館，館師武進劉公、少宰德公、編修太倉邵公嗣宗，予每一賦出，邵公輒録其副。劉公試于闐玉磬賦、登高賦，皆第一。會憂去，以大學士諸城劉公代之。是年與璞莽、蘭泉、魚門、東亭、雲椒、吾山、耳山、習莽，及弟蘭爲聯句之會。

二十玖年甲申，三十六歲。劉公館試第一，爲纂修續文獻通考官。五月，季父遣急足齎千六百金捐復知縣，爲偏貸，得二千餘金，兩閲月始濟。自此七八年晝則課徒，夜則修書，或達曙不成寐。

三十年乙酉，三十七歲。春翠華四幸江浙，自廢員及館閣臺省卿貳所進詩册不少，璞莽與予每篝燈封擬以爲常。諸城劉公再試仍第一，兼充一統志纂修官，與璞莽始分車分寓，撰音韻述微支、微、真、文、元、寒、删、先諸韻。李蘭臺、徐蒼林皆來居停。

三十一年丙戌，三十八歲。散館，八磚影賦、麥浪詩，予既成四詩，謄訖，李同年調元謂予曰：「能再作耶？」乃復成二首，繕其一，欽定一等第三，授編修。寓孫公園。弟蘭犂眷至。六月，奏派譔文。沈生以顯來寓。

三十二年丁亥，三十玖歲。冬，奏派教習庶吉士。八月，内人撫弟第二女爲女。

三十三年戊子，四十歲。四月一日，引見，試差人員，下初五日大考之。命是晚諸太夫子至初三日恭赴圓明園寓。初五日試擬張華鷦鷯賦、新疆屯田議、紫禁朱櫻出上闌詩，親擢一等第一名，陞翰林院侍讀。十玖日，京察引見，准一等，記名外用。劉文正公以學問優贍，請留。二十五日，充貴州正考官，與御史孟邵同行。十一月二日，復命于乾清宫西暖閣，問歷考次第，因諭以作古文當先見解。是冬十月行，次荆門，見北闈題名録，知寓中四生康儀鈞、夏璇源、沈以顯、姪熊光俱獲雋黔闈，得蕭鳳翱以下四十人。八月十三日，外簾送卷至，予隨手採覽，隨發本房，其佳者或圈讀數句，唐金卷定元者數日矣。二十四日，以書二房所定副榜一卷，殊不愜意，復索備卷，皆不稱。時孟君就飲于王監試日杏所，忽李君幼僕，譽呼甚厲，予恐火之爇卷也，倉皇出叩李僕，言有一巨人從空而墮，其頭如箕。予心動，復命李以諸備及，未薦卷至則蕭卷在焉。閱竟甚喜，孟君閱之亦嘆異，而蕭弟鳳翔于庚寅鄉試，既薦置落，而主司張君培輒誤入中卷中，心異之，乃得中式。歸次淇縣，遇蘭泉、璞莽從軍入滇。璞莽遂永訣。

三十四年己丑，四十一歲。充會試同考官，得沈碧城、劉錫嘏、王祿朋、姚芳遠、高士玉、衛錦、王應遇、戴求仁、莊寅清竝中書沈啓震、譚廷棟、學正徐立綱、祝堃等。復奏派教習庶吉士。是年會試中額最少，貴州止中二名，而蕭生得聯捷。

三十五年庚寅，四十二歲。舉恩科鄉試，御試四書文二詩一，其去取甲乙莫得而知也。五月，遷居于順城門大街。充廣西正考官，與兵部主事李廷欽偕行，得周琢等四十五人。路經黃陂，時季父方爲令，予省視祖母，往返各居三日。十月，復命于乾清宮西暖閣。十一月，弟蘭補國子監學録。引見，諭曰：「吴省欽是汝兄耶？」

三十六年辛卯，四十三歲。六月，署日講起居注官。時試差之甲乙名第仍莫得而知，而前二次曾充考官者俱分註于名下，故是科典試皆前此所未用者。十七日，侍班圓明園之勤政殿。

翌日，命充湖北正考官，皆異數也。編修黄君良棟爲副考官，得葉奕焜等四十七人。季父復罷官歸，途次黄陂侍祖母三日。復命于勤政殿東閣，上聞所奏，聲笑曰：「松江人也。」蓋張文敏照、顧侍講成天久直内廷，天縱之無所不知如此。八月，喬氏女生。三月，充會試同考官，得沈廷獻、彭錫璜、楊殿梓、張時獻、黄瀛元、尹潮梁、孔珍、楊淮等八人。奏派教習庶吉士。京察引見，准一等。十一月，充日講起居注官。

三十七年壬辰，四十四歲。充會試同考官，得來起峻、平恕、熊言孔、顔培天、朱攸、葉誠、周謙、閔惇大、陸湘、孔廣什、王坦修、周琢、蕭鳳翺、彭元琉。是科予以病決擇甚審，僅薦三十四本，惟戴衢亨、錢世錫、孔繼涑三卷薦頗力，而不與雋。復奏派庶常館教習。十二月三日，侍班乾清門，上目視兩及之，少選，有視學四川之命。翌午，祖母訃自密縣署中至，遺命以從弟省杰爲世父後。時内人胃痛幾殆，藥不一效，值此喪，故匆促治裝叩別。劉文正公瀕送嘆曰：「子去兩年當歸，歸不知吾及見否？」又嘆曰：「子去，今不知蜀督爲誰。」又嘆曰：「子去，我信子之不辱使。」永訣之言，知己之感，念之至今，猶心蹙也。請訓于乾清宫西暖閣。

三十八年癸巳，四十五歲。正月三日，起行，同邑姚蘭泉栽亭、蘄州陳佑瀣與偕，竝趙秉淵少鈍欲省其父璞菴於金川軍營，予挈之行，妻弟查實穎自懷慶至潼關以待。二月二十五日，抵省。三月十日，歲試成都，見生童命名違礙、鄙俚，複疊及連姓取名如亭林顧氏所記者，悉行改註。

又別字、土字連篇累牘，既爲榜示之，復刊蜀字匡繆一編正之。時際軍需温江令以儆夫鞭責二生，歲試前一日温江一生無報名者，予亟爲改期榜，示利害，翌日而畢至，復獎舉吴生潔恒以勵其氣。五月望，赴邛州。六月十八日，于雅州聞木果木之變，爲位以哭璞菴。又十一程而至寧遠，崇山插天，榛石塞路，陟絶處皆臨不測，較雲棧險且十倍。八月，旋省，遂舉科試。十月二十四日，赴嘉定而敘而瀘，度歲于重慶，彙舉會理州訓導張德化。時蜀中教職不予保舉者十餘年矣。

三十玖年甲午，四十六歲。正月二日，發重慶，至順慶保寧龍安歸省，在三月上旬矣。七月，録遺。八月，舉優生吴潔恒、孫文焕、穆念貽。鄉試榜發，吴中第四名，孫中第六名，歲科試一等第一者，凡中十名，武新生鄉試中玖名。蜀自奉有督臣會同考試優生之令，遂不復舉會舉自此始。十月奉到仍留任四川學政之旨。時姚秋塘於三月東歸，陳六峯會試入京，貴州吴孝廉榛、陳孝廉新佐、文孝廉教溶至。是秋，弟蘭以助教特入順天鄉試文闈。

四十年乙未，四十七歲。三月，試成都。成屬歧考甚多，而武童尤甚。成都至三百名，華陽至四百餘名。嚴令呈首查汰，十不存五。五月，至嘉定，噉茘支，登峨眉山。予恐以擾動，不欲往，而權守湯大凝力勸之。六月二十四日，大暑，宿山頂，午刻可解衣，傍晚則擁爐，披一裘尚不足。觀聖燈、佛光、雲海。翌日，返宿峩眉縣，秋塘同遊，蓋于五月間偕劉生抵嘉定也。玖月，酌監射武員設坐之制。下涪州之羣豬灘，灘石如豕之負塗水，勢兇悍，屢與石搏。忠州登翠屏山，夔州登白帝山，讌于郡齋之望華亭，回舟至萬縣，抵達州，州童以權牧馬某，故臨試，幾欲毆之，嚴切儆示，頃刻而定。試順慶保寧，潼川度歲。是年十月，遷右庶子。

四十一年丙申，四十八歲。正月二日，發潼川，連舉龍安歲科，試以恆軍需倥偬。時生童官吏之意，准部而後不以爲例。是年二月四日，金川酋索諾木就降，俘之入京。三月望日，與李又川中丞迓將軍于郫，觀桐花鳳。五月，試川南，時雅州業已設棚，而歲科分試，相距不過一月。因咨請連考，經部議准，而部參謂爲不應不奏，罰俸玖月云。六月，轉左庶子。是冬，弟蘭以進平金川箴受獎。

四十二年丁酉，四十玖歲。七月，會同文制府考准選拔，凡百有十玖人，是科中式者十一人，代予者爲劉錫嘏純齋。重陽後二日，內子挈家歸松。十一月二十玖日，始到。予以十一月二十八日受代，十二月朔日啓行。秋塘爲松茂道恂叔查丈所留，度歲長安，與曹習菴、張少儀竝敘于畢中丞座上，聞妹壻唐祖樾舉南闈，表弟張位中舉北闈。棉州門人孫文煥偕予行至介休，吕公滋署中度上元，遊李氏園。

四十三年戊戌，五十歲。二月，復命于西暖閣。四月，會試榜發，弟蘭被放。先是，以去夏奉有會試，後題奏之，旨特准一體殿試，改庶吉士。五月，院長于文襄仍以予奏派教習。教習例以侍讀以下奏充，予四與此選，而文襄輒謂予古賦爲近所罕見，故破例焉。予于文字之役，雖師友商示，不敢稍假，前後分課諸君，其虛心來受者，無不應之。周生藹聯、金生棨、何生愚在寓問業。十月，内子至京，撫弟蘭第三子爲子，名曰敬樞。十一月，與纂音韻述微、一統志。

四十四年己亥，五十一歲。三月，試差第一名于文襄見，次題晉平公之於亥唐也。文亟趣録送予，既未暇，則趣入直之中書代爲録之。四月，遷侍講學士，隨派侍班于熱河文廟。五月十一日，扈行。六月初六日，始返京寓，時大雨没轍，灤河潮河，覓渡甚艱，雨宿者數矣。十七日，充浙江副考官。奏假於試畢歸，途取便省墓。爲王范之先生遺孫聘某氏。十一月六日，還覲闈中。以八月十三日外簾始行送卷，時王侍郎杰分閱單房，予分閱雙房，未刻有第十三房所薦詩經卷，予偶一取視，謂侍郎曰：「此空羣矣。」比二十日，予得十四房陳生卷，亟以示侍郎，侍郎曰：「此殆首選。」玖月朔，末場薦卷至，蓋無踰十三房卷者，遂力主前説。榜發則蔣生師爚，浙人，共推爲國士者也。洎明年會試，蔣、陳俱成進士。共聯捷者六人。

四十五年庚子，五十二歲。五月，弟省蘭授職編修。七月，歸姚栽亭、徐蒼林之喪。八月二十六日，奉視學湖北之命，赴堯亭子行在謝恩。周生暨徐生興文以玖月偕予出都，戴生友衡自京歸休寧，期以燈節前抵署。是冬，王茂才堂開至十二月轉侍讀學士。以上係先大夫自記。

四十六年辛丑，五十三歲。知鄖縣李公集以農民陳文世妻劉氏剮肝起姑，告爲孝婦，詩表揚之。二月，首試德安，名其院門曰「風始」，諸郡以次按試。由宜昌之施南過歸州，山道窄而險，山凸處輿丁以繂索數十上，前後不能照顧，一不得當即墜百尺之深溪。先大夫恤其艱苦，徒步蹉足。

四十七年壬寅，五十四歲。辛應城王公嵩高以所部張童子桂刲股療世父疾爲之揄揚，童子來應試，作序贈之，益勉以學。歲試報週舉行科試。玖月，考黄州畢回彙垣，命敬樞侍先妣查夫人歸修祖父母墓，以文版之，雀沙故居奉爲先祠，爰搆屋於舅氏三珠堂之南，在郡城西。先大夫手輯前稿凡十集。

四十八年癸卯，五十五歲。開篆後科試武昌，試畢校刻前稿。五月，敬樞侍查夫人由松江水程抵署，適劉太夫子英上先生來訪古貌，古相公服迎之，話舊三月，爲之計買山而送以行。七月，録遺湖北舉子，額不過五千，録遺者五千有奇，可取者三千以上。先大夫告之姚中丞成烈、福方伯慶，取轎號捐供給，寬取八百人，諸生爲之感頌。任滿受代。十二月初玖日，抵京，復命寓興隆街。

四十玖年甲辰，五十六歲。三月，陞光禄寺正卿。三年在湖北學政任，京察記名單久不上，至是始復上，故回京幾四月即陞入卿階。

五十年乙巳，五十七歲。成均辟雍告成。二月，上親臨釋奠，獻説雍文册入選，深契宸衷，奉命上書房行走，侍成親王世子讀書。卯入申出，以興隆街入城較遠，移寓青廠官房。三月，賜內直諸臣文房清具，得文竹都盛盤一、香盤三、眼鏡一，作詩恭紀。十一月，陞順天府尹。先大夫以府尹總理二十五州縣事繁，奏請辭上書房事，奉旨俞允。

五十一年丙午，五十八歲。甄别金臺書院，得施公杓卷，極賞鑒之，許其必入詞垣，每課置第一。三月，繆姊丈雋自山東藩署來京，入贅。四月，偕姊氏回東。五月，奉派稽查左翼宗學。六月，叔父充浙江正考官，送之邸寓，曰：「兩浙多佳卷，慎選之。」八月，監臨順天鄉試，以應試者不止順天等處之人，請照會試知貢舉例臨期奏派，奉旨俞允。

五十二年丁未，五十玖歲。質親王以手書臨帖二詩示，依韻和呈。蓋上書房行走時親王、郡王常以筆墨酬唱，故尹順天後亦間有之。五月，叔父請假省墓，大兄敬權、二兄敬模隨侍回南。大兄完姻即應本籍童試。

五十三年戊申，六十歲。七月，搆隙地，厝同郡旅櫬之無歸者，作松江義殯記。十月，侍成親王校試武闈，以張文敏金人銘换乞墨蹟。十四日，入闈監臨。

五十四年己酉，六十一歲。正月十二日，奏雪，高宗純皇帝望見之，曰：「汝等又奏雪耶？」以上年除夕前得雪早，報瑞也。二月，大兄入泮，玖月中式本省鄉試，與門下士周君藹聯同榜，聞之色喜，曰：「懷芳以選拔入都，吾姪方上學堂，今並舉於鄉，亦幸事也。」十月，喬姊丈淦自上海來京入贅，即留寓讀書，應順天鄉試。

五十五年庚戌，六十二歲。二月，高宗純皇帝耕籍禮成，優予獎叙。是年賜御製集石鼓文製鼓重刻序、御製涇清渭濁墨刻論語集解義疏。八月，恭遇高宗純皇帝八旬萬壽，獻説壽文册，蒙恩褒賞大緞二疋、荷包二對。十月，派閲拔貢朝考卷。十一月，以官用羨銀修順天府育嬰堂東西房。

五十六年辛亥，六十三歲。正月，由順天府尹任陞禮部右侍郎，即放順天學政。四月，在通州試廨校閲生童卷，日夕不稍懈，心火上炎，陡得咯血症，於試事益恐草率，勉力支持。試畢，病更劇，奏請解任，高宗純皇帝命叔父來代學政，回京調理，禮部侍郎仍命不必開缺。五月，調補工部右侍郎，且遣金侍郎士松來問病。八月，病痊，前赴灤陽謝恩銷假。叩頭訖，高宗純皇帝温綸慰諭曰：「汝用心過度，咯血半年，鬚髮俱白矣，尚能做詩否？」叩頭謹對，奉勑恭和御製詩玖首。玖月，爲敬樞授室劉氏，外父翰林院編修劉公種之三女也。十月，派閲舉貢試教習卷。

五十七年壬子，六十四歲。五月，扈蹕灤京。六月，充江西鄉試正考官，偕江南道御史王公天禄行，得劉瓛等玖十四人。八月初六日，入闈，暑渴，至明堂西井泥不食，浚之得泉，字曰壽章井，爲文以記於版。惟時七月，先妣查夫人病腫脹，敬樞延醫調治，稍稍就痊。十月，差旋，冬令漸深，病日甚。二十八日，長孫樹榮生呼之曰：「去疾。」望查夫人含飴而弄也。十一月，倡修雲間會館，并爲之記。

五十八年癸丑，六十五歲。正月初四日，先妣查夫人歿于京，先大夫以夫人内助四十三年，一朝長逝，悲不自勝。三月，充會試副總裁。四月，時疫甚行，暴卒者多，王彝舟師步雲病火結，口噤不能言，日命敬樞偕喬姊丈洤侍疾，廢服食者七晝夜矣。已爲之搆棺木，而顧敬樞曰：「汝師不應客死。」延同鄉王君焜璧醫之，一劑而愈，聞之大喜，曰：「我固謂汝師未死也。」七月，命敬樞扶先妣查夫人櫬歸葬婁縣之白漾灘，而自治生壙。擇于是年十月初四日葬查夫人，先爲壙志納之。玖月，轉工部左侍郎。十月，武會試派知武舉。

五十玖年甲寅，六十六歲。三月，以媳劉氏病甚，命敬樞回京。六月，充浙江鄉試正考官，偕戴可亭先生均元行，得湯金釗等玖十四人。八月，媳劉氏歿于京，先大夫於闈中聞信，以去查夫人之歿不及二載，長孫方在抱，又喪冢媳，甚爲悲悼。出闈後，各衙門設讌以款，槩辭不與。袁柏田方伯時官浙西，爲查夫人姪壻，因言三舅氏查公實秀女可續膠，以撫樹棨，即聘定之。玖月，京兆榜發，喬姊丈中副榜貢生，途次得信，爲書賀鷗村先生。十月，差旋。十二月，署經筵講官。

六十年乙卯，六十七歲。正月初玖日，奉勅恭和御製重華宫茶宴廷臣内翰林復成二律元韻、御製新正紫光閣茶宴外藩元韻。六月，復充浙江鄉試正考官，偕翰林院編修洪公梧行，得林敷英等玖十四人。八月，叔父任滿受代，仍放順天學政。兄弟先後互代，一時榮之。途次嘉興，接部咨回京謝恩任事。是秋命敬樞應京兆試，受知於諸城劉師洵芳先生鐶之，薦甚力而未獲，雋勉之曰：「學到則運通，劉師培植不可負也，宜自勵勿懈！」十月，查石帆表兄滌源送三舅氏女來京，爲敬樞續娶。

嘉慶元年丙辰，六十八歲。元旦，高宗純皇帝御太和殿傳位，皇帝登極授受禮成，獻説傳文册。越四日，與千叟宴，恩賜如意、鳩杖等珍品。先大夫以未及七十得與杖朝之列，榮莫大焉，作玖言詩一首恭紀，奉杖於堂，顔曰「賜杖」。恭和聖製紫光閣茶宴外藩元韻。太學石經告成，賜内廷諸臣，先大夫以曾在上書房行走，亦得與焉。敬謹竇藏，故於歸田後以「石經」顔其堂。二月，出京按試，及至天津棚次，聞是年四月南皮張裕慧婦王氏刲股食裕慧，病卒不起，越四七而殉，爲張烈婦詩表揚之。

二年丁巳，六十玖歲。正月，恭和聖製新正重華宫茶宴廷臣及内廷翰林用平定苗疆聯句復成二律元韻。八月，調補吏部右侍郎。十二月，轉左侍郎。

三年戊午，七十歲。二月上丁，聖駕釋奠臨雍禮成，進雅八章。三月，按試外郡，陞都察院左都御史，奉旨來京供職。

四年己未，七十一歲。正月，罷職。四月，出京，由水程回籍。七月，抵松，暫居三珠堂之南，查夫人所搆宅也。其宅本舅氏故居，中表兄弟以人多屋少，謀復其舊，就近于叔父聽彝堂之北，卜宅遷居。以三舅氏無後未立嗣子，撥饍産八十畝俟有爲之後者給之。玖月，大兄以別駕任肇慶，東謁祖墓而行，送之曰：「吾家以清白貽子孫，汝其勉之！」

五年庚申，七十二歲。二月，修雀沙祖墓，爲文以祭先祠。六月，乞錢塘梁山舟先生同書書石經堂額。八月初，盆梅試十餘花。十六日，夜火光如斗，墜入庭中，咸以爲異。十八日，生弟敬沐，庶母李氏出，喬鷗村先生以詩來賀，次韻答謝，並告門弟子之宦遊四方者。

六年辛酉，七十三歲。以松俗棺槨多火化，告之太守、今河南廉訪趙公宜喜，出示禁之，又恐無力葬埋者終于暴露，願捐錢創建與善堂。太守先率俸錢爲倡，諸同志咸樂贊成，各捐錢置産以垂久遠。設堂于郡城西，每年三節無力自葬之棺悉爲之灰葬義塚，至今勿替。

七年壬戌，七十四歲。先大夫手不釋卷，復爲親族世好成全善事不一而足，咯血屢發。爰搆舊屋材料，於屋後隙地建初日堂，以爲養痾之所。

八年癸亥，七十五歲。自正月至三月，每日常教弟敬沐識字二三十名。四月，歸繆氏姊從清江姊丈裏河同知任所來省視。五月初，舊病復作，敬樞延醫調治，日侍湯藥。病中惟以叔父在京二兄敬模隨侍，并以大兄敬權遠宦粤東爲念。二十日，外處分家事，神明不衰。至月盡，竟成口糜。六月初二日，溘然長逝。敬樞奉疾無狀，至今肝裂。遺命請王述菴侍郎昶作墓志銘，啓白漾灘生壙葬之。敬樞遵乞志銘。於十月十二日歸葬。子二，敬樞、敬沐。女二，長適裏河同知蕪湖繆雋，次適乙卯副貢候選國子監典籍上海喬洤。孫三，樹榮、樹棠、樹英。孫女二，皆敬樞出。

先大夫於庚子秋視楚學，歲杪未按試，曾手訂年譜，欲於每冬總覈一年之事而記之。乃辛丑後出奉輶軒，入侍禁廷，歸田不數載復爲親族世好完嫁娶、計存養、謀喪葬、急患難，惟日不足，未暇續輯。今距先大夫之殁已八年矣，後稿於去年請叔父編輯，將並請序及續訂年譜。今春又復見背，抱恨終天，竊悔于役粤東，蹉跎歲月，嗟何及乎！子弟輩見聞不及，恐無以述先德于將來。不得已謹就所記憶者，纘成一編，以付剞劂，至生平造就人才，孜孜不倦如洪爐鼓鑄偉器粉羅，不遑殫述，知其閒挂漏尚多焉。

嘉慶十五年歲次庚午十月望日，男敬樞謹述。

墓志銘

王昶

同年總憲吴君冲之之將卒也，語其子曰：「吾與王君德甫生同鄉，召試同爲中書，出入同朝者四十餘年，悉吾生平行事，殁後必乞爲志墓之文。」既卒，其子奉遺命書來乞銘。嗚呼！君小余五歲，余弱冠後，取友於同郡之士，先交君及趙君升之、張君策時。既而又交君弟泉之及陸君健男，相與磨切學問，以文章爲己任。其後六人者相繼通籍，京師士大夫論松江人物者，必舉此六人。詩酒之會，亦靡不從之。而張君爲中書舍人，早卒。數年，趙君殉難於金川，贈光禄寺卿。又數年，陸君以副都御史奉使，殁於遼陽館舍。惟余與君兄弟更踐中外。今泉之以學士尚在京師，而余與君皆久歸鄉里，相距一舍有餘。方幸扁舟過從，踐東阡北陌之約，且君精力尚强，而乃遽以疾終。嗚呼！雖微君之末命，余何忍不銘？按君名省欽，號白華，冲之其字，松江南匯人。少英敏善屬文，年十七爲諸生，明年補廩。乾隆二十二年高宗純皇帝南巡，獻賦，召試賜舉人，授内閣中書。二十八年成進士，改庶吉士，三十一年散館一等第二，授編修。三十三年大考，翰詹一等第一，擢侍讀，尋充日講起居注官，遷右庶子。四十四年遷學士，四十九年陞光禄寺卿，命在上書房行走，明年陞順天府尹。君以京兆治輦轂所轄二十七州縣，政事繁重，恐在内廷不能兼顧，請辭書房之職，上是之。又六年，陞禮部侍郎，調工部，又六年調吏部。是年三月，充經筵講官。嘉慶二年陞都察院左都御史，後二年因保舉非人，遂罷職。君在翰林二十餘年，以文學詞賦爲聖主所知。己丑、辛卯、壬辰充會試同考者三，戊子充貴州正考官，庚寅充廣西正考官，辛卯充湖北正考官，壬子充江西正考官，己亥、甲寅、乙卯充浙江正副考官者三。癸丑爲會試總裁，丙午順天鄉試監臨，乙卯充殿試閲卷官，派教習庶吉士者三，提督四川、湖北、直隸學政者四。君歷主鄉會試，所録多知名之士，迄今侍從臺諫及躋通顯者甚衆。任學政，教士子，以博文好學不惑於時尚，士子亦多樂而從之。作詩本杜、韓、蘇三家，古文本韓、柳、孫樵、劉蜕及北宋諸名家。刻琢凝練，援引精密。詩詞文共六十卷。生平遇國家大典禮，所進詩文各册，如説雍、説壽諸篇皆蒙嘉獎，留貯内府，鈐以御寶，時人咸以爲榮。今上登極，舉行千叟宴典禮，君年止六十有八，未合例，已奉特旨，令入宴，賜如意、壽杖等凡十六種。又每年春正，重華宫賦詩小宴，惟大學士及内廷諸臣，君亦皆參預。至新刻石經勒成，外廷二品皆不得與，又蒙特旨賞賜，皆非常之典也。其餘所賜字畫、古硯、朝珠、紗緞等不能勝計。君歸後，嘗摩挲賜物至於泣下，蓋追念兩朝知遇之隆逾於常格，故雖以殘年暮景，尤感激而不能自已也。君生於雍正七年某月某日，卒於嘉慶八年六月某日，年七十五歲。曾祖燧，祖啓秀，父成九，皆積學有行誼，累贈工部侍郎。曾祖妣某氏，祖妣某氏，妣某氏，累封贈夫人。妻查氏，封亦如之，先卒。弟即泉之，名省蘭，前官工部侍郎，今爲翰林院侍講學士。長子敬樞，例得二品廕生。次子敬沐，尚幼。女二人，孫一人樹棨。即於是年十月某日葬於婁縣白漾灘之原。嗚呼！自張、趙、陸三君之葬，余皆志而銘其墓。今余年八十矣，追維生平笑言之雅，顯顯然如在目中。飾巾待盡，猶執筆而敘君之生平，以傳於後。曹子桓云，既傷逝者行自念也，斯尤可深悼也已！銘曰：白漾之水清而沘，佳城鬱鬱封于是。九原不作今已矣，君子有穀貽孫子。青浦王昶。

傳記四則

吴省欽字充之，號白華，南匯人，乾隆二十二年召試，賜内閣中書。二十八年成進士，官至左都御史。有白華詩鈔。白華著撰，精心果力，不屑蹈襲前人。少日與趙損之、張少華同學漁洋、竹垞，既而别開蹊徑，句必堅凝，意歸清竣。入詞垣，大考翰林第一，繇是衡文荆、楚以及西川，遇山厲水刻處，輒以五七字寫之。或以東野、長江爲比，未盡然也。散體文，于唐似孫樵、劉蜕，于宋似穆修、柳開，亦復戛然自異。

——清王昶蒲褐山房詩話，王昶湖海詩傳卷二十九同

吴省欽字充之，南匯人，乾隆二十二年南巡召試，欽賜舉人，授内閣中書。二十八年進士，改庶吉士，授編修。大考一等，擢侍讀，遷侍讀學士、光禄寺正卿、順天府尹，擢禮部右侍郎，調補工部，歷吏部右侍郎，轉左晉都察院左都御史，嘉慶四年罷歸。卒年七十五。省欽起家詞賦，遷陟清華，七典鄉闈，四督學政，爲同考官者三，爲副總裁者一，詞臣榮遇，罕有其比。古文堅卓奇峭，大要以唐之孫樵、劉蜕，宋之柳開、穆修爲宗。詩初學漁洋、竹垞，後自闢蹊徑。王昶謂其

意必堅凝，詞歸清峻。在京師日，購地置松江義家，葬同鄉旅櫬之無歸者。歸田後復置義家，設與善堂，施藥捨棺掩埋，待親故有恩誼。初，省欽無子，以弟省蘭子爲嗣，年七十二生子敬沐，能讀父書，入邑庠，惜年十八早卒。省欽著有白華前後詩文稿。

——嘉慶松江府志卷六十

吳省欽字充之，乾隆二十二年南巡召試，欽賜舉人，授内閣中書。癸未成進士，改庶吉士，授編修。大考一等，擢侍讀學士。歷都察院左都御史，嘉慶四年罷歸。省欽七典鄉闈，四督學政，爲同考官者三，爲副總裁者一，榮遇罕比。古文峭卓，以唐孫樵、劉蜕、宋柳開、穆修爲宗。詩初學漁洋、竹垞，後自闢蹊徑，堅凝清峻。在都時，購地置松江義塚，葬同鄉旅櫬之無歸者。歸田後復置義塚，舉辦掩埋，設與善堂，捨棺施藥，待親故皆有恩誼。初以無子，嗣弟省蘭子爲後，年七十二生子敬沐，成童即補諸生，卒年僅十八。省欽卒年七十五，墓在府西白洋灘。

——光緒南匯縣志卷十五

吳省欽字充之，號白華，世居南匯鶴沙，贅於郡城查氏，遂家焉。乾隆二十二年南巡召試，欽賜舉人，授内閣中書。二十八年進士，改庶吉士，授編修，大考一等，擢侍讀，遷侍讀學士、光禄寺卿、順天府尹，擢禮部右侍郎，調工部，歷吏部左、右侍郎，晉都察院左都御史，嘉慶四年罷歸，卒年七十五。省欽起家詞賦，遷秩清華，七典鄉闈，四督學政，爲同考官者三，爲副總裁者一，詞臣榮遇，罕有其匹。古文堅卓奇峭，詩初學漁洋、竹坨，後自闢蹊徑，王昶謂其意必堅凝，詞歸清峻。在京師日，購地置松江義塚，葬同鄉旅櫬之無歸者。歸里後復置義塚，於包家橋北並設與善堂，爲施藥施櫬之所。著有白華前後詩文稿行世。

——光緒婁縣續志卷十六

南匯吴公視學碑

施南例赴宜昌附院試，歲己亥，前院洪公以前郡守汪公之請，與督撫兩院會請分棚，報可。辛丑九月廿二日，學使南匯吴公至，公自歸州山中遇險步行，髀股甚憊，顧不以爲憾，屆院齋曰至喜，堂曰揚清。考清江源出自鹽山，以合漢志，以救禹貢錐指之失；改象耳山曰象牙山，以正舊志之罔。以府學額不及他郡之半，謂須由縣府議請而行，十月五日試已廼去。蓋歲科試文武生童四千餘卷，隨予發落，試期則兩月前早檄示諸生童。落卷點閱燦然，無聚糧之苦，無抱璞之憾。公前按數郡，皆兩月前示期，及期連雨輒霽，當盛暑則雨必在前夕日。施多秋雨，今僅於公抵施夕及撤示後雨，雨無所患。嘻！亦異矣。公名省欽，字冲之，號白華，丁丑召試内閣中書，癸未進士，今日講起居注官，翰林院侍讀學士。洪公名樸，字伯初，歙縣人，辛卯進士，以吏部郎中來視學。汪公名獻深，字鑑堂，錢塘人，以正安州牧擢守此郡，今守荆州提調是事者。今郡侯陳公嘉謨，字芑洲，辛巳進士。恩施邑侯則韓公悦曾，字以安，長洲人，禮部尚書文懿公孫。皆注意學紀，勒於石。乾隆四十六年十月初四日述。

——同治增修施南府志卷之二十九

官韻考異一卷提要
藝海珠塵本　周中孚

國朝吴省欽撰。省欽字沖之，號白華，南匯人。乾隆癸未進士，官至都察院左都御史。前有自序稱「今佩文詩韻頒在學宫，爲集試所用，二百六部中惟一字一讀者不患誤押，抑若二三讀或數讀，異同紛沓，擯黜易干。予向以匡謬一編辨其形，兹復以是編辨其聲。凡字無異讀，與夫有異讀而佩文韻不載者，俱不之及」云云。蓋專爲程試而設，故就官頒之韻，辨其音義之異同，非講韻學計也。然在初學得之，可免誤押之患。其所云匡謬一編，今未之見。

——鄭堂讀書記卷十四經部八

圖書在版編目(CIP)數據

吴省欽集/(清)吴省欽撰;孫大鵬,張青周點校. —上海:復旦大學出版社,2016.7
(浦東歷代要籍選刊/李天綱主編)
ISBN 978-7-309-11583-3

Ⅰ. 吴… Ⅱ. ①吴…②孫…③張… Ⅲ. ①古典詩歌-詩集-中國-清代
②古典散文-散文集-中國-清代 Ⅳ. I214.92

中國版本圖書館 CIP 數據核字(2015)第 152409 號

責任編輯 張旭輝

(浦東歷代要籍選刊)
吴省欽集
(清)吴省欽 撰
孫大鵬 張青周 點校

復旦大學出版社有限公司出版發行
上海市國權路 579 號 郵編:200433
網址:fupnet@fudanpress.com
http://www.fudanpress.com
門市零售:86-21-65642857
團體訂購:86-21-65118853
外埠郵購:86-21-65109143

浙江新華數碼印務有限公司印刷

開本 890×1240 1/32 印張 49.5 字數 903 千
2016 年 7 月第 1 版第 1 次印刷

ISBN 978-7-309-11583-3
I·932 定價:178.00 圓

如有質量問題,請與承印公司聯系

ISBN 978-7-309-11583-3
定價：178.00圓